史来贺：永不褪色的旗帜

人间正道

史来贺创业史

（第一卷）

关劲潮　著

河南人民出版社

·郑州·

图书在版编目（CIP）数据

人间正道 ：史来贺创业史 / 关劲潮著 . -- 郑州 ：
河南人民出版社, 2025. 6 -- ISBN 978-7-215-13753-0

Ⅰ．I25

中国国家版本馆 CIP 数据核字第 20258GE543 号

河南人民出版社 出版发行

（地址 : 郑州市郑东新区祥盛街 27 号　邮政编码 : 450016　电话 : 65788025）

新华书店经销　　　　　　　　河南博之雅印务有限公司印刷

开本　710 mm×1000 mm　　　　1/16　　　印张　83.5

字数　1550 千

2025 年 6 月第 1 版　　　　　　2025 年 6 月第 1 次印刷

定价 : 198.00 元(共三卷)

史来贺（1930 年 7 月 25 日—2003 年 4 月 23 日）

20 世纪 50 年代，史来贺带领干部群众平整土地，改造农田

史来贺和刘庄村干部开会

史来贺（左二）与科研人员一起探讨如何提高棉花产量

史来贺在田间查看麦收

史来贺在村委办公室审阅并修改村办企业规划

史来贺在河南新乡华星药厂化验室

刘庄现代化工业园区

刘庄村民别墅群

刘庄展览馆史来贺同志纪念馆

序

王全书

　　光阴荏苒，岁月如流，史来贺同志离开我们已经整整22年了。22年前，在他逝世后不久省委举行的追思座谈会上，作为史来贺同志的老朋友和忘年交，我代表省委作了一个长篇发言，2004年1月18日《人民日报》以《史来贺：一面永不褪色的旗帜》为题全文发表。作家关劲潮同志经过8年深入采访、潜心创作的鸿篇巨制《人间正道——史来贺创业史》，即将由河南人民出版社出版，嘱我作序，又勾起了我深深的缅怀和无尽的追思。

　　史来贺的名字，是一颗璀璨的星辰，一直闪亮在人们心头；史来贺的形象，是一座不朽的丰碑，永远屹立于中原大地。每到过年和清明节，刘庄人都会不约而同地到史来贺墓地追思祭拜，眼含热泪给"老书记"叙说一番家常事，掏掏心窝里的话。这种罕见的场景，着实令人震撼！

　　一个农村基层党组织的书记，为何在人民群众心中有如此重的分量？答案只有两个字：民心！

　　习近平总书记指出："江山就是人民，人民就是江山。中国共产党领导人民打江山、守江山，守的是人民的心。"史来贺以坚定的理想信念，赢得了民心；以一名共产党员不忘初心的实践，感召了民心；以一腔炽热的爱民情怀，温暖了民心。

　　1952年12月，年仅22岁的史来贺当选为河南新乡刘庄党支部书记。上任的那天他就立下誓言："跟党走，拔掉穷根，让老百姓过上好日子！"刘庄地处豫北黄河故道，在旧社会，这里是一个"方圆十里乡，最穷数刘庄"的"要饭村""逃荒村""长工村""佃户村"。要把这样一个破败不堪的村庄建成社会主义新农村，谈何容易？

　　面对重重困难，史来贺不胆怯、不退缩，而是以百折不挠的硬骨头精神与天斗、与地斗。千百年来，滔滔的黄河卷着泥沙，翻来覆去地打滚改道，在刘庄这块1.5平方千米的土地上留下4条深不见底的荒沟、5个腥臭不堪的坑塘，使得1900多亩土地支离破碎，零零散散，难以耕种。贫瘠的土地被黄河的鬼斧神工分割成700多块凹凸不平的"牵拉头""仄棱坡""盐碱洼""蛤蟆窝"。摆在史来贺面前迫在眉睫的头等大事，就是向荒野要粮食，让刘庄人吃饱饭！他义无反顾地带领村民们掀起了一场改造荒野、平整土地、让荒原变良田的"持久战"。这场战役，一打就是20年。史来贺身先士卒，甩开膀子，弓下身子，挥汗如雨，哪里最艰苦，他就冲向哪里，哪里任务最繁重，他就出现在哪里，以"愚公移山"的韧劲，夜以继日地拼命苦干。因体力透支，他几次高烧晕倒在工地上、雪窝里。可他硬是咬着牙，棉袄一扔，膀子一横，坚持伤病不下火线，率领全村干部群众冬冒严寒，夏冒酷暑，拼命鏖战，投工40多万个，动土、运土200多万立方米，将改天换地的战役打得风生水起，终于将700多块荒地、洼地、深沟、沙岗、盐碱地、"蛤蟆窝"，改造成了高产稳产的"丰产方"。

　　他就是在这样一块荒烟蔓草的土地上迈出创业的步伐、书写厚重的创业史的。首先是让平整改造过的土地创粮棉高产，通过科学种田，拔得了"全国第一高产棉"的头筹，棉花亩产是当时全国平均亩产的3倍，创造了几十年持续高产的佳绩，源源不断地向国家交爱国棉，多次得到周恩来总理等党和国家领导人的夸赞与表扬。史来贺被评为"全国种棉能手""农业科技标兵""全国劳动模范"。

　　除抓好种植业外，史来贺还蹚出了一条农村多种经营的路子。先是大搞粉坊、豆腐坊等副业，又以90元起家，搞起了畜牧业、养殖业。不几年的工夫，畜牧业、养殖业就成了刘庄规模化、科技化的支柱产业，让村民们彻底甩掉了穷帽子。20世纪60年代，刘庄就靠自力更生、艰苦创业，率先实现了丰衣足食的温饱梦。

　　吃饱穿暖了，手里有钱花了，史来贺没有"小富即满""小富即安"，而是带领刘庄人创大业，让刘庄人达到共同富裕，共圆小康梦。他们大胆向工业进军，刚开始制造农具，又制造汽车喇叭，让小喇叭占领了全国的大市场。接着他们又搞起了机械制造业，机床、车床、刨床、小型奶粉机等，都被刘庄的"泥腿子"一个个攻克。创业成果惠及民生，1980年，刘庄成为中原第一个"小康村"，比全国人民实现小康整整提前了40年！

史来贺在创业路上与时俱进,持续奋斗,从不满足已有的发展成果。在刘庄人掌握了工业技术之后,他又瞄准了高科技,进军生物医药产业。当他宣布"农民要打破、要占领现代高科技领域"时,不少人摇头咋舌。但经过千辛万苦,史来贺与刘庄人又获得了巨大成功:他们制造的一种高科技生物医药不仅占领了全国大半市场,还成功出口到海外,销售额居全国同行业前列,形成了"以农促工,以工建农,农工商并举"的商品经济新格局!

刘庄实现了农村工业化、农业现代化、经济市场化、农民知识化、生活城市化,发展成果惠及了刘庄每一户人家、每一个村民。刘庄人除了工资,还享受几十项福利,连理发、洗澡票都是村里发的;家家户户不用掏一分钱,都住上了宽敞明亮、现代时尚的别墅。2009年,习近平同志在刘庄考察时,亲身感受刘庄农民的新生活,夸赞道:"你们的生活比蜜甜啊!"他叮嘱要好好研究刘庄现象,总结刘庄经验,发挥好刘庄、史来贺等先进典型的示范引领作用。

"火车跑得快,全靠车头带。"正是有了史来贺这样一位好的带头人,才有了刘庄的沧桑巨变。

史来贺不忘初心、牢记使命,一辈子践行党的宗旨和崇高理想。他1949年8月6日入党时,还没有统一的入党誓词。在宣誓时,党组织要求他心里怎么想就怎么宣誓。于是,他举起右手,随口宣誓道:"为了穷人有饭吃,有衣穿,有房子住,让大家都过上好日子,我自愿加入中国共产党。不怕死,不怕吃苦,不怕吃亏,永远跟党走,一辈子不变心,死不回头!"他的这段誓词,没有一句大话、空话,全都是充满泥土气息的大白话,也是他掏心窝子的话,实在、诚恳、朴实。他将这一段誓词当作一个共产党员的初心和使命,一记就是一辈子,一干就是一辈子,直到他去世,没有一句落空。他用自己"不怕吃苦,不怕吃亏"的实际行动,让群众过上了美好幸福的日子。他50多年如一日,不懈努力,忘我奋斗,无私奉献,彰显了一个共产党员独特的精神境界和人格魅力。

纵观史来贺平凡而又伟大的一生,有三个"不离"贯穿始终:人不离刘庄,身不离劳动,心不离群众。这也是他作为农村基层干部始终如一的信条。

人不离刘庄,就是不愿离开刘庄当官。作为全国著名劳模、老先进典型,上级曾多次提拔他到区里、县里、地委担任领导干部,他多次婉言谢绝。他常说,要牢记自己的身份就是农民,不能当断了线的风筝。

身不离劳动。史来贺从来没有脱离过劳动,一年到头总是起早贪黑、埋头苦干,带头参加集体劳动,晴天一身汗,雨天一身泥,在庄稼地里摸爬滚打。他经常教育干部要带头参加集体劳动。在刘庄，不参加集体劳动的人，绝对不能当干部。

心不离群众。史来贺对群众情深义厚，与群众肝胆相照。在刘庄什么事能干，什么事不能干，群众利益就是衡量的标尺。他常说："干部必须给群众掏心窝子，说真话，办实事，务实效；还必须克服私心杂念，一心一意为人民服务，甘于奉献。你把心掏给了群众，群众才能把心掏给你！"

史来贺在刘庄立了一个规矩：当干部必须带头吃亏，不吃亏不能当干部。他当了一辈子干部，吃了一辈子亏。他从 1965 年开始担任县委副书记，那时，刘庄社员的收入比他当县委副书记开的工资低，他就将工资如数交到大队，自己拿和社员平均值一样高的工分。从那时起，他一连交了 12 年的工资，一直持续到 1977 年。这一年他当了新乡地委书记（当时设有第一书记），而刘庄社员的经济收入大大高于史来贺的工资，他就改领地委发给的工资，不再拿大队的工分，不让自己的收入超过一般社员。上级规定给党支部书记和村干部的工分补贴，他从来没要过。刘庄新农村建设，每次入住新房，史来贺家都是最后一批、最后一家，标准、面积与大家一模一样，不搞丝毫特殊……他常说，干部占光的事往后退，吃亏的事靠前站。不然群众咋相信共产党，咋拥护共产党，咋永远跟着共产党走呢？

史来贺曾多次受到毛泽东、周恩来等党和国家领导人的亲切接见。习近平总书记说，我们永远不会忘记史来贺的贡献。

史来贺与雷锋、焦裕禄、王进喜、钱学森等一起，被中组部授予"在人民群众中享有崇高威望的共产党员的优秀代表"称号。他是当之无愧的时代楷模，是人民心中高高耸立的一座不朽的丰碑！

《人间正道——史来贺创业史》这部书，采取纪实文学的笔法，详细记录了史来贺带领刘庄人民艰苦创业的一生，是一部全面、翔实、生动的社会主义新农村的创业史。本书对史来贺的精神境界进行了非常深入细致的刻画与描写，有血有肉，有情有景，催人泪下，很值得大家一读。

（王全书，十二届全国政协教科文卫体委员会副主任，曾任中共河南省委副书记、河南省政协主席）

2025 年 4 月 23 日

目　　录

引言 …………………………………………………………………… 1

第一章　惨绝人寰大灾荒 ………………………………………… 1

　　悲惨的人世 ………………………………………………… 3

　　挣扎死亡线 ………………………………………………… 8

　　"张妞"的由来 …………………………………………… 12

第二章　苦藤苦瓜苦命人 ……………………………………… 19

　　突来的姻缘 ………………………………………………… 21

　　一藤俩苦瓜 ………………………………………………… 24

　　"我上过学堂" …………………………………………… 28

第三章　被迫退学谋生计 ……………………………………… 33

　　算账"一口清" …………………………………………… 35

　　切瓜"一刀准" …………………………………………… 40

　　被迫退了学 ………………………………………………… 43

第四章　长恨人间路不平 ……………………………………… 47

　　雪地的血迹 ………………………………………………… 49

　　冰雪路难行 ………………………………………………… 54

第五章　誓死捍卫新政权 ……………………………………… 59

　　穷人的武装 ………………………………………………… 61

　　大闹"鸿门宴" …………………………………………… 66

　　生死置度外 ………………………………………………… 70

　　悲壮的"诀别" …………………………………………… 76

第六章　民兵英雄扬神威 ……………………………………… 79
　　沙场大练兵 ………………………………………………… 81
　　支前当模范 ………………………………………………… 86
　　英雄担架队 ………………………………………………… 92

第七章　初战告捷惊敌胆 ……………………………………… 97
　　猛虎下了山 ………………………………………………… 99
　　"黑条子"之祸 …………………………………………… 103
　　以谋略制胜 ……………………………………………… 109
　　少小多智慧 ……………………………………………… 114

第八章　剿匪反霸建奇功 …………………………………… 119
　　受命总指挥 ……………………………………………… 121
　　擒贼未擒王 ……………………………………………… 124
　　平原追匪记 ……………………………………………… 128

第九章　革命熔炉火最红 …………………………………… 133
　　激战平暴乱 ……………………………………………… 135
　　大海里捞针 ……………………………………………… 139
　　智擒伪区长 ……………………………………………… 145
　　火热的斗争 ……………………………………………… 151

第十章　火红党旗映初心 …………………………………… 155
　　难忘的夜晚 ……………………………………………… 157
　　党旗映初心 ……………………………………………… 161

第十一章　猛烈的暴风骤雨 ………………………………… 165
　　土地的期盼 ……………………………………………… 167
　　上阵父子兵 ……………………………………………… 171
　　"土地还家喽" ………………………………………… 179
　　匿名恐吓信 ……………………………………………… 182

第十二章　直面激烈的斗争 ………………………………… 185
　　吃下定心丸 ……………………………………………… 187
　　激烈的斗争 ……………………………………………… 194
　　穷人"分果实" ………………………………………… 201
　　舍家为革命 ……………………………………………… 205

第十三章　人夸模范互助组 ……………………………… 211

　　土地的主人 …………………………………………… 213

　　带头搞"互助" ………………………………………… 218

　　首创互助组 …………………………………………… 223

　　模范的引领 …………………………………………… 230

第十四章　首次进京长见识 ……………………………… 235

　　意外的惊喜 …………………………………………… 237

　　临行的牵挂 …………………………………………… 244

　　初进北京城 …………………………………………… 248

第十五章　见到领袖毛主席 ……………………………… 255

　　毛主席接见 …………………………………………… 257

　　百姓的心愿 …………………………………………… 260

　　"你可真有福" ………………………………………… 268

第十六章　实现农业合作化 ……………………………… 273

　　重担挑在肩 …………………………………………… 275

　　第一初级社 …………………………………………… 279

　　老中农入社 …………………………………………… 285

　　尝试与探索 …………………………………………… 289

　　当好引领者 …………………………………………… 293

第十七章　绝不盲目跟风跑 ……………………………… 297

　　摘掉穷帽子 …………………………………………… 299

　　捅了马蜂窝 …………………………………………… 302

　　从实际出发 …………………………………………… 307

第十八章　脚跟深扎家乡土 ……………………………… 311

　　只当小村官 …………………………………………… 313

　　拒绝被提拔 …………………………………………… 317

　　初心决不变 …………………………………………… 320

第十九章　苍天无情人有情 ……………………………… 327

　　沉痛的教训 …………………………………………… 329

　　丰收的喜悦 …………………………………………… 334

　　麦收遭雷雨 …………………………………………… 340

雨夜救群众 ……………………………………………… 343

第二十章　生产自救渡灾荒 ………………………… 349

　　出路在脚下 …………………………………………… 351

　　不指望苍天 …………………………………………… 357

　　自救渡灾荒 …………………………………………… 361

第二十一章　改天换地靠双手 ……………………… 369

　　多难的土地 …………………………………………… 371

　　激战古荒沟 …………………………………………… 378

　　搏斗暴风雪 …………………………………………… 386

　　打赢"持久战" ……………………………………… 390

第二十二章　科学种棉创奇迹 ……………………… 395

　　科学和愚昧 …………………………………………… 397

　　实践说服人 …………………………………………… 402

　　奖了一头牛 …………………………………………… 407

第二十三章　总理嘱托刻心头 ……………………… 413

　　周总理嘱托 …………………………………………… 415

　　八年的试验 …………………………………………… 420

　　科研结硕果 …………………………………………… 426

引　　言

　　在当代中国,一提起河南新乡刘庄,人们便心驰神往;一提起"史来贺"这个名字,人们耳熟能详,心仰慕之。

　　这是一个20世纪50年代就响遍全国的名字,这是一面20世纪50年代就高高飘扬的旗帜。

　　时间过去了半个多世纪,经历了多少社会动荡、政治风云,经历了多少惊涛骇浪、潮起潮落,而这面旗帜仍然鲜艳如初,依然高高飘扬在刘庄的上空,飘扬在中国大地的上空……

　　这不能不说是一个奇迹,不能不说是一个谜。

　　这面半个多世纪迎风不倒、永不褪色的旗帜,为什么有如此强烈的感召力?在新中国几代人的心目中,随着历史的演进,为何愈来愈显出无穷的魅力? 史来贺这个"谜",为什么有那么多令常人不可理解的神秘?

　　一连串的问号,只有深入走进刘庄这片热土,走进刘庄人民的心里,你才能一一破解。

　　河南省新乡县七里营镇刘庄村,地处豫北黄河故道上。在旧社会,刘庄是一个"方圆十里乡,最穷数刘庄。住的茅草屋,穿的破衣裳"的"逃荒村""长工村""佃户村",而如今刘庄却是中国有名的"富裕村""美丽村""幸福村"。其实,刘庄很小,小得在中国地图上根本找不到它的名字。可在河南省乃至全中国农村的发展历程中,刘庄却创造了一个又一个惊人的奇迹,创造了社会主义新农村发展的新模式、新范本,开创了中国社会主义新农村发展的历史新纪元。在中国大地上,矗立起一座现代化农村、现代化农业、现代化农民发展的巍峨丰碑。

　　在刘庄,到处是花木葱郁的优雅环境,到处是富裕安康的喜人景象,到处是安定和谐的祥和气氛。一边是田园牧歌，一边是厂房林立；一边是都市繁华，一边是歌舞升平。田园里生长的城市，城市里优美的田园，这不正是中国农民梦想了几千年的人间天堂吗?!

生活在这里的刘庄人，居住在全方位现代化的别墅公寓中，并且配有中央空调、宽带网、花园、休闲健身广场等设施。"泥腿子"不仅住上了新型智能化的花园式别墅，而且彻底搬掉了压在头顶的住房、医疗和教育"三座大山"，享受着连都市人都享受不到的福利待遇，过着都市人意想不到的幸福美满生活。刘庄人在中国率先实现了新时代农民的梦想，用勤劳的双手，用敢于创造的胆识，用善于创新的智慧及能力，建造了属于农民自己的理想乐园。

为何刘庄人能靠自力更生、艰苦奋斗创造自己的幸福生活？为何刘庄提前几十年逐步成为小康村、富裕村、幸福村？

因为刘庄有一个好带头人——史来贺！

"火车跑得快，全靠车头带。"

史来贺就是刘庄这列"特别快车"的火车头！

采访中，刘庄一位80岁高龄的老太太告诉笔者："史来贺老书记是俺刘庄的主心骨，若是没有他，就没有俺刘庄的今天，就没有俺现如今的幸福生活……"

1952年12月，在当时就很有名气的全国民兵英雄史来贺，被选为刘庄村党支部书记，那时，他刚满22岁。

从挑起村支书这副担子，到2003年4月平静谢世，在这方圆1.5平方千米的土地上，史来贺将这副担子挑了整整51年。

从挑起村支书这副担子那天起，史来贺就深深地感到，这担子挑的是共产党员的使命，使命重于泰山；这担子挑的是共产党员的责任，责任大于天地；这担子挑的是共产党员的诺言，这诺言一诺千金；这担子挑的是共产党员的忠魂，忠魂放射着日月的光辉！

在刘庄人眼里，史来贺肩上这副担子，一头挑着刘庄的天，一头挑着刘庄的地；一头挑着刘庄的当今，一头挑着刘庄的未来。刘庄的生死存亡，刘庄的前途命运，都压在了这副担子上啊！

这51年，他带领刘庄人民在日月下挥汗，在风雨里扑腾，在战天斗地中龙吟虎啸，在追赶梦想中顽强拼搏，在勾画蓝图中与时俱进。他带领刘庄，始终走在中国农村社会、经济发展和改革开放的前列。20世纪60年代末，刘庄成为全国最早一批解决农民温饱的先进村;20世纪80年代初,成为实现小康的"中原首富村""中原第一个小康村";20世纪末,刘庄已经实现了农村工业化、农业现代化、农民知识化、经济市场化、生活城市化、管理民主化的现代文明建设的目标,成为中国现代化农村发展的一个标杆。更可贵的是,他以自己的科学头脑和勇于实践的大无畏精神,始终坚持走社会主义集体化道路,发展集体经济、壮大集体经济,蹚出一条依靠集体经济、实现农民共同富裕的康庄大道。这对中国农村的现代化建设,具有深远的影响和现实的引领作用。

史来贺51年的村支书、村党委书记的生涯,既平凡,又伟大;既淡泊,又荣耀。在这51年中,他曾16次进京参加国庆观礼,先后9次受到毛泽东主席的亲切接见,多次受到周恩来、朱德、邓小平、江泽民、胡锦涛等党和国家领导人的接见。当选中国共产党十三、十四、十五、十六大代表,当选第三、五、六、七、八、九、十届全国人大代表,其中第五、六、七、八届担任全国人大常委会委员。多次被评为全国优秀共产党员、全国优秀领导干部、全国劳动模范、全国植棉能手、全国科技先进工作者、全国有重大贡献专家……他与雷锋、焦裕禄、王进喜、钱学森并列,被中共中央组织部誉为"在群众中享有崇高威望的共产党员的优秀代表"。在他去世后的2009年9月14日,被评为"100位新中国成立以来感动中国人物"。2019年9月,在中华人民共和国成立70周年之际,被评为"最美奋斗者"。

2009年4月3日,时任中共中央政治局常委、中央书记处书记、国家副主席的习近平视察刘庄,他紧紧握着史世领的手说:"你父亲的名字,我很熟悉,他的事迹我也很熟悉。一个50年代的老典型,不断地与时俱进,使我产生了很浓厚的兴趣,要研究怎么做到的与时俱进。老支书的楷模作用,这次来看一看,我也是慕名已久,了却心愿啊!"

时隔4年,在2013年全党开展的群众路线教育实践活动中,作为中共中央总书记、国家主席、中央军委主席的习近平又做出重要批示:"史来贺的事迹和精神很感人,在这次教育实践活动中,可集中宣传一批各类党员干部正面典型人物,使大家学有榜样,行有示范。"

1991年,中共中央总书记江泽民视察刘庄,他感慨道:说句心里话,社会主义好,刘庄是有说服力的。

1989年,全国政协主席李先念视察刘庄,他激动地说:我今年80岁了,就是要看到农村人的这一天! 并题词:坚持社会主义道路。

1990 年，国务院总理李鹏视察刘庄，题词：发展集体经济，走共同富裕道路。

2004 年，国务院总理温家宝视察刘庄，评价史来贺：中国共产党的优秀党员，中国农民的优秀代表，农村基层干部的一面旗帜。

2006 年，全国人大常委会委员长吴邦国视察刘庄时说：刘庄的发展之路充分证明，建设社会主义新农村，有一个好的带头人很重要。

中共中央书记处批示：刘庄"堪称依靠集体、全面发展、共同富裕的典型"……

1949 年 8 月 6 日，史来贺入党，他站在党旗下立誓："为了穷人有饭吃，有衣穿，有房住，让大家都过上好日子，我自愿加入中国共产党。不怕死，不怕吃苦，不怕吃亏，永远跟党走，一辈子不变心，死不回头！"

这是他的肺腑之言，也是他从未动摇过的毕生意愿。

有了这个坚定的意愿，才有了他一生的脚踏实地、矢志不移，才有了他一生的初心不改，信念弥坚。

史来贺是农民致富的带头人。他说："如果农民一直过不上幸福生活，那就是咱共产党员没本事！"

史来贺注重社会主义精神文明和物质文明建设。他说："我一生就干了两件事：把群众带到富路上，把群众带到正路上。"如果说，"把群众带到富路上"，是一笔有形财富的话，那么，"把群众带到正路上"，则是一笔巨大的精神财富。

史来贺一生始终坚持道路自信。他实事求是、一心为民、艰苦奋斗、开拓进取的精神，深深地影响了一代又一代的人。史来贺精神永远激励中国人民满怀信心、鼓足干劲、勇毅前行，凝聚起磅礴力量，用新的伟大奋斗创造新的伟业。

史来贺是一本大书，章节各有精彩，但通篇回荡着一首主旋律：

老百姓是地，老百姓是天，老百姓是共产党永远的挂念。

老百姓是山，老百姓是海，老百姓是共产党生命的源泉。

第一章　惨绝人寰大灾荒

※悲惨的人世

※挣扎死亡线

※"张妞"的由来

悲惨的人世

旧社会的中国,战乱频仍,满目疮痍,灾难深重。上了年纪的人,恐怕谁也不会忘记1942年河南的大灾荒吧!那一场惨绝人寰的灾荒,每当回忆起来,就会令人不寒而栗,悲叹不已。即使没有经历过那个年代的人,也会从老人的口述中,了解和想象那罕见的灾难,给中原百姓所造成的不堪回首的惨状。

那真是一个悲惨世界啊!一场人类历史上罕见的特大灾难!

说是"四二年大灾荒",其实,从1941年开始,河南全省就大面积出现严重的旱情了,夏麦和秋粮收成大减,有二十几个县"绝收"。穷人的日子越是不好过,却偏偏频繁地遭遇天灾人祸。旱涝、盐碱、蝗虫、冰雹等自然灾害,轮番发生,连年不断。麦子正在抽穗就被旱死,秋苗种不上更是揪心。一片片田野里,但见向着苍天长跪不起的农民,捧起一抔抔干燥的黄土,淌下绝望的泪水。再加上官府昏庸、外患频仍、兵荒马乱、烽烟四起,更有那强压在百姓头上的徭役赋税重如大山,一年到头喘不过气来,让本来就艰难困苦的穷人愈加身陷水深火热之中,挣扎在死亡线上,农民连糠菜都吃不上,只得以草根、树皮充饥……

进入1942年,旱情加重、蔓延,一直持续到1943年。连续两年多不见雨雪,水井干涸、河水断流,甚至连人畜饮水都成了天大的问题。人们祈天盼雨,盼得眼泪都流干了;百姓焚香祷告,祈求苍天给人一条活路,可身陷灾难中的百姓,走到哪里都是死路一条。

大旱未了,又遇蝗灾。蝗虫之多,遮天蔽日,如乌云密布,像黑雨滂沱。庞大的蝗虫群方圆几里,飞在天空,不见天日;一落地上,顷刻间就把几亩、几十亩甚至几百亩庄稼苗一扫而光,吃得片叶不剩、只秆不留、寸草不生。

天灾无处躲,战乱更可怕。1942年,豫北、豫东和豫南都已被日本侵略军占领,这些魔鬼到处烧杀抢掠,无恶不作,战火和铁蹄把中原这块古老的土地践踏得山河破碎,满目疮痍,民不聊生。许多农民被逼得家破人亡,妻离子散。

天灾、人祸与战乱,逼得老百姓流离失所,走投无路,奔走在逃亡路上。大地上到处是黑压压流亡的灾民,他们一路走,一路乞讨,一见到榆树,就争抢着剥树皮,剥下一片,就捂到嘴里狼吞虎咽;一遇见观音土,就挖一把赶紧往嘴里填;有的甚至一看见地上散落着大雁粪,也要一股脑地捡起来吃得一干二净。

说那时的中原大地赤地千里、哀鸿遍野,一点儿都不夸张。遍地是饿得嗷嗷直叫的灾民,满目是面黄肌瘦毫无生气的乞丐。他们乞讨时伸出的手,尽是一根根黑青的血管,一脸蜡黄痴呆的表情,干枯的皱纹里,夹着一道道黑灰和尘土。呆滞无神的眼睛,时时都在巴望和寻觅一种东西:吃食! 他们饿得眼窝塌陷,瘦骨嶙峋,看去会让人误以为是一张生理骨干挂图。这些面容苍白的乞丐,衰弱的叫花子,一个个迈着踉跄的步子,叫不应,喊无力,哭无泪。最后,无声无息饿死在荒野、路边或街头。

有这样一幅真实的画面:一位瘦弱的母亲,怀里抱着一个幼儿,身边跟着两个孩子,晃晃悠悠走在逃荒路上,实在走不动了,就叫两个大一点儿的孩子去邻近村里找食物吃。等两个孩子回来,母亲已经躺在地上死了,那怀里的婴孩儿,还在吮吸着死去母亲的奶……

1942 年,真像古诗里写的那样:"白骨露于野,千里无鸡鸣。"中原的村庄,十室九空,几乎村村有哭声,家家添新坟。河南饥荒遍及 110 个县,1000 万人口的河南省,竟有 300 万人被饿死。这是多么触目惊心的悲剧啊!

灾荒不仅遍及河南全省,山东、安徽、山西、河北不少县也未能幸免。

刘庄处在黄河故道的豫北重灾区,作为本来就穷得出了名的"佃户村""长工村""要饭村",在"四二年大灾荒"中,更是灾难深重,苦不堪言。村里能吃的树皮,剥得光光净净,地里能挖的草根全都挖完。村民们把麦秸、谷壳、花生皮、干树叶都磨成面来果腹,能填肚子的东西都吃绝了。蝗虫飞来时,男女老幼像疯了似的,一窝蜂地往地里跑,去捕捉落在地上的蝗虫,捉住了,连翅膀也不掐掉,便一口吞进肚里。可蝗虫会飞,比饥民机灵得多,并不好抓,往往不等你抓住它,一群蝗虫就像秋风扫落叶一样,刹那间,就将几十亩庄稼饕餮般吃完了。它们一哄而起,又飞往很远的地方去糟蹋庄稼了。

逮不住蝗虫,饥民们又到处寻着抓老鼠吃,可在灾荒年人都饿死了,哪有恁多老鼠可抓呀! 别说地上流窜的老鼠不见了,就连天空的飞鸟也很少光顾这片多灾多难、饿殍遍野的土地了。不到一年,刘庄就陆续饿死了六七十口贫病交加的穷苦人,饿死的人,都是用一领破席卷着就埋进了土里……

那一年,史来贺12岁,亲身经历了让他险些丧命的大灾荒。他看见村里很多人家锁门闭户,离家别舍,背井离乡,领着妻儿老小外出逃荒了。有的挑着箩筐,前头筐里坐着年幼的孩子,后头筐里放着破烂的铺盖;有的推着独轮木车,左边坐着白发飘散的老娘,右边坐着饿得奄奄一息的女儿……在这逃荒的人群中,有史来贺童年的伙伴儿,有史来贺年少的好友。他们向站在村路上的史来贺挥泪告别,走很远了,还恋恋不舍地回望着,依依惜别地呼喊着……

史来贺看见这凄惨的场景,禁不住泪流满面。他们都是朝夕相处的乡亲,都是那么憨厚、那么善良的人啊!也许这一走,他们就永远回不来了,就永远失去自己的家、失去自己的故土了,这些熟悉的面孔、熟悉的身影,还有那充满热情、充满友好的音容笑貌,也许从此就永远在刘庄这片土地上消失了……

这不正如周围十里八村有些人编唱的那样吗?

方圆十里乡,

最穷数刘庄。

住的茅草屋,

穿的破衣裳。

丰年吃糠菜,

歉年去逃荒。

冻饿在荒野,

忍痛卖儿郎。

名为住人村,

实为藏鬼庄。

史来贺再也不敢往下想了。他只好在心里为这些逃难的好乡亲默默祈祷,愿他们一路平安,找到一条活路,灾难过后,能顺利返乡,回归故土。

史来贺为逃难的乡亲祈愿的时候,史家也岌岌可危了。家族中几户人家早已是无米之炊、锅底冰凉了。老人、孩子一个个都饿得面黄肌瘦、皮包骨头。善良的二叔、可怜的堂妹、最亲他的堂哥等,几个亲人先后被活活饿死,更可怜的是,这些亲人饿死后,连一副棺材也买不起,都是席片子一裹埋进黄土里。让一息尚存的送葬人抓心挠肺,拍地呼天,痛苦不已。

最让史来贺痛心的是,年纪轻轻的堂哥眼睁睁被活活饿死,而堂哥的死,是他万万没有想到的。漫长的春荒,让堂哥得了浮肿病,腿上一摁一个坑,两腿沉重得如灌了铅,迈不开,走不动;脸肿胀得眼都合了缝,鼻孔和眼角黑青黑青的,显得一丝生气都没有,阴气笼罩了他的整个面孔,让人看了心惊胆寒,脊骨都感到凉飕飕的。在回光返照、气息游离的那一刻,堂哥睁大了眼睛,连说了三个"饿、饿、饿"。站在堂哥面前的史来贺,多想找来一个窝头或一个馒头,让堂哥痛痛快快地吃几口哇,可他到哪里去找呢? 大灾年,在村里找一只窝头比上天都难哪! 还没等他找来馒头,堂哥已经气绝身亡,与他生死两界了。

史来贺扑腾一下跪倒在堂哥身边,痛哭不止。从小最亲他、最疼他、最喜欢和他在一起的堂哥永远地离他而去了,今后再也见不到最亲爱的堂哥了。一时间,他觉得天昏地暗、头晕目眩,悲痛得肝肠寸断,心都碎了。

半个月过去了,史来贺依然没从痛苦悲哀的阴影里走出来。堂哥生前跟自己在一起时的情景不断在眼前晃动,而堂哥临咽气时的惨状更是挥之不去。有时睡梦里都看得清清楚楚,不得不一回回惊醒,一回回引起思念的痛苦……

几位亲人在大灾荒中活活饿死,在他的心上烙下了永远的伤痛、永远的悲惨。小刘庄一场灾难饿死了近 70 口人,有几十户人家外出逃荒,其中 16 户人家逃荒走了再也没有回来,全部饿死他乡,成了 16 家绝户。而村里的财主、富人,却无一人饿死。不仅没饿死,反而照样吃香的、喝辣的,饱食终日,花天酒地。真是"朱门酒肉臭,路有冻死骨"啊!

大灾荒笼罩在刘庄大地的苦难悲哀的阴云,重重地压在史来贺的心头,久久消散不去。

这一年,中国大地上演的震惊世界的人类大悲剧,让史来贺一生一世都刻骨铭心,永不磨灭。他特别憎恨那剥削人、压迫人的不合理的旧社会,特别憎恨对穷苦百姓的死活不管不问的恶霸、官僚。随着年龄的增长,他愈来愈认识到,贫富悬殊的社会制度是造成穷苦人在灾难中活活饿死的根源,不改变这个万恶的社会,穷苦百姓永远没有出头之日。与黑暗社会抗争到底的种子,在少年史来贺的心里已经深深地埋下,深深地扎根……

大灾荒过去后,豫北有人编了顺口溜,在这一带乡村传唱起来,为的是让人们永远铭记这段苦难的历史:

四二年,大灾荒,

老百姓,遭了殃。
吃野菜,嚼草根,
活树皮,全啃光。
麦秸树叶野草籽儿,
粗粗拉拉填肚肠。
大雁粪,观音土,
都是灾民糊口粮。

逃荒路上人吃人,
饿死丈夫卖儿郎。
剩下孤寡苦命人,
手拍新坟哭断肠。
灾民死活谁人问?
官府抓丁又征粮。
满眼苦泪问上苍,
百姓何日见天光?

　　中华人民共和国成立后的和平建设时期,史来贺经常给年轻一代讲起"四二年大灾荒",追忆在那场灾难中刘庄饿死的那些可怜的乡亲。为的是让年轻人不要忘记过去,不要忘记艰难困苦的岁月,要跟着共产党走,建设社会主义,建设美丽富足的家园。

　　在给年轻人讲这些的时候,史来贺的眼里总是噙满了泪花,"四二年大灾荒"的情景就像过电影一样,一幕幕、一场场在眼前慢慢掠过、徐徐展开……

挣扎死亡线

也许是史家亲人尤其是堂哥的饿死对他的打击太大，也许是几个月来连续饥饿的折磨，也许是病饿交加让他难以忍受、难以硬撑，史来贺一下昏倒在地。正在家里犯愁的爹娘见状，赶忙将他抬到床上。父亲史传道伸手抚摸他的额头，禁不住倒吸一口凉气："这孩子咋烧得这么厉害？烫手哇！这是咋回事？得了啥病？"

母亲也伸手轻轻抚摸一下，皱着眉头惊叫不已："哎呀！我的儿啊，咋烧得这么厉害？"

见孩子两眼紧闭，嘴唇紧绷，脸色蜡黄蜡黄的，父母吓得惊慌失措，不知如何是好。父亲下意识地摸起孩子的脉搏，哎呀！跳得咋这么快？这是饿得心慌了呀！这大灾荒，孩子短饭短成这样，天造的孽，人造的祸呀！

母亲急急忙忙倒了半碗水，端到床边，说："快！快给孩子喂口水！"

父亲赶紧掰开孩子的嘴，把半碗水一口口慢慢灌进孩子肚里。

史来贺躺在床上，仍然一动不动，既不说话，也没有呻吟，只是静静地躺着。高烧像腾腾的烈火一样炙烤着他的身心，炙烤着他的五脏六腑，炙烤着他的头脑，折磨得他连睁一睁眼、说一句话的力气都没有了。冥冥中，他恍惚看见堂哥在微笑着向他招手，依稀听到堂哥在喊他的名字，可又觉得那声音、那面容非常遥远，自己根本就无法回应、无法接近。想招手，手抬不起来；想回答，嘴张不开；想跑上前去迎，两只脚沉如石，两条腿迈不动……

见孩子烧得浑身发烫，母亲又用两条擦脸布分别捂在他的额头和胸口。然后，两眼乞求似的望着孩子的爹，说："得给孩子请个先生看看呐！到底是啥病呀？咱不能干等着啊！"

"谁说不是啊！可咱两手空空，连个铜板都没有，拿啥给孩子请先生看病啊?"父亲无奈地惆怅着、哀叹着。

"咱赊账呗!先把先生请来给孩子看病,等有了钱再还他不中么?"母亲火急火燎地说。

"那我就去试试,看人家先生能不能来。"父亲披上一件衣裳,跑跑颠颠地出了家门。

倒还不错,先生请来了,是一位老郎中。他一边给躺在床上的史来贺切脉,一边观察他的脸色和五官,然后,又伸手摸了摸他的额头,摸了摸他的胸脯。诊断完了,一边摇头,一边对史来贺的父母说:"看得晚了,咋不早一点看呢?这孩子怕是给耽搁了。别说没钱,就是有钱也难治啊!"

"先生菩萨心肠,求您救救这孩子吧!他连饿带病,已昏睡了怎长时间了,您一定要救活他。不管花多少钱,俺都会一文不少地慢慢给您。"母亲含泪哀求道。

"可怜天下父母心。你们的心情我知道,可这不是钱的问题,是孩子这病……确确实实……不好治啊!我也很想给他治好,谁不知道救人一命胜造七级浮屠啊!可我确实是无能为力呀!"先生两手一摊,显得无可奈何。

史传道躬身对先生和气地说:"既然到了这一步,先生您就死马当作活马医吧!治成啥样算啥样,俺不会计较,不会埋怨。"

"那好吧!看你这家……叫人可怜,我给这孩子开一剂药吧!先说好,这是一剂猛药,服了这剂药,要是好了,那是他的造化,要是有个三长两短,你们也不要怪我。用这剂药碰碰运气吧!这孩子怪可怜的,看病吃药的钱就免了。只要能把孩子的病治好,我心里呀,比收你们几块大洋都高兴。"老中医果然是一副菩萨心肠。

史传道夫妇对老中医千恩万谢,说不尽满腹感激的话……

送走了老中医,母亲担心地说:"先生给孩子开这不收钱的药,能管用吗?不会是糊弄咱的吧?"

父亲摇摇头说:"不会,不会!放心吧!先生是好人,看咱家里穷,可怜咱,才不收钱的。这年头儿,这样的好先生哪儿找哇?再说,咱孩子命大命硬,再高的坎儿也绊不住他。你还记不记得,他4岁那年,生了对口疮,谁都说治不好,险些要了命,结果咱孩子硬扛过来了。老天保佑,咱孩子命大着呐!"

孩子4岁那年得的那个怪病,当娘的咋会不记得呢?当时,不知咋的了,孩子上面嘴烂,下面腿烂,流脓不止,高烧不退。老百姓都说,这种病叫对口疮,染上就得死。

小来贺是史传道家的一棵独苗,是父母的命根子,孩子得了这么一个要命的病,全家人怎能不火上眉毛、油锅煎心？史传道变卖了家里能值几个钱的东西,请来乡土郎中给小来贺诊治,可吃了药却一点也不见好转;母亲又为他请来巫婆"神医",又跳又唱,手舞足蹈,为小来贺驱邪赶鬼,结果无济于事。而小来贺的病情却愈加严重,嘴里长满白疱,肿胀的脓疱压迫着喉管,连呼吸都非常艰难,疼得小来贺不停地发抖打战,毒气攻心,水米难进,不睁眼,不说话,只剩一口气了。

母亲抱着他一直哭喊:"我苦命的儿啊！你这是咋啦？你快快好过来吧,千万不能死啊！你要死了,娘也不活了……"一边哭喊,一边抚摸着孩子的额头,亲吻着孩子发烫的脸蛋,泪水哭干了,嗓子喊哑了,仍然唤不醒昏沉的儿子。

心疼小来贺的三婶,天天掏出自己的奶穗,挤出一点点干涩的奶水,喂进小来贺的嘴里,勉强维持着命悬一线的小生命。

人不该死命不绝,小来贺终于遇到了救命恩人。

村里有人说,附近王庄村的一位老太太,是个有些医术的"医婆",懂得不少神奇的土单验方,就是用这些土方验方,治好过这种"怪病"。

"那咱就去试试,到了这地步,有病乱求医吧！"史传道抱着小来贺来到小王庄的"医婆"家,一进门,便跪倒在地央求道:"老人家,菩萨心,行行好,救救我史家这根独苗吧！要多少钱,您说个数,俺不会少一个子儿,不会亏待了您！"

"救人要紧,这个时候,还讲啥钱啊？我治病救人,不图钱财,只图救命。如果这娃子命大、命长,能把他救活,他长大后,能学些本事,当个好人,当个善良人,为百姓做些善事好事,就对得起我这个老婆子了。"

老人说着,就赶忙为奄奄一息的孩子诊治。只见她用手指甲,伸入小来贺的咽喉深处,抠出淤积的烂肉脓血,抠出一块又一块,那些脓血与烂肉,散发着一股腥臭味儿,"医婆"也不嫌弃,一直坚持把淤积的病毒抠干净,才舒了一口气。

而这时的小来贺却因剧烈的疼痛昏死过去。你想想,"医婆"治病,一没有消毒措施,二不打麻药,两根手指伸进口腔硬挖硬抠,一个四岁的孩子怎能承受得了？昏死过去的小来贺把母亲吓得大叫一声:"我苦命的儿呀……"随即也昏迷过去……

让人没想到的是,昏死的小来贺被抱回家后,竟奇迹般活了过来。只是从此以后,孩子的说话声变得沙哑了,再也听不到他那铃铛般的嗓音了。这沙哑的声音一直伴随了他一生。长大后,每当听到自己的沙哑声,史来贺就会想到那位未来得及报答,就已经不在人世了的救命恩人,老人家那句"长大后当个好人、善人,为百姓做些善事、好事"的话,仍然在耳边回荡。

"4岁那年的一道关,孩子总算闯过来了。可眼前这一关……"来贺母亲叹息一声。

"这一关,他也一定能闯过去。说不定,吃了先生这副药,明儿个就会好的。"父亲竭力安慰着母亲。

果然不出所料,史来贺服了先生开的那副药,高烧慢慢退了,头脑也清醒了,身上也不觉得难受了,从床上坐起来后,第一句话就说:"哎呀!我做了一个好长好长的梦,梦里难受死了……"

史来贺的病好了,能下床走路了。老中医真是妙手回春,起死回生啊!

发烧昏睡了40多天的史来贺,居然大难不死,硬是活了下来。在大灾荒的年头儿,这简直是一个奇迹!村里的父老乡亲都说,这个孩子真是个大命人,大难不死必有后福哇!

一次又一次,少年史来贺,硬是从死亡线上挣脱出来了,站立起来了!

但灾难的阴影,一直在他的心里挥之不去,伴随了他整整一生。正是亲身体验了大灾荒的苦难,体验了旧社会不合理的制度造成的黑暗,才让他感知了共产党给人民带来的光明与甘甜。正是这样一种逻辑,才让史来贺带领群众一辈子拥护共产党,永生永世跟党走。不论遇到什么样的风浪,也坚决不动摇,不回头,不变心。

"张妞"的由来

大灾荒，让村子里好多啥病没有的人活活饿死了，而一连昏沉40多天的小来贺竟然活了下来，这真是一件奇怪的事。村里有人说，史来贺从小认了干爹，命根拴牢了，成了大命人，病啊，灾啊，都奈何不了他，总会逢凶化吉，遇难呈祥，吉人得到好报应，一辈子福大命大造化大。

父亲史传道也是这么想的，孩子眼看就要病死、饿死了，却又从阎王爷手里挣脱出来，这就是生下来"闯亲"的缘由啊！认了干亲，把命拴结实了，阎王爷都拿他没办法。"好，好！看来，孩子还是'闯亲'好啊！"

话未落音，12年前"穷家添喜气"的情景，便如电影一样，依稀在他眼前回放起来——

1930年夏秋之交，赤日炎炎，暑热未消，但在这酷热熏蒸之中，倒有了人们不易觉察的丝丝凉气，不言而喻，初秋已经来到了人们面前。秋令虽然已至，但大地上却看不到硕果累累的秋实，闻不到五谷飘香。"十年九旱"的豫北大地，今年又是旱魃为虐。半年里，连一场牛毛细雨也没下，造成土地龟裂，农作物枯萎干焦，农田大面积减产，有的地方甚至颗粒不收。老百姓盼雨望眼欲穿，向苍天焚香祈雨，三叩九拜，磕头把膝盖都跪疼，把额头都磕出血了。可老天并未恩赐和眷顾这一方百姓，像变魔术一样，把雨水藏匿到云天之外。雨水啊雨水，成了可盼不可求的吝啬的水妖，令多少生命在干旱中呻吟，令多少绿色植物在燥渴中痛苦凋零。劳苦大众望云雨而断项，庄稼苗盼甘霖而折腰。有道是雨是滋田的甘露，雨是生命慷慨的天使。可在这片盼雨祈雨的土地上，雨却像无形的魔鞭在无情地抽打着劳苦大众滴血的心灵。

这片灾难深重的大地啊，今年又该是民不聊生、哀鸿遍野、怨声载道了……

1930年7月25日，对于老百姓来说，是个寻常的日子。可对于史家来说，却是一个不寻常的日子。一个新生命偏偏在这旱灾之年,降临到小刘庄的史家,降临到这片多灾多难的土地上。小小刘庄,是一片伤痕累累的土地,是一片艰难困苦的土地。她只能用苦难怀抱这个新生的婴儿,她只能用贫穷接纳这个鲜嫩的生命,她只能用干涩的苦泪亲吻这个嗷嗷待哺的幼芽……

但他的诞生,还是为这个家庭带来了盈门的喜气。因为在他上边,母亲一连生了4个女儿。在生第四个女儿的时候,母亲不住地唉声叹气:"看我这个不争气的肚子,净生些丫头片子,咋就不能给史家生个'带把儿'的呢?真对不住史家的列祖列宗啊!"

主人史传道怕妻子生气伤怀,急忙安慰道:"有丫头,就不愁小子。下一回,保准能生个'带把儿'的。不急,不急,要给史家生个传宗接代的,咱一定能如愿!咱给送子娘娘多烧几回香,多上几回供,送子娘娘准定能给咱送来个大胖小子。"

史传道和妻子盼星星、盼月亮一样,天天盼着生一个"带把儿"的,好为史家立门户、传子孙。这个新生的男婴,正是迎着父母期盼的心愿和目光来到了这个世界。小婴儿让父母夙愿以偿,父母怎能不喜出望外呢?

由于中国几千年来"不孝有三,无后为大"的伦理观念的影响,如果家里生不出传宗接代的男孩,那便是最大的不孝。史传道夫妇人到中年,喜得贵子,岂不是天大的喜事?

"真是盼啥来啥,这回可生了个'带把儿'的。俺得多谢送子娘娘的大恩大德!"母亲激动得泪水湿了鬓发。

史传道跪在列祖列宗的牌位前,满心欢喜、满面笑容地念叨:"列祖列宗啊,您的后辈子孙史传道向您报喜:我有儿子啦!我有儿子啦!咱史家后继有人,有立门户的后生了。保佑我的儿子不再受穷、脱离苦海吧!保佑我的儿子光宗耀祖吧!"

亲戚、邻居听说史传道和妻子四十半上添了儿子,都喜气洋洋地登门前来贺喜。每个贺喜的人来了,都高声亮嗓地说:"道喜!道喜!""恭喜恭喜!""前来贺喜!前来贺喜!"

待客人走了,史传道一个人蹲在地上抽着烟袋默默念叨:"来贺喜,来贺喜!来贺,来贺!哎!干脆就给这孩子取名'来贺'!一生下来就有人来贺,他这一辈子还不得总有人来贺呀!"

"来贺,来贺!好,这名字起得好!俺儿子就叫来贺啦!多好听的名字啊!"

母亲高兴得不住地亲吻小来贺嫩生生的小手和脸蛋儿……

富贵人家的孩子，一生下来就掉进了富窝里、福窝里，金贵得不得了，含在嘴里怕化了，捧在手心怕飞了，举在头顶怕摔了。而史来贺一生下来就掉进了穷窝里、苦窝里。一生下来就铺着沙土当尿布，反正刘庄的沙土不值钱，遍地都是，可着劲儿铺再多的黄沙土，也不用花一分钱。饿了，"哇哇哇"哭个不停，母亲把奶穗掏出来塞进他嘴里喂奶，却怎么吮吸也吸不到肚里奶水，急得这个小生命仍然一个劲地"哇哇"直哭。母亲常年吃糠咽菜，没有营养，哪来的奶水？没办法，母亲只好用玉米糊糊喂养刚出生的来贺。在襁褓的沙土里滚来滚去、喝着玉米糊糊成长的史来贺，从生下来就经受着"贱命"的折磨与"穷命"的考验。

他生在一个一贫如洗的农家，几间土草屋，放着老辈儿传下来的一张旧木桌，两只长条凳，还有两张破木床；厨房里盘着一个大火炕，铺炕的席子也有了年头儿，边沿已豁豁牙牙、长短不齐。屋里没有一件值钱的东西，连锅碗瓢盆、坛坛罐罐，也都是陈年旧货。不是破口，就是裂纹，破就破了，裂就裂了，想请人补一补、修一修，家里却穷得连个锢盆补锅的铜板都拿不出来。

史来贺出生后，贫穷的家里增添了难得的喜气，人人脸上都挂着几分兴奋、几分喜悦。过惯了贫穷、忧愁时光的史家，还从来没有这样开心过，还从来没有这样喜庆过。因为家里终于添了一个男孩儿，添了一个将来能执掌门户的男人。这个男孩儿，虽然姗姗来迟，却给史家带来了未来的希望，小来贺自然成了家里的"宝贝疙瘩"。

为了牢靠地保住史家这条根，让他顺利长大成人，根据刘庄一带的风俗，在史来贺出生满月的头一天，父亲抱着他出门去"闯姓"，又叫"闯亲"，即认干爹干娘。豫北人说，这叫"拴命"。闯了干亲，就能把命牢牢地拴住，一辈子也不会出岔子。

"闯姓"是当地民间一代代传下来的风俗，谁家喜得贵子，都是要"闯姓"的。有一首民谣证明了"闯姓"这一风俗的普遍性：

> 孩子满月要"闯姓"，
> 天降吉祥人贵命。
> 闯着姓张叫张宝，
> 闯着姓李叫李成；

闯着石头就挂锁，

起名就叫石顶成。

"闯姓"顺当能成人，

一生拴住富贵命。

正是"八月秋高风怒号"的天气，西北风呼呼地吹着，刮得满地的枯草发出尖哨般的响声，旷野的小路上卷起一阵阵黄土，扑人的身，迷人的眼，蒙人的脸。这天，史传道一大早就上路了，怀里揣着刚刚满月的小来贺，用一件厚衣裳把他捂得严严实实，生怕孩子受了风寒。一手紧紧搂着孩子，一手挎一只条篮，里面装着"闯姓"认亲的见面礼。

按照老辈人传下来的风俗，大清早起来闯亲，一直朝着太阳升起的地方行走，在路上碰见的第一个人就是要认的干亲，不管这人贫富贵贱，也不管长幼尊卑，一见人就得认下这门干亲。史传道抱着孩子一边走，一边抬头望着前方，盼望着，念叨着，但愿有个富贵人从天而降，朝自己迎面走来。可他走哇走哇，走了好远好远，也不见一个人影。

正当他感到希望渺茫时，前面离小张庄不远的小路拐弯处正走来一个推独轮车的人，因为离得太远，影影绰绰，模模糊糊，只能看见一个轮廓。待走得近了些，才看清楚，迎面走来的那个推车人，是一个大约60岁的老汉，穿一件土布蓝灰色大衫，头上扎一条白羊肚毛巾，黑红的脸膛，透着庄稼人的质朴与憨厚。

"老哥，您好！"史传道抢先向推车人高声打招呼。

推车人礼节性地应声："好，好！老弟你也好吧？这一大早的，抱着孩子去哪里呀？"

"老哥啊，真让您问着了。我呀，这一大早出来，是给孩子'闯姓'的。正好碰见老哥您，这是缘分呐！老天让咱哥俩成为亲戚。"史传道笑嘻嘻地看着推车人。

推车人听到此言，赶紧把车子扎稳，面带喜气地说："哦！这不是一件大喜事吗？我说一大早就听见门口的大槐树上喜鹊喳喳地叫哩，原来今儿个这么巧，碰上了一件大喜事啊！真是求之不得，求之不得呀！真好，真好哇！"

"老哥，是这样的：我家里的，之前一连生了几个丫头，这不，今年才生了一个'带把儿'的。这是俺史家一条独根，怕不好养活，才出来给他'闯姓'认干爹，好拴住他的命。老祖先传下来的规矩，咱这一片儿，不都兴这么！"史传道向老汉进一步作了解释，接着又问道，"老哥是哪庄的？这是往哪里去？"

张老汉往后一扭头手指着小张庄说："就这村的，姓张。我到西边山里贩一车子山货。然后，推到集上赚几个脚力钱。家里粮食接不上茬了，想挣几个买粮食的钱。"张老汉实言相告。

"老哥，那您就给孩子起个名吧！"史传道凑到张老汉跟前，无比亲切地请求道。

张老汉有点儿难为情，一个没文化的庄稼人，最不善于给孩子起名字了，史传道算是给他出了个难题，让他眯起眼苦思了半天，才磕磕巴巴地说："起名儿，这起个啥名儿呢？你看，我一个庄稼人，大老粗，不识字，起个名儿也是土里土气的，只怕老弟你不中意呀！"

"看您说哪儿去啦！土气怕啥？咱庄稼人不讲究。其实，土里刨食儿的人，就得带点儿土气，没有一身土气，咋在土地上活命？庄稼人的名字啊，我看越土气越好哩！"史传道竭力打消张老汉的顾虑。

"那他在你家叫啥名啊？"

"史来贺，我给起的。因为生下他后，亲戚邻居都来我家贺喜，我就琢磨，大家来贺喜，来贺喜，就给他起了'来贺'这个名字。"史传道向张老汉解释着孩子名字的来历。

"哦！史——来——贺，这名字好，听起来像个大号。"张老汉思索片刻，手指一点，说，"大号有了，那就再起一个土一点儿的小名儿。就叫个'妞'吧！俺姓张，那他就叫'张妞'。'张妞''张妞'，你看，又好叫，又顺嘴。中不中？"

"中，中，中得很！张妞，张妞！好听，好听！"史传道一再重复着。

张老汉又欣喜地说："男孩儿叫女名儿，主贵，命大，好养活，说不定一辈子还是个富贵命呐！就叫张妞吧！"

史传道一脸喜庆，笑呵呵地说："好！就叫张妞啦！"一边说，一边将脸埋进怀里，对小婴儿说，"干爹给你起名儿了，记住，你叫张妞。快，快给你干爹磕头！"说着，从怀里揪出孩子，朝张老汉点了点头。

张老汉急忙阻拦："千万使不得，孩子太小，等长大了，再拜干爹吧！来来来，叫干爹抱一抱，亲一亲。"

谁知，张老汉刚把孩子接到手里，那孩子便"哇"的一声哭了起来。张老汉赶紧把孩子还回去，连声说道："孩子怯生，快揣进怀里吧！千万别吓着孩子了，这孩子金贵得很哩！"

史传道一边接过孩子,一边感激地说:"多亏遇见了您呐,这回算把孩子的命拴牢了,俺再也不用担心喽!"

说着,把篮子里的见面礼掏了出来,放到张老汉的怀里,张老汉不好意思地说:"你看,老弟你还破费这个!"

"咱这儿都兴这,也算张妞给干爹上的第一道拜亲礼。"史传道实诚地说。

"你看,事先不知道,出门也没给孩子带一件见面礼。"张老汉歉疚地说着,从腰里抽出一杆烟袋,将系在上面的一枚铜钱解下来,递给史传道说,"就它了,送给张妞做个见面礼吧!礼薄了点儿,拿不出手,权当做个念想,图个吉利。"

史传道替孩子接过铜钱,连连点头致谢,并告诉张老汉:"等张妞长大点儿,好去张庄拜见干娘。"

"好咧! 到张庄一打听,都知道我,我家门前有一棵大槐树,上百年的老树哇! 俺庄上数那棵树大。一见大槐树,就算到家了,好认得很。"张老汉告诉了自己的名字,说罢,向史传道摆摆手,推起独轮车,踏上了通向西山的羊肠小道。

从此以后,"张妞"这个闯亲闯来的名字,成了史来贺的乳名,在家里,不仅父母叫,姐姐们也都"张妞、张妞"地叫。慢慢地传开了,连街坊四邻也都这么叫,叫来叫去,"张妞"似乎成了他专一的名字,取代了"史来贺"这个正经八百的大号。不到庄重正规的场合,家里人是不会叫他的大号的。即使到了晚年,他的老邻居还"张妞、张妞"地叫他,因为叫这个名字,才觉得格外亲近、格外淳朴、格外真挚、格外自然。史来贺一听老邻居叫他"张妞",心里马上亲近得没法说,就觉得这才是实实在在的老乡亲啊!

第二章　苦藤苦瓜苦命人

※突来的姻缘
※一藤俩苦瓜
※"我上过学堂"

突来的姻缘

1944 年的冬天,一个十分干冷的日子,北风打着啸叫的呼哨,卷起满地黄沙尘土。苍白的太阳挂在空中,散发着惨淡的光芒,没有丝毫温暖的气息。乡路上、田野里,不见车马、不见牛羊,更看不到行人,茫茫旷野,一片死寂。只有天空偶尔有几只飞鸟忽闪着翅膀,"嘎嘎""喳喳"地鸣唤几声,短暂地打破冬天乡野的寂寥和冷清。

半晌午的时候,通向八柳树村的土路上,走着一位头扎白羊肚毛巾、身穿黑色破棉袄的汉子,腰里束条破旧的毡带,50 岁上下,脸上满是皱纹,还胡子拉碴的,一副庄稼人的打扮。这个庄稼汉是史来贺的姑家表叔,他和八柳树村的刘丰魁是朋友。最近听说刘丰魁在日本的煤窑上被活活砸死,所以特地来安慰一下刘丰魁的妻儿老小。他一进刘家门,就看见一家老小正在啼哭。刘丰魁的妻子一边哭、一边收拾着破衣烂衫的包裹。

"嫂子,你这是要去哪儿呀? 收拾包裹干啥?"史来贺表叔亲切地问。

刘丰魁的妻子满脸泪痕,饮泣不止,哽咽着说:"树珍他爹被日本人拉去做劳工挖煤,谁想到,去了没几天,就被砸在煤窑下,扔下俺一家老小,他就这样走了。现在官府又征税纳粮,俺上哪儿给他们弄粮食、弄钱去呀? 家里早就揭不开锅了,人都快饿死了,官府还逼着俺交粮食、交钱,这不是往死路上逼俺吗? 家里没了顶梁柱,俺这时光没法过了,只有逃荒要饭去,寻条活路啊!"

她这边诉说,闺女树珍在一边哭成了泪人。

姑家表叔禁不住心生悲悯,一边劝说,一边哀叹:"这世道,咱穷人连一条活路都找不到,日本人烧杀抢掠,官府不打日本鬼子,反倒欺负老百姓,这是往绝路上逼迫穷苦人哪!"他看了一家老小,不无担心地问,"这老的老、小的小,逃荒要饭也是活受罪啊! 这年月,拖儿带女去逃荒要饭,那也是一条生死不明的路啊！老人与孩子们怎么受得了呀？"

"只要能活着，受多大罪，吃多少苦，俺都能忍受。可树珍已是个半大不小的姑娘了，怎好让她也跟着抛头露面去要饭呢？那不羞死人了？让她将来怎么找婆家嫁人呢？"树珍娘一脸为难的愧色。

姑家表叔急忙接住话茬："是啊！一个姑娘家确实不能沿街乞讨，何况树珍出落得俊模俊样的，可不能委屈了这闺女。"

"要是能给俺树珍找个好人家，有个安身之处，俺带着老人和这几个孩子出门在外也放心了。"树珍娘心里已经打算给树珍找个婆家，对闺女、对她这个当娘的，都是再好不过的事了！

"你要有这个打算，那正好。我有个表侄儿，家是刘庄的，跟树珍年龄大小差不多，家里虽然穷了些，但一家人都很实诚，都是忠厚本分的庄稼人，他爹是个庄稼把式，全村有名的一把好手。表侄儿跟他爹一样，既勤快，又能吃苦，还识得一些字，能说会算，是个聪明伶俐的孩子。树珍要是不嫌穷，我给你们去说说，咋样？如果我表侄儿家里愿意，这倒是一桩门当户对的姻缘。"

姑家表叔是一个热心人，一直想瞅着给表侄儿说一门亲事，他跟树珍不是很般配的一对吗？今儿个本来不是来提亲，话说来说去却说到了说媒上，你说巧不巧？"千里姻缘一线牵"，表叔今儿个来到刘家，莫非是月下老儿在冥冥中特意让他来当这个巧合姻缘的牵线人吗？

树珍娘听了姑家表叔的介绍，毫不思索地满口回应："只要俺闺女到你表侄儿家饿不死都中。这家人俺看错不了，这年头，能填饱肚子都中，哪还能讲究个穷啊富啊的？只要闺女有个安身的家门，找个正经人家，俺就放心了。"

树珍娘这么一说，就算应允了。

"那中，我这就去刘庄，给俺表哥去说说，看他家是啥意见，如果他们同意这门亲事，那就再好不过了。叫我看，门当户对，都是老实本分的庄稼人，树珍过了门，穷也好，富也好，起码不会受委屈。我表哥、表嫂都是非常善良随和的人，绝不会亏待树珍的。"表叔给树珍娘说的都是实话。

"那你就费心给说说这个媒吧！说成了，俺一辈子记着你的好。"树珍娘感激地说。

"为了树珍姑娘有个安身立命的好人家，我这个当叔的，跑跑腿也是应该的。这是孩子一辈子的大事，我得给姑娘找个知根知底的人家。"表叔说出了自己的心里话，如果这件事办不好，他打心里对不起死去的朋友刘丰魁。

"这俺知道,你给树珍说媒,说的是你表哥家的孩子,肯定是好人家,错不了,这俺放心。"树珍娘催着表叔赶紧去说说这桩媒。

表叔一路顺风顺意地来到史家,向表哥史传道和表嫂一五一十地介绍了树珍的家境,以及眼下急需解决的难题。

史来贺站在一旁听了,立即表态:"俺才多大呀,还是个小少年哪,咋能现在就找媳妇呀? 不要,不要,坚决不要! 等俺长大了再说。"

史传道却制止来贺说:"你不懂,找媳妇还是早一点好啊! 你今年已经 14 岁了,也该订一门亲事啦! 刘家那姑娘,我似乎在哪里见过,模样长得俊,要个儿有个儿,要脸儿有脸儿,眉目清秀;又能吃苦受累,是过日子的一把好手。只是咱家太穷了,怕人家嫌弃。要是刘家嫂子有那意思,那就再等两年,张妞年龄大一点,再结婚吧! 你看,这样中不中?"史传道微笑地望着表弟问了一句。

"再等两年,恐怕不中。刘家已经等不得了,树珍她爹给日本鬼子下煤窑被砸死了,全家人都准备好了,要出远门逃荒要饭去呢,树珍已经 16 岁了,她娘怕一个大姑娘家跟着要饭多有不便,才决意马上找个好人家出嫁闺女呢! 天有不测风云,人有旦夕祸福。要是等两年,这姑娘在要饭路上冻死、饿死了,或被人贩子拐卖了,到那时,后悔都来不及啊! 眼下,让张妞和树珍把婚事办了,张妞既不再发愁将来娶不上媳妇,又救了树珍姑娘一命,这不是两全其美的事吗?"表叔将这件事的轻重利弊诉说一遍,说得史传道不住地点头。

"表弟,你说得在理,我听你的,马上给他们两个办婚事! 这事儿不能拖,也拖不得。你给八柳树村的刘家嫂子说一下,这边儿同意眼下就办。"史传道说得极为痛快干脆。

"嫂子,你看这事儿……"表弟征求表嫂的意见。

"你说的话我都听见了。这门亲事就按你哥说的办吧! 人家那边遇到难事了,咱得拉一把,咱马上办了这桩婚事,那边的亲家就放心了,办吧!"来贺的母亲是个通情达理的善良人,遇到啥事儿,总是首先替别人着想。

可史来贺还是想不通,自己还是个孩子,怎么说成婚就成婚呢? 这太突然、太急促了,自己一点思想准备都没有,心里还从来没有想过娶媳妇这件事哪! 可他想不通、不愿意,也得接受、也得服从。中国自古以来,不都是"婚姻大事,媒妁之言,父母之命"吗?

就这样,14 岁的史来贺就要结婚了。

一藤俩苦瓜

没有花轿车辇，没有锣鼓唢呐，甚至没要一分钱彩礼，也没有穿一件新衣，刘家托表叔一路走着把女儿送到史家。树珍肘上挎着一个小小的布兜，里面包着她仅有的两件单衣。上身穿一件花格衫子，罩着里面的破棉袄，下身穿一条青布棉裤。俊俏的脸上一双虎灵灵的眼睛，闪动着羞怯的眼神，头上梳着两条短短的辫子。一看就是个干净利落的姑娘。

进了史家门，表叔指着史来贺的娘对树珍说："珍哪，这就是你娘。快，快叫娘！"

树珍怯怯地瞅了母亲一眼，然后，低眉俯首，很有礼节而又拘谨地叫了一声："娘——"

母亲温和地笑着答应道："唉——多好的闺女啊！"然后，紧紧拉住树珍的手，招呼着表弟，十分热情地说："看这大冬天冷的，大老远走来，一路上冻坏了吧？快坐炕上暖和暖和。"

史传道一见表弟把树珍领进了家，急忙站起身，迎上前去："哦！表弟啊，今个儿咱是喜气盈门啊！快坐下！"他一边说，一边给客人让座。

史传道给客人又让烟又端水，显得热情有礼，不失庄稼人的实诚厚道。

表叔是个直来直去的爽快人，不等坐稳，也不用寒暄，就开门见山地叙说树珍家的苦难遭遇："珍她爹，让日本鬼子抓去当劳工，下煤窑挖煤，那就是在地狱里卖命，活了今儿个没有明儿呀！干了不到仨月，就被活活砸死在煤窑里，连个囫囵尸首都没留下……"

"嘻！这倒霉的事儿咋都让咱穷人摊上啦？日本鬼子开矿，让中国人替他们挖煤，替他们死。他们比虎豹豺狼都凶狠，是一帮禽兽不如的杀人魔王。"史传道越说越气愤。

刘树珍听见二位老人的叙说,眼泪刹那间流了满脸,泣不成声。母亲坐在她的身边,一边替她擦拭着眼泪,一边小声温语安慰着。

树珍哭着,想起了她爹被日本鬼子抓走时的情景:

那一天,日本鬼子开着电驴子和汽车威风凛凛地进了村,说是村里窝藏着八路军、共产党,他们要挨家挨户地搜查。其实这是借口,村里根本没有共产党和八路军。他们真正的目的,是要进村抢粮食、掠财物。日本鬼子气势汹汹地端着枪,叽里咕噜地说着什么,个个都是一脸杀气腾腾的凶相。他们在村里横冲直撞,挨家挨户地搜查,犄角旮旯,翻箱倒柜,见粮食就抢,见钱财就掳,见鸡鸭就抓,见猪羊就逮。

一位老汉从日本鬼子手里夺他的羊,被一脚踩翻在地,凶残的日本鬼子端起刺刀照他的胸腹连扎七八刀,老汉当场毙命,睁着两只愤怒的眼睛躺在血泊里。

一个年轻人从日本兵肩上拽下自家的半袋子粮食,被日本鬼子打得皮开肉绽、死去活来。家里仅有的几间草房当下就被一把火烧了,而这位年轻小伙被捆了手脚,扔到汽车上,成了日本鬼子驱赶着下煤窑的劳工。

几个日本鬼子荷枪实弹闯进一户富人家,不仅掳掠了这家所有的粮食、钱财,还将他刚娶进门的儿媳妇轮奸了,儿子气愤得与他们拼命,被日本鬼子一刺刀下去割了喉、断了命。新媳妇羞辱难当,悲愤至极,便上吊自缢了……

日本鬼子在刘树珍家翻箱倒柜,翻出来的尽是破衣烂衫,扔得满地都是,一样值钱的东西都没有,他们气急败坏,便把屋里的坛坛罐罐砸得粉碎,弄得地上一片狼藉。他们没有搜到任何值钱的东西,便拧住刘树珍的父亲刘丰魁绑了起来,推搡着、怒骂着走了出去。

刘树珍的母亲哭声连天,嘶哑着嗓子喊道:"他爹,你不能跟日本人走啊,那是死路一条啊!"

父亲回头望一眼:"他娘,你带着孩子一定要好好活命!"谁知,爹爹这一声嘱咐,是留给家里人的最后一句话,爹爹这一去,却是与亲人的永别……

缓了一下气氛,表叔接着说:"她爹这一死,家里塌了天。灾荒年,穷人家本来就难,这一下是难上加难。珍她娘整日里哭天抹泪,觉得没了男人,这日子咋过?有人打这闺女的主意,想把她卖给人贩子。她娘一听,就叫我赶紧把闺女送到这儿来。也算她有了安身立命的地方,她娘也就放了一百个心。"

"卖闺女?这哪儿成啊!就是穷死饿死,也不能让人贩子把闺女拐卖了呀！"母亲心疼得一把搂住可怜的树珍。

"既然来了，就住下不走啦！咱啥也不用说，更不用外道，这里早晚也是她的家，安心住着吧！我和他娘都不会亏待树珍的。从今儿个起，树珍就是这家里的人啦！"父亲有一颗怜悯心，一怀宽厚情。

"树珍有了安身的地方，下一步，珍她娘就该领着家里那几个孩子逃荒去了。家里实在是难熬，守着个穷家破屋，早晚也是等死，不如领着孩子逃个活路。唉！这就是命，苦命人只能认命啊！"表弟无奈地呷巴着嘴。

"说是穷家难舍，可到了这地步，还是出去寻个活路好。俺这村里，自打四二年大灾荒逃荒出去，到现在还有很多人家没有回来呢！这年头儿，咱穷人太苦太难了。可再苦再难也得活下去呀！千条路万条路，能找到一条活路，才是好路。"父亲边抽烟边说，"你给珍她娘捎句话，珍在我家，让她一百个放心。"

表弟信赖地点点头，然后，忽的一下从凳子上站起来，干干脆脆地说："今儿个呀，咱都免了那些个老俗礼了，叫两个孩子给你们二位就地磕个头，就算拜了天地，拜堂成亲啦！"

还没等史传道夫妇反应过来，表弟说着，就一手拉了树珍，一手拉了张妞，让两个孩子跪在父母面前，恭恭敬敬地磕了一个响头。两个对婚姻还一无所知，对爱情还懵懵懂懂的少年男女，就这样在这座烟熏火燎的土草屋里简简单单、草草匆匆地拜了堂，结为终身夫妻了。

这时，二人正处于少年成长发育时期。如果说过了18岁，才是人生的花样年华、青春花季，那么，来贺与树珍还是嫩生生的花骨朵儿，不该过多地承受凄风苦雨、人生磨难。可灾祸与苦难却偏偏降临到他们头上，让他们过早地成为大人，成为丈夫和妻子，肩膀过早地挑起了生活重担，挑起了苦难与艰辛的重担。这就是穷人家的孩子，这就是穷人家孩子的命运与人生道路。他们从小在苦水里泡大，在苦难中成长，在苦境中挣扎，在苦寒中饱尝贫穷的苦涩。

刚开始，来贺与树珍二人谁也不好意思在一块儿攀谈与亲热，过了一段朝夕相处的日子后，两个人逐渐熟了，也互相摸清了对方的脾气与性格，话自然就多了起来，渐渐成了互相体贴、互相关心的少夫少妻。

一天夜晚，树珍坐在床上学纳鞋底，来贺手执一根柴棒儿，蹲在床边在地下写字。他不声不响地写着，树珍悄悄地瞅着。可她不识字，史来贺在地上写的什么，她一概不知，便试探地问："你在地上画啥呀？"

"不是画啥，是写字！"史来贺头也不抬地回答。

"写的啥字呀？给俺念念呗！"树珍愈是不认字，愈觉得字很神秘，所以总想知道来贺在写什么。

"我写了几句顺口溜，你要想听，我就念念。"来贺抬头看了一眼树珍，温和地说。

"想听，你念吧！俺支扎着耳朵听。"树珍停下手里的活儿，面带急迫的神情，认真地听起来。

史来贺看了一眼树珍，清了清嗓子，慢慢念道：

> 一根藤上俩苦瓜，
> 都是苦水来泡大。
> 苦根扎在穷土里，
> 饱经风霜和雨打，
> 穷人哪年命运转？
> 定把苦藤连根拔，
> 穷命转为富贵命，
> 苦瓜变成大甜瓜。

树珍听罢凄然地说："俺一听就知道你写的是咱俩。咱俩真是一根藤上的俩苦瓜呀！咱的命要多苦有多苦，啥时候才能熬出头儿啊？"

"你说得没错，我写的就是咱俩。可我不相信，咱就得当一辈子苦瓜，难道'穷苦'这两个字贴在咱身上，啥时候也揭不下来啦？我非要横下一条心，这一辈子，坚决把贫穷的帽子甩掉，把穷苦的命根拔掉。咱这苦水里泡大的苦瓜，非要变成大甜瓜，咱们的苦日子，非要变成甜日子不可！"史来贺一边说着，一边从地上站了起来，紧握拳头挥了几下。

"俺正盼着那一天呐！苦日子变成甜日子，那该有多好哇！"树珍转忧为喜，仿佛看到了甜日子的曙光。

史来贺坚信不疑地说："等着吧，盼着吧！那一天一定会到来，一定能到来……"

"我上过学堂"

第二天一大早,刘树珍把史来贺从床上叫醒,不等他穿衣下床,就急不可耐地说:"俺想问你个事儿,中不中?"

"这一大早,眼还没睁开,问啥事啊?"史来贺睡眼惺忪地说。

"这个事儿俺想了一夜,你睡得结结实实,夜里也不敢问你。"刘树珍说着,看了一眼正在揉眼睛的小丈夫,"俺就想问问,你咋会写字呀?"

"哎呀! 我当啥事儿呢! 我不仅会写字,还会念书呢! 这是因为我上过学堂啊!"史来贺自豪地说。

"你上过学堂?"

"对啊! 不上学堂,哪能识字呢?"

"那你给俺讲讲上学堂的事呗!"

"好吧! 那是 5 年前的事了。"

史来贺陷入了兴奋的回忆中——

那天清早,院里的榆树上就有两只喜鹊喳喳喳叫个不停,母亲望着树上的喜鹊,眉眼里露出了微笑,惊喜地嘟哝道:"喜鹊叫,好事到。俺张妞今儿个进学堂,花喜鹊也来凑热闹。"

史来贺更是兴奋异常,早晨起得特别早,一出屋门就在院子里蹦蹦跳跳,一个劲儿地高喊:"我要进学堂念书啦! 我终于能念书啦……"

那兴高采烈的样子,像是一只出笼的小鸟要展翅高飞、去翱翔蓝天似的。

为了供孩子上学念书,给孩子凑点学费,母亲又纺了大半夜的棉线,眼睛都熬红了,身子骨困乏得酸疼酸疼的。

为了节衣缩食,在青黄不接的漫长春天,即使家里有点粮食也不舍得吃,只想着给来贺攒着交学费。为此,母亲总是不顾一切地爬到树上将树叶,用野菜与树叶填饱一家人的肚子。由于她的脚是一双封建小脚,脚踏在树枝上总是摇摇晃晃站不稳。有一回,她上到一棵榆树上捋榆叶,脚站立的那根树枝,忽然颤悠悠弯了下去,她低头一看,哎呀,自己竟然踩在一根又弱又细的树枝上啦!她的眼前忽一下一片黑暗,一阵头晕眼花。也就在这一刹那,她幡然警觉,两手要抓紧,脚跟要站稳,千万不能手软脚颤,不能摇晃,手一松,脚一滑,掉下去,摔不死也得摔个肢残骨折,落个残废。坚决不能摔着,自己还有一大家子人饿着肚子等着哪!

正在这时,小来贺不知怎么跑到了树下,仰脸看见母亲这惊险的一幕,便大声呼喊:"娘!你一定抓紧树枝,慢慢地下来吧!俺再也不让你捋树叶了,我去地里挖野菜。"喊着喊着,小来贺竟哭了起来。

母亲听了孩子的话,小心地从那根树枝上挪到另一根粗枝上,然后,慢慢顺着树干下到地上,赶忙抱住抹眼泪的小来贺:"张妞,不怕,不怕!你看,娘这不好好的吗?"

可这惊险的一幕,却像一版木刻,深深地刻在了史来贺的心里。长大后,每每想起这一幕,心里就泛起惊心动魄的后怕。母亲为了一家人填饱肚子,为了给自己的儿子攒学费,冒了多大的风险啊!母亲对儿女的爱,真是厚如大地,深似大海呀!

野菜和树叶,比不得蔬菜,吃起来总有一股苦涩味,要吃得顺溜,总得在做熟后撒点盐才能下咽。可那时的穷人家一文不名,谁能买得起盐巴?买不起盐,史家跟村里所有的穷人家一样,年年都自己制造"小盐"。出了村,地里到处都是盐碱洼,生就白花花的盐碱土,把这些雪白的土扫一堆,弄到家里用水过滤,淋下的水,再熬干,那白晶晶的沉淀物,就是淋出的小盐。这样就地取材制作的小盐,吃起来虽然没有集市上卖的大盐味道纯正,并且还略带苦味,但总比不拌盐味道好。穷时光总有穷过法,穷人的日子总是苦味多,苦味重。苦涩辛酸的日子,让史来贺永远不忘旧社会的苦。

吃尽树叶苦菜的母亲,看到自己的孩子高高兴兴进学堂,心里有了一份宽慰:等孩子上学有了出息,就不会再吃这些苦苦菜了,识文断字的人,总会过上好日子。

史来贺进的学堂,是村里唯一的一家私塾馆。私塾先生是一位老秀才,身穿长衫马褂,头戴黑绸帽盔儿,留着一把山羊胡须,戴一副琥珀框眼镜;高挑个儿,瘦长脸儿,面容清癯,不苟言笑,一副清高自守的学究风度。

史来贺与他的几个新入学的同窗，一进学堂门，就被先生引领着举行了先拜圣人、后拜师的仪式：私塾先生让几个新弟子对着学堂门正面屋墙上挂着的一幅"至圣先师"孔圣人全身画像，焚香磕头，行三叩九拜大礼；然后，再给老秀才先生磕头作揖。拜了圣，跪了师，学子各就各位。先生首先向众弟子颁讲本学堂的学规、学戒，严令大家遵规守纪，效力致学……

史来贺望着这位陌生而又严肃的先生，心里有点儿怯怯的，坐在那里连大气也不敢出一声，只能毕恭毕敬地竖耳听着，小心翼翼地睁大眼睛听着。

等先生讲完了戒规，史来贺才敢长长地舒了一口气，环学堂四周看了一眼。看过之后，倒觉得心里有了些轻松感。原来学堂就这样啊！没有高大森严的气势，没有富丽堂皇的色彩，更没有巍峨的殿堂楼阁，只不过是3间砖瓦房而已！这小小的屋子，也只能叫个"书屋"，充其量是个学馆罢了，哪里称得上学堂啊！先生坐的讲桌，几乎占去了大半间，剩下的两间拥拥挤挤摆了七八张课桌，每张课桌坐3个学子。就算坐满了，先生的弟子也只不过有20多个人，怪不得先生一副清贫自守的模样呐！看来，这世道当个私塾先生也并不富裕呀！

紧接着，老先生慢慢悠悠地给大家讲起一段"之乎者也"的古文，其实，与其说是讲，不如说是在背诵，只听他郑重其事而又抑扬顿挫地吟诵道：

"古之学者必有师。师者，所以传道授业解惑也。人非生而知之者，孰能无惑？惑而不从师，其为惑也，终不解矣。"

先生念念有词，畅若流水，学子却听得懵懵懂懂，不知所云，不得其解，如入五里雾中。大家你看我，我看你，谁也不解其中味。最后都把目光落在了先生那张自我陶醉、自得其乐的脸上。

谁知，先生并未作详尽的解释，只简单扼要地注解道："师者，传道也；学者，受业者；不受业，不足以解惑也！"

顿了片刻，先生又一字一顿、一强一弱地朗声念道：

"读书须用意，一字值千金。"

"一年之计在于春，一日之计在于寅。一家之计在于和，一生之计在于勤。"

这几句，先生念得明白如话，浅显易懂，就像一池清水，清澈见底，一目了然。史来贺把这几句一字不落地铭记在心，成为他一生读书学习、农耕创业的醒世恒言。将这一席训导的话说完，先生才书归正传，转入正题。

先生教学生的正课是：《三字经》《百家姓》《弟子规》《千字文》《大学》《中庸》等。当然，和其他村的学馆一样，首先开讲的是《三字经》。

先生一手执戒尺,一手拿书本,正襟危坐,神色庄重。只听戒尺在讲桌上"当唧"一响,就像现在学校的上课铃声,这就等于正式上课了。学子们坐得端端正正,目不斜视、聚精会神地听先生讲授。先生和学子手里都捧着书本,先生念一句,学生跟着学一句,老师念得慢悠悠,学生也念得慢悠悠,老师念得似吟似唱,学生念得也似吟似唱:

> 人之初,性本善,
> 性相近,习相远。
> 苟不教,性乃迁,
> 教之道,贵以专。
> …………

这位先生教学生念起《三字经》,有板有眼、有情有调,声情并茂、韵味悠扬。把一个个少年的心灵带入了神圣的意境,带入了一片人性的净土,带入了一片教与学、礼与仪的胜地。

在这种氛围中,史来贺越学越投入,越学越着迷,越学兴致越高。他愈来愈感到文化是无价之宝,知识比什么都珍贵。真的是"玉不琢,不成器,人不学,不知义"啊!正如《弟子规》里教的那样:

> 不力行,但学文,
> 长浮华,成何人。
> 但力行,不学文,
> 任己见,昧理真。
> …………

读经典、学诗文,让史来贺仿佛进行了一场心灵的洗礼。他立誓一辈子做一个礼仪之人、仁义之人,而决不做"长浮华""任己见"的"昧理"之人、无义之人。

在私塾馆读书,史来贺特别用功,学得快、记得牢,字写得端正、书背得流畅。也许是他知道穷人家的孩子上学不易,用来交学费的粮食和棉花,是用父母的辛苦、劳动的汗水换来的,不用功学习,怎能对得起父母?所以他读书特别刻苦，成绩一直是拔尖的，深得老师赏识："这孩子要是早出生一两百年，赶上科举考试的年代，说不定能金榜题名，当个状元郎呢！时过境迁，生不逢时，可惜没有当状元的机遇喽！"

史来贺不仅在学堂孜孜不倦，回到家里仍然苦读不辍，捧着书本念得朗朗上口，背诵得如哗哗流水，夜晚，临睡前还要背诵给父母听。什么"弟子规，圣人训。首孝悌，次谨信。泛爱众，而亲仁"呀，什么"天地玄黄，宇宙洪荒。日月盈昃，辰宿列张"呀，一念一背就是一大串，父母高兴得合不拢嘴。他不仅念诵，还拿起一根小木棍儿，在地上画画写写，既写诗文，又写自己的名字。

抽着旱烟的父亲，一看他在地上工工整整写了"史来贺"三个大字，便夸赞道："嗬！连自己的大号都会写了，中！不简单，有出息！"父亲在鞋底上磕了磕烟袋，接着说，"张妞哇，你学得快，学得好，大有长进。这学堂没白上，中，中！再加一把劲儿，只要你好好学，家里再苦再难，爹也要供你上学。"

史来贺望着满脸微笑的父亲，一种自豪感油然而生，对未来充满了期盼，两眼放射出强烈的希望之光……

听了自己丈夫上学堂学认字、学读书的事儿，刘树珍抑制不住内心的喜悦：自己找了一个识文断字的丈夫，这是多么幸运的事啊！赶明儿农闲的时候，她也让张妞教她认字，认了字就不是瞪眼瞎了，那该多好啊！

可刘树珍这个愿望，终究未能实现……

第三章　被迫退学谋生计

※算账"一口清"

※切瓜"一刀准"

※被迫退了学

算账"一口清"

　　连年灾荒,再加上兵火连天、狼烟四起,史来贺家的日子更是刀口上撒盐、苦水里泡黄连,让人不堪忍受。可日子再艰难,也得往前走、往前奔啊!特别是从树珍进了这个家,史来贺觉得自己是个有了家室的人,成了男子汉大丈夫了,日子有了盼头、有了奔头!再者,居家过日子,打里打外的,娘也多了一个帮手,树珍多分担些家务,娘也能轻松一些了。在史来贺眼里,娘从来没过过一天舒心日子,没享受过一天温饱,再苦再难也要为这个穷家日夜操劳。自己的娘,是一个吃尽天下黄连苦、受尽世上万般难的娘。从此以后,树珍也该挑起家庭的一副担子了!

　　大口小口,吃粮论斗。家里添丁加口,有喜也有忧,吃饭成了最揪心的忧愁。树珍既然成了史家一口人,就得有这一口人的口粮。可粮食从哪里来?即使是吃糠咽菜,也得有那一份儿糠菜呀!史来贺的父亲日思夜想,该如何解决这个最难解决的难题呢?要知道,张姐这两年进学堂念书,还借了东家几斗粮食没还上呢!为此,父亲焦虑得如同火上浇油。

　　机灵的来贺看出了父亲的心事,他的心里也正在着急。自从退学后,一个小少年,那些犁耙耕耧的农活还不会做,只能去给富人家打短工,干杂活。可打了一年多短工,累死累活,到头来只能混口饭吃,挣不了多少粮食,根本顾不了家。于是自己决意不再打短工,另找谋生的门路,好为父母分担一些生活的负担。

　　这天晚上,父亲坐在门槛上不停地抽闷烟,史来贺知道父亲又在为家里的生计犯愁,便迟疑着走上前去,压低声音对父亲说:"爹,我想做个小买卖,给家里挣点儿钱,换点粮食。"

　　父亲一听很意外,这孩子怎么想起做买卖了?小小年纪咋会做买卖哩?做买卖那是要有头脑、有心计、有本领的，凡是做买卖的，那都是人精啊！你一个毛孩子，才有几个心眼儿？甭做不成买卖，叫买卖把你给坑了！再说，做买卖得有本钱，可家里穷得连嘴都顾不住，你拿啥做买卖？他把这些顾虑和盘托出，心里揪成了一个疙瘩，眉头蹙起了一堆愁云。

而史来贺却一副胸有成竹的样子，父亲并不知道儿子已在心里谋划好几天了。他非常轻松地告诉父亲："我要做的是小本儿买卖，挑上一担蔬菜，到集上一卖，钱不就到手了？有了钱，咱就可以买粮食，就有米下锅了。爹，你也知道，咱家那2亩薄地，即使用汗珠子泡透，也打不了多少粮食；再说，我给人家打短工，力没少出，却挣不来几斤粮食。还不如做点小买卖，赚钱来得快，不图发家，总能买点口粮吧！"

"哟嗨！娶了媳妇就是不一样，知道为家里的生计盘算谋划了，敢为家里挑重担了，年纪不大，倒像个男子汉大丈夫喽！"父亲对儿子投去赞赏的目光，紧接着叹了口气，又说，"爹咋就没想到这一茬呢？看来，你比爹少年时聪慧啊！爹给大户人家扛长工已经扛了快20年了，光知道躬身低头干庄稼活，都干傻了，还是你脑瓜子灵光啊！那就按你盘算的先试一试吧，赶几个集，看能不能赚几个钱，如果中，你就继续做，反正没本儿的买卖赔不了本儿。就算赔了，也是搭点气力。"

就这样，14岁的史来贺一步步学着做起了小生意。麦天到小冀镇卖茶水，一杯水3分钱。大热天，那些赶集上会的，不管是富人还是穷人，口渴了，都要买一杯水喝；而那些腰缠万贯的富人，一喝茶水就是三五杯，有时这些阔佬，还要请要好的朋友喝茶，一要就是一大壶。来的都是客，史来贺总是笑脸相迎，热情招待。人们看这小少年既热情又大方，说话又好听，来喝茶的人便越来越多。这样一个集下来，就能挣到两元钱。

对于那些一掷千金的阔佬来说，两元钱只能打发要饭的，而对于穷人来说，却是一笔不小的收入，这是全家人谁也没有想到的收获。父母和妻子树珍一看，一个集下来挣了两元钱，都喜得合不拢嘴，树珍高兴得竟拍起了巴掌。

等到蔬菜下来了，少年史来贺就停卖茶水而去卖蔬菜。

卖茶水跟卖蔬菜的时间段往往相反，茶水愈到上午卖得愈快，而卖菜必须趁着大早起蔬菜鲜灵抓紧卖完，不然，等到大上午，蔬菜被晒蔫了，就没人买了。所以，史来贺每天天不亮就得挑起百十斤重的担子，急急忙忙往距离刘庄15里的小冀镇赶路。担子的一头装着茄子、青菜，另一头装着黄瓜、韭菜，还有豆角。

百十斤水灵灵的鲜菜,压得扁担吱吱呀呀一路乱叫。扁担压得受不了,史来贺的少年嫩肩膀更受不了。人们常说,走路的赶不上推车的,推车的赶不上挑担的。这说明,挑夫走路最快,肩上压着重担,他不走快不行啊!史来贺只走了七八里路,肩膀就压得疼痛难忍,而且喘不过气来。他多想停下脚步,坐在路边歇一会儿啊!可是他不能放下担子歇息,东边的天空已经出现了鱼肚白,天马上就大亮了!那一片鱼肚白,就是催人的号角,就是催马的鞭子。

此时此刻的史来贺,是不用扬鞭自奋蹄啊!他把担子从左肩换到右肩,挑不远,又从右肩换到左肩;换过来换过去,右肩膀还没缓过劲来,左肩上的担子就又重重地压到右肩上了。就这样,从左肩到右肩,再从右肩到左肩,一副挑子换来换去的间隔时间越来越短,倒换的频率越来越高。等到达小冀集上时,两个肩膀都压得红肿红肿的,手按一下就疼一阵。可史来贺有很大的忍耐性,再疼也不吱一声,对穷人的孩子来说,吃苦受罪是家常便饭,这一点儿疼痛算得了什么?这一副担子还能把人压趴?他曾听父亲说过几句顺口溜:

　　疼痛在身上,
　　甭叫也甭嚷;
　　你强它就弱,
　　你弱它就强。
　　人要一咬牙,
　　它就赶紧藏;
　　人要一坚硬,
　　它成软皮囊。

父亲是一个能吃大苦、耐大劳的庄稼把式,没他挑不动的担子,没他推不走的重车,没他克服不了的困难,再苦再难他也不叫一声苦,再疼再痛他也不喊一声疼。那真是一个"泰山压顶不弯腰,天塌下来头顶着"的硬汉子啊!

史来贺就继承了父亲的这一秉性,决心从小练一身硬骨头,专意要给自己压重担、挑重载,不练出铁身板决不罢休!

这时,小冀镇上已经有不少赶早集的人了,推车的、挑担的、摆摊的、支炉的、搭棚的……好不热闹!

史来贺也学着别人扯着嗓子叫卖:"买菜了,买菜了!刚从地里摘下来的新鲜蔬菜,快来买呀!"

"水灵灵的蔬菜,快来买喽! 买晚了,就卖完了,可甭后悔呀!"

听到一个少年的喊声,还带着几分童音,赶集的人们都感到好奇。

史来贺一张笑脸迎众客,婶子大娘、大叔大爷甜甜地叫着,满口热情回答着大家的问话。他那笑脸迎顾客、热情待顾客、甜嘴叫顾客、目光敬顾客的样子,受到众人的夸赞,他的生意也格外受人青睐。

天长日久,史来贺练就了一手卖菜的绝技:不管你是买两根黄瓜,或是买两个茄子;不管你是要一捆韭菜,或是要一把豆角;抑或别的什么青菜,史来贺都能不用上秤称,用手一掂,就能立刻报出重量,又立刻说出钱数。称重不用秤,算账不用打算盘;用手称,用心算;称得一两不差,算得一分不错。

若有人不信他所报的重量,要求用秤称一称,他就让买者自己掂起菜篓里那杆秤称一称,称过后,买者便睁大惊奇的眼睛:"哎呀! 这少年的手头可真准,一两一钱也不差。真奇真绝啊!"

"你这是咋练的呀? 一把手就是一杆秤,真了不起啊!"

"不光是一只手能当秤,你看人家算账,不用算盘,一手递菜的工夫,就一张口说出钱数,这叫'一口清'啊! 这少年郎,做买卖是好样的,将来肯定是经商的一把好手。"

从此,史来贺"称菜不用秤,算账'一口清'"的美名,便在小冀镇一带传开了。

尽管赶集上会的人,只要需要买菜,大都愿意买少年史来贺的蔬菜,但因那时穷人是大多数,只有富贵人家才买菜,买菜的人太少了。他挑到集上的百十斤蔬菜,有时熬到大晌午,还卖不完。这时,集市已经散了,只剩下寥寥无几的人在做集市摊位的清理工作。史来贺的肚子饿得咕噜噜直叫唤,看见卖油饼、卖馒头的,禁不住就流下口水,总想买个半斤八两的填填肚子解解馋,可他还是忍住了。再饥再饿也不能用卖菜的钱买吃的,这可是全家人的养命钱哪!

史来贺强忍着饥饿,把剩下的蔬菜收拾好,上面再搭上蓖麻叶,以防太阳晒蔫了。他再次抬头扫视了一周,偌大的集市已经空空荡荡了,他只好挑起担子慢腾腾走上回家的路。望着篓里剩下的菜,他多么盼望遇到一个急着买菜的人,能把篓里所剩的菜一下买完。可他走了一路,也没遇到一个买菜的人。

转眼间,天气晚来秋,霜降已逼近,寒冷的气流已经侵袭着大地。夏秋的蔬菜,无论在地里还是在市面上都已经绝迹了,史来贺只能冒着寒风到小冀镇上卖一些白菜、萝卜或者红薯,可在集上蹲半天,吆喝得嗓子都哑了,也卖不了多少;有时,甚至喊了一个集,却连一棵白菜、一斤萝卜也卖不掉,干耗时间干受冻,只赚吆喝不挣钱。最后,等到天黑,只好垂头丧气地饿着肚子将卖不掉的白菜、萝卜,原封不动地挑回家去。回返的路上,饿得实在撑不住了,就拿起一只冰凉的萝卜或者生红薯,一路走,一路咔嚓咔嚓啃起来……

　　这时,他就会想,穷人什么时候不挨饿、不闹饥荒就好了。饿了,就有白馒头吃,就有香喷喷的油饼吃,那该多么幸福啊!可这个幸福啥时候才能得到呢?吃饱穿暖的好日子啥时候才能属于穷苦人呢?

切瓜"一刀准"

人们从史来贺卖菜的经营中，看到了他经商的潜能。其实，最能体现他经商智慧、商品意识的，是卖西瓜的经营过程。

刘庄地处黄河故道，沙性土壤适合种西瓜。但种西瓜的农户却很少，因为那时不像现在，一到夏天家家户户买西瓜、吃西瓜，集市上卖西瓜的摊位、车辆处处可见，拉一大车西瓜半晌工夫就卖完了。吃西瓜解渴消暑，成了老百姓日常消费的"大众食品"。可那时，老百姓连饭都吃不饱，哪里有钱买西瓜吃呢？西瓜也好，甜瓜也好，统统都是老百姓日常生活的"奢侈品"，却是富贵人家消暑降温与招待客人的"上等食品"，买西瓜、吃西瓜成为当时社会的一种富贵、奢侈的象征。一些穷苦百姓的孩子跟着大人赶集上会，遇到卖西瓜的，哭着闹着要吃西瓜，大人也只是吝啬地买那么三四两，孩子三五口就吃完啃净了。吃了西瓜的孩子，如同过了一回年，那股高兴劲儿一辈子都不会忘。

卖西瓜的商贩，时时盼望着富贵人家来买，富人出手大方，并且一买就是一个囫囵个儿，或者买几个最大的西瓜。这样，货就下得快，钱就赚得多。而穷苦人买西瓜，犹豫半天，也只是买个三四两，最多买半斤。让卖西瓜的根本没法下刀切，切小了分量不够，买主吃亏不愿意；切大了分量超了，买主付不起恁多钱，卖主就得赔本。所以，一些卖西瓜的，一遇到穷苦人买西瓜就打怵，仿佛遇到了棘手的大难题。

而史来贺卖西瓜，不管是富人，还是穷人，凡是来者一概欢迎、一概热情服务。因为他练就了一把好手艺，咔嚓一刀下去就是个准数。你说要4两，一刀下去，就是4两；你说要半斤，一刀下去，就是半斤；哪怕买主说只要2两，他咔嚓一刀切下去，不多不少正好2两。他这一手硬功夫，无人可仿，无人可比。他只要在集上一摆下摊儿，买西瓜的、不买西瓜的，都不约而同地围拢过来。买西瓜的,既为了一饱口福,也为了一饱眼福;不买西瓜的,倒是专为一饱眼福。不管买与不买,他们都是为了观看史来贺切西瓜的手艺,看他如何下刀,看他如何切得不多不少。一个集下来,不管谁来买西瓜,不管卖出多少西瓜,都是一刀切下去,准能压住秤星,一钱不多,一钱不少,百分之百的"一刀准"。每切一刀,就会赢得一片叫好声;每下一刀,就会赢得一片喝彩声。史来贺卖西瓜,与其说是在做生意,倒不如说是在做切西瓜的艺术表演。甚至有几位老年人走几里路赶集上会,就是专门为了看史来贺切西瓜。久而久之,"一刀准"的名声便在十里八村传扬开了。

史来贺是一个卖西瓜的能手,更是一个种西瓜的行家。种西瓜的经验,他还是跟父亲学的。

那一年,七里营一带遭了灾,收成大减。父亲扛长工的那家大户,便把他解雇了。他便回到了家乡,给本村的富户王安民家当长工。王安民家有一片瓜园,年年种西瓜。村里人都知道,史传道是一位种西瓜的好手,东家就把这块西瓜地交给史传道打理。史传道种出的西瓜薄皮沙瓤,蜜一样甜,深受主人夸赞。

史来贺就是在这个时候,跟父亲学会了种西瓜。同样在黄沙地里种西瓜,谁种的西瓜也没有他种的西瓜成色好。不仅个儿大、色鲜灵,而且皮脆薄、瓤沙甜。推到集市上,比任何瓜贩的货下得都快,卖得都顺。所以瓜贩们争着批发他种的西瓜。

卖西瓜的瓜贩子,得有鉴别西瓜成熟程度的本领。不然,批发的西瓜不是生,就是熟过了头。生瓜切开了没人要,熟过头的西瓜不能吃。这两种西瓜再便宜也卖不动,非得让你赔本儿不可。

史来贺鉴别西瓜熟与不熟、熟的程度的本领,十里八村没人可比。他常跟人说,鉴别西瓜生与熟,那是有要领的;它长到啥时候可以摘,它的前边长出几根瓜须、后边扯出多长的瓜秧瓜就熟了,那都是有讲究的。他在种西瓜的过程中,通过反复观察、反复实践、反复钻研,才总结出了这些经验。一个半大小伙子,种西瓜、研究西瓜,竟如此用心,如此下功夫,这是非常难能可贵的。这为他以后苦钻苦学农业技术、打造高产田和丰产方,成为全国有名的植棉能手、科学种田能手,打下了坚实的思想基础,也使他养成了刻苦钻研的良好习惯。

瓜贩们在批发西瓜的时候,总想批发那些熟得恰到火候的西瓜,如果熟得过了火候,当天卖不完,放几天后,瓜就有可能腐烂;如果瓜生了,不单单卖不上好价钱,恐怕还有卖不出去的可能;即使卖出去了,却还容易因为瓜生,与顾客发生纠纷。

史来贺因为自己长期卖西瓜，所以深懂瓜贩们的经营心理。瓜贩们一到他的地里批发西瓜，他就把一片片、一个个西瓜的生熟程度告诉他们：有十成熟的，有九成熟的，有八成熟的。然后问他们，是要当天能卖完的，还是要隔一天能卖的？如果你只要当天就卖出的，他就给你挑十成熟的瓜；如果你准备第二天卖出，就给你挑九成熟的，放一天一夜，瓜自然就熟透了；如果是远路的瓜贩，要等三四天才能拉到集上去卖，他就给你挑八成熟的，瓜在路途中靠自身的调节能力，自身的供养能力，即使脱离了瓜秧母体，照样能熟透，味道一点儿也不会受损。

瓜贩们给他报了批发后出售的日期，他就通过看、摸、拍、听四个环节，判断瓜的生熟程度。看，是观察西瓜的成色；摸，是通过触摸，亲自感觉瓜的外皮是光滑，还是有毛刺拉手，光滑感强的，就是成熟的瓜，有毛刺的，还在成长期；拍，是一手托着，一手从上面拍一拍，下面托着的手，能感觉到很强的震动感，就是史来贺说的"过手"，证明瓜熟了；听，是在拍的过程中，你要用心听，如果清脆中带有明显的空音，那是瓜熟了的声音；如果是一种噗噗的浑浊的声音，那是瓜熟过头了；如果拍着发出了像拍石头一样发出的实实的声音，那说明瓜还很生。他就这样熟练地为瓜贩们挑出他们所要批发的西瓜。所有的瓜贩没有不满意的，更没有一个来算后账的，他们都说，史来贺挑西瓜，没有一回看走眼的，没有一个挑错了的。他的"看、摸、拍、听"的绝招，胜过孙悟空的火眼金睛。

每到西瓜成熟上市的时候，总有人同史来贺打赌论输赢，赌的是"隔皮猜瓜"，判断西瓜的生熟程度。史来贺面对西瓜，凭着他的四个绝招，眨眼工夫，就能准确无误地猜出西瓜的成熟程度。十赌十赢，百猜百中，于是，"史来贺猜西瓜是常胜将军"的美誉，便远近闻名。

被迫退了学

11 岁那年,史来贺家里惨遭土匪劫掠,家里的日子雪上加霜,穷得更是一贫如洗。吃饭成了最大的难题,给学堂交学费根本拿不出一粒粮食,难为得史传道倒背着手一直在茅屋里转圈子。

"哎呀! 他爹啊,你甭转了,再转三天三夜,也转不出粮食、转不出要交的学费呀! 还是坐下来想想法子吧!"坐在炕上纺棉线的母亲王保香着急地说。

"想法子,要能想出法子,我早就不在这儿瞎转圈了。家里都这样了,能想出啥法子? 想来想去,法子只有一个,让张妞退学。这学堂咱不能上了,倾家荡产了,还上啥学、念啥书啊!"史传道一连串地唉声叹气。

母亲王保香也只有无奈地叹气:"看来,俺张妞真的没有念书的命啊! 咱这当爹娘的没本事啊! 唉! 这是啥世道呀,老天爷!"

第二天下午,学堂里正在上课,史传道突然来到学堂,躬身向先生问了一声好,突然又觉得不好意思,打扰了先生教书,只怕先生怪罪,便小心翼翼地站在门槛外面,一动也不敢动。

先生只顾摇头晃脑、咿唔咿唔地教书,却不知门外来了人。待听得一声问候,才转过脸来惊异地问道:"咦! 你什么时候来的?"

"刚刚站到这里。"史传道诚惶诚恐地答道。

"怎么,来学堂有事? 进来说吧!"先生放下手中的书本,指着屋里一个座位让史传道坐下。

"我来找先生,多有打扰。是有件事情,想请先生恩准的。"史传道一出家门,就想着见了先生怎么说,想了一路的词儿,在路上边走边打好了腹稿,生怕在先生面前失言,丢了庄稼人的脸面。

先生示意史传道到门外去说,两人便一前一后出了教室。

"不必拘礼,乡里乡亲的,不外道,有话尽管说。事无巨细,只要我老朽能帮上忙的,一定尽绵薄之力。"毕竟是老秀才,讲出的话就是不一样。

史传道一看先生很随和,很亲热,这才鼓足勇气悄声说:"事情也很简单,就是想让张妞退学,不能再上了。"

先生一听怔了片刻,急切地问:"你说谁要退学?"

"张妞要退学!"

"学堂里没有叫张妞的学子啊!你是不是搞错了。张妞是谁家的孩子?"先生一脸疑问地看着史来贺的父亲。

"哎呀,先生你看,我这心里一慌,没给你说清。就是我的儿子史来贺要退学。"

"史来贺退学,那你为何说成张妞呢?这是怎么回事?"先生不解地追问。

"哦!先生有所不知,张妞是史来贺的小名,是他干爹给起的。他干爹姓张,给他起了个单字'妞'的名字,这样哪,他打小家里人都叫他张妞,叫惯了,也顺嘴了,所以张嘴就叫他张妞,大号反倒不常叫了。"

"原来是这么回事。史来贺认有干爹,叫了张妞的别名,本先生一无所知,也算孤陋寡闻吧!"老秀才低头思忖片刻,着急地问,"史来贺为何要退学?他可是个百里挑一的学而优的学子啊!"

父亲将家里的境况简明扼要地叙说了一遍。

先生听罢微微地点了一下头,哀叹一声,怅然若失地说:"你这一说,老夫倒觉得来贺退学事出有因,情有可原。天灾人祸,兵燹累累,连学子也难以继续学业,这是什么世道啊!只是太可惜了,你要知道,贵公子可是个难得的高才呀!他要离开了学堂,老夫就少了一个得意门生。"先生看了看史传道,不住地摇头叹息:"可惜了,可惜了!这娃子要是早出生一两百年,赶上科举考试的年代,准能考个状元,金榜题名啊!唉!太可惜了!"

他把史传道领进教室,说了声"史来贺,你父亲找你",便一脸失望地坐在了讲台,又无奈地叹气解嘲地说:"唉!这年头,有权有钱万事通,走到哪里都威风;乱世文章不值钱,书生儒雅也寒酸。不读书也好!"

史传道走到小来贺的座位前,眼里含着泪收拾起孩子的书包,小声说:"张妞啊,跟爹回家,咱家揭不开锅了,吃不上饭了,这学没法上了,走吧!爹也是没办法呀!"说着,就拉起小来贺往外走。

史来贺一个劲儿强挣着,哭喊着要往回走:"我不走!我要上学,我要跟老师学知识,学文化。"可他还是被父亲拉出了学堂,一路哭成了泪人。

父子俩一路走着,父亲一路哄着、劝说着:"张妞啊,你听爹说,穷人就得认命,谁叫你投错了胎、走错了门,投生到咱这个穷家呢?爹也很想让你上学,念很多书,将来光宗耀祖,可爹娘没这个力量,没这个本钱哪!真是一点办法也没有了,才不得不让你退学。你要一心上学,下辈子就投胎到富人家吧!可别再投错了胎。"

听说史来贺退了学,不再念书,几个同窗好友一起来家里看他,问他为啥不上学堂了。史来贺摇摇头什么也不说,脸上却不由自主地流下了两行热泪。

这时,一个从小就在一起玩耍、一起打柴的最亲密的同窗,大惑不解地说:"张妞,你还是去上吧!咱们一块儿上的学堂,你咋上了半截就退了呢?数你学习好,先生经常夸你,最不应该退学的就是你。我们学习都赶不上你,俺还不退学呐,你退了学,多可惜啊!"

史来贺擦了擦眼泪说:"俺说啥也不去了,家里太穷,念不起啦!俺要和爹一起干活儿,养家糊口。"

几个伙伴儿一听是这么回事儿,一个个黯然神伤,再也无话可说。他们很想帮史来贺一把,可他们也都是穷孩子,自己还顾不了自己,怎么去帮助别人呢?是贫困让来贺辍了学,是贫困让来贺无法继续念书,这可恶的贫困啊,穷人啥时才能逃脱你的困扰和束缚?

这时,史来贺的母亲从屋里走出来,温和地对几个孩子说:"俺张妞是因为家里供给不起才退了学的。你们千万别像俺,要好好上学,听先生的话,学一肚子文化,长大就有本事啦!到那时,你们也好帮帮俺张妞。你们看,天不早了,该上学堂了,别误了你们的功课。"

几个同窗向史来贺依依告别,迈着沉重的步子,无精打采地向学堂走去。

史来贺把心爱的课本用一块破布仔细地包起来,好像珍藏一件宝贝似的,严严实实地压在炕席下面,也把一段童年的美好记忆压在了心底。

这时,他更加憎恨那些穷凶极恶的土匪,憎恨富人剥削穷人的不合理的社会,憎恨这穷人无法上学的世道。没事儿的时候,他总是从炕席下拿出课本,自己悄悄地读书。他要自己学知识、学文化、长本事,发誓今后要多劳动,长大了要多挣钱,不仅让自己的后代能上学,还要让村里所有的穷孩子都能上学,都能识字,都会算账,不再受富人的欺负,不再受富人的压迫。

这一愿望,他刻在了心里,一辈子也没抹掉、也没忘记。他当村支书后,时刻想着实现这一愿望。20 世纪 80 年代末，他带领村里干部群众投资几百万元，建学校、办教育，把村里的学校办成了一流的教育园地。村里的孩子从幼儿园到高中，都实现了免费上学，甚至上大学也是村里出钱，考不上大学的在村里上夜校，上函授课，让村里的青年人都达到了大学文化水平。他小时候的上学读书梦，终于在刘庄的后代人身上得到了圆满的实现。

史来贺用自己真真切切的事实，践行了他的少年宏愿、少年壮志。

第四章　长恨人间路不平

※雪地的血迹
※冰雪路难行

雪地的血迹

冬天一来，史来贺的小生意就不好做了。没有了瓜果，没有了青菜，没有了茄子、黄瓜，只有大白菜、大萝卜，但白菜、萝卜在冬季根本卖不动。因为穷苦人家，再没有土地，也要在自己的房前屋后种一些萝卜、栽几棵白菜，谁还去花钱买白菜、萝卜呢！万般无奈，他的生意冷落下来，只得另寻生路。

史来贺与父亲绞尽了脑汁，寻遍了四乡，也没找到合适的生意。好在当时七里营一带，有不少地主兼商人为了大把赚钱，获得巨额利润，处心积虑地经营倒卖粮食的生意。要倒卖粮食，就得有中途运输。而那时农村的运输工具，只有木制的独轮推车。那些地主兼商人就雇用一些穷人当脚力，从这个地方把粮食推运到另一个地方。穷苦人用自己的一身汗水、一身苦力，挣一点少得可怜的脚力钱。他们出的是牛马力，而这种牛马力是非常廉价的。大把大把的钞票却被地主兼商人赚到了手里，他们巧取豪夺的，正是贫苦农民的廉价劳动力。

父亲史传道就从地主手里接了这样一个脚力活儿，既感到欣喜，又感到苦楚。欣喜的是，冬天能找个出苦力的活儿，挣点儿脚力钱，就能买米下锅，一家人就饿不着；再说冬天不远就是年关，手里有几个脚力钱，买必需的年货就不用发愁了。苦楚的是，这边穷人正愁粮食不够吃，那边富人却愁粮食吃不完，堆在家里发霉、生虫，运到集镇上去卖钱；这边穷人忍饥挨饿，无米下锅，那边富人却让无米下锅的穷汉子给他们倒运富余的粮食，去换取更多的财富。真是饱汉子不知饿汉子饥，天理不公心难平啊！

当脚力，运粮食，用的是家里那一辆破独轮木车。自然是父亲驾车在后边推，儿子用绳在前边拉。车子的左右两边结结实实各码 3 布袋粮食，3 布袋粮食整整 180 公斤，一辆小小的木轮车，一次要装运 360 多公斤粮食啊！

天刚蒙蒙亮，史传道父子二人就推着粮车出了村，上了路。严冬时节，旷野一片冷静、寂寥，只有早早醒来的寒号鸟，不知躲在哪里无精打采地叫两声，听见路上滚动的粮车吱吱呀呀地响个不停，吓得它立即噤声，噗啦一下飞向远方。路上一个行人也没有，天寒地冻，滴水成冰，没事儿谁也不会起这么早，到这野地里来受冻。史传道父子是没有法子，被贫穷的生活所逼啊！家里要是自给自足，有钱有粮，哪会出来受这份儿罪、出这份儿苦力呀！

凛冽的北风呼呼地叫着，刺骨的寒流汹涌地滚着，一走进旷野，如进了冰窟一样。而史传道父子哪还顾得了这些？即使风带着刀子，刺伤了手脸，扎疼了骨头，也得推着车子往前赶呀！速度一点儿也不敢放慢，路上一会儿也不敢耽搁，粮车必须在主人规定的时间内到达粮栈；否则，人家就会扣脚力钱。父子二人一个弓腰推车，一个埋头拉车。推车的一步一蹬，一步一弓，步步踏地，铿锵有声；拉车的，一绳拽千斤，千斤勒肩胛，一步一扑身，步步拽天地。他们把浑身的力气和解数都用尽了，恨不得一步百里，一口气赶到粮栈。可是脚下的道路坑坑洼洼，高低不平，崎岖难行。粮车咕咚咕咚上下颠簸、左右晃荡，一不小心就会翻车。并且这是一条羊肠小道，狭窄弯曲，一会儿一拐，一会儿一弯，车子必须随着道路的曲曲拐拐，一会儿一调头，一会儿一摆尾，忽东忽西，忽左忽右，再加上车子无休无止的吱吱呀呀的叫声，往往弄得人心慌意乱，招架不及，几次都险些翻车。

正在拼力努劲地往前赶路，天空慢慢变得阴沉起来，大片的阴云遮住了太阳，风刮得更紧、更尖厉了，寒气更凛冽、更汹涌了。史传道根据经验判断，这是寒流袭击、寒潮逼近，紧跟着滚滚寒潮的就是暴风雪。看来上天又要给行路难的人设难关、出难题啦！天上寒潮来袭，地下道路不平，天和地都不成人之美，都不助穷人一臂之力啊！

心里正思忖着，大片大片的雪花便纷纷扬扬从天而降。望着迷乱的风雪，史传道愁肠百结，心神不定。天上降大雪，地上路不平，越怕不顺，偏偏就遇到不顺。啥倒霉的事儿咋都让俺摊上了？这时，为了顶着风雪不减速，他的身子弓得更狠，脚步踏得更重，力气拼得更强劲，车子的吱呀声更急促，而他的心里却如履薄冰，一遍又一遍地暗暗祈祷：上天有眼，保佑俺一路行车平安，千万别让俺把车子翻在雪窝里、倒在半路上……

风越刮越疾，雪越下越大，风旋着雪花在空中扑打着、翻卷着，忽上忽下，忽高忽低，一阵阵扑向人身，扑向粮车，迷乱着人的双眼，席卷了人的帽子。父亲赶忙停下车，去追赶被风卷走的帽子。来贺也紧跟着去追赶、去抢夺。可父子二人拼尽全身的力气、用最快的速度奔跑着，还是没能追回自己的帽子。风比人跑得快，风比人蹿得高，两顶破帽子眨眼间飞得越来越高，越来越远，变成了高空的两只风筝；紧接着，又变成了两个隐隐约约的黑点儿，像钻进云层和乱雪中的两只小麻雀。父子二人仰脸瞅着，眼睁睁看着两只"小麻雀"消失在雪花迷茫的云空。没了帽子，父子二人只得光着头顶冒风雪推车赶路了。

　　抬眼望去，天地之间都成了纷纷扬扬的雪花，像天上的神仙往下撒鹅毛、抛棉花。一会儿的工夫，就覆盖了大地万物，树木、枯草、麦苗、道路、河沟、荒野，全都变得白茫茫一片。让人很难辨清哪是路、哪是地。父子二人推车行走越来越艰难，何况他们是由南向北逆风而行，强势的风雪恨不得把他们扑倒，风雪灌进嘴里，噎得他们喘不过气、说不出话，喝了一肚子冰凉，灌了一肚子冷气。

　　明明知道天寒地冻，北风刺骨，父子二人还不得不强抵着寒冷，把身上的破棉衣脱下来盖在粮车上，唯恐雪落在粮袋上，化成水，浸湿了粮食，到粮栈交不了账，跟主家交不了差，白出力不说，那一车粮食钱，怎能赔得起？

　　这时，车子遇到了一段上坡道，按说，一个陡然的土坡，对一般的推车人来说，算不了什么，可这是一辆超常的载重车，上面装载着700多斤粮食，并且还是一辆木轮车。过这段土坡道，虽然不像爬一座高山那样险象环生，而对于笨重的独轮木车来说，负载爬坡的艰难也是可想而知的。富有经验的父亲知道，推车上坡，不进则退，比逆水行舟还难。向上爬一步难，向下滑百步易；前进一步难，后退百步易。必须一鼓作气，不气馁，不松懈，不衰败，不竭蹶，一气推上坡顶。如果中途有一丝一毫的麻痹或松懈，就会前功尽弃，一退到底。何况一辆超载车，要从坡上往下退，那是非常危险的。所以拼死拼活，也要一口气闯过这道难关。

　　于是，父亲喊一声"上坡喽"，史来贺便鼓足劲头，敛声屏气，扑身埋头，狠命地往前拉，脚步向上迈得坚实而沉稳，决不让它向下趿溜一指半寸。父亲向上推着，浑身的筋骨都绷得紧紧的，脸颊憋得通红，紧握车把的两手骨节，像两只铁箍牢牢地焊在车把上，让车子只能向上爬，不能向下滑。两条腿一前一后，交替着一迈一弓，迈时，有铁臂熊背推着；弓时，有钢腕虎腰撑着。就这样，父子二人连拉带推，配合默契，一股劲儿地向上冲、向上爬，终于一口气推上了坡顶。父子二人累得气喘吁吁，两腿打战，骨节子发软，心跳得七上八下。

　　风越刮越猛，雪越下越大，风刮得周天寒彻，雪飘得遍野迷蒙，无疑，这是一场来势凶猛的暴风雪。父子二人不敢怠慢，在坡顶稍微喘了口气，缓了缓劲儿，就开始推着粮车下坡了。下坡倒不用拉车了，史来贺把拉绳挽系在车架上，回身帮父亲在一边扶着车慢慢下坡。坡上落了厚厚的积雪，坡陡路滑，车子下坡时，父子二人步步扎实，步步踏地，稳步下行。尤其是父亲，再次振作精神，耸抖肩膀，绷紧车襻，两手像两把铁钳，用强力紧紧钳制住车把，让车子徐徐滚动，慢慢下到坡底。

鹅毛般的大雪在路上越积越厚，犹如松软的鹅绒铺满了道路、铺满了大地。脚踏上去，一脚一个深深的脚印，一个脚印就是一个深深的雪窝。父子二人一脚深、一脚浅地在雪地上艰难地跋涉着，可他们身后的车辙和脚印，不大一会儿，就被棉絮般的雪绒填满抹平了。

望着铺天盖地的大雪，父亲边推车行路，边感叹道："几年就没见过这么大的雪，偏偏咱爷俩给人家去送粮的半道上，这雪就猛不防下来了。你说，咱这运气咋这么背呀？"

"这老天是成心让咱穷人受冻挨冷的，落了满身的雪不说，还把咱的帽子给刮跑了，耳朵都快被冻掉了。"说着，史来贺用手捂了捂冻得红肿的耳朵。

往前走了没几步，史来贺突然停了下来，蹲在雪地里一直摸自己的脚后跟。父亲不知发生了什么，扎下车子问道："咋啦？蹲下干啥？"

"我的脚后跟好像被刀子拉开了，疼得厉害。"史来贺龇牙咧嘴地回答。

父亲上前一看，孩子的棉鞋和布袜子破了两个窟窿，脚后跟赤裸着，冻裂了几道口子，向外浸着鲜红的血，血滴洒了一路，染红了地上的雪……

"哎呀！我这个当爹的太粗心了，我在后面光顾着推车了，咋没发现你的脚冻得怎厉害？哎呀！孩子，你咋不早说呢？这可咋办？"父亲在雪地上跺着脚，心焦得一筹莫展。

"爹，你不用着急，冬天下雪冻坏手脚，还不是常有的事？让我用雪把脚上的血擦一擦，咱继续赶路吧！"说着，史来贺从地上抓起一把雪，在脚后跟上捂了捂，擦了擦。然后，站起身来，好像啥事儿也没有发生似的，轻松地对父亲说，"不疼，不碍事，咱继续赶路吧，不要误了时辰。"

这时，父亲突然解开棉裤带子，来贺急忙问："爹，你要干啥？这么冷的天，你要脱棉裤？"

"不是脱棉裤，从棉裤腰的里儿上撕下一块布，再掏出一把棉套，让爹把你那冻裂的脚包扎一下，它就不流血了。"父亲说着，继续解带子。

史来贺急忙掰开父亲的手，替父亲把棉裤重新系好，一边系，一边含着泪说:"爹,不用包扎,我的脚不疼,不流血了,赶快推车走吧!"说着,他已经把拉车绳搭在了肩上。

"反正我这也是一条破棉裤,撕下一块也不误穿。"父亲心疼孩子,仍然坚持撕棉裤。

史来贺转回身又是一番制止,并饱含深情地说:"爹,千万别撕棉裤。你想想,俺娘给咱爷俩每人做一件棉裤多不容易呀!这都是她起五更搭黄昏一线线纺出来、织成布,再一针针缝出来、缀出来的啊!一针一线都是她的心血,都是她的辛苦劳动。你哧啦一下撕下一块布来,又得叫俺娘缝补半天,你不心疼,我可心疼啊!"说到这里,他的泪水再也抑制不住,唰一下流了下来,挂满了脸颊。

听了孩子饱含深情的话语,父亲只好作罢,替儿子擦了擦两颊的泪水,长长地哀叹一声:"老天爷啊!俺穷人寻个活路,咋就这么难啊?苍天哪,你给俺穷人铺一条跑生计的平坦大道吧!俺们的日子实在难熬呀!"

父亲的呼喊,让来贺又情不自禁流下了两颊热泪。父亲再次给儿子擦干了泪水,果断地说:"好了!咱不哭,穷日子、难时光,总会熬到头。咱马不停蹄,继续赶路吧!"

这次他留心了,儿子的脚后跟依然浸着血,血依然染红了地上的雪。那两行脚印,两行血迹,绵绵延延留在了雪地上,也鲜鲜红红地永远留在了父亲的心坎上……

冰雪路难行

第二天清晨，史来贺刚刚从睡梦中醒来，棉衣还没穿好，父亲就喊他去主家装车送粮，并叮嘱他一定要穿厚些，把冻了的脚包好。

史来贺一听今天还要去送粮，心里就有点儿不高兴："今儿个咋还去啊？昨儿个下那么大的雪，外面冰天雪地，连个路都找不着，咋推着那么重的车上路啊？咱等雪化了再去送粮不中吗？"

"那不中！这事儿咱不当家，人家主家说了算，咱只是给人家当脚力。人家说初一去送，咱就不能等到初二。赶快走吧！甭说冰天雪地啦，就是天上下冰雹，脚下踩圪针、踩刀子，咱也得应时应点儿地去啊！一时半刻也不能误，按时给人家把粮食送到。咱应承了的事儿，就得诚实守信，说一不二，这是大事，千万不能失信啊！老辈人有一句话，误人就是误己。咱这次误了人家的大事，下次有了差事，人家肯定就不用咱了。"说着，父亲无可奈何地连连叹气，"谁让咱摊上这倒霉的天气呢！"

听了父亲的话，当儿子的无言以对。特别是看到父亲眉宇间凝结着忧愁，面孔上布满了无奈的表情，让他更加理解和心疼自己的父亲——这是多么好的一位父亲啊！他一向为人憨厚和率直，不论给地主家扛活，还是给别人办事，始终把诚实守信看得比什么都重。他常给年少的儿子讲，别看咱人穷，越穷越要有志气。做人一要讲诚意，二要重信誉。诚意厚如地，信誉大如天，这是立世之本、做人之基。有了这两点，站在天地之间，才是一个真正的人，一个硬邦邦的人。所以，凡是他干了的活儿、办过的事儿，别人没有不满意的。在他看来，成人之美，就是积德行善。哪怕自己多吃些苦、多流点儿汗，哪怕忍饥挨饿、脚踏艰险，也要把别人交办的差事干得善始善终、完好无缺。别的啥也不图，一图差使稳定，养家糊口；二图雁过留声，人过留名。

父亲的这种淳朴品格、诚信精神以及正直做人、坦荡做人的胸怀深深影响着年少的史来贺，甚至影响了他的一生。

…………

还是那片旷野，还是那片白皑皑的雪原。只是雪不再下，天依然阴沉沉的，风依然呼啸地刮着，大地一片冰封雪冻。寒风飘旋着，雪原上冷冰冰的肃杀之气，似乎能把人冻成冰棍儿。

还是那条路，还是那辆车。只是路上的雪更厚了，厚厚的积雪冰冻着，又滑又硬，一条曲曲折折的冰雪路更难行走了。可想而知，在冰雪路上推着载重的木轮车，车子更难驾驭了，变得不听使唤了。驾车的父亲走得更加小心，更加缓慢了。

父亲知道，车子并没有变，它和人一样，都还是原来的脾性、原来的筋骨，变的是路，土路变成了冰雪路、冰冻路，给车设置了太多的障碍、太多的艰险、太多的困境。人要和车子一起同踏冰雪共患难，踩碎一切艰难险阻，拼着老命也要把这车粮食一粒不少地送到地方。既要让发货的主家满意，也要让收货的商家满意。

路上的雪腿肚子深，父子二人驾着沉重的粮车，简直是在雪窝里爬行，两只脚走路不是在迈步，仿佛是在很深的泥土里吃力地"拔树干"，拔出这只脚，再拔那只脚。拔出来再踏下去，一脚比一脚陷得深；踏下去再拔出来，一脚比一脚更吃力。仿佛是老牛在泥滩里行走，仿佛是战马在沼泽里跋涉。遇到大风旋积的雪梁、雪墙，父子二人还得扎下粮车，拿起铁锹，铲雪、推雪，铲除雪梁、擢开雪丘，推倒雪墙。每铲除一道"拦路虎"，得耗费几袋烟的工夫，大大延误了预定的送粮时间。父子二人心焦如焚，可这是老天给设的难关，人能有啥办法呢？

"老天叫咱多出几把力，叫咱多吃几番苦，那都是命中的定数，咱就得一项不少地接受它。老天叫咱经受九九八十一难，咱就得经受八十一难，一难也少不了，一难也躲不过去。这所有的难关都被咱拿下了、闯过去了，老天爷才让咱走出困境，走进一片新天地。"父亲一边铲着雪墙，一边安慰着儿子，也是在安慰自己。

儿子听了后，不无悲观地说："可这一片新天地在哪儿呢？啥时候才能望得见呢？"

"新天地会有的，也许就在天边，也许就在不远的地方。只要咱这两条腿不被困难绊住，不被艰险吓倒，不停地往前走、往前奔，一定会走进那片新天地。"

父亲用满眼的希望之光鼓舞着儿子。

车子行至昨天那个陡坡时，父亲先把车子停下，二人用铁锹把坡道上厚厚的冰雪铲除。然后，才推拉着车子一步一滑、一步一跳地向上爬坡。这一段坡道比昨天爬得更艰难、更吃力，同时更让人提心吊胆，步步惊心，如临万丈渊谷，唯恐车子下滑时"人仰马翻"。等费了九牛二虎之力，将车子推到坡顶，又从坡顶下行到坡底，那颗提到嗓子眼里、怦怦乱跳的心，才慢慢落进了肚里。

也许是一场紧张的虚惊之后放松了警惕，也许是过度的小心翼翼让人顾此失彼，也许是眨眼间的疏忽，对于突然出现的紧急情况，没有来得及应变，车子下坡后不久，在一个急转弯的地方，冷不防一下子翻到雪地上，连紧勒在粮袋上刹车的绳索都绷断了，几只粮袋全散落在雪窝里。

父子二人登时目瞪口呆，不知所措。只眨眼工夫，父亲就从惊愕中清醒过来，慌慌忙忙对儿子说："来、来、来！赶快把车子扶起来。真没想到，在这翻车啦！"

父子二人一个扶车把，一个掀车头，把车放平、扎稳。然后，又把陷进雪窝里的粮袋一袋一袋地抬到车上，将袋子上沾的雪打扫干净，生怕雪化了湿了袋子、湿了粮食。如果那样，到粮栈验货时就麻烦了。老板肯定鸡蛋里面挑骨头，以此为由，拒绝收货，或者压价、砍价，当脚力的该咋向主家交代？万万担待不起呀！所以粮袋上一点儿雪也不能沾，一星泥都不能带。待把所有的粮袋都打扫得干净如初，才重新用绳索扎紧绷牢。父子二人又驾起车子、拉紧绳子、滚动轮子，艰难地迈动跋涉的双脚，咯吱咯吱、吱吱呀呀地踏雪推车，缓慢前行。雪地上依然留下点点鲜红的血迹……

一年又一年，一冬又一冬，史家父子的运粮车，总是一路吱吱呀呀地响着，从刘庄一直响到七里营，响到小冀镇，甚至响到新乡城。而过早地过度劳累，风雪里来，风雪里去，让史来贺未成年时就冻坏了腿脚，落下了严重的腿脚疼的劳伤。这个劳伤，伴随了他一生，怎么治疗也没有治好，一遇风寒，就疼得厉害，走路总是迈不开大步。

史来贺到老年时还问医生，一个腿脚疼的小病，为何就治不好呢？医生告诉他，这病根儿生得太早，青少年时期年年添病，反复发作，寒气深入了骨头，凝结在骨头里，形成严重的劳伤。年头一多，时间一长，就更不好治了。

史来贺无奈地哀叹一声："唉，这都是贫穷导致的顽疾，贫穷不除百病生啊！"

　　为此，他从不忘记旧社会的苦难，从不忘记贫穷带给穷人的灾难。所以他一走进革命队伍，就立下誓言：坚决拔掉穷根，甩掉穷帽子，带领刘庄穷苦农民过上富裕时光、幸福日子。在后来的岁月中，他经常对刘庄的干部群众讲："无论啥年代、啥世道，穷人与富人，都是两重天。穷人，都是受苦受难的角色。受穷的日子都不好过，要想少受苦难，把日子过得有个人样，就得把自己由穷人变成富人。咱们闹革命为了啥？就是为了让广大的劳苦大众由穷变富，过上好日子，过上富日子。只有整个的刘庄百姓，成了一支富人队伍，整体富了，才算革命成功了。我就不信，咱农民会永远当穷人，咱农村会世代受苦难。咱们终会有彻底翻身的那一天。我史来贺不信邪，咱刘庄人不认命！"

　　史来贺用他一生一世的"革命成功"、创业实践，印证了他立下的誓言。

　　"天将降大任于斯人也，必先苦其心志，劳其筋骨，饿其体肤，空乏其身，行拂乱其所为，所以动心忍性，曾益其所不能。"史来贺的童年苦难、少年血泪，以及他后来的担大任而不辱使命，再次验证了先圣哲言的英明卓见。

第五章　誓死捍卫新政权

※穷人的武装
※大闹"鸿门宴"
※生死置度外
※悲壮的"诀别"

穷人的武装

　　史来贺在与贫穷和苦难抗争的长期磨砺中,逐渐成长为一个青年。他17岁那年,刘庄发生了出人意料的变化,也使史来贺的人生发生了根本性的转变。

　　1947年10月,正是农历的中秋时节,秋高气爽,日清气朗中渐渐有了一些清凉。一个月明星稀的夜晚,清冷的月光洒满了大地,田野里一片静寂。只有习习的秋风吹拂着未收割的玉米叶子,发出沙沙的响声;庄稼稞里、地头和路边的草丛里,秋虫的唧唧声,忽强忽弱,忽高忽低,此起彼伏。这天籁的弹唱与鸣声,更增添了秋夜的清静与空寂。

　　忽然,黄河故道的柳树林里一阵骚动,树枝晃动了几下,又慢慢停息下来。几条黑影悄无声息地从树林里闪了出来,只有朦胧的身影,却听不见脚步声。他们的行动既迅捷又神秘,凭借朦朦胧胧的夜幕的掩护,神不知鬼不觉地进了刘庄。

　　这几个神秘人物究竟是干什么的? 他们为何夜探刘庄,而又悄无声息、神秘莫测?

　　原来,这几位夜进刘庄的人,是还处于"地下活动"的中共新乡县委派往夏庄乡的联防工作组成员。他们目前还是地下工作者,趁夜色浓重时潜入刘庄,是奉命在刘庄深入发动群众,建立农民自己的革命政权。

　　工作组的几个人,在组长霍富衡、副组长傅阎明的带领下,一进村就秘密深入穷苦百姓的家里,深入长工劳动的田间地头,了解刘庄社会阶层的基本情况。用共产党的信仰、宗旨、思想、任务等革命道理教育群众,发动群众,组织群众,在穷苦人当中制造成立革命政权的舆论。

　　刘庄的穷苦百姓,一代又一代,一辈又一辈,受尽了地主老财的剥削与压迫,他们在苦海里苦苦挣扎,却总是逃脱不了"三座大山"的压榨。老百姓做梦都盼着有抬头挺胸、趾高气扬的那一天，有告别穷日子、过上好日子的那一天，有穷人自己掌权、当家作主的那一天。穷苦人一听说工作组来村里，是要推翻地主与封建官僚的政权，建立穷人自己的政权，无不喜出望外，打内心里赞成与拥护。

"咱们早就盼着有这么一天，穷人可有出头之日了。劳苦人有了自己的政权，还怕谁？"

"这种不合理的社会、不合理的政权，早就该推翻了。"

"一听说要建立穷人的政权，我这心里呼腾一下热起来了，火苗子蹿起老高，照得心里亮堂堂的。"

穷苦人见了面，都憋不住内心的高兴，纷纷议论这件惊天动地的大事，恨不得一夜之间推翻旧政权，建立新政权。

然而，要推翻一个旧政权，建立一个新政权，谈何容易？这是一场你死我活的斗争，是一场刺刀见红、血染沙场的斗争。此时此刻，国共两党、两军，正摆开战场、逐鹿中原。战争打得如火如荼，血流成河。国民党军队节节败退，解放军的进攻势如破竹，不给国民党军队留一条退路。在做最后垂死挣扎的国民党政权，深感江山摇摇欲坠，便气急败坏，狗急跳墙，加紧了对城乡"后院"的专制。一时间，血腥的白色恐怖，笼罩中原大地。反动派到处抓人、搜捕，杀人、放火，凡是与共军有关系的，抓住就杀；凡是给共军通风报信的，抓住就毙。然后，还要放火烧你的房子，抓你的妻儿老小，甚至赶尽杀绝，斩草除根。

在这种森严的白色恐怖下，被地主官僚威吓怕了的刘庄穷苦百姓，好多人一夜之间变得胆小怕事，不敢公开与工作组接近，更不敢跟工作组谈村里的情况，一看见工作组就躲得远远的，总怕引火烧身，大祸临头。刚开始的那种听说建立革命政权的兴奋以及在心中燃起的烈焰，一夜间悄无声息地熄灭了。

"枪打出头鸟，出头的椽子先烂。"

"坐观其变，还是看一阵子再说吧！"

面对这样的骤变，工作组暂时遇到了开展工作的困难。

"真没想到群众的顾虑这么多，我们该怎样打开刘庄的局面？都说头三脚难踢，咱们一脚还没有踢出去，就遇到了国民党顽固势力的绊脚石。"工作组组长霍富衡皱着眉头与大家商讨如何开展工作。

副组长傅阁明说："国民党顽固势力对我们建立革命政权百般阻挠，明枪暗箭啥都有，这是意料中的事，但我们不怕！时不我待。上级给咱提出了严格的工作目标,咱必须抓紧时间,尽快完成任务,建立起刘庄的革命政权。"

他的话音刚落,从门外突然闯进一个小伙子,风风火火的样子,中等个儿,瘦长脸,目光如电,闪烁着机灵的神采,浑身都透着精气神儿。他一步门里一步门外,还未站定,就来了个开门见山,直截了当:

"听说你们是共产党,是来领着刘庄人闹革命、建立穷人自己的政权的,这是天大的好事。刘庄人愿意跟着你们干,你们说咋干就咋干,我算头一个。只要是为穷人撑腰,为穷人出气的事,我一干到底,绝不回头!"

他的话让工作组的人既感到吃惊,又非常高兴。

"你叫啥名?多大了?"工作组组长和蔼地问。

"我叫史来贺,今年十七岁。"

"你父亲叫什么名字?是干啥的?"

"我父亲叫史传道,长年累月给富户当长工。"说完,他又紧接着补充了一句,"已经当了二十多年长工了。"

"你家里几口人?都有谁?"

"家里七口人:有父母,我上头还有四个姐姐。男丁就我一个,是家里最小的。"史来贺报告得一清二楚。

工作组组长又关心地问:"你是家里的独生子,出头闹革命,父母会同意?他们是要为你担心的。"

"不要紧,我父母不护犊子,只要闹革命,为穷人办事,他们会支持的。"史来贺向工作组打包票。

"干革命可不是闹着玩儿的,非常危险,随时都有可能掉脑袋。难道你不怕被反动派抓去坐牢?不怕杀头?"工作组的人试探地问。

"怕?这个怕,那个怕,那革命谁来干?你们干革命都不怕,我怕啥?再说了,怕来怕去,咱穷人的苦日子、难日子啥时候是个头?啥时才有好日子过?俺穷苦人被压榨得喘不过气来,憋了一肚子的冤枉气,早就该闹革命了,如今,俺可盼到了这一天。让我参加吧!"

史来贺像见到了久别重逢的亲人,憋在心里的强烈愿望,今儿个终于一吐为快。

"说得好!看来你是一心要干革命的。你给你们村里的年轻人带了一个好头。现在给你一个任务,你去串联村里的年轻伙伴,准备成立刘庄民兵自卫队。"

"民兵自卫队？是干啥的？"史来贺还是头一回听说这样一个组织。

工作组组长把民兵自卫队的性质、任务以及意义讲了一遍，然后，关切地问："怎么样，这个任务能完成吗？"

"中！俺保证圆满完成！"史来贺果断地接受了任务，转身而去。

望着小伙子的背影，工作组组长欣然赞赏："这个史来贺有骨气、有胆量，还有口才，很机灵，是个干革命的好苗子，好好培养，将来一定能为百姓办大事。"

史来贺接受了工作组的任务，心里有说不出的高兴。他雷厉风行地找村里的年轻伙伴演讲、发动、商量，并把工作组组长讲的民兵自卫队如何保护穷人生命安全的话重述了一遍，大大鼓舞和激励了他周围的一群年轻伙伴。

"这个民兵自卫队，是为咱穷人办事的，是保护咱老百姓的，那我报名参加。"

"算我一个，我得为咱穷苦人出把力。民兵自卫队是咱穷人的武装，有了这个武装，地主老财再也不敢欺负咱穷苦百姓了。"

几个平时跟史来贺要好的伙伴，纷纷报名参加民兵自卫队。

在史来贺的发动、组织下，民兵自卫队只用了几天工夫就成立起来了。刚开始，自卫队只有史来贺、杨法忠、刘铭启、马学仁、杜学孟、刘殿新6人。在白色恐怖下，一个村能成立起一个6个人的民兵组织，就已经很了不起了。

在研究民兵自卫队大队长的人选时，工作组产生了一些分歧。

有人首先提出，民兵自卫队大队长一职，非史来贺莫属。首先，参加民兵自卫队的人，都是他发动起来的，他们关系密切，史来贺当了队长，大家都会服从他，听从他的指挥；其次，也是最重要的，他有一身胆略，天不怕地不怕，有为穷苦百姓服务的思想基础和精神品质，所以让他担任队长最合适。

而有人提出，史来贺只是个17岁的大孩子，没有工作经验，也没摸过枪，不会带领队伍，更不会打仗。万一有了敌情，他根本不会应付，会给刘庄的百姓造成很大损失。所以不如推选一个当过兵、打过仗的人来担任民兵队长。

于是，工作队选来选去，选出村里年龄大一些的、当过兵的刘殿华出任民兵自卫队大队长。

刘殿华一听说让自己当民兵自卫队大队长，高兴得摸不着东西南北了，手一挥说："这个大队长让我当，算你们找对人了。我当过兵，会放枪，懂打仗，要是敌兵来了，够他们喝一壶的。"

是的，刘殿华是当过几年兵，并且当时的刘庄，数他当兵时间稍长、年头稍多。但他当的不是共产党的兵,而是国民党的兵,人称"兵痞"。也许是"物以稀为贵",再加上工作队急于求成,刘殿华这个二混子"兵痞",出人意料地当上了刘庄民兵组织的"最高领导人"。这是刘庄人谁也没有想到的。

6个民兵谁也不服气,因为刘殿华的身份和为人处世,大家太了解了,他根本不配当这个队长。并且他也没有报名参加民兵,不是民兵的人,咋能当民兵大队长呢?而大家对工作组的决定,必须服从。谁也不敢说一句怨言,谁也不敢说一个"不"字。

工作组虽然让刘殿华当了民兵自卫队大队长,但他们心里都很清楚,刘庄成立民兵自卫队,史来贺功不可没。

大闹“鸿门宴”

在工作组的运筹下，不到一个月的时间，刘庄的革命政权（又称“农民政权”）就建立起来了，其革命的速度和工作效率，真可谓雷厉风行、疾雷闪电。

虽然刘庄农民有了自己的政权组织——村委会与民兵自卫队，但刘庄的穷苦人却高兴不起来，对史来贺来说，更是一盆井水淋到脑袋上——猛一下从头凉到脚后跟。心中本来腾腾燃起的革命烈火，却被冷酷的现实泼灭了。

原来，工作组进村后，急功近利，浮光掠影，摸情况粗枝大叶，访农户走马观花；不做深入细致的调查研究，对刘庄的情况还没有摸准吃透，就火急火燎地组织新政权，凑凑合合地搭起革命政权的台柱子。可这台柱子太不坚实，太不牢固了，一有风吹草动，就有可能彻底垮台。况且，刘庄的贫苦农民对这个新政权也并不认可。因为新政权的领导者，不是他们满意的人，不是他们赞成的人。

由工作组指定的村长刘某某，倒是十足的贫苦农民出身，受尽了地主官僚的压迫与剥削，苦大仇深，用一句后来的话说，就是“根正苗红”，是“革命的依靠对象”；但这位被指定的村长，只知道扛长工种农田，别的啥都不懂，啥都不问，不识字，没文化，连个“一”字都不会写。你要给他讲“政治”呀，“阶级”呀，“革命”呀，“斗争”呀，他像听天书，一个字儿都记不住，也听不明白。在他的头脑中，不知道什么叫划清阶级界限，不懂得什么是站稳阶级立场。让他当这个村长，真是赶鸭子上架——强人所难！

“工作组非让我当这个村长，我啥也不会，啥也不懂，这村长咋个当法儿嘞？这不是让俺作难吗？”刘大村长找到村里最能说得来的人求救。

“这有啥难的？你去找那些大财主、钱多地多的人，给你当‘高参’，人家见过大世面，有文化，识大体，肚里有学问，世面上的事，没人家不懂的。让他们给你指路子，你这个村长保准能当好。”这位高人给他暗地里支招。

这位刘村长果真去找那些有钱人出谋划策。刘村长平时跟地主刘树香有些来往,他帮地主刘树香干些农活,刘树香投其爱占小便宜的所好,不断给他点小恩小惠。他当了村长,自然要找刘树香给他出主意,在他心里,刘树香就是他的"军师"与"高参"。

刘树香听了他正发愁的心事,哈哈大笑:"这有啥难的,叫你当官这是多好的事啊!这事不在话下,还用得着发愁吗? 常言道,'一个戏台四根桩,一个好汉三个帮',叫你当村长,你得会用人,用好了人,你就是一个甩手掌柜的,又自在又轻松,还高高在上,这是多美的差事啊!全村人谁也比不了你,你就是刘庄村的'土皇帝',对刘庄的任何人都可以发号施令。"

地主刘树香说到这里,停顿下来,仿佛卡了壳,只顾抽烟,却不再说一句话。他这是在吊那位刘村长的胃口。刘村长心里还是没有底,"军师"只把话说了半截,另半截还在肚里藏着,让他急得百爪挠心,于是他心急火燎地问:"那该找什么人来帮我呢?"

"当然得找那些摆得上台面的,肚子里有弯弯绕的,见过大世面的,他们能帮你主事,能给你拿主意。那些没点子,没本事,一辈子猫在村里,啥也不知道,啥也没见过的人,你千万不能依靠他们,一帮泥腿子能搞出啥名堂?"刘树香说完这番话,又给这位刘村长指定了村里几个能倚重的人,不是财主富人,就是那些与村里的地主富户有瓜葛的人。

刘村长完全按照刘树香的嘱咐,把那些平日里游手好闲、吃喝嫖赌的角色,还有曾在国民党军队当过兵、混过事,却没混出个人样来的"兵痞",统统拉进村干部的队伍;并和民兵自卫队大队长刘殿华等不三不四的人搅和在一起,整天拉拉扯扯,吃吃喝喝,深夜里划拳饮酒,寻欢作乐。凡是邀请有钱人以及狐朋狗友在一起饮酒作乐,就让民兵给他们在门外站三道岗,以昭示他们的威风,显摆他们在刘庄高高在上的地位。

对此,刘庄的村民看在眼里,恨在心上,民怨沸腾,却敢怒不敢言。因为村干部与民兵大队长有地主在背后撑腰,谁敢惹他们呀?

"这些混吃混喝的狗东西,算什么狗屁干部? 这哪是为穷人办事的革命政权,简直是地主官僚的应声虫,完全是国民党的做派。"

群众中站出来一个天不怕地不怕的史来贺,气得眼睛冒火,语声如雷。他对那些不务正业的干部,打骨子里恨透了。

一天夜里,民兵马学仁告诉史来贺:"大财主刘树香正在酒馆宴请民兵队长刘殿华和村长，还有其他村干部，他们喝得正欢哪！"

史来贺一听怒上心头，头脑里响起一声声警钟："刘树香这帮财主，是在拉拢腐蚀干部，企图让那些爱吃吃喝喝、爱占小便宜的干部，成为他们的耳目，成为他们的传声筒。从而把新生的革命政权，紧紧攥在他们的手心，顺着他们的指挥棒转圈。"

马学仁点点头说："你算点中他们的命门了，打蛇打住七寸的要害了。刘树香那帮财主打的正是这样的如意算盘。"

"不中！我们不能让新生的革命政权毁在他们手里，要砍断地主伸长的黑手和暗地里的那条指挥棒！"

史来贺说一不二，带领民兵杨法忠、杨森峰、马学仁夜里闯进刘树香宴请村干部的酒场，大闹"鸿门宴"，揭穿假面具。

4个民兵一阵疾风般闯进酒馆，不等众酒徒有所觉察，就呼啦一声围住了他们的酒桌。众酒徒不知发生了什么事，你看看我，我看看你，大眼瞪小眼，小眼瞪大眼，正在他们醉眼发蒙、浑浑噩噩时，忽听一声猛吼，如惊雷震天，如霹雳裂空。

"好一帮酒鬼！你们成天和地主老财混在一起，穿一条裤子，吃吃喝喝，不务正业，这叫为穷人办事？你们到底是哪家的干部？你们黑更半夜与有钱有势的富人饮酒作乐，难道这也叫干革命？"

史来贺吼声像炸雷，话如洪钟，铁拳一挥，"啪"一下砸在酒桌上，满桌子酒杯有的蹦了起来，有的倒了下去，酒水洒了一桌子。

刘殿华一看是自己的手下在"犯上作乱"，马上用镇压的口气训斥道："你们几个算老几，敢在我队长面前撒野？也不看看今儿个在场的人都是谁？这可都是咱刘庄有头有脸、能站在台面子上呼风唤雨的主儿，你们哪个敢跟他们比？也不撒泡尿照照自己，你那张脸有多大，有多宽。不就是背了一杆枪吗？我腰里还别着一把盒子枪嘞！你们这叫犯上作乱！知道吗？我一句话就能把你们的枪下了，信不信？"

刘村长赶忙站起来，和起了稀泥："都是乡里乡亲的，干啥嘞？闹啥别扭嘞？大家在一起喝个酒、盘算盘算村里的事，这有啥不好？来来，你们也都坐下，一起喝几盅。"

"呸！我们才不喝你们的迷魂汤呢！害怕毒黑了心肠，坏了心肝儿。"杨法忠话中有话，狠狠怼了村长几句，给村长弄了个倒噎气。

"你们真不知道好歹,叫你们坐下,那是给你们一张脸,别给脸不要脸,不坐就滚得远远的,别耽误老子喝酒吃肉。"一个村干部往外推史来贺他们4个民兵。

4个民兵像钢梁铁柱一样,站在那里稳如泰山,怎么也推不动。

"你再推我一下,我用枪托子夯死你。信不信?"马学仁举起枪托子比画着。

"你们就知道跟这些穷人的死对头喝酒,看你们能喝出个啥下场!"史来贺又是一声怒吼。

"我们爱和谁喝酒,就跟谁喝酒,你一个嘴上没毛的孩子管得着吗?你是从哪眼井里蹦出来的癞蛤蟆呀?你看着老子喝酒吧,你连老子的尿都喝不上!哈哈哈……不要背了一杆枪,就觉得自己了不起了,是个大英雄了,难道你想造反?想夺我的权?"

民兵大队长刘殿华原形毕露,连怒骂带羞辱,耍起了粗鲁和野蛮,暴露出国民党"兵痞"的真面目。

史来贺一步也不退让,以牙还牙:"你说造反就是造反!我们跟着共产党干革命,就是要造地主老财的反,把不合理的社会颠倒过来,难道造这样的反不应该吗?今儿个,你说我们造反,就是来造反的,不能让你们这帮人同流合污,再把刘庄搞得黑白不分、乌烟瘴气;不能再让你们骑在穷人的头上作威作福。"

听了史来贺这番话,地主刘树香如坐针毡,赶紧走到史来贺跟前,皮笑肉不笑地说:"看你说的哪里话呀?今天是我请他们几个喝酒,我也是为了咱们村长治久安,清明太平。我也是一片好心啊!"

"你安的啥心,我们明镜似的。还是把你那一片好心喂狗吧!"史来贺毫不留情,当面揭穿刘树香的险恶用心。

继而,他又转向那些干部,理直气壮地警告:"告诉你们这帮酒鬼,绝不允许你们败坏刘庄的新政权,刘庄穷苦百姓不答应!"说罢,领着几位民兵扬长而去。

几位民兵边走边忿忿不平地说:"新政权是刘庄全体穷苦百姓的,你们不能败坏新政权!"

就这样,地主老财摆下的"鸿门宴",被4个民兵搅得不欢而散,刘树香们的如意算盘被打得稀里哗啦全碎了,连算盘珠子都成了一盘收不起来的"散沙"。

生死置度外

史来贺当夜回到家里，躺在床上辗转反侧、翻来覆去，怎么也睡不着，一直考虑刚刚发生的事情。刘庄的新政权如果长此下去，那跟被整治下去的伪保长、伪甲长有什么两样？岂不还是替地主老财掌权，欺压穷苦百姓吗？真是换汤不换药，赶走了几匹狼，上来了几匹豺。他们仍会跟狼一样张牙舞爪，把穷苦百姓当成一群默默驯顺、任人宰割的绵羊，那么，穷人哪里还有出头之日？新生的革命政权就真的毁在他们手里了。

"不中！不能任由他们胡作非为，穷人刚刚有了新生的希望，绝不能让这帮乌龟王八蛋毁灭穷人心中那星星一样的希望之光。我就不相信，天下没有说理的地方，既然共产党是为穷人办事的，那么，刘庄的这些破事儿，共产党就该一管到底。"史来贺十分相信共产党，把心中的希望全部寄托在共产党身上。

第二天一大早，他就动身去找上级领导，反映刘庄村的干部阶级阵线不清，不辨是非、不分黑白，与地主老财打得火热的问题。

"他们已经是地主老财的傀儡了，根本不为穷人办事。这哪里是革命的新政权？跟过去的伪政权没啥区别。"史来贺直来直去，说话从不绕弯。

他反映的问题一开始并没有引起上级领导的重视。因为上级领导不认识史来贺，见他是个毛头小伙，又莽莽撞撞的，这小伙的话是否可靠？他们在心里打了一个问号。

几天过去了，反映的问题没有得到上级的回应。史来贺又去反映，一而再，再而三，他又接连反映了3次，问题得不到解决，他决不罢休！

"你反映的情况是真的吗？你是亲眼所见，还是道听途说的？"一位上级领导盯着史来贺疑惑地问。

"全是我亲眼所见，有一句假话，天打五雷轰！"史来贺斩钉截铁地回答，"再说了，我是村里的民兵，民兵是有纪律、有条令的，没影儿的事，我敢胡编乱造吗？不敢！"

这回，他反映的情况，实实在在地引起了上级党组织的重视。

1948 年初春，上级派刘秉衡、郭明录、杨日修组成第二个工作组，进驻刘庄，专门解决史来贺反映的问题。

工作组进村后，接受第一个工作组的教训，沉下心、扎下根，坚定立场、站稳脚跟；广泛接触群众，紧紧依靠穷苦百姓，深入农民家中，坐在炕头灶间，嘘寒问暖，访贫问苦；调查刘庄阶级的分布状况、询问对村里新政权有何看法、考察新政权里的干部作风；等等。

工作组的人只要一深入穷人家里，一坐在群众圈中，和百姓心交心，大家伙儿便你一言我一语，说起来没完没了。

"咱刘庄成立起来的革命政权，成了地主老财的傀儡了，整天围着有钱人吃吃喝喝，根本不替穷人办事，不为穷人做主。"

"这些村干部，都是些啥货色，别说领着俺穷苦人闹革命了，你问问他们，知道啥是革命吗？穷人要革谁的命吗？啥都不知道，只知道有钱人的酒肉是香的。"

"拿人家的手短，吃人家的嘴软。村干部一上台，就和地主老财穿一条裤子，尿到一个壶里，这不明摆着成了有钱人的干部了吗？新政权挂着'革命'两个字，实际上还是富贵人、有钱人说了算，那几个干部只不过是地主老财的跑腿的！"

"有钱能使鬼推磨，这话一点也不假。眼下，村里这几个干部，就是顺着有钱人的指挥棒，给地主老财推磨的鬼！"

"要是不把村里这几个干部换下来，穷人的翻身就闹不成，刘庄的革命就搞不好。"

村里的穷苦爷们儿，心心相通，眼光雪亮，话说得虽然不一样，却道出了同样的心声。

工作组在村里蹲的时间愈长，调查发现的问题愈多，把刘庄的阶级状况、地主拉拢干部的危险性、干部作风败坏造成的危害等问题，摸得透、抓得准、看得清、把得稳。他们把阶级阵线搞得泾渭分明，刘庄新政权的问题摸得一清二楚。工作组趁热打铁，让群众民主推选，换掉了村长，改组了村政权，由民兵骨干张克成担任村长，由民兵骨干杨法忠担任农会主席，刘长香负责民政，群众一致推选史来贺担任民兵大队队长。认地主为"军师"的不称职的村长被赶下台，在村里耀武扬威、横行霸道了几个月的国民党"兵痞"刘殿华被轰下台、赶出了民兵队伍。

在战争年代，民兵队长是一个相当重要的角色，那是一个村庄、一个地方的"军事长官"，不仅担负着一个村庄的军事防御、社会治安、保护老百姓的生命与财产安全的重任，而且还要随时参战，支援前线；不仅要率领民兵武装直接与地主武装、反动会队、土匪恶霸、杂牌土顽进行你死我活的较量，而且还要随时对付来犯的国民党正规军和地方武装。这么艰巨复杂的战略任务，可都在一个民兵队长的肩上扛着呢！所以在战火连天、兵匪横行的年代，选一个民兵队长必须慎之又慎。选对了，是老百姓的福；选错了，则是老百姓的灾。选准了，能创造一方平安；选歪了，能招致一方祸乱。刘庄，选史来贺当民兵队长，可算是智珠在握，慧眼识才。

经过5个多月的政治较量，刘庄的革命政权才真正掌握在了确实能够代表穷苦百姓利益的人们的手中。

然而，这个新兴的革命政权，一掌握在穷人自己的手里，便面临着非常险恶的斗争形势，经受着无比严峻的血与火的考验。

当时，国民党反动势力深感江山摇摇欲坠，就变本加厉地作垂死挣扎，向革命势力疯狂反扑，他们狗急跳墙，妄图在前方、后方两个战场阻挡革命洪流滚滚向前。特别是在中原战场，战争打得异常激烈。他们在与共产党的军队大肆拼杀的同时，生怕后院起火，加紧了对中原城乡的控制。为阻止革命势力的壮大，为扑灭革命烈火的蔓延，国民党的军队、特务，还有他们勾结的土匪，遍布城乡，肆无忌惮地制造白色恐怖。抓住共产党的地下工作者就活埋；截住派往农村的工作队员就杀头；逮着乡村闹革命的骨干分子就砍脑袋；揪住民兵自卫队的人就枪毙；甚至连他们的妻儿老小也不放过。残暴的大屠杀，一时间，把中原大地变成了一片腥风血雨。一桩桩流血的事件，一条条恐怖的消息，带着浓重的血腥味传遍了中原城乡。

"某某村新政权的干部昨夜被杀害了！"

"某某村的村长家房子被烧了，孩子被活埋了！"

"某某村的村长被灭门了！"

"某某村的民兵队全被杀害了！民兵队长的爹娘也被砍头了！"

"县城里又杀了一批共产党的干部，人头挂在城门上。吓死人了！"

…………

血色恐怖笼罩着大地,血腥的消息日夜在传播。国民党顽固势力妄图以此来扼杀革命力量,震慑与威吓革命干部与群众。

面对生与死的考验,面对血与火的威胁,有人害怕了,有人退缩了,有人不敢提着脑袋闹革命了,有人不敢当新政权的干部了。刘庄附近几个村的新政权解散了,民兵自卫队"解甲归田"了,原来熊熊燃烧的革命火焰,冷寂地熄灭了……

跟别的村不一样,刘庄的革命之火越燃越旺,新政权越来越显示出勃勃生机,为何刘庄在白色恐怖下保持了旺盛的革命势头? 因为刘庄有一个天不怕、地不怕的民兵队长史来贺,因为史来贺是一个铁骨铮铮的硬汉子,因为史来贺的心里始终燃烧着旺盛的革命烈焰。

"咱农民是种地的,不能听见蝼蛄叫就不敢种麦子了,不能看见危害棉花的棉铃虫就不敢种棉花了。啥样的害虫都不可怕,啥样的敌人都不可惧。我史来贺生来不信邪,穷人是吓不倒的,铁汉子是不怕血与火的。只要这颗脑袋长在肩膀上,我就要领着穷苦人闹革命,国民党的飞机大炮也休想炸垮我闹革命的决心。"

面对敌人明明暗暗的威胁,史来贺毫不畏惧,用自己的勇敢鼓舞着民兵自卫队的战友。

村里一些胆小怕事的好心人,总是为史来贺捏着一把汗,生怕这个血气方刚的小伙遭遇敌人的毒手。

一天,一个穷苦汉子担忧地对史来贺说:"张妞啊! 我听说外村好多干部与民兵被国民党杀害了,你可得当心啊! 要不,你这民兵队长别当了,不如老老实实种地、做生意,图个全家平安,比啥都强。在这乱世道,你当个民兵队长,你们全家人都得为你担惊受怕啊!"

史来贺毫不含糊地回答乡亲的好意:"不怕! 既然当了这个民兵队长,就要一当到底,绝不能低头弯腰。咱穷人一代又一代被压得抬不起头、直不起腰,要总是逆来顺受地受欺压,啥时才有个出头的日子? 眼下,共产党领导咱穷人闹翻身,搞革命,眼看有了一点希望,怎能一见有了危险,就当缩头乌龟呢? 为了刘庄的老少爷们儿都能从苦难中站起来,为了咱们的后代不再受苦受难,过上像样的日子,我史来贺这条命豁出去了!"

他把自己的心愿、自己的抱负,全都讲给民兵自卫队的同伙,并激励大家放远眼光朝前看，黑暗即将过去，黎明就要到来。

刘庄的民兵自卫队在史来贺的领导下，不但没有解散，反而顶着腥风血雨愈战愈强，生龙活虎地保卫着刘庄的新政权，保卫村里的乡亲免遭国民党反动派的侵害。

但要对付众多的敌人和复杂的斗争形势，单靠这几个人、几条枪的民兵队伍是远远不够的。为此，史来贺千方百计扩充队伍、壮大力量。每天他都走街串巷，一见到年轻小伙，就动员他们参加民兵自卫队，大讲特讲拿起枪杆子，跟着共产党打天下，让穷苦人彻底翻身得解放的美好前景，说得很多小伙心旌摇动，跃跃欲试。

在分散动员、个别发动的基础上，他又开始进行总动员。一天，他把村里一帮穷小伙，召集到村头的树林里，以民兵自卫队队长的名义，号召大家积极参加民兵自卫队：

"眼下，咱们刘庄的民兵自卫队，担负着光荣而又艰巨的任务。啥任务？一句话，就是拿起枪杆子，跟着共产党打天下。这是多么伟大而光荣的使命啊！将来天下打下来了，给我们的子孙后代说起来，我们是打天下的功臣，那该多光荣、多自豪啊！虽说民兵不像大部队，开拔到战场去，跟国民党反动派面对面、枪对枪地拼杀搏斗，但我们承担着保卫农村新政权、保卫父老乡亲的生命不受伤害，率领民众支援前线的光荣任务。大部队在前线流血牺牲，我们在后方同样有流血牺牲的危险。国民党反动派要消灭我们，特务要暗杀我们，土匪要吃掉我们。我们稍不留心，随时都会掉脑袋。因此，敢于当民兵的人，首先要不怕死！'不怕死'三个字，说起来容易，做起来难啊！"

"自从来了共产党，咱这地段传开了一句话：'革命不怕死，怕死不革命！'你们如果敢当民兵，也要记住一句口号，就是'当民兵不怕死，怕死不当民兵'，敢把脑袋别在裤腰带上，为刘庄穷苦人彻底翻身拼一场、豁出去的人，就跟着我史来贺拿起枪杆子，与敌人拼个你死我活。光脊梁不怕大雨湿衣裳；没活路豁出性命也要杀出一条血路！"

一番滚烫的话，一把心灵的火，一腔炽热的情，把村里一帮青年的心点燃得热血沸腾，激情如火。

"我不怕死，我要参加民兵！"

"我要拿起枪杆子，跟着共产党打天下！"

"我要闹革命，我要闹翻身，不拿起枪杆子，就没有穷人的出路。"

"饿死是个死,闹革命杀了头也是个死。我参加民兵队,跟着你们一起打天下。只要打下了天下,哪怕头掉了,留下碗口大一个疤,也不后悔!"

树林里,一时间群情激昂,一片沸腾。

眨眼间,刘庄民兵自卫队由原来的 6 人,一下子发展到 30 多人。真正成了刘庄一支规模雄壮的队伍,也成了方圆一带乡村最大的一支村庄民兵武装。

悲壮的"诀别"

史传道看到儿子所带的民兵自卫队成了一支威武的革命武装,儿子腰里成天别一支手枪,白天,组织民兵搞军事训练,提高进攻防御本领;夜晚,还要带着民兵站岗放哨,防止特务土匪夜袭。这位当父亲的,打心眼里为儿子感到高兴,感到自豪:

"俺张妞有出息了! 带领起刘庄的民兵队伍了!"

可他又为儿子担惊害怕,捏着一把汗。北边不远的新乡城里正在打仗,国民党军队、特务,还有土匪,经常到四乡八村抓人,万一他们哪天到刘庄来抓人咋办? 来贺可是家里的独苗啊! 要是让国民党给抓了,那家里岂不塌了天?

一天夜里,他把自己的担心告诉妻子王保香,妻子停下手里正摇转的纺车,长叹一声,说:"我这心里整天跟打鼓似的,七上八下,扑扑腾腾,夜里睡到炕上,我还为他祷告、为他许愿哪! 让老天爷保佑咱张妞顺顺当当,无灾无难。出门百条路,条条都平坦。"

"是啊! 老天爷看在咱一家都是善良人,看在咱的张妞是为刘庄的老百姓办事的,也会保佑咱张妞啊!"史传道握着手里的烟袋长长地抽了一口。

这时候,史来贺夜里站岗还没回家,二老就一直坐等着,一个纺棉,一个抽烟;儿子不回来,他们担心得睡不着啊! 两位老人时刻支棱着耳朵,听着外面的动静。

直到夜深人静,史来贺换班回到家里,二老才把提到嗓子眼里的一颗心放到了肚里。

"哎呀! 张妞啊,你可回来了,饿不饿? 篮子里还有两个糠菜窝窝呢,我给你拿出来吃吧!"母亲说着,就要下炕去摘馍篮子。

史来贺赶忙阻拦:"娘,我不饿,一点也不饿;再说,咱穷人也没有夜里吃东西的习惯。"

他从水缸里舀了一瓢凉水,仰着脖子咕咚咕咚喝进了肚里,抿了一下嘴,满足地说:"还是喝凉水痛快!"

放下水瓢,他转脸问父母:"你们咋还不睡呀?我不是说过吗?我在村里站岗放哨,你们不用等我。我跟大伙儿一起在外面站岗,大家互相照应着,一点事也没有,你们不用担心害怕。我们值夜的年轻人都不怕,你们怕啥?害怕的,是那些地主老财,是那些国民党狗特务。"

"你不怕,爹娘可担心啦!明枪好躲,暗箭难防啊!张妞啊!你白天黑夜在外边执勤,后脑勺上要长两只眼睛,留心坏蛋暗算你。你可是他们的眼中钉、肉中刺啊!他们恨你都恨到骨子里了。"父亲史传道千叮咛、万嘱咐。

母亲拉住儿子的手,拍拍儿子的肩膀,慈爱地说:"你爹说得对,你要事事小心,多长心眼,害人之心不可有,防人之心不可无啊!你要记住,爹娘就你这一根独苗,咱家就指望你啦!你可不能有半点闪失呀!"

"爹,娘,你们的话,我记住了。放心吧,我一定保护好老百姓,也保护好自己。"史来贺给父母抻开了炕上的被窝,让二老躺下,自己才转身走进小茅草屋睡去。

时隔几日,豫北的战事越来越吃紧,已经到了白热化的程度,后方的形势也越来越紧张,越来越恐怖。天有不测风云,人有旦夕祸福。史来贺心中也有了几分忐忑不安,万一自己遭到不测,父母妻子得有个着落啊!

一天,吃过晚饭后,史来贺请全家人围坐在炕头,在昏黄的油灯下,开起了一个气氛非常肃穆的"家庭会"。

他看看父母,又看看妻子,庄严地说:"今天,我有大事跟你们商量。"

一听说有大事商量,全家人都瞪大了眼睛:"啥大事啊?"大家都等着来贺的下文。

"眼下形势不妙,我当这个民兵队长,在咱村也算树大招风,的确有一定危险,好多不怀好意的眼睛都盯着我呢!说不定哪一天就会有人对我下黑手。我想趁早给你们说一下,一是要多加防备;二是要有个思想准备,提前把家里的事安排一下。"史来贺心里早已有了打算。

全家人听到这里,都互相望望,谁也没有发话。不知来贺要做啥安排。

史来贺认真而又十分温情地继续说下去:"咱们家和刘庄的穷苦乡亲们一样,世世代代过的是牛马不如的日子。共产党来了,领导咱闹革命,就是为了让咱穷苦人过上好日子。所以我跟定了共产党，一辈子不回头，别的没有任何出路。但革命不会一下子就能成功，还会走许多弯路，遭受这样那样的挫折。如果国民党反攻倒算，破坏了刘庄的革命政权，我就跟着共产党上太行山打游击，不消灭国民党反动派，不为穷苦人打下江山，我决不回还。我要上了太行山，就请爹娘逃到姐姐家里去，在那里安身过日子；如果我被国民党打死了、杀害了，你们就靠姐姐养活吧！"

二老听到这里，禁不住身上打了一个寒战："张妞啊！你说的这是啥话？咋就不往好里想呢？你可要好好的，千万不能有个三长两短，你是家里的顶梁柱啊！就是上山打游击，也得保住这条命。"父亲瞪大了眼睛，挥着拳头说。

"是啊！张妞，爹娘可就指望你啦！没有你，俺还有啥活头？"娘说得可怜兮兮的，树珍在一旁偷偷抹起了眼泪。

这时，史来贺扑通一下跪倒在地上，对着父母说："爹娘把我养这么大不容易，吃尽了苦头，我本应该守在爹娘身边，一辈子好好孝敬爹娘。可是闹革命总得经受风风雨雨，总得冒着枪林弹雨，革命道路不平坦，随时都有可能流血牺牲。今晚，我事先给爹娘磕个头，就算给爹娘告个别，免得将来在外边牺牲了，来不及给二老磕头，后悔也晚了。"说着，他匍匐在地，低下额头，"咚咚咚"，给爹娘磕了三个响头。

爹娘赶紧扶起可爱的儿子，满是沧桑的脸上，早已泪如雨下。

紧接着，史来贺又转身面向妻子，对树珍做"最后交代"："树珍，打你嫁到我们史家，就跟着俺吃苦受罪，连一天好日子也没过上，真让俺过意不去。我要是跟着共产党上山打游击一辈子回不来了，你就投靠娘家人去吧！如果我牺牲了，你不要为我守寡守节，那都是老封建礼教，要破除，还是找个老实勤快的人嫁了吧……"

谁知，他的话还没说完，树珍就哭成了一个泪人："俺不走，俺也不嫁，俺哪里都不去，死活也要守着这个家。你就放心闹革命吧，俺在家好好伺候爹娘，家里的事不用你挂心。"

母亲赶忙接住儿媳的话茬："你闹你的革命去吧，可这个家，你走哪儿，它也跟着你走哪儿。家和你永远在一起，记住了！"

史来贺满含着泪水点点头，说："娘，我记住了！"

险恶环境下，史来贺一家预先生死离别的"诀别"一幕，让昏黄的灯影，深深地影印在草屋的墙壁上，记载了一段悲壮的历史……

第六章　民兵英雄扬神威

※沙场大练兵

※支前当模范

※英雄担架队

沙场大练兵

　　史来贺的民兵队伍都是一些种地的农民,过去谁也没有摸过枪,没有上过战场打过仗,对军事知识一无所知,更谈不上有什么军事素质。现在,虽然肩膀头上扛着一支枪,但真正要打起仗来,恐怕十有八九不会打仗,甚至连瞄准、射击都不会。民兵缺乏军事素质、没有战斗力怎么能战斗呢? 这是必须首先解决的一个大问题。

　　那么,怎样建立一支具有较高军事素质、较强战斗力的民兵队伍呢? 史来贺绞尽脑汁。世上三百六十行,行行都是学来的。农民会种庄稼、会种西瓜,有的还会打铁,也一定能学会打仗。那些在前线打仗的解放军,刚开始不也是农民吗? 他们能学会打仗,刘庄的民兵照样也能学会打仗;他们通过实战训练,提高军事素质,俺刘庄的民兵照样也能通过训练提高军事素质、加强战斗力。

　　为了摸索民兵训练的办法、规则,史来贺多次到解放军练兵的场地进行观察。回来后比葫芦画瓢,学着解放军的训练方式,拉起自己的民兵队伍进行严肃认真训练。他带领大家在沙岗上摸爬滚打,在泥地里擒拿格斗,在青纱帐里神出鬼没,在小树林里穿插狙击。他们冬练三九,夏练三伏。越是冰雪铺地,越是爬冰卧雪;越是大雨倾盆,越是冒雨军训。虽然不是实弹演习,但却跟打仗一样,严格要求,严格训练。忽而把沙丘当假想敌,忽而把树林当假想敌,忽而把天上飞的老鹰当假想敌机,大家对着"敌人"齐刷刷举起枪来,瞄准、射击……

　　为了加大训练难度,史来贺特意把民兵队伍拉到黄河滩进行深度训练。由于黄河改道,逐年翻滚,千万年来,黄河滩留下了一条条深沟,留下了一道道沙梁、一座座沙岗;沟有几丈深,岗有数丈高。无论沙岗、沙梁,还是深沟,都长满了野生灌木和针刺林莽,同时,这里常年风沙弥漫,纵横南北的大风,像黄河的滔滔大浪一样,顺着黄河故道呼啸着翻滚漫卷,肆无忌惮地狂奔横流。那声音,像万马奔腾，像万狮齐吼，又像满天惊雷滚滚而下，似乎能把天震塌，能把地震陷。

史来贺把民兵队伍带到这里训练，算是找到了一个得天独厚的练兵场。在这里练兵，无疑是异常艰苦、异常困难，一般人是吃不了这个苦头、受不了这个罪的。为了调动大家训练的自觉性与主动性，史来贺要求大家做到的，自己首先做到；要求大家练习的，自己首先示范练习。每一个动作、每一个要领、每一个训练项目，他都按照标准动作、标准规范给大家做出示范。让大家跟在他的后面，一点一点地学，一个动作一个动作地练。荒沟当战壕，沙岗当高地；荒沟、沙岗都是激烈战斗的阵地。战壕里猛烈攻击，高地上誓死坚守。特别是在训练"林莽擒敌"这个科目时，史来贺第一个钻进野生灌木和针刺林莽，与"敌人"迂回周旋，冒着被林莽针刺刺破手指和脸庞的危险，最后终于在茂密的林莽间抓获了"敌人"。练习"沙岗伏击"，他偏偏选择了一个风雪夜。那天吃过晚饭，天上纷纷扬扬飘起了大朵大朵的雪花，他一看这是训练的绝好机会，就冒着漫天风雪，带领伏击队埋伏在沙岗下的枯草丛中。天地间狂风呼啸，夜空中大雪弥漫，他们一埋伏就是大半夜，身上早已盖了厚厚一层雪，整个人都在雪里埋着。无论从哪个角度看，埋着人的雪和没埋人的雪，都是一样的，任谁也看不出哪一片雪下埋伏着人，真正做到了万无一失。冰天雪地，滴水成冰，那是一种多么严峻的考验啊！可他们硬是咬紧牙关，用一身铮铮铁骨扛过了冰刀霜剑般的凛冽。当偷袭的"敌人"从沙岗的另一面包抄而来时，神速的天兵天将，出其不意地从雪底下冒了出来，吓得"敌人"瑟缩发抖，急忙缴械，举手投降……

有一个实际情况经常在史来贺的头脑里盘旋：民兵自卫队的每一个民兵，平时都是各住各家、各吃各家，每个人都分散在自己家里或庄稼地里。只有训练或有任务时，才能把大家召集到一块儿，结成一个整体；而只要训练一结束，队伍一解散，便各进各家，成了一个个分散的个体。这样，一旦有紧急情况，就很难在一瞬间把队伍集合到位，也很难做到"召之即来，来之能战，战之必胜"，更难应对风云突变的军事形势和紧急行动。

该如何解决这样一个事关刘庄全局、事关全村父老乡亲生死存亡的大问题呢？思来想去，史来贺终于琢磨出一个办法：把民兵全部集中起来，形成一个日夜不分散的集体，一起吃住，一起训练，统一管理，统一作息。这样便于集中指挥，步调一致，迅速调动，并肩战斗。人人都可以做到昼夜不离队，枪杆不离身，执勤不离岗。那么，刘庄的民兵自卫队就会形成一个铁拳头，随时随地迅速出击,上级指向哪里,就即刻打到哪里。

史来贺把自己的想法向上级进行了汇报,得到了上级领导的大力支持与赞赏。

他把民兵自卫队全部集合在村边的一座破庙里,大家一起动手,搬砖和泥,垒灶起火;麦秸摊地,抻席搭铺。大庙里顿时有了人间烟火,有了生活气息,更有了朗朗笑声,有了虎虎生气,有了战斗的气氛和青年人蓬勃旺盛的生机。青年们集体吃住,集体训练,所有民兵昼夜都不离开集体。不仅加快了训练速度,而且提高了训练质量,有力保证了战斗任务的顺利完成。

紧接着,又一个现实问题在史来贺的头脑里转开了圈:民兵自卫队吃的粮食都是由各家摊派的,地主老财家好说,他们各家的粮食大囤尖、小囤冒,还都扎了高高的茓子;粮食茓子都高过了大梁头,几乎顶住了屋脊。从这些富人家征再多的粮食也是九牛一毛。而穷苦百姓就不行了,他们本来就饥一顿饱一顿的,有的甚至吃了上顿没下顿,你从这些穷人家里哪怕征来三五升粮食,一家人半个月的口粮就没有着落了,他们就得闹饥荒啊!不中,这不是长久之计,不能为了民兵吃饱饭,而让全村的穷苦人忍饥挨饿、吃不上饭。那样就太对不起穷苦的父老乡亲了。

于是,他向村长张克成提议,民兵吃的粮食,只向地主老财家里征收,穷苦百姓家里免征。他的这一建议,得到了张克成和其他村干部和广大穷苦百姓的拥护,人人都说,史来贺是个穷苦人出身,所以他心里时时想着咱穷苦人,只怕咱穷人受苦受难啊!

有一天,一位民兵向史来贺反映,一位地主在村里的富人堆里扬言:"刘庄的民兵自卫队是我们富人养起来的,他们手里的枪杆子,得听我们富人的使唤,我们叫它打谁,它就得打谁,我们叫它朝哪儿打,它就得朝哪儿打……"

说者无意,听者有心。史来贺心里掀起了波澜:你地主老财的粮食是从哪里来的?那不都是穷人的血汗吗?那不都是长工们给你们拼着老命干出来的吗?征你的粮食是合理合法的,你们有什么资格跟民兵讨价还价讲条件?我们手里的枪杆子,凭什么要听你们使唤?如果听你们调遣使唤,那不就把枪口对准百姓、对准新政权了吗?你们休想!我们手里的枪杆子,是保护穷苦百姓的,是保护广大人民群众利益的,它只听共产党的使唤,只听穷苦百姓的使唤;我们要牢牢握紧手中枪,跟着共产党打天下,推翻你们这些地主、官僚,给天下的穷苦人打出一个朗朗乾坤、清明世界。

为了彻底粉碎地主老财的谣言，打破他们妄图遥控指挥民兵自卫队的美梦，史来贺心里又有了一个主意：既要继续征收地主老财的粮食，一斤一两都不能少；又要民兵自己动手、丰衣足食，尽最大限度实现自给自足的民兵自然经济。而这个问题在当时的环境、条件下，想起来容易，要做起来就难了。何况小小刘庄，又不是一座孤岛，四面八方都是由国民党统治，国民党军、特务、土匪、地主武装，到处横行霸道，政治统治和军事恐怖紧紧地包围着一个小小的刘庄，一个刘庄要供给一支民兵自卫队，那是绝对犯禁的大事。再说，一个村里的民兵自卫队，几十号人，吃喝拉撒，油盐酱醋，怎么可能实现自给自足、丰衣足食呢？

可史来贺就是在这种政治、社会环境不允许的情况下，出人意料地梦想成真，把美好愿望办成了实实在在的现实。

他看到村外有不少无人耕种的荒地，常年荒芜，长满了野草、荆棘，这些地也没有主人，恐怕已经撂荒了几百年了。荒着也是荒着，闲着也是闲着，不如让民兵自卫队耕种，种粮食、种蔬菜，既翻新了土地，又打了粮食，这不是一个解决民兵自卫队自给自足的好办法吗？于是，他向村长张克成提议，让民兵开垦荒地，自种自收，自给自足。

"那就是说，让民兵自己种地养活自己？"张克成不相信地反问了一句。

"就是这个意思。"史来贺简洁地回答。

村长张克成多有疑虑地说："这个法好是好，可在眼下这种形势下，能办到吗？"

"放心，我说能办到，就一定能办到！我向您打包票，这事一定会办得让村里的老百姓满意。"史来贺十分有把握，说起话来板上钉钉。

张克成看了一眼史来贺，笑嘻嘻地说："你的脑袋瓜里尽是主意，尽是办法。谁也没有你的脑子灵，你就是咱刘庄的智多星啊！"

村长的话没有丝毫夸张，史来贺脑子里的点子、办法就是多，他潜在的智慧，随时随刻就会绽放惊人的异彩。

史来贺果不食言，说到做到。村里给民兵自卫队圈出一片荒地，他夜以继日、披星戴月带领大伙开垦荒地，大家在艳阳下、在月光里挥动镢头，一镢一镢地刨，一镢一镢地挖，刨出了许多茅根，挖出了一堆堆荆棘疙瘩，身后却是一大片开垦出来的散发着泥土香的处女地。看着这片崭新的土地，民兵自卫队的年轻人一个个心里乐开了花。他们在新开垦的土地上撒下种子，栽上菜苗，浇水灌溉、除草间苗。谁也没有想到，这千百年的蛮荒之地，竟能种上庄稼，而且长得还十分喜人。到了麦收秋收，五谷丰登，收成大大超过了一般人家的亩产量。

史来贺做了一件令全村父老乡亲赞不绝口的事情，成了刘庄街谈巷议的佳话。

开垦的荒地里收了那么多的粮食、蔬菜，民兵自卫队真正实现了自己动手、丰衣足食。村里的穷苦人看了，都替他们高兴自豪，为他们鼓劲："年轻人，你们真为咱穷人争气、真为咱穷人争光啊！你们个个都是好样的，好好跟着史来贺干吧，他给你们领的路，一准没错！"

民兵自卫队收打的粮食、生产的蔬菜，虽然已经自给自足，但地主老财家的粮食仍然照旧征收，一户也不落，斤两不能少。只是征来的粮食，不再归民兵自卫队所有，而是全部救济或分配给村里的赤贫户与困难户。这又是史来贺的主意，他一再给村长张克成说，征来的粮食救济穷苦人合情合理，也算民兵自卫队为乡亲们做了一件实事、好事，这也是民兵为穷苦人服务的责任呀！

史来贺赢得了民心，赢得了全村穷苦百姓的拥护。在当时的社会环境与经济条件下，唯有史来贺，才有这样的阶级感情，唯有他，才有这样的思想意识。从这一点就可以看出，18 岁的史来贺不仅是一个足智多谋的"智多星"，更是一个心地慈善、为民解忧的"好队长"。

刘庄民兵自卫队练武、生产两不误，样样都是先锋，都是模范，在新乡一带名声大振，赞美之声遍布城乡。这引起了中共新乡县委和军分区的高度重视，上级把刘庄民兵自卫队作为先进典型大力表彰，广泛宣传，深入推广他们的经验，介绍他们的做法；并调遣刘庄民兵自卫队到周边村里进行现场比武表演，现场军事训练示范。他们的场场表演与示范，都得到了上级的夸奖，得到了外村民兵的好评，都说刘庄民兵自卫队是一支了不起的队伍，给广大的民兵队伍树立了一个光辉榜样。

支前当模范

　　1948 年秋天，豫北战役打响了！战役打得异常激烈，前方的炮声轰轰隆隆地响着，解放军进军的冲锋号"哒哒哒"地吹着；解放军节节胜利，国民党军节节败退。刘庄的民兵自卫队再也坐不住了，在那隆隆的炮声中，他们似乎看到了解放军战士前赴后继的身影；在那"哒哒哒"的军号声中，他们似乎看到了解放军战士举着刺刀与敌人拼得你死我活的英雄气概。沸腾的热血燃烧起来，战斗的激情像滚滚的江河澎湃着、激扬着。他们强烈要求上战场，誓言要与国民党反动派痛痛快快地拼杀一场，轰轰烈烈地战斗一场，把敌人打得落花流水、一败涂地。

　　史来贺的心情和大家是一样的，只不过他上战场的愿望更迫切、战斗的激情更昂扬、杀敌的怒火更旺盛。他恨不得自己变成一只勇猛的战鹰，一下子飞到战场上去，抱起炸药包冲向敌人的阵地，杀他个片甲不留，大不了和敌人同归于尽……

　　他找到上级和军分区首长，强烈要求带领民兵队伍杀向战场，真刀真枪地和敌人拼个你死我活："前方打得那么激烈，我们再也不能在后方小打小闹了，说啥也得到战场上与敌人刺刀见红，杀个痛快！"

　　首长见他坚定执着的样子，很是赞赏，但却严肃地说："打仗是有战略部署的，哪能说上战场就上战场啊？那不就乱了阵线了吗？"

　　"俺刘庄民兵自卫队 30 多号人马，个顶个都是好汉，都是刘庄的勇士，想上前线想得都睡不着觉了。他们跟着我拉到前线，保准能杀不少敌人。"史来贺死缠硬磨。

　　"你以为火线上就差你们这三十几号人吗？前方的兵力部署，自然由前方的首长和指挥员来安排，你们有你们的任务。现在的当务之急，是需要你们大力支援前线,运送前方急需的物资,从火线上抢救伤员,这比你们上前线杀敌更紧急,更艰巨。"军分区首长把任务布置得很具体,让面前的史来贺深刻认识到支援前线任务的意义。

史来贺回到刘庄后,立即集合民兵队伍,做支援前线的战前动员。民兵们握紧手中枪,腰别手榴弹;帮扎大担架,征集独轮车;群众一听说民兵队伍要支援前线,有人的出人,有力的出力,有物资的出物资,有粮食的出粮食,村里村外一派支援前线出发前的热闹场景。

但在这热闹的征粮、捐物中,史来贺始终保持冷静的头脑,这是在给前方的解放军将士征收的粮食、募捐的物资,绝不能出现一丝一毫的差错。如有不慎和疏忽,出现了数量短缺、质量太差,那岂不是坑害了子弟兵?那在某种程度上就妨碍了人民战争的顺利进展,甚至会贻误战机,那就铸成大错了,甚至会构成极大的犯罪。那怎么得了啊!

于是,在征收粮食和军马草的过程中,史来贺始终坚持原则,做到缜密细致,一丝不苟,在数量与质量上严格把关,不准出现半点误差。他把村里各阶层人员分类排队,重点注意那些地主老财、不法分子以及那些品行不端正的人家,严防他们弄虚作假,趁机捣乱,浑水摸鱼。史来贺从小到大一直生长在刘庄,对刘庄的每一户人家、每一个人熟悉得不能再熟悉了,就是闭着眼睛也能看透每一个人的内心,谁的心是红的,谁的心是黑的;谁的心长得端正,谁的心长得邪恶,他心里明镜一般。所以在征收粮草时,他把仔细盘查的重点放在了这些人身上。

真不出史来贺预料,一个成心坑害前方打仗的解放军的老地主,在这次征粮中,就扮演了一个邪恶的角色。这个地主让他的下人背着一袋子小米,他在前面领着,来到收粮现场。粮食袋子一放在地上,他就急不可耐地让过秤的村干部立即称重,还假惺惺地说:"解放军在前方打仗,我积极效劳,大力支援。你看,这都是挑出来的上等小米,赶快过秤吧!我还有急事儿呢!"他指了指米袋子给村干部看,但并不打开米袋子。

村干部一听人家有急事,就马上给他过了秤,一斤一两也不差,是按照规定的数量交上来的。地主一听村干部给记账的如数报上了他交的小米,立即扭脸急匆匆地走了。

这时,恰巧史来贺正帮助一位老人从家里往交粮草的现场背一大捆干草,那个交劣质小米的地主正好与史来贺撞了个满怀。他意外地碰见史来贺,就像老鼠突然见了猫，显出惊恐万状、落荒而逃的样子。史来贺一看他鬼鬼祟祟的样子，就猜出他怀着不可告人的鬼胎。

史来贺立即放下背上的干草，问过秤的村干部："老地主交的是啥粮食？哪一份儿是他交的？"

村干部指了指地上的米袋子："交的是小米，就这一袋子。他还说是现碾的上等小米。"

史来贺打开袋子一看，马上满脸怒气，两眼冒火："这是啥粮食啊？这小米能吃吗？你们看看，一袋小米全是秕子，还都发了霉。这叫前方的解放军咋吃啊？这不是成心坑害解放军吗？你们怎么也不检查一下就收了呢？你们的责任心到哪里去了？"

村干部后悔不已："都怨我们太粗心了，谁能想到这老地主这么坏呢？真是人心隔肚皮呀！"

"你们才知道地主的坏心肠呀？记住吧，地主老财啥时候也不会跟咱穷苦人一心，不会跟共产党一心，也不会跟解放军一心，这就是他们的本性。江山易改，本性难移啊！"史来贺谆谆告诫在场的所有人。

说罢，史来贺就立即带领几个民兵闯进老地主的家门。这完全出乎老地主的意料，他满以为自己已经蒙混过关，以赖充好，以劣充优，还顺顺当当地交了差，真是老天爷成全呀！正在他扬扬得意的时候，史来贺带领的民兵却从天而降，史来贺大喝一声，喊了一句"好你个狗胆包天的老地主"时，他才幡然猛醒，觉得大事不好，吓得浑身筛糠。

史来贺站在地主的面前，怒不可遏，一腔怒火如雷霆闪电一样迸发出来："你个不法地主，安的啥心？简直是狼心狗肺。让你交军粮，为啥拿秕子和发了霉的米冒充好米？你这不是成心坑害解放军吗？不是故意抵抗和破坏支援前线吗？你可知罪？"

老地主浑身哆嗦、话不成句地说："我，我，不是故意的，一时……疏忽，都是下人……作的孽，我知罪……知罪！"

几个民兵义愤填膺："我们恨不得马上枪崩了你！你这个老狐狸，竟敢跟共产党作对，告诉你，没你的好果子吃。等着吧，有给你算总账的那一天。"

老地主一听，要给他算总账，一下子吓破了胆："我改正错误，改正错误。请你们高抬贵手，不要跟我一般见识。"

"命令你马上把你的赖米背回来，换上上等的优质米，不准有一粒发霉的坏米,不准有一粒秕子。一旦发现你再捣鬼,一定拿你依法治罪!"史来贺勒令老地主马上以实际行动赎罪。

老地主不情愿地把坏米换成了好米。他恨得咬牙切齿,暗暗赌咒:这次算是栽倒在史来贺跟前了,但老子不会认输,来日方长,小不忍则乱大谋。我且忍了这口气,等待时机给你们算账,总有一天叫你们这些穷鬼在我面前磕头作揖,求救告饶。

当天夜里,刘庄召开了民兵与干部大会,批斗以坏米充当好米的老地主。会上,民兵们一个个忿然而起,指着老地主的头,恼怒怨恨地进行批斗:"老地主,你的末日到了,还不死心! 你剥削压迫了穷苦人一辈子,罪恶累累;现在解放军在前方要打垮国民党反动派,你却暗地里使坏。你为啥上交那些坏米,是何用心? 你的心真够毒、真够黑的!"

"那些发了霉的米,你咋不吃,为何偏要前方的解放军吃? 你想让解放军食物中毒呀? 你的心肠比那发霉的米还要黑,你长了一肚子发了霉的心肠。"

…………

第二天夜里,又继续召开批斗大会。这一次,扩大了会议规模和范围,发动全村男女老少都参加、齐上阵,批斗会当成一场战役来打,目的有两个:一是狠狠打击地主的不法行为,打灭地主阶级的嚣张气焰;二是借此让广大群众受到教育,看透地主老财的邪恶本质;并要认清形势,跟定共产党闹革命,积极支援前线,配合前方的解放军将士,彻底打垮蒋匪帮,迎接解放全中国的伟大胜利。

批斗会上,史来贺第一个走上批斗台,深刻批判了老地主的罪恶行为:"老地主上交发了霉的米和秕子米这件事,不仅仅是一袋子粮食的事。这一袋子滥竽充数的小米,包藏着一颗我们大家看不到的险恶用心,彻底暴露了地主阶级的邪恶本性。他们这些人,永远也不会跟咱们穷苦人一条心,永远也不会跟共产党一条心,跟咱们是两条路上的人。这一点,我们要永远牢牢记住,时刻提高警惕,严防他们破坏共产党领导的解放全中国的大业!"

"老地主低头认罪!"

"不低头认罪坚决不答应!"

批斗现场的呼喊声如暴风骤雨,吓得老地主躬身弯腰,魂飞胆丧,大气不敢出一口,眼皮不敢抬一下。

紧接着,几个民兵与群众纷纷走到会场前,面对面对老地主进行批斗。大家通过他交发霉的小米这件事,彻底揭穿了他反对共产党、反对解放军、抵抗共产党领导的解放全中国的伟业的险恶用心,从而看透了他竭力拥护地主官僚旧政权、拥护蒋介石反动统治的反动立场和狼子野心。

通过批斗老地主,刘庄广大群众特别是众多的穷苦人,更加坚定了跟着共产党闹革命的决心,更加增强了支援前线的自觉性、积极性。刘庄人民支援前线的热情空前高涨,还有好多青年强烈要求报名参加人民解放军,到前线去,到硝烟弥漫的战场上去,拿起枪杆子打敌人,为解放新乡、解放全中国贡献自己的热血,贡献自己的青春。

史来贺发起和组织的批斗会产生了震慑敌人、发动群众、鼓舞群众的效果。

为了快速、高效地支援豫北战役,史来贺在刘庄组织了运粮草的小分队和担架队。运送粮草的队员,有的推着独轮木车,有的挑着担子;推车的一行叫"独轮车队",挑担的一行叫"担子队"。担子队挑的是油饼、煎饼、窝头和花卷儿,车队推的是小米、黄面儿、麦子,还有军马的草料。他们要把这些给养送到前线去,慰劳那些浴血奋战的解放军将士。

运送军粮的车队和担子队,在途中时不时地会遇到偷袭的敌人,多次遭到敌机的轰炸,可以说随时都有流血牺牲的危险。但由于号令清楚,掩蔽及时,史来贺反应机敏,指挥得当,率领护送的民兵一次次打退敌人的袭击,一次次巧妙地躲过敌机的轰炸,完好地保护了运送军粮的队伍。那些推车的、挑担的民兵和农夫,听到枪弹和轰炸声,没有一个恐惧的,没有一个退缩的。他们冒着敌人的炮火,在弹雨中奔跑,一律朝着战斗的第一线,向着炮火轰鸣的地方,向着解放军的冲锋号响起的方向,不分昼夜,奋勇向前。

多么赤诚的乡亲,多么淳朴的百姓,多么忠厚的庄稼人哪!子弟兵为你们在前方流血牺牲,你们也把一颗火红的心捧给了子弟兵啊!史来贺在内心暗暗感激这些可亲可敬的父老乡亲……

就这样,史来贺带着刘庄的民兵队伍,把征收来的7000余斤前线急需的军粮,用独轮木车,一车一车运送到前线;用一根根扁担,一担一担挑到解放军的阵地。

前方军马急需草料,还有那么多围城部队,解放军官兵夜里无干草垫铺,睡在潮湿的战壕里,身上都起了疥疮。史来贺听到这个消息后,心急如焚。他马上带着民兵在村里征集饲料和干草,只两天工夫,就征集了几千斤饲料、两万斤干草。民兵们有的推车,有的挑担,用急行军的速度,飞步快跑,把饲料与干草运送到前线,解决了前方将士的燃眉之急。

　　史来贺带领民兵自卫队和支前的车队、担子队，圆满完成了往前线运送粮草的任务，心里感到十分畅快，无比豪迈，好像完成了一次激烈的战斗任务一样，下了战场，勇士们浑身上下还依然燃烧着战斗的激情，精神格外振奋，斗志更加昂扬，支援前线的步伐迈得更坚实、更迅疾了。

英雄担架队

豫北和新乡战役，打得残酷激烈，敌我双方都有不小的伤亡。前方的解放军伤员躺在阵地上，急需担架抢险救助。史来贺带领民兵队伍，组成8个担架队，日日夜夜，冒着生命危险穿梭在枪林弹雨中，穿梭在敌人的炮火下。

提起担架队，首先得说说刘庄人的担架是怎么制造的。造担架时，史来贺提出一个"八字原则"：因陋就简，坚固结实。他先找来两根8尺长的圆木，再找两根2尺长的圆木，长圆木的两头各钉一根短圆木，固定成一个担架框。然后，担架框中间用结实耐用的粗麻绳密密实实地绑扎起来，这就做成了一副完整的担架。造担架的民夫仿照这个样式，一共做了8副担架。

担架上的被子呢，是热心的乡亲一家一户送来的。人们一听说担架队要上前线救护解放军伤员，都纷纷从家里抱出棉被放在担架上。一副担架要配两条棉被，一条铺在担架上，一条盖在伤员身上。

史来贺从乡亲们踊跃报名参加担架队和自动贡献棉被的事上，看到了父老乡亲那无私的奉献精神和不怕流血牺牲的大无畏的英雄气概。

担架队出发了！史来贺打头，一支二十几个人的担架队，扛着担架、棉被，整整齐齐走出了刘庄。离开村庄后，担架队和护卫担架的民兵，听得史来贺一声令下，便跑步前进，火速奔赴前线，奔向炮火连天的战场。

一进入战地，担架队便跳进战壕，背伤员，抬伤员，不管是头顶飞着子弹，也不管是炮火近在眼前，他们背起伤员就低着头一个劲儿地向外冲。史来贺背上的伤员，头部还在流血，鲜血滴了一路，鲜血滴在他的身上，将棉袄都染红了。史来贺一边背着伤员往阵地外冲，一边扫描哪里火力密集，哪里火力稀疏。他找到了一条能避开弹雨和炮火的通道，高呼道："担架队跟我来！"

史来贺一边高呼，一边率领大家向外冲。

　　就这样,担架队的人背着伤员,一个紧跟一个,霎时间冲出浓烟滚滚的阵地,将8个伤员分别放在担架上。然后,轻轻地盖上棉被,一人在前,一人在后,抬起来就轻步快跑,担架旁留一人一路看护,以防伤员从担架上摔下来。担架队不敢走大路,怕遇到敌人的增援部队,只得抄小路,走弯弯曲曲的羊肠小道。而这些羊肠小道往往高低不平,崎岖难行,担架队却不怕道路艰辛,只怕遇到敌人。因为他们心里始终为伤员担忧,如果半道突遇敌人来袭,打死或劫走了伤员,那担架队的队员还有何脸面见刘庄的父老乡亲,还有何脸面面对苍天和大地?所以他们一路疾行,一路小心,眼观六路,耳闻八方,时刻提高警惕。走在担架中间、看护伤员的队员,还时不时地对伤员嘘寒问暖,躬下身子给伤员喂水、掖被,照顾得无微不至。

　　走着走着,史来贺突然提醒大家:"大家听好了,如果遇到敌人打枪,或者敌机轰炸,我们一定要舍身忘我,保护好伤员的安全,绝不能再让伤员第二次受伤。大家能不能做到?"

　　"能!"队员们异口同声地回答。

　　谁知,话音刚落,天空就响起一阵震耳欲聋的轰鸣,敌人的几架轰炸机像黑乌鸦一般飞了过来。

　　史来贺反应敏捷,大声高喊道:"隐蔽,卧倒! 保护伤员!"他喊着,第一个趴伏在伤员身上,用自己的身体掩护担架上的伤员。

　　担架队队员未等史来贺的呼声落下,就已经不约而同地趴伏在各自的担架上,用他们的血肉之躯紧紧掩护着受伤的战士。

　　敌机开始轰炸了,每扔下一颗炸弹,就会掀起一片土浪,留下一个弹坑。担架队队员一个个都被土浪埋了起来,一个个都被炸弹的爆响震得头蒙耳鸣。

　　所幸的是,由于地形有利,且早有防备,抢先掩蔽,敌机的轰炸,并未导致担架队大的伤亡,只有两名队员被弹片擦伤了胳膊、擦伤了手。

　　"敌人的飞机滚蛋了,它以为都把我们炸死了,所以才溜得这么快!"史来贺第一个从土窝里拱出来,抖掉了一头一身的土,"大家起来吧,继续赶路。"

　　他将8副担架检查了一遍,见担架上的伤员毫发无损,悬在嗓子眼里的一颗心才落到了肚里。

　　他转身给两位受了轻伤的担架队员进行认真的包扎,心疼地问道:"咋样,要紧不? 你俩在后面跟着,就不要抬了。"

　　"没事儿,就擦掉一层皮儿。咱民兵跟解放军一样,个个都是硬骨头,轻伤不下火线！"两位受伤的民兵不由分说抬起担架就走。

"多好的乡亲哪！多好的弟兄啊！你们保护了俺的生命,俺一辈子也忘不了你们。"这是躺在担架上的一位解放军伤员用微弱的声音对担架队队员说的话。

担架队队员边走边对伤员说:"这是我们应该做的,不算啥！老百姓和子弟兵是一家人哪！一家人不说两家话。"

这时,从后边儿的一副担架上传出了轻轻的呻吟声,躺在担架上的是一位老兵,他的腿受了重伤。现在,伤口又剧烈疼痛起来,他咬着牙想把剧痛咬回去,可怎么咬也无济于事。于是,他颤抖着嘴唇问:"小同志,你们谁会唱歌？我一听见歌声伤口就不疼了。你们给我唱首歌吧！"

史来贺躬身扶在担架上说:"同志,你忍一忍,坚持住！我们现在就给你唱歌。"说完,他带头唱起了《三大纪律八项注意》,担架队队员们也都跟着唱了起来:

革命军人个个要牢记,
三大纪律八项注意。
第一一切行动听指挥,
步调一致才能得胜利。
第二不拿群众一针线,
群众对我拥护又喜欢。
…………

歌声浑厚嘹亮,坚强有力,很有韵味。唱罢,那位伤员老战士脸上露出了笑容,慢慢抬起手来,跷起大拇指说道:"你们唱得真好,一听你们唱歌,我的伤口真的不疼了。对于我来说,歌声是疗伤的灵丹妙药啊！"

躺在前边担架上的一位伤员也鼓励道:"的确唱得不错,给人鼓精气神儿啊！老乡们,请再来一首歌吧！"

担架队队员们有求必应,齐声唱起《没有共产党就没有新中国》:

没有共产党就没有新中国,
没有共产党就没有新中国。

共产党辛劳为民族，

共产党他一心救中国。

他指给了人民解放的道路，

他领导中国走向光明。

他坚持了抗战八年多，

他改善了人民生活。

…………

歌声给伤员们带来了欢乐，带来了微笑，带来了心灵的慰勉，带来了战胜伤痛的勇气。歌声犹如一阵阵春风，吹拂着他们的面庞；歌声犹如明媚的阳光，温暖着他们的生命；歌声犹如甘甜的雨露，滋润着他们的心田。

就这样，担架队队员们一路唱着歌，把伤员抬进了设置在一个小村庄的流动救护点。在这里进行短暂的救护治疗后，再转入后方野战医院……

救护点十分简陋，是一个农家院落，几间土坯房里摆满了临时支起的行军床。担架队将伤员们一一放在行军床上，先给他们喂饭、喂水，洗伤口的血，并且给需要解手的伤员接尿。把这一切细致琐碎的工作做完，才把8位伤员放心地交给救护点的医护人员。

然后，他们又扛起担架，满怀旺盛的战斗热情，马不停蹄地奔向炮火轰隆的战场，奔向烽烟滚滚的战壕，奔向那血染的战地红花……

就这样，哪里战斗打得最激烈，枪炮声响得最凶猛，哪里的兵力伤得就最惨重，伤员就最多，史来贺就马不停蹄地扛起担架，大步流星地往哪里奔跑，带着刘庄的勇士们，抢救出一批又一批解放军伤员。

史来贺总是第一个抬着担架冲进弥漫的硝烟里，第一个抬着伤员冲出战壕，冲出浓烟滚滚的阵地，把伤员转移到安全的地方。

民兵们看见史来贺总是勇往直前，第一个冲进战火，总为他这个队长担心，并不时地跟他抢头名："你是家里的独生子，独苗苗，可得当心啊！遇到紧急情况，还是让我们先上吧，你当指挥官就中了。"

史来贺当仁不让："那哪儿中啊？我是民兵队长，必须第一个往前冲！领头的，啥时候都得领头，战场上流血牺牲，也该是头一份。你们不要跟我争，我是抱定了死的决心上战场的，为解放新乡、解放全中国，即使牺牲了，也是死得光荣，死了也会哈哈大笑……"

　　豫北战役,让18岁的史来贺经受了战火的考验,革命生涯初露锋芒,年轻的生命放射出奇异的光彩,上级首长对他赞不绝口,老百姓对他伸出大拇指。豫北战役胜利后,中共新乡县委授予他"支前积极分子"荣誉称号;太行军区授予他"支前模范"荣誉称号,这可是一个高级别的荣誉称号啊！这是他平生第一次获得荣誉称号,也是他一生荣誉的开端。从此,他的荣誉称号接连不断,"英雄""先进""劳模""能手""先锋",等等,数都数不清,可以说,他和光荣的荣誉称号结下了不解之缘。各个时代,上百余次,各种各样的光荣称誉,贴满了他一身,伴随了他一生。他的每一步人生,都是发光发亮的,都有惊艳世界的光芒。

第七章　初战告捷惊敌胆

※猛虎下了山
※"黑条子"之祸
※以谋略制胜
※少小多智慧

猛虎下了山

1948 年的隆冬,接连下了两天大雪,黄河北岸的原野上,白茫茫一片,一望无际,原来的黄土地,这时变成了一片冰清玉洁的世界,看上去十分壮观;特别是雪后初晴,湛蓝的天空一碧万顷,明朗的阳光照着白皑皑的雪原,反射出万道耀眼的光芒。一群喜鹊或一群乌鸦就在这白亮白亮的雪光中不停地飞舞着,它们一会儿落在树林里,一会儿落在雪地上,到处觅食,不停鸣叫,却找不到、叼不住任何一个可以填肚子的东西,只好失望地哀鸣着飞向远方。

常言道:下雪不冷,化雪冷。这天,虽然阳光灿烂,但寒风凛冽,砭骨刺脸。田野里一个人影都没有,这大冷的冰雪天,谁没事出门受冻啊?人们都把手抄在棉袄袖子里,躲在灶间与炕头暖和呢!

可在刘庄的祠堂里,却呈现一派热气腾腾的景象。这里,正在召开群众大会,热烈讨论在前一阶段完成支援前线任务的基础上,下一步如何更加扎实、更加圆满地做好拥军支前工作和巩固村里农民政权问题。史来贺正站在会场前面给大家讲话,布置下一阶段拥军支前的具体任务。突然,"哒哒哒……""咔嘣咔嘣……"从村子的西南方向,传来一阵激烈的枪声。听声音,打枪的地方离村子并不远。

史来贺激灵一下意识到:"情况不妙,有敌情!"

会场里一阵骚动,有不少人向村外张望。

史来贺立刻对大家说:"乡亲们,赶紧疏散,各自回家隐蔽,躲在家里不要出门,不管出现啥情况,都不要把门打开! 防止顽敌土匪袭击村子,烧杀抢掠!"然后,一挥手,做了个紧急集合的手势,"所有的民兵,跟我来! 准备战斗!"

民兵们"嗖嗖嗖"一阵风,跟在史来贺的身后,如一群猛虎出了林、下了山,箭一般向村子西南方飞奔而去。

民兵们跑步赶到正在打枪的地点，原来是在曹庄与卫庄之间的空旷地带，这里有蜿蜒曲折、高高低低的沙梁，有几十名荷枪实弹的土匪正在追击两名区武装干部——郭中庆、杨世堂，很明显，寡不敌众，情况十分危急。只见两名武装干部拼命地夺路狂奔，一边猛跑一边回头射击。

他们身后的土匪一边打枪一边叫嚣："抓活的！抓了活的领赏去！""共党分子，看你们往哪里跑，再往前跑，就是死路一条！""赶快举手投降吧！再不投降，就一枪打死你们。"

土匪们像一群饿狼扑食一样穷追不舍。因为郭中庆、杨世堂这两名武装干部是这伙土匪的克星，是他们的眼中钉、肉中刺，他俩所在的区武工队曾多次袭击和围剿这股土匪。今天狭路相逢，仇敌遭遇，格外眼红。土匪们恨不得把两名武装干部生吞活剥，连骨头也要嚼碎咽到肚里。两名武装干部被追赶得气喘吁吁，看来已经累得筋疲力尽，枪里的子弹也快打完了，还击的枪声越来越冷寂，飞跑的脚步越来越缓慢。敌人一步步逼近他们，并且眼看成合围之势，向两名武装干部张开了血盆虎口。

在这千钧一发的危急关头，史来贺率领的刘庄民兵飞速赶来。

"哪来的祸国殃民的土匪？休要嚣张，赶快投降，今天就是你们的末日！"

史来贺大喝一声，震惊四野，土匪们以为是解放军从天而降，吓得胆战心寒，正想掉头逃之夭夭，却被两头夹击，走也走不脱，逃也逃不出，被围得团团转。

史来贺对两名武装干部说："老郭，老杨，你们先到一边歇一会儿。这帮土匪就交给我们了。放心吧，我们对付得了！不把他们包成饺子，决不收兵！"

原来，这是新乡大土匪头子卫老启手下的一股土匪，他们今天是受卫老启的指派，专门出动，到刘庄周边的村里抢掠打劫的。他们抢够了东西，正扬扬得意地走在满载而归的途中，恰巧碰到了与他们多次交手的两名武装干部。土匪们眼看饿虎扑食到了口，没承想遇到从天而降的这股劲敌，只好认栽。他们赶紧掉头，丢盔弃甲，抱头鼠窜。

史来贺赶紧号令民兵队伍："这帮土匪，祸害百姓，作恶多端，今天决不能让他们夹着尾巴逃跑了。咱们追的追，围的围，堵的堵，把他们一锅烩了。"

英雄的民兵像一群下山猛虎，对这伙土匪围追堵截，一会儿工夫，就形成了一个四面合围的天罗地网。土匪拼命地做困兽斗，像输红了眼的赌徒醒过神来，看清包围他们的，并不是解放军正规部队，而是一股不知从哪里冒出来的"土八路"。

"来吧！土鳖们，我倒要看看你们有多大的能耐。几个'土八路'，还冒充起大头兵来了，也不看看马王爷有几只眼，老子飞刀一挥，就扫倒你们一大片。"一个看上去是个小头目的土匪腰别一把短枪，手举一把大刀在空中挥舞了几下，威胁一圈的民兵。

"那就来吧！我就不信，俺们这些民兵勇士，还不如你们这些乌龟王八羔子。一帮只知道抢劫偷盗、吃喝玩乐的笨猪，还想战胜大无畏的民兵？简直是笑话！"史来贺大手一挥，一声令下，"刘庄的民兵勇士们，给我一网打尽，一个也不能让他们跑了，枪口对准他们的脑袋，开打吧！"他利用有利地形，左右夹击、前后缝合、游刃有余地指挥着。

这时，两位区武装干部郭中庆、杨世堂也回过头来，举着盒子枪跑到民兵队伍的前边，配合史来贺指挥着。

民兵们谨遵号令，英勇奋战，对惊慌失措的土匪穷追猛打，一瞬间，敌人窝里倒下一大片。剩下的土匪企图突围出去。结果，连一线缝隙也没有找到，急得嗷嗷直叫，团团转的土匪乱成了一锅粥。就这样，不到半小时的工夫，一伙土匪土崩瓦解，被击毙的横七竖八躺了一地，被打残的哭爹喊娘乞求饶命。

只有一个猴儿一样刁滑精明的土匪，一看遇到了难以对付的克星，便趁打得乱马交枪时，慌不择路，狼狈逃窜。岂不知，那是史来贺故意放他一马，让他回去给他的主子卫老启报丧去了。这个土匪丢盔弃甲，顾命要紧，跑得比兔子还快……

"我们把土匪打垮了！我们胜利喽！"民兵们无一伤亡，大获全胜，无不欢呼雀跃，兴高采烈。

"哈哈！一仗下来，不仅俘虏了土匪，还缴获了这么多战利品，真是初战大捷啊！"民兵杜学孟手指着几车战利品，兴奋得几乎跳起来。

"嗨嗨！这只是一场小战斗，小胜利，老鼠拉木锨——大头在后面！等着看吧，我们的大胜利多着呢！"杨法忠满怀自信地说。

"这些都是土匪抢劫的老百姓的东西啊！这些无恶不作的王八蛋，真是糟蹋老百姓啊！他们一回就抢这么多东西，要是一年下来，那不就得抢一座山哪？天天搜刮老百姓，到处祸害老百姓，真该千刀万剐，碎尸万段！"史来贺无比愤慨地发泄着心中的怒火。

"咱们缴获的这些战利品咋办？"民兵马学仁疑惑地问。

史来贺不假思索地回答："那还用说，物归原主呀！他们从哪儿抢来的，咱们就送回哪儿去。"

"那咱哪里知道,这些乌龟王八蛋是从哪里、是从谁家抢劫来的这么多物品呀？咱们送给谁去呀？咱一车车、一件件送倒可以,关键是送都找不到门儿啊!"民兵刘殿启为此发愁犯难。

"这有啥难的？咱走村访户,多问问,多调查,不就解决问题了吗？"马学仁脑子反应快,一句话把难题化解了,让大伙纠结的心敞开了。

"说得对! 就是这个办法。咱们接下来的任务,就是要把这些战利品,登记造册,然后,到周边村庄去调查走访,摸底对账,一切前提工作做妥当了,就把全部物品送给原主。"史来贺带领大家把战利品先拉回了刘庄,和民兵一起轮流日夜看护,并提出强硬要求:一斤粮食不准少,一卷布匹不准丢,一件器物不准坏。

经过半个多月逐村调查核对,一户户摸底对质,终于把土匪抢来的东西全部物归原主。

当深受土匪祸害的老百姓,看到自家被抢走的东西,又回到了家里,意外的惊喜让他们喜上眉梢,内心的感动让他们泪流满面。从此,史来贺率领的刘庄民兵队伍深受当地老百姓的拥戴。

刘庄民兵大战土匪喜获全胜,并把缴获的东西全部物归原主的消息,不仅在当地周边村庄,而且在新乡一带也很快传遍了。史来贺与刘庄民兵,成了这一方百姓赞颂的英雄:

> 史来贺是英雄汉,
> 率领的民兵真勇敢。
> 围剿土匪显神威,
> 好比猛虎下了山。
> 土匪抢粮又劫物,
> 一车一车往回赶。
> 刘庄民兵从天降,
> 打得土匪喊皇天。
> 损兵折将亡命逃,
> 一见史来贺吓破胆。
> 缴获的物品归原主,
> 刘庄民兵美名传。

"黑条子"之祸

剿灭了一伙土匪,史来贺带着胜利的喜悦回到家里。父亲迎出门外,满脸焦虑、担忧的样子,不等儿子坐下,就急不可耐地问道:"刚才是国军,还是土匪?你带的民兵队伍受伤了没有?"

"是一伙下乡抢劫的土匪,让咱们的民兵打了个措手不及,一窝端、一锅烩了。咱们的民兵一根汗毛也没掉,胜利而归啊!"

"好,好!你们打得好!只要是土匪,见一个杀一个,见两个杀一对!决不能心慈手软。那都是些狗娘养的没有人性的东西,比虎豹豺狼还凶狠恶毒。"父亲史传道一提起土匪,就恨得眼里冒火、牙根疼。

"爹,放心吧!我带的民兵,绝不会对土匪手下留情。大家伙儿都知道,咱庄上的老百姓,没少受土匪的祸害。"史来贺边说,边拿起大碗,从瓮里舀了一碗凉水,咕噜咕噜喝了下去。

"张妞啊!咱家跟土匪有血海深仇呀!你还记得你11岁那年,土匪给咱家下'黑条子'的事吗?"

"咋不记得?一辈子也忘不了啊!"

父亲紧锁着眉头,回忆起那一桩突来的祸殃。

人们常说,世上最苦是黄连。可在那风雨如晦的旧社会,穷人的日子比黄连还苦。

人们常说,世上最难熬的是漫漫三九风雪夜,可在那阴云密布的旧社会,穷人的日子比漫长的三九风雪夜还难熬啊!

刘庄村的穷百姓,好多人家在冬天就断了炊烟、熄了灶火,囤里空空荡荡,厨间冷锅冷灶,别说一日三餐,就连一餐也吃不上啊!他们只好拿起打狗棍,挎起讨饭篮,端上讨饭碗,背井离乡,一步一叹地踏上逃荒路……

史来贺一家的日子,跟刘庄的穷人一样苦不堪言。家里穷得连盐都买不起,连"洋火"都买不起,天天忍饥挨饿,顿顿清汤寡水,特别是一到冬天,连野菜汤也难以为继,一家人饿得饥肠辘辘,头晕眼花。即使在这种饥饿难耐的情况下,也不得不将一天三顿改为一天两顿。到夜晚饿得实在难以忍受时,就一人喝一瓢凉水,填充饥肠。然后速速躺下,进入睡梦,以免"饿鬼"把人折磨得头晕目眩。睡梦里就不知道饥饿了,就不觉得饥肠空空了……

一个月黑风高的深夜,一伙儿蒙面土匪气势汹汹地闯进了史家,他们像一群凶神恶煞从天而降,手执长枪大刀,气势汹汹,嘴里骂骂咧咧,两眼喷射凶光。进了史家,就呵斥史传道,向他要钱要粮。史传道一脸庄稼人的憨厚相,诚实地说:"穷家穷户的,连饭都吃不饱,哪里有钱有粮食啊?要有,俺一家也不会活受罪啦!"

一伙儿张牙舞爪的土匪哪会相信他的话,七手八脚地在屋里搜索起来。掀开粮囤,一看是空的;打开面缸,一看仅有少得可怜的一点儿玉米面。瞅瞅炕上,两条破棉被打着好几个补丁;拉开抽屉,除了几把干烟叶,别的啥也没有,连一枚铜钱也没翻着。屋里犄角旮旯都翻了个底朝天,也没找出一件值钱的东西。他们又到院里寻找牛羊和鸡鸭,可院里空荡荡的,既没有牛羊圈,也没有鸡鸭窝,只有几棵落尽了树叶的榆树萧瑟地站在寒风里……

"这又是一个穷得叮当响的人家,榨不出啥油水儿,估计这家人连虱子都不会生。"一个土匪阴阳怪气地嘟哝道。

"咋会连虱子也不会生啊?"另一个土匪眨巴着眼睛问。

"你想啊,他们家人穷得只剩下一身干骨头,虱子如果生在他们身上,那不都得饿死啊!"

听到此言,众土匪不约而同地发出一阵狰狞的笑声……

"哼!想让老子白跑一趟,没门儿!老子啥时候跑过冤枉路?别敬酒不吃吃罚酒,顺顺当当地把钱和粮食交出来。"

说这话的,是一个土匪头儿,他从院子又转身到屋里,指着史传道说:"姓史的,你不要糊弄老子,别以为俺们都是吃干饭的。告诉你,今儿个你不交出票子和粮食,就别想蒙混过了这一关。你说,你把钱粮都藏到哪里去啦?老子就是挖地三尺,也要挖出来!你休想瞒过老子的火眼金睛。"

史传道苦苦哀求道:"老总啊!俺家真的是没有,要有,早给你们拿出来了。老总啊!您就可怜可怜穷人,饶过我们这一回吧!"

"可怜你们,谁可怜俺这一帮弟兄啊?你不交钱、交粮,让俺们喝西北风呀?"土匪头儿紧紧相逼。

"要钱没有,要粮也没有,要命有一条。要不,你们把俺这一身老骨头带走吧!我去给你们干活儿,把一身力气都给你们,抵我们家交了钱粮啦!"史传道万般无奈,只好把命豁出去啦!

"我要你这一把穷骨头有啥用?把你劈了煮了,也熬不出三两油来。"土匪头儿一看,这家人确实穷得家徒四壁,便给史家下了"黑条子",限令三天之内,要凑够一笔钱,交到他们手里。过期不交,史家老少就性命难保。

土匪头儿狰狞地一笑:"心疼钱,还是心疼命,你看着办!三天限期一到,如数交钱,差一个子儿也不中。不然,就别怪我的弟兄心狠手辣,你可得记住喽!"

有个一脸滚刀肉的土匪,临走用手点着史传道的眉头,恶狠狠地说:"到期不交,就把你的锅砸了,房子点了,还要把你的孩子押走。老子说到做到,绝不含糊。听明白了没有?"

全家人敢怒不敢言,一任屈辱的泪水挂满两腮,打湿衣襟。

这是什么世道哇?土匪横行霸道,官府熟视无睹,无人过问,任由他们欺男霸女,糟蹋良民。自古兵匪一家,官匪勾结,此话千真万确。这群土匪,横行乡里,无恶不作。跟那些皇协军、中央军,跟那些日本鬼子,有什么两样呢?难道他们坏事做绝、泯灭天良,就不怕遭报应,就不怕天打雷劈?

土匪要的现大洋,对于一贫如洗的史家来说,简直就是个天文数字,仿佛泰山压顶,压得史传道吃不下饭、睡不着觉。去哪里筹措这一笔巨额大洋呢?再去求东家借?这个口实在难张了。因为为了给张妞筹措学费,已经欠了人家两斗粮食了,再跟人家借,那岂不是债台高垒?再说,好借好还,再借不难,借了人家的粮食,快两年了,一直无力偿还。还咋舍着脸皮向人家张口?更何况借债难,还债更难。一年到头背着大山一样沉重的债务过日子,咋能抬得起头,咋能挺得直腰哇?到头来,还不得让债务这座大山压趴啊!

史传道恨得把牙咬得吱吱响,冷不丁撂出一句话:"要钱没有,要命一条!豁出去了,大不了把我这把老骨头绑去,任他们千刀万剐吧!"

"要是不给他们凑够钱,他们不会要你这个老骨头架子,要的是咱的儿女啊!咱两个在世上苦熬了几十年,早就活够了,死了也就算了。可孩子们小小年纪,可不能让这些丧尽天良的土匪给糟蹋了呀!咱史家不能绝了后啊!咱倾家荡产也得把孩子保住,不能让他们的小命出半点差错。"母亲王保香最担心的是孩子。

"那就先把张妞藏起来，或者送到亲戚家。"史传道急中生智。

"藏？往哪儿藏啊？这年头，兵匪一家，到处都是土匪的眼线，没有不透风的墙，你前脚藏起来，后脚就会有人报告土匪。到那时，他们抓住了咱们的孩子，还不得斩草除根！我看，咱还是破财免灾吧！"母亲满脸都是万般无奈的哀愁。

左思右想，走投无路。为了一家人的性命，史传道心头一横，只好典当或卖掉家里的一些衣物了，因为除此之外，家里再也找不到值钱的东西了。

数九严冬，史传道整日冒着呼啸的寒风，饿着肚子、扛着包袱往外跑。包袱里兜着棉被、棉袄、棉裤，还有给闺女预备的嫁妆。他要忍痛把这些东西背到集市上卖掉，换回现大洋，白白送给那帮土匪王八蛋。扛着包袱赶路，一想到这里，他的心就疼得揪成了一团……

到了集市，把包袱放在地上，伸着脖子喊了半天也没人回应。凛冽的寒风嗖嗖地吹着，像刀子一般割人的耳朵、刺人的脸，脚冻得像猫咬，手冻得抄进袖筒里还冰凉冰凉。站着迎风，蹲着脚麻，站也不是，蹲也不是，他只好不停地跺脚，不停地吆喝。

其实，守着包袱，望着来来往往的人群，他心里是十分矛盾的。怕卖不掉这些衣物，换不来土匪逼要的大洋，那自己的穷家就难保了；但他又怕很快卖掉这些衣物，家里人少了挡风御寒的棉衣、棉被，女儿没有了这些嫁妆，也会像割肉一样让人心寒啊！但不管怎么说，还是顾全这个家要紧，保全家里老小的性命要紧。"留得青山在，不怕没柴烧。"东西是人置的，东西没了，只要人活着，只要人毫发无损，比什么都好，再多的东西也没有人的命主贵，保住人就是保住了家呀！穷命人，就图个不幸中的万幸吧！

受了三天罪，赶了三个集，总算把一包袱衣物卖完了，这几乎是他的全部家当了。卖了它们，家里就显得更空更穷了。可回到家里数了数，一包袱家当卖了也没有凑够土匪要的数，短缺的几块大洋从哪里凑呢？土匪头可是说了，"差一个子儿也不中！"不能因为缺了几块大洋让他们把锅砸了，把房子点了，把闺女和儿子抓了。再作难也得给狗日的把现大洋凑齐。快到年关了，家里太平比啥都好，家里老小平平安安、团团圆圆比啥都好哇！

这时，他想起了藏在柴草堆里的那一袋子玉米，那是全家过年和度春荒的仅有的一点口粮，现在只能把它卖掉了。

那一袋子比大山还要沉重的玉米，他是一路上眼里流着泪、心头滴着血，把它背到集上去的。粮食比衣服好卖得多,一个集下来,一袋子玉米,便变成了一条空布袋。

当他把干瘪的空布袋搭在肩膀上走出集市的时候,忽然觉得自己是卖掉了全家人的生路;一家老小的命,就像肩上的这条空布袋,干瘪得没有一点儿分量了。想到这里,他的两条腿怎么也迈不动了,心头涌起一股悲苦心酸的浪潮,痛苦得像有百箭穿胸,便坐在街头的一个无人处,号啕大哭起来……

哭了一阵,隐隐约约听见有人在说唱,抬头一看,原来是个算命的瞎子,手拿探路杆儿在边走边唱。只听他唱道:

> 富家过大年,
> 穷人渡难关。
> 朱门摆宴席,
> 茅屋断炊烟。
> 财主强逼债,
> 土匪来抢钱。
> 听见鞭炮响,
> 农夫心里寒。
> …………

史传道边听边想:"这算命先生唱的不正是俺这一号穷人吗？唱得太对了,唱得太实在了。他这个曲儿,替穷人诉了苦,道出了穷人一肚子的苦水儿呀!"

棉衣卖了,棉被卖了,一家人在寒冬的夜里,点燃一堆柴草,依偎在一起抵抗寒风。粮食卖了,一家人只好一日三餐吃糠咽菜。但不管怎样受苦,总算保住了一家人的性命,让史传道夫妇心里有了一点慰藉。望着一家人悲惨的命运,听见屋外猛兽般叫嚣的大风雪,小来贺心头的怒火,犹如眼前的火苗愈燃愈旺,向上猛蹿。他对这个不合理社会的仇恨,对土匪的仇恨,深深埋在心底,发誓有朝一日,释放心头的怒火,向万恶的土匪算账复仇。

这个年关,史来贺的家里没放鞭炮,没挂灯笼,没贴对联,没粘花纸儿,没剪窗花,几个姐姐连一根红头绳儿也没买。屋里屋外听不见嬉笑,听不见欢乐。愁云在全家人的眉头凝结,酸楚在全家人的心头弥漫,一声声悲叹在破陋的草屋里回荡……

这一回，儿子带领民兵队伍剿灭了一股为非作歹的土匪，并夺回了被抢的民财，真是大快人心，为穷苦百姓出了一口恶气！

以谋略制胜

1948年冬天,解放军打垮了盘踞在新乡的国民党军队和统治势力。新乡终于解放了!人民的新政权终于建立了!

但被推翻的敌人并不甘心于自己的失败,他们妄图把这个新生的政权扼杀在摇篮里,扼杀在人民拥护的欢呼声中。

被打得落花流水的国民党军队败退之后,那些潜伏下来的残兵败将,勾结土匪、流氓和地方保安武装的散兵游勇,组织便衣队、暗杀队、敢死队,横行乡里,各霸一方,奸淫烧杀,无恶不作。有时明火执仗地在光天化日之下残害无辜的百姓,有时采取白天分散隐蔽、夜晚集中活动的方式进行垂死挣扎,负隅顽抗。他们残杀共产党军政人员和革命群众,抢劫人民政府钱粮物资,恐吓接近共产党的老百姓,欠下了累累血债。

那天,史来贺率领民兵围剿了一帮为非作歹的土匪,人民欢呼叫好,敌人却恨得咬牙切齿。

让史来贺故意放了一马、回去向卫老启报丧的土匪,跟卫老启一五一十地报告了下乡发财、却被史来贺带领的民兵队伍围剿的惨痛经过,直说得痛哭流涕,胆战心惊,最后瘫软在地。

卫老启听后大吃一惊,震怒得像发了疯的豺狼,暴跳如雷,狂啸怒吼,恨不得一个箭步飞到刘庄,张开血盆虎口,把史来贺和刘庄民兵一口吃掉,连骨头渣都不剩一粒儿。这时的卫老启,恼怒得脸都变了形,鼻子扭到了腮帮子上,眼珠子鼓到了眼皮外边,散发着邪恶的凶光,脸上每一处气得鼓暴起来的皮,都膨胀着残暴的杀气,充分暴露他杀人不眨眼的狰狞面目和歹毒本性。

卫老启是一个恶贯满盈的匪首,也是臭名昭著的地痞流氓。他长得尖嘴猴腮,一脸奸相。老百姓都说他眨眼就是歹点儿,满脸都是杀气,是个杀人不眨眼的魔王。他与官府勾结，与国民党军官勾结，为所欲为，无恶不作，残害老百姓，暗杀共产党人和农会干部，烧杀抢掠，罪恶滔天。他誓死要与新政权势不两立，与共产党对抗到底。在人民政权成立后，他依然勾结流氓头子、毒品贩子，网罗其他土匪头子结成同盟军，扩充队伍，发疯似的与共产党争夺天下，向新生政权和革命队伍进行疯狂野蛮的反扑，企图东山再起，占山为王，把共产党赶走，把新政权打垮。卫老启这个匪首和他纠结的那帮土匪，成为新乡地区和豫北人民最凶恶的敌人之一，也是豫北大地横行霸道的一只"巨蟹"，城里乡下，没有他不鱼肉百姓、搜刮民财、杀人放火的地方；横行作恶几十年，没人敢惹，没人能除。谁人不知，他集狐狸、恶狼、疯狗于一身，既狡诈残忍，又疯狂凶恶，是个吃人不吐骨头的魔鬼。他一贯狂言："老子打个喷嚏，方圆百里都得下雨；老子跺跺脚，豫北一带都会地震。"对于这个作恶多端、杀人如麻的魔鬼，人人提起来都心惊肉跳，连一些妇女哄淘气、哭闹的小孩儿，说一声"别闹了，卫老启来了"，吓得孩子就再也不敢哭，再也不敢闹了。国民党军队曾多次发出号令，说要"剿灭卫老启"，可那都是做做样子、走走过场给老百姓看，到头来卫老启毫发无损，照样逍遥横行，鱼肉乡里。所以老百姓总是说"兵匪一家，都是王八"。

手无寸铁的老百姓，对卫老启恨得眼睛冒火，把他的丑恶罪行编成民谣，以泄心头之愤：

　　　　大土匪，卫老启，
　　　　杀人放火抢东西。
　　　　年关一到来抬猪，
　　　　八月十五忙抓鸡；
　　　　抢了钱财抢粮食，
　　　　又欺男来又霸女。
　　　　千刀万剐不解恨，
　　　　将他抽筋又扒皮。

卫老启仗着自己有众多土匪，有100多杆枪，决意对"冒犯"了他的史来贺进行疯狂报复，不消灭他的民兵队伍誓不为人！并让手下人传出话来："史来贺真是不知天高地厚，一个乳毛未退的小牛犊，也敢跟猛虎雄狮斗，真是狗胆包天！"

卫老启的话传到了史来贺的耳里,史来贺"哈哈哈"一阵大笑:"卫老启,你个王八蛋,作孽做到头了,罪大恶极,不可饶恕,该是人民给你算总账的时候了。不除掉你这个杀人魔王,老百姓就不得安宁!"

史来贺生来就不怕威胁与吓唬,收到卫老启让人捎的敲山震虎的话,让人捎话给以硬铮铮的回敬:"我史来贺偏偏好在太岁头上动土!你不是自称猛虎雄狮吗?我就是要在虎口里拔牙,在狮子头上打拳,你能怎么着?而今,觉醒了的穷苦人和英雄的民兵,才是这方土地上的主人。你卫老启称王称霸的日子结束了,等待你的是人民对你的审判。"

卫老启偷袭和消灭民兵队伍的阴谋诡计还没来得及实施,史来贺就开始谋划运筹民兵队伍的战略决策了:先发制人,出其不意,集中优势兵力,运用袭击和围歼战术,彻底消灭卫老启这支土匪武装。

为了使这一战术顺利实施,史来贺决定用谋略制胜。

听说卫老启的部下,有个名叫夏高修的土匪,是刘庄附近的夏庄村一个穷苦人家出身的人,他被卫老启的人胁迫着"入了伙",浑浑噩噩当了土匪。但他和别的土匪不一样,平时为人还算正派,做事并未泯灭良心,对乡亲能手下留情,绝不乱杀无辜,也不对穷人雪上加霜。史来贺决定感化这个夏高修,争取他"反水",为我所用,在土匪内部做民兵武装的眼线,为消灭卫老启做内应,也算给他一个将功赎罪的机会。

一天,史来贺在小冀镇与这里的民兵队长交流经验,完事儿后,在集上与闲逛的夏高修不期而遇。

"这不是夏高修吗?哎呀,咱俩有一年多没见面了。咋样?你在卫老启那里混得还好吧?"史来贺过去就跟夏高修认识,今天恰好碰见。

夏高修一见史来贺,急忙将一张愁眉苦脸,换成了一张笑脸,言不由衷地说:"这不是赫赫有名的民兵大队长吗?我可没你混得好呀!你现在是大名人了,要权有权,要人有人,要枪有枪。你看我,混来混去,几年下来,还是个打杂、跑龙套的小卒子。"

史来贺一听夏高修话里有怨气,马上意识到自己想好的计策实施有门儿,便笑嘻嘻地拉住夏高修的手,显得无比亲近地说:"咱俩难得遇见一回,走,到茶馆里坐坐,喝杯茶,喷喷空儿。"

夏高修立马觉得与史来贺拉近了几分,心想到,老乡见老乡,两眼泪汪汪。还是老乡心里近啊!他用感激的目光看了看史来贺,点点头说,:"好,好!到茶馆聊一聊。"

进到茶馆后，两个人脸对脸坐下，边品茶边拉呱儿。扯了会儿闲篇儿，史来贺有意识地问了卫老启那伙土匪最近有哪些罪恶活动，夏高修一五一十地回答，并无隐瞒。当问到未来几天卫老启有什么活动计划时，夏高修摇了摇头，表示一无所知。这并不奇怪，卫老启一伙的出动计划，不可能让一个"跑龙套"的卒子知道。

史来贺开始奔正题、进行他的攻心战术了："我是刘庄人，你是夏庄人，土连着土，地连着地。两个村是土也亲、地也亲、人更亲；两个村的人应该是心连心。今儿个，咱们两个是近人不说远话。"说到这里，他用和蔼的目光看了一眼对方，端起茶杯示意，"今儿个，我以茶代酒，敬老兄一杯！"两个人响亮地碰了一杯。

"哟呵！今儿个，我算是烧了高香啦！遇见了大名鼎鼎的民兵队长，还请我喝茶，真是高看我啦！"夏高修有点儿受宠若惊。

史来贺不以为意地说："这算个啥事儿啊！乡里乡亲的，低头不见抬头见，多个朋友多条路，多个对头多堵墙。谁不知道多给自己留条路啊！我这是真心跟你交朋友，从今儿个起，咱俩就是贴己的朋友了，无话不谈，无事不商量。"

夏高修有点激动："好，好，从今往后，咱就是铁哥们了。在卫老启那里，人家谁看得起我呀！别看是土匪窝，等级分明着哩。按等级喝酒吃肉，按等级发饷分赃。轮到我这儿，可怜得很呐！"夏高修发起怨气来，毫无遮掩。

史来贺把话题转到了正篇："你在卫老启那里，得多长个心眼，给自己留条后路。咱都是爹娘养大的，遇到啥事儿得多为父母想一想，不能让他们二老白养咱一场。你在卫老启那里为非作歹，难道爹娘不为你担心？如果继续跟着卫老启祸害老百姓，既对不起你的爹娘，也对不起夏庄与这一带的父老乡亲。国民党那么多的正规军，都被解放军消灭了，何况卫老启这帮乌合之众？可以说，灭掉他们不费吹灰之力，他们已经是秋后的蚂蚱——蹦跶不了几天了。人民武装消灭卫老启，只是早晚的事儿。你要早做准备，不要非等到见了棺材才落泪。不如早点儿反水，早点儿站在人民一边，为人民做一些力所能及的好事，为消灭卫老启戴罪立功。这样会得到政府的宽大，也会得到人民的谅解与宽容。"

"我在卫老启那里混了这么多年，跟着他们干了很多坏事，是有罪恶的。四邻八乡的老百姓，能饶恕我吗？"夏高修对自己的后果有些担心。

"能！我向你打包票，只要你能反水，真心听我们的，乡里乡亲、老少爷们，谁还会难为你？我史来贺向来说话算数，到时候一定让你满意。"史来贺饮了一口茶,挥一下拳头,做了个掷地有声的动作。

三杯茶,暖热了一颗心;几番话,指明了一条路。自此,茶馆、田野、树林、村里、村外,夏高修经常跟史来贺联系,卫老启那里一有情况,就如实向史来贺报告。

到此,史来贺用谋略制胜的主动权,已经牢牢掌握在自己的手中。

少小多智慧

回到村里，史来贺把在小冀镇请夏高修"喝茶"的事，以及想用计谋打掉卫老启土匪窝的打算，给村长张克成、民兵马学仁和杜学孟说了一遍，这三个人都是史来贺打小的穷伙伴，还一块儿上过私塾，进过学堂，知根知底，无话不谈。三个人听了，无不举双手赞成。

"你这是一条妙计啊！比强攻硬打技高一筹。对付卫老启这帮顽固土匪，就得用计谋取胜。"村长张克成点着头说。

"兵法上不是说，知己知彼，百战不殆吗？咱就得在土匪窝里安插个内线，随时掌握卫老启的动向，以便采取相应的对策。队长啊，你这一招高哇！"马学仁称赞道。

"你不看，来贺是谁呀！打小就脑子灵，办法多，遇事总能想出与别人不一样的高招。你们还记得上私塾那会儿，咱们的'张妞'同窗，不就是巧用计谋，制服了那些飞扬跋扈、不可一世的地主小少爷吗？"杜学孟对上私塾的事，仍记忆犹新。

"是有这么一出，教咱们的那位老秀才先生多亏了有'张妞'这个学子啊！要没有这位得意门生，谁会站出来为他老人家解围呀？"村长张克成说的都是实情。

"说的是啊！来贺用计谋助了老先生一臂之力啊！来贺虽然上私塾时间不长，但在很短的时间内，却显出了他的足智多谋，可称得上学堂展智慧啊！"杜学孟紧接着话茬说。

史来贺却摆摆手，不以为然地说："这哪儿跟哪儿呀？那都是小孩子玩的把戏，小菜一碟！"

大家的话题，引出了过往的共同记忆。

当年,私塾先生老秀才在教学中,发现学子中分为两派:富人家的孩子一派,穷人家的孩子一派。这两派界限分明,情绪对立,格格不入,直接影响了大家的学习与和睦相处。富人家的子弟看不起穷人家的子弟,穷人家的子弟仇视富人家的子弟。两派争强斗胜,互不相让,有时甚至闹得水火不容。假如长此以往,会有损学堂的学风,更有损学堂的名声。特别是那些富家子弟,并不把心思放在学业上,性情流浮,调皮滋事,荒废光阴,虚度年华。如果他们将来在学业上毫无起色,一派荒唐,作为先生,他也是有责任的。每每想到这里,老秀才总是于心不安,常常有一种未尽职责、有辱使命的心理负担。

没有灵丹妙药,没有锦囊妙计,老先生只会循循善诱,诲人不倦;只会寓教于文,寓教于诗,动之以情,晓之以理。

他拿出宋朝宋真宗赵恒御笔亲作的《励学篇》,来暖化那些冥顽不化的富家子弟,一遍又一遍地反复向他们念诵:

> 富家不用买良田,
> 书中自有千钟粟。
> 安居不用架高堂,
> 书中自有黄金屋。
> 娶妻莫恨无良媒,
> 书中自有颜如玉。
> 出门莫恨无人随,
> 书中车马多如簇。
> 男儿欲遂平生志,
> 五经勤向窗前读。

按历史学家的说法,宋承五代长期的战乱,人心不古,世风俗败,一般人都不喜欢读书,书读得好、读得精、融通古今的就更少。大宋皇帝要大量起用文臣,必须一方面广开读书人登仕的途径,一方面竭力提倡读书的良好风气。宋真宗御笔亲写的这首《励学篇》,就是用来感化、诱导人们下功夫读书的。篇幅不长,言简意赅,极能激发人们"学而优则仕"的读书之志。

老秀才用心良苦,谁知,到头来却是对牛弹琴。几个富家子弟对老师的话,这耳朵进那耳朵出,置若罔闻,我行我素。史来贺却将《励学篇》这首诗,背得滚瓜烂熟,并工工整整地写在本子上。不仅有了粗浅的理解,而且天天用"男儿欲遂平生志,五经勤向窗前读"来鞭策自己勤学苦读,刻苦钻研,树立平生大志。

与此同时,史来贺也揣摩出了老师的一番用意,多么善良、多么温厚的老师啊!可那几个捣蛋鬼,为何要辜负老师的一片苦心,而不好好学习呢?依仗他们家里富有,还是依仗他们老子钱多势大?

他很想帮帮这位严于施教的老师,师生如父子,学生替老师分忧,是分内之事。可自己一个穷学生,怎么能帮得上呢?他搜肠刮肚地苦苦思索着。

见"寓教于诗""寓教于文"的教法收效甚微,老先生便再生一计:寓教于典。他给学子们讲了一连串的古人用功读书的故事,诸如"牛角挂书""带经而锄""头悬梁、锥刺股""韦编三绝""囊萤映雪""凿壁偷光""映月读书"一类的典故,他讲了一个又一个。最后,老师语重心长地讲道:"在这里,我要特别讲一个人,他是明朝《五人墓碑记》的作者张溥,他读的书很多,是个学富五车的人。他读的书,每读必抄,抄完一遍又一遍。为何?因为抄是为了记,记是为了用。这样,张氏书房被称为'七录斋',被传为读书佳话。如此严谨的治学,值得后世效仿。"

他望一眼堂下的学子,轻咳了一声,接着往下讲:

"不知汝等想过没有?如若不好好读书,怎能对得起父母的养育之恩?不好好读书,将来怎能有一个锦绣前程?尔等父母等着汝等光宗耀祖、光耀门第呢!圣人先贤的读书治学、著书立说的精神,值得后人效法啊!望尔等三思啊!"

不知怎么,史来贺对老师讲的古人刻苦读书的故事很感兴趣,那些圣人先贤的名字,就像一颗颗璀璨的星星,时时闪亮在他的心头。

想到古人用功读书的故事,史来贺终于思谋出为老师分忧解难的办法。

这天,他把都是穷家子弟的几个同窗好友张克成、杜学孟、马学仁等召集到去学堂路旁的那棵大槐树下,很严肃、很认真地对大家说:"咱往后再也不要和那几个富人家的孩子对着干了,咱惹不起躲得起,他们想挑事找茬儿,咱们离他们远远的。一见他们,就像闻见了臭狗屎,赶紧跑,赶紧躲。"

同窗杜学孟不解,急忙问:"为啥呀?干吗要躲他们?难道我们哥儿几个怕他们不成?"

"我们不是怕他们,而是怕给老师惹麻烦。"史来贺把自己观察到的两派学子闹对立的情况和揣摩到的老师的良苦用心,简要叙说了一番,大家才对史来贺的用意恍然大悟。

紧接着，史来贺对大家说："咱今后把心思全都用在读书学习上，挑明了要和富家子弟比一比，比上进心，比学习好，比读书下苦功，比学业完成得好。这样一公开比赛，他们怕比不过咱们，怕丢人现眼，就该用劲儿学习啦，把心思用在正劲儿上，邪劲儿自然就慢慢消失了……咱这样努力去做，不就暗暗帮助老师解忧了吗？"

"这办法好！咱们埋头苦读书、勤钻研，拿了彩头，得到老师的奖励，他们肯定不服气，必然奋起直追，心劲儿用在了正事上，那些歪心眼儿就会全都抛掉。"同窗马学仁赞赏地说。

"来贺，你想的这个妙计，一举三得，既能提高大家的学习兴致，又能平息两派的对立，还为老师分了忧、解了燃眉之急。好得很呐！肯定能得到老师的夸奖。"比史来贺大两三岁的好友张克成使劲儿鼓励着，最后，号召性地说，"好！从今天起，咱就按来贺说的办，说到做到，君子一言，驷马难追！"

史来贺与穷家子弟果不食言，他们一个个言必信，行必果，在学堂谨遵师教，刻苦用功，埋头读书，学业精进，德行修好，获得老师的夸赞与好评。

那几个富家子弟，在学业上被远远甩在后面，又见穷家子弟们在言行举止上，一再对他们谦恭忍让，便对自己过去的行为暗暗反省与三思，终于明白了以下做人的道理：

> 凡是人，皆须爱。
> 天同覆，地同载。
> 行高者，名自高，
> 人所重，非貌高。

于是，他们"见人善，即思齐""惟德学，惟才艺，不如人，当自励"。

就这样，学堂终于有了良好的学风，有了致学明德的氛围，有了进取向上的气息。琅琅的书声，传出师生同悦的心声，传出师生同乐的舒畅。

当先生了解到这一切都是史来贺的谋划和功劳时，对这位个子不算太高、外表不太帅气的穷家子弟便格外喜爱、格外看重。人不可貌相，海水不可斗量。别看史来贺一身寒酸，却有主见、有头脑、有智慧，是一个少年大度之人，长大后，一定有丈夫度量，有君子之风啊！

"上私塾那会儿你才9岁，就有那么好的计谋，10年过去了，你肚子里积攒了多少计谋啊！统统拿出来，对付卫老启，不在话下！"张克成鼓励着眼前的民兵队长。

"那时候，是对付地主家的小少爷，用的是小策略。眼下不同了，咱们民兵对付的是敌人，是穷凶极恶、杀人不眨眼的土匪头子，得用大智谋、大谋略。用'魔高一尺，道高一丈'的深谋远虑、运筹帷幄，去瓦解敌人、战胜敌人、消灭敌人！"史来贺非常慎重地提醒大家。

"来贺，你要紧紧拉住夏高修这个眼线，让他为咱们民兵所用。最好来个里应外合，把卫老启一伙儿土匪一窝端了，彻底干净地消灭这股为非作歹的顽匪。"马学仁恨不得一夜间打个痛快，把卫老启揪住示众，千刀万剐，以解民恨。

"放心吧！我心里有数，不捉住卫老启，决不收兵！"史来贺十分有把握地说，"我们一块儿迎接民兵队伍胜利的那一天吧！"

第八章　剿匪反霸建奇功

※受命总指挥
※擒贼未擒王
※平原追匪记

受命总指挥

一个没有月亮的夜晚,寒风呼啸,驱动着地上零星的枯叶,不由自主地打着旋。深夜的村庄,连一个人影也没有,寂静极了。只有远处偶尔传来几声狗叫,才能暂时打破夜晚的死寂。

史来贺带领民兵队伍,白天训练,夜晚防守,忙碌了一天,实在有点儿劳累。大约三更时分,他正准备躺下歇息,忽然听到"咚咚咚"的敲门声。谁恁急大半夜的敲门呀?他急忙披上棉袄,大步走到门后,小声问:"谁?"

"我!"

是夏高修的声音。

门"吱扭"一声打开,夏高修闪身而进,只见他累得气喘吁吁,上气不接下气地说:"我有紧急情报!"夏高修的话音,低得只有他二人听得见。

"来!进屋慢慢说。"史来贺一把将夏高修拉进屋里。

他倒了一碗水,递到夏高修手里:"先喝口水,看把你累的。"

夏高修喝了几口水,这才缓缓地喘过气来。史来贺示意他坐下,迫不及待地问:"啥情报?"

"重要情报!卫老启决定,明天夜晚,召集分散在这一带的土匪头目,在辛集召开重要军事会议。"

"消息可靠吗?"

"可靠!绝对可靠!"夏高修十分肯定地回答。

"你估计,他们会商量啥事?是不是决策什么重大军事行动?"史来贺皱着眉头问。

"叫你猜对了。他们就是要商议和谋划如何袭击这一带的民兵组织。每个土匪头目都有分工,各霸一方,每个头目带领手下的土匪,负责消灭一个村的民兵。扬言要把这一带的民兵组织一网打尽，要把民兵手里的200多条枪全部夺到他们手里。然后，扩充并武装他们的队伍，成为豫北最大的土匪队伍，还要野心勃勃地夺取解放军的武装。"夏高修竹筒倒豆子，说了个爽快，心里一阵轻松。

"卫老启野心不小，岂不是贪心不足蛇吞象，最后还不得活活把自己撑死。"说到这里，史来贺拍了一下夏高修的肩膀，叮嘱道，"情况紧急，刻不容缓，你赶快回去。这两天要紧紧盯住卫老启，有任何风吹草动，都要随时和我取得联系。现在是关键时刻，一是不要放松警惕，二是千万不要露出一点一滴的蛛丝马迹。"

"中！你的话我都记下了。有啥变化，我一定生法给你联系。"夏高修话音一落，便摆摆手迅速出了门，眨眼间不见了人影……

史来贺回到屋里，穿上一件厚厚的棉袄，正要出门，妻子刘树珍翻身醒来："你这是要去哪儿啊？黑更半夜的，不在家好好睡觉，出门干啥？"

"有紧急情报，我得赶紧去一趟军分区，向军区首长汇报。先不要告诉爹娘，免得他们担心挂记。"

"大黑天，你去那么远的地方，要小心啊！"妻子对丈夫走夜路不放心。

"放心吧！我是谁啊？民兵队长！我怕啥？就是遇见豺狼虎豹，它们也会吓得躲得远远的。"说完，朝妻子做个鬼脸，便一溜烟消失在茫茫夜色里。

史来贺出了村，直朝新乡军分区（当时，新乡军分区设在焦作）的方向奔去。他沿着羊肠小道，曲曲弯弯，左拐右转，迂回曲折，跑了整整一夜，第二天太阳已经露脸了，才气喘吁吁地赶到焦作。

他一步也不敢停下来，大步流星地走进军分区，找到首长，先敬礼，后汇报："报告首长，我们从内线得到一份非常重要的最新情报。"

军分区司令员急不可待地问："什么情报？赶快讲来。"

史来贺上气不接下气地说："大土匪卫老启，今晚在辛集召开土匪头目会议，商议如何采取军事行动，消灭我们那一带的民兵武装。"

"情报可靠吗？提供情报的人可靠吗？"司令员慎之又慎，以防上了敌人的圈套。

"完全可靠！情报是土匪内部我的一个眼线提供的。"史来贺不容置疑地回答。

"只要情报可靠，我们就可以立即采取行动。他卫老启不是要消灭民兵吗？好！不等他拿起枪来，我们就要他的人头落地！"司令员的话说得铿锵有力，然后，又问史来贺，"你有什么打算？我先听听你的意见。"

"这不明摆着么？多好的机会呀！他在辛集开会，我们就在辛集消灭他们。开会的都是卫老启手下的各股土匪的头目，这回，给他一窝端了，把所有的土匪头目一网打尽，他们这帮土匪也就树倒猢狲散了。"史来贺早已在心里谋划好了，说起来像小时候念《三字经》，简直是倒背如流。

"好！真是英雄所见略同啊！就按你谋划的去部署。部署要周密，出动要神速，攻打要猛烈，擒贼要擒王，这次一定要活捉卫老启，彻底、干净、全部消灭这帮罪恶累累的土匪！"司令员每说一句，史来贺都点一下头，表示都已牢牢记在心里。

这时，司令员又派出一个连，协同民兵作战，并当即决定："军分区这一个连的兵力，协同夏庄乡 200 多名民兵，好好部署，形成四面合围的态势，将辛集团团围住，看他卫老启往哪里逃！"司令员用两只胳膊做了个四面合围的形状，然后庄严地下达命令，"现在，我命令：史来贺担任这次合围辛集战斗的总指挥！"

史来贺立正敬礼："坚决完成任务！决不辜负首长的信任。不获全胜，决不收兵！"

史来贺领命后，带着解放军一个连，飞速赶回，并马上集合包括刘庄民兵在内的夏庄乡 200 多名民兵，传达了军分区首长的作战命令。当天就派民兵曹登月、曹佩发和解放军的李班长，组成一个侦察小分队，巧妙化装，神不知鬼不觉地深入辛集，进行作战前的仔细侦察，坚决打一个有准备之仗、有把握之仗。

当晚，史来贺正在根据侦察小分队报告的情报，具体部署兵力，分解战斗任务，内线夏高修又急急忙忙跑来送情报："卫老启一伙土匪头目，正在辛集一个最大的地主家里秘密聚会，那些土匪头目全都到齐了。"

事不宜迟，兵贵神速。由史来贺统一指挥、统一调动的解放军一个连队和夏庄乡 200 多名民兵，紧急集合，秘密行动，踏着浓重的夜色，用飞一般的速度，风驰电掣般开往辛集。将辛集和那位地主家围了个水泄不通，捉拿匪首卫老启和土匪众头目的战斗就要打响了！

擒贼未擒王

在辛集大地主家上房的客厅里，卫老启正在扬扬得意地给手下的小头目发布命令。在卫老启心中，共产党只是兴盛一时，占不了天下。国军很快就会卷土重来，新乡一带，还是他卫老启的地盘。"共产党人熬不了几天，我卫某依然坐山为王，占地为主，共产党不能把咱怎么样，想一口吃掉我卫某，没那么容易。"

他身边的一个小头目魏大鼻子与他向来臭味相投，是他的一个应声虫。卫老启话音未落，魏大鼻子就附和道："那是，那是！共产党围剿咱们几回了，虽然也有损兵折将的时候，可回回不都是化险为夷，这都是全靠大哥您的运筹帷幄、英明指挥啊！"

卫老启微微地点点头，自吹自擂地说："我卫某闯荡江湖，久经沙场，跟日本人打过交道，跟国军称兄道弟，啥场面没经过，啥人没杀过？我怕过谁，我输给过谁？共军和民兵要再来找咱的麻烦，我叫他有来无回。"

"对！来俩杀一对儿，来五八杀四十，杀他个片甲不留！"魏大鼻子很会接话茬。

"弟兄们，你们记住，咱脚下的地盘，永远姓卫，不姓共。告诉你们手下的弟兄们，要时时注视共军的动向，多派人去打探情报，千万不能让共军偷袭咱们。要牢牢守住咱的地盘，让咱的地盘成为铁桶一般的老营，成为铁打的江山。"卫老启一再叮嘱身边的亲信，生怕解放军哪天端了他的老窝，成了丧家之犬。

"大哥，您放心，只要有您坐山为王，弟兄们一定效犬马之劳，把咱的地盘把守得钢打铁铸一般，连只蚊子都休想飞进来。"魏大鼻子夸起了海口。

"不过，咱也不能死守在这里，该出手也得出手哪，咱也不能让共产党太消停喽！前几天，史来贺的民兵不是打死咱一帮弟兄吗？这次，我叫他史来贺加倍偿还。这次出动，要把他们的民兵队伍全部干掉，一个不留！他们的枪支弹药全都归咱们。咱们又该鸟枪换炮了！"卫老启狂妄得有点儿忘乎所以了。

魏大鼻子立即回应："中！明儿个俺就带弟兄们干掉史来贺那帮穷小子。"

"不！这次我要亲自挂帅，共产党不是要抓我么，史来贺不是要我的人头吗？那我就走到明处，试试共产党有多大能耐，看他史来贺能不能抓住我。"卫老启拍着胸脯非常自信地说。

"不中，不中！太危险了，还是让俺领着弟兄们出去吧！"

"嗨！老弟！你放心吧，他们抓不住我。这叫出其不意，攻其不备。共产党不会料到我会在光天化日之下走到他们的面前，我就打他们个措手不及。越是觉得危险越安全，我倒要看看，到底谁能赢了咱们主动出击这盘棋。"卫老启给他手下的每个小头目，都布置了具体任务，仿佛胸有成竹，狂妄得不知自己是老几了……

正在土匪头目们妄出狂言、发誓要消灭民兵时，英雄的民兵队伍却已经来到了他们的眼皮子底下。

卫老启安排在外围的岗哨，被民兵悄无声息地一个个收拾掉。待解放军和民兵包围了地主家的大院时，在里边聚会的卫老启一伙竟浑然不知。只有守在大门口的一个土匪发现了异样动静，慌里慌张地放了一枪，屋子里才乱了起来："谁在打枪？咋回事儿？"一个小头目惊慌起来。

"不要慌，出不了事。黑更半夜的，谅他共军摸不到这儿来，不用怕。可能是守门的弟兄枪走火儿了。"卫老启故意安定人心。

"不好！有共军来袭！"守门的小土匪吓得尿了一裤裆。

还没等众土匪头目反应过来，解放军和民兵端着枪已经拥进了地主家的大院。10分钟的激战，一伙土匪小头目纷纷落网，一个个蹲在地上，抱头认栽。

这次围剿土匪，击毙和俘虏了不少小头目，缴获了一些枪支弹药，也保护了老百姓的财产和生命安全，给史来贺的民兵队伍带来了战斗的快乐、胜利的喜悦。

奇怪的是，进到屋里的解放军和民兵搜遍了屋子，搜遍了地主大院的各个角落，却没有发现匪首卫老启。甚至把辛集这个村子从南到北，从东到西，从上到下，彻底翻了个底朝天，也没发现卫老启的蛛丝马迹。

民兵马学仁揪着一个土匪小头目的衣领，发狠地问："老实交代，卫老启那个老贼藏在哪里？"

"他刚才还坐在那把椅子上，咋一眨眼不见了？我确实不知道他躲到哪里去了。"土匪小头目吓得面如土色，浑身打着哆嗦。

"包围圈水泄不通，铁桶一般，老东西咋能逃得出去？莫非地主家里有暗道？"史来贺百思不得其解。可搜遍了地主家的前后院，并未发现暗道。

史来贺就更纳闷了。卫老启这个豺狼会躲到哪里去呢？史来贺心中急得像是熊熊燃烧着一团火。

原来，卫老启除了是这一带的土匪首领，还有一个重要身份：一贯道的道首。史来贺和许多民兵对他的这一身份，并不十分清楚。经查证，卫老启就是利用他这个特殊身份，逃离了夜色下混乱中的辛集。辛集有一个农民，是一贯道的道徒，对会道门的道首非常忠诚。他在激战的混乱中，看见了慌不择路的道首卫老启，就将他拉到背旮旯，低声密语："道首，我来救你，快跟我来！"

卫老启一看是一个道徒，像在洪水中抓住了一根救命的稻草，赶紧跟着这位道徒跑进一个院子："这是我家，放心吧，这里没有外人。"

道徒说着，把卫老启请进屋里，拿出一件露着棉絮的破棉衣，让他穿上；又为他化了装，装扮成一个地道的老农民，混进二三百人的民兵队伍。这天夜里，是个月黑头加阴天，漆黑的夜色，根本辨别不清队伍中的人马。卫老启就是乘人不备，在一片混乱中悄悄溜出了辛集。

史来贺了解到这一情况后，气得用拳头拼命夯起了墙头，砸得墙头刷刷往下掉土，几下便砸出了一个缺口。一边砸墙头，一边嚷嚷："幸亏他是个农民，要是一个地主放走了卫老启，我非把他枪毙了不可！这个坏了我们大事的农民道徒，真是个糊涂蛋！我恨不得扇他两耳光！"

民兵杜学孟气不过，嚷嚷着要把那个农民道徒抓起来："不惩罚那个道徒，不足以平民愤，起码得揍他一顿。这家伙太可恶、太可恨了！连敌我都不分，抓起来，关他半月二十天；抓不到卫老启，就不放他。"

"不中！他又不是敌人，你抓他犯法。咱是民兵，得遵守群众纪律。现在的关键是抓住卫老启。"史来贺头脑十分清醒，劝大家在关键时刻要严守纪律。

在史来贺心里，卫老启漏网而逃，是这次围剿最大的遗憾。这个恶贯满盈的匪首，一天不捉拿归案，这一带的老百姓就会多一天危险和威胁；他多一天逍遥法外，老百姓就多一天吃不香、睡不宁。不抓获土匪头子卫老启，史来贺誓不罢休。

"咳！让卫老启这个王八蛋就这么溜掉了，你们说说，憋气不憋气？窝囊不窝囊?"杜学孟就是不服气,不认输。

"憋气有啥用? 这个乌龟王八蛋,诡计多端,比狐狸还狡猾,他既然逃跑了,就不会让我们轻易逮住。你到哪里去抓他?"民兵刘殿新无奈地说。

马学仁却不以为然,非常自信地说:"擒贼先擒王。咱只要下功夫,就能抓到卫老启这个老狐狸。你想想,他带着土匪到处打家劫舍,老百姓都认得他,我还见过他呢! 咱一路追击,见人就打听,准会有人给咱提供线索。再说,老百姓谁不恨他,谁不盼着早一天抓住他? 只要群众发现他,我们就一定能逮住他。"

"学仁说得对,我们抓卫老启要相信群众,依靠群众,群众那么多双眼睛,再加上我们民兵的眼睛,抓住卫老启不成问题。"史来贺坚信不疑。接着他说:"关键是我们行动要快,要迅速,一分一秒也不能拖延。"

史来贺立即命令民兵副大队长老牛和民兵马学仁、杜学孟、刘殿新、曹登月、曹佩发等人,组成一支精干的民兵小分队,由他亲自率领,连夜跟踪追击逃犯卫老启。

可他们未曾料到,连夜追击卫老启,并不是一次快刀切萝卜——干脆利索的战斗,而是一场漫长艰巨的"马拉松赛跑"!

平原追匪记

史来贺带领追匪小分队,顺着卫老启逃亡的方向,像飞马追狼一样,摸黑一路追击。大家一路小跑,史来贺边跑边给大家分析:卫老启通过解放军与民兵在辛集合围这场战斗,心里十分明白,我们要下决心捉拿他,他现在已经成了惊弓之鸟,必然不敢在近处的周边村躲藏,也不敢带领众多的土匪一起逃亡,他怕人多惹眼,引起人们的注意,必然是只身逃窜。这一片的老百姓,大都被他抢掠过,受过他的盘剥,化成灰也认识他。他绝然不敢走大道,肯定会走小土路,走土路就能留下脚印。只要咱踩准了老狐狸的脚印,就能顺着道跟踪追击,抓住这只狡猾的老狐狸。

史来贺的分析,增强了大家跟踪追击的信心与决心。

小分队紧紧张张赶了一夜路,追踪了百八十里,还是不见卫老启的影子。大家又饿又渴,又困又累,谁都想躺下睡一觉,谁都想走进一家饭馆饱餐一顿。可是蛮荒野地,哪里有什么饭馆呢?

次日早上,小分队路过一个小村,在路边一户人家打探:"看见一个穿着一件破棉衣的老头儿从这里路过了吗?"

"有一个半大老头儿,穿着破棉袄,露着棉絮,面目像个凶神恶煞。说是赶早集的,走得渴了,在俺家要了一碗水喝。然后,又匆匆忙忙向西南方走了。看那样儿,好像倒了大霉,活了今儿个,没有明儿似的。"这家主人看得很准、很透。

"那就是卫老启,没错!"史来贺判定。

小分队向西南方向继续追赶。

我们可以假想一下,如果是在平坦的大路上赛跑,卫老启肯定跑不过年轻的民兵,用不了一个小时,就能把他抓获归案。可是当时的道路,并没有什么平坦笔直的大道,都是曲曲弯弯的小土路。卫老启就是沿着小土路一个劲儿地逃亡。即使到了一个村、一个集镇,他也不敢停下来,更不敢找个人家或者车马店歇息一个夜晚。累得走不动了,最多坐在路边喘口气,东张西望一番,再继续逃窜。而民兵就不同了,他们不能一个劲儿地追踪,每到一个村或一个集镇,就得停下来打听,询问老乡"见没见一个穿一身破棉衣的半大老头儿,打这里路过",结果,在一个村、一个集镇打听了一圈,得到的回答往往是"没看见""不知道"。在一个小村,偶尔有人说:"看见了,就有这么一个老头儿,今儿个半晌午从这里路过,眼下恐怕走得 20 里开外喽。"

得到这一消息,民兵队伍又是一阵快马加鞭,紧追急赶。可大家拼尽了气力,使尽了解数,累得骨架子都快散了,还是不见卫老启的影子。

有人散劲了,有人泄气了,甚至有人想打退堂鼓了:"狗日的卫老启是在故意捉弄咱,照这样追下去,啥时候才能抓到他?干脆回去算了,狗日的总有露出狐狸尾巴的那一天,到那时,咱再抓住他的狐狸尾巴也不迟。"

"不中!这次不抓住卫老启决不收兵。他是新乡一带最大的土匪头子,俗话说,擒贼先擒王,树倒猢狲散。只有先把卫老启这个魔王抓住,新乡一带的土匪才能不消自灭,老百姓才能过上安生日子。我是铁了心了,哪怕追到天边儿,也要把卫老启这个乌龟王八蛋捉拿归案。给上级首长和老百姓一个圆满的交代。"史来贺劝大家再坚持一下,继续发扬艰苦作战的精神,"咱现在是在跟卫老启比赛,看谁有韧劲儿,看谁有耐力,谁坚持到最后,谁就是最后的赢家。难道我们民兵还不如卫老启一个糟老头子有耐力?这次跟踪追击,就好比我们和卫老启在进行一场'马拉松比赛',这场比赛,我们一定要赢,而且一定能赢,大家要增强信心。"

又连续追赶了两天,终于在一条原野小路上,远远看见了一个要饭花子打扮的半大老头儿,手拿一根打狗棍,正一拐一瘸、一颠一跛、很吃力地在赶路。

"看!前边那个人,就是他!"队伍里不知是谁喊了一声。

"是他!就是他!老狐狸终于现原形了!赶快追击!"史来贺断定地说。

这时,卫老启已经把自己化装成一个可怜兮兮的叫花子,蓬头垢面,衣衫褴褛,走路还一瘸一拐的,正准备往外地逃窜。他这副潦倒破落、狼狈不堪的打扮,即使熟悉他的人,不仔细辨认也很难识破他的假面目。

当史来贺带着民兵即将把这个"叫花子"团团围困的时候,他拔腿就跑。史来贺率人在后面穷追猛赶,还鸣枪示警。卫老启加快了脚步,并从腰里掏出一把盒子枪,转脸向追赶的民兵开了枪。

史来贺厉声喝道："卫老启你就是跑到天涯海角，我们也要把你抓回来。你要再顽抗，就叫你尝尝民兵枪子儿的厉害！"

"嘣"的一声，卫老启又扭脸打了一枪。

史来贺果断地举起了枪，"叭"的一声打掉了卫老启手中的枪。卫老启抖动了一下手，妄图继续逃命。可他再也跑不动了，也再无反扑之力，已知走投无路，只好缴械投降，"扑通"一声跪倒在地哀告求饶："我卫某今儿个倒霉，算是栽到你们'土八路'手里了，不求别的，只求你们高抬贵手，饶我一条命吧……"

史来贺抓住卫老启的衣领，如抓住了一只落汤鸡，咬牙切齿地吼道："卫老启，你这个恶贯满盈的魔鬼，不是很会逃窜、很能跑吗？你咋不跑了？我就不信，英勇的民兵追不上一个丧魂落魄的老狼！你不会想到，自己也会有今天吧？你的八面威风哪里去了？你这个两手沾满血腥的罪魁祸首，就等着人民对你的严正审判吧，等着在人民面前瑟瑟发抖吧，等着人民把你钉在历史的耻辱柱上吧！"

"这回，我算真栽到你们手里了，完了，完了……"卫老启彻底低下了头，一脸沮丧。

他深知自己罪大恶极，不会得到丝毫宽恕，下场会特别悲惨。即便不被马上枪毙，也会生不如死。与其落在共产党的手里，倒不如寻找机会再次逃命。眼下，啥也没有保命要紧，只要能保住命，就有机会东山再起，重新拉起队伍，杀他个回马枪，把这些"土八路"统统消灭掉。

卫老启在被押解途中，虽然一路低着头，做出低头认罪的样子，但他的内心早已做好了继续逃窜的准备，他的两眼每时每刻都在东撒撒西看看，随时寻找着逃跑的机会。

当押解他的小分队走到一个地形非常复杂、人群又十分密集的集市时，他一看机会来了，趁小分队的人注意力分散，便脱了鞋，撒开脚丫子拼命地逃跑。一会儿朝东，一会儿朝西；一会儿左拐，一会儿右拐。冲散了集市上的人群，人群一乱，更给了他钻空子的机会。他像个醉了酒的酒徒，左冲右撞，一会儿撞倒了小孩，一会儿撞倒了老人。他却狂笑着一路疯跑，一路癫狂，吓得集市上的人，无不远远地躲开，给他让道。卫老启一看没人再敢挡他的道，跑得更快了，叫嚣得更起劲了。

史来贺与民兵小分队的人向他喊话，他不理睬；叫他马上停下来，他头也不回；鸣枪示警，他跑得就更快了。

前边的集市人更多、更热闹,简直就是茫茫人海。如果卫老启跑到那里,混入人海,抓住他就更难了。情况危急,不能有丝毫犹豫,小分队的急性子脾气、民兵联防队副队长老牛,再也抑制不住对匪首的满腔怒火,举起枪,扣扳机,枪声响,人撂倒。只见一颗正义的子弹,穿过一个罪恶的头颅,脑门开花,嘴巴啃泥,一命呜呼!

"这打死的是谁啊?"集市上的群众一下围了一大片。

"哎呀哈!快来看呀!打死的是大土匪头子卫老启,真是大快人心啊!这个万恶不赦的魔鬼终于被打死了。哈哈哈……"

"这家伙罪有应得,罪该万死!真是善有善报,恶有恶报啊!"

"这是谁打的?枪法真准呀!为民除害,为民消灾,大英雄啊!"

在一片欢呼声中,有人认出了史来贺:"那不是史来贺吗?是他带领的民兵队伍打死了这个土匪头子,真该为他们庆功啊!真正的民兵英雄,果然名不虚传。"

追剿大土匪头子卫老启的战斗画上了一个圆满的句号。在一片赞扬声中,史来贺一身雄风,领着他的民兵队伍,雄赳赳气昂昂,迎着朝阳大踏步地凯旋……

史来贺率领民兵上演了一出轰轰烈烈的"平原追匪记",这一大型连续剧的主旋律是一曲英雄壮歌。那精彩的故事,那动人的英雄赞歌,在新乡和豫北地区,到处传颂,经久不衰……

真让史来贺言中了:擒贼先擒王,树倒猢狲散。除掉了匪首卫老启,新乡最大的一股土匪武装,没过几天便土崩瓦解、自消自灭了。树倒猢狲散,大难临头各自飞啊!

史来贺与他领导的民兵,为人民的解放事业,为老百姓的切身利益,竭尽全力,又建奇功。

第九章　革命熔炉火最红

※激战平暴乱
※大海里捞针
※智擒伪区长
※火热的斗争

激战平暴乱

革命的熔炉锻炼人,火热的斗争塑造人。史来贺在民兵队长的位置上越干越出色,越干越优秀,经常受到上级的表彰和嘉奖,也受到了部队首长的夸赞。

1949年年初,新乡县武装部根据当时斗争形势的需要,决定在全县分片成立民兵联防队,做到"一处鸣枪,四方警惕;一村遭敌,多村支援;敌到之处,处处打响"。夏庄乡所属的刘庄、卫庄、夏庄、曹庄、苗庄、小张庄等8个村,联合组成了一支民兵联防队,叫"夏庄乡民兵联防队",县委和县武装部任命史来贺担任夏庄乡民兵联防队队长。这就是说,9个月前的史来贺还是一个村的民兵自卫队队长,9个月后,就被提拔为一个乡的民兵联防队队长;由领导一个村的30多人的民兵自卫队,到领导一个乡的200多人、拥有200多条枪的民兵联防队。一个刚满19岁的青年,成了威震一方的地方武装"首长",让所有人刮目相看,跷起大拇指。

这既是斗争和工作的需要,也是为了让史来贺走进一个更大、更广阔的天地,给他提供一个能够大力施展才干的社会舞台。这就意味着,史来贺要负责8个村庄的民兵武装和地方联合治安、保卫工作,肩负着8个村老百姓的生命与财产安全以及社会安定、祥和,肩上的担子更重了,担负的责任更大了。

就当时的社会环境、斗争形势而言,担任一个乡的民兵联防队队长,对史来贺是一个严峻的考验。

1949年,虽然盘踞在新乡的正规国民党军和大股土匪已被歼灭,但斗争形势还依然严峻、非常复杂,社会秩序仍十分混乱。国民党的一些残渣余孽、杂牌兵痞,成了散兵游勇,纷纷隐蔽起来,与一些小股土匪、反动会道门、暗藏的地主武装等,相互勾结,狼狈为奸,趁新政权还未站稳脚跟、共产党执政的根基还不牢固时,暗杀武装干部和民兵骨干,公开向农会反攻倒算,躲在暗处杀人放火,拦路抢劫,敲诈勒索下"黑条子",甚至杀了人还把带血的人头挂在城门上,明目张胆地向共产党示威、向新政权示威。到处张贴反动标语、制造反动舆论、散布动摇人心的谣言,闹得乌烟瘴气,人心惶惶,社会动荡不安。国民党的反动势力便趁机大搞破坏活动,炸桥梁、毁铁路、烧仓库;在井里投毒、路上埋雷;在列车上安定时炸弹、军火库放炸药包……其手段卑鄙、诡计阴毒、用心险恶,已经到了令人发指的地步,不严惩天地不容,不痛击人心不稳。

史来贺积极响应上级和军分区的号召,立即投入围剿残余土匪、打击恶霸势力的斗争。一个 19 岁的青年,指挥着 200 多人的民兵联防队,在一方土地上掀起剿匪反霸的激烈战斗。他们披坚执锐,威风凛凛,屡战屡胜,捷报频传。

担任夏庄乡民兵联防队队长后的第一仗,一下就擒获了 27 名土匪与恶霸。这一仗,可以说是史来贺与民兵联防队用辉煌的战果,向夏庄乡 8 个村的父老乡亲交出的第一张火红的捷报。

那一天,民兵联防队的侦察员忽然来报:"夏庄乡有一股土匪伙同几个恶霸,秘密集结,正在谋划暴乱事件。他们有武器,有炸药,其中一个恶霸就是他们的头领……"

史来贺听后,气得怒发冲冠:"这还得了? 竟还敢搞暴乱,反了他们了。也不看看,现如今是谁的天下! 想推翻共产党? 做梦去吧! 人民的江山是钢铁长城,这帮乌龟王八蛋想推翻这座江山,非让他们碰得头破血流、粉身碎骨。"

史来贺从腰里抽出短枪,举枪一挥,粗喉大嗓一吼:"同志们! 拿起家伙,子弹上膛,跑步前进,把这帮土匪与恶霸包了饺子,一锅煮了他们!"

"有没有取胜的信心?"

"有!"

"好! 那咱们今天是猛将军出征——不获全胜,决不收兵!"

"唰"的一声,像一阵旋风,史来贺的身后,浩浩荡荡,跟随着调集而来的100 多人的联防队伍。他们一个个威风凛凛,英气勃发。像下山的猛虎,像怒吼的雄狮,雄赳赳气昂昂,向要猎取的目标飞速挺进。

史来贺没有读过兵法,不懂得古人打仗取胜的秘诀,但他却率领民兵联防队用"兵贵神速"的急行军,用秘而不宣的突然袭击,践行着"出其不意,攻其不备"的孙子兵法的重要战术。

当那帮土匪与恶霸正蠢蠢欲动,集结 50 余名乌合之众,就要制造恶性暴乱事件的时候,史来贺的民兵队伍以迅雷不及掩耳之势,以铁桶般四面合围的作战部署,水泄不通地包围了这帮匪徒的秘密集结之地。先头的侦查小分队,早已探听了里边的虚实,摸清了行动路线,以及他们部署的暴乱计划。这些侦察来的情况,已经烙印在史来贺的心中,形成了一张胸有成竹的作战图。让他指挥起来有条不紊,胜券在握。

埋伏在四周的民兵,只听得包围圈里的院子里,敌人在狂妄叫嚣:"这回咱们手榴弹、地雷、炸药包一齐上,炸他个天翻地覆,叫那些共党分子知道,咱也不是好惹的。不叫咱得过,他们也休想安生!"

"是啊!整天吆喝着要消灭我们,我们得先送他们上西天。今儿个,老子豁出这一条命,也要炸他个人仰马翻、鸡飞狗跳,让共产党的头头脑脑,丈二和尚摸不着头脑,找不到东西南北。"

这个家伙的话音一落,便引起乌合之众的一阵"哈哈哈"狂笑,像一群蛤蟆"呱呱呱"乱叫。

正在他们得意忘形、做着春秋大梦的时候,村内村外一齐响起密集的枪声,一阵阵"嗖嗖嗖"的弹雨,密集地落在他们院子里,落在他们头顶的房子上,落在他们的眼前脚下。这出乎意料的弹雨,让这帮匪徒惊慌失措,乱作一团。那恶霸首领却十分镇静,只见他手举短枪,朝天上"啪啪"放了两枪,冷静地说:"弟兄们,不要慌,这帮'土八路'好对付,用不了几个手榴弹,就把他们炸得哭爹喊娘。弟兄们,赶快往外扔手榴弹!"

手榴弹"唰唰唰"从敌人窝里抛了出来,一声声爆炸,掀起一堆堆土浪,却没有伤着一个民兵。因为那些土匪往外扔手榴弹时,生怕吃了枪子儿,于是都躲在暗处,看不见外边任何一个火力点,拿住手榴弹就乱扔一气。而且着弹点都集中在一处,正巧那一处没有民兵联防队的兵力部署,让敌人枉费心机、白费力气扔了那么多手榴弹。

而民兵的一个又一个手榴弹,也随即在敌人窝里爆炸。由于我们的手榴弹都集中扔在了敌人的窝点,所以每一个手榴弹落下,都会有几个敌人倒下。不大会儿,敌人就在我方的枪林弹雨中,横七竖八地倒下了一大片。剩下的敌人手榴弹扔完了,子弹打完了,已经到了弹尽枪哑的绝境,一个个成了缩头乌龟,到处寻找犄角旮旯藏身。

但史来贺的联防队是不会给他们躲藏的机会与喘息的时间的。他们抓住战机紧紧不放,狠命地朝敌人的窝点进攻、包围,迅速缩小包围圈,一步步靠近敌人的据点。

不一会儿，院子外边便杀声震天，如雷霆万钧。

"快举手投降吧！缴枪不杀！"

"别躲起来当老鳖了，快快出来投降吧！老鳖是王八，缩头乌龟也是王八，你们是当王八呀，还是当人呐？想当人的，就赶紧出来；想当王八的，就等着挨枪子儿。"史来贺亮明了对敌政策。

躲起来的敌人一听躲起来当王八要挨枪子儿，便纷纷从暗处露出了头，弓着身。一个个胆战心惊，面如土色；一个个举手投降，丧魂落魄。

一场激战，打死20多名匪徒，剩下的27名土匪与恶霸全部成了民兵联防队的俘虏；缴获了几十支长短枪，还有炸药、粮食、器物等战利品。

当了俘虏的匪徒与恶霸，还不知道战败他们、端了他们老窝、毁掉了他们暴乱计划的是哪路神仙，就稀里糊涂地成了俘虏。他们看见一个十八九岁的青年，腰里别着盒子枪，威风凛凛地站在他们面前。不言而喻，这场战斗就是这个青年指挥的。他的一身英雄气概，让这些俘虏目瞪口呆，惊讶不已，好一位少年英雄啊！

当俘虏中有人认出了青年指挥官就是史来贺时，便偷偷吐了一下舌头，悄然说了一声"原来是史来贺"，匪徒头目大恶霸像噩梦初醒，猛地一惊，口中喃喃道："今儿个算是遇到克星了，败在史来贺手里，俺服了！"

大海里捞针

剿匪反霸,打的是一场人民战争,人民战争的汪洋大海,将淹没一切魔鬼和败类;剿匪反霸,是一场革命的暴风骤雨,霹雳震天的暴风骤雨,将荡涤一切污泥浊水。

来势凶猛的剿匪反霸,让一切罪恶滔天的匪首和恶霸,躲在暗处发出一阵阵哀鸣。一闻听解放军或民兵来了,就吓得魂不附体,如谈虎色变,听猫鼠窜。他们四处躲藏,八方流窜,可哪里也找不到一个安身立命的地方,好像到处都是监视的眼睛,到处都响着捉拿他们的高音喇叭,到处都能听到追捕他们的脚步声。

夏庄乡有一个名叫刘树山的土匪头子,是一个极其残暴的凶神恶煞。几十年来,作恶多端,为害一方。他仇恨共产党,仇恨无产阶级革命,与共产党和革命者水火不容,曾活埋我党地下工作人员 3 人,亲手杀害我党干部及群众十几人,双手沾满了革命者与人民群众的鲜血,欠下了累累血债,是个彻头彻尾的刽子手,是个罪不容恕的反革命匪首。

剿匪反霸之初,他便意识到自己罪孽深重,共产党不会饶恕他,迟早要对他绳之以法。与其坐以待毙,被共产党杀头,不如"三十六计,走为上计"。这时,他仿佛听到了死神已经为他敲响了丧钟,便在一个黑沉沉不见星月的夜晚,不顾一切、毫不迟疑地踏上了畏罪潜逃的亡命之途。

当史来贺带领联防队的民兵,到刘树山的家里去抓他的时候,他的老婆一把鼻涕一把泪地诉说:"谁知道他个没良心的跑哪儿去啦?俺已经有半个多月不见他的人影了。他一走,不管俺的死活了,俺该咋过呀?"一边哭诉,一边甩泪,拍屁股打腔,呼天喊地,哭起来没完没了……

"他是不是躲到亲戚家去啦?"史来贺问道。

女人摇摇头，哽咽地回答："不知道。"

史来贺再问她啥，她一个字也不回答了，只顾一个劲儿地哭泣，一个劲儿地喊叫。

"这家伙一定是畏罪潜逃了。不把他抓捕归案，就等于放走了一只豺狼，狗改不了吃屎，狼改不了吃人。不定啥时候，他还会冒出来咬人、吃人。"史来贺一口断定了刘树山的反动本性，"不中，咱不能等着他出来害人了才去抓他，到那时就晚了。马上行动，不论他逃到哪里，都得把他抓捕归案。"

"可问题是，咱们到哪儿去追捕他呀？连一条线索都没有，连一点踪迹都找不到，咱总不能跟瞎子摸象一样，无根无梢地乱找乱摸吧？"民兵刘殿新觉得这事儿有点儿悬乎。

"是啊！没有线索，没有踪影，去追踪抓捕，等于大海里捞针，还不得把人难为死呀！"民兵杜学孟觉得这是个大难题，难为得直摇头。

史来贺却充满了信心，坚定地说："我们就是要在茫茫人海里，追踪抓捕这个罪恶累累的匪首，不把他抓捕归案，决不回来见我们的父老乡亲。就是大海里捞针，也要把这根毒针捞出来！放到法律的铁錾上，用人民的铁锤，把这根毒针彻底砸碎。"

说罢，他立即整顿队伍，下达命令："从现在起，我们就是抓捕刘树山的特别战斗队。愚公能把大山推翻、移走，难道我们就不能抓住一个罪犯？我相信，再难的事，也难不倒我们联防队的民兵。现在，请大家和我一起发誓：抓不到刘树山，死不瞑目！"

联防队全体民兵举起右拳，齐声宣誓："抓不到刘树山，死不瞑目！"声音气壮山河，威震云天。

一支抓捕刘树山的特别战斗队，在史来贺的率领下，肩挎长枪，全副武装，满怀信心地出发了。

他们首先分头到刘树山所有的亲戚家去追问、搜捕，凡是与他沾亲带故的，一家也不落下，却都一一落空。不论哪一家亲戚，都是一问三不知。有的甚至已经有好多年不与刘树山来往了。因为刘树山是大土匪头子，好多亲戚都躲着他，恐怕引火烧身，招来祸端。

史来贺由此得出结论：刘树山坏事做绝，丧尽天良，六亲不认；到头来，落得个众叛亲离，人人恼恨，天诛地灭。看来，哪个亲戚也不愿招惹他，更不敢窝藏他。

联防队的马学仁动起了心思："刘树山是个大土匪头子,勾结的社会渣子多、国民党军官多,会不会藏到他的同伙或者狐朋狗友那里?"

一句话提醒了史来贺："对呀! 还是学仁的脑子好使。咱们就去找刘树山的同伙与狐朋狗友。"

但找来找去,还是望风扑影,杳无音信。

"近地方这方圆十几里,咱们拉网一样,该找的地方都找过了。看来,这个王八蛋不在近处躲藏,咱还是把目光放远一点吧!"副大队长老牛分析说。

"我也这么想。不过,再远一些的地方,咱们无从下手啊! 在一点儿线索也没有的情况下,咱两眼一抹黑,不知道该去哪儿抓捕呀!"杨法忠拿不出一点儿办法。

"这几天,咱只顾在周围这一片搜索了,也不过圆几里、十几里,结果告诉我们,刘树山不在这一片躲藏。这就说明,一个潜逃的匪首,是不可能在近地方躲藏的,他怕熟人认出他,他怕革命群众发现他,他怕咱们民兵抓住他。为了防止被人发现,他肯定要跑到没人认识他的地方。你们想想,哪里没人认识他呀?"史来贺跟两位副队长如此分析。

老牛马上回答:"要说没人认识他的地方,往北,到新乡估计就不会有人认识他;往南,过了黄河就不会有人认识他。因为刘树山打家劫舍,奸淫枪杀,都是在黄河以北、新乡以南这一带。"

"老牛说得对,我看咱可以到新乡与新乡以北去搜捕,兴许那里有他的落脚点。再远的地方,我估计刘树山无人可投、无友可靠。"杨法忠这么认为,也不无道理。

"好! 那咱就到新乡一带去搜捕。"史来贺的决定,总是果断干脆。他把联防队分成三个小分队,三个队长各带一个小分队,分别在新乡市内、新乡市郊、新乡以北三个地带搜捕。

联防大队 200 多人全副武装,同时出发。到了新乡附近,一分为三,三个小分队各自奔向自己负责搜索的地带,展开了拉网式的搜索。

联防队队员们夜以继日,废寝忘食,把搜索任务当作战役来打。在市区,一个街道挨着一个街道地搜索,每一户居民都要访问,每一座厂房都要仔细搜查;在乡村,每一户人家都要探访,每一处场院甚至每一片芦苇荡、每一片树林、每一个草垛,都要仔细搜索,不疏漏一个暗角,不放弃一个旮旯。结果,搜索了三天三夜,仍然没有发现刘树山的踪迹。

联防队只好无功而返。联防队有人厌战了，有人灰心了，有人泄气了。

"大家不要灰心丧气，功夫不负有心人。我们为民除害，做的是好事、善事，是正义的事业，上合天意，下顺民心。因此我们的行动只会成功，不会失败。总有一天，我们会抓住这个老贼的。同志们，相信我的话，我的预料不会有错。"

说到这里，史来贺低头思索了一会儿，似乎有了主意："我看这样，咱们再找跟刘树山熟悉的人了解一下，看这个王八蛋在外地跟哪些土匪有联络、常来往？咱再顺藤摸瓜，到外地去搜捕、去捉拿。"

"对对！眼下只有这样了。"两位副队长几乎同时点头，异口同声地说。

恰在此时，夏庄一位农民来找史来贺，见了面就直来直去地问："你们联防队是不是在搜捕刘树山？是不是找不到他的下落？"

这位农民50岁上下，走路弯着腰，好像总是直不起来，头还一点一点的，一脸皱纹刻满了沧桑。一身素朴破旧的棉衣上，布满了尘土与草屑。

史来贺打眼一看，就断定这是一个实诚憨直的农民。他笑嘻嘻地迎上去："老伯，叫你猜对了，我们就是在搜捕刘树山。正急得火烧眉毛哪！附近到处都找遍了，就是没音信、没影子。"

这位农民犹豫不定地说："你们是不是到开封去看看？有一年，外地一个大土匪头子骑着高头大马、挎着盒子枪，马铃丁零当啷一路响着，那样子，可威风啦！"

老人说着，环视了一下，看看有没有让他怀疑的人，看见周围都是联防队的人，才放心地继续说："一听见马铃响，刘树山喜气盈盈地站在门外，把那个骑高头大马的人，迎进了家里。后来，我问刘树山家的孩子，'今儿个那个骑高头大马的人是你家的亲戚？'那孩子说，'是俺爹的朋友。'我又问，'哪儿的朋友啊？'那孩子说，'开封来的，是我爹的铁哥儿们。'我觉得这孩子不会撒谎。这次刘树山会不会躲藏到开封去了？到那儿一查不就知道了？"

史来贺眼前豁地一亮："太好啦！老伯，你提供的情况太重要、太及时了。我代表联防队的全体同志，向你表示深深的感谢！"

杨法忠也说："要是抓住刘树山，你的功劳是头一份儿。"

"我有啥功劳？抓住刘树山，为民除一害，功劳大于天。这功劳是你们联防队的，我只是给你们报个信儿。准不准，还两说嘞。"老汉说着，摆摆手，弯着腰，点点头，慢慢转身向来路走去……

"多好的老百姓啊！你只要为他们做好事、做善事，从根本上维护他们的利益,他们就会大力支持你,千方百计帮助你。这就是'得道者多助,失道者寡助'啊!"史来贺心中暗暗思忖。

民兵联防队以急行军的速度,连夜赶往几百里外的开封。

到了古都开封,人生地不熟,联防队的人两眼一抹黑。从哪里下手?到谁家搜查?那个骑高头大马的刘树山的"铁哥儿"姓甚名谁?住在哪条街道、哪个胡同?窝藏点在不在他家里?这一连串的问题,史来贺在脑子里过了好几遍,却始终找不到答案。

还得依靠当地群众,群众的眼睛是雪亮的。开封的群众,就是开封的活档案,问古问今,他们都会说出个一二三四;问恶问善,他们都会分出个青红皂白。史来贺把腰里的短枪,藏在贴胸的棉衣里,带着几个民兵骨干,开始在开封城里进行"微服私访"。

他几乎走遍了开封的大街小巷,繁华的地方处处留心,冷清的地方处处观察。既有明察,又有暗访;既打听街铺的商人,又打听闲逛的市民;既关注大道消息,又留意道听途说。腿都跑酸了,腰都累疼了,嗓子干得冒火,饥肠饿得乱叫。经过三天三夜的打探与侦察,终于打听到了那个骑高头大马的土匪头子的下落,并跟踪追影,找到了他的秘密窝点。

为了防止夜长梦多、打草惊蛇,更重要的是防备刘树山这个土匪头子与开封的同伙溜掉,史来贺让几个民兵在他们的窝点秘密监视,他赶紧回联防队下榻的民房,迅速集合队伍,下达命令。

已经是夜半时分,开封火车站的钟声鸣了整整 12 下,街市里的店铺早已打烊,大街小巷很少见行人,整个开封古城灯灭人静,沉入梦中。这里的夜晚静悄悄,只有史来贺带领的民兵联防队在神不知鬼不觉地火速行动。

说时迟,那时快。民兵联防队用了不到 10 分钟的时间,就包围了刘树山暗藏的窝点。此时的刘树山,正沉沉入梦,鼾声大作,他不会想到史来贺带领的民兵联防队会跟踪到开封来抓他。当民兵联防队的人越墙而过,蹑手蹑脚闯进他的黑窝,他还死一般躺在被窝里,不清不楚地说着梦话呢!一杆冰凉的枪顶住了他的脑袋,他才从美梦中猛然醒来,浑浑噩噩不知发生了啥事。一睁眼,惊了一跳,缩成一团。这是哪来的队伍?莫非是神兵从天而降?

"刘树山,睁开你的狗眼,看看我们是谁!"史来贺威风凛凛地站在他的面前。

这时他才恍然大悟,原来是史来贺的"土八路"来抓他,他一脸的茫然,一脸的疑惑:他们怎么会知道我在这里？是谁发现了我？又是谁走漏了风声？他冥思苦想,百思不得其解。

"刘树山,别给我装狗熊,赶快穿上衣裳,举手投降吧！告诉你,你就是潜逃几千里、几万里,我们也能把你抓捕。快一点,不要磨蹭了,没人能救你。"史来贺下着强硬的命令。

想不到,这个死到临头的匪首,竟在摸索衣服的时候,从枕头下面拿出手枪,想垂死挣扎,负隅顽抗。史来贺与几个民兵眼疾手快,立即打掉了他手中的枪,并将他五花大绑。

史来贺与民兵联防队押着俘虏刘树山,一路走着,一路提防着,只怕生变,只怕半路杀出个程咬金,所以不敢怠慢,不敢停留,连夜从开封一刻不停地往回赶。

刘树山被押回新乡,交由人民政府,待机审判。在强大的人民面前,在正义的力量面前,他被公开正法。

历尽艰辛,吃尽苦头,终于把一个罪恶滔天的罪犯抓捕归案。史来贺与他的民兵联防队,为剿匪反霸,为新乡的解放事业,又立了一大功。人民不会忘记,历史不会忘记,这些农民出身的民兵英雄！在人民解放大业的史记中,在中华人民共和国成立的辉煌史诗中,永远有他们光辉的名字,永远有他们英勇顽强的身影！

智擒伪区长

　　史来贺虽然没有读过兵书,没有上过军校,也没有当过兵,更没有在正规军指挥过战斗,但他的军事智慧和指挥才能却相当惊人。抓捕新乡县伪五区副区长刘荣堂,就是这方面的一个范例。

　　刘荣堂是刘庄人,在当伪副区长之前,曾经当过刘庄的伪保长,是个搜刮民脂民膏、敲骨吸髓的吸血鬼,在刘庄落了个千载骂名,人人恨之,人人诛之。那时,刘庄人没有一个人简单地称他"保长"的,而是给"保长"二字加了前缀,啥前缀呢? "瓦罐"! 那就是说,在刘庄,人人称他为"瓦罐保长"。不知情的人,不禁要问:"啥叫'瓦罐保长'? 怎么给他叫了这样一个'雅号'?"

　　这得从刘荣堂一贯搜刮民脂民膏说起。

　　刘荣堂从当刘庄的伪保长那天起,就与地主、官僚沆瀣一气,与有钱人一个鼻孔出气,疯狂地横征暴敛,打着"上司"的旗号,拼命敛财。其实,好多敛来的财,都是他自己独吞。在老百姓中,今天征这税,明天纳那捐;忽而收款,忽而缴粮,整天像个催命鬼,逼着穷苦人交钱纳粮。那些有钱有粮的地主老财,却一文钱不交,一粒粮不纳,该他们交的,却都派到穷人头上。穷人交不起,他就挨家挨户搜刮,挨家挨户倒瓦罐。因为穷人家没有那么多粮食,当长工挣来的一点米呀、面呀,都盛在瓦罐里放着。平时不舍得吃,逢年过节才吃上几顿。刘荣堂把穷人家的瓦罐挨门挨户倒光,一家不落,一家不漏,让穷苦人连一顿饱饭都吃不上。刘荣堂倒瓦罐在方圆十几里出了名,不仅刘庄人叫他"瓦罐保长",连外村人也都这么叫。有不少人还编了民谣,在十里八乡传唱:

　　　　"瓦罐保长"真少见,
　　　　挨家挨户倒瓦罐。

这家倒走一罐米，

那家倒走一罐面；

东家倒一罐芝麻，

西家倒一罐鸡蛋。

养命的粮食全倒光，

家家瓦罐底朝天。

穷人饿得饥肠叫，

保长撑得肚儿圆。

吃不了，花不完，

背着钱搭子去买官，

买了个区长还嫌小，

靠倒瓦罐垒金山。

刘荣堂当了伪五区副区长后，更是无法无天，为所欲为，烧杀抢掠，奸淫妇女，无恶不作。原来当伪保长时，只能在刘庄欺压老百姓，这回当了伪区长，他就可以在一个区的范围内横行霸道、肆无忌惮了。当区长比当保长更能发大财，更能作威作福了。在他的伪五区，他翻手是云，覆手是雨，说抓谁就抓谁，说杀谁就杀谁；说烧谁家的房屋，就烧谁家的房屋；想奸淫哪个妇女，就奸淫哪个妇女；想抢谁家的金银财宝，就抢谁家的金银财宝；想霸占谁家的田产，就霸占谁家的田产。被压迫欺负的人家，有冤无处伸，有仇无法报，有泪只能往肚子里流。因为刘荣堂在国民党的官场混迹多年，手中有枪有权，身边又有一帮心狠手辣的打手，谁要反抗，甚至谁说个不字，就会立即叫你人头落地，甚至灭你全家。群众为了发泄心头之愤，只能暗地里骂他"刘霸天""刘阎王""刘魔鬼"。

清匪反霸一开始，老奸巨猾的刘荣堂感到大事不妙，似乎厄运眼看就要降临自己头上。一到夜晚，便风声鹤唳，草木皆兵，几乎整夜都在做噩梦，把他吓得呼天喊地，惊出一身冷汗。大白天，一想起夜里的梦，仍然心惊肉跳，一有风吹草动，就惶惶不可终日。

这种担惊害怕的日子再也无法继续下去了。刘荣堂听说，好多国民党的政府官员、大军官都已逃往台湾、香港等地，有的甚至已逃往国外，他也别无选择，只有逃跑一条路了。

一天夜晚，他刚跑出家门没多远，就听见后边有几个追兵，大呼小叫着一路赶来:"刘荣堂,看你往哪里跑! 赶快停下来,不然就要开枪了!"身后传来"砰砰砰"几声枪响,枪声刚落,刘荣堂就被逮了个正着。

原来,史来贺奉命,正带着民兵去刘荣堂的家里抓捕他,他的家人哭着说,他刚刚出门,还没有一袋烟的工夫……

史来贺带着几个民兵,顺着出村的大路,一路飞奔,只用了三分钟的时间,就把他按翻在地,五花大绑,押回了村里,把他关在一所空房子里。以待上级来人,将他押到县里,等候公审。

奸诈狡猾的刘荣堂怎会在这里等死? 深更半夜时,他看见史来贺已经换岗回家,觉得这是他逃跑的好机会,他最怕的是史来贺,史来贺在这里带班,他一动也不敢动。只要史来贺一离开,他就可以施展他的诡计了。

他突然用可怜的表情、哀求的口气,对在门口站岗值班的民兵说:"哎呀! 你看我,多没成色,晚饭吃的菜盐味重,吃得多了,口渴难忍啊! 快渴死我了。咱都是一个村的乡亲,你行行好,给我一碗水喝吧! 我一辈子都不忘你的大恩大德。"

关押刘荣堂的房子,是一座空房,没有水缸,更没有水壶,从哪里给他弄水喝呀? 站岗的民兵不耐烦地怒斥道:"喝水? 美的你。你也不尿泡尿照照自己是谁,你是个在押囚犯,活不了几天了。你还喝水,狗尿你也喝不上!"

"乡里乡亲的,你就可怜可怜我吧! 渴死了,渴死了! 实在渴得不中了,撑不住了!"刘荣堂装出十分可怜的样子。

"好好! 别叫唤了,看在一个村里住着的分儿上,我就可怜你一回,等着,我给你弄水去。"值班民兵到底让刘荣堂说得心肠软了,一溜小跑到附近的房子里,不情愿地舀水去了。

可等他端着一碗水,回到关押罪犯的房子里一看,惊得目瞪口呆:人呢? 刘荣堂咋不见了? 往地下一瞅,捆绑罪犯的绳子被挣断了,散乱成一团。不好,刘荣堂逃跑了!

"赶快来人啊! 刘荣堂逃跑了!"值班民兵在夜空下拼命吆喝起来,由于夜深人静,呼喊声传遍了刘庄,传得很远很远。

史来贺听到喊声,从睡梦中一骨碌爬起来,一惊一乍地自己问自己:"啥? 刘荣堂逃跑了? 这是咋弄的? 连个罪犯都看不住,真是熊包!"

他一边系衣服扣子,一边往外跑,见到值班民兵,问清了情况,顾不得批评他一句,就赶紧跑到村里叫醒民兵杨法忠、张克仁,拿了武器,揣上干粮,三个人连夜追捕逃犯刘荣堂。

由于刘荣堂刚逃跑，没隔几分钟，史来贺就带着民兵追上来了，他们三人从后边能影影绰绰瞅见逃犯的影子。

杨法忠跑着大声呼喊："刘荣堂，我们看见你了，快站住，束手就擒吧！"

谁知，他这一喊，刘荣堂跑得更快了，咬着牙往前跑，拼着老命往前跑，那两条腿好像换上了狗腿、兔子腿，似乎飞了起来，与追捕他的三个人拉开了很长一段距离。刘荣堂心知肚明，自己要是再被抓住，罪上加罪，那就死定了。在这个风头上，千万不能落在共产党手里，只要能逃出这个鬼门关，有了喘息的机会，他刘荣堂就要逃到台湾。说不定逃到那里，还能混个一官半职的。想着这些，求生的欲望愈加强烈。他逃跑的信心更足了，劲头儿更猛了，速度更快了。

刘荣堂以为自己把三个民兵远远地甩掉了，再也不用担心他们能追上自己了。可当他回头一看，吓了一跳，三个民兵离他似乎越来越近了，他们奔跑的速度比他这个逃犯岂不更快？岁数不饶人，人家毕竟年轻啊！真是后生可畏呀！

怎样才能不让他们抓住呢？刘荣堂在奔跑中脑子也在不停地转圈。对！千万不能往有人烟的地方跑，更不能往村镇上跑，那里人多，说不定会有人帮助民兵，对他这个逃犯围追堵截。到那时，自己就真的是走投无路，死路一条了。所以他只管一个劲儿地顺着黄河滩跑，茫茫黄河滩，没有人烟，没有村落，不管黑夜还是白天，都不会从黄沙地里冒出人来，对他这个罪犯造成威胁。

他在前边跑，史来贺三人在后边追。不管是逃命者，还是追捕者，都跑得很累很累，尤其是逃命的刘荣堂，他已经累得上气不接下气了，心脏都跳到嗓子眼里了。史来贺、杨法忠、张克仁三人，距离前边的刘荣堂越来越近了。于是，他把吃奶的劲儿都使出来了，拼尽全力往前跑，拼尽老命往前跑。可是体力消耗越来越大，生命的老本儿几乎消耗殆尽，可他一扭脸，看见后边的三个追兵，离他更近了，再跑几步就能将他擒拿，他有点绝望了，死神依稀就在他的眼前晃动。

就在他非常绝望的时候，忽然看见前方呈现出一片芦苇荡，方圆有三四里大。好大一片芦苇荡啊！真是人不该死有神救，它不就是来救我命的吗？芦苇荡，是救命的神啊！

"真是神助我也！天助我也！"他似乎不觉得饿了，也不觉得困了，几个箭步飞过去，像落荒而逃的兔子一样，一头钻进了一眼望不到边的芦苇荡。

这一下，急坏了后边追捕的三个人。张克仁急得抓耳挠腮："这该咋办？眼看就要抓住了,这个龟孙却钻进了茫无边际的芦苇荡。这是哪里呀?"

"这是原阳地界了,我认得这片黄河滩的芦苇荡,是原阳县的。这龟孙钻进芦苇荡,也得生法把他抓住。"杨法忠对抓住刘荣堂依然充满信心。

史来贺没有说话,两只眼却借着夕晖,不停地观察这大片的芦苇荡,一边观察,一边思索:这下可麻烦了,芦苇荡大得看不到边,三个人不可能把它包围起来。进去搜捕吧,就会打草惊蛇,况且天色已晚,刘荣堂很容易趁夜色悄悄溜掉。包围,不现实;搜捕,行不通。那么,眼下唯一的办法是"智擒",用谋略擒拿罪犯。咋个"智擒"法儿呢?

眉头一皱,计上心来。史来贺一拍脑门儿,心里开了一朵花。他忽生妙策:网开一面,开门抓狗。

他让张克仁把守芦苇荡的东面,让杨法忠把守芦苇荡的南边,并让他俩分别在东、南两面燃起火堆,一边打枪,一边呐喊。火堆熊熊燃烧,映红天地;呐喊声嘶力竭,震撼九天:"刘荣堂,你赶快出来。不出来,你就会困死、饿死在里边。死了,喂狗,喂狼!狗和狼把你撕得稀巴烂,吃得连骨头渣都不剩。"

刘荣堂听到如此的喊声,吓得心惊肉跳,恐慌不已。

这时,史来贺自己跑到北边,也燃起通天的火堆,接连鸣枪,使劲呐喊。一样的喊话,一样高的声音。这样,东、南、北三面造成堵截的声势。表面看来,东、南、北三面围堵,西边网开一面。让藏在芦苇荡的罪犯对这三面望而生畏,不敢近前,更不敢从此三面突围、逃窜。

藏进芦苇荡的刘荣堂一听喊声,就知道史来贺在北面把守。在一个村里住着,都是刘庄人,刘荣堂对史来贺太熟悉、太了解了。史来贺的神勇与枪法,他早有耳闻,并不止一次领教过。借他一百个胆,他也不敢从史来贺的眼皮子底下逃窜。心想:民兵只有三个人,他们只能把守三面,剩下西面没人围堵,我就从没人围堵的西面跑出去。他们这次要是来四个人就麻烦了,四面围堵哪还有我的出路?哪还有逃出去的机会?这真是,你史来贺的人算,胜不过天算;你机关算尽的心算,胜不过神算。这岂不是得天独厚的地利优势?真是天助、地助、神也助,你们民兵拿我没办法。

实际上,这是史来贺施的一计,三面点火虚张声势,一面无声扎紧口袋。待史来贺在北面完成虚张声势的"迷魂阵"布局,然后,马上紧急转移到西面,摸黑扎紧"布袋口",等鱼上钩,静待罪犯往外冒头。你刘荣堂只要一冒头,我这里"布袋口"一扎,就把你紧紧地装进"布袋"里。

不出史来贺所料，夜幕降临不久，刘荣堂就急不可耐地从芦苇荡西面的"布袋口"悄悄地探出头来，妄图不留任何痕迹、不留一丝踪影地溜掉。谁知，他的秃头刚一露出"布袋口"，就突然听到一声猛吼："嘿！你个老贼，终于露头了！"吼声未落，一个勇武的身影就从天而降，呼的一下，将他扑倒在地，擒拿个正着。

"这回叫你再跑！还跑不跑了？"史来贺扭住罪犯的两只胳膊，狠劲往后拧，拧得他"哎呀哎呀"地乱叫。

"不跑了，我再也不跑了……"没想到，刘荣堂求饶的声音，比哭还难听。

"跪下！跪下！"史来贺两手紧紧扭住刘荣堂的胳膊，强迫他跪在地下。

他怀着无比的兴奋，对南面、东面的杨法忠、张克仁高喊起来："逮住啦！逮住啦！赶快过来吧！"

杨、张二人听到史来贺的喊声，快速把火熄灭，一路小跑，来到史来贺的面前。

"还是队长你有谋略，这家伙果然中计。来贺，真有你的！"杨法忠伸出大拇指。

"快别说那些没用的。赶快把绳子拿出来，把他捆结实喽！再不能让他跑了。"史来贺的命令不容迟疑。

三个人将刘荣堂捆成了一团，一路用枪逼着，押解回乡。

刘荣堂一路沮丧，一路悲哀，如丧考妣：唉！这一下全完了，戏台上收锣鼓——没戏唱了。

不久，人民政府依法公审刘荣堂，让这个血债累累、罪不容赦的"刘阎王"受到法律的制裁。这个罪大恶极的恶霸，其丑恶的嘴脸和蛇蝎般的心肠，终于淹没在人民欢呼胜利的浪涛中……

火热的斗争

史来贺抓回刘荣堂后,顾不得休息,顾不得与家人团聚,又马上投入了火热的斗争。

他凭着机智勇敢,凭着对敌斗争的顽强意志和坚定不移的立场,凭着对共产党无比忠诚、对人民大众无比热爱的深情,带领联防队民兵,将一个个土匪头子与恶贯满盈的恶霸,不是就地消灭,就是在他们畏罪潜逃的路途中生擒。让那些顽匪以及那些有劣迹的人,一提起史来贺,就胆战心寒,魂不附体。

"民兵英雄史来贺"一身雄风,英姿勃发,天天带领着联防队,四处巡逻,村村防守。一有敌情,便剑拔弩张,火速出征。捣毁了一个个敌巢,擒拿了一个个顽匪,追捕了一个个逃犯。其剿匪反霸的英雄故事到处传颂;其天不怕地不怕的英雄气概和浑身是胆的神勇,吓破敌胆,震慑顽敌。

整个夏庄乡的老百姓,都为"民兵英雄史来贺"而感到骄傲与自豪,都为全乡有一支勇猛的民兵联防队而感到欣慰与安宁。他们对自己的队伍无比热爱,无比拥戴。这些民兵,都是人民的子弟兵啊!

而敌人却对民兵联防队怕得要死,对史来贺恨得要命。即使外地外乡的坏人,也对史来贺与夏庄乡民兵联防队又怕又恨。那些在外地、外乡为非作歹的顽匪惯偷,都不敢流窜到刘庄、夏庄一带作案,因为这里有他们的克星。

有一个当了十几年土匪小头目的惯匪,有一天向他的大头目请示:"大哥,赶明儿,我带领一帮弟兄去刘庄'扫荡'一番吧?咱去了好多村镇,就是没有去过刘庄。别看刘庄是有名的'要饭村''逃荒村',可也有肥肉可吃,也有财宝可捞啊!"

大头目把头摇得像拨浪鼓,严厉地对他手下的小头目说:"万万不可!弟兄们在这方圆百十里,哪个村、哪个镇都可以去发财、去抢女人,但有一个村千万不能进,那就是刘庄。因为那里有个民兵英雄史来贺,这个人太厉害了! 千万不要去戳刘庄的'马蜂窝',刘庄民兵那一窝'马蜂',能把弟兄们活活蜇死。"

从此,这帮土匪出去作案,都是绕着刘庄走。一听到史来贺的名字,便如临大敌;一听到夏庄乡民兵联防队来了,便不顾一切地逃窜。

外村有一个到处流窜作案的盗贼,传说能飞檐走壁,能溜进民宅当"梁上君子",不管你的钱财珠宝藏得多么隐秘,他都能不声不响地将之窃取,还不留任何痕迹。有人说他是"豫北的燕子李三",还有人说他能"气死神探狄仁杰"。但他却对几个同行说:"在豫北这一带,哪个村镇我都敢进进出出,想到哪个地方发财,都是一句话的事;不管到了哪里,都是如入无人之境。可唯独新乡的刘庄不敢进,那里'水热,烫人',特别是那个史来贺,太厉害了! 有人说,他手心里都长着眼睛,像火眼金睛的孙悟空。别说看见他,就是一听见'史来贺'这三个字,心里就发毛,浑身就出汗。你干勾当,要让他碰见,逮你就像捉一只鸡,长着翅膀你也飞不了。"

看! 史来贺的名字,如一道闪电,如一声炸雷,时刻威慑着那些为非作歹的人和那些不法之徒。他们唯恐哪一天,这能让人丧魂落魄的闪电、炸雷响在自己的头上,那就彻底完蛋了!

陈庄的陈龙才就是这样一个整天提心吊胆的人。他曾在村里当过伪保长,充当过国民党官僚的狗腿子,欺压百姓,剥削穷人,搜刮民财。百姓心里有本账,记着他不少劣迹。面对剿匪反霸激烈的斗争,他诚惶诚恐,白天坐立不安,夜晚难以安寝,整日担心民兵联防队将他绳之以法。为了逃避劫难,保全生命,他想了一个"万全之策"。

有一天,他对弟弟陈龙保说:"我给刘庄的史来贺备了一份礼,你去他家走一趟,把这份礼给送去。"

"为啥给史来贺送礼呀? 咱是陈庄人,他是刘庄人,不在一个庄,送礼干啥?"弟弟陈龙保不知道送礼的原因。

"人家不是乡里的民兵联防队队长吗? 你哥我当过村里的保长,做了一些不得体的事,得罪过不少人。如果有人告我,咱把礼送到了,史来贺会网开一面,让咱躲过一关。送点礼不算啥,只图个平安。"陈龙才把话说得明明白白。

弟弟点点头:"哦! 是这么回事,那我去一趟。礼多人不怪,咱礼数到了,他史来贺不能不给面子。放心吧哥,这事我一定办得圆圆满满。"

"记住,这事不能张扬,不要走漏风声。"陈龙才再三叮嘱。

陈龙保一边点头，一边"嗯嗯"着："放心吧！不会让任何人知道。"

说着，拿起哥哥备好的礼，一路东张西望，小心翼翼地向刘庄走去。

当他走进史来贺家门时，他要找的人并不在家，家里只有史来贺的母亲与刘树珍。见来了陌生人，刘树珍赶忙从屋里出来："你找谁呀？"

"俺是陈庄的，来找史大队长。"陈龙保把自己与哥哥介绍了一番。

"来贺不在家，他出去执行任务了。"刘树珍把客人让进了屋里。

陈龙保顺便将礼品放在了桌子上。

"这是啥呀？"刘树珍指着桌子上的包裹问。

"这是我哥哥送给史队长的。史队长回来你给他说一声就中了。"陈龙保说着，人已经走出了门外。

刘树珍在后边紧追快跑，喊着："你把东西拿走哇！"

陈龙保头都不回，快步如飞地出了刘庄村。一眨眼，便大萝卜进菜窖——没影了。

待史来贺回到家里，一眼就看到了桌子上的包裹，打开一看，里边有几尺布、一包黑糖："这是从哪儿弄的？弄这布和黑糖干啥？"

刘树珍将事情的原委原原本本地说了一遍。

史来贺顿时火冒三丈，气愤得肺都要炸了，他抓起这些东西扔到了门外："这是明目张胆的行贿！陈龙才，你胆子不小，竟敢腐蚀一个民兵联防队队长，我史来贺不吃这一套！看我怎么收拾你。"

第二天，史来贺向上级汇报了这件事，并请求在夏庄乡召开群众大会，公开批判陈龙才行贿的行为，给那些企图用糖衣炮弹腐蚀干部的不法分子敲响警钟，对他们提出严重警告。

上级批准了史来贺的请求。

在批判大会上，史来贺当面批判了陈龙才，并警告那些妄图通过行贿拉拢腐蚀干部、自己蒙混过关的人："共产党的干部，和国民党的官僚有本质的区别，国民党当官为了发财，我们共产党的干部，是为老百姓服务的。不图钱财，不图升官，你要是用糖衣炮弹征服我们，连门都没有，到啥时候都行不通。我史来贺在枪林弹雨中不怕流血，不怕牺牲；在糖衣炮弹面前，也决不会倒下。不论到了啥年月，我史来贺都是硬铮铮的铁汉子，不管你们用啥弹，都休想把我打垮。"

这时，陈龙才突然明白，自己是关帝庙里拜观音——找错了门！

一场批判大会，敲山震虎，震慑了不法分子，教育了广大干部与群众。从此，在刘庄几十年没人行贿受贿，没人拉拢腐蚀干部。干部兢兢业业为民，一扫贪腐之风。

特别是史来贺，从那以后，对自己要求更加严格，处事更加谨慎，时刻警惕糖衣炮弹的侵蚀。在火热的斗争中，有意识地磨炼自己，锤打自己，让自己成为一个合格的革命干部。他从当民兵队队长开始，在干部的岗位上一干就是56年，56年间，他真正做到了"拒腐蚀，永不沾"，时时刻刻一尘不染，一生一世两袖清风。一辈子的坚持，始终不渝，很不容易啊！

史来贺从当民兵那天起，就立志要当一个民兵英雄，所以在国共两党大决战的关键时刻，在支援前线、剿匪反霸、土地改革以及巩固新政权的严酷斗争中，他都以顽强的革命意志，立场坚定、旗帜鲜明地与敌人展开激烈的斗争，把生死置于度外，把身家性命抛在脑后，浴血奋战，忘我拼搏，屡建功勋，获得无数的荣誉，充分展示了民兵英雄的风采。

1949年，他被评为新乡县"民兵支前积极分子"，被太岳军区授予"支前模范"光荣称号。

1950年，他被新乡军分区评为"模范民兵"，获奖章一枚。

1952年，他被平原省军区评为"模范民兵"，到北京参加了中华人民共和国成立三周年国庆观礼，在天安门上受到了毛主席、朱德总司令、周恩来总理以及刘少奇等党和国家领导人的亲切接见。

1960年，他被评为"全国民兵英雄"，出席了全国第一届民兵群英会，中央军委奖给他自动步枪一支，奖章一枚。

1987年，中国人民解放军第二次英模大会在北京召开，他作为特邀"全国民兵英雄"参加了大会，被授予"全国战斗英雄"荣誉称号，荣获"全国战斗英雄"奖章一枚。

在几十年的战斗历程中，史来贺领导的刘庄民兵营，一直是县里、地区、全省和大军区的民兵工作典型。刘庄民兵在各级军政训练评比中，先后荣获62个"第一"；1990年，济南军区授予刘庄民兵营"中州模范民兵营"荣誉称号。世界70多个国家的武官先后来刘庄民兵营参观考察，学习取经。刘庄民兵营以"中州模范民兵营"的光荣称号和无数的荣誉以及赫赫战功闻名于世界。

年仅19岁的史来贺，在捍卫共和国和人民利益的战斗岁月里，建立了卓著的功勋，声誉鹊起，名扬海外，以风华正茂的青春与英雄风采，树立了自己光辉的形象和崇高威望。

第十章　火红党旗映初心

※ 难忘的夜晚
※ 党旗映初心

难忘的夜晚

史来贺在革命斗争中出生入死，勇敢无畏，有胆有谋，屡立战功，一次次受到嘉奖。一枚枚军功章挂在他的胸前，金光闪亮；一张张奖状，像用鲜血和汗水浇灌出的一束束英雄的鲜花永远绽放；他用赫赫战功映亮的"民兵英雄""战斗英雄"的荣誉称号，像一颗颗金光熠熠的明星，闪耀在刘庄的上空；他创建的"中州模范民兵营"的旗帜，在中原大地猎猎飘扬。

革命的熔炉，冶炼出史来贺这块闪亮的金子；火热的斗争，锻造出史来贺火红的灵魂。

史来贺的进步与成长，引起了驻村工作组负责人、共产党员刘秉衡、郭明录的关注，二人在一起经常议论史来贺的表现和工作情况。他们一致认为，史来贺在革命斗争中立场坚定、爱憎分明，对革命满腔热忱，对工作认真负责，对共产党忠心耿耿，对老百姓心肠火热。史来贺是一个难得的人才，一棵有望成长为参天大树的好苗子，决定把他作为党员发展对象重点培养。经常给他灌输一些党的思想和理论，讲述许许多多共产党以及共产党所领导的八路军、新四军以及后来的解放军的英雄故事，以此来感染一颗积极进取的心，来熏陶一个进步向上的年轻人。

史来贺每当听这些故事与思想理论时，总是那么痴心、那么入迷，有时还打破砂锅问到底，对耳闻的事情总要弄个明明白白、一清二楚。那种求知欲望，那种追求真理、向往光明的理想，表现得特别强烈。这让两位工作组负责人非常满意，每次与史来贺交流谈心，脸上总是挂满了无比欣赏的微笑。

1949 年初夏的一个夜晚，一条银河当空流淌，满天星汉璀璨闪烁。刘庄村外的田野里，大片的麦子即将成熟，金黄的麦浪浮动着阵阵的麦香。夏初的晚风，还多少携带些晚春的气息，温热中仍有一点凉意。静谧的田野，只有草丛中、树林里和庄稼棵里，不时传出"啾啾""唧唧"的虫鸣声，让夜晚的田野少了些许寂寥与沉静。

这时，田间小路上，并肩走动着两个人影，脚步走得很慢。

他们吃过晚饭刚刚从刘庄村出来，既是散步又是谈心。一个是新乡县委派驻刘庄村的工作组组长、共产党员刘秉衡，一个是夏庄乡民兵联防队长史来贺。刘秉衡是根据上级的指示特意找史来贺谈话的。

"小史啊，你这个民兵联防队队长当得很好、很出色呀！每次完成任务都受到了上级领导和军分区首长的表彰，为刘庄、为夏庄乡的老百姓争了光啊！"

史来贺有点儿不好意思，摸了摸后脑勺说："我的工作还有很多不足的地方，离上级领导和军区首长的要求还差得很远。"

"你为民兵训练、支援前线、剿匪反霸立了大功，还感到自己做得不够，这充分说明，在功劳和荣誉面前，你不居功自傲，而是戒骄戒躁，谦虚谨慎，这正是一个革命者应该具备的品质。有了这种品质，就能时时处处严格要求自己，做到胜不骄、败不馁，永远立于不败之地。这也是我们共产党员必须具备的品格啊！"刘秉衡一句一顿地说着，史来贺一字一句地记着。

在史来贺看来，一个工作队队长、共产党员找自己谈话，就是给自己上革命教育课，自己要在一次次的谈话中，认真听取革命道理，学习课本上找不到的知识，更要学习共产党员的工作经验。认真听取他们的谈话，就是他这个小青年学习的好机会。

"小史啊，你有什么愿望吗？"

"愿望？当然有了。而且我的愿望还非常强烈，在心里憋了十几年了。"史来贺面对崇敬的领导，从不隐瞒内心想说的话。

"你心里有啥愿望？给我说说。"刘秉衡看着史来贺炯炯有神的目光，那目光，好像闪动着一种愿望的光芒。

"我的愿望就是让所有的穷人都过上好日子，有饭吃，有衣穿，有房子住。"史来贺回答得很干脆，也很淳朴。

"那我问你，怎样才能让穷人过上好日子呢？"

"跟着共产党闹革命！"这一句回答得更干脆。

"那为啥跟着共产党闹革命，穷苦人就能过上好日子呢？"刘秉衡的提问，一句比一句深入。

"因为共产党是为穷人打天下的，是为穷人谋利益的。只有共产党坐了江山,人民当家做主,穷苦人才能过上好日子。这个道理,我是在革命斗争和现实生活中深刻体会到的,也是我亲眼看到的。"史来贺说到这里,看了看不断向他点头示意的刘秉衡,继续滔滔不绝地说下去,"我们穷苦人,世世代代受富人的欺压与剥削,压得我们抬不起头,忍辱含冤,还要给他们当牛做马。俺早就对地主老财以及不合理的反动统治恨得咬牙切齿了,可就是没人领头,带领我们跟他们斗。是共产党举起大旗,领着穷人搞革命、闹翻身,让俺看到了希望,看到了光明。共产党是穷苦人的大救星,这是俺和广大穷苦百姓掏心窝子的话。俺坚定一个信念,一辈子拥护共产党,跟定共产党,共产党指到哪里,俺就打到哪里。干革命、闹翻身就是掉了脑袋,遭了灭门之祸,也永不后悔。"

史来贺快言快语地说了个痛快,把憋在心里多少年的话,全都亮了出来,像捧起亮闪闪的星星,两手捧给了一位关心、爱护他的共产党人。

"说得好!小史啊,这说明你对共产党有了一定的认识。"刘秉衡用关切的目光看着史来贺,"那么,我问你,你愿意加入共产党吗?"

"哎呀!刘组长,你算是看到俺心里去了,说心里话,俺早就想加入共产党了,夜里睡觉都梦见自己加入了共产党,高兴得又蹦又跳,又笑又唱。笑醒了,唱醒了,俺媳妇问,'你咋恁高兴?是不是做梦捡到了一个金元宝?'我对她讲,你不知道我梦见了啥,梦到的事啊,金贵得很,比捡一屋子金元宝还金贵,能让我高兴一辈子。你看看,在我心里,把入党看得比啥都重要,是我生命中最光荣的事情。"史来贺说的都是掏心掏肺的话。

"入党的愿望这么强烈,那你为啥不向党组织提出申请啊?入党是需要自己主动、自愿申请的。"

"这我知道。但我总觉得自己离一个共产党员的标准还差得很远哪!这两年,我也接触过一些共产党员,人家个个跟老百姓不一样,有的在战场上流过血、负过伤,经受过战火的考验;有的被国民党抓去坐过牢,死里逃生,经受过严刑拷打的考验;有的南征北战,打过很多有名的战役,立了不少战功。这些共产党员都是党和人民的功臣,人家不愧为真正的共产党员,都是我学习的榜样。可我跟他们比起来,啥考验也没经受过,确实还不够一个共产党员的条件啊!"在史来贺的心目中,似乎只有英雄人物,才符合加入共产党的条件。

刘秉衡笑笑说:"你对加入共产党的条件,理解得有片面性,不是所有的人加入共产党,都得经受流血、负伤、坐牢那样的严峻考验,这也不是入党的唯一条件。其实,在我们党的队伍里,有很多人就没有上过战场,那不照样入了党吗？"

"那他们是靠啥条件入的党啊？"史来贺很想知道入党还有别的啥条件。

"他们入党，靠的是对党的忠诚，是全心全意为人民服务的热情，靠的是跟着共产党干革命的一腔热血。也就是说，一辈子忠于人民，一辈子忠于党，这是加入共产党最根本的条件。只要能做到这一点，即使穷苦老百姓，也能加入共产党。"刘秉衡做了非常通俗的解释。

史来贺眼睛忽地一亮，精神抖擞地说："这个根本条件，我完全做得到，一辈子忠于党，一辈子忠于人民，对于我这个穷苦出身人来说，毫不含糊，决不动摇。"

接着，刘秉衡又向史来贺讲解了共产党的性质、目标、任务、信仰等知识，让史来贺对共产党有了进一步的了解，树立了全心全意为人民服务的信念，树立了为共产主义奋斗终身的崇高信仰和远大目标。

一提到共产主义，史来贺显得特别激动："那共产主义社会到底是个啥样子呢？"

"共产主义，是人类最美好的社会，是共产党人的最高理想。到那时，人类社会就没有了贫穷，没有了人剥削人、人压迫人的现象，人人平等，各尽所能，各取所需，所有的人都能过上富裕、幸福、美好的生活。"

刘秉衡为史来贺描绘了一幅美好的远景图画，打开了一个宽阔而又光明的崭新世界。

"那就是说，到了共产主义，就会家家富裕，人人幸福，整个人类都能过上好日子。太好了，太好了！"史来贺万分激动，好像共产主义社会就在他的面前，他反复念叨一句话，"家家都富裕，人人都幸福，整个人类都过上了好日子。"

念叨了几遍，然后，像是表决心，又像是发誓，坚定不移地说："俺抱定了死心，这一辈子，这百十斤，就交给共产党了，交给党的事业了，为实现共产主义干一辈子。不彻底改变刘庄这个穷样，不在刘庄消灭贫困，不让刘庄的老百姓过上好日子，我死不瞑目！"

史来贺说得实实在在，没有一句大话空话。后来，他在50多年的实践中，从不忘记、从不背离自己的初心，脚踏实地、毫不动摇地履行了自己的初衷。

两个人不知走了多长时间，直到三星打横，夜深人静，史来贺才恋恋不舍地与刘秉衡分别。这次谈话，史来贺刻骨铭心地记了一辈子，一字一句从不敢忘怀。

党旗映初心

1949 年,是中国历史上最不平凡的一年,是具有划时代意义的一年,是中华民族进入历史新纪元的一年,是中国大地上普天同庆的一年。

对于史来贺来说,1949 年,更是他喜庆的一年、难忘的一年,因为这一年是他的生命获得新生的一年,是他的生命走进理想新境界的一年,是他的思想走进信仰新高地的一年!

1949 年 8 月 6 日,由共产党员刘秉衡、郭明录二人当介绍人,经上级党组织批准,史来贺光荣地加入了中国共产党,成为刘庄第一批共产党员。

当他站在火红的党旗前,凝视金灿灿的锤头和镰刀,准备宣誓的时候,入党介绍人告诉他,现在还没有现成的统一入党誓言,大多是基层党组织或入党介绍人,为新党员宣誓现编誓词,有的是新党员自己编誓词,向党说出自己心里的话,表达对党的忠心。

"小史,你脑子灵,又会说,就自己编誓词吧!对党说一些实实在在的话,表达一下自己的心愿就行,心里想啥就说啥。"入党介绍人刘秉衡热情鼓励他。

史来贺点点头,庄严地举起右拳,宣誓道:

"为了穷人有饭吃,有衣穿,有房子住,让大家都过上好日子,我自愿加入中国共产党。不怕死,不怕吃苦,不怕吃亏,永远跟党走,一辈子不变心,死不回头!"

宣誓后,工作队队长刘秉衡郑重地对他说:"从今天开始,你就是一名真正的共产党员了。希望你时时处处都要以共产党员的标准,严格要求自己,在对敌斗争中,不怕困难,不怕艰险,不怕牺牲;在生产劳动中,起模范带头作用,做群众的表率,做群众的榜样;时时刻刻想着群众,完全彻底为人民服务;模范执行党的决议和党的方针政策,为党组织负责,忠于党,忠于人民。把民兵工作做得更出色，做一名优秀的共产党员，做一名高尚的共产党员……"

史来贺向工作队队长坚定地表示："我一定记住组织对我的关怀和教育，组织的嘱咐我一定句句记在心里。不论啥时候，都要服从党的领导，听从党的号召，党指向哪里，我就打到哪里，永远做一名优秀的共产党员……"

史来贺的入党誓词，全都是朴实无华、通俗易懂的大白话，也是他掏心窝子的话。一是强调了自己入党的目的："为了穷人有饭吃，有衣穿，有房子住，让大家都过上好日子"；二是强调了自己入党"不怕吃苦，不怕吃亏"。

这两句带有泥土气、农民味的誓词，牢牢铭刻在了史来贺的生命里，融化到血液中，落实在一生一世的行动中，成为他永不忘怀的初心，成为他生生死死牢记的使命，成为他一辈子为之不懈努力、忘我奋斗，为之无私奉献的高贵品质的坚固基石，从不动摇，从不摇摆，从不迷惑，彰显出一位优秀共产党人独具特色的党性标杆和人格魅力。

离开宣誓的屋子后，那道墙上挂着的那一面鲜艳的党旗，一直在史来贺的心中火红地燃烧着，火红地照耀着，把他的心燃烧成一团激情的烈火，把他的胸膛照耀得红彤彤一片明亮。他一边走，一边兴高采烈地说："我史来贺入党了，入党真幸福、真光荣啊！从今儿个起，俺就是党的人啦！"

年轻的史来贺是个喜形于色的人，一遇喜事，就把心里的欢喜挂在脸上，眉宇间、眼睛里都流露着喜气儿。让人一看，就知道他心里又有装得满满的欢欣了。

他兴冲冲回到家里，正在灶间揭锅捡馍的树珍一见他兴高采烈的样子，就微笑着问道："又有啥高兴事儿了？看把你乐的！"

"你猜。"史来贺笑嘻嘻地卖起了关子。

树珍看他一眼："我哪猜得着啊，有好事还不快说。"说着，把馍筐子端到饭桌上，招呼爹娘准备吃饭。

娘瞅着史来贺的脸说："有喜事儿就快说，叫俺们也跟着你高兴高兴。"

"我入党了！"史来贺痛快地说。

谁知，他这一说，全家人都怔在那里。

"入党？啥叫入党？"树珍皱着眉头发问。

"这你都不知道？"史来贺眼里含笑，和悦地瞅了一下妻子。

树珍摇摇头，爹娘都眼巴巴地瞅着史来贺。

史来贺拿起一个热腾腾的馍咬了一口，说："入党，就是我参加了共产党，我是共产党员喽！我可是咱刘庄第一批入党的人哪！能不高兴么？"

父亲一听先笑了，母亲也跟着笑了。

树珍欲笑未笑，却又十分认真严肃地说："那你今后就是党的人了？要天天跟党在一起了？那俺还能不能够着跟你说话？"

史来贺觉得妻子很好笑，便解释道："看你说的，入了党好像多特殊似的，一点儿也不特殊。共产党不是神仙，不是官僚，也都是有血有肉的人。入了党，就像工作队的人一样，并不高人一等，更不会脱离群众，而是更要接近群众，更得联系群众，更得关心群众。共产党员时时刻刻都要和大家在一起，咋会够不着跟我说话呢？"

父亲端着饭碗说："这真像个共产党员说的话，你就照这样去做，肯定能受到大伙儿的拥护。"

母亲也说："既然是在党的人了，今后啊，做事说话得有个党员的样子，千万甭给党惹麻烦。咱一家，还有全村、全县、全国恁多穷人都是共产党搭救的，千万不能忘了共产党的恩德。咱不管到啥时候，都得记住给党争光，跟着党往前走，只能给党往前拉车，不能给党往后使劲，推倒车。"

"看你娘说得多在理。"爹很赞成娘的话。

"娘，您真是一个深明大义的人。我记住您的话了，一辈子给党争光，给党拉车，做一个好党员！共产党是为人民服务的，我要为刘庄群众好好服务，带领刘庄人过上好日子，人人吃饱穿暖，家家住上大瓦房，让刘庄人一辈子念共产党的好，一辈子跟共产党走。"史来贺向二老做着保证。

"俺也学你，给党拉车，一辈子跟党走。你走哪儿，俺跟哪儿。"树珍一脸羞笑地说着，低眉瞅了瞅二老。

父亲边吃饭、边说话："儿子成了党的人，当爹娘的也不会落后，俺也要老当益壮，跟着共产党往前奔哪！"

一家人的饭场，简直成了一个庆祝会，成了一个向党表决心、说意愿的宣誓会，说得史来贺心里热浪翻滚，激情燃烧。

第十一章　猛烈的暴风骤雨

※土地的期盼
※上阵父子兵
※"土地还家喽"
※匿名恐吓信

土地的期盼

旧社会,刘庄的贫苦百姓,大部分是佃农、长工和讨饭者,受尽了地主阶级的剥削和压迫。他们常年出苦力、被奴役,除向地主、老财缴纳繁重的地租外,还要担负官府压在身上的各种各样的捐、税和徭役,并时常遭兵匪的抢劫。尤其麦秋两季,总是有兵痞、土匪进村抢粮劫物,盘剥得穷苦百姓倾家荡产,流离失所,民不聊生,家破人亡。七里营一带的一首民谣,唱出了贫苦农民凄惨的光景:

> 麦上场,泪汪汪,
> 兵匪不等打完场;
> 白天黑夜来敲诈,
> 又抓丁来又抢粮。
> 官府欺压老百姓,
> 苛捐杂税要个光。
> 租子年年在加码,
> 地主老财是活阎王。

受尽剥削与压迫的佃农、长工等贫苦百姓,日日夜夜盼望着拥有自己的土地,可盼了几辈子也没有盼来那一天。眼下,一听说"土地还家",每个穷苦人都攒足了劲儿,心里甭提多高兴了!

贫苦的农民,盼土地盼得心切啊!

别看史来贺年纪小,对土地的期盼却比谁都热切。在他的心目中,土地就是农民的命根,有了土地,就有了农民的好日子。

那还是史来贺当民兵队长之前的事。

有一天，他给大财主家打短工回到家里，晚上，坐在油灯下问正在抽烟的父亲："爹，我今儿个算是开了眼了，这财主家咋那么多地，还都是肥得流油的好地，他家的地都占到外村地界了，据说，方圆好几里呢！"

"人家地多，说明人家钱多、办法多，会置办家业，会置办庄田地土，要不人家家大业大、田多地广、骡马成群呢！"父亲不假思索地说。

"那咱家咋没有恁多地呢？咋老是给人家当长工、替人家种地打粮呢？"史来贺又问父亲。

"咱家穷了几辈子了，哪能置买得起田地啊？穷人，谁家不想置买土地呀！可你见哪家穷人置买得起呀？"父亲磕掉一锅烟灰，又继续说，"人跟人不一样，有人生来就是富贵命，有人生来就是穷苦命。咱没法儿跟财主比哟！"

"爹，我觉得人不能老认命。财主也不是生来就有那么多土地和财富，他也是由少到多积累起来的。更重要的一点，就是靠别人给他劳动，给他创造，他才积攒了那么大的家业。他的很多财富，都是不劳而获的。"史来贺是第一次跟父亲说这样的话，父亲听起来觉得很新鲜，也很诧异。

"你这是听谁说的？"父亲瞪着惊异的眼睛问他。

"没有谁给我说，是我自己根据看到、听到的，慢慢琢磨出来的。"史来贺如实回答。

"琢磨出来的？咋琢磨的？"父亲疑惑地问。

"爹，您看，这不明摆着的事吗？这么多穷人给地主当长工、打短工、当佃农，这些穷人成年累月、辛辛苦苦劳动的成果都哪里去了？不都归地主所有了吗？就拿咱俩来说吧，一年到头咱没明没夜地给他们扛活，筋都快努断了，腰都要累折了，收了那么多粮食，那都是咱的力气、咱的汗水、咱的辛苦换来的呀！可到头来，那成堆成堆的粮食，都扛进了地主的粮仓，咱一家老小却忍饥挨饿，还负债累累，给他们出力卖命，最后还欠他们的，您说咱冤不冤？您已经给地主扛了20多年的长工，可您得到了什么？连一亩地都置买不起。要是这20多年在自己的土地上劳动，除了一家人吃饱喝足，恐怕10亩地也置买到手里了。"

史来贺说起这些，话如流水，流畅得让父母吃了一惊，这孩子，年龄不大，肚子里咋装了这么多道道。看来，他平时不声张，可脑子没少转圈，讲起来一套一套的，还都是大人连想都不敢想、也未曾想的新鲜理儿。难道是他读了两年私塾有了学问，读出来的道理？还是眼见实情，脑瓜子琢磨出来的道道？

父亲看着儿子的脸说："照你这么算账,咱确实亏得多。是啊! 我 15 岁就给地主家扛活,已经 20 多年了。这 20 多年要是给自己干,那咱恐怕早就过上好时光了。可咱没有那么多的土地啊! 只能给人家卖苦力,没法子啊!"

"不中! 咱要老这样给地主卖命,那就得永远当穷人,苦日子啥时才是个头哇? 咱得生法儿置买土地。有了自己的土地,才能过上好日子。咱种自己的地,打了粮食全是自家的。出再大的力,也不会白出了;流再多的汗,也不会白流了。"史来贺一心想拥有自己的土地,满脑瓜子思考的都是如何置买土地。

"买地,哪有那么容易呀! 你看,当长工的有谁能买得起土地? 要是能买起地,我早就不干这又受累又受气的长工喽!"父亲吧嗒着叶子烟无奈地说。

"爹,那咱家就只有那二亩薄地,咋就没有一块好地?"

是啊,半殖民地半封建的中国,一直处于战争的硝烟之中,劳苦大众深受战火带来的苦难:多少家庭妻离子散,多少百姓家破人亡,多少家园毁于一旦,多少村庄被硝烟、炮火和铁蹄糟蹋得千疮百孔,成为废墟。特别是农村受到战争的影响最大,深受战争创伤的农民在死亡线上挣扎。重租、苛捐、杂税、高利贷、抓丁、盘地、奸商、兵匪、天灾、人祸,不仅夺去了千千万万农民的生命,而且还无情地剥夺了他们手中仅有的土地等生产资料,迫使他们背井离乡,流离失所,四处逃荒。而那些地主、官僚、兵匪却依然过着不劳而获、花天酒地的生活,对老百姓进行变本加厉的严酷剥削与压迫。

这时,史来贺给全家人念起当下很流行的一首民谣:

> 县长开会,
> 乡长送礼行贿;
> 乡长开会,
> 保长买地收税;
> 保长开会,
> 甲长请客喝醉;
> 甲长开会,
> 百姓痛哭流泪。

听他念完之后,母亲哀叹一声说："这顺口溜说得真是那么回事儿,一点儿都不假。"

史来贺接着母亲的话说:"贪官污吏相勾结,搜刮的都是民脂民膏。为啥乡长一开会,保长就能收税、买地呀? 说明乡长给保长撑腰哇! 所以那些当着保长的财主才敢胆大妄为,替乡长收税,自己先刮一层油,肥了自己;并且仗着乡长的权势,疯狂地侵吞农民的土地。"

"人家手里握着印把子、枪杆子,吞了穷人的土地也是白吞,谁敢跟他们斗啊? 穷人失去了土地,就只剩下一身苦力了。这一身苦力,也得让地主给盘剥得一干二净,最后,只剩一架嶙峋的瘦骨,埋入黄土。这就是穷人的命运啊!"父亲无奈地摇着头,吧嗒了一口烟,又长叹道,"种地的穷人,啥时候才能有自己的土地啊? 种地的庄稼人,啥时候打了粮食能往自己家里扛、能往自己囤里倒哇?"

"爹,会有那一天的。穷人不能总受穷,会有出头的日子的。我们一定会有、也必须要有自己的土地,被财主夺走的土地,迟早我们要把它夺回来,叫它物归原主。"史来贺志在必得,毫不含糊地说。

"咦! 这个话可不要在外面乱说,让人家误以为我们要造反。咱千万不能惹是生非吃官司。"父亲对儿子千叮咛、万嘱咐。

史来贺点点头说:"我只是想土地想得心切。我多么盼望着咱那二亩好地早早回到咱手里啊!"

"看你盼土地,就像盼星星、盼月亮一样。"树珍面带微笑地说。

"是啊! 土地就是咱的星星和月亮,就是咱的希望和光明啊!"史来贺仿佛看到了自家的土地,闻到了自家土地的芳香,望见了自家土地上茁壮成长的绿油油的庄稼。他是那样的欣喜,那样的陶醉,那样的心驰神往……

这个风云乱世,梦想成真的事无疑是凤毛麟角。史来贺一家期盼土地的梦想能成为美丽的现实吗?

上阵父子兵

　　1949 年 10 月,随着中华人民共和国的成立,一场暴风骤雨般的土地改革运动,在全国迅速掀起了高潮。1949 年 10 月 1 日,中共中央华北局做出了《新区土地改革的决定》。

　　土地改革,是一场伟大的革命,也是中国历史上一场亘古未有的翻天覆地的变革,是彻底推翻和埋葬中国几千年来不合理的封建土地制度的疾风暴雨的运动。中国农民世世代代都望眼欲穿地渴望拥有自己的土地,在自己的土地上日出而作、日落而息。然而,历朝历代的封建统治者,包括蒋家王朝在内,都不可能、也不会让农民实现"耕者有其田"的梦想,因为他们代表和维护的是大地主、大官僚、大资产阶级的利益。他们把"耕者有其田"的口号,挂在嘴头上喊了几千年,却从来没有兑现过。只有中国共产党,才真正代表了广大人民的利益,把"为人民服务"作为党的宗旨,把人民的利益看得至高无上。所以刚刚建立人民政权,共产党办的第一件大事就是在全国搞土地改革,让广大的农民真正实现"耕者有其田",彻底翻身得解放。共产党推翻了蒋家王朝,中国农民几千年的梦想就要梦想成真了,怎能不令广大人民群众打心眼里拥护共产党呢?

　　上级认为刘庄是有名的先进民兵集体,史来贺更是有名的"民兵英雄",干部素质好,群众有觉悟,便决定把刘庄作为全县第一批土改村,比其他村先行一步。

　　为了将第一批土改村的土地改革搞成样板,县里为刘庄派出了由刘秉衡、郭明录、杨日修等人组成的土改工作队。他们这次是二进刘庄了。也许是上级领导觉得他们去年曾成功改组了刘庄的村班子,对刘庄的基本情况和干部队伍已经熟悉了,所以这次又派他们进驻刘庄帮助搞土地改革。

　　三个土改工作队队员,一个高个子,两个中等身材,一个胖脸儿,两个瘦脸儿,都穿一身深蓝色洋布棉衣,戴一顶深灰色棉帽。棉袄上缝缀着三只口袋,衣襟下方左右各开一只大点儿的口袋,左上方的贴胸处开一只小口袋。小口袋里卡着一支钢笔,笔卡露在外面,熠熠闪光。让人一看就觉得这仨人不是普通老百姓,是有文化、有身份、有来历的人。

工作队进村后,首先调查了刘庄的土地占有情况。他们在村里遇见在当街晒太阳的几位老人,刘秉衡等人对几位老人是熟悉的,就向他们打听:村里有多少长工、有多少佃户? 有多少穷人没有地? 村里谁家的土地最多? 谁家雇用的长工最多? 谁家最穷? 谁当长工时间最长?

几位蹲在墙根晒太阳的老人,眼瞅着工作队的 3 个人,谁也不知他们问这些干啥,该不该告诉他们。去年,他们来村里,改组了村里的新政权,建立了穷人自己的武装,今年这又来干啥? 正在老人们你看看我、我看看你,迟疑不决的时候,刘秉衡队长亲切和蔼地对他们说:"老乡,不要怕,也不要有顾虑,我们这次来刘庄,是上级派来的土地改革工作队,到村里来搞土地改革的。"

"土地改革? 啥是土地改革?"老人们一个个瞪着疑惑不解的眼睛。

"土地改革,简单地说就是要把土地从地主手里夺回来,全部分给穷人,叫穷人有地种,有饭吃,有衣穿。"刘秉衡队长亲切地告诉几位老人。

几位老人惊异不已:"给穷人分地? 真的假的? 要真有这事儿,那可是颠倒乾坤、废掉老皇历喽!"

紧接着,一位老人向工作队的人如实禀告:"你要问俺村里有多少佃户、长工,那可多了去了,俺村是有名的'佃户村''长工村''要饭村'。俺刘庄穷得都被人家外乡人编成曲儿了。"

"编成啥曲儿啦?"郭明录好奇地问。

那位老人给工作队的人念起了那首著名的歌谣:

方圆十里乡,
最穷数刘庄。
住的茅草屋,
穿的破衣裳;
丰年吃糠菜,
歉年去逃荒。
冻饿在荒野,

忍痛卖儿郎。

名为住人村，

实为藏鬼庄。

工作队的人在本子上记下了这首民谣。

"要问谁当长工时间最长，这事儿在俺村不用掰着手指头查，谁都知道数史传道当长工时间最长，他已经当了快有 30 年的长工了，家里穷得叫人可怜啊！"另一位老人实诚地说。

工作队的人对"史传道"这个名字并不陌生，知道他就是史来贺的父亲。

傍晚时分，工作队的人分头深入农民家里，访贫问苦，宣传群众，发动群众，为下一步进行土改革命，做好思想舆论工作。

工作队队长刘秉衡来到史传道的家里。进门后，刘秉衡队长就和蔼地问："老史啊，还认识我吗？"

史传道点点头，满脸挂笑地回答："认识，认识。你们是刘庄的福星，咋会不认识呢？去年，你们还到俺家来过呐。俺知道，你们一来，又是给刘庄老百姓办好事来了。"

刘秉衡坐在炕沿，开门见山地向史传道一家介绍："叫你说对喽！工作队这次来刘庄，就是给刘庄老百姓办好事的，办天大的好事啊！"

"天大的好事！那是啥事啊？"史传道一家都洗耳恭听，静静地看着工作队队长刘秉衡。

刘秉衡紧接着说："我们这次来刘庄，是中共新乡县委派到刘庄村的土改工作队，是专门来搞土改的。"

"土改工作队？啥是土改？"史传道第一次听说土改这个词。

刘队长简短而又直接地回答："土改，就是土地改革，也叫土地革命。"

史传道摇摇头，还是不懂："啥是土地改革？啥是土地革命？"

刘秉衡进一步解释："土地改革，就是改掉和废除不合理的封建剥削的土地制度，建立新的、公平的土地制度。我们来刘庄，就是发动、领导刘庄老百姓闹土地革命的，就是帮助穷人打土豪、分田地的。"

这是多么新鲜的话题，这是多么振奋人心的消息，这是刘庄人连做梦都从来不敢想的问题，史传道也是闻所未闻啊！

听了刘队长的解答，史传道还是有些不明白，土改，怎么个改法？新的土地制度,是个什么样的制度?

史来贺曾模模糊糊地听说过解放区进行土地改革的事,但详细情况并不了解,对啥叫土地改革也是懵懵懂懂。

工作队看出了史家人的疑惑,便由浅入深、明白如话地做出比较详细的解释——

1947 年年初,中共中央在西柏坡召开全国土地会议。决定在解放区进行土地改革,制定了《中国土地法大纲》,大纲决定:没收地主阶级的土地,坚决废除不合理的封建剥削的土地制度,建立新的有利于劳苦大众的土地制度;废除一切地主的土地所有权,实行"耕者有其田"的土地制度;按乡村全部人口,不分男女老幼,统一平均分配土地;废除一切乡村中在土地制度改革以前的债务(系指土地制度改革前,劳动人民所欠地主、富农高利贷者的高利贷债务)……解放区早在 1947 年就进行了土地改革,让贫苦农民有了自己的土地,真正实现了"耕者有其田"、劳动者丰衣足食。解放区的天,早已是晴朗的天喽!因为咱们这里当时是国民党统治区,老百姓无法打土豪、分田地。所以到现在才进行土地改革,比解放区晚了一步。

听了解释,史家人又惊又喜,好像这意外的喜讯是在做梦,史传道激动得泪花都差点儿掉了下来。

可母亲王保香心里还有很多疑惑,胆怯地问:"你说要没收地主的土地?那能中?人家的庄田土地,你白白地给收了,那人家能愿意?"

"大嫂哇,这不是地主愿意不愿意的事,这是革命。他们肯定不愿意、不甘心,甚至会抵抗、会反攻、会暴乱,但我们不怕。共产党就是为咱劳苦大众谋利益的,地主、官僚、富农,凭着手里有权有势、有枪有丁,强行占有大量的土地,那些土地本来就是劳动人民的,他们不择手段霸占盘剥到自己手里,一直占为己有。他们还雇用大批长工,给他们卖力、卖命,种地的没有自己的土地,不种地、不劳而获的却拥有大片大片的土地。这些地主、官僚靠剥削穷人发家,靠劳苦大众替他们卖命来养肥自己。这是一种不合理、不平等的封建剥削制度,这个制度、这个社会,再也不能继续下去了。我们一定要打破它、推翻它,让耕种土地的劳动人民拥有自己的土地。"刘队长说得铿锵有力,坚定果断,特别振奋人心。

"那俺这当长工的人家,也能分到土地?"母亲又一次皱着眉头问。

"当然能啦!不仅能分到土地,而且今后再也不用给地主老财当长工了。

自己有了土地,就在自家地里耕种,打了粮食就是自家的。"工作队队长说得非常干脆利索,让人听了非常激动。

"按人口分给俺地,得收俺多少钱哪?"母亲王保香又忧心忡忡地问。

"大嫂,这是共产党没收了地主的土地,然后按人口平均分配给农民的,一分钱不收。这又叫'土地还家',把本来属于劳苦大众的土地,从地主老财手里夺回来,再还给穷苦农民。"工作队队长进一步作了解释。

"刘队长,要是这样,那就太好了。俺早就盼着能有这一天呐!有了自己的土地,俺这个老长工,再也不用给别人卖命喽!你们不知道哇,我已经给地主老财当了快30年的长工了。30年来,我白白出了多少力,白白流了多少汗……"史传道再也说不下去了,一任泪水湿了脸颊。

"爹、娘,我说啥来着,跟着共产党闹革命,不会有错。共产党真的是为穷人打天下,为穷人着想,为穷人谋利益啊!'土地还家',这话说得太对了。地主老财的土地,就是从劳苦大众手里剥夺走的,就得让他们还给穷人。土改土改,原来就是'土地还家'啊!好得很,好得很呐!"史来贺高兴得挥舞起拳头。

刘队长接过话头说:"共产党不仅要让穷人手中有土地,还要让穷人手中有权力,要让穷人彻底翻身,当家做主人。"

"啥?穷人还能当家做主人?"史传道有点儿不信,自古以来,人世间都是富人当主子,穷人当下人,哪有穷人当家做主人的呢?

"是啊!共产党就是要领导穷人翻身得解放,推翻旧制度,砸烂旧社会,把权力从以官僚地主阶级为代表的统治阶级的手里夺回来,建立穷人自己的政权,自己当家做主人。你看,咱刘庄去年不已经建立了穷人自己的政权了吗?来贺同志还是民兵联防队队长哪!村长啊、农会主席啊、民政干部啊,不都是穷苦人担任吗?他们就是全村穷苦百姓的代表,这就是穷苦百姓当家做主啊!"刘队长说得一句比一句明白,一句比一句透彻。

"真没想到,穷人还有出头的日子。打这以后,咱就再也不用当牛做马了,再也不用在富人面前低三下四地当奴才啦!穷人要当人,要当抬头挺胸的主人啦!"父亲史传道几乎要欢呼起来。

"不过,这场革命要从根本上把封建旧制度、旧社会连根拔掉,把旧世界从根基上彻底推翻,还需要做很多艰苦的工作,需要把所有的劳苦大众都发动起来,人人都要投入这场天翻地覆的革命。土改,是一场你死我活的斗争,是无产阶级战胜地主资产阶级的大搏斗。所以,我们必须发动群众、动员群众、依靠群众,这样,才能搞好土改,推翻地主阶级不合理的私有制。"刘队长讲得激情澎湃,史来贺一家人越听越入神。

"刘队长,搞土改,俺一百个赞成,一百个拥护。需要俺民兵帮啥忙,您尽管吩咐,俺一定带领民兵尽心尽力,按您说的去做!跟着共产党搞土改、闹革命,穷人有了土地,就能真正翻身得解放!当牛做马的滋味俺早就受够了,受压迫、受剥削的屈辱俺早就忍无可忍了!"史来贺从来没有感到这样痛快过,这样开心过,恨不得立即投入土改斗争的第一线。

刘秉衡是史来贺的入党介绍人,对这个热血青年太了解了,这几年他带领民兵无论支援前线,还是剿匪反霸,都带头冲锋在前,立了不少战功。这次土地革命,不用说也是工作队倚重的骨干力量啊!一定要在土改运动中重点培养他,有意识地锻炼他,让他在土改的暴风骤雨中,成长为一个经得起考验的青年干部。

于是,工作队的同志一有时间,就有意识、有目的地给史来贺讲解有关土地改革的文件精神,启发和引导他如何搞好土地改革,如何推翻不合理的封建剥削的土地制度。工作队同志们的话语,在青年史来贺的心中点亮了一盏明灯,让他心胸豁然开朗,眼光逐渐放远,决心在共产党的领导下,带领民兵积极投身于刘庄的土改运动,为刘庄穷苦百姓开创一个没有剥削、没有压迫的新天地,让穷人都拥有自己的土地,过上吃饱穿暖的日子。

一天晚上,在昏黄的油灯下,史来贺对正在抽旱烟的父亲说:"爹,上级在咱村搞土改,给咱分田地,咱得出一把力啊!"

"那还用说,共产党帮咱闹翻身,咱不出力谁出力?我这个老长工、咱这老穷户得带头啊!儿子,你带领民兵积极参加土改,你爹我也不会落后。放心吧,上阵还得父子兵嘛!"父亲劲头十足地说。

一个30年的老长工,做梦也想不到他这一辈子会拥有自己的土地,会跟着共产党闹起土地改革。刘队长讲,土改也是一场革命,一场暴风骤雨般的革命。那么,这场革命对所有的刘庄人来说,都是一场考验啊!来贺是民兵联防队队长,对上级的政策知道得多,领会得透,在这场土改运动中,他得多听听儿子的,要给穷人争光、长志气,千万不能落后啊!

"爹,那您说,您咋出力、咋带头啊?"史来贺故意将父亲的军。

"我呀,早就想好了,我把村里的老长工、老佃户都动员、发动起来,都串联起来,叫那些穷哥儿们拧成一股绳,都听工作队的指挥,跟着工作队齐心协力搞土改。人心齐,泰山移。只要穷人一条心,一杆旗,别说压在头顶的'三座大山',就是十座大山也能推翻。"看来,父亲早已在心里盘算好了。

史来贺喜出望外地说:"好得很!你把老长工、老佃农都串联发动起来,我把民兵队伍和年轻人发动起来,一起参加土改斗争。咱穷人这回有了共产党当领导、做靠山,啥都不用怕了,非得把土地从地主老财手里夺回来不可。让地主老财看看咱穷人的厉害,看看咱穷人挺直腰杆、抬起头来的气势,穷人再也不受他们欺负啦!"

父子二人说干就干,马上分头行动起来。夜晚,他们按照工作队的周密部署,头顶满天星星,冒着寒风,静悄悄走街串巷,推门入户,悄无声息秘密串联,暗中宣传,不露声色地鼓动,一切都在隐蔽中进行。不走漏风声,不显山露水,不打草惊蛇。因为土改工作队的领导一再叮嘱:斗争还没有大张旗鼓地"掀盖子",要讲究斗争策略,千万不能因一时工作失误或粗心大意给土改造成被动和混乱,打乱整个土改运动的部署。

父子二人还当向导,领着工作队的同志,深入老长工和老佃户的家里宣传共产党的性质宗旨、目标任务、方针政策,宣传《中国土地法大纲》和土地改革的重要意义以及具体政策、具体做法。工作队的同志坐在穷人家的土炕上、灶火间,和老长工、老佃农一起抽旱烟,一起唠家常,亲近得就像一家人,就像亲兄弟。句句话说到穷人的心坎儿里,句句话说出了穷人的愿望,说出了穷人的梦想,入肺腑、暖人心,让穷人无不动容动情,流下了激动的眼泪……

几个夜晚的秘密发动,几个夜晚的倾心畅谈,父亲领着工作队,将老长工、老佃农、逃荒户的心凝聚在一起,大家抱成了一团儿。史来贺把民兵队伍和全村的穷伙伴儿都拢在了一起,大家团结一心,豁出命来跟地主老财斗,让土地还家,让穷人翻身。年轻人的愿望和士气握成了铁打的拳头,握成了一把砸向旧制度的铁锤。他们决心要用这只拳头、这把铁锤,把捆绑在刘庄穷人身上的锁链彻底砸烂,把压在刘庄穷人头上的"三座大山"彻底推翻。

在串联发动中,工作队和史家父子深深感触到,村里的穷苦农民,仿佛是一堆一点就能燃烧的干柴,只要有一颗星星般的火种投进去,就能燃起漫天漫地的熊熊大火……他们被压迫得太深、太重、太久了,每个人的身上都埋伏着惊天动地的千钧爆发力。

刘庄的贫苦农民一听说搞土地改革,实现"耕者有其田""土地要还家",无不拍手叫好，打心眼里热烈拥护、热切期盼着分到土地的那一天。共产党领导咱搞土改，叫咱有地种、有饭吃、有衣穿、有房住，这是天大的好事啊！谁能不积极响应？谁能不积极参加？

"土地还家喽"

土改工作队进驻刘庄村不久,刘庄的土地改革运动就掀起了高潮。

没收或征收了地主富农的土地,刘庄大地上出现了有史以来第一次分田分地的热闹场景。

"地主的土地被没收了,好哇！好得很啊！"刘庄的贫苦百姓奔走相告。

"财主的家财被抄了,一窝端了。真是太好了！"刘庄的长工、佃农欢呼雀跃。

"富户家的骡马牛驴都被赶到农会了,要分给穷人了,真是好事啊！"

刘庄的人民群众喜上眉梢,欢欣鼓舞。

这几天,史来贺忙得脚打后脑勺,从早到晚,村里地里来回奔跑,肩上扛一把铁锨,手里拿一把五尺长的木尺,到了地里,摆下木尺,躬身低头,量来量去。他在和村干部杨法忠、张克成,还有民兵骨干马学仁、杜学孟、刘殿新、刘荣田等人一起给穷人分田分地。会计拿着账本儿喊多少,他就丈量多少；会计喊谁的名字,他就把写着谁的名字的木牌栽在地边。刘庄的大地上,呈现一片有史以来从未有过的"分田分地正忙"的喜人景象。

这些土地,昨天还被地主老财垄断着、霸占着。而从今天起,它们一方方、一块块的都要丈量给老长工、老佃农等穷苦的农民,平均分配到一户户贫困的庄稼人名下,让他们真正实现"耕者有其田"的梦想。

史来贺从来没有这样热情高涨过,他兴奋异常,脸上时时挂着微笑。过去,很难见到他脸上出现这样的微笑。那时,肚子里装的尽是苦水,哪能笑得出来呢？如今,一肚子苦水全都倒出来了,装上了一肚子的高兴和欢乐,无论在村里跟乡亲们说话拉呱儿,还是到地里丈量土地,脸上总是浮现甜蜜的微笑、喜悦的神色。穷人有了自己的土地,怎能不开心地微笑,怎能不喜上眉梢呢？

他一边丈量土地，还一边唱着"打倒土豪，打倒土豪，分田地，分田地……"的民歌，引得与他一起分田地的农会干部也跟着他轻声哼唱起来。唱着唱着，史来贺忽然觉得在这翻身解放的田野里，不单是他们几个丈量土地的人在唱、在欢乐，田地里的小草、野花也在和他们一起歌唱，高高低低的树木也在摇摆着青枝绿叶和他们一起欢乐歌唱，天空飞的、树上落的一些鸟儿也在拍打着翅膀、抖动着羽毛和他们一起欢乐歌唱，就连那一块块、一方方刚刚分给穷人的土地，仿佛也高兴得蹦跳起来，跳起欢乐的舞蹈，吼响了郁结憋闷了几千年的歌喉……看到这些，史来贺并不觉得是自己的想象，而是真真切切的现实。这说明共产党领导穷人闹翻身、搞土改感动了上苍，感动了大地，感动了自然万物；土地归农民，"耕者有其田"，上合天意，下顺民心，连天地万物都备受鼓舞，兴高采烈。

想到这里，他再也抑制不住内心那欣喜若狂的浪涛，在刚刚丈量完的土地上蹦跳着欢呼起来："土地还家了！俺穷人翻身了！老百姓有自己的土地了！"

他蹦跳欢呼，跟他一起分田分地的农会干部也蹦跳欢呼，欢呼得神采飞扬，欢呼得心花怒放，欢呼声惊天动地，欢呼声响遏行云，整个田野都掀起欢呼的浪潮……

分完了田地，史来贺回到家里，一进门，二话不说，拽起父亲就又往田野里走。他喜形于色，一路小跑着，父亲也跟在后边一路小跑。

"你这孩子，领我去哪里？"父亲一边跑一边问。

"到了你就知道了。反正这是你日思夜想的一个地方。"史来贺给父亲卖起了关子。

终于来到一块田地的地头，父子俩停了下来。史来贺指着眼前的这片土地说："爹，这是刚刚分给咱家的地，这一片土地从今往后就姓史啦！"

父亲将信将疑地问："这就是分给咱家的地？能分到这么一大片吗？"

史来贺肯定地点点头："你看，地边这块牌子上写的就是您的名字：史——传——道。"念到父亲的名字时，他一字一顿，念得干脆有力，而又带着一种得意和自豪。

父亲惊喜地弯下身来，两手抖抖索索地抚摸着崭新的木牌，抚摸着木牌上自己的名字，激动得眼含泪花，一句话也说不出来。

"爹，咱终于有了自己的土地，这叫'土地还家'。"史来贺看着父亲的脸高兴地说。

"是啊！庄稼人总算盼来了自己的土地。这块土地分给咱,那真是太好了,太好了!你知道,我在这块土地上流下了多少汗水,踩下了多少脚印?数都数不清。我曾经把一身汗、一身力都泼洒在这块地里了。可那汗水都是为别人流的,那力气都是为别人出的,那粮食也是给别人种、给别人收的。自己却落下了满身伤病……唉!"父亲望着土地,感伤地说着。刹那间,又转忧为喜,"这下好了,这块地跟我有缘分,缘分还不浅嘞!过去,我起五更搭黄昏跟它在一起,今后更得天天跟它在一起喽!它属于咱自己的了,从今往后,这块地更名换姓了,它姓史,跟咱家一个姓了……"父亲激动得流下了两行热泪。

父亲又抚摸了一下写着自己名字的木牌,然后站起身来,绕着这片土地慢慢转起了圈子,似乎是在寻觅什么。是寻觅昔日的脚印,是寻觅昨天的汗珠,还是在寻觅遗留在这里长长的叹息?

父亲走着走着,忽然双膝跪地,低头捧起一抔黄土,放到眼前,那样亲切地瞅着;放到鼻子下,那样热烈地闻着。泥土的芳香沁入肺腑,让他无比痴迷,无比陶醉。恨不得把温暖的黄土全部送到舌尖上舔一舔,尝一尝,是甜还是苦,是香还是咸;恨不得自己变成一粒种子,躺在土里试一试,亲身体验一下土地的温暖,体验一下土地的亲情,体验一下土地对于种子的爱怜,体验一下土地对于种子的呵护。总之,他恨不得把整个生命都投入土地,把全部的爱都融入土地,把一腔热血都灌注土地。

史来贺非常理解父亲对土地的这种感情,况且这土地已经从地主的手里回归穷人的手里,捧在了自己手上,捧到了自己心上。这种欣喜感,这种幸福感,这种沉醉感,是"耕者有其田"的农民第一次体验到,第一次拥有心灵的收获啊!

匿名恐吓信

　　农会成立后,昔日的破庙,成了农会和村干部办公、开会、研究问题、做出重大决策的地方,成了刘庄的权力中心。天天有人从这里出出进进,有的扬眉吐气,有的喜气洋洋,有的一脸严肃,有的一脸神秘。破庙里不断传出纷纷的议论声,开心的说笑声,偶尔还会传出激昂热烈的争论声。过去死寂冷清的破庙,变得空前热闹、空前繁忙,简直可以称得上门庭若市了。即使夜晚,这里也是人影绰绰、脚步声声,那盏昏黄的马灯一直亮到夜半三更……

　　穷人打从这里走过,看见农会崭新的牌子,心中一阵欣喜;而地主老财一看见庙门口挂着的那块白底黑字、又光又亮的牌子,心里顿生一阵惊恐和慌乱,那块亮亮的、长长的牌子,仿佛是一道划破天空的惊雷闪电,吓得他们魂飞魄散……

　　土地改革运动,让村里的地主老财坐卧不宁,寝食不安。他们的心里,仿佛日夜都有十五只吊桶——七上八下。一个个乱了方寸,慌了阵脚,惶惶不可终日。有的地主还天天派狗腿子到破庙附近、到村里的街头巷尾,打探工作队、村委和农会的动向与消息,刺探土改情报。然后密谋策划,炮制对策,蠢蠢欲动。

　　一天夜里,史来贺从民兵执勤点上换岗后,跑进农会办公的地方,见张克成、杨法忠和几位农会干部都低头凑在马灯下,挤着头在看着什么。史来贺近前一看,是一封匿名信。准确地说,是一张匿名恐吓传单,写的是一首威胁人的顺口溜:

　　　　泥腿子农会,
　　　　吃饱了就睡。
　　　　胆敢闹土改,

卸你两条腿。

若分老子地，

叫你活受罪——

挖眼又剜心，

一夜变成鬼。

　　几位农会干部听史来贺把匿名传单念了一遍，你看我，我看你，一时心里惶恐不安，最后都把目光聚集到史来贺身上："来贺，你说这是谁干的？"

　　史来贺早就在心里猜出了个八九不离十，但他不能明说，这是斗争策略，也是为了保密，不能因走漏风声而打草惊蛇，这是工作队的同志教给他的。在尖锐复杂的土改斗争中，千万不能莽撞，不能信口开河，不能粗心大意，说不定哪里就有敌人的耳目，谁知道农会干部身边有没有敌人的奸细呢？于是，他对问他的农会干部摇了摇头，装着什么也不知道。但他提醒大家，一定要提高革命警惕，充分认识土改斗争的复杂性和艰巨性……

　　"真没想到，搞土改会这么危险，让人担惊受怕的。弄不好，哪一天命就没了。"一位农会委员胆怯地望着众人说。

　　"这是革命，工作队的领导不是讲了嘛，干革命难免有牺牲。土改运动，就是一场你死我活的土地革命。农会的干部，就是提着脑袋闹土改的。但我们不怕，敌人再猖狂，再阴险，再毒辣，我们也不怕。有共产党给咱撑腰，给咱壮胆，咱怕啥？"农会主席杨法忠给大家壮胆，给大家鼓气。

　　此时，史来贺很想谈谈自己的想法，便接着农会主席的话茬说："敌人躲在暗处，我们在明处，工作队的领导提醒咱们，要时时处处提防暗箭，明枪易躲，暗箭难防啊！但我们不会被敌人的恐吓与威胁吓倒。我们要勇敢面对，勇敢斗争，我们越勇敢，敌人越害怕。只能让敌人怕我们，而我们不能怕敌人。广大的穷人都站在我们一边，我们人多势众，力量大得很，难道还斗不过那帮地主老财？再说了，我们还有共产党做坚强的靠山，咱就更胆大如虎、气壮如牛啦！"

　　"对，对！来贺说得太好了。搞土改，就要天不怕、地不怕，坚决把土地从地主老财手里夺回来，让所有的穷人有地种，有饭吃，有衣穿。这一回，该让咱穷人当家了，面对敌人的吓唬，咱谁也不能打退堂鼓。"村长张克诚坚定地说。

　　史来贺觉得农会收到的这封恐吓信，是一个新情况，必须马上向工作队汇报，他征求了村长张克诚和农会主席杨法忠的意见后，拿起那张恐吓信，披着一身浓厚的夜色，飞快地向工作队的住处跑去。

工作队的人看了史来贺送过来的匿名恐吓信，三个人互相交换了一下眼色，点了点头。然后，还是队长刘秉衡先开口："这封恐吓信，是向我们的农村新政权示威啊！这个家伙太嚣张了。我们不能坐以待毙，必须尽快采取行动，挫败和打掉敌人的嚣张气焰，不能让刚刚建立起来的农会政权遭受任何损失。"

"咱是不是得开个会，研究部署一下反击敌人的行动措施？决不能让敌人的行动抢在咱们的前头。"郭明录果断地提议。

"我正想这样呢！走，事不宜迟，咱们到农会去。马上召集村里和农会所有干部，开会研究对策。"说着，刘秉衡已经率先走出了房门。

工作队连夜召开农会和村干部全体会议。所有的干部齐聚在大庙里，他们不停地抽着旱烟，一屋子的"吧嗒"声相互碰撞，相互比响，弥漫的烟雾淹没了昏黄的灯光，笼罩着每一张面孔。刘秉衡、郭明录、杨日修针对今天夜里发生的紧急情况，分别发表了自己的看法和意见，揭穿了敌人的阴谋诡计，并提议立即采取果断措施，用迅雷不及掩耳的震慑行动，粉碎敌人的一切阴谋，灭掉敌人的嚣张气焰。敌人已经武装到牙齿，我们必须先下手为强，以眼还眼，以牙还牙！

会议最后决定，尽快发动群众，揭露和声讨地主恶霸的罪恶，激起全村群众对地主恶霸的仇恨，从而掀起土地改革的高潮。

直到三星打横，破庙里的马灯还依然亮着……

第十二章　直面激烈的斗争

※吃下定心丸
※激烈的斗争
※穷人"分果实"
※舍家为革命

吃下定心丸

　　地主向农会投恐吓信的事,一夜间不胫而走,群众见了面,便交头接耳,议论纷纷。

　　"不得了啦! 那些地主得罪不起呀! 土地改革还没搞起来,他们就想杀人啦! 看起来,这地主的地分不得,分了,说不定哪一天,人家又反攻倒算,从穷人手里给夺回去了。"

　　"土地改革,穷人拥护,富人反对,这是肯定的。你把他们的地白白没收了,他们会甘心? 咱穷人分了他们的地,他们会死心? 总会有一天找穷人算账。"

　　"地主的土地,那是烫手的火炭儿,不能拿,不能要啊!"

　　刘庄不少贫苦农民顾虑重重,在土地改革中,畏首畏尾,不敢出头。唯恐共产党领导的人民新政权不能长期稳固,一旦变了天,穷人还得沦为地主老财的牛马。他们内心十分矛盾,既想分到土地,又怕得罪地主;既想马上拥有自己的土地,又不敢分地主的土地;既想推翻几千年来的封建土地制度,又不敢跟地主作坚决的斗争;明知道地主老财家的财产是靠剥削穷人得来的,却又不敢理直气壮地要地主老财的财产。因为他们曾被国民党还乡团当成反攻倒算的靶子,打得遍体鳞伤。

　　还有人竟敢把农会开会的内容,偷偷告诉地主老财,以便给自己多留一条路;还有的穷苦人明明房无片瓦,地无一垄,却不敢当贫农,甘愿申请"划个中农",怕变天后成为地主报复的重点对象。

　　针对发生的种种情况,工作队分别深入各家各户,挨门做思想工作,让群众充分认识共产党领导下的人民政权的稳固性、长期性。但工作队前脚刚走,有的穷人后脚便出了门,跑到地主家说明情况,乞求原谅:"工作队又找我了,他们动员我积极参加土地改革,分田分地,要是分了你家的地,可别怪我呀! 我是不情愿的。"

让土改工作队与农会没想到的是，在分田分地、分牲口、分财、分物时，有的穷人竟不敢要，甚至拿到家里的东西又退了回来。分田分地的当天夜里，他们躺在被窝里辗转反侧，怎么也睡不着觉，思来想去，一夜没敢合眼。第二天，他们便纷纷拿着土地证、牵着牛驴退给了农会；有的甚至直接跑到地主家里，当面退还给地主，还点头哈腰地认错，赔礼道歉。

这些受惯了剥削和压迫的穷苦人，竟如此地害怕剥削阶级，如此地恐惧他们卷土重来、反攻倒算。这充分说明穷苦百姓对土改运动理解得还不深不透，对共产党能否长久做穷人的靠山，能否长久替穷人做主还有些怀疑。

"情有可原哪！封建地主阶级统治中国几千年，剥削阶级压迫劳苦大众几千年，他们的根基深得很，简直是盘根错节，错综复杂，这个几千年的封建统治堡垒顽固得很，老百姓怎能不怕呢？我们共产党才来多长时间？共产党能不能彻底推翻封建剥削阶级，能不能从根本上推翻旧社会，成为老百姓永久的保护伞，这怎能不引起老百姓的疑虑呢？"刘秉衡望着农会大院这些退地、退牛的群众，心情无比沉重地说。

"我们的工作还不够深入，我们的宣传与发动还不到位呀！必须做好这些群众的工作，不能让土改工作出现反复。"郭明录对农会的同志说。

"咱们得给穷苦百姓和广大群众吃一颗定心丸呐！得彻底打消父老乡亲的种种顾虑。"杨日修若有所思地对大家说。

工作队领导的话音刚落，史来贺就想出了一个打消群众顾虑的好办法。

他马上集合民兵，领着他们在村子中央，用又粗又长的木棍搭起一个高高的宣传广播台；再用废铁皮制成一只喊话用的大喇叭。台子搭起来了，喊话的喇叭也有了，史来贺每天都带领民兵骨干轮流登台演讲。

史来贺拿起制作粗糙的大喇叭，第一个走上宣传广播台，带头宣传，率先演讲。只见他穿一身破旧的黑粗布棉衣，头上箍一条白羊肚毛巾，腰里扎一条黑布腰带，别一支只有民兵联防队队长才有的短枪。就是这支短枪，特别引人注目。如果腰里没有这支短枪，单看他的一身穿着打扮，他就是一个普通而又寒酸的青年农民。但一看到腰里的那支短枪，就大不一样了。短枪，映衬出他的一身英武气概，显示出他民兵联防队队长的威风。

上台之后，他"吭吭"了两声，算是清了清嗓子，准备开讲。演讲啥哪？苦难！仇恨！他要用苦难和深仇大恨唤醒群众，用苦难和深仇大恨激发穷苦百姓的斗志,用苦难和深仇大恨坚定广大群众的阶级立场。

19 岁的史来贺,是土生土长的刘庄人,对刘庄的每一户人家、每一个人都非常熟悉;每一家的苦难,他都耳闻目睹;每一家的仇恨,他都牢牢记在心里。

他沉着冷静地站在高台上,望一眼台下聚集的男女老幼、父老乡亲,心中禁不住生出无限的悲悯情怀,然后,缓缓地举起喇叭,念起那首刘庄人都熟悉的民谣:

> 方圆十里乡,
> 最穷数刘庄。
> 住的茅草屋,
> 穿的破衣裳;
> 丰年吃糠菜,
> 歉年去逃荒。
> 冻饿在荒野,
> 忍痛卖儿郎。
> 名为住人村,
> 实为藏鬼庄。

念完了,他问大家:"这首民谣,咱刘庄人都会念,都会唱,因为它说的都是咱刘庄的实际啊!"

紧接着,他粗喉大嗓地宣讲起来:

"你们说说,咱刘庄的穷苦百姓为啥一代代吃糠咽菜、冻死饿死?为啥一代代流落他乡、逃荒要饭?地主老财为啥不这样?都在一片土地上生活,都在一个村里住着,同样一片天地,为啥地主老财富得流油,穷苦人却锅底朝天?一个根本原因,就是地主拥有大量的土地,让穷苦人给他种地,打的粮食都进了他们的粮仓。所以,这些地主老财就越来越富;而我们穷苦人却越来越穷。咱们没有土地,只能靠出卖劳动力养活自己,吃的糠菜粮,出的牛马力。地主老财就是靠土地剥削压迫我们穷人啊!如今,共产党领导我们闹土改,就是要把土地从地主手里夺回来,分给我们穷苦百姓,让我们有地种,有饭吃,有衣穿,过上好日子。土地是咱农民的命根,旧社会就是因为咱没有土地,才没有保住命根呀!共产党分给咱土地,就会永远保住咱的命根,让咱不再受穷遭罪。我们就成了土地的主人，不再受地主老财的剥削与压迫。这样的好事，只有共产党才能办得到。有共产党给咱穷人撑腰，分了土地我们为啥不要？为啥不敢要？

"我们千万不要忘了刘庄几代人经受的苦难，不要忘了我们穷苦人的深仇大恨呀！"

他开始诉说刘庄百姓遭受的一桩桩苦难，罗列日本侵略者和官僚地主、土豪劣绅对穷苦百姓犯下的一条条罪孽——

"咱就先说说日本鬼子对咱刘庄犯下的滔天罪行吧！打从1938年2月，日寇占领了七里营，他们灭绝人性，疯狂至极，在这一带烧杀奸淫，无恶不作。

"咱们刘庄有5位妇女被日伪军在光天化日之下强行奸污。一位被侮辱的妇女拿起菜刀与鬼子拼命，却被奸污她的鬼子当场用刺刀捅死，使我们刘庄人蒙受了奇耻大辱；

"我叔叔史传信因抵制日本鬼子进村抢东西，活活被日军打死；

"村民王庭贤因反抗日本鬼子的劳役，被日军用刺刀残忍地挑死；

"张克成的父亲因不满日伪军的暴行，被日军打成重伤，落了个终生残疾……

"那时，日本鬼子一进村，就是杀人放火，咱刘庄被日本鬼子烧毁、炸毁的房子就有几十座。百姓们好好的一个家，眨眼间就变成了一片黑灰。

"可日本鬼子再疯狂，刺刀和血腥，铁蹄和狼烟，也没有吓倒刘庄人。父老乡亲们怀着民族恨与血泪仇，积极配合八路军地方武装，与日本鬼子和伪军展开了英勇顽强的斗争，狠狠打击了侵略者。

"眼下，咱刘庄跟着共产党闹土改，有人竟不敢跟地主老财斗，不敢要分得的土地，害怕地主富农反攻倒算，害怕富人再欺负到穷人头上。地主老财有啥可怕的？难道他们比当年的日本鬼子还可怕吗？有骨气、有血性、有胆量的刘庄人连日本鬼子都不怕，难道还怕几个地主老财吗？穷人分到手的土地和财产为啥不要？乡亲们，要理直气壮地要，要扬眉吐气地要，那是咱们穷人自己的土地，现在要物归原主，土地还家。你把地主富农还给咱们的土地，再双手奉送给地主富农，那不是太傻了吗？"

讲到这里，史来贺看了看台下，有的人在点头，有的人在议论，还有的人在擦眼泪，有的人在悲叹。他似乎又提高了声音，继续讲下去：

"我知道大家心里对'还乡团'还有胆怯与后怕。的确，1948年，被赶走打垮的国民党反动势力和地主武装，组成了'还乡团'，气势汹汹地卷土重来，向穷苦百姓疯狂反扑,在这一方土地上制造了数不清的灾难。他们与伪保公所、土匪勾结,一次就给刘庄 13 户人家下了 13 张'黑条子',限期送粮送钱,违抗者杀头,过期不交,就务必血洗 13 家。穷苦百姓万般无奈,只有东拼西凑,倾家荡产,交够他们要的钱粮。结果,被逼得家破人亡,妻离子散。

"李清香家为交够'黑条子'的捐税,土地、房屋全部抵光,被盘剥得地无寸土、家无片瓦,成了一个赤贫人家。

"刘铭义、刘铭汤兄弟俩为交够'黑条子'上的苛捐杂税,卖了老婆,凑不够,又卖了孩子。逼得家里熄火断炊,最后,连老母亲也活活饿死了。卖老婆,卖孩子,娘饿死,兄弟俩心如刀绞,恨不得悬梁自尽……

"村民马新明被地主'还乡团'逼得卖掉了家里 26 亩土地,可还是没有凑够'黑条子'上的数目,便又忍痛含冤卖了两个亲生闺女。插草卖掉亲骨肉,父女街市抱头哭。女儿的哭声,女儿紧紧抱住父亲久久不松手的难舍难分,让父亲肝肠寸断、心肺俱碎,这是多么凄惨、多么悲切的一幕啊!"

史来贺诉说得痛哭流涕,泪水不住地往下淌。他哽咽地告诫大家:"一桩桩,一件件,民族恨,阶级仇,谁能忘得了?不能忘啊,乡亲们!"

满含血泪的控诉,说得台下人人落泪,一片悲泣。

这时,他话音一转,提高了嗓门,理直气壮地讲道:"剥削阶级欺压穷苦百姓欺压了几百年、几千年,我们祖祖辈辈给他们当牛做马,难道那个滋味我们还没有受够吗?难道我们还希望被斗败的地主老财翻过身来,再一次骑在咱穷人的头上拉屎拉尿、作威作福吗?共产党领导穷人闹翻身,搞土改,就是为了让穷人有地种、有饭吃、有衣穿,逐渐过上好日子,永远告别那牛马不如的苦日子。我们要相信共产党,相信共产党的好领导,永远不会再让剥削阶级复辟变天啦!今后的天,永远是共产党和人民的天,今后的地,永远是共产党和人民的地。只要有共产党的领导,被斗败、被打倒的地主老财就休想翻身,他们的变天账只能带进坟墓。这样,我们还有什么可怕的呢?现在不是我们怕地主老财,而是地主老财怕我们喽!"

他不容置疑的话语,他哗啦啦雨点般的演讲,让台下的一双双眼睛放射出亮光,让台下的一张张脸庞浮现出坚信不疑的神色。

他扫视了一眼台下,继续劝导群众:"你们看,现在的天下,已经是咱穷人的天下;现在的大地,已经是咱穷人的大地。天地,天地,天和地总是相连的。共产党领导咱穷人翻了身,天都是咱穷人的了,为啥还不敢要地?这地理所当然是咱穷人的，我们都是种地的庄稼人，土地归耕种土地的人所有，这是天经地义，上顺天理，下合民意，永远不会更改。父老乡亲们，兄弟姐妹们，相信共产党吧！相信共产党的《土地法大纲》，相信共产党的方针政策吧！把分给你们的土地好好耕种起来吧！听共产党的话不会错，跟共产党走不会错……"

史来贺的一阵宣讲，一阵劝导，像一阵温暖贴心的春风，吹散了群众心中的阴云和疑团，群众脸上由愁绪和忧虑凝成的纠结也慢慢舒展开了，仿佛吃下了一颗定心丸，忐忑不安的心渐渐平静下来。不知为什么，刘庄这些穷苦人，对史来贺这个年轻人的话深信不疑，别看这小伙子年龄不大，知道的东西可多了，懂得的道理也不少，听他的没错。

这时，史来贺怀着满腔深情对台下的群众说出几句结束语："想起往日苦哇，两眼泪汪汪……父老乡亲们，难道我们还不该乘土地改革运动，彻底清算地主老财犯下的滔天罪恶吗？还不该把土地从他们手里夺回来吗？"

这几句提问式的结束语，激起了群众斗争的激情，台下骤起一片呼喊声：

"打倒地主恶霸！保卫人民政权！"

"还我土地！土地一定要还家！"

"天下穷人是一家，团结起来，把土地改革运动进行到底！"

"打土豪分田地，我们当家做主人！"

呼喊声像暴风骤雨，像电闪雷鸣，震动着刘庄的大地，摇撼着刘庄地主阶级的旧制度、旧势力。

刘庄土地改革的斗争，如腾腾燃烧的大火，势不可当，越燃越旺……

群众离去后，刘秉衡拍着史来贺的肩膀说："好你个年轻的民兵队队长，不简单啊！没想到你越来越能讲，简直称得上青年宣讲家了。你虽然年轻，但那些穷苦人都信你的话，你的这些本事都是咋学来的？"

"还不都是跟你们工作队学的？你们每天给我们开会，讲革命，讲道理，还不断教我学文化、学知识，你们的一言一语，我都记在心里，给群众做工作时，这不就用上了？你们工作队既是我的领导，又是我的老师啊！我得抓住这难得的机会，好好向你们求教哇！"

史来贺说的都是实话，工作队进村后，他始终抱着虚心求知的愿望，不仅向他们学习各方面的知识，而且还学思想作风，学工作方法，从而开阔了视野，丰富了知识，增长了才干，慢慢学会了做群众工作。这是他最大的收获，最大的长进。

　　毫无疑问,工作队的同志对他有了更好的评价:史来贺是个有心人,是个求知心切、好学上进的热血青年。

激烈的斗争

土地改革运动，最重要的一步，是划分阶级成分。这是一场激烈的阶级斗争，也是决定土地改革顺利开展、取得最后胜利的关键。

划分阶级成分，牵扯到家家户户，关乎每个人的命运与未来，所以家家重视，人人关切。特别是那些富户，一听说要划分阶级成分，白天，就像热锅上的蚂蚁——团团转；夜晚，如针毡上睡觉——坐卧不宁。天天东一头西一头，到处打探风声、探听消息。他们总想保住原有的土地和财产，几十年积攒的家业，怎么能白白分给那些穷棒子呢？要想保住家产，就得千方百计把自家的成分划得越低越好。这些地主富农不敢公开露面，却暗地里投机钻营，四处活动。分化瓦解群众，拉拢腐蚀干部，瞒报土地数量，偷偷转移财产。目的只有一个：划个中低成分，保住万贯家产。

世界上怕就怕"认真"二字，共产党就最讲认真。

刘庄就有一个"最讲认真"的共产党员史来贺。在划分阶级成分的关键时刻，他立场坚定，铁面无私，绝不拿原则交换私情，更不拿党的政策和群众的意愿跟地主富农做交易。不管哪个地主富农，用什么手段讨好他、拉拢他、腐蚀他，都在他这个"黑脸包公"面前碰了一鼻子灰。

村里有个刘殿奎，家中兄弟二人，共同拥有 120 余亩土地，常年雇有长工，在村里属于富户。哥哥长期居住在小冀镇上做生意，每年夏秋两季所打的粮食，刘殿奎虽然说不上独吞，但也只是给他哥哥很少一部分。从收获的分成上来看，他既盘剥了哥哥，又剥削了长工。根据他家的实际情况，按照阶级成分划分的政策，他家该划定为地主。

但刘殿奎最怕把他划为地主，一旦划为地主，他家的土地和财产就保不住了，非得分给穷人不可。那他可就成了一个地地道道的破落户了，不仅经济上贫穷,政治上也会成为批判和专政的对象,一辈子都抬不起头,连下辈儿的孩子也跟着倒霉。怎样才能逃避被划成地主成分呢?思来想去,他想到了土改工作队队长。眼下,刘庄的土改工作统统都归土改工作队管,工作队队长的话,谁都得听;工作队队长的命令,谁都得服从。只要工作队队长说刘某该划啥成分,那就得划啥成分,村里的干部都得乖乖地顺从。工作队队长一表态,那这事就成了荷包里的东西——十拿九稳喽!

刘殿奎开始想自己亲自去找工作队队长套近乎,可他又觉得自己这架三尺长的梯子——搭不上言(檐)。于是,就想利用自己的家人去办这件事。家里人模样长得俊,嘴儿乖巧,说话温柔,办事利索。刘殿奎就让她去给工作队队长送了几瓶自己家产的蜂蜜。她拿着几瓶蜂蜜去送的路上,心里忐忑不安,唯恐工作队队长小题大做,大发脾气,扔出她的蜂蜜,再把她批判一通。可没想到,工作队队长却欣然接受了。这让刘殿奎两口子喜出望外,觉得这事已经成功了一半。他又叫妻子隔三岔五、悄无声息地,经常去给工作队队长送蜂蜜,让工作队队长不断品尝到刘殿奎家的"甜头"。

工作队队长被几瓶蜂蜜甜"醉"了,这小小的糖衣炮弹,竟炸昏了他的头脑。他居然放弃原则,违反政策,站歪了立场,替刘殿奎说话,要把他的阶级成分划为富裕中农。按照当时的政策规定,富裕中农的土地和财产全部归自己所有,是不能动、不能分的。并且,富裕中农是共产党团结的对象。这样一来,刘殿奎就可以名正言顺地保住自己家的土地和财产了,也可以堂而皇之地成为"团结的对象",与贫下中农不相上下了。

听说刘殿奎家要划为富裕中农,好多群众心里不服:"他家要划定为富裕中农,岂不成了阎王爷开布店——鬼扯!"

"按政策,刘殿奎是标准的地主,为啥要给他划成富裕中农?120余亩地,常年雇长工,这还不是地主?秃子头上的虱子——明摆着呐!"

村干部在研究讨论刘殿奎的阶级成分时,有人说,根据他家的实际情况,可以定为富裕中农。其他人你看我、我看你,谁也不说话,空气一下子沉闷起来。

史来贺忽然"腾"的一下站起来,眉头拧成一个疙瘩,忿忿不平地说:"这咋可能?按照政策规定,他家应该划为地主,绝不能划为富裕中农,这是个原则问题,不能含糊,咱共产党的干部得按政策办事,不然,群众不服。不按政策办事,弄不好,刘庄的土地改革就会出现反复。"

"这是工作队队长定的,我们得听他的。不看僧面看佛面,既然工作队队长发话了，咱得给他一个面子啊！不然，工作队队长下不了台呀！"有人说。

"谁定的也不中！是面子重要，还是党的原则和政策重要？刘殿奎必须划定为地主。"史来贺说得斩钉截铁。

"你家跟刘殿奎家有啥冤仇哇？要是没啥冤仇，抬抬手就过去了，都是街坊，何必得罪人呢？再说，你坚持自己的意见，也会得罪工作队队长啊！"一位好心的农会干部劝说年轻的史来贺。

另一位干部也在一旁帮腔："是啊！工作队队长在这儿撑着呢，你怕啥？即使给刘殿奎家划错了成分，也不会追究你史来贺的责任，有工作队队长顶着，上级会找工作队队长说事的。在这件事上，咱就装糊涂吧！你甭黄牛打架——死顶了！"

"我是共产党员，又是干部，咋能装糊涂呢？违背原则、违反政策的事，我坚决不干！工作队队长不太了解情况，表错态了，难道我们也要跟着错吗？那岂不是错上加错？不中，刘殿奎家的情况，在那儿明摆着呐，我们当干部的必须从实际出发，该划成地主，就得给他划成地主，任何人替他打掩护都没用，群众这一关就过不去。谁违背了群众的意愿，谁就得落骂名。"史来贺认准了真理，就绝不向谬误让步。

许多人都看在工作队队长的情面上，稀里糊涂同意刘殿奎家划成富裕中农；还有不少人受刘殿奎家里人相托，明里暗里找史来贺求情。

可史来贺就是不领情，心里只有党性原则和土改政策，违背党性原则和党的政策的事，他绝对不干。即使天王老子来说情，他也决不会低头让步。不顾政策，丧失原则，那还是个共产党员吗？那是给共产党抹黑，给共产党丢脸，会遭骂名、会被戳脊梁骨的。这种败坏共产党声誉的事，他史来贺一辈子都不会干。

不管是在啥会上，不管是面对谁，史来贺都据理力争，从不屈从，从不睁一只眼闭一只眼。坚持原则的立场，始终不动摇，直到按照政策把刘殿奎划成了地主，才算松了一口气。

村里好多群众见了史来贺就说："多亏有你坚持原则，按政策办事，要没有你，刘殿奎就成了漏划地主了。真要把他划成富裕中农，全村群众都不会答应！来贺啊，你时时处处都顺从民意呀！这才是共产党的干部嘞！群众会不拥护？"

史来贺郑重地回应："这都是一个共产党员应该做的。在关键时刻，如果共产党员丧失了原则，那就站在了群众的对立面，对不起群众，对不起党啊！那就不是一个共产党员！"

　　还有一户富人家,当家的叫刘殿安。按照土改政策和他家的富裕程度,应该划成富农。但划成富农,就得征收他家的土地和财产,头上还得顶个富农的帽子。他天天在神灵面前祈祷:"老天爷,保佑我家千万不要被划成富农,划个中农就遂我愿了。各路神仙,保佑我家万事如意!"

　　一天夜里,刘殿安悄悄来到史来贺家,乞求民兵联防队队长把他划成中农,并许下大愿:"来贺,你是村里土改运动的领导之一,在村里很有威信,说话管用,办事牢靠,群众都拥护你。如果在划定成分时,你高抬贵手,让我过去这一关,不定成富农,运动过后,我家不言不声地给你家 10 亩地。如果你怕收我家10 亩地暴露了,村里人说闲话,影响不好,我家出力帮你种着这 10 亩地,麦秋两季收了粮食,我家颗粒不留,全部不声不响地交给你家。要是不要地,要钱,我就给钱;要粮,给粮;要棉花,给棉花。我说的话,说到做到;要是不给你兑现,你把我的头割下来,再提着转三圈。"

　　"你说的这些我都不要,哪怕你给我一座金山,我也不要。我要一个共产党员的原则,要共产党的政策兑现与落实,要阶级成分划分的公平与公正!你甭用这一套收买人心,告诉你,我史来贺不吃这一套!"史来贺顿生怒火,一声呵斥,赶走了刘殿安。

　　由于史来贺坚持原则,最后根据实际情况和党的政策,刘殿安被划定为富农。

　　还有的地主、富农,为了逃避被划成高成分,在暗夜里,悄悄把家里值钱的财宝装进坛子和瓦罐里,埋藏到地下;还偷偷将家里的粮食、棉花、布匹等物资、财产,转移到贫困的农民家里,并一再嘱托:"一定把我家这些东西看管好,别让土改工作组和农会给没收了,运动过后分给你家一部分。划成分的时候,你们一定要帮忙,现在穷人的话很管用,干部听你们的,我家的成分越往低处划越好。"

　　"那总不能给你家划成贫农吧?"老实的贫苦农民直截了当地问。

　　"划成贫农没希望。你们找干部活动活动,给我们划成中农就可以。"

　　他们的如意算盘打得真周密,因为中央规定的土改政策的基本原则是:"中间不动两头平,坚决不动中农。"中农的土地和财产是可以受到保护的,所以他们极力想把自己的阶级成分划成中农,这样,他们的土地、宅基、房产、财产等,就不会被没收或被征收，从而实现"保住家产"的美梦。

贫困农民勉强地点点头："那俺试试吧！中不中还是两可的事，要是不中，你们也别怪俺。大权在干部手里握着，俺做不了主啊！不过这事还得看天意，谋事在人，成事在天嘛！"

"尽力而为，尽力而为！只要给我们定成中农，那就是你们的功劳，你们就是我们的恩人，我们几辈子都感恩戴德！"

地主老财的算盘打得再巧妙，他们的诡计实施得再隐秘，还是逃不过史来贺、杨法忠这些共产党员的法眼。他俩早就看出一些地富夜里鬼鬼祟祟，神出鬼没，早料定这帮狡猾的狐狸，阎王爷敲门——内中有鬼，便派人跟踪。果不其然，他们在"暗度陈仓"。这些不法地富哪里会知道，他们前脚转移财富，史来贺、杨法忠后脚就派人跟着去搜查。结果，埋藏的财宝被挖了出来，转移的财产被搜了出来，要划成中农、保住家产的美梦，最终成了一枕黄粱，化为乌有。该划地主的，划成了地主；该划富农的，划成了富农。那些捣鬼的地富，到最后，是张飞看王八——大眼瞪小眼，一个个哑口无言。

面对划分阶级成分的复杂局面，史来贺始终保持清醒的头脑，不管给谁家划分成分，他都慎之又慎，因为这一关口，关乎家家户户眼前和子孙后代的切身利益，切不可有一丝一毫的马虎和草率。他经过深思熟虑，提出了对刘庄每一家都有利的划分阶级成分的方案：划定每户成分，必须做到六个字——公开、公平、准确。他还提出了"自报公议、三榜定案"法。这一方案，得到广大干部群众的赞同与拥护。

首先，把党的政策、划分阶级的标准、剥削量的计算方法等，原原本本交给群众，每家每户，根据自己的土地数量以及经济状况，对照条件，申报自己的阶级成分。全村汇总后，张榜公布，公开各自的申报情况。

——这是第一榜。

第一榜张贴公布后，广泛发动群众，人人参与评议；由村农会和土改工作队集中群众意见，初步拟定每家成分，然后，公布于众。

——这是第二榜。

第二榜公布后，允许不服者申诉，如有出入，可进行修改，直到广大干部和村民都没意见了，才算定案。最后的定案，仍要张榜公布。

——这是第三榜。

　　三榜定案中，第二榜最为关键，斗争也最为激烈。因为第二榜是经群众评议后，阶级成分划定的雏形，离定案就一步之隔了。如果雏形无争议，那就等于定案了。所以那些富人对第二榜极为关注。也往往在这个时候结帮拉伙，起哄闹事，挑起事端。

　　第二榜拟定的地主刘树香、富农王修体就是在这个时候跳出来的。他们很不服气，大吵大闹，摆出种种理由，说明自己的成分划高了："我们的成分划得不合理，太高了。为啥不给我们往低划，偏偏往高划？这是有人故意整我们，我们不服，我们要上告！"

　　他们把常年雇长工，说成是雇短工，以达到降低自己剥削程度的目的；把家里 10 岁的学生也算成劳动力，以此达到增加他们自己劳动量、减少长工劳动量、降低剥削程度的目的。

　　民兵联防队队长史来贺和农会主席杨法忠，针对他们摆出的种种理由，一条一条地反驳，一条一条地推翻；村里的广大贫农也和村干部也一起驳斥他们，说得两个地富哑口无言，瞠目结舌。

　　但他们仍不甘心，在无理分辩时，又生一计，妄图挽回败局。他们荒谬地认为，那些昔日在他们家当过长工的贫雇农，都是他们"养活"的，并且待他们"不薄"，凭着自己过去在刘庄说一不二的威风，看在"东家"的面子和情分上，那些被他们"养活"的长工，一定会帮助、袒护他们这些"主子"，便又别出心裁地提出了"过东站西法"：同意他们应当划成地主、富农的人，往东边站；不同意的，往西边站。他们满怀信心地说："就以此法，来决定最后的定案。"

　　这时，好多群众慌了神："要是他俩生出的歪点儿灵验了，有些立场不坚定的人，倒向他们一边，心向着他们，咋办？那不眼睁睁地看着把他俩漏划了？他们葫芦里卖的啥药，一眼就能看到底。千万不能上他们的当，别理他俩那套鬼把戏！"

　　可史来贺心不慌、神不乱，心里自有主意："我们应当相信刘庄广大群众的思想觉悟，他们都有自己的立场，都有自己的判断能力。咱就采纳他俩的意见，让群众用'过东站西法'来投票吧！"

　　史来贺话音刚落，人群呼呼啦啦流水般朝东站去，一下子站了黑压压一大片。往西边站的，只有两三个人。

　　刘树香、王修体一见这个结果，洋鬼子看戏——傻眼啦！他俩自知公理难违，再也无话可说，只好承认了他们各自的地主、富农成分。

　　在场的群众,看着刘树香、王修体狼狈不堪的样子,有人把嘲讽的话撂了一大堆:"这两个家伙,把鼻涕往脸上抹——自找难看。"

　　"刘树香、王修体两个地富,搬起石头砸自己的脚——自找疼痛!"

　　人心是杆秤,人心是明镜。刘树香、王修体自认为高明,总以为是地主、富农养活了长工,可他们恰恰颠倒了一个道理,不是地主养活了长工,而是长工养活了地主。为何史来贺能那么坚定自信呢? 因为他家几辈人都是长工,深深懂得每个长工的心,了解他们的心灵所向。所以他笃定,刘树香、王修体绝对不会赢,赢者,是刘庄的广大群众。

穷人"分果实"

　　阶级成分划定后,村农会在土改工作队的指导下,开始给全村贫雇农"分果实"。所谓"分果实",就是把没收地主的土地及财产、征收富农的土地和财产,按人头平均分给贫雇农。农会在分配"果实"时组成了几个小组:算账组、没收财产组、分配组、核对组等。要求各组必须严格按照政策办事,严格遵守果实分配纪律,维护群众的切身利益。

　　按照土改政策,地主、富农的土地,除给他们留下与农民同样多的一份外,其余全部没收或征收。没收来的土地全部分给贫雇农,地块根据大小(亩数),适合分给谁家,就给谁家耕种。分得土地的贫苦农民,加上原有的土地,人均占有耕地2亩4分以上;留给14户地主、富农的土地,人均也是2亩4分;因中央的土改政策是"坚决不动中农",40户中农占有耕地900亩,占全村总耕地的44%,人均4亩5分。由于全村共有7户地主、7户富农,没收的牲口和大件农具本来就不多,所以只能几家伙分一头牲口、一件农具;大车就更少了,十来口人才能分得一辆大车;房屋是根据实际情况,谁家没有住房就分给谁,谁家的茅草屋濒临倒塌,无法住人,也要分给"果实房"。没收的房子分配后,村里平均每人达到一间房。其他财产如粮食、棉花等,也都平均分配,各方面都充分照顾了广大农民群众特别是贫雇农的利益。贫苦农民一辈接一辈,今天终于告别了"田无一垄地,村无半间房"的苦难历史。

　　分到"果实"的贫雇农,心里有说不出的高兴,做梦也没有想到会有这一天——地主、富农的财产,竟然分给了穷苦人。这在过去,连想也不敢想啊! 这要感谢共产党、感谢毛主席! 新社会让穷苦人抬起了头,翻了身,终于告别了当牛做马的时光,过上了当家做主的日子。

　　可被打倒的地富分子,贼心不死,时时刻刻梦想着变天,盼着蒋介石打回来,盼着又回到过去的日子,那些被没收走的土地和财产,一夜间又回到自己家里……

1950 年,朝鲜战争爆发,国内外形势复杂多变。潜伏在大陆的美蒋特务乘机散布谣言:

"第三次世界大战要打起来了! 党国要复辟了!"

"国军一来,我们富人又要掌管天下了!"

"共产党要垮台了!"

"共产党的干部兔子尾巴长不了,马上就得滚下台!"

刘庄被打倒的地富跟那些狗特务,就像苍蝇围着茅坑转——臭味相投。他们一听到这些谣言,便欣喜若狂,闻风而动,有的地主跑到贫雇农家里,威胁恫吓,恨得从牙缝里挤出几句话:"你分了我家的房子,住着可得爱惜点,将来归还我家时,弄坏一道墙、一根檩、一根椽,我要你用 10 倍的价钱赔偿!"

地主刘树香公然挨家挨户找到分了他家土地、房屋和财产的贫雇农,声色俱厉地威胁说:"等蒋介石打过来了,共产党垮台了,你们种的我家的地,不会叫你们白种,是要交租子的,一年要罚交 5 年租。住我家的房,要罚交 10 年房租。短一斤粮食、一分钱都不中。我叫你们现在得意,哼! 咱们骑驴看唱本——走着瞧!"刘树香疯狂地进行反攻倒算,恨不得马上看到国民党军卷土重来。

一些胆小怕事的贫雇农,竟被这些地主吓住了。分了地富土地的人家,不敢耕种,成了一片荒芜的土地;分了地富房屋的贫雇农,住进去了,又重新搬了出来。宁可把房子空在那里,仍住自己的柴门蓬户,也不敢踏进富人的房子一步!

贫农刘殿存分了地主两间房,听了地主的威胁,吓得一夜睡不着觉,天一明,就从分得的房子里搬了出来。

贫农余得洋是个哑巴,平时在村里就身份低微,胆小怕事,见了地主就躲着走。因为人残疾,家里又十分贫困,工作组和农会对他家格外关照,给其分了地主两间房。可地主并不可怜残疾而又贫穷的人,刘树香来到他家,连威胁带吓唬,一会儿像鬼叫,一会儿像狼嚎,边呵斥边用手比画,指了指那两间房子,又指了指院子外边。余得洋明白了是啥意思:老地主是让他从这两间屋里搬出去,这是老地主的房子。虽然余得洋又聋又哑,但他会用眼睛看,一看就知道老地主狗嘴里吐不出象牙! 老地主是要向他这个哑巴反攻倒算。余得洋心里明白,却不敢抵抗,只一个劲儿地点头,嗓子眼里"嗯嗯"着,答应马上搬出去。地主前脚走,他后脚就搬了家。别人问他:"为啥不住了?搬出去干啥?"他呜里哇啦地连说带比画,一会儿摇头,一会儿叹气,脸上带着怒色,把地主骂了个祖宗八代。可他骂得再凶,谁也听不明白他骂的啥。

很多穷人看到余得洋一家的遭遇,无不心生悲悯,大骂地主刘树香是斗败的狐狸——贼心不死!妄想再把天地翻过来,让穷人仍然做他的牛马,当他的奴隶,只能是白日做梦。

"刘树香,你想翻天是不是?告诉你,你别瞎子坐飞机——不知高低。"史来贺带着几个民兵,昂首挺胸地站在刘树香面前。

"共产党的江山坐定了,你休想给穷人算后账。你家的土地和房子,是我和村干部分给贫苦百姓的,你要算后账,来找我呀!吓唬穷人算啥能耐?穷人就是要种你家的地,就是要住你家的房,就是要分你家的财。你睁开眼睛看看,现在是新社会了,你妄想再回到旧社会,继续剥削压迫穷人,做你的美梦吧!"史来贺连珠炮一样,打得刘树香仿佛成了一个"落汤鸡"。

刘树香还想分辩,未等他张口,史来贺就果断地命令民兵:"把刘树香五花大绑了,带到村政府去。"

紧接着,召开了由全村所有人参加的批斗不法地主、反攻倒算分子刘树香的大会。工作队主持大会,村长张克成、村干部史来贺和杨法忠以及几个民兵骨干,纷纷上场,对刘树香进行了深刻的揭发、激烈的批判、无情的斗争。刘树香面对正义的力量,不得不低头认罪,一下子成了烂柿子落地——软瘫了!

上级司法机关当场宣判:依法判处不法地主、反攻倒算分子刘树香 20 年有期徒刑!

刘树香吓得失魂落魄、如丧考妣,浑身上下哆嗦成一团。

穷苦人趾高气扬,扬眉吐气,会场里喧腾起大海浪潮般的欢呼声、叫好声……

一时间,整个新乡县都知道刘庄有个大地主被打进了大牢。刘树香成了屎壳郎坐轮船——臭名远扬!

这次批斗会、宣判会,大长了贫苦农民的志气和胆量,大灭了地主、富农的嚣张气焰。余得洋、刘殿存等贫雇农再也不怕地富的威胁了,所有分得的地富的土地,都耕种起来了;所有分得的地富的房屋,都理直气壮地住进去了。余得洋重新搬进那两间分得的房子时,脸上始终挂着一种兴奋与自豪的神采,还不时地跟过往的乡亲笑着打招呼,摆摆手,似乎在告诉人们,这回搬进去,就住定了,一辈子也不会搬出来了!

　　随着土地改革的一步步深入,随着土地改革成果的巩固,随着贫苦农民觉悟的一步步提高,刘庄的穷苦百姓眼睛明亮了,思想开阔了,天,是自己的天;地,是自己的地,刘庄人民真正走到了扬眉吐气的那一天!刘庄人民真正成了这片土地上顶天立地的主人!

　　土地改革的一次次斗争,充分彰显了史来贺的精神品质,彰显了他勇于担当,敢于斗争的大无畏的英勇形象,进一步赢得了刘庄广大农民群众的拥护和信赖。

　　人心是检验一个共产党员最公平的秤,是映照一个党员干部形象的最明亮的镜子……

舍家为革命

中原地区的土地改革刚刚结束,美帝国主义发动了侵朝战争,战火烧到了鸭绿江边,直接威胁着新中国的和平与安宁,威胁着新中国建立的红色政权和刚刚起步的经济建设。党中央号召"抗美援朝,保家卫国",全国上下、各条战线轰轰烈烈地掀起了抗美援朝的滚滚热潮。

史来贺坐不住了,睡不着了,胸中燃烧起奔赴朝鲜、英勇杀敌的熊熊烈火。这个从当民兵后,就时刻梦想驱戎马于疆场、请长缨于阙下的铁血男儿,一听说志愿军要赴朝作战,就到军分区,到县委,到县武装部,三番五次强烈要求,坚决参加志愿军,奔赴朝鲜战场,与美国侵略者拼个你死我活。

可不管他找到哪一级的首长,好像他们都是事先商量好了似的,意见完全一致,答复众口一词:"赴朝参战,保家卫国,固然重要。但地方民兵工作也很重要。刘庄民兵,是军区、军分区、平原省、新乡县的一面旗帜,你是扛旗人。如果你这个旗手走了,刘庄民兵这面旗帜谁来扛? 还能保持下去吗? 搞好民兵工作,这也是国家战略的需要,也是巩固国防的需要,它的深远意义,不亚于战场上的决胜千里。所以为了民兵工作的长治久安,为了永葆刘庄民兵旗帜鲜红的颜色,你不能去朝鲜参战,必须把刘庄民兵这面红旗扛到底!"

解放战争,没有当上解放军;抗美援朝,又没能当上志愿军,这让史来贺终生抱憾。在以后的岁月里,他经常对人讲:"自1948年当民兵起,我就一直想当一个真正的解放军战士,穿上军装扛起枪,冒着炮火杀豺狼;雄赳赳气昂昂,跨过鸭绿江,打败美帝野心狼。可这个梦想,都被工作需要的理由破灭了,这是我一生中最遗憾的事。可又一细想,自己是个共产党员,党需要我干啥,我就得干啥,服从党和国家的需要,是一个共产党员的天职。于是,便没有了任何怨言。"

既然当不了正规军,那就抱着对党、对国家无限忠诚的态度,甘当一辈子

"土八路"，尽心尽力做好民兵工作，报效党和国家对自己的信任，把一腔忠心赤胆奉献给卫国为民的人民武装事业。为此，他一心扑在民兵工作上，简直到了废寝忘食、舍家忘我的地步。

1951年，新乡军分区在焦作举办新中国成立后第一期民兵干部培训班，上级点名要夏庄乡民兵联防队队长史来贺参加。

县武装部的首长向他下达通知时，传达了军分区首长的指示精神，说这次民兵干部培训班，是一次重点培训。刘庄民兵队这个典型，夏庄乡民兵联防队这个集体，经受了革命大熔炉的锻炼，在新的环境下，需要再加一炉热，再淬一次火，让这个典型更加硬棒，更能适应新的形势；另外，军分区首长还要安排史来贺在培训班上，介绍一下刘庄民兵自卫队建设的经验，在全区推广，要求史来贺积极做好准备。

史来贺一听说要他参加培训班，心里特别高兴，但一说让他在培训班上介绍经验，就有点打怵。平时，在刘庄当着父老乡亲的面，心里想啥就说啥，心里想哪儿就说哪儿，都是自己老少爷们，没人找错，没人挑刺；而在军分区培训班上，那可是集中了全地区的军区首长和武装干部啊，张嘴说话就不那么自由了，不能想咧咧个啥就信马由缰乱说一通，嘴得有个把门儿的。万一讲不好，出了差错，捅了娄子，那就丢了刘庄人的脸面了。

武装部的首长看出了他的心思，便给他打气鼓劲："不要怕，不要打怵，你们咋做的，就咋说；你们干了哪些事，就说哪些事。在工作中积累了哪些经验，说出个一二三四就行了。"

"那是不是得写个演讲稿呀？"史来贺第一次遇见这事，不知道需不需要写一份材料。

"大可不必。到时候，你就口头讲就中了，不用拿讲话稿。你们做过的工作，都在你脑子里装着，到时候，张开嘴往外哗啦啦一倒就出来了。"武装部首长说得简单而又形象，一下子把史来贺说笑了，也把他心里的胆怯说飞了……

史来贺回到家里就整理衣物，妻子刘树珍问："你要出门？到哪儿去？"

"到新乡军分区所在地焦作参加培训班。"史来贺实言相告。

"啥？去焦作参加培训？你不能去呀！你看看咱的儿子，都病成这样了，你得赶快给孩子看病，这是咱家最当紧的事。啥事也没有孩子的命重要啊！"树珍说着，流着泪水抓住他的手，可怜地哀求着，"你说啥也不能走，咱的儿子刚会走路，病得不轻，烧得厉害，你走了，我到哪里给孩子治病啊？爹娘都60多岁了，走动不方便了。你在家,我也有个指望、有个依靠啊!"

史来贺非常理解妻子的心情,小儿子刚会走路,却摊上了一个整天发烧的病,在近处找郎中总是治不好。妻子吃不香、睡不宁,整天整夜抱着孩子流眼泪。自己平时对家里几乎不用管,都是树珍里里外外帮着父母料理一切,让自己这个丈夫一心一意地扑在工作上。儿子是家里的宝贝疙瘩,人人疼,人人爱,更是树珍的心头肉。谁知,娇宝宝却得了这么一个令全家人担心的病。自己这么一走,妻子心里会更加难受。可是民兵培训是国家的大事,是当前斗争的需要,自己这个民兵联防队队长怎能缺席呢? 自己是个共产党员,不能为了小家,而不顾大家啊! 大家与小家,哪头重、哪头轻,要掂量得出来呀! 这是一个共产党员、民兵干部应该具备的思想觉悟啊!

"树珍,我是个党员干部,应该服从国家的需要,现在国家需要我去培训,这是大事啊! 你知道吗? 现在战火已经燃烧到我们国家的鸭绿江边上了,抗美援朝刻不容缓。国内的斗争形势,也随之更加复杂,我去培训,就是为了适应国家形势的需要。国家如果不平安,哪有咱老百姓的平安日子啊? 国家的事,比咱自己家的事重要得多。咱儿子有病,必须得抓紧治。我走后,你多打听几个地方,哪儿有好医生,就去哪儿给孩子治病。我相信,孩子的病一定能治好。"

"我就知道,你是先国家后自家,自己家的事,挂不住你的心,拴不住你的腿。"树珍有点生气了,说的都是赌气话。

史来贺耐着性子给树珍讲道理:"朝鲜战争已经爆发了,说不定哪一天,我就得响应国家的号召,带着夏庄乡几百号民兵,冲到朝鲜战场上去。眼下作为一个民兵联防队队长,学习军事是天大的事,机会难得,过了这个村就没这个店了。我要是缺席了,这一辈子就别想再找这么宝贵的学习机会了。"

"好好好! 那你去吧! 你干的是大事。"刘树珍对自己的丈夫还是很理解、很支持的。

临出门,史来贺走到床前,弯下腰深情地望着儿子稚嫩可爱的模样,抚摸了一阵儿子的毛毛头,亲了亲儿子烧得发烫的脸蛋,拉了拉儿子伸过来的小手,在自己的脸上蹭了蹭。临走,他很想抱一抱自己的娇儿,可他还要赶车,时间来不及了。他用爱怜的目光,看了看儿子那双似乎闪动着哀求心思的眼睛,然后,洒下两行热泪,猛地一转身,走出了家门……

谁料,这是自己看儿子的最后一眼,之后,他再也没有看到过儿子俊俏可爱的样子。儿子那哀求的目光,却永远定格留在了他的记忆里,时不时地刺痛他的心。

军分区的培训，时间紧，任务重，每天的课程都安排得很紧凑。学的都是军事知识、军事技术；课堂学习与现场实践相结合，既学习了理论，又实践了操练。培训班还拉到野外，进行了一场模拟的实战演习，让参加培训班的所有民兵干部，都过了一把"打仗"瘾。史来贺还在培训班上介绍了刘庄民兵建设的经验和在一次次支援前线以及对敌斗争中所取得的辉煌战果，受到了军区首长和全班同学的一致好评与赞扬。

这次离开家，到军分区所在地焦作集训，一走就是三个多月。

那时，没有电话，离家又远，这三个多月，对家里的情况一无所知。儿子的病治好了没有？是不是已经下地跑着玩了？他一定学会说话了，该会叫爹、叫娘了吧？待我回到家里，一看见我，就会喊一声"爹"，那能把爹高兴死啊！

集训结束的当天中午，军分区首长和集训班全体学员在军分区食堂举行"结业会餐"。当军分区首长走进餐厅时，怎么也瞅不见史来贺的影子，就问身边的学员："史来贺哪儿去了？咋还不到席啊？"

"他说，不参加会餐了。家里有急事，先走一步了。"与史来贺同桌的学员回答说。

"这个史来贺，就是个急性子，集训一结束，就想到了家里的工作。"在军分区首长的印象中，史来贺就是个工作狂。

史来贺并没有把自己家里的事，告诉军分区首长和集训班的同学。

这时，史来贺已经在回家的路上了，正急如星火般往家赶呢！他惦记生病的儿子，心里如着了火一样，多想一眼能看到牙牙学语的儿子，多想一把抱住一脸甜笑的儿子亲个够。

可当他走进家门，却听不到一点儿声音，好像是一个空家，连一个人也没有。家里人都到哪里去了？儿子咋没有跑出来喊我一声"爹"呀？

他不知家里发生了啥事，一个箭步闯进屋里，一眼看见呆滞的妻子，满脸凄伤地坐在床前，像傻子一样发着癔症。妻子看见丈夫走进来，便一头扑进他的怀里，一边号啕大哭，一边狠命捶打着丈夫的胸膛："你还我孩子，你还我孩子啊！我可怜的孩子啊……"

"孩子咋的了？难道村里又来了土匪，把孩子抢走了？"史来贺一下子愣在了那里，脑子里一片空白。

"俺的乖孩子，被阎王爷派来的小鬼抢走了呀！"妻子一边诉说，一边"呜呜"地哭个不止,"我苦命的孩子啊!啊……啊……"

史来贺闻听此言,如晴天霹雳,脑袋刹那间像炸了一般。我的儿啊,你咋不等着爹回来给你把病治好啊?咋就先走了呢?爹对不住你,我不是一个好爹,爹欠你一条命啊!他在心里狠狠地骂着自己,泪水唰唰地往下流淌。任凭妻子一拳一拳地捶打,胸膛似有万箭穿心,血一滴一滴往下滴着。

此时此刻,他依稀看见,儿子正挪动歪歪扭扭的小脚丫,伸着一双藕节般的嫩胳膊嫩手,向他一步步走来,脸上堆满甜甜的微笑,稚气地叫了一声"爹"。那声音,如一声翠玲玲的金铃铛。可那金铃铛的声音还未消失,小小的乖巧身影却忽地消失了。

母亲在一旁告诉他,在他集训期间,小孙子的病,因找不到好郎中,得不到及时治疗,天天烧得像火炭儿,转成严重的肺炎,无法医治而夭折。

"苦命的孙子,多可怜啊!他来到人世间还不到两年啊……"母亲泣不成声,老泪纵横。

"我不是一个好爹,不是一个好丈夫,没有尽到责任,对不起你们母子啊!"强烈的愧疚,如一把把钢刀,撕裂着他的五脏六腑。泪水如决堤的洪流,再也无法止住。

男儿有泪不轻弹,只是未到伤心处。史来贺这个有名的钢铁汉子,在一次次的艰难险阻面前,在敌人的大刀长枪面前,从未眨过眼、流过泪,娇儿的夭折,却让他泪如雨下。

"无情未必真豪杰,怜子如何不丈夫?"

妻子见丈夫如此痛苦哀伤,再也不忍心捶打他了。她伸手替丈夫擦去脸上的泪水,低声劝道:"来贺,别哭了,咱就是把眼泪哭干,孩子也回不来了。"

史来贺爱抚地摸着妻子悲伤的面颊,心疼地安慰道:"这一段时间,真苦了你啦!今后,我要加倍地对你好,尽到一个丈夫的责任。"

树珍摇摇头,低声说:"你是党的人,还是要集中精力,去干保家卫国的大事。我一个女人家,虽然不识字,不懂得革命,但我跟咱娘一样,知道啥重啥轻,不会拖累你,更不会耽误国家的大事。家里的事,有我呢!"

"你真是一个深明大义的好女人,一向支持我干革命。我跟着共产党拼死拼活干革命,就是为了中国的子孙后代好好地活着,将来建设好我们的国家。今后,在你的大力支持下,我会再加一把劲,把党交给我的任务,完成得更好,给国家多做贡献,给子孙后代打下一个好基础,以对得起我们的国家,对得起子孙后代。"史来贺一口气说了这么多,安慰了妻子,也安慰了自己那颗悲伤的心……

心底无私天地宽。史来贺的胸襟如大地般宽厚,一颗赤诚的心,连着党的革命事业,连着刘庄这个大家庭现实生活中千头万绪的矛盾与问题,连着刘庄父老乡亲的生命安危,连着子孙后代的未来。他要为这一切奉献自己的满腔热血,奉献自己生命的全部。

第十三章　人夸模范互助组

※土地的主人
※带头搞"互助"
※首创互助组
※模范的引领

土地的主人

已经进入收秋种麦的季节，从早到晚，田野里一片繁忙欢腾的景象。有收庄稼的，大车小车地往家拉，大担小担地往场上挑；有往地里送肥的，大车小车都装得堆成了山，大担小担都压得吱呀叫；有在收过秋的地里犁耙翻耕的，手中的鞭子甩得像炸响的爆竹，一串串的鞭花和"吁吁""咿咿"的使唤牲口的吆喝声，以及庄稼稞里传出的河南坠子声，给秋天的田野增添了欢乐的气氛……

土改后有了土地的农民，迸发出高昂的生产积极性，他们买农具、买牲口，有的农户还添置了新马车、新犁、新耙。全村由土改前的 40 多头牲口，逐渐增加到 120 多头。广大农民的劳动热情空前高涨，收获的喜悦格外奔放，种地的积极性和创造性得到了充分发挥。他们是土地的主人，土地是他们的命根子，他们与土地血脉相连。他们要在自己的土地上挥洒一身的汗水，挥洒无穷的欢乐，挥洒当家做主的自豪。他们要让土地长出金、长出银，要让土地生长绿油油的希望，生长金灿灿的幸福，生长风调雨顺、五谷丰登的吉祥。

此时此刻，史来贺和父亲一起正在自家的土地上犁地。这是一块刚刚收割了谷子的田地，翻耕之后，就该种上冬小麦了。史来贺在前边撒粪，父亲在后边吆喝着黄牛、扶着犁杖犁地。犁铧翻起来的新土的湿香气息扑鼻而来，吸入他的肺腑，令他几分欢喜，几分陶醉，恨不得把一地的泥土的芳香都贪婪地吸进肚里，这可是自己的土地的香味儿呀，闻起来要多亲有多亲，要多香有多香，要多浓有多浓，就像一坛子老酒，闻一闻就想沉醉在里边，永远也不愿走开……

父亲抬头望了一眼正在前边撒粪的儿子，见他腰里别着一把短枪（有人叫它盒子枪），两手握着一把粪叉在地里满头大汗地撒着草粪，便问道："来贺呀！你在地里干着活儿还别着一把枪干啥？多碍事啊！"

"爹，不光我别着枪哩，您看，咱村的民兵都是背着枪在地里干活哪！"史来贺说话并不停下手里的活儿。

"那这是为啥,咋都背着枪干活?"爹又问。

史来贺耐心地对父亲说:"背枪是用来对付敌人的。现在虽然新中国成立了,但天下并不太平。暗藏的敌特分子、坏分子,还有那些妄图变天的地主、恶霸,随时都有可能挑起事端、制造混乱,敌情很复杂,斗争很残酷。俺是咱村的民兵队队长,又是夏庄乡联防队队长,管着8个村的治安,责任重大啊!所以这把枪时时刻刻不能离身,心里时刻得绷紧敌情这根弦。一有敌情,我们民兵会立刻握住枪杆,投入战斗。敌特分子胆敢来咱这地面搞破坏,俺民兵就坚决打他个屁滚尿流!"

"你说的是实情,咱就得防着那些坏蛋,不能让他们阴谋得逞。共产党千难万险打下的江山,千万不能叫那些暗藏的敌人给毁了。"父亲摇着手中的鞭子喊了两声拉犁的老黄牛。

"俺们民兵啊,眼下就是老百姓的卫士,看好人民的胜利果实,捍卫百姓的和平天地。再也不能让劳苦大众失去天、没了地。"史来贺意味深长地说。

父亲听了,深沉地点点头:"你说得太好了!张妞啊,你要当好这个卫士,带领你们的民兵,时刻紧握手中枪,给老百姓护好头顶的天,守住脚下的地啊!"

"爹,这都解放了,新社会了,您咋还叫俺张妞啊?还是叫俺的大名吧!"

"对对!新社会了,得叫大名,史——来——贺!这名字还是我给你起的呐!"父亲说这话的时候,禁不住笑了起来。

父子二人就这样一对一答地说着话、犁着地,从南到北,从东到西,每一个地角、每一条地边都给翻耕起来,不留一寸生地,不留一处死角。地犁好后,又一连耙了几遍,土坷垃被耙得又细又碎,像过了筛子、过了箩的面粉;犁出来的新土被耙得又平整又顺溜,让人看了,一种惬意感一下子涌上心头。

父子二人耙完了地,并不忙着收拾农具。父亲坐在地头抽起了烟袋,来贺弯腰擦拭着犁铧,又薅来一些青草慰劳辛苦劳累了一晌的老黄牛。老黄牛慢慢咀嚼着青草,父子俩有滋有味地欣赏着翻耕一新的土地。

这么松散的土地,这么珍贵的金子般的土地,一片清新,一片绵软,简直像一条毛毯,像一张软床。史来贺恨不得在上面打几个滚儿,在上面仰脸躺一躺,那该是多么美、多么舒坦的享受啊!可是,这么好的"床",只是给麦籽儿准备的,麦籽儿躺进去,肯定会感到无比温润、舒服,舒服得笑出芽儿,温润得天天做金灿灿的梦……

父亲抽完了两袋烟,笑嘻嘻地望着土地,说:"你说怪不怪,同样一块地,过去给富人种,咋看咋烦;现在给自己种,咋看咋乐。你说说,咋不一个劲儿嘞?"

"因为我们做了这土地的主人!土地跟我们血脉相通,骨肉相连了。"史来贺自豪地说。

他的话刚一落音,父亲就响亮地拍了一下大腿,兴奋地说:"还是我儿子有文化,一句话说到了点子上,咱现在看着土地乐,啥也不缘,就缘咱是土地的主人哪!"说罢,嘴里又一连念叨了好几遍,"土地的主人,土地的主人……"

"爹,您知道,咱穷人为了当上土地的主人,经过了多少生与死的斗争啊!"史来贺语重心长地感叹着。

"是啊!要是没有共产党领导的土地改革运动,咱穷人咋能成为土地的主人呢?"父亲也深深地感叹起来。

史来贺看着父亲痴迷土地的样子,心里有说不尽的高兴:"爹,咱既成了土地的主人,就得把地种好,这样才能对得起国家、对得起党。特别是我又是党员,又是民兵干部,更得带头把地种得好上加好,多打粮食,给国家多交公粮,多做贡献。这样才能报答党、报效国家。您说我说得对不对?"

"太对了!我也是这样想的。咱父子俩拧成一股绳,凭我这种庄稼的把式,凭你一身力气、一脑袋瓜子的聪明,在咱手里就没有种不好的地。多打了粮食,留下咱一家的口粮,其余全部交给国家,咱要争当种庄稼的模范,交公粮的模范。"

父子俩真是息息相通:做了土地的主人,就要一心想着国家,想着多做贡献。

这时,史来贺抬头望见不远处的一块地里,一位腿有残疾的男人正独自一人举着镢头,在掘土垦地。只见他低头弓腰,吃力地举起镢头,往地上锛一镢头,就歇一口气;再锛一镢头,再歇一口气,显得非常费劲吃力。

他抬手指给父亲看:"爹,您看,那不是王伟民吗?看他掘地咋那么费劲呢?一条半腿干活够艰难的了,真难为他了。咱过去帮他把地犁起来吧!"

王伟民是个苦出身,从安徽一路逃荒要饭,在刘庄落了户。年纪并不算老,却因常年给富人出苦力把腰都使弯了。如今仍孤身一人,无亲无故,无依无靠,用他自己的话说,是"活着一个光棍,死了无牵无挂"。土改时分了二亩多土地,自种自收,身体残疾、体力不支也得硬撑,一年到头连个帮手也没有。

父亲史传道仰脸望了望，便站起身来："这个外来户怪可怜的，走，咱爷俩搭把手，帮帮他的忙。一个残疾人种地太难了，咱得帮他早一天把麦种上，季节不等人，不能让他落在了季节后边。"

说着，让儿子在前边牵着牛，自己在后面扶着犁，向王伟民的田里走去。

王伟民正在吃力地掘着土地，举起镢头锛一下，直直腰、喘口气，再接着锛。忽然看见史家父子赶着牛拉着犁来到自己的田里，便挺直了腰怔在那里，还没等他弄明白咋回事，史来贺便走上前来，温和地说："老王，你歇会儿吧，俺和爹帮你把地犁了。"

"这咋能劳累你们爷儿俩呢？你们一大家子地多、活儿多呀，比我还忙哩，咋能让你们帮我呢？"王伟民不好意思地说。

"你身体不行，不能出强力。今后你地里的活儿，俺爷儿俩给你包了，反正你一个人的地也不多，一会儿的工夫就给你干完了。"史来贺的父亲果断地说。

"那不中，不中！那我不成了地主老财啦？靠雇工剥削吃饭，那村里还不得开我的斗争会啊？"王伟民顾虑重重，一脸疑惑。

"嗨！老王啊，如今是新社会了，这不叫雇工剥削，这叫互相帮助。是俺和爹自愿来帮你的，你在这里无亲无故，俺就是你的亲人、你的帮手。新社会提倡互相帮助，互相关心，互相爱护，我是民兵干部，又是共产党员，今后无论你遇到什么困难，遇到什么办不了的事，都来找我，我一定给你办好。共产党员就是为群众服务的。"

史来贺说着，便握起粪叉，在王伟民的地里撒开了粪，父亲吆喝着黄牛拉紧了套，在地里插入了犁铧。犁铧唰唰地掀起了一卷卷泥浪，翻起了一卷卷新土。

王伟民望着史家父子的背影，望着被犁子翻起的带着泥土香味的新土，两行热泪从眼角悄悄地落下来，自言自语地说："新社会真好，共产党的干部真好，我一个外来户，又是个残疾人，给你们添麻烦了。"

王伟民的二亩多地几袋烟的功夫就被犁好耙平了。他感动得不知说什么是好，赶忙从腰里拔出烟袋往史家父子手里递："连累你们了，坐地头歇歇，抽袋烟，抽袋烟。也不知我这老烟叶对不对你们的口味儿？"

史来贺与父亲同时掏出了自己的烟袋。来贺亲切地说："老王，别外气，咱都是自己人，帮你干活儿是应该的，是我一个党员的责任和义务，你甭心里过意不去。"说着，便坐在地头猛劲儿抽起了自己的烟袋。

父亲和王伟民边抽烟边唠起了陈年往事……

史来贺抽着烟却陷入了深思:像王伟民这样的残疾人,还有那些孤寡老人、老弱病残,在村里有不少,他们各种各的地,速度慢、效率低,往往会误了农时。前几天,他和父亲还帮助几个孤寡老人和残疾人收了秋,翻耕了土地。村里这些人身单力薄,耕种土地,收麦收秋,的确有很多困难,还有那些孩子多、劳力少的人家,他们种地难、收割难,是目前刘庄群众生产劳动中最突出的一个问题。该怎样妥善解决这一问题呢?光靠自己这个党员和父亲两个人给这些人帮忙也帮不过来呀!俺就是浑身是铁,才能打几根钉啊!要是有一个什么组织专门能解决这一问题就好了。啥时到乡里、区里开会时,我得向上级反映、汇报一下这个摆在面前的现实难题,这也是一个至关重要的民生、民情问题啊!

说话间,日头已照在正当顶,不知不觉晌午了,地里干活儿的农人都陆续下晌收工了。

父亲抬头望了望晃眼的日头,说:"天不早了,咱也该下晌了。"说着,磕了磕烟袋,站起身,又对王伟民说,"秋分眼看就到了,你把麦种准备好,过两天我耩麦时捎带着给你这块地也耩上。"

"哪能老拖累你们呀!我自己能种上。"王伟民不好意思地说,他不想给别人添麻烦。

史来贺弯腰收拾着农具,又抹拉一遍牛身上沾的草梢、土粒,面对面地对王伟民说:"这不叫拖累,我不是跟你说了么,帮你把地种好,是我分内的事儿。今后,只要是地里的大活儿、重活儿,我都帮你干。"

"你们对我比一家人还亲,叫我咋报这个恩呢?"王伟民心存感激,却又觉得无以报答。

"老王,咱是一家人啊,报什么恩哪!你想想,共产党领导下的新社会,咱翻了身的穷人不就是一家人么?一家人就该这么亲、这么近,只要咱们大家携起手、一条心,互相帮助,没有克服不了的困难,大家伙儿的地会种好的,咱们的日子也会过得一年比一年好起来的。"史来贺说得王伟民心里涌上一阵阵甜蜜、一阵阵欢喜。

三个人赶着牛犁、扛着农具说笑着踏上了回村的路……

带头搞"互助"

　　史来贺从帮助残疾人、孤寡人种地的事，联想到村里土地改革后，劳动生产不平衡的一些情况，不由得深思起来。过去无地、少地的贫雇农，土地改革后，虽然有了土地，但又面临着新的困难，诸如农具不足、畜力缺乏、少种子、缺肥料等，直接影响着生产的发展。特别是新中国成立才两年，各家各户的自然条件、生产基础都有差别，劳力有多有少、有强有弱；农田多少不一，特别是中农户，土地比其他户多出将近一倍，土地的肥沃程度和自然形成的耕种条件也有千差万别；各家各户对农田的投资情况更不一样，富的多投资，穷的少投资，结果，收获就出现了很大差别。个别农民产生了"生产不发家""发财不致富""怕露富、怕抽补、怕负担、怕当大户、怕再进行一次土改"等思想，分得的土地耕种不起来，任意撂荒；一些中农在发展生产中，雇了工，放了债，出现了新的剥削。一个村的生产收入、生活水平、家庭穷富程度，已经出现了新的两极分化的苗头。

　　史来贺在刘庄仔细地做了一番调查，得出以下情况：土地改革后，全村生产得以正常发展的有 72 户，占全村农户的 52%；生产、生活水平跟土地改革前一样的有 37 户，占全村农户的 27%；生产、生活水平比土地改革时下降的有 29 户，占全村农户的 29%。其中，有 20 户贫雇农靠借贷度日，还有 23 户受生活所迫，把分到的田地又变卖了，重新沦为地无一垄的"赤贫阶级""新无产者"；到了青黄不接的时节，又走上了外出讨饭的老路，让人看了禁不住一阵心酸……

　　让史来贺更为心焦的是，有 3 户变卖土地的贫雇农，翻身没几天，又成了土地改革后的"新的贫雇农"。这令人心碎，令人心寒呐！共产党让他们翻了身，有了土地，有了房子，有了农具，本来可以逐步过上好日子，可为何偏偏又沦为"赤贫阶级"呢？岂不是又回到了解放前？

　　雇农杨法现，一家 3 口人，土改中分了近 10 亩地。可他并不把心思用在土地上,过去游手好闲惯了,种地干农活从来没有入过行,耕、耩、犁、耙一窍不通,收割、打场不肯出力。种地,不知道施肥;耘锄,不懂得间苗;收打,不会扬场。他家的农田,荒草比庄稼苗长得旺,总是种一葫芦打一瓢,麦子结的是"蝇头穗",玉米结的是"手指头"。这一点收成,连种子都顾不住,怎能顾得住一家 3 张嘴?地里打不了粮,只好借钱买粮,可是钱好借却不好还。欠债容易还债难,怎么办?只好把分得的土地变卖 4 亩,以此抵债。但他没有想一想,卖地意味着什么?那是卖掉了全家的粮食囤,卖掉了全家人的金饭碗,卖掉了全家人的生路啊!史来贺真为这个 3 口之家着急上火呀!杨法现啊杨法现,你咋这么糊涂啊!

　　贫农张有顺,新中国成立前家里穷,从小放羊,村里人都叫他"放羊娃"。长大后,被国民党抓壮丁当了兵,在国民党军队里混了几年,养成了兵痞习气。回来后,当了牲口行户,种庄稼很不在行,东奔西跑混饭吃。因不会种地,从来就没有把心思和精力用在种地上。即使下地,也是东逛逛西游游,三天打鱼两天晒网。土地改革时,他家分了 4 亩地,而且是村里数得着的好地,精耕细作,种上庄稼,肯定能多打粮食。可他不会种地打粮食,只会看着土地挨饿。即使比葫芦画瓢,毛毛草草撒下一些种子,到收割时,不是保不住种子的本儿,就是干脆没收成。看着别人大车小车往家拉庄稼,他却躺在地头睡大觉。别说一天三顿热馍、热饭吃饱了,家里连个囫囵碗都找不到。他的老母亲常年有病,天天守着个没着没落的穷家,一点指望也没有,便以泪洗面,哀哀啼啼地哭喊:"我还不如早点死了,让儿子少个拖累,也好让他无牵无挂,一个人到外边去混饭吃。我咋老不死啊?阎王爷,你把我收走吧!"张有顺为了给老娘看病,养活自己的老娘,没别的法子,只好卖掉了二亩多地。本来就不会种地,眼下家里只剩下一亩半地,今后的日子该咋过呀?瞅着他母子二人艰难的日子,多少人替他们唉声叹气,可有啥用呢?谁家的地都是自己种的,谁家的日子都是自己过的,你不好好种地,咋能过上好日子呢?

　　还有雇农刘长法,是个既不会种地,又不会过日子的人,再加上习性懒惰,过一天少三晌,当一天和尚不撞钟。种庄稼,一年到头只赔不赚,打下的粮食,只够塞牙缝。穷得走投无路,把土地改革时分的两间房子卖掉了,自己住进了一座破庙,成了"没有剃度、没有法号的和尚";天天吃不上饭,就四处沿街乞讨,人们背地里都叫他"到处化缘的苦行僧"。

　　…………

面对村里出现的种种新情况、新问题，看到村里出现的新的贫困现象，史来贺心如刀绞，万分痛苦。

"这是多么危急的情景啊！一些穷苦人刚刚分了土地，却又走了回头路，重新沦为赤贫户，难道就让他们这样继续过贫困的日子吗？作为一个共产党员，于心何忍呢？"

"这些再次沦为贫困户的人，其实他们也想过上好日子，但由于各家的具体情况和能力所限，生产落后了，收入降低了，生活出现困难了。目前，他们最需要别人伸出手来拉一把呀！作为共产党员，怎能袖手旁观呢？"

"如果村里对他们这些新的贫困户熟视无睹，冷眼相看，无人过问，无人帮助，那还是新社会吗？共产党成立的新政权，就是人民的政权，就是完全彻底为人民服务的。我们对他们不能不管哪！必须伸出一双温暖的手哇！"

他又想起了自己入党时面对党旗宣誓的誓词："为了穷人有饭吃，有衣穿，有房子住，让大家都过上好日子，我自愿加入共产党……"

"我现在早已经是个共产党员了，必须兑现自己的诺言，帮助全村的穷人，尽快脱离贫困，让他们有饭吃，有衣穿，有房子住，都过上好日子。不然我这个共产党员，对不起刘庄的父老乡亲，更对不起那些穷苦人，也没脸面对党旗，没脸面对党组织。"

这是史来贺反反复复思索的唯一问题。白天想，夜里想，下地干活想，走路低头想，端着饭碗也在想，无时无刻不在想……这成了他最大最沉重的心病，心头像压了一块大石头。那一个个问号，像一个个猫爪子，闹得他百爪挠心。

这时，村里早已成立了党支部，杨法忠是党支部书记。史来贺找到杨法忠，把自己的想法和盘托出："我想带领几个骨干民兵，帮助杨法现、张有顺、刘长法几家把地种起来，靠他们自己种地实在太难了。咱们要是不伸手拉他们一把，今后的日子就更不好过了。"

杨法忠欣然同意，并痛快地表态："也算我一个，帮助这些有困难的穷人，是咱们党员和民兵应尽的义务。来贺，你想到我头里去了，咱们马上行动，让这些困难户早一天脱贫。"

史来贺、杨法忠带领几个民兵骨干，迅速行动起来。史来贺首先把自己家的耕牛套上了犁子，其他人帮助拉车运肥、撒粪、犁地、耙地，最后，摇耧耩地。扶犁、摇耧，这些技术活儿，都是史来贺大包大揽，因为在这方面，他已经是一个行家里手。就这样，民兵们几个人包一家，有分工，有合作，互相搭配，很快就把

3 家困难户的地耕种完了。这不仅感动了 3 家困难户,而且也大大感动了全村的老百姓。

"咱村的党员干部和民兵真好,真的是心疼穷苦人,真心实意为老百姓办实事,办好事啊!有了他们,困难户就有了指望,就有了盼头。"

帮助这几个贫困户把地种上了,史来贺并没有完全放下压在心头的大石头:这只是民兵们临时救急,解决了困难户劳动生产上的一个燃眉之急。但这不是长远的办法,也不能从根本上解决全村农民农具不足、畜力缺乏、少种子、缺肥料等直接影响农业生产发展的大问题。那么,该怎样解决这一全局性的问题呢?要有一个固定的组织形式,确保常年解决影响和阻碍农业生产发展的问题就好了。

他灵机一动,忽地琢磨:如果把以户为单位、各自为战的劳动个体,联合起来,互帮互助,不就解决了"农具不足、人力畜力缺乏"的问题了吗?他一拍大腿,高兴得几乎跳了起来。好!我就在刘庄搞个互助合作的组织,搞搞试试,看能不能解决问题,能不能适合刘庄农业生产发展的需要。

他发现贫农赵修身土地改革后虽然有了土地,有了一头耕牛,可家里劳力少,他本人种地又不在行,种的庄稼总是不如别家的,心里愁成了一个疙瘩。过去没地发愁,如今,有了地还是发愁。自家的地种不好,对不起共产党,对不起毛主席啊!正在他愁得吃不香睡不宁的时候,史来贺找上门来,进了门,就开门见山:"修身啊,我看你家劳力少,就你一个人能下地干活;可你种地不怎么在行,费了很大劲,却也种不好。"

赵修身听了史来贺的话,不住地点头:"是啊!我知道自己种地不如别人,慢慢来吧!我不会把地撂荒。撂荒了,对不起共产党,对不起毛主席!共产党给我分了地,我下死力气,也要把它种起来。"

史来贺拍着赵修身的肩膀说:"好!这才是咱刘庄人。你看这样中不中?为了把地种好,增产增收,多打粮食,咱两家搞一个生产互助合作好不好?"

"啥叫生产互助合作?我咋没听说过呀?"赵修身懵懵懂懂,一脸疑惑。

"生产互助合作,就是咱两家种地,互相帮助,互相合作。你家劳力少,我家劳力多,可以解决你家生产中人手不够的困难;咱们两家各有一头牛,把两头牛结合在一起使唤,两家的劳力结合在一起干活,这样,无论拉粪、耕地、播种,还是收庄稼、打场、运土,都很方便,一不缺人力,二不缺牲口,更不误农时。"史来贺解释得非常清楚。

"哦,你这说来说去,就是在一块儿辮犋呀!这我懂。要是咱两家在一起辮犋,那真算我烧了高香了,阿弥陀佛!我家种地,就再也不用发愁喽!"赵修身觉得今儿个是史来贺给他家送福音来了。史来贺父子俩是刘庄有名的庄稼把式,庄稼活样样精通,况且又身强力壮,从不惜力,干起活来霹雳咔嚓,既迅速又麻利,刘庄人人称道。跟史家辮犋,那是他赵修身修来的福啊!

于是,第一个互助组在刘庄诞生了。这是史来贺的大胆试验,大胆创造。

春耕大忙季节,史家、赵家把两头牛结合在一起,驾一辆车拉粪,拉一部犁耕地;然后,一头牛拉一盘耙耙地,另一头牛拉一架耧播种。两家的土地一起翻耕,两家的种子轮流播下。到了麦收和秋收种麦季节,又是人力、畜力一起上,轮番作业,共同收割。麦子和秋作物都及时地收打入仓,颗粒还家。两家互助协作,生产中的很多困难都迎刃而解。更为可喜的是,到年底结算,两家的收成,明显高出村里其他人家,全村群众无不羡慕。

"搞生产互助合作真好啊!史来贺脑子就是灵活,咋想出来的新鲜点子?"

"咱们也学人家两家,搞互助合作吧!"

这是群众的呼声,群众的强烈愿望啊!

有几户身单力薄劳力少的人家,想加入史来贺与赵修身两家的临时互助组,但又不好意思张口。只怕拖累了史来贺,拖累了史家与赵家的互助合作。

有了土地的刘庄人民,大力发展农业生产、让土地增产增收的愿望特别强烈,这一点,史来贺已经明显地看到与感受到了。他多想让自己变成一位千手观音,伸出神通广大的一只只手,帮助刘庄人民克服生产、生活中的各种困难,让大家尽快脱离贫困,过上不愁吃、不愁穿、不愁住的好日子。这样的日子,啥时候才能到来呢?

首创互助组

新中国成立初期的刘庄人,虽然有了自己的土地,但依然过着吃不饱、穿不暖的穷日子。他们面对荒凉的土地哀叹:咱农民打下的粮食不够糊口,采摘的棉花也不够御寒,种地靠人,收粮靠天;农民靠天吃饭,可老天爷总是不照应。穷日子一天挨一天,庄稼人啥时才能吃得饱、穿得暖呢?

史来贺看到杨法忠、刘荣祥、刘殿和、王修海 4 户农民,每家都缺少劳动力和畜力,农具也不齐全,有的种地也不在行,就想把他们 4 户也发展到自己与赵修身的互助组里来,成立个常年互助组。

"法忠,咱俩都是党员干部,咱得带头搞生产互助合作啊! 我们一起搞咋样? 你加入我和赵修身的互助组中不中?"史来贺先来到杨法忠家。

杨法忠不假思索地回答:"中是中! 但有个条件,地不能合到一块儿,各人是各人家的地,只在耕种上互相合作。"杨法忠由于文化低,识字少,对互助合作运动还存在一定的偏见和误解。

"地,还是你的地,不会把土地合在一起,只是生产上互相帮助、互相合作罢了。你是党员干部,这一点应该比谁都清楚。"史来贺想不到杨法忠作为村里的支部书记,竟还有这样的顾虑,太不可理解了。

"那中,我们就一起互助合作吧!"杨法忠终于说了一句痛快话。

史来贺又来到王修海家,试探地问:"你家的地种得咋样? 收成还可以吧?"

"不咋样,收成不好。我家跟你家没法比呀,你家劳力又多又棒,还有一头牛。我家要劳力没劳力,要农具没农具,牲口更是没有,种地缺这少那,我种地还是个'二把刀'。这谁不知道? 你想想,我这地会种好吗? 唉!"王修海一脸愁容。

"既然这样,何不搞个生产互助合作呢?"

"搞生产互助合作是好啊！可谁会跟我们家搞互助合作呀？条件这么差，哪一样也不凑，哪一条也不占，谁要我呀？"王修海没有一点儿信心。

史来贺摆摆手说："你不能把自己看扁了，得有搞好生产的自信。谁说没人跟你互助合作？我今儿个来你家，就是跟你搞生产互助合作的。咱可以再联合几家，搞一个常年互助组。"

"哎呀！要是这样就太好了，解决了我家生产困难的大问题了。你家跟我家互助合作，俺就把你家拖累了，你家不就吃亏了吗？那俺家就沾了你家大光了。"王修海觉得白沾人家的光，心中有些不安。

"啥沾光吃亏呀，都是乡亲近邻，为了发展生产，为了刘庄不再出现贫困户，大家摽着膀子一起往前奔，所有农户都把生产搞上去，这才是咱们大伙共同的目标啊！"

"说得是啊！只要你不嫌弃，我就跟你们搞互助合作。"刹那间，王修海消解了一大块心病。

"再说了，我是个共产党员，又是民兵联防队队长，吃点亏、受点拖累，也是应该的，只要大伙儿把生产搞好了，我心里比干啥都高兴。"史来贺把自己的心胸摊开，让乡亲看个明白。

"你对乡亲们的好，俺都知道。跟着你搞互助合作，俺一百个放心。"王修海说这话的时候，心里非常激动。

就这样，史来贺一家一家登门做工作，一口气联系了6户人家，成立了刘庄第一个常年互助组。大家推举他担任了第一任互助组组长，选跟史家搞了半年多"互助合作"的赵修身任副组长，王修海任记工员、会计。

整个互助组6户人家，21口人，有12个劳动力，70多亩耕地，4头牲口，两张犁，两盘耙，两张耧，半辆旧式马车（会计王修海与别人伙一辆马车）。如果个人搞个人的单干，这些生产资料呈分散状态，提不到话下，成不了气候。而都合并到一个互助组里，人和所有的农具就形成了一个生产集体，凝成了集体的力量，就能发挥更大的作用，就能产生强大的创造力。

可现实并不像史来贺想的那样顺心如意。6户人家生产上搞互助合作，但人心并未完全合在一起，发展生产的劲头，也并未拧成一股绳。这跟中国农民千百年来一直生活在小农经济的环境里有直接关系，他们受小农经济观念的影响根深蒂固，很难摆脱以家庭为中心的独自经营的模式与范畴，也很难逾越各家谋食的小农思想的藩篱。搞生产互助合作，是一场农业生产形式的小型变革,对于长期习惯了以家庭为单位的单干经营模式的大多数农民来说,一时还很难接受与适应。不然,毛主席为何说"重要的问题是教育农民"呢?

　　几家农民虽然参加了互助组,但并不一心一意为互助组着想,整天还是为自家计划,为自家打算。夏收夏种、秋收秋种的大忙季节,总盘算着互助组能先把自家的地耕种了、收割了,然后再去顾别人的地;有的不愿把牲口交给别人家使唤,总怕别人不心疼牲口,将自家的牲口使趴下了;有的不愿叫别人使用自家的农具,总怕别人不爱惜,把农具使弄坏了;有的甚至给自家干活时,干得特别认真细致,肯下功夫,一旦给别家干活时,就马马虎虎、草率从事,干得极不认真,也不卖力……

　　史来贺发现了这些问题后,一不发脾气,二不甩脸子,而是悄没声地给大家做出了榜样。不论是耕播,还是收割,都是先人后己,舍己为人,组织全组劳力,先把组里其他5户人家的地依次种完、收完了,才耕种或收割自家的地;不论是组里哪一家使唤史家的牲口或农具,他都慷慨大方,主动送上门或送到地里。为了办好互助组,史来贺把自家的一头牛、一张犁、一盘耙等生产工具全部拿了出来,供组内其他成员伙用。大家轮流使用史来贺家的耕牛和犁、耙,从而解决了个体农民特别是缺乏耕畜的贫下中农和老弱病残种地困难的问题,让组里的农民不落一户地适时耕作,适时收割。家家户户的囤里都盛满了粮食,家家户户的院里都飘荡着喜悦,飘荡着笑声。

　　这不仅方便了大家,而且教育影响了互助组的其他成员。他们也学着史来贺的样子,主动把牲口和农具拿了出来,让组里的几家伙着用,从而加强了互助组的团结合作,把互助组办成了一个齐心协力的集体,办成了一个众人拧成一股绳的集体,大大促进了

耕作中的史来贺

生产，促进了农业增产。

史来贺组织的常年互助组，实行计划生产，排序安排各类农活。互助组组长广泛听取、不断收集各户意见，按户排出先后次序，先干谁家的活，后干谁家的活；然后再依据农活的轻重缓急，确定先干啥活后干啥活。特别是在农忙季节，根据组内的生产计划和分工分业，组织大家互助合作，共同协作。在生产劳动中实行人畜换工，生产资料合理搭配，各项农活安排得井然有序，耕种与收割都做到不违时令，精耕细作，快打多收，有效推进。

在史来贺这个常年互助组里，种地的行家只有史家父子和赵修身3人，其他劳动力干农活都不太在行，单干的时候，另外几户组员耩地还得请人扶耧，打场还得请人扬场。入了互助组，劳力由组内统一安排，组长可以因人派活，因活对组里的人做周密的安排。既克服了劳力不足的矛盾，又能互相帮助照顾，也便于推广农业新技术。组内开始使用硫铵、过磷酸钙等化肥，从用草木灰水以及烟叶水、辣椒水、楝根水、棉油皂水治棉蚜，发展到采用六六粉、滴滴涕粉等农药治棉蚜；互助组还采用棉花合理密植技术，每亩棉苗棵数由单干时的800棵，增加到2500棵；克服"当年没瞎地，来年没好田"的旧观念，增加施肥量，不留晒旱田，提高了土地利用率，实现了农业增产的目标。而且还开辟了副业生产，开展小规模个体多种经营，增加了农民收入。

在史来贺办的第一个常年互助组里，6户人家并不是出工不出工都一样、干多干少都一样，在一起吃"大锅饭"，而是实行工票制，由记工员王修海统一发工票。工票分两种：人工工票和畜力工票。一个畜工相当于一个半人工。出工干一天活，就发一天的工票，多劳多发，少劳少发，年底统一按工票结算。根据各家出工的总数量，再看平均每亩地该摊多少个劳动日，按地摊工，长短补齐，推平后，计算各家抽补的数量。多出的工折合成小米，一个工折合1公斤小米。地多，出工又少的，抽出一定数量的粮食，补给出工多的人家。譬如：史来贺家劳力多，农具也多，其他组员到年底都该补给他家不少粮食。杨法忠家缺劳力、出工少，而地里一年的收成并不少。互助工拉平后，以多一个工折合1公斤小米计算，杨法忠家得抽出百十斤小米，补给史来贺家。

杨法忠并不反悔，因自己家劳力少，单凭自己的力量，根本打不了这么多粮食；多亏了互助组史来贺一家出工多，人力畜力一齐上，帮助他家及时耕种、及时收打，才有了这么好的收成。他打心里感激互助组，尤其感激史来贺一家。于是，年底一结算，他就把应该抽出的百十斤小米准备好了。正说要给史家送去,史来贺却不期而至,找上门来。

杨法忠一见史来贺进门来,就拍着一布袋小米说:"我正要给你家送去,正巧,你来了,咱俩一块儿抬到你家去吧!"

史来贺摇摇头说:"法忠,你这是干啥?认那么真干啥呀?今儿个,我就是为这事来的,恐怕你冒冒失失地给俺家送去,我才慌忙赶过来。我家知道你家人多劳力少,有困难,该顶给俺的小米,俺家不要了,你家吃了吧!俺爹、俺娘都说了,说你养一大家子不容易。"

"这哪儿中啊!你家出工多,我家出工少,多干的就该多得,少干的就该少得,合情合理。这百十斤小米,我家该出,你家该领,用这一布袋粮食,补给你家多出的互助工,这算以粮换工吧!这是咱们互助组原先就商量规定好了的,不能打我这儿不算数。你不要,不是明摆着吃亏吗?"杨法忠坚决要送给史来贺。

"快别说谁吃亏、谁沾光的话了,都是一辈辈传下来的乡亲,在一个村里住着,互相照顾是应该的。你就别客气了,这些小米,你家吃了吧!再说,我家多出了一些工,不就是多出了几把力气吗?咱身上有出不完的力气,不值钱!"史来贺宽宏大量,根本不把这事放在眼里。

可杨法忠不好意思,咋能让史家白出那么多工呢?他硬要把小米往史家送。史来贺为了拒绝杨法忠,就来了个"缓兵之计",婉言道:"这样吧!小米先放在你家里,等我家没粮食了,揭不开锅,断顿熄炊了,我自己来取不中吗?你就别送了。"

其实,这是史来贺的推辞话,刘庄人都知道,土地改革后,史来贺家人多、地多、劳力多,一年的收成,比一般人家要多出好多,咋也吃不完,用不完,绝不会有揭不开锅的那一天。杨法忠知道,即使史家有一天口粮接不上茬了,史来贺也不会回头找他杨法忠要这百十斤小米。刘庄谁不知道,史来贺是个好吃亏、不好沾光的人,不管跟谁共事,都是把沾光的事让给别人,把吃亏的事留给自己。说把这一布袋小米先放在杨家,只不过是宁愿自己吃亏,也不能让杨家付出罢了。

这百十斤小米,在当时,可不算小数目。一粒粒小米,虽然都很微小,但它们所含的沉甸甸的恩惠,让杨法忠一家人记了一辈子,感恩了一辈子。

作为村里唯一的一个常年互助组,组长史来贺始终坚持以身作则,先人后己,不怕吃亏,乐于助人。他用这种精神凝聚了大家,是办好互助组重要的精神力量,也是办好一切集体事业的感召力、向心力。史来贺从办互助组开始,就有了这样的心灵体验，无形中在群众中放射出一种人格魅力的光芒。这种人格魅力，在他身上保持了一辈子。

互助组组长不算个啥官，但一开始史来贺就坚持走群众路线，遇事同群众商量，大事小事都要征求群众的意见，绝不自作主张。这为后来50多年的干部经历积累了宝贵的经验：相信群众，才能摸透群众的心理；依靠群众，才能把集体的事情办好，按照群众的心愿为人民服务。

在刘庄，互助组组长史来贺，乐于助人是出了名的，村上人不管谁有了困难，他都伸出手来热情帮忙。即使是帮助互助组外的农户，他也看作是自己的责任。成立互助组时，他就对大家说："互助组是解决困难的，咱既然成立了互助组，就要想方设法去帮助困难户。"

贫苦农民王安明，年轻时家里很穷，没有自家的土地，没有遮风挡雨的房屋，一天三顿吃不上饭。为了活命，出家当了和尚。土地改革后，他家分了农田，分了房子，有活头、有盼头了，他便又还了俗，回到家里。可他对农活是擀面杖吹火——一窍不通。长期敲木鱼的手，连锄头、镰刀都不会用，更别说艰难复杂和有技术含量的农活了。

按说，王安明不是互助组的成员，互助组组长史来贺完全可以不管他。但史来贺不管是组内的，还是组外的，凡是刘庄群众种地有困难，他都要管，并且一管到底。他把王安明的事时刻挂在心上，手把手地给这位还俗的出家人传授种粮食、种棉花、种蔬菜的技术；教他怎样施肥、怎样耕地、怎样耙地、怎样调畦、怎样摇耧播种；株距多大、行距多宽、间苗时注意哪些事项、消灭病虫害有哪些要领，等等，就像给一个学生授课一样，讲得细致入微、头头是道，说的还都是庄稼人的土话，让王安明一听就明白。农忙时，史来贺白天在自己的互助组里干活，晚上，带着一身疲累，来到王安明的地里加夜班，一边讲解，一边让"学生"实习，手把手地教"学生"实际操作，直到他全部掌握了各项耕种技术，才放下心来。

史来贺费心巴力地教会了王安明种地，都是白尽义务，连一根烟也不抽，连一口水也不喝。王安明感激得不知如何是好，心里过意不去，很不好意思地说："看我一个大男人把你拖累的，尽耽误你的事。等秋后打了粮食，我得分给你一半。"

史来贺摆摆手笑着说："算了吧！你只要把自己地种好了，把日子过好了，就算我的心没有白操，我的劲没有白费。我只希望你今后不要掉队落后，不再受穷。等你过上好日子的那一天，我会打心眼里替你高兴。好好干吧!"

王安明高兴得两眼噙满了泪花……

1951 年的初夏，一场罕见的冰雹灾，突如其来地袭击了刘庄。眼看就要成熟的小麦，金黄的麦穗全被打碎，麦粒全被打掉，成了一地光秃秃的麦秆子；地里刚刚长成绿苗的秋庄稼和棉花苗，被突降的大雨和冰雹打得支离破碎，一片稀烂。年老的农民看着一地被毁的麦子和秋苗，心疼得眼含泪花："这该咋办？麦子被毁了，刚长出的秋苗也毁了，这还有啥指望？这老天咋就不心疼人呢？"

年轻的史来贺竭力稳定人心，安慰大家："不用怕，天毁了苗，咱再种。只要大家团结一心，互助合作，咱一定能战胜这场天灾!"

他带领互助组所有人马，争分夺秒地抢险救灾，大力进行生产自救，先补种棉花，紧接着赶种夏秋作物。时令不等人，人马不停歇，他们起早贪黑，加班加点，早起上工怀里揣几个窝窝头儿，中午饭坐在地头吃，连一口水都不喝，站起来继续补种庄稼苗儿。就这样，互助组男女老幼一起奋战，互相帮衬，只用了很短的时间，就补齐了所有的夏秋作物，战胜了自然灾害。继而，史来贺又带领大家互相帮助，搞好田间管理，中耕除草，灭虫除害。一家一户也不落下，一个地角也不准撂荒。就这样，互助组的人千方百计，用生产自救换来了五谷丰登。

收罢秋，整个互助组一算账，亩产皮棉 40 多斤，亩产粮食 150 公斤。比单干户每亩平均多收粮食 30 公斤，多收皮棉 6 公斤，分别增长 36% 和 20% 左右。各家的收入大幅度增长，并且开始有了积蓄。组内为了进一步发展生产，添置了一盘耙、一张耧和一部耩犁等农具。互助组内有了最初的积累，发展了生产力，组员们的信心更足了，发展农业生产的劲头更猛了。

互助组在搞好农田生产的同时，又在史来贺的带领下，改善居住条件，联合起来盖新房。组内 6 户人家，有 4 户人家住在破旧的茅草屋里，急需改变。当时盖房屋，仍然用土垛墙，运土任务很大。史来贺发动全组劳力，为这 4 户人家拆旧房盖新房。统一安排人力、畜力，为盖房户运土、拉料、垒墙、立柱……众人拾柴火焰高，没用多长时间，原来住茅草屋的 4 户人家，盖起了 16 间新房。当他们搬进新房子时，门挂红布，燃放鞭炮，欢声笑语溢满庄园，整个刘庄都充满了喜庆的气氛。

模范的引领

史来贺的常年互助组越办越好，越办越红火，让全村人羡慕不已："搞互助合作，就是好！比一家一户单干强，史来贺互助组这条路子走得对。"

"看人家史来贺互助组，比咱单干户打的粮食多，收入高，还盖了新房。看来，还是史来贺有眼光、有办法，他搞互助合作正合咱翻了身的农民心愿呐！"

中国的农民看重实际，最讲实惠，你把对他们有利的事办成了、办好了，实实在在摆在面前，他们才会赞成你、服从你。"说一千道一万，不看到事实我不办"，"说得千好万好，不如办成一个好"，这些口头禅，正是当时农民心理与眼光的体现。

其实，农业生产中的互助合作形式，在土地改革以前就存在。那时，刘庄的一部分农户为了解决生产中的困难，两至三户自发地联合起来，搞自发的互助合作：有的搿犋，有的帮忙，有的代耕；全部是季节性的临时互助，互助的范围也很小，只占三十来户。

土地改革后，广大贫苦农民分了土地。但有了土地，并不等于家家户户都能把土地种好、过上好日子。刘庄不就有那么一些人家，有了土地，照样还过着贫穷的日子吗？

好在党组织站出来一个史来贺，年轻的民兵联防队队长血气方刚、一身锐气，他对群众说："穷，并不可怕，怕的是人失去了骨气！我就不信那个邪，只要拼命干，就会有收获。靠不得，等不得，一切只能靠我们自己，靠我们的两只手。咱不是已经有了一个互助组了吗？只要大家团结一心，组织起来，互相帮助，互相合作，穷日子总会熬到头，一定能过上吃饱穿暖的好日子！"

他虽然在两年前带头搞起了一个常年互助组，但村里的大多数农民还在各家单干，自种自收。他们在生产中，尤其是在大忙季节，遇到了很多自己一家难以克服的困难,如果遇到自然灾害,更是难上加难,一家一户凭借自己单薄的力量,不可能有抵制自然灾害的强大支撑力,更不可能有抗灾救灾的能力。在这种情况下,会让他们深深感到一筹莫展、束手无策。翻身后的农民遇到的这些种地难的实际问题,整天让史来贺忧心忡忡。该怎样从根子上、从制度上、从组织上彻底解决这些问题呢?

史来贺忧虑的贫苦农民种地难的问题,实际上早已引起了党中央和国务院的高度重视。毛主席早已在 1949 年,就发表了要把农民"组织起来"的讲话,指出了农业发展的方向。中共中央、国务院于 1951 年下发《关于农业生产互助合作的决议》。全国各地积极响应党和国家的号召,在农村有组织、有计划地开展了互助合作运动、农业增产运动,根据自愿互利、自愿等价原则,发展互助、变工、辩惧,主动克服劳力、畜力困难,大力提高农业生产力。于是,农业生产互助组如雨后春笋般建立起来。这个新生事物一经问世,就受到了广大农民的热烈拥护。

为了响应党中央的号召,史来贺带领全村民兵,主动配合刘庄党支部,对全村群众加强鼓动教育,大张旗鼓地宣传互助合作的优越性。还像土地改革运动中那样,在村里搭起了广播台,史来贺带领广播员,用铁制喇叭筒宣读党的《关于农业生产互助合作的决议》,宣传党的发展生产的政策,开展农业增产运动的伟大号召。村里及时召开党员会、团员会、民兵会、群众会,大讲互助合作的好处;史来贺还带领党团员和民兵骨干,深入各家各户和利用饭场吃饭的机会,进行广泛深入的宣传,使党的"组织起来"、大力发展生产互助合作的政策,家喻户晓,人人皆知。

在史来贺的宣传、发动与带领下,刘庄农民群众走互助合作道路的积极性空前高涨。继史来贺互助组之后,村里又成立了 5 个常年互助组。不到半年,又发展到 16 个互助组;又不到半年,一下子发展到 36 个互助组。全村 138 户,参加互助组的占 121 户;17 户没有入互助组,其中中农 3 户,地主、富农 14 户。那就是说,土改时被划成地主、富农的人家,全都没有参加互助组。

史来贺的第一个互助组,为刘庄后来成立的这些互助组提供了宝贵的经验。他们在生产劳动管理中,都借鉴史来贺互助组的办法和经验,使刘庄 36 个互助组健康地发展起来,实力也不断壮大。这一小型生产联合体,把农民群众组织起来、联合起来,共同克服生产劳动中的一切困难,促进了生产的发展,提高了群众的生活水平。"组织起来"的优越性,被越来越多的农民群众所认识和接受,受到了广大人民群众的热烈拥护。

这时,在刘庄,人们议论最多的是史来贺的第一个互助组。要不是第一个互助组的影响,刘庄的互助合作运动不会搞得这样迅速,不会发展得这样生机蓬勃。

"史来贺的互助组,成立得最早,在平原省恐怕也是首创。"

"史来贺的眼光,一般人比不了,都没有他看得远、看得高啊!"

"刘庄第一个互助组是谁搞起来的?是史来贺呀!比全国互助合作运动还要早两年多呢!真有远见呐!"

史来贺互助组,成为平原省第一互助组,也是中国第一互助组。

史来贺用自己的大胆实践,大胆创造,为中国翻身解放的农民,树起了一面互助合作的旗帜。继"刘庄英雄民兵营"之后,"刘庄互助组"又成了高高飘扬在中原上空的第二面鲜艳的红旗。这两面红旗,都是用史来贺的心血染红的,都是用他爱国爱民的精神映亮的。

互助组虽然只是小小的生产联合体,但它有组织,有领导,在生产中有计划,有安排,有秩序,比单挑一的单干户力量大得多,能集中力量办大事,办难事,办一家一户办不了的事。譬如:可以集中组内的劳动力进行小型的水利建设,接受并采用新技术,防治病虫害,抵御一般的自然灾害,克服前进道路上一家一户克服不了的困难。

互助组的人兴奋的心情难以自抑,情不自禁地唱道:

> 互助组,真正好,
> 打的粮食吃不了,
> 大囤儿流,小囤儿冒,
> 众人拾柴火焰高。
> 你帮我,我助你,
> 人人比着风格高。
> 同甘苦,共患难,
> 互助合作往前跑。
> 风风雨雨手挽手,
> 共产党领着奔大道。

在田野,在地头,在街巷,在饭场,人们议论最多的就是互助组。有人幽默地说:"互助合作真好哇,一家有难,大家支援;一块地里,有男有女;说说笑笑,干活热闹;男女搭配,干活不累。"

一位满头白发的老人说:"要不是互助组,我那二亩地呀,得有一半撂荒。老了,干不动喽!只能靠互助组啦!新社会真好,种地,不让没劳力的人作难;过日子,不让没儿没女的人受穷。这都是托共产党的福啊!"

村里一位贫农家里,土改时分了几亩地,除种粮食作物外,还开了一片小菜园。没成立互助组前,他总是种粮种菜两头忙,有时忙不过来,不是误了锄庄稼,就是误了浇瓜菜;顾了地里的生产,却顾不了赶集卖菜。一年到头,总是起早贪黑,马不停蹄,忙乱得焦头烂额,难以招架。成立互助组后,大家一块儿种庄稼,人多力量大,分工又合作,干得又快又好。他有更多的时间去管理照顾自家的小菜园了,瓜菜长得绿油油、肥硕硕的,又旺又好,时不时地挑到集上卖个好价钱。他逢人就说:"我的粮食能丰产,蔬菜能卖钱,这都是互助组给我创造的条件、创造的收益呀!要是没有互助合作,我是两头瞎忙,哪头也干不好,到头来,还是二误两耽搁。"

"互助组千好万好,那都是史来贺的功劳啊!要没有他,咱村儿的互助合作会搞这么好?人家是共产党员,又是民兵干部,党员干部想的都是大家伙儿啊!自从他带头成立了互助组,咱村没有一家的地撂荒,没有一家误了耕种、误了收打,更没有一家闹饥荒。史来贺顾的是大家,心里想得宽啊!"一位中年人跟大家说。

史来贺带领的互助组,一时间成了刘庄茶余饭后的热门话题。

第十四章　首次进京长见识

※意外的惊喜
※临行的牵挂
※初进北京城

意外的惊喜

1952 年接近中秋的一天,史来贺正在一位老大爷的玉米地里帮他铲草锄地,锄完了,来到地头,沾了一头一脸的玉米花子,浑身上下淌着汗水。他一边擦着脸上的汗水,一边用汗衫的衣襟扇着凉风。老大爷看在眼里,心里很是过意不去,便感激地说:"看把你累成啥样了,我这二亩地,没少让你操心,没少让你费力。"

"应该的。成立互助组,就是为了大家互相帮助、同心合作,把地种好,多打粮食,支援国家建设。"史来贺随口而说。

"咱可不是一个互助组啊!不在一个互助组里,你还老是帮助我。"老大爷十分过意不去。

"不是一个互助组没关系,只要是刘庄群众,我都有帮助大家把地种好的责任。"史来贺擦了一把汗,继续干活。

"这都互助两年多了,你不是帮这家,就是帮那家,组织大家一块儿耕种,一块儿收割,你光帮别人了,别人帮了你啥呀?你不能光让大伙儿沾光,老让自己吃亏啊!"老大爷看到史来贺常年总在为乡亲们忙活,总在为乡亲们吃苦受累,心里总是不落忍。

"因为我是共产党员,共产党就得吃亏在前,吃苦在前,把沾光的事让给大家。既然入了党,就得发扬共产党员的风格,宁可亏了自己,也不能亏了群众,不能亏了大家伙儿。"史来贺跟老大爷说的,是掏心掏肺的话。

"来贺呀,像你这样的人,百里也不挑一,群众服你、信你、依赖你啊!当初你们 6 家为啥一致推举你当这个互助组组长?就是因为这,你满眼里看的都是群众,群众满眼里看的都是你啊!"老大爷实情实说。

正说着,区里的工作人员小李骑着一辆破自行车慌慌张张地来到田间,看见史来贺在地头站着，就边走边喊："史来贺，我正急着找你呢！在村里没找见，有人告诉我，你在这里干活，果然不假。"

"找我啥事？是不是传我去开会？"史来贺拧紧眉头问。

"区长让我来通知你，叫你马上到区里一趟。叫你去啥事，我也不知道，区长没有告诉我。"小李火急火燎地说。

"现在就去？"

"对，现在就去。"

老大爷对史来贺说："那你赶紧去吧，公事可不敢耽搁。"一边说，一边接过史来贺手里的农具。

史来贺肩上依然挎着那支三八大盖步枪，腾一下坐在小李自行车的后座上，小李带着他很快骑出了庄稼地，上了弯弯曲曲的土路，向区里急驰而去……

区委、区政府设在一个很破很小的农家院落里，书记和区长的办公室是两间简陋的土坯房，两把木椅、一张破桌，就是这里全部的办公设施。墙上楔了一溜铁钉，钉上挂满了用纸夹子夹着的文件和书信。区委书记史广礼正伏在短小的桌子上看文件，还不时地在一个小笔记本上写着什么。

史来贺在门外喊了一声"报告"，便风风火火地走了进来。

史广礼书记马上站起来，握住史来贺的手热情地说："来贺呀，我正等你哪！看看，你这个民兵英雄，不管走到哪里，都把枪挎在肩上，好哇！不愧是当乡联防队队长的，心里时常绷紧对敌斗争这根弦，时常提高警惕，不失英雄本色啊！"

说着，指着靠墙的一把椅子让史来贺坐下，又从桌子上拿起一盒香烟让他抽。史来贺却从腰里拔出自己的烟袋，说："我抽这个，抽你那洋烟不过瘾。"

史来贺点着烟，抽了一口，着急地问："史书记，今儿个找俺来，是不是又有任务了？"

史广礼书记佯装严肃地说："有任务，这个任务很大，也很了不起啊！"

史来贺立即站起来，用一个庄严的立正姿势接受任务："再大的任务，我也保证完成！史书记，请您布置任务、下达命令吧！"

史广礼看着史来贺一副严肃认真的样子，情不自禁地笑了起来："告诉你吧，这是个非常光荣的任务，天大的喜事啊！"说着，拍了拍史来贺的肩膀，示意他坐下。

"喜事？啥喜事？"史来贺坐下后怔怔地问。

"今年是新中国成立三周年，北京要搞国庆节庆典。上级来通知了，让你这个民兵英雄去北京参加国庆观礼,接受毛主席的接见!"史广礼书记拍着史来贺的肩头,一脸欣喜地告诉他。

什么? 去北京,见毛主席? 史来贺怀疑是不是自己听错了,是不是在做梦? 我一个"泥腿子"农民,咋能进京去见毛主席呢? 上级是不是弄错了? 他久久地呆在那里,不知怎么是好,两眼直盯盯地一直看着史广礼书记。

"我? 去北京? 去见毛主席? 史书记,是不是弄错了? 我一个满头高粱花子的农民,咋可能?"史来贺满心的疑惑挂在了脸上。

"怎么不可能? 你是著名的民兵英雄啊! 上级通知说得很明白,让你作为平原省民兵的代表,参加国庆观礼。这是无比光荣、无比自豪的事啊!"史广礼书记说得非常真挚。

"那么说,这是真的?"史来贺还是有些怀疑。

"千真万确,上级的通知,哪会儿戏?"史广礼书记再次肯定。

"真的,真的! 我,要去北京,见毛主席……"刹那间,史来贺的喜泪夺眶而出,激动得再也说不出话来,只顾把头扎在两腿之间,一个劲儿地哭了起来。

史广礼书记也激动得难以控制自己的感情,扭头抹起了眼泪,一边抹着泪水,一边却笑出了声,史来贺也跟着笑出了声。那是喜极而泣,那是喜极落泪;那是欣喜若狂的哭,那是无比幸福的泪……

史书记从抽屉里取出盖着红色印章的通知书,郑重地交给史来贺,又拿出几张纸币,递到史来贺的手里:"这是区里给你的出差费,拿着,北京很远,路上是要花钱的。"

"这……"史来贺看着史书记,手里捏着钱有点不好意思。

"公事公办,这个钱应当公家出。"史书记攥了攥史来贺拿钱的手,"把钱拿好吧! 国庆节很快就到了,你回家赶快收拾一下,明天就出发吧! 区里也不送你了,就等你带回来好消息了……"

"哎!"史来贺应了一声,便告别史书记,转身走出区委,边走边喜泪狂流地自言自语,"我要去见毛主席啦! 我要去北京见毛主席啦……"

他异常兴奋地回到家里,娘正在当门纺棉花,妻子树珍正在厨间烙饼。娘一看他一副异乎寻常的高兴劲儿,就知道他又遇上好事儿了,就一边纺棉线,一边直截了当地问:"又有啥事了? 是区里表扬了你,还是又给你发奖状了?"

"娘,看您说的,区里哪能老给我发奖状呢! 俺爹咋没在家,到饭点儿了,他去哪儿啦?"史来贺并没有直接回答母亲。

"你爹呀,打从成立了互助组,比以前清闲多了,种地不那么忙了,这不,又去街里说古道今、讲书本上的事啦!他呀,一有空闲,就有说不完的话,拉不完的呱儿。"娘絮叨起来就没个完。

"俺爹看古书多,看了就喜欢给大家伙拉拉。庄稼人难得清闲,再说,咱穷人过上好日子了,俺爹这也是心里高兴啊!"史来贺把话题故意引到爹身上。

这时树珍端上来满满一筐子烙饼,望一眼得意扬扬的丈夫说:"你还没有回答咱娘问你的话呢!既然不是区里开会给你发奖状,那到底是啥事儿?让你像喝了糖水一样,一脸甜蜜蜜的笑。"

"我笑了吗?我脸上甜蜜蜜了吗?我咋不觉得?"史来贺故意表现出诧异的样子。

"你还打马虎眼嘞!你一进家,俺和娘就看出来了,你心里肯定藏着甜蜜蜜的好事儿呢,看你那一脸喜洋洋、美滋滋的样子。"树珍含着满眼笑意,直盯盯看着丈夫。

"看来,我是个心里藏不住秘密的人,都让你们看出来喽!"说着,禁不住笑了起来。

"那到底是啥事儿啊?看把你高兴的,像个孩子似的。"娘眼里流溢着巴望探听的神色。

史来贺从筐里拿起一张饼,卷了卷,张口就咬,另一只手又拿起一根青葱就着饼边吃边说:"今天哪,可是喜从天降。区上的史广礼书记亲自把我传到区里,向我传达了上级的通知,上级派我到北京参加国庆观礼,去见毛主席!您说,这是不是喜从天降?"

"去北京见毛主席?你没听错吧?"娘摇着头,有点儿不相信。

"你能去见毛主席?是不是有人跟你重名重姓,区里弄错了呀?"树珍更不相信。

"史书记面对面亲口告诉我的,哪能有假?再说,上级的通知上写的就是刘庄的史来贺,那不是我还会是谁?"史来贺吃得狼吞虎咽,香甜极了。

娘惊异地说:"北京,那可是万岁爷坐天下的地方;毛主席,那是当今的真龙天子。让你去见,这不是在做梦吧?"

"娘,这是真的,不是在做梦。毛主席是人民的伟大领袖,人民领袖人民爱,人民领袖爱人民。我去北京参加国庆观礼,肯定能见着毛主席。"史来贺说着,从怀里掏出那份通知书让娘和树珍看，"娘，您看，这还有通知书嘞！咋会有假呢？这上面有我的名字——史来贺！还有红彤彤的大印哪！"他指着上面的红色印章和自己的名字给她们看。

树珍高兴地说："哟，真是大红印章，娘，真的，是真的！"三个人互相看着笑了起来。

"娘不识字儿，可一看见这红红的大印章啊，就知道是真的了。哎呀！不得了，不得了！俺儿子要去北京了，要见毛主席了，这是咱史家的祖上积了大德啊！"娘从来没这样高兴过，高兴得几乎掉下了眼泪。

树珍给娘与史来贺端来饭碗，关切地问："北京离咱这儿挺远吧？你咋去啊？得走几天呢？"

"去北京恁远的路，哪能走着去呢？我是坐火车去，区里给了买火车票的钱。听说得坐一夜一早的火车，才能到北京呢！"史来贺痛快地吃着、痛快地说着。

"哟！得坐一夜一早的火车呀！老天爷，恁远哪，儿行千里娘担忧，路上你可千万小心，别摸丢了，别出啥岔子。到了北京啊，别乱走，听老辈儿人说，那皇城大得很，街道多得数都数不过来，人生地不熟的，可不敢瞎逛啊！"娘千叮咛万嘱咐。

"娘，放心吧！我丢不了。走时一个囫囵人，回来还是囫囵人一个！"史来贺笑着说。

树珍忽然盯住史来贺的衣裳看个不停，不安地说："你可不能穿这一身儿进北京啊！明儿个我去小冀镇上扯块儿布，给你缝一身儿新衣裳，鲜鲜亮亮、体体面面地到北京去。要不然，这破衣烂衫的，多丢人哪！人家北京人会笑话咱庄稼人的。"

"咱是农民，哪有那么多讲究，就穿这一身儿。再说，现买现做也来不及了，我明天就得走，这是区里的安排。"史来贺说着，摆了摆手。

娘灵机一动，说："要不叫珍给邻居家借一身儿新衣裳，进了北京换上，回来再还给人家。"

"不用，不用！借别人的衣裳穿在身上多不自在啊！我这一身儿衣裳破是破了点，可我穿得贴身、舒服，更像个农民的打扮。农民，就得有个农民的样子。穿着这一身儿'农民服'，咱到了北京并不比别人低一头。"听儿子这么一说，母亲只好作罢。

树珍看了一眼丈夫，岔开话问道："要真能见到毛主席，毛主席要问咱农民的事儿，你都准备说些啥呢？"

"说啥？就说实话，俺农民翻身了，解放了，日子好过了。俺如今能吃上烙饼、喝上面条喽！过去，只能看着地主吃香的、喝辣的，俺穷人连想都不敢想。共产党给穷人带来了福气，让穷人过上了吃饱穿暖的日子，共产党是俺的大救星啊！你就跟毛主席这样说，这是大实话，也是咱穷人的心里话。"娘一字一句说得响亮叮当。

史来贺高兴地说："好，我就向毛主席说说咱的大实话、心里话，最后我还要跟毛主席说，俺娘的觉悟可高了，是俺娘叫我实话实说的。"

他的最后一句话，把娘和树珍说得都笑了起来。

这时，父亲哼唱着河南坠子从外面回到家里。一进门，将烟袋往腰里一别，嗓眼里的哼唱戛然而止，拍打了一下衣袖，便坐在饭桌前。

"你咋才回来？等你一大会儿了，饭都快凉了。"娘嗔怪道。

父亲并不接母亲的话茬，一坐下来便说："来贺，你去北京开会嘞？"

"您咋知道？我的保密工作做得够严的了，谁也没有告诉啊！"史来贺觉得有点儿奇怪。

"我听你叔说的。咱村儿知道的人还不少嘞！有人还说史来贺要进北京见毛主席了，我一听就说，净瞎扯，是个人不是个人就能见到毛主席啦？不就是到北京开个会么，你看这人净瞎传，传得有鼻子有眼的，有人还真信，我就不信。咱一个庄稼人，咋能见到毛主席呢，那不是大白天说梦话吗？"父亲说着，随手拿起一张烙饼就着青葱吃了起来。

史来贺看了父亲一眼，故弄玄虚地说："能不能见到毛主席，这会儿咋能说得准呢？等我从北京回来，你们才会知道我见没见着毛主席，您就等我的好消息吧！"

"来贺哟，你听我给你说，北京，我没有去过，可我去过西安。西安过去叫长安，是古皇城啊，大得很。那年逃荒要饭进了西安，就像进了迷魂阵，找不到边儿，摸不着沿儿，在恁大个城里走了几天，来回转圈儿，我都摸迷了……"父亲想起了在西安逃荒的情景，仿佛有许多话要说，可他还是咽回了肚里，话题又转到了儿子要去的北京，"你要知道，那北京，也是皇城，比西安更大啊！皇城有皇城的规矩，不像咱刘庄，更不像咱在庄稼地里，愿咋扑腾就咋扑腾，想咋蹦跳就咋蹦跳。进了皇城要守皇城的规矩，甭大大咧咧、冒冒失失，叫人家笑话咱粗蛮无知、没见过世面,可不能给咱庄稼人丢脸哟!"父亲谆谆叮嘱。

史来贺边听边点头,见父亲说完,便郑重地说:"爹,您放心,我到了北京,只会给咱庄稼人争光,不会给咱庄稼人丢脸,只会给咱刘庄人添荣光,不会给咱刘庄人失体面,我一定体体面面进北京,光光荣荣回刘庄。"

"好,不愧是我史传道的好儿子,不愧为刘庄的好儿男,老爹我就等你给刘庄的乡亲带回好消息了!"父亲跷起拇指夸赞道。

临行的牵挂

这天的晚饭,史来贺是端着碗、拿着馍、就着老咸菜疙瘩在村里大街上的饭场吃的。

饭场就在离家很近的一棵大槐树下,大槐树长在巷尾一个漫坡处,树干有一搂粗,树冠遮天蔽日,能罩好大一片阴凉。这棵古槐究竟有多大年岁,村里人谁也说不清,连村里年纪最长的人都不知道它生在哪朝哪代。村里的老人将它封为"树神",逢年过节还给它摆上供品、焚香磕头。于是,这古槐在人们心目中,便有了神气,有了神威。古槐近处几条巷子的老少爷们儿,无论春夏秋冬,都喜好端了饭菜来古槐下吃饭。边吃饭,边拉呱儿,陈年老事儿、帝王将相、百姓趣闻、民间笑话、世间万象,无所不及。日久年长,古槐树下,便成了大家约定俗成的饭场,也成了四季热闹的"说书场"。

今晚的饭场和平时一样热闹,大家七嘴八舌、议论纷纷。有的坐块砖头,有的坐根木棍,有的背靠槐树,有的背靠墙头,有的干脆盘腿坐在地下,就这样,老少爷们儿边吃饭边聊天,特别尽兴,特别爽快。只不过,今天的话题非常集中,那就是史来贺进北京。

"来贺,听说你要去北京了。了不起啊!北京那是啥地方?帝王之都,天子脚下啊!咱刘庄有史以来,还没人进过北京嘞,你是刘庄第一人哪!"王修海第一个打开话题。

王修海上过私塾,有点文化,好读古书,在刘庄人眼里,他装了一肚子的墨水。说起话来,总是一套一套的,所以村里人都说他是"百事通"。

紧挨着史来贺坐的李安仁也接着说:"上级叫你去北京开会,看来是真的,到了北京,你可得多看看,回来给俺拉拉皇城的稀奇事儿,给俺说说皇宫里都有些啥。"

李安仁是史来贺打小的伙伴，穷出身，实诚人，现在是刘庄的民兵队副队长，小时候，两人就一起拾柴，一起割草，一起薅野菜，一起玩游戏，俩人好得恨不能穿一条裤子。李安仁有一身力气，也有一身牛脾气，干起活来就像牤牛拉套，从不惜力，从不偷懒，只管埋头拉车，不问天明地黑。认准的道儿，低着头一个劲儿地往前闯，九头牛都拽不回来。他在村里，谁的话都不听，就听史来贺的；谁的话都不信，就信史来贺的。他听说史来贺要去北京开会，高兴得手舞足蹈，喜上眉梢，就像自己要去北京一样。

"我这次去北京开会，是代表咱民兵去的，也是代表咱刘庄的父老乡亲去的。你们有啥愿望，有啥要求，尽管说，我一定满足大家，把大家的话捎到北京去。"史来贺吃着饭对大家说。

马大爷坐在一个砖石垒就的墩子上，端着碗瞅着史来贺深情地说："到了北京，你要见着毛主席，就替俺多问几句好，我一端起饭碗、一拿起白面馒头就想起毛主席。要不是毛主席、共产党，咋会有咱穷人的今天？咋会能过上这吃饱穿暖的好日子？共产党、毛主席是咱的大救星啊！都说饮水思源，俺一辈子都得感念毛主席，感念共产党。"

"马大爷，您放心，您嘱咐的事儿，我一定办到，一定办好！"史来贺说罢，又转脸对李安仁说，"安仁，明儿个我就动身去北京了，村里的事情你就和法忠、克成多商量、多操心、多劳神吧！又该忙收秋了，要积极发挥互助组的作用，帮助孤寡老人把庄稼收到场里，打到囤里。"

"放心吧，咱落后不了！你只管进北京开会去吧！村里啥事儿都会完成得利利索索，保你满意。"李安仁说得阔阔利利。

坐在马大爷身边的马学仁早就憋不住了，抢过话头就问："来贺，听说你要坐火车去北京？那得坐几天呢？"

"你没吃过猪肉，还没见过猪走哇？还坐几天呢！火车啊，快着嘞，'哼'的一声就没影儿了，用不了几袋烟工夫就到北京了。"坐在旁边的王修海给大家逗乐子，结果却叫大伙儿笑得饭都从嘴里喷了出来。

"那火车跑恁快，它都吃啥呀？马和牛吃草，一天也跑不了多远，那火车肯定比马、比牛吃得好吧？"又是马学仁在发问。

王修海又逗趣地说："火车当然不吃草，也不用给它拌料。它光喝牛奶、吃面包，都是苏联老大哥专供的牛奶和面包。"

"怪不得嘞，我说火车咋恁有劲儿呢，原来吃的都是外国的好东西。"马学仁信以为真。

两个人一问一答，说得饭场里的人一个个哈哈大笑，把眼泪都笑出来了……

沉默了一阵儿的王修海又发表高见了："今年是新中国成立三周年。三周年庆典还请咱们的民兵代表、农民代表参加，可见，共产党坐江山没有忘了人民，没有忘了老百姓啊！"

"共产党、毛主席是为咱老百姓打的天下，是为咱老百姓坐的江山，坐了江山咋会忘了咱老百姓呢？只有共产党坐江山，咱老百姓才能过上太平日子。"马大爷真心实意地说。

"马大爷和修海的话说到点子上了。上级让我去出席国庆观礼这件事儿，就充分说明了共产党、毛主席事事处处想着人民、想着广大的劳苦大众。国家的大事，都让人民参与；国家的喜庆，都让人民共享。这就是让人民当家做主、把人民放在第一位啊！"史来贺意味深长地对大家说。

"共产党、毛主席叫咱当家做主，咱得给党、给国家当好这个家，做好这个主啊！用咱对党的忠心，用咱这一身力气，保卫好咱的江山，建设好咱的国家。"李安仁说出了大伙儿的共同心声。

史来贺拍了一下李安仁的肩头说："这话说得好！我爱听。安仁呐，我去北京，估计三天五日回不来，村里有啥事儿，遇到啥情况，都要多跟大伙儿商量商量，多听听群众的意见，甭光一个人闷着头干。人多智慧广，人多力量大。没听人说么，'三个牛皮匠，顶个诸葛亮'。不管啥时候，都要紧紧依靠群众。"

"中！俺记住了。你平时做群众工作的方法，俺都学会了。不论遇到啥事，保证走群众路线，决不含糊。"李安仁像念保证书一样，一句一顿地说着。

"听说外边好多地方农业生产互助合作搞得都很热火，农民普遍都参加了互助组。可咱村至今还有十几家没参加互助组。下一步，怎样动员那些没参加互助组的人家，让他们也跟上全国的形势，参加互助合作运动。刘庄如何尽快实现互助合作不漏一户这个目标，也让大伙儿讨论讨论。这是咱刘庄眼下急需解决的问题。"

"这是大事，我得找杨法忠、张克成商量商量，做好那些没参加互助组人员的工作。"

"还有就是眼下正是秋收大忙季节，你要发动村里的民兵，帮助那些孤寡老人、残疾人、缺乏劳力的困难户，搞好秋收秋种。不能让一户种地困难的家庭，秋庄稼收不到家,麦子种不上。不管在不在一个互助组里,凡是生产有困难的户,都是咱民兵帮助的对象。"这是史来贺临行前的牵挂,临行前的嘱托。

"把心放到肚子里吧!这事我心里有数,帮助那些困难户,是咱民兵的责任。要是在这件事上出了差错,你回来拧住我的耳朵转三圈!"这话把所有的人都说笑了,连李安仁自己也笑了。

"玩笑归玩笑,但工作一定不能儿戏。不论啥工作,都要抓紧,毛主席不是说了嘛,'抓而不紧,等于不抓'。"史来贺又叮嘱道。

"放心吧,落后不了!咱刘庄哪一样事儿也不会落后。要是落后了,就不是咱刘庄儿喽!要是落后了,你回来打我五十大板。"李安仁话音一落,众人都"哈哈哈"笑了起来……

初进北京城

　　史来贺第一次出远门、坐火车，上了火车，看啥都觉得新奇，看啥都觉得稀罕；火车跑起来"隆隆隆隆"直响，眨眼间工夫，就把一片片庄稼地、一片片树林、一座座村庄甩在了后面很远的地方。过去，只知道马跑得快，谁知道火车比马跑得还快、还迅疾。一溜烟过去，嗖嗖的，再疾的风也赶不上一列火车的速度；唰唰的，飞得再快的鸟也没有火车飞得快。

　　坐在他对面的中年人，好像是一个吃公家饭的人，穿着一身洋布衣裳，梳着光溜溜的一头黑发，打扮得很整齐、很讲究。那人从茶炉里打来了一茶缸水，放在面前又窄又小的茶几上，水冒着热气，看样子是刚烧开的水。让史来贺感到奇怪的是，满满一缸子水，放在咣咣当当的火车上，它咋就不会洒呢？不仅一滴水都洒不出来，而且还显得四平八稳的，连晃荡都不很晃荡，你说稀罕不稀罕？史来贺在心中暗暗叹道：这火车可真神啊！过去，那些地主老财坐着马车耀武扬威，让穷苦百姓看了就觉得不得了了；普普通通的庄稼人，连马车也坐不上。今儿个我一个庄稼汉竟坐上了跑得飞快的火车，这真是八辈子修来的福啊！

　　"这开水多少钱一茶缸儿啊？"史来贺问对面的人。

　　那人看了看史来贺，面带微笑地回答："火车上喝水不要钱。"

　　"坐火车还管水喝？"史来贺不相信地问。

　　"管！只要上了火车，谁喝水都不要钱。"那人肯定地说。

　　"真没想到，坐火车还管水喝。真好，坐火车就是好！既然不要钱，我也来一杯。"说着，史来贺端着水杯去茶炉打水。

　　喝了几口水，心里一阵舒畅，迎着车窗外凉爽的风，更感到火车跑得快了，确确实实体会到"飞一样"是什么感觉了。

　　夜色降临，车窗外是无边的茫茫黑夜，庄稼被夜色笼罩着，一闪而过的村庄也被夜色笼罩着,只有车厢里还亮着微弱的乳白色灯光。乘客们大都睡意蒙眬,有的靠在座位的靠背上眯顿,有的趴伏在小小的茶桌上沉睡。史来贺却没有一点睡意,依然沉浸在荣获"民兵英雄"称号的激动中。他这个民兵联防队队长率领民兵支援前线、冒着枪林弹雨浴火奋战和不顾个人安危剿匪反霸的一场场斗争的画面,像电影一样,一幕幕依次映现在眼前。

带领运粮队的人推着独轮木车,挑着担子,给前线的解放军战士送给养、运马草的画面;

带领担架队踏着夜色,冒着枪林弹雨,一路急行军,飞一般奔向硝烟弥漫的战场的画面;

率领民兵队伍配合解放军主力部队围点打援,在新乡市的外围阻击前来增援的敌人的画面;

冒着敌人的炮火,带领担架队在战壕里抢救伤员,并把他们安全转移到战地医院的画面;

剿匪反霸,活捉大土匪、智擒伪区长的画面……

每一幕画面,虽然都发生在战争时期,已经过去了很长时间,却依然如在眼前,让史来贺热血沸腾,激情飞扬,仿佛又回到了战争岁月,置身于那一个个激动人心的画面中……

人在回忆中,时间往往如无声的流水,在不知不觉中过得特别快。

坐了一夜和大半天的火车,史来贺如梦初醒般来到了北京。

出了火车站,他举目四望,看到的都是楼房和店铺,各家店铺的门上都挂着不同色彩的幌子,三五成群的人从店铺里出出进进。店铺门外是宽敞的街道,街道连通着笔直的马路,马路上奔跑着一辆接一辆的黄包车,偶尔还能看到一辆小汽车。史来贺一边走着,一边四下里看着,看啥,啥新奇,看啥,啥稀罕。处处都是没见过的景物,总觉得两只眼不够用,恨不能全身上下都长出眼睛来,把京城里所有的景物都看在眼里,装进心里。他越往前走,楼房越多,马路越多,车辆越多,稀奇的事物越多。看得他眼花缭乱,迷离恍惚,仿佛是在梦里,是在幻觉里;仿佛是走进了仙境,走进了天上的街市。可他用指甲掐了掐自己的大腿,真真确确感到了针刺般的疼痛。哦!眼前的一切不是幻觉,不是做梦,而是实实在在的真实,自己现在正置身于繁华的京城,正行走在京城的大马路上。北京的马路真宽真长啊,一眼望不到头儿;北京的楼房真多啊,多得数不过来;北京真大啊,大得不知道哪里是边儿,哪里是沿儿,大得让人弄不清东西南北。

史来贺边走边想，来北京一次不容易，我得抓住这次机会，在北京好好看看，多逛几个地方，多看一些景物，回去好跟乡亲们拉拉，让没出过门的村里人也都开开眼、长长见识。

他首先来到天安门，站在金水桥边，抬头仰望着高大雄伟的天安门城楼，心里顿生一种庄严神圣感。天安门造型威严庄重、气势宏大，1949 年 10 月 1 日，不正是在这里举行了中华人民共和国的开国大典吗？伟大领袖毛主席也正是站在这雄伟的天安门城楼上，向全世界庄严宣告了中华人民共和国的成立。听说天安门已经有 500 多年的厚重历史了，她已成为中国人民向往的地方，是亿万中国人心目中的圣地。今儿个，他史来贺终于走到她的面前，看到她的雄姿了。他伸手抚摸一下金水桥的汉白玉桥栏，伸手抚摸一下天安门城台的红墙，举头瞻仰着挂在城楼下的毛主席的巨幅画像，感到无比亲切、无比激动，他觉得毛主席正和蔼地望着他，向他微笑，向他示意，眼里的泪水禁不住夺眶而出……他一边观望，一边慢慢移动着脚步，当他走到城台下又高又阔的券门时，抬手握住朱红大门上那金光发亮的门钉，这么大的门钉，两只手都握不住，是金的呢，还是铜的呢？一扇门上密密麻麻竟有这么多门钉。到了晚上，那宫灯一照，还不亮得跟天上的星星一样？

正当他望着高大的城门出神时，从金水桥上走过来一队参观者，都是大鼻子、蓝眼睛、黄头发的外国人，史来贺是第一次见到西洋人，好像看到了"西洋景"。这些外国人也是来看天安门的吗？当洋人们走到了城楼下，只听一位领队的中国女子向他们介绍说："天安门是皇城的正门，由城台和城楼两部分组成，有汉白玉石的须弥座，总高 34.7 米。城台下有券门五阙，中间的券门最大，位于北京皇城中轴线上，过去只有皇帝才可以由此门出入……"

他挺着胸脯、迈着大步穿门而进，一下就走进了紫禁城，走进了明清两代的故宫。老辈儿人都说，故宫浩大深似海。是真的吗？这回真的走进了故宫，他倒要看看，它到底有多大，有多深，是不是真的"深似海"。于是，他在紫禁城里到处走，到处看。谁知，游走了一天，观看了一天，也没走到头，也没看个遍。这故宫到底有多大呢？看到最后，他也没弄清。什么金銮殿、保和殿，什么乾清宫、坤宁宫，宫殿多得数不清，名堂叫得神乎其神。整个故宫的建筑浩如烟海，金碧辉煌，庄严绚丽，走进这里，仿佛走进了一个古老的神话世界。这里居住过 24 个皇帝，他们高高在上，坐在金銮殿里统治着天下，把持着江山，却让黎民百姓受尽了奴役、受尽了压迫。这富丽堂皇的宫殿，不都是用民脂民膏、用劳苦大众的血肉垒筑堆砌起来的吗？

从故宫快要出来的时候,史来贺心血来潮,站在金銮殿阶下,对着金銮殿呼喊起来:"地下的皇帝老儿,你们看清了,你们的王朝一去不复返了,劳动人民成了天下的主人啦!"

…………

第二天,史来贺又游览了八达岭长城,他知道,这里历来是兵家必争之地,劳苦大众修筑的万里长城就是抵御外敌入侵的钢铁防线。如今,这里已成为人们游览的风景胜地了。

蜿蜒曲折的长城矗立在山顶上,显得雄伟壮观,绵延接天。他沿着城墙墙顶的梯形平面一步步向上攀爬,爬到高处,举目远眺,锦绣壮丽的山河,秀美苍茫的风光尽收眼底。连绵蜿蜒的长城,集巍峨险峻、秀丽苍翠为一体,像一条巨龙在中国的大地滚动,在中国的上空腾飞。祖国的山河多么壮丽,祖国的龙气如此磅礴。史来贺不是诗人,不是艺术家,他只是一个农民。但此时此刻站立在长城上,胸中却陡然升腾一股浩然正气,心里却顿生一种豪迈的激情。作为一个中国人,作为一个中国的农民,他感到无比自豪、无比骄傲。站在雄伟的长城上,他的目光放得高远了,胸怀更加开阔了,心中的目标更加远大了。

…………

夜里,住在干净整洁的宾馆里,点的是电灯,喝的是茶水,睡的是棕床,被褥枕头洁白如雪,一尘不染,让人不忍心往上躺,生怕将它沾脏了。史来贺还是第一次住进这样高级的宾馆,这里的每一件物品和设施都让他感到稀奇。就说这电灯吧,一个供人住宿的房间里竟有那么多不重样儿的灯,什么壁灯、顶灯、台灯、廊灯、床头灯……想叫哪盏灯亮,就摁哪盏灯的按钮;想叫哪盏灯灭,就关哪盏灯的按钮。一按就亮,一关就灭,不管打开哪盏灯,都是亮堂堂、明晃晃的,奇妙极了,真让人开眼哪!可这也太豪华、太奢侈、太浪费了,一个房间咋用得着这么多灯啊?而在农村,在家乡刘庄,在自己家里,点的还是麻油灯,豆大的灯苗儿,微弱的灯光,屋里跑只老鼠都看不清、瞅不见;母亲和妻子在灯下纺棉花、做针线活儿,常常因灯光昏暗让针扎了手,母亲的老花眼在灯下纫个针都纫不上。唉!俺刘庄的老百姓啥时能像北京人一样用上电灯呢?你看这北京人,整天价"电灯电话,楼上楼下",俺刘庄能不能走到这一步呢?能不能像北京城的人一样实现"电灯电话,楼上楼下"的梦想呢?能,一定能!只要有共产党的领导,只要乡亲们拧成一股绳,扑下身子艰苦奋斗,彻底改变刘庄贫穷的面貌,用上电灯、住上楼房那是早晚的事。想到这里，史来贺的脸上露出了一丝欣喜，仿佛看到了刘庄的明天，看到了刘庄人"电灯电话，楼上楼下"的美好景象……

躺在洁净的床上，看着美丽的灯光，他浮想联翩，辗转反侧，翻来覆去，怎么也睡不着。明天就是国庆节了，自己作为中原民兵的代表，要光荣参加国庆观礼、接受毛主席的接见了。那是一个多么庄严的时刻，那是一个多么幸福的时刻啊！到时候，毛主席如果问我话，我该怎么说、说些啥呢？可千万不能慌乱哪，一慌乱，肯定会说错话，或者事先想好的话却突然忘了。那就辜负了乡亲们的希望、辜负了区领导的希望，更辜负了那样一个终生难忘的美好时刻。那就太对不起毛主席他老人家了，更会让自己遗憾一生。

这时，他忽然想起临来北京前，母亲叮嘱他的话："要对毛主席说实话，俺农民翻身了，解放了，日子过好了。俺如今能吃上烙饼、喝上面条了……共产党给穷人带来了福气，共产党是俺的大救星啊！"对！就跟毛主席说实话，把母亲说的话一字不落地对毛主席说一遍，毛主席听了一定很高兴。

他见跟自己同住一屋的那位代表也翻来覆去地睡不着，就知道他也兴奋得在想心事。于是他便从被窝里爬起来，拿出烟袋点着后，对躺在对面床上的代表说："来，抽袋烟吧！明儿个咱就要去登天安门、去见毛主席了，咱商量商量，见了毛主席咱该做些啥、说些啥，我是头一次进京城，头一次经这场面，心里一点儿数都没有，慌得很哪！"

那位代表点着烟袋，抽了一口，说："我跟你一样，也是头一次，咱从基层来，哪见过这场面呢？见了毛主席说啥……这，这，叫我说呀，咱都是民兵英雄代表，见了毛主席呀，首先得行个军礼，民兵也是兵，兵见了主席哪能不行军礼呢？敬了礼，再问主席好。说啥呢，我也没想好。"

"对！你提醒得好！见了毛主席就得立正行军礼！至于跟毛主席说啥，我看，就向毛主席如实汇报，农民解放了，过上好日子了，叫毛主席也为咱们农民高兴高兴！"

"对！就照你说的，给毛主席说实话，讲实情……"

"咱一个穷人，做梦也没想到能进北京、来见毛主席，来参加国家的喜庆大典，共产党、毛主席真把咱穷人抬到天上了。过去，咱穷人可都是被地主老财踩在脚下的人啊！如今，咱穷人有身价、有地位了，这都是托共产党的福啊！要不是共产党、毛主席，哪有咱的今天呢？"史来贺与同室的代表话说得越来越投机、越来越贴心，"我是铁了心了，一辈子听毛主席的话，跟着共产党走，至死不变心,不回头!"

那位代表应和道:"对! 跟着毛主席、跟着共产党,革命一辈子,苦干一辈子。"

两个人抽着烟,不知不觉说了大半夜的体己话。

第十五章　见到领袖毛主席

※毛主席接见
※百姓的心愿
※"你可真有福"

毛主席接见

1952 年 10 月 1 日国庆节这一天,秋高气爽,天清气朗,湛蓝的天空一碧万顷,连一丝云彩都没有,洁净透明得像是用水洗过一样。一群群彩色的鸟儿欢唱着、飞舞着,掠过天安门城楼,掠过天安门广场,带来一派和平祥瑞的气象。宽广的天安门广场摆满了五颜六色的鲜花,花丛旁站立着一队队花朵般美丽的少年儿童,聚集了数万名工农兵群众和社会各界的代表。五星红旗在广场的上空迎风飘扬,天安门城楼布置一新,两侧插满了彩旗,大红灯笼高高挂起,把天安门城楼映衬得格外庄严,格外喜庆。

广场上人山人海,涌动着一派热烈的气氛。大家翘首以盼,举目观望,以热切的心情期待着国庆盛典的开始。

激动人心的时刻到了!

上午 9 时许,毛主席率领党和国家领导人依次登上了天安门城楼,全国的劳动模范和民兵英雄的代表也随着登上了天安门城楼。这时,广场上鸣炮奏乐,群情激昂,掌声雷动,载歌载舞,气氛异常热烈,中华人民共和国成立三周年的庆典开始了!

毛主席红光满面,神采奕奕,在天安门城楼上向广场上欢呼的人群挥手致意。朱德、周恩来、刘少奇等党和国家领导人也都站在天安门城楼上,向广场上的人民群众招手致意。霎时间,天安门广场欢声雷动,一片沸腾,像群山的欢呼,像大海的澎湃。所有聚集在广场的人们都在欢呼:"毛主席万岁!""共产党万岁!"……整个广场的欢呼声响彻云霄,惊天动地。毛主席挥手向广场的群众高呼:"人民万岁!"广场上空欢呼的热潮一浪高过一浪,激情的浪涛汹涌澎湃,排山倒海……

站在天安门城楼上的史来贺,望着广场上欢腾的人山人海,胸中的激情也沸腾起来,浑身的热血也狂欢起来,甚至连每一个细胞也都在歌唱、都在欢舞,他听到广场上的人群不断高呼"毛主席万岁",他也跟着振臂高呼"毛主席万岁",城楼下的人群高呼"共产党万岁",他也跟着喊"共产党万岁"……

庆典活动进行到一定阶段时,毛主席站在天安门城楼,开始接见参加观礼的全国先进代表和民兵英雄了。大家排着整齐的队列,按照事先编排好的顺序,依次接受毛主席的接见。毛主席面带微笑,站在那里与大家一个个地握手,一个个地接见,一个个地问候,是那样的亲切、那样的和蔼、那样的慈祥。每一个被接见的人,都怀着无比激动、无比幸福的心情,面带无比敬仰的神色,眼含热泪紧紧握着毛主席的手,向人民的领袖问好,向人民的领袖敬礼!

史来贺走上前来的时候,郑重地立正,向毛主席敬了一个标准的军礼,然后,恭敬地问道:"毛主席,您好!"说着,两行热泪便情不自禁地落了下来。

毛主席笑容满面,紧紧握住史来贺的手亲热地说:"你好,史来贺同志!我知道你,你是全国的民兵英雄,也是一个扛枪打仗的功臣哩!以后你要带领你的民兵建设祖国,要当建设祖国的模范啊!"

"毛主席,俺一定记住您的话。现在俺农民翻身了、中华人民共和国成立了,有了自己的土地、自己的房屋,日子也过好了,能吃上烙饼、喝上面条了,过去的穷苦人,现如今吃饱穿暖了。俺村的老百姓都说,共产党是人民的大救星。以后,俺要下大力气搞好农业生产,当建设国家的模范,报答共产党的恩情。"史来贺紧张得心都快要跳出嗓子眼儿了,可他在最激动的时候,还是把想说的话说了出来,心里感到非常愉快。

毛主席摇了一下史来贺的手,满意地笑了:"有时间我一定到你们平原去看一看。"

"主席,俺刘庄的乡亲们可想您了,天天盼着您到平原去视察,俺和乡亲们一起等着您!"

史来贺热血沸腾,万分激动。他有满肚子的话想对主席说,有很多心愿想向主席表达,也想当面儿多聆听一些毛主席的谆谆教导。可毛主席今天接见的人很多,排在他后面的代表,已经紧紧挨在他的背后了,他只好恋恋不舍地从主席身边离开,向天安门城楼的另一端走去,走了几步,他又回头望了一阵毛主席,总想再回到毛主席身边,和他老人家再握握手,再说几句话……

时间一秒一秒、嘀嘀嗒嗒过去得真快,和毛主席握手、说话的那一刻,"忽"一下就过去了。要是时间一动不动、久久地凝固在那里该多好、多幸福啊!

庆典活动结束后,史来贺回到宾馆里,仍沉浸在激动的欢乐中,沉浸在幸福的回忆中……

他坐在床上,一颗激动的心仍怦怦跳动。澎湃的心潮仍在胸中激荡。他把右手伸开放在眼前,久久凝视着,翻过来覆过去地凝视着,心里暗暗喜兴地说:"这只手是一只幸运的手,是毛主席握过的手啊!"

稍停片刻,他又想到,从此以后,这只手就不再是普通的手了,它握着光荣的使命啊!我要用这只手,改变刘庄一穷二白的面貌;我要用这只手,改写刘庄的历史。在刘庄的土地上,描绘最新最美的图画。

夜里躺在床上,耳边仍回响着毛主席那浓重的湖南口音的话语,眼前仍浮现着毛主席高大魁梧的身影。自己的这只手,仿佛依然被毛主席紧紧地握着一样。天安门城楼上毛主席接见的画面像电影一样,一直在头脑里闪现。这一夜,史来贺激动得一夜没有睡觉……

百姓的心愿

眨眼间，史来贺去北京已有半个月，无论是村里的乡亲还是家里人，都觉得他该回来了，不就是到北京参加国庆观礼么，这国庆节已经过去好几天了，他怎么还不回来呢？

这几天，树珍天天走出家门，站在村头儿瞭望，一站就是半天，可把眼都看酸了，脖子都仰麻了，还是不见丈夫归来的身影。唉声叹气地回到家里，便对婆母说："都走了半个月啦，咋还不回来呢？是不是有啥事啦？"

婆母宽慰她说："能有啥事？你想啊，他好不容易到了北京城，除了开会，不还得到处逛逛？你不知道，他好看个稀罕儿，那北京城啊，咱老百姓没见过的稀罕物件儿多的是，一天两天，他能看得过来吗？还不得在京城多待些时日。放心，该回来的时候就回来了，你不用天天到村头去接他了，在家等吧！"

"他出门时候一长，俺这心里老是牵挂，总怕他有个啥闪失，北京那地方恁大，不比咱刘庄，端一碗饭喝不完就把村里转遍了。俺爹不是说，京城有百八十里大呢！他要转迷了，摸丢了，咋办？"树珍忧心忡忡地说。

"儿行千里娘担忧，我也是挂记。可他是我的儿，我对他知根知底儿。来贺的脑袋瓜啊，灵着嘞！好使得很，他到哪儿都不会摸迷，也不会走丢，你就把心放肚里吧！"娘的话说得像板上钉钉，稳住了树珍一颗慌乱的心。

此时此刻，老槐树下的饭场里，也有好多人在为此事议论纷纷。

马学仁眼瞅着坐在砖堆上的杨法忠说："这国庆节过去好几天了，来贺去北京半个多月了，我琢磨着，他该回来了，可咋一点儿信儿也没有呢？"

杨法忠抬了抬眼皮，瞅了马学仁一眼，没有搭腔，只是低头长长地吸了两口烟袋。

马学仁自以为对来贺的心思和愿望最了解，便对杨法忠说："你是咱村的支书,你知道来贺最想去的地方是哪里吗?我告诉你吧,是军队。他打小就想参军,当了民兵队长那年,还找解放军的首长,缠着人家非要参军不可。人家首长说,你是民兵联防队队长,带领着一支地方部队呢!地方的武装建设也很重要,解放军可不能挖地方武装的墙角儿,还是好好带领你的民兵队伍吧!他没能参军,总是不甘心呐!你说,到了北京,他是不是参军去了,北京的部队那么多,说不定哪支部队看中了他,就让他穿上军装了。"

"你想的有点不靠谱儿。"杨法忠头也不抬,不紧不慢、不软不硬地回了一句。

王修海抬起一只手比画着说:"来贺这个人呐,不论走到哪儿都好看个稀罕,见了新奇的东西和物件儿,总要看个仔细,弄得明白,研究来研究去,还要打破砂锅——问到底。你说,他是不是在北京看见了啥新鲜物件儿,一头扎进去研究起来,忘了回家了?"

"我看不会是你说的那样,再好的物件儿也不会迷得他忘了回家啊!叫我说呀,北京那可是古老的皇城啊,方圆几百里,大得很,景观多了去了。他这儿看看,那儿逛逛,说不定逛着逛着就迷了,弄不好转来转去半道上就摸丢了。那地方儿怎大,打听个路都难哪!他去哪儿找回家的路?"民兵骨干刘殿新肯定地说。

"来贺是有名的民兵英雄,毛主席和朱总司令都高看英雄,兴许是毛主席把他留在北京当大官儿,也可能是朱总司令把他留在身边当保镖。要是那样,来贺可就高升了,那就能享一辈子大福喽!"王修海光往不着边际的好事儿上瞎猜。

"要是那样的话,咱刘庄就有在北京站住脚、扎住根的人了,赶明儿咱就到北京找他去,借他的光,咱也能混个一官半职的,也能跟着他天天吃香的、喝辣的。"杜学孟得意地说。

杨法忠瞅了王修海和杜学孟一眼,浮现一脸不悦的神色,摇摇头,撇撇嘴,啥也没说。

李安仁听大家七嘴八舌、乱说一通,终于沉不住气了,反驳道:"你们都是胡诌。来贺既不会在北京参军,也不会留在北京当官儿,他之所以迟几天回来,叫我说只有一种可能,那就是在北京开完了会,参加过国庆典礼,他又到其他先进村去参观取经了。你想啊,全国那么多先进、英雄聚到一起,一介绍,一交流,人家有比咱刘庄先进的、做得好的,那来贺他能坐得住啊?肯定要向人家虚心求教,甚至会跑到人家村里去参观学习,吸取经验。谁不知道,他是一个永远不甘落后的人,见了比咱强的、比咱好的村儿,他肯定要赶上去,甚至要超过人家。这就是他的性格,他的脾气。你们说,我猜得对不对?"

"对,对! 有道理,有道理。"几个人异口同声地回答。

杨法忠吧嗒着烟袋,点了点头说:"安仁说得在理儿、靠谱儿。来贺是干正事儿、干大事儿去了,他会回来的。这儿是他的窝儿,这是他的根儿,等吧,他会从北京给咱刘庄带回来喜讯、取回来好经的,他取的经,对咱刘庄肯定有大用啊!"

杨法忠平时寡言少语,但只要经他说出的话,字字是钉,句句是铁,都能让大家伙儿信服。

大伙儿正热热闹闹地议论着,不知道是谁喊了一声:"史书记来了!"

众人扭脸一看,果然是区里的史广礼书记骑着一辆破自行车进村来了,他是特意来见史来贺的,按他盘算的时间,觉得史来贺已经回村了。史广礼书记看见乡亲们,急忙从车上下来,推着车子走到大家跟前。只见他满头沁汗,一脸风尘,可见他是一路蹬车急急忙忙赶到了这里。他着急地问大家:"你们看见史来贺回来没有?"

"没有啊,俺们这不正在说他么,俺也不知道他为啥还不回来。我倒觉得他开完会又去哪里参观取经去了。"李安仁对史书记说。

"你说得也有可能。估计快回来了。"史书记点着头说,"他要真是取经去了,那这次去北京史来贺可是一举两得,双双收获啊!"史广礼书记高兴得满脸笑容。

大家正围着史书记听个究竟,村街的另一头却突然有人高喊:"来贺回来了,来贺——回——来——了!"

史广礼书记和大家同时转过脸去,一看,史来贺果真回来了。但见他一身雄风,满脸英气,面带喜悦地朝这边走来。

大家几乎异口同声地欢呼道:"来贺真的回来了,回——来——了!"

史书记打老远就向史来贺打招呼:"史来贺,你回来了,一路辛苦啦!"

史来贺一边走一边举起手回应:"史书记,我回来啦!"

这时,马学仁转身疾跑,大步跨到大槐树下,拉住那根敲钟的绳子,"当——当——当"敲响了挂在树上的那口铁钟,边敲边喊:"乡亲们,来贺从北京回来了! 大家都快到大槐树下来吧,来贺从北京给我们带来好消息啦!"

钟声和呼喊声像刘庄人期盼已久的声声春雷，一下子炸响了刘庄。霎时间，全村空巷，户户倾巢，男女老幼齐聚在大槐树下，黑压压一片，把这里围得里三层外三层，都仰脸望着站在斜坡上的史来贺。树珍和婆母、公爹也站在人群里，目不转睛地看着史来贺，期待着他给大家说一说从北京带回来的喜讯。

史来贺望着拥挤的人群，怎么也按捺不住激动的心情，他要和这些曾经受苦受难的父老乡亲分享他的幸福，分享他的荣光，让喜讯的甘露滋润每一个人的心田。于是，他敞开嗓门儿，高声向大家报喜："乡亲们，我这次去北京参加国庆观礼，登上了天安门城楼，见到毛主席了！真的见到毛主席了！"

一声报喜，引得群众沸腾起来，有猛劲儿鼓掌的，有欢呼雀跃的，有振臂高呼的。史来贺的母亲、妻子却在人群里悄悄笑出了眼泪，笑出了惊喜……

史来贺望见娘和树珍高兴的样子，自己禁不住热泪盈眶，激情洋溢地对大家说："毛主席他老人家还跟我握了手，就是这只手。"说着，他举起自己的右手。

人群又掀起一阵欢呼的浪潮，他们簇拥着，争相靠近史来贺，争相去握史来贺的右手。一只只手伸过来，一只只手握过来，史来贺的右手上落下很多手，手搭手，手摞手，眨眼间，摞成一座手的宝塔。

站在人群外的区委史广礼书记看到这热烈的场景，深深被感动了，激动地自言自语道："多好的百姓，多好的乡亲啊！他们心心向着共产党，心心想念毛主席啊！"

这时，只听见史来贺动情地对大家说："我这次见到毛主席，代表咱刘庄的父老乡亲向毛主席敬了礼，问了好。还向他老人家汇报了咱老百姓过上了好日子。毛主席听了很高兴，嘱咐我要把地种好，多打粮食，为国家多做贡献，要当建设国家的模范。我把毛主席的嘱咐带给乡亲们，咱们一起按照毛主席的话，当种地的模范，当建设祖国的模范，好不好？"

"好！"群众齐声回答。

史来贺利用这次契机，大大调动起父老乡亲改变乡村面貌、建设新农村的积极性和创造力，大大激发了群众多打粮食、多做贡献，建设祖国的爱国主义热忱。

当群众渐渐散去后，区委史书记上前拉住史来贺的手说："来贺啊，你没回来之前，我天天看报纸，看国庆观礼和毛主席接见的消息，报上登的，我全看到了。你受到了毛主席的亲切接见，这可是咱新乡人民、平原省人民的光荣与骄傲啊！"

"那当然啦！我是代表刘庄和新乡的父老乡亲去北京的,党和毛主席给我们的光荣与荣幸,新乡人民人人有一份儿,这份荣誉我不能独占呐!"史来贺慷慨地说。

"你回来后做个准备,把在北京的所见所闻和收获,给区里和村里的干部都讲一讲,让大家也都开开眼界,长长见识,提高思想觉悟,振奋革命精神,鼓舞大家的干劲。"史书记把他的想法告诉史来贺。

"我也有这个想法。"史来贺回来坐在火车上就想到了这个问题。他要把在北京所经历的一切都向乡亲们传达一下,也好鼓起大家建设家园的劲头儿,没想到自己的想法竟与区委史书记的想法不谋而合。他接着又对史书记说:"哎呀!不出家门眼光短,迈出一步天地宽啊!我一到北京,就觉得天下大得不得了,你根本看不过来,走不到头,大得无法想象。过去,咱就在刘庄这片巴掌大的地方走来走去,天天看到的就是头顶这片天,脚下这片地。满以为咱的地种得不错了,比过去打的粮食多了,生活也提高了。谁知出去一看一比,才知道咱还差得远呢!真是不比不知道,一比吓一跳。比如山西的李顺达,人家那里是山区,可人家的庄稼比我们种得好;河北的瞿耀礼,人家种的棉花棉桃大,产量高,比我们的高出一大截;还有在全国出了名的王国藩,样样事儿都走在前面,他带领村里的群众都成立农业合作社了。你看,这几个地方都比咱强,都走在咱前边了。这就叫天外有天,山外有山呐!"

"你说啥?那个有名的王国藩都成立农业合作社啦?"马学仁看着史来贺的脸问道。

"是啊!人家都成立两年多了,咱落在人家后边了!撵都撵不上喽!"史来贺有点儿尴尬,一直摸自己的后脑勺。

王修海从来没听说过王国藩这个名字,急切地问:"王国藩是谁?哪儿的人?"

"王国藩是河北省遵化县西铺村人,跟咱一样,是个贫雇农。1950年,他带领23户贫雇农成立了一个'穷棒子社',在全国可出名啦!"史来贺回答说。

"'穷棒子社',为啥叫了个这名字呀?"李安仁不解地问。

"因为入社的都是穷苦人,连起码的生产农具都凑不齐,23户贫雇农都是典型的'穷棒子'。只以'三条驴腿'为基础成立了一个小合作社。"史来贺简单介绍说。

"三条驴腿?那是啥驴呀?三条腿咋走路?咋拉犁子、拉耙、拉车呀?这不是个怪物吗?"王修海觉得有点奇怪。

史来贺"哈哈哈"笑了起来,拍着王修海的肩膀说:"'三条驴腿'并不是一头长了三条腿的驴。是村里四户人家凑钱合伙儿买了一头驴,农忙时轮换使用。后来有三户加入了'穷棒子社',另一户单干,这样,就只有三条驴腿属于合作社。所以说啊,王国藩的'穷棒子社',是'三条驴腿'合作社。"

众人一听也都笑了起来:"哈哈哈,原来是这么回事啊! 王国藩不简单,只靠那'三条驴腿'就成立一个合作社,多不容易呀!"

史来贺接着又介绍说:"王国藩的'穷棒子社'创立之初,一穷二白,连基本的生产农具都没有,只有土改时候分的土地。为了发展生产,王国藩带着 23 户'穷棒子',冬天上山砍柴,用柴换了 500 多元钱,购买了骡子、耕牛、两轮大车等生产工具。第二年开春,大家齐心合力拼命干,当年就大获丰收。每一户分到了 750 公斤粮食,200 多元钱,合作社公账还积余 2300 多元,一下子富裕起来了。"

众人支起耳朵,听得津津有味,兴致勃勃。

"看来咱也得成立农业合作社呀! 这是一条发家致富的路啊!"杨法忠深有感悟地说。

史来贺紧接他的话,说:"法忠,你说得太对了。你看人家王国藩的'穷棒子社',一富裕起来,村里其他人家羡慕得不得了哇,纷纷要求加入合作社。'穷棒子社'的规模越来越大,人数越来越多,生产发展的势头越来越红火,公账资产也由少积多,越来越丰厚。王国藩又趁势开办了粉条、冶铁、农具制造等小作坊,农业合作社经济收入,那是 6 月的大河——水涨船高啊!"

众人听着,竟"哗哗哗"鼓起掌来。

"看来,你这次长了不少见识,学了不少经验。"史广礼书记看着史来贺满意地说。

"我这次出去有两大收获,一是见到了毛主席,亲耳聆听了他老人家的教诲;二是走访了一些先进典型,取来了不少宝贵的经验。咱真得好好研究研究外地的那些好的做法,认真学习人家的宝贵经验。刘庄得大踏步赶上去啊!"史来贺信心十足地说。

杨法忠惋惜地说:"原先,我觉得咱刘庄是最先进的,可没想到,外边恁多地方都走到咱前头了。"

"可不是,这一比显得咱刘庄有点儿落后了。"李安仁咂吧了一下嘴。

史广礼书记马上接住话茬："咱们可不能落后啊！你刘庄更不能落后，不但不能落后，还得赶超全国的先进，争当全国农村的榜样啊！"

史来贺拍了一下胸脯，坚定地说："史书记，我们有这个信心，刘庄的父老乡亲，个个都是好样的。"顿了一下，又说，"不知怎么，我自从见到毛主席后，老觉得这脊梁后边有个大巴掌在推我，给我精神，给我力量，给我向前跑的勇气，给我向前跑的信心。你说，这是不是毛主席对我的鼓舞和鞭策啊？"

史广礼书记听了笑着说："你到底是进了北京见了毛主席的人哪！说出话来就是不一样，有思想、有境界，人长了见识，觉悟就是不一般呐！"

"史书记，你把我拔得也太高了，我有恁高的觉悟吗？我就是有那么一个真实的感觉，总觉得背后有一只巨掌在推着我。"史来贺一个劲儿地摸自己的后脑勺，显得有点儿不好意思。

史广礼书记看看史来贺，又看看身后的几位乡亲，说："来贺啊，你这次进北京，可是咱新乡县唯一的一个代表，新乡人民为你感到骄傲。往后哇，就看你的啦！你可得做个榜样、带好头儿啊！大家都在看着你、看着刘庄呢！"

"史书记，你放心，我一定带好这个头儿，决不辜负上级领导的期望。"史来贺与史广礼书记肩并肩，边走边说，几位乡亲跟随在后面。

"互助组、农业合作化，就是眼下的头等大事儿，你们要带个头儿。"史书记郑重其事地叮嘱。

"好，我们一定带头儿。这次，我带回了李顺达、王国藩那里的经验，再结合刘庄的实际，我们尽快成立农业合作社，在刘庄实现农业合作化。放心吧，有发忠、克成、安仁我们几个党员干部呢，还有父老乡亲们，我们一定带头搞好农业合作化。"史来贺向史书记做出了保证。

"这我就放心了。"史广礼书记脸上露出满意的笑容。

这时，史来贺从衣兜里摸出了几张纸币，对史广礼书记说："史书记，你看，这是临走的时候你给我的40元钱，我连买车票带花销，总共花去17元，剩下的23元还给你。"

史书记瞅着几张纸币，诧异地说："这是县里发给你的出差费呀，你还给我干啥？"

"不，这钱是国家的，没用完，应该还给国家。"史来贺毫不犹豫地把钱塞进史广礼书记的衣兜里。

史书记只好点点头说："哎呀，你这个老实人，就会办老实事儿。在北京开会那么多天,省吃俭用,只花了 17 元钱,真够俭省的。本来明文规定,节约归己,你却如数交公。不愧是模范啊!"

李安仁在后面小声对几个乡亲说:"你看,来贺这个人,公家的光一分都不沾,不愧是个共产党员。"众人佩服得不住地点头。

大家边说边走,一直把史广礼书记送到村头……

"你可真有福"

史来贺回到家里，天已经擦黑了。牛羊归圈，鸡子宿窝。

树珍掀开锅，把馍和饭菜都端到小饭桌上，一家人围坐在一起吃饭。人人都眉开眼笑，心里像开了一朵花儿，嘴里像噙了一口蜜。

母亲笑吟吟地问："张妞啊！你真的见到毛主席了？要是真的，那你可真有福啊！"

史来贺笑意盈盈地回答："刚才我不是跟乡亲们都说了么？我真的见到毛主席了，还有朱总司令，周恩来总理，中央的其他领导啊，都见着了。在天安门城楼上，还跟他们都一一握手了呢！跟毛主席握手握的时间最长。"

"光握手，没说啥？"娘又问。

"说了，我握着毛主席的手说，毛主席您老人家好啊！毛主席说，史来贺同志你好啊！当时，把我激动得不知如何是好，总觉得浑身热乎乎的，咕咕涌涌的都是劲儿，我当时激动得都能听见自己的心跳声。毛主席还说我是全国的民兵英雄，毛主席越夸我，我越觉得自己做得不够。"

"就说了这，没说别的？"显然，娘嫌儿子跟毛主席说的话太少，有点儿不满足。

史来贺马上补充道："我还跟主席说，俺穷人翻身了、解放了，日子过好了，能吃上烙饼、喝上面条了，过去的穷人，现如今吃饱穿暖了。这都是托共产党的福，托毛主席的福。俺要一辈子跟定共产党、跟定毛主席，啥时候也不变心。娘啊，这不是我临走前您教俺说的吗？俺都给毛主席说了，毛主席听了可高兴了。"

"这就对了。娘教你的话没有忘，你给毛主席这么一说，毛主席总算知道俺的心思、知道咱穷人的心思了。娘这心里啊，满足了！"娘咯咯地笑了起来。

树珍在一旁插言道："你走后,咱娘日夜念叨,老是担心你把娘说的话忘到了脑后,不给毛主席说。你到北京去了,你都不知道,娘的一颗心也随你到北京去了。"

"娘说的话都是大实话,我咋能忘了呢?一句不落地都给毛主席说了,我算是把娘的心思全都带给毛主席了。"史来贺尽力让母亲满意和欣慰。

父亲今天格外兴奋,格外开心,一听说儿子载誉而归,就兴冲冲地跑到杂货铺打了半斤老白干儿,在饭桌上摆上两只酒盅,亲自为儿子斟酒。

"再没有比今儿个高兴的啦,咱爷俩喝两盅儿。这可是喜庆的酒哇!"说着,与儿子碰杯畅饮。

他又斟满了两只酒盅,开言道："儿子啊!你这次真是不简单,见到了毛主席、朱总司令、周总理,这是咱刘庄开天辟地头一回、第一人哪!你为刘庄争了光、添了彩,你为咱史家光宗耀祖啊!来,爹敬你一杯!"父亲说着,泪水已不自主地流了下来。他太激动、太高兴了!

史来贺诚惶诚恐地端起酒杯："爹,哪有老子敬儿子酒的?您弄颠倒了,该我敬您呢!"

"你爹呀,今儿个高兴,觉得你有功。"娘笑嘻嘻地看着父子俩。

"你娘说得对,咱史家从来没有出过你这样的英雄,祖先在天上看见你也会高兴、也会骄傲的。来,碰杯!"父亲举杯饮下。

史来贺饮下这杯酒后,慌忙拿起酒壶先给父亲满上,然后给自己也满上,斟着酒对父亲实实在在地说："爹,这次到北京参加国庆观礼的英雄模范可多了,人家干得都很出色,都很有成绩,有的地方都成立农业合作社了。跟人家一比,我差得很远,不算个啥,所以咱没啥值得骄傲的。"

"爹知道你是一个要强上进的人,啥时候也不会满足现状,不会满足已有的成绩。有这个心劲儿好哇!有了这个心劲儿,那咱刘庄就会一天比一天好,一天比一天强。孩子,领着大伙儿甩开膀子干吧!人家成立了农业合作社,咱也不能落后,爹也助你一臂之力。赶明儿,我找村里的老哥儿们,也都行动起来,积极参加农业合作社。"父亲鼓励着儿子。

"要是毛主席叫成立合作社,那咱也成立,也合作,毛主席的话,准没错。咱穷人就得听毛主席的话。"娘也鼓励儿子,生怕儿子落在人家后面。

爹又喝了一盅酒,转了话题,问道："这回到北京,你上没上皇上坐过的金銮殿?"

"上了，只不过没坐那龙椅。人家用绳子圈着呢！只让看，不让摸，不让坐。对了，如今不叫金銮殿，里面这殿那殿、这宫那宫的，多得叫人记不清、数不过来，北京人把它们统统都叫故宫。那里面大得三天五日都转不过来，不管进哪个殿、哪个宫，都是金光耀眼，高贵得没法儿说。还有北京，咱们没见过的稀罕物多着哩，让人看得眼花缭乱。等着刘庄哪一天富了，也让乡亲们都去逛逛北京，逛逛故宫。"史来贺一边吃喝，一边比画着故宫的浩大。

"你这个想法很好，可是啥时候能实现呢？老百姓眼下刚刚过上吃饱穿暖的日子，要是到北京城游花看景，恐怕都到猴年马月了。"父亲对此没多大信心，也不抱希望。

"慢慢来，只要咱甩开膀子拼命干，刘庄肯定能由穷变富，村里富了，这个愿望不愁实现。"史来贺蛮有把握，蛮有信心，认为自己想到的事儿一定能办成。

史来贺将这个美好的愿望，说出的这个诺言，牢牢记在心里，时刻不忘给老百姓兑现。改革开放后的80年代末，刘庄村党支部组织村里的老年人到北京去旅游，来到了天安门广场，登上了天安门城楼，逛了故宫，逛了颐和园，逛了长安大街，逛了八达岭长城……他当民兵队队长时萌生的这个美好愿望，时隔30年，终于在父老乡亲身上实现了！

晚上睡觉前，史来贺抽着烟坐在床边，两眼不住地看着熟悉的女儿，女儿刚刚3岁，长得又俊又白，可喜人了。史来贺对她又喜爱又亲昵，平时，地里再忙，工作再多，身体再累，只要一进家就要抱起闺女亲上一阵子。这回离家半个多月，想女儿想得心发空，连每天做梦都梦见女儿。他看着女儿娇憨的睡相，爱怜得不得了。笑着问妻子："我走这几天，咱妮儿怪好吧？"

"好着哩！乖着哩！天天问我，爹去哪儿了？我要去找我爹。"树珍笑着说。

"好女儿，乖女儿，你可是爹的心肝宝贝儿哟！"史来贺说着，趴在女儿白嫩的脸蛋儿上亲了一口。

树珍嗔怪道："你看你，脸上胡子拉碴的，扎着孩子，她睡得正香呢！"

"我才刚刚长胡子，胡茬不硬，扎不着孩子。"史来贺歉意地对树珍笑笑。

这时，树珍用情地打量了一下丈夫的全身，问道："你在北京穿这身衣裳见毛主席，多土气啊！有人说你没有？"说着，摸了摸史来贺身上的粗布衣衫。

"上天安门城楼见毛主席那一天，没穿这一身儿。"

"那你穿的啥？"

"穿的那一身儿，是公家发的。"史来贺指了指放在衣柜上的一个包裹。

"是啥衣裳啊？打开看看呗！"树珍说着，便动手打开了包裹。

"是一身蓝色制服，还有一顶帽子。毛主席接见前两天发的，我只在国庆节那天上天安门城楼时穿了穿。"史来贺吧嗒了两口烟，接着说，"回到宾馆，我就脱下来叠得整整齐齐，拿着去退还公家。谁知公家人说，国家发给你就成你个人的了，公家不再收回，让你做个纪念。我当时还很不理解，这公家的东西怎么能变成个人的呢？这是不是损公肥己啊？后来一想，人家叫做个纪念，这不也很好么！说明这身衣裳很有纪念意义。我就再也没舍得穿，到哪里去参观也没舍得穿。这不，我一路上像捧着一件宝物一样，非常珍爱地把它抱回了家。"

树珍小心翼翼地抚摸着刚刚打开的这身儿"宝物"般的衣裳："哟，这衣裳又新又亮，布料也好，值不少钱呢！要叫咱自己制，难说能制得起。谁家能制这么富贵的衣裳啊！"

"衣裳是好衣裳，但它的价值不在这里，在于它有特殊的纪念意义。这身衣服，还有这顶帽子，你一定要给我放好，不能随便拿出来，我要珍藏一辈子，当传家宝留给咱们的后辈子孙。"史来贺郑重其事地叮嘱妻子。

"人家都说，人在衣裳马在鞍。这一身儿衣裳穿在你身上，一定很好看，很有派头。那你就穿给俺看看呗！"树珍很想看看丈夫穿上这身儿北京制服的样子。

"这大夜晚的，穿那干啥？该睡觉了。"史来贺磕了磕烟袋锅儿，就要脱衣睡觉。

树珍嘬起嘴，显得有点儿不高兴，娇嗔道："你看你，叫你穿给俺看看就这么难？俺还没见过北京制服呢，这是头一回见，你就穿给俺看看吧！"树珍几乎是在央求丈夫。

"好，那就穿穿。先说好了，我穿上制服，板起脸，可别吓你一跳哇！"史来贺一句话，逗得妻子忍不住"扑哧"一下笑出声来。

史来贺急忙嘘了一声，又指指睡得正香的女儿，示意她不要吵醒了孩子。树珍急忙捂住口，忍住了笑。

昏暗的灯影里，史来贺穿上了那身制服，戴上了那顶帽子，衣领整得板板正正，扣子系得严严实实，上衣和裤子既合体又贴身，穿上这身衣服，像换了一个人似的，显得英姿勃发，一身雄风，派头十足。穿戴整齐后，他"忽"的一下站在树珍面前，"啪"的一声打了个立正的姿势，紧接着举起右手打了个军礼，还喊了一声口令："敬礼!"脸上浮现庄重严肃的表情。

树珍被丈夫的表演逗得忍俊不禁，"咯咯咯"小声笑了起来，一会儿笑弯了腰，一会儿笑出了泪……

第十六章　实现农业合作化

※重担挑在肩
※第一初级社
※老中农入社
※尝试与探索
※当好引领者

重担挑在肩

就在史来贺在北京参加国庆观礼、接受毛主席接见的日子里,刘庄发生了一次意外的事件。正是这一事件,给史来贺的人生创造了一个历史契机,把这位"民兵英雄"推向了改写刘庄历史、改变刘庄人民命运的核心位置,也让史来贺登上了全面施展自己才能的社会大舞台。

刘庄,和处于刘庄东南角、与之毗邻的陈庄,是两个自然村,地边连着地边,中间仅隔一条小河。1948 年,建立新生政权,两个自然村合并为一个行政村,改叫"陈刘庄村"。本来,刘庄与陈庄,历史上就有这样那样的矛盾,发生过或大或小的摩擦,闹得两村长期不和。这一合并,为历史的纠纷埋下了一颗"炸弹",今后一遇"导火索",就会爆炸。

这不,怕啥来啥,"炸弹"果然"轰"的一声爆炸了。

是谁拉响了"炸弹"?

事情是这样的:

陈庄村有个名叫陈龙义的人,历史问题非常复杂,新中国成立前不仅当过土匪,而且在国民党的政府里干过伪职,他欺压百姓、盘剥民财、打砸抢掠、劣迹斑斑,土地改革时被定为"历史反革命分子"。据群众揭发,陈龙义家里窝藏有一杆枪,新中国成立后一直没有上缴。"历史反革命分子"窝藏枪支,那可是罪上加罪,不可饶恕。

民兵联防队队长史来贺,早就注意到了这个人,深入陈庄了解他新中国成立前犯下的罪恶以及窝藏枪支的事,带领民兵多次追问他,让他把枪交出来。而他却死不认账,强硬抵赖。

史来贺在北京开会期间,主持工作的村党支部书记杨法忠,又向他追问那支枪,并对他讲:"坦白从宽,抗拒从严,这是共产党的一贯政策。你有枪,赶快交出来；不然，等我们搜出来，你就等着坐牢吧！"

"我没有枪，拿啥交？交给你个火棍，你要不要？"陈龙义是见过世面的人，哪会把一个小小的村支书放在眼里？

杨法忠是个性情暴躁的人，一看陈龙义不把自己放在眼里，还说要交给他一根"火棍"，顿时火冒三丈，大发雷霆。两个人唇枪舌剑，吵了起来，这一下，激怒了杨法忠，他立即命令民兵："把陈龙义给我吊起来，狠狠地打！"

几个民兵都是史来贺历练出来的军事尖子，手脚利索，干事痛快，功夫了得。眨眼间，就把陈龙义吊到了一棵树上。民兵们要让这个"历史反革命分子"尝尝革命武装的厉害，你一拳，我一脚，不一会儿，就把陈龙义打得鼻青脸肿，陈龙义忍不住破口大骂。这更激起了民兵的义愤，又是一阵疾风暴雨似的拳打脚踢……

杨法忠不冷静的头脑，并不以为这是过火行为，违反了纪律，触犯了人权。他倒觉得，民兵吊打一个"历史反革命分子"，纯属"人民民主专政"的范畴，是正常的革命斗争。可陈龙义却煽动陈庄人说："这是刘庄人欺负陈庄人，刘庄人压迫陈庄人。"这一挑唆，事情就闹大了，形成了两个村庄新的对垒。霎时间，剑拔弩张，一触即发。100多个陈庄人联名上告杨法忠，扬言如果不处理杨法忠，陈庄人就要集体进城，游行请愿。

事发当天，区政府就对这件事进行了认真的调查与研究，认为杨法忠追缴枪支并没有错，但他命令民兵吊打人不对，违反了纪律。区政府严厉批评了杨法忠，并让他写出书面检查，好给陈庄人有个交代。

可杨法忠脾气倔强，像一头犟牛，认准的路死也不回头。他不服气，怒怼区政府领导："向'历史反革命分子'追缴枪支，我没错！凭啥让我写检查？就是砍了脑袋，也不认错。"

区政府为了缓和两个村的矛盾，决定把"陈刘庄"重新分开，恢复原来的刘庄、陈庄两个行政村。

陈庄的群众仍然不服，对刘庄的干部怀有极大的不满，非要出了这口恶气才算罢休。他们对陈庄新上任的干部说："如果你们不能带着群众，把刘庄干部欺负陈庄人这个仇报了，这口恶气出了，就甭想在陈庄当干部。陈庄的干部，得有骨气，得软骨病的人，趁早下台。"

陈庄的干部犯难了："带着陈庄人去刘庄打架，要犯错误；不伸这个头，陈庄群众又不服自己领导。真是没有路标的三岔口——左右为难呐！"

陈庄干部万般无奈，只好撂挑子不干，让上级另请高明。

区政府只好重新考虑对杨法忠的处理。认为杨法忠违背组织原则，作风粗暴，悍然打人，不适合当干部，便撤销了他的党支部书记一职。

杨法忠憋了一肚子气，说自己好心办了坏事，落了个猪八戒照镜子——里外不是人。

几十年后，杨法忠每当忆及此事，仍十分懊恼，后悔不已："那会儿，如果史来贺在家，我也不会打人，也不会犯错误。他会帮助我，给我出主意想办法；他政策性比我强，遇见事有勇有谋，会制止我犯错误的。"

接替杨法忠当村支部书记的人，是张克成，他只干了一个月，便被撤职。原因很简单，因为他与一个地主分子结了拜把兄弟，入党后还没断绝关系。当了村支书，手里有了权，两人关系更加密切，来往更加频繁。群众眼里揉不得沙子，看见不顺眼的事，就会愤愤不平，他们到区里揭发了此事，说张克成"阶级阵线不清，革命立场不稳"。上级一听，这可是原则问题，一个党支部书记，跟地主混在一起，那还得了！敌我不分，认敌为友，丧失阶级立场，丢了革命原则啊！于是乎，刚上任一个月的支书就受到了撤职处分。

刘庄短时间内，换了两任村支书，一时间村支书的位置成了空缺。一把手空位，群龙无首；一把手换来换去，领导不确定，人心不稳，这对刘庄的革命与生产将会产生负面影响。乡里、区里派来了调查组，深入群众摸底访问：谁能担当刘庄村的党支部书记？

"史来贺！他比俺庄谁都强。"

"史来贺是俺庄第一批入党的党员，群众最信他，最服他。在刘庄，群众就听他的话。"

"刘庄党支部书记的最佳人选，只有史来贺！"

众口一词，都赞成史来贺。

调查组向区委如实汇报。区委书记史广礼频频点头，他想起不久前史来贺从北京开会回来，把没有花完的 23 元差旅费交公的情景："别的不说，就凭公家的钱财一个子儿也不占，该归己的却交公，就说明史来贺有一颗公心，素质高，品德好。让他当刘庄村的支书，肯定会作风正派，办事公道。他当民兵联防队队长这几年，立了不少功，创造了很多佳绩，成了闻名全国的'民兵英雄'，选他担任刘庄村支书，群众肯定服气。"区党委一班人完全同意史广礼书记的意见，提出建议：史来贺为刘庄村党支部书记候选人。

区、乡两级党委主持召开刘庄村党员大会，选举党支部书记。史来贺全票当选。

"这回，刘庄的党员、群众总算如愿了！史来贺当村支书，一准中！"

"史来贺早就是群众心目中的一把手了。在咱刘庄，他是群众最信得过的人。"

在干部群众的交口称赞中，年仅 22 岁的史来贺，担当起刘庄村党支部书记。

时间是 1952 年 12 月，眼看就到年底了。

他的就职演说只有几句朴实的话："我决不辜负刘庄父老乡亲对我的信任，甩开膀子，带领群众，死干活干，彻底改变刘庄贫穷的面貌。如果刘庄人过不上好日子，算我这个共产党员无能，没本事，死不瞑目！"

这时的刘庄村，有 100 多户人家，600 多口人，而只有 6 名共产党员。刘庄人虽然有地种、有饭吃，日子过得比从前好多了，但还没有真正摆脱贫困，家家户户打的粮食还不多，住的还都是土坯房、茅草屋，不少人还都穿着破衣烂衫。整个村子，依然是土地改革前的老样子，这让史来贺看着心里急啊！啥时候才能改变刘庄贫穷落后的面貌呢？

从这天开始，史来贺就不单单是个民兵联防队队长了，肩上的任务也不再那么单纯了。他把一个刘庄村担在了肩上，把刘庄村的"一穷二白"担在了肩上，把刘庄 600 多口人的命运和生死担在了肩上。从任村支书的这天起，他就暗暗立下誓言：坚决跟共产党走，彻底拔掉穷根，让全村老百姓过上好日子。不实现这个愿望，誓不罢休！

从此，史来贺在刘庄党支部、党委书记的岗位上一干就是 51 年。半个世纪的最基层的村书记，在中国，史来贺恐怕是唯一的一个了。不仅在任职时间的跨度上，而且在创造的业绩上，史来贺都创造了"中国之最"。更重要的是，史来贺践行了自己的诺言，彻底改变了刘庄一穷二白的面貌，让刘庄的老百姓都过上了富裕幸福的日子。他以始终不改初衷、不变初心的 51 年的光辉实践，充分证明了共产党员的能力与本事，彰显了一个共产党员一诺千金、一言九鼎、不负众望的人格魅力。

第一初级社

当选为党支部书记的那一天，他彻夜难眠，脑海翻腾，思绪万千。一会儿想想村里的历史，一会儿想想村里的现实；一会儿想想村里的老人和孩子，一会儿想想各家各户的日子；一会儿想想刘庄的土地，一会儿想想刘庄的种植。但想得最多的是眼下刘庄"一穷二白"的面貌和如何甩掉贫穷的帽子，把一个穷刘庄变成一个富刘庄，把刘庄人的穷时光变成富时光。想来想去，他就认定了一个字：干！一个富刘庄，是等不来、要不来、靠不来的，也不是吹出来的，只有靠实实在在的干、脚踏实地的干！

"对！就是一个干！"他铁拳一挥，一个"干"字掷地有声。

可这个"干"，不是盲目地干，不是忙乱地干，必须是有组织、有计划地干，有科学、有目标地干。必须依靠群众、发动群众，充分调动和发挥群众的积极性和创造性，才能干到点子上，干到正路上；才能干出改天换地的起色，干出刘庄的新面貌、新天地。

史来贺很快召开了刘庄村的第一次群众大会，在会上他许下诺言："我当村支书，一定带领大伙拔掉刘庄的穷根儿，摘掉刘庄的穷帽子。要让咱刘庄人都过上好日子，有吃、有喝、有衣穿，还要有好的房子住……"在这次大会上，他广泛征求群众的意见，让大家谈建议、说愿望，围绕如何拔掉穷根、改变刘庄"一穷二白"的面貌展开大讨论，号召大家团结一心，勤俭奋斗，把刘庄的土地种好，多打粮食，靠刘庄人勤劳的双手，改变刘庄贫穷的面貌……

开过会后的一段日子里，村民们看见年轻的史来贺，总是低着头走路，在街里的饭场蹲着吃饭也在闷着头想心事。还常常一个人跑到村外的庄稼地里，久久地盯着这片贫瘠的土地出神儿。他在想什么呢？乡亲们都知道，史来贺挑起村支书的担子，心事重啊！

是的，史来贺沉重的心事，就是不露声色的担忧啊！

首先担忧自己肩上的担子责任重大，一个村几百口、几代人的生死存亡、命运祸福都在自己肩上挑着哪！自己这个才22岁的年轻人的嫩肩膀，能不能担得起来这么重的担子？村党支部这个班子里，自己的年纪是最小的，其他成员比自己大出不少，人家过的桥比自己走的路长，人家吃的盐比自己吃的饭多。我当班子里的班长，这些人能听我的吗？能跟我一条心、一股劲干工作吗？刘庄能否改变贫穷落后的面貌，群众能否过上好日子，关键看党支部领导得怎么样，而村党支部，支书又是领头的。支书干得好坏，不仅事关党支部的形象，更事关一个村所有人的前途与命运。当支书的，如果走一步歪路，就坑害了刘庄所有人啊！如果党支部四分五裂，形不成核心，你东我西，干不成事业，一是败坏了党的形象，二是坑害了刘庄群众。所以他一上任，就为刘庄党支部的前途担忧，为刘庄老百姓的命运担忧。

其次为能否拔掉刘庄的穷根担忧。周围十里八村只要提起刘庄，都知道"方圆十里乡，最穷数刘庄"。真乃麻袋片上绣花——底子太差！穷根扎了几百年，啥时能拔掉？穷帽子戴了几百年，啥时能摘掉？

附近村庄的姑娘，媒人到家里说媒，一听说对方小伙子是刘庄的，女方家长就一口回绝："谁家的闺女愿嫁到刘庄那'藏鬼庄'？俺可不能让闺女到刘庄去受一辈子穷、吃一辈子苦！"还有的更不顾情面，说出的话特别难听："俺的闺女不瞎不瘸，又不是嫁不出去，凭啥给俺保媒到刘庄？俺就是把闺女留在家里养老姑娘，也决不嫁到刘庄那鬼地方去！看刘庄那个八辈子的穷苦样，叫刘庄的男人都打一辈子光棍吧！"

这话，听了多噎人啊！史来贺多次听过这样的话，听一次就寒心一次。人家女方家长说得没错，刘庄光棍多是事实啊！但要解决这一老大难问题，必须得让刘庄富起来，栽下梧桐树，引来金凤凰嘛！鸟还知道找一棵好树搭窝，何况姑娘嫁人呢！可你看眼下刘庄这一家一家的，别说"梧桐树"了，就是住的茅草屋，也都是破破烂烂的，哪能引来"金凤凰"呢？如今，已经是新社会了，方圆十几个村往前发展的起点都比刘庄高，条件都比刘庄好，根本不在一个起跑线上。你能跑过人家？能跑到人家前边？要让刘庄赶上或超过其他村，这要费多大的力气、多大的韧劲啊！没有"下定决心，不怕牺牲，排除万难，去争取胜利"的英雄气概，是万万不能彻底拔掉刘庄的穷根的。

史来贺上任后，天天低着头沉思，他是在谋划怎样拔掉穷根、怎样改变这片土地,让刘庄的父老乡亲吃饱饭、穿暖衣、住瓦房啊!而要实现这一构想和愿望,单凭互助组的力量显然是不够的。

刘庄目前有36个互助组,把全村人分成了36个小群体。每个群体都规模小、人数少、势单力薄,生产力低下,形不成合力,没有能力抵御大的自然灾害。而刘庄这一带,生产条件极其恶劣,自古以来就是"十年九旱",旱时干死一大片,涝时汪洋不见边。要实现旱涝保收,必须大搞农田基本建设。而各自为政的互助组,不适于统一规划、统一管理、统一经营,无法举行"大兵团"作战的大型农田水利基本建设。因此,目前的生产组织形式,必然会限制农业生产的发展和农民生活的进一步提高。

同时,36个互助组发展也不平衡,使有些互助组内,出现了不少无法解决的矛盾,直接影响着生产的发展。这些矛盾表现在多方面:

首先是工价高低的矛盾。劳动力多的户,想让工价高一些;劳动力少的户,想让工价低一些;畜力强、农具全的户,嫌平时干活吃亏,提出畜力多顶一些工;无牲畜的户,则强烈反对。工价高低牵扯到每一户的切身利益,因此常发生争执、吵架,闹得很不愉快。

其次是做活先后、质量高低、数量多少、上工早晚的矛盾。在麦秋两季农活紧张的季节,不少户都争着让组里先干自己家的活,让多干些,干好些。而一个互助组内,干活总得有先后次序,有个轻重缓急。实现不了自己愿望的户,就会产生不满情绪,影响互助合作。有一户组员做自家的活,上工早,下工晚;干别人家的活,则上工晚,下工早。一户贫农干活踏实,不论干谁家的活,都很卖力。对那户"滑头"看不惯,几次提出把那个"滑头"踢出互助组。两个人吵架吵得脸红脖子粗。

还有等价与不等价的矛盾。成立互助组以后,有些互助组的负责人缺乏管理经验和能力,对记工还工的意义认识不足,不去做记工还工的组织引导工作,使得记工还工处于涣散状态,无人管无人问。导致干活多少一个样的平均主义倾向,多劳不多得,少劳不少得。组员们怨声载道,一季到头就散伙,重新加入别的互助组。

矛盾重重,不仅影响生产,也妨碍着团结。每当想起这些,史来贺的心里像塞了一团乱麻——千头万绪,理也理不清,梳也梳不顺。农村目前这种现状,怎能大踏步地推进社会主义建设呢?应该有一个大的生产组织形式,来替代小互助组,让全村人形成合力。只有那样,才能大力发展农业生产,使粮食棉花增产增收。

史来贺想起了李顺达、王国藩的农业生产合作社，对！刘庄也要成立农业合作社，眼下，这是唯一的出路。

这位青年农民的愿望，仿佛被党中央的领袖们看见了；史来贺这位新任支部书记的心声，仿佛被党中央的领袖们听到了。中南海发出了与这个青年农民的愿望遥相呼应、令这个青年农民喜笑颜开的号召。

1953 年 11 月 4 日，毛主席在同农业部负责人谈话时指出："发展农业生产合作社，现在是既需要又可能，潜在力很大。如果不去发掘，那就是稳步而不前进。脚本来是走路的，老是站着不动，那就错了。"

1953 年 12 月，中共中央通过了《关于发展农业生产合作社的决议》，强调"互助运动是为农业生产合作社准备了群众经验和领导骨干的条件，互助组的发展是农业生产合作社发展的重要基础。另方面，办好农业生产合作社又可成为带动互助组大发展的力量"。

史来贺异常兴奋地读着中央的文件，逐字逐句地品味着文件的精神："真是太好了！文件上的这一段话，仿佛就是针对刘庄讲的，符合刘庄的实际啊！党中央、毛主席最了解咱农民哪！农民就需要合作起来，走集体化道路，这可是一条让农民走向富裕的光明大道啊！"

史来贺与党支部副书记李兴德带领党支部一班人和民兵骨干，积极宣传党的过渡时期的总路线精神和关于农业合作化的决议。史来贺认为，应该把村里的互助组合并在一起，成立农业合作社，这是发展生产的需要，也是让先进经验在刘庄开花结果。由互助组到初级社，是一个大转变，必须做好群众的思想工作，让大家在自愿的基础上组织起来。一个新的生产组织形式的形成，不能强迫命令，必须自觉自愿，这样，人心才会齐，劲头才会足。

刘庄在剿匪反霸、土地改革以及互助合作运动中，涌现出一批积极分子，均由史来贺一手培养成共产党员。他们事事处处像史来贺那样，立场坚定，思想进步，不谋私利；对工作积极热情，踏实苦干，配合默契，互相信任。这批共产党员和积极分子，成为刘庄走农业合作化道路铁了心的坚定分子和铁打钢铸的力量，也是刘庄发展史上的第一批奠基人。

史来贺在引导刘庄人讨论办社规模时，出现了两种截然不同的意见：一是把全村办成一个初级社，取名"刘庄合作社"，社长史来贺。这种意见占大多数，理由是"信任史来贺，由他领导，群众放心"。二是先办好一个社，成功之后，再办第二和第三社,这样较稳妥,也符合中央"以合作社带动互助组,平原办社一般不超过五十户"的规定。

史来贺当然赞同第二种意见,这不仅符合中央文件精神,更重要的是符合刘庄实际。他生在刘庄,长在刘庄,对刘庄农民的思想状况有深刻的了解,从旧社会刚刚走出来的农民,思想保守,观念陈旧,目光短浅。在入社问题上,决不能搞"一刀切";入社不是打仗,更不能强迫命令。对于入社的态度,刘庄人有三类:积极的,观望的,反对的。前两类占大多数,是刘庄走合作化道路的基本力量。

基于这种分析,史来贺决定在刘庄办 3 个初级合作社。按照刘庄村的自然区划,北街可组成第一合作社。因为这条街有三多:党员多,干部多,贫农多。他们思想进步,入社态度积极,理所当然成为第一合作社。南街应该为第二合作社,这条街也有三多:中农多,牲畜多,农具多。待这两个社办成功后,再把不赞成入社的人集中在一起,合办成第三合作社。

根据史来贺的分析,党支部决定分期分批成立 3 个初级合作社。

首先把四五十户愿意入社的人组织起来,成立第一个初级合作社,并要切实办好,给全村树立个榜样。然后,再通过教育和影响,吸引更多的人入合作社。

史来贺互助组的 6 户人家都愿意第一批入合作社,原因很简单,史来贺走到哪里,他们要跟到哪里。史来贺带头入合作社,他们也要带头入合作社。

互助组群众的觉悟,让史来贺十分欣慰。

为了办好初级合作社,稳扎稳打地打响第一炮,史来贺计划把互助组组员一分为三,他和赵修身、刘荣祥 3 户参加一社;杨法忠、刘殿和、王修海三户分别参加二社、三社。他是让组里的每个党员和组员,都去做酵母或火种,在群众中发酵,或充当星星之火,燃起燎原烈火。如此,他的互助组里的每个党员、组员都成了党的政策的宣传员和初级社的积极组织者,使每个社都有党员做领导,保证党的政策的正确贯彻执行。

可他的精心策划,组员们并不理解。一听说要把他们分开,都坚决反对:哪个社也不去,就入你办的第一社。为啥?因为我们信得过你,愿意跟着你干。跟你互助合作,我们不会吃亏,有奔头,有盼头。

史来贺把为何一分为三的用意和盘托出,话音还没落地,就要分出去的 3 户竟然哭了起来:"你为啥不要俺们了?嫌俺拉累你、拖你的后腿了?给你明说吧,俺是吃了秤砣——铁了心,坚决跟着你干一辈子。因为俺认准了,只有跟着你干,才会过上好日子。你就留下我们吧! 咱几家生生死死一起干!"

"你们的心情我理解。可我也是从刘庄的实际出发,把你们分开是工作的需要。你们跟了我两三年,对走集体化道路的好处有亲身感受,也积累了一些经验。这些感受与经验,就是成立初级社的火种和酵母,参加到其他社里去,用你们经验的火种照亮别人,就能发挥照亮一大片的作用,你们得体谅我的用心啊! 我们虽然不在一个社了,可还在一个村,我又是党支部书记,有啥困难,我照样还会帮助你们;有啥问题,我会及时帮助你们解决的。"好说歹说,苦口婆心,一直说到大半夜,才算做通了大家的思想工作。

犹如春风吹开一枝花,在史来贺的带领下,新乡地区的第一个农业生产合作社在刘庄的土地上诞生了。

为了配备好 3 个初级合作社的领导班子和骨干力量,史来贺从全局出发,深谋远虑,从长计议,颇费了一番心血,做了很多具体工作。他决定,3 个合作社的社长均由在群众中享有较高威望的共产党员担任。

史来贺担任第一初级合作社的社长,张克成、赵修身、刘桂英任副社长。马新正、史传礼分别任正、副生产大队长,下分 3 个生产队,具体领导生产。社里共有 49 户人家,240 人,男女劳力 127 人,牲畜 33 头,耕地 725 亩。

刚开始,有的社员有疑虑,担心四五十户拼成一个社,能搞好? 这不是瞎胡闹吗? 别再弄个"鸡多不媲蛋,人多瞎胡乱"吧?

后来一看,是史来贺任社长,眉头凝聚的愁疙瘩消失了:"嗨! 只要是史来贺当社长,俺就放心了。这个社一定能搞好!"

"史来贺当社长,咱入社只会有好处,不会有坏处。"入社的人,对社长史来贺一百个放心。

老中农入社

农业合作社毕竟是一个新生事物,很多人对它还一无所知,免不了产生这样那样的猜测与想法,也有人对"入社有好处"持怀疑态度。中农李怀德就是个典型的例子。

李怀德是刘庄有名的种地能手,家里有 60 亩地,两头骡子、1 匹马、1 辆铁脚车,种地有优势,家里土地多,劳力多,牲畜多,农具多。土地改革后,刘庄很少有人家能和他家比得上。所以一动员入社,他再三犹豫,总认为他家"入了社,会吃大亏",还是单干好。党支部派了几拨人给他做工作,谁也做不通。

看着李怀德死活不愿入社,其他几户中农和生产、生活好一点的贫下中农也跟着动摇起来,甚至有的已经入了社,又想退社:"李怀德不入社,是想自种自收发家致富。要是单干户发家致富比入社来得快,还不如单干呢!"

李怀德一家不入社,影响一大片,甚至会影响整个刘庄实现农业合作化的进程。

此事不可小觑,必须引起足够重视。史来贺亲自登门做工作,与李怀德促膝谈心。

"怀德呀,虽然办农业合作社有个'入社自愿,退社自由'的原则,凭自觉自愿,不强迫,不命令,更不搞牛不喝水强摁头的事儿,可你不想入社这个想法,恐怕不对头。仍然坚持单干的道路,叫我看不合时宜,不是一条长远的道路啊!"

李怀德光闷头听,就是不说话,不表态。只用眼的余光斜瞅了一眼史来贺,哼!你史来贺嘴皮子功夫再硬,也休想说动我坚如磐石的心,你有你的千条计,我有我的老主意。

第一个夜晚,史来贺的攻心术没能成功,只好无功而返。

第二天夜里,史来贺又登门造访,专门找李怀德拉呱。

"怀德啊,我知道你打的啥算盘,自种自收,快点发家。凭着自家有骡马,有劳力,地又多,种地是行家,要不了几年,就能发家致富。我说得对不对?你心里的小九九,我一眼就能看透。可怀德你想过没有?单凭你一家的力量,一遇大的天灾,你能抗得住?到时候谁帮你?咱刘庄这地盘,你不是不知道,十年九旱一涝,绝收的年景多了去啦!遇到这样的年景,你怎样发家致富?还是集体的力量大呀!入了社,大伙摽着膀子一齐用劲,啥困难克服不了?有大伙吃的穿的,就有你李怀德一家的。只要大伙都发家致富了,你李怀德不也在其中了吗?"

史来贺又与李怀德抽着烟、面对面、和风细雨地谈了大半夜,可换来的只是李怀德的淡然一笑,他连一个字也不吐。

为了实现农业合作化,史来贺深入家庭耐心地做群众的思想工作,有了一而再,还有再而三。第三天夜里,史来贺又不厌其烦,"三顾茅庐",与李怀德一直谈到三星打横,半夜鸡叫。他从新中国成立前的兵荒马乱、拉兵抓丁、苛捐杂税,谈到新中国成立后的安定环境和生产发展、农民增收、生活提高等情况,两相对比,让李怀德明白,新旧社会两重天,翻身农民得感谢共产党,没有共产党,就没有眼下发展生产的好环境好条件。

史来贺深沉地回忆道:"新中国成立前,你家欠了保公所的账,就是把家里的地卖光也不够顶账,被逼得几乎倾家荡产。你忘没忘记,日本鬼子占领七里营后,你家辛辛苦苦喂养了3头骡子,被日本鬼子说抢就抢走了,他们还把你家能值几个钱的东西全抢走了。你拼着命去夺你的骡子,却被日本鬼子的枪托子打得腿都瘸了,两三个月不能下地走路。"

李怀德听着听着,烟都抽不下去了,手里的烟袋直发抖,两眼的泪水禁不住滚了下来。

接着,史来贺又帮着李怀德回忆:"你还记得土匪给你家下'黑条子'的事吗?那一年,土匪一共给咱村下了13张"黑条子",其中就有你家一张。你为了保命顾家,不得不卖了全部家当,把钱交给土匪,闹得差一点家破人亡,多惨呐!"史来贺说着,禁不住两眼落泪。

"甭说了,甭说了!唉唉唉……"李怀德"呜呜呜"哭了起来,眼泪咋也止不住了。

冷静了一会儿,史来贺拍拍李怀德的肩膀头,说:"新中国成立后,共产党给咱创造了安定的环境,鼓励农民发展生产,你才有机会施展自己种田的才能,地种好了,收入高了,成了村里风风光光的人家。扪心问一问,要不是共产党,你家能有今天的好日子？如今，共产党号召咱农民组织起来，办好农业合作社，这是一条让广大农民走向共同富裕的光明大道啊！一家一户的农民，单干不是长远之计，只有依靠集体的力量，才能得到大发展。你想想，是不是这个理儿？"

精诚所至，金石为开。李怀德终于想通了，感动地说："甭说了，我知道该咋办了。明儿个，我就入社。"

可过了两天，李怀德又犹豫起来。因为一入社，家里的牲口、农具，都得作价交到社里，而他怕自己的牲口入到社里，别人使唤不爱护，糟蹋了他十分疼爱的骒马；自家的牲口自己疼爱，很想留下一头骡子自己用，又不好张口，竟然急得生了病。

史来贺听说后，买了两封点心，到李怀德家中看望。得知他生病的缘由后，史来贺哈哈笑了起来："咳！多大个事儿啊！谁家的牲口谁家心疼、谁家爱护，这一点也不假。你是好心呐！怕别人把你的骒马使唤坏了，想对它们格外地关心。这个事儿我做主了，按照中央的政策，给你家留一头骡子，自己使唤。你不是怕别人使唤牲口不爱护吗？那这事好办，你入了社，就让你当社里的鞭把子，专门负责使牲口，社里别的活你不用干。这中不中？"

"这中，这中！再好不过了。还是你知道我的心事，你一来，我的病全好了。"李怀德高兴得一把握着史来贺的手。

李怀德入社啦！

谁也没想到，李怀德入社成了刘庄一大新闻。因为大家都觉得，他不会这么快就入社。他这一入社，鼓舞激励了刘庄很多人，原来那些"动摇户"，坚定了入社的决心；原来根本不想入社的人，也都跃跃欲试，做好了入社的准备。

李怀德入社后，生产积极性很高，充分发挥自己"庄稼老把式"的才能，不仅把牲口使唤好，还主动承担了农田里、麦场上一些难度大、技术性强的农活，成了社里的生产骨干、技术能手。

刘庄第一农业合作社越办越兴旺，越办越红火，成了刘庄和新乡县办好农业合作社的一面旗帜。

第一个农业生产合作社成立后，49户的土地成了一个整体，49户的人力物力成了一个整体，49户的畜力农具成了一个整体，所有的生产资料都聚集在一起，由社里统一组织、统一指挥、统一安排。土地统一种植，劳力统一调度，牲畜统一使用。种地有了计划，生产稳步发展，干活热火朝天，粮棉连年丰收。农业社的49户农民肩并肩、手挽手走合作化道路，向社会主义农业集体化道路迈进了一大步。

初级社第一年，史来贺就带领社员夺取了第一个丰收年。粮食亩产 150 公斤，皮棉 28 公斤，远远超过了社外农户的产量。与其他村、社相比，相当于他们产量的两倍，甚至三倍。史来贺的初级社，一个劳力干一个月能挣到 20 多元，相当于当时一个区、乡一般干部的工资了。这对于翻身解放不久的农民来说，已经很了不起了。

看着农业合作化运动有力地向前推动，地主阶级恨得要命，怕得要死。村里的地主富农一直站在互助合作运动的对立面，竭力反对，暗地里煽风点火，挑唆农民不要加入农业生产合作社。一个地主公开攻击合作化运动，胡诌什么"合作社，瞎胡闹，兔子尾巴长不了"；有一个地主找到一社的干部家属，挑唆说："土改时均俺的地，眼下均你们的地，咱都得被均，家家户户都得被均成穷光蛋！"还有个老地主在群众中散布攻击合作化运动的荒谬论调："单干户，能致富；互助组，大嘟噜；合作社，吵半夜。"

这真是"树欲静而风不止"啊！被打倒的地主阶级，贼心不死，从不甘心自己的失败，一遇机会，就会兴风作浪，造谣生事，污蔑攻击，妄图推翻无产阶级新政权。这不是简单的几句言论的问题，而是一场严肃的阶级斗争。

为了击退地主阶级对农业合作化运动的进攻，坚决打击阶级敌人的破坏活动，史来贺与党支部一班人，站在这场斗争的前列，带领全村干部群众，与明火执仗的地主阶级展开了激烈的斗争。党支部召开了全村群众批斗大会，发动群众揭发了几个地主分子对抗和攻击合作化运动的犯罪事实，深入批判了他们的反动言论，彻底揭穿了他们的险恶用心，狠狠打击了他们的嚣张气焰。

批斗会上，史来贺还发动群众进行三对比：新中国成立前与成立后对比；单干与互助组对比；互助组与初级社对比。第一社的几位社员，在对比中，几乎异口同声地说："比来比去，还是初级社好。俺入社算是入对喽！"

通过反复对比，群众看到了初级社的优越性，农民充分认识到了只有组织起来、参加农业合作化运动，才是唯一出路的道理，从而自觉地抵制了地主阶级的反动思想和荒谬言论，激发了大家参加合作化运动的积极性。

几只小小的螳螂，挡不住滚滚向前的历史车轮。一个热火朝天的农业合作化运动的高潮，正在刘庄蓬蓬勃勃地兴起……

尝试与探索

　　为了巩固农业合作化的初步成果,把第一个初级农业合作社办好,给全村想入社的农民做个榜样,让他们毫无顾虑地入社,史来贺颇费了一番脑筋。该怎样才能把初级社办得红红火火、鼓舞人心,吸引所有人的目光、所有人的心呢?

　　1951 年,史来贺成功地创办了刘庄第一个互助组,摸索出了一套办好互助组的办法与经验,带动了全村 36 个互助组的诞生和发展。在新乡甚至在整个平原省,树起了一面互助合作的旗帜。两年后,他又带领群众创办了第一个农业合作初级社,走在了全地区、全省农业合作化的前面,成了一个农业合作化的开拓者、探索者。但初级社与互助组有着本质的不同,互助组只是中国农民在个体经济基础上组成的自愿互利、互换人工或畜力的单一的小型劳动组织,而初级社则是中国农民在农业合作化运动中建立的半社会主义性质的农村集体经济组织,是中国农村经济由个体经济转变为社会主义集体经济的过渡形式。初级社在社员分工和协作的基础上,统一组织集体劳动,社员根据按劳分配的原则取得劳动报酬,多劳多得,少劳少得,产品由社里统一支配。

　　面对这样一个与互助组截然不同的新型农业合作化组织,他又该如何在前进中探索、在探索中前进呢?

　　史来贺最了解农民的心理,他们最看重的是实惠,是自己的切身利益、眼前利益,所以,要想巩固刚刚成立的初级社,必须首先让社员得到实惠,把社员的利益放在初级社所有工作的第一位。社员们入社,都是带着自家的土地、牲口、农具来入社的,如果没有这些财产,农业合作社就是个空架子。如今社员们都把这些财产交给了社里,可农业生产合作社不能白手拿鱼呀! 社员们的财产不能白送给社里呀!

　　作为初级合作社的社长，史来贺在如何巩固与进一步办好农业生产合作社，如何引导农民走好农业合作化道路这个重大问题上，做着大胆的尝试和不懈的探索。

　　他从农村、农民的实际出发，以维护和保障农民的根本利益为出发点与落脚点，去认真考虑如何发展与巩固农业生产合作社的问题。他认为，农业生产合作社的工作，必须先从让农民得到实惠这一点做起。于是，他带领初级社干部，对所有社员家庭入社的土地，进行评产、分等、定级，让社内一家一户的土地入股分红，土地作为股金，是社员对社里的投资。分等定级既要考虑土地好坏，又要考虑产量高低。这样，既照顾到贫雇农的利益，又不损害中农的利益。生产股金以劳、地（劳动力和土地）各半的比例计算缴纳。年终分红实行劳八地二，充分体现了按劳分配加照顾的原则。对牲口、农具进行折价入社，5年以内，逐年还齐。在折价过程中，因为中农的牲口多、农具多，害怕吃亏，一度思想波动，有的还想退社。史来贺发现思想苗头后，从稳固初级社建设和发展社内生产出发，在进行牲口折价时，把牲口价格抬到适当价位，不压低，不砍价，达到社员满意，从而稳定了带着牲口入社的社员们的思想情绪。社员们的切身利益得到了保护，实惠拿到了手里，心里自然得到了安慰，焕发了无穷的干劲，一滴滴汗水，全部洒在了社里的生产劳动中，洒在了社里的一寸寸土地上。

　　要让初级社稳步发展，必须大力发展生产力，而发展生产力的一个关键，就是高度重视和充分体现社员们的劳动价值。为此，史来贺非常重视社里的财务管理和评工记分。在评工记分时，坚持民主评议的办法。以生产队为单位进行，每个队把劳力分为五至七个小组，分组评议。根据劳力的身体强弱、技术高低、劳动态度好坏，评定底分，投票评定，少数服从多数。底分活评，每个季度评一次。

　　社员劳动记分，分四种情况：

　　一是干生产队的杂活，由队里的干部按底分发工票；二是按件记工，如摘一斤棉花发多少工票；三是小段包工，如一亩玉米地锄三遍共发多少工票；四是大包，如几个人合撒一块地的粪共发多少工票。这样，有效地调动了社员的劳动积极性，增强了社员的责任心。

　　这些土地入股、牲口农具折价、劳动力评分细则、记工计酬方法、按劳分配原则等，都是史来贺根据生产实际情况琢磨出来、摸索出来，而后制定的。这充分证明，史来贺是一个在生产、工作实际中，善于观察积累、善于动脑筋琢磨，更善于在实践中大胆探索、总结经验的基层干部,从不断的探索与尝试中,摸索出了一条适合农村发展的合作化道路。这其中,积累了大量具有普遍性、代表性的经验,这些经验都是十分宝贵的,对于当时的农业生产合作化运动,具有现实的指导意义和深远的历史意义。

初级社是农村最初的集体经济组织,既然是集体经济,就会有公共积累、共同财产。史来贺知道,社员们都会睁大眼睛,盯着社里的公共积累和财产,因为那是他们共同的劳动成果,里面有他们艰辛的心血与汗水,绝不允许任何人浪费、挥霍甚至侵吞他们的血汗。所以史来贺下决心在社里的财产管理方面,采取极其严格的措施,不让社员的血汗流失一点一滴。

为此,史来贺毫不含糊地坚持民主理财之路,实行财务管理公开,按月按季向社员公布账目。每年、每季社里的农业收入是多少,购买生产资料开支了多少,给社员分配了多少,定期向社员公布。对社内开支,一笔一笔,哪怕是一毛一分,都有严格的审批手续:开支 10 元以上,由副社长审批;开支 5 元以上,由队长审批;开支 30 元,由社员大会讨论通过,通不过的,不能开支。

社里的财产管理条例和财务审批制度,是史来贺一手制定的。但他身为社长,却不要任何财务审批权,拒绝审批一切财务条子。他这个习惯,一直坚持了半个世纪,在担任刘庄村的一把手的履历中,从未批过一张财务条子。一把手不批条子,不管是在当时,还是在现在,都是罕见的,恐怕史来贺是唯一的一个。财政审批权,是每个当官的看重的最核心的一项权力,手中有了这项审批权,那才叫重权在握。可史来贺为何偏偏不要财政审批权呢?

听听史来贺如何回答。

"我当社里、村里一把手,坚持永远不批财务条子。这样做,有不少好处,意义大着呢!首先是为了放权,让副手真正当家做主,给他们实权。其次,自己可以站在超脱的位置,对经济进行有效监督。当局者迷,旁观者清,我作为一个'旁观者',可以时刻保持清醒的头脑,使公共财产的监督时常处于清明的状态,也让干部队伍风清气正。再次,有我这个一把手监督财务,在廉洁方面以身作则,两袖清风,给干部群众做出榜样,这样可以取得群众的信任,让广大群众放心,避免群众不必要的怀疑与猜测。让干部群众把心思用在发展生产上,用在如何让粮棉增收上。全社上下时常保持一股正气,无形中就加快了农业合作化的发展。"

怪不得史来贺一直坚持不批条子,他想的跟一般人不一样啊!这是一种意义非凡的深谋远虑,也是一种站得高看得远的思想境界,更是一种超脱物外的政治品质。

史来贺的这种作风,坚持了一辈子,直到刘庄经济大发展了,拥有了十几亿元的公共资产,他依然不批一张条子,从不染指财务审批权。在别人看来,史来贺当了一辈子的"官",可他的心里,从来就没有塞进去一个"权"字。

他也曾给人讲过自己对"权"字的理解与看法:"干部的权力,无论大小,都是人民给的。人民给了你权力,是让你为人民服务,而不是让你滥用职权,以权谋私,捞金钱、捞油水。干部用好了权,就能为人民造福、谋利;干部滥用权,就会给人民带来祸害。该掌的权,一定要掌好;不该掌的权,决不能要、不能争。争权的实质,就是争利;争权的背后,就是谋私。"

史来贺一眼看透,一针见血,把那些争权夺利的人的祸心,解剖得淋漓尽致。

刘庄第一农业合作社成立后,史来贺带领社员千方百计发展生产,大家憋着一股子劲,坚决要把农业合作社搞个样子给社外的群众看一看。他们起早贪黑,披星戴月,把全部精力都用在了耕种土地和发展生产上。社里的生产蒸蒸日上,粮棉产量不断攀升。1953 年粮食亩产 150 公斤,皮棉亩产 28 公斤,远远超过社外群众的平均产量,劳动日值 6 角。社内还组织社员大搞副业:农闲时节搞短途运输;割草卖草;栽种果树,兴办果园;养羊养牛,发展畜牧业,一年养羊就有 100 多只。这样,不仅增加了集体和社员收入,社里还有了公共积累,用以扩大再生产。

史来贺的第一农业合作社,如刘庄大地上拔地而起的一棵树苗,在史来贺等人的培育下,正茁壮成长,生发出蓬蓬勃勃的青枝绿叶……

当好引领者

刘庄第一农业合作社竖起了一杆旗,社外的村民望着这杆旗,投去敬仰的目光;刘庄第一农业合作社闯出了一条路,社外的村民望着这条路,遥想着路那端的美好风景;刘庄第一农业合作社做出了光辉的示范,这个示范,如一个神妙的磁场,对社外的村民产生了强大的吸引力;刘庄第一农业合作社粮棉丰收、副业兴旺、畜牧业发展,开辟了多条生财之道,社员家里大囤冒小囤流,手里也有了零花钱,社外的村民羡慕得眼都红了。

社外村民纷纷表示,向第一合作社学习,早早入社才是正道!

1954 年 8 月,村里成立了第二合作社。社长是李兴德,副社长是杨森峰、夏治香。

这里,咱们先认识一下副社长夏治香。她是刘庄的一位年轻媳妇,在当时,是刘庄少有的一个年轻女干部。娘家是夏庄村的,前两年才做了刘庄的媳妇。她年轻漂亮,性格开朗,敢说敢干,干起活来,巾帼不让须眉;并且心怀坦荡,乐于助人。因此,在妇女堆里,她很有人缘,很有威信,身边时常围着一圈年轻媳妇,有说有笑,拉家常,说民情,大事小事,互相帮衬;不管谁家女人有了难事,她都帮着去解决;不管谁家两口子生气了、吵架了,都请她去调解、去开导。大家选她当副社长,就是看好了她的思想觉悟,看好了她在妇女中的威信。

夏治香当了副社长后,积极配合村党支部做未入社的群众的思想工作。

有一户贫农,家里有 5 口人,原有 5 亩地,土改时分了 4 亩地,后来又买了 4 亩地,共 13 亩地,家里的日子逐步好转,有吃、有穿、有钱花。有人动员他入社,他说啥也不入:

"新中国成立以后,俺家像个粮食囤,鼓起尖了。叫我入社,我不入。自家过自家的日子,多好哇!自己种,自己吃,愿咋种咋种,愿咋收咋收,谁也管不着。入了社,就不当家了。啥都归了社里,家里不就又穷了?说一千道一万,反正我不入社。"

夏治香家跟这家贫农是近邻,听说史来贺去他家做动员工作,就积极配合,也到他家做思想引导。夏治香跟这家女人很能说得来,就准备先做通这家女人的思想工作。她有时跟史来贺一起去,有时自己端着碗吃饭凑在一起,或者黄昏去串门,跟这家女人尽说些加入农业合作社的好处:史来贺第一社如何土地分红、牲口农具如何折价、如何把土地平整后连成一片统一耕种、如何搞起了副业、粮棉为啥提高了产量、社员为啥收入多了等,农业合作化的好处,让她一摆摆了一大片。女人动心了,对史来贺的第一社很是羡慕。而后女人就趁坐在灶火边吃饭时,趁躺在被窝里睡觉时,把夏治香给她摆的农业合作化的一大堆好处,也摆给自己的男人。慢慢地,男人被说服了。夏治香三天两头去"串门",终于帮着史来贺做通了这位贫农一家的思想工作,让他心悦诚服地入了初级社。

二社成立不久,在史来贺与其他干部的积极筹备和发动下,三社也顺应刘庄合作化的形势,应时成立了。至此,刘庄的全体贫雇农与中农,全部加入了初级社,成了光荣的农业合作社社员。

史来贺对第三合作社社领导班子的配备尤为重视。这个社人虽少,但成分复杂,思想落后,还有一些人对入社有抵触情绪。有人放出话来:"谁要来领导第三社,那就等于手里握住了一把圪针。"该叫谁去领导第三社呢?史来贺反复思考,久久谋虑,把第三社的骨干都想了一遍,最后,目光盯住了入党不久的刘荣田。在史来贺眼里,刘荣田是一个好苗子,出身贫苦,追求进步,工作积极,敢说敢干,在群众中有很高的威信,有一定的号召力,第三社社长非他莫属。

一天夜里,史来贺找到刘荣田,希望他担起第三社社长的重任。一开始,刘荣田摆手摇头,迟疑不决,思想上有一些顾虑,不愿挑这副担子。史来贺又是鼓励,又是激将,恳切地说:"你是党员,你不干叫谁干?难道叫那些反对合作化的人干?那不把合作社领到坑里去啦?放心地干吧!这是党交给我们的任务,有我支持你,怕啥?今后凡遇到困难,就来找我。"

一听"是党交给的任务",刘荣田高高兴兴地接受了。

然后,史来贺又物色了精通农活、办事公道的刘殿启、刘树祥二人担任副社长。刚开始,两人毫无思想准备,也是不愿接受,史来贺掏心掏肺地说:"咱们都是穷苦人出身,共产党给咱穷人打下了天下,让咱当家做主;咱们不当家,谁当家?咱们不做主,谁做主?干吧!咱们都是为穷人当这个家啊!"

刘殿启、刘树祥二人会心地笑了……

那几天,村民们见了面第一句话就问:

"你入社了吗?"

"入了,入了!"

"入了好哇!入了社,咱们都成了农业社的社员啦!"

"是啊!入了社真好,比单干强多了。"

"那是,那是。入社真高兴,大伙儿都在一块地里干活,在一个场里打粮,有说有笑,多好哇!人多力量大啊!"

作为农业生产合作社的领头人,史来贺想的就不单单是"一块地里干活""一个场里打粮"这么简单的问题了,他想的是如何利用和发挥农业生产合作社的优势,有效促进农业生产,大力发展集体经济,改变刘庄"一穷二白"的面貌。

刘庄有了3个初级社,统一在以史来贺为书记的党支部领导下,3个社统一号令,统一步调,统一计划。为了3个社的农业生产齐头并进,集体经济一起攀升,史来贺提出3个社大力开展"双快竞赛",即看哪个社的生产发展快,社员的收入与生活水平提高得快。党支部召开3个社的包括正副社长、正副大队长、正副生产队长在内的"三级干部会",颁布竞赛号令。会议还没散,不少干部都已经摩拳擦掌,跃跃欲试了。

竞赛正式开始了。

3个社都憋足了劲,甩着膀子干了起来。每个社的社员都是起早贪黑,比着早出工、晚下工,看谁干得快,看谁干得成效高。史来贺领导的第一社总是干在头里,其他两个社老是赶不上。年底一结算,第一社的人均劳动日值0.65元。一个整劳力,一个月农活,值20多元钱。这在当时,已经很了不起了。那时,一个乡镇国家干部的月薪也不过是20多元,刘庄第一社的农民,已经跟乡镇干部的工资不相上下了。这样的收入,在当时的农村极为罕见,方圆十里八村的百姓羡慕得不得了,都说:"刘庄的社员,是农民身份,干部待遇。"有的还说:"史来贺真是个能人,带领农民入了社,一下子把老百姓的收入提高了一大截子。社员会不拥护?"

二社、三社的干部、社员不服气,为啥一社总是比咱强?"都是喝刘庄水、吃刘庄粮的人,都是在这块土地上扑腾的汉子,俺就不信,就他一社的人尿得高,试试看,俺会比他们尿得更高!"

二社、三社的劳力没日没夜地拼搏，下大力气非要超过一社不可。他们说话唾沫砸坑，一说一个准。到年底，二社、三社的劳动日值达到 0.70 元，真的超过了一社 0.05 元。

史来贺打心里感到高兴，竞赛出了效果，出了成绩，鼓舞人心啊！他代表党支部、代表一社干部群众，向二社、三社表示祝贺，希望他们再接再厉，再超一社。

"你们看人家二社、三社，已经超过咱一社了。咱脸上挂住挂不住啊？下一步咋办？大家伙讨论讨论。"史来贺用激将法鞭策一社的干部群众。

一社的人怎能甘心落在二社、三社的后边？他们的生产积极性一鼓再鼓，坚决把第一重新夺回来："过年，咱一社一定鼓起勇气，劳动日值最低达到 0.75 元，非得超过二社、三社不可。"

3 个社就这样竞赛着，谁也不甘落后，谁也不愿脸上无光；谁都想争第一，谁都想扛红旗。劳动比学赶帮，生产节节向上。那种挥汗如雨的拼劲，那种赤膊上阵的强悍，都是自发的、本能的，都是一种精神的焕发，一种心潮的涌动，一种思想的挥洒。

第十七章　绝不盲目跟风跑

※摘掉穷帽子
※捅了马蜂窝
※从实际出发

摘掉穷帽子

　　刘庄的 3 个初级农业合作社,每个社里的土地都连成了片,统一进行了平整修理,合理安排种植计划:在较大的地块内统一种植棉花、小麦、玉米,较小的地块种植杂粮和蔬菜。土地的统一经营,劳力的统一安排,大大加强了计划性,克服了盲目性,节约了人力物力。初级社可以在本社内抽调劳力进行林、牧、副业生产,大力发展多种经营。仅林业这一项,就种植了枣树、梨树、桃树等果树。不仅发展了林业,还让社员有了水果吃,丰富了大家的生活。各社都在搞好农业生产的前提下,积极组织劳力拉脚,搞短途运输,用土车为棉花站、粮管所运输棉花、粮食;还把社里的木工、瓦工组织起来,派出去到外村做木料活、垒墙盖屋,增加了社员的收入。

　　初级社为了旱涝保收,组织社员挖河修渠,引黄河水灌溉农田。尽管初级社时土地仍为私有,但土地实行统一使用,取消了互助组时户与户之间的地界,挖河修渠统一设计、统一规划,渠道能够去弯取直,省工省时,节省了土地,统一修建了闸门与桥梁,扩大了灌溉面积,保证了大部分耕地再也不受旱情的威胁。粮棉丰收有了根本保障。

　　初级社下分生产队,3 个社共有 8 个生产队。初级社刚成立时,由于缺乏管理经验,劳力集体干活往往大轰大嗡,看上去轰轰烈烈,却不注重实际,质量差,效果低,窝工现象严重。针对这种情况,史来贺一方面对社员进行思想教育,启发大家树立以社为家、爱社如爱家的思想,给社里干活要像给自己家干活一样,精耕细作,认真仔细,来不得半点马虎草率。另一方面,他与党支部以及 3 个社的干部进行了认真的研究,制定了提高劳动生产率的严格的措施。让各社开始对生产队实行"三包一奖四固定",即包工、包产、包投资;超产奖励;土地、牲口、农具、劳力固定。这三项措施,实行起来 3 年不变。初级社把劳力、土地、农具、牲口分到各个生产队,社对生产队定出任务和指标,由生产队贯彻落实、具体实施、进行管理。超产的生产队受到实质性奖励,对本队社员进行再分配。这一举措,大大激发和调动了广大社员群众的生产积极性,掀起了一个又一个竞赛热潮,大大加强了农业合作化的巩固,大大推动了农业生产的发展和集体经济的积累。

这些成功的管理措施,都是史来贺在生产管理实践中探索、总结出来的经验,既注重了集体发展,又关切了群众利益。充分体现了史来贺一切从实际出发的思想路线,又彰显了他对农业生产管理的智慧与才能。

在那时,史来贺就认识到农民学习文化和技术的重要性,他跟党支部一班人讲,没有文化与技术的农民,是愚蠢的农民,不符合新社会的要求,更不会用科学技术种田。刘庄的社员,如果不学文化和技术,慢慢就会落后,跟不上新社会的发展。他的这个认识,在当时是超前的,带有很强的前瞻性。

按照史来贺的部署,党支部办起了扫盲班和夜校,让社员在农闲时节和夜晚学文化,学技术,学科学知识。由于实行了"劳八地二"的分配制度,社员们对于劳动特别是技术劳动,非常重视。技术从哪儿来? 只有靠学习。因为大家都知道,没有文化与技术,就挣不来高工值。即使是为了多挣工票,他们也要熬夜刻苦学习。社员们学习文化与技术的热情被大大地激发起来。

有了文化,掌握了技术,社员们改变旧的耕作方式,积极推广优良品种,推广新技术耕作。过去,刘庄群众有种晒旱地的习惯,土地上粪少,一年只种一季小麦,收入很低。初级社后,种地增加了肥料,不再种晒旱地,变一熟为两熟,变一茬为两茬,大大提高了单位面积产量。在选种方面,更换过去的旧品种,采用优良品种。小麦推广"平原50""碧码一号""碧码二号";棉花推广斯字棉;推广粮食、棉花合理密植的先进技术。

一分汗水一分收获,一滴心血绽放一朵红花。土地丰产,社员增收,社里富有。到1955年年底,全村粮食亩产达到177公斤,皮棉亩产28.5公斤,劳动日值0.70元;社员分配增加了,集体也有了积累,购置了农具与牲畜,全村牲畜由原来的100头,增加到180头,还购买了16部喷雾器。3个社的公共积累,加在一起达到4万元,固定资产达到14万元。这在当时,是一个非常惊人的数字。那个年代,鸡蛋一二分钱一个,粮食三五分钱一斤,4万元,能买几火车皮鸡蛋!买的粮食能垒起一座大山。那14万元的固定资产,又能换来多少物山、粮山呢? 这对于其他农村的初级社来说,是可望而不可即的,可叹而不可追的。绝大部分村子的初级社,连一分钱的积累都没有,有的甚至还欠着外债,拆了东墙补西墙。

这个时候,方圆几里的村庄再也无人唱"方圆几里乡,最穷数刘庄"的歌谣了,刘庄已经用短短两三年的时间,摘掉了"最穷"的帽子,成了村村高看、人人羡慕的由穷变富的先进村了。这对于其他村来说,简直就是不可思议的事情,别的村庄办不到的事,史来贺领导的刘庄用最快的速度、用最短的时间办到了,怎能不令人惊叹呢?

人们对刘庄刮目相看,人们对史来贺大加赞赏。

"史来贺是少有的能人,那能耐大着嘞!在咱这一片,谁也比不了!"

"一个最穷的村,合作化两三年,成了这一片最富的村。别的村也都合作化了,咋没富起来呢?咋依然外甥打灯笼——照旧(舅)呢?还是人家史来贺领导有方啊!"

刘庄由贫穷变为富足,由落后变为先进,在合作化时期就已经崭露头角了,成了新乡地区乃至平原省农业战线出类拔萃的先进典型。由此,一路挺进、一路奏凯、英气勃发的势头,一直保持了半个多世纪,在中国大地竖起了一座巍峨的丰碑!

捅了马蜂窝

20世纪50年代，行政管辖机构的设置，跟现在不同。那时，县下面是区，区下面是乡，乡下面是村。刘庄属于夏庄乡。夏庄乡管辖夏庄、曹庄、新庄、南魏庄、小张庄、陈庄、苗庄和刘庄等8个村庄。史来贺从1954年10月开始担任夏庄乡党总支书记兼刘庄党支部书记，属于乡里的半脱产干部。

1956年，新中国的发展正处于承前启后的关键时期，大规模的经济建设正在蓬勃展开。农村普遍成立了农业生产合作社，基本完成了农业生产初级形式的社会主义改造。但农业初级社由于成立时间太短，基础还不太牢固，农村集体经济还未得到全面发展，出现了这样那样的问题，有些社员对农业生产合作社产生动摇，怀疑能不能办好、有没有发展前景。

正在这时，合作化运动的步子进一步加快，全国迅速掀起农业合作化高潮。好多地方刮起一股"小社合大社"之风，将成立不久的多个农业初级社合并为一个高级社。夏庄乡所管辖的8个村听说要小社合大社，全乡干部群众的思想处于混乱状态，谁也弄不清到底是小社好还是大社好，何去何从，只能听风是雨，随波逐流。生产基础较好的村子，群众反对小社合并大社，担心吃亏。南魏庄私下把集体留的粮食种子全部分掉了；有的村子公共财产被瓜分一空，干部群众原来高涨的生产情绪一落千丈，全乡农民都在等待着、观望着。

这一天，刘庄也接到了上级的指令：刘庄所在的夏庄乡8个村30多个初级社合并为一个高级社，即夏庄高级社，并提名史来贺担任这个高级社的社长。

接到这个指令，史来贺陷入了深思：刘庄的初级社才成立不到3年，其他有些落后的村子，1955年年底才成立初级社。初级社成立后，生产前进了，农业发展了，生活水平提高了，农民情绪稳定了。但是，初级社还没有巩固好，生产能力仍然不高，管理经验缺乏，机械化程度也不高，有的初级社根本就没有一点机械化的影子。在这种情况下，就一步跳到高级社，草率地把几十个初级社并到一起拉平，这是平均主义"大锅饭"，势必会影响干部群众的生产积极性；再说，小社还未扎好基础，就合并为大社，步子迈得太快了，这不明显地脱离实际吗？这就好比盖高楼，地基没有打好，基础还不坚牢，就硬要往高处建造，那高楼还不得半途倒塌啊？搞社会主义建设，发展农业生产，不能一步就想跨江过海，得老太太上台阶——一步步来，一步步向前迈，脚踏实地，稳扎稳打。就像登高爬山，得一个石阶一个石阶地往上攀登。爬得太急太快，就容易从高处摔下来。搞社会主义建设，跟爬山一样，得从实际出发，走好脚下的每一步路，千万不能急于求成。史来贺认为，一村一社比较切合实际，把30多个初级社合并成一个高级社，违背现实，也违背客观规律。

于是，史来贺如实把自己的想法向区领导和工作组汇报，并明确表态：现在成立大社的条件不成熟，不符合当前农村发展的实际，不如以村为单位成立小社。这样才有利于组织劳动，发展生产。他毫不动摇地坚持刘庄"一村一社"，断然拒绝到夏庄乡任高级社社长。

一场激烈的辩论，在夏庄乡进行着。

夏庄乡召开全乡8个村子的党支部书记、村长和初级社社长会议，辩论一村一社与一乡一社的问题。乡里的绝大多数干部和几个村子的负责人认为，建大社是上级布置的，应该服从领导，上级叫建大社，肯定大社有好处。刘庄干部发言说，仓促建大社，脱离农村实际，不利于发展农业生产，不利于激发群众生产积极性，不利于提高农民生活水平，并举出一桩桩群众思想混乱的实际例子，来说服乡里一些干部。

史来贺在大会上坚定地说："俺刘庄的党员、干部、社员，绝大多数都不同意并大社，我们不能违背广大干部群众的意愿，不能违背自愿的原则，搞强迫命令那一套。刘庄村决定自己成立一个高级社，实行一村一社。"

乡里的辩论会结束后，史来贺回到了刘庄，马上召开党支部会和社员大会，进一步征求大家的意见。支部会上，大家你一言我一语，七嘴八舌，纷纷发表意见。

有的说："小社搞得好好的，非要合成大社，七八个村子合并到一起，条件不一样，基础不一样，人心也不齐，生产能搞好？"

有的说："并大社，那不是明摆着哪村富哪村吃亏吗？咱刘庄决不跟夏庄乡其他几个村子捆到一起受穷。"

党支部一班人都不赞成合并大社，最后决定：刘庄单独成立一个高级社。

群众大会讨论的意见和党支部的意见不谋而合，广大群众一致要求史来贺回来领导刘庄高级社。

史来贺听着干部社员真挚的话语，十分激动："刘庄的干部群众真好哇！我史来贺决不辜负刘庄百姓的期望。"

他立即给乡里打了电话："刘庄自上而下进行了大讨论，干部群众都赞成刘庄一个村成立一个高级社。一个乡成立一个高级社是搞社会主义，一个村成立一个高级社也是搞社会主义。"

1956 年 3 月的一天，夏庄乡隆重召开万人大会，成立夏庄高级社。会场里红旗招展，人山人海，鞭炮齐鸣。可会场里只到了 7 个村，刘庄没有到会。工作组几次打电话催促刘庄参加大会，但一直到大会结束，刘庄也没有一人参加夏庄的万人大会。

就在夏庄乡宣布"夏庄高级社"成立的同一天，刘庄人一大早就开始忙开了。他们运来门板，扛来檩条木棍，很快搭起了开会的台子，用红布扯起了会标，敲锣打鼓，燃放鞭炮。刘庄隆重地召开"刘庄高级社成立大会"，群众扭秧歌、唱小曲，欢天喜地庆祝刘庄高级社成立，干部群众一致选举史来贺担任刘庄高级社社长，李兴德任第二社长，杨森峰、刘桂英任副社长，刘树田、李天德任会计。

这几年，因为史来贺是夏庄乡的党总支书记，已是乡里的半脱产干部。为了坚持一村一社，宁愿不当半脱产干部，刘庄高级社成立后，他重新回到了刘庄。

"夏庄高级社"的成立大会，没有一个刘庄人参加；"刘庄高级社"的成立大会，也没有一个外村人和上级领导参加。这就意味着，"刘庄高级社"没有得到上级的承认和支持。

同一天，夏庄乡一下出现了两个高级社，一个大社，一个小社。大社是上级批准的，是"亲生亲养的"；小社是擅自成立的，是"后娘养的"。有人认为史来贺这是冒犯上级，说不定上级会处分他；刘庄的群众为他担惊，为他惶恐，心里老是打鼓，睡梦里还在为他捏一把汗。

这一回，史来贺确实捅了"马蜂窝"！夏庄乡一位领导说："史来贺是天灵盖上长眼睛——目中无人，连上级领导的话都不听了，敢与上级的政策顶牛了。"

于是，"目无领导""本位主义""搞分裂""不顾全大局"，一记记棍子向刘庄和史来贺打来，上级拒不承认刘庄这个"黑社"，甚至把刘庄称为"灯下黑""小台湾"，开始给刘庄"小鞋穿"：开会、发文件没有刘庄的份儿，该史来贺享受的待遇也被取消了，让他坐冷板凳，大有将史来贺这个全国劳模、民兵英雄"削职为民"的架势。刘庄一时间成了"孤家寡人"，被冷落在一边，被遗弃在角落。

上级派人来刘庄做史来贺的工作："你们坚持一村一社不中，不符合上级文件精神，还是重新加入大社的行列好，赶快归属夏庄高级社吧！"

史来贺不冷不热地回应道："中不中，让我们试试再说！现在下结论有点早，得看结果。"

村支部、社委会有的干部心里揪成了一个疙瘩："上边不承认咱刘庄高级社，这该咋办？"

史来贺不以为然地说："不承认怕啥？他不承认，咱刘庄高级社就不存在了？上边越是不承认，咱越要把咱的高级社办好，把群众的生活搞好。叫外边的人都看看，刘庄人是给共产党争光的，是给社会主义争光的。"

"上级连开会都不通知咱了，连文件也不给咱发了。"

"这都不重要，开会不开会，有文件没文件，咱不照样天天下地劳动？咱农民，别的啥都不搁心，要是一天不干活，身上就难受。记住一条，在咱农村，搞好生产、发展集体经济比啥都重要。"史来贺停顿了一下，又说，"只有这样，咱农民才能过上好日子，才能在经济上彻底翻身。"

县里召开全县高级社正副社长等负责人会议，根本不通知刘庄高级社参加。刘庄的干部得到消息，就自动赶到会场，悄悄地坐在最后一排的角落里听报告；县里下发的文件，没有刘庄的，他们就到兄弟社找来文件学习；县里发统计报表，也没有刘庄的，刘庄干部就到县里，私下找支持刘庄的有关领导去要表格填写，填好后再塞进厚厚一沓子报表中。

在史来贺的带领和影响下，刘庄人的思想稳定下来了。虽然刘庄高级社受到了冷遇和打击，但是，刘庄的干部群众没有灰心泄气，他们憋着一股劲，要把自己的高级社办得更好，让那些官僚主义者看看，刘庄的干部群众是为共产党争气的，是为社会主义争光的。他们认定一个理儿，搞社会主义不是凭耍嘴皮子、扎花架子，而是要从农村实际出发，务实不务虚，扎扎实实干一番事业。

刘庄人坚信，有群众的主心骨史来贺当高级社社长，刘庄高级社一定能办出自己的特色，办出骄人的成绩。社员们下定决心，在史来贺这个高级社社长的领导下,同心协力,掀起生产高潮,搞好集体经济,要和夏庄高级社的 7 个村来一番比赛,刘庄的小社一定要超过夏庄的大社。让事实证明,刘庄坚持的"一村一社"是对的,是符合农村实际和群众心愿的。

从实际出发

偏偏 1956 年这一年，又发生了特大自然灾害，给刚刚成立的刘庄高级社来了个下马威。

4 月，发生了人们意料之外的倒春寒；

6 月，发生了特大涝灾；

7 月底至 8 月，发生了特大虫灾。

史来贺连续召开党支部会、高级社干部会以及社员大会，面对自然灾害，群策群力，研究新的对策。他对大家说，自然灾害是对我们每个人的严峻考验。在灾害面前，咱们更要团结一心，上下拧成一股绳，带领群众，依靠集体的力量，克服万难，战胜自然灾害。

党支部和高级社干部坚定一个信念：灾害再严重，也不能影响刘庄高级社的经济收入，一定要让它比初级社更上一层楼，让它体体面面、风风光光地站立在其他高级社面前。史来贺与党支部一班人横下一条心，越是灾年，越要带领群众大干，通过生产自救弥补灾害造成的损失。

史来贺根据往年战胜涝灾的经验，大力提倡刘庄高级社要"全面发展，多种经营"。粮食欠了红薯、蔬菜补，农业亏了副业补。让副业的"轮子"加速转动起来，生产规模不断扩大，产量与日俱增，效益越来越好。就这样，刘庄人在村党支部的领导下，齐心协力搞生产自救，千方百计发展集体经济，硬是把上边不承认的刘庄高级社办得扎扎实实、生机蓬勃。

寒灾、涝灾、虫灾，"三灾"之年，刘庄高级社人心没散，脚步没乱，在史来贺的统领运筹下，与"三灾"拼命，和老天较劲，终于成了与天斗、与地斗的赢家，成了战胜自然灾害的英雄。群众说，这样大的灾害，要在新中国成立前，不知有多少人饿死，多少人逃荒要饭，党领导俺走集体化道路就是好！

史来贺担任村支书 3 年，刘庄就摘掉了贫穷的帽子，再也不是那个"吃的糠菜粮""浑身破衣裳"的刘庄了。这就是史来贺坚持"一村一社"带来的新面貌、新气象。

就这样，在一阵阵的冷嘲热讽中，在遭受不堪忍受的冷遇中，史来贺与刘庄干部群众硬憋着一股劲儿，将刘庄高级社办得比其他高级社都"高级"，由"黑社""反面典型"一变而成为十里八村羡慕的对象、学习的榜样。

史来贺的一村一社的高级社赢了。

刘庄高级社取得的成绩引起县委的重视。1956 年 10 月，新乡县委宣布承认刘庄高级社，压在刘庄社员心头的石头终于搬掉了。

被冷落、被批判的刘庄人和刘庄高级社，终于笑到了最后，而且是开怀大笑。

这时，从北京传来了党中央、毛主席的声音：中国农村情况复杂，从目前来看，"一村一社"比较好。

史来贺听了，心头热浪翻滚，两眼泪花闪闪，激动地说："毛主席啊，他老人家最了解中国农村，最知道农村该咋样发展。我们刘庄坚持的'一村一社'没有错，完全符合农村发展的实际，完全符合党中央的精神。"说着，"哈哈哈"地笑出了眼泪。

有人问史来贺："你咋长着前后眼呢？咱刘庄办的'一村一社'，正好符合毛主席的指示。"

"长啥前后眼？是刘庄的实际和老百姓的切身利益教我这么做的。不论办啥事，能办不能办、该咋样办，首先得用刘庄实际、群众利益这一把尺子衡量衡量，符合这一把尺子的尺寸就能办，不符合则不能办。"史来贺平静地说。

而此时的夏庄高级社，因村多面广、人多线长、管理混乱，闹得人心涣散，窝工低效，农业生产遭受很大损失，一度出现以下让人耻笑的现象：

> 上工一条线，
> 到地一大片。
> 屁股碰屁股，
> 一倚大半天。
> 坐得打哈欠，

说得嘴发干。
到了收工时，
坷垃没打烂。

还有人这样讽刺：

人多瞎胡乱，
鸡多不娲蛋。
活儿多磨洋工，
地多慢慢干。
社员做样子，
社长甩手看。
闲磨一大晌，
一垄没干完。
生产一团糟，
粮食大减产。

由于夏庄高级社的体制违背了当时农村发展的实际，生产上不去，经济受损失，最后造成集体落亏空，社员生活水平眼看着往下降，这样的高级社还能办下去吗？社员们议论纷纷，怨声四起。就这样，夏庄乡30多个初级社凑在一起的"夏庄高级社"，办了不到一年，于1956年12月就宣布解体，不得不以村为单位分为7个小社。而大社分小社时，任何一个小社都没有分到一分钱的集体积累，这一年的大社等于白干了。每一个小社都要重新白手起家，重打鼓、另开张，创办他们的小小高级社了。费劲巴力地绕了一大圈，又回到了原点上。

夏庄高级社解散后，社里的干部和村民议论道："看人家刘庄，'一村一社'办得多红火啊！不仅发展了生产，巩固了集体经济，社员的日子也是芝麻开花节节高啊！"

…………

此时此刻，夏庄乡几个村的干部和群众都在羡慕刘庄，羡慕史来贺。

史来贺的名字在中原大地一天天响起来，他的事迹、他的风范被越来越多的人所传颂。

第十八章　脚跟深扎家乡土

※只当小村官
※拒绝被提拔
※初心决不变

只当小村官

史来贺从民兵队队长，成长为刘庄村党支部书记以来，在干部群众中所起的模范作用、树立的共产党员的光辉形象，刘庄人有目共睹，夏庄乡、新乡县对他都有一致的好评：有魄力，有能力，敢想敢干，英勇无畏，吃苦在前，享受在后，在群众中有很高的威信。又有一定的文化程度，政策水平高，时刻按党的政策办事，时时处处为群众着想，一心要让老百姓过上好日子。

凡来刘庄检查指导工作的上级干部，无一不被这位年轻的基层党员干部的高尚品德和务实的工作作风所折服。他们认定：史来贺是一个难得的实干家，优秀共产党员，出色的基层干部。这样的干部就该把他放到更重要的岗位，让他发挥更大的作用。

为此，上级领导曾三进刘庄，动员他到区里、县里当国家正式领导干部，却都被婉言谢绝。

新中国成立初期的 1949 年，上级认为史来贺民兵联防队队长干得很出色，很有工作能力，就决定调他去当国家干部。但他坚决不去，说自己是个农民，只会种地，当不了国家干部；当国家干部，就得离开刘庄，而自己离不开刘庄。上级咋动员他，也没有说服他，更没有动摇他扎根刘庄的决心。

他不去当国家干部，是为了一门心思领着刘庄农民搞互助合作运动，发展刘庄的农业生产。刘庄的农民刚刚翻身，但还过着贫穷的生活。他觉得自己是个共产党员，应该带领大伙搞好生产，多打粮食，多收棉花，逐步过上好日子。这是自己应该承担的责任，应该完成的任务。

1952 年年底，新乡县四区将夏庄周围的 8 个村合并为一个乡，叫夏庄乡。每个村一个党支部，乡里要成立党总支。当时，史来贺担任着 8 个村的民兵联防队队长，对这 8 个村的情况，没有比他更熟悉的人。上级理所当然地让他担任夏庄乡党总支书记。按当时的政策规定,党总支书记是半脱产干部,管着8个村,一万多人口,要权有权,要利有利。并且当了夏庄乡党总支书记,不会完全脱离刘庄,刘庄还归他管。上回,就因不愿离开刘庄,才不去当国家干部的。这一回,他该不会推辞了吧?

谁知,史来贺仍有自己推辞的理由:"我一个种地的农民,没恁大本事,管一个刘庄,就够忙活的了,哪能管好8个村? 如果管不好,辜负了上级党委的期望,又不能让老百姓过上好日子,那自己不就成了一个罪人了吗? 不干,不干!真的干不了哇!"

"你干不了,那你认为在这8个村里,谁能干得了? 谁能挑起乡党总支书记这副担子呢?"

"我认为,曹庄党支部书记曹登山能担任这个职务。这个人,有较强的工作能力。"

上级觉得史来贺是个办事可靠、说话有准儿的人,他推荐的人,不会有错,就任命曹登山为夏庄乡党总支书记。

曹登山上任后,头脑膨胀,方法不当,强迫命令,打击报复,工作出了问题,无法继续干下去了。

区里再次研究夏庄乡党总支书记的人选,区委书记史广礼一口咬定:"这个乡的党总支书记,非史来贺莫属! 他这次不干也得干! 党员就得服从上级决定。"

区里有关领导来到刘庄,向史来贺传达区委的决定。

"实在非要我当不可,区委得答应我两个条件。"

"啥条件? 你说,只要行得通,就答应你。"

"第一,当了乡党总支书记后,我不离开刘庄,处理乡里的一些事务,也可在刘庄办理;第二,一旦找到适合担任乡党总支书记的人选,就得允许我辞职。"

"行! 安心干吧! 在找不到合适人选的情况下,你不准三心二意,要一心一意干好这个党总支书记。"

就这样,史来贺当了兼职的乡党总支书记。

不料,才干了一年多,赶上"小社并大社"的运动,夏庄乡8个村的30多个初级社,合并为一个夏庄高级社,让史来贺担任夏庄高级社社长兼党总支书记。

可史来贺认为,"小社并大社"条件不成熟,不利于农业生产发展。坚持"一村一社",成立了刘庄高级社,他任社长。他果断放弃了相当于乡长那么大的

"官",只当刘庄的社长和党支部书记,一心一意扑在刘庄的土地上、田园里,别无他想,心无旁骛。

世界上的事说来也怪,有些人做梦都想当官,可总是官运不济,当不了官时,就怨天尤人,恨得牙根疼。而史来贺却生来不愿当官,当上级拿着官位找上门来,逼着他当官时,他却满脑子烦恼,一百个不情愿。"当官",成了他心里最大的压力;"拒绝当官",成了他摆脱不掉的"心理负担"。

1953 年 7 月的一天,上级派新乡县四区区委书记史广礼,到刘庄传达上级的决定:调史来贺离开刘庄,去当国家干部。

史广礼对史来贺非常熟悉,一是由于上下级关系,二是由于经常打交道,对史来贺的音容笑貌、性格情趣、思想品德、工作作风,甚至说话的语气和腔调、生活细节与爱好,都了如指掌。并且两个人到一起,说起话来非常投缘,不论是史来贺到区里开会,还是史广礼深入刘庄调查研究、布置工作,两个人一见面,就像亲密的朋友一样,亲热极了,无话不谈。史来贺在村里遇到了什么困难,总是跑到区里向史广礼求助,让区委书记给想想办法,出出主意;史广礼在上级领取到什么新精神、推广什么新经验,也总是先找到史来贺,先在刘庄做试验。如此常来常往,久而久之,一个区委书记,一个村支部书记,就成了思想上、工作上的知交。

这次上级调史来贺当国家干部,是国家经济建设的需要。共和国刚刚诞生不久,百废待兴,各方面都急需人才,要从基层涌现出来的优秀人才中,选拔一批安排到各级领导岗位。

史广礼满有信心,满有把握地走进刘庄,觉得三言五语就能把史来贺说服,让他高高兴兴地离开刘庄,走向新的工作岗位。

可史广礼进村后却没有见到史来贺。初级社副社长赵修身告诉区委书记,社里办了几个粉坊、豆腐坊,磨出了豆腐,下出了粉条,荚出了粉皮。产品运到小冀镇去卖,史来贺领着人到小冀镇去摆摊卖货去了。

"啥?你们刘庄办起了那么多粉坊、豆腐坊?"史广礼问眼前的这位副社长。

"是啊!这不是为了发展副业生产嘛!初级社刚成立,一穷二白,为了集体经济有点儿公共积累,所以史来贺想出了办副业这个路子。"赵修身如实相告。

"这个路子想得对,办得好!应该在发展集体经济上多想办法。"史广礼大加赞赏,"那这还用得着史来贺这个支书、社长亲自带着去摆摊销售?"

赵修身笑笑说："史书记啊，这你不知道，史来贺少年时就在小冀镇做过小生意，他在这方面有经验。他带着几个人去，主要是给他们传传经，领领路。"

"哎呀！不简单，没想到，史来贺还会做生意。有他带领，你们刘庄粉坊、豆腐坊的生意很快就会红火起来。"史广礼对史来贺非常相信。

"来贺很有信心，他一直说，刘庄的豆腐、粉皮、粉条历来有名，产品不愁销。"赵修身高兴地告诉史广礼书记。

"那就好。这可是大好事，你们摸到了发展副业的一条好路子。"史广礼见不到史来贺，又觉得他一时半会儿回不来，便与赵修身聊了一会儿，就离开了刘庄。

拒绝被提拔

隔了一天,史广礼骑着一辆破自行车再进刘庄村,他在一座粉坊里找到了史来贺。只见史来贺正跟粉坊的人们一起忙前忙后,往外晾晒刚刚下出来的粉条。

当史广礼站在他面前的时候,他急忙问道:"史书记,您咋来啦?是不是又有啥新精神、新任务了?"

史广礼把史来贺拽到一边,悄声说:"你就光想着接受新任务了,简直成了一个任务迷了。告诉你,现在不是战争年代了,哪有那么多新任务啊!"

"那是啥事啊?我知道,您来刘庄肯定有事。"

"是有事。我前天已经来找过你一趟了,结果来了你不在,你们的副社长说你到小冀镇去卖豆腐、卖粉皮、卖粉条了,让我白跑一趟。想不到,你这位支书兼社长,还会卖豆腐、卖粉条哪!"说着,史广礼哈哈笑了起来。

"这都是让贫穷逼的。初级社刚成立,集体是一张白纸,手里一文不名,不想法不中啊!几十户人家一个社,社里穷得叮当响,有啥吸引力?初级社要发展,就得有积累,要有发展再生产的能力。不然,谁还相信初级社?谁还相信集体?"史来贺的话,说得既诚恳又实在。

"来贺啊,你说得很好,当社长就得有长远打算!"说到这里,史广礼打了一个艮儿,马上转了话题,"今天,我这是第二趟来找你了。"史广礼之所以说这句话,是有意强调事情的重要性。

"哦!看来还是大事呐!"史来贺恭敬地看着史广礼。

"我是专程来向你传达上级一项重要决定的。"史广礼的语气里带着一点神秘的色彩。

"啥决定?这么重要!"史来贺有点儿摸不着头脑。

史广礼郑重其事地告诉他："上级决定，让你离开刘庄，当国家正式干部，我是专门来调你的，党需要你出来工作，到重要的工作岗位去任职。"史广礼瞅了一眼愣怔在那里、没有反应过来的史来贺，又说，"县委通知，要你跟我到县委组织部去报到，不能迟缓。这是组织的意见，如果不同意，不服从，那是给组织闹别扭，是组织原则不允许的。你做好准备，快点去报到吧！"

史广礼传达的这个上级决定，让史来贺愣了愣神，好大一会儿才恍然大悟似的问了一句："这就意味着提拔我吧？是不是非得叫我离开刘庄？"

"当然是提拔啦！让你去当国家干部，当然得离开刘庄了。"史广礼不假思索地回答。

史来贺听罢，不住地摇头："这恐怕不中，不中，不中！"他一连说了3个"不中"，意思很明显，他当即就决定，不去当这个国家干部。

"你别急着表态，先考虑考虑，等考虑成熟了，咱们再谈。你要知道，这可是上级的决定啊！咱区里还当不了这个家儿嘞！"史广礼一脸严肃的神色，他用手拍了一下史来贺的肩膀，又温和地说，"你要理解上级的意图，一定要静下心来认真考虑，认真对待。我看你正忙着干大事哪，就不耽误你的时间了，村里的生产和副业发展当紧啊！不过，我还会再来的。"

"史书记，您不用来回跑了，一个区里的事，就够您忙的了，不必为我的事操心了。"史来贺知道区委书记已经为此事跑了两趟，心里有点儿过意不去。

"这不是你个人的事，这是上级交给我的任务，我得圆满完成。不然，我咋向县委交差？来贺啊，咱们都是党的人，你入党也好几年了，你得听党的话啊，党叫干啥就干啥，个人服从组织啊！你好好考虑考虑吧！"史广礼说着，推着车子离开了刘庄。

史来贺望着史广礼的背影，心里对这位区委书记充满了感激之情。

区委书记的一番话，让他想起了自己入党的情景，想起了入党时面对党旗宣誓的誓词。那面党旗仍在眼前火红着，那几句铿锵的誓词还在心里回响着。"为了让穷人有饭吃，有衣穿，有房子住，让大家都过上好日子，我自愿加入中国共产党。不怕死，不怕吃苦，不怕吃亏，永远跟党走，一辈子不变心，死不回头！"

面对党旗宣誓的誓词，他字字句句铭刻在心，时时刻刻不敢淡忘，决心踏踏实实践行一生。可现在自己这个共产党员还没有带领群众过上好日子，还没有让大家吃饱穿暖、住上大瓦房，还没有让全村人脱贫致富，自己怎么能一拍屁股走人，离开刘庄去当官呢？不中，不中，绝对不中！我要现在离开刘庄，到城里去当官，那不得让老百姓戳脊梁骨啊！

…………

让史来贺意想不到的是，百忙中的区委书记史广礼，于第二天下午又来到了刘庄。这时，史来贺正光着脊梁、赤着双脚在农田里忙活呢！他和社里的劳力一起挥动锄头，在麦茬地里除草、间苗，但见他两脚泥土、一身汗水。

一见史来贺累得气喘吁吁，史广礼就把他从地里拉了出来："来贺啊，你可真是身不离劳动、心不离群众啊！看把你累的，来来来，喘口气儿，拉两句儿。"然后，又语重心长地说，"为你这事，我可是三进刘庄喽！今天，你可不能让我失望而返哪！"

史来贺点点头笑着说："史书记，我非常感谢您，可我确实没有外出当干部的能力。"

"你别谦虚了，谁不知道你史来贺，有名的民兵英雄啊！文有满脑子智慧，武能苦拼硬战，仅两三年工夫，就让刘庄有了喜人的变化。"史广礼说起这些，喜笑颜开，乐不可支。

史来贺脸上却有些挂不住，不好意思地说："史书记，您夸人也夸得太离谱了，真叫我羞愧难当啊！"

史广礼笑了一阵，便直奔主题："闲话少说，书归正传。还是那件事，你考虑得咋样了？"

史来贺却并不急于表态扯正题，抬头向着西天一望，天色已经向晚，便以夜里全面汇报工作为由，将史广礼书记留了下来。

初心决不变

晚饭后，屋里闷热难忍，蚊子又多，根本无法坐下来专心谈话。史来贺便从家里拉了两张苇席，和史广礼书记一起睡在打麦场上。望着满天的星斗，吹着夏夜的凉风，听着场边草丛、泥土里的虫鸣，心中好不惬意。

史广礼躺在席子上，仰望着星空说："刘庄的夜晚真美啊！"

"刘庄的夜空美，俺刘庄的土地、刘庄的人更美啊！"史来贺别有一番情趣地说。

"所以，你不愿离开这里。是吧？我就知道你今天夜里要给我说的，就是这个意思。"

"还是您史书记懂我的心思，让您一眼就看透了。今夜，我要给您说的，都是掏心窝子的话。"史来贺真情实意地说，"刘庄的土地刘庄的人，虽然穷，虽然苦，但在我眼里，在我心里，她是天下最美的。我生在这里，长在这里，我的根就深深扎在这片土地上，拔不动、挪不走啊！"

"你这个人哪，干工作、接任务，痛快得很。记得那年刚过了春节，上级派你们刘庄去修黄河大堤，你像战争年代接到了战斗任务一样，那个高兴劲儿甭提了！你带着民工，一干就是三个多月，苦干在工地，吃住在工地，西北风儿一个劲地吹，天冷得很哪！都打过春了，黄河还不解冻。你们就住在临时搭建的窝棚里，多受罪啊！为了堵住河口，你第一个跳进刺骨的冰水里……那次修黄河大堤的任务，全区数你们刘庄完成得又快又好，最后受到了县、区的嘉奖。"史广礼回忆着，叙说着，这桩往事仿佛就在眼前。

"哎呀！您这位大书记，咋还记得这档子事呢？都陈芝麻烂谷子啦！提它干啥？"史来贺心里从来不记自己的功劳与成绩。

"你接受上级的命令和任务多爽快，而调你个工作咋就这么难呢？你是共产党员,千万不要跟组织别着劲儿啊!搞僵了,会受处分的。到时候,官没当上,反而挨个处分,多不划算呀!还是顺顺当当听从组织安排吧!"史广礼不解地劝说着。

"这您还得问问我的心,问问它在想啥。"史来贺指着自己的心窝幽默地说,接着又实实在在地表达了自己的声明,"史书记,我得给您纠正一下,您刚才说,我不愿去当国家干部,就是跟组织别着劲,这话不对。我打内心不愿当国家干部,绝不是跟组织别劲儿。组织上叫我去干国家干部,是对我的器重,对我的提拔,我打内心里千恩万谢,感激不尽。咋会跟组织别着劲呢?再说,作为一个共产党员,又有啥资格跟组织别劲呢?我不愿出去当国家干部,实在是有很重要的原因啊!"

接着,他讲了自己和父亲在旧社会如何给地主当长工、打短工,如何被欺诈、被剥削;讲了 1948 年刘庄刚解放时,工作队队长如何启发教育他,让他懂得了很多革命道理;讲刘庄目前的生产形势和百姓的生活状况……

他满怀深情地说:"刘庄的百姓虽然解放了、翻身了,但依然过着紧巴巴的苦日子,吃、穿、住,这日常生活的三大项,好多家顾了吃却顾不了穿,一年到头,不是缺吃就是少穿,离温饱的日子还很远呢!刘庄群众的住房更让人担忧,大多数家户住的都是土草房、土坯房,有的甚至屋顶连个瓦片都没有。一下大雨,不是这家房倒,就是那家屋塌,房屋漏雨那更是普遍现象,老百姓都编成曲儿了。"

接着,史来贺念了一首民谣:

> 天上大下,
> 屋里哗哗;
> 天上小下,
> 屋里哩哩啦啦;
> 天上不下了,
> 屋里还滴答;
> 雨过天晴了,
> 屋里还有大水洼。

"你看看,这就是刘庄老百姓眼下住的屋子、过的日子。我一看到这些啊,这心里就觉得压了一块大石头，压得喘不过气来。更觉得自己还远远没有尽到责任，还远远没有完成任务。"史来贺说着，沉重地哀叹了一声。

史广礼深有感触地说："是啊！新中国成立还不到4年，还处在一个百废待兴的时期，老百姓确实还没有过上舒心的日子，让我们这些共产党人看在眼里，愁在心上啊！"

"所以啊，看着刘庄的百姓还过着让人揪心的日子，我这个支部书记咋能忍心离开呢？1949年8月我入党时，在镰刀、锤头的火红党旗下，曾经庄严宣誓：'为了穷人有饭吃，有衣穿，有房子住，让大家都过上好日子，我自愿加入中国共产党。不怕死，不怕吃苦，不怕吃亏，永远跟党走，一辈子不变心，死不回头！'第一句就是'为了穷人有饭吃，有衣穿，有房子住，让大家都过上好日子'。我自己立下的誓言，一字一句都牢牢地刻在心上，一辈子也不会忘记。可这些誓言我还没有给刘庄的老百姓兑现哪，咋能拔腿走人呢？我要一拍屁股离开刘庄，去当国家干部了，那刘庄的老百姓就该在背后指着我的脊梁骨，不是挖苦就是讽刺：看史来贺当初说得比唱得都好听，发誓要带领刘庄百姓过上好日子，可一到升官发财的机会，不还是拔腿走人吗？共产党的干部只把光面子话挂在嘴上，只是叫老百姓听听而已，不会为了老百姓过上好日子，而舍掉自己的荣华富贵。我说的这些，不会差，只要我不给老百姓兑现自己的承诺，我这个共产党员、支部书记就会失信于民，老百姓就会看歪了共产党。那我就给共产党丢人了，抹黑了。那我还算啥共产党员呢？"史来贺说得非常诚恳，几乎掉下了眼泪。

在他看来，自己在党旗下立下的誓言，就是向党、向人民捧出的一颗丹心、一腔宏愿，许下的铮铮诺言。共产党员一诺千金，怎能违背自己的初心，抛却自己的一腔宏愿呢？

史广礼十分理解地说："你是一个忠于党、忠于人民的共产党员，时刻想着自己立下的誓言、许下的心愿，如果兑现不了，一辈子就不会甘心。"

"是啊！你说咱共产党员，平时工作上说话办事就丁是丁、卯是卯的，那向党、向人民立过的誓言，就更得拿自己的命去兑现，拿自己的一生一世去兑现。要做不到这一点，那咱还称得上共产党员吗？"史来贺绝不是唱高调、说大话，这完全是他心里想的，心里咋想就咋说。

"我算真正明白你的心愿了，你要用一生一世为刘庄的百姓兑现自己的诺言、誓词。这需要一种坚韧不拔、百折不挠的意志和精神啊！"史广礼深切地说。

"咱共产党员就得有这种精神，为了一个目标，坚持，坚持，再坚持，一辈子不回头,不动摇,不改变,不达目的,决不罢休!"史来贺的话音并不洪亮,但却掷地有声。

"你在刘庄干得已经很出色了,组织把你调到重要岗位,不是更能发挥你的作用吗?"史广礼又转回到话题本身。

"是啊!组织上叫我去当官,是给我提供一个更大的舞台,让我施展自己的本事,可我就是个农民,当不了国家干部,更指挥不了千军万马,就适合当个'土八路'、村干部。再说,我刚担任党支部书记那会儿,就表过决心,跟共产党走,拔掉穷根,让刘庄老百姓过上好日子。可我当村支书还没多久,啥大事也没干成哩,咋能拍拍屁股就走呢?我是刘庄的支书,刘庄还很穷,百姓还没过上好日子,我走了,心里不甘,想起刘庄群众,我会吃不下饭,睡不着觉。所以,我不能走,我要和刘庄的群众一起奋斗。"史来贺搓了一把脖子和胸脯的汗泥,接着表白,"史书记,昨个儿,咱俩见了面后,我想了一天一夜,把想到的话都给您说了。说一千道一万,总而言之,就是两句话:我是刘庄人,生生死死都不离开刘庄;尽心尽力把脚下这片土地修理好,把刘庄这片家园建设好,让刘庄农民过上好日子。"

听到这里,史广礼书记从席上忽腾一下坐了起来,眼里噙满了泪水,他为眼前的这位年轻人感到骄傲和自豪,多好的青年人,多好的共产党员呀!他把老百姓看得比天大、比山重,心里装的,心里想的,全是老百姓啊!

"小史啊!你是个好青年,好党员,你的心里只有老百姓。难得啊!但是,组织上几次调你离开刘庄去当国家干部,你都顶着不去,脚跟扎在刘庄就是不挪窝。上级有的领导已经发脾气了,说你目无组织,不服从上级。我担心,这样僵持下去,会对你不利啊!你得慎重考虑。"史广礼书记好言相劝。

"您看,村里工作需要不需要我?"

"需要,但区里、县里也需要你啊!"

"说句实在话,从个人角度讲,到区里、县里当国家干部,不吃亏,是好事,比在刘庄啃土坷垃强得多,生活上也会好一些,全家人都会跟着沾光,出外也显得风光。但刘庄干部少,力量弱,我走了村里工作会受影响啊!我和刘庄人一起,把脚下这块地球修好,不也是党需要的吗?不也能给国家做贡献吗?"

"你说得都对。但作为党员,必须服从组织的决定!"

"这次如果开除我的党籍,我就出来工作;如果不开除,我宁愿接受任何处分,也不离开刘庄。"史来贺铁了心要留在刘庄,和乡亲们一起啃土坷垃、修理地球。

"看起来，你决心已定，那就朝着你认定的目标往前奔吧！我向上级领导如实汇报你的想法和志愿，你就放心大胆地在刘庄干吧！"史广礼只好答应史来贺留在刘庄，留在生他养他的这片土地上。

消息不胫而走，上级要调史来贺当国家干部的事情，在村里很快传扬开来。一时间，成为刘庄干部群众议论的中心话题，在街头巷尾，在村里的饭场，在田间地头，人们说的都是这件事情。

"听说了吧？史来贺要调出咱刘庄，去当国家干部了。"

"那不是就要吃皇粮、拿国家俸禄了吗？"

"谁说不是了，这可是人家史家天大的好事，史家祖上积德啊！家里出一个拿国家俸禄的人，那是光宗耀祖啊！"

"史来贺这民兵联防队队长、党支部书记没有白当，总算修成正果了。从今往后，人家再也不用跟咱一块儿土里刨食儿、泥里扑腾了，可以永远离开咱这穷村喽！"

"你们说得不准。上级要调史来贺去当国家干部这事儿不假，可史来贺坚决不去啊！区委史广礼书记咋做工作，也没说服来贺，来贺倒把区委史书记说服了。这回，上级不得不服从下级了。"

"那来贺是咋想的？当国家干部、拿国家俸禄，是多好的事儿啊，他为啥不去呢？给他个金饭碗不要，偏偏跟咱老百姓一起端这泥饭碗，真是个怪人。"

"一点儿都不怪。来贺心里想的，不是他自己要吃国家俸禄、端国家的金饭碗，而是如何拔掉咱刘庄的穷根，把穷刘庄变成富刘庄，让刘庄的老百姓过上好日子。因为他心里挂记的是咱刘庄的穷苦百姓，他才不舍得离开刘庄，才不舍得抛下群众去当国家干部啊！"

"来贺到底是穷苦人出身哪，他知道穷人受穷是啥滋味儿，心里才想着拔掉咱刘庄的穷根，叫咱过上好日子。你看，他当了村支书，没把咱穷人忘了，他不去当国家干部，就是为了咱刘庄，为了咱刘庄的老百姓。"

"人家来贺说了，不把刘庄变富，刘庄的百姓过不上好日子，他就一天也不离开刘庄，他不会一个人到外边去享福。"

"叫我看哪，来贺的根在刘庄扎着，心在刘庄拴着，他一生一世都不会离开刘庄。"

"主心骨不动,咱刘庄就有希望! 史来贺不走,咱刘庄就有盼头。"

…………

可也有不少人为史来贺感到惋惜,多好的机会呀! 不仅自己能升官,家里大人孩子都跟着享福,多好的前程啊! 咋就不爱当官呢?

他的邻居、互助组的老搭档、副社长赵修身,就试探地问过他:"来贺,上级三番五次来请你,叫你去当国家干部,恁好的事,别人巴不得嘞! 你咋不去呀? 要是去当了国家干部,拿工资、吃皇粮,全家跟着沾光,不比在刘庄打土坷垃强?"

史来贺不假思索地回答:"修身,咱两家户挨户住着,都是几辈子的老邻居了,我的心思,你还不知道? 至于个人生活、社会地位、升官发财那一套,我历来不上心,看得淡而又淡。刘庄搞好了,全村人都富了,我一家人的日子自然也就好了、富了,我富得也才顺气、美气!"

刘庄人了解了事情的来龙去脉,无不对史来贺佩服感激、敬仰之至。他这是为咱老百姓牺牲自己的利益、牺牲自己的前程,为刘庄的百姓做无私的奉献啊!

刘庄人从史来贺身上看到了共产党人一诺千金,一心想着老百姓,一心为劳苦大众谋幸福、谋利益。从此,大家伙儿抱定一个信念:相信共产党,跟着共产党,才能拔掉穷根,改变刘庄的面貌,过上好日子。

第十九章　苍天无情人有情

※沉痛的教训
※丰收的喜悦
※麦收遭雷雨
※雨夜救群众

沉痛的教训

刘庄高级社成立后,党支部召开支部会、社员会,围绕发展集体经济、改变穷困面貌从哪里入手的问题,展开了大讨论。最后一致认为:"离了棉花不成戏,咱村还得从抓棉花产量上下功夫。"

刘庄是一个棉产区,已有200多年的植棉历史。历史上,每年全村的棉花播种面积,占村里全部土地的一半以上。这里的土壤,适合大面积种棉花。可是,在旧社会,棉花产量很低,一般年景每亩收十来斤皮棉,好年景收二十六七斤。新中国成立后,随着互助合作的发展,棉花产量逐步提高到50斤左右。这时,刘庄有人认为"棉花产量已经到顶了,不会超过这个数了"。

1956年,从省里到地区,从地区到县里,再到区里、乡里,一条线下来,都号召棉产区要大学新疆植棉经验,大力推广新疆棉花新品种。棉产区都盼着棉花增产,一听说是新经验、新品种,产棉区都争先恐后地引进。刘庄也积极地响应上级的号召,学习新疆经验,引进新疆棉花新品种。

史来贺心里暗暗思忖:"刘庄的棉花每亩收50多斤,人家新疆每亩收100多斤,是刘庄的两倍。人家新疆能办到的,俺刘庄为啥不能办到? 能,完全能办到!"

刘庄引进了新疆"岱字15号"棉花品种。"岱字15号"这一新品种,比本地品种"小土花"生长期长一个多月,下种时间必须要早一些。史来贺和社里干部研究,决定在4月初提前播种。"岱字15号"在株距方面,要求密植,就决定每亩种6000棵。

县里派来驻队的一位年轻干部,缺乏经验,不问青红皂白,对新疆经验死搬硬套,给干部社员下命令,要求3天必须播完。这时,正是阴雨连绵的天气,地里湿漉漉的,到处都是泥水。

　　社员们在史来贺等党员干部的带领下，在一片泥泞中，如期播下了"岱字15号"棉种，也播下了刘庄人满心的希望。

　　这个说："既然是新品种，肯定能增产，就等着今年的棉花大丰收吧！"

　　那个说："新疆可是个好地方啊！不仅有哈密瓜、葡萄，还有全国产量最高、质量最好的棉花。咱引进的新品种，长出的棉花棵一定会像苹果树一样枝叶茂密，结出的棉桃一定会比白面馒头还要大，比蒜瓣还要稠，就等着收几十座白花花的棉花山吧！"

　　"岱字15号"，寄托着刘庄人大山一样高的希望值。

　　谁知，老天爷不成人之美，棉花播种后，气温骤降，连阴雨哩哩啦啦一直下个不停。春寒加阴雨，冻得人把脱了的棉裤、棉袄，又重新穿在了身上。人都冻成了这样，那些播进土里的棉花种子，被封冻在土里，不敢睁眼，不敢伸头，不敢露脸，鹅黄的嫩芽"胎死腹中"。尽管史来贺带领社员采取了催芽、保温等措施，但还是大大影响了棉种的发芽，出苗率仅仅达到40%。春寒过去后，史来贺又带领大家进行补种、移栽，从4月补苗开始，一直补到5月，补到掂镰割麦，但仍然没有达到全苗。棉花苗出得稀稀拉拉，没有草多，也没有草旺。

　　棉苗苗壮成长的希望，让一场罕见的寒灾给冻死了。

　　"福无双至，祸不单行。"到了6月，老天又不合时宜地来了一场涝灾。棉花地里一片汪洋，稀稀拉拉的棉花苗全被淹没在水底，水面上，一片绿叶都瞅不见。地里积水排不出去，洼地的棉苗不久就被淹死了，未死的棉苗寥若晨星，还都发黄。史来贺带领干部踩泥蹚水到田间查看涝情，与群众一道挖沟排涝，从泥水中抢救棉花苗，抢活一棵是一棵，抢活一垄是一垄，抢活一片是一片。在史来贺看来，他们抢救出来的棉花苗，是救活社员群众收成的希望，是救活社员群众生活的勇气。

　　寒灾、涝灾接连而降，好像是老天爷故意给老百姓出难题。刘庄人面对两灾，已经难为得不知该咋办了。谁料，老天爷还不罢休，伏天一来，遍地草荒治不下，棉花棵下部坐不住桃。到7、8月份，正是棉花生长最旺、棉桃结得最多的时候，天上不知哪个魔王突然间大手一挥，撒下了满地的虫害，制造了一场特大的虫灾。棉铃虫、蚜虫仿佛一夜间在棉田铺天盖地铺了一层，虫子多得密密麻麻，层层叠叠，根本就分不出个儿来。一人一晌工夫，就能捉上千条。每天一大早，棉田里尽是低着头、弯着腰逮虫子的社员。可人们这边捉拿，虫子那边繁殖，捉拿没有繁殖快。这边抬手捉拿一条，它那边已经繁殖出上百条甚至上千条。棉花棵中部坐的幼桃全被棉铃虫咬掉了。这一年,每亩平均只收皮棉 17.2 斤。

刘庄人从来没有遇到过这么严重的虫灾。面对奇特的虫灾,高大的人,却拿微小的虫子一筹莫展。别说一般的社员了,就连刘庄著名的"虫阎王"也无可奈何。

"虫阎王"就是李安仁。这位人称"老黄牛"的庄稼人,同棉花打交道几十年,是一个种棉行家,特别是棉花地里的病虫害,没有他认不清、弄不懂的,没有他治不了的、整不好的。他对棉花地的害虫恨得眼里冒火,十指"放箭",从不手下留情,从不给它们留一丝半毫的逃脱余地,只要让他发现,就会斩尽杀绝,绝不留任何后患。不管什么害虫见了他,都躲不过他的火眼金睛,都逃不脱他的灭虫绝招。因此,刘庄人都叫他"虫阎王"。

有个年轻人对他的本事有点儿怀疑,想实地考考他,看他在害虫面前,到底是不是火眼金睛,便从槐树上、苹果树上捉了些小虫子,放在棉花叶上,拿着让他去辨认,故意问他:"这些棉蚜虫是啥时候繁殖出来的? 你能看出来吗?"

李安仁只看了一眼,就断然道:"这哪是棉蚜虫啊? 这是槐树、苹果树上的蚜虫,根本不是棉花棵上的玩意儿! 树上的蚜虫,绝不会爬到棉花棵上,这里边肯定有问题。"

从此,再也没人对"虫阎王"的火眼金睛持怀疑态度了。李安仁的"虫阎王"的名声传得更远了。后来,他被评为农艺师,被百泉农业专科学校聘为兼职教授。

就这样一位实践经验相当丰富的"虫阎王",面对这次严重的虫灾,也显得有点儿力不从心,正像毛主席说的"华佗无奈小虫何",只能望着大片的棉田连连兴叹。

没有别的办法,只能靠大量喷洒灭害虫的农药。可那时灭棉铃虫的农药,威力不强,效果不佳。你就是天天打农药,棉铃虫照样活着,照样生长,照样吃棉桃,照样大量繁殖。不知是农药失了效,还是棉蚜虫、棉铃虫有了抗药性。棉花棵中部坐的幼桃,几乎全被吃得精光。虫子把棉花叶也吃得一干二净,千亩棉花棵成了一片"光杆司令"。

打农药都消灭不了这些害虫,人们再也生不出别的办法,望着被吃得凄惨的棉田,只有望虫兴叹。

天灾引起了乡亲们的诅咒,好些人哭着喊着,责怪、斥问苍天:"老天爷呀,你为啥跟俺刘庄人过不去？为啥一年里头要把寒灾、涝灾、虫灾三场天灾，一连串地降在刘庄的土地上？一股脑地压到俺刘庄人的头上？"

史来贺望着棉虫造成的严重灾害，并不叹气，也不诅咒，却悄悄流下了满脸沉痛的泪水。再看看满脸愁绪的父老乡亲，心头好似压上了一块石头，沉重得直喘粗气，在眼里打转儿的泪花，便又不自主地流了下来。

刘庄人都知道，史来贺是一个刚强的汉子，平时遇到再难的事，也从没见过他流泪。可面对被害虫糟蹋得不成样子的棉田，却泪流不止。何故呢？

这是痛惜的泪水，为刘庄社员辛辛苦苦付出的劳动、流下的汗水白费了，而深深痛惜。

这是焦虑的泪水，为土地歉收、刘庄群众如何度过灾年、日子怎么过好而万分焦虑。

这是自责的泪水，他责备自己，为何不把新疆的植棉经验，先在小地块试验，看适合不适合刘庄的土壤、气候，待摸到规律、试验成功后，再大面积推广？他责备自己，为何在"岱字15号"下种之前，不到省气象局问一问天气变化情况？如果知道了有寒灾到来，就不会提前盲目播种，造成不应有的损失。

这更是愧疚的泪水，从客观上来讲，寒灾、虫灾两大灾害，是造成棉花减产三分之二的主要原因。但从主观上来讲，自己这个刘庄的当家人犯了主观主义、脱离实际、盲目服从的错误。上级号召棉产区一律学习新疆植棉经验、引进新疆棉花品种，如一股强劲的风在中原大地吹了起来。对上边的号召与要求，自己没有与刘庄的实际相结合，没有分析当时的客观情况，就盲目服从，听风是雨；人家跟风，自己也跟风；人家服从，自己也服从；人家引进，自己也引进。办事脱离实际，盲目跟风，不打折扣地服从，却把刘庄人民害苦了，把刘庄人民丰收的希望泡汤了！自己愧对刘庄的父老乡亲啊！该怎样弥补这一过错、怎样挽回这一重大损失呢？

平时开会，自己经常给干部群众说，无论办啥事，都要实事求是，结合实际，可自己在这个重大问题上，咋就违背了这一条呢？人们一遇失败和挫折，都会说，花钱买教训。可刘庄买教训这个钱花得太让人痛心了，代价太高了！那可都是刘庄百姓的血汗，刘庄百姓全年的衣食、全年的生活呀！买来的这个教训也实在太昂贵、太沉痛、太深刻了！今后凡遇到类似的事情，可得走一步思三思——考虑周到啊！再也不能蛮干，再也不能跟风盲从了。无论何时何地，无论干啥工作，都要坚持实事求是、联系实际，将这8个字刻在自己的脑海里，真正吃透、悟透它们的含义,并不偏不斜地贯彻到刘庄的所有农事中,贯彻到一切工作中,以免再犯类似的错误。

这次的深刻教训,像一道深深的刀痕,留在了史来贺的心灵深处,怎么也抠不掉,怎么也揭不下来,让他牢牢记取了一辈子。每当想到这个疤痕,心里就会剧烈地疼一阵,灵魂刹那间就会不寒而栗。当然了,从这次教训中悟出的深刻道理,也让他始终不渝地践行了一辈子,贯彻了一辈子,渗透到一切实际工作中,也成为他带领刘庄人民艰苦创业的一条思想路线,一条统领刘庄一切工作的大纲,于是,刘庄人民 50 多年的艰苦卓绝的创业,才得以纲举目张,五业兴旺。

在后来几十年的实践中,不断有人问他:"为啥刘庄每次和上边扭着劲干,到最后却都证明刘庄走的路是对的? 你这里头有啥诀窍?"

"啥诀窍也没有,我这都是在教训中悟出的真理,用教训换来的经验。深刻的教训,教会刘庄人怎样学聪明,怎样长智慧。"史来贺的回答,充满了哲人的深刻与沉稳。

丰收的喜悦

麦子黄,五月天,
杜鹃鸟,叫得欢。
白天叫,快磨镰,
夜里叫,月儿圆。
葚子黑,过小满,
忙割麦,快出蒜。

一听见这民谣,庄稼人就仿佛闻见了麦子飘香,看见了无边的金黄麦浪。

麦收季节迫在眉睫,该做收割的准备了。忙忙碌碌的收割准备,给农民的心里增添了几分喜悦。

史来贺担任村支书和高级社社长后,一直对农业生产抱有极大希望,发展农业,搞好集体,让刘庄的父老乡亲过上好日子,是他日思夜盼的美好愿望。1956年,小麦的长势非常喜人,穗头整齐,颗粒饱满,眼看丰收在望。此时,史来贺与刘庄群众都已经做好了夺取粮棉双丰收的一切准备。因为按照正常的年景,今年必定是个丰收年!

小满葚子黑,芒种正打麦。

长空一声声杜鹃啼叫,报告着麦子的成熟,传播着遍地的麦香,催促着庄稼人"赶快磨镰,赶快磨镰";温热的南风吹来,金黄的麦浪随风翻滚,在大地上卷起无边无际的黄灿灿的波涛,犹如一片金色的海洋,荡漾着刘庄人心中的希望,荡漾着刘庄人期盼丰收的喜悦。

夏收在即,刘庄家家户户都在做割麦的准备:有套碌碡压场的,有拧要子的,有磨镰刀的,有备桑杈的……家家都在忙活,人人都在动手,而这种忙又不同于平时的忙，往往带着几分期盼、几分兴奋、几分欣喜。因为割麦打场，在村里是带有喜庆的大事。麦子收到囤里，就等于把好日子屯在了家里，把香甜的生活储存在囤里。所以此时此刻的农民欢乐无比，手中有粮，遇事不慌；家里家外麦子飘香，那种喜悦就像过年一样。

开镰啦！开镰啦！田野里飘荡起收割的欢乐，飘荡起丰收的狂喜，就像眼前这滚滚的麦浪……

滚滚的麦浪里，弓着身、低着头挥镰割麦的社员你追我赶，比试着看谁割得快，看谁收得净。因为一人占据一垄，你前我后，互不影响，一眼就能看出哪个卖力、哪个偷懒、哪个踏实肯干、哪个窝工耍滑。社员们唯恐落在别人后边，便只顾埋头割麦，顾不得说话，顾不得抬头旁视，甚至累得满头大汗，也顾不得擦一把；累得腰酸背疼了，也顾不得直直腰、缓口气。麦田里没有一点嘈杂声，只有镰刀割麦的声音，"嚓嚓嚓"响成一片犹如练兵场上整齐的步伐声，抑或霍霍拼刺刀声，又似远方沙场缥缈的喊杀声……

史来贺头戴草帽，上身穿一件白色粗布汗褂，下身穿一件浅灰色粗布单裤，弓身飞镰，割在最前头。村里人谁都知道，他是割麦、收庄稼、打场的一把好手，谁都比不过他。只听他手中镰刀的嚓嚓声，像嗖嗖的风，像哗哗的流水，节奏快，无间断，一声接一声，一声连一声，没有顿号，没有休止符。右手的镰刀不停地飞闪，左手把一把把割下的麦子不住地往地上堆放。他的身后整整齐齐摆放了一溜麦铺子。今年的麦子穗头粗大、颗粒饱满，产量一定比往年高。等打完场，收了麦子，先交公粮，后留种子与少量的储备粮，剩下的全给社员分了，让群众放开肚皮吃白馍、吃烙饼，品尝好日子的香甜，回味农业社的优越。史来贺一边割麦，一边美滋滋地想着。

他第一个割到地头，直起腰，擦了一把汗，转过脸来，对后边正在埋头割麦的社员粗喉大嗓地喊道："大家割麦不要光图快，还要注意割净。千万不要把麦子落在地里，一棵麦子也不要落下。这可都是咱们的汗水、咱们的辛苦换来的啊！劳动成果来之不易，要穗穗到场，颗粒归仓。"

"放心吧！俺不会漏掉一个麦穗的。"不知谁回应了一声，却连头也没抬。

"保证割得又快又干净，不会把眼看到嘴的白面馒头、香烙饼丢在地里。俺割着麦子都已经闻见烙饼的香味啦！"这一句高嗓门的回应，引起地里一片哄笑……

史来贺也跟着笑了。多好的社员、多好的群众啊！刘庄人个个都有农民的本色,个个都有勤劳俭朴的美德。

在已经割完麦子的地里,有几个小少年在低头捡麦穗,还不停地唱着童谣:

> 小麦穗,麦芒长,
> 长不大,也发黄……

几声童谣,几个少年捡麦穗的画面,"忽"一下唤醒了史来贺心中那一段童年时期的痛苦、屈辱的回忆。

人的童年,大都欢乐活泼,无忧无虑,天真烂漫。而史来贺的童年,却没有那么幸运。恰恰相反,苦难、忧愁、贫穷、饥饿、灾难,伴随了他的整个童年时代。

穷人的孩子能吃苦,爱劳动,史来贺打小就懂得了勤俭持家和地道做人的一些道理。父亲常跟他说:"咱家是穷啊,但穷人不能被一个'穷'字压弯了腰,咱要堂堂正正地做人,人穷志不短。"

受父亲的影响,小小少年的史来贺,下决心立下"穷人的孩子早当家"的志气。他见父母常年劳累,家里生活困窘,六七岁就自觉主动地为父母分忧、替家里干活。他往往和要好的穷伙伴儿一起,到田野里挖野菜、捋树叶、割青草、打干柴。到了收麦、收秋的季节,又要到地里拾麦穗、捡谷子、搜红薯、刨萝卜、揪红薯叶、捡萝卜缨……哪怕一晌只捡半碗麦粒,只捡半筐红薯尾巴、萝卜头儿,他也高兴得直在院子里蹦来跳去。因为这些被富贵人家收获时丢弃在地里的东西,在富人眼里微不足道,而穷人捡到家里就可以糊口养命,这是多么宝贵的东西啊!同时,自己小小年纪,靠自己的劳动和勤奋,就能为父母分担忧愁,挑起家庭生活的担子,心里有说不出的自豪。别看他人小,可他已经是一个男子汉啦!男子汉就得有男子汉的样子,就要像父亲那样,勤勤恳恳地劳动,手脚不停地干活,扛起家里的大梁!

小小来贺,每每从地里回来,有了小小的收获,心里便禁不住一阵欣喜。

7岁那年的麦收季节,小来贺与两个小伙伴儿,在邻村陈庄的大地主家收割了的麦地里捡麦穗儿。头顶烤着烈日,迎面吹着热风,割过麦子的地里,像有滚滚的火浪,热辣辣地扑人、烤人,但这3个孩子不怕风吹日晒,不怕热浪滚滚。穷人家的孩子都是在苦水里泡大的,磨炼惯了,风吹日晒还不是习以为常?每次弯腰捡到一穗麦子,哪怕是蝇头儿小穗儿,充满童真的心里也会感到一阵快乐、一阵甜蜜。史来贺一边低头捡麦穗,一边高兴地念起一首《小麦穗》的童谣:

小麦穗,麦芒长,

长不大,也发黄;

籽儿不饱,秕糠囊。

好偷懒儿,误了长。

小懒孩儿,不争气,

哄了爹,气死娘……

正在3个小伙伴儿兴致勃勃地弯腰拾麦穗时,陈庄地主家的几个孩子突然跑到地里,气势汹汹地站在他们面前,为首的大孩子有十五六岁,最小的也有十一二岁了。他们一开始并不说话,却趁史来贺他们毫不戒备,一抬脚就把正弯腰拾麦子的3个孩子一个挨一个地踹翻在地。3个贫弱的孩子,被踹得仰面朝天,瞪着怯生生的眼睛,望着面前几个凶巴巴的少爷模样的人,心里慌作一团,不知发生了什么事。他们为啥平白无故地欺负俺? 不等他3人翻身坐起,一人身上又被狠狠地踢了一脚,并把他们盛麦穗的篮子踢翻、踩扁。一看篮子被踩坏了,拾了一晌的麦穗儿也被一伙少爷踩得稀巴碎,3个孩子心疼得哭了。

史来贺一边抹着眼泪,一边冤屈地斥问:"你们是干啥的? 为啥欺负俺?"

"俺是干啥的? 老子就是这块地的主人! 这是俺家的麦地,谁叫你们到这里拾麦子的? 你们是哪个村儿的?"为首的大孩子怒目圆睁地问史来贺。

"割过的麦地都让拾,这块地为啥不让拾? 俺仨是刘庄的,地界搭着地界,咱都是邻居。"史来贺站起身、擦干泪,表示和好地说。

"谁跟你们是邻居? 谁不知道'方圆十里乡,最穷数刘庄'? 一看你们3个就是穷要饭的。快滚! 别把俺家的地给沾穷了。"说着,几个地主少爷又将史来贺3人围打一阵。

这时,其中地主的一个最大的儿子念起了讽刺刘庄的歌谣:

方圆十里乡,

最穷数刘庄。

住的茅草屋,

穿的破衣裳;

丰年吃糠菜,

歉年去逃荒。

冻饿在荒野，

忍痛卖儿郎。

名为住人村，

实为藏鬼庄。

念罢，那地主羔子又盯着 3 个穷孩子不住地哈哈大笑。

这首歌谣，史来贺曾不止一次听到过，但从来没有放在心上，听过以后慢慢就淡忘了。但今天在这里听一个地主少爷带着讥讽的口气念叨它，禁不住心生怒火。那讽刺挖苦的声音，像刀子一样直戳他的胸窝，让他感到刺骨的疼痛。这分明是地主少爷对穷人的耻笑与羞辱，对穷人的蔑视与作践。贫穷，让穷人受到如此恶毒的污蔑；贫穷，给穷人带来的都是伤痕累累的屈辱。长大后，他立志一定要拔掉刘庄的穷根，不再让刘庄受辱，不再让刘庄的穷苦百姓受这种冤枉气。

3 个穷孩子想把被踩扁的篮子捡起来，手刚一伸过去，就被狠狠踏上了一只脚："还想拿回你们的要饭篮子？想得美！"眨眼间，几个地主少爷把 3 只篮子踩得稀巴烂。

"还不快滚？到一边儿要饭去吧！再敢走进俺地里一步，小心把你们的腿打断，把你们的大筋挑喽！"

3 个穷孩子拖着又累又饿的身子，一路冤屈地哭着回到村里。史来贺一进家门，哭得一下子晕倒在地……

待小来贺向父母哭诉了事情的原委后，一家人恼恨得眼冒怒火，咬牙切齿，恨不能把那几个地主羔子打个屁滚尿流，让他们长长记性，再也不敢欺负穷人。可这也只能是在心里发发狠而已，敢怒不敢言呐！谁叫咱是穷人呢？你敢动人家富少爷一个指头、一根汗毛吗？惹急了人家，轻则烧你的房子、砸你的锅，重则把你绑进牢狱吃官司。天道不公，穷人蒙冤受屈，只能忍气吞声，所有的苦难冤屈，只能往肚里咽呐！咽到肚里的苦水，浸泡着苦难的命运；咽进肚里的辛酸，滋长着心酸的命运。

由此可见，史来贺的童年，就是在屈辱的苦水里泡大的，就是在被压迫、被欺负的辛酸中长起来的。他小小年纪，出的力，吃的苦，受的罪，是一般孩子难以承受的。可他硬是挺着身子骨，咬着牙关，忍着泪水，一天天承受着，一日日硬撑着。从小就学会了与命运抗争、与苦难搏斗、与世道抗衡。

地主少爷对他的欺负，在史来贺的心里埋下了仇恨的种子，这种子一天天发芽，一天天生长，在他的身上长成了一种钢的骨头、铁的意志。让他少小树雄心，孩童立壮志：要死拼活拼，豁出一条命来，也要彻底拔掉穷根，改变自己和全家贫穷的命运，从穷坑里爬出来，站起来。活出个人样，活出人的体面和尊严，让富人对俺一家再也不敢下看，再也不敢轻视。

人在地里割麦子，车往场里拉麦捆。一车车，一垛垛，新麦上场，老少爷儿们喜气洋洋。仅仅两三天的工夫，打麦场里就卸满了大大小小的麦垛，麦场里飘荡着新麦浓浓的清香。

男女老少都不约而同地来到麦场上，摸一摸颗粒饱满的麦穗，闻一闻新鲜的麦香，一个个乐得合不拢嘴。那些顽皮的儿童，在麦堆里扒挠着，拣出一两穗黄里带青的麦穗儿，缠着大人给他搓搓吃。大人只好将那还有点儿青嫩的麦穗放在手心里搓起来，搓好了，吹掉麦芒麦糠，把饱满的嫩麦粒捂到孩子嘴里，问一声："好吃吗？"

"好吃，又香又甜。"孩子蹦跳着回答。

孩子吃完了，又要去麦堆里扒拣嫩麦穗儿，大人制止道："吃过一把了，不要再扒挠了。这是社里的麦子，是大家伙儿的，不能随便吃的。"

孩子却哭闹着还要拣嫩麦穗儿，吃嫩麦籽。

这一幕恰恰被从地里割麦收工回到场里的史来贺看见，他急忙走上前来，亲手为孩子拣了几个嫩麦穗儿，递到孩子手里说："你看，伯伯给你挑的这几穗儿多好、多嫩，快拿住，叫你娘给你搓搓吃吧！"说着，又替孩子擦去了脸上的泪水。

他转脸对孩子的娘说："新麦上场，孩子稀罕，吃几穗儿嫩麦也吃不穷咱的农业社。这又不是旧社会地主家的新麦，穷人不敢摸，吃吧，这是咱农业社的。千万别叫孩子受屈，孩子是咱刘庄的未来啊！得让孩子健健康康地成长。"

史书记的几句话，说得孩子他娘热泪盈眶，史书记，好心人，热心肠，对刘庄的孩子真好，对刘庄的群众真好，当领导的心怀就是宽，想得周全，想得远啊！

……

麦收遭雷雨

可是谁也没想到，天有不测风云。正当人们沉浸在丰收的喜悦中时，一场突如其来的灾难从天而降，使得刘庄人夺取粮棉双丰收的梦想一下子化为泡影。

全县遇到历史上罕见的特大暴雨。从收麦开始，一直哩哩啦啦下个没完，仅 20 天，降雨量就达 500 多毫米。谁知阴雨一直下了一个多月，从夏季持续到秋季，道路、麦田、麦场都积了没膝深的雨水，麦垛无法摊晒，更无法打场，淋得透湿，捂得霉烂了。尽管党支部想方设法，组织社员抢收抢打，搓麦晾麦，但 80％以上的小麦都霉烂了。粮食收成锐减大半，给农业社造成很大损失，群众生活又遇到新的困难。严重的自然灾害猛烈地冲击着薄弱的集体经济，这对刚刚成立的刘庄高级社是一个严峻的考验。

想起农田里那一望无边的金黄的麦浪，一夜间被泡在了水里，谁不心疼得滴血啊！

那一天下午，社员们正在地里争先恐后地割麦。"谷熟一时，麦熟一晌。"火辣辣的太阳几乎把长在地里的麦子晒焦了，攥在手里扎得手疼，镰刀放在麦根部轻轻往后一捞，便"唰"的一声割了下来。一块地的麦子收割了大半的时候，忽然从西南方的天边，涌过来一大片疙疙瘩瘩的乌云，打着滚儿似的翻腾、滚动，像江河溃堤的黑色浪涛，迅猛地在天空弥漫着，澎湃着，汹涌着，那汹汹的气势，让人望而生畏。不一会儿，在乌云的上面又接连响起沉闷的雷声，震得人们心头一惊：哎呀！这是要下雨啊！阿弥陀佛，这个时候千万甭下雨，俺正在割麦呢！老天爷要照应啊！

史来贺听见雷声，一手握镰刀，一手攥着一把刚割下的麦子，直起腰来，抬头望着越来越近的乌云。雷电咔嚓嚓、轰隆隆不停地炸响，乌云下方是连天接地的"雨脚"。根据他多年的经验,西南角那地方正在下着大雨,用不了个把时辰,乌云就把大雨带到刘庄的地界了。看来有点儿不妙,得赶紧做准备,不能叫大雨毁了这到手的麦子啊!

于是,他对着满地割麦的群众大声疾呼:"乡亲们,天要下雨啦! 大家赶紧把割下来的麦子装到车上,运回场里。车上装不完的,抓紧打捆,一人背一捆扛回场里。"

一呼百应,社员们都停止了割麦,立即将割下的麦子往车上装,有的用杈挑,有的用手抱,不一会儿车就装满了。赶车的扬起鞭子,吆喝几声,驶出麦地,驶向村里,鞭花在云空炸得脆响脆响。

地里还堆着很多没有装载的麦子,按照史来贺的吩咐,社员们给这些一铺一铺的麦子打捆。谁知,麦子还没捆完,大雨却瓢泼似的下了起来。铜钱大的雨点劈头盖脸,把人们打得晕头转向,好多人都是光着脊梁割麦,经大雨一浇,不多会儿,就感到周身冰凉,打起了哆嗦。史来贺也光着脊梁、光着头,他倒觉得这大雨是在给他刷汗,是在给他洗澡,蛮痛快哩! 可割倒的麦子却遭了殃,麦子经不起淋、经不起泡哇! 在哗哗的雨声中,他提高了嗓门又是一阵大声疾呼:"乡亲们,不要慌。凡是割倒的麦子,要一棵不落地捆起来,捆好了,赶紧往场里扛,不能让麦子泡在水里。"

史来贺捆好了一大捆,扛起来又大声问道:"割下来的麦,都捆完了没有?"

"捆完了,地里没有了。"雨中有人回答。

"那好,咱们赶紧背回场里去,走哇!"史来贺催促着。

社员们一人背着一捆新麦朝村里奔跑,一个个光着脊梁、光着头,一双双赤脚板子在泥泞和雨水中啪啪地响着,溅起一路水花、一路泥浆。雨越下越大,雷声就在头顶炸响,惊天动地,震得人心里发怵。雨水浇在头上,打在脸上,他们一手背着麦捆,一手不断地抹拉着满脸的雨水,背上的麦捆也在哩哩啦啦地滴着雨水。

到了打麦场,史来贺一看场里已经有了积水,刚卸到这里的新麦都在雨水里泡着。他把肩上的麦捆一撂,火急火燎地大声号召:"大雨不等人,大家赶紧回家,把席片子、草苫子,凡是能遮雨的东西都拿出来,盖住场里的麦子。挡一时算一时吧,要不然,收到场里的麦子就被淋毁了。"

大家未等史来贺的话音落下,便唰一下四散而去,跑回家里去取遮雨的东西了。

正在这时，有几个妇女已经扛着草苫子和炕席来到了打麦场，领头的是史来贺的妻子——刘树珍。她扛来了家里所有的席子和两个草苫子。她与几位妇女一鼓作气把拿来的遮雨用具全都搭在了麦垛上。

史来贺帮助她们搭完后，激动地对妻子说："珍，你带这个头带得好，干到我心里去了。"

"是咱娘叫俺这么干的。咱娘串联了这些婶子、嫂子，还说，万万不能叫社里的麦子淋毁了。"树珍擦一把脸上的雨水说。

"咱娘不简单，觉悟高着嘞！"史来贺激动地说。

这时，那些回家去取遮雨用具的社员都万分火急地回到了打麦场。年轻的社员眼明手快，一袋烟的工夫，就把所有的席子、草苫子、麻袋片子盖在了麦垛上。他们盖了一层又一层，盖好后，又在上面压了砖、压了石头和木棍子，生怕被大风掀起、刮掉。

一场新麦抢救战很快就结束了。但大雨还在一个劲儿地下，并且越下越猛烈，越下越狂暴。雷声电闪倒是消失了，而这正预示着这场雨很有下头，一时半刻难以停息。

史来贺淋着雨站在场里，眉头紧锁，忧心忡忡。这雨要是一个劲儿地下个不停，该咋办呢？眼看到手的麦子要是淋毁了，群众该是多么痛心、多么失望啊！全村的男女老少都指望今年多打麦子，多吃几顿白面馍馍呐！老天啊，你可不要不遂人愿，把人们心里希望的火花给浇灭了哇！这场大雨，下得史来贺坐立不安，百爪挠心。

此时此刻，刘庄的人们也都像史来贺一样心焦如焚，刘庄人面对着茫茫大雨，仰望着苍天，在心里祈祷着，诉求着……

可上天听不见人间的呼唤，也并不理睬刘庄人的祈祷，依然一个劲儿地下着，任性地下着，猛烈地下着。

雨夜救群众

晚饭后,大雨仍然猛烈地下着,哗哗的雨声一阵猛似一阵,一阵紧似一阵,像倾盆而泼,像天河倒注,屋外的雨夜,漆黑得啥也看不见,只听见雨水敲打屋顶的声音,敲打树叶、倾泼大地的声音。屋檐的雨水,如一条条溪流垂直地往下倾注着;院子里的雨水,如漫溢的河流迅疾地向外面狂奔着……

史来贺心里乱得像猫抓一样,坐卧不宁地一直望着门外的大雨。这时,他家的屋子漏雨了,雨水滴在他的头顶和脸上,让他猛地一激灵。忽然,他戴上草帽,披上蓑衣,纵身跨出门外,眨眼间便消失在茫茫雨幕之中。在这狂风暴雨的夜晚,他已经顾不上解决自家房屋漏雨的问题了,而是由自家房屋的漏雨想到了群众的房屋是否漏雨,想到了群众在大雨中的安危,想到那些在雨中需要帮助的困难群众。他喊来李兴德、杨森峰、刘树田等几位村干部,率领他们冒雨去查看群众的住房,查看群众家里是否被积水所淹。

这时,村街、道路上的雨水已经漫过了小腿,铜钱般的雨点儿密集地打在他的头顶和蓑衣上,脸上的雨水一直往下淌,他却顾不得擦一把,只顾深一脚浅一脚地蹚着雨水往前走。李兴德、杨森峰、刘树田等人哗哗啦啦蹚着雨水跟在他的身后,他边走边对几位干部大声说:"大雨无情,这是老天在给咱出难题嘞!群众住的那些茅草屋、土坯房,可经不住这一个劲往下泼的大雨啊!咱得挨家挨户去看看,该救急的,得赶紧采取措施,想方设法保证群众的安全。"

"这没说的,咱是干部,就得多关心群众,尤其是在灾难中,群众更需要帮助和照顾。"李兴德毫不含糊地表达着自己的心情。

他们走街串巷,逐家逐户地查看起来。尽管身披蓑衣,头戴草帽,浑身上下还是被淋得透湿,两脚扑嗤扑嗤踩着小河般流淌的雨水,腿上也溅满了水、溅满了泥。

他们走到刘殿栋家的房子外面,拿手灯一照,看到那房子岌岌可危,很不保险,就"嘭嘭嘭"拍打起刘老汉的家门。拍了几下,听到里边问:"谁呀？这黑更半夜的,下这么大雨,敲门干啥？"

"殿栋叔,快开门！是村里干部看你来了。"

刘殿栋打开门,把几位浑身雨水流湿的干部拉进屋里,惊异万分地说:"哎呀！下这么大的雨,你们咋来了？看都淋成啥样了！"

"来看看你的房屋漏不漏,院子淹了没有。"杨森峰关切地说。

"嗨！甭提了……"刘殿栋仰脸看着屋顶。

"哎呀！这不漏遍了么？你们看,那后墙全都洇湿了。这房子很危险,不能住了。"史来贺来不及仔细查看,毫不犹豫地对老汉说,"赶快离开你这个破屋子,不然,就来不及了。"

"那我到哪儿去呢？这大雨夜的。"刘殿栋一脸为难的样子。

"跟我们走,你不用发愁,有你住的地方。"史来贺连劝带拉,不由分说拽起刘殿栋冲进了大雨之中。他刚把刘殿栋拉出屋子,忽听身后忽腾一声,屋子塌了！吓得刘殿栋出了一身冷汗。

刘殿栋擦了擦满脸的雨水,激动地说:"哎呀！要不是你们,说不定今儿个夜里我这条老命就没了,要是在睡梦中房子一塌,那还不得砸死啊！你们不愧是共产党的干部,共产党好,共产党的干部好,为群众想得周到啊！在危急关头救了我一命啊！"

史来贺等村干部,很快把刘殿栋安置在安全的地方。

雨越下越猛烈,犹如万马奔腾的呼啸,犹如山洪暴发的怒吼,夹杂着霹雳电闪,雷助雨势,雨助雷威。小小的刘庄,犹如蜷伏在大雨里的一头瑟瑟发抖的老牛,显得极度困顿,毫无抗争之力。

几位村干部在暴雨的疯狂击打下,一身雨两肩风地冲进尚玉梅的家里。她丈夫在外地工作,家里只有她和3个不懂事的孩子。在这雷雨之夜,连个给她做伴长胆的人都没有。此时,3个孩子早已入梦,尚玉梅却在听着外面的风雨声而愁肠百结:这土草屋本来就不结实,怎禁得住大雨不住点儿地往下泼呢？要是塌了该咋办？这3个孩子……她再也不敢往下想了。

就在这个让她千难万难的时候,党支书史来贺带着几位村干部来了。刹那间,尚玉梅的心里有了些许踏实感、安全感,而眼里却噙满了泪花。

史来贺打开手电一照,立即"哎呀"一声,几位干部同时看见,眼前的这座土草屋,屋顶大漏,后墙下有两个老鼠洞一直往外冒水,雨水把土墙洇湿了半截,裂开了几道两指宽的大缝。

"你看,这屋子已经十分危险了,一分钟也不能待了!得赶快撤出去,先把3个孩子抱出去,甭惊吓了他们。"史来贺立马吩咐几位干部。

干部们快手快脚地把3个孩子抱了出去。

史来贺脱下身上的蓑衣,披在尚玉梅身上。尚玉梅激动得泪水扑簌簌往下掉,激动得不知说什么是好:"这不中,史书记,你叫我披上蓑衣,你挨淋,把你淋坏了咋办?"

"啥也别说了,一会儿就把你们母子安排到不漏雨的地方了,放心吧!"

史来贺的话音刚落,忽听身后"扑通"一声,尚玉梅家的房屋坍塌在雨水中,把她吓得心惊肉跳,身子不由自主地颤抖起来。

"史书记,你可救了俺一家啊!要不是你们干部来得及时,俺娘儿4个今儿个夜里就全完了……"尚玉梅扑通一下跪在了地上,哽咽着说不下去了。

史来贺赶忙拉起了雨水地上的尚玉梅:"啥也不用说了,这都是我们党员干部应该做的。群众有了危难时,党员干部就得及时出现在群众面前,不然,那还称得上共产党员吗?放心,房子塌了咱还可以盖,只要人没事儿,比啥都好。等大雨过后,村党支部一定想法把你们的房子修建好。"

史来贺极力安慰着从危难中抢救出来的群众。

大雨无情人有情,史来贺言必信、行必果,说到做到。

大雨下到后半夜,慢慢停了下来。哗哗的雨声远去了,只有屋檐还断断续续滴答着水滴。

史来贺忽腾一下从床上坐了起来,把树珍吓了一跳:"咋啦?你惊啥呢?出啥事啦?"

"雨停了,不下了。咱社里的麦子得救了,得救了!"史来贺异常兴奋。

其实,他从躺进被窝就一直没有合眼,竖起耳朵专心致志地听着外边的雨声。他不是不困不倦,这几天割麦已经把他累得腰酸背疼了,每天晚上一回到家里,就感到筋疲力尽,躺下就想香香美美地睡一觉。可今夜他怎么也睡不着,大雨搅扰得他心神不宁,总是记挂着场里的麦垛,记挂着地里未割的麦子。急切地盼着大雨赶快停下来,雨过天晴好打场啊!当他听见雨小了,雨住了,心底压的那块石头便忽腾一下落地了。他恨不得立马跑到大街上,可着劲儿地喊一声:"大雨不下了,咱的麦子得救了!"

"雨停就停了呗，你发啥癔症啊？把人吓一跳，我还当是房倒屋塌了呢!"树珍埋怨道。

"雨停了是大好事，明儿个该能摊场晒麦子喽! 能不叫人高兴吗？我可以安安生生地睡一觉喽! 明儿个一早，就起来把场里的麦子摊开。"说着，史来贺躺进了被窝，不一会儿，就呼呼噜噜地睡着了。

他恍若看到雨过天晴，一轮红日正从地平线上冉冉升起，蓝莹莹的天空一丝云彩都没有，一群小鸟在蓝天自由地飞翔着，欢唱着，仿佛在给人们报告天气晴朗的喜讯。史来贺高兴地来到麦场里，看见社员们正在场里摊场，大家一边干活儿一边说笑，打麦场上呈现一派欢乐的劳动景象……正当他欣喜若狂地爬上麦垛，往下掀麦捆时，一阵轰隆隆的雷声把他从梦中惊醒。他又忽腾一下从被窝里坐了起来，这时才意识到，刚才那是一场瞎高兴的虚幻梦境，根本不是什么"雨过天晴"的真实。

哎呀! 这咋又响雷啦？难道还要连着下雨？说话不及，外边的大雨已经"哗哗哗"地下了起来，并且一阵紧似一阵。呼雷闪电响得惊天动地，狂风暴雨气势磅礴，仿佛要席卷大地上的一切。史来贺听着外边的雷雨，心如火焚，再也没有一点儿睡意了……

大雨稍微有些缓慢的时候，史来贺就在村里挨家挨户地查看，看还有谁家的房屋倒塌了，谁家的屋顶漏雨了，谁家的房屋成了危房。看过后，他在一个本子上做了粗略的记录。

40多天的连阴雨放晴后，史来贺立即召开党支部和大队干部会议，专门研究灾后全村群众倒塌房屋的翻修问题。

他对大家说："咱共产党的干部，就要急群众之所急，帮群众之所需，不管谁家的房屋倒塌了，都是火烧眉毛的急啊! 大家说说，咱们该咋帮？得让这些群众有房子住啊!"

"叫我说，全村所有在雨中倒塌和漏雨的房屋统统由大队统一翻修，组织两个翻修队，小漏小修，大漏大修，倒塌的重盖。"支部副书记李兴德说。

"你说的是由大队统一出工，那修房需要的材料呢？"副大队长杨森峰提出了具体的用料问题。

会场一时沉默起来，显然，翻修房屋所需材料的问题是个关键而又难办的问题，大家都不好表态。

"既然大队统一出工,那材料应该由个人备,修房不能两头占哪!又要公家出工,又要公家出材料,不合理!"一位干部摇着头说。

"我看也对,公家出工,个人出材料。个人的材料,用在个人的屋子上,合情合理。"一位干部附和说。

"我看未必合情合理。"史来贺发话了,"不说别的,就说这棚草吧,你让社员从哪儿弄去?麦秸、玉米秸都在队里的场上垛着,归队里统一管着,让社员自己备棚草,这不明摆着是让他们去作难吗?"

大家谁也没把问题想得那么细那么具体,听支书这么一讲,大家你看看我,我看看你,不知如何是好。他们并不知道,大雨刚一停歇,史来贺就一个人在村里挨家挨户地又巡查了一遍,把所有倒塌、漏雨的房屋都仔细观察、仔细丈量了一番,对翻修所需的材料已经心中有数。

这时,那位主张修房个人备料的大队干部才恍然大悟,看着史来贺的脸,不好意思地更正说:"咋没想到棚草这一层呢?嘿!干脆,棚草也由大队统一出算啦!"

"这就对了嘛!其实,不光是棚草由大队统一出,修房所需的瓦也应由大队的砖瓦厂出。我已经察看过了,全村所有倒塌的房屋,上边的木料架子无一毁坏,砖也无一毁坏,都还用原来的。需要新添的材料一是棚草,二是瓦,瓦的新添量也不是太多。这两样材料,咱队里很现成,何必让社员再去作难呢?"史来贺抽了两口烟,便一锤定音,"就这样,工和料统统由大队出,修房户一不用出工,二不用拿料钱。修房队的人员记工分,不管饭,给谁家修房,主家管口水喝、管几袋烟吸,别的啥也不用管。"

与会干部谁也没想到,一场大雨后,史支书对全村毁坏的房屋调查得这么细,替群众想得这么周密。

没用几天,史来贺就领着修房队的泥瓦匠把全村所有漏雨、倒塌的房屋翻修一新。特别是给刘殿栋和尚玉梅两家盖了新房,让他们有了安身之所,解决了他们最难解决的大难题,消除了他们的心头之患、后顾之忧。刘殿栋逢人就说:"共产党就是好,有了灾有了难,对咱一管到底,不让老百姓作难。要在旧社会,屋子塌了,还不得拉着棍子逃荒去啊?"

几位社员看着修房队给村里所有危房户翻修好的房子,凑在一起说,如果每个党员,每个干部,都能像史来贺这样做官做人,为群众办好事、做实事,那老百姓不得天天喊"共产党万岁"啊!

群众在雨中塌了的房屋大队给重新建起来了，漏雨的房顶给修好了。可史来贺家里漏雨裂缝的房子却没有修。大队干部问老史："群众的房屋都修好建好了，你家漏雨的房子咋不修啊？"

史来贺不以为然地说："我不跟大伙儿凑这个热闹，我那屋子虽漏雨，却还能住，不急于修缮。"顿了一下，又风趣地说，"我住在漏雨的屋子里，天一下雨，我自己知道往外跑，才会更容易想起来群众的屋子漏不漏啊！"

其实，他是不愿花集体的钱、拿队里的料给自己修房，硬要坚持自己修。他都是每天下了工，在家人的帮助下，自己爬到房顶把漏雨的地方解瓦解瓦，修缮一番。

一个下工的社员看到后，不解地问道："老史啊，不趁队里给社员修房时一块儿修了，为啥偏要下了工自己修，让全家人跟着你忙手忙脚？"

"队里给修，那花的是公家的钱，用的是集体的料。共产党员咋能沾公家的光嘞！"史来贺在房顶干着活儿对那位社员说。

"那公家的光，群众能沾，你一个支书为啥不能沾？"那位社员又问。

"支书是为群众谋利益的，不是为自己谋私利的。共产党员是为人民服务的，不是为自家服务的，这就是共产党人跟一般老百姓的区别。"史来贺一本正经地说。

"哎呀！还是当干部的觉悟高，老史啊！这是你最叫社员服气的地方。光为群众，不为自己，风格高啊！"社员说着，跷起大拇指。

"共产党的干部，就该这样做。"史来贺边与那位社员搭话，边在房顶倒腾瓦垄。

…………

把大雨里、危急中的群众安顿好了，史来贺的心情却并未平静。当村支书以来，他无时无刻不在为群众的住房担忧发愁，特别是一到雨季，雷电震响，风雨大作，他的一颗心老是悬在嗓子眼里。新中国成立这么多年了，群众依然住着破陋的危房、漏雨透风的草棚房和土坯房，家家连座一新到顶的砖瓦房都盖不起。贫贱农家百事艰，就数盖房难破头。农民何时才能"天天吃白面，家家住洋楼"呢？何时才能在自己的土地上实现"安居乐业"的梦想呢？沉重的忧患，盘绕成最大的心结，石头般压在他的胸口。他渴望刘庄有朝一日能锻造一把"安居"的金钥匙，打开百姓的幸福门，也打开他这个沉重的心结……

第二十章　生产自救渡灾荒

※出路在脚下
※不指望苍天
※自救渡灾荒

出路在脚下

还不到黎明时分,史来贺就早已从床上下来在屋里踱来踱去了。这一夜,他的心里一直燃烧着一团火,把他的睡意烧得一干二净。本想今儿个天晴了,带领大伙儿摊场晒麦,可这天偏偏跟人作对。春旱时要雨不给雨,麦收时怕雨偏下雨。这雨下得真不是时候,它是要毁掉农民的劳动成果,要毁掉农民的好日子啊!它是不是成心跟人过不去,给人出难题啊?

是啊!老天总是不以人的意志为转移,这次给人出的难题还真不小,对人的考验还真够严峻的。一场接一场的大雨,竟连绵下了40多天,这给刘庄造成了多大的损失啊!收割到场的麦子,全被雨水浇得发了霉、生了芽,地里未来得及收割的麦子全被风雨刮倒,泡在雨水中也都霉烂了;好不容易在旱地里担水抢种的秋作物,也全都被遍地的积水淹泡而死……

史来贺带领干部群众来到农田里,眼前的一切让村民们惊呆了,漫溢的雨水淹没了刘庄所有的农田。只见几天前还一片金黄的麦田和绿油油的棉花地,全都成了一片汪洋。刘庄人一年的汗水和心血,全部的希望和梦想,就这样一夜间付绪东流。

"这老天是不让人活了啊!咋这么无情呢?麦子给泡烂,秋苗给淹死,这叫俺庄稼人指望啥呀?这日子咋过啊?"刘庄人一连声地对着苍天发问。

苍天无语,苍天不应。

史来贺却高声应答:"苍天无情人有情!只要有共产党的领导,不会叫咱老百姓挨饿,咱庄稼人不指望老天爷,也不指望上帝,就指望共产党!"

这时,他的头脑正在思考如何弥补大雨造成的损失,如何自力更生搞生产自救。

但面对现实、只讲实际的庄稼人,两眼看到的尽是受灾的田地、淹死的庄稼。眼看收成无望，生活无着落，乡亲们愁肠百结，村里村外乱作一团。有人要退出农业合作社闹单干，逢人就说怪话：

"眼下这农业社就如蛤蟆垫板凳——死撑活挨，支撑不下去喽！不如早散摊儿，各家干各家的。"

"农业社该是爹死娘嫁人——各人顾各人的时候喽！"

还有好多家都在做外出逃荒的准备：有的在修理推老人、装铺盖卷儿的独轮车，有的在编织挑儿挑女的荆筐……

史来贺听说后，心里百感交集，像猫抓一样，自己是刘庄的当家人，是党支部书记，咋能眼睁睁看着乡亲们踏上逃荒要饭那条路呢？那可是一条伤心的路，一条绝望的路啊！

一想到要饭逃荒，史来贺的眼前映现一幅旧社会讨饭路上的凄凉画面：

正是凛冽的冬天，中原大地天寒地坼，北风如虎吼狼嗥般呼啸着，大雪如鹅毛棉絮般纷飞着，白茫茫一望无际，大地上一夜间积了没膝深的雪，连平时大浪滔滔的黄河也都结了厚厚一层冰。呼叫的河风，旋着纷纷扬扬的雪花落在河冰上，堆了零零乱乱的雪包、雪丘，活像一群群北极熊，那呼啸的北风，犹如众多的北极熊发出的一阵阵凶残的怒吼。

在黄河滩弥漫的风雪中，蠕动着一大一小两个人影，大风撕扯着他们破旧的黑色棉衣，把他们刮得东倒西歪，走走停停，在雪窝里艰难地跋涉着。那个大一点的身影，是史来贺的母亲王保香，那个小点的影子，是刚满五岁的小来贺。母子二人顶着刺骨噎人的寒风行走着，缓缓地移动着。母亲穿着一身破棉衣，左手挎着要饭篮，篮里放着一只要饭碗；右手拄着一根打狗棍。走一走，用棍子探一探，探着雪的深浅，看看有没有深坑和陷阱。小来贺扯着母亲的袄襟，一脚浅一脚深地踩着厚厚的积雪，紧跟着母亲走在寒冷的要饭路上。大雪落在母子二人的头上、肩上和背上，他们几乎成了雪原上一步一晃、一步一抖的两个雪人。他们在积雪中步步维艰地跋涉着，寒风扑面，雪雾打脸，噎得喘不过气来，再加上又冷又饿，四肢乏力，几乎要晕倒在雪地里。

"娘，我饿，我饿！"小来贺望着娘的脸，有气无力地说。

娘看了一眼空空的要饭篮子，哀叹一声，无奈地说："张妞啊，咱今儿个还没要到一块馍呢，娘也是没法子啊！饿，你就先忍着点儿吧！到了前面村里，能要个一碗半碗的，娘就先让你吃。"

走了一会儿，小来贺又忍不住地吵着："娘，我肚子饿呀，饿呀，我走不动了。"

母亲只好弯下腰,抓了两把雪,拃成硬雪团子,递给孩子说:"张妞啊,给你个大白馍吃吧!"

小来贺接过来一看,说:"娘,你哄俺,这不是大白馍,这是雪蛋子。"

娘苦着脸说:"甭管啥,吃到肚里就不饿了。"

小来贺咬了一口,一惊一乍地说:"凉,真凉啊!凉得扎牙根儿。"

娘说:"张妞啊,凉点怕啥?吃吧,吃到肚里就不凉了。"

小来贺又朝娘望了一眼,便大口地吞吃手里的雪蛋子,吃一口,身上就打一个颤,那真是透心凉啊!可凉也得吃呀,不吃肚里老是叽里咕噜乱叫唤。不管多么冰凉,咬着牙也得吃,吃进肚里就能挡住饥饿了。他幻想着雪蛋子到肚里能变成白馍馍……

在茫茫雪原的讨饭路上吞吃雪团子这一幕,永远地留在了史来贺童年的记忆里。这是刻骨铭心的记忆,让他永世不得忘记。

母亲每次讨得半拉馍或半碗饭,都先让小来贺吃,而他总是说:"娘,你先吃。"

娘递到小来贺手里:"你吃吧!娘不饿。"

可小来贺把那点冰凉的饭刚刚喝到肚里,母亲却饿得晕倒在地。这样的事情不知发生了多少回,每遇到这样的情景,幼小的他就伤心得痛哭流涕,呼唤着娘亲,铭记下母恩。这舍生忘死养爱子、含辛茹苦哺娇儿的深情大恩,铭刻在一个孝子的灵魂深处,永生永世也报答不完。

童年时期的史来贺跟着母亲讨饭,走遍了刘庄附近的整个黄河滩。潇潇风雨路,茫茫大雪中,荒凉的黄河滩,留下了母子俩多少苦涩的眼泪,留下了母子俩多少艰难的足迹,留下了母子俩多少心酸的叹息,留下了母子俩多少无望的呼唤……天上降灾,家里没粮,为了活命,童年的史来贺,成了黄河滩里的一个要饭娃、叫花子。吃百家饭,走千条路,进万户门。吃的是冷汤冷饭,看的是冷眉冷脸,听的是冷言冷语。他连做梦都想着,自己啥时能坐在自家温暖的炕头上,捧着自己的饭碗,吃几个馒头、喝一碗热饭,填一回饱肚子啊!

更深了,夜静了,狗不咬,驴不叫,一切生灵都沉浸在睡梦之中。村里的公鸡已"喔喔喔"啼过两遍,史来贺躺在床上却怎么也睡不着,辗转反侧,思来想去,想的全是父老乡亲要外出逃荒这件刺痛他心肝的大事。想得越多,越是睡不着,就索性披衣坐起,黑灯瞎火地抽旱烟,一袋接一袋地抽,一锅接一锅地点,哧溜哧溜,吧嗒吧嗒,满屋都是缭绕的烟雾,满屋都是抽烟的声音。他在烟雾中思考着如何稳住刘庄人的心,如何千方百计带领大伙儿渡过难关。

现在,遭受了天灾,要是乡亲们都去逃荒了,那是我这个党支部书记的耻辱,说明我这个共产党员无能,不称职,那让上级领导和父老乡亲怎么看我? 我该如何向党组织交代? 刘庄父老乡亲的命运与生死,都在我这个共产党员的肩上挑着呢! 我一定要把他们从失望的困境中,挑到充满希望的田野里。

第二天一大早,他立即与党支部成员将群众召集到一起,开了一个劝阻外出逃荒的紧急会议。

群众到齐后,史来贺面朝大家,亲切地问道:"我听说大家都在准备外出逃荒,还有的要退出农业合作社,这事儿是真是假?"

"是真的。要饭篮子、打狗棍都准备好了。"一个壮年汉子毫不隐讳地回答。

"俺把独轮车儿都修好了,明儿个就准备封门,带着一家老小到外边要饭去。眼看灾难临头,活人不能在家等死啊!"又一个中年人无奈地说。

"为啥有家不守,偏要去逃荒呢? 旧社会逃荒要饭的滋味难道还没有尝够? 难道大家把逃荒路上那些苦难都忘了?"史来贺用一连串发问的方式引领群众深入思考。

"没忘啊! 那人不人、鬼不鬼的日子,那逃荒路上遭的罪,一辈子也忘不了啊!"有人想起旧社会逃荒的情景,伤心地回答。

"不能忘啊! 乡亲们,逃荒要饭,那是一条啥路啊? 旧社会,穷人没办法生活,被逼得万般无奈,才踏上了那条路。可那是一条饥寒交迫的路,一条让人哭断肠的路啊!"

史来贺说着,想起了新中国成立前刘庄人外出逃荒要饭的画面,多少母亲穿着破衣烂衫、挎个要饭篮,扯着儿女走在黄河滩弥漫的风雪中,凄苦的风雨里……说着想着,情不自禁地落下了眼泪。

他又和大家一起回忆起 1942 年大灾荒:那年的天灾闹得刘庄人家家断炊,没吃没喝。76 户外出逃荒,有 16 户人家饿死在逃荒路上;37 户卖儿卖女,妻离子散,天各一方;全村 72 人活活饿死,有的甚至满门饿死。今年比 1942 年的灾害严重得多,可并没有一家饿肚子,更没有一人被饿死。啥原因? 有共产党的领导,有集体的力量,这就是社会主义的优越性。

一想起 1942 年大灾荒的情景,许多贫下中农流着泪说:大灾荒那一年,咱村的老百姓逃荒的逃荒,要饭的要饭,老人孩子都饿死在半道上,村里天天有哭声,几乎家家户户添新坟,全村饿死、病死了那么多人。那会儿,谁管咱老百姓的死活?如今新社会了,遭了灾有共产党管,有集体管,干部和群众一起想办法,一起抗灾,一起吃苦,没有克服不了的困难。

史来贺边落泪边劝说大家:"乡亲们,不能走逃荒那条路啊!金窝银窝,不如自家的狗窝;儿不嫌娘丑,狗不嫌家贫。外出逃荒,不如留在村里生产自救哇!新社会,大家一起商量,一起奋斗,会找到一条出路的。出路不在外乡,不在逃荒路上,就在刘庄这片土地上,就在我们的脚下啊!"史来贺竭力劝阻大家,"今年,咱刘庄遭了天灾人祸,天灾,由老天爷负责,一连给咱降下三场灾害:寒灾、涝灾、虫灾。这三场灾,把咱的农田荒废了,把咱老百姓坑苦了。人祸,就是死搬硬套上头精神、外地经验惹的祸。这人祸谁来负责呢?我史来贺!这个责任,我要担大头。这人灾,是我史来贺造成的。我是支部书记、高级社社长,盲目服从上级号召,盲目照搬新疆植棉经验,盲目引进种植新品种,决策失误,指挥不当,才铸成了大错特错。误了刘庄的土地一年不结果,误了群众的生活一年没着落。我的这个大错误,无法得到老少爷儿们的原谅,你们该怨我、骂我,甚至该批斗我,我不会怪你们,因为我自己都不会原谅自己,我恨不得你们拿鞭子抽我一顿,拿棍子劈头盖脸打我一顿。这样也会让你们解解心头的怨恨,发泄一下心里的怨气,让你们心里也好受些。"史来贺一边说,一边流泪,泪水打湿了两腮,打湿了衣襟,擦一把泪,又继续说,"但无论你们把我怎样,都不要离开刘庄去逃荒要饭,当要饭花子的滋味不好受啊!"

"俺也不愿去逃荒要饭,上有老、下有小,这一大家子到外边咋养活啊?可眼下守在家里不也得挨饿吗?麦,烂了;秋,淹了,还有啥指望?"一个憨厚的庄稼把式道出心里的苦衷。

"你一个这么好的庄稼把式,在咱刘庄这块土地上还能挨了饿?涝灾只是暂时的,过了这一阵儿,慢慢就会好转的。"史来贺又怀着深情对众人说,"常言道,在家千日好,出门一日难。那逃荒要饭更难!咱是刘庄人,就要守住刘庄的家,种好刘庄的地,建设好刘庄的家园。如今是新社会了,咱再不能一遇灾年就想着外出逃荒要饭。有共产党的领导,有社会主义新社会,只要大家心齐,就一定能战胜涝灾,闯过这道难关。一个集体,也像一家人过日子,总不能天天都有财神爷守着,都有大慈大悲的观世音菩萨守着。有党和政府的关心,天塌下来咱们当被子盖,决不会让新社会的刘庄饿死一个人!大家要相信刘庄党支部,相信刘庄的共产党员，一定会千方百计带领大家进行生产自救，决不会让一个人挨饿，也不会让任何一个家庭作难。有啥困难，找我史来贺，我会想法帮助大家解决的。"他的话情深意长，让乡亲们备受感动，泪水直流……

　　一次劝阻会，安定了人心，舒展了乡亲们愁眉紧锁的面容，扭转了刘庄村人心惶惶的局面。

不指望苍天

安抚了人心,史来贺又立即带领干部群众排涝救灾,大搞生产自救。

他对党支部一班人说:"党支部是一块吸铁石,群众是一块块铁,我们要把群众紧紧地吸到党支部周围,形成一股铁打的力量,全村上下拧成一股绳,就没有战胜不了的自然灾害。"

救灾如救火,说了就得干!史来贺裤腿一卷,鞋子一脱,第一个光脚站在泥水里,带领大家挥锨挖沟,疏导积水。大田里一片汪洋,积水有深有浅,深的没过大腿,浅的也能淹住腿肚。因为田野里到处都积满了水,给挖沟排涝带来很大困难。史来贺和其他支部成员一起,蹚着没膝深的水,一块地一块地地寻找水的出路,寻找疏导的路线,就地研究和选择排涝的最佳方案。终于克服重重困难,用较短的时间,把大田里所有的积水都排到了远处的河里。

排涝结束的当天晚上,他和支部副书记李兴德一起主持召开党支部会议,研究排涝后湿地上的改种计划和生产自救问题。支部成员一共5个人,都是和史来贺一样的苦出身,在一个村长大,知根知底,见了面无话不谈。凑在一起开支部会,不论研究什么问题,大家都能畅所欲言,各抒己见,从不藏着掖着,心里想啥就说啥,心里想多少,就竹筒倒豆子——有多少倒多少,一个不留。

李兴德第一个发言:"依我看,眼下再种玉米、谷子、高粱、黄豆这些粮食作物已经晚了,就是长起来也不结穗了。但种麦茬红薯还不算太晚,只要抓紧栽上,到秋后收一茬红薯没问题。况且红薯产量高,收成大,没有粮食,红薯也能顶大事。"

"我赞成你的意见。红薯不仅能当饭吃,还能粉碎沉淀粉、下粉条、做粉皮,晒成红薯干还能卖给酒厂造酒。并且红薯产量高,不怕旱,丰收有把握。红薯是个宝,百姓离不了。中!咱就抓紧赶季节,大面积栽红薯。可时间一定要打紧,一天也不能耽误。"史来贺表态很干脆、很果断。

坐在史来贺对面的支委、会计刘树田发表意见说:"除了种红薯,咱可以拿出几块地种萝卜、白菜。'头伏萝卜二伏芥,三伏倒栽大白菜。'种这几样蔬菜正合时令,尤其是萝卜,我的意思是红萝卜、白萝卜都要种,红萝卜既能当菜,又能当粮,而且产量高,不低于红薯的产量。"

其他支委都表示赞成种一定数量的蔬菜,老百姓的生活里咋能少得了蔬菜呢?"饭菜,饭菜,有饭就得有菜。"

史来贺紧接大家的意见说:"萝卜、白菜都是宝,还有一宝少不了。这一宝就是蔓菁。蔓菁也是高产作物,适合在黄沙土里生长,种好、长好了,一个蔓菁疙瘩就能长到二三斤。它既能当菜吃,也能蒸熟了当馍吃,吃起来又面又甜,好吃得很! 吃了还能撑时候,抗饥饿。"

"这个蔓菁我多次吃过,蔓菁疙瘩是个好东西,我同意来贺的意见,咱说啥也得种。"

…………

这时,会场出现了短暂的沉默,主持会议的史来贺,知道大家的意见发表得差不多了。于是,他就打破沉寂,继续谈自己的看法:"还有两个非常重要的问题,不知大家想到没有? 一个是社里牲口和各家各户养的羊的饲草问题,一个是副业问题。咱这地面上被雨水淹得连青草都很少了,这么多牲口和羊吃啥?我想,咱得成立一个割草队,到黄河滩去割草,给牲口和羊打食儿吃。再一个,受灾后咱不能光靠土里刨食,灾年,得拿出救灾渡灾的快速有效的办法。农作物全毁了,那咱就来个农业亏了副业补,粮食少了副食补。咱既然要大面积栽红薯,何不干起刘庄的老行当——把粉坊办起来,下粉条、做粉皮? 除了分给社员食用外,还可卖钱,一举两得。另外,还可以成立个豆腐坊,磨出的豆腐也可以卖钱。有了副业作坊,咱刘庄的百姓就有了生财之道啊!"

史来贺设想得头头是道,委员们听了喜笑颜开,举双手赞成。

按照分工,支部成员和社里的干部,两三个人带一支队伍,奔赴各自的岗位和阵地,打响了生产自救的战役。有的领着群众在刚刚排过涝的湿地上栽麦茬红薯,有的在湿地上种白萝卜、红萝卜、白菜和蔓菁。史来贺在农田里挨着地块察看、督战,唯恐出了什么差错,也怕进度太慢误了时令。无论到了哪个地块,他都要扑下身子一干就是半天,和社员一起劳动,并且一边劳动,一边征求群众对生产自救的意见和建议。在他的带领下,每块大田都干得热火朝天,掀起了生产自救的热潮。

涝灾过后，附近村庄的地里，还是一片片涝洼形成的小湖泊，还是蛙声四起的泽国，刘庄的农田里，却已长满了绿油油的蔬菜。外村的人有的出去逃荒，有的外出谋生，有的漫天漫地寻找野菜挖着吃，有的上到树上将树叶熬着吃，而刘庄人却可以采摘青葱葱的蔬菜，掺和着玉米面蒸馍馍，掺和着小米下锅了。

刘庄广大群众的基本生活，再也不用担心发愁了！

正当人们积极努力迎战自然灾害、进行生产自救的时候，一些本来就不相信新技术的农民，七嘴八舌议论开了："祖祖辈辈种棉花，谁种这样稠？地就这么大的劲，稠了，劲都长棵上了，会给你多结桃？""年轻人知道啥？净是瞎胡弄。"

听了这些议论，那些辛辛苦苦带领群众实干的干部，看到社员们丰收的希望，变成了减产的现实，感到羞愧难当，情绪一下子低落下来。

针对这种情况，史来贺带领党支部一班人开会认真研究，面对天灾和干部领导生产的失误，该怎样向群众交代？经过研究，决定干部向群众检讨，主观上盲从，再加上领导生产没有经验，造成了严重失误，党支部要承担一切责任。然后，通过回忆对比的教育，让广大群众深刻认识到互助合作的优越性，坚定走社会主义集体化道路的决心和信念。

史来贺对干部们说："领导农业生产，外行不中，有了教训，要下劲去钻，抓紧变成内行。懒汉思想要不得，办不成事。"

当时，高级社的几位主要干部，除史来贺自幼干农活外，其他几位都不内行。副支书杨森峰很年轻，新中国成立时才16岁，干农活少而又少，指挥生产更不内行；支部副书记、第二社长李兴德出身赤贫，旧社会逼得他无地可种，到东北去下煤窑，后来参加了东北抗日联军，直到1952年才从部队上转业回来，这之前，基本上没有种过地；副社长刘荣田新中国成立前在家没有外出的时候多，种地没有讨饭的时候多。而他们都打内心里热爱党，听党的话，是真心实意领导群众走社会主义道路的人。

一些群众设身处地地说："干部不是想把生产搞坏，他们也都是好心，一心想把生产搞好。咱们得体谅他们的难处。"

"不能单看这一年，前几年咱们的初级社不是都增产了吗？单干的时候灾荒更多，那会儿各顾各，灾荒来了谁家也扛不住。还是集体力量大，多大的灾也能扛。今年这情况，也不能光怨村干部，有老天的原因，也有上级的原因。有些事没弄对，下次肯定不会再吃这样的亏的。"

"吃一堑长一智！"一位有文化的社员紧接上面的话题，来了一句总结。

村干部含着感激的眼泪，虚心听取群众的批评和鼓励。他们振作精神，吸取教训，检查错误，查找根源，向内行学习，集思广益，开始制订下一年的生产计划。

史来贺意识到，搞社会主义是一件崭新的事业，光凭新中国成立初期那种天不怕、地不怕的劲头，已经远远不够了，必须学习新本领、新技术，学习指挥生产、管理生产的新方法，才能当好一个村干部。他一方面向年轻干部传帮带，一方面鼓励年轻的村干部虚心向老农学习，向内行请教，把老一辈的经验当作宝贵财产接受过来，学到手里，记在心里，运用到实践中。年轻干部在生产实践中，不断提高生产技能和管理水平，取得了广大群众的支持和拥护。

"咱刘庄农业、副业双管齐下，刘庄就有救了，乡亲们就有盼头了。"史来贺逢人就说，见人就讲，他是为了——打消乡亲们的顾虑，让大家放宽心，团结一致，齐心协力扑在生产自救上。

他还告诉大家，生产自救，重点在"自救"两个字上，不能等别人救，更不能靠上级救，只能靠自己救自己。靠什么自己救自己？靠生产，靠劳动，靠头脑，靠双手。并且这个"生产自救"，必须雷厉风行，说干就干，认准了要一干到底，这样才有好的成效。

他给大家说的，不正是年轻的史来贺一贯的作风吗？

自救渡灾荒

一天,村里的木匠黄玉广和杜学礼二人,背着包袱来到史来贺家里,一进门就说:"支书啊,俺俩想跟您商量个事儿,不知道中不中?"

史来贺不知啥事儿,还见他们一人背个包袱,就问:"啥事儿?咋还背个包袱?"

"俺是来向您辞行的。"

"辞行?辞啥行?"史来贺目光盯着两个年轻人。

他俩说:"这年景啥也指望不着了。天下饿不死手艺人,靠我俩的双手,到外边干点儿木匠手艺活儿,兴许能挣点钱,养家糊口。在这大灾年,俺们只会这一招。"

史来贺抬眼瞅瞅这两个耷拉着头、塌着眼皮、无精打采地说话的木匠,拍拍他们的肩膀,鼓励并安慰道:"放心吧!你们在刘庄也挨不了饿。现在是新社会,不是以前各顾各的时代了。救灾,是头等大事,村上已经有安排。有党支部领导,有高级社这个集体,决不会让群众挨饿。"沉吟片刻,又接着说,"凭你们的手艺,肯定能养活两家人。但如果把村里的木匠、铁匠、泥瓦匠都组织起来,干更大更多的活儿,不是也能挣钱养活全村人吗?我看你俩甭走了,和村里的工匠们一起做手艺活儿,把村里的副业搞起来吧!这不正好是个搞生产自救的办法吗?不要远走他乡了,就在自家地面上搞副业,这样搞,既救了你们两家,又救了全村群众,多好啊!你俩在一起搞,那是小搞,小打小闹;把全村工匠都发动起来、组织起来,大家一起搞,那才是大搞特搞哟!你俩今儿个这一来呀,倒让我更坚定了副业救灾的决心。农业亏了副业补,粮食少了副食补,这是一个养活乡亲们的妙主意啊!"

两个木匠走后,史来贺就打定主意,要把村里的副业尽快搞起来,堤内损失堤外补嘛！只要肯动脑,办法总比困难多。他把村里想了一圈,想出了六路大军办副业。

第一路军就是把村里的木匠、铁匠组织起来,成立一个铁木业小组。

史来贺把村里的8个木匠和几个铁匠组织到一起,让他们各带各的工具:一盘红炉,几把铁锤,两挂风匣;还有几把大锛、木锯、凿子、刨子。就这样,一个因陋就简的铁木业小组就算开张了。

"铁木小组"一开张,就风风火火地干了起来。铁匠们生起了打铁炉,起早贪黑、叮叮当当地打起了铁;木匠们拉开大锯、推起刨子,还有的锛木头,有的凿榫眼,忙得有条不紊、紧张有序……从此,周围村庄使用的锄头、镰刀、铁锨、镢头、菜刀,还有犁、耙等农具,都打上了"刘庄制造"的字样。有的农业社还特意到刘庄定制大批农具,他们说,刘庄打制的农具不仅结实耐用,而且样式好看,十里八村都好用标有"刘庄制造"字样的农具。"铁木小组"为受灾的刘庄,开辟了另一条活路,凿通了另一个财路。

第二路大军是开豆腐坊、粉坊。

刚嫁到刘庄不久的一位年轻媳妇看到男人靠手艺给村里挣钱,她便带领几名妇女找到史来贺说:"咱庄做的豆腐不是远近闻名吗? 俺几个想把'刘庄豆腐'继续做下去,搞个刘庄豆腐生产组,你看咋样?"

史来贺爽快地说:"不谋而合啊! 党支部前两天刚刚研究过,决定成立豆腐坊、粉坊,你们看,咱们想到一块儿去啦! 好得很呐,我支持你们,咱们立即把'刘庄豆腐坊'开起来!"

刘庄很快开起了6个豆腐坊和3个粉坊。村里的几个粉坊生产经营一派红火,产出的粉条、制作的粉皮,挑到集市上去卖,很受欢迎。不仅卖出了好价钱,而且也闯出了好名声:"刘庄的粉条又筋又柔,从不掺假,好得很。"大家都说。

刘庄的水质好,磨出的豆腐水嫩水嫩的,还带有一股清香。无论是炒着吃、煎着吃,还是炖着吃、烩着吃,切成的块都不会散、不会烂,无论烹制到啥程度,吃起来都是嫩生生、新鲜鲜、滑溜溜的,含到嘴里就化,化到肚里又余味无穷。正如老百姓说的:"刘庄的豆腐,又细又嫩,千炖万滚不会烂。"周围村庄所需的豆腐全被刘庄垄断经营了。很多外村人办红白喜事,都到刘庄来买豆腐,要么给现钱,要么拿黄豆换。谁家的酒席宴上都少不了"刘庄豆腐"。小冀镇上也摆上了几个"刘庄豆腐摊",天天卖空,几近供不应求。人们常说,"水即是财",

"遇水则发,以水为财"。昼夜忙碌的 6 个豆腐坊,从平凡的水里,硬是为刘庄捞出了一条生财之道。

第三路大军是割草队。

大田里的种植结束后,史来贺亲自带领割草队奔赴离刘庄 10 余公里的黄河滩去割草。大热天,草丛里到处是蚊子和虫子,那蚊子还都是大个儿的花蚊子、黑蚊子。史来贺蹲在草丛里挥动镰刀割了不大一会儿,脸上、脖子里和两条胳膊上便被咬了好多疙瘩,痒得钻心,痒得真想用针扎、用刀刮。他用手乱抓狠挠了几下,也无济于事,干脆就不挠了,任由它痒去吧! 再痒我也不理它了,把劲儿都用在割草上,都用在劳动上。劳动能让人快乐,劳动能忘掉一切,劳动能战胜一切。

这时,割草队其他人也都嚷嚷着蚊虫太厉害,咬得受不了。大家光顾挠痒了,哪还顾得割草? 史来贺却乐呵呵地安慰大家:"小小蚊虫算个啥? 咱不能当小小蚊子的俘虏啊! 它的威力大,还是人的威力大? 咱得想法征服和战胜蚊子。大家唱一唱吧,会唱歌的唱歌儿,会唱戏的来一段戏,一唱就不痒了。边唱边割草,能把蚊虫全吓跑。"

"真的吗? 唱歌能把蚊子吓跑? 一唱就不痒了?"有人不相信。

"唱戏唱歌能止痒。不信,就试试看。谁先唱啊?"史来贺鼓励大家。

一个喜欢豫剧的小伙子自告奋勇,首先唱起了《收姜维》里诸葛亮的一个唱段:

> 想起来当年征渭南,
> 旗开得胜班师还。
> 手捧表章上金殿,
> 鞠躬尽瘁肺腑言。
> 出师表字字沥肝胆,
> 请旨兴师伐中原。
> 赵子龙威武不比当年减,
> 亲讨帐前先行官。
> 凤鸣山前打一仗,
> 枪挑那韩德父子落马前。
> 七十三岁打胜仗,

不愧常胜将一员。

乘胜智取天水郡，

单等那虎威将军凯歌还。

小伙子一段豫剧清唱果然奏效，大家都不觉得身上痒了，浑身的劲儿都用在了割草上，精神头儿全贯注到劳动上。

就这样，你唱罢我唱，我唱罢他唱，草丛里掀起一阵阵欢乐的浪涛。把一个黄河滩喧闹得异常热烈和欢腾。大家在歌唱中劳动，在欢乐中挥舞着镰刀，忘记了炎热，忘记了疲劳，也忘记了蚊虫叮咬。一个人每天能割草100多公斤，史来贺割得最多，一天竟能割200多公斤。他们割的草在黄河滩堆了一垛又一垛，犹如一座座青翠的山包，天天赶着大车、推着小车往村里运。一个季节下来，他们竟割了16.15万多公斤青草。留足了社里牲口和村里各户所需的羊的饲草，其余的13.3万多公斤全部卖掉。当时，0.5公斤青草只能卖1.2分钱，卖掉的那些青草竟收入了3200多元。这在当时，是一笔了不起的收入。

第四路大军是开办砖瓦窑场。

史来贺经常想到这样一个问题：新中国成立6年了，农民翻身后经济条件有所改善，住房条件也该改善了，砖瓦房势必要取代过去住的茅草屋、土屋，盖新房的农家会越来越多。但砖瓦窑却很少，新砖新瓦势必会供不应求。而刘庄的黄土下面的泥土黏性好，是烧砖瓦的上等泥土材料。如果建一座砖瓦窑，肯定会盈利。

不久，一座砖瓦窑便在刘庄的土地上挺拔而起。

庄稼人身上有的是力气，挖土刨泥、和泥踩泥，打砖坯，码砖坯，这些苦力活，刘庄的汉子谁都能干，就不发愁劳动力。史来贺和砖窑场的劳力一块儿挖泥、踩泥、脱砖坯，天天见他两腿泥巴，一身汗水。

几天后，窑场整整齐齐码着一摞摞一排排打好的砖坯，正在打砖坯的农民一个个累得汗流浃背。

这时，有人说："咱的窑场万事俱备，就缺一个烧窑师傅。"

"你这是淡吃萝卜——闲（咸）操心，咱的支书早就把烧窑师傅找好了。"

两人正说着，扭脸就看见了史来贺光着脊梁、两腿泥巴，领着两个年轻人站在砖坯垛下，听一位烧窑师傅讲述烧窑技术的几个关键点。

这位烧窑师傅叫夏高修，是从夏庄请来的。

史来贺问夏高修:"啥时候能点火?宜早不宜迟啊!能烧好第一窑,以后就是轻车熟路了。"

"很快就点火,不会耽误的。第一窑肯定能烧好。"夏高修满有把握地说。

要说,史来贺与夏高修是"老相识"了。新中国成立前,夏高修曾当过土匪,史来贺策反他为民兵联防队当过眼线,秘密送过不少情报,为剿匪反霸起了至关重要的作用。史来贺打内心感激这位穷苦出身的人。但他并不知道夏高修会烧砖窑,他还是听副社长夏治香说的。

那一天,他和村干部商量要办一座砖瓦窑,但就是不知道到哪里去找烧窑师傅。副社长夏治香立马告诉他:"俺娘家村里有一个会烧窑的,不知道中不中?"

史来贺四处打听,正愁找不到合适的人哪,夏治香这么一说,他求之不得地问:"你娘家村的,那不是夏庄吗?谁呀?"

"夏高修!他确实会烧砖窑,但就是新中国成立前当过土匪,有历史问题。不知道中不中?"夏治香小心地问。

"夏高修,这人我认识啊!他那历史问题,我清楚。他当土匪不假,但那是旧社会逼的,他还给咱民兵联防队送过不少情报嘞!是咱民兵联防队的眼线。他只要会烧砖瓦窑,就请他来,我这就去请他!"史来贺快言快语,说办就办。

"用他给咱烧砖窑,上边不会找咱的事吧?"有人担心地问。

"有人找事我顶着,不怕!夏高修虽然有历史问题,但他有技术,为啥不能用?这样的人,要一分为二地看,用人要用他好的一面,对社会、对集体、对发展经济都有好处。"史来贺想问题,总是跟别人不一样,他的胸怀坦荡得一般人无法理解。

史来贺的诚心诚意感动了夏高修,他烧窑特别卖力,豁出命地干,并从不讲价钱,好像他给刘庄烧窑,就是为了向史来贺报恩。

一窑又一窑砖瓦烧出来了,每一窑的产品质量都可称得上一流。即使出现个别的残品,刘庄人也绝不卖给外村人,而留给自己用。卖出去的都是整整齐齐、棱角分明、硬硬棒棒的上等好货。外村来刘庄买砖瓦的地排车、牛车、马车,天天都排成长龙般的车队。砖瓦源源不断地从刘庄运出,钞票源源不断地流进刘庄高级社的"金库"。

第五路大军是短途运输队和搬运工。

为了让群众在灾年不愁吃穿,史来贺想方设法,广开谋生渠道。他通过熟人,组织刘庄 30 名强壮汉子到新乡火车站当临时搬运工,装卸货物,出仓归库,扛麻袋、背棉包、拉煤车、抬木料,车站上所有耗费体力的活儿他们全包了。不论装卸什么货物,不论多么苦多么脏的活儿,他们从不叫一声苦,从不说一声累。刘庄人 1 天装卸、搬运的货物,其他搬运队得干 3 天。火车站要求装卸 3 天的货物,他们多则干两天,少则 1 天就干完了。刘庄人挣的这份苦力钱,可真是不易啊!火车站的领导看了后敬佩地说:"都说刘庄人能吃苦耐劳,真是百闻不如一见哪!有史来贺这样一个铁打的汉子当支书,才带出了这样一支铁打的农民搬运工的队伍啊!"

在火车站当装卸工,最脏的活儿当属卸煤炭。一火车煤炭运来了,车站要求尽快卸完,然后运到煤场。别的装卸队三四天才能完成,刘庄人一拍胸脯,一声吆喝:"保证两天全拿下!刘庄的装卸队,就是战斗队,敢立军令状!"说出去的话,就是斩钉截铁;抢到手的活,当作战役来打。30 个汉子飞步跨上车皮,从里边往下擢煤,浑身的力气暴涨起来,全都聚集在两臂,手握锨把,锨头如飞。一铁锨一铁锨密集地往下擢,车皮下如流淌黑色的瀑布。刘庄人一口气能擢几百铲,却不抬一下头,不直一下腰。风声骤起,煤尘飞扬,扑得脸膛漆黑漆黑,一个个成了"黑脸包公"。满脸流淌的汗水,也被污染成黑汗珠,如一颗颗黑色的水晶,成串成串"簌簌簌"往下落。接着,手臂、汗衫、身上、脚丫全被染黑了,简直成了"非洲黑人",认不出任何一个人的面目。卸空了车皮,脸顾不得洗一洗,汗顾不得擦一擦,他们又立即装满地排车,拉起来飞一样奔向煤场。马路上、街道上,一拉溜几十辆地排车,竞赛似的奔跑着。为了给刘庄多挣几个运费,他们一干就是 20 多个小时,肩膀被襻带勒红肿了,脚板被石子儿硌疼了,飞跑的脚步却从不停一停。沿街的行人,都在争相观看"非洲黑人"拉着煤车赛跑的一道稀有的景观。就这样,黑色的汗水,给刘庄换来了世界上最干净的钞票。

第六路大军是做小买卖的社员。

刘庄有不少人在旧社会做过小买卖,虽然没挣多少钱,也没发了家,但却练就了一些做买卖的本领。史来贺把这些做过生意的人组织起来,然后像鬼谷子撒豆布兵一样,把他们分散到四面八方,去做小本生意。本钱由村里出,赚来的钱归村集体。对赚钱多的,集体给予适当奖励。出发前,史来贺给他们规定了"三不原则":不做赔本生意,不做黑心生意,不做违法生意。社员们谨记在心,从不违反。他们走村串乡,赶集上会,挑货担、摆地摊、卖蔬菜、卖瓜果、贩小食品、贩日常生活用品、销售粗布、销售小孩鞋帽……卖啥吆喝啥,售啥宣传啥。

喊得口干舌燥,也不舍得买碗水喝;饿得饥肠辘辘,也不舍得买个馍吃。奔波劳累,辛辛苦苦,只为给刘庄集体多挣几个钱;而自己饿点渴点没有啥,能给集体省一分是一分,省一毛是一毛。刘庄的生意人就是怀着这种精神,为刘庄集体赚回了一些辛苦钱。

六路大军搞副业,让刘庄高级社摸索到一条"发财"的路子,也让刘庄的社员看到了集体的优越性,再次感受到史来贺领导和发展集体经济的智慧和魄力。

可有些"政治觉悟很高"的人,却说史来贺领导的刘庄高级社"犯了方向性错误,不务正业,不走正路"。

史来贺听到后,根本不放在心上,理直气壮地反驳道:"啥方向性错误?高级社的发展方向,就是生法让广大社员吃饱穿暖,过上好日子。啥是正业?啥是正路?灾荒年让社员坐等挨饿才是正业、正路?这些人是饱汉子不知饿汉子饥,站着说话不腰疼。剃头匠不刮耳朵毛——别理他那个茬!刘庄党支部、高级社就是要叫老百姓大灾年有饭吃,有衣穿,有钱花。就是要叫老百姓知道,共产党好,社会主义好!"什么夜猫子叫,什么拉拉蛄叫,史来贺一概不听,一门心思领着刘庄人搞自己的副业,走自己的路。

刘庄的副业生产全面开花,广结硕果。当年仅副业收入就高达1.7万元,这在当时是一笔巨额财富,可买10万多公斤粮食。农业虽然遭了灾,没收多少粮食,但红薯、萝卜和其他蔬菜收了不少,家家户户分得一堆一堆的。挖了红薯井,搭了萝卜窖,一冬一春都吃不完。史来贺和党支部一班人用副业的收入给社员买足了口粮,半年内还给社员先后4次分红,社员手里都有了钱花。

分到红利的社员,一张一张点着手里的钱,一个个脸上乐开了花。一位年已花甲的老汉拿着手里的钱,激动地说:"真没想到,这大灾年咱还能分红,还能吃上白面。要搁过去啊,遭了这么大的灾,咱只能拉着棍子逃荒要饭了。看看现在,灾年照样能吃饱,社里还给发钱,咱刘庄人比别村人有福啊!"

另一位手里点钱的老汉说:"这都是史来贺的功劳啊!要不是他想方设法,带领大伙儿干这干那,咱刘庄人咋会有这个福气啊!刘庄有了这样的好领导,还怕啥?"

"是啊!来贺是个共产党员,他给俺说过,共产党不会让老百姓吃苦受难。他这个共产党员说到做到,说话干事儿从不摞空,俺打心里信他服他。"一位年过半百的社员说。

这时，一位年轻人格外自信而又充满希望地说："史支书就是咱刘庄的主心骨，有了这个主心骨，咱刘庄就大有奔头、大有发展前途啦！"

眼看就要过年了，家家户户用分红的钱到年集上购买年货，有的割肉，有的买鞭炮，有的买花布给孩子做新衣服，有的买蔬菜、买糖果……刘庄人要在大灾年，过一个富足的年，过一个红红火火的年，家家都吃上暄腾腾的白面馒头，吃上喷喷香的肉饺子，吃上甜蜜蜜的糖果……

这不禁又让刘庄人想起了 1942 年大灾荒，想起了土匪恶霸给刘庄 13 家下"黑条子"的事，把多少穷人折腾得倾家荡产、妻离子散，走上了逃荒路，过年成了过难关……

新旧社会两重天。如今在大灾之年，刘庄人民能过上一个有滋有味、喜气盈盈的大年，充分证明了共产党领导得好、社会主义好。史来贺用党支部一班人的能力和本事，在刘庄人民面前为党争了光，树立了共产党的光辉形象，让刘庄群众进一步树立了跟共产党走、建设社会主义的坚定信念与决心。史来贺用坚强的党性，用为人民服务的宗旨，用自力更生、艰苦奋斗的精神，凝聚了人心，凝聚了力量，让刘庄人民心心向着共产党，坚决跟定共产党！

第二十一章　改天换地靠双手

※多难的土地

※激战古荒沟

※搏斗暴风雪

※打赢"持久战"

多难的土地

初级农业合作社发展为高级农业合作社后，人们对高级社普遍有一个错误的认识，觉得几个初级社合在一起，社大了，人多了，地广了，几百人几千人在一起劳动，声势浩大，轰轰烈烈，就算是"初级"发展成"高级"了。高级社最突出的特点就是一个"大"字：社壮大，地块大，人群大，声势大。因为有了众多的"大"，所以"高级"了。

可史来贺并不这样认为，高级社究竟"高级"在哪儿呢？他有自己独特的见解。

"高级社，'高级'两个字怎么体现？它与'初级'两个字有啥区别？'高级'高到什么地方？社里的当家人，应当带着社员走什么样的路，才算走上了农业合作化的'高级'路？这是我们农业社领导应该考虑的首要问题。"他告诉大家，"高级社与初级社的区别，不能只看形式，只看人多人少，只看声势大小。关键得看生产力水平是不是高了，粮食、棉花产量是不是高了，社员的收入是不是高了，群众的生活水平是不是高了。这是高级社的本质，也是高级社的核心内容。离开了这些本质的东西，空谈高级社，那是瞎扯淡！所以我们刘庄高级社，必须本着提高生产力，提高粮食、棉花产量，提高群众收入和生活水平来发展刘庄高级社。这样才能真正保证高级社的'高级'，保证群众的好日子，保证高级社的路子走得正，走得扎实。"

他让广大干部明了，刘庄人民要走上农业合作化的"高级"路，必须从本质上改变一穷二白的面貌，从根本上拔掉穷根。该怎样彻底改变刘庄的面貌，让百姓过上好日子！

这可是一篇大文章啊！这篇文章该如何写好，从何做起呢？为了酝酿这篇文章，史来贺走遍了刘庄的村前村后、角角落落，走遍了这片 1.5 平方公里的土地。最后，他伫立在一条深沟前，望着这条又宽又长的深沟，望着深沟那边的一片盐碱洼，凝眉思虑了片刻，便坚毅地自言自语道："文章就从这里做起，从这一条荒沟、一片盐碱洼上做起！"

1956年的涝灾，凸显了刘庄土地高低不平的缺陷和害处，没有排水道、出水口，一遇大雨，就会积涝成灾。这次涝灾，让他更加坚定了平整土地，挖河修渠，搞好农田基本建设的决心和恒心。

土地是农民的命根儿，土地是农民的希望，土地与农民的命运紧紧连在一起，土地与农民的生死紧紧连在一起。这一片生长小麦与高粱的土地，这一片生长棉花和玉米的土地，既能让农民贫穷，也能让农民富裕；既能让农民挨饿，也能让农民温饱。不把脚下的这片土地治理好，刘庄人就很难过上吃饱穿暖的好日子，很难过上安居乐业的幸福日子。所以要拔掉贫穷的根子，必须先治理土地。土地治好修好了，就会生长希望、生长富裕、生长幸福，贫穷，在刘庄这片土地上便无扎根之处！

刘庄地处豫北黄河故道，千万年的岁月，狂傲不羁的黄河，"三年两决口，百年一改道"，在这片低洼不平的土地上肆意横流，泛滥成灾；历史上无数次决口漫流，无数次恣意改道，屡屡翻身打滚，大地一片汪洋；狂涛猛于虎，巨浪凶于狮，淹地毁田，颗粒不收，造成生灵涂炭，民不聊生。刘庄人祖祖辈辈饱受黄水横流带来的灾难，吃尽了猛兽般洪水的苦头。史来贺很小的时候，村里就流传着一首让人心酸的民谣，至今记忆犹新：

刘庄长工村，
穷家茅草房；
出的牛马力，
吃的糠菜粮；
终年打光脚，
浑身破衣裳。
灾年去要饭，
忍痛卖儿郎。
冻饿在路边，
临死望家乡。
柴门冷冰冰，

死也泪汪汪。

村内断炊烟，

户外满坟场。

　　黄河翻来覆去地打滚改道，给刘庄这块 1.5 平方公里的土地留下了 4 条 3 米多深、纵横交错、曲曲折折的荒沟，还有 5 个大坑塘，使得 1900 多亩土地支离破碎、零零散散，不成方圆，不成地块，分割成 700 多块高凹不平的"奤拉头""仄楞坡""盐碱洼""蛤蟆窝"的荒地和薄地、赖地。这些深沟和荒地，是黄河在何年何月、哪朝哪代留下的，刘庄人谁也说不清，它们在这片土地上荒芜了几百年、几千年，更无人知晓。老辈儿人一看见这深沟洼地，只是一连声地哀叹："黄河为害，人能奈何？"

　　刘庄的土地就独特在这里，赖得出了名，赖得很难耕种。即使种了，也是"种一葫芦打一瓢"。好一点儿的地，也只能"种一瓢打一升"。旧社会，能多打粮食的好地都被地主、恶霸、富人们给霸占了。孬地、赖地、不打粮食的地，却都扔给了穷人。这七零八碎的土地，这难以生存的土地，给刘庄贫苦百姓带来了无尽的苦难、无尽的灾害。刘庄的穷人过日子指望不上土地，就只好外出逃荒。所以旧社会刘庄逃荒要饭的多，在十里八乡是出了名的，被人称为"要饭村""逃荒村"。那些封门闭户外出逃荒的人，临走也要看着家乡的土地，伤心落泪地念叨一遍祖辈传下来的那首民谣：

奤拉头，仄楞坡；

盐碱洼，蛤蟆窝；

三角地，两边豁；

当中凹，像口锅。

刮起大风沙埋苗，

下了大雨泥成河。

七零八碎没法种，

一年到头瞎忙活。

　　史来贺一条深沟一条深沟地察看，一片洼地一片洼地地锄垦。看着这些深沟和盐碱洼，他的心里一片荒凉，如果不抬头瞭望远处的庄稼地，只盯住眼前这未开垦的荒地和盐碱洼,便让人误以为走进了荒无人烟的蛮荒之地。纵横交错的荒沟里荆棘丛生,野蒿疯长,一丛丛枯干的蒿棵上挂满了白花花的蛇皮;黄鼠狼在这里打洞,野兔子在这里筑窝,田鼠在这里乱窜。一条条深沟,俨如野生动物的独立王国。

再看那一片片白茫茫的盐碱洼,寸草不生,毫无生机,不知沉寂了多少年,历史早已将它们判了"死刑"。盐碱度严重的地方,从不生长一棵草芽、一片绿叶,一年四季总是一个颜色,白花花一片,像落了厚厚一层雪。太阳一照,晃人的眼。那些盐碱稍轻的地方,也是寥若晨星般长一两棵野枸杞、三五棵马齿苋,别的什么都不长。一代代的刘庄人,看着这只生盐碱不长庄稼的"死亡地",就皱眉摇头,唉声叹气。再好的庄稼把式,面对它也束手无策,无可奈何,谁也无法将它起死回生。村里上了年纪的人,都记得祖祖辈辈流传下来的那首歌谣:

> 盐碱洼,蛤蟆窝,
> 不见黄土盐碱多。
> 下雨蛤蟆叫,
> 刮风"雪"乱落。
> 兔子不拉屎,
> 牛羊不路过。
> 死地不长苗,
> 谁也无奈何。

史来贺在盐碱洼里走着,鞋上沾满了盐碱花子,身后留一串清晰的脚印。回头望着那一个个脚印,依稀觉得自己是在雪地上行走。他不时地弯下腰,蹲在地上,伸手抓一把白花花的"雪",送到舌尖上舔一舔,这"雪"竟是又咸又苦又涩。又往前走了几步,打老远看见两位老汉正弓着身子在盐碱洼里扫"雪"。他知道,村里天天都有人来这里扫碱土,运回家后用它淋盐、熬碱。淋出的盐自家吃,熬出的碱拿到集市上卖钱。这种自己淋的盐吃起来咸中含苦,味道不正,对人体还有害。而刘庄人日子穷,手里没钱,买灯油的钱都是七拼八凑,哪里有钱买盐吃呢?他们只好长年累月省吃俭用,用盐碱土淋出的盐代替海盐,既经济又方便,既实用又节俭。老百姓过日子就是这样,能省的就省,该俭的就俭。"勤俭"二字,是农民的传家宝,是过日子的淳朴经典。刘庄百姓世世代代恪守着勤俭的民风,恪守着俭朴过日子的家风,可天长日久总吃这种对身体有害的盐碱土淋的盐,也不是长久之计啊!啥时候刘庄人富了,乡亲们手里有大把的票子了,自然就不会拿盐碱土淋盐了,家家的日子里就不会再有盐碱土的苦味了。说一千道一万,拔掉穷根,让刘庄人富起来是关键。

他走到扫碱土的老汉跟前,笑容满面地打了招呼,3 个人盘腿坐在太阳地里,抽着旱烟拉起了家常。

"咋,还是吃淋的苦盐?"史来贺关切地问。

"不吃苦盐吃啥?守着这满地盐碱土,吃苦盐不用花钱,省一毛是一毛,一年到头省不少钱哪!"老汉说。

史来贺点点头说:"是省不少钱。可老是吃盐碱土淋的盐对身体不好啊!"

"嘻!庄稼人哪有恁多讲究,咋省咋来吧!海盐恁贵,咱不舍得买。淋的盐虽苦点儿,但它总算是盐,腌咸菜、腌辣椒、炒菜做汤,哪一样都少不了它。庄稼人,一天到晚净干出力的活儿,不吃盐能中?"一位老汉说。

另一位老汉接住话茬:"老辈儿人不是都自己淋盐吃?吃了几辈子了。那时候,在咱刘庄,能买起海盐的能有几家?穷时光穷过吧!庄稼人没别的本事,就会俭省着过日子。"

"过去,咱这地方,除了地主、财主家,谁家不扫碱,谁家不淋盐?你没听说过?老辈儿人都把扫盐碱唱成曲儿了。"

老汉说着,眯起双眼唱起《扫盐碱》的谣曲:

> 春扫碱,夏扫盐,
> 连阴天扫白不咸。
> 白碱土,淋成盐,
> 咸里带苦能省钱。
> 坑连岗,岗连坑,
> 扫盐扫碱顺小风。
> 扫春夏,不扫冬,
> 冬天淋盐冻成冰。

"这地里的盐碱土,要说也是好东西,既能淋盐,又能熬碱。"一位老人手捏着一撮盐碱土说。

　　另一位老汉说："这盐碱土，既含着盐，又含着碱。捏一撮盐碱土，用舌头尖舔一舔，要是有咸味，说明能淋盐；要是光有苦味，没咸味，说明能熬碱。淋了盐自己吃，熬了碱拿集上换几个零钱花。"常年扫盐碱土的老汉，富有这方面的专业经验。

　　"过去，俺家也吃淋的盐，腌的咸萝卜都有苦味。现在，新社会了，海盐也比旧社会便宜了，俺家不淋了，买盐吃。新社会么，得有个新过法儿。"史来贺磕掉一锅烟灰，告诉两个老汉，"我劝你们也甭淋盐了，到杂货铺买盐吃吧！再说，今后咱刘庄人想淋盐也淋不成了。"

　　"咋淋不成了？这满地白花花的盐碱土，咋会淋不成了呢？"老汉着急地问。

　　"用不了多长时间，这一片片的盐碱洼就没有了，你上哪儿扫盐碱土去？"史来贺的话只说了半截儿。

　　"盐碱洼咋会没有了，它一没长腿，二没长脚，会跑哪儿去？"俩老汉满脸疑惑。

　　"来，抽一袋我的烟叶，尝尝啥味。"史来贺把自己的烟布袋让给二位老汉。

　　俩老汉接过烟布袋，一边装着烟锅，一边看史来贺的脸色，急不可耐地等着听下文。

　　"咱刘庄要改造这盐碱洼，把它改造成能耕种的好地，让它长出绿油油的庄稼，让它变成咱刘庄的'粮食囤'。"史来贺笑眯眯地说出心里的打算和美好愿望。

　　二位老汉一听，木呆呆地怔在那里，半天说不出话来。一位老汉把头摇得像拨浪鼓，冷笑一声，说："新鲜！叫盐碱洼长庄稼？你不是在说梦话吧？"

　　"咱祖祖辈辈在这块地上熬日子，可没有一个人敢说要让这盐碱洼长庄稼，你没看，这'死地'可是寸草不生啊！老辈儿人为啥说它'一毛不拔'呀？它是千年不变、万年不改的光秃子地呀！"另一位老汉说得更绝对。

　　"你那都是老皇历了，如今是新社会，'光秃子'也能治好。'一毛不拔'也会长出'满头秀发'。不信，你们等着看。"史来贺信心十足地说。

　　"听你这意思，这一毛不拔的'死地'真能长出庄稼？"

　　史来贺坚定地点点头："如今是共产党领导的新社会，咱刘庄又成立了高级社，有了这两条，咱就能把这不毛之地改造成良田沃野，让它长出金黄的小麦、火红的高粱、雪白的棉花，让它长甜瓜、结西瓜……你们看看，这深荒沟，这盐碱洼、蛤蟆窝，荒废了咱刘庄多少土地，咱每年少打多少粮食啊！要是把它们都改造好,那不就成了咱刘庄的'粮食囤'了吗? 到那时,咱手里还会缺钱花? 咱的日子还会有盐碱土的苦味吗?"

"这几片盐碱地,几百年就只生盐碱,不长庄稼,咱能改变了它?"二位老汉疑惑地看着史来贺。

史来贺肯定地回答:"能! 一定能! 再也不能把这片破烂土地留给子孙后代了! 要彻底改变刘庄的土地面貌,给子孙后代留下一片田园美景,留下一个千亩大的吃不完用不完的'粮食囤'。"

接着,史来贺告诉他们改造深荒沟和盐碱洼、蛤蟆窝的初步设想和具体做法。

二位老汉听后,惊异万分:"真是天新地也新,不毛之地要生金啦! 要真能像你说的这样,那就太好了……"

激战古荒沟

火车跑得快,全靠车头带。党支部、社委会就是刘庄的"火车头"。为了打好治理土地的战役,史来贺首先得把"火车头"的"火炉"烧旺。

于是,他给党支部、社委会的党员干部点起了一把火:"刘庄治理土地、修整农田,是改变贫穷落后的面貌打的第一场战役。这是一场硬战、恶战、持久战,打好这场战役,要依靠集体的力量,要把刘庄人的心聚成一团,把刘庄人的劲拧成一股绳。这场战役胜利了,既能彻底改变千百年来刘庄的土地面貌、生产条件,也能让群众看到集体的力量,看到高级社的优越性。群众就会更加相信只有依靠集体才能办成大事,只有走集体化道路,才能改变刘庄贫穷落后的面貌。群众有了这个思想基础,今后集体办任何事情,就会有号召力,一呼百应。如果这一仗打不好,或者半途而废,不单是刘庄的土地还是老样,农业生产也没法发展,社员们增产增收的愿望就实现不了。到那时,老百姓就会说,咱村这些干部只会吹牛皮,连脚下的这块地球都修理不好,还能办成啥大事?咱们党支部、社委会就失信于民了,今后号召群众干啥大事,就没有人听,没有人相信了。所以我们必须把这场战役打好、打胜,没有任何退路! 怎样打胜? 党员干部带头吃苦、带头大干,是取胜的必然法宝。咱们这些党员干部在这场恶仗、硬仗中,要舍得出一身汗、脱一层皮、掉几斤肉;治理土地的工地就是战场,考验我们每一个党员干部。如果哪一个党员、干部在这个战场上怕苦怕累,偷懒耍滑,甚至当逃兵,咱丑话说在前头,得按党纪给处分! 党纪面前,绝不容情。"

一把火,也是一堂课,一堂庄严的党课! 所有的党员干部都把这一堂课,当作战前动员令,他们用一句"坚决当先锋,决不当狗熊",算是给史来贺签了军令状。

随即,党员干部组成了改造土地的"攻坚突击队",史来贺任命自己为"攻坚突击队"队长。

一场平整土地、改造土壤、兴修水利的农田基本建设的攻坚战在刘庄的土地上打响了！

这是刘庄有史以来第一次向荒芜的土地宣战，更是刘庄干部群众在党支部、高级社的领导下举行的第一次改造土地的攻坚战！也是史来贺率领干部群众向贫困宣战打响的第一个战役！

史来贺率领党员干部组成的"攻坚突击队"和当年的民兵队走在队伍的最前边，他们吹响号角，高举红旗；他们胸中燃烧着激情，脸上洋溢着战斗的豪情；他们意气风发、斗志昂扬的雄姿，就像当年肩挎钢枪奔赴战场一样。"突击队"的后边，紧跟着400多名青壮劳力，他们肩扛铁锹、镢头，手推独轮木车；他们挑着箩筐、抬着粪筐，浩浩荡荡开赴改造荒地、大搞农田基本建设的第一线，展开了治地改土的大决战。

外村人都还沉浸在过年的气氛中，有的走亲串友，拜年叙情；有的吆五喝六，划拳饮酒；有的听说书，看大戏；有的玩火龙，打牌掷骰子……刘庄人却在改地治土的工地，用叮叮当当的铁锹、吱吱呀呀的扁担、咕咕噜噜的车子，奏响了大干苦干的"交响乐"，拉开了一幅激战千年荒芜的"万马战犹酣"的画卷。

论节气，虽然已过了立春，但依然寒凝大地，北风萧瑟，春寒料峭，万物还未复苏。上工的社员都还穿着破旧的棉袄棉裤，头上都还扎着白羊肚毛巾，脚上都还穿着带补丁的棉鞋。冬天的装束一点也没减少，就这样依然感到周身寒冷，飕飕的北风扑打着人的脸，依然有一种砭肌刺骨的感觉。黄河故道，历来风大沙多，特别是春天，几乎天天刮风扬沙。平整土地的队伍正在路上走着，突然狂飙骤起，沙尘弥漫，搅得天昏昏、地茫茫。为了给大家鼓劲，不至于让大风把队伍冲散，突击队和民兵喊起了口号："枪林弹雨都不怕，风沙也能踩脚下。"谁知一阵风沙扑来，把浪涛般的口号声全埋没了、刮散了。但狂暴的风沙再凶猛，也没能阻止他们前进的脚步，没能冲淡他们战天斗地的信念和决心。这是一支粗犷强悍的农民队伍，他们生来就在风沙里摸爬扑腾，早就练就了稳扎风涛沙浪的铁腿功、铁脚板。"大风吹得石头跑，风沙扑身人不倒"，这就是刘庄人，这就是刘庄的硬汉子。

按照"起岗填沟、拉沙盖碱"的总体思路和事先做好的安排，一到工地，副支书李兴德吹响了哨子，就像战场吹响了集结号。史来贺一声令下，社员们便挥舞起农具干了起来。有的起土岗，有的挖沙丘，有的填深沟，有的压盐碱。推独轮车的,排成一条长蛇阵;挑土筐的,飞跑成一队大雁阵;车子的呀呀声,扁担的吱扭声,脚步的踏地声,劳动的呼吼声,响成一片,响成一支雄壮的劳动进行曲。

工地上红旗招展,人欢马叫,车来车往,扁担穿梭,人影憧憧。热烈沸腾的劳动场面,热火朝天的工地气氛,激励着每一个人,鼓舞着每一个人,鞭策着每一个人。特别是党员干部的模范带头作用,深深影响和打动着工地上的每一个人。

在独轮车运土的队伍中,大都俩人推一辆独轮车(一人推一人拉),还有仨人推一辆的(一人推两人拉),可史来贺一天到晚,都是自个儿推一辆车在工地上飞来跑去。他把头上的羊肚毛巾抹拉一下摘掉,光着头,甩掉棉袄,大喝一声,埋头弓腰,推起几百斤重的独轮木车猛跑起来。工地上谁也没他跑得快,谁也没他的车子上放的筐大,装得实在。别人运两趟的工夫,他却运三趟,并且每一车的装载量都超过别人。大冷的天,脱了棉袄,却还干得满头满脸往下淌汗。

看着支书、社长埋头苦干、身先士卒的一身英雄气概,谁能不深受感动?于是,大家都铆足了劲,加满了油,一鼓作气拼命干,甩开膀子往前赶,谁也不甘落在别人后边。特别是民兵队、青年团,犹如当年战场上的敢死队,豁出命来大干苦干,他们也学史来贺这位带头人,一人推一辆运土车,或者一人挑一对大土筐;推车的,弓着两条腿拼命往前拱;挑担的,一路小跑往前冲。人人争着赶第一,个个抢着争先进。

工地上的"娘子军"是一支感天动地的生力军,她们在劳动中巾帼不让须眉。她们在副社长刘桂英、夏治香两位妇女干部的带动下,响亮地提出:"时代不同了,男女都一样,妇女能顶半边天!"她们个个勇往直前,生怕落在男人后边,提出要和民兵挑战,要与突击队争先。两位妇女干部干在"娘子军"的最前面。刘桂英是刘庄有名的"生产一杆枪",在生产劳动中,总是打冲锋,当尖兵,苦活累活抢着干。在改造土地的战场上,她一人挑一副担子,两只土筐装得满满的,挑起来跟男人赛跑。夏治香全家出动,她和年迈的老公公伙推一辆车,她在前边拉,老公公在后边驾着车子往前推;她的丈夫也学史来贺,一人独推一辆土车,车上装得满满的,拼着命往前拱。其他妇女有拉车的,有挑担的,有抬筐的,并肩齐飞,你奔我跑,如一行展翅的大雁,展现出新时代劳动妇女的飒爽英姿。

高高的土岗,在社员手下慢慢变低;山一样庞大的沙丘,在社员手里的铁锹下渐渐缩小;蜿蜒的深沟,在社员面前不断缩短;一块块崭新的土地,在社员脚下向前延伸。看见劳动的成绩、辉煌的战果,工地上呈现一片意气风发、群情激昂的景象,大家改天换地的决心更大,意志更坚强,精神更振奋,干劲更勇猛。

一位乐观的社员挑着扁担一路飞跑,还随口念起了歌谣:

> 农业合作化,
> 人多力量大;
> 男女齐上阵,
> 干活不用怕。
> 荒沟变良田,
> 种麦种棉花。
> 大家劲往一处使,
> 黄土能变金疙瘩。

到了炎热的夏天,炽热的太阳当头照着,火辣辣的,熏腾腾的,就像一个大火盆,猛劲儿地往大地上泼火,火舌舐着每一个人的脸,舐着每一个人的脊梁,舐得人的皮肤刺拉拉的疼;天上倾泼着火,大地升腾着火,一丝风也没有,人就像被扣在蒸笼里,又热又闷,闷得喘不过气来,热得像被蒸熟了的包子。

平整土地的工地上,男人上身裸着脊梁,下身穿一条短裤,赤着脚,光着头,两只大脚丫子在黄土里踩来踏去,晒得黑红黑红的脊梁在阳光里闪来晃去,汗水顺着脊梁往下流,一条条、一道道,流成了脊梁上弯弯曲曲的小溪,流湿了裤腰,流湿了短裤。

女人就不一样了,她们虽然和男劳力干的是一样的活儿,但穿着打扮却迥然不同,上身穿件花衬衣,把袖子挽起来,下身配一条海蓝色洋布裤子,脚穿一双自己做的襻带青布鞋。壮年大嫂剪着齐耳短发,年轻姑娘梳着两条又粗又美的辫子,辫梢上用红头绳盘一朵花儿,或用花手绢系个蝴蝶结。她们担起土挑子,一手扶扁担,一手来回甩,脚步又轻又快,像一只只美丽的燕子,在工地上飞来飞去,她们辫梢上的蝴蝶结和一朵朵红花也跟着飞来飞去,成了工地上特有的风景。

填荒沟,首先得把沟里蔓生旺长的蓬蒿和荆棘铲除、砍伐干净。不然,根本就无法往里填土,即使填进去,那深沟也填不实,一遇雨水就会沉陷,旱季灌溉也会漏水,后患无穷啊! 所以,荒沟里的野生植物必须连根拔掉。可这些荆棘灌木,在沟里不知生长了多少年,粗壮硬实,盘根错节,很不好砍伐,它们的根系更不好清除。为了尽快扫除填沟整地的障碍,工地上成立了由十余人组成的突击队,专门清理荒沟里的野生植物。

史来贺为了鼓舞士气,起到模范带头作用,便第一个跳进一两丈深的荒沟,一头钻进圪针窝里、荆棘丛中。只见他一手拿板斧,一手握镢头,斧起斧落,披荆斩棘。那些荆棘灌木枝枝相连,藤蔓缠绕,互相攀扯,主干虽然不太粗,但却非常硬实,砍起来特别困难。如果斧头不快,下力不猛,砍下去就会把斧头反弹起来,斧印子都不留一道。史来贺从小就砍柴拾柴,练就了一副硬胳膊、铁手腕,一斧头下去,那荆棘和灌木的主干就被砍出一个白亮亮的口子,三五斧子就能砍倒一棵。他在下力气使猛劲砍伐的当儿,那些荆棘带刺的枝条,不是打了他的嘴巴,就是划破他的额头、划破他的肩背,脸上、身上留下一道道血痕,扎进一个个圪针刺,连头皮也被划了一道血口子。可他似乎并不觉得疼,也并不知道身上扎了许多刺,只顾一个劲儿地举起斧头砍荆棘、举起镢头刨深根,连一口气都顾不得喘。

夜晚回到家里,母亲见他脸上和身上血淋淋的,星星点点的血还在往外渗着,惊吓得脸都变了色:“这是咋的了? 身上、脸上咋都是血啊? 让啥东西划破的? 一道一道的,这么多血印子。”

“都是圪针扎的。在圪针窝里干活,能不扎破么? 就是扎破点儿皮,不疼,没事儿。”史来贺一副毫不在乎的样子,拿起筐里的馍就大口大口地吃起来。

树珍走过来一看,吓得都惊呆了:“哎呀! 我的娘啊! 看被扎成啥样了,身上这么多血道子,都是圪针眼儿,都是圪针刺,还说不疼。你是铁打的呀? 圪针扎进肉里,咋会不疼呢?”树珍心疼得眼泪都差点儿掉下来,“这不中,你赶紧吃饭,填饱了肚子,叫俺把你身上的圪针刺全都挑出来。要是不挑出来,夜里还不把你疼死啊! 时间长了,还会化脓嘞!”

“就得把那些刺一个一个地挑出来,不挑出来不中。谁不知道眼中钉、肉中刺最扎人哪! 不能让那些刺在皮肉里作造得化了脓。”母亲担忧地说。

“嗨! 多大个事儿啊! 打仗那两年,俺领着民兵冒着炮火、迎着枪林弹雨往前冲,从来没有害怕过,身上挂了彩,俺从来没有喊叫过一声,没有说过一句疼。这身上扎几个刺算个啥? 俺在沙土窝里打几个滚儿就全好了。”史来贺说得非常轻松。

吃罢饭,树珍把史来贺强摁在床上;母亲端着油灯,在儿子身上照着。树珍捏着一根针,俯下身子低下头,细心地在丈夫身上挑起了圪针刺。她一细看,丈夫的后背与胳膊上,星星点点扎了不少深深浅浅的刺,该从哪里下手挑呢? 此时,史来贺正趴伏在床上,她只好先挑脊梁上的刺。她一个圪针眼一个圪针眼地仔细挑着,下针不敢重,也不敢太深,轻轻地挑,慢慢地挑,挑出一个刺,她就长长地出一口气。忽然,母亲端灯的手颤抖起来,是因为她看见那满脊梁黑麻麻的圪针刺眼晕心疼啊! 树珍咬着牙、忍着泪,从丈夫的皮肉里一根一根地往外挑着长长短短的刺。手里的针,每往丈夫的皮肉里挑一下,她的心就怦怦地颤一下;每挑出一根长长的刺,她的心里就放松一下,并把圪针刺捏到娘的手心里,婆媳俩点点头,交换一下欣慰的目光。史来贺默默地趴着,一动不动,不管妻子下针深浅,他都无动于衷。每当妻子挑那扎得很深的长刺时,手里的针挑得皮肉噼啪作响,流出血、扯出肉时,就心颤颤地问道:"疼吗? 疼得受不了,你就吼几声。"

史来贺却打着哈哈说:"挑个刺,跟蚂蚁夹一下一样,一点儿都不疼。快挑吧!"

他是有意在鼓励妻子,不让母亲和妻子心疼。你想想,那又硬又尖的圪针扎进肉里,要把它从肉里一针一针挑出来,咋能不疼呢!

"你啊,真是个铁人,扎了这么多的圪针,你咋不说疼呢? 要是换个人,早疼得叫唤了。"树珍一边挑刺一边说。

"叫唤就不疼啦? 男子汉扎几个刺就喊叫着疼,那还是个男子汉吗?"史来贺说着,用手擦了一下满脸的汗水,又悄悄咬紧了牙关。

就这样,他坚强地支撑着、硬挺着,婆媳二人小心翼翼地挑着、拨着,挑了后背挑手上,挑了手上再挑胳膊。一直挑到深夜,才把他身上的刺全部挑完。母亲把挑出来的长长短短的圪针刺捧在手里,放在胸口,心疼得泪都流出来了……

次日,突击队在砍伐深沟的荆棘和灌木时,出乎意料地触动了挂在稠密枝条上的马蜂窝,受惊的马蜂倾巢而出,成群结队地向正在清障的突击队员扑来。对于这突如其来的袭击,突击队的人毫无防备,一见这阵势全都慌了神,他们用两只手抱着头、护着脸四处乱跑。马蜂却穷追不舍,人钻进草丛,它们就追进草丛;人爬到树上,它们就飞到树上。5 个突击队员的头上、脸上,还有脊背上全被马蜂蜇了,不一会儿便鼓起了一个个大包,疼得他们浑身发颤,有的竟把嘴唇都咬破了。

谁会料到,这圪针窝、灌木丛中竟藏着马蜂窝呢？面对疯狂的马蜂,突击队的人惊慌失措,毫无对策。

史来贺知道,马蜂啥都不怕,唯独怕火。于是,他急中生智,立即号召突击队点起几个火把,在有马蜂窝的地方放火烧荒,来了个火烧马蜂窝,将荒沟里所有的蜂巢一火焚烧,将所有的马蜂一举歼灭。这才化险为夷,根除了祸害。让突击组很快完成了填沟、平沟的清障、砍伐任务。

起岗挖土、运土填沟,没有挖土机,没有运土的翻斗车,这庞大的机械,当时的刘庄人连见都没有见过,好多人甚至压根儿就没有听说过。他们干这繁重的体力劳动,全凭一把铁锹、一把镢头、一根扁担、两只荆筐、一辆独轮车这样的农耕时代的粗笨农具。人们光着脚板削岗挖土,光着脚板推车运土,光着脚板担挑肩扛。脚板被蒺藜扎了,拔掉蒺藜仍埋头推车;即使脚板被瓷片、瓦砾划开口子,鲜血直流,也一声不吭,抓两把黄泥巴、湿沙土糊住伤口,用手捂一会儿,止住流血,继续扑下身子拼命干活。社员们都是重病重伤不叫苦,轻病轻伤不下火线。这都是史来贺榜样的力量,这都是党支部书记表率的影响。

为了激励斗志,鼓舞人心,加油大干,创造奇迹,民兵突击队在工地喊出了响亮的口号:

"大家拧成一股绳,不信任务完不成。"

"晴天大干,雨天苦干,风沙狂叫拼命干。"

"苦不苦,想想红军二万五;累不累,想想革命老前辈。"

"要想吃饱饭,就得死劲儿干;要想日子过得好,干活就得像赛跑。"

口号像一支支火把,燃旺了社员胸中的激情;口号像吹响的号角,鼓舞了社员旺盛的斗志、昂扬的精神;口号如擂响的战鼓,激励社员浑身提劲,忘我劳动,埋头苦干,忘记了疲劳。

——这就是那个时代的农民,这就是那个时代农民的精神面貌,这就是那个时代中国人力争上游的心灵追求,这就是那个时代中国人的思想追求、道德风尚。

从春干到夏,从秋干到冬。夏收秋忙季节,虽然生产重点转移到大田收种,但平整土地的工地上仍留有少部分干活的青壮劳力。当然冬春两季,是刘庄平整土地、治碱挖岗的大会战。所以一年到底,农田基本建设的战役,从来就没有偃旗息鼓的时候。

刘庄人凑在一起聊天时,总是夸赞自己的带头人:

"史支书带着咱一边平整土地,一边发展生产,既得到了眼前的利益,又谋划和奋战长远利益,咱刘庄人有个好支书,就再也不会受穷喽!"

搏斗暴风雪

这年冬天，寒流似乎来得特别早，人们刚把冬小麦播完，大雁刚向南飞去，呼啸的北风就携带着凛冽的寒气吹进了北中原地区。收过秋、种完麦的刘庄人，全都转移到农田基本建设的战场上，开始了紧张而又激烈的大会战。

这次会战的任务是拉沙压碱。

会战一打响，不用号令，不用动员，人们就甩开膀子，掀起了大干苦干的热潮，争强好胜的刘庄人暗暗较劲，自发掀起了劳动比赛：队与队比，组与组比，人与人比；比拉沙多、压碱多，比任务完成得快，比任务完成得好。如果一队发现二队比自己拉沙压碱多，第二天，一队就一定要超过二队。如果发现有的小组天不明就上了工地，多干了一个小时，那么其他小组就会天黑不收工，加班加点再干一两个小时。在天气晴朗、月儿圆圆的夜晚，哪个队都不舍得在傍黑下工，他们要趁着明月照亮，再加油猛干一场。圆圆的月亮，给大地披上了一层银辉，给热闹的工地高高挂起一盏天灯。有这天灯照着，天再冷也不觉得冷，夜再寒也不觉得寒。在亮亮的月光地里干活，比起白天别有一番情趣。

有一位天生活泼乐观的中年汉子，挑着沉重的土筐，月光下大步流星，扁担悠悠，箩筐悠悠，他抬头望一眼圆圆的明月，即兴唱起自编的民谣：

明月高高挂天空，
给我工地亮玉灯。
玉光照得人心明，
天寒地冻不觉冷。
今夜多挑百担土，
平整土地立大功。

寸草不生的盐碱洼，

从此长绿又长红。

　　会战开始半个月后的一天，人们正在工地龙腾虎跃地运沙压碱，你强我胜地比赛着，天空却纷纷扬扬下起了鹅毛般的大雪。不大会儿，工地上便落了厚厚一层雪，像铺了白茫茫一片鹅绒。不论是奔跑着运土的社员，还是挥锨挖沙的社员，头顶和棉衣上都落满了雪，眉毛、鼻尖上也都沾着雪，一个个简直都成了雪人。

　　史来贺一边推着装满了沙土的车子，一边仰望着漫天的大雪，高兴地说："下雪啦！下雪好啊！这雪正好给咱种上的麦子压压根，浇一场压根水。湿了地、压住根了，就有了丰收的希望。"

　　紧随他身后推车的李兴德应声道："这场雪下得天遂人意，我看啊，这雪有下头，一晌半晌停不了。"

　　"下吧！下大了才好呐！咱农民不就是盼个风调雨顺、五谷丰登么！"

　　"那下大了，不会影响咱平整土地吧？"有人在一旁问。

　　"不会。它下得越大，咱干得越欢。下大雨咱还不怕呢，下雪就更不怕了，它又淋不湿人。我就好在风雨天、下雪天到这野地里扑腾。你看这下着大雪，在田野里推着车子跑，多过瘾，多痛快啊！"史来贺非常兴奋地说，他把身后几个推车的人说得哈哈大笑……

　　雪越下越大，越下越猛，伴随而来的北风，也越刮越大，越刮越狂。风卷着漫天雪花，形成迷乱的雪雾，把天地之间飘旋成一个混沌的世界，啥也看不见，啥也分辨不清了。这真是一场暴风雪啊！那呼啸弥漫的气势，仿佛要压倒一切，席卷一切，覆盖一切。

　　推着车，透过茫茫雪雾，史来贺仿佛看见弥漫的冰雪路上，一辆运粮的独轮车，正在顶风冒雪艰难地往前拱动着。那不就是他和父亲在给地主当车夫，往集镇贩运粮食吗？他依稀看见两行脚印，两行鲜红的血迹，绵绵延延留在了雪地上……

　　同样是风雪里推车，推的却是不一样的车。旧社会推的是为地主卖力的车，如今推的是发展生产、造福百姓的车。虽然运的是土，却有用不完的劲；大雪虽然迷蒙着眼睛，却看到了盐碱地上一片麦浪滚滚、丰收在望的美景……

　　面对这突如其来的暴风雪，工地上的气氛更热烈了，人们的干劲更大了，劳动的热情更高了。仿佛要与天公一比高低，看谁的气势更雄壮，看谁的热情更高涨、更持久。

正在这时，史来贺突然感到身上一阵发冷，冷得打战，冷得牙关哆嗦，冷得腿肚子转筋。这是怎么了？从来就没这样冷过啊！一阵冷刚刚消停，忽然又感一阵发热，热得头晕目眩，热得鼻孔里、眼睛里、嗓子眼里都往外冒火，连头上都觉得火冒三丈。接下来，又是冷一阵、热一阵，冷起来，脊梁像贴了一块冰；热起来，五脏六腑都像在火里煎熬。就这样，一会儿冰、一会儿火地交替进行，折磨得他简直不堪忍受。他晕晕乎乎地知道，自己是在发疟疾，并且病得不轻。正当他推着车子东倒西歪时，却不由自主地昏倒在地下，一时失去了知觉，两眼紧闭，无言无语，无声无息，恍惚中，只感到天在旋、地在转。

李兴德和后边的几个推车的，急忙放下车子，奔跑过来，急忙问："咱支书这是咋的啦？"

"累的。他一个人干三个人的活，能不累倒吗？"副支书李兴德说着，伸手一摸史来贺的额头，瞪大了眼睛吃惊地说，"哎呀！烧得烫手，这是在发高烧哇！不中，得赶紧把史支书送回去看病。"

不等李兴德说完，几个人便把史来贺从雪地上抬了起来，他们要把他抬回村里去打针治病。

不料，恰在此时史来贺醒了过来，他看了看大家，惊异地说："你们干啥？咋把我抬起来了？我这是咋啦？"

"你病倒了，得马上回村里治病。你刚才那样子，可把俺吓坏了。你别动，俺几个把你抬回去。"李兴德按着史来贺的身子着急地说。

"快把我放下，我这不好好的吗？别耽误干活。"史来贺推开身边所有的人，摇晃了一下站在雪地上。

"史支书，你还是回家歇两天吧！都病成这样了，还这么没明没夜地干，活儿再当紧，也不能舍着命干哪！"

"是啊！你不能不顾命啊！你是大家的主心骨，病倒了咋办？这平整土地这么大一摊子事，还得靠你指挥呐！你还是把病治好了，不治好病，怎么带领大家把土地改造好啊？"

众人你一言我一语地劝说着。

"歇啥啊？我没有那么娇气。咱庄稼人有个头疼脑热的，一扛就过去了。还是干活儿要紧，大家不用管我。"史来贺说着，在破棉袄外扎了一条布腰带子，紧紧地勒了几下,又在手掌心里啐了几口唾沫,搓了搓,又驾起几百斤重的土车子,奋不顾身地奔跑在风雪中……

打赢"持久战"

平整土地、改造土壤，不是一朝一夕的事情，不是一两个战役就能解决的问题。尤其是这些古荒沟与盐碱洼，都是几百年甚至上千年的"老古董"了，怎会搞一两次会战就能解决问题呢？

一开始，就有人怀疑，说"平整土地是劳民伤财，整到猴年马月也干不完"。还说，"这几千年的荒沟和盐碱洼谁也治不好，想让死地长庄稼，那是做梦"……

针对这种悲观论调和不满情绪，史来贺在群众大会上讲道："平整土地，是刘庄农业发展的千年大计。不仅能为当下造福，还能为子孙后代造福。可有些人就是想不通，老打退堂鼓、说泄气话。我敢保证，只要肯下力气，就没有干不成的事。地再赖是死的，人是活的。平好一洼是一洼，整好一坡是一坡。一年不行三年，三年不行五年，五年不行十年，咱这辈子干不完，还有子子孙孙。人家愚公能搬走大山，我就不信，咱刘庄人连土地都平整不好。咱们改造土地，得有打胜仗的信心，得树立战天斗地的雄心壮志。共产党能带领全国老百姓打败日本鬼子、推翻蒋家王朝，难道我们刘庄人在党的领导下，还怕眼前这点儿困难吗？"

史来贺还告诉大家，当然我们也得承认，平整土地、改造土壤，是一个相当艰巨、相当漫长的"持久战"，说不定比八年抗战还要漫长。这样的"持久战""攻坚战"，不是硬汉子干不了，缺乏毅力的人难以坚持，没有恒心、没有信心的人征服不了一个个艰难险阻，懒汉懦夫在它面前会打退堂鼓、敲收兵锣。刘庄人决不能当懒汉懦夫！

史来贺说得没错，刘庄平整土地的攻坚战打了一年又一年，可这场战役总也打不完。每年的冬春季节，男女劳力都要在农田基本建设的工地上出大力、流大汗。时间一长，就有人厌战了。每天不是推土车，就是挑土筐，不是削岗，就是挖沙,重复来重复去,天天都是重负荷、超负荷劳动,有人吃不了这份儿苦,就不愿坚持了,想撂挑子当逃兵。

有个叫"牴人牛"的人,想从工地上溜走,可孤单单一个人当"逃兵",又觉得脸上挂不住,就千方百计在工地寻找"同盟",私下里散布说:"咱刘庄的地自古以来就是'奔拉头,仄楞坡;盐碱洼,蛤蟆窝',这平整土地啥时候是个头啊?一辈子也甭想干完。这不是穷折腾、瞎摆弄吗?真是没苦找苦吃,没罪找罪受啊!"

他见这人不搭自己的腔,就又找另一个社员套近乎、烧底火:"你看这累死人的活儿,是出力不见好哇!干到猴年马月也没个头儿。叫我说,咱还不如离开这天天流臭汗的工地,去干点儿别的呢!"

没承想,这个社员用轻蔑的眼光看了看他说:"咱就是这块地上的人,就得干这块地上的活儿,咱不干叫谁干呢?"

"牴人牛"又讨了个没趣,只好悻悻而去,边走边自言自语:"真是狗咬吕洞宾——不识好人心。这一个个的,是不是都吃了史来贺的迷魂药了?"

他朝左右看了看,见没有人注意他,便又怪声怪气地说:"我就不信,这盐碱地能长出庄稼。一片白花花的盐碱,你把它翻翻压到底下,再盖上一层沙土,就长庄稼苗了?就算长了苗,那也得碱死!你盖上了沙土,麦子在哪儿呢?玉米在哪儿呢?棉花在哪儿呢?净瞎吹、瞎折腾!"

"都在我们的手上,在我们的汗水里,刘庄人就是要靠一双手改天换地,改变穷面貌。终有一天,这大片的白花花的盐碱,会变成绿油油的庄稼,变成滚滚的麦浪。"

"牴人牛"吓了一跳,他不知史来贺啥时跑到了他的身后,他说的怪话全让这位刘庄的大领导听见了,这下完了,有自己的好戏看啦!

"牴人牛"吓得诚惶诚恐,不知如何是好:"史书记,您看,我就是随便说说。您还不知道?我是刀子嘴豆腐心——嘴硬心软。有一句没一句的,您是大领导,甭跟我一般见识。"

史来贺严肃地批评他:"社员们干得热火朝天,你不要在工地散布这些不利于生产、不利于团结的话。你这是涣散人心,要是在战场上,你这是动摇军心,知道吗?大家干劲一鼓再鼓,你却泄大家的气,松大家的劲儿,你这不是推倒车、拉反绳吗?"

"我也是好心,怕大家出了力、流了汗,到头来再长不出庄稼,打不了粮食,那不是白干一场么!""牴人牛"想自圆其说,给自己找台阶下。

"平整土地,搞农田基本建设是党支部一班人经过认真讨论、集体研究的,这个重大决策、重大举措代表了刘庄父老乡亲的愿望,代表了社员群众的长远利益。平整土地、改造盐碱就是为了让刘庄多打粮食,让刘庄的百姓过上好日子。怎么就叫瞎折腾、活受罪呢? 谁说盐碱地经过改造就长不出庄稼呢? 我给你把话撂这儿,如果经过平整改造的盐碱地长不出庄稼,打不了粮食,我史来贺向刘庄的父老乡亲赔罪,主动辞职,就不当这个支书和社长啦!"史来贺说得既认真又严厉。

他连珠炮似的一席话,把"牴人牛"说得瞠目结舌,无言以对,只好像撒了气的皮球——一下子软瘪了。

史来贺又转向大家说:"战争年代,共产党和八路军战士干革命,是提着脑袋与敌人枪对枪、刀对刀地拼命;现如今,我们搞社会主义建设,就是要与天斗、与地斗,斗出个新天地来。社会主义天上掉不下来,地下冒不出来,别人不会送来,要靠自力更生、艰苦奋斗干出来。我们不甩开膀子拼命干,咋能建成社会主义? 咋能过上咱天天盼望的好日子呢?"滚烫火热的话语,像一把熊熊的烈火,点燃了大家更加高涨的激情、更加旺盛的斗志……

日复一日,年复一年,史来贺带领刘庄群众发扬"愚公移山"的精神,凭着长满厚茧的两只手,凭着自制的农具,削岗填沟,拉沙盖碱,治了"牵拉头",又治"仄楞坡";平了坑洼地,又平"蛤蟆窝"。一块地一块地地平整,一块地一块地地改造,起早贪黑苦战 20 年,投工 40 万个,动土、运土 200 多万立方米,硬是把700 多块赖地、荒地、洼地、深沟、沙岗和盐碱地,平整改造成了 4 大块方方正正的良田沃野。如果把动用的土方一方一方地接连摆起来,可以从北京摆到广州。可见,这是一个多么浩大、艰巨的工程啊!

在此基础上,史来贺又组织群众兴修水利,挖渠打井,井渠互补;而后又安装自动喷灌设施,实现井渠灌溉与自动灌溉系统相结合,从而确保了旱涝保收。"古荒沟""盐碱洼""蛤蟆窝"不仅长出了庄稼,而且成为有名的丰产方、高产田。夏天,这里麦浪滚滚,一片金黄;秋天,这里五谷飘香,花果满园,一片丰收景象。

在这 20 年的奋战中,刘庄人出的力、流的汗、吃的苦,是常人难以想象的,也是外村人干不了、干不成的,甚至连想都不敢想。他们吃不了这份苦,受不了这份罪,更没有这种敢想敢干的胆魄。当地十里八村的人见刘庄人这么拼死拼活地苦干,都说"想吃啥去陈庄,想出力去刘庄",外村闺女多年不敢在刘庄找婆家、处对象,原先是怕嫁到这里受穷,后来是怕嫁到这里出大力、吃大苦。刘庄人能吃这份苦,靠的是吃苦耐劳、艰苦奋斗的精神,靠的是战胜艰难的一身硬骨头,靠的是一种持之以恒的坚持、一种咬牙拼命的坚持。而从根本上说,靠的是党支部的坚强领导,靠的是史来贺带头吃苦的模范作用以及敢于挑战大自然、善于指挥"大兵团"作战的不平凡的魄力。史来贺用自己的实际行动,再次证明了共产党人的本事与能力!

单单平整土地、改造盐碱,这一坚持就是 20 年。20 年的风霜雨雪,20 年的春夏秋冬,20 年的披星戴月,20 年的栉风沐雨,20 年的踏冰斗寒。别的不说,就这 20 年的硬碰硬的坚持,哪个村的党支部、领头人能一以贯之? 哪个村的群众能做到"人心齐,泰山移"? 在这 20 年的苦斗苦拼中,刘庄人不仅磨练出一身硬骨头,也磨练出向大自然作斗争的坚强意志和宝贵的集体主义精神,更重要的

20 世纪 70 年代史来贺同志(右二)在丰收的玉米堆前

是,在史来贺的影响带领下,刘庄人身上多了一种东西,那就是坚定地建设社会主义的信念。信念在心里扎了根,就什么都不怕,再苦再难也不低头、不弯腰、不示弱,始终有一股勇往直前、气吞山河的气概。

如今,刘庄人看着这一眼望不到边的丰产田,看着这如诗如画的田园风光,便情不自禁地回想起当年平整土地、改造盐碱那火热的战斗场面,回想起史来贺不顾个人生命安危,带领群众日夜奋战在第一线的情景,心中便生出无限的感慨:要不是史来贺书记,刘庄就不会有这么好的丰产田、高产田,昔日那些寸草不生的土地就不会长出这么好的庄稼、产出这么多的粮食与棉花。史书记带领大家平整土地、改造土地,功在当代,利在千秋,给子孙万代留下了一笔无比宝贵的财富!

第二十二章　科学种棉创奇迹

※科学和愚昧
※实践说服人
※奖了一头牛

科学和愚昧

　　一个农民,种地能种出"全国奇迹",在中国农业发展史上极为罕见;一个农村基层干部,能在种地中建立卓越功勋,更是凤毛麟角。史来贺恰恰就是这"极为罕见"的"凤毛麟角"。

　　"离了棉花不成戏",是刘庄人的一句口头禅,道出了刘庄种植业的历史传统和主打方向。刘庄人要想富起来,过上好日子,就得多种棉花,在提高棉花产量上大做文章。这是刘庄人的共识,更是史来贺给刘庄高级社制定的农业生产发展目标。他自己正是在种棉花上下了苦功、硬功,创造了全国奇迹,建立了卓著功勋。

　　史来贺打从记事起就知道,种棉花是刘庄人农业种植的主打产业,大部分人都是靠种棉花而生活。可在那样愚昧落后的社会,农民种地,一不懂科学,二不会技术,全是瞎蒙着种,瞎蒙着收;播种在人,收获在天。所以产量很低,亩产才 15 斤皮棉。主打产业多种少收,或多种绝收,造成了刘庄人一辈辈都在贫穷线上徘徊,都在死亡线上挣扎。

　　由于缺乏科学知识,刘庄人对如何防治棉花的病虫害都一无所知,甚至把害虫当作好虫"供奉"。就拿棉花最大的虫害蚜虫来说吧,刘庄一带把蚜虫叫作"蚁虫",棉株生了"蚁虫",并不觉得是坏事,反而是好事;并不觉得它妨碍棉花生长,反而有助于棉花生长。误认为棉株不生"蚁虫",就长不出棉花,就不结棉桃。还无比庆幸地说:"蚁虫腻一腻,秋后唱台戏。"你看,他们将棉花的"敌人",误作棉花的亲密"朋友"和"伴侣",离了"蚁虫"这样的伙伴,棉花还不能生长啦!真是滑天下之大稽。这都是旧社会文盲、科盲与封建迷信、愚昧无知造成的笑话呀!

　　1956 年的天灾,给了史来贺深刻的教训。从 1957 年起,他铁了一条心,坚决改变刘庄棉花低产的现状,亲手改写棉花广种薄收的历史。

他清醒地认识到,如何提高棉花种植的科技水平,如何提高单位面积产量,是棉花种植打翻身仗的关键问题。种地的农民,太需要植棉的科学技术了。而科学技术从哪里来?不是头脑里固有的,不是与生俱来的,得靠自己努力学习啊!而当时由于受各种条件限制,上边不办这样的学习班和夜校,要是能从哪里请来一位植棉科学家就好了,他一定会毕恭毕敬地拜师学艺,虚心求教,甘当学徒。

恰在这时,县政府给刘庄派来了一位植棉技术员,帮助刘庄这个"植棉专业村"种好棉花,提高产量。县里让这位技术员常年驻在刘庄,当植棉技术指导,并向农民传授科学植棉的知识与技术,帮助农民提高科学种田的本领。

这位技术员就是县农业局的宝贵人才王健民,20多岁,大高个子,说话干脆,做事干练,满脑子农业科技知识,有一股干事创业的热情。

技术员王健民一进村,史来贺就握着他的手笑嘻嘻地说:"可盼来了一位科技'救星'啊!你给我当老师,我史来贺一定做一个好学生!你给刘庄当植棉技术顾问,刘庄人个个都听你的指导。你一来,刘庄种棉花的翻身仗,就一定能打赢!"

一见面,几句话,就让年轻的王健民深深感到,史来贺是一个干事创业的领头人,是一个热心进取、善于学习、永不自满的基层干部,这样的农村干部太可贵了!

党支部当即做出决定:一是成立由村干部史来贺、李安仁、刘树业和技术员王健民以及群众推选的几位"老庄稼筋"(种田能手)组成的三结合"植棉科研组"。史来贺亲自任组长。二是从计划种棉花的地里,专门划出8亩地,作为科研组的试验田。开始进行丰产、品种、密植、治虫、整枝等项科学试验。

史来贺担任组长,绝对不是挂个虚名,而是事必躬亲,身先士卒,带头钻研,刻苦实践,一头埋在试验田搞植棉科学试验。

一夜间,史来贺由村支书、高级社社长变成了一个勤奋好学的学子,一个"猛子"扎进科学种田的知识海洋里。白天,他和科研组的人一起,在试验田里劳动;晚上,他和其他村干部以及社里选出的青年人一起,坐在夜校里听技术员王健民讲课。既学文化,又学科学,还学技术。这时的史来贺,真像一个刚入学的"小学生",坐姿端正,目光炯炯,听得认真,记得仔细。不懂的地方,就举起手来,向老师发问,听老师解释过后,自己真正弄懂了,便如获至宝,脸上挂满了微笑。

白天忙到黄昏后,夜里又熬到鸡鸣三更。夜校灭灯了,自己回到家里,又继续把刚听过的功课再复习一遍,默背、默写一遍。不记个滚瓜烂熟,决不罢休。有时,鸡鸣五更了,还不躺下睡觉。

夜晚学的知识,白天拿到试验田去实验,课堂学习与实地实践紧密结合,理论和实际紧密结合。从选种,到播种;从棉花栽培,到治虫配药;从合理密植,到整枝打杈……一点一点地学,一项一项亲手实验,每一个步骤,每一个环节,一招一式,一步一步,都严格按照科学规律、按照新技术要求去做。

然而,旧的习惯势力总是统治着人的大脑,左右着人们的思想与行动,也左右着高级社的生产,影响着科学种田的推行、新技术的推广。所以,在科学种植棉花的每一个重大环节、每一个关键问题上,都不可能一帆风顺,始终存在着新旧观念的斗争,也存在着新旧技术的交锋。其中,分歧最大、争论最激烈、好多保守思想严重的人不愿接受的,是棉花要不要合理密植的问题。

史来贺在棉田

史来贺跟技术员王健民以及村干部在一起研究分析,刘庄往年棉花产量低,是好多原因造成的,而稀植是其中一个最重要的原因。每亩的植株数不够,田间稀稀拉拉、宽宽松松。这样,棉桃结得就达不到一定数量,必然会影响总产量。要提高棉花的产量，首先解决的问题，就是合理密植。

为了做到科学密植、合理密植，史来贺、王健民与"植棉科研组"的人员，到农田一片片挨着地块仔细检查了土质，经过反复调查研究，确定了当年的每亩植棉密度：胶土地4500株，胶沙两合土地5000株，沙土地5500株。

密度方案定下来，还要征求群众意见。谁知一公布，立马炸了锅。

一些抱着保守思想不放的人乱哄哄地嚷嚷开了："刘庄多少辈子了，种棉花是有一定规矩的。老辈儿人种棉花，都得遵照'棉花行里睡老牛'这个说法去播种。今年要种这么稠密，咋能睡下老牛？那不就长成细麻秆、高竹竿啦？哪还是棉花棵呀？"

还有人不留情面地挖苦讽刺："冬天不用干别的了，有生意做了，全体社员情推着小车去卖鞭杆了。一根鞭杆三四毛，这一亩地四五千棵，看能卖多少钱啊！那票子多得恐怕咱的会计数都数不过来呀！"

"要是这样的话，咱刘庄今后就不用卖棉花了，干脆一年到头都卖鞭杆吧！刘庄就改名'鞭杆村'吧！"

他们光说还不算，竟把这些保守思想的奇谈怪论，暗暗撒到了棉花地里。

棉花苗长到一定时候，得间苗、定苗，为保证科学密植、合理密植，定苗时，史来贺明确要求，必须带尺子定苗，株距、行距都得严格按照规定的尺寸，多了、少了都不中。

史来贺手拿尺子，弯腰低头，逐块田逐块田地量，逐块田逐块田地检查，那个认真细致劲，就像裁缝量布裁衣。可你有你的办法，我有我的主意。你当支书、社长的就那一把尺子，总不能每一块田、每一株苗都能量到吧？

于是，有的人就投机取巧，在地头上按照党支部的要求去做，地中间却按照自己的想法去做。结果，地头按密植定苗，地中间却按稀植定苗。

到了棉苗中耕时节，依然有人嫌棉苗比过去稠了，故意把好端端的棉花苗毁掉。有一个老中农，思想老，观念旧，种地的方式、方法都是"老一套"，对合理密植一直想不通。锄了一晌地，竟毁掉了280多棵棉苗。干部问他为啥这样做，他说："棉花苗太稠，过不来锄。"其实，谁都知道，他是故意而为。

"过不来锄，那好办！"史来贺觉得农具改革应该跟上。就让铁业组把锄草的锄改了，由宽板锄改成了窄板锄，还打了一部分新窄板锄。

可让有些人改锄，他们硬是不改，还故意找理由，说出一大堆怪话："赶明儿，要是密植不中了，我还得再把锄改过来吗？改来改去，那不是折腾人吗？"

　　可见,在当时的农村,种棉花的改革创新有多么艰难! 一个合理密植,推行起来就阻力重重。由此可见,旧传统观念的束缚、旧耕作方式的藩篱,是多么根深蒂固,难以破除。

　　现代农业的发展,科学技术的推广,每前进一步,都要遇到科学和愚昧的交锋,都要与旧思想、旧观念作坚决的斗争。要发展现代农业,要推广植棉新技术、新经验,必须让新生战胜陈旧,让先进战胜落后,让知识战胜愚昧,让科学战胜迷信,让改良创新战胜陈规陋习。史来贺相信,科学的力量战无不胜! 科学的力量一往无前!

实践说服人

其实，就棉花密植这一问题，史来贺也是经过反复尝试以后，才敢于在刘庄高级社大力倡导的。初级社时，他就曾提倡过棉花栽培要合理密植，反复对社员们说："种棉花密植一点好，种得太稀，一是浪费土地，二是影响收成。两边划不来，多可惜！"

那时，就有好多人持反对意见，固执地坚持"种棉花还是稀植好"。反对最激烈的当数史来贺的父亲史传道。

史传道种了一辈子棉花，给地主种，给自己种，给社里种，种棉花是他的拿手好戏，由此他获得了一个好名声："种田老把式"。棉花的生长习性、生长规律，怎么播种，怎么定苗，怎么中耕，怎么整枝打杈，怎么才能多结棉桃，等等，他都知根摸底，说起来一套一套的。就说这稀植还是密植吧，他总是坚持那个不变的老观念，说什么株与株、行与行、中间留多大距离，那是打祖辈儿就定下来的老成规，不能随便更改。行与行之间，那得"棉花行里睡老牛"；株与株之间，那得"放下篮儿，搁下孩儿"。搞啥密植呀，完全违背了祖规。种得越密，收得越低。谁不知道这个老理儿啊！

初级社的几个老农，见史来贺要推行棉花密植，看不惯，想不通，弄不明，老伙计们故意和史传道凑在一起，老嘀咕、掰扯这事儿。那意思很明显，是想挑逗着史传道阻止儿子史来贺推行棉花密植。

史传道对密植本来就想不通，憋着一肚子气还没往外撒，几个老伙计一怂恿，他老人家马上跳了出来，跟儿子大吵大闹，说儿子是"吃饱了撑的，没事干，尽出馊主意，不把棉花地折腾得绝了收，就不甘心、不收手"。史来贺反复说明密植的好处，老人家就是听不进，气难消。父子俩谁也说服不了谁，最后，父亲与儿子打赌：咱俩各种一亩棉花，我搞我的稀植，你搞你的密植，到秋后看谁的产量高。只要你的密植产量高过我的稀植产量,我就服你。

父子俩的棉花地,地边挨地边,一样的地块,一样的土质,上一样的肥料,播一样的种子,表面看上去没啥区别。但是耕作方式、种植密度、管理方法却大不一样:父亲的地按老规矩稀植,儿子的地按科学方法搞合理密植;父亲的地里,棉株任其自然生长,分枝、出杈、吐蕾、开花、结桃,都不额外地进行人工管理;而儿子的地里,按照新的管理技术,适时地整枝打杈,结桃的枝保留,不结桃的枝掰掉,该掐尖的就得掐尖,严防疯长,并不失时机地施加人工,把一切水分、肥料等营养,都集中供应到棉桃上。

棉株已经到了该挂棉桃的时节了,父亲的地里,表面一看,棉株长得又高又旺;儿子的地里,远不如父亲地里的棉株长得高大旺盛。父亲得意起来,站在地边,吧嗒着旱烟,指着自己的棉田,嘲笑儿子说:"咋样,服气不服气?哼!我吃的盐比你吃的饭还多,我过的桥比你走的路还多。别觉得自己是党员干部,就不认老祖宗那一套了。论种地,还得多念老皇历。你看,你地里的棉花苗,不如你老子的旺相吧!"

史来贺不言不语,却心里有谱,暗忖道:哼!眼下还不是下结论的时候。我的老爹呀,咱骑驴看唱本——走着瞧吧!

收棉花的时节来到眼前,父亲觉得胜利在望了,依然一副得意的面孔,整天喜滋滋、乐呵呵的。可把各自地里收摘的棉花放到磅上一称,父亲一下子木呆了:咋回事?老子的地里,咋比儿子的地里少收了40多斤皮棉呢?一亩地相差40多斤,要是百亩地、千亩地,那得相差多少斤呀!我的天呐,看来还是儿子的办法高,还是新技术管用。在铁板一样硬的事实面前,老子服了儿子:"合理密植好!老子今后听儿子的!"

可是,事情刚刚过去两年,到了高级社,现在一说棉花合理密植,有的人还是不服气、不听从,又出现了类似当年史家"老子不服儿子"的队与队之间互不服气的暗暗较劲。

高级社的三队和四队,各有一块50亩的棉花地,地边靠地边,土质都一样,生长条件都一样。可在定苗时,两块地却定了不一样规则的苗,走了新旧两股道。三队的人,口头上说,按史来贺的要求每亩留5000株,实际操作时,却玩了花样,每亩只留下3000株。把该留下的另外2000株,私自暗暗判了"斩刑"。四队的人很听从史来贺的话,严格按照合理密植的要求做得不走样,不更改,完全符合标准。

两个队、两块地不同的植棉密度，在村干部组织检查时，被细心的史来贺发现了。但他没有发脾气，也没有声张。

"三队干部阳奉阴违，表面说一套，背后做的是另一套，不按社里的要求定苗，自作主张，想咋弄就咋弄，还有王法没有了？不中，咱得狠狠地熊他们一顿。该处分的就得处分，不给他们点儿厉害看看，就不知道啥叫集体观念，就不知道啥叫组织纪律。"高级社有的干部无法容忍这种"自由主义""无政府主义"。

史来贺摇摇头，不同意用批评的武器解决问题。在他看来，刘庄人种棉，一直沿袭老辈人传下来的稀植种植方式，每亩从未超过 2000 株，这已经形成约定俗成、一成不变的成规和种植习惯了。而如今提倡密植，每亩从 2000 株提高到 5000 株，增加了 1.5 倍。群众难以接受，也不会轻易相信。因为我们还没有拿出过硬的实践结果，来证明密植的好处。群众没有看到他们想要的结果，思想有顾虑，生怕密植搞砸了，所以仍坚持稀植，这是情有可原的。

他提醒社里干部："这事儿不能用批评解决问题，也不要大张旗鼓地争论。唯一的办法是等着用事实作结论。事实一旦验证了密植的好处，到时候，你即使不批评他们，他们也会自然而然心服口服。"

这就是史来贺的工作方法：让实践证明，让事实说话，以事实说服人。任何事情都不能强加于人，更不能强迫命令。

在新技术推广上，除了密植，还有治虫，也是一个让群众难以接受的问题。

刘庄人种棉花，棉田年年遭受病虫害，特别是棉蚜虫，是最令人头疼的虫害。驻村技术员王健民告诉史来贺，用剧毒性内吸剂"1059"农药，可以杀死蚜虫，史来贺深信不疑。可村民们根本不相信，一大桶水，兑里面一点点药水，就能杀死虫子？"蚜虫跟着棉花生长，棉花生它也生，棉花死它也死，它就是棉花的一个伴儿。要是能用一点点药水把它们杀死，那祖宗早就治住了！还用咱操这心？"

史来贺带头背上喷雾器，先在试验田里喷洒。不大会儿工夫，就将 8 亩试验田喷洒完了。

然后，组织社员们来试验田参观。他领着社员一垄一垄地仔细观察，一边看一边问："大家看看，这里的棉花棵上，还有没有蚜虫啊？"

大伙在试验田的棉花棵上，上瞅瞅，下瞧瞧，翻着棉叶看，掰着棉枝查，竟没有发现一个蚜虫！

"咦！邪门了！清水兑点儿药水，就能让蚜虫断子绝孙。奇妙，奇妙，实在是奇妙啊!"

这次,大伙儿终于相信了。不用动员,不用演讲,社员们纷纷背起喷雾器,用农药杀虫。危害棉田千百年的蚜虫,终于被刘庄人治住了。

在史来贺的监督带领下,千亩棉田,从整地、播种,到定苗、中耕,从消灭病虫害、整枝打杈,到进行收摘,每一道工序,都由技术员王健民具体指导,先在试验田里做出样板,再组织社员现场学习,最后拿到大田去做。每一道工序完成后,史来贺带领"植棉科研组"在大田里统一检查验收,如有地块作业不合格,就责令当事人重新整治,直到达到要求为止。

史来贺为了科学植棉,耗尽了心血、操碎了心神;为了创造棉花丰产纪录,付出了常人无法想象的艰辛。

深秋时节,千亩棉田在阳光的照耀下,泛起一望无际的白花花银光,白雪般的花絮,亮丽在墨绿色的棉叶丛中,犹如千万朵洁白的莲花,绽放在万顷碧波之上。这壮观奇绝的美景,煞是醉人!

刘庄的千亩棉田,迎来了前所未有的大丰收。

刘庄人一个个欣喜若狂,陶醉在自己洒下汗水的棉田里,嬉笑雀跃,久久不肯离去。

可有一个人却怎么也高兴不起来,恨不得在没人的地方痛哭一场。他就是三队的队长,此时此刻,这位队长的心里犹如十五只吊桶打水——七上八下,很不是滋味。其他队的棉花都采取了密植的方案,唯独自己队里和社里扭着劲,唱反调,偏偏走老路,搞稀植,结果平均亩产皮棉44.5公斤;而人家四队坚持搞密植,跟全村亩产一样高,每亩产皮棉55.75公斤。自己的三队比全村平均亩产低11.25公斤。这回,俺三队算是丢了脸面啦!自己作为队长,无颜见刘庄的父老乡亲,无颜见支书、社长史来贺啊!

这一次,史来贺的"合理密植",算是让三队这位思想保守的队长口服心服了!

1957年,刘庄的大地五谷丰登,粮棉夺取了双丰收!粮食亩产215公斤,总产量14万公斤;棉花亩产皮棉55.75公斤,总产皮棉69687公斤。双双创造出历史最高水平,成为全省和全国的先进典型。

以上数字,放到现在,确实不算什么。但在生产力水平低下,一无良种、二无化肥、三无科技引导的年代,这一数字实属罕见,堪称奇迹,全国绝大多数农村要达到这一产量,那是连做梦都不敢想的事儿!

粮棉产量高了,社里的经济收入也就高了。总收入达 14.3 万元,劳动日值 0.7 元,每人平均生活水平 78.8 元。不仅解决了群众吃饭、穿衣与花钱问题,而且壮大了集体经济,有了可观的公共积累;盖起了村里的办公室、饲养室、仓库共 100 多间;还添置了一些急需的生产资料,集体买了 24 头牲口,其中 18 头骡子、6 匹马,1 辆崭新的汽马车,12 部马拉双铧犁,18 部 7 寸步犁,45 部 2 人抬喷雾器,18 部喷粉器,为扩大再生产创造了充足的条件。

社员们一看社里添置了这么多"家当",感到万分欣慰,高兴地说,还是组织起来力量大,集体化道路有奔头;还是社会主义制度好,共产党领导得好啊!

在史来贺心中,刘庄棉花高产的数字和纪录,浸透了广大干部社员的心血与汗水,浸透了他们劳动的艰辛与困苦。这个奇迹,是刘庄老百姓创造的呀!

刘庄人为何能创造这个奇迹?他们过去为何创造不出这样的奇迹?是因为他们信服了科学种田,信服了那个给刘庄带来科学之光的技术员王健民。

在刘庄的植棉史上,在刘庄棉花高产纪录的丰碑上,王健民的名字永久地镌刻在上面,如一颗明星,闪耀着璀璨的光芒!

在史来贺个人的成长史上,王健民为他打开了一扇科学大门,把他带进了科学种田的广阔天地,从此让他坚信:科技是改变刘庄人命运的一个法宝,是农民打开富裕之门的一把金钥匙。王健民是史来贺成长道路上的一颗福星,时刻闪耀在他的心头,散发着永恒的道德之光与知识之光、科技之光!

奖了一头牛

1957 年 10 月，刘庄大地一片丰收景象，五谷飘香，棉花堆银。刘庄人用朴实的欢声笑语，用开心的歌声歌唱喜庆丰收。

在这个金色的 10 月，刘庄人还有一个喜庆的事情：他们的支书、社长史来贺接到一份大红喜报，通知他到省会郑州参加河南省的劳模表彰大会。

史来贺披着满身尘土，着一身朴素的粗布衣褂，脚蹬一双妻子做的黑粗布尖口鞋，头上箍着那条常年伴随的白羊肚毛巾；毛巾已不再洁白雪亮，早已被汗水与泥土渍染得有些灰不溜秋了。但他依然箍在头上，成了他的一件标志性的穿戴饰物。不管到省里、地区，还是到县里开会，一看会场里坐着一个头上扎毛巾的，不用问，那一准是刘庄的史来贺！他就这样一身打扮，风风火火地走进了省会郑州。

进了会场，史来贺一看，偌大的会堂里坐满了人，有 1000 多位代表呢！全省的劳模济济一堂，既有老劳模，又有新英雄；既有连年高产的先进集体的代表，又有推行农业新技术的顶尖精英；既有年年多交公粮、为国家做出杰出贡献的爱国者，又有高级社发展突飞猛进、积累了宝贵经验的农村基层领导者。总之，出席这次劳模大会的代表，都是中原大地农业战线的杰出人物，真乃群英荟萃、繁星璀璨。在这群星灿烂的阵容中，史来贺这颗熠熠闪光的明星，格外引人注目。因为他是大名鼎鼎的民兵英雄，参加过首都的国庆观礼，受到过毛主席等党和国家领导人的接见，那是无上光荣、无比幸福的荣誉，有几个农民能有这样的幸运呢？这怎能不引起会场里所有人的羡慕呢？在会议开始之前的一刻，会场里许多人的目光，都投向了这位中原大地的明星。

这次劳模大会的议程，安排得颇具特色，把集中开会与参观学习相结合，给了劳模们互相取经、互相学习的绝好机会。根据大会安排，代表们分别在林县、济源、民权、偃师、南阳、许昌、中牟等地参观学习，走访先进，就地取经。

史来贺参加了由 120 位劳模组成的赴南阳专区参观团。一到南阳，参观团中就有人说起了在河南流传很广的一句民谚："新野棉花好，南阳黄牛壮。"史来贺听到这句民谚，眉宇间忽地一亮，心里暗暗思忖：这次来南阳，算是来对了。我得仔细看看新野的棉花究竟怎样好、为啥好，好好看看南阳的黄牛如何壮、为啥壮。

他随参观团来到新野县马庄一社参观，处处留心，处处细看。一大片管理得整整齐齐的棉田，犹如一片磁场，把他紧紧地吸引住了。他觉得自己就是为这片棉田而来，这片棉田仿佛给了他某种心灵的感应，让他听到了一种亲切的召唤，与这块棉田进行心灵的交流。

棉田里几位老农正忙着，史来贺向他们亲切地问好致意："你们这儿的棉田，一亩施多少肥，留多少苗？一株能结多少棉桃？病虫害是如何防治的？……"他一连问了十几个问题，每个问题都与几个老农反复讨论，反复探究，直到有了满意的答案、详细的解释，方觉获得了至宝。

"这位劳模真虚心，还跟咱这瞪眼瞎取经嘞！你看他问得多细啊！一看就是个种棉迷，心都迷到棉花上了。兴许他是个植棉劳模。"几位老农细声细语地嘀咕了一阵。

老农们用陌生的目光，看着这位虚心好学的劳模，试探地问："同志，你贵姓？家是啥地方的？"

"我免贵姓史，家在新乡刘庄。"史来贺面带微笑回答。

几位老农瞪大了眼睛，"啊"地惊呼一声，接着问："那你就是那个见过毛主席、周总理的模范史来贺吧？"

史来贺再次微笑着点点头，一声"嗯"字，几乎没有声音。

老农们面前站立的，原来是一位了不得的英雄与劳模，真让他们万分敬佩啊！

"怪不得人家刘庄能种植那么好的棉花，产量高得全国第一，无人可比！看人家史来贺这虚心好学的劲头儿，走哪儿学哪儿，走哪儿问哪儿，这就是老祖宗说的'不耻下问'。就该人家史来贺当英雄、当劳模呀！不像有些人，有点儿小名气，露了几回脸，就把头抬到天上、转得耀武扬威了。这种人，跟人家史来贺没法比啊！"

"过去，只听说过史来贺的大名，今儿个，总算见到史来贺的面了。一看，就是个种地的把式，跟咱有一样的脾性。句句话不离本行，说的都是种棉花长、种棉花短，是个实打实的行家。咱农民就佩服这样的劳模。"

这次赴南阳劳模参观团，还参观了"内乡古县衙"。在这里，吸引史来贺的，并不是古县衙建筑的风貌，而是3个门上3副别致的楹联。每看一副，他都一字一句地念着，然后，工工整整抄写在随身带的笔记本上。他抄写下来的3副楹联如下——

其一：

欺人如欺天，勿自欺也；
负民即负国，何忍负之？

其二：

为教不在言多，须息息从省身克己而出；
当官务持大体，思事事皆民生国计所关。

其三：

得一官不荣，失一官不辱，勿说一官无用，地方全靠一官；
吃百姓之饭，穿百姓之衣，勿道百姓可欺，自己也是百姓。

这3副楹联，对史来贺来说，是一次意外的重大收获。他把每一字每一句都铭刻在心里，以此为鉴戒，努力践行一生，省身克己一世，终身受益，终成正果，成为后世楷模。

参观9天后，代表们集中在郑州，大会交流经验3天。在经验交流会上，史来贺介绍了刘庄高级社发展和粮棉夺取高产的经验，受到了全体与会者的热烈欢迎。

在这次全省的劳模大会上，史来贺被河南省人民政府授予"农业特等劳动模范"光荣称号。

劳动模范，是先进生产力的杰出代表，是国家经济建设中涌现出来的成绩卓著、贡献最大的有功之臣，在人民群众中享有崇高的威望，党和政府给予他们无上的光荣。史来贺这次被授予"特等劳模"称号，"劳模"前边又加了"特等"二字，那就意味着是有特别贡献的劳模，是重量级的劳模。此等殊荣，更加赢得了人民群众的尊敬与爱戴。

史来贺的名字和照片，被刊登在《河南日报》最显眼的位置上。他的名声又一次震动中原大地。

劳模大会即将接近尾声的一天上午，1000余名劳模，排着整齐的队伍，敲锣打鼓，举着印刷在大红纸的"保证夺取农业大丰收的决心书"，向河南省委、省政府办公地挺进，要把决心书献给省委、省政府，献给几千万河南人民。沿途受到了郑州市数万名职工、市民的热烈欢迎。掌声、欢呼声、鞭炮声、鼓乐声，汇合在一起，鸣奏着一支雄浑的"劳模进行曲""英雄交响乐"。

史来贺行进在队伍中，被眼前热烈壮观的场面深深打动了。人民群众对劳模多么敬仰爱戴啊！他们对劳模寄托了多大的希望啊！我史来贺如果做不出新成绩，怎能对得起人民群众对劳模的信任呢？怎能对得起这热烈欢迎的掌声呢……

当省委、省政府领导在大会上向劳模授奖时，史来贺走上主席台，双手从领导手里接过鲜红的劳模证书和奖状，心里涌起激动的浪潮，浑身的热血在沸腾，禁不住热泪盈眶。当省政府领导宣布奖给他一头大黄牛时，更让他心潮澎湃，激动不已。

当史来贺把奖励他的那头大黄牛牵在手里时，竟高兴得像个孩子，差一点蹦跳起来、欢呼起来。奖励一头牛，比奖什么都强，牛牵回刘庄，马上就能拉套耕田，拉车运肥，这可是个壮实劳力啊！我史来贺就喜欢这样的牛，牛只知道埋头拉套干活，只知道出力流汗，一分价钱也不讲，一分报酬也不要；一生默默无语，把脚印洒遍土地，只为奉献，从不索取，把自己的所有都贡献出来，从不保留一点一滴。自己吃的是草，却给人创造了无限的财富。这就是脚踏实地的牛啊！它才是一个真正的"劳动模范"呀！牛的品质，牛的精神，是永远值得人学习的啊！

省委、省政府奖励给劳模一头牛，不就是让劳模学习牛的精神，学习牛的勤劳顽强，永远做一头人民的老黄牛吗？是啊！劳模就得当一头无私奉献的老黄牛啊！

当史来贺牵着一头大黄牛回到刘庄，霎时间围了一圈人。这劳模开会回来，咋牵来一头牛哇？

"你这是在路上捡的一头牛,还是用发给你的奖金买了一头牛?"

"既不是捡的,也不是买的。"史来贺望着一群好奇的社员,卖起了关子。

"那是从哪儿弄来的?"

"告诉你们吧!这是省委、省政府奖励的一头牛!"

"啥?当了劳模奖励一头牛?这事真稀罕,有奖钱、奖东西的,还真没见过奖励一头牛的。你说新鲜不新鲜?"

"奖一头牛好哇!咱老百姓哪能离得开牛啊!牛跟咱老百姓最近、最亲,你叫它干啥它干啥,你叫它咋干它咋干。老黄牛的精神学不完哪!"史来贺意味深长地说。

"是啊!谁都知道,黄牛是农民的好伙伴。要是我们刘庄人人都当了劳模,省里一人奖励一头牛,那咱刘庄遍地跑的不都成老黄牛了?"

"好哇!那咱每个社员都争取当劳模,让省里每人奖励一头大黄牛,咱刘庄就成了'牛庄'啦!"

"哈哈哈……"一阵轰然的笑声,惊飞了村头树上的一群喜鹊。

第二十三章　总理嘱托刻心头

※周总理嘱托
※八年的试验
※科研结硕果

周总理嘱托

刘庄在全省树起了一面棉花高产红旗,一跃成为全国棉花生产先进单位。刘庄创造的奇迹,经新闻媒体传播,一下震惊了全国!

1957 年,史来贺被评为"全国劳动模范""植棉能手"。报纸上介绍了他的先进事迹和突出贡献。

报纸上的消息传到了中南海,惊动了日理万机的共和国总理。他要见一见那个创造棉花高产奇迹的年轻人。刘庄的史来贺是如何带领群众,把棉花产量提高到全国平均亩产的 3 倍的呢?

史来贺接到了北京发来的通知,请他到北京出席全国劳动模范表彰大会和全国棉花工作会议。

1957 年 12 月初的一天,北京中南海的小礼堂里座无虚席,气氛热烈而庄重。出席全国棉花工作会议的代表们,一个个凝神静气,目光炯炯,抬头翘望着小礼堂的大门,他们在期待一位中央领导人的到来,他就是敬爱的周恩来总理。

当周总理健步来到小礼堂,会场立即爆发出雷鸣般的掌声。周总理频频招手,向与会代表点头致意。

党中央、国务院对这次全国棉花工作会议非常重视,意在推动全国的棉花生产,大幅度提高棉花产量,以满足全国人民和国防建设的需求。那个年代,受生产力低下等各种条件的制约,我国的棉花生产水平相当落后,棉花总产量远远跟不上社会需求。全国人民都得用国家发的布票买布穿衣。一个人全年发的布票,只有几尺,还不够做一套衣服。大人发的布票不舍得用,都给孩子买布做衣服了,平时只好穿得破破烂烂,衣服破了窟窿,就补补丁;破的窟窿多了,就补丁摞补丁。周总理的 1 件衬衣,就补了 16 个补丁。一个大国总理还这样节俭地穿衣服,不舍得买布做一件新衣服,可见当时棉布是如何短缺。不大力推动棉花生产、提高棉花产量,怎么能解决老百姓的穿衣问题,怎么能满足全社会的需求呢?时刻牵挂着6亿人民吃饱穿暖问题的共和国总理,多么希望全国的棉花产量能在短时间内有一个大幅度的提高啊!今天,小礼堂里集结了全国棉花生产第一线的劳模与精英,推动棉花生产、提高棉花产量的希望,就寄托在他们身上了。

周总理用殷切的目光,望着所有的与会代表,向大家发表热情洋溢的讲话。他怀着对来自农业一线的劳模深深的敬意说:你们是全国棉花生产战线的英雄,祝贺你们取得的成绩、做出的贡献。……希望你们戒骄戒躁,再接再厉,为我国棉花生产水平的提高,做出新的贡献!

讲完话后,周总理满面笑容,和代表们一一握手。这时,他慈祥的目光落在了一位年轻农民的身上。这位农民,头上扎一条白羊肚毛巾,着一身黑粗布棉衣,穿一双黑粗布棉鞋,带着一身泥土气息。可他开朗的眉目间和那充满青春气息的脸庞,却浮现出勃勃英气和智慧的灵光。

只见周总理来到这位年轻农民面前,亲切地与他交谈起来:"你叫什么名字?"

"我叫史来贺。"

一听这个名字,周总理微笑着说:"啊!你就是带领河南刘庄种千亩棉田、亩产超百斤的史来贺?"

"是!我就是河南刘庄的。"史来贺激动得眼里溢出了泪花。

日理万机的周总理,竟能记住我这个农民的名字,能说出我们刘庄做的那么点成绩,怎能不令人激动万分呢?

"今年多大了?"周总理看着一脸朴实的史来贺关切地问。

"总理,我今年27岁。"史来贺笑着回答。

"那你是出席这次会议代表中最年轻的一位。史来贺同志,年轻有为啊!你干得好!这么年轻,还能干几十年。我国棉花产量在国际上还很落后,你们要为新中国争光啊!"

周总理热情地鼓励着,并伸出了他那只温厚的手,与史来贺这个农民的手紧紧握在了一起。

这时,会场里所有的目光都投向了史来贺:哦!他就是史来贺啊!没想到这么年轻就已经是闻名全国的劳模了,了不起啊!

一个泱泱大国总理,对面前的这位年轻农民尤其感兴趣。他紧紧握着史来贺的手,和蔼地问:"史来贺同志,听说你种棉花很有经验,你们刘庄种了多少棉花?"

"总理,俺村一共种了 1250 亩棉花。"史来贺不假思索地回答。

"刘庄千亩棉田亩产皮棉 111.5 斤,是全国平均数的 3 倍,这是真的吧?"周总理又问。

"是真的。几年来,我们一直保持这个水平。今年,俺刘庄 1250 亩棉田,总产皮棉 139375 斤,全部交给了国家。"史来贺如实回答。

但他万万没有想到,周总理对刘庄的棉花生产这么熟悉,对刘庄的棉花产量了解得这么细致。一个大国总理,竟对一个小小刘庄关注得如此周密,可见周总理的工作是多么深入实际,是多么注重实际,是多么注重调查研究啊!

周总理听了史来贺的话,高兴得开怀大笑:"好哇!好哇!你们贡献很大啊!千亩棉田平均亩产 111.5 斤,是个了不起的奇迹!在棉花大面积高产上,你们带了个好头,在全国领了先。希望你们要把棉花的高产经验认真总结一下,推广到全国所有的棉产区。希望你们高产再高产,彻底改变贫困面貌,给全国树立个榜样。"

史来贺听到周总理的嘱咐,坚定地说:"请总理放心,我们一定会继续努力,把棉田种得更好,使产量不断提高。"

棉花是人民生活的必需品,也是部队的后勤保障。可以说,凡是有人的地方,生活里就离不开棉花。周总理把提高棉花产量如此寄希望于史来贺与刘庄是有根源的,因为这一时期,由于生产力低下,中国的棉花平均亩产仅有 17.5 公斤,产量低得连劳动力的成本都顾不住。如果全国的棉花种得都像刘庄的棉花一样好,棉花产量都像刘庄一样高,全国将会多收多少棉花呀!中国 6 亿人的穿衣问题,哪里还用靠发购布证来限量供应布匹呢?作为中华人民共和国的总理,周恩来时时记挂着老百姓的吃饭、穿衣,日夜为老百姓的日子殚精竭虑:中国几亿人民何时才能吃饱、穿暖呢?中国的棉花产量、粮食产量何时才能大幅度提高呢?

棉花的生产与产量的提高,意义如此重大,周总理怎能不格外挂心呢?

史来贺非常理解周总理对人民无比关怀的心情,非常理解周总理对几亿人民吃饭、穿衣的牵挂。会后,史来贺把周总理的嘱咐记在本子上,铭刻在心上。感觉有一种使命压在肩上,有一只巨掌推着脊背,让他去充当先行者、开拓者。作为共产党员,他别无选择,只能勇敢地担当起这一神圣使命,带领群众向着高产再高产的目标奋进。

可恰在此时，上级又让他离开刘庄，破格提拔他当新乡专区农业局局长。这可是个万人注目的重要角色、重要岗位，管着一个专区十几个县的农业，上级把他破格提拔到这样一个权力很大的位置上，足见对他是何等器重。

可史来贺不被官与权所打动、所诱惑，打心里不想去当官儿，不愿意戴这顶"乌纱帽"。他只想留在刘庄，带领刘庄人勤勤恳恳种地，踏踏实实务农，用勤劳的双手彻底改变刘庄的面貌，建设一个社会主义新农村。

他对到刘庄动员他去专区上任的上级领导说："我生在刘庄，长在刘庄，是个农民的儿子，从小就在这片土地上扑腾，离不开这片土地。不适合进机关当官儿，只适合在农村当个基层干部。"

"你是全国劳模，就该被提拔重用。"上级领导说。

"当上劳动模范，说明我农业活儿干得不错，那就还发挥我的特长，叫我继续干好农活儿。农业劳模脱离了劳动，脱离了农业第一线，到城里去当局长，那还能算农业劳模吗？"史来贺咬文嚼字地说着自己的理由。

"你这叫钻牛角尖儿。党的干部政策，是选拔优秀人才到各级领导岗位上来，你是咱新乡专区少有的优秀人才啊！"

"我吃几个馍、喝几碗饭，自己心里有数，一个种庄稼的农民能有多大能耐？我在北京开会时，跟其他农业劳模也谈过，咱农业劳模的责任，就是跟群众一起劳动，把脚下这块地球修好。我知道自己的能力，只适合干村支书，超过村支书的官儿我干不了。"史来贺直来直去地说。

"到了专区工作，你可以发挥更大的作用，全地区十几个县的农业都归你管，这是多大一个舞台啊！你可以最大限度施展你的才干，最大限度发挥你劳模的作用。"上级领导千方百计要说服他。

"没那个金刚钻，就不揽那个瓷器活儿。我手里只有镰刀、锄头，只能刨土种地。再说这次在北京开会，周总理对我千叮咛万嘱咐，叫我带领群众把棉花种好，握着我的手说：'希望你们高产再高产，给全国树立个榜样。'如果哪天又见到周总理，总理问我，史来贺，你们刘庄的棉花种得怎么样了？我怎么回答？我说我去当官儿了，没再种棉花，那我的脸往哪儿搁？为了周总理的嘱托，我哪儿也不去，啥官儿也不当，就在刘庄带领群众种粮食、种棉花，完成周总理交给我的任务。这个任务如果完成得不好，我还怎么当这个共产党员？那样，我会一辈子愧对总理,愧对国家,一辈子心里不安呐!"这一串话,史来贺一气呵成,几乎不假思索、没有停顿。

上级来人始终没有说动史来贺,但他一点儿都不责怪这位劳模。因为他知道,史来贺心里装着周总理的嘱托,肩上担着国家的使命,这个光荣的使命,已经融化到他的生命里,与他的生命不能离开须臾了;同时,史来贺在刘庄的根扎得很深很深,已经与这里的土地生死与共,怎么拔都拔不动;因为上级领导知道,史来贺与刘庄的老百姓已经融为一个生命整体,血肉相连,心心相牵。如果强硬地让他离开刘庄,老百姓心疼,他的心也疼。

史来贺属于刘庄,属于刘庄这片土地,属于刘庄的老百姓。他离不开刘庄这块土地,离不开刘庄的乡亲;刘庄的百姓也离不开他,就让他继续扎根刘庄吧!

后来,上级只好收回成命。

八年的试验

棉花种植，在河南省新乡县自元代就已经开始了，有四五百年的历史，可谓历史悠久的棉产区了。因此，上级要求隶属新乡县的刘庄主要种植棉花。身处传统棉产区的史来贺，担负着义不容辞的历史使命和时代责任。从记事起，他就知道种棉花是刘庄的"主打产业"，为了让刘庄人摆脱贫困，他毅然决定带领刘庄百姓大面积种植棉花，并寄予极大希望。

特别是在北京参加全国棉花工作会议之后，更让他增添了这种使命感和责任心。他时时记着周总理的嘱托，从北京开会回来后，就把会议的情况和精神向党支部一班人和社委会做了详细介绍，并就如何落实周总理的指示做了认真的研究和部署。

与此同时，他还把这些都一一告诉了自己的父亲，因为父亲是一个老庄稼把式、种棉花的好手，要把刘庄的棉花种出新水平，必须倚仗父亲这样的"老庄稼筋"。

他对父亲说："周总理希望咱刘庄的棉花高产、高产再高产，给全国树立个榜样。周总理殷切的希望和郑重的嘱托，总让我觉得背后有个大巴掌在推着，浑身有用不完的劲儿。咱刘庄可不能辜负了总理的希望啊！"

父亲听了来贺的介绍后，高兴地说："周总理这样看重咱刘庄，叫咱给全国带头儿，给全国做榜样，这是多么光荣的事啊！咱一定得鼓起劲儿来，拼死拼活也得完成总理交给的任务。"

"任务很光荣，但也很艰巨啊！不下一番苦功夫、硬功夫，恐怕不中。"史来贺深沉地说。

"任务再艰巨，还有唐僧西天取经艰巨啊？人家走了十万八千里，历经九九八十一难，还不是把经取回来了？"父亲一说话，就离不开《三国》《水浒》《西游记》。

"对！咱就得像唐僧取经那样,不怕苦,不怕难,吸取别人的经验,苦钻种棉科学,用它个三五年,产量一定能再提高一层。"

"对！把产量不断提高,叫全国都知道咱刘庄的棉花种得好,产量高,叫周总理也为咱刘庄感到高兴。"父亲笑嘻嘻地说。

可要大面积种植棉花,却遭到了一些社员的反对。原因是1956年连遭"三灾",特别是虫害,再次造成大面积的棉花减产。在严重的自然灾害面前,刘庄人都想放弃种植棉花,改种其他农作物。

"咱甭种棉花了,年年招虫,年年受害,种棉花夺高产多不容易啊！"有群众向干部建议。

可史来贺决不放弃,他心里时刻想着周总理的嘱托,决心找到治理虫害的方法,坚决战胜自然灾害。

过了年刚刚立春,大地上的冰雪还没有消融,寒气逼人,北风刺骨,万物都还没有从冬眠中苏醒。史来贺迎着料峭的春寒,带领几个社员在棉田里盖起一间极其简陋的小土屋。小屋全部用土坯干垒,然后把墙壁里外都抹上了一层麦秸泥;后墙上方留两个很小的洞口,三根木棍儿竖插在洞口处,就算一扇完整的窗户了。小土屋刚刚建起,墙壁上抹的麦秸泥还湿淋淋的,屋地上全是厚厚的冻土,冰冷冰冷的,置身这里,恰似处在一个冰窖里。可史来贺全然顾不得这些,心急火燎地往冻土上摊开厚厚一层麦秸,便转身回家抱铺盖去了。

他匆匆忙忙走进家门,拿起一个简单的铺盖卷,胳膊夹起来就走。妻子刘树珍急忙把他拦住,不解地问:"你这是去哪儿啊？还带着铺盖,是不是去省里开会,开会还用得着带铺盖？"

史来贺抬头看了一眼妻子,醒悟似的说:"看我忙的,忘了告诉你了。村里不是成立了植棉科研小组嘛,我得搬到试验田的小屋里去住,在那里带领大伙儿搞科研、做试验。"

"那试验田不就在地里吗？离家又不远,还用得着搬到那里去住？"树珍有点儿疑惑。

"搞科研一般要在夜里进行,有时候还得连轴转,为了集中时间、集中精力,还是住在那里方便。"史来贺说着,就欲夺门而出,因为他要争分夺秒到试验田搞科研,他的时间比金子都宝贵,一分一秒都耽误不得。

这时,母亲从屋里走出来,担忧地说:"野地里那小屋,冬天冷,夏天热;现在地上还冻得结结实实、硬硬邦邦的，睡上去，还不得把筋骨冻坏？到了夏天，又闷又潮的，还有蚊子、虫子，住在那里多难受、多憋闷、多遭罪啊！"

史来贺一看母亲担忧的样子，便爽朗地说："娘，放心吧！那小屋好着嘞，清静得很，就适合在里面搞试验、搞科研。我要在试验田的小屋里完成周总理交给我的任务。"

母亲一听是要完成周总理交给的任务，马上就转忧为喜："要是这，娘不阻拦你。周总理交给你的事儿，那咱不能当儿戏，一定要用心去办，要是办不好，那今后咋有脸见周总理？要是办好了，哪怕咱身上掉几斤肉也值得。去吧，去吧！这是大事、正事，可不敢耽搁。"

"还是俺娘觉悟高。走喽！"史来贺笑嘻嘻地走出家门。

就这样，他把被褥抱进棉花地的小土屋，往麦秸铺上一摞、一押，便从此开始了科学种棉的艰难岁月，日夜坚守在植棉科学试验第一线。

谁知他在棉花地里的小屋一住就是8年，他在试验田里一蹲就是8年。这8年，他在试验田和千亩棉田洒下的汗水能流成一条河；这8年，他在试验田小屋里苦钻苦学的一个个不眠之夜和小窗口的灯光，早已化作夜空密密麻麻的繁星……

可见种植棉花、夺取棉花高产，不是一朝一夕就能完成的任务，它是一个十分艰难、十分复杂的过程。可即使困难再多，他也从不退缩，从不放弃。因为在他看来，只有多种棉花，大力提高棉花产量，刘庄人才能摆脱贫困，逐渐富裕起来。他在刘庄所做的一切，都围绕一个中心，那就是让刘庄老百姓尽快脱贫致富，过上好日子。

住在试验田的小屋里，史来贺把自己当作一个刚入学的"小学生"，如饥似渴地学习植棉的新知识、新技术。白天在棉田里劳动、实践，夜晚和技术员王健民以及"三结合"科研组的人们一起坐在棉田小土屋里，研讨植棉科学技术。为了学到更多更深的棉花种植技术，白天，让王健民在试验田里结合实际，给植棉科研小组的成员现场讲解有关棉田管理的科学知识；夜晚，在小土屋里上课，听王健民讲授科学种棉的系统理论知识和一系列的技术要领。晚上学过的知识与技术，白天就拿到试验田里去实践，去摸索。从播种到栽培，从耕耘到管理，每一步都运用新知识，都采取新技术。科研小组用小田搞试验，在大田搞推广。通过一段时间的学习研讨和就地试验，植棉科研小组的人逐渐掌握了一整套科学种棉的知识与技术。

有了种棉的知识与技术,史来贺搞试验的劲头更足了,推广经验的兴致更高了,夺取"高产再高产"的信心更强了。

他本来就是一个一心扑在创业上的人,由于时刻记着周总理的嘱托,就把科学种棉当作一项伟大的事业,舍着命去干,提着心去干。他对植棉事业着迷的程度,已经到了忘我的境界。

为了摸清棉花各阶段的生长规律,为了观察不同天气下棉花生长的变化和病虫害活动的特点,从春到夏,从夏到秋,无论天晴日朗,还是阴雨连绵;无论烈日当空,还是暴雨如瀑,他都日日夜夜坚守在棉田里,"风雨不动安如山"。

20 世纪 70 年代史来贺同志(左)在观察棉田

作为植棉科研组组长,他总是带头在棉田里搞试验,但他更是党支部书记、高级社社长,不单单要管种棉花的事业,还得管村里、社里农林牧副、吃喝穿戴等杂七杂八所有的事情。为了不影响村里其他工作,他让人把电话安在了棉田小土屋里;村干部开会,也都挤坐在这个小土屋里。

小土屋成了他的办公室,棉田成了他的工作室。

每天凌晨,启明星还睁着亮闪闪的眼睛,东方地平线上刚刚露出熹微的晨光,史来贺就从小土屋走出来,在试验田开始劳作了。一个人悄悄地趴在田埂上,手里拿着一只手电筒,光亮照在棉花棵上,一片叶一片叶地瞅,一条枝杈一条枝杈地看。瞅得那样仔细，看得那样认真。露水，洒落在身上；泥土，沾染在身上。衣褂、裤子全是湿漉漉的，他却全然不顾。

烈日炎炎的正午，别人都在家里歇晌，他却趴在棉花地里，睁大眼睛直盯盯瞅着棉株，观察那些小小的棉铃虫，在灼热阳光下怎样活动、怎样搞破坏。然后，告诉植棉科研组的人，集中研究探索如何对症下药，根治棉铃虫。

知了在树上乱叫，他听而不闻；鸦雀从头顶飞来飞去，他视而不见。这个"棉痴"，已经进入了"四大皆空""唯有棉花"的"忘我"之境了。

常常跟他相伴趴在棉田的，是两个村干部李安仁、刘树业，一个是"虫阎王"，一个是"庄稼筋"。在史来贺眼里，他俩都是刘庄的"老黄牛"。3个人蹲在碧绿的棉田里，天上烈日烤得浑身发烫，地里蚊虫叮在身上、脸上，咬得哪里都是疙瘩。可他们全然不顾，一心扑在棉田的观察试验上，一蹲就是大半天。他们一起观察棉花的长势，观察病虫害的规律，研究如何防治与根绝这些病虫害，如何运用新知识、新技术进行科学种植……

李安仁这个"虫阎王"，一边观察棉花生长的情况，一边对史来贺说："过去咱种棉花，老是按老辈儿人传下来的种法儿种，产量总是停留在一个水平上，咱学会、掌握了这新知识、新技术后，就是不一样，你看，这试验田的棉花长得多旺、多好啊！科学技术就是好，科学种田就是好。"

"那是。要不咱为啥下这么大劲钻研科学呢，科学技术不仅能让咱种好地、提高产量，还能让咱彻底甩掉穷帽子，由穷变富。我算认定了，科技是咱农民致富的法宝。"史来贺尽兴地说。

"不错，不错！咱过去贫穷，不知道学科学、用科学，棉花生了病虫害也没有很好的防治办法，干瞪着眼让虫子糟蹋棉花。现如今，咱知道了科技的重要性，今后，就更得加倍学习科学技术了，用科学技术彻底改变咱过去种田的老套路。实践证明，那些老办法、老规矩，无法提高产量。"刘树业也蹲在棉花棵下抒发着自己的感受。

"你们说得太对了，咱今后就是要带领群众，在农业生产中大力推广和应用科学技术，不断提高粮食、棉花产量，特别要在种植棉花上打一场翻身仗。彻底改变刘庄的面貌，让刘庄一天天富起来，让老百姓的日子一天天好起来。"史来贺信心十足地对两位老伙计说。

…………

科研小组的试验和科研，光在棉田里就坚持了整整8年，他们付出了多少艰辛,经历了多少磨难,遭受了多少暑热风雨,只有缄默的大地知道,只有夜空的星月知道……

科研结硕果

在棉田小土屋和试验田搞试验的 8 年里,史来贺与科研小组夜以继日地发奋努力,废寝忘食地刻苦钻研,闯过了一道道险关,破解了数不清的难题;精益求精攻科研,兢兢业业搞试验,扎扎实实来种棉,连续攻克了几十个科研项目,取得了骄人的科研成果,获得了三大成功。

一大成功:合理密植。

史来贺知道,合理密植是棉花增产的中心环节,也是衡量植棉技术水平的重要标志。如果种植时没有达到合理密植,单位面积上总株数就会少,即使单株生长条件好,结铃多,而单位面积上的总铃数也不会是最多。

如果密植过大,单位面积上总株数增多了,但由于过于密植,对单株生长产生不利的影响,单株结铃数必然会减少,因此总铃数仍然不一定增加。

单位面积上的总铃数增加,是提高产量的主攻方向,当然,铃大铃重的提高,也是取得高产的重要原因之一。

那么,怎样才能做到既合理密植,又让单位面积上的总铃数达到最多呢?

为此,史来贺狠下了一番功夫。他和科研小组的其他成员以及老干部李安仁、刘树业一起,天天蹲在棉田里观察、记录、研究、探索。他们分片包干儿,细心观察棉株的生长、棉蕾的脱落、棉铃的部位、棉铃的大小、棉株的高矮对棉铃的影响等,把观察记录的结果进行综合分析、细心研究。在观察与研究中发现,单位面积上总铃数的增加,要受两方面的影响:一是棉株群体与个体发育的矛盾,一定要得到协调,既保证单位面积上有足够的株数,又能给个体生长发育提供适宜的条件,不致因密度过大,个体的生长受到抑制;二是棉田的光照、透风、温度、土壤养分、水土状况等不致因密度过大而恶化,要最大限度地满足棉花群体、个体生长发育的需要。

有了这个科学结论,史来贺与王健民就大胆地提出了合理密植的设想:胶土地亩植棉 4500 株;胶沙两合土地 5000 株;沙土地 5500 株。

由于采用合理的种植方式,使棉株得到合理的分布,在一定程度上改善了田间的通风、透光条件;同时,根据科学植棉原理,合理调整行、株距配置,从而有利于棉株生长。通过仔细观察,史来贺发现,靠近棉株主茎部位的棉铃,由于处于较好的营养状况,脱落较少。靠近主茎的第一果节,成铃率在 60% 左右;第二果节,成铃率只有 40%;第三果节只有 22% 左右,越往上成铃率越低。因此,他充分利用靠近主茎的棉铃,适时采取相应的技术管理措施,减少蕾铃脱落,使靠近主茎部位的成铃率达到 85% 左右,大大提高了单位面积上的总铃数。

史来贺将合理密植的综合栽培技术和科学管理措施,一步步加强和完善,使亩植 4500—5500 株一举成功,大大提高了棉花产量。

到了秋季收摘棉花的时候,刘庄人亲眼看到,亩植 5000 株的试验和推广真真切切地成功了,平均亩产皮棉超过历史上的任何一年,竟接近 140 斤。比去年增长了近 30 斤。这个成功的结果,在全国遥遥领先。

成功的事实、成功的经验摆在了面前,让刘庄人大吃一惊。原先的冷嘲热讽、怪言怪语,霎时间烟消云散。舆论又朝着相反的方向弥散,成了一片赞扬声:

"哎呀!真不敢想啊!亩植 5000 多株,竟成功了,产量一下提高了那么多,科学技术就是能创造奇迹啊!看来,人不相信科学不中哟!"

"真没想到,咱的史书记有这么大的本事。要叫咱连想都不敢想,别说干了。还是史书记有眼光,头脑里装着科学,所以才敢想敢干。"

"咱一般人不敢想的事儿,史来贺都能干成,这得下多大功夫啊!"

"你没看人家史书记,成年累月待在棉花地里,没明没夜地研究啊,摸索啊,试验啊!有时候连饭都顾不得吃,连一个囫囵觉都没睡过。谁有他这么大的精神头儿,谁有他这么耐心的钻研劲儿?他这个当支书的,真不容易啊!"

"史书记这么大的劲头儿哪儿来的?你们不知道吧?一是他心里时刻想着周总理的嘱咐,二是他心里时刻想着让刘庄由穷变富、让老百姓过上好日子的奋斗目标。心里装的,一头儿是国家,一头儿是百姓,所以他老是有用不完的劲儿。"

"到底是党支书,跟咱老百姓想的就是不一样。他想得高、想得远哪!"

这一回,群众更加佩服史来贺,也更加热爱科学,更加崇尚科学种田了。史来贺科学植棉的成功，又一次赢得了民心，赢得了刘庄人的信赖。

二大成功：制服顽症。

多年来，人们都说，"刘庄离开棉花唱不成戏"，可棉花这出戏实在不好唱，因唱这出戏，刘庄人没少作难。

1956 年，引进"美国岱 15"棉种，由于检疫制度不严，棉花枯黄萎病如瘟疫一样传遍了棉田，除不掉，赶不走，传染快，治不好。刘庄老棉区，一时间变成了"重病区"。

为了治好棉花枯萎病，史来贺领着刘庄人在"重病区"垒起土烧坷拉窑，烟熏火燎，土块都烧酥了，可病毒顽固不化，"野火烧不尽"；火燎不中，又用药液对土壤进行消毒，结果还是无济于事，棉苗七死八不活，照样枯萎死亡。

为了弄清棉花枯萎病病因，找出准确的医治办法，史来贺与刘铭富、刘树利等人，一年四季住在棉田的小屋里，白天蹲棉田，夜晚搞科研。早春，春寒料峭，夜里睡下，被窝都暖不热；三伏天，蚊子咬，毒虫叮，那真是活受罪啊！为了搞好科学植棉研究，他可没少读书，读的净是与种棉花有关的书，其中读得最多的是棉花病虫害防治一类的书。因为棉花病虫害是让他最头疼的一件事儿，简直成了他的一块心病。

夺取棉花高产，病虫害是最大的威胁。几年下来，为了根除千亩棉田的病虫害，史来贺组织人力、物力打了一场又一场"歼灭战"。

通过长期观察，史来贺发现，棉花苗期，最易生的病害是立枯病。棉苗出土的一个月内，如果土壤温度持续在 15℃ 左右，甚至有寒流降温或阴湿多雨，立枯病就会严重发生，造成大片死苗。棉苗受害后，在近地面的茎基部产生黄褐色病斑，后变成黑褐色，并逐渐凹陷腐烂，严重时病部变细，病苗枯死或萎倒。

为了及早预防立枯病的发生，早在播种时，史来贺就让技术人员用配好的药剂拌种，防止病从种子生。棉苗儿出土将近一个月时，他又组织人力早间苗儿、勤中耕，降低土壤湿度，培育壮苗，间掉弱苗。间过苗后，马上用稀释的药液喷雾杀菌，把病害消灭在潜伏期。

在技术员王健民的指导下，史来贺通过书本知识和棉田观察，了解到棉花生长期的病害有黄萎病、枯萎病、红叶茎枯病。其中枯萎病是棉花病害中的主要病害，也是世界性的危险病害，被称作"棉花顽症""棉花癌症"。常见的有黄色网纹型和青枯型。网纹型枯萎病，叶肉绿色，叶脉变黄，病部呈网纹状，最后全株叶片脱落。青枯型，全株叶色不变，植株一边叶片萎蔫下垂，剖开病茎，见导管变成深褐色条纹。

在长期的实践中,史来贺反复研究,反复试验,终于摸索出防治枯萎病的有效方法:一是防患于未然,播种前对棉种严格检疫,全面消毒;二是严防传染,一见有初期发病的棉株,立即连根拔除,带出田外,晒干烧掉;三是无病也用药,对千亩棉田不断进行药剂预防,用调配好的扶萎或恶毒灵药液上喷下灌;四是实行棉花间作,对间播作物不断倒茬,最大限度地减少和缩小枯萎病的传染渠道、传染空间;五是培育和选择耐病良种,让种子本身就具有抗病能力。由此,他总结摸索出了"小倒茬,大间作,耐病品种加综合"的防治棉花枯萎病的方法。

棉花枯萎病,这种世界性的难治之症、不治之症,却在史来贺的科研小组面前逃之夭夭,在刘庄这片土地上,再也找不到滋生的温床。

虫害给棉花生长造成的损失不可低估,有时甚至非常惨重。史来贺记得,过去由于农民欠缺这方面的知识,加上生产资料极为短缺,棉花在生长时遭受了虫害,农民却束手无策,只能眼睁睁地看着棉株被虫害糟蹋。可恶的虫害,咬死了多少好年景,咬死了多少农民的丰收梦啊!

史来贺当了村支书后,就绝不会再让这种灾害在刘庄这块土地上重演。多少年来,他一直在消灭和根治棉花病虫害上动脑筋,想办法。

"不入虎穴,焉得虎子?"为了根治棉花病虫害,史来贺从棉苗出土开始,对它的幼苗期、生长期、成株期、蕾铃期等进行全过程、不间断的观察、分析、解剖与研究,对虫害的近距离研究、面对面跟踪研究,更是夜以继日,从不间断。

他发现常见的棉蚜虫以刺吸口器刺入棉叶背面或嫩头,吸食汁液,残害叶片,殃及棉株。如果苗期受害,棉叶卷缩,开花结铃期推迟;成株期受害,上部叶片卷缩,中部叶片出现油光,下部叶片枯黄脱落,叶表面有蚜虫排泄的蜜露,易诱发霉菌滋生;蕾铃受害,易落蕾,影响整个棉株的发育。为了根治棉蚜虫,史来贺采取了有力措施,一年四季,随时铲除田边地头的杂草,不容寸草生根;同时药剂拌种、叶面喷雾。一旦发现蚜虫滋生,就彻底干净地把它们全部消灭。

棉铃虫更是史来贺恨之入骨的一种虫害。他对这种虫害从虫卵到成虫,观察研究得极为仔细与深入。棉铃虫卵主要产在棉株嫩头、顶心、嫩叶和嫩蕾铃苞叶上,初孵幼虫先食卵壳儿,第二天开始为害生长点和取食嫩叶,第四天转移到幼蕾上蛀孔,引起落蕾;进入暴食期,为害青铃、大蕾和花朵。为了除掉棉铃虫产卵滋生的温床,史来贺与技术人员在组织社员对棉花施行整枝时,现场施教,手把手地教他们及时打顶,摘除边心及无效花蕾,从而降低和除掉了虫源的滋生场。同时,本着"治虫不见虫,药打卵高峰"的原则,进行药物防治,对大面积棉株像淋雨一样全部喷洒药物,把这种危害严重的棉铃虫剿灭在虫卵期,让它们"胎死腹中",绝了后患。

有一年,连阴雨一直下个不停,棉田里的虫害乘隙而入,每一棵棉株上都爬满了棉虫,虫子多得让人看了瘆得慌。棉叶、幼蕾被蚕食得千疮百孔,有的甚至只剩下光秃秃的枝条。社员们看了谁不寒心?刘庄人无不摇头叹息:这回棉花肯定要大面积减产了!

可史来贺不甘心,也不灰心。他决不在小小的虫子面前认输,一群庄稼汉,若让区区小虫打败,那还是刘庄人吗?

不管是阴雨天还是烈日炎炎的中午,村民们总会在试验田里看到史来贺的身影,有时弯腰,有时蹲下;有时观察棉株,有时捉拿虫子;有时趴在棉花地里,一动不动地,一趴就是一晌。眼睛盯着棉株,看那些小小的棉铃虫在阴雨里和灼热的阳光下的活动有什么不同,都有哪些规律,以便对症下药,根治虫害。有一天,一大早就下起雨来,他冒雨趴在棉田里观察虫害。雨下了大半天,他在棉田里趴了大半天,整个人从头到脚全都泡在泥水里。直到阴雨转晴,太阳西斜,他仍在雨水里泡着,纹丝不动地观察着、琢磨着。

李安仁、刘树业发现趴在棉田里的史来贺浑身打战,就问他:"老史,你这是咋了?"

他头也不抬,身子也不动,目不斜视地说:"我浑身发冷。不过,没事儿,一会儿就过去了。"

李安仁走上前去,给他身上搭了件衣服,可他仍然颤抖不止。

"这不中,你肯定是有病了,赶快起来吧,到小屋里躺一会儿,歇一歇吧!"刘树业担心地劝道。

"没事儿,不用大惊小怪的,我的身子骨我知道。"史来贺依然趴在泥水里一动不动。

刘树业见状,赶紧跑回村里,喊来卫生员,给他一量一检查,竟然高烧39度多。

卫生员着急地说:"不中啊,史书记回家吧!烧得太厉害了,你不能继续泡在泥水里了,不能在这闷热的棉田里坚持工作了。"

史来贺却毫不动摇地说:"现在正是关键时刻,我不能离开这儿,刚刚观察出点儿名堂,我咋能走呢?"

棉田里的所有人都没能说服、劝阻他,史来贺发着高烧继续趴在棉田的泥水里观察着、探索着……

功夫不负有心人。经过长时间的细心观察,史来贺发现棉铃虫喜欢往柳树上爬,他就折一根柳枝往棉株上一搭,不一会儿,柳枝上便爬上来一长串儿棉铃虫。这简直是一个惊人的发现,史来贺兴奋得几乎要欢呼起来。

他立即组织干部群众用柳树枝诱引棉铃虫离开棉株,然后,彻底将它们消灭……

刘庄人通过用柳树枝吸引棉铃虫的物理病虫害防治法,再配合农药的喷洒,最终使虫害得以控制,整个棉田从绝望线上起死回生,重新焕发生机,蓬勃起一片绿色的海洋。

熬过了无数个不眠之夜,克服了重重困难,终于换来千亩棉田的高产,刘庄获得前所未有的大丰收。提前 10 年达到了国家要求的亩产皮棉最高指标。

一些植物专家到刘庄进行考察后,认为用柳树枝吸引棉铃虫的物理病虫害防治法,是一种独特而又科学的发现,值得推广。它对于中国棉花增产具有非常重要的意义,同时也为棉花大面积高产做出了突出贡献,功不可没啊!

三大成功:培育良种。

在任何情况下,生产棉花要求高产总是第一位的。而要达到这一目的,选育良种是非常重要的一个环节。

在史来贺的安排下,刘庄科研队队长刘铭富三下陕西,引进了"陕 401"棉种。"陕 401"在刘庄扎根后,立即显示出它抗病害的王牌军优势。但它也有致命的弱点:株型不齐,产量太低。要让它能适合大面积生产,还需要系统选育。

可怎么攻克系统选育这一关呢?

正当刘庄急需科技人才的时候,新乡师范学院生物系教师龚福生和新乡地区农科所技术员王东贵下放到刘庄。两个人在原单位挨批受气,被整得灰溜溜的,整天抬不起头。史来贺一向崇尚科学,尊重人才,把两位大知识分子奉为"座上宾"、刘庄的"贵客"。他们一来,给刘庄的植棉科研带来了东风,史来贺诚心邀请龚、王两个人讲授植棉科学技术,指导刘庄科研小组的工作。

在两位知识分子的帮助指导下,刘庄的棉花杂交育种试验开始了。

培育良种是一项艰巨而复杂、科学而严谨、缜密而慎重的工作。一开始,史来贺就要求技术人员以科学的头脑、科学的态度、科学的方法对待育种工作,务必做到严谨细致、精益求精，不能有一丝一毫的偏差，不能有一时一事的粗枝大叶。

植棉科研组最先把育种的主要目标锁定在提高产量上。育种前期，技术人员在史来贺的带领下，顶着烈日，戴着草帽，在棉田里经受酷热的煎熬。他们两手不停地收集着花粉，然后，再用这些花粉在田间直接进行人工授粉。这可是一项细而又细的工作，不仅需要细心，还得要有耐心。史来贺不断提醒大家："授粉要均匀、充足，准确到位，不能马马虎虎、匆忙草率。失之毫厘，就会造成很大损失。"

通过对第一果枝节位、生育期、霜前花率的培育，选择了棉种的早熟性；通过对衣分、衣指、子指的培育，选择了棉种的丰产性；通过对单株结铃数的培育，选择了棉种的皮棉产量。

经过宵衣旰食的奋战和艰苦细致的工作，他们终于成功培育出良种"刘庄1号"，它的优势是高产。然后，他们又把"刘庄1号"的丰产性与"陕401"的抗病性结合起来，进行杂交育种。

棉花杂交是一项最艰苦、最复杂的工作。搞杂交有三难：一是经受操作技术难度的考验；二是经受盛夏酷暑钻进棉花棵"大蒸笼"的考验；三是经受时间紧、任务重、与三伏天赛跑的考验。一双双长满老茧的大手，捏住一个个轻飘飘的花朵，手指得格外轻慢，小心翼翼，要灵巧，不能笨拙；用巧劲，不能用重力。否则，大拇指一伸进花萼，冷不防就把花部器官碰伤；去雄蕊时，连柱头也得一起剥掉。这一番技巧下来，不比绣花描云容易、轻松。可史来贺与刘铭富、刘树利等科研队员自信"功夫不负有心人"，反复苦练，终于掌握了棉花杂交技术。冬去春来，几易寒暑，终于培育出了完美的"刘庄1号"。紧接着又成功培育出了"刘庄2号"，它的优势不仅是高产，而且改良了纤维品质，是完美的优质品种。

接连两次育种都获得了成功，并且得到了国家有关部门的认可和推广，这一下，大大激励和鼓舞了植棉科研小组的积极性和创造性，他们培育良种的高涨热情一发而不可收。

为了让育种这一科技含量很高的工作再上一层楼，史来贺提出了更新更高的育种目标：抗病育种，抗虫育种。

可以毫不夸张地说，抗病虫害的育种，要比"刘庄1号""刘庄2号"的育种艰难得多，高深得多。而再艰深的难题，他们也要把它攻克，再高远的明星，他们也要把它摘下。只要有史来贺领头,只要有史来贺撑腰,科研小组的人个个都敢上九天揽月,都敢下五洋捉鳖。

这期间,他们究竟熬过了多少不眠之夜,用充满血丝的眼睛迎来了多少曙光初照的黎明;他们究竟经历了多少次反复,多少次失败,然后把失望踩在脚下,迎着希望的春光再次与重重难关展开搏击;他们究竟付出了多少繁重的劳动,付出了多少沉重的代价,却苦中作乐,从不退缩,从不言悔,这些只有刘庄这片土地感知最深,只有天上的星月看得最清,只有试验田的小屋影印下了最真实的见证,只有千亩棉田留下了最感人的纪录。

一滴汗水,一滴光辉;一分艰辛,一分收获。史来贺带领科研小组终于培育出了抗病、抗虫的良种——"刘庄3号"。它不仅保持了"刘庄1号""刘庄2号"的优势,而且具有抗枯萎病、黄萎病能力和抗虫能力。同时前期生长发育快,叶片面积大,现蕾、开花、吐絮早;铃数和铃重优势也很明显。

"刘庄3号"一时间成了皇冠上的明珠,光芒四射,闻名遐迩,很快就在豫、鲁、鄂、浙等省份大面积推广。

史来贺(右一)与社员一起在棉田摘棉花

"这回,咱刘庄可以向周总理报喜了! 他老人家交给的任务,咱刘庄人圆满完成了!"史来贺乐呵呵地对科研小组的人说。

"今天夜里咱就给周总理写封信,把好消息告诉他,让他老人家分享咱刘庄植棉科研组成功的欢乐与喜悦。"科研组的人说。

"不用写信,周总理也会知道。那报纸一登,周总理肯定能看到。"史来贺欣慰地说,"再说,这几年咱培育的'刘庄1号''刘庄2号'还有'刘庄3号',都在国内几个省大面积推广了,恐怕这消息早就传到中南海,传到周总理那里了。"

史来贺真的没有给周总理写信,而在试验田的小屋里,却秉烛写了一篇论文:《科学种田,连年高产》。这篇论文写好后寄出去,不久,就在国家《植物学报》上发表了。后来他又写了很多科学植棉、科学种田的论文,其中《运用毛主席哲学思想,夺取粮棉双高产》一文,被收录在人民出版社出版的《用唯物辩证法指导科学种田》一书中。不言而喻,他发表的这些论文就是根据自己科学种棉的生产实践写出来的,有实践过程,有成功效果;有经验之谈,有独到见解;有科学依据,有理论高度。这些论文在国家级的报刊发表后,在农业学术界,在国内产棉区,都引起了强烈反响。

史来贺科学植棉的成就,不仅受到党和政府的重视,而且震动了国家最高科研机构——中国科学院。早在1964年,他就被中国科学院聘为特邀研究员,被中国农业科学院邀请作学术报告和参加《中国棉花栽培学》的编纂工作,成为全国农学会会员、全国棉花学会常务理事、河南省棉花学会副理事长。1957年至1959年连续被评为"全国劳模""全国植棉能手"。1959年10月1日应邀赴京参加新中国成立十周年国庆观礼活动,再次受到毛泽东、周恩来、刘少奇、朱德等党和国家领导人的亲切接见。

可史来贺并不满足已有的成绩,党和国家授予他的一个个荣誉,更激励了他"欲穷千里目,更上一层楼"的坚定信念。

他在种粮植棉的实践中深深体会到,新中国的农民要把土地种好,不仅要苦干,而且要苦学、苦钻。学知识,钻科学。科学种田,不是一句空话,要靠广博的科学知识和过硬的农业技术才能真正实现。所以,他对刘庄的干部群众说:"要把土地种好,要把生产搞上去,把粮食、棉花产量提上去,光靠出大力、流大汗是不中的,还要靠科学知识、靠农业技术。这些,才是科学种田的本钱,才是科学种田的可靠保障。"他号召全村干部群众都要学科学、用科学;学技术、用技术;向科技进军,向科技要效益,向科技要富裕。

让别人做到,自己首先要做到,史来贺带头学科学,学知识,白天和群众一起劳动,夜晚自己关在屋子里埋头读书。搬着字典、辞典,蚂蚁啃骨头似的,夜半深更自学《农作物栽培学》《土壤肥料学》《遗传学》《农作物病虫害防治》等专业技术书籍。据专家测试,史来贺的农业知识综合素质已达到了大专水平,植棉技术已达到了全国拔尖水平。

史来贺用心血与汗水,用毕生精力,用艰辛的探索精神和百折不挠的毅力,在中国植棉史上留下了自己光辉的名字,为中国植棉史写下了自己浓墨重彩的一笔。

一个几近于文盲的农民,靠什么攻克了向科学进军道路上的一个个拦路虎?毋庸赘言,他靠的是钢梁磨绣针、蚯蚓拱磐石的精神,靠的是对科学种田的一腔热血和一片痴情,靠的是让老百姓实现共同富裕梦想的坚定信念,靠的是发展集体经济、建设美好社会主义的火红信仰。

这些,他从未动摇过,从未松懈过,从未迷茫过,从未犹豫过。有恒心、有恒志、有恒力,不负周总理重托,不负老百姓的期望。科学种田,勇攀高峰,终于使周总理"高产再高产"的谆谆嘱咐,在刘庄落到了实处。刘庄这面全国农村先进典型的旗帜,一年又一年,年年放异彩;一年又一年,年年迎风飘。

史来贺：永不褪色的旗帜

人间正道

史来贺创业史

（第二卷）

关劲潮　著

河南人民出版社

·郑州·

目 录

第二十四章 胸有定向不跟风 …………………………………… 1

痛恨瞎指挥 …………………………………… 3

抵制"放卫星" …………………………………… 7

巧对"共产风" …………………………………… 16

退赔得民心 …………………………………… 23

第二十五章 别具特色大食堂 …………………………………… 27

兼职司务长 …………………………………… 29

亏己不亏人 …………………………………… 34

独特大食堂 …………………………………… 38

新媳妇惊喜 …………………………………… 43

不同的意愿 …………………………………… 49

第二十六章 一把永恒的"尺子" …………………………………… 55

不当墙头草 …………………………………… 57

面对副总理 …………………………………… 62

充分的理由 …………………………………… 68

永固的"堡垒" …………………………………… 73

第二十七章 国家利益大于天 …………………………………… 79

爱社更爱国 …………………………………… 81

一心为国家 …………………………………… 86

立志与天斗 …………………………………… 91

尽孝与尽忠 …………………………………… 95

第二十八章　捧出一腔爱民情 ……………………… 101

　　"不能伤群众" ……………………………………… 103

　　病床前托孤 …………………………………………… 108

　　五子"五条龙" ……………………………………… 113

　　一颗爱民心 …………………………………………… 117

　　蹊跷救济款 …………………………………………… 122

第二十九章　真金何惧烈火炼 ……………………… 127

　　平地起风云 …………………………………………… 129

　　莫须有罪名 …………………………………………… 135

　　"得人心者昌" ……………………………………… 138

　　"白的黑不了" ……………………………………… 144

第三十章　群众心里有杆秤 ………………………… 149

　　"老史逃跑了" ……………………………………… 151

　　烈火炼真金 …………………………………………… 155

　　登门来道歉 …………………………………………… 159

第三十一章　因地制宜学大寨 ……………………… 165

　　虎头山取经 …………………………………………… 167

　　一路苦中乐 …………………………………………… 171

　　农业的命脉 …………………………………………… 176

　　百年水利网 …………………………………………… 182

　　走自己的路 …………………………………………… 187

　　学大寨疑惑 …………………………………………… 192

第三十二章　创业初奏新乐章 ……………………… 199

　　"有小不愁大" ……………………………………… 201

　　驴马轻喜剧 …………………………………………… 206

　　畜牧祥瑞图 …………………………………………… 213

　　遴选饲养员 …………………………………………… 218

第三十三章　县委书记挣工分 ……………………… 225

　　"牌子不值钱" ……………………………………… 227

　　新"三顾茅庐" ……………………………………… 231

　　泥腿子"县官" ……………………………………… 235

"县官"挣工分 ……………………………………… 240

吃亏的哲学 ………………………………………… 244

第三十四章　著名劳模遭批斗 …………………… 251

"我是红劳模" ……………………………………… 253

万人批斗会 ………………………………………… 257

连续遭磨难 ………………………………………… 260

第三十五章　动乱中刘庄大干 …………………… 265

"还刨地球去" ……………………………………… 267

"刘庄不能乱" ……………………………………… 271

干戈化玉帛 ………………………………………… 277

第三十六章　任人唯贤重德才 …………………… 283

器重反对者 ………………………………………… 285

不唯成分论 ………………………………………… 291

举荐重表现 ………………………………………… 295

第三十七章　"咬定青山不放松" ………………… 299

身不离劳动 ………………………………………… 301

绝不"转弯子" ……………………………………… 306

苹果园"密会" ……………………………………… 311

偏唱"对台戏" ……………………………………… 318

第三十八章　喇叭吹响进军号 …………………… 323

农民造喇叭 ………………………………………… 325

"皇帝的女儿" ……………………………………… 329

比葫芦画瓢 ………………………………………… 334

"滚雪球"发展 ……………………………………… 338

第三十九章　以工促农致富路 …………………… 343

惊人的速度 ………………………………………… 345

孝子抱遗憾 ………………………………………… 349

第一小康村 ………………………………………… 353

第四十章　仁爱之心播温情 ……………………… 357

仁爱暖人心 ………………………………………… 359

书记当红娘 ………………………………………… 365

手心与手背 …………………………………………………… 369

义救外乡人 …………………………………………………… 372

"捡回一条命" ………………………………………………… 376

第四十一章 自己动手建新村 ……………………………… 381

前瞻性谋划 …………………………………………………… 383

吃亏解难题 …………………………………………………… 387

夜晚盖楼房 …………………………………………………… 394

第四十二章 "楼上楼下"梦成真 ………………………… 399

盖楼遇风波 …………………………………………………… 401

病魔击不倒 …………………………………………………… 406

乔迁先群众 …………………………………………………… 413

享受总在后 …………………………………………………… 417

第四十三章 地委书记"刨地球" ………………………… 421

"州官"仍务农 ……………………………………………… 423

劳模见劳模 …………………………………………………… 428

农民的本色 …………………………………………………… 432

心不离群众 …………………………………………………… 437

第四十四章 人民忠实代言人 ……………………………… 445

国家的主人 …………………………………………………… 447

给劳模伸冤 …………………………………………………… 454

为民讨公道 …………………………………………………… 461

替农民代言 …………………………………………………… 467

第四十五章 心中只有老百姓 ……………………………… 473

民生无小事 …………………………………………………… 475

百姓是苍天 …………………………………………………… 479

坚定的信念 …………………………………………………… 483

第二十四章　胸有定向不跟风

※痛恨瞎指挥
※抵制"放卫星"
※巧对"共产风"
※退赔得民心

痛恨瞎指挥

自 1953 年起,我国实行了第一个五年计划,到 1957 年顺利完成。这一时期,工农业生产都有大幅度的提高,各行各业出现了新面貌、新气象。各条战线的干部群众为了建设新中国,都迸发出空前高涨的热情,精神抖擞,斗志倍增,争先恐后地贡献自己的青春和力量。在中国大地上,到处呈现着热火朝天、人欢马叫的建设社会主义的热烈场景。人们从来没有像现在这样意气风发、斗志昂扬,从来没有像现在这样朝气蓬勃、激情澎湃。凡是人群集聚的地方,几乎都有广播喇叭在响,《社会主义好》的歌声,随着无线电波,响遍神州大地:

> 社会主义好,社会主义好,
> 社会主义国家人民地位高。
> 反动派被打倒,
> 帝国主义夹着尾巴逃跑了。
> 全国人民大团结,
> 掀起了社会主义建设高潮,建设高潮。
> ⋯⋯⋯⋯

雄浑嘹亮的《社会主义好》的歌声,像黄河的洪流一样,波浪滔滔,气势磅礴,烘托起全国上下掀起社会主义建设高潮的热烈气氛。

这首歌犹如烈焰腾腾的火炬,点燃了一个激情燃烧的年代,也点燃了人们建设社会主义的理想之光、信念之光。

就是在这样的大好形势下,《人民日报》发表了"鼓足干劲,力争上游"社论,明确提出"国民经济要全面大跃进"。

全国各条战线迅速掀起了"大跃进"的高潮。很多地方张贴和刷写出"共产主义是天堂，人民公社是桥梁""人有多大胆，地有多大产""一马当先，万马奔腾""一天等于二十年""跑步进入共产主义"等违反科学、违反客观实际的标语口号。一时间，"大跃进"运动搞得轰轰烈烈，到处呈现大轰大嗡的局面，各行各业盲目地搞"全民大办"，造成经济工作中的急于求成和急躁冒进，以至于导致高指标、瞎指挥盛行，虚报风、浮夸风泛滥。瞎指挥风表现在各个层面、各条战线。最突出的特征是强迫命令，"行动军事化"。

七里营公社成立后，仿照解放军的班、排、连、营、团的军事化编制，采用大兵团作战的方式领导农业生产。要求做到"人不离甲，马不卸鞍"的六到田：红旗到田，劳力到田，牲口到田，吃饭到田，幼托到田，等等。

社员们天一亮就到地里劳动，干一早起，早饭在地头吃；吃完饭干一晌，中午饭又在地里吃；下午干到天黑，头顶满天星星回家。庄稼地，既是社员们劳动的场地，又是社员们吃饭的饭场。只有天黑了，自己那个家才算个家。

史来贺总觉得这样搞什么"六到田"，让社员们过的不是正常的日子，庄稼地成了他们的"家"，原来的家失去了家的意义。特别是看到社员们下了工，全村齐家老小、拖儿带女、扶老携幼走出家门，坐在漫天野地端着饭碗吃饭，他心里难过极了。更让他难过的是，从幼童到老翁，都端着饭碗经受风吹日晒，沙尘扑面，眯住了眼不说，沙土还随风刮进饭碗里，一咬一嚼，满嘴咯吱咯吱响个不停，硌得牙都酸了，饭却无法下咽。这哪是人过的日子啊？老少爷们在地里苦干一晌，累得疲惫不堪，又饥又渴，全指着吃两碗饭提劲、养精神呐！怎能让他们饭吃不香、晌不能歇，受这份"军事化"的"洋罪"呢？"瞎指挥"真能折腾人啊！刘庄的农田，离村都不远，几分钟就可走个来回，回家吃饭很方便，为啥要摆这种所谓的"军事化"的花架子？十足的官僚主义"瞎指挥"！这股歪风百害无益，只会让群众吃苦受罪。

"老少爷们，今儿个我做主了，全都撤回村里！从今往后，刘庄取消'六到田'的形式主义，恢复正常的生产、生活秩序。"史来贺冒着挨批撤职的风险，发出一声号令。社员们听了，如获得"解放"似的一阵欢笑，端着饭碗就往家跑。

一位村干部担心地问："取消'六到田'中不中啊？别再让公社抓了辫子，打咱个右倾。"

"打右倾就打右倾吧，我不怕！只要社员说好就中。刘庄的干部，绝不能再围着瞎指挥的指挥棒瞎蒙着转了。咱不能为了迎合上头，不顾广大群众的正常生活，维护好群众的利益、保护好群众的身心健康，比啥都重要。"史来贺果断地告诉刘庄的干部，"今后，凡是'瞎指挥'的号召和强迫命令，咱刘庄一概不听不理！出了事我担着！"

公社领导听说刘庄拒不实行"六到田"，史来贺明目张胆地和公社作对，就大张旗鼓地批评史来贺"仗着劳模头大，骄傲自满，目空一切，不服从上级指挥"。

史来贺听而不闻，置之不理，一心为群众着想，要彻底废除"六到田"的形式主义。

公社领导拿史来贺没办法，就派了一名公社党委副书记到刘庄督阵。这位党委副书记一到刘庄，就发号施令："刘庄必须马上恢复'六到田'，这是全公社统一部署，刘庄不能搞特殊。"

你有你的"撒手锏"，我有我的"障眼法"。面对"回马枪"，史来贺则采取"缓兵计"和"游击战"战术，给这位公社的"钦差大臣"打马虎眼。"钦差大臣"在时，就让社员在地头应付应付，做做样子；"钦差大臣"一离开，就让社员各自回家吃饭、休息。有时候，他还"诚心诚意"地糊弄这位"钦差大臣"："你尽管放心，刘庄不会落后。"

"钦差大臣"觉得史来贺会说话算数，就放心地回公社了。他一走，史来贺照旧把"六到田"抛到了九霄云外。他恨透了这种脱离实际的"瞎指挥"，恨透了脱离群众的"军事化"形式主义。

1958年收秋种麦之际，夏庄方（片）领导在头一天晚上强迫命令刘庄村干部："明天中午12点以前，必须把你们刘庄的十几亩红薯地全部种上小麦。不能耽误下午全方（片）的评比检查。"

一听这种强迫命令，刘庄干部犯了难：红薯还处在最后一段生长期，等到下了霜才能刨。如果眼下刨了，红薯必然会减产受损失，社员谁不心疼啊！再说，即使红薯该刨了，连刨红薯带种麦子，只给一晌工夫，怎能完成任务？这些当官的也不算算，老百姓只有两只手，连明搭夜，不吃不睡，也干不完哪！可在"行动军事化""一天等于二十年"的岁月，命令如山，谁敢违抗？

"这不是瞎指挥吗？这些当官的，就不知道农民劳动的艰辛，也不知道农民用汗水换来的劳动果实的宝贵。一个命令下来，说刨就得刨；还有那些树木，说砍就得砍；还有一些庄稼，说毁就得毁。真可惜啦！"有名的老庄稼把式怎么也想不通。

"当官的，就不懂种地，不懂农业生产规律，尽瞎指挥，胡下命令！他们一个瞎指挥，老百姓得吃多少亏呀！"

"他才不管你老百姓吃亏不吃亏哪！他只管保住自己的乌纱帽，不丢官、不丢权就中。"

刘庄群众议论纷纷，恨透了官僚主义瞎指挥。

胳膊拧不过大腿。刘庄村干部只有紧急动员，当晚出动一百多名青壮劳力，披星踏露，摸着黑突击割红薯秧，刨红薯，刨完了红薯，又立即撒粪。次日凌晨，这一百多名劳力，又突击犁地、耙地，摇耧抢种，才算完成了强迫命令布置的任务。

社员们看到满地被毁掉的红薯，心疼得都掉下了眼泪："多好的口粮啊，就这样被白白毁掉了。唉！咱自己种的红薯，咋就自己不当家呢？上边说毁就得毁了。真不知道这些当官的想干啥，为何偏偏跟咱农民过不去呢？"

史来贺望着一地被毁掉的红薯，急得眼里迸火星，疼得心里针扎一般："这股瞎指挥的歪风，坑国害民啊！再不刹住，老百姓可就遭殃吃苦啦！"

他多想找到上级反映一下强迫命令、瞎指挥的歪风给下边造成的巨大危害与损失，但想了一圈，竟想不起来该给哪一级领导反映，因为他所看到的上边层层领导，都在这股歪风里推波助澜。

他站在地边暗想，毛主席他老人家肯定还不知道下边刮起的这股歪风，如果他发现了，一定会及时纠正。因为毛主席最关心人民，谁伤害了人民，他坚决不答应、不允许！但愿毛主席能早一点发现下边刮起的这股歪风吧！

抵制"放卫星"

正当史来贺带领群众以"鼓足干劲,力争上游"的精神和热情,再次掀起科学种田的热潮时,七里营公社夏庄方(片)通知要召开大会,各大队支书、队长、会计参加。史来贺自言自语道:"正是秋忙季节,眼看就该种麦了,又要开啥会呀?夏庄方(片)在这个节骨眼上开会,这不明瞅着耽误农活吗?这个会开得真不是时候。"

"耽误活儿也得参加啊!是不是又要传达上级重要会议精神了?咱要不去又得挨批评了。"大队长李兴德无奈地说。

"去吧,去吧!听听会也不错,长长见识。"会计李天德鼓动说。他好听上级开会,坐在会场里手中还总是拿个笔记本,不时地做着记录。因为这一点,史来贺曾多次夸奖他,说他是个"有心人",是"刘庄的宝贵人才"。

"那就派个代表去吧!天德,你去吧!有啥精神,记下来,带回来传达传达。"史来贺对李天德非常信任。

李天德来到夏庄方(片)会场时,才知道今天开的是"小麦高产放卫星战地会",说白了,就是一个刮"浮夸风"的会议。

一个阶段以来,随着"批右"热潮的掀起,"浮夸风"在河南省越刮越猛,"人有多大胆,地有多高产""谁英雄,谁好汉,放出卫星比比看"……一个地方比一个地方放的"卫星"高。

七里营公社夏庄方(片)的领导坐在台上,号召各大队都要大胆"放卫星",勇敢"夺高产"。并特别提到刘庄,说:"河南各地都在'放卫星',刘庄怎么办?咋没有动静呢?你们是先进大队,'放卫星'要当'先行官',给各大队树立个榜样、带个头儿,要放个'大卫星',目标定得越高越好!"

另一位领导还给刘庄硬压指标,说刘庄必须要放小麦亩产15万斤的"大卫星"。并要求深翻土地，多下种子。土地翻得越深、种子下得越多，越符合"大跃进"的精神。会议要各大队自报深翻土地的数字，刘庄参加会议的李天德，咬咬牙、狠狠心，报了搞 10 亩试验田，土地深翻三尺的计划。

"刘庄上千亩耕地，咋就只深挖 10 亩地，种 10 亩'卫星田'呢？你看看别的大队，一报就是几百亩。你们刘庄太保守、太右倾啦！没一点儿'大跃进'的气魄，小心犯右倾错误！不中，你们至少要报一二百亩'卫星田'。"台上的领导对刘庄的干部很不满意，提出严厉批评和警告。

李天德回到刘庄，向史来贺汇报了会议情况，并一五一十地说："我在会议上，被逼得没办法，就报了搞 10 亩'卫星田'。遭到了会议领导的严厉批评，说我保守，右倾。你看这个数，我是不是确实报得太少了？别的大队比咱报得都多。"

"不是报少了，而是这 10 亩也报得太多了！"史来贺有点生气，话里带着一股火，但他不是责怪李天德，而是对上边搞"卫星田"发火，老百姓种地哪能"放卫星"呢？这不是违背科学种田的常识吗？简直是瞎胡闹！

李天德告诉史来贺："上级领导说，'卫星田'一亩地必须产 15 万斤小麦，那才称得上'放卫星'。"

史来贺一听，头都快炸了！一亩地产 15 万斤小麦，这是变戏法啊，还是说梦话？会七十二变的孙悟空也没有这个本事啊！这牛皮吹得比天都大，恐怕连天上的神仙听了都会笑掉大牙。这吓死人的指标，刘庄人没法接受，更没法完成。

他马上召开党支部会议，研究如何对付"放卫星"。他首先让李天德汇报了"小麦高产放卫星大会"的情况。

听了会计李天德的汇报，大队长李兴德焦急地问："这该咋办啊？上边压下来这么高的指标，亩产 15 万斤，这简直是一座望不到顶的高山啊！咱咋能完成？这不是难为人吗？"

"气泡再大没分量，秤砣虽小压千斤。甭听他们瞎吹牛，得看群众认定不认定，群众才是种地打粮的行家，最懂得啥样的地啥收成。群众不认，吹到天上去也白瞎。不理他们！'浮夸风''放卫星'那一套，在刘庄这块地面上行不通，咱刘庄党支部不是那墙头草，不会随风倒。还是按咱的原计划，该咋种还咋种，坚持科学种田不动摇。"史来贺毫不含糊地说，"深翻土地要有个适度，太深了，翻上来的全是生土，麦苗能长好？根扎不好，苗长不壮，就无法增产。"

会计李天德马上接道："我说也是，就照咱的原计划进行。上边的领导不顾实际，异想天开瞎胡吹，谁能种出那么高产的麦子？种地不是打算盘，打算盘手一拨拉就是15万斤。可种地有科学规律，得实实在在，你说打15万斤，那地就恁听你说，能冒出15万斤来？真是说大话不打嘴，吹牛皮不交税。"

"当然得按咱的原计划种麦啦！但就怕公社知道了咱顶着干，会批咱右倾，那该咋办？"大队长李兴德担心地说。

"不怕！出了事，由我承担。他们要批，就叫他们批我好了！记住一条，他们再批，咱刘庄也不'放卫星'。外边'放卫星'咱管不着，反正刘庄不放。"史来贺毫无顾虑地说。

让史来贺没想到的是，夏庄方(片)散会的第二天，公社就派来了由党委委员、农业技术推广站站长等人组成的工作组，驻在刘庄坐镇指挥，强令刘庄大队落实"小麦高产放卫星战地会"精神，督促刘庄大面积种"卫星田"。

工作组的人对刘庄干部说："公社领导要求，10天内必须全部完成'卫星田'的秋播任务，必须保证实现亩产15万斤小麦的高产目标。"

史来贺不急不躁地问："你们觉得一亩地能打15万斤吗？"

"领导说能就能呗！这是公社放的'卫星'。听说外地放的'卫星'更大，一亩地能产20万斤麦子。"工作组的人敷衍地回答。

"上边光顾吹牛皮'放卫星'，想没想过老百姓的死活？要放亩产15万斤的'卫星'，俺得交多少公粮？把粮食都上交了，老百姓吃啥？难道叫庄稼人都喝西北风？"大队会计李天德愤愤不平地质问。

"可不敢这样说，小心打你个右倾。全河南省都在'放卫星'，当干部的，思想得跟上'大跃进'的形势，可不能落后，甘当群众的尾巴。这种思想倾向是非常危险的，你们应该引起高度警惕。"工作组的人严厉指责李会计。

史来贺反应灵敏，马上接话道："他这不是'右倾'，是讲究实际，实事求是。有啥说啥，实话实说，是农村干部的脾性和风格，叫我说也是一种好作风。他这样说真话，总比说大话、说假话好吧！"

工作组的人看着史来贺严肃的脸色，一个个瞠目结舌。

一个向来好和稀泥的工作组成员，一看情况不妙，怕出现僵局，马上笑呵呵地说："都是好心，都是好心。你们是先进大队，公社希望你们带个头，也没啥不好。咱都不要抬杠，工作要紧，工作要紧，抓紧完成'卫星田'播种，是当务之急。"

史来贺马上抓住气氛缓和的机会，不紧不慢地说："是啊！还是种地要紧，时令不等人啊！你们工作组放心，刘庄这几年一直坚持科学种田，我们会带领群众把今年的秋播任务完成好的。"

他把脸转向会计李天德："你算算，一亩地产 15 万斤小麦，是个什么情况。"

李天德噼里啪啦地打了一阵算盘，然后一拍桌子，抬头说："不得了，不得了哇！一亩地产 15 万斤麦子，如果都装了麻袋，在一亩地里能一袋挨一袋、一袋叠一袋地结结实实码三层，一尺空地都不会留。那这样，麦子该咋个长法？那不长成人的头发那样密了吗？种地哪能这样种啊？那不是瞎胡闹吗？"

工作组的人听了，觉得李天德算账，揭穿了他们浮夸风的老底，便恼羞成怒，给他扣上了"算账派""老右倾"的帽子。

"哟！那真是不得了！要刘庄 1900 亩地都能亩产 15 万斤，那麦子还不堆成一座太行山啊！一句话，一道令，就是亩产 15 万斤，这'卫星'放得多轻松啊！"史来贺话里透出尖锐的讽刺，"要真是亩产 15 万斤的话，全村人种 3 亩就吃不完了。其他的地，就可以撂荒不种了，咱们就可以整天躺在床上睡大觉喽！"在史来贺看来，"放卫星"简直就是天大的笑话。

"可不能只种 3 亩，刘庄 1900 亩地，都得种成'卫星田'。"工作组的负责人强调说。

"我们这是在算账，说说罢了。刘庄人会让 1900 亩地撂荒？我还是那句话，科学种田，夺取高产，这是刘庄人不变的信念。"史来贺说的是隐语，怎么理解都可以。

工作组的人马上随声附和："科学种田好！"

背着工作组的人，史来贺告诉大队其他几位干部："咱刘庄最多只种 3 亩'卫星田'，多一分都不要种，只是做个样子给上级看。你要是一点儿也不种他们布置的'卫星田'，他们肯定要在刘庄闹腾，不能让他们把刘庄搞得乌烟瘴气，耽误咱们的正常工作。咱们要搞好生产，多打粮食，发展经济，不能拿着好端端的地去'放卫星'，这个本儿咱赔不起。"他思考了一下，又接着说，"别的地方的'卫星'放得再大，那是人家的事，咱刘庄不出那个风头。当农村干部，就得考虑老百姓的吃饭穿衣问题，这是个天大的问题，再也没有比这事更重要的了。我就不信，牛皮吹得再大，'卫星'放得再高，能让老百姓当饭吃？"

"这种地打粮'放卫星'，从来没有听说过，有些上级领导吹牛皮都吹到天上去了。瞪着俩眼说大话,一点儿实际都不顾。""虫阎王"李安仁发话了,他平时总是沉默寡言,但一说话,就能说到点上,就像他逮虫子,一逮准逮个正着。

史来贺接着话头说:"共产党最讲实际,最注重实际,实事求是是共产党最基本的思想路线。啥叫实际?在当下农村,能让老百姓吃饱穿暖、有钱花、过上好日子,就是最大的实际。咱农村干部能不顾这个实际,不考虑老百姓的死活,乱吹一气,乱放一通吗?那咱还配当共产党员吗?咱刘庄的党员干部坚决不能跟着浮夸这股歪风跑,一定要站稳我们的脚跟。始终得站在老百姓一边,遇事得多考虑老百姓的利益。这就站稳了脚跟,站正了立场。"

"那除了这3亩摆样子的'卫星田'以外,其他地咋种?"负责生产的一位副大队长问。

"这还用问?大田仍按原计划种,科学耕播,精耕细作,不能走样,一切按科学种田的规律去办。一定争取明年的小麦再夺高产。"史来贺坚定不移地说。

"那工作组能愿意?他们要天天在地里死盯着咱咋办?"管生产的干部顾虑重重。

"不怕!车到山前必有路,船到桥头自然直。到时候见机行事。"史来贺遇事总是很淡定,很沉着。他扫视一下大家又说,"但在这股歪风面前,我们要始终把握一条:抵制'放卫星',不搞'浮夸风'。刘庄干部要说实话、办实事、务实效,这样才会说话有人听,号召有人应,干部才有威信,群众才会服气。"

他最后又一次强调,刘庄只搞3亩"卫星田",一分也不能多。这3亩,就是减了产,损失也不大。不会影响刘庄群众的生活和收入。

认识统一以后,刘庄在村西圈了3亩赖地,作为"卫星田"。用"大跃进"的速度,行动军事化的阵势,出动200多人,挑沟下挖3尺,干了4天。每亩地上猪粪100车,又上颗粒磷肥1000斤、饼肥5车,每亩下种子300斤。种子下得太多,怎么也耩不进去,工作组就让社员先竖着耩,然后再横着耩,横横竖竖,来来回回,才勉强把900斤种子播进去了。

麦子种上后,工作组对在场的干部社员说,这是3亩"卫星田",每亩可收15万斤小麦,3亩就是45斤。刘庄800多口人,人均就是560斤,即使其余地不种庄稼,也够刘庄人吃的了。

另一位工作组的人张开大嘴,吹得天花乱坠:"到时候,麦子长高了、长熟了,上边可以跑小孩,滚鸡蛋,兔子都可以在上边赛跑哇!"

在场的人有的撇嘴,有的瞪目,有的说怪话,有的冷嘲热讽。大家根本不相信这种胡诌八扯的"神话"。

其实，工作组的人对"浮夸风""放卫星"也有一定的看法，打心里不相信那些虚报的数字，不相信那些放得能顶破天的"卫星"，可他们是代表公社领导下来的工作组，必须把公社领导的意见传达贯彻到基层。他们也明明知道史来贺和刘庄的干部向来务实不务虚，始终坚持实事求是的思想路线和注重实际的工作作风，不会赞成上边的"浮夸风"和"放卫星"。但作为上级派来的工作组，总不能跟上级唱反调吧！如果明目张胆地支持史来贺和刘庄干部，那就有把他们工作组所有人都打成右倾的危险。所以他们对刘庄的秋播种麦采取了睁一只眼闭一只眼、多一事不如少一事的"回避战术"。

就这样，刘庄只种了3亩"卫星田"，还选择了一块赖地。大面积的丰产田，大力采取科学种田的措施，很快就完成了原定的种麦计划。

七里营公社其他村则与刘庄相反，他们积极响应上级的号召，以"大跃进"的速度和声势，在良田沃野上大面积种植了"卫星田"，大放特放了一番"卫星"。毫无疑问，他们打的是"顺风旗"，行的是"顺水船"，理所当然地受到了上级的表扬与嘉奖。

刘庄的"秘密行动"到底还是被上级发现了，受到了上级的严厉批评，上级斥责他们"不举红旗打黑旗，不争上游走下游"，是"右倾保守思想在作怪"。

可史来贺并不在乎，对与错，红与黑，得让事实证明，得让群众表决，不是哪个领导说了算。

大队有的干部害怕了，怕被扣上右倾的帽子。史来贺却笃信地说："不用害怕，他就是给扣个大帽子，也不误咱种地打粮食。不要在乎上级的、一时的评价，要看群众的、历史的评价。我们要为群众负责，为刘庄集体和刘庄的历史负责。"

过了年，打了春，试验田里的麦子长得像马鬃一样，又细又黄，萎靡不振。史来贺一看，眉头皱了起来。这哪是麦苗啊？有人建议全部铲掉。他摇摇头，还是留着吧，到收割后，用事实让人都看看，"放卫星"是个啥结果。

3亩"卫星田"的麦苗荒草一样疯长起来，没办法，被迫割了一遍，让它们重新生长。可割过不几天，又马鬃一样疯长起来。

麦子秀穗时，社员们看着纤细的麦秆顶着个蝇头似的小穗儿，问工作组的人："这'卫星田'，一亩地能打多少斤？"

"当初定的15万斤，就能打15万斤，不会少打。"工作组的人瞪着眼睛说大话，一点儿也不脸红。

"全是蝇头小穗儿，能打 15 万斤？傻子才相信！"社员对工作组面对事实仍不服输的态度很不满意。

"你这是右倾思想在作怪，'卫星田'就是放又高又大的'卫星'，谁说打不了 15 万斤？你可不能散布右倾言论！"工作组的人马上警告那位社员。

社员再也不敢吭声。

麦子收割到场里，其他田里的麦子颗粒饱满，而"卫星田"的麦子却像麻雀舌头似的，颗颗都是秕子、瘪子，简直不像粮食，说是草籽也不为过。

社员师得富是个有心人，他压根儿就不相信"浮夸风"那一套："我单要看看，这'卫星田'亩产 15 万斤，怎么来，从哪儿弄来？除非每个蝇头似的麦穗都是金子做成的，长成了金条、金砖，压秤！"

师得富对"卫星田"的麦子，专门进行了分打分晒。打完了，晒干了，一过秤，满打满算，3 亩"卫星田"平均亩产不到 200 斤，连种子都没有打够。事实彻底宣告了浮夸、瞎指挥的失败与破产。

1959 年的夏收，充分证明了史来贺的自信，也充分证明了刘庄党支部在"浮夸风""放卫星"面前，坚持的是真理，高举的是红旗。1900 亩的大田，麦子长的秸秆粗、穗头大、颗粒饱，临近收割时，一派金黄的麦浪一眼望不到边，煞是喜人。科学种田，科学耕作，再加上科学的田间管理，使刘庄的 1900 亩小麦又一次获得稳产、高产。

毫无疑问，史来贺的这种自信，是坚持实事求是思想路线的自信，是坚持共产党人党性原则的自信，是坚持科学精神、按科学规律办事的自信，是道德修养、人格完善的自信，是群众观念、人心所向的自信。

那些大种、特种"卫星田"的社队可就惨了，种子搭进去不少，却连本儿也没收回来。于是，"种一葫芦打一瓢"，成了"大跃进"时期"放卫星"的新版的笑料……

刘庄的农民望着那 3 亩"卫星田"议论纷纷，感慨不已：

"要是听了公社的话，咱刘庄的地都种成了'卫星田'，这回就抓瞎了。那咱还不得张着嘴等着喝西北风挨饿呀！"

"多亏了来贺心里有大主意啊！上边下一道瞎指挥的命令，谁能顶得住？来贺他立得正、站得直，眼光看得远，所以他不怕歪风，啥歪风邪气他都能扛得住。"

"他心里想的是咱老百姓的利益，想的是刘庄的实际，只要跟这不沾边儿的，他坚决不听，坚决不服从。所以咱刘庄才不会走弯路，咱的土地才能保持稳产、高产。"

"看看那些跟着'浮夸风'猛劲儿跑的社队，'卫星'放得很高，牛皮吹得很大，麦子却大量减产，连老百姓的口粮都保不住。跟着'浮夸风'瞎哄哄，最后吃亏受苦的还是老百姓啊！"

麦收之后，大队开群众大会，总结半年来的生产情况。史来贺给大家作报告："咱刘庄今年种了3亩'卫星田'，收获了过去没有的大收获。"

"大收获？"社员们交头接耳，一头雾水。

"是大收获。种'卫星田'，虽然浪费了我们的人力物力，不过等于交了一点学费，买了个教训。但由于刘庄党支部头脑还算清醒，这学费交得并不算多。买来的教训，却能让我们记一辈子。这件事告诫我们，咱刘庄人，今后不论遇到啥情况，都要坚持实事求是，按科学精神办事，按科学规律办事。异想天开，瞎吹胡来，跟风刮风，只能是害人害己，白吃苦头。这个教训深刻啊！能让刘庄人世世代代永不忘，这不是大收获吗？"

社员们终于明白了史来贺话中的深刻含义。

…………

打麦场上，一片欢声笑语，刘庄的群众正忙着打场。一头高大的骡子拉着石磙在摊铺好的麦秆上不停地转圈，驾驶员头戴草帽，腰里系一根长长的绳子，扯在骡子的笼头上，一手挥舞着鞭子，不时在空中抽响一个鞭花儿，那骡子听见鞭响，拉得更快，跑得更欢了。

男女社员都在场里忙活儿，有的翻场，有的摊垛，有的从场棚里往外扛已脱粒的麦秆，摊在空场地上晾晒。这时，一辆辆马车运载着刚刚割下的麦子，从地里拉来正往场里卸呢。刘庄的社员是地里、场里两头忙啊！从他们脸上挂着的甜蜜的微笑里，从他们说说笑笑的欢乐中，可以看出，他们忙得高兴，忙得开心，忙得十分得意，因为他们又迎来了一个丰收的季节。可他们知道，这次的丰收来之不易，是史来贺领着大队干部冒着被打成右倾的政治风险换来的，是史来贺站在维护群众利益的立场，用巧妙的斗争艺术换来的。他们打心眼里感激史来贺这样的党员干部，是他们坚持真理、抵制强迫命令、巧对"浮夸风"与"放卫星"，才保住了刘庄的粮食大丰收，保住了刘庄群众的根本利益啊！

史来贺望着一片丰收美景，心里乐开了花，脸上笑得阳光灿烂。

赶着骡子碾场的驾驶员在空中甩了一串脆响的鞭花儿,清了清嗓子,高声念起了一段当时很流行的顺口溜:

点灯不用油,
犁地不用牛;
打场不套碡,
耩地不摇耧。
天天吃白面,
花钱兜里有。
出门坐汽车,
家家住洋楼。

念罢,他笑嘻嘻地问跟在碡后翻场的史来贺:"我念的这段顺口溜,算不算'浮夸风'啊? 在咱这方圆十里八村的,几乎人人都会念。"

史来贺一边翻场一边回答:"这不算'浮夸风',这是咱农民的愿望和梦想,咱中国的农民,谁不希望过上那样的好日子? '天天吃白面','家家住洋楼',那是多美的日子啊!"

"可这样美好的日子,咱这一辈子能过上吗? 啥时候才能盼到那一天呢?"赶骡子的驾驶员巴望着问。

"能过上,一定能过上。只要有共产党的领导,就能实现农业现代化,农民就能过上现代化的生活。咱刘庄说不定还会提前实现现代化,提前过上现代化的生活呢!"史来贺满怀信心地说。

"那咱就有盼头儿喽!"

史来贺肯定地说:"不光有盼头儿,还大有奔头儿。只要扑下身子埋头干,咱刘庄人一定会走到那一天,生产、生活全面实现现代化。"

…………

巧对"共产风"

"浮夸风"还未平息，紧接着又刮起了"共产风"。

"共产风"混淆了社会主义分配原则和共产主义分配原则的区别，混淆了全民所有制和集体所有制的界限和差别，搞绝对平均主义，不承认生产队之间的差别，大搞贫富队拉平，在公社范围内实行平均分配；破坏等价交换原则，"一平二调"，无偿调拨和占有生产队和社员个人的某些财产和劳动成果，严重地伤害了农民的积极性，对当时的农业生产起了很大的破坏作用。

当时，"共产风"刮得厉害，说是要"跑步进入共产主义"。都要进入共产主义了，人人都要"各尽所能，按需分配"了，哪还允许存在私有财产呢？哪还存在贫富差别呢？于是，穷富队、穷富村要拉平，社员与社员之间要绝对平均，要"共产"。很多农民辛辛苦苦积攒的私有财产和劳动成果被公社平调走，不作价，不给钱，说拿走就拿走。农民却敢怒不敢言，干吃哑巴亏。若稍有抵制和反抗，就会被拉出去开斗争会。大队和生产队的干部更是不敢怠慢，如果不配合上边的"一平二调"工作队，对"一平二调"政策有抵触情绪，就会打你个右倾，批斗示众。大小队干部不理解，也只能哑巴吃黄连——有苦难言啊！

这天，公社的"一平二调"工作队开进了刘庄。工作队一进村，群众便七嘴八舌地猜测、议论起来：

"这上级的工作队来恁多人，干啥嘞？"

"干啥，我看呀，反正不是来干活的。咱村麦子都种完了，地里场里也没啥活了。不会是催咱交公粮的吧？"

"咱村公粮不是都交过了，哪一年咱刘庄交公粮不是头一份儿啊？听说，今年咱刘庄又上了光荣榜，又多交了3万斤棉花、几千斤公粮。"

"这几年，来贺带领咱平整土地、科学种田，丰产田连年大丰收，给国家多交公粮是应该的。所以这几年咱刘庄人走到哪儿，脸上都有光。再也不是'方圆十里乡，最穷数刘庄'那个时候的刘庄人了。"

"这一帮人，一不是来劳动，二不是来催交公粮，那你说这工作队究竟来干啥嘞？一下子来这么多人，肯定是有来头的。"

"是不是要在咱村开啥会呀？要是开会，肯定是大事，不是大事，不会来恁多人。"

群众的猜测没有错，工作队一来到刘庄，就召集全村干部群众开大会：动员刘庄干部群众积极支持"一平二调"。

群众一听"一平二调"，觉得这个词儿很新鲜，以前的工作组开会从来没讲过这个词儿，村里干部更不会讲出这么新鲜的词儿。有胆大的社员就挺起身扯着嗓门大声问道："啥叫'一平二调'？咋个'平'法，'调'到哪里去？"

工作队的人在台上解释说："'一平二调'就是在全公社范围内实行贫富拉平，平均分配，生产队、大队和社员个人多余的财物全部由公社统一调拨，统一掌管，统一使用，统一分配。"

另一位工作队的人又补充说："现在全国已掀起'大跃进'高潮，各公社都在'大办'：大炼钢铁、大办企业、大办万头猪场、大办万只兔场。平调的东西，都要用在'大办'上。"

"个人的东西也成了公家的、大家的，那不成了'共产'了吗？"台下大声吆喝。

"对！就是要'共产'。现在，人民公社很快就要进入共产主义了，所以要'共'各种'产'。"台上说话的声音理直气壮。

台上一说"要进入共产主义了"，台下的干部群众都蒙了，谁也不知道"共产主义"是啥样，难道进入共产主义，就得先"共"各种"产"吗？

史来贺在会场里不卑不亢，不动声色，但心里非常清楚：工作队这是到刘庄刮"共产风"来了！

早些时候，他就听说外地刮起了"共产风"，大搞"一平二调"，真没想到，这股歪风转眼间就刮到了刘庄。

真的要进入共产主义了？共产主义就得"一平二调"吗？史来贺的心里揪起很大一个疑团。老百姓才吃了几年饱饭？他们的日子刚刚有点儿好转，社会主义才刚刚建设，咋会这么快就进入共产主义了呢？这也太心急了吧！不管别人信不信，反正史来贺根本不信。

动员会一结束，史来贺就召开了党支部会，讨论如何应对"一平二调"的"共产风"。他对支委们说："刘庄群众辛辛苦苦创下的一点基业，用双手和汗水挣下的一点公共积累，绝不能让'一平二调'给白白'调'走了，让'共产风'一刮就刮走了。那可都是刘庄广大干部群众的血汗啊！"

史来贺引出话题，支委们议论纷纷，对"一平二调"和"共产风"发泄极大的不满。大家议论来议论去，讨论出一个对策：无论什么人，无论是公社或公社下属单位，凡是从刘庄调走任何东西，都得留下凭据；不出具凭据，决不放行！

其实，这是史来贺在会前就已经想好的办法，不这样不中啊！公社的"一平二调"工作队，把刘庄集体或个人的东西"平调"走了，连个凭据都不留下，他们一拍屁股走人，刘庄党支部怎么向群众交代？他对支委们说，这样做，至少有三条好处：

第一，可以证明刘庄对国家、对集体，究竟做出了多少贡献；

第二，可以明明白白向刘庄群众做个交代，说明各项物资用到了哪里、干什么去了；

第三，可以防止某些干部浑水摸鱼，化公为私。

史来贺的这一招，虽然没能让刘庄免遭"一平二调"的劫难，但却让刘庄集体和群众免遭了经济上的巨大损失。

七里营人民公社成立后，为了显示"一大二公"的气派，决定大兴土木，首先要建一座七里营人民公社大礼堂，然后还要建剧院、红专大学等，但公社没有木材，就组成了一支伐树队，以公社驻地为核心，由近及远，逐渐向外围扩展，凡够上檩条以上的树木，一律标号砍伐，一旦标上符号，就归公社使用，任何人不得阻挡，任何人不得动用。公社的号令，谁敢违抗？一时间，河边、路旁、荒坡、坟地、沟沿、地头、场院以及社员家里的树木，都被乱砍滥伐，惨遭劫难。不管是哪个村的，也不管是哪个队的，更不管是哪个住家户的，这时统统都成了公社的。生长了10年、20年甚至上百年的树木，砍伐后统统被运到公社的建设场地。原来的树林、树行、园林，都成了光秃秃一片。

这种"共产风"带来的乱砍滥伐，不仅破坏了自然环境，也破坏了集体经济；不仅给大地留下了伤疤，也在人民的心里留下了深深的伤疤；不仅伤害了大地，而且伤害了民心。

史来贺看在眼里，疼在心上。这种乱"共产"的歪风，如果不及时制止，就会严重影响人民大干社会主义的积极性："不管树是谁的，是队里的还是个人的，见了大一点的树就乱砍滥伐,不讲一点财产归属了,这不乱套了吗? 这种'共产'法儿,不利于社会财富的保护和积累啊!"

1952年就在县里举办的干部培训班学习进修过政治经济学、管理学的史来贺,总觉得公社这种做法,不符合社会发展规律,更违背了经济管理的科学,会引起民怨、民愤。

公社伐木队来到刘庄,专拣大树、粗树砍伐。他们将村前村后、坑旁地头、各家各户院子里生长的树木一棵不落地巡查了一遍,凡是够做檩条的树都做了标记。然后,他们有的用大锯把大树锯倒,有的用铁锹把大树刨掉,有的抡起板斧把大树砍倒。史来贺与大队干部紧紧跟在工作队后边,工作队标记一棵树,史来贺就在本子上记一棵,然后用尺子量一量,树有多高、多粗,长在哪里,产权归谁,都记得非常分明而详细。

工作队连各家各户喂养的猪、羊也不放过,统统都要赶到公社去。赶走谁家一头猪,赶走谁家几只羊,啥样的猪,啥品种的羊,多大多重,史来贺不哼不哈地都一一记在本子上。

很多社员都愤愤不平地发问:"刨走了俺的树,赶走了俺的猪,咋啥也不给? 也不给打个价啊? 就这样白白给拿走啦? 真不讲理!"

"打啥价啊? '一平二调'就是要'共产','共产'不是买卖,难道你们还要公社拿钱买这些东西吗? 告诉你们,'共产'就是一切财产都是共有的,你的也是我的,我的也是你的、他的。因为'共产'不存在等价交换,所以不用作价。"工作队的人向群众做着不能自圆其说的解释。

当工作队将砍伐的树木装上地排车、汽马车,就要运走时,被刘庄干部群众拦住了。

"你们为啥拦着不让走? 莫非要和'一平二调'作对? 这些树木,都已经是公社的东西了,为啥不让运走?"

"运走可以,我们没说不让运走。但是得留下凭据! 不留凭据就别运走。"刘庄人理直气壮。

"我们伐木队到其他村砍伐树木,从来没有人过问,更没人要一张凭据。就你们刘庄特殊,啥都是公家的,你们要凭据啥用? 何必六个手指头挠痒——多那一道呢?"工作队的人一头雾水,不明就里。

"其他村是其他村,刘庄是刘庄。如果不留下凭据,就甭想把树拉走。"刘庄干部已经把被砍伐的树木的数量、尺寸、高度、产权归属,都一一写在了纸上,单等伐木组签字、摁手印。

"好好好,签字就签字吧!打个条子有啥用?"说着,字也签了,手印也摁了。

刘庄人看看纸条,凭据完好,这才对伐木队放行。

七里营公社还以粮管所为主,成立了粮食调拨组。他们一个村挨一个村地清查、盘点粮仓,把能吃的粮食、红薯干统统拉走。然后,全公社穷富拉平,定下吃粮标准,统一供应。"一平二调",就是"调"富的,"平"穷的。大家都吃一样的"大锅饭",要稠都稠,要稀都稀。

粮食调拨组一进刘庄,就迅速行动起来。他们先打开了大队的仓库,后打开了各小队的仓库,看到每个仓库里都有多少不等的储备粮——小麦、玉米和谷子,还有棉花。他们把这些粮食、棉花全都装了麻袋、打了包,准备用马车拉到公社或县里。

这些储备粮、储备棉花,都是刘庄人在史来贺的带领下,从初级社开始,年年积累,年年节余,储存起来的余粮。加起来有十几万斤啊!这是刘庄人准备用来渡灾荒的。假如哪一年遭遇了大涝或者大旱,刘庄人都不怕,仓里有粮,遭灾不慌。仓库里的粮食,足够刘庄人吃一年的。

可公社的粮食调拨组一来,就把仓库里的粮食、棉花,全部翻腾出来,一点不剩地全部装在车上。

装车前,史来贺当着"一平二调"工作队的面让大队会计和仓库保管都一一过秤、记数,他自己也在一个本子上详细记下来,大队的储备粮小麦、玉米、谷子被平调走多少斤,皮棉被平调走多少斤,都列在一张清单上,一样一样记得一清二楚;就连各小队被平调走的粮食和棉花也都在他的本子上记得一笔不差、一笔不少。

就这样,仓库拉空了,猪羊赶完了,成材的树木刨光了。工作队在做这一切的时候,史来贺看在眼里,疼在心上,疼得他心在颤抖……

工作队在刘庄完成了"一平二调"的任务,就要抬腿走人,回公社复命。史来贺却不动声色地拦住了他们:"别急着走啊!先看看我这个本子上记的这些,跟你们拉走的东西的品种与数量对不对、符不符。"

工作队负责人先是一愣,然后接过本子认真看了一遍,并无疑虑地说:"对着哩!一笔不差。"

"那就请你们一样一样给开个收据吧!"史来贺心平气和地提出了出乎工作

队意料的要求。

工作队的人你看我、我看你，最后都把目光集中在史来贺身上，工作队负责人不理解地问："啥？又叫开收据？搞'一平二调'哪有开收据的？全公社其他大队都没有开收据，他们也不要收据，咋拉走你们刘庄的啥东西都要开收据？你们要收据啥用？"

"也没啥用，就是留个底儿，做个纪念，证明刘庄人为共产主义做了贡献。"史来贺笑眯眯地回答。

"原来是这样，留作纪念好，有意义。老史你想得真周全，那就满足你的要求，一样一样地开个收据吧！"

就这样，史来贺把厚厚一沓"一平二调"的收据紧紧攥在了手里。

这时，史来贺才笑着对工作队的人说："有了这一沓收据，啥事儿都好说了。社员问起来，上边查起来，刘庄的那么多东西哪儿去啦？我把收据一亮，就能给大家一个交代。不然大家还以为那些东西是干部私吞了呢！社员一见收据，知道了这些东西的去向，也会给刘庄干部一个清白。"

工作队的人也笑着说："好你个老史，用心良苦啊！这才是你要收据的真实目的。真看不出，你藏而不露啊！"

其实，工作队的人根本没有猜透史来贺要收据的真实用意。

就这样，村里的粮食被"平调"走了，刘庄人还得吃饭呀！没了粮食，吃啥？总不能喝西北风吧？公社粮食调拨组从外村给刘庄调进了"粮食"。运来后，干部群众打开一看，这哪是粮食啊？全是清一色的红薯干。干部一下子急眼了，群众一下子心凉了。大伙一窝蜂似的呛呛开了：

"调走了咱刘庄的小麦、玉米、大豆、谷子，这都是上等的好粮食。可为啥给刘庄调拨回来的却是红薯干呢？难道俺刘庄人就配啃红薯干吗？这也太下看人了！"

"刘庄人辛辛苦苦种出的好粮食，拉走叫别人吃，却叫我们吃孬的。办这事的人，长没长人心啊？"

"咱刘庄的好粮食，肯定是叫公社、县里那些当官的吃的，能叫咱老百姓啃个红薯干就不错喽！"

"这如今还有没有天理啊？还讲不讲公平啊？"

刘庄的老百姓怨声载道，愤愤不平。

史来贺极力劝说大家："老少爷们，不要发牢骚。你发牢骚，那些当官的也听不见，还不是惹得自己干生闷气？眼下，有些事说不清，道不明。但我们要相信共产党，相信共产党的英明领导。人民的天下，社会主义社会，总有讲理的那一天，党中央、毛主席，会给老百姓一个公平的！大家伙得有点儿耐心，等着、盼着吧！"

退赔得民心

史来贺对刘庄人说的话，果然应验了。

"一平二调"闹起的动静，"共产风"刮起的风声，传进了中南海的红墙内，毛主席拍案而起，人民的领袖发火了、动怒了！

不久，传来了毛主席在郑州会议上的讲话："公社在一九五八年秋季成立之后，刮起了一阵'共产风'。主要内容有三条：一是穷富拉平。二是积累太多，义务劳动太多。三是'共'各种'产'。所谓'共'各种'产'，其中有各种不同情况……有些是不应当归社而归了社的，如鸡鸭和部分的猪归社而未作价。这样一来，'共产风'就刮起来了。即是说，在某种范围内，实际上造成了一部分无偿占有别人劳动成果的情况……无偿占有别人劳动的情况，是我们所不许可的……我们对于劳动人民的劳动成果，又怎么可以无偿占有呢？"

毛主席还说：社会主义建设不能急，要搞它半个世纪，要搞几年慢腾腾，不要务虚名而遭实祸。他批评"一平二调""共产风"是"人祸"。

史来贺听了毛主席的讲话，激动得连说了几个"好"，并拍响了眼前的办公桌子，对身边的大队干部说："毛主席最了解咱农民，最关心咱农民，啥时候也不会叫咱农民吃亏。毛主席批评'一平二调'批评得好，得民心，顺民意，老百姓拥护。"

"是啊！咱农民心里想的啥，毛主席一眼都能看出来。农民憎恨'共产风'，毛主席就批评'共产风'。毛主席批评得一针见血，'一平二调'和'共产风'就是十足的'人祸'，就是咱农民的祸害！"大队长李兴德说话向来直来直去。

大队会计李天德接住话茬儿说："毛主席调查得真细，分析得真透，批评得真准啊！看来，毛主席是要刹住这股'共产风'啊！刹得好，刹得好！咱农民举双手赞成。"

"刹住这股歪风，就维护了人民群众的利益。毛主席把人民群众的利益看得高于一切，无论是谁损害了人民群众的利益，毛主席都不会答应。毛主席在任何情况下，都站在人民群众一边。"史来贺的话说到了根本上。

"听没听说，在咱豫北流传着一段顺口溜，就是挖苦'一平二调'的？"大队会计李天德说。

大队其他干部马上问："啥顺口溜？说出来听听。"

李天德便一字一句慢慢念了起来：

> 公社干部唱高调：
> 共产主义来到了！
> 村村户户都"共产"，
> 猪羊家兔也"平调"，
> 白手拿鱼儿不下本儿，
> "一平二调"瞎胡闹。
> 须知汗水也有价，
> 天下农民最辛劳。

念毕，问道："这顺口溜咋样？"

"好，好得很！叫咱是编不出来，这都是农民中的能人编的。"李兴德佩服地说。

"这股歪风估计今后再也刮不起来了，那先前'共'了'产'的东西，该咋办啊？"大队干部心里一直放不下被公社"一平二调"、白白拉走的东西。

史来贺坦然地说："甭急，等着瞧吧，毛主席不会让他们从咱农民这里白手拿鱼儿。"

果然，不出史来贺所料。时隔不久，毛主席《坚决退赔，刹住"共产风"》的讲话又一次传到刘庄：

"退赔问题很重要，一定要认真退赔。大多数都要由各地自己退赔，县、社一定要拿出一部分实物来退赔。现在拿不出实物的，可以给些票子，这就叫兑现。"

毛主席的讲话发表后不久，党中央作出了"退赔平调物资的决定"，通知各地严格退赔"平调"物资，明确强调："公社把某些生产队或者生产大队的耕畜、农具等生产资料,以及粮食、猪、羊和其他农牧产品,调给别的生产队、生产大队,或者调到公社的,这些账都应当结算清楚,由公社或者调入的单位归还实物或者作价归还现金。"

听到消息后,刘庄人奔走相告,高兴极了! 被"平调"走的东西可该物归原主了。

史来贺从箱子底翻出那一沓压得整整齐齐、平平展展的收据和自己当时记账的那个笔记本,放在手里弹了弹,捧在眼前看了看,微笑着自言自语:"总算没有白放这一沓子凭据和这个笔记本,要不然,拿啥兑现刘庄父老乡亲被'平调'走的利益呢?"

他和大队会计李天德一起来到公社兑现退赔,看见公社大院挤满了人,都是各大队来兑现退赔的。可是有好多大队干部却蹲在墙根下唉声叹气,叫苦不迭。一问方知,是当年公社搞"一平二调"时,这些大队干部没让工作队开具凭据,空口无凭,公社不予兑现。他们这哑巴亏吃得太冤了,回去该给社员群众咋交代呢?

史来贺却出示了全部收据,一张张、一笔笔,白纸黑字,还有当时工作队队长的签字,凭据充分,真实可靠。公社退赔办公室根据这些凭据,让刘庄一下子领回了折合的退赔款7.2万元。

那些吃了哑巴亏的大队干部,看见刘庄领到的一捆捆退赔款,眼热得直卖后悔药。

"老史啊,你咋恁多心眼嘞? 当初你咋知道有退赔这一天呢? 你是长了前后眼吧! 多少年后的事儿你一看一个准。"邻村的一位大队支书问。

史来贺却不假思索地回答:"啥前后眼! 俺是把全村父老乡亲的利益拴在肋巴骨上,一动就心疼。凡是动到老百姓利益的事,就爱在脑子里多转转圈,想想这样做对不对,老百姓的利益受不受损失。总是想办法保住老百姓的利益,不让咱种地的农民吃亏。"

另一位外村的支书说:"老史,1956年小社合大社,刮起大社风,1958年'放卫星''共产风',你都跟上边唱反调,可你都唱对了,真叫人佩服。你的先见之明、你的胆量是从哪里来的? 像我们这些农村干部,甭说先见之明了,这个胆量谁有哇? 这年头,敢跟上级对着干,得冒多大风险哪!"

史来贺还没来得及答话,站在他身旁的大队会计李天德抢先说道:"老史的背后,站立的是刘庄的群众,有了群众的力量,就有胆量;老史的心里,装的是群众的利益,群众的利益,让他有先见之明。"

　　"俺的会计说的没错,不管遇到啥事,俺都要用刘庄的实际和群众的利益衡量一下,两眼向下,决不仰脸望上。你刮风,我不跟风;你一刀切,我顶住你的刀把子,叫你在刘庄切不下去。"史来贺对外村几位干部实事求是地说。

　　几位外村的大队干部连连鼓掌:"说得太好了! 老史就是这样一个人,让俺们长见识啊!"

　　回到村里,史来贺把"一平二调"时自己记的那个笔记本给了会计李天德,让他对照着核对了一下,把属于大队的退赔款扣除下,属于小队的退赔款退给各小队,其余的全部是退赔给各家各户社员的。他和大队长、会计一起拿着账本挨家挨户地去退赔。谁家被刨走了一棵树,谁家被赶走了两头猪,谁家被牵走了几只羊,账本上记得一清二楚,退赔款给得分文不差。

　　"嘻! 事情早就过去了,说赔还真赔呀?"一位老农手里拿着退赔款微笑着说。

　　"这是毛主席叫退赔的,共产党说到做到。"史来贺说,"'一平二调'是上边有些干部搞错了,毛主席发现后坚决纠正,不能让这些歪风给共产党抹黑、给社会主义抹黑。"史来贺恐怕群众对共产党产生误会,所以退赔时一再给群众做解释工作。

　　"共产党好,毛主席英明。"听过解释,老农感激地说。

　　让史来贺没有想到的是,当他们逐门逐户退赔完回到大队部时,这里却黑鸦鸦集结了刘庄的好多干部群众,他们是自发来到这里向大队干部表示感激的。社员们见一个人向史来贺他们鞠躬行礼,也都跟着鞠躬。这让史来贺有些吃惊,群众这是怎么了? 还未等他醒过神来,一个壮年社员竟带头呼起了口号:

　　"感谢毛主席! 感谢共产党!"

　　"永远跟着共产党!"

　　"永远跟着毛主席!"

　　口号声轰动了刘庄的天和地,让每一个刘庄人都热血沸腾。

　　史来贺被眼前的场景深深感动了,多好的刘庄百姓啊! 多么通情达理、知恩图报的庄稼人啊! 毛主席"坚决退赔,刹住'共产风'"的决策是多么英明正确啊! 正像毛主席预言的那样,只有这样,才能得到群众、得到农民的满意。通过这次退赔,再次让农民坚定了跟定共产党、跟定毛主席的决心和信心。得民心者得天下,毛主席领导的共产党,永远和人民站在一起,永远和人民心连心啊!

第二十五章　别具特色大食堂

※兼职司务长
※亏己不亏人
※独特大食堂
※新媳妇惊喜
※不同的意愿

兼职司务长

"大跃进"时期,全国各地农村都办起了公共食堂,老百姓称之为"大食堂"。一个大队,或一个生产队几百口人集体开伙,社员家做饭的大铁锅,都被公社或大队收走,一家一户的灶洞不再冒烟。这一时期,中国农民结束了几千年各烧各家灶、各吃各家饭的历史。一日三餐都聚集在一个食堂里,喝一个锅里的饭,吃一个笼里的馍。男女社员一块地里干活、一个锅里吃饭,要干啥都干啥,要吃啥都吃啥;要喝稀汤都喝稀汤,要吃稠饭都吃稠饭,绝对平均。"吃大锅饭"一词便由此而来。

七里营公社的农村公共食堂都陆续办起来了,唯有刘庄还纹丝不动,依然是各家冒各家的炊烟,各家吃各家的一日三餐。公社一拨拨来人敦促,一次次明察暗访:"刘庄的公共食堂为何迟迟不办? 是不是等着挨整啊? 再不办,就要处分人了!"

"看来,公共食堂不办不中了! 上边要拿这个事做文章嘞!"史来贺不得不召集大队干部商量,"中国农民办公共食堂,这还是开天辟地头一回。几千年来,农民都是各家各户自己烧火做饭,自己蒸馍吃饭。要叫大家伙一下子改变几千年来形成的生活习惯,全村几百口人聚在一个锅里吃饭,不是件容易的事。你想想,老百姓家里不烧锅、不冒烟了,闻不见饭味儿油香了,锅碗瓢勺、坛坛罐罐没用了,那还像个家吗?"

大队长李兴德咂咂嘴,摇摇头,说:"是啊! 你说这各家各户的日子过得好好的,为啥要办大食堂啊? 真让人想不通、弄不懂,'浮夸风''共产风',一阵又一阵,这又来了个办食堂,这阵风没过去,那阵风又来了,咱农民应付不过、招架不了啊!"

"叫我说,咱就顶着不办! 一个农村,又不是机关和厂矿企业,有办大食堂的必要吗？上边那些当官的，从来不顾农民的生活规律、生活习惯，一个村的人，在一个锅里吃饭，完全违背农村的实际。咱不管上边咋催，就是不办，看他啥法。"会计李天德对办大食堂，一百个不同意，一万个不赞成。

史来贺"唉"了一声，无奈地说："我们本想不办，可外村的公共食堂早已办起来了，咱再硬顶着不办，实在说不过去了。咱刘庄也有不少人羡慕外村'不用做饭，只管吃饭'的日子，咱干部要迟迟不办，说不定群众还会有意见哪！既然上边也催，下边也催，咱村也只好办了。"

他的话音未落，大队长李兴德来了一句无可奈何的巧话："咱是小虫儿撞上蜘蛛网——罣不得哟！"

史来贺提出了办食堂的要求："要办就一定要办好，办出水平，办出特色，办出个样子来！让刘庄 800 多口人，吃饱吃好，不能亏待了群众。"

就这样，在党支部一班人很不情愿的情况下，刘庄的公共食堂办起来了。看巧，那一天是 1958 年 7 月 1 日，中国共产党建党纪念日，刘庄人便把这食堂命名为"七一食堂"。当时，大队对生产队不再实行"三包一奖四固定"制度，农业生产由大队统一经营、统一管理、统一分配；生活也由大队统一组织、统一调剂。这一阶段，整个刘庄成立了一个大食堂。

刚开始，由于 1958 年粮食大丰收，吃饭不限量，生活不断改善，公共食堂为广大农民勾勒出梦想家园的美景，大家都"放开肚皮吃饭，鼓足干劲生产"。有人称在食堂吃的是"共产主义大锅饭"，自以为"食堂吃饭不要钱，共产主义在眼前"，社员们开始享受共产主义生活了。于是，有人高兴地唱道：

> 粮食堆成山，
> 吃饭不花钱。
> 放开肚皮吃，
> 老少尽开颜。
> 人民公社办食堂，
> 共产主义大锅饭。
> 大伙吃，大伙种，
> 幸福生活万万年。

可是，几百口人放开肚皮吃饭，久而久之，"堆成山"的粮食吃空了，到哪里再去找可供填饱那么多肚皮的米面呢？不少食堂倾其所有，尽其所能，拼凑到再也无法拼凑的程度，很多农村大食堂已经寅吃卯粮了。

1959 年，农村体制有了变化，主要由生产队直接指挥和管理生产，大队下设 3 个生产队，食堂也以 3 个生产队为单位划分成 3 个。谁知，由于这一划分，3 个食堂的骨干力量分散开来，相对减少，粮款管理出现了很多漏洞，问题和矛盾逐渐暴露出来，群众对食堂管理产生了一些意见，议论纷纷；同时，3 个队的食堂生活水平拉开了距离，队与队之间的社员相互怀疑、相互猜测，影响了队与队之间的团结。如果第一食堂改善生活，吃得好一点，第二、第三食堂的社员就会说起风凉话："还是人家第一食堂好，干部多，当家的多，分粮食、分蔬菜，分的都好。"

很多干部群众向史来贺反映意见，愿意把 3 个食堂重新合并为一个大食堂。史来贺为了让群众吃饱吃好、不受委屈，经再三考虑，又召开党支部会，反复研究，坚决遵从群众的意愿，终于于 1960 年 7 月，将 3 个食堂合并为 1 个食堂。当时，全村 193 户、855 口人，全部集中在 1 个食堂就餐。

1960 年，正是三年困难时期经济最困难的一年，天灾加人祸，造成许多地方粮食奇缺，吃糠咽菜成了大食堂的家常便饭。绝大部分公共食堂已经到了崩溃的边缘，几乎天天成了无米之炊，社员只能吃菜团、喝稀汤。"白天稀汤映太阳，晚上稀汤照月亮"。由于忍饥挨饿，营养不良，许多社员患了浮肿病。刘庄周边的村庄，也出现了类似的情况。

这时，大食堂的农民生活，跟 1958 年刚成立食堂时形成了鲜明的对照：

> 清早红薯汤，
> 晌午萝卜汤，
> 晚上菜汤照月亮，
> 天天稀汤涮大肠。
> 一人能喝八大碗，
> 尿了几泡肚里光。
> 饿得头晕身浮肿，
> 有气无力进食堂。

每当听到外村人念这几句顺口溜，史来贺的心里就像针扎一样疼痛；农民兄弟翻身解放十多年了，仍被贫穷、饥饿困扰着，这算哪回事呢？

每当听到哪个村的农民饿得得了浮肿病，他的心头就如压上了一块石头。他对村里的干部说："党领导人民走社会主义道路，就是让老百姓都过上好日子。如果群众一直吃不饱、穿不暖，一直过不上好日子，那就是咱共产党人没本事。"

他暗下决心：只要有我史来贺在，刘庄的公共食堂绝不能出现像外村那样的群众挨饿、得浮肿病的恶劣现象。一定要把刘庄的大食堂办好，让群众天天都能吃饱、吃好。

面对全国都出现粮荒、饥饿的严峻形势，他在思索着怎样领着大伙渡过这一难关。这个问题，是刘庄目前的头等大事，必须让干部群众讨论一下。

群众大会上，史来贺给大家出了一个人人关心的讨论题：如何办好大食堂，保证刘庄人不挨饿？

会场里七嘴八舌，群众争抢着发言，议论声如喜鹊叽叽喳喳。一个有名的快嘴子站在人群里，说了几句至理"名言"：

> 食堂办好办不好，
> 主要得看村领导；
> 食堂办响办不响，
> 关键得看司务长。

"说得好，说得好！"会场里涌动起一片大潮般的叫好声。潮声未息，就有人站起来发表意见：

"刘庄的食堂要办好，就得选社员信得过的人当司务长。"

"史来贺站得直，行得正，心里疼群众，从不多吃多占，更不占公家的便宜，由他当司务长，谁想沾公家的油水，没门儿！"

"对！就选史来贺当司务长！他来当食堂'总管家'，刘庄就不会出现撑的撑死，饿的饿死的情况！大人小孩儿都能吃饱吃好。"

"史来贺总是跟咱群众贴着心，只要他不死，咱村人谁也不会饿死；他要饿死了，咱也跟着饿死。"

"啥？叫史来贺当司务长？你们都咋想的？人家是公社党委委员、刘庄党支部书记，叫一把手去管食堂，那不等于叫一个领兵大元帅去当粮草官儿吗？

这是大材小用啊！再说，村里的一把手，管的事多了去了，他咋能有工夫管食堂的'火头军'呢？"

史来贺听到社员们这些掏心窝子的议论声，感动得心里热乎乎的："在最困难的时候，群众把自己的生命托付给我这个支部书记，把生死命运同自己这个共产党员紧紧连在了一起，这是多大的信任啊！要是刘庄人挨了饿，得了浮肿病，我这个党员干部，将会无地自容，无颜面对刘庄的老少爷们！"

"大家伙的信任重如山！好！这个司务长，我当了！请大家放心，只要我史来贺饿不死，就绝不会让刘庄饿死一个人！一定带领大伙，千方百计渡过自然灾害这道难关。"史来贺面对父老乡亲，立下了"军令状"。

亏己不亏人

史来贺把群众的信任，视为世界上最贵重的金子，最可靠的大山。甚至，群众最真诚的信任，比自己的生命都宝贵。

为了不辜负群众的信任，把食堂办好，史来贺采取了一系列管理措施，制定了严格的管理制度。

一、粮食与熟食仓库挂两把锁，由司务长和伙食管理委员会主任各执一把钥匙，两个人同时开锁，才能进仓库取东西。单独一个人根本进不了仓库动用粮食与熟食。

二、食堂会计不管现金和粮票。来往客人先到大队会计处交粮票和现金，每餐三两粮票、一角钱，购买食堂内部的粮票和钱票，再到司务长处换食堂的餐证。食堂收的客人餐证，每十天要和大队会计收的粮票和现金核对一次账目。

三、食堂司务长、会计、炊事员和社员一样持饭票就餐，但他们和社员使用的是两种不同的饭票，发多少，收多少，本人节余多少，由食堂监督委员会检查核对。

四、食堂司务长、会计、炊事员家属使用购饭本到食堂打饭，每顿打多少，由食堂监督员记多少。他们的家属如使用社员用的饭票打饭，一律作废。

五、大小队干部及其家属，一律和社员一样，排队打饭，回家就餐。

这些章程制定得严丝合缝，从而堵塞了粮食和现金的漏洞，消除了群众对干部与伙食管理人员的怀疑；同时也严密防止了干部多吃多占，多拿多用。在经济困难时期，用严格的制度保证了刘庄干部的清正廉洁，他们和群众打成了一片，从而密切了干群关系。这在当时，是非常难能可贵的。

史来贺制定的制度，自己首先带头执行。他天天和社员一样，拿着饭票排队打饭，从不多拿一个馍、多盛半碗饭，从不开小灶、吃夜餐，时常对自己刻薄到令人无法理解的地步。这与当时各村干部多吃多占、多拿多用、"开小灶,吃夜餐"的脱离群众的贪腐之风,形成了多么鲜明的对照啊!

那时,史来贺经常到公社、县里、地委开会,走之前,他既不向食堂会计要粮票,也不从食堂带干粮。白羊肚毛巾往头上一扎,短杆烟袋往腰里一别,就急匆匆出发了。很多会议都是上午开了下午接着开,中午回不来,别的与会者,都拿着自带的粮票和人民币,到饭店去吃饭。他囊中空空,吃啥?啥也不吃。只好借故躲到一边,靠墙根一蹲,一袋接一袋地抽旱烟,烟锅子一个劲"咝咝"地响,肚里不住点"咕咕"地叫,他只有用一个"忍"字,来支撑辘辘饥肠。

一次两次、十次八次,每次外出开会,一到中午吃饭,他都这样,一忍再忍。他到底为的啥呢?

"自己节省几两粮食,就是为了多让一个社员吃饱一顿。一次节省几两,次数多了,就能多节省一些粮食。一年下来,就能让社员多吃多少顿饱饭啊!"史来贺宁愿自己挨饿,也不让社员受一点委屈;宁愿用自己的"饥饿",换来社员的"温饱"。

那时,村里的民兵每天夜里都要轮流执勤,不是巡逻,就是站岗。按照村里的规定,执勤民兵每人每夜补贴二斤胡萝卜。史来贺除了开会,几乎每天夜里都和民兵一起巡逻执勤,但补给他那一份胡萝卜,他从来不要。

村里食堂经常杀猪,炖好后按人头分给社员。史来贺往往把自己那一份送给村里的孤寡老人,或者送给生病的人。会计李天德总是不理解,有一次,看到他把一份热腾腾、香喷喷的肉送给一位体弱有病的社员,就问他:"你咋老是把肉菜送给别人?你为啥不吃?看你瘦成啥样了,你也缺营养啊!"

史来贺满不在乎地说:"这年月,社员分点猪肉不容易。他们干重活、缺营养,该多吃肉,好好补一补。我年轻力壮的,吃肉的机会在后边嘞!等年成好了,可以放开肚皮吃过瘾!"说罢,自己"哈哈"笑了起来……

他这个兼职司务长,对自己苛刻、"自虐"到这种程度,而对社员的生活却想得非常周到,操心操得无微不至。哪个社员家中结婚娶媳妇,喝喜酒的菜肴,都由食堂负责烹调制作;谁家的媳妇生孩儿坐月子,食堂补助 5 斤细粮、10 斤小米。村里杀了猪,还要供应"月子肉",给产妇补充足够的营养。哪个社员家有人生了病,吃不下大锅饭,史来贺就安排食堂专门开小灶,做"病号饭",由炊事员送到病号家里。食堂不仅管喜事,还管丧事,甚至给死人摆的"供菜",也由食堂负责解决。刘庄人的婚丧嫁娶、生老病死,没有史来贺考虑不到的,没有他这个兼职司务长照顾不周的。大灾之年，他为群众操碎了心，唯独不操自己的心；他谁都想到、照顾到，唯独不想自己、不照顾自己。

"在那个灾荒年，全村800多口人，身子都没受啥亏损，唯独亏损了一个人。这个人，就是史来贺！"刘庄的老人，每当回忆起1960年，都会这么感慨而又感恩。

作为兼职司务长的史来贺，天天像一个忠诚的卫士，密切注视和守护着粮仓和食堂，这里的每一粒粮食、每一碗饭、每一个窝头，都是老百姓的"救命粮"啊！绝不能有一点一滴的浪费和流失，如果出现"截流"，他会一查到底，绝不留情。

1960年8月的一天，全村干部社员一起，突击挖排水沟，因为赶时间、赶任务，再加上天气炎热，劳动量大，大家的体力消耗也大。史来贺当下决定，中午改善生活，每人三两大米饭，外加炖肉菜。他在食堂布置完毕，便带着社员挖沟去了。饭做好后，食堂个别炊事员望着热气腾腾的白米饭，私心杂念一下子膨胀起来，想到家里人好久没闻到大米饭香了，就乘人不备，偷偷挖出一些米饭，藏了起来。

史来贺发觉后，认为在经济极端困难、粮食比金子还宝贵的特殊时期，有人这样做，是从社员口里夺粮，极端自私，这种行为危害了集体，危害了群众，必须严加处理。他当众严厉批评了这位炊事员，并让其把藏起来的米饭拿了出来，又召开群众大会，让这位炊事员在大会上作了检讨。这位炊事员深刻认识了自己的错误，保证引以为戒，知错改错，事后，用自己的实际行动求得了群众的谅解。

"不就是一两碗米饭吗？何必让一个炊事员下不来台？老史平时不是很讲人情吗？今儿个咋跟一个做饭的较起真来了？"有的群众不理解。

"是啊！一两碗米饭，要在平常年景，确实不算个事儿。可这是啥年头啊！粮食是用来救命的，比金子都金贵。要平安度过这个灾年，只有刘庄人齐心协力、同甘共苦才行。如果对这种现象，采取容忍的态度，今天你拿点儿，明天他沾点儿，天长日久，那集体的粮食、财物不就被掏空了？更为严重的是，你掏我掏，掏来掏去，最后，把大家伙的心也掏空了，掏散了，掏凉了，那谁还热心为集体呀？刘庄人怎么共渡难关呀？小洞不补，大洞尺五啊！"史来贺给大家亮出了自己的全部心思。

"哦！明白了。老史想得深、想得远啊!"大家终于理解了史来贺的良苦用心。

事后,史来贺专门找到那位炊事员谈了一次心,语重心长地说:"我并不是成心跟你过不去,是为了教育大家伙,要有整体观念,树立集体主义思想,刘庄人要团结一心,同甘共苦,共渡难关。如果你的家人吃不饱,可以给我说,我把自己那份饭菜让出来,送给他们吃。我这人在新中国成立前吃苦遭难惯了,练就了一身抗折腾的硬功夫,一两顿饭不吃,也不觉得饿。这个事,到此为止,我不再说,大家不再提,你也不要再想,都过去了。"

史来贺说的都是实实在在的话。

那位炊事员很受感动:"史书记,别说了。是我错了,我太自私了,你批评的对,我不怪你! 我知道,你是为了大伙,为了刘庄集体。这个教训,我会记一辈子,永不再犯!"

这件事,深深地教育了刘庄人。在"三年困难时期",再也没有发生过类似的事情。

"民以食为天",在饥饿的年代,食物比啥都金贵。在外村,地里长着的麦穗、玉米、大豆以及红薯、萝卜等,凡是能吃的,都有人偷。但那时似乎当盗贼不丢人,一是偷的是队里的东西,不是住家户的东西,偷集体的,大家都不以为意;二是为了解决饥饿问题,大家都在偷,你不偷就得饿肚子,你偷我偷他也偷,即使有人发现,也都睁一只眼闭一只眼,互不干涉,心照不宣;三是偷不是为了发财,而是为了填肚子。所以大家都在偷,甚至有的干部带领社员偷,这样,偷就不是丢人的事了。遍地是贼,那就都不是贼了。

而在刘庄,绝对没有这种现象。别说长在地里能吃的东西没人偷,即使堆在打谷场里碾压好的粮食籽,堆在地头的红薯、萝卜等,在没人看守的情况下,也不曾有人私自去拿。那几年,刘庄不管是生产队,还是住家户,从来没丢过东西,从来没出现过盗贼。说这里"夜不闭户,道不拾遗",不是夸张,而是事实。

困难时期,史来贺一次批评教育大会,让刘庄树立了良好的民风与社风,这种纯正的风气,在饥饿年代,是多么难能可贵啊!

独特大食堂

农村的公共食堂,是全公社统一分配粮食,所有的大队定一样的吃粮标准。但光靠公社统一分配的那点口粮,根本不够吃。好多村子的社员,在食堂吃不饱,饿得面黄肌瘦,不得不到地里挖野菜、捋树叶、刮树皮,凡是毒不死人的东西,都采摘来用以充饥。但在这时的刘庄,没有人吃野菜,更没有人刮树皮。因为社员们都在食堂里吃得饱饱的,何必再去糟蹋活生生的树木呢?

史来贺看到外村的社员挖野菜、吃树叶、刮树皮的现象,禁不住想起旧社会灾荒年饥民食不果腹、衣不蔽体的情景。他感慨万千地对干部们说,现在是新社会了,经济再困难,日子再艰难,也不能让群众再像旧社会的人民那样,去挖野菜、吃树叶、啃树皮,那不是人过的日子! 咱得生法让社员吃饱吃好,说啥也不能让大家伙干了一天活,回来填一肚子野菜树皮,那咱就不配当一个共产党员!

史来贺白天黑夜始终想着一件大事,就是如何让群众吃饱吃好:"活人不能叫尿憋死,办法总比困难多,粮食不够副食补。"

在他这个兼职司务长的调配下,刘庄的公共食堂办得热气腾腾,香味儿缭绕,深受社员欢迎。社员们每到食堂排队打饭,这里便飞扬起一片欢声笑语,其乐融融,其情切切。更为可贵的是,在这大灾饥荒之年,食堂里的饭菜却做得既有花样,又重实惠,一日三餐都做到"确保口粮,副食补足,粮菜混吃,粗细搭配",群众顿顿都能吃得饱、吃得满意。并且还不断改善生活,每周吃一顿肉,每半月炸一回油条,过年过节还能吃上饺子,吃上猪肉炖豆腐、粉条的大烩菜。在大食堂吃饭的几年里,全村没有一个人挨过一顿饿,没出现一例浮肿病,更别说饿死人了。

在外村大食堂出现危机的一段时间,史来贺就趁社员们在大食堂排队打饭的时候,粗喉大嗓地对大家许诺:"外村的食堂办得咋样,咱管不着,但刘庄的食堂必须办好,绝不能让群众忍饥挨饿,更不能出现一例浮肿病。自然灾害再严重,一年 365 天,每天每顿也得保证让群众吃饱吃好!"停顿片刻,他扫视了一下排队打饭的群众,又说,"干部要抓大事,啥是大事?目前,办好大食堂,叫群众吃饱饭,就是咱刘庄的头等大事。"

虽然是随口一说的许诺,史来贺却扎扎实实地给刘庄人兑现了。因为他一直念念不忘《社会主义好》里的那几句歌词:

> 共产党好,共产党好,
> 共产党是人民的好领导,
> 说得到,做得到,
> 全心全意为了人民立功劳。
> …………

作为一个共产党员,必须说到做到,"全心全意为人民服务",为人民立功劳。

难怪三年困难时期一开始,刘庄群众就同声呼吁,一致要求作为村支书的史来贺兼任大食堂司务长:

"老史是个光顾群众、不顾自己的人,只要他不死,咱村人谁也不会饿死!"

"对!他兼任司务长,咱社员肯定吃不了亏。他就是饿三天,也不会叫社员饿一顿。有了好的,他肯定尽着社员吃,不会像其他村的司务长先尽着自己吃。"

"外村的司务长贪着嘞,老克扣社员的口粮,群众意见可大啦!你们听,社员们是咋编排他们的。"

> 一天吃五两,
> 饿不死司务长;
> 司务长,管食堂,
> 家里老有储备粮。
>
> 一天吃八钱,

饿不死炊事员；

炊事员，掌勺子，

顿顿吃个肚儿圆。

听了这段顺口溜，一位社员肯定地说："只要有老史在，咱刘庄的食堂不会出现这种现象。老史对办好食堂上心着嘞，管得严着呐！"

社员们说的一点儿没错，史来贺对办好食堂着实上心啊！饥荒年月，群众的吃饭问题最让他牵肠挂肚，他千方百计把刘庄的食堂办稳，办好，办出特色。食堂稳，人心稳；食堂好，社员饱。他每天、每顿饭都要叫社员吃饱、吃好，吃得实实在在，心满意足。

为了办好食堂，狠抓"刘庄的头等大事"，史来贺天天下伙房，看粥熬得稠不稠，看馍蒸得暄不暄，看包子馅调得匀不匀，看大烩菜做得香不香，看米面、副食和蔬菜备得足不足。每天晚饭后，他做的头一件事，就是走进伙房，和食堂会计、炊事员一起，商讨并列出明天的食谱、菜谱，列好后，让会计再用粉笔写在小黑板上，挂在食堂大门口。第二天清晨，社员们一来食堂打饭，第一眼看到的就是这块小黑板上的食谱、菜谱。社员们看了如有不满意的地方，还可临时修改和变动。他还多次亲自召开社员代表会，征求对食堂管理的意见，让大家献计献策，以进一步把食堂办好。史来贺把这些叫作"生活民主化""食堂管理公开化""刘庄事事都要听听群众的意见"。

史来贺这样做，正符合当时的"民主办社"的精神，得到了群众的热烈拥护。群众有啥意见，都愿意跟他讲；社员有啥要求，都愿意跟他提。他这个兼职司务长，跟群众情更密切，话更投缘，肝胆相照，心心相连。

为了让刘庄群众吃饱吃好，史来贺狠抓农业生产、科学种田，以粮食丰产来确保大食堂的生活水平。在办大食堂的年月，刘庄的农业持续发展，稳中求进，进中求实。即使在 1960 年我国严重自然灾害和国民经济极端困难时期，刘庄的农业依然获得了大丰收，皮棉亩产 100 多公斤，粮食亩产 500 公斤以上，这在全国是独一无二的。

按照当时的定量标准，对于每天下地干活的农民来说，光靠粮食是吃不饱的。怎么办？史来贺有的是办法，粮食不足副食补，磨豆腐、做粉条、制淀粉，这都是刘庄人轻车熟路的老行当了。社员几乎每天都能吃上自制的豆腐、粉条和淀粉食品。你知道这淀粉是什么制的？它并不是用多么高级的东西做的，而是用棉籽饼、水红花棵、玉米芯提炼出来的,这是史来贺的一个小小发明。那一年多,他指导食堂自制淀粉就有好几万公斤,切实解决了粮食短缺的燃眉之急。

社员们每人每天有公社发的半斤粮食,配上本村造的四两淀粉,再加上5斤胡萝卜,虽算不上丰盛的美味,却也足够一日三餐吃得打饱嗝了!

大灾之年,社员肚子里缺油水、少营养,这种情况下,不仅得让社员吃饱,还得让社员吃好。平时,一日三餐有馍有汤,汤有疙瘩汤、豆腐汤、白菜汤等;馍的花样更加繁多,既有净面馍,还有豆面、红薯面、淀粉面掺和麦子面做的混合面馍。一两粮票就能买到四五两混合面馍。饭量再大的人,也能吃得饱饱的。同时,为了补充营养,每人每天至少能吃上3斤蔬菜,外加豆腐、粉条。逢年过节,食堂统一制作点心,包好水饺,再炒几个肉菜,史来贺带领食堂管理人员和炊事员分别送到各家各户,大灾之年的节日,社员们过得热热闹闹,又香又甜,非常开心。

为了保证食堂的菜样繁多,史来贺倡导多种蔬菜、多种红薯,带领全体社员扩种了100亩蔬菜,有胡萝卜、白萝卜、大白菜、蔓菁等,凡是能种的都种上了,仅胡萝卜就收了三四十万公斤。它既能当菜吃,又能当饭吃;既能蒸包子,又能熬粥喝,含有大量的胡萝卜素,很有营养。胡萝卜收得多了,吃得勤了,史来贺怕社员吃烦、吃腻味了,就让食堂变着花样做,今天炒菜吃,明天就在熬粥时切成块儿下到锅里,再过几天,就用胡萝卜丝包饺子、包大包子。这样,社员们吃起来既香甜,又有新鲜感,从不倒胃口。

为了让大食堂的生活不断得到改善,史来贺组织社员大量养猪,光猪圈就垒了十几个。猪一养肥,就让食堂杀了,给社员炖肉、炒肉、包肉饺子、肉包子,每个星期都有肉吃。外村的食堂有的过年时还不宰一头猪,可刘庄的食堂几乎每半个月甚至一周就宰一头猪。附近村里的社员一听见猪嚎,就开始热闹地街谈巷议了:

"你听,人家刘庄又杀猪了,刘庄人又要吃肉了。"这位社员一边说,一边手指刘庄的方向。

"人家刘庄杀猪还不是常事?刘庄的社员不隔几天就吃一回肉,还变着花样吃。刘庄的食堂天天叫社员嘴里流油,真让人眼馋啊!"一位黑脸社员一边说着,一边吸溜着嘴,口水儿几乎都流了下来。

"看人家刘庄那食堂办的,那才叫社会主义大食堂嘞!社员顿顿吃得肚儿圆,还经常改善生活,吃肉、炸油条、包包子,人家刘庄的食堂为啥办得那么好呢？咱的食堂为啥办得一团糟呢?"一位黑瘦黑瘦的社员心里充满了疑惑。

一位患了浮肿病的 50 多岁的汉子，背倚墙头蹲在地上，有气无力地说:"要是都像刘庄那样办食堂该多好啊！那咱也不会得浮肿病了。你们看，我这腿肿得多厉害，一摁一个坑啊!"说着，他挽起裤腿，用手指在腿上摁下一个坑，很久也没有还原。

"刘庄的食堂办得好，那是因为刘庄有个史来贺啊！史来贺是个从来不叫群众吃亏的人，只要他当刘庄的支书，刘庄人就不会挨饿，不会受屈。你看，不管哪个村，浮肿病人一群一群的，刘庄却一个浮肿病人也没有，社员群众还都吃得壮壮实实的。这都是史来贺领导的好哇!"

"是啊！史来贺是个天下难找的支书，刘庄人修来这么个好支书,有福啊!"

新媳妇惊喜

1961 年农历腊月二十二这一天,刘庄迎来一件喜事。原阳县的一位初中毕业生姑娘嫁到了刘庄,整个刘庄都轰动了。在当时,初中毕业生可是村里屈指可数的"大知识分子",一个"大知识分子"嫁到了刘庄,刘庄显得格外热闹,格外喜庆!史来贺和村干部都觉得这桩婚事给刘庄增添了光彩,干部群众如喜迎"贵人"一样,对这位新媳妇都"高看一眼"。

新娘子名叫张秀贞,娘家在原阳县,"县达县,四十半",原阳县距新乡县刘庄少说也有几十里路。她为何偏偏远嫁到几十里外的刘庄呢?

这还得从张秀贞上学时的向往说起。她打小就是一个有理想、有抱负的女孩子,战斗英雄、劳动模范,是她心中的偶像。上中学时,她就听说过刘庄有个史来贺是全国劳模,还在报纸上看到过史来贺带领刘庄干部群众战胜天灾、夺取粮棉大丰收,使刘庄一跃成为全国先进集体的报道。她看后非常激动,当时很想到刘庄去参观学习,一睹全国劳模的风采。仰慕英模、学习英模,是她人生理想的一种追求,更是那个年代的社会风尚。几乎每个中学生的头脑,都被一种崇拜英模、成长为英雄的理想主义的光环笼罩着。

初中毕业后,有人给她介绍对象,没想到介绍的竟是新乡县刘庄的,她一听心里就有点儿按捺不住的激动。一相亲,一交谈,竟顺顺当当地成了。她心想,到了刘庄那片"广阔天地",肯定"大有作为"。有闻名的史来贺劳模领着,还能干不出一番事业?

这位原阳一中第一届毕业的高材生,毕业后本来在自己村当老师。一说让她嫁到刘庄,便毅然辞去了教师职业,甘愿到刘庄当农民。出嫁那一天,没有嫁妆,没有伴娘,甚至连一辆牛车都没有,她步行 30 多里地来到了刘庄。

来到后才知道,自己要嫁的人,家里真的是"一穷二白"、家徒四壁。房子只有几间破草屋,连个顶梁的砖柱子都没有;院里除了一垛干草,就是一棵弯弯的枣树。这家啥都不多,只有农具多、老人多,上边光老人就六个:父亲母亲、爷爷奶奶,还有跟着他们一起过日子的大伯大娘。在这之前,她连自己丈夫长的啥样都没有正面看过,如果在半路上遇到,碰一膀子也认不出来。她一进了这个家,就有点说不清的难受:"这么穷一个家,今后咋过时光?"于是,她"天天琢磨着,不能在这儿待下去,得找个时间回娘家去"。

她结婚的第四天,即腊月二十六的晚饭后,她的婆婆说:"今儿黄昏大队开大会,史来贺书记一准儿讲话。过年了,他得给大家伙公布公布一年的大事小情。"

张秀贞只听婆婆这么一说,就觉得这是个一睹劳模风采的极好机会。她穿戴整齐,简单地梳洗打扮一番,悄无声息地在黄昏黑影的笼罩下,轻手轻脚地挤进人群,来到大食堂的会场。这是她头一次参加村里的群众大会,一直低着头,不敢仰脸,怕别人瞅见了,要是被人看到了瞎起哄:"哎呀!快看呐,新媳妇来参加大会了!"那整个会场的目光,不都一齐投向自己了吗?多不好意思啊!新媳妇脸皮儿薄,就怕有人盯着看,看羞了一脸红,多难为情啊!她之所以"冒险"来参加大会,并不是为了凑热闹,更不是为了给全村人展示新媳妇的年轻漂亮,而是为了一睹史来贺这位全国劳模的不凡风采,听听劳模的讲话。

大食堂的会场里,不大会儿就挤满了人,乱哄哄的。当时,刘庄还没有扯电线、用电灯,一盏手提马灯高高地挂在会场的柱子上,昏蒙蒙一片,照不见会场里人的面目。张秀贞低着头坐在人窝里,大气儿都不敢出一口。

稍等了一会儿,乱哄哄的会场,忽然间鸦雀无声。只见木板搭的台子上,"噔噔噔"走上一个人来。台下有人嘀咕了一句:"史来贺开始讲话了!"会场立马变得死一般寂静,连喘气的声音都听不见。此时此刻,张秀贞的眼睛格外明亮,精神格外振奋。

在张秀贞的想象中,史劳模一定气宇轩昂,英俊魁梧,他的一身打扮应该是:"穿皮鞋,戴手表,呢子大衣呢子帽,里边套着大皮袄……"可要对群众讲话的史来贺往台上一站,张秀贞惊呆了:嗨!大名鼎鼎的史劳模原来就这样啊!头系白羊肚毛巾,上穿黑粗布棉袄,下穿黑粗布棉裤,脚蹬黑粗布鞋,一身土布衣,全是庄稼人的打扮;再看他的长相,也是平平常常,一身庄稼汉的壮实,一脸庄稼汉的憨厚。从头到脚,里里外外,与一般的庄稼汉相比并无丝毫特别之处。哦!闻名全国的史劳模,原来就是个地地道道的庄稼人啊!

可史来贺一开口讲话,张秀贞由惊呆变为惊喜了!别看这位响当当的劳模一身拙朴的外相,可内里却装着满腹经纶,讲起话来虽然嗓子有些沙哑,却讲得头头是道,有条有理,层次清楚;同时所有的话都说到了农民的心坎上,说进了农民的希望里。从不像有些农村干部讲起话来杂乱无章,一盆糨糊,东一榔头西一斧子,驴唇不照马嘴。

他先总结了刘庄一年的成果,特别指出了刘庄如何处理好了国家、集体、个人三者之间的利益关系,为国家做出了重大贡献。

讲到这里,他的声音提高了八度,特别高昂:"这都是全体干部社员尽的爱国主义义务,刘庄人人有一份,人人都是爱国主义者。国家都记着我们的贡献呢!"

他一表扬群众,台下立即响起一阵阵热烈的掌声。

"这种爱国主义思想和集体主义精神,咱刘庄人年年发扬,说明咱刘庄人思想觉悟高,爱国主义、集体主义精神树立得牢。这是个好传统啊!我们要继续发扬,继续为国家多做贡献。把我们的国家建设好,把刘庄集体建设好,把我们的生活水平再提高一步。"

台下又是一阵瓢泼大雨般热烈的掌声。

这场面,让张秀贞无比震惊,无比欢喜。她从来没有见过一个劳模、一个党支部书记,这么诚心诚意地表扬群众,把功劳全都归到群众身上,这太让人感动了!

紧接着,史来贺讲了过年后的计划、打算和奋斗目标,特别强调了如何改善和提高刘庄父老乡亲的生活水平,衣食住行,吃喝拉撒,面面俱到,讲得人心里热乎乎的,讲得人两眼闪闪发亮。

坐在台下人窝里的张秀贞,禁不住在心里长长地惊叹:哎呀!长这么大,还从未听过这么打动人心的讲话哩!怎不令人激动呢?他对老百姓的愿望竟然了如指掌,对群众的衣食住行竟关心得细致入微,这样的干部太少见了。自己娘家的村子大得很,能超过刘庄几倍,可恁大一个村庄,八辈子也找不出一个像史来贺这样的干部。

史来贺最后怀着无比亲切的心情,告诉大家:"眼看再有几天就过年了,虽说正在困难时期,但这个年保证能叫大家过好。食堂明天就杀猪,多宰他几头,家家户户都会在三十晚上、大年五更吃上肉饺子,吃上大肉块子。食堂还要给大家做过年的点心果子,家家都有一份。到时候,食堂下好饺子、做好点心,由干部领着炊事员,给大家一户一户送到家里去,社员们只管在家等着就中啦!"

说到这里,会场里掌声响起来,欢笑爆发起来……

"还有很重要的一点,我不能忘了提醒大家:大年初一后,凡是家里有媳妇的,都要回娘家串亲拜年。不能因为是困难时期就不串亲,短了娘家的礼,那样说不过去,显得咱刘庄人小气。串亲的礼品由村里大食堂统一准备、统一做,一个媳妇两包'刘庄点心',提着回娘家,叫娘家人也见识见识咱刘庄人的手艺,品尝品尝咱刘庄人制作的点心。"

几句话,一件事,殷切的心,厚实的情,让台下的媳妇们感动得笑出了眼泪。

张秀贞也和大家一起无声地笑着,无声地流泪……

史来贺的一席话,让她下定决心:当了刘庄的媳妇,就要对得起刘庄,在刘庄这片"广阔天地",一辈子施展知识青年的"大有作为"。

过年喽! 过年喽!

家家户户放起了鞭炮,三五成群的小孩子,在门外欢呼雀跃,蹦蹦跳跳,整个村子过年的气氛,一下子被鞭炮声和孩子们的欢笑声烘托起来。

这时,只见史来贺等大队干部,分片包户,领着食堂炊事员正给各家各户送热腾腾的年夜饺子,外加每人半斤点心。家家户户的男女老幼、三代同堂围坐在一起,吃起又香又甜的年夜饭,说不尽的年夜话,享不尽的人间乐,有的老人吃着饺子,竟情不自禁流下了感动的眼泪:"大灾年,还能吃上饺子、点心,咱刘庄人该知足了! 这都多亏了史来贺啊! 他给大家送来了一个又香又甜的年呐!"

张秀贞还从未听说过"刘庄点心",更未尝过是啥味道。当婆婆把"刘庄点心"打开放在全家人面前时,老人先递给她一块,说:"你还没见过刘庄的点心,你尝尝吧!"

张秀贞含到嘴里,一嚼一品:"啊! 真好吃。这是啥做的?"

婆婆乐乐呵呵地告诉她:"这是史来贺想出的点子,他兼着食堂的司务长,生尽法儿给大家改善生活。他把古巴糖和胡萝卜、玉米芯淀粉混在一起,上锅蒸熟后,晾干切成块儿块儿,就成了'刘庄点心'。"

这又让新媳妇张秀贞一阵惊喜:"哦! 是这么回事。一般人想不出这么新鲜的点子。史来贺不愧是劳模,办法就是多,主意就是新鲜。"

"你来的时间短,等时间长了,你就会知道,史来贺的故事多着哩!"婆婆边吃饺子边对儿媳妇说。

大年初一五更时,刘庄鸣炮奏乐,声音响彻天空;家家户户灯火辉煌,香火缭绕,祭天祭地拜祖宗;人们走街串门,给长辈拜年,向老人祝福,一派欢天喜地的过年景象。这哪里像"饥饿年代"的农村在过年呢?刘庄人用自己的丰衣足食和发自内心的欢乐,把困难时期的阴影驱散到九霄云外。

大年初一的下午,史来贺又带领干部挨家挨户地给年轻的媳妇送去两包包得实实在在的"刘庄点心",满面笑容地交代她们:"过年了,闺女、女婿,回娘家是人之常情。团圆年,团圆年,闺女不回,娘家咋团圆?告诉娘家人,刘庄的大门,时时敞开着。等天暖和了,叫娘家的老人到咱刘庄住几天,尝尝咱刘庄食堂的饭菜,看看咱刘庄这几年的变化,也让他们心里乐呵乐呵。"

史来贺的心,是一颗百姓心,也是一颗菩萨心。百姓的日常生活,琐琐碎碎,点点滴滴,他全都考虑到,全都照应到。他把心灵的每一分光,每一分热,普照到每一颗他看得到、想得到的心灵上。

当史来贺等人来到新媳妇张秀贞家,把两包"刘庄点心"送到张秀贞手里时,史来贺亲切地说:"过年了,新媳妇理应回娘家,回迟了,娘家人就该挂记啦!头一趟回娘家,应该拿重礼,这点儿礼,实在有点薄。告诉你娘家,眼下咱刘庄就这条件,对不住了!"

给回娘家的人准备了礼品,又亲自送上门来,还说一些"对不住"的话,让人又惊喜,又过意不去。

史来贺又殷切地叮嘱张秀贞:"你是刘庄的新媳妇,最重要的,你是刘庄的知识分子、宝贵人才。咱刘庄不管是科学种田,还是其他方方面面的发展,都得靠你们这些有知识、有文化的人。特别是在科学种田上,你要发光发热挑重担啊!"

张秀贞青春的面庞泛起红润,羞怯地说:"谢谢史支书对我的信任。我一定虚心向贫下中农学习,尽快掌握农业科学技术,为刘庄农业发展贡献自己的力量!"

听了张秀贞几句流利的表白,史来贺心中有了数:这是个难得的人才,一定得好好培养,让她成为刘庄的"巾帼英雄"。

过了年,正月初六就搞起了大生产,男女劳力齐出动,全部到地里拉犁拉耙闹春耕。只见史来贺脱了鞋、光着脚,脚板踩在泥土里,扶犁、拉犁啥都干。扶犁是行家,拉犁是主力。扶犁像个掌舵人,掀起滚滚翻腾的新土浪;拉犁像个老黄牛，只顾躬身埋头拼命往前拉。春耕大生产，史来贺从不当甩手"指挥官"，一身泥土一身汗，两只脚丫子在泥土中不停地起落着、扑腾着。热了，就解开衣服扣子，敞开怀让春风吹一阵子；乏了，就亮开沙哑嗓门，可着劲儿喊几句劳动号子。他这一喊，一呼百应，满地干活的社员都跟着喊起来，一喊一呼，困乏全给喊跑了，精神头全被呼出来了，大家的干劲更足了，拉犁拉耙闹春耕的战斗场面，更加热火朝天了。

看到这样的劳动场景，张秀贞又是一阵惊喜。怪不得刘庄年年当先进，劳模的表率力量是无穷的啊！

张秀贞拉犁子，拉的是偏绳，这是村干部为了照顾这位"知识分子"，故意这样安排的。虽不是主力，但张秀贞从不偷懒。她一心向史来贺学习，扑下身子埋下头，跟老牛拉套一样，一个劲往前拉，不松套，不停步，不回头，不抬头。肩膀勒疼了，勒红了，勒肿了，也一如既往，永葆初始的干劲。拉犁拉耙的春耕生产，一连搞了40多天，张秀贞一晌不歇脚、一天不缺勤，脸晒黑了，胳膊腿儿练硬实了；从一个羞怯的新媳妇，锻炼成了一个敢打敢拼的"穆桂英"了。

在这种热火朝天的劳动气氛中，张秀贞深受感染，竟忘记了新媳妇春节回娘家的旧风俗。娘家派人来叫，说队里忙着生产，没回；婆婆催她回去看娘，她眷恋爱集体、爱劳动的刘庄人，她眷恋刘庄这片热气腾腾的土地，更眷恋刘庄这个团结友爱、一派正气的集体，也没有回去。她一当了刘庄的媳妇，就爱上了这片土地，爱上了这个村庄。

史来贺把张秀贞的劳动表现，看在眼里，记在心上：张秀贞经受住了艰苦劳动的考验，好样的！他给这位"知识分子"找到了一个适合她的"用武之地"——植棉科研小组的试验田。

张秀贞不负厚望，在试验田一干就是几年，不仅学到了很多植棉科学知识，而且掌握了一整套棉田管理技术，成为不可多得的植棉技术骨干。1970年，张秀贞被选举为刘庄党支部副书记……

当张秀贞回忆起这一切时，不无感慨地说："我的每一步成长，都凝聚着史来贺老书记的心血与汗水。他为刘庄每一个年轻人的成长，都花费了很多精力和心血。老书记为刘庄的发展培养了大批人才，这是为刘庄留下的最宝贵的财富！"

不同的意愿

1961 年春天,中央根据全国各地办大食堂的沉痛教训,下令解散大食堂,"共产主义大锅饭"就此谢幕。

各家各户的农舍,又重新垒起锅灶,冒起炊烟。人间烟火味儿、锅碗瓢盆的叮当响,又回归蓬门荜户的农家庭院。

可刘庄人一听说大食堂要解散,一个个都慌了手脚,显得六神无主。

"大食堂办得好好的,为啥要解散呢?"

"咱刘庄的食堂办得好,不等于全国的大食堂都办得好。中央是根据全国的情况,下令解散大食堂的。党中央的这一决策是正确的,符合全国农民的愿望。"

"那咱刘庄的食堂可不能解散。咱在食堂吃得饱、吃得好,大家伙儿吃一口锅里的饭,多好啊!"

"咱的食堂把生活调剂得花样多,叫社员换着口味吃,家家温饱,人人满意!要是解散了,谁家能做成这么可口的饭菜?谁家又能吃得起这么多的花样?不中!咱得给大队要求,大食堂不能解散。"

妇女们更不赞成解散大食堂,她们像一群嬉闹的喜鹊,一个比一个嗓门亮,一个比一个话音高:

"大食堂要是解散了,咱又得在家一天三顿烧火做饭,烟熏火燎的,多麻烦,多啰唆呀!哪比现在,进食堂端碗吃饭,吃了饭下地干活,多省心,多快活呀!还是食堂好!"

"上级开会不是说解放妇女、解放生产力吗?在食堂吃饭就是解放妇女最好的办法。为啥偏偏要解散大食堂,叫妇女再回到灶火前,天天围着锅台转呢?"

"不中！食堂不能解散，咱得找史支书去说说，让他给咱妇女做主，为了刘庄妇女的解放，为了发挥刘庄妇女在生产劳动中的半边天作用，咱刘庄的食堂不能解散。"

这几天，大队办公室的门槛快被踢烂了，社员们来了一拨又一拨，一致要求把大食堂继续办下去，坚决不能解散了，刘庄人需要大食堂，刘庄人喜欢大食堂。

有人竟还在大食堂的门上贴了一首自编的民谣：

> 生活集体化，
> 食堂如我家。
> 不是大锅烩，
> 就是油里炸。
> 顿顿吃饱饭，
> 天天有香辣。
> 刘庄大食堂，
> 就是一个"家"。
> 若把"家"解散，
> 生活不得法；
> 保住这个家，
> 群众笑哈哈。

群众的一次次要求，一次次真心的表达，让史来贺和其他大队干部为难起来。上级下命令解散食堂，群众要求保住食堂，究竟该咋办呢？是保留，是解散？村党支部举棋不定。在大家都左右为难、无法表态时，史来贺一拍大腿，果断地蹦出一句："现在，党中央提出民主办社，干脆，咱来个全村民意投票，大食堂是解散，还是继续办，由群众来决定。"

"这是好办法，省得咱当干部的为难。"大家一致同意。

民意投票在大食堂的饭场举行，由大队长李兴德主持，大队会计李天德和食堂会计具体发票、登记。

李兴德开门见山，简单明了地说："今儿个叫大家来投票，既不是选干部，也不是选代表，是让大家对咱的大食堂发表意见，是散、是办，由全村群众当家。

每个人都要投上一票,心里咋想就咋写。"

一听要给食堂投票,社员们都乐了:

"既然叫群众当家,咱就正儿八经投上一票,说啥也得保住咱的大食堂。"

"人家外边投票选干部,咱刘庄投票保食堂。你说新鲜不新鲜,哪有办食堂投票的?"

"这是党支部让群众当家作主,大事由全村人来决定,这就叫充分发扬民主。民主办社嘛!"

"民主好,民主好! 一民主,咱刘庄的食堂肯定能保住。"

"不能光听上边的,就得多听听群众的。群众对自己的食堂知根知底,上边并不了解咱的食堂,如果听上边的,把食堂解散了,准得后悔!"

"放心吧! 咱刘庄食堂散不了,咱投票咱当家,群众说了算。"

在说说笑笑、人声鼎沸中,投票很快结束了。

大队会计、食堂会计一登记、一计算,有85%以上的人反对解散大食堂,赞成继续办下去。

结果一公布,整个刘庄欢呼雀跃,民众庆祝他们的意愿不谋而合,庆祝社员的民意得到了肯定。

这时,主持投票的李兴德站起来表态说:"刘庄的食堂,是大家的食堂,办与不办,大家说了算。叫我说,只要群众拥护,咱就坚持办下去,一直不解散!"

民意不可违,民心大于天,刘庄的群众当家作主,保住了刘庄的大食堂。这就是刘庄的实际,这就是刘庄的独特。

1961 年 5 月,中共中央民主整社工作队进驻刘庄,针对办公共食堂干部多吃多占搞调查研究。工作队在村里召开座谈会,负责人问参加座谈会的社员:"据说,三年前号召办食堂,刘庄硬顶着迟迟不办;三年后叫解散,却又不肯解散。这是为啥? 这其中是个什么谜啊? 是不是干部为了多吃多占,硬顶着不解散食堂啊?"

参加座谈会的女社员王瑞芝首先发言:"刘庄开始不愿办食堂,三年后不愿解散食堂,都是俺社员的意见,社员当家作主,跟干部没关系。听说,整社是为了清查干部多吃多占问题。在刘庄调查干部有没有多吃多占,不用查账,从脸上就可以看出来。俺村的大小队干部,脸色都和社员一样,不必怀疑他们。他们从来不多吃多占。只是俺们的支书兼司务长,跟其他干部不一样……"

"史来贺跟其他干部不一样？咋不一样？说说看。"工作队的人大为惊讶。

发言的王瑞芝看着工作队的人，不慌不忙，把想说的话，娓娓道来："俺的史支书，你们可以仔细看一看，他的脸色比其他的干部群众都黑。为啥？因为他把肉菜和好吃的，都让给了老年人和生病的人，自己吃最差的。还因为他外出开会老是不从食堂带粮票，也不带干粮，每次都饿着肚子开会。一年到头，总是这样，他的身子骨能不亏？他只差没把自己身上的肉割下来，煮了炖了，让社员们填肚子充饥了！社员们私下说，俺全村人都得了史来贺的恩惠，他的恩报不完啊！大家伙有一个共同的心愿，那就是等到年成好了，得让史支书好好补一补身子。让他吃得壮壮的，领着社员往前奔啊……"

王瑞芝说到这里，眼泪夺眶而出，哭得再也说不下去了。

听了王瑞芝的诉说，工作队的人深受感动。打心眼里敬佩史来贺这位难得的村支书。

"刘庄的社员愿意解散食堂吗？"工作队的人又问。

女社员边秀英立即回答："不愿意！俺刘庄的食堂办得好好的，社员们天天吃得饱饱的，为啥要解散？这几天，妇女们在地里干活，谈论最多的就是外村解散食堂的事，都怕刘庄的食堂也解散。只要有一户人家还在食堂，我们家就不出食堂，除非食堂不开火了，我才回家做饭。外村人都盼着解散食堂，刘庄人却害怕解散食堂，为啥？这就是刘庄跟外村不一样。"

"刘庄人为啥不愿解散食堂？"工作队的人又问。

一位社员不假思索地回答："这还用问？刘庄的食堂办得确实好哇！大家都愿意在食堂吃饭，说明食堂的饭菜做得好，让群众吃得饱。这在大灾年，是很不容易做到的。要是等年成好了，俺刘庄的食堂不比城里的机关、工厂的食堂还好哇？大家都盼着食堂别散了，咱们还得依赖食堂，过城里人的生活呢！"

工作队的人一听乐了。没想到，刘庄人对公共食堂有这么深厚的感情。这在全国非常罕见。

这时，史来贺站出来，谈了自己的意见："我主张解散食堂。一来这是中央的精神，符合全国农村的实际。二是开初公共食堂的创办，违背了农村实际和社会发展规律，是"左倾"的产物，办不好是必然的。刘庄办好了，有它的偶然性。农村办公共食堂，超越了农村干部的管理水平，耗费干部太大精力，直接影响了把主要精力放在抓农业生产上。所以应该顺应时代发展规律，解散食堂。食堂解散了，不会影响刘庄人生活水平的提高。相反，可能会提高得更快。但是不能说解散就像其他村一样,一哄而散,得让社员把锅碗瓢盆买齐了,自炊自食的准备做好了,食堂再停火。不然,大家没有思想准备,锅碗瓢盆没有备好,势必会给各家各户带来生活上的困难,甚至造成群众思想混乱,影响生产。"

还是史来贺考虑问题周全,站在正确立场,心里装着群众,啥时候都不会忽左忽右,总能方向在握,稳定大局。

党支部通知全村各家各户,提前准备炊具,有困难,找队里;等各家各户都置办齐了锅碗瓢盆等炊具,麦收前,食堂按人头先发四天口粮,让群众回家做饭。就这样,办了三年的刘庄公共食堂解散了!

公共食堂是人民公社的产物,是"一大二公"的宠儿,更是"左"的"代表作"。实践证明,办公共食堂违背了当时的农村实际,违背了群众的意愿,最后失败,是必然的。而刘庄办食堂却获得了成功,得到了广大群众的拥护,并且不同意解散,这说明了什么问题呢?说明在最艰苦的岁月,刘庄干部却从不搞特殊化,和群众手拉手,心连心,共患难,同甘苦。而别的村,为何做不到呢?这是值得人们深思的。

在我们党执行"左"的错误路线时,史来贺不迷茫,不消极,更不随波逐流,跟着错误路线跑,而是擦亮眼睛,明心壮志,充分发挥主观能动性,一切从实际出发,从维护群众利益出发,努力办好大食堂,避免了"左倾"路线造成的损失,为党分了忧,为民解了难。在政治环境遭受污染,在经济形势极端困难的情况下,他却千方百计力挽狂澜,战胜困难,把广大群众凝聚在党的身边,这是多么难得啊!

多少年之后,每当提起公共食堂,对外村人来说,那是一段"痛苦的记忆""沉痛的教训";而对于刘庄人来说,却是一段"美好的回忆""令人眷恋的岁月"。在极度困难的年代,能留给刘庄人"美好的回忆",这无疑是史来贺创造的一个奇迹!

第二十六章　一把永恒的"尺子"

※不当墙头草
※面对副总理
※充分的理由
※永固的"堡垒"

不当墙头草

人民公社成立后,广泛推行"一大二公"的体制,生产力与生产关系,农村管理体制以及社会分配原则都发生了很大变化,随之而来的新的社会矛盾和问题凸显出来,特别是在人民公社所有制和分配等方面存在许多混乱现象,严重损害了农民的切身利益,大大挫伤了农民生产劳动的积极性。

为了及时解决这些问题,在毛主席的倡导下,中央大兴调查研究之风,着手整顿人民公社问题,坚决扭转"一大二公"造成的混乱局面,重点对公社体制进行调整。

通过周密的调查研究,中央决定在农村人民公社推行"三级所有,队为基础"的管理体制。"三级所有",是农村生产资料所有制形式,生产资料分别属于人民公社、大队和生产队;"队为基础",是指以生产队为基础。"三级所有,队为基础",是毛主席对人民公社体制进行认真细致的探索、调整后所得出的结论。为此,他深入实际,深入基层,到多地进行视察和调查研究,掌握了第一手资料,付出了很大心血,得出了既科学又符合客观实际的结论。

"三级所有,队为基础"的实质,是要公社权力下放,在实行三级管理、三级核算的时候,由原来的公社、大队核算退到生产队核算,即以生产队作为基本核算单位。在社与队、队与队之间要实行等价交换。

实行"三级所有,队为基础"的体制之后,人民公社的所有制发生了很大的变化,除了公社直接所有部分以外,其他的都是大队和生产队的所有制,而且基本是生产队的所有制。生产队有了支配一切生产资料的权力,有了"按劳分配"的权力,有了调用生产力和调动农民积极性和创造性的权力。

生产队根据农民的生活实际,扩大了农民的自留地,还允许农民开小片荒,可以自由种植;很多生产队干部还带领农民搞起了生产队的副业。无论是生产队干部还是农民群众，都焕发出高涨的劳动热情和生产积极性。

时任中共中央政治局委员、中央书记处书记、国务院副总理的谭震林，于1961年春天，率领中共中央和国务院人员联合组成的民主整社工作组，来到新乡县七里营人民公社蹲点。在工作组的指导督促下，中央的精神在七里营很快得到了落实，积极推行"三级所有，队为基础"的体制，从原来的公社、大队核算退为生产队核算。

刘庄周围的村庄都以最快的速度把"生产队核算作为基本核算单位"落实到位，大队把一些权力下放给生产队，并迅速扩大了农民的自留地，把集体牲畜实行分养。各生产队干部心气儿一顺，很快打开劳动生产新局面。

"还是毛主席最英明，把公社过去管的那些事儿，现在下放给咱生产队干部管，这样做，才是正理儿，才符合常情。"

"是啊！土地由咱种，牲口由咱养，粮食由咱收打，可到头来，核算、分配咱却一点儿家儿也不当，全由公社、大队说了算，咱只有出力干活的权力。你说，咱还哪来的劲头儿？毛主席发现不对头，这回给它扭过来了。这往后哇，咱气儿就顺了，劲儿就足了。"

"毛主席啊，心里老是挂记着咱农民，总怕农民出了力，又吃不饱、穿不暖，总怕农民劳动了，又得不够数、分不到手。毛主席叫实行'队为基础'，生产队核算，就是怕广大农民吃亏呀！"

很多生产队干部对"三级所有，队为基础"的体制都有了最单纯、最朴实的理解。

看着周围村庄都已由大队核算退为生产队核算，史来贺心里矛盾起来：刘庄这回是退，还是不退？是打顺风旗，还是开顶风船？要打顺风旗，容易得很，随大溜呗！而刘庄的实际又不容他打顺风旗，他向来是一个从实际出发、按实际办事的人，身为一个共产党员，难道能在关键时刻，为了图一时轻松与保险，而不顾刘庄的实际去随波逐流、打顺风旗吗？"世界上怕就怕'认真'二字，共产党就最讲认真。"此事关系重大，必须认真对待，要认认真真地对刘庄负责，对刘庄父老乡亲的切身利益负责。

史来贺一遇大事就集思广益，开会研究，广泛听取大家的意见，这是他一贯的民主作风。这次，他又召开了党支部和大队干部的联席会议，就"坚持大队核算，还是退为生产队核算"这一问题，让大家结合刘庄实际展开讨论。与会干部都是土生土长的农民，直心眼，直肠子，说话办事从不拐弯抹角，发表意见从不藏着掖着。大家一坐下来开会，便亮开嗓门，直来直去，各抒己见，一吐为快。

"按说，由大队核算退到生产队核算，是中央的指示精神，我们应该照办。可刘庄有刘庄的实际，有刘庄的特殊情况，咱也得考虑到哇！"支部副书记、大队长李兴德首先发言，"刘庄跟别的大队不一样，别的大队在核算时顾上头多，顾下头少，所以群众有意见，有怨言。咱刘庄是上下兼顾，并且是顾下头多，始终照顾到群众的利益，在维护群众利益的基础上，发展集体经济。这几年，集体经济发展得越来越好，公共积累越来越多，社员生活也不断得到改善，收入也逐年增多。如果退到小队核算，大队多年来搞起来的集体经济必然会垮，社员的利益也会受到损害。"

"这个看法我同意。咱大队为啥一直在发展集体经济上做文章？就是为了让社员得到更多的利益和实惠。'大河有水小河满，大河没水小河干'，大队的集体经济就是一条大河，社员各家各户就是小河。咱刘庄现在是大河小河都有水，大河里水涨，社员各家各户小河的水也会涨。如果退到生产队核算，大队集体经济发展就会缓慢，甚至会停滞不前。那么就会出现'大河没水小河干'的恶果，大队穷，社员也穷。因此，咱刘庄还是坚持大队核算，不退为好。"这是大队会计李天德的发言。

副大队长刘树业接过话茬："咱不能像别的村庄那样，光听上边的，不能老沿着上边铺好的路往前走。刘庄这几年发展的实践证明，刘庄的路还得靠刘庄人自己走。有些事儿，你随大溜，往往会走错道儿；你独立孤行，却能走对。咱刘庄在来贺的率领下，走顶头风也不是一回两回了，可一回回咱不是都走对了吗？那些随大溜者反而都走错了。正是咱敢走顶头风，才一回回地保住了刘庄的集体经济，保证了刘庄百姓的利益没受损失。所以，叫我说啊，这回咱还得从刘庄的实际出发，从维护刘庄的集体经济出发，走顶头风，不走顺风路。"

"别的大队都改了，咱刘庄要硬是不改，那上级会同意吗？会不会批评咱呢？"大队妇女主任刘桂英的担心不是多余的。

"这个不用怕，咱是出于公心，从实际出发，从关心集体、关心群众出发，上边就是批评，咱也不怕。因为咱没有对集体、对群众做亏心事，咱坚持的都是利于集体、利于群众的。怕他干啥？"大队会计李天德坦然地说。

刘桂英马上紧接道："你这一说，我心里踏实了。那就干脆点儿，咱不听风，也不听雨，咋对咱刘庄有利，咱就咋办。上边不管谁来阻止、谁来批评，咱也不回头，只要认准了咱刘庄的路，一头走到底！"

…………

会场气氛异常热烈，大家发言一个比一个积极，一个比一个爽快。

史来贺心想，大家的意见不谋而合，都想到一起去了。说明这几年刘庄集体经济的发展凝聚了人心，凝聚了刘庄干部的信念。"人心齐，泰山移"，只要有这么心齐的干部队伍，刘庄的路子就会越走越宽，刘庄的集体经济就会发展得越来越快。大家都发了言，就该他最后"一锤定音"了，大家的目光也都落在了他的身上。他环视了一下会议室，然后平静地问道："大家还有没有不同意见？"

大队会计李天德马上回答："大家伙儿都说过了，意见都一致，没有不同意见。"

"那好，我也给大家亮明我的观点。大家刚才说的，我完全赞同。大家谈的意见和想法，也是几天来我反复考虑、反复琢磨透的。既然这样，那么今天咱讨论研究的结果就是：刘庄依然坚持大队核算。这个结果，是刘庄的实际决定的，是刘庄群众的利益决定的。我们是共产党的干部，是刘庄群众的主心骨，不管决策什么事情，都要从这两点出发。刘庄的实际、刘庄群众的利益，永远是我们工作的出发点和落脚点。"史来贺点着一锅子烟，抽了几口，接着说："这几年，一阵又一阵的，老是刮风，什么'浮夸风'，什么'共产风'，什么'瞎指挥风'，还有前几年的'小社并大社风'。今儿这风，明儿那风，这阵风没刮完，那阵风又上来了，一股风接一股风的。可咱刘庄始终没有跟风跑，为啥？因为那些风都违背农村实际，有损农民的切身利益。还有更重要的一条，那就是咱是共产党的干部，党员干部要时刻坚持真理，决不当墙头草，不管啥风来了都不随风倒。党员干部，时时都得站稳脚跟，不能啥风一来就被吹弯了腰、吹低了头。咱刘庄的党员干部要经得起风吹雨打，不管在什么情况下，都不当墙头草，要当一棵大树，为刘庄遮风挡雨……"

"这年头，墙头草可是不少，有骨气的人却不多见了。老百姓都把墙头草那样的风派人物编成戏唱了。"大队会计李天德说着，就念起一段顺口溜：

墙头草，真不少，
大风一刮随风倒。
墙头草，站不稳，
一有风吹就动摇；
墙头草，脚跟浅，

不管啥风都顺着倒。

墙头草，左右摇，

没有骨头没有腰；

墙头草，长不高，

都怨根基没扎牢。

"风派人物一时吃得开，天长日久了，就站不住脚，就像墙头草，根底浅，长不牢，终归是长久不了。还是硬铮铮一身骨气好，顶天立地，啥风来了都吹不倒。咱刘庄不管啥时候，既不跟风，也不刮风，反倒站得稳、立得住。"史来贺对此深有感悟。

"那咱今天研究讨论的结果，能不能得到上级的批准呢？"大队长李兴德面向史来贺问。

"这不用担心，既然今天的会议有了这么一个一致的决定，剩下的事我来办。我相信，咱们今天研究讨论的结果，一定会引起上级领导的重视的。"史来贺自信心很强。

可史来贺向上级汇报后，却遭到了严厉指责："刘庄这是跟中央政策唱对台戏，全国都在'退'，就你刘庄硬别着不退，你刘庄能破天啦！"

有的领导还说："中央的文件到你们刘庄硬顶着落实不了，你们真是胆大包天！刘庄简直成了独立王国，谁也管不了啦！真不知道你们刘庄大队想干啥。"

面对上级领导的批评，史来贺摆出了刘庄的一条条实际，摆出了刘庄干部群众的强烈愿望和"不退"的原因与理由。可上级领导根本听不进他的解释，强迫命令刘庄必须落实中央文件精神，由大队核算退到小队核算。

强迫命令像一块不可抗拒的大碾盘压在史来贺的头顶，却并没有压弯他的腰。他不卑不亢，以暂时的沉默对峙着，抗拒着……

面对副总理

七里营公社的领导,把刘庄大队,特别是史来贺硬顶着"不退"的意见,逐级向上汇报,县委、地委掌握了这一情况后,都认为史来贺硬顶着"不退",是另搞一套,与中央的政策对抗。

在一次汇报会上,七里营公社的领导,把这一情况直接汇报给在七里营公社蹲点的谭震林副总理:"刘庄大队不同意以生产队为核算单位,仍要坚持以大队为核算单位,也不愿意把牲口分到各家各户去饲养。"

刘庄大队坚持"不退"的做法引起了谭副总理的重视,他问七里营公社的领导:"史来贺为啥仍坚持大队核算,不退到小队核算呢?"

"他说,退到生产队核算,不符合刘庄大队的实际,也不符合刘庄干部群众的愿望。他要保证刘庄大队的集体经济和群众利益不受损失。"七里营公社领导如实说。

刘庄这个村名,连同这个村的领头人史来贺,谭震林副总理是很熟悉的。因为刘庄千亩棉田连年高产,曾震动全国。作为主抓农业的国务院副总理,谭震林是了解详情的。那一年,在全国棉花工作会议上,周恩来总理接见史来贺、与他亲切握手交谈时,谭震林副总理就在旁边。如今,对史来贺的音容笑貌,他还记忆犹新。

"史来贺是全国知名的劳动模范、民兵英雄,听说他什么事都走在前边,当大家的表率,怎么这次他领导的刘庄,却成了整社的阻力了? 这里边有什么原因呢?"

为了弄清真实情况,谭震林专程赶到刘庄调查研究。听说史来贺正在地里干活,他就直接来到农田,找到了正在带领群众点种棉花的史来贺。

"谭副总理来了!"

史来贺赶紧放下手里的活,直起身走到地头,拍了拍两手的泥土,站在了谭震林副总理的面前。谭副总理伸出右手,紧紧握住了史来贺满是泥土的手。

"哎呀!我的手上全是泥土,把您的手都沾脏了。"史来贺有些不好意思。

"没关系!我不是什么金枝玉叶,我的手也是一双打仗、劳动的手啊!"谭震林副总理笑呵呵地说。

史来贺跟谭副总理是比较熟悉的,在北京开会多次见过面,在新乡开会还单独向谭副总理汇报过刘庄科学种田、发展集体经济、搞好公共积累的情况。他知道谭震林副总理是一位性情耿直、工作极其认真的老革命,很喜欢倾听来自基层、来自老百姓的意见和呼声。无论向他汇报和反映什么情况,都会引起他的高度重视。他知道,谭副总理这次来刘庄,肯定是为整社的事。

果然,谭副总理一见史来贺,就直截了当地问道:"史来贺,你刘庄为何不退到以小队为单位进行核算?你要知道,'三级所有,队为基础',这是中央的精神,怎么到你这儿就行不通呢?"

史来贺一看谭副总理那严厉的表情,迟疑犹豫了片刻,马上又温声温气地说:"谭副总理,咱能不能坐在地头,听我慢慢说?"

一个国家副总理、一个大队支书,面对面席地而坐,开始了一次决定刘庄经济命运的谈话。

史来贺坐在谭震林副总理的对面,有条不紊地汇报着。

"从1956年建高级社起,我们坚持了一村一社,虽然上级一再批评,还不承认刘庄高级社的合法性,但后来我们生产发展了,群众生活水平提高了,我们就这样一直走过来了。1958年成立人民公社后,抽调了我们一部分干部、劳力,外出大炼钢铁,搞大协作。但我们把剩下的劳力集中起来,统一指挥,没有影响生产。在'退'还是'不退'这个问题上,我们村的干部群众总认为,我们村规模小,地块集中,干部群众比较团结,我们已经习惯了这种核算体制。"

谭副总理听得很认真,不断地点头,又不断地在本子上写几个字。他听完了汇报,刨根问底地说:"史来贺同志,这几年,在河南这个地方风气不太正,你刘庄往往跟上边唱反调,而且你们的反调唱得都对头。可这次,是中央决定的政策,为何又要唱反调啊?说说你的理由。"这时,谭副总理脸色已不再那么严厉,语气温和多了。

史来贺说:"这是俺刘庄党支部和大队领导班子集体的意见,也是全村群众举手表决的意见。"接着,他把村党支部和大队干部联席会议讨论研究以及全村群众大会表决的情况叙说了一遍。

谭副总理听后点点头，说："看来，你们干部与群众的意见是一致的，都同意坚持大队核算，不愿退到小队核算了？"

史来贺说："是这样的。我们刘庄凡是重大事项，都要经过干部和全体群众集体讨论，意见统一后再作决定。"

"史来贺同志，你的民主作风坚持得好，应该好好发扬。我们共产党人，要做好领导工作，就得靠民主。一言堂，要不得；官僚主义，要不得；瞎指挥，要不得。"谭副总理望一眼正在田间干活儿的社员，又接着说道："你们刘庄，我了解一些，但了解得不透、不全面。今天，听了你的汇报，让我有了更多的了解。是的，正如你说的那样，刘庄跟一般村庄不一样，所以你们想按照自己的计划，走一条刘庄自己的路子。这很好！值得赞赏啊！不过，这次你们依然要坚持大队核算，能不能搞好啊？会不会出现负面影响啊？这些都要慎重考虑。"

"我们已经再三考虑，一定能坚持好，不会出现负面影响。"史来贺看了一眼谭副总理，接着说："刘庄干部有个习惯，无论啥事，都爱用'刘庄实际'这把尺子量一量，看与这把尺子符不符，符了，我们就干，就照办，不符，会给刘庄造成损失，我们就不会随大溜，而是坚持我们自己的做法。刘庄本来就不大，居住又集中，这几年通过科学种田、发展生产，打好了集体经济的家底，有了一定的公共积累，大队有凝聚力、向心力。同时，大队也制定了刘庄发展的长远规划，必须由大队率领群众去实施。为了发展生产，实现刘庄的农业现代化建设，我们觉得，不必人为地拆分几个核算单位，还是坚持大队核算，不退为好。"

"哦！是这样。看来，你们是坚决不愿退到小队核算了？"谭震林副总理从史来贺的陈述中，进一步明白了刘庄的一些实际情况。

"是的！这个问题，我们已经反复讨论研究，不会有啥变动。"史来贺意犹未尽，又补充道，"我认为合作化以来，凡是农业发展受到挫折时，不利影响主要来自两个方面。一是政治运动中一些过'左'、过右等不良倾向的外部干扰和破坏。今天这运动，明天那运动，政治运动一个接一个，农村就没个静下心来搞生产的时候，更没有一个让干部一心一意抓生产的政治氛围和气候。何况有些运动，本身就是错误的，还要逼着群众跟着错误走，农业生产怎么能发展？二是生产关系变来变去、集体管理规模大小的轻易变化造成的内部破坏。今天这么搞，明天那么整。财产归属变来变去，一会儿归公社，一会儿归大队，一会儿又归小队；生产自主权也变化多端，种啥、干啥，一会儿公社说了算，一会儿大队说了算,一会儿又成了小队说了算,弄得干部群众无所适从,左右不是。干部群众都怕脱离实际的无端变化,这样的变化,结果是变来变去变不好。例如:附近的小冀庄,合作化时,在我们这一带是比较富裕的村,可这几年,硬是给弄穷了。"

史来贺说到这里,烟瘾上来了,马上点着一锅子烟,狠劲抽了两口,又继续说了起来:"俺河南,这几年好'刮风',一股风来了,上头'一刀切',下头一边倒。呼,左一下,呼,右一下,毁了!就拿生产组织形式来说吧,分了合,合了分,就叫人头疼、烦恼。群众说,分一次偷一次,合一次丢一次,分分合合,合合分分,折腾来折腾去,集体有点儿家底也给折腾光了。例如,附近的小张庄,合作化时,在我们这一带是比较富裕的村庄,多少村都喊过'学习小张庄,赶超小张庄'的口号,有的还到小张庄参观学习,确实热闹了一阵。可这几年,上边一会儿分、一会儿合,分时有人偷,合时社里丢,分分合合,合合分分,硬是把一个小张庄给折腾穷了!群众看在眼里,疼在心上,眼看着一个集体一年不如一年。可他们有啥办法呢?"

接着,史来贺给谭震林副总理念了几句小张庄群众编的顺口溜:

> 小变大,大变小,
> 变来变去变不好。
> 上头一股风,
> 下头随风倒。
> 上头一刀切,
> 下头全切掉。
> 肥的切瘦了,
> 富的切穷了。
> 一刀切下去,
> 全都变了样,
> 谁也辨不清,
> 哪个坏来哪个好。

听了这一段顺口溜,谭震林副总理沉吟道:"群众的歌谣说得好哇!我们这几年确实走了不少弯路,值得好好总结。群众的眼睛是雪亮的,看得很准确呀!"

"群众不光看得清，体会得也深啊！他们都在生产第一线，对啥好啥不好，都有切身体会。"史来贺补充说。

"史来贺同志，依你看当前是退好，还是不退好？还是以大队核算，不退到小队核算好，是不是啊？"谭震林副总理问到了具体问题。

"那倒不是。叫我看，退与不退，不能一概而论，得依据各村的具体情况而定。就整体来看，确实以小队核算比较好，这符合中国农村目前的实际情况，符合老百姓心愿。对中央的这一决策，我举双手赞成。问题是不能'一刀切'。拿我们刘庄来说，情况比较特殊，跟其他村确实不一样。经过几年实践、调整、变化、提高，群众已经习惯了全村人合成整体在一起生产、生活，集体经济也有了一定的积累，形成了凝聚力，干部群众都愿意以大队核算为基本核算单位。我认为，集体变好了、形成群众的核心了，就不要再变了，不需要变的其他生产方式也不要变，稳定一个时期，生产就能持续发展。集体经济就会有一个大的提高，大的跨越。"

"你说的都是真心话？"

"说的有一句瞎话，我负责！我拿党性担保。不信，你问问群众。"史来贺的回答，没有丝毫含糊。

"那好，你带我四处走走吧！"

两个人，一个是泱泱大国副总理，一个是农民干部，边走边聊，聊得那么自然，那么亲切，那么投缘，犹如两个无话不谈的故交。

走着聊着，聊着走着，不觉来到村里的牲口棚旁边，碰上了饲养员马新敬。

"老汉，你在村里是干啥的？"谭震林副总理温和地问道。

"这不，在这儿喂牲口。"马新敬手指着牲口棚回答。

这个一辈子几乎没出过村的老农，不知道面前站立的陌生人是谁，到刘庄来干啥。

"老马，这是从北京来的国务院谭副总理，到咱刘庄来看看。"史来贺向马新敬做简单介绍。

史来贺的话还没落音，谭震林已经握住了饲养员马新敬长满厚茧的手。

马新敬却慌了神，一听说站在自己眼前并握住了自己手的人，是国务院副总理，心里"扑腾扑腾"跳得非常激烈，自己的手上不仅沾满了泥土，还沾满了牛粪、马粪味，也没来得及在身上擦一擦，这不把副总理的手沾脏了吗？那就太对不起这位中央的大领导了！

　　还没等他的思绪冷静下来,谭震林副总理就向他问话了:"老汉,我给你商量个事吧?把你喂的牲口都分到各家各户去饲养,好不好啊?"

　　"不中!不中!"马新敬连连摆手,说得毫不犹豫,语气坚决,听上去没有商量的余地。

　　谭震林副总理又试探地说:"分了,你家的牲口,你的老伴也可以帮你喂嘛!"

　　"分开不中!单干时,我喂过一头小牛,还不如现在集体喂得壮实。村里,真正懂得饲养牲口门道的人不多。要是把牲口分到各家各户饲养,准有一些人,把肥的喂瘦了,把瘦的喂死了。那损失可就大了!准定不会像现在集体饲养的这样,牛呀,马呀,驴呀,各个都膘肥体壮的。"马新敬对分养牲口,一百个不赞成。

　　"哦!真是群众不愿把牲口分到家庭饲养啊!"马新敬实事求是的分析,让谭震林心里有了底。

　　谭震林副总理在村里又找了很多社员谈话,有老农,有壮年,有妇女,还有小队干部,每当问到"愿意大队核算,还是小队核算"的问题时,尽管说的话不一样,但都表达出一个意思:我们刘庄不能搞小队核算,应坚持大队核算。

　　经过在刘庄深入调查,谭震林副总理对刘庄的特殊情况了然于胸,对刘庄大队集体的凝聚力暗暗叫好。通过调查走访,他对史来贺这位青年农民干部非常佩服,不仅佩服他深谙民心民意,而且佩服他的胆量与卓识。

　　谭震林副总理觉得史来贺说得很有道理,也符合刘庄的实际与群众的愿望,便郑重其事地说:"史来贺同志,你和群众说的情况、谈的意见很重要,我们一定会认真考虑。不过,我们还会进一步了解情况,等把情况搞透了,上级会给你们一个圆满的答复。"

　　"我们有自信,会等来上级给刘庄人回复的好消息!"史来贺对自己坚持的符合实际的做法,始终充满了坚定的自信。

充分的理由

为了慎重起见，也为了把曾在周总理心目中挂了号的刘庄，作为一个"不退"的典型向中央汇报，谭震林副总理回到七里营公社后，即派他的秘书吕银波带领 16 人的工作队进驻刘庄，大搞调查研究。

这个庞大的工作队，在刘庄一驻就是一个多月，他们下农田、进农家、访农民，先后召开十多次群众座谈会，走访几百位村民，详查细访，解剖麻雀。最后，形成了 7 份调查材料:《刘庄大队体制的调查》《刘庄大队实行伙食供给制的调查》《刘庄大队关于工资、供给三七开座谈会记录》《刘庄大队公共食堂调查报告》《刘庄大队牲畜饲养管理情况调查报告》《刘庄大队棉、粮比例座谈会纪要》《刘庄大队管理问题的调查》等。

这 7 份调查材料，从不同侧面厘清了刘庄大队发展与管理的脉络，全面反映了刘庄大队方方面面的实际情况。而在这几份调查材料的形成过程中，花费精力最大、时间最长的，还是刘庄的体制问题，即刘庄是坚持大队核算，还是退到小队核算。

工作队就这一核心问题，反复征求史来贺的意见。工作队队长吕银波，郑重其事地找史来贺谈话:"老史，你始终坚持大队核算，不主张退到小队核算。请你把这样做的好处，梳理出几条来，我们也好据实上报。"

"这个问题，我已经考虑过多少遍了，根据刘庄干部群众的愿望和意见，脑子里早已形成条条了。我们继续实行大队核算，至少有这么一些理由。"史来贺早已胸有成竹，一边"吧嗒吧嗒"地抽着旱烟，一边不慌不忙地娓娓道来:

"第一，便于根据生产发展需要，在全大队范围内统一调配劳力和畜力，做到'平时分兵把口，紧张时调兵遣将'，样样农活不误。

"第二，能够有力地抵抗自然灾害。在这方面，刘庄人是有经验教训的。

1956年,我们遭遇多年不遇的寒灾、涝灾、虫灾。当时,虽说我们村没有并入夏庄乡大社,坚持了'一村一社',但一个社里,还按原来的三个初级社,形成三个队,各自为政。有的小队干部管理不力,指挥不当,没有发挥广大社员的能动性,抗灾能力很弱,这个队的社员吃了些苦头。在这种情况下,群众一致要求,村里不要搞块块分割,抗灾力量全由刘庄高级社统一调度指挥,全村人在高级社党支部的统一领导下,拧成一股绳,大搞生产自救,拼上老命苦干实干,硬是在大灾之年,夺取了大丰收,社员的生活有了保障。从此,刘庄老百姓就形成一个固定思维:再大的困难,只要有刘庄党支部的统一领导,统一指挥,把刘庄人捆到一起,心凝聚成一个拳头,就没有什么困难不能克服,没有什么灾害不能战胜。

"第三,便于大队统一规划生产,进行基本建设。我们刘庄已经有长远规划,一是搞现代化农田基本建设,二是搞社会主义新农村基本建设。在集体经济有了一定的积累后,把眼下这些茅草屋全扒掉,规划建设成统一的新房子。如果分成小队核算,有的队富,有的队穷,就很难把这个规划变成现实,让全村所有的人家,统统掀掉茅屋,住进新居。贫富距离拉开了,今后就很难实现刘庄人共同富裕的愿望。

"第四,把大、小队干部捆在一起,便于发挥全村干部的积极性。实行大队核算,大、小队干部都对全村人的生活负责,全村的干部队伍就形成一盘棋,拧成一股劲了。

"第五,这是最重要的一条,刘庄就这么大一点,村子规模小,人口集中,几百口人都住在一堆。这几年,通过土地平整改造,农田也很集中,生产容易调度。所以,刘庄不必人为地再分成几个核算单位。

"第六,坚持大队核算,能加强党支部的统一领导。党支部和大队领导班子,配备的干部素质高、能力强,群众拥护,是一个各方面都过硬的班子。就水平和魄力而言,完全有能力统一指挥全村人的生产,能带领全体社员创造更大的业绩,有信心把全村人引上共同富裕的道路。

"我们坚持刘庄仍实行大队核算,不退到小队核算。究竟中不中,检验的标准只有一个,那就是:是否有利于刘庄的生产发展和群众生活水平的提高。实践会做出结论的。"

吕银波边听边记,把史来贺说的几条理由,一句不差地记录在本子上。

史来贺阐述的这六条理由,其根本出发点有两个:从刘庄的实际出发,从维护和发展刘庄老百姓的利益出发。这两个出发点，是衡量一切工作、一切决策、一切改革、一切方针政策的一杆秤、一把尺子、一个守恒不变的原则。与此不符的，刘庄人坚决不干！史来贺把刘庄的实际、刘庄老百姓的利益，看得比天高、比泰山重。

工作队通过深入细致的调查，一致认为：以史来贺为首的刘庄党支部思想端正，作风良好，积极参加劳动，做群众的表率；更可贵的是，他们能够实事求是，一切从实际出发。在困难条件下，仍然能够使生产有秩序、有计划、有节奏地进行。尤其是1960年，刘庄虽然遭受了自然灾害的袭击，但在史来贺的领导下，这一年却创造了亩产皮棉100多公斤，粮食平均亩产500多公斤的高产纪录，成为河南省驰名的先进大队，集体与社员收入有了很大增加。但他们对刘庄的核算单位，是"退"，还是"不退"，仍吃不透、拿不准，不敢轻易表态。

为了充分发扬民主，广泛听取群众意见，工作组在刘庄祠堂召开全大队400多名男女社员大会。在工作队的监督下，针对"是退，还是不退"的问题，进行了民意测验，参加大会的社员全都投票表决。投票规定：同意退到小队核算的，画"○"；不同意退的，画"×"。结果，画"○"的仅有4票，不到1%。那就是说，坚持大队核算的人达到99%以上。

"你们先按原来的路子干着吧，等我们向中央汇报后再作决定。"工作队临撤离刘庄时，工作队队长吕银波对史来贺说。

史来贺听出来了，吕银波在说这句话时，把"向中央汇报"几个字，说得很重，好像特意加了重重的语气。他点点头："好吧！那就请你们到中央将刘庄的实际情况，实话实说吧！"

一个村的事，怎么还需要"向中央汇报"，还要等中央领导表态呢？中国的村庄多如繁星，为啥那么多的村都不需要单独"向中央汇报"，等中央领导表态呢？因为这件事发生在刘庄，有它的特殊性：刘庄千亩棉田大面积丰收、为国家做出过重大贡献，是全国的先进典型。因为刘庄有史来贺这位全国劳模、植棉能手。刘庄和史来贺都是在中央领导人心中挂了号的特殊村庄、特殊人物。特殊村庄的特殊人物，备受中央领导的关注，是必然的。那时，全国的农村都按照中央精神，实行小队核算了，而唯有刘庄还在坚持大队核算。这本身就是一个非常独特的事件，并与史来贺紧密关联。就凭这样的独特性，刘庄是"退"，还是"不退"，谁能说了算，别说公社、县里定不了，地委、省委定不了，连共和国的副总理也定不了。

　　回到北京后,谭震林副总理将刘庄的情况向时任国家主席的刘少奇作了详细汇报,刘少奇沉思了片刻,明确表态:"刘庄的情况比较特殊,七里营可以有一个刘庄'不退',仍然搞大队核算。"

　　谭震林让吕银波马上打长途电话,把国家主席刘少奇的意见,直接告诉了史来贺。

　　顿时,整个刘庄都激动起来了:"一个共和国主席,国家大事那么多,工作那么忙,还关心着我们一个小小的刘庄,对咱们刘庄老百姓的心愿那么重视。真让人感动啊!人民共和国的领导人,真的是为人民服务哇!"

　　新乡地委又根据工作组的调查报告,经过反复研究,把刘庄作为"不退"典型上报中央,很快得到了中央的批复。

　　新乡县委正式宣布:刘庄核算单位不下放,仍由大队核算。

　　这样,在这次生产关系大变动面前,史来贺再次从刘庄实际出发,坚持了一村一队(大队)的核算体制。刘庄在全国推行"三级所有,队为基础"的农村经济体制期间,又成了特立独行的"例外"。

　　实行大队(村集体)核算体制,在刘庄一直坚持了半个多世纪。直到现在,刘庄依然在坚持这样一个经济管理体制。实践证明,这个管理体制对刘庄的集体经济发展和现代化建设起到了很好的杠杆作用和强有力的支撑。

　　这就是史来贺在刘庄的经济发展中坚持的"不变中有变,变中有不变"的辩证法。之所以能坚持这样一个辩证法,是因为史来贺的心中,始终装着"两个一":一切从刘庄的实际出发,一切从维护和发展刘庄老百姓的利益出发。这"两个一",是一把坚硬不变的"尺子",永远规划着刘庄发展的前景,永远丈量着刘庄发展的道路。这把坚硬的"尺子",正是史来贺忠诚践行我们党"实事求是"思想路线的象征物和具体体现。

　　不久,根据中央"三级所有,队为基础"的政策,全国农村都在推行"三自一包"。周围村的土地下放了,自留地扩大了,"借地"实行了,"包工包产"搞起来了,牲口分槽喂养了,林权也放开了。每个村都驻着整社工作组,都按照工作组的意见,落实了中央的政策。

　　刘庄怎么办?整社工作组在刘庄遇到了阻力。他们找干部征求意见,全村干部思想一致,意见统一,不约而同地说:我们刘庄是靠集体起家的,不同意搞"三自一包",不搞"包工包产"。工作组又到群众中做说服动员工作,群众的回答很干脆:"刘庄的干部是我们选的,我们信得过,他们领着我们走集体化道路,我们既省心又放心。"为了真正体现出刘庄人民的意愿,工作组在刘庄祠堂召开全大队男女社员大会,让大家民主地表明自己的态度。结果,与会干部社员都不赞成"三自一包""包工包产",仍然坚定地走集体化道路。

工作组称赞刘庄人无私无畏,干群一心。经向中央请示,把刘庄作为一个"特殊队"看待,同意刘庄干部社员的意见:土地不下放,自留地由集体代耕,不搞"借地",不分牲口。

为什么在全国农村推行"三自一包"时,刘庄却仍然保持大队核算,依靠集体,发展生产？主要是因为刘庄党支部坚持从本村实际出发,按照实际情况确定工作思路,依靠集体发展农业生产,坚定地走集体道路,让刘庄老百姓相信共产党,相信集体,坚定了社会主义信念。所以他们从来都不赞成分分合合,合合分分,集体永远是刘庄人的靠山。

这一回不当墙头草,不打顺风旗,史来贺与刘庄党支部又做得尽善尽美。在全国"一刀切"的时候,他们却独领风骚,一花独放。这朵独放的鲜花,绽放的却是史来贺的硬铮铮一身风骨……

好多到刘庄参观学习的农村干部,不时发出这样的提问:"同是共产党领导,同是社会主义的天,同是社会主义的地,为啥刘庄这样富,我们那里却那样的穷？"

回答这样的问题,当然不是一两句话就能说清道明的。但单从农村经济体制上看,刘庄几十年来,不论政治风云如何变幻,没有分分合合、合合分分,避免了翻烧饼似的来回折腾,难道不正是一个重要原因吗？

历史的经验值得注意啊!

永固的"堡垒"

凡事,有利也有弊。史来贺在长期实践中发现,实行大队核算,也有一定缺陷。如涉及刘庄全局的大事、主要的生产容易抓上去,但是一些次要的零星的农活,大队稍有疏忽,就会出现漏洞,有时还不注意精打细算。

但总的来说,实行大队核算,还是利大于弊。

那么,如何扬长避短,充分发挥大队核算的优势,让它成为刘庄发展集体经济、走共同富裕道路的永久性不变的体制呢? 史来贺经常思索这个问题,把探索这一体制经久不衰的优越性、固定性、永久性当作自己的必修课,去求索,去钻研,去探讨,去实践。他在探索中,边实践,边总结,边研究,边完善,在实行和完善这一体制中,做到了以下几点:

带头参加集体劳动,以劳动领导生产。

史来贺对参加集体劳动有独特想法,认为农村基层干部不劳动不能领导生产,不劳动就没有指挥生产的发言权。多年来,他养成了这样一种习惯,每遇难题,就扑下身子到农田和群众一起干活,一边劳动,一边拉呱,拉着拉着,解决问题的办法就出来了。所以他总结出一句话:再大再难的问题,只有在劳动中、在群众中才能解决。他把田间当作办公室,一边劳动一边工作。工作不影响劳动,劳动不影响工作;工作离不开劳动,劳动是为了更好地工作。刘庄的群众说,史来贺除了外出开会,几乎天天参加集体劳动,他这个一把手,"到村里有村里的事,到地里有地里的活"。

提起史来贺参加集体劳动的事迹,刘庄群众无不交口称赞。他们说起这一类事迹,如数家珍,件件闪光。

1959 年春节,大队布置给麦田浇灌返青水的任务。当群众在家欢聚一堂,享受节日快乐,或挤在广场看戏的时候,夜晚的麦田里,有一个人影在晃动,那是值夜班浇水的史来贺。

1960年麦田冬灌时，支渠漏洞跑水，洞口越冲越大，怎么堵也堵不住。正当群众束手无策时，史来贺第一个跳进齐腰深的冷水里，用门板堵住水渠洞口，再用身体牢牢地抵住门板。咬着牙，打着寒战，在冷水里坚持奋战一个多小时，渠道的漏洞堵住了，史来贺却冻得不能走路了。

1963年春，渠道放水，灌溉麦田。上级有关部门要求刘庄3天完成春灌。可是水来之后，史来贺发现邻队负责疏浚的一段渠道没有完工，渠底高，挡住了渠水，水流缓慢，眼看在规定的时间内难以完成春灌任务。这时，又是史来贺毅然决然地脱下棉衣，带领20多个社员跳进渠中，扑身弯腰挖了3个多小时，帮助邻队疏浚了渠道，并在规定的时间内完成了麦田春灌。

刘庄的群众说，哪里最困难、最艰苦、最关键，哪里就有史来贺。

1964年5月6日，《河南日报》刊登了长篇通讯《刘庄人民的战斗步伐》，报道了史来贺参加集体劳动等一系列先进事迹，记下了这位劳模一连串闪光的足印。

强将手下无弱兵。在刘庄，党员、干部参加集体劳动，成为一种自觉行动、一种日常习惯。"劳动光荣，不劳动可耻"，成了刘庄人的一种荣辱观。刘庄党员、干部在史来贺带领下，参加集体劳动蔚然成风，成为刘庄田野里一道闪亮的风景。1963年，在全村27个党员中，就有20个党员被评为县里、地区、省里以及全国的劳动模范。

建立严格的劳动管理制度，以制度巩固体制。

史来贺在实践中充分认识到，发展农业生产，巩固实行大队核算的体制，劳动管理制度的确立是非常重要的。

在生产劳动的组织和农活的具体安排上，史来贺很注重科学规律与客观实际。他把农活分了三种类型，分别采取了三种措施：一是季节性强、任务紧、与增产增收关系较大的突击性农活，如收麦、打场、往地里送粪、犁地、播种、抗旱、排涝、兴修水利等，均由大队统一组织劳力，统一安排，统一指挥；二是一般田间管理农活，如间苗、中耕、追肥、治虫、棉花整枝打杈、秋收、铲草等，由大队根据生产计划，对生产队实行分段安排，大队提出小段任务、时间和质量要求，由各生产队根据生产任务和操作程序，自行安排劳力；三是日常生产中的零活、杂活，如割草、出粪、小型补苗、修正田头地边等，都由生产队自行安排。

这样分类排队，按照轻重缓急，去科学地制定和遵循劳动管理制度，不仅为实行大队核算创造了生产条件,而且确保大队干部可以集中精力,抓好生产关键环节,确保全年增产目标的实现,又不至于因管得过宽或卡得过死,而束缚了生产队干部的手脚,从而充分发挥了生产队干部的积极性,做到大活不误农时,小活灵活安排。农业生产的各个环节、各个部位,都有人管理,都有人负责。

为了确保大队核算体制的公平、公正、公开与合理,大队党支部对劳动定额和评工记分采取了公平合理的办法:什么按件记工啊,不能按件记工的,实行按底分记工啊,重活、特殊活,按底分加奖励记工啊,等等。这些办法,充分调动了社员的劳动积极性。

刘庄在实行劳动管理制度过程中,人人既是劳动者,又是管理者,不仅调动了广大社员的劳动积极性,也调动了他们的管理积极性。在他们心目中,刘庄集体是每个人的集体,集体劳动、集体财产,人人有份,人人尽责,才能把集体管理好。

老贫农刘长运打心眼里爱护集体,关心集体胜过关心自己的家。一遇到损害集体的事,他非管不可。一次,青年农民刘荣祥在地里豁(即扔掉)棉花,一趟地,就豁掉 20 多棵棉株。刘长运看到后,心疼得不得了,毫不留情地批评道:"你干活不操心,看把棉花苗豁掉多少,你就不心疼?长一棵苗容易吗?"

刘荣祥不仅不虚心接受批评,还反唇相讥:"刘长运,这碍你啥事?管得够宽啦!我看你是咸吃萝卜淡操心!你是想当队长了吧?"

"我不是队长,也不想当队长!但就凭我是社员,也管着了,因为刘庄集体也有我一份!"刘长运寸步不让,拿出一副当家作主的样子。

从此,刘长运多了一个名字:管得宽!

史来贺知道这件事后,在社员大会上大张旗鼓地表扬刘长运:"这件事,刘长运管得好,管得对!像他这样的'管得宽',在刘庄越多越好。人人都像刘长运这样,咱们大队就搞好了。集体的事,不仅干部要管,社员也要管,人人都操心、都管理,刘庄才会有更大的起色。"

富日子当穷日子过,以艰苦奋斗精神扎牢体制根基。

生产逐年发展,积累逐年增多,集体逐年富裕。穷刘庄变富了,富刘庄如何过?史来贺的回答是,富日子当穷日子过,艰苦奋斗的作风永远不能丢。实行大队核算,家大业大了,但不能忘本!

刘庄大队一直到 1963 年,还没有正式的大队办公室。大队办公、干部开会,都是在社员家里。先是在刘殿军家,后来又搬到刘铭瑞家。房子又矮又小,又破又旧，个子高的人进屋还碰头嘞！村里富了，要不要盖几间大队办公室？现在，来刘庄参观的人越来越多，而大队却没有办公室，让外来的人看了临时办公的地方，又穷气又寒酸，人家不笑话？大名鼎鼎的刘庄，连个办公室都没有，这算啥事啊！大队干部办公开会，连个窝都没有，太不像话了！这怎么能证明这个村由穷变富了呀？提意见的人振振有词，把盖办公室的理由说得非常充分。

可史来贺的回答更有道理：刘庄的富，才刚刚起步，眼下，还不是讲阔气的时候。我们要把富日子当穷日子过，刘庄没有办公室，干部照样能办公。地里、场里、夏天的树荫下、冬天的太阳地儿，都是干部办公的地方。

富了，要不要丰富群众的文化娱乐生活？提意见的人要求村里办个业余剧团。这个意见提得好，农闲的时候，农民就应当有自己的文化娱乐活动，来充实大家的精神生活。史来贺爽快地答应了。

剧团办起来之后，有人提出，大队破上三五百块钱，置点戏装，请个教师。这个意见，史来贺一口否决了。他对大家说，业余剧团，要办出业余特点。毛主席当年带领延安军民，"自己动手，丰衣足食"，打仗、生活，都解决了；现在，咱刘庄比当年的延安条件好多了，业余剧团更应该"自己动手，样样都有"。于是，他带领业余剧团的人，想办法出主意，大伙一心齐动手，自力更生置办起剧团所需的道具、戏装等物品。乐器，是旧社会迷信组织"火神会"的铜器换的；戏装，也是"火神会"的旗子改做的；道具，是因陋就简，村里拼凑的；教师，没有请，是业余剧团的人互教互学的。钱没花一分，文化娱乐活动却在刘庄热热闹闹地搞起来了。既为集体节省了开支，又搞起了群众文化娱乐活动，一举两得，干部群众乐开怀！

富了，刘庄干部能不能去掉寒酸相，大手大脚讲究点儿？史来贺坚定地说："不中！刘庄即使到了富得流油的地步，干部也不能大手大脚，铺张浪费，更不能讲究阔气。"

在这方面，他从来都以身作则，从点滴做起，时时处处做大家的表率。到新乡市开会、办事，夕阳西照天黑了，他也要赶回刘庄，为的是节省那一夜的住宿费。干部出公差，按规定有生活补助费，他和班子成员在外边一分钱一分钱地算计着花，能省则省，能不花则不花，回来再交给集体。他说，省一分是一分，次数多了，就能为集体多置办点家当，多积累点财富。关键是，由此可以让干部养成勤俭过日子的良好习惯、优良作风。史来贺从干部节省一分钱的小事中，想的却是深远的大主题、大思想。这就是史来贺跟一般干部不一样的地方。

把集体办成温暖的大家庭,让社员爱集体,靠集体。

史来贺常对干部说:"要把刘庄集体办成团结友爱的大家庭,让社员爱集体,靠集体,就必须使集体能让社员靠得住,让社员在集体里,能像在和睦的家庭里一样感受到温暖。"

1963 年的一天,社员刘树菊在副业队劳动,不小心被弹花车的轮轴打伤。干部把她抬到医院医治,医生说:"必须立即输血,你们谁是她的亲人?"

"来的都是亲人!"

副支书杨森峰第一个伸出胳膊:"来!先抽我的血!"

党员刘树民跟了上去,唰一下撸起袖子:"还有我!快抽吧!"

…………

抽了血,输了血。

医生对刘庄人说:"病人因公受伤,按医院规定,输血应付报酬。医院给你们开证明信,让大队给你们一些钱,补养补养吧!"

"如果为了钱,我们就不抽了。为了病人,血不够,你们只管抽!我们身上有的是血。"

医生从没见过这样的场面,被刘庄人深深感动了,心生感慨地说:"都说刘庄人思想觉悟高,百闻不如一见,今天,我是打心眼里佩服了。"

在史来贺的带领下,干部为群众着想,群众为集体出力,上上下下拧成了一股绳,成为坚不可摧的维护集体、发展集体的强大力量;正是这个力量,让刘庄集体成为一个坚强永固的堡垒。

第二十七章　国家利益大于天

※爱社更爱国
※一心为国家
※立志与天斗
※尽孝与尽忠

爱社更爱国

　　1961 年,正处于三年困难时期,大多数农村还没有摆脱天灾的困扰,粮棉歉收,五谷不登,饥荒的影子还在大地上游走。很多农民依然填不饱肚子,过着糠菜半年粮的日子。处于艰难与困苦境地的农民,早已没有好年乐景、丰衣足食时的元气。

　　刘庄属于黄河以北的棉产区,按照国家的种植计划和统一安排,1961 年,上级下达给刘庄的棉花种植面积是 1000 亩。史来贺考虑到,在经济困难时期,国家需要大批棉花,刘庄又适宜种植棉花,因此,他认为应当多种和种好棉花,为国家分忧解难。他和大队干部商量后,决定除了完成上级下达的种植计划外,再多种 50 亩棉花,力争为国家多交公棉,多做贡献。

　　当他把棉花种植计划交到社员大会讨论时,没承想遇到了很大阻力。社员们一哄而起,强烈反对。

　　有的说:"只种 500 亩!"

　　有的说:"最多种 700 亩!"

　　还有的甚至说:"棉花种得越少越好! 不种更好!"

　　三年困难时期,粮食变得无比金贵,农民都盼着多打粮食,填饱肚子,民以食为天嘛! 所以有的棉产区私自调整了种植计划,少种棉花,多种粮食作物,以解决群众的吃饭问题。

　　刘庄有些社员也随波逐流,动了多种粮食、少种棉花的念头,会场里七嘴八舌,议论纷纷:

　　"这年头,棉花种得再多也不当饥饱,咱还是学人家外村,多种粮食少种棉花吧! 粮食多金贵啊! 有了吃不完的粮食,咱社员还怕啥?"

　　一位社员三番五次地劝史来贺:"还是多种粮食是基本,依靠政府调集粮食不保险。咱刘庄自己种自己吃，谁也无法从咱嘴里夺食儿。"

"咱刘庄年年种1000多亩棉花，都上交国家了，也卖不了大价钱，还不如多种粮食，吃不完，还能卖高价，富了队里，也富了社员。可年年种那么多棉花，收了棉花都上交国家了，咱落了个啥？"

"落了啥？咱刘庄落了个先进哪，全国闻名的棉花高产先进大队呀！走遍全中国，只要一提刘庄，一提史来贺，谁不知道哇！"有人说起了风凉话。

"是啊，奖状、锦旗是得了不少，可好名声能当吃，还是能当喝，对咱老百姓有啥用？还不如多给咱分两斗麦子哪！"

"人家外村少种棉花、多种粮食，有的甚至不种棉花，上级也拿人家没办法。种啥不种啥，人家大队自己当家，不管上边咋安排，人家想种啥就种啥。"

"那咱刘庄为啥不跟外村学学、比比呢？不当那个棉花高产的先进又能咋着？种粮食丰产了，不照样也能当先进吗！"

…………

听到这些议论，史来贺顿时有了一种警觉：这是一种狭隘的小农意识，是自私自利、本位主义思想在作怪啊！在刘庄，"教育农民"的任务并未完成。这几年，光顾埋头科学种田，狠抓稳产高产，却忽略了对社员的思想教育，这可是大问题啊！看来，只在土地上播种耕耘，不在人的思想上播种耕耘是不行的。要实现农业现代化，首先要实现农民的思想现代化，没有现代化的思想和观念，哪来现代化的农村、现代化的农业？那么，对目前的农民来说，现代化思想观念的核心就是社会主义条件下的集体主义和爱国主义。可刘庄社员暴露出来的自私自利和本位主义以及狭隘的小农意识，与集体主义和爱国主义思想是格格不入的，必须及时进行教育，把广大社员的思想统一到社会主义这面旗帜下，让大家不仅要热爱集体，更要热爱国家。只有这样，刘庄的群众才能在思想上来一次彻底革命，让精神面貌焕然一新；也只有这样，刘庄的广大干部群众才能焕发出建设现代农业的顽强意志、坚定信念和冲天干劲。

"咱不能一天到晚光顾种地，不顾人的思想。如果人的思想成了一片荒地，那咱刘庄的科学种田就很难往前发展。社员思想出现了混乱，咱有责任把迷失的社员领到正路上来，不能让一个社员的思想掉队。"史来贺对党支部成员和大队干部说。

党支部会上，有的干部却对史来贺说："上级说啥你听啥，我看不听也没啥。"

史来贺立即严肃起来:"共产党员,不听党的话,听谁的话?"

他引导每个支部成员和大队干部回忆新中国成立以来的历史,实事求是地说:"听党的话,推翻了地主恶霸;听党的话,实现了农业集体化;听党的话,发展了农业生产;听党的话,巩固了集体经济;听党的话,增加了农民收入。刘庄的变化,哪样不是因为听了党的话?"

接着,他又循循善诱教育党员干部:"咱们是中国共产党党员,要带头爱党、爱国、爱社会主义。可不能只看刘庄的小天地,看不到全国的大天地。小天地的利益,一定要服从大天地的利益。咱刘庄是国家的一部分,没有国家的利益,哪里会有咱刘庄的利益?所以,咱应该严格按照国家的计划来发展集体经济。要是都不按照国家的计划种植棉花,国家怎么解决全国人民的穿衣问题?在这个大原则问题上,党员干部必须起带头作用,带领社员完成国家下达的种植计划。"

可这时,有人提出了疑问:"种恁多棉花,咱刘庄人的吃粮困难问题怎么解决?"

大队长李兴德坚定不移地说:"执行国家计划,正是为了克服困难。这二年,国家供应棉区的粮食少,品种差,就是因为国家有了困难。俗话说,大河有水小河满,大河无水小河干。只有国家克服了困难,我们才会没有困难。听党的,听国家的,没有一点错!"

刘庄27个党员思想通了,一致作出决定:坚决执行和落实国家计划,多种棉花,种好棉花,为国家多做贡献!

在此基础上,党支部马上召开全村干部群众讨论大会,让大家围绕"新中国成立后,刘庄是怎么富起来的""多种棉花,还是多种粮食,应该不应该按照国家计划办事""农民种地为什么"这几个问题展开大讨论。前后用对比的办法,启发教育农民。大多数社员在发言中表现了强烈的集体主义和爱国主义思想,赞同多种棉花,支援国家建设,种地就要为国家多做贡献;而少数社员在讨论时却持相反的观点,显露了农民固有的目光短浅的缺陷和狭隘意识。

针对这种情况,大队党支部正面引导,耐心说服,摆事实,讲道理,通过刘庄科学种田,为国家多做贡献的实际,让社员明白刘庄与国家同生死、共命运的血肉深情与心连心的关系。

轮到村支书史来贺给大家演讲了,他往台上一站,会场一片静寂,飘片树叶都能听得见。

社员们听史支书讲话，一个个支棱起耳朵，眼睛瞪得大大的，那个专心劲儿，比看戏都来神儿。因为在刘庄，听史支书讲话，是社员们的一种高级精神享受。别看他也是个农民，可讲起话来比说书的说那书词还能打动人，叫你听了上段还想听下段，叫你听了上句赶紧去捕捉下一句，只恐怕听漏了、听错了。只要有一段时间村里不开会，社员的耳朵就感到寂寞和痒痒，心里就觉得少了点什么。见了面就互相问："大队咋还不开会？史支书啥时讲话？""是啊！大队该开会了，俺都等得心急了。"只要一听说史支书要召开大会，刘庄便"万人空巷"，社员们一溜风似的争相拥入会场。

史来贺望了一眼会场，劈头第一句话就直接高声发问："多种棉花值，还是多种粮食值？"

稍停片刻，他来了个自问自答："叫我说呀，不管多种啥，服从国家的需要就值，违背国家的需要就不值！国家需要什么，我们就生产什么，国家需要什么，我们就多种什么，永远满足国家与人民的需求，满足社会主义现代化建设的需求，这就是我们农民种地的最大目标。"

接着，他讲起了眼前利益与长远利益、个人利益与集体利益、集体利益与国家利益的关系；还给大家算了几笔账，算个人与生产队的小账，算国家的大账，算国家对农业投入的账，算国家对农业提供农药、化肥、农机等优惠价格的账……他掰着手指头上算算、下算算，越算账，大家眼睛越亮、心胸越开阔、思想越开朗。

他对社员们特别强调，支援国家这件事情，不能去跟落后的比，要比，得跟先进的比，比谁的集体经济发展得更好，发展得更快，比谁对国家的贡献更大。

继而，他满怀深情地说："国家与刘庄集体，与刘庄的每一个社员，就好比父母跟儿女，是一个血肉整体。没有国家的富强，就没有刘庄集体的富裕，也就没有社员群众的好日子。想想新中国成立前，咱刘庄是个啥样子，咱刘庄穷人过的啥日子。挨家挨户数数，刘庄的穷人谁家没有逃过荒，谁家没有要过饭？谁家没有饿死过人？谁家过年没有躲过债？"

停了停，他又说："共产党领导穷人翻了身，成立了新中国，咱刘庄人才有了今天的好日子，咱刘庄大队才有了越来越巩固、越来越厚实的集体经济。现在这光景，过去咱连想都不敢想啊！咱刘庄人，对共产党、对新中国，有报不尽的恩哪！咱们现在凭着一双手，给国家做点贡献，那是儿女对父母在尽孝道哇！难道不应该吗？面对恩重如山的父母，我们当儿女的难道不该捧出我们的一颗孝心吗？"

史来贺挥着泪水，向党和国家掏出了一颗滚烫的心。

一番情深义重的话语，讲得台下的干部群众泪流满面、泣声连连……

这一年，刘庄的棉花没少种一垄，没少种一株。1050 亩棉田比往年管理得更精心、更细致，长势也更加旺盛，棉铃结得又稠又大，站在地边，远远望去，一眼望不到边的丰收景象煞是喜人。

待到秋末，刘庄收到场里晒干的棉花堆起来像一座洁白闪亮的雪山，秋阳下闪耀着熠熠银辉。映亮了社员的眼睛，映亮了社员的心田，映亮了社员的张张笑脸……

一心为国家

卖棉花的时候到了，外地倒卖棉花的小商贩不约而同云集刘庄，要出高价买走刘庄的棉花，并有好多商贩悄悄跟史来贺套近乎。史来贺能吃他们这一套？一眼把他们投机商的黑心肠看了个透，严厉地警告他们："一个金豆一斤，也不卖！我们刘庄的棉花，一斤一两都要卖给国家，私人出价再高，也休想从刘庄买走一斤棉花！"

"我们在新乡，已私下收买了不少棉花。你们问问，周围哪个大队没有私卖棉花？你们真傻，放着大把的票子不捞。"

"别村私卖，我们没看见，我们也管不了。但刘庄是刘庄，此路不通！"史来贺一脸铁面无私，不容商量！

小商贩们都被他义正辞严的气势吓了回去，再也不敢私自采购刘庄的棉花。

有的社员对此不理解，公开指责史来贺"真傻""多好的发财机会，放着大把的钱不捞"。

有的甚至骂刘庄党支部是"胆小鬼""没种货"……

有人乘机算了一笔账：3万多斤超产棉，卖给私人就是几十万元钱，一年啥也不干，也足够刘庄人吃喝花用了。

还有的社员建议："咱交完国家任务剩余的超产棉，别再平价交给国家了，拿去换粮食吧！社员多分点粮食，就能多改善生活。"

史来贺对这种错误思想，没有简单粗暴地批评，而是循循善诱，引导大家回忆新中国成立前的一段往事。

1942年大灾荒，刘庄人种植棉花多的农户没有粮食吃，用5斤棉花才换到一斗粗粮。次年，人们觉得种棉花不合算，就多种了粮食，结果，用一斗细粮才换到一斤棉花。庄稼人被迫跟着投机商人的屁股转。投机商人把棉价一抬高，农民看着有利,就大量种棉花,等棉花收摘了,投机商人又压低棉价,抬高粮价,农民又吃了亏。投机商人用这种"一抬一压"的奸诈手段,把庄稼人的"利益"抬走了,腰杆"压"弯了,骨髓敲诈干了!

史来贺借助这段历史,深刻教育大家:"这段历史证明了什么?旧社会,咱庄稼人没有给自己撑腰的政府,自己计算再精细,也总是吃亏受穷。如今,国家,是我们自己的国家,国家时时关心人民,人民也要时时为国家分忧。不能只想着自己的利益,去算计国家。"

史来贺精心设计的教育方式,起到了良好的效果,强烈的爱国主义精神,占据了社员们头脑里的思想阵地。

交公棉的那段日子里,从刘庄到七里营的乡道上,车铃叮当,鞭花脆响,运棉的胶轮大车一辆接一辆,浩浩荡荡涌向公社棉管站。望着满载棉花的车流,每一个刘庄社员的脸上都挂满了微笑,因为刘庄人要向祖国母亲尽自己的孝心啦,心里能不美滋滋的吗?

按照国家计划,刘庄如数交完了3.5万多公斤公棉。交完了公棉,还余超产棉1850公斤。当时,从刘庄往北七里地交公棉,0.5公斤只卖2元钱;往南走7.5公里地赶大集,把棉花卖给商贩,0.5公斤可卖8元钱,价格是公家的4倍。1850公斤超产棉可卖29600元,这可是一个巨额数字、一笔巨额财富啊!在那个年代,如果把这些钱用在刘庄,刘庄这个集体会一下子富得流油;如果把这些钱分给社员,刘庄的社员一夜间都会成为富翁。然而,刘庄人宁可少收入几万元钱,也决不将这些超产棉拉到市场上去卖,而是在史来贺的倡导和率领下,又毅然决然地运到公社棉管站平价卖了公棉,全部支援了国家。

就在这一年,全国好多地方的农村,都在闹饥荒,农民整天发愁吃饭穿衣问题,一日三餐连肚子都填不饱。

可刘庄,却是一派喜人的景象。粮棉双丰收,大田夺高产。对于刘庄人来说,这已经不足为奇了。因为在刘庄这块土地上,已经连续6年获得了稳产、高产。人们不禁觉得有些奇怪,在同样一片天空下,别的村庄遭受自然灾害后歉收、绝收,而刘庄却为何能喜获丰收呢?难道旱魔与涝灾从不降临刘庄这片土地?其实,苍天从不偏爱任何一方百姓、任何一片土地,它对天下苍生的惩罚往往是均等的,哪一个角落都躲不过去。只不过,刘庄人在史来贺的带领下,已经找到了对付苍天惩罚的良策，以科学的手段制服自然灾害，旱能浇，涝能排，再严重的自然灾害，也不会影响刘庄这一片丰田沃野的稳产、高产。

史来贺带领刘庄群众经过几年奋战，已经彻底打赢了以科学和人力应对自然灾害这一仗。"靠天吃饭"的历史，早已不属于刘庄，苍天制服土地的历史，也早已不属于刘庄。刘庄的土地，在刘庄人的手上，刘庄的连年丰收，也在刘庄人的手上。刘庄人就是用一双勤劳智慧的手，改变了脚下这片土地的命运，也改写了刘庄人自己的历史。

到20世纪60年代前期，刘庄的群众普遍住上了砖瓦房，取代了原来的茅草屋、土坯房，第一次改变了"住的茅草屋，吃的糠菜粮"的历史。在史来贺的带领下，他们仅用了10年多一点儿的时间，就挖掉了穷根，摘掉了穷帽，解决了世代困扰着农民的温饱与住房问题。

对农民的教育问题，并不是一朝一夕就能解决的。今天纠正了这样的错误思想，明天又会冒出那样的错误思想；这个人身上改正了的毛病，却又从那个人头脑里滋长出来。就像在庄稼地里除草，今儿个把草除净了，隔几天草又长出来了；这个地块的草连根拔了，那个地块的草却疯长了。野草没有灭绝的时候，错误思想、不健康意识，也不会在人的头脑里根绝。况且很多农民是从旧社会走过来的，封建意识、小农意识、自私自利、本位主义等消极思想，都会随时随地冒出来，拉集体主义、社会主义的后腿。

1962年的秋天，又到了收摘棉花的时候。男女社员都在棉田里忙碌着。当棉花快要摘完时，有一位姓张的社员私下给史来贺提了一条意见："来贺，你当支书为集体办得哪条都好，唯有要求摘净棉花这一点不好。"

史来贺感到疑惑、纳闷儿："棉花收净了，为啥不好？"

"私分棉花，私卖棉花，上边会追究，干部犯错误；收不净让社员自己去拾，拾了高价卖给商贩，多增加了社员收入。上边没人知道没人管，干部也犯不了错误。这是多好的事啊！"姓张的社员说得头头是道，听起来似乎非常在理。好像他提的这条意见，两全其美，既代表了社员的利益，又照顾了干部的难处。

史来贺当即严正指出："这是变相私分、私卖！绝不可行！"

而后，他把这条意见交给了社员讨论。他是想通过这件事，教育社员摆正国家、集体、个人利益三者的关系，激发群众的爱国主义热情。史来贺没点名地把这条意见摆了出来。这次是群众的觉悟提高了，能敏感地明辨是非了。

"收净了有啥不好？一可以多卖给国家，二可以按劳分配。社员也不会吃亏。把棉花漏在地里，对国家，对集体，都不利。人为地造成损失，那可就是大错误了！"群众没有一个人赞成这样的错误做法，严厉批评了这种错误思想。

在史来贺的影响、带领下，刘庄人识大体、顾大局，连年向国家交售爱国棉的模范事迹和大公无私的爱国主义举动，又一次惊动全国，闻名遐迩。1963 年 5 月 29 日的《人民日报》，在头版头题报道了刘庄的先进事迹，发表了长篇通讯《发扬爱国主义精神，保持先进集体荣誉——刘庄大队把国家利益放在第一位》。文中有这样几句话值得摘录，让读者铭记：

刘庄干部社员同心同德，集体经济欣欣向荣……六年共向国家交售皮棉八十九万多斤。社员的收入也增加了。刘庄大队的先进事迹，成为新乡县和其他地方的一些生产队的学习榜样。

针对这篇长篇通讯，《人民日报》还配发了《热爱集体，更热爱国家》的社论。

社论首先指出："如何正确地处理集体和国家之间的关系？今天本报发表的河南新乡县七里营公社刘庄生产大队的先进事迹的通讯，给了我们一个具体的回答。"

社论热情洋溢地赞扬道："……刘庄大队是一个集体经济欣欣向荣的大队，也是一个社会主义精神闪闪发光的大队。在这个集体里，从干部到社员，都是以集体为家，全心全意地维护集体利益，各尽所能地向集体贡献自己的力量。在这个集体里，干部和社员亲密团结，互爱互助，同心同德，为巩固和发展集体经济而努力。这个大队高尚的社会主义精神不但表现在热爱集体，而且表现在更热爱国家，是一个一贯坚持正确处理集体和国家关系的榜样。"

社论在分析刘庄能正确处理国家和集体之间关系的原因时指出："很重要的一条是，这个大队有一个坚强的党支部，有一支忠实可靠的干部队伍。这里的干部有着坚定的立场，有着密切联系群众的优良作风。他们经常注意思想政治工作，并且善于抓住实际生活中的思想问题，扎扎实实地向群众进行爱国主义教育，把广大社员的觉悟提高到党和国家的政策水平上。"

国家的最高媒体、中共中央机关报，对一个村庄的事，在头版头题发长篇通讯，又配发社论，足见刘庄的事迹是多么感动中国！

这是对刘庄党支部工作的高度赞扬，也是对党支部书记史来贺卓有成效的思想政治工作的高度评价。

通过《人民日报》这个发行量最大的权威新闻媒体，史来贺和刘庄的名声再次响遍大江南北、长城内外，刘庄人高尚的社会主义精神和爱国主义情操也成了亿万国人心目中的芳草丽花和璀璨的星光……

立志与天斗

　　20 世纪 60 年代,是史来贺带领刘庄人民艰苦创业的初期,创业的道路,坎坷崎岖,布满荆棘。刘庄这辆大车在曲折的道路上艰难前行,有时踏着泥泞,有时穿越沼泽,有时跨过丛生的荆棘,有时闯过急流险滩。史来贺就是那个老黄牛一样拉车上坡的人。坡陡路险,车重道远,他驾着辕,拼尽全身力气,走一步,探索一步,拉一程,展望一程。考验一个接一个,艰难一重接一重,老天和世事好像故意跟他过不去,用尽一切魔法磨炼他的意志,磨炼他的毅力,看他能不能拉着刘庄这辆大车,如期到达刘庄人理想的目标。

　　最难忘的一年,莫过于 1963 年。

　　那一年,灾难一个接一个地降临到刘庄,集体经济连遭重创。史来贺驾辕拉的这辆车,会不会半道搁浅? 会不会中途滑坡? 会不会遇险散架? 从未遇到的难题考验着史来贺,上千双眼睛巴巴地望着史来贺!

　　史来贺只有一种选择:拉着车直往坡上冲,绝不能半路掉链子!

　　而无情的灾难却硬是毫无商量地与他作对,一个接一个劈头盖脸地向他扑来!

　　4 月中旬,棉花刚下种,老天就喜怒无常,大发脾气,一会儿甩一阵冷脸,一会儿发一阵冷笑,冷脸寒气逼人,冷笑寒流滚滚。连着几场寒流,带着西伯利亚的冰刀雪剑,向刘庄大地袭来。“棉花仙子”冻得瑟瑟发抖,不敢露头,蜷缩在冻土下,像在冬眠。半个月过去了,不见一棵棉花苗露脸;20 天过去了,仍不见一棵棉花苗出头。直到播种后的第 28 天,棉花苗才开始从地下钻出一个嫩尖尖,又黄又瘦,弱不禁风。让人看了,不但不提气,反而总担忧。

　　史来贺几乎天天到棉花地里查看出苗率,蹲在地头看,顺着田垄看,抹开表层的土看。看一回皱一回眉头,看一回揪一回心。才盼到出了苗,却又是这般黄瘦黄瘦的模样,让人平添几分忧虑。他马上带领干部群众蹲在棉田里,拿个小锹,轻手轻脚一棵一棵地刨,小心翼翼一棵一棵地呵护,像抚摸褓褓里的一个个幼婴。就这样,侍弄了一天又一天,好不容易,出苗率勉强达到80%。史来贺又领着大伙,没日没夜地补种、移栽,总算让千亩棉田布满了青青的小苗。

这回,史来贺终于放下了心里的石头,露出了轻松的笑容。

哪料到,棉苗出齐还不到半月,5月26日夜晚,天气骤变,突现异常。上半夜,刮起八级狂风;下半夜,又雷霆大作,下起倾盆大雨。史来贺正在那间棉田小屋读植棉科学的书,只听得外边的雨水哗哗如注,一阵比一阵猛烈,一阵比一阵疯狂。他刚刚轻松了的心,又揪成了一个疙瘩。

天未亮,史来贺就从那间小屋里钻出来,撒眼往棉田一看,遍地红楚楚的,粉红色小棉苗全都贴在了地皮上,像是被热水烫了一遍,一棵棵都是萎萎蔫蔫、一蹶不振,危在旦夕啊! 那活不活、死不死的样子,令人心寒。

“我的天哪! 这不要庄稼人的命嘛!”史来贺禁不住倒抽了一口凉气,身上打了一个寒战。

天亮了,干部社员全都来到棉田,站在田埂望着如霜打过的红薯叶似的棉花苗,全都头蒙了、傻眼了。

有的人蹲在地上,抱着头“呜呜呜”地哭了:“老天把棉花苗全毁了,我们刘庄的饭碗砸了!”

有的人手指上天,狂呼大叫:“苍天啊! 你咋这么无情啊? 毁苗,就是砸俺的饭锅啊!”

史来贺皱起眉头望着农田,一句话也不说,他在想:喊没用,哭没用。得想尽办法,让幼苗活过来。活一棵,是一线希望;活一亩,是一分希望;活一片,是一片希望;全活了,是遍地希望! 为此,必须焕发斗志,振奋人心,齐心与天斗。

面对垂头丧气的群众,史来贺亮开了沙哑的嗓门,大声讲了起来:“父老乡亲们,不要害怕,更不要灰心丧气。咱农民搞生产,就是与自然作斗争。如果啥时候人想下雨就下雨,人想刮风就刮风,自然界全听人的话,按人的意志去做,那就不要斗争了。现在,我们只有跟老天爷作斗争,生法让棉花苗活过来,加强田间管理,才有丰收的希望。老天爷不害怕眼泪,不同情庄稼人哭鼻子! 咱得自力更生,抓紧时间抢救棉花苗。咱要与天斗,与灾情斗;只有斗胜了天、斗败了灾,咱才是胜利者,才能夺取棉花大丰收,向国家报喜,为国家做贡献!”

史来贺话音一落,社员们情绪一下子振奋起来,“唰”一下分散到地里,那几个蹲在地头哭泣的社员,也站了起来,随着人群进入棉苗垄前。社员们像保育员服待婴儿一样,对棉苗一棵棵地爱抚,一棵棵检查,贴在地面的,歪倒在泥里的,把它们全都扶起来,扶正扶直,重新培土栽好。大家边干,边听史来贺的嘱咐:"这是一件细活,大家伙一定要细心、认真,像对待婴儿一样,热情耐心对待每一棵棉苗。"

就这样,一连干了 10 天,千亩棉苗得救了,焕发出绿莹莹的精气神,抬起头,伸展身子,一天一个样地往上长。接着,又一棵棵施肥、喷药、杀虫、整枝、打杈……转眼间,千亩棉苗长得枝繁叶茂,一派葱绿。刘庄人也如这棉苗一样,精神大振,喜笑颜开,目光里充盈着丰收的期待和希望。

谁料,不知老天出了啥歪心眼,仿佛成心要看刘庄人的笑话,一场灾难一场灾难地降临不止。

6 月、7 月,整整两个月未下一滴雨,严重干旱威胁着千亩棉田。满地的棉苗蔫蔫地耷拉着头,如不及时抢救,就会有枯萎的危险。史来贺带领大伙挑水抗旱,一垄一垄地浇,一棵一棵地滋润,一亩一亩地灌溉,才使千亩棉田逃过了老天爷的又一劫。

可一进入 8 月,老天骤然变脸,却连续下起滂沱大雨,仿佛天河倾倒,暴雨铺天盖地,酿成罕见的大灾。苍天的脾气,真是反复无常!让人无法琢磨,无法应对。

这场暴雨,一连下了几天几夜。雷霆和闪电仿佛把天空撕开了无数个大窟窿,雨水顺着窟窿一个劲儿地往下倒、往下倾,如垂落在天地间的千万道瀑布,原野仿佛被笼罩在瀑布中,淹没在天河里。空中的河往下倾泻,地上的河向上猛涨。空中的河望不见源头,地上的河看不到边际。整个乾坤,变成了雷雨的世界,变成了天河与地河滚动在一起的混沌天地。

仅仅一个昼夜,降雨量达 300 多毫米,超过了平时大半年的降水量。路上的水没过膝盖,农田的水淹没了高高的棉棵。几天下来,农田变成一片汪洋,蛤蟆在棉田里昼夜叫得震天响。正是棉桃成熟的季节,如不及时排涝,会直接影响棉花的生长与收获,造成大面积减产。棉棵在雨水里泡久了,下部的根要坏,上部也坐不住棉桃,最后就只能剩下作柴火都不能用的烂杆子。

雷电的火脾气发泄完了,暴雨终于下累了,可它们不甘罢休,丢下一些小雨仍下个不停,跟苦苦期待天晴的人们一直较劲。

村里的喇叭响了,史来贺一声吆喝,全村干部在北大桥迅速集合了。

　　站在雨里的史来贺分兵布阵："村里干部，留下两人，在村里腾房子，防止墙倒屋塌砸伤了人。其余的，都跟着我，马上带领社员，进入棉田，快速排涝，抢救千亩棉花！"

　　"战斗命令"一下，干部们紧跟史来贺，一头扑进汪洋一片的棉田。

　　"这要搁旧社会，刘庄就完了！汪洋一片，还有啥指望？咱刘庄地势低洼，雨水易积却难排。亏了是新社会，有共产党领导，近几年修了几条水渠，排水有了出路。这阵势要放在新中国成立前，刘庄就惨了！"大队长李兴德望着一片汪洋，不无慨叹地说。

　　史来贺蹚着没膝深的水，勘察排水路线，看来看去犯难了。

　　如果走村东北的排水线路，顺势排水，最畅通，这是最好的选择。不过，从这里排水，势必要淹下游庄稼，给下游村庄造成损失。共产党员排涝救灾，怎能以邻为壑，把灾祸转嫁到别人头上呢？

　　如果让水走北边的斗渠，排水也比较容易。但上游水很大，兄弟队也要利用这条渠排水。刘庄的水进了斗渠，别村的水就进不去了，会给他们排涝造成困难。各村都急着排涝，刘庄能和邻居争水路吗？此路也不中。

　　"管他呐！咱先把自己地里的水排干净再说。这节骨眼上，排涝要紧，谁能顾得了谁呢？"有人这么对史来贺说。

　　"那不中！共产党员干事，必须顾全大局，不能光顾自己，不顾别人。不是常讲，把方便让给别人，把困难留给自己吗？咱们自己多费点工时，让水绕道，从自家地里过，把水送到村东排水渠吧！"

　　干部群众跟着史来贺，赶的赶，引的引，挖的挖，排的排，调动全村所有的劳力，费了九牛二虎之力，总算把棉田里的水赶向了村东排水渠。

尽孝与尽忠

排涝紧张关键的时刻,史来贺正站在一片汪洋中指挥排涝大军,没想到他家里出事了。

他的父亲史传道病危了!

史来贺浑身泥浆,满脸汗水,正带领大伙排水。邻居火急火燎地找到了地头:

"来贺,快,快回家,你爹不中了,去见你爹最后一面吧!"

史传道,这个在旧社会当了半辈子长工的农民,吃尽了人间苦,受尽了剥削和压迫;新中国成立后,支持儿子干事创业,没少操心费力。他在旧社会落下的肝病,到了老年,时常发作。孝敬父亲的史来贺多方寻医,打听验方偏方,抓药熬药,却一直没能治好,父亲的病情愈来愈重。生命眼看到了油尽灯枯的时候了,遗憾的是,自己这个庄稼把式,不能和儿子一块儿创业了!眼看着刘庄一天天由穷变富,这都是儿子领着刘庄人苦筋拔力奋斗出来的。躺在病床上的史传道想着:儿子,多好的儿子啊!爹到临死也为你感到骄傲。爹知道你正在领着大伙排涝,排了涝,就能为国家多产棉花了。可爹在临闭眼前,多想见见你啊!我亲爱的儿子!

史来贺把排水的活安排妥当,带着两腿泥水,鞋都没顾得穿,便三步并作两步,急匆匆跑回家。

忽听到门外一声"爹呀——"的呼喊,凄哀悲切,声震长空。史传道冥冥中知道,是心爱的儿子回来了,回来了!儿子走到他病床前的时候,他睁了睁眼睛,张了张嘴巴,似乎想对儿子说点什么,但嘴张了几张,一句话也没说出来。便眼一闭,嘴一合,头一歪,与世长辞了……

史来贺一头扑在父亲身上,泪如泉涌,嚎啕大哭:"爹呀,儿子来晚了,儿子不孝！爹临走，儿子没能守在您老人家身边，没有听您老人家吩咐几句话呀……"

一个铁骨铮铮的男子汉的哭声，撼天动地！人们从来没有见过史来贺有过这样的痛哭，让人听了撕心裂肺，痛不欲生。听到哭声的邻居哭了，地里排水的汉子听到哭声后也哭了！

"史支书，你可要挺住啊！大伙全指着你呐！"

有人劝他为父亲守灵，这是祖祖辈辈传下来的规矩与习俗。不能违了族规啊！按当地习俗，父亲去世，儿子守孝，十天半月是不能离家的。尤其是让父亲"入土为安"之前，必须寸步不离，守在灵前。

"死了亲爹，难道村里人的死活就不管了吗？老爹要是还活着，他能让我不顾排涝救灾，守在他身边吗？眼下，社员们都在泥水里滚爬，我咋能丢下救灾，在家守灵呢？为父亲守灵这是千年的规矩，可带领大伙排水救棉花，事关全村几百口人的吃饭穿衣，是眼下最重要的事情啊！"

史来贺说服了家人和亲友。

他含着满眼泪水，当即决定推迟老人安葬日期，等全村排涝结束后再做安排。

自己无法守在父亲灵前，便把父亲的后事交给了妻子和姐姐料理，然后，给刚去世的父亲重重地磕了三个响头，便挥泪跑出家门。

史来贺刚走出家门，就被前来吊孝的村民王宏邦的母亲拦住了："往哪儿去？"

"排水去！工地上的人正等着我嘞！"

"你怎么这么不懂事？老人就你自己一个独生子，得在家守孝！排水，哪差你一个？"

"涝灾这么大，我在家怎能守得住？排水如打仗，没人指挥，不中啊！"

话音未落，史来贺一路哽咽着赶往排涝工地。

王宏邦的母亲望着史来贺的背影，不住地感叹："这领头人当的，真不容易啊！光顾集体的事了，爹死了，连守孝都顾不得了，就这一个儿子，还不守在灵前！唉！亲情孝道都忘了？"

显然，这位老人对史来贺的举动很不理解！

但史来贺的举动，无疑成了排涝工地无声的号召。奋战在一线的社员们，把对史传道老人去世的悲痛，化作战胜洪涝灾害的冲天干劲，夜以继日地苦战在排涝工地。没有一个人叫苦,没有一个人说累。千亩棉田的水涝,排得只剩下 200 亩最低洼的地,这里的水,没有外出的水路,汪汪一片大水排不出去。这点困难,难不住刘庄人。在史来贺带领下,社员们用盆泼,用桶刮,用铁锨扬,分四级提水,把水倒进水沟里。鏖战四天四夜,终于把千亩棉田的积水全部排到了水沟里。让千亩棉田的棉株,重新葱绿在阳光下。

排涝保苗大战结束后,史来贺才腾出手来安葬了父亲。他跪在父亲的坟前,哭得肝肠寸断,悲泪湿襟……

这里需要重点提及的是,史来贺在处理父亲的丧事时,首开丧事破旧立新、移风易俗的先例。倡导丧事从简,杜绝大操大办;废除披麻戴孝、烧纸钱、糊纸扎、上供菜等陈规陋习,只戴袖箍祭拜逝者;亲人去世后开个追悼会,缅怀其热爱劳动、热爱集体、勤劳俭朴的一生,启迪后人永远继承劳动人民的本色和优秀品质。

史来贺在 20 世纪 60 年代初就大胆破除了几千年的旧传统、旧礼俗,丧事从简,丧事新办,在全村形成一种新风俗、新礼教,给刘庄人做出了榜样,让全村干部群众效法,一直坚持至今。新的丧葬礼俗、文明悼念仪式在刘庄蔚然成风。

水灾之后,还未等刘庄人喘息过来,虫灾又突然袭来。史来贺又是几天几夜没合眼,带领干部群众打了一场治虫灭虫歼灭战……

这一年,同遭各种自然灾害,不少村的棉花绝收。好一点儿的村,亩产皮棉 10 公斤就不错了。可刘庄的千亩棉田,仍获得亩产皮棉 55 公斤多的好收成。

这时,又有人对村干部提意见说:“大灾年,夺取粮棉丰收不容易,社员们都出了大力。今年,是不是该给社员们多分点啊?可不能全都交给国家了!国家大得很,哪差咱刘庄这点棉花!”

那些小商贩又来刘庄以高价私购棉花,社员的心开始摇晃起来,一时弄不清哪头重、哪头轻了。

“其实,卖给小商贩也很实惠,集体和社员都能多得点。”

史来贺一声断喝:“咋又产生私心杂念了?爱国主义跑哪儿去了?我以前对大家讲的,算白说了!”

提意见的社员低下了头。

他又对大家说:“错误思想,错误做法,在刘庄没有市场。我再说一遍,基本方针不变,国家利益重于山,大于天,刘庄的棉花,全部平价交给国家。哪个私人想从中捞好处，那是绝对不允许的！"

棉花小商贩伸长的手，在刘庄针插不进，他们贼溜溜的目光，在刘庄水泼不进，只好开溜了。

这一年，刘庄的超产棉全部平价交给了国家，又一次超额完成交售国棉的任务。

大灾之年，刘庄又独占鳌头，再次震动中原大地。

自20世纪50年代开始，刘庄的知名度越来越高，来刘庄参观的人也越来越多。刘庄在中原农民兄弟心目中，成为引领农业发展的"圣地"。

人们带着困惑而来：是什么奇特的力量，使这个昔日的"要饭村""逃荒村"，变成了今日的富刘庄？这其中有什么秘诀？

参观的人到处看，到处访问，最后解开神秘而去：村看村，户看户，社员看的是党支部；党支部有个好领头人，带领刘庄人走上集体致富路！

1963年4月24日，《河南日报》用大量的篇幅刊登了记者刘同贵采写的通讯《从全局出发的人——史来贺》。文章一开头就点明主题：

> 在新乡县七里营公社，有这样一位基层干部，他能从全局出发，以国家利益为重，正确处理国家、集体和个人之间的关系，能够认真执行阶级路线、群众路线，带领群众沿着社会主义轨道前进，巩固和发展集体经济。他是谁呢？他就是刘庄大队党支部书记史来贺同志。

当时，全国严重的经济困难刚刚有了些缓解，农民前几年深受缺粮挨饿的痛苦，普遍出现不执行国家植棉计划，多种粮食，多留口粮，不顾国家利益，忽视集体积累，搞分光吃净等消极现象。

而《河南日报》这篇通讯，就是针对这些消极现象，介绍了史来贺带领刘庄人民，在战胜一个又一个自然灾害的同时，教育社员以国家利益为重，为国家多做贡献，坚定地走社会主义道路的先进事迹。

史来贺面对农村普遍存在的消极现象，反其道而行之，正确处理国家、集体、个人三者的利益关系，急国家所急，想国家所想，干国家所需，多种棉花，多交国家，再留积累，发展集体。不仅为国家多做了贡献，而且促进了集体经济的发展，社员们的生活水平也随之迅速提高。三者利益的辩证关系，处理得恰到好处,非常正确。这就叫顾全大局。

史来贺被新闻媒体誉为"从全局出发的人",名副其实,当之无愧!

《河南日报》在刊登长篇通讯的同时,又配发了《从全局出发的光辉榜样》的社论:

> 史来贺同志是农村干部和社员的好榜样,他那样经常以国家利益为重的爱国主义思想,他那种毫不利己的高贵品质,他那种从全局出发的优良风格,值得各个战线上的干部和群众学习。有些人常常借口本地区、本部门、本单位的利益,肥小公,损大公,只顾局部,不顾大局,只顾个人,不顾集体,甚至不执行党的方针政策,不服从国家计划,不遵守国家的规章制度,不积极完成国家规定的任务。有这种思想和行为的人,应该从史来贺和刘庄大队的先进事迹中得到启示,加强集中统一观念,从全局出发考虑和处理问题。

1964年5月6日到8日,《河南日报》连续三天,再次刊登长篇通讯《刘庄人民的战斗步伐》,系统地介绍了史来贺带领刘庄人民治穷致富的先进事迹。"史来贺"这个名字,像一颗闪闪发亮的明星,再次闪耀在中原儿女的心中;"史来贺"与"刘庄"这两个名字,构成了一道壮观的风景,根植于中原儿女展望的目光中。

《河南日报》发表长篇通讯之后,中共新乡县委作出了《关于开展向史来贺同志学习的决定》。

新乡地委、河南省委,也相继作出了向史来贺学习的决定。一个以史来贺为榜样,学先进、赶先进的群众运动,在中原大地蓬勃地开展起来。

河南全省范围内学习史来贺的热潮,为史来贺带领刘庄人民以"甩掉穷帽子,踏上致富路"为目标的第一个战役,画上了圆满的句号。

第二十八章　捧出一腔爱民情

※"不能伤群众"
※病床前托孤
※五子"五条龙"
※一颗爱民心
※蹊跷救济款

"不能伤群众"

小满过,芒种到,
石榴花,门前笑。
子规鸟,日夜叫,
麦黄了,麦熟了。
妇女拧腰子,
男人磨镰刀。
麦子熟一晌,
开镰齐弯腰。

刘庄丰产方的大田里麦浪滚滚,麦穗飘香,像一片一望无际的海洋,涌动着金色的波浪。丰收在望的初夏,遍野都飘散着新麦熟透的气息,给刘庄带来满地其乐融融的欢声笑语。

收麦前夕,大队党支部召开全村干部群众夏收夏种动员大会。史来贺站在木板搭的台子上眉开眼笑,兴奋地对群众说:"大家在地里都看到了,今年的麦子长势不比往年差,咱刘庄又迎来了夏季大丰收啊!'麦熟一晌,谷熟一时';'麦黄不收,有粮也丢';'麦收九成熟,不收十成落'。"史来贺说起农谚,一提溜一串儿,让人听着,句句都新鲜,句句都有乡土气儿、泥土味儿。这些农谚,跟百姓的生活最接近,跟百姓的心思最贴近,谁不爱听呢?

社员们都支起耳朵,听他下面的讲话哩!只听他提高嗓门说道:"五黄天,要开镰。村里上上下下,全员出动,抢收抢种,保证颗粒归仓,不能让一棵麦落在地里。大热的天,割麦是个艰巨活儿,男女劳力都要吃饱吃好,保证体力才能收好麦子。为此,村里大人小孩,每人每天发一两鲜肉,自家煮点鸡蛋。煮了鸡蛋不能光叫儿子吃啊,让媳妇也得吃个鸡蛋。在咱刘庄,任何一家都不能轻看了妇女,不能轻看了媳妇,妇女是咱刘庄的半边天哪!"

最后,他宣布:"明儿个先放一天假,让全村的媳妇们回娘家串串亲、看看娘,各家男人再去娘家把自己的媳妇接回来……"

话音一落,台下的媳妇全都高兴得热烈鼓掌,恨不得欢蹦到天上去。

坐在台下的张秀贞激动得笑出了眼泪:没想到,俺嫁到刘庄真幸运,当刘庄的媳妇真高贵!

再好看的戏和电影,也是看头遍新鲜,看二遍稀罕,看三遍厌烦。

可老史一年一度的"夏收夏种总动员"的演讲,却是一年一个样儿,年年出新,年年出奇,总给人一种新鲜感、温馨感,犹如一个强大的磁场,强烈地吸引着人心,吸引着听众。说的虽然都是"夏收夏种",却揉进了刘庄新的现实,揉进了刘庄百姓生活的酸甜苦辣、家长里短,揉进了党员干部对父老乡亲的关爱与亲情,充满亲切感、人情味,句句讲到群众的心坎里,既贴近刘庄的实际,又贴近百姓的生活。一场"夏收夏种总动员"演讲,生动、有趣、活泼、幽默,让人百听不厌,比看电影看戏还开心,比喝甘泉冷饮还舒心。

刘庄人为何爱听史书记讲话? 这还得用刘庄人的话回答:史书记讲话实在,干事更实在,心正人就正,人正话也正。

史来贺的讲话为何总能春风化雨、润物无声?

其实,答案很简单:因为他与刘庄的土地根脉相连,因为他与刘庄的百姓息息相通。刘庄现实的泥土气息,群众生活的点点滴滴,都融入他的血液里;集体的一草一木,一稼一禾,百姓的衣食住行,针头线脑,都刻印在他的心坎里。这些都化为他浓烈的情感,从心灵迸发,随口道来,便成了一席"血浓于水""情热于水"的新鲜滚烫的演说,让听众如沐春风,如浴甘霖,满身的舒坦,心灵的畅快,难以言表……

这次,史来贺讲话,因为是夏天了,换了一身行头:头上的白羊肚毛巾摘下来了,光着头,赤着脚,上穿白粗布汗褂子,下穿黑粗布单裤。从外表看,跟坐在台下的社员没什么两样;要是不站在台子上,谁能知道他是个响当当的全国劳模,是刘庄村的"一把手"、村支书?

张秀贞记得过了年的春二月,史劳模要去北京参加全国民兵代表大会,走时穿的仍然是一身土布衣,只是棉衣换成了夹衣。她就问一位大嫂:"史支书去北京开会就穿那身衣服? 咋不换一身好衣服?"

那位大嫂回答:"好衣服他哪儿有哇? 俺也说过他,你常到京城开会,也弄一身洋衣裳穿上,体体面面的,多好! 你听他说啥? 洋衣裳穿在身上不自在,还不如咱这土衣裳穿着舒心。咱农民不论到哪儿,都得像个农民样儿,不能失了农民的身份;咱农民不论去干啥,都得有个农民的扮相,不能丢了农民的本色。你看看,他就是这样一个土里土气的庄稼人,哪像个'村官'啊!"

张秀贞一听一脸惊诧:史来贺不论走到什么样的环境里,都是个不失农民身份、不丢农民本色的人,这样的共产党人值得敬佩啊!

后来,听史来贺一次次在全村群众大会上的讲话,更让张秀贞这个"知识分子"惊呆:史劳模原来是个外朴内秀之人,满脑子辩证法,一肚子大道理。他的讲话,既不粗俗,也不深奥,通俗易懂,却又让人回味无穷,有琢磨不完的人情事理,有品味不尽的为国为民之道。

今日,他的讲话很有人情味,又特别看重全村的媳妇,一下子使干部与群众的感情更亲了,把党员与社员的关系拉得更近了,怎能不令人鼓舞、令人感动呢?

开镰割麦的时候,妇女们"巾帼不让须眉",镰刀挥动,"嚓嚓"生风,比男人割得还快、还利索,有许多年轻媳妇竟抢割在前头,把男人远远甩在后边……

史来贺在满地割麦的人群中,发现缺一个人,这个人的外号叫"懒汉",是个"头难剃"的主儿。全村的男女劳力都下地参加夏收,他为啥不下地了? 干啥去了? 是不是病了,或者有事请假了? 问了几位干部,都说不知道,也未跟小队里请假。一位小队干部说:"这个人是鸡蛋掉到油篓里——滑蛋一个,给队里干活儿,老是偷懒,谁给他派活,他都耍滑。"

史来贺知道这人平时在队里干活总是挑肥拣瘦,怕苦怕累,干啥活儿都要谈条件、讲价钱,出勤不出力,是有名的"懒汉""滑头"。割麦是农村最苦最累又受热的活儿,莫非他怕热怕累躲在家里不出工? 刘庄是个大集体,大集体绝不养懒汉,更不惯懒汉。在这个大集体里,必须人人爱劳动,人人爱集体,这样,集体的利益才能得到维护,社员的利益才能得到保证。大家如果都像他一样,见累活就躲,见苦活就撤,那集体财富谁来创造? 那社会主义怎么建设? 那还哪来的集体利益、群众利益?

下了工回到村里,史来贺没顾得回家吃饭,就直奔"懒汉"的家门。那人蹲在院里的树荫下,拿着一只黄窝头就着炒辣椒吃得正欢,见史来贺进到院里,慌忙站起来问："支书咋来了？"

"听说你病得不轻，我来看看你。"史来贺故意蒙他。

"谁说我病了？我哪儿也没病啊！"那人一脸疑云。

"没病啊？没病就好。那没病咋不下地呀？社员们都在抢收麦子，你窝在家里干啥？"史来贺不急不躁地问道。

"我呀，在家里忙大事呢！比收麦更重要。"那人卖起了关子。

"啥大事？"

那人眨了眨眼睛说："眼下，全国不都在学习毛泽东思想吗？我在家学习毛主席著作，武装头脑嘞！你说这是不是大事？"

"是大事。可学'毛著'也不能耽误生产啊！学领袖著作是好事，但要挤时间学，不能占正常出工生产的时间。你应该白天下地劳动，晚上学习毛主席著作。"史来贺强调说。

那人强词夺理："只有武装了头脑，才能更好地生产。我是先武装头脑，后搞好生产，这不就是政治挂帅嘛！对了，支书啊，我在家学习毛主席著作，是正事儿，得让队里按上工给我记工分，少记一分都不中！"

史来贺想了想，冷笑一声说："算工分可以，但集体结算工分的时候，不折成钱，也不折成粮，可以多给你几本'红宝书'。这样总可以吧！那你就在家好好学吧！"说罢，史来贺转身而去。

那人木呆呆地站在院里，久久回不过神儿来。等史来贺走远了，他才一下子打了个激灵："这算什么话？记了工分，既不折成钱，也不折成粮，那不等于没记吗？'红宝书'给得再多也不能当饭吃、当钱花呀！这不糊弄人么！看来，要想有饭吃，就得去干活，还得靠劳动吃饭啊！"

啥也不用说了，啥也不用想了，还得下地干活去。于是，他吃完饭便戴了草帽，拿了镰刀，和大家一起下地割麦去了……

有位干部向史来贺建议："'懒汉'这人不自觉，大家都在地里忙夏收，他却在家里偷懒耍滑躲清闲，又没有不上工的正当理由，叫我说，咱得重重地处罚他。咱大队是有劳动纪律的，违反了就得受罚。"

"就是，早该处罚他了，他偷懒耍滑也不是一回两回了。在群众中造成了恶劣影响。"另一位干部附和道。

史来贺却摇摇头说："你罚他，罚苦了还得帮他过日子，村上能得多少利？他就是个基本群众，还是以教育为主吧！毛主席他老人家不是告诫我们吗？重要的问题是教育农民。咱们还是发挥教育的作用吧！他偷懒耍滑，想不劳而获，这是一种消极思想，说明我们当干部的没有做好思想工作，没有教育好群众，责任在我们身上。要罚，得罚我们干部自己。"他朝麦田里四下望了一圈，又说，"你处罚他，不是伤害了他吗？他会破罐子破摔，不理你那一套，到那时，更麻烦。我们做群众工作，千万不能伤群众，要动脑筋，想办法，用灵活多变的方法，让群众自己去觉悟。你们看，他这不已经下地割麦了，割得还不算慢哪！"

两位干部不得不佩服史来贺的胸怀："咱的史支书是枕着扁担睡觉——想得宽哪！"

两位干部知道这位懒汉的"头难剃"，就问史来贺是用啥法把他动员到地里来了。

史来贺"嘿嘿"一笑，把去懒汉家里动员的情形扼要叙说了一番。

二位干部听了哈哈大笑，佩服地说："还是你办法多，既不伤害他，又能提高他的自觉性，两句话就把他治了。看来，你做群众工作就是有丰富的经验，也有很深的学问，俺得好好跟你学学啊！"

"的确，做群众工作，是一门学问哪！特别是做农民的思想工作，这里边的学问，值得下功夫研究啊！"史来贺的话意味深长。

病床前托孤

毛主席曾说过："我们一切干部，不论职务高低，都是人民的勤务员，我们所做的一切，都是为人民服务的。"

史来贺，这个善于学习、勤奋实践的农村党支部书记，总是善于从毛主席著作中汲取营养，指导自己的工作。他用自己的实际行动印证了毛主席的这一论断。

他经常对村里的党员干部讲："干部既是带头人，又是服务员。带头人就是要带领大家苦干实干，不谋私利；服务员就是为群众搞好服务，办实事，解决实际问题。把群众服务好了，群众富裕了，才会打心眼里说共产党好，社会主义好。"

他这样给大家讲，也这样给大家做出了榜样。

51年来，他时刻不忘共产党的宗旨，时刻不忘为人民服务，把实践党的宗旨，当作自己的历史使命和义不容辞的义务与责任。

夏收过后，每当忙完了一天的工作，开完了晚间的干部会，史来贺从大队部走出后，总要拐到放羊人刘荣正的家。

刘荣正是苦出身，新中国成立前家里一贫如洗，他的父辈是村里有名的佃农。史来贺和他，还有他的胞弟刘荣田，三人是一起光着屁股长大的穷伙伴，他们一起玩耍、一起滚打、一起放羊、一起剜野菜、一起拾干柴。长大后，又一块儿当民兵，一块儿打土匪，一块儿抬担架、救伤员。土改时，同仇敌忾斗地主、反恶霸，志同道合闹翻身、分田地。在斗争中结下了不是手足胜似手足的深情厚谊。

不幸的是，给队里放羊的刘荣正1964年患了食道癌，身体每况愈下，骨瘦如柴。史来贺每次来他家，都坐在他的病床前，一守就是大半夜。跟他拉家常、忆往事、叙旧情，给他喂温水、喂汤药……刘荣正总是拉着史来贺的手，眼含热泪,万分感激地说:"我这病,多亏了你的关心和照顾,你工作那么忙,还老是抽出时间来看我,咱俩是一辈子的好兄弟啊!"

"荣正啊,你安心养病,只要有我在,就不会叫你作难。"史来贺千方百计安慰病中的刘荣正。

刘荣正拉着史来贺的手说:"你一来,我的病就好像轻好多,比吃几副汤药还见效。俺家小孩子多,家里困难,你叫队里年年照顾。俺都记在心里啦!"

史来贺宽慰道:"照顾你一家,是咱集体应该做的。你是托共产党的福,托毛主席的福!"

1965年7月,刘荣正要到郑州河南省人民医院做手术,可家里拿不出医疗费,全家人都在犯愁。正在胞弟刘荣田为此难为得蹲在地上哭时,史来贺来了,一进门就问:"荣田,哭啥嘞?"

"俺哥病成这样,再不去开刀,命都保不住了。可开刀家里又没钱,叫人作死难了。"刘荣田哭得呜呜嗨嗨。

"那也不能哭成这样啊!哭能哭出钱来呀?到这个时候了,你得依靠集体。赶紧去,找队里会计,先借300元,等治好了病,回来再说。"史来贺果断地指使刘荣田去借钱。

拿了钱,史来贺又立刻派人把刘荣正送往郑州大医院。

从郑州做手术回来后,刘荣正的病好转了一段时间。可不久又不行了。

多亏刘庄有个史来贺啊!在史来贺与大队干部无微不至的关怀和百般照顾下,刘荣正又在人世多活了将近600天,这对危在旦夕的刘荣正来说,已经是很满足、很幸运了。

1965年10月15日,刘荣正病情加剧,生命垂危。他感到自己即将走到人生的尽头,就用极其微弱的声音,对守在身边的胞弟刘荣田说:"快!去把老史叫来,我有话要跟他说。"

正在大队部忙工作的史来贺,一见刘荣田惊慌失措的样子,就知道情况不妙。

"咋了?你哥他……"

"你快去吧!俺哥怕是不中了,他要见你最后一面。"刘荣田一面说一面流泪。

史来贺赶紧放下手头的工作,快步如飞地赶到刘家。刘荣正躺在床上,瘦得都已脱了形,衰弱得连呻吟的气力都没有了,喂口水都咽不下去。望着这位挚友身体衰竭如此严重，一双眼睛都掉进了眼眶里，史来贺心头顿生悲悯，泪水不由自主地落了下来。他坐在床前拉住刘荣正的手，耳朵伏在他的嘴边，温情地说："荣正啊，咱是贴心贴肺的好兄弟，有啥话，你就对我说吧！我一句一句都会记下来。"

刘荣正用舌头舔了一下干裂的嘴唇，断断续续地说："托……共产党……的福，托……你的……福，我又……多活了……一年多。"他长出了一口气，接着说，"我这……5个孩子，要是放在……旧社会，不是卖掉，就是……饿死。现在，我要……走了，把他们托给你，我……很放心。死了，也能合上……合上眼了。"刘荣正用尽了全身的力气，才说完了这一番话。

"荣正老弟，你不用担心，只要有共产党在，有刘庄党支部在，你的这几个孩子会得到很好的关怀和照顾的。新社会，不会让孩子们受一点儿委屈。"史来贺真情实意地安慰着这位即将离别人世的好友。

这时，刘荣正又艰难地抬起手，招呼14岁的大儿子刘华中走到他的跟前，凹陷的双眼透出一缕殷切的希望之光，上气不接下气地对大儿子说："孩子，你是……家里的……老大，要带头哇，扛大梁啊！孩子，你记住，没有……共产党，没有……毛主席，就没有……咱这一家。我走后，你们几个，要听党的……话，听毛主席……的话，听史支书……的话。要像对待……父亲一样，对待史支书。长大后，为集体……出大力，为刘庄……做好事……做实事……"

大儿子点头应承，一句话也说不出来，只能以泪水洗面，不住地哽咽着，饮泣着，一屋子的人都悲泪如雨，哀痛撕心……

史来贺紧紧握住刘荣正的手，悲痛万分地说："荣正啊，我的好兄弟！你放心吧！我会照顾好你的这几个孩子的，让他们顺利长大，把他们培养成有用的人才。"

听了史来贺的话，刘荣正咽下了最后一口气，放心地闭上了双眼，撒手而去。

可他才42岁，正是英年啊！走得太早了，太早了！他是家里的顶梁柱，一家人都还指望着他呀！顶梁柱没了，家就塌了天了呀！

一家人趴在他的身边，哀哭着，悲嚎着。他走了，撇下孤儿寡母，一下子昏天黑地了……

"哎呀！你撇下一家子走了，叫俺孤儿寡母咋过呀？这5个孩子咋养活啊？老天爷呀，俺的命好苦啊……"刘荣正的妻子杨金苹抱着最小的还不会走路的五儿,大放悲声,哭得撕心裂肺,痛不欲生。

史来贺悲哀地望着魂已升天的刘荣正,又怜悯地抚摸眼前的几个孩子,心里想着,该如何为这一家弱小顶起塌下来的天哪……

他一边流泪,一边怜悯地解劝趴在床边痛哭的杨金苹:"人死不能复生,别一个劲地哭了,你再哭,荣正也听不见。哭坏了身子,你咋照管这5个孩子呀?你得为孩子们想想,得带着他们好好活下去。孩子们今后的路还长着哪,都指望你这个当娘的抚养他们、照顾他们呢!你放心,只要有我史来贺在,有刘庄集体在,你家的困难会解决的,这五个孩子会长大成人的。"

杨金苹擦了一把涕泪,哽咽着说:"来贺,荣正把5个孩子托付给你,你就多费心吧!"

刘荣正为何临终将自己的5个孩子托付给史来贺?因为他最相信共产党,最信赖刘庄党支部书记史来贺;他亲眼目睹,亲身经历,史来贺关心群众、爱护群众,胜过关心、爱护自己家里的亲人。所以他把孩子托付给史来贺,自己放心,死后就可以瞑目了。

是啊!史来贺正是一个关心群众比关心亲人更重,关心他人比关心自己更重的党员干部。1963年,他的父亲去世时,他正在带领群众在棉田排涝,未能与父亲说上一句临终前的话,留下了终生遗憾。可刘荣正临终前,他却一直守候在病床前,听病人说完了一生最想说的话,他还用最温暖的话语,用兄弟般的情义,安慰奄奄一息的刘荣正,直到病人咽了气。可见他对农民兄弟、对一般群众的情义,超过了至亲至爱之情。如果没有共产党员的崇高理想、思想境界、道德风尚、高贵品格,能做到这些吗?

刘荣正去世后的日子里,史来贺日日夜夜想着他家的妻儿老小。刘家塌下的天,谁来撑住,谁来补救?在群众最危难的时候,共产党员应一马当先,站在最前边。荣正啊,放心吧!有我史来贺这个共产党员在,你家的天就不会落地!你的几个孩子,一定会受到党的关怀,一定会在刘庄这个大家庭里得到温暖,得到幸福,成长为建设社会主义新农村的有用人才。

史来贺心里的话,既是对自己说,也是对过世的刘荣正许下的诺言。

刘荣正病故后,5个儿子像嗷嗷待哺的羔羊,天天张着嘴向母亲要吃的、要喝的。最大的儿子14岁,二儿子12岁,三儿子10岁,四儿子6岁,五儿子刚满1岁,正在扶着墙头学走路。母亲杨金苹看着五个还不懂得人事的孩子,一夜间愁白了头发:一个妇道人家,领着这几个只会吃、不会干的孩子,怎么往前过呀?

给刘荣正治病、殡葬还借了集体 500 元钱，啥时候能还上啊？指望啥还呢？她整天眉头紧锁，一脸愁容，哭哭啼啼，以泪洗面。

到了年底，大队干部召开会议，重点研究一年内该解决而未解决的问题。

会议开始后，史来贺深情而又遗憾地说："刘荣正走了，走得太早了！他年轻时，当过民兵，闹过土改，为解放时期的刘庄出过力，立过功；新中国成立后，他热爱集体，啥苦活累活都干过，带着病还为集体放羊，为发展畜牧业尽心尽力。人走了，撇下几个年少的孩子，家里又那么困难，到现在还欠大队 500 块钱，都是给荣正治病欠下的。你们说，让他们孤儿寡母的咋还？我看，就免了吧！目前，她家是大队最困难的一户，也是救济的对象。"

所有与会干部都点头同意。一个刚失去丈夫的妇女，带着 5 个小不点儿的孩子，杨金苹得作多大难啊！他们娘儿几个太叫人可怜了。

免去了 500 元钱的欠债，等于搬去了压在杨金苹一家头上的一座大山！

杨金苹终于可以缓一口气了："我的娘啊！俺总算不欠公家的账啦！要不是史来贺书记给俺免了，这大山一样的债务，还不得在身上背一辈子啊！"

丧夫的痛苦，如一片黑云，始终在心头笼罩着。眼看年关到了，她也无心过年，更无财力置办年货，可孩子们都眼巴巴地盼着过年，过年能吃上饺子、吃上肉，还能放炮、打灯笼。杨金苹完全理解孩子们的心情，可孩子们的这些愿望，她无法帮他们实现，家里实在拿不出买年货的钱啊！她只打算给孩子们包一顿萝卜丝馅的饺子，一人吃一两碗，就算过年了。

正在杨金苹为过年发愁的时候，史来贺虎虎腾腾走进她的家门：肩上扛着一袋子白面，手里提着一大块生鲜猪肉，还有一罐子食用油；胳肢窝里还夹了一卷自己家织的土布，这布，是让杨金苹给孩子们做过年的新衣呢！

杨金苹刹那间热泪盈眶："来贺啊，你真是俺家的活佛，给俺送过年的福来了。"

过年那天，史来贺又到刘家看望。见刘家孤儿寡母 6 口人，和全村人一样，个个穿着过年的新衣服，吃上了香喷喷的肉馅饺子，脸上带着过年的喜悦，真有个过年的气氛，他这才放心了。

五子"五条龙"

自从刘荣正去世后,史来贺与党支部一班人对他的妻儿格外关心和照顾,使其 5 个孩子从小就感受共产党的温暖,感受共产党的深情。

史来贺当时在新乡县委担任县委副书记,还兼着刘庄党支部书记。他每次从县里回来,都要到杨金苹家里看看,嘘寒问暖,备加关怀,看看吃的、穿的、花的、用的,哪方面有困难。问了,还亲自看看粮食囤、米面缸,锅里是啥饭,筐里是啥馍,碗里是啥菜;然后,再摸摸每个孩子身上穿的,暖不暖、薄不薄。家里缺钱,就送来救济款;孩子缺穿,就送来布匹或成衣。时不时地,还给几个孩子带来点好吃的、好玩的;买身新衣,买双新鞋,买顶新帽。村里人都知道,刘荣正的 5 个孩子,是穿着史来贺买的衣服、吃着史来贺送的食物长大的。杨金苹与 5 个孩子一有困难绊住脚,史来贺与村干部就会出现在她面前,及时搬走她家的"绊脚石",每年都要给她家送来 300 元左右的救济款,让她无忧无虑地领着 5 个孩子往前奔。

年龄最小的孩子到了上学的年龄,可当娘的不打算让他上学:"家里本来就穷,上边 4 个孩子上学,全靠大队与史来贺拿钱交学费,可没少沾集体的光。这个小不点,就不叫他上学了。赶明儿长大了,凭一身力气,种地吃饭,在家侍候老娘就中啦!"

杨金苹的话,史来贺一百个不赞成:"那可不中!绝不能因为家中有困难,就误了孩子一生。再说,随着农村的发展,他长大了,就是种地,没文化、没知识、不懂科学也是万万不中的。现在是新社会,孩子不上学咋能中啊?要是搁旧社会,穷人想上学还上不起呢!你没上过学,不知道上学对一个孩子来说有多好。我可深有体会,小时候,上过两年私塾,那是作了多大难才去上了学堂啊!"

现如今，社会变了，时代进步了，刘荣正的孩子一定得上学，做有知识、有文化、有道德、爱劳动、守纪律的社会主义新少年，成长为爱祖国、爱集体、爱人民的革命事业的接班人。

他把杨金苹的5个儿子叫到一起，讲了自己小时候上私塾的艰难，鼓励他们珍惜如今的好时光，条件越好越要勤奋学习，刻苦努力。

史来贺买了书包，交了学费，亲自把最小的五儿送到学校，叮嘱道：听老师的话，好好学习，当一个好学生……

史来贺时刻关心着5个孩子的成长，不仅生活上关怀照顾，而且在政治上耐心教育，引路指导。在家里，5个孩子顽皮得如山里的小猴儿，免不了淘气、闹腾，母亲杨金苹管不了时，就去叫史来贺。擅于教育人的史来贺，给孩子们讲旧社会的苦，新社会的甜，讲老一代人从小到大受过的罪，新社会给孩子们提供了美好的生活环境，让他们珍惜今天的幸福生活。他教育他们从小要热爱集体，热爱劳动；长大后，走正道，不走歪门邪道；做好事，不做损人利己的坏事；当好人，不当有害于集体的坏人。他像教育自己的孩子一样，循循善诱地教育刘家的5个孩子，对他们严格要求，使他们从小就形成热爱共产党、热爱祖国、热爱集体的思想和助人为乐的品德。

5个孩子就爱听史来贺的话，只要史来贺一给他们"上课"，他们或站或坐，一个个都规规矩矩，专心听讲。在他们心中，史来贺比学校的老师还值得尊敬，他的话，比老师的话还有道理。史来贺给他们讲啥，他们就信啥；史来贺叫他们咋做，他们就咋做。史来贺成了5个孩子心中"最伟大的老师"。史来贺的谆谆教诲，一字字，一句句，犹如一颗颗种子，深深播撒在孩子们的心田，他们立志做正直无私的人、大有作为的人，回报史书记的大恩大德。

1971年，随着孩子逐渐长大，刘家原来的三间小土屋，六个人住在一起，已经显得非常拥挤、紧巴。大孩子刘华中不知不觉20岁了，已经到了说亲成家的年龄啦！三个已经上了高中、初中的孩子，还挤在一张床上睡觉；母亲和已经长大的五个孩子也不得不挤在一个屋里，很不方便。长此下去，不仅会影响大孩子成家，也会影响几个孩子的学习与成长。

杨金苹看着村里不少人家拆了茅屋盖新房，自家的房子又破旧又拥挤，想盖吧，一没钱，二无力，只能暗暗掉泪："要是孩子他爹还活着，说不定俺家的新房也盖起来了。"

民有所急，"官"有所思。史来贺总是与百姓心有灵犀，正在杨金苹为盖房所困扰时，他及时出现在刘家门口："你家这房子，太小了，孩子们都长大了，不够他们扑腾了。得再盖几间新房了。"

杨金苹一听摇摇头："啥？盖新房？我做梦都想盖，可那不是吹糖人嘞！盖不起呀！"

"凭你家的条件是盖不起，但盖不起也得盖，孩子大了，不盖不中喽！放心，不用你作难。买料的钱、盖房的劳力，你都不用管，每天给大伙烧一锅开水就中了，连饭都不用你管。说盖就盖，明儿个就动工！"史来贺比杨金苹还心急。

第二天一大早，杨金苹刚起床，就听有人"咚咚咚"敲院门。

"谁呀？"

开门一看，史来贺带着一帮壮劳力、泥瓦匠站在门外，他们是来给刘家盖房子的。

在史来贺亲自指挥下，土，由集体派人派车拉；砖瓦，有集体砖窑厂现成的给拉到家里；木料，是集体的；棚草，是集体的；人工，也是集体的。工匠们七手八脚干了起来，和泥的，垒墙的，上梁的，做门窗的，那手工艺，对这些土生土长的木匠、泥瓦匠来说，全是轻车熟路。不用杨金苹和大儿子作一点儿难、花一分钱，甚至不用管一顿饭，新房子很快就盖了起来。只见三间崭新崭新的东屋矗立在刘家的院落里，孩子们看了，高兴得跳了起来，当娘的看了，喜泪流了出来！

三间新房，砖墙瓦顶，加上三间旧房，六间房子，一家六口，每人一间。刘家多年的住房困难解决了！杨金苹心情终于拨云见日了。

杨金苹望着史来贺带领大伙给盖起的几间新房，心里涌起一腔感激之情，她手指新房对孩子们说："这是村里的好干部给咱盖的新房，你们长大了，千万不要忘了他们，不要忘了咱的好支书。今后，你们要听史支书的话，多为集体办好事，给你们死去的爹争光长脸。"

通过建新房，史来贺让杨金苹一家，更加热爱集体、相信集体；更加热爱共产党、拥护共产党。

杨金苹对孩子们说："咱们家托共产党的福，托集体的福，才有了今天。你们今后，哪个不听史来贺书记的话，不跟定共产党，不热爱集体，就不是我的儿子，我到死也不认这样的儿子。"

5个儿子都向母亲发誓：一辈子跟党走，不掉队；爱国家，爱集体；做贡献，当先进。

在史来贺的关心和培养下，刘荣正托孤于他的5个孩子，都已逐年长大成才：

老大刘华中初中毕业后不久，就当了大队民兵营副营长，史来贺又培养他入了党。1977年，新乡县人民银行在刘庄招一名临时工，史来贺推荐了他。临走前，史来贺专门找他谈了话，叮嘱他听党的话，努力学习，勤奋工作，为刘庄人争光，在外边时时刻刻记住，"老老实实做人，勤勤恳恳做事"。刘华中把史来贺的话，一句句，一字字，刻在心头。平时每次回到刘庄，他都向史来贺如实汇报自己的工作情况。由于工作能吃苦，认真钻研业务知识，他的工作越干越出色。他不仅被新乡县人民银行录用为国家正式干部，又靠自学在郑州考上了经济师职称；不久，又被新乡市人民银行考察看中，被调为该行国库科科长；后来，又被提拔为新乡市人民银行副行长。

老二刘华高先是参军，在部队入党，复员后回村担任造纸一厂厂长；老三刘华山当了村办造纸厂的车间主任；老四刘华德当了村办药厂的车间主任；老五刘华智当了村里的门市部经理。

古有"五子登科"，今有"五子成龙"。

5个儿子"五条龙"，刘荣正的5个遗孤，在刘庄一带被传为佳话。

刘氏五兄弟，行长、厂长、主任、经理，都走上了领导岗位，在各自的岗位上干得很出色、很优秀，各自都有一个幸福美满的家庭。据说，他们每家的年收入都在5万至6万元，五兄弟加在一起就二三十万元呢！如今，刘荣正的遗孀杨金苹，安享着家庭富裕的幸福生活与儿孙绕膝的天伦之乐。

每当有人夸奖杨金苹的孩子时，上了年纪的她总是笑嘻嘻地说："这都是史书记管教得好、栽培得好啊！没有史来贺书记的教育培养，哪会有这五个孩子的今天呢？"

一次，一位著书立说的人，到刘庄采访后，写了刘荣正临终托孤以及史来贺抚育刘氏五孤儿的故事，写好后念给杨金苹听，问她是否属实，哪儿需要修改。

杨金苹泪花闪闪地说："这上面写的都是真的。不过，一定要加上这样几句话：要是在旧社会，俺娘六个，也许早没有了，家破人亡了，不是饿死，就是病死。他爹死后，俺这个家团圆圆的，孩子们也都成家立业，过得幸福美满，这都是社会主义好，共产党好，史来贺在刘庄领导得好！俺一家永远忘不了共产党的大恩大德，史来贺的大恩大德！"

看着刘荣正的五个儿子一个个都成了有用之才，史来贺总算了却了一桩心愿。有一天，他打刘荣正的坟地路过，含着满眼泪水，对着长满了乱蓬蓬野草的坟头说："荣正啊，你托付我的事情，总算完成了。你可以含笑九泉啦！"

一颗爱民心

史来贺没上过正规的学校,对古文很难通晓。但以下几句古文他却时刻记在心里:

"恃德者昌,恃力者亡。"

"民为邦本,本固邦宁。"

"水能载舟,亦能覆舟。"

"得民心者得天下,失民心者失天下。"

在他看来,这些话都是中国的古训,治世名言。尤其是"水与舟"的哲理,在古往今来的英雄豪杰身上体现得最为明显,哪一个能逃得了"水与舟"的关系?从古今中外的历史看,谁代表人民的利益,谁就得人心,人民就"载"谁、拥护谁,谁的事业就成功,谁的江山就稳固;谁脱离了人民,背离了人民,人民就"覆"谁,就推翻谁、打倒谁。古今中外,概莫能外。这是一条铁打的人类历史发展的规律。

国民党代表大地主、大资产阶级的利益,不得民心,所以被人民之"水"所"覆";共产党代表最广大的人民的利益,得民心,顺民意,所以被人民之"水"所"载"。一个共产党员,只有永远和人民在一起,才会迸发出无穷的智慧和力量;而一旦脱离了人民,就成了高高在上的孤家寡人,势必一事无成,被人民所唾弃。

从加入中国共产党的那一天开始,史来贺就树立了牢固的群众观、人民观。

永远站在人民一边,完全彻底为人民服务,是他一生都在践行的世界观、人生观,是无时无刻不在坚守的政治立场、政治志向。所以,他几十年始终如一地都在做一件事:忠实地践行中国共产党全心全意为人民服务的宗旨,为劳苦大众谋利益,为劳苦大众谋幸福。他把为黎民百姓造福当作自己应尽的义务,他把为劳苦大众献身当作神圣的使命,他把为人民群众排忧解难当作不可推卸的天职,一辈子甘当人民赤子,想人民,爱人民,为人民,展示出了人民赤子的情怀与耿耿丹心。于是,他时刻与人民血脉相连、息息相通,他处处与群众同呼吸、共命运。群众的疾苦就是他的疾苦,群众的危难就是他的危难。群众的一房一舍、一砖一瓦、一病一灾、一衣一食,他都日夜牵挂于心。

20世纪50年代末,村民李文魁的爱人突然身患重病,因无钱医治,只能躺在家里生生被病痛折磨。有时,她痛得在床上直打滚,也只能咬牙硬忍、强撑。李文魁望着死去活来的妻子,一筹莫展,一会儿屋里、一会儿屋外地干转圈子,心里却急成了一团火。

史来贺听说后,立即跑到李文魁家里去探望,一看他爱人病情危急,便火急火燎地说:"都病成这样了,咋不往医院送? 耽误了咋办? 赶快送医院!"

"可家里没钱,住不起医院呐!"李文魁无可奈何地说。

"钱的事我来解决,你赶快收拾一下,我找车子,这就往医院去,一会儿也不敢耽搁了。"说着,从兜里掏出50元钱,递到李文魁手里,"这钱先拿着,不够的话,我再凑。"

"咋能用你的钱呢?"李文魁不好意思地说。

"人命关天,救人要紧。都到这当口儿了,还分你的钱我的钱呐? 甭啰唆了!"史来贺向来不把钱放在眼里,手里有了,就慷慨解囊,接济群众。

"那我啥时手里有了,一准儿还你。"

"还啥还? 这是救命的钱。只要能治好她的病,救了她的命,这钱就算用到正地方了!"

史来贺很快找来一辆地排车。李文魁把爱人扶到车子上,拉上车子急奔县里的大医院。

"亏你们送来得还算及时,如果再晚俩钟头儿,病人就被耽误了。"医院的主治医生说。

"要不是俺村的史支书,就真的耽误了。"李文魁指着在场的史来贺对医生说。

史来贺却摆摆手说:"甭说那些没用的了,救人要紧。"转脸又嘱咐医生,"医生,您一定要把她的病治好啊! 他们一家子忙里忙外的,全指望她呐!"

医生温和地说:"史支书,你放心吧! 我们会尽心尽力的。你看,你当支书的亲自送来,我们能不尽力吗?"

史来贺放心地点点头。

由于抢救及时,治疗得当,病人很快转危为安……

妻子痊愈出院后,李文魁夫妇对街坊邻居说:"史支书救了俺的命,救了俺一家,没有他搭手援救,俺这个家就零散了……"

几十年间,史来贺有个习惯,村里几百户人家,谁家有人生了病,他都要去家看一看;谁家遇到生老病死的事,他都要去帮助料理。他把这些都视为自己的工作,一个农村干部,除了抓村上的生产、工作,家家户户的大事小情,不也都得管吗?

1973年秋天,70多岁的女社员申花婷突然患了重病。史来贺知道后,赶忙去她家看望问候。之后,他把看望申花婷列入自己的工作日程,总是在忙完了工作时,抽时间去看望,去时买一些点心提着,慰问这位在刘庄辛劳了一辈子的老人。

一天深夜,史来贺与党支部成员正在开会,突然,申花婷家派人找到了会上,火急火燎地对史来贺说:"申花婷老人不中了,光剩下捯气儿了。现在就要打棺材,准备后事。"

"马上休会!"正在讲话的史来贺一个"急刹车",停止了开会。叫上原来当过"赤脚医生"的党支部副书记张秀贞,急匆匆来到申花婷家。

老人躺在病床上,心跳急促,呼吸困难,脸色苍白,翻着白眼。生命危在旦夕。

张秀贞在老人胸部听了听,又摸了一下老人的脉搏,小声对史来贺说:"老人还有救!"

史来贺马上断言:"老人不是在倒气,而是浓痰阻塞了气管,造成窒息。赶快施行抢救!"他派人赶快去叫来了村医,马上抢救老人。

他又对申花婷的家里人说:"老人还没有断气,怎么就嚷着打棺材,办后事?还有一口气,就要尽力抢救!人命关天,千万不能草率行事。"

这个时候,如果抢救不及时,老人随时都可能憋死过去。

史来贺守在床前,两眼一直盯着老人的病况;张秀贞配合村医,两手不停地进行抢救。一直忙到凌晨三点多,老人终于转危为安,又重新开口说话了。

在场的人都松了一口气,悬着的心总算平静下来。

"好险哪! 要不是史书记赶来得快,决心果断,抢救及时,老人恐怕就……"

一家人都有些说不出的后怕。

史来贺又吩咐村医："天天按时来家给老人打针、送药，病情有啥变化，及时告诉我，一分钟也不能迟缓！"

村医严格按照史来贺的吩咐办事，每天按时去申花婷家里诊断、量体温、打针、喂药。经过一段时间的治疗，申花婷老人竟奇迹般好了起来，慢慢地成了一个健康的老太太。一个准备进棺材的人，又重新在村里走来走去，说说笑笑。谁能看得出，她是一个到阎王殿门口逛了一圈的人，差一步走进门里，险些成了那里一个鬼呢！

申花婷老人逢人就说："要不是史来贺，我这把老骨头早扔到阎王殿里啦！我是史来贺从阎王殿里拉回来的人啊！"

"史来贺救了自己一命，得想法报答人家啊！咋报答呢？"申花婷老人想来想去，应该是为集体做点事。因为集体是史来贺的命根子，你要报答史来贺，就得报答集体。因此她多次找到史来贺，要求为集体再出一把力，报答共产党的救命之恩，报答史来贺与村集体的救命之恩。

"人活七十古来稀。你辛苦劳累了一辈子，就在家里安享幸福的晚年吧！"史来贺没答应老人的要求。

"救命的大恩没报，我要是哪一天真的走了，心里也不安哪！你要叫我将来走得安生，就叫我为集体干点力所能及的事吧！"申花婷一再要求，一再缠磨。

史来贺不忍心让老人心里过意不去，干脆满足她的心愿，同意她为集体看场。从此，老人一大早就搬个小板凳，坐在场边，手拿一根长长的细棍，专心致志地为集体看场。社员们都叫她"看场老太太"。

申花婷老人为集体看了几年场后，得终天年，驾鹤而去……

由以上事例可以看出，史来贺总是在群众最困难的时候，出现在群众面前，在群众最需要的时候，去关心群众、帮助群众、爱护群众，替他们排忧解难，为他们送去党的关怀和温暖。

他为何能做到这些？因为在他心中，全心全意为农民服务，是农村党员干部的天职。

从农业、企业的发展，到群众的衣食住行，从村里的大政方针，到各家各户的柴米油盐，只要是关系到群众的切身利益、关系到群众的身心健康、关系到群众的喜怒哀乐的事，都会紧紧地挂在史来贺的心头。

　　这就是史来贺！在冬天,他雪中送炭,是为了让老百姓感受共产党的温暖;在暗夜,他送去一束光,是为了让老百姓看见共产党的光明;危难中,他送去顶天立地的支撑,是为了让老百姓相信共产党的无比坚强;为民造福中,他捧出鞠躬尽瘁的赤子之心,是为了让老百姓响应共产党的召唤,永远跟共产党走!

蹊跷救济款

史来贺身为刘庄的"当家人"，心里始终有着最沉重的牵挂——村里的困难群众。

20世纪70年代初，由于长时间给母亲治病，史来贺欠下了外债。当时，新乡县委的领导在刘庄蹲点，大队的干部向他们反映了这一情况。县委领导听了感到很疑惑："作为刘庄这个富村的支书，怎么可能欠那么多债务呢？"

大队干部说："刘庄的群众比外村富是不假，可群众富，支书并不富。一是因为他出手大方，经常拿钱接济群众，谁家日子遇到坎儿了，谁家的老人、孩子生病了，他都往外掏腰包，一年又一年，把自己慢慢掏穷了。二是因为他给父母治病，花了不少钱，手里花空了，只好借外债。"

县委领导听了，方知确为实情。这个老史啊，把群众领富了，把集体搞富了，却把自己搞穷了。这样的村支书，恐怕在全县也是独此一个！

那一年，眼看年关就要到了，史来贺带领村干部挨家挨户为群众置办年货，可他自家的年货还远远没有着落。

正在这时，在刘庄蹲点的县委领导给史家送来了70元钱的救济款，以便让史家轻轻松松度过这个年关。

在当时，70元钱，是一个不小的数目，可以解决生活上不少困难。

县委领导送来的是名正言顺的救济款，可史来贺坚决不要："全县有好多比我家更困难的群众，把这钱拿去救济他们吧！我家能迁就。"

"这是县委研究决定的，钱已经从账上支出来了，再拿回去，怎么处理？让具体办手续的人为难呀！"

救济款退不掉，只好收下。但史来贺看着摆在眼前的70元钱，却想起了困难群众。他掐着手指头从村东头数到村西头，仔仔细细盘算了一下村里的困难户：

李玉珍的丈夫病故不久，留下了三个未成年的孩子，家里一个男劳力都没有，孤儿寡母，这年怎么过？

刘铭富，全家八口人，干家儿少，吃家儿多。整壮劳力少，平时出勤的就少，夏秋两季分的也会少，他用啥操办年货？

还有刘树祥家，家中就他一个劳力，妻子常年病恹恹的，一年到头困难一大堆，家里的难处就像穿破了的衣裳——补丁摞补丁……

比较来比较去，除自己家外，眼下，全村数这三户最困难。恐怕这三户人家，正发愁过年的事哪！平时一遇到事，都是拆了东墙补西墙，年关就在眼皮子底下，他们该咋置办年货呢？

史来贺想到这里，便毫不犹豫地把救济款分成了三份，决定马上给三户困难群众送去，他们急等着置办年货呢！

可怎么去送、叫谁去送这三份救济款呢？自己这个当支书的一家一家地去送，说是大队救济他们的吧，不中！因为村里搞救济，向来都是召开社员大会公开讨论、民主评议，这次没有开会、没有评议，就给他们送救济，行不通。说是上级救济的吧，会引起三家怀疑，自己一个普通社员，上级咋会知道我家困难？他们生了疑心，这钱就送不出去了。这该咋办呢？

正在犯难的时候，正巧，老伙计、副大队长刘树业来了，谈过大队的正事后，史来贺递给刘树业70元钱。刘树业不解地问："这是啥钱？给我干啥？"

史来贺马上解释："树业，县委关心咱大队的群众生活，年关救济了咱大队三家困难户。李玉珍，30元；刘铭富、刘树祥两家各20元。我还有点事，你把钱送给这三家吧！"

刘树业拿着钱，也未加考虑，就朝三家困难户走去。

李玉珍、刘树祥两人，接住钱，没多想。刘树业说啥，他们就信啥，真以为这钱是县委救济他们的，说了一声"感谢党和政府的关怀"，就爽快地收下了。

可到了刘铭富家，这救济款送得不顺，差点让刘树业拿回来。

刘铭富是刘庄的科研队长，脑袋瓜子很活络、很敏感，遇到啥事都要在脑子里转转圈，问几个为什么。他一拿着救济款，直觉就告诉他：这里边有弯弯绕！心里直犯疑惑：自己大小也是个干部，知道一些村里的规矩，过去，每年上报县委的救济对象，都要经大队研究，还要征求群众意见。可这次村里上报县委给救济的人家，大队怎么没研究过？也没公布出来征求群众意见？他决定到大队去问问会计，会计是村里的"财神爷""财政部长"，公家的开支收入，不论啥钱，都得过他的手，要是上级来了救济款，他一定知道。可他找到会计刘铭合后，会计和他一样，一问三不知。

"这次，县委救济了咱村三户困难户，大队研究了吗？"刘铭富问。

"救济了三户困难户？我咋不知道？肯定没研究。"会计刘铭合心里直犯疑。

"那上报县委你知道吗？"

"不知道！"刘铭合实事求是地说。

"那这个救济款，到底从哪儿弄来的？"

"不知道！谁给的你，你问谁去吧！我真的不知道。"刘铭合摇摇手，把刘铭富打发走了。

刘铭富又去问刘树业："这救济款到底从哪儿弄来的？"

"你问史来贺去，是他给的我，叫我送给你们三家困难户的。"刘铭富这一来一问，刘树业心里也聚起一个疑团。

刘铭富拿着钱找到史来贺："这年关救济款来路不明，有蹊跷！"

"有啥蹊跷？"史来贺怔怔地看着刘铭富。

"这救济款，到底从哪儿弄来的？"

"县委发的呀！"史来贺的口气不容置疑。

"县委发的。发给谁的呀？"刘铭富打破砂锅——问（纹）到底。

"发给你的呀！不是发给你，咋到你手里了？我让刘树业一户一户送去的，没啥问题。"史来贺说得滴水不漏。

"全县那么多小队长，县委能知道我刘铭富？能知道我家有困难？我问了，这钱也没经过大队会计，来历不明不白，我不要！"刘铭富说着，丢下钱就要走。

"铭富，回来！拿着！过年了，用钱的地方多。你家有困难，这是组织救济你的，你就过年花吧！问那么多干啥？拿着，拿着！你家确实有困难嘛！过年哪能缺了钱呀！"史来贺把钱硬塞进了刘铭富的衣兜。

刘铭富并不甘愿接受这份救济款，因为它来路不明。这个人向来有股子犟劲，不论遇到啥事，非弄个水落石出不可。他特意跑到新乡县委去问这次救济款的事，才知道了这钱是县委救济困难户史来贺的。这回真叫刘铭富猜中了：蹊跷的救济款，蹊跷在史来贺舍己为人而又不让人知啊！他总是把方便让给别人，把困难留给自己。多大的困难，也是放在自己肩上，不声不响地一个人挑啊！

刘铭富回到村里，把真相给史来贺一说，史来贺却揣着明白装糊涂："哪有的事啊？你肯定打听错了。救济款就是县委救济你家的，这一点都不会错。不要胡思乱想了，该置办啥年货，赶紧置办去吧！大人孩子过个高高兴兴的年。"

年关临近，史来贺这个村支书心里装的全是困难群众，唯独没有他自己，竟把县委救济他的钱，全都救济了困难群众。可全村就他家有外债，他家比谁家都困难哪！他让群众过个好年，可他该怎么过年呀？

刘铭富眼含热泪，收下了史来贺书记的一片赤热的真情，心怀感激地说："这是县委救济你家的，你却给了我们三家。你心里总是想着群众、装着群众，从来就没有自己。我们的好书记啊！你啥时候也想想自己，也照顾一下自己呢？"

一腔赤诚感人心，一片真情暖人怀。回家的路上，刘铭富感动得热泪盈眶。

困难户李玉珍、刘树祥也知道了救济款是咋回事，感动得热泪长流："史支书啥都自己吃亏，却总想着俺。真没见过这样实心实意为老百姓谋利益的干部。"

事后，刘树业知道了事情的来龙去脉，就埋怨史来贺："那是县里救济你家的，叫俺把救济款送给那三户，算啥名堂？把钱给了他们，不就耽误了你家过年？"

"他们三家比我更需要这些钱。我家好说，这个年凑凑合合不就过去了。"史来贺满不在乎地说。

"你呀！净干吃亏的事，光为群众着想，对群众比对老婆孩子都亲。"刘树业责怪道。

"咱党员干部只有对群众亲，把老百姓当亲人对待，老百姓才会把党员干部当亲人对待啊！这就叫将心比心，以心换心。"史来贺对此是深有感触、深有体会的。

大年五更，刘铭富和几个社员一起，去给史来贺拜年，看见史来贺家的饺子竟是萝卜丝馅的，连一斤肉都买不起。此情此景，让几个社员悄悄掉下了眼泪……

第二十九章　真金何惧烈火炼

※平地起风云
※莫须有罪名
※"得人心者昌"
※"白的黑不了"

平地起风云

1964 年,全国自上而下掀起一场"四清"运动,又叫在全国城乡开展的社会主义教育运动。运动的内容,一开始是在农村中"清工分,清账目,清仓库和清财物",后期是在城乡中"清思想,清政治,清组织和清经济"。运动期间,中央领导挂帅,数百万干部下乡下厂,组织群众、发动群众,广泛深入地开展革命斗争,运动的目的是整顿干部作风,清理政治思想领域以及经济领域出现的问题,解决"四不清"问题和干部与群众之间的矛盾,防止在中国出现修正主义与发生"和平演变",防止资本主义复辟,巩固社会主义制度。

当时,中央文件规定,"这次运动,是一次比土地改革运动更为广泛、更为复杂、更为深刻的大规模的群众运动";要求一些地区"要认真进行民主革命的补课工作"。并强调,这次运动的性质是"社会主义和资本主义的矛盾","运动的重点是整党内那些走资本主义道路的当权派"。规定"整个运动都由工作队领导",撇开了基层组织和基层干部。

史来贺是著名的全国劳模,刘庄是全国闻名的"红旗大队""先进大队",威望高,名气大。上级派驻刘庄的"四清"工作队规格也格外高,阵容特别大。工作队由中共中央、中南局、河南省委、新乡地委四级联合组成,人员多达 32 人。其中有两位省部级干部、六位厅局级干部和二十多位处级、科级干部。

如此高规格、大阵容的工作队,在全国恐怕是独一无二的。一个村的"四清"运动,上级为何如此高规格重视?

1964 年 10 月的一天,工作队浩浩荡荡开进了刘庄。

"四清"运动一开始,就有人提出"越是红旗单位问题越多""越是先进单位问题越严重"。这个由 32 名干部组成的"四清"工作队,就是带着这样的偏见进驻刘庄的。

　　刘庄的干部群众哪儿见过这么阵容庞大的工作队，浩浩荡荡，好不威风。哪儿见过如此重量级的四级官员组成的工作队，连京城的官儿都来到了小刘庄，那可算得上"钦差大臣"了。老天爷，这是要干啥？是不是又要刮什么风啊？看来，来头不小，要刮风也是8级大风。刮这么大的风，小小刘庄能撑得住吗？撑得住！有史来贺在，怕啥？

　　工作队入村后，既不住大队部，也不住干部家里，不吃干部家的饭，把工作队办公室扎在大队仓库院内，并对干部进行了"全面撒网"，把全村所有的干部都划为"四不清干部"，大队干部是重点审查对象。党支部书记史来贺、副支部书记杨森峰和夏治香、大队长李天德、副大队长刘桂英、大队会计刘铭合等人，都是被审查的重点目标。尤其是把史来贺当作重中之重的揭批目标，哪怕"挖地三尺"，刨根究底，也要查找史来贺的"四不清"问题，重点是查他"走资本主义道路"的问题。

　　"既然'四清'运动的性质，是社会主义和资本主义的矛盾，重点是整党内那些走资本主义道路的当权派，那么，重点就得查查刘庄发展这么快，是不是走的资本主义道路。如果道路不对头，发展得越快，可能问题就越多、越大。刘庄掌权的史来贺，这个典型，也许就是典型的走资本主义道路的当权派。"工作队先入为主，为刘庄的"四清"运动定下了这么一个调子。

　　工作队开进刘庄的那一天。当时，史来贺正领着社员们在地里忙秋收秋种。

　　一看到这么庞大的工作队来到刘庄，史来贺丢下手里的活，赶忙回村里接待："我是刘庄大队党支部书记史来贺，我代表全大队干部群众，欢迎工作队来刘庄指导工作。"

　　"哦！你就是史来贺，这里没你的事，忙你的活去吧！"

　　说这话的，看来是工作队队长。话说得很硬，脸拉得老长，一副来者不善的样子。史来贺知趣地离开了，马上又回地里干活去了。他一边干活，一边低头寻思：工作队为啥一进刘庄，就这样一个冷冷的态度？是不是又要翻腾啥问题啊？翻吧！你就是把刘庄翻个底朝天，也翻不出一件对不起党、对不起国家的事来。

　　工作队进村的当晚，就召开刘庄干部群众大会。会上宣布：从现在起，刘庄大队的领导权，由我们驻刘庄的"四清"工作队接管。刘庄大队原来的干部，不得再召开会议，不得再向刘庄社员发号施令。每天，一边到地里参加劳动，一边考虑自己这些年的问题,准备向工作队交待。队里干部未经工作队批准,谁都不准离开刘庄;工作队召唤时,要随叫随到。

这一宣布,等于把刘庄大队的干部罢免了,史来贺更得靠边站了!

谁能想到,工作队一来,就踢开刘庄大队党支部,把史来贺逐出大队办公室,停了他的职,收了他的权,连生产也不让他管,并禁止他与村干部通气,禁止他与群众接触。一夜间,史来贺被不明不白地孤立起来。刘庄人蒙了,老天爷,这是又要干啥? 史来贺"靠边站"了,工作队把他彻底晾在一边。连干部家属也没有参加群众会议的权利了,甚至连那些经党培养多年,一心一意跟党走的老贫下中农也撇开了。那谁来支撑刘庄的局面? 俺刘庄就指着他哪!

刘庄人迷惑了!

刘庄人担惊害怕了!

刘庄人为史来贺捏着一把汗!

工作队开始对村干部单个审查,逐个过关。不管有没有问题,一个一个都要捋一遍。

史来贺是刘庄的一把手,当然被列入"重点审查对象"。

工作队负责人把史来贺召唤去,要他汇报几年来的工作。

史来贺实事求是,一五一十地谈了刘庄这几年的发展变化后,说道:"刘庄的干部有强烈的爱国主义思想,有一颗爱民心,与群众关系融洽,经常参加劳动,密切联系群众,没有多吃多占问题。特别是三年困难时期,棉花黑市价格很高,国家棉花紧缺,刘庄干部发扬爱国主义精神,把生产的棉花,包括超产棉,全部平价交售给了国家……"

汇报到这里,工作队负责人劈头就问:"你刘庄是在地球上,还是在天空中?"

史来贺随口答道:"当然是在地球上了。"

回答后却是一头雾水,他问这是啥意思?

"既然是在地球上,那七里营公社的干部有私分棉花的现象,你们就没有?"

"刘庄从来没有私分棉花的现象。我们大队产的棉花,年年丰收,比周围村庄都多。当时,也曾有社员提建议,也学其他村,把超产棉给社员私分一些。可我们大队干部没同意,硬是一斤一两也没有私分过。不仅社员没有私分,干部也没有私分。"史来贺说这话,让人一听很有底气。

可工作队队长硬是不相信:"你这话谁能相信? 别村干部社员是人,刘庄干部社员都是不食人间烟火的神仙？"

"不信，那你们就深入调查吧！多住一段日子，就清楚了！"

"那你有没有经济问题？"工作队队长直言相逼。

"没有！"史来贺直言相告。

"真没有？"

"绝对没有！我以党性和人格担保！"

"你家里有多少存款？"

"我家有400元钱的存款，都是一家人多年从嘴里、从身上为我老母亲省下来的，70多岁的人了，万一有个好歹，就得用钱啊！"

工作队的人摇摇头，对此还是不相信："你们刘庄，都知道是个富村，比其他村收入高得多。你又是刘庄的一把手，怎么就只有400元存款？这次'四清'，重要一条是清经济，劝你不要有侥幸心理，想着蒙混过关。要放明白点，争取主动，把自己的问题交代清楚。"

"工作队查我的问题，我欢迎，但我没啥问题需要向组织交代的。你们尽管查，翻箱倒柜地查，挖地三尺查。如果查出了我的经济问题，我史来贺用一条命向党请罪，向刘庄百姓请罪！"不做亏心事，不怕半夜鬼叫门。史来贺心底无私，胸怀坦荡。

"从现在起，不叫你，你就不要再到大队来了！"

"那生产咋办？"

"我们管！你不用管了！还是集中精力多想想自己的问题吧！早日交代，早日轻松。"

史来贺走出自己天天出入的大队办公室，默默地往家走。回头再看看大队办公室的门，禁不住落下了两行热泪。难道这大队部就不能进了吗？其他干部也不让进，那刘庄大队一大摊子事，谁来管？农业生产、副业生产、畜牧业生产谁来管？刘庄党支部、刘庄大队部，从此要瘫痪了吗？我的天啊，整倒我一个史来贺不要紧，可刘庄的农业生产、集体经济可千万不能受损失啊！刘庄经济受了损失，群众的收入和生活就会受到影响。想到此，他深感刮骨剜心般疼痛。

厄运突然从天而降，降到自己的头上，史来贺却没有为自己担忧，没有为自己惧怕。他心里最担忧的，依然是刘庄的集体经济、农牧副业发展；心里最牵挂的，依然是刘庄群众的切身利益。

这时，他想得最多的是群众。群众是"水"，他是"鱼"，鱼儿离不开水啊！

　　可工作队规定,这个时期,严禁史来贺与群众接触,也禁止社员群众接近史来贺。那就是说,他必须与群众隔离开,保持距离。

　　好心的社员群众日夜为史来贺担忧,上了年纪的老太太,还在神位前焚香磕头,祈愿老天爷保佑史支书平平安安渡过这一关,让他还当刘庄的当家人。

　　他们多想走进史家,去安慰一下史支书;在路上遇见了,多想拉他坐在路边,给他说些暖心的话;在地里干活时,多想还如往常一样,与他肩并肩边劳动、边说笑,无拘无束,海阔天空,亲如一家。可他们心有余悸,怕被工作队发现,又给史支书罪加一等,反而害了他。有的村干部和社员夜里走到史家门口,在那里徘徊良久,犹豫再犹豫,徘徊复徘徊,最后还是抽身而回。就连平时常到他家串门聊天唠家常,常去他家借桶挑水、借农具干活的邻居都不敢登门了。

　　此时此刻,史来贺最有自知之明,天大的罪名,他一人顶着,天大的祸患,他一个扛着,绝不连累刘庄任何一个干部、任何一个群众,更不给刘庄的父老乡亲招惹是非、增添麻烦。于是,下地劳动时,他总是远离群体,孤零零一个人在一边干活;工间歇息时,不扎堆儿,不凑群儿,一个人独坐在地角、地头,埋头抽闷烟、想心事。想着想着,泪水情不自禁地落了下来。常言道:鱼儿离不开水,瓜儿离不开秧。他望着远处偎坐在一起的群众,顿觉自己成了离开水的鱼、脱离秧的瓜。多孤单,多枯燥,多难受哇!

　　这个时候,谁要一接近史来贺,那些"四清"骨干分子就会说,谁是"干部的狗腿子""黑联络员",去给干部"通风报信"了,"订立攻守同盟"了。所以群众都不敢靠近史来贺,更不敢跟他说话。有些胆小怕事的社员,远远地看见史来贺,就有意绕着避开,不与他打照面。

　　好好的社员群众,怎么一跟我接触,就成了"狗腿子""黑联络员"了呢?那岂不是等于说他们都成了"间谍"与"特务"了?我一个党支部书记岂不成了"国民党反动派"了?哎呀!多好的一个集体,咋搞成这样了?

　　此情此景,让他痛心疾首,比剜他的心还难受啊!天天和群众鱼水相亲的史来贺,顿时有了切身体会:一个党员干部,什么时候最难受?与群众分离了最难受,听不到群众的心声最难受!

　　此情此景,他感慨万端,无比伤怀:"一个共产党员,啥时候最孤独?离开群众最孤独。一个党的干部,啥时候最伤心?群众不敢接近你时最伤心。"

　　他想起往常和群众在一起的情景:跟群众一起平整土地,跟群众一起割麦、收秋,跟群众一起研究植棉技术、培育棉花良种,跟群众一起排涝、抗旱;跟群众一起坐在田间地头谈笑风生……一个个劳动的画面、一个个热烈的场景，像电影一样在眼前掠过。汗水和群众洒在一起，心灵和群众贴在一起，感情与群众融成一片，连端着碗吃饭也到街上的饭场，与群众打成一片。那是多么快乐的时光，多么幸福的时光；那是多么和谐的光景，多么融洽的光景。

而如今，他这个最喜欢和群众在一起的村支书却被孤立在群众之外，这让他倍感痛苦。但他襟怀坦荡，问心无愧，绝不会被那些莫须有的罪名所压倒。一个共产党员，无论头上戴多大错误的高帽子，也不会被压得低头，死也不低头！

他只盼早一天回到群众中，融入群众的"水"里。因为只有融进去，才会有与群众肝胆相照、息息相通、血肉相连的真切体验、真实感受。这是他多年来在劳动与工作中留存于心灵的最美好的感觉。

这时，他扪心自问，有没有对党和人民做过亏心事？思来想去，在大事大节上，自己是一身清白、两袖清风，完全对得起党、对得起人民，从入党那天起，他就把自己的一切交给党了，从来没有辜负党对自己的希望。可党啊，为啥不了解自己的儿子呢？

这场人为的厄运与灾难，真是突如其来、莫名其妙啊！

莫须有罪名

为了揭开刘庄"走资本主义道路"和"四不清"的"盖子",工作队层层发动群众,把群众一批批"请"到大队仓库院内的工作队办公室,采取"背靠背"的方式,让群众揭发史来贺与其他大队干部的"四不清"问题。

"背靠背"的一拨拨群众对史来贺提不出什么意见,反而是一片赞扬声、叫好声,都说史来贺是大家一致拥护的好支书,是刘庄靠得住的主心骨、领路人。十几年来带领全村干部群众坚定不移地发展集体经济,走共同富裕的道路。群众称干部为"主心骨",干部说群众是"老靠山",干群关系亲密无间。

而工作队对群众的话根本不相信,主观推测是因史来贺平时压制群众,群众"敢怒不敢言",才在工作队面前违心地说了史来贺的好话。他们不信进驻刘庄一个这么庞大的工作队,就揭不开刘庄的"盖子",你史来贺怎么捂这个"盖子",也是捂不住的。

工作队向群众施压:"他史来贺在刘庄当一把手十几年,难道就没有一点问题?你们不揭发,就是有意包庇,就是对'四清'运动有抵触情绪。说严重点,是对抗'四清'运动!"

一些群众被吓蒙了,一时摸不着头脑,就寻思:这不能一个劲地闷头不说话呀!再不说,工作队就会给扣个大帽子,什么"对抗'四清'运动,就是对抗党中央"啊,什么"对抗工作组,就是对抗党"啊,叫你吃不了兜着走。说就说吧,但做人不能胡说八道,不能昧良心,要说就得说真话、说实话,说内心里想说的话。

"史来贺这个人,沙哑嗓子,说起话来,可着嗓门吆喝,只恐怕别人听不见。熟悉的,知道他就这脾性;不知道的,还以为他脾气大,性子暴,爱发号施令。其实,他那都是为了抢时间、赶任务,为集体、为国家多做贡献。生人肯定受不了他那高声大嗓的毛病,他得改一改。"

"刘庄人都说史来贺是一头牛，为啥这样说？他干起活来不要命，只管干，不肯歇，忘了劳累，忘了饥饱，几次都累得病倒在工地。大家伙心疼得掉泪，他却没事人一样，说'谁没个头疼脑热的，死不了人，阎王爷眼下还不要我'。你们工作队不知道，俺刘庄人整天为他捏着一把汗，生怕他累垮了、累趴了，他可是刘庄人的主心骨啊！他要是早早累死了，那不把全村几百口人坑苦了？刘庄人都指望他领头往前奔呢！俺刘庄的远景规划还远远没有实现，他要只顾眼前拼命，拼死了，那不就是只顾眼前，丢了长远吗？"

"史来贺抓工作有很大的片面性，只顾集体不顾家庭。他的老娘，70多岁了，身体还有病，总想叫儿子陪在身边说说话，哪怕一天在她身边待一个钟头，她也心满意足了。可他天天深更半夜还在办公室忙活，抽不出一点时间陪陪老娘。老娘挂记儿子，常常夜里拄根棍子，走出家门，去看大队办公室的灯光，总想让儿子早熄灯，回家歇息。他自个儿不心疼自个儿的身子骨，老娘心疼得很呢！有好多次，他的妻子生病了，在家自己熬药，吃了几天中草药，他还不知道。你们说说，他这样只顾集体，不顾自己的亲人，是不是太片面了？"

…………

"别说了！这哪是揭发史来贺的问题？分明是为他评功摆好。简直是乱弹琴，这不是跟工作队唱反调吗？"工作队的人生气了，拍起了桌子。

"这是我们对史来贺发自内心的意见。你们让提意见，我们提了，你们又不让说这些意见，那我们就没办法了。俺实在想不起史来贺还有别的啥错误，就只能说这些意见。"

工作队一怒之下，把"请进来"的群众统统轰了出去。

为了发动群众"揭盖子""揪辫子""打棍子""查问题"，工作队在刘庄挨家挨户"扎根串联"，通过"背靠背"的摸底工作，把大多数群众撇开，专找那些与大队干部有矛盾、有过节的人，组成了刘庄的"四清"骨干队伍。又在骨干中千方百计地发动，费尽了心机，大动干戈搞了一个多月，总算将个别私心严重、集体主义思想淡薄和对史来贺有成见的人发动起来，诱导着他们揭发史来贺的"四不清"问题。用他们的话说是，"终于揭开了刘庄的'盖子'，揪住了史来贺的'辫子'，抓住了史来贺问题的'把子'"。

那些别有用心、想趁机整倒史来贺的人，向工作队秘密"进谏"："刘庄的水深着哩。擒贼先擒王，不把史来贺这个磨盘搬掉，刘庄的盖子就别想揭开。"

个别人还无中生有,栽赃陷害,向史来贺头上泼来一盆又一盆脏水:

"史来贺用马车往家拉过集体的大麦。他家的粮食几辈子也吃不完,不知捣腾出多少万斤,都卖出去,换成大把大把的票子了!"

"史来贺曾高价出售棉花,卖得的钱,按国家平价入账,多余的,全被他和村里干部私吞了。"

"史来贺还领着大队干部私分布匹。"

"史来贺打人,骂人,作风霸道。简直就是刘庄的'南霸天'!"

"史来贺窝藏枪支!"

"史来贺有人命案,打死过人!"

罪名一个比一个吓人! 如果按照这些罪名定罪,那史来贺肯定得坐大牢,甚至够着判死刑啦!

个别躲在暗处捏造罪名的人,妄图凭借"捏造罪名"的奸佞手段,打倒史来贺,浑水摸鱼,混个"官儿"当当,也好捞些油水,肥肥自己。

刘庄再好再先进,也不是世外桃源,更不是一片极乐净土,不可能没有一点歪风邪气,不可能没有暗藏的贪婪野心。这些捏造罪名的人,不就是趁"四清"运动,刮起的一股歪风,吹起的一股邪气吗?

刘庄人认定:狗嘴里吐不出象牙!

刘庄人坚信:刘庄向来邪不压正!

从扇阴风、点鬼火的人那里,工作队认定:史来贺罪名多,引起的民愤大。

既然"罪名这么多,民愤这么大",当然就该重点整治、重点揭发批判了。

史来贺成为工作队内定的重点批斗对象。在他们看来,工作队进刘庄这么久了,经过深入细致的"扎根串联",达到了预期的目的。把史来贺这个"磨盘"压了十几年的刘庄的"盖子",终于揭开了! 刘庄的"四清"运动,获得了决定性胜利,这是工作队的大功一件啊!

"得人心者昌"

那些一心要"扳倒史来贺"的满肚子私心、野心的人，列出的史来贺的一条条罪状，让工作队如获至宝。为了给史来贺的这些"罪状"找到凭据，工作队毫不掩饰地审问大队干部和社员群众，让他们对史来贺的罪状一条一条地打证明材料。可是，干部群众对那些所谓的史来贺的"罪状"，一无所知，根本无从谈起。

一时间，工作队办公室成了"审讯室"，受审者全是大队干部，一个一个审问，一个一个过关。问的都是同样的问题，得到的也几乎是同样的回答：

"老实交代你自己的经济问题！贪污了公家多少钱？"

"我没有任何经济问题！也从来没有贪污过一分钱，没有占过公家一分钱、一粒粮、一把棉花的便宜！"

"史来贺有没有经济问题？都有哪些问题？"

"史来贺没有经济问题，只有发展集体经济的功劳！"

"有人揭发史来贺往家里拉公家的大麦，你知道吗？"

"完全是捏造！栽赃！"

"有人揭发你们干部私分棉花和粮食，你分了多少？分了几次？"

"没影的事！全是造谣！"

"给你一个立功赎罪的机会，给史来贺的问题打个证明材料。"

"史来贺没有任何问题，我给他打啥证明材料？这不是叫我诬陷人吗？诬陷好人是犯法，一个共产党员绝不干犯法的事！"

问得直接，答得干脆；问得严厉，答得果敢；问得咄咄逼人，答得理直气壮。一问一答，简直称得上唇枪舌剑，刘庄干部绝不示弱。

一次次逼供，都被刘庄的干部硬生生顶了回去。这些党员干部，平时受史来贺的教育与熏陶,无论在什么情况下,都坚持正义,坚持真理,坚持实事求是,坚持党性原则。在歪风邪气与错误路线面前,头顶多大的压力也不怕,泰山压顶不弯腰!

　　工作队从干部嘴里掏不出他们要的材料,就多次召开斗争会,逼迫史来贺就范。可史来贺死也不认账,死也不低头。"富贵不能淫,贫贱不能移,威武不能屈",是一个共产党员应有的品格。我史来贺面对逼迫与高压,面对污蔑与陷害,怎能委曲求全当软包呢?
　　工作队怎肯罢休!
　　1964年农历十一月初二,那是一个阴云低垂、寒气逼人的日子。天低云暗,预示着暴风雪即将来临。可人间的一场"暴风雪",却抢先来到了刘庄大地。
　　"批斗史来贺大会"在打麦场召开。
　　会场里黑压压一片,坐满了刘庄的男女老少。
　　史来贺与其他干部作为批斗对象,独坐一边;"四清"积极分子,作为"枪手",独坐另一边。
　　会场大有两军对垒之势。单等发出"信号弹","枪手"就会架起机关枪,疯狂地"哒哒哒"横扫一通。
　　工作队发出了"信号弹":揭发批判史来贺大会现在开始!
　　"谁先上台揭发批判?"主持会议的工作队队员发出了引诱的信号。
　　会场里却无人响应。只有一片沉默,一片寂静。
　　久久的沉默后,"积极分子"堆里蹿出一个黑大个儿"枪手",挥动手臂厉声吼道:"今天,可到了我出气的时候了。我要揭发批判史来贺,他的问题大着呢,多着呢!这个日子,我盼了好久好久,等得我都不耐烦了。这一天,终于来到我的面前。"
　　黑大个儿暴雷似的吼声,让会场里原本沉默低头的群众不约而同地抬起头来。大家一看,脸上全都露出了轻蔑的不屑:"原来是这家伙呀!也不撒泡尿照照自己,驴脸不像驴脸,狗脸不像狗脸,就会癞蛤蟆一样,乱叫一通。没人听他的号叫。"
　　可别小看了这个黑大个儿,他在村里颇有些名气,外号叫"抵人牛"。人人都知道"抵人牛"好抵人,不管是谁,他都敢抵。村里好些人不敢惹他,都说惹不起躲得起,要是跟他一沾边,非得沾一身赖皮味儿。村里大事小事,没他不钻空子、不耍赖的。单干那几年,土地还没归集体耕种,向国家交公粮、卖余粮,他贪便宜,用水浸泡粮食,坑害国家。被发现后,史来贺严厉批评教育了他。他经常因为个人利益或一些微不足道的小事,跟社员吵架,吵着吵着还动拳头打起来,干部管教他根本不听、不服,史来贺又严厉批评他。参加集体劳动,他只图挣工分,马虎草率干得快,一点儿质量都不讲。锄地时,不使劲儿,锄板轻轻地刮一下地皮,草锄不净,苗子却毁了不少。他打的麦垄子,高低不平,这豁那缺,浇地时,不是这漏水,就是那跑水。史来贺看见后,又对他一顿好"剋":"你这是种地呀?人哄地皮,地哄肚皮,最后等于哄自己!"

作为党支部书记,史来贺批评他,是为了教育农民,让他树立集体主义和爱国主义思想,是一种善意的批评。所以每一次批评,都给"抵人牛"留着情面,尽量不让他在大庭广众之下丢尽脸面。但这个小肚鸡肠的"抵人牛",却把史来贺的批评,一次次都记在他心灵阴暗处的账本上,结下了不可化解的怨仇。

"抵人牛"今天是向史来贺"讨账"来了,誓死要连本带利一起讨回。他抱定"不管三七二十一,糊你一身臭狗屎,叫你臭一辈子"的恶意,一上到台上,便面带怒气,口出狂言,捕风捉影、栽赃陷害,无限上纲,大帽子满天飞,恨不得一顶帽子就把人压死。他说得唾星四溅,语无伦次;他说得火冒三丈,怒不可遏。

工作队的人见状不住地摇头:此人火气怪盛,却没有说出真正有价值的揭发材料,也没有说出史来贺"四不清"的事实。农民就是农民,没有文化,连揭发批判也说不到点儿上,净胡扯一通。可你又不能制止他,因为他毕竟是一门"火炮",火药味特浓,正好能起到炮轰的效果啊!

"抵人牛"信口雌黄乱放炮,每句话都带着浓浓的火药味:

"史来贺就是刘庄的南霸天,奴隶主。他拿老百姓不当人看,想怎么使唤就怎么使唤,想怎么命令就怎么命令。完全把刘庄老百姓当奴隶对待,谁要不服从他,非整你个半死不活,叫你腚眼子朝天嘴啃泥,手段极其残忍毒辣。他骑在刘庄人民头上,胡作非为,一手遮天,犯下了滔天罪恶。不把他赶下台,我们决不罢休,死不瞑目!你史来贺也没想到,自己也会有今天。你睁开眼看一看,台上坐着中央派来的工作队,他们是给老百姓做主的,我们要推翻你这个独霸一方的庄园主了,该我们这样的奴隶翻身做主人了……"

"这家伙简直是颠倒黑白,满嘴喷粪,一嘴臭狗屎!还有一点儿良心吗?他就不是一个人,是一条乱咬人的疯狗!"台下的群众气得怒不可遏,恨不得上去扇他两个耳光,打他个顺嘴流血!

史来贺站在会场,低着头,一语不发,只在心里自言自语:身正不怕影子斜,真金何惧烈火炼!

"抵人牛"这门"大炮",仍在不停地炮轰着,火药味越来越强,炮火越来越猛烈。那是从他心底燃烧起来的一股复仇的火焰,他要用这股火焰在刘庄燃起通天大火,把史来贺烧下台、轰下台。当他复仇的烈焰燃烧得不可收拾时,他蹦跳着甩掉身上的棉袄,挥舞着拳头,像一头发疯的牛横冲直撞地向史来贺扑去、抵去。

就在这一刹那间,会场里的几百名社员不约而同地忽一下全部站了起来,围成一道水泄不通的人墙,威武雄壮地护住了史来贺,挡住了那邪恶的拳头,邪恶的火焰,挡住了那邪恶的疯狂,邪恶的欲念。

面对这道人墙,"抵人牛"面呈惧色,不知所措,一下子慌了神。

几个群众伸开双臂,死死抱住了"抵人牛",让他动弹不得。

"揍他! 狠劲揍他!"人群中,有人举着拳头高喊。

几十名群众一哄而上,握着拳头,挥起手臂,一起向"抵人牛"围了上去。眼看一场拳打脚踢的打斗就要发生,"抵人牛"吓得缩成一团。

在这危急关头,史来贺忽腾一下站了出来,只听他振臂大喊一声:"不要打人! 不要打人!"

听到史来贺的喊声,愤怒的群众才极不情愿地放下了攥紧的拳头,纷纷散开。

看着这阵势,看着这道人墙,几十名工作队员大为震惊:史来贺在刘庄原来如此深得民心!

史来贺在会场里低头垂臂站得时间长了,腿有些颤抖,眼看支撑不住了,老实憨厚的社员刘铭勋看在眼里,疼在心上,赶忙轻手轻脚递过来一个小板凳儿,又悄悄给史来贺递个眼色,小声低语道:"老史,你站累了,快坐这儿吧!"

史来贺摇摇头,两眼斜视一下坐在台上的工作队。

刘铭勋毫无顾忌地说:"坐吧! 怕啥? 不管别的,这会儿顾命要紧。"说着,又推了推小板凳儿,恰到好处地放在史来贺的屁股下面。

小板凳儿虽然又小又窄,却让史来贺感激得热泪直流。

这只小板凳儿,又让工作队的人大吃一惊!

一道人墙,一只小凳,闪耀着人性的光华,放射着乡情的温暖,凝聚着人心的力量。

史来贺在心中不住地暗自念叨：刘庄的百姓真好！刘庄的父老乡亲待我真厚道。

一道人墙，一只小凳，让他没齿难忘，感恩不尽。

这时，会场里有一个社员对刘铭勋小声嘀咕："'抵人牛'这个王八蛋满嘴喷粪，他揭发的事，都是唱戏者脸上的胡子——全是假的。"

刘铭勋会意地点点头。

谁好谁坏，谁善谁恶，刘庄群众，心如明镜。

谁忠谁奸，谁邪谁正，关键时刻，泾渭分明。

群众眼里揉不得沙子，群众心里容不得奸佞小人。

会场里，忽然有人高喊一声："得人心者昌，失人心者亡！"

工作队的人又是一阵震惊！

"刘庄群众竟然如此心明眼亮，爱恨分明！"

这时，又有一个人上台揭发，他一上来就手指史来贺批判说："他是个'四不清'干部，多吃多占，贪污公款……"

史来贺抬起头瞟了那人一眼。嘿！这不是那个有名的懒汉么！你也就是趁机泄泄私愤，图一时痛快罢了！无中生有的捏造，见不得天日，得不到人心啊！

不等懒汉揭发完，曾经当过大队会计的李天德便从会场里忽腾一下站起来，手指懒汉愤慨地说："他这是捏造、诬蔑、陷害！刘庄的社员谁不知道，史来贺是一个公私分明、两袖清风的好干部。他当一把手从来不管钱、不批钱、不沾钱、不签单，光管监督；村里的钱，都花在集体发展上，他从不乱花公家一分钱，从不沾集体一点儿光。1960 年，他去北京出席全国民兵英雄大会，公家按规定发给他 20 斤粮票和几十元的差旅费。到会上，农民代表免交伙食费。他开会回来，又毫厘不差地交给了大队，入了公账。你说，这样的支书，他会贪污吗？还有，他给村干部，包括他自己，每人发两个本本：一个工分本，跟群众一样记出勤；一个'为人民服务本'，记无私奉献，记为群众服务的大小事项。干部和群众一样按劳分配，按工取酬，不比群众多得一点儿。党支部和大队干部在他的模范带动下，没得过一分钱的补助，没吃过公家一顿夜饭。即使上级领导来了，也是领到家里吃顿家常饭，从来不搞特殊。他清正得一尘不染，咋能说多吃多占、贪污公款呢？还有……"

不等他往下说，主持大会的工作队队员就大声制止了："不要再说了，今天的会，不是让你给史来贺评功摆好、歌功颂德的。我看你这个人有问题，你要认清形势。"

"我这是实话实说，为啥不让说？难道编造的谎言能说，实事求是的话不让说？"李天德直言不讳地质问工作队。

工作队的人一个个瞠目结舌，无言以对。其中，个别成员暗自发问："莫非矛头对准史来贺搞错了？史来贺真的是个两袖清风的好干部？"

批判会，变成了歌功颂德会；揭发会，变成了评功摆好会。这种罕见的场面，让几十名工作队队员大吃一惊！

别整来整去，整出一个大公无私的干部。那工作队可就威风扫地喽！

主持会议的人，怕再开下去，不知还会发生什么事，到时候不好收场，便草草宣布："今天的会，就开到这里，散会！"

批斗会上的揭发批判，都是一些别有用心的无端攻击。虽然也瞎胡捏造了大队干部与史来贺的一些"四不清"和大搞特殊化的问题，但当场都被敢于坚持正义、坚持公道、仗义执言的干部群众一一反驳了。那些污蔑和陷害，那些谣言和中伤，不攻自破……

这场批斗会，本来是斗争史来贺，却变成了对"'四清'积极分子"和平时的落后分子的声讨会、围攻会。这样的场面，深深触动了工作队，教育了工作队，惊醒了工作队。

"平时不爱民、不为民、贪污腐败的干部，关键时刻，哪会有那么多群众自发地站出来保护他？对胡乱揭发的人，群众为何那么恨？一爱一恨，非常分明啊！看来，史来贺还是很受群众拥戴的。这是为什么？难道我们的方向错了？"

工作队的人开始反思，对史来贺的看法与态度，也有了很大转变。

"白的黑不了"

揭发批判大会散会后，"四清"工作队负责人和他的秘书、警卫，一起回到了他们的住处——社员师德友家。

师德友是村里男女老少公认的老实人、厚道人，待人实诚，劳动积极。所以工作队一进村，村干部就安排工作队负责人和他的随从住在了师德友家里。

负责人坐下后，就问师德友："你觉得今天的大会开得怎么样？"

"叫我说，今儿个的大会呀，开得也好也不好。"师德友老实人说老实话。

"咋说也好也不好？"

"说开得好，是因为通过这个会，你们工作队可以看清谁是好人，谁是坏人，谁得人心，谁不得人心，谁深受群众拥护，谁惹得群众恼恨。说开得不好呢，是因为在会上揭发批判的那些个人，都是刘庄不咋样的人，这些人说出的话，不靠谱，不能听，更不能信啊！一个群众大会，咋能叫这些人上去胡编乱造一通呢？他们是故意把刘庄清清的一池子水，给搅浑哪！然后，他们就可以浑水摸鱼了。"师德友别看平时少言寡语，可在正事、大事上一点也不糊涂。

"这一点我已经看到、感觉到了。"

"你是上边下来的大干部，对俺刘庄的情况吃不透啊！其实，俺社员心里明镜似的，啥都一清二楚。"

"那你说说，史来贺这个人究竟咋样？为啥在会场上，有那么多群众站出来保护他？"工作队负责人对史来贺一点也不了解。

"你要问老史这个人，算你问到点子上了。你们搞运动，就得弄清史来贺到底是个啥干部，不能光听那些自私自利的家伙胡诌八扯。你们得多问问刘庄真正的群众，听听大多数群众怎么说，群众的评价才管用。"师德友没有直接回答负责人提出的问题，是想把工作队的目光引向大多数群众。

"那你先给我说说你对史来贺的看法。"

"我可以用两句话,说出我对史来贺的看法。"

"哪两句话?"

"第一句话,史来贺是个真正的好干部,难得的好干部!"

"那怎么有人把他骂成'南霸天'呢?"

"那是往好人脸上抹黑。多好的一个干部啊,硬往他脸上抹黑,再抹,他也是清清白白一个人。白的黑不了,红的黄不了。在刘庄老百姓眼里,史来贺就是一个受人拥护的好干部。他全心全意为人民服务,从不讲价钱,从不讲条件,是不折不扣地为老百姓服务。你看外村有些干部,在利益面前争先恐后,在困难面前却成了缩头乌龟,遇到吃苦吃亏的事,躲得比兔子蹿得都快。但史来贺与他们绝对不一样。他从不考虑自己,从来没有沾过集体一分钱的光,而老是自己吃亏,一心想让刘庄群众过上好日子。他是个好官、清官,只要有一点良心的人,都会这么说。"

负责人听着,不住地点头:"第一句话我明白了。那第二句话是什么?"

"第二句话,史来贺多少年来辛辛苦苦,为刘庄老百姓办了很多好事、实事,解决了群众很多困难。他说话板上钉钉,从不放空炮。只要他说要给群众办啥事,就没有一件不兑现的。在他的领导下,刘庄千把口人住得好,吃得好,穿得好,也有了钱花。这是多大的功劳啊!谁能不夸赞?往他身上泼脏水的人,还有一点人味吗?"

"那揭发出来的他的那些事,难道都不是事实?"

"全是没影儿的事。不信,你们去调查,如果查出一件事,跟他们胡诌的一样,你们把我拉出去枪崩了,我绝对不喊冤!"

"看起来,你对史来贺知根知底,说的都是真的。"负责人微笑着面对师德友。

"我认定的,一是一,二是二,黑是黑,白是白,不会有错。天王老子来了,我也是这么说,牙敲掉了也不改口!"师德友说得毫不含糊。

工作队负责人点着头说:"我信得过你。"

工作队按照"'四清'积极分子"揭发的刘庄大队干部和史来贺的"四不清"问题,一件一件地展开调查与落实。经过反复核实,反复查证,终于水落石出。铁的事实证明:那些所谓的"严重问题"全属子虚乌有、瞎编乱造,有的甚至是恶意诽谤,栽赃陷害。譬如:"史来贺用马车往家里拉大麦""史来贺高价出售棉花""大队干部私分布匹"等等,全都找不到证据,工作队只好问那些"积极分子"到底怎么回事。

"积极分子"敷衍了事地回答:"那些事,都是凭空想象的、推断的。"

"那就是说,你们检举揭发的事情,并没有人发现,都是自己脑子里想出来的,对不对?"

"对!"

"也没有物证、人证?"

"对!"

"这不是乱弹琴吗? 怎能靠臆想胡编乱造呢? 这是陷害人,知道吗?"

简直是欲加之罪,何患无辞!

调查来调查去,只有这么几件事,还算多少有那么点影儿。可这影儿,却是"积极分子"望风捕影,颠倒黑白,搅乱了是非真相——

"积极分子"揭发,"史来贺窝藏枪支"。史来贺的确有一支枪,但这支枪不是"窝藏",而是"珍藏"的,具有宝贵的纪念意义。这支枪,是史来贺1960年在北京参加全国民兵英雄代表大会期间,中央军委和国防部发给他这位民兵英雄的,既是奖品,又是纪念品。史来贺把它珍藏起来,作个永久的纪念,这是多么有意义啊! 这可不能不分青红皂白,把这件具有非凡意义的光荣的事,误作一个罪名,扣在史来贺这位民兵英雄的头上啊! 那可就大错特错了!

工作队通过这支枪、这件事,对史来贺产生了敬佩之情。

"积极分子"揭发,"史来贺有人命案"。工作队经过反复调查,终于查清了"人命案"的来历。

原来,在剿匪反霸过程中,一个土匪头子被史来贺抓回来,交给政府,公审后被枪毙了。另一个罪大恶极的土匪头子,被史来贺带着民兵追了几天几夜,擒获押送途中逃窜,被一位姓牛的民兵联防副队长当场击毙了。

"'四清'积极分子"把这诬蔑为"人命案",简直是滑天下之大稽。难道我们无数的战斗英雄,在战场上杀敌成千上万,在剿匪反霸中,又击毙无数的土匪恶霸,这些都是"人命案"吗? 那无数的战斗英雄,岂不都成了"杀人的罪犯"? "积极分子"竟如此颠倒是非,混淆黑白。心真够黑的,真够毒的! 可见他们是站在什么立场上说话,莫非要为那些被击毙的土匪恶霸翻案吗?

"积极分子"揭发,"史来贺第一次到北京开会,把队上的存款带到北京去,全部挥霍一空了"。

事实是,史来贺1952年到北京参加国庆观礼,是县里发的差旅费和生活补贴,共40元。他到北京后,省吃俭用,不仅没有花完,还节余了不少。回来后,把节余的17元又主动交回了区里、县里。当时,因这件事,史来贺还受到了县委的表扬。而"'四清'积极分子"却把这件事颠倒过来,污蔑史来贺把公款挥霍一空,这不是歪曲事实吗?其心真够邪恶的!

事实调查清楚了,"积极分子"揭发的所有材料,都已化为乌有,史来贺是被冤枉的。

工作队负责人让秘书把史来贺叫到自己的住处——师德友家,进行了工作队进村以来的第一次平心静气的友好谈话。

"史来贺同志,这些日子,因为我们工作队工作不深入,没有做认真的调查研究,没有吃透刘庄的情况,让你受了一些委屈。我代表工作队向你道歉,对不起啊!"

"没啥,没啥!群众运动嘛!有啥对不起的。"史来贺不知负责人要给自己说什么,两眼直看着对方的脸。

"不过,你要理解,这次'四清'运动,是全国性的,出点偏差也难免。希望你肚量放大些,不要计较个人得失。那些揭发你的人,有的出于个人恩怨,你是党员干部,不必跟群众去计较。"

"这一点,你尽管放心,个别群众的思想情绪,我理解,也知道是咋回事,不会放在心上的。搞群众运动,我不反对;整治我,我也不反对。只要村里的生产不受影响,群众的利益不受损失,我个人受点委屈,算不了什么。一个共产党员如果这点考验都经不起,那还算个共产党员吗?"史来贺自然而然地说。

工作队负责人被史来贺的宽宏大量感动了,暗暗想道:"史来贺真的不简单,刘庄的广大群众没有选错人!不愧是一个民兵英雄、劳动模范啊!"

接着,他客气地对史来贺说:"今天把你找来,是想让你协助工作队把生产抓起来。"

一听要叫自己抓生产,史来贺这段日子心里郁积的苦闷,一下子烟消云散,飞到了九霄云外。如当年当民兵队长时,接受了一项光荣而又重大的任务一样,既兴奋又激动。只要叫他抓生产,就能天天和群众在一起了,他又能变成"水"中的"鱼"了,怎能不高兴呢?

"让我把生产抓起来,中!中!中!这没啥说的,痛快!"史来贺一连说了三个"中"。可见爽快之至啊！

临走，工作队负责人又补充道："史来贺同志，今后，每天晚上，你都到我这里来一趟，研究生产问题，可以吗？"

"中！中！中！"史来贺又一连说了三个"中"，痛痛快快地离开了师德友家。

从此，史来贺又回到群众当中，扑下身子，一心一意抓生产，该安排的安排，该指挥的指挥。虽然头上还承受着重重压力，但为了发展集体经济，为了维护刘庄群众的利益，他把压力变成动力，焕发出无穷的精神和力量，狠抓生产不放松，拼命发展集体经济，让刘庄的富民之路，在"四清"运动的艰难日子里继续拓展，继续延伸……

第三十章　群众心里有杆秤

※ "老史逃跑了"
※ 烈火炼真金
※ 登门来道歉

"老史逃跑了"

刘庄"四清"运动,刚开始来势凶猛,轰轰烈烈。可从批斗史来贺的大会开了之后,就不明不白地松弛下来了。"四清"运动的烈火,似乎降下了熊熊燃烧的气势,火焰越来越小了。那几个"积极分子"看不下去,急不可耐了。他们几次找到工作队,追问"刘庄的'四清'运动还搞不搞了?为啥不再批斗史来贺了?"工作队负责人一时不好回答,就敷衍道:"'四清'运动咋会不搞呢!工作队自有安排。"

当时,对刘庄的情况,特别是对史来贺,工作队在思想上还未形成一致看法。驻刘庄二队的一个年轻工作队员,思想激进,缺乏工作经验,更没有看人看事的眼光,再加上受"积极分子"的煽动与蛊惑,他主张继续召开批斗史来贺的大会,并向工作队负责人建议:"揭批史来贺的斗争,如果在大队不好搞,就把他弄到生产队去,一个队一个队地揭批。最后,再集中到大队一起揭批算总账。我所在的二队,开第一炮,肯定一炮打响。明天,我就带着二队的人,来揪史来贺。非得叫他低头认罪不可!"

"不行,史来贺同志不能参加你们二队的揭批大会!在刘庄,不管揭批谁,必须由工作队统一安排,这是纪律,绝不允许乱批乱斗。"

工作队负责人吸取了那次批斗会的教训,及时制止了这位年轻工作队员的做法,让史来贺免遭了一场苦斗的灾难。

后来,工作队负责人让警卫员把那个年轻工作队员叫来,狠狠地批评了一顿:

"现在处于'四清'运动时期,我们是搞这场运动的工作队,运动搞好搞不好,关键看我们的政策水平如何。要严格按照中央的政策办事,不能头脑发热、发胀。政策掌握得好,运动就能顺利健康发展,掌握不好,就会出现偏差,甚至会把运动引向邪路，整错人，造成冤假错案，那麻烦就大了。所以我们务必要相信群众，依靠群众。但必须分清要相信依靠什么样的群众，首先得相信基本群众，相信群众的绝大多数，绝不能顺从对干部怀有成见、泄私愤、发怨气的个别群众。这些人并不能代表群众，只能代表他们自己。所以运动中，不能什么人的话都听，得动动脑子，分析分析。不然，就会把事情搞颠倒，把人看颠倒，那就大错特错了！"

负责人的一顿批评，让这位年轻工作队员陷入反思，认真检讨了自己。从此，他再也不敢轻举妄动，也不再说"揪斗史来贺"了。

正当"四清"运动进入"深入发展"阶段时，第三届全国人民代表大会第一次会议，于1964年12月20日至1965年1月4日在北京召开。工作队接到上级通知，要"四清"运动开始前就已被选为全国第三届人大代表的史来贺，必须如期到北京参加全国人大会议。

接到通知后，工作队内部发生了意见分歧：

一种意见认为："史来贺的问题，还没有彻底搞清楚，不能放他去北京开会。"

另一种意见却针锋相对："为啥不放人家去开会？这是全国人大的通知，谁敢扣下？再说了，经过这段调查，事实证明，史来贺同志并没有什么问题。即使还没下最后结论，也不能随随便便就剥夺了人家全国人大代表的资格。我们没有这个权力。如果未经全国人大批准，我们私自不让他参加全国人大会议，那是违法的。"

持后一种意见的是工作队负责人，他力排众议，坚决支持史来贺去北京参加会议。

就这样，还没有从"四清"运动中彻底"解放"出来的史来贺，被工作队"特赦释放"出来，既光荣又委屈地准备出席第三届全国人民代表大会。

那一天，新乡地委的小汽车开到了刘庄，来接史来贺去北京开会。看到史来贺坐上小汽车离开了刘庄，那些要"扳倒史来贺"的人，马上就制造谣言：

"史来贺逃跑了！畏罪潜逃了！"

"这充分说明，史来贺有重大'四不清'问题。他要没罪恶，为啥畏罪潜逃哇？"

"快派人把史来贺抓回来吧！不能让他逍遥法外。"

"抓回来不能轻饶了他,新账老账一起算,够他喝一壶的!"

正当史来贺坐上奔驰的列车,那颗火热渴望的心,早已飞进北京人民大会堂时,别有用心的人嘴里吐出的谣言,却在刘庄一带传得沸沸扬扬。

这些捕风捉影的谣言,全都是"'四清'积极分子"一夜间抛出来的。一时间,传遍了十里八村,传遍了新乡一带。那些不明就里的外乡人,信以为真,一个个大惊小怪:

"史来贺这回栽了!"

"看来,史来贺罪过不小,不然,他怎会畏罪潜逃呢?"

"这回,史来贺的名气完了!刘庄这个先进典型,也要红旗落地了!"

"史来贺跑了!""史来贺畏罪潜逃了!"成为一个特大新闻,迅速传遍中原。

可刘庄广大干部群众都不相信这些谣言,史来贺没犯错误,更没有犯罪,他咋会"畏罪潜逃"呢?全是一派胡言,肯定是别有用心的人在造谣!

有群众问师德友:"老史真的逃跑了?"

"那都是乌鸦嘴乱叫,你能信?反正我不信。老史是个啥人,咱还不清楚?别说他没错,就是有错,他也不会逃跑。离了群众,能把他难受死,他咋会忍心丢下群众自己去逍遥呢?乌鸦嘴里的话,满嘴臭,呸!"师德友几句话就戳穿了"积极分子"的谣言。

"工作队的头在你家住着,他说没说老史逃跑的事?"群众又问。

师德友摇摇手:"我见前两天工作队的头找老史谈话了。谈过话后,老史高高兴兴离开了我家。之后,工作队的头就没提起过老史。"

"说不定工作队叫老史干别的事去了,要不,工作队的头给他谈过话后,他咋恁高兴呢?老史肯定不是逃跑了!"一听师德友说的情况,群众心里有了底。

"'四清'积极分子"却在幸灾乐祸,单等着工作队把史来贺抓回来,再开他的批斗大会,狠狠地出口恶气呢!

他们哪里知道,此时此刻的史来贺,正端坐在北京人民大会堂,聚精会神地聆听国务院总理周恩来的《政府工作报告》呢!周总理用他那洪钟般高亢嘹亮的声音,代表党中央、国务院,发出了争取早日实现四个现代化的伟大号召。这个号召,像一把号角,像一阵战鼓,像黄河腾跃的滔天巨浪,猛烈地撞击着史来贺那热血沸腾的胸膛。坐在会堂里,他暗暗下定决心:"回去后,带着刘庄干部群众大干一场,早日把刘庄建设成社会主义现代化新农村,给全国的农村带个头,做个样子。"

当初，工作队生怕那些别有用心的人，拿史来贺参加全国人大会议这件事，生出意想不到的事端，所以一直把这个消息作为秘密，没有向群众透露出去。直到史来贺从北京开会回到村里，人们才恍然大悟。广大群众那颗悬着的心终于放了下来，像迎接离家多年的亲人一样，纷纷到家里看望他。

"哎呀！你可回来了，把全村群众都急坏了。谁也没想到，你竟然在这个时候到北京开会去了。"围过来的群众一片笑声。

"有人造谣，说你畏罪逃跑了，还有人挑唆工作队把你从外边抓回来，开你的批斗会。"

史来贺微笑着说："我一个农民干部，有啥罪？还畏罪潜逃，嘿嘿！我还够不着那个级别呀！我有罪没罪，群众的心，就是一面镜子啊！"

他的话，特别是最后一句话，赢得了群众一片掌声。

那些"'四清'积极分子"看到这一场景，顿时傻眼了！原来，史来贺不是畏罪潜逃了，是到北京开全国人大代表会了。咳！又让史来贺光荣了一回，工作队怎么能放他去北京开会呢？真叫人丈二和尚——摸不着头脑。

他们本来一心要借"四清"运动，把史来贺扳倒，报仇雪恨，以解心头之怒，却没想到史来贺竟在这个时候，出席了全国人大会议，这说明，史来贺上边有根子，工作队对他的态度也改变了。唉！看来，扳倒史来贺没那么容易。"积极分子"自我感到，他们的戏演到头了，该收场了！想到此，他们一个个如霜打的茄子，劲头一下子蔫了。

烈火炼真金

按照工作队的安排,史来贺向大队干部群众传达第三届全国人民代表大会精神,主要传达了周恩来总理所作的《政府工作报告》。干部群众听了传达后,无不精神振奋,备受鼓舞,期盼着早日实现四个现代化,特别希望刘庄早日实现农业现代化。

史来贺看出了群众的急切心情,便趁热打铁,在传达完会议精神后,就走巷串户,一家一家地动员干部群众,把今冬明春的农田基本建设搞起来。他对大家说:"农田基本建设,是实现农业现代化的基础,只有搞好农田基本建设,才能加速实现农业现代化。"

群众一听此言,一个个摩拳擦掌:"那咱还等啥?马上干起来,把周总理的号召变成实实在在的现实,让咱刘庄早一天进入农业现代化。"

这时,刘庄的干部深受"四清"运动中一些"左"倾错误做法的冲击,受了很大冤枉,憋了一肚子怨气。他们被工作队一次次单独审讯,单独隔离,不让干部互相见面,一见面就被说成"秘密串联""订立攻守同盟"。不交代自己的"问题",不揭发史来贺的"问题",就不让过关,不能回家。史来贺知道干部们跟他一样,受了很大委屈,有的甚至是受了他的牵连,才被一次次审问,一次次受辱。他深感对不起这些老伙计、老搭档。这回,从北京开会回来,一定得安慰刘庄全体干部的心,稳定大家的思想情绪。干部稳,群众才能稳;干群都稳住了,刘庄的政治与生产形势才能稳定。

当史来贺来到老伙计、副大队长刘树业家时,还没等张口说话,刘树业就一把拉住史来贺的手,抱头"呜呜"地哭了起来。

"你看你,哭啥嘞?有啥话说出来,有啥气撒出来,不就中了?"史来贺看着老伙计哭成这个样子,自己也不觉一阵心酸。

刘树业一边哭着，一边呜咽地诉说："你再晚回来几天，工作队就逼得我无路可走了，他们再审问我一回，逼着我坦白交代那些没影儿的事，我就真的撑不住了，老鼠药都买好了，大不了一死了事。那时，咱俩就见不到面了。"

"看你想到哪儿去了？好好的一个干部，咋就挺不起腰杆了？就恁大心眼？啥死不死的？党交给我们的任务，还远远没有完成哪，咋能当逃兵呢？你还是个共产党员吗？"史来贺用贴心的话，批评这位多年的老战友、老伙计。

"你说说，十几年来，咱跟着党没白没夜地干，吃了多少苦，受了多少罪，咱谁计较过？那不都是为了跟党走，为了刘庄集体的发展，为了刘庄百姓都能过上好日子吗？可现在整得我们比地主、富农、恶霸还臭，图个啥？"

"这我都知道。我们刘庄党支部所干的一切，刘庄群众看得清，广大群众不是没整我们吗？群众心里有杆秤，你怕啥？群众是咱最坚实的靠山，咱是好干部还是坏干部，谁说了算？群众说了算。你只要相信群众，就不要觉得委屈，啥都不要怕！"史来贺竭力安慰老伙计。

"别人不清楚，你心里最有数。我有啥问题可交代的？他们抓住我的最硬的把柄，说大队的好些企业，是我策划、鼓动你搞起来的，搞企业是'反对以粮为纲，走资本主义道路'。难道农村搞工业就不中？就是'走资本主义道路'？咱不就是搞多种经营，让刘庄集体富裕起来，让群众尽快过上好日子，这有啥错呢？"刘树业摊开两只手，狠劲拍着胸脯，发泄着心中的苦闷和不理解。

"别哭了！一个男子汉，哭天抹泪的，让人看见了，笑话！"史来贺替刘树业擦了擦眼泪，继续劝导，"你说的一切，我心里明白得很。其实，我心里比你还难受。但一个党员干部受了点委屈，就撑不住了？俗话说，烈火炼真金，是真金就不怕烈火炼。咱一个共产党员不是一块废铁，也不是一块土坷垃，咱是一块特殊材料的金子，再大的烈火也不怕。要经得起大火烧身的锻炼，经得起大灾大难的考验。党培养我们这么多年，就是要我们在各种考验面前，挺直腰杆，振作精神，不倒下，不趴下，带领群众艰苦奋战，让群众过上好日子。咱们只要还活着，就得当一个硬骨头男子汉，领着刘庄人往前奔！"

"嗯，我听你的。你这一说，我心里的怨气，全消了。"刘树业跟着史来贺，分头到社员家，去商量今冬明春的农田水利基本建设的大事去了……

从办高级社开始，就一直跟史来贺当副手——高级社副社长、副大队长的刘桂英，在"四清"工作队审查中，因为分工抓妇女工作，没有审查到丝毫问题，就第一个被"解放"了。工作队叫她去开会，她死活不去，找到史来贺倾诉满肚子委屈：

"我再也不想当啥干部了，一年到头忙得脚打后脑勺，好处没有沾到一点，尽干吃亏的事，运动一来，罪名倒背了一大串。图啥嘞？就图背黑锅？要再当干部，说不定啥时候又来运动了，还得靠边站，给扣上一口大黑锅。不把人压死，也得把人冤死！这运动，那运动，俺一个农村妇女对付不了。不干了，不干了，坚决不干了！"

"高级社那会儿，你就被大家誉为'生产一杆枪'，越是艰苦的活儿越往前冲，越是难办的事越要办成。现在这是咋的了？运动一整就怕了？当干部不能一遇曲折就低头、就灰心，那不是一个共产党员的风格。工作队叫你开会，你就去吧！要啥性子嘞？不能因为运动中有人提了咱的意见，就闹情绪，甩手不干了。当干部得有肚量，能听得进群众意见。只要我们不贪污，不腐化，一心为集体、为群众，大多数群众就还是拥护我们的。老百姓不是常说，'不做亏心事，不怕半夜鬼叫门'嘛！人正不怕影子斜，肚里没病死不了人。有了这几条，就是今后再来运动，也把咱整不到大牢里去。把心量敞开，有一身正气撑着，啥都不怕了。去吧，去吧！听人家工作队的安排，还是开会要紧。"史来贺苦口婆心，慢慢把刘桂英的顾虑打消了，让她痛痛快快地到工作队那里开会去了。

当时，农村"四清"运动的烈火熊熊燃烧，今天揭发这个，明天批斗那个，弄得农村干部人心惶惶，人人自危。生产却撂在一边，无人管、无人问了。好多干部都躺倒不干了，队里的正常生产和集体经济发展几乎瘫痪了。

而在刘庄，却是另外一番境况。夜里运动连轴转，白天生产照样干。刘庄干部尽管受了很大的委屈与折磨，但他们依然带领群众搞生产，每个小队的生产从来没有放松过。工作队在"四清"运动中三令五申，干部与干部不准接触，不准私下谈话。可他们依然偷偷来到史来贺家，共同商量明天以及以后的生产计划与安排。全村按照史来贺的部署与安排，生产秩序有条不紊，劳动场面依然如故。

特别是史来贺从北京开会回来后，把刘庄大队所有的干部都解劝一番，让他们打消了怨气，丢掉了委屈，从郁闷中重新振作起来。然后，带领他们顶着冷遇，迎着冲击，逆流而上，在极端困难的环境中，继续挑起领导生产的重担。史来贺依然运用他那超人的智慧和魅力，左右着全村的生产形势。数九寒冬，大雪纷飞，别村的地头，连个人影都没有，可刘庄的地里，村干部正领着社员在大搞农田水利基本建设。史来贺只穿一件单衣，干在前边，专拣苦活重活干，边干边指挥,用沙哑嗓子吆喝着鼓舞干劲、振奋精神的劳动号子。整个工地热火朝天,群情激昂。

工作队有些人对刘庄干部在黑夜里挨整,而白天照样领导生产、带头苦干,感到不可思议。他们问副大队长刘桂英:"你们村的干部领着社员干活,咋恁大劲嘞?"

刘桂英不假思索地回答:"俺们这个'官'是村里群众选出来的,俺们不带头领着干,群众分不着粮食、拿不到钱,更谈不上对国家的贡献,俺就对不起全村老百姓、对不起国家。农村干部就得带着大家伙埋头苦干,群众才能信得过你,拥护你。"

非常朴实简短的几句话,道出了刘庄干部对群众、对工作的高度责任感。

一位外村的群众问刘庄的干部:"工作队把你们整得那么苦,那么惨,咋还拼着老命带着群众干?"

"不干吃啥穿啥?干部一挨整,就撂挑子,把生产扔在一边,那地里咋打粮食?咋收棉花?人家工作队是吃皇粮、拿国家俸禄的人,只管搞运动,不负责打粮食。你生产搞上去搞不上去,粮食打多打少,人家才不上心呢!运动一结束,人家拍屁股走人。你队里就是不打一斤粮食,不产一斤棉花,人家照样吃皇粮、拿俸禄。受苦挨饿的,还是咱老百姓。农村干部不领着大伙干不中啊!得对得起群众,对得起自己的良心啊!"刘庄干部拍着自己的心窝子说。

"俺村的干部挨了整,全撂挑子躺倒不干了。工作队也不会抓生产,尽胡球弄,社员都为生产发愁呢!"这位外村群众唉声叹气。

"回去对你们村的干部说,工作队整得再厉害,干部也不要丢掉生产。因为运动不管搞成啥样,运动过后,老百姓也不能吃'路线'、穿'主义',还得吃粮食、穿布匹。这话是史来贺说的,回去把这话学给你村的干部。叫他们赶快把生产抓起来!"刘庄干部不管对哪个村的生产形势,都非常关心。

"老百姓不能吃'路线'、穿'主义',还得吃粮食、穿布匹"这句话,很快传遍了周围村庄。史来贺的至理名言,成了老百姓最通俗的口头禅。

登门来道歉

"四清"运动在刘庄搞了半年,干部群众一致向工作队反映:"老史是一身正气的好干部,他清清白白做人、勤勤恳恳干事,是刘庄的好带头人啊!"在老史的带领影响下,刘庄大队的干部也都是"四清"干部,没有任何"四不清"的问题和现象。

通过反复调查核实,群众的反映是对的。包括史来贺在内的刘庄干部是一支清正廉洁、作风正派、无私奉献的干部队伍,值得信赖,更值得学习啊!

在事实面前,带队的两位省部级干部很快转变了看法、转变了态度,觉得对不住史来贺,让他蒙受了不白之冤和天大的委屈。于是,他们把史来贺和那几个"积极分子"召集到一起,两位高干脸面铁青,怒形于色,"啪"的一声,把桌子一拍,指着几个"积极分子"厉声吼道:"你们几个知错吗?虽然你们出身不错,都是贫下中农,但心眼长歪了,一肚子私心。都是你们捣蛋,说假话,胡编造,陷害人、欺骗、糊弄工作队,把我们引入歧途。坑得我们折腾了几个月,才真正搞清楚,材料全是你们几个捏造的。你们的私心严重得很,差点让你们毁了刘庄的好干部,你们这是犯罪,知道吗?"工作队队长越说声音越高,越熊火气越大。"你们要接受这次教训,认真检讨自己的错误,深挖自己灵魂深处的邪恶念头,不这样,一遇机会,你们还会跳出来害人。你们这种人,可怕得很!用一个好出身,隐藏着肮脏的灵魂!让人一不小心,就会上你们的当。如果你们是地主出身,这次非得法办你们不可!"

"积极分子"们听了这句话,吓得面如土色,胆战心惊,慌乱的目光一直瞅着地面,不敢抬头看一眼面前的工作队负责人。

工作队负责人声色俱厉地质问道:"你们靠胡编乱造诬陷好干部,欺骗工作队。你们还有一点良心吗?我劝你们手拍胸膛想一想,没有史来贺这样的领导人、好干部，能有刘庄的今天吗？就你们几家人来说，日子能过得像现在这样好吗？我们工作队要向史来贺同志道歉，你们也必须当面向史来贺同志承认错误、赔礼道歉！"

工作队负责人一顿无休无止的严厉批评，批得几个"积极分子"羞愧难当，恨不得把头扎到裤裆里去。如果有个地缝，他们会立刻削尖脑袋钻进去。

"算了，算了！也不能全怪他们。虽说是他们私心作怪，但我平时工作方法上也有问题，要不，他们心里咋会窝着火，平时没有发泄的机会，运动中才爆发出来呢？"史来贺在恰当的时候，站出来打圆场，工作队负责人才消了气，止住了对"积极分子"的狠狠批评。

几个"积极分子"当着工作队负责人的面，羞愧地向史来贺道歉："史支书，俺鬼迷心窍，想把您整垮，编造黑材料，欺骗群众，欺骗工作队，俺不是人，对不住您了！您大人不记小人过，甭跟俺一般见识，俺知道错了。今后一定知错改错，重新做人。"

史来贺不仅没有抱怨他们，反而大度地说："都是刘庄的街坊、刘庄的乡亲，赔啥礼、道啥歉哪！运动嘛，难免出偏差，难免有过头行为、过头话，这都不算啥事儿。最后澄清事实，弄个明白，也还了刘庄干部一个清白，于公于私，不都是好事吗？"他还当着工作队的面劝那些"积极分子"放下包袱，好好劳动。

刘庄的"四清"工作队，因为工作失误，错误地整治了刘庄干部，让每个干部或多或少郁积了一些怨气。工作队员就挨家挨户地对大小队干部登门拜访，当面赔礼道歉，征求批评意见："我们犯了主观主义、官僚主义的错误，没有做认真细致的调查研究，听信了个别私心严重的人编造的谎言，上了他们的当，使刘庄的'四清'运动走了弯路。教训深刻啊！我们向你们深刻检讨，向你们诚心诚意地赔礼道歉！"

村里大小队干部见国家这么大的干部，给自己这排不上级别的小"村官"、小"队官"赔礼道歉，倒有些不好意思，谁还再计较这几个月来所受的委屈，肚里的气一下子顺了，心中的怨刹那间烟消云散了。

当工作队员首次来到史来贺家、向他道歉时，进门一看，被眼前的境况惊呆了！屋子里空空荡荡，陈设出乎意料地简陋，竟然没有一件像样的家具，除了一张脱了漆皮的破桌子、两个旧板凳，别的什么也没有。床上放的棉被，是土织的粗布做的，还补丁摞补丁。他们怎么也没有想到，刘庄富甲一方，作为刘庄一把手的史来贺，家庭竟如此清贫！连一般社员的家庭都不如。

工作队的人问史来贺："我们去了很多社员家,他们都比你家过得好,咋回事?你一个村里一把手,为啥家里会这么清苦?"

没等史来贺回答,陪同进屋的一位大队干部插言道:"老史当一把手不假,但他收入并不高,拿的是全大队社员的平均工分。另外,老史家里平时很节俭,他常说,当干部工作要向上看,生活要向下看;手里有点节余的钱,就随时拿出来接济村里那些家里有病人、有困难的社员了。"

工作队一看一听,更加相信刘庄群众对史来贺的评价:史来贺是难找的党员干部,我们敢担保,他绝对没有经济问题!

工作队被史来贺的事迹与精神深深感动。最后,中共中央、中南局、河南省委、新乡地委四级工作队在刘庄召开群众大会,宣布刘庄为"四清队",史来贺与刘庄大队干部是"四清干部",群众公认的好干部。刘庄的百姓听到这个结果后,响起经久不息的雷鸣般的掌声,不少群众竟在会场上蹦跳起来,欢呼起来。

疾风知劲草,烈火见真金。"四清"运动终于还了刘庄干部一个清白,还了史来贺一个清白。

由于"四清"运动执行了"左"的错误路线,错整了一大批干部,周围不少大队揪住工作队不放,工作队只好趁夜里偷偷溜走,连个跟老百姓告别的话都没留下,太遗憾了!

而刘庄却在史来贺主持下,召开群众大会,热烈欢送"四清"工作队离开刘庄,返回各自的工作岗位。史来贺代表刘庄干部群众致欢送辞,他说:"……好马不怕路远,真金不怕火炼。'四清'运动是对每个党员干部的考验,刘庄大队的干部经受住了这场考验,但不等于我们每个干部都得了满分,我们在工作中还存在这样那样的缺点和错误,群众对我们的工作还有一些不满意的地方。通过'四清'运动,我们干部,尤其是我本人,要进一步增强群众观念,永远和群众打成一片,当一个让父老乡亲称心如意的好干部,当一名名副其实的共产党员,做一个忠实的农民的儿子!"

他的讲话,引起会场热烈的掌声。工作队队长走上前来,紧紧握住史来贺的手说:"史来贺同志,你是一位经得起考验的共产党员,一位群众公认的党的好干部。我们工作队到刘庄没有白来,你给我们上了非常生动的一堂课,这堂课,会让我们感动一辈子、牢记一辈子。"

史来贺领着全村人,鼓着掌把工作队送出村外。

分别时,工作队负责人握着史来贺的手,动情地说:"老史啊!我们在刘庄,跳进了几个'骨干分子'画好的圈子,错整了你们这些干部,很是对不起呀! 希望能得到你们的谅解。我代表工作队,再次向你们赔礼道歉!"

"哎呀! 你们太客气了。放心吧! 刘庄干部群众不会把运动中的不快记在心里的,已经都忘记了!"史来贺笑着安慰道。

"希望你们把刘庄群众领导得更好,把刘庄建设得更好。待到刘庄成为社会主义现代化新农村,我们一定回来为新的刘庄祝贺!"

"我们决不辜负工作队的期望,相信那一天不会太遥远,刘庄人的梦想一定会实现。"史来贺紧紧握着工作队负责人的手,坚信不疑地说。

工作队撤出刘庄后,那几个在运动中揭发批判过史来贺的"积极分子",心里惴惴不安,言谈举止也表现得十分恐慌。原以为通过"四清"运动能把史来贺整下台,谁知道,到最后连工作队也对他那么佩服、那么看重。看来,自己的如意算盘打错了,好干部是打不倒、整不下台的! 现如今后悔也来不及了,都怪自己没有长着前后眼,等着史来贺给咱算后账,给咱小鞋穿吧!

谁也不曾料到,工作队撤出后的一个夜晚,史来贺就决定,把那几个"四清"运动中的"积极分子"召集到大队部,当着大队所有干部的面给他们卸包袱、吃定心丸。可几位"积极分子"一听说史来贺召集他们开会,就觉得事情不妙,大祸临头。工作队刚撤走,史来贺与大队干部就要对俺们打击报复,看来,今后在刘庄不好混了……

当他们走进大队部,就对着史来贺诚惶诚恐地点头哈腰,前言不搭后语地赔礼道歉:"'四清'运动叫俺迷三倒四,工作队的人三趟五遭地到俺家里发动,俺一时昏了头,这张没把门儿的嘴,就乱说一通。批斗会上,俺一上台就捕风捉影,胡编乱造,是俺对不住您,您饶我们这一回吧!"

不等他们说完,史来贺就赶紧制止,并让他们坐下,谦和而又宽怀大度地说:"今儿个叫你们来,不是让你们检讨错误的。群众运动嘛,你们出现一些错误也不奇怪。在'四清'运动中的揭发批判,对也好,错也罢,我们作为共产党的干部,不会计较这些的。有则改之,无则加勉嘛! 相反,我们还得感激你们呢! 你们的揭发批判,给我们大队干部敲了警钟啊! 让我们永远牢记,要事事处处清清白白地做人,实实在在地干事。"史来贺这几句话说得很认真,几个"积极分子"听着竟有些不好意思,心里老有做了亏心事的愧疚感。

史来贺点燃一袋烟,看了几位"积极分子"一眼,严厉批评了他们在运动中的错误行为,又说:"运动已经结束了,你们千万不要有什么顾虑,更不要背思想包袱。我可以用人格和党性向你们保证，我与几位大队干部绝不会打击报复，不会为难你们。咱刘庄是个先进大队，集体经济搞得好。通过这次'四清'运动，咱们上上下下要拧成一股绳，心要往正事上想，脚要往正道上走，劲要往正事上使，搞好生产，发展和巩固集体经济，让咱刘庄发展得越来越好，让咱刘庄百姓的日子也过得越来越好。好日子哪里来？人不能吃'路线'、穿'主义'，还得吃粮食、穿布匹。搞不好生产，天上会掉下来好日子吗？要想过上好日子，还得靠咱的两只手，别的啥也靠不住。"

几位"积极分子"听了史来贺一番话，感动得久久说不出话来，喉头哽咽着，泪水不由自主地滚落下来……

为了消除"四清"运动给刘庄人心头带来的不快，史来贺连续召开群众大会，统一思想，引导大家去掉顾虑，放下包袱，轻装上阵，广大干部社员鼓足了大干社会主义的劲头，更加坚定了发展集体经济、走共同富裕道路的信念，意气风发地向着既定目标迈进了！

这时，有人根据全国普遍开展的"四清"运动，编了一段顺口溜，在豫北一带很快流传起来，不少村把它抄写成大字报，贴在墙壁上，供人们传看：

干部清不清，
全在人眼中，
群众眼最亮，
心里有明镜。
照见你身影，
是歪还是正；
照见你心肠，
是黑还是红；
照见你灵魂，
是阴还是晴；
映出你手脚，
干净不干净；
映出你作风，
端正不端正。
当官如若贪钱财，

必在人间落骂名。
当官无私爱吃亏，
留得一世好名声，
百姓在你心里边，
你在百姓口碑中。

写得太好了！这是群众的呼唤，这是百姓的心声。是啊，对于党员干部来说，群众在你心里有多高，你在群众心里就有多高；群众在你心里有多厚，你在群众心里就有多厚；你把群众看作天，群众也会把你看作天；你把群众视为地，群众也会把你视为地；老百姓是你心里永远的挂念，你在老百姓的心里就是永远的靠山……

第三十一章　因地制宜学大寨

※虎头山取经
※一路苦中乐
※农业的命脉
※百年水利网
※走自己的路
※学大寨疑惑

虎头山取经

20 世纪 60 年代,农业战线喊得最响亮的一个口号是"农业学大寨",中国所有农村沿街的墙壁上刷写的大标语也是"农业学大寨"。大寨大队是山西省昔阳县的一个小山村,居于虎头山下。虎头山是巍巍太行山峰峦叠嶂中的一个山头,海拔 1100 米。这里七沟八梁一面坡,生产条件极其艰苦,生产环境极端恶劣。可名不见经传的虎头山为何一下子成了中国的名山,大寨村为何能成为全国农业战线的一面红旗呢?

毫无疑问,因为大寨有一个好领头人——陈永贵,他带领干部群众硬是在七沟八梁一面坡上连年夺取粮食大丰收,把一个穷山村变成了发展现代农业的富裕村。

旧社会,大寨全村 700 多亩地,就有 4700 多块,全部斜挂在七沟八梁一面坡上,是个"山高石头多,出门就爬坡;地无三尺平,年年灾情多"的穷山村;村民过着"宿无房,腹无粮,体无衣"的苦日子。新中国成立后,人民当家做了主人,大寨人在陈永贵、郭凤莲、贾进才等共产党员的带领下,凭着扁担、箩筐、锄头、铁镐等粗笨的农具,在土石山上开沟造田,在七沟八梁一面坡上建设了层层梯田,并通过艰巨劳动挖渠引水、灌溉浇地,改变了靠天吃饭的历史。

尤其是 1963 年 8 月,大寨发生了特大暴雨洪涝灾害,冲垮 100 多条大石坝,冲塌 113 孔窑洞,倒塌房屋 77 间,有 180 亩农田颗粒无收。面对罕见的灾情,大寨人大力发扬爱国主义思想和自力更生、艰苦奋斗的精神,坚定不移地为国家分忧,提出了著名的"三不要"口号:不要国家救济粮,不要国家救济款,不要国家救济物资。他们依靠自己的力量战胜了严重的自然灾害,创造了罕见的人间奇迹。

大寨人在特大洪水中,犹如虎头山一样昂然崛起,岿然傲立,在特大自然灾害中建立了丰功伟绩。

1964年2月10日，《人民日报》发表了长篇通讯《大寨之路》，同时配发了《用革命精神建设山区的好榜样》的社论，号召全国人民向大寨学习。

不久，毛主席向全国发出了"农业学大寨"的伟大号召。从此，全国农村掀起了"农业学大寨"的高潮。

《人民日报》的长篇通讯和配发的社论一见报，史来贺就一字一句地认真阅读。读完后，他热血沸腾，激动不已，拍案叫好！他被大寨人的事迹与精神深深感动了："人家大寨是山区啊！条件那样艰苦，竟取得那么大的成绩，了不起啊！大寨人值得大力宣传，值得全国人民学习。"

在以后的几天里，他每天一有空，就要把长篇通讯《大寨之路》读一遍。读着读着，萌生了去大寨看看的念头。他要亲眼看一看，虎头山的七沟八梁一面坡到底有多么艰难，大寨人是如何改造了自然条件，在七沟八梁一面坡上开出了平展展的梯田，又在层层梯田上，种出了一人多高的玉米，夺取了粮食大丰收的，他要看看大寨人是怎样在陈永贵的带领下，"冰天造大坝，雪地移高山""扁担挑走烂石坡，镢头开出米粮川"的。大寨人那种"哪怕灾害有千万，敢教日月换新天"的大无畏精神，永远值得刘庄人学习啊！要是有机会到大寨去参观学习该多好哇！到了那儿，一定得把大寨的经验学到手，取回来，让它在刘庄大地开花结果。

好人有好报，盼啥就来啥。不久，史来贺的愿望真的实现了。

1964年初秋，河南省委组织全省劳模到大寨等地参观学习。史来贺是当然的劳模参观团成员。

史来贺随参观团一行登上了虎头山，俯瞰山下，他和同伴被山上的景色迷住了，惊呆了：只见一层层鳞次栉比的梯田里，长着800余亩一人多高的玉米，一棵玉米秆上竟然生出两个或三个棒槌似的玉米穗子，穗子头处吐出长长的红缨，每个穗子都长得结结实实，的确像个硬棒槌。大寨的玉米长势的确称得上一流。大寨人在山上的梯田里，真够精耕细作的了。而且大寨人非常珍惜土地，种庄稼见缝插针，路边、场边、地头都种得满满的，最小的地块，只种了三棵玉米。连沟里、壕里、石头缝里都种上了。陈永贵和大寨人真是惜地如金、爱土如命啊！这一点，很值得刘庄人借鉴学习。平原人要像大寨人这样珍惜土地该多好，那会多种多少庄稼，多打多少粮食啊！一看这见缝插针的种地法则，就知道大寨人一个个都是珍爱土地的"老地精"。这800余亩土地，亩产绝对超过

500公斤,加上路边地角、旮旯缝道,大寨光玉米就能收获40多万公斤,加上麦季又是40多万公斤,一个只有400多口人的大寨村,真可谓丰衣足食,"囤里粮冒尖"啊! 史来贺望着山上山下,一派喜人的丰收景象,不由得赞不绝口。陈永贵与大寨人太令人佩服了!

史来贺放眼望去,被眼前丰收在望的景象迷住了。他情不自禁地掰着手指头算起来:修这么多梯田需多少土方,筑坝垒堰需多少石块、要多少劳力,算来算去,不知要比刘庄平整土地、填沟压碱费工费力多出多少倍。大寨人太不简单啦! 大寨是山区,刘庄是平原;大寨遍地是石头,刘庄遍地是黄土。同样在改变农业生产的自然条件,可大寨人在与自然斗争中付出的代价,远远超过刘庄人,他们劳动的辛苦与艰难,常人无法想象,也无法体会。如果刘庄人像大寨人这样干,前进的步伐一定会更快,共同富裕的目标,一定能提前实现。

参观团又到了社员家里参观,进了一家又一家,家家都是"炕上花被窝,囤里粮冒尖",社员家里笑声甜。大寨处处呈现社会主义农村新面貌。

通过参观,史来贺有了切身感受:自力更生,艰苦奋斗,愚公移山,战天斗地,是大寨人的精神;爱国家,爱集体,为国家多做贡献,是大寨人的共产主义风格。

刘庄人如何结合实际学大寨、赶大寨? 史来贺一边参观,一边思考。要学好大寨精神与风格,必须让刘庄干部群众亲眼看看大寨的实际,亲身体会大寨人战天斗地的感人事迹。于是,他在参观学习的间隙,抓紧时间给在家主持工作的副支书杨森峰写信,让他尽快带领生产队长以上的干部到大寨参观取经。

杨森峰组织了30余人的刘庄大、小队干部学习参观团,按照史来贺信上说的,立即奔赴山西大寨。勤俭朴素的刘庄干部,无论干啥都不失劳动人民的本色,他们各自背了厚厚一提包烙饼,作为自带干粮路上吃。步行十几公里,登上了赴昔阳县的火车。下了火车,又紧急步行,登山爬坡,赶到大寨村。

当时已经名扬四海的大寨党支部书记陈永贵,在繁忙中接见了来自河南新乡刘庄的参观团,他一见这些风尘仆仆的农民兄弟,又是史来贺领导下的刘庄人,就觉得格外亲切。他引领着刘庄大、小队干部,参观了虎头山、狼窝掌,参观了层层梯田……亲自介绍了大寨人战天斗地的艰苦历程。大寨人忘我牺牲的干劲,大寨人艰苦奋斗的精神,深深打动了来自黄河岸边的刘庄人。

在参观结束后返回刘庄的路上,30多人的学习参观团开了一个参观总结会,每个参观团团员都谈了自己的体会。大家一致认为,大寨值得学习的东西太多了,但我们必须结合刘庄的实际学,发扬大寨精神,大干苦干拼命干,甩开膀子撸起袖子，打一场农田水利基本建设的硬仗，彻底改变刘庄的生产条件，夺取粮棉高产再高产，使集体经济发展更上一层楼。

史来贺与首批赴大寨参观团回到刘庄后，向全村群众介绍了大寨人感天动地的模范事迹，号召干部群众努力学大寨、赶大寨。为了让大寨精神在刘庄扎根开花，史来贺又先后派出了六批男女社员、共青团员，到大寨参观学习，参观学习的队伍，做到队队有干部，户户有社员。

整体参观结束后，史来贺又连续召开几个会议，什么党支部会、大队干部会、小队干部会、党团员会以及社员大会，以"学大寨，学什么，怎么学""联系刘庄目前状况，该用什么实际行动，学大寨，赶大寨"为主题，由上而下，展开层层发动，层层学习，层层讨论。进行"六对比"：拿刘庄与大寨对比，拿刘庄的干部队伍与大寨的干部队伍对比，拿刘庄战天斗地付出的代价与大寨战天斗地付出的代价对比，拿刘庄人克服困难的精神与大寨人克服困难的精神对比，拿刘庄对国家的贡献与大寨对国家的贡献对比，拿刘庄人的共产主义风格与大寨人的共产主义风格对比。在此基础上，找差距，找不足，找短板，找失误。然后，拿主意，想办法，编方案，定措施，列出具体的弥补差距的生产计划和实施方法以及长远规划，使大家对刘庄"学大寨，赶大寨"有了一个明确的方向。大寨精神、大寨风格，逐渐深入人心；大寨红花的种子，播进每个刘庄人的心灵；大寨红花，盛开在刘庄的每一片土地上。

整个学习讨论会结束时，史来贺向大家发表简洁而又充满激情的演说："不看不学不知道，一看一学吓一跳。过去关着门在刘庄，不知道天外有天，山外有山。总觉得刘庄是先进，是模范，外边的人来刘庄一参观，咱就觉得自己了不起了。可到大寨这个举世闻名的红旗大队一看，咱跟人家差了一大截子，有的地方简直没法跟人家比。就拿吃苦精神这一点来说吧，人家大寨人那才是真叫吃苦。在山上造田，在石头窝里种粮食，硬是用镢头开挖、用扁担挑走了一座座石头山。咱刘庄人在黄土地上平几条沟、拉平几座沙岗就觉得吃大苦耐大劳了。跟人家大寨人吃的苦比一比，简直不值一提。如果把咱吃的苦，跟大寨人一说，人家说不定就会笑掉大牙！所以咱刘庄要通过这次到大寨参观学习，好好查找一下我们的差距，大步快跑，学大寨，赶大寨，甚至在不久的将来，要超过大寨。大家有没有这个决心？有没有这个信心？"

"有！"

众人斩钉截铁的回答，如一声炸雷，轰隆一声滚过天地。

一路苦中乐

　　史来贺带领刘庄人学大寨，并不照搬大寨的经验，也不照抄大寨的条条框框，而是因地制宜，结合刘庄的实际，制订适合刘庄农副业生产、集体经济发展的计划。他们在学大寨、赶大寨的道路上，迈出了三大步，使刘庄发展集体经济的路子越走越宽。

　　第一步，打井办电，实行井河双灌，确保旱涝丰收。

　　农业合作化以来，史来贺带领刘庄人民经过几年以改土平地为主的农田基本建设，已经把750余块零零星星、高凹不平的土地改造成四大块平展展、方正正的丰产田，基本上改造了耕地生产的自然条件。但怎样才能进一步确保旱涝保收，实现高产再高产的目标呢？史来贺认为，首先必须解决农田灌溉用水的问题。

　　同大寨相比，农田灌溉用水，在新乡一带算不得大问题。从20世纪50年代开始，政府就组织修建了人民胜利渠，把黄河水引入了各个村庄。但到了大旱季节，村村用水，水源短缺，刘庄灌溉用水就无法保障；另外，引人民胜利渠的水，是明渠灌溉，既费水又费地，浪费资源。因此，必须打深机井，以解决水量不足问题；改明渠为暗渠，变土渠为水泥渠，以省水节土。

　　主攻目标既定，战旗已经摆动，将帅站定阵前。

　　打井改渠，兴修水利的战役打响了！

　　困难一大堆，摆在了大帅的眼前，最艰巨的困难，莫过于资金短缺。如何解决？向大寨人学习，自力更生，艰苦奋斗！这正是大寨精神的精髓。

　　"学大寨，就是要学习大寨精神的精髓。要活学活用，不能死搬硬套。"这是史来贺经常对刘庄干部社员讲的一句话。

　　经历过"四清"运动的刘庄人，对史来贺这个带头人、领路人，更加敬佩、更加信任了：史来贺是一位坦荡无私、一身正气、清白为人、光明做事的好支书，跟着他走路，一定会走到正道上，跟着他干事，一定会干出正果来，跟着他创业，一定能创出富裕来。

风雨过后，刘庄又焕发新的生机，新的朝气；蹉跎之后，刘庄人激发出更加旺盛的斗志，激发出更加猛烈的干劲。他们要只争朝夕地为刘庄创业啊！不能把大好时光都浪费在搞运动、搞批斗上，还是老史说得对，人不能吃"路线"、穿"主义"，还得吃粮食，穿布匹。于是，史来贺一声呼唤，刘庄上下一齐响应；史来贺大手一挥，刘庄大地人欢马叫……

他对大队干部说："咱刘庄学大寨，赶大寨，平整土地的战役取得了决定性的胜利，下一步，就该打响兴修水利的战役了。毛主席早就告诉我们，水利是农业的命脉。命脉畅通，五谷丰登；兴修水利，百年大计。只要把水利搞好了，再大的天灾也不怕了，就能达到旱涝保收，达到年年稳产、高产。所以，要发展现代化农业，兴修水利势在必行。"

在他的运筹下，继平整土地的持久战之后，刘庄又拉开了兴修水利的战幕。

史来贺亲自披挂上阵，既当主帅，又当壮士，既当指挥员，又当战斗员。从大寨参观学习回来没几天，他便带领100多名壮劳力，拉着地排车，扛着铁锹，带着干粮，开赴百里以外的太行山去打石子、拉石子，为刘庄的水利工程备料。

出发的那天，史来贺天不亮就起床了，把要带的工具、干粮往地排车上一放，拉起车子就要出门。没想到，他轻悄悄的行动，还是惊醒了妻子刘树珍，她披件单衣从屋里跑出来，急急地说："咋，这黑更半夜的就出发呀？你起得也太早了吧？"

"昨天给大伙说好的，就这个点儿出发，趁天不明凉凉快快地赶路。"史来贺小声回答，生怕聒醒了老人与孩子。

"一趟少拉点儿，别出犟力。山里拉石子，不比平地，事事要小心。"树珍关心地叮嘱。

"放心吧！我啥力没出过，啥罪没受过，啥苦没吃过？拉个石子儿，小菜一碟儿，小事儿一桩。"史来贺漫不经心地说着，已经拉着车子大步流星地走出了家门。

他走到街中心，把车子一放，点上烟袋抽了起来。

这时，不知谁家的公鸡开始打鸣，一鸡啼叫，村里其他人家的公鸡都跟着叫了起来，夜色笼罩下的刘庄，朦朦胧胧中，响起一片鸡鸣声，此起彼伏，煞是好听。庄稼人都爱听每天黎明前的鸡叫声。这种自然的歌唱，是农家独有的晨曲，是农村独特的"黎明交响乐"，在城市听不到这么优美动听的天籁啊！

只一袋烟工夫，100多名壮劳力全部到齐。不用吹号、不用喊叫，一个个准时准点，就像出征的队伍，行动迅速、纪律严明、遵时守信。这让史来贺想起当年的民兵队伍，"召之即来，来之能战，战之能胜"。这是军区首长对刘庄民兵队伍的赞誉。如今，刘庄的青壮劳力，仍然不减战争年代民兵英雄的本色！

史来贺一声"出发"，100多人的队伍，几十辆地排车，排成一条长龙，浩浩荡荡地在夜色中奔腾起来。

正是炎热的夏天，到了中午，太阳火辣辣地照着，他们一个个被晒得汗水淋淋，皮肤黝黑。他们边走，边用手抹一把额头，抹一把脸颊和脖子上的汗水，然后，使劲儿地往地下一甩，一把汗水便溅落在异乡的土地上。

走进太行山深处的一片空地处，这里就是一个采石场，堆放着大量的石子。从刘庄到山里，这100多人的运石队，已经走了13个小时，虽然拉的是空车，但路上一刻也没有歇脚，一口气赶到这里，又累又饿，又乏又渴。史来贺让大家把车子放好后，一拉溜坐在山口的阴凉处歇脚吃干粮。他从采石场打来满满一桶凉水，借来一只水瓢，让大家轮流着饮水止渴。又热又渴的汉子，抱着水瓢咕咕噜噜一阵痛饮，一大瓢山泉水流进肚里，浸得通体透凉，清爽极了、痛快极了，浑身的疲乏一扫而光，精神头儿噌一下提了起来。

庄稼人不肯歇，干活的人坐不住。吃了三个馍，喝了一瓢水，打了几个饱嗝，身上的劲呼呼往外冒，四肢的力噌噌向上蹿。一个个摩拳擦掌，直撅撅站了起来。随后挽起裤腿，拎起铁锹，走进石子堆，嚓嚓嚓，一锹一锹地往车上装石子。时而，扬起的石粉、砂粒会溅到脸上、脖梗儿上，而浑身泥土的庄稼人哪会在乎这个？只有沙尘飞进眼里，眯住眼睛时，才会揉一揉、抹一抹，然后再继续干活。

同样的活儿，同样的工具，同样两只手，史来贺总是比别人干得快、干得多、干得利索。车子本来已经装满了，他却又四下里平了平、四角里塞了塞、四边里捣了捣，往下面使劲拍了拍，又不停地挥锹装了起来，直到车子顶部鼓起了一个大大的"山包"，垒起一道屋脊形的"山梁"，才肯罢休。

"史书记，你的装车技术真让人佩服，你是恨不得一车装走一座山啊！"一位社员望着史来贺的车子说。

"一趟是一趟的，拉多拉少都要走这100多里路，拉少了觉得有点冤，也对不起这 100 多里的路程，只有多拉点儿，心里才满足啊！我这也是一种贪心啊！"史来贺幽默地说。

大家听了，一阵哄笑。

笑声未止，有人就纠正说："你这不叫贪心，叫贪活儿，每天都想着给集体多干点儿，一天恨不得把一年的活儿都干完。史支书啊，你可不能光想着集体，老亏了自己啊！路子远了没轻重，咱拉车要走 100 多里的路，咱是人，可不是牛哇，你得爱惜自己的身板啊！"

"看你说的，咱一个庄稼人多拉点儿载、多出把力，还不是家常便饭？我一个苦出身的人，从小就出惯了苦力，拉这点儿货算不了啥，我吃得住！"史来贺毫不在意地说。

史来贺的吃苦耐劳精神非一般人所能比，刘庄几乎人人皆知。可这回，是要拉着重车走百里，真可谓"路遥知马力"啊！史来贺用他非凡的精神，给 100 多个壮劳力打了气、加了油。

肩搭车袢，倾身弯腰，前腿曲弓，后腿猛蹬，100 多位壮士，用同一个姿势，像身负重轭的健牛，吼喝一声，拉起一辆辆重车，坚步踏地、躬身背天地上路了。

如果说拉着空车赶 100 多里的路让他们两腿困乏的话，那么拉着满满一车石子往回赶 100 多里的路，更要倾尽全力、绷紧筋骨了。

他们拉着石子往回返的时候，已经是夕阳西下、鸟儿归林了。这就意味着他们得赶夜路，并且要走整整一夜，才能负重走完返程的路。可贵的是，刘庄人不惜力、能吃苦、能受累，只要前边走着史来贺，后边跟上来的，个个都是铁打的汉子。

上山容易下山难，更何况每辆车子都装载着 1500 斤左右的石子，每个人都在负重拉车，每走一步，都要脚踏实地、稳步前行。因为这 100 多里的路程，路况非常复杂，有崎岖的山路，有坎坷的石头路，有布满荆棘的路，有坑坑洼洼的泥土路，有的路曲曲折折，有的路上上下下，有的路仄楞狭窄，有的路紧邻山沟，拉重车走起来不仅十分吃力，而且非常艰难危险。因此，拉车走这样的山路，思想要高度集中，眼睛要紧盯着脚下，尤其在崎岖难行的山路上，万一不小心失了足，就会弄得人仰车翻，甚至落下悬崖、摔进山沟，酿成大事故，后果不堪设想啊！

夜幕已经降临，星星布满了夜空，虽然太阳早已落山，山野里吹来丝丝凉风，可这一条长龙似的拉车队伍中的壮劳力，一个个还是热得湿透了衣衫，汗水顺着脸颊不住地往下落。他们索性脱掉衣衫，往车把上一搭，光着脊梁拉车前进。这对于庄稼汉来说，是再痛快不过的事了。星光下，夜幕里，光膀子拉车，光脊梁走路，少了很多顾忌，可以任性地说笑，任性地开心，无拘无束地释放庄稼人的粗野，自由自在地挥洒庄稼人的快乐。虽然拉着重车、出着苦力，但他们心里却一点儿都不觉得苦，反而感到非常尽兴、非常欢快，尽情享受着夜幕下光膀子拉车的率性和惬意。也许，这是他们的一种独有的幸福感受，农民的幸福感总是蕴含在力量的爆发和心性的释放之中。

长龙似的车队，顶着星光，碾着夜色，终于穿越山野，走进平川。这样，少了山道的险峻，少了山道的崎岖坎坷，没有了山石的阻绊，他们可以迈开双腿，甩开大步尽情地快行了……

不巧的是，强烈的睡意却在此时袭了上来，好多人拉着车子摇摇晃晃，头脑昏沉，恨不得一头扎到地上睡个呼噜大觉。史来贺从车队松散的脚步和缓慢的速度中警觉到这个问题，意识到必须振作大家的精神，加快车队行走的速度，一鼓作气把石子拉回家。于是，他粗喉大嗓，声音极度夸张地给大家讲起了笑话，讲一个笑话，逗得大家一阵哄笑；笑话一个接一个，笑声一阵接一阵……大家在笑话带来的笑声中，行走的速度越来越快，笑声驱散了疲乏，笑声驱散了困顿，笑声驱散了睡魔。再加上夜风习习地吹着，身上顿时凉爽起来，头脑一下清醒起来，心里立马轻松起来，大家的精神重新振奋，激情重新燃烧，整个车队行走的速度如虎添翼……

车队穿破夜幕，踏碎夜色，走进黎明的曙光，走进绚丽灿烂的朝霞；车队迎着早晨的清新，迎着喷薄欲出的一轮红日，像一支凯旋的队伍，满怀胜利的喜悦回到了刘庄……

就这样，一路艰辛、一路汗水、一路弓身拉车、一路苦中作乐，往返几个来回，近半个月的劳碌，每人总行程两千余里，终于从太行山里运回了足量的石子。至此，水利工程的备料工作，算是画上了一个圆满的句号。史来贺看着从太行山运回的大堆的石子，长长地舒了一口气，脸上露出轻松的微笑……

农业的命脉

兴修水利，这在刘庄的历史上是破天荒的事情，甚至有好多老百姓不知道啥叫"兴修水利"。上年纪的人一听说刘庄要"兴修水利"，觉得新鲜得不得了，有人就问史来贺："这兴修水利，咋个兴法？咋个修法？"

史来贺哈哈笑着回答："兴修水利，就是挖渠打井，灌溉排涝，大田里水路成网，路路畅通，旱涝保收。"

"你这一说算是明白啦！兴修水利好。旱了能浇，涝了能排，旱涝保收。不怕了，不怕了。过去靠天吃饭，如今靠人吃饭。再也不靠天了！再也不怕天了！刘庄有你领着大伙儿干，还怕啥？再大的天灾也不用怕喽！"老人喜出望外地笑着。

史来贺告诉老人："毛主席他老人家说，水利是农业的命脉。这话说得太好了。人身上布满了血管，那是人的命脉。土地跟人一样，也是有生命的，土地的生命靠什么？跟人一样，靠的是'血脉畅通'。咱也得叫刘庄的庄稼地里布满'血管'，有了这些'血管'，刘庄的土地就有了永远鲜活的命脉。打井、修渠，就是给庄稼地安装'血管'、疏通'命脉'。这可是咱刘庄农业的百年大计啊！农业有了鲜活的命脉，子孙后代都不用靠天吃饭了。"

"你想得长远，盘算得长远，这是给子孙后代造福啊！"老人不住地点头，布满皱纹的脸上浮现喜悦的神采。

对刘庄来说，兴修水利这一战役是一场硬战、一场苦战，也是一场攻坚战、一场斗天战。这一仗，一打就是两年。

首先，在农田里打机井。过去，农田里也有几眼井，都是人工挖的土井。井浅水少，一遇大旱，不能从根本上解决旱情。可在农田里打用以灌溉的机井，还从来没有过。对这方面的知识和经验，农村人一无所知。

为此,史来贺骑着自行车走访了县里水利局的打井队。打井队的技术员告诉他:"农田打机井灌溉最合适了。机井打得深,能汇聚更多的水源,取水量大,水源充足,源源不断,灌溉农田有抽不完的水。"

"那俺刘庄就打最深的机井。要干,就干大的,不能小打小闹。"史来贺一口咬定。

"打机井比土井投资大得多,花钱要多哟!"技术员在试探刘庄的投资势头和经济实力。

"投资大不怕,刘庄在水利建设上舍得花钱,这是刘庄的百年大计。"史来贺毫不犹豫地说。

技术员还告诉了史来贺打机井的一些基本常识和需要准备的材料以及打井期间需要注意的事项⋯⋯

告别了技术员,史来贺就在县里聘请了一位制作水泥预制件的技师,让他帮助和指导刘庄人自制井筒水泥预制件。一见大名鼎鼎的史来贺跑这么远的路,亲自来请他,这位技师心里很是受用,一种荣耀感立马挂在了脸上。

技师跟着史来贺一路说说笑笑,来到了刘庄。

当晚,史来贺让妻子树珍做了几个农家菜,摆上一壶酒,在家里宴请技师。宾主坐定后,史来贺温和地说:"大技师,你是我史来贺请来的贵客,也是刘庄人敬重的师傅。今晚,俺就用一杯薄酒表表俺的心意。你能来刘庄帮助指导俺制作打机井需用的预制件,是帮了刘庄的大忙啊!本应大鱼大肉地让你一饱口福,可俺刘庄眼下就这条件,委屈你了!多多包涵吧!"

技师赶忙摆着手说:"看你这是说的哪儿的话,俺能为刘庄出把力,这是俺的荣幸,俺能结识你史来贺这个朋友,是俺的光荣。"

史来贺与技师举杯同饮。

"大技师,这预制井筒的事,我就全拜托你了,你辛苦几天,大功告成后,刘庄人不会忘记你的大功大德。"史来贺又敬技师一杯。

"史书记,你把心放进肚里,预制井筒的事,你不用操心劳神。俺一定竭尽全力,和刘庄的乡亲一起制造出几百年也不会坏的井筒预制件。饮一壶刘庄的酒,就要做一辈子刘庄人的朋友;吃一天刘庄的饭,就要一生一世对得起刘庄的父老乡亲,对得起刘庄的后辈子孙。"技师真是豪爽人说豪爽话,让史来贺一百个放心。

技师说到做到,每天起早贪黑扑身在预制场地上,兢兢业业,忙碌不停,这里指点,那里示范,一会儿检查配料,一会儿测量尺寸。刘庄的一群工匠没有不听他的指示的,都严格按照技师的指导去做,技术标准、质量标准把握得一丝不苟,施工工艺也做得十分精良。在预定工期内,技师终于带领刘庄工匠完成了预制任务。经鉴定,制造的所有井筒预制件,全部达到了优质标准。

在预制场,史来贺紧紧握住技师的手说:"你为刘庄的水利建设立了一大功,刘庄的百姓将会永远记在心里。你是刘庄人民永远的朋友,辛苦了!"

技师欣慰地说:"能为刘庄兴修水利的事业出一点绵薄之力,是我三生有幸,这也是我与你的缘分。我很看重和珍惜咱们的这份缘分哪!"

…………

打井开始了!县里的打井队在刘庄的田野里架起了打井架,开动了钻孔机,钻探施工的隆隆声响彻田野,震撼着刘庄古老的土地。

村里人都没见过打机井,钻机打孔的第一天,工地上就围拢了不少男女老少,来看稀罕、看新鲜,看打井机咋样转圈,咋样能把一眼井钻出来。

"过去,都是人挖井,人砌井,哪儿见过机器打井啊!那会儿,要打一眼井,可难死人啦!天天得上十几个人,起早摸黑,费劲巴力,一身土,两腿泥,几个月打不成一眼井。看如今多好,机器一转,轰轰隆隆,不用人动手,不用人下力,再深的井也能打出来。真神!"一位老汉看着飞速旋转的钻井机,一连声地发着感慨。

"啥叫机械化,这就是机械化!机器能打井,顶人几百倍。听说这个钻井机往地下能打十八丈深哪!比过去人力打的井深得多了。你看,人办不成的事,机器能办成,还是机械化好。"一个年轻人笑着说。

另一位年轻人说:"你们没见过,在国营农场里,到处跑的是机器,犁地有拖拉机,耩地有播种机,割麦有收割机,满地里都能听见机器响,人家那才叫农业机械化呢!"

"咱刘庄能不能实现农业机械化呀?要像人家农场就好了。"一个社员似在问别人,又似在自言自语。

"刘庄一定能实现农业机械化,那一天,不会太远。国营农场能办到的事,咱刘庄也一定能办到。"回答这个问题的,是人群背后刚刚走来的史来贺。

听见史来贺的声音,大家赶忙扭头去看。只见史支书抱着一个铺盖卷大步走来,人们不明白他这是要干啥。

有人问:"史支书,大白天你抱来个被子干啥?难道打机井的钻机还得盖被子？"

他这一诙谐的发问，引来大家哄一阵大笑。

史来贺在大家的欢笑声中把铺盖卷一下撂进了钻机旁边的窝棚里。然后，幽默地对大家说："我呀，好听机器响，机器一响，心里发痒，在家就睡不着觉了。干脆，夜里睡到这窝棚里，听着机器响，就会睡得香啊！"

人们终于明白了，史支书这是要住在打井工地，与打井队的工人同甘共苦啊！

是啊，打井工地的钻机昼夜不停地钻着、响着，他这个大事小事操心惯了的支书，夜里躺在家中怎能睡得着呢？万一夜半三更钻机出了故障咋办？井下面地层出了意外咋办？工地上临时出现需要救急的情况和需要协调解决的问题咋办？打机井、办水利是刘庄的百年大计，可不能出现一丝半毫的差错啊！他决意吃住在打井工地，在工地坚守，在工地办公，和打井队的工人和技术人员一起奋战。再说，他这个村支书吃住在打井工地，对打井队的职工和技术人员也是一个鼓舞和激励啊！

他对围在工地观看的群众说："机器打井看着新鲜吧？新社会新鲜的物件儿多着呢！将来呀，收割机、播种机、脱粒机，各种机器都会开到咱刘庄来，大家就等着看新鲜吧！社会主义的新鲜、稀罕，会让大家天天看，看个够。好了，都去干活吧，要创造社会主义的新鲜和奇迹，还得靠劳动、靠奋斗、靠出力流汗、靠咱劳动人民的勤劳和智慧。大家都记住我一句话，劳动创造财富，劳动创造奇迹，咱刘庄要想集体富裕，要想实现农业机械化、农业现代化，就得勤勤恳恳地劳动，就得自力更生，艰苦奋斗，埋头苦干。天上不会掉馅饼，老天爷不会送来机械化和现代化。"

社员们都散到地里干活了，打井队的技术员凑到史来贺跟前，打趣地说："史支书，你还真的和打井队一起'宿营'啊？野外'宿营'，对于俺们打井队来说，是家常便饭。你要果真躺在帐篷里，这钻机不停地轰隆隆响，会聒得你在工棚的席子上翻一夜'烧饼'。"

"不怕，不怕！我来这里呀，是给你们做个伴儿、长个胆儿，这漫野地里，夜间万一出现个啥情况，也好共同应付啊！"

史来贺说着，从衣兜里掏出一盒黄金叶牌的香烟，一支支抽出来递到打井队同志的手里，自己却点燃了烟袋，抽起了旱烟。

技术员望着史来贺的烟袋说："哎，我说史支书啊！你咋叫俺抽'洋烟'，自己却抽'土烟'呢？你这当支书的，连一根'洋烟'都不舍得抽？"

"烟叶劲儿大，我抽惯了这个。'洋烟'都是你们这些细人抽的，庄稼人都嫌它劲儿小，抽了不过瘾。"史来贺很随意地说。

技术员却从这件小事，又联系到史来贺搬到打井工地来吃住，从中看到了这位村支书淳朴的农民本色和扎实的工作作风，便深有感触地说："刘庄人有福哇，遇到了这么一位好支书，连根香烟都不舍得抽，却为集体日夜操劳，为百姓谋划百年大计，还不失时机地教育和鼓励社员用劳动创造集体财富，用劳动换来农业机械化。史支书，在我遇见的大队干部中，你是当之无愧的这个——"技术员跷起了大拇指。

在他看来，史来贺跟一般农村干部迥然不同：作风不一般，头脑不一般，言谈话语不一般，思想谋划不一般。他虽然和史来贺接触时间不长，但他却深深感到，在史来贺身上，总有一种光焰，能时时照亮人心。

听了技术员的话，史来贺摇摇头："山外有山，天外有天。比我史来贺强的干部、比刘庄先进的大队，在全国有的是。山西的大寨，就比刘庄干得好，也比刘庄名气大。俺刘庄还得向大寨学习，向陈永贵学习，还得下大力、下苦力，拼命往前赶嘞！"

夜里，史来贺和打井队的工人一起住在帐篷里，工人们和史来贺躺在铺上拉呱儿聊天，聊一会儿他们就渐渐睡着了。史来贺却又披衣走出帐篷，围着钻机转来转去，看钻了多深，离设计深度还有多少米，看钻得快不快、顺不顺。值夜班的钻井工见他老从帐篷口进进出出，一夜不知要出来探望多少回，担心他劳心费神休息不好，于是，就劝他躺在帐篷里放心睡大觉，有了问题一定向他报告。可他依然如故，咋劝也不管用。精神比值班的钻井工还亢奋，心劲儿比值班的钻井工还充沛。

就这样，一眼机井从施工钻孔，到成井工艺的换浆、破壁、下管、填砾，再到洗井、下泵、抽水试验，以及最后固井，他都自始至终坚守在打井工地。工程无论进展到哪一个环节，他都身在现场，时时关注。特别是进入成井阶段，他深知成井工艺的成败是决定整个井身质量的关键。于是他竭力鼓励技术员，在成井过程中，一定要使用最新型、最先进的施工技术，确保水井质量，延长水井寿命。

对此，技术员心中早有定谱，打井队一定要为刘庄兴修水利的百年大业打造永固水井、经典水井、长寿水井。在他的科学组织、技术指导下，机井施工自始至终都采用的是世界领先技术和工艺，不仅为井壁提供稳定支撑，有效保证了出水的自然流畅,并且能延长水井的使用寿命。

几个月的时间,打井队转战7个工地,打出了7眼机井。史来贺跟着驻守了7个工地。

农田里的7眼机井,犹如7眼源源不竭的幸福泉,为刘庄大地日夜不停地喷涌着琼浆玉液,为千亩良田、无边绿野灌溉着清泉甘露……

百年水利网

在一个阳光明媚、春风和畅的日子里,灌区的田野里,刚刚打好的机井旁开始架设高低压线路。为了保证施工质量与安全,史来贺从县里的电力部门请来了电力安装专业队伍,配备了数量充足、经验丰富的技术人员。双方在研究与协商施工方案时,史来贺直截了当地提出了自己在头脑中早已酝酿成熟的想法:既要保证工程质量,又要降低工程投资;既要保证正常供电,又要减少设备设施场地,从而达到少占耕地的目的。

安装队的技术人员听了后,无不大吃一惊:史来贺并不懂得电力安装,可他提出的意见,既科学,又实用,简直就是这次电力施工的一个总纲。你说他不懂行,可他为啥一下就能提纲挈领、深中肯綮呢?

史来贺不假思索地说:我这是从刘庄的实际出发,为刘庄群众的利益着想。在刘庄这片土地上,无论想啥、干啥,这两点都是最基本的出发点,也是最终的落脚点。

安装队根据史来贺的这个施工总纲,采取了高低压线路同杆架设的施工方案。高低压线路同杆架设,就是在同一根水泥电杆上,上方架设 10 千伏高压线,下方架设 0.4 千伏低压线。高压线与低压线横担之间的最小垂直距离为1.2 米。

科学的施工方案,合理的施工组织,正确的施工方法,再加上史来贺组织和调动的热情周到的后勤服务,大大加快了这次电力安装的施工进度,高低压线路和各种设施设备很快安装到位。几只不知名的小鸟落在刚刚架好的电线上,蹦跳着,鸣唤着,在上面跳起欢乐的舞蹈……

这时,田野里传来豫剧《李双双》中孙喜旺的唱段:

我走过了一洼又一洼，

洼洼地里头好庄稼。

俺社里要把电线架，

架了高压架低压。

低压电杆两丈二，

高压电杆两丈八。

安上一个小马达，

得儿喔喔把套拉，

它得儿叫喔喔把套拉……

打了机井，架了电线，刘庄兴修水利的战役是不是该休战了？有人这样问。

不！兴修水利的战役才刚刚开始，更艰巨、更伟大、更激烈的战斗还在后头。史来贺如是回答。

那干到哪一天是个头？干成啥样才算成呢？干部心里没底，群众两眼迷茫。

史来贺却在学大寨、赶大寨的过程中，早已在心中画好了蓝图，刘庄农田水利建设的远景规划也已在头脑中酝酿成熟。他深知，水利兴，农业旺。有道是"水兴则邦兴，水安则民安"。水是生命之源，农业之本，生态之基，生产之要。加快农田水利建设不仅关系到防洪抗旱安全、农业生产安全、粮食增产安全，而且关系到集体经济的发展与巩固，关系到现代化农业发展的百年大计。因此，在大搞农田水利基本建设过程中，史来贺引导干部群众树立了一个新思想、新观念：兴修水利要为大农业服务的观念，要为刘庄实现农业现代化服务的观念。他立足于当前，着眼于长远，定位于百年大计。

他要求所有技术和设计人员，用现代化的思路和超前的眼光，设计刘庄的农田水利建设的蓝图，一张蓝图绘到底，一个方案干到底，一百年不落后、不陈旧、不作废。

史来贺的超前谋划，不仅把设计人员的思路与灵感引向了现代农业的远景，而且把广大干部和群众的思想和眼光也带进了一片崭新的天地。

就这样，一张农田水利建设的远景蓝图摆在了刘庄干部群众的面前。

为了把蓝图变成现实，史来贺广泛发动群众，深入动员群众，先后召开干部会、党团员会和群众大会，把一张蓝图亮给大家，把现代化大农业的前景描画给大家，干部群众学习大寨、兴修水利的劲头一鼓再鼓，像绷紧的弓，如鼓起的帆。干部一马当先，党员冲锋在前，群众争先恐后，一场热火朝天的群众性兴修水利和农田基本建设的高潮，在刘庄大地一浪赶一浪地掀动起来。工地上红旗招展，车辆往复，人头攒动，你赶我超，争先创优。挖明渠、修暗渠、建桥梁、砌涵闸、铺设地下管道、安装喷灌设施、修退水坡、整灌溉网，田野里处处摆开了战场，兴修水利全面开花。

置身战斗前线的史来贺，没明没夜地和群众一起挥锹挖渠，和群众一起扑下身子拉车运土、送料。在紧张施工的日子里，他没睡过一个囫囵觉，没吃过一顿安生饭。人，扑腾在工地；心，维系在工地；汗水，泼洒在工地；激情，燃烧在工地。

越是在田间作业紧张时，在劳动艰苦时，在身体感到疲累时，史来贺越是牵挂群众。在忙碌的工地上，他对干部们说："咱刘庄不论搞啥，都是依靠群众创大业，离了群众，咱啥也干不成。眼下，在农田水利建设工地上，群众干劲越大，咱越要关心群众、爱护群众，让群众吃饱饭、吃好饭、睡好觉、休息好。干部劳累点没啥，是应该的，群众要劳逸结合，不能打疲劳战。"

在他的提议下，凡是参加农田水利基本建设的劳力，每人每天补贴一斤白面、半斤鲜肉、半斤鸡蛋，还要记高工分，每天按时、按量兑现给群众……由于史来贺对群众特别关心、特别照顾，治土整田、挖渠修水的工地上，焕发出更高的热情，迸发出更大的干劲，呈现更火热的场景、更沸腾的画面。

刘庄的农田水利网，坚持主渠道规范化，支渠、斗渠、农渠平台化，田间整治标准化，所有灌区硬件化的"四化"标准。同时，在田间开挖适当的毛渠，像人体的毛细血管一样，布满灌区的"全身"，让"血液"流进农田的各个角落、各个部位，时时为农田输送良好的营养，保持其旺盛的生机，高效率地发挥主渠道的整体效益。

由于科技领先，设计超前，布局合理，一条条水渠纵横交错，宛如"血脉"延伸到农田每个角落。他们修的田间末级渠道突出了四大优点：一是渠道全部硬化，避免野草滋生，阻碍水流，灌溉效率大大提高；二是渠道统一标准，避免深浅不一，灌溉面积更广了；三是渠底低于农田20厘米，实现了旱能浇、涝能排；四是由于灌溉及时充分，粮棉产量一直保持稳产高产，不断刷新纪录，集体经济的发展节节升高。

刘庄的农田水利建设，最有特色的是既防渗漏、又防蒸发的暗渠，地上不着痕迹,地下流水潺潺。在广袤的灌区,仅暗渠就修了 37 条,总长 13000 余米。与此同时,还铺设地下管道 1000 余米,修建大小桥涵、闸门、退水坡 7 座。大小水渠如渔网一样,铺展在 1900 多亩土地上,实现了真正意义上的井河双灌。另外,还架设了高低压线路 5500 米。

在修建这些"地下工程"时,史来贺对技术人员与施工人员一再强调:"质量是水利工程的第一生命,科技是项目建设的重要保证。没有质量就没有生命,没有科技支撑就没有寿命。'地下工程'一定要有强壮的生命,高龄的寿命。"

为此,他对暗渠的修建与地下管道的铺设,自始至终严把质量关,每一个环节,每一道工序,每一个部位,每一个节点,都做得严谨慎重、一丝不苟。他将这水利地下工程称之为"地下长龙",要求施工人员一定要像绣花女一样,一针针、一线线巧绘细描,一针一线都不得粗枝大叶,一针一线都不得马虎潦草,一定要把"地下长龙"绣得精美耐用。于是,在兴修水利的工地上,刘庄人个个都成了"绣龙画凤"的能手,把刘庄的水利蓝图打造得龙腾凤舞,刘庄大地呈现一派龙吟凤鸣的祥和景象。

只见规范化的灌溉区内,井灌、渠灌双双配套,地上地下纵横交错的明渠、暗渠,整齐的输水管网、喷淋管、出水栓,将一块块农田层层分割,在地面交织成一幅美丽的田园图画。崭新的泵房矗立灌区一旁,不断将水抽进管道,再通过田间密布的管道流向灌区的各个角落。打开喷淋管,多个喷头水花四射,均匀地洒在田地里、洒在禾苗上。喷起落下、落下喷起的水雾,在阳光的辉映下,幻化为一道道绚丽的彩虹。放眼望去,整个田野飞架起千万道彩虹,刘庄的大地,仿佛成了彩虹的童话王国,成了彩虹搭设的绿野乐园、人间福地。

望着田野上空一道道交织的彩虹,有人唱道:

田成方,路成网,
渠相通,水流长。
旱魔涝灾踩脚下,
水利牵来活龙王。
喷头拧开像下雨,
浇得庄稼喜洋洋。
阳光照出万道虹,
道道彩虹报吉祥。

> 块块都是丰产田，
> 年年迎来五谷香。

　　至此，刘庄的农田水利建设大功告成。

　　不久，在史来贺的运筹下，村里又建起了自来水塔，结束了刘庄人自古以来挑水吃的历史，自来水管铺设安装到每一家每一户的厨房内，水龙头一拧开，清凌凌的自来水像欢声笑语一般，在一座座农家院里流淌、飞扬……而此时的全国农村，都还没见过自来水，甚至不知道自来水为何等神物。

　　刘庄兴修水利之后，田间长流水，水畅农业兴。水利设施星罗棋布，农业田园欣欣向荣，昔日跑水、跑土、跑肥、跑苗的"四跑田"，已变为保水、保土、保肥、保产的"四保田"。水利，已真正成为刘庄农业经济的命脉，发挥着不可替代的作用，推动刘庄的农业生产和集体经济全面发展、快速发展。现代化的水利，造福于刘庄现代化农业，造福于刘庄的父老乡亲。这里的粮棉生产一直保持良好势头，即使在特大的自然灾害面前，田野里依然五谷飘香，硕果累累，粮棉双双获得稳产、高产。这在 20 世纪 60 年代初期到中期，是农业生产的一个奇迹。在生产力还相对落后、全国农民连饭都吃不饱的历史条件下，刘庄已经创造了自己的高产农业和初露峥嵘的现代化农业，这不能不令人惊叹！

走自己的路

"庄稼一枝花,要靠肥当家。"

农田水利基本建设的战役取得决定性的胜利,这是刘庄学大寨打赢的第一个战役。紧接着,刘庄学大寨,又打响了第二个战役——大力发展养猪事业,掀起养猪积肥大战。

刘庄农民过去养猪有自己独特的方法,养猪不上圈、不积肥。为啥? 因为他们有自己的一套"养猪经":

> 养猪不上圈,
> 任它胡溜达;
> 喂猪不积肥,
> 进地啃庄稼。
> 吃喝拉撒都在外,
> 俭省节约在自家。
> 养成肥猪卖了钱,
> 全供自己家里花。

你看,刘庄人过去就是这样养猪的。连放羊都不如,放羊还有人赶着,养猪不用看,不用赶,省心、省力、省饲料,猪长肥了,只管卖钱数钱就行了。不光是刘庄,那时,多数农村都是这样养猪的。

其实,刘庄大队早在几年前就已经办了养猪场,但各家各户养的猪仍然没有实行圈养。从大寨参观学习回来后,史来贺为了大力发展养猪事业,坚决改变一家一户那种放任自流的养猪方法,号召实行圈养猪、广积肥的方法,以达到猪多、肥多、粮多的目的,增加经济收入。他对社员们说,养猪不单单是为了养猪,要把养猪事业当作一条农业增产、集体增收的有效途径来开发。首先,翻新扩建集体养猪场,扩大集体养猪规模。然后,他走街串户,动员群众大力养猪、养羊,家家建猪圈,户户围羊栏,不仅要把猪、羊喂养好,还要广开肥源,多积农家肥。

史来贺亲自看地势,定地方,选圈址。然后,挽起袖子,掂起瓦刀,亲自带领社员垒猪圈,起五更搭黄昏,苦干几天,翻新扩大了集体养猪场。各家各户又垒砌100多个新猪圈,所有的猪统统上圈饲养。大队养、生产队养、社员家里也养,全村养猪有圈,圈猪积肥;而且上规模、上水平,实施科学养殖,科学管理。饲料不足,他就带领大家把玉米芯加工粉碎成糖化饲料,割青草、拾菜秧,配合酒糊涂,每天只用半斤精饲料,就能喂好一头猪。史来贺经过大胆试验,钻研探索出一条节省饲料养肥猪的新途径,不用一粒粮食,不用花钱买饲料,也不用到外边加工饲料,全靠刘庄人的头脑和两只手,养猪的饲料和其他所有问题都解决了。

这一切都得益于大寨精神——自力更生,艰苦奋斗。学了大寨精神,又有了一双勤劳的手,什么困难能难倒刘庄人?什么样的沟沟坎坎能阻挡刘庄人前进的步伐?

养猪事业发展起来后,刘庄人不仅快速养肥了猪,而且肥料源源不断。原来用高温积肥,秸秆还田,现在通过圈里的猪和畜牧场的牲口这两个"肥料加工厂",把草和秸秆变成了又黑、又烂、又臭的优质肥。这是庄稼最好的"营养品",为粮棉稳产、高产提供了可靠的保证,打下了坚实的基础。

每家每户将养的猪啊,羊啊产的猪肥、羊粪交到队里,能折成工分,大大调动了社员广积农家肥的积极性。社员群众一举两得,既拿肥料挣了工分,又把猪、羊拉到集市上卖了好价钱。刘庄人说:"史书记又给老百姓开了一条生财之道,他生着法儿让俺囤里有粮,兜里有钱。"

从农业投资来看,化肥价格高、成本高,农家肥几乎没啥成本,肥源广,养料全,既能改良土壤,又能降低成本,一举几得,何乐而不为?

1965年,刘庄全村养猪450头,积肥6000立方米,粮食亩产达到350多公斤,不仅在全省名列前茅,而且大大超过了国家规定的"跨过长江"的指标。

过去,棉产区吃粮靠国家统销,眼下,刘庄不但甩掉了"吃统销粮"的帽子,还自给自足,绰绰有余。于是,刘庄人发扬大寨人的共产主义风格,把余粮低价卖给国家。

刘庄人在大积农家肥、多施农家肥的实验中,尝到了确保粮棉稳产、高产的甜头。到了20世纪70年代初,刘庄人大力发展养殖业、大力沤积农家肥的劲头更足、热情更高了。为了进一步多积农家肥,史来贺带领刘庄干部社员将饲养的生猪发展到1100多头,饲养牛马等大牲畜240余头。全村每年沤积优质农家肥18000多车,平均每亩地施农家肥10车。在党支部的率领下,全村干部群众掀起了发展养殖业、大积农家肥的热潮。每年麦子还未收割,地头路边就已经堆满了为晚秋作物准备好的底肥。晚秋作物刚种上,为小麦播种准备好的农家肥,又像小山包一样封存得一堆堆、一溜溜的。过去,村里的畜牧业不成气候的时候,肥料少,质量差,一年两季,往往是"地等肥",并且因地多肥少,耕地老是"吃不饱"。现在,每年可以储备一季的农家肥,变成了"肥等地",而且每亩地都能"吃饱喝足"。大量的农家肥,改良了土壤,"喂饱"了耕地,提高了地力。进入20世纪70年代,粮棉实现了持续稳产、高产。亩产粮食达1700余斤,比60年代提高了1000斤;亩产皮棉210余斤,比60年代提高了100斤。由于大量使用农家肥,大大降低了生产成本,每斤粮食的生产成本只合2分钱。这么低的农业生产成本,在全国是极为罕见的。

史来贺作为全国劳动模范、全国人大代表,曾先后6次到大寨参观、学习或者开会,每次都有不同的感受和体验,每次都有不同的收获与思考。

第三次去大寨,史来贺发现了一个问题:大寨坚持"以粮为纲",粮食持续高产,获得所有参观者的好评,但大寨农业生产经营"单一化",光种粮食,没有副业,更不搞多种经营。这与刘庄不一样,起码刘庄还发展了副业、养殖业和铁木小组小型机械等雏形工业。"四清"运动中,工作队就批判刘庄反对"以粮为纲",发展工副业是"走资本主义道路"。看来,大寨也是怕人家给扣上反对"以粮为纲""走资本主义道路"的大帽子,才不敢发展多种经营的。但长此以往,一直坚持"土里刨食儿",只种粮食,大寨人要想真正富起来,恐怕非常困难。

他认为,陈永贵思想有些保守,思路不开阔,眼光没放远。不搞多种经营,是大寨的短板;只围着800亩梯田打转转儿,是大寨人画地为牢啊!

史来贺到大寨参观学习,既学习大寨的经验,也吸取大寨的教训,找大寨的缺陷与漏洞,从而扬长避短、取长补短,寻找新的发展方向,探索新的发展思路,找到适合刘庄发展的新办法、新路径。

发现大寨不搞多种经营的短板后,史来贺的思想认识产生了一个新的飞跃：大搞多种经营，是发展农村集体经济、实现农民共同致富的必由之路。

他对干部说：要想多贡献，粮棉双高产；要想有钱花，农林牧副一齐抓。农村不搞工副业，光指望"土里刨食儿"，一百年也富不起来。

为此，他多方筹集资金，发展林业、畜牧业，果园、经济林、畜牧场相继诞生。林牧业的发展，不仅增加了集体经济收入，还为扩大再生产积累了资金，仅此，一年就增加收入 30 万元，奠定了刘庄经济腾飞的基础。

在资金收入不断增加的情况下，刘庄又进一步添置农业机械，农、林、牧、副业生产形成可喜的良性循环。随着这种良性循环的不停周转，农业剩余劳动力越来越多，大办工副业的条件日渐成熟。于是，良性循环如一架孵化器，老母鸡孵化小鸡似的，嘟嘟噜噜孵化出食品加工厂、面粉厂、机械厂、冰糕厂、棉油加工厂等一大串厂子。由原来一年增加收入 30 万元，变为一年增加收入 56 万余元。工副业收入的比重由 10%，上升到 33%。

史来贺给民兵讲刘庄如何走自己的路

这一下,有人开始找刘庄的麻烦,说刘庄学大寨,学到邪路上去了,大寨"以粮为纲",刘庄却不务正业,胡搞一气。农村不务农,走的是资本主义道路。有人还说,大寨的基本经验,其中有一条就是"政治挂帅,思想领先",史来贺学大寨,不讲"政治挂帅,思想领先",而是"金钱挂帅,经济领先",这是彻头彻尾的修正主义、资本主义。

这些话传到史来贺的耳朵里,他很不以为然,愤愤地说:难道农业学大寨,必须只学大寨有的？大寨现在没有的,我们就不能有？大寨还没搞起来的,我们就不能搞？学大寨,不能死搬教条,要紧密结合我们刘庄的实际。只要通过学大寨,刘庄经济得到了进一步发展,就说明我们学到了大寨精神的实质,学到了大寨精神的灵魂。我们刘庄学大寨,决不搞空洞的学习,学先进,就是为了把先进经验运用到实际生产和工作中去,促进生产和经济发展。你这"主义",那"主义",生产得不到发展,经济得不到提升,人民生活水平得不到提高,就不是好主义。那你的这个"主义",在刘庄就没有扎根之地。刘庄人要走自己的路,朝着自己看准的方向不拐弯,一直走,坚定地走。不管别人扣多大的帽子,只要压不死人,就要把自己的路走到底,绝不回头！

"对！走自己的路,叫他们说去吧！说也是白说。我们不理他们！"几个社员异口同声地说。

史来贺的话掷地有声,一字一句如闪亮的星星,闪烁在刘庄人的心头,永不泯灭,永不陨落。

学大寨疑惑

1970年8月25日,国务院在山西省昔阳县召开北方地区农业会议,有1295名代表参加大会。史来贺是其中的一位代表。这次大会的议程,主要是介绍与学习大寨经验。由当时已经是中央委员的陈永贵作大会重点发言。毫无疑问,他的发言主要是介绍大寨经验。

史来贺对大寨人战天斗地、改造山河的大无畏英雄气概,佩服得无以言表,对大寨的带头人陈永贵也很敬重。

但陈永贵在大会上介绍大寨经验时的某些讲话片段和一些说法,却让善于思考的史来贺有点儿想不通,他在脑子里打了几个大大的问号。

陈永贵的发言中有这么两句话:

"大寨成长的道路,就是抓阶级斗争的道路。学大寨,必须批修正主义、资本主义。"

听到这两句话,台下的史来贺大惑不解:陈永贵讲的是大寨成功的经验吗?如果大寨因为抓阶级斗争,批修正主义、资本主义,而成为全国农业的先进典型,那么,陈永贵的这两句话,就是大寨的基本经验。可全国人民都知道,周恩来总理曾经准确而又全面地概括了大寨的基本经验:"政治挂帅、思想领先的原则,自力更生、艰苦奋斗的精神,爱国家、爱集体的共产主义风格。"周总理总结的大寨经验,非常符合大寨的实际,"农业学大寨",就是要学它的"原则""精神""风格",周总理总结的三方面的大寨经验,成为"农业学大寨"的经典论述。可陈永贵讲的大寨经验,怎么与周总理讲的背道而驰呢? 难道周总理讲的"大寨经验"过时了? 还是陈永贵"歪嘴和尚乱念经",随着潮流改真经? 当时,正处在"以阶级斗争为纲",狠批修正主义、资本主义的疯狂时期,大概陈永贵就是为了赶时髦、追风头,才顺着席卷全国的潮流"乱念经"的。然而,当时的农村,广大农民吃不饱穿不暖,有些地方还在闹饥荒,啥叫修正主义,农民无心过问,填饱肚子、温暖身子比啥都重要。在那种境况下,农村到底有没有资本主义?有多少资本主义?是否"必须批""天天批"?天天批这主义、斗那主义,批来斗去,怎么搞好生产?怎么发展经济?陈永贵的这两句话,如果传播到全国农村,对农业发展有啥益处?将会起到什么作用?史来贺对此深感忧虑。

陈永贵为了证实自己的观点,紧接着,在讲话中列举了这样一个例子:

"有一次,百货商店来了一批新商品,照顾大寨,多给了一些。大寨社员觉得光荣,不仅自己买,还给亲友买。我们认为,把照顾看作光荣,不是吃喝穿戴的小事,而是阶级斗争的反映。我们反复进行讨论,狠批'阶级斗争熄灭论',认识到这是新形势下阶级斗争的特点。变权先变人,变人先变思想。钢铁炮弹打肉体,糖衣炮弹打灵魂。"

史来贺听着听着,更觉得不对劲了。从买一批新商品,上升到阶级斗争的高度,这也太小题大做,无限上纲了吧!社员们动一动就成了"阶级斗争新动向",那让社员还怎么生活呀?一个"阶级斗争"如一条绳子,把社员捆绑得死死的,谁也不敢"乱说乱动",唯恐被批判、被斗争。社员们把商店的照顾看作光荣,却成了"阶级斗争的反映",就"狠批"起来。那这不是拿社员当靶子,有的放矢地朝社员"开炮"吗?这样,岂不伤了社员们的感情?还怎样搞好干群关系呢?

陈永贵在讲到怎样抓阶级斗争,抓阶级斗争有哪些方法时,这样说:

"要从一句话、一件事中发现问题,抓思想,抓方向,主动向资产阶级思想进攻。"

讲到这里,他举了两个例子。例子一:"一个青年人,干活时喊了一声累。"例子二:"苹果从树上掉下来,有人从地上拾起来吃啦!"

在陈永贵看来,这两个真人真事,都是"抓思想,抓方向"的线索,应该"主动向资产阶级思想进攻"。

听到这里,史来贺心里翻江倒海,只想一吐为快,可在大会场里,大家都在听陈永贵激情昂扬地讲话,自己怎能乱出声呢?只能把陈永贵的讲话琢磨来琢磨去,越琢磨越觉得不对味儿。把老百姓吃喝穿戴的小事,硬说成是阶级斗争的反映,这样讲阶级斗争,抓阶级斗争,不是太离谱了吗?不是把阶级斗争扩大化、庸俗化了吗?人人都成了阶级斗争的对象,人人都成了惊弓之鸟,谁还能安心生产、安稳生活呢?一个青年人干活喊了一声累,就是资产阶级思想,我们就得"主动向资产阶级思想进攻"。干活累了，喊一声，这是一件很平常、很实际并且微不足道的事，咋就成了资产阶级思想呢？哪怕那个青年人喊一声后，又歇了一歇，也不为过呀！像这样一个老百姓习以为常的举动，给扣上一个资产阶级思想的大帽子，确实有些危言耸听，令人胆寒惊悚。

再说那个落地苹果的事。苹果从树上落下来，无非有两种可能，一种是有人拾起来吃了，一种是掉下来无人捡在地里烂掉了。哪一种好呢？当然是捡起来吃了好。可有些人认为，拾起来吃了，是"资产阶级思想"，丢在地里烂掉了，才是"无产阶级思想"。一个落在地上的苹果，吃掉与烂掉，居然成了两种思想、两个阶级的斗争，这是多么荒唐、多么可笑啊！本来非常严肃的两种思想的斗争，非常严峻的两个阶级的斗争，竟被庸俗化到这种程度。一个掉下来的苹果，吃了也好，烂了也罢，根本不存在什么斗争，你非把它政治化，上到阶级斗争的纲上，太牵强附会、强加于人了！一个苹果掉下来，烂在地里，吃进肚里，两者相比，哪个更符合生活实际？哪种做法更贴近群众的愿望呢？不言而喻，苹果还是吃了好。因为苹果长出来，就是为了让人吃，而不是为了烂在地里。

大寨有苹果园，刘庄也有苹果园。所以史来贺对落地苹果的事，是有切身体会的。刘庄苹果园的苹果，每当快要成熟的时候，天天都有落地的苹果，有社员打苹果园路过，看见落地的苹果，怕它烂在地里，就顺手捡起来吃了。史来贺不仅不批评，还给予表扬，落地的苹果吃进了肚里，到了它应该去

史来贺在刘庄苹果园捡拾落地苹果

的地方,而没有烂在地里,这是多好的事啊!难道不值得表扬吗?但是,如果有人偷偷从树上摘苹果吃,那就得批评喽!因为你私心严重,违反集体纪律,缺乏集体主义观念,必须得批评教育。但这也不是什么"资产阶级思想",更不是什么"阶级斗争新动向"。你要按阶级斗争批评社员,那能把他吓死。因为偷摘一个苹果被吓死,那岂不成了天下特大新闻了?

刘庄苹果园里,的确发生过偷摘苹果的事。那一年,史来贺刚满 9 岁的小儿子史世会,和几个小伙伴在苹果园旁边玩。玩到半晌,有的小伙伴说口渴得很,大伙一商量,就每人摘了一个苹果吃。这事不知怎么传到了史来贺那里,他把小儿子史世会叫到跟前狠熊了一顿,并耐心地教育道:"苹果园是集体的,咋能随便摘着吃呢?你现在是小学生了,要爱集体,维护集体利益,不能损害集体。刘庄的苹果园,家家有一份,人人有一份。你们偷着摘了,社员会有意见。况且,你是村支书的孩子,你能摘一个,别人就敢摘十个。大家想摘就摘,你也摘,他也摘,今儿个摘,明儿个摘,不就把集体的苹果园摘光了?那样的结果,是集体受损失,社员群众受损失。你想想,这样做对不对?"

"不对!爹,我错了。今后我再也不干损害集体和群众利益的事了!"史世会流下了悔恨的泪水。

史来贺就此事,在群众大会上作了检讨,自我批评"对孩子管教不严,损害了集体,影响很不好"。

当时,有人说:"老史,你何必小题大做?不就是孩子摘了一个苹果吃吗?不是啥大事!"

"一个苹果虽然不算啥,却透露出我们对孩子教育不够,孩子从小没有树立起集体主义思想,对他的成长很不利。所以从长远着想,对孩子的教育,要从一点一滴的小事抓起。"

按照陈永贵的说法,从地上拾个苹果吃,就是阶级斗争,那么,刘庄的几个孩子在树上摘苹果吃,那不更是严重的阶级斗争了吗?不就得召开批判大会吗?几个玩猴儿孩子,懂什么阶级斗争?上树够个杏啊,桃啊,苹果啊,只不过是孩子的天性,凡小孩都嘴馋,看见那些鲜果,不吃到嘴里,会流口水的。摘个鲜果吃,也是人之常情,跟阶级斗争八不沾边。

想到这里,史来贺默言:老陈讲的这些,真叫人无法理解。跟俺刘庄的实际对不上号,刘庄的大事小事,都是围绕着集体经济、群众利益转圈,这才是党支部一切工作的中心,而不是以阶级斗争为中心。

台上的陈永贵不停地讲着,台下的史来贺不停地思索着。他继而听到陈永贵又说:"根据我们大寨的经验,生产队的劳动日值不能超过1.5元,超过了,社员就会产生资本主义思想……"

听到这句刺耳的话,史来贺心里立即做出了反应:劳动日值高了,社员收入就多了,生活也富裕了,应该是好事。但是按照陈永贵的说法,劳动日值高了,就会产生资本主义。这让史来贺无法理解,也无法接受。咋农民一富裕就跟资本主义思想沾上边了呢?难道农民就该一辈子受穷?贫穷才是社会主义?富裕就是资本主义?他绝不赞成这样的观点。他联系大寨的实际情况仔细琢磨,终于悟出了一个实实在在的道理:像大寨这样的全国农业先进单位,仅靠种植业,很难跳出"高产穷队"的困境。大寨800亩耕地,粮食总产还不足75万斤,平均亩产1071斤,总收入12万元多一点。看起来,去掉当年投入和公共积累,主要靠种粮食"大干社会主义"的大寨,劳动日值的确很难超过1.5元。

刘庄劳动日值虽然比大寨高,早已超过了1.5元,但那并不是因为刘庄的粮棉产量比大寨高,刘庄的地比大寨种得好,而是因为刘庄"明修栈道,暗度陈仓",偷偷摸摸搞了一些副业、林业、养殖业和小型工业。是这些种植业之外的产业,让刘庄人的劳动日值高了起来。

从这里,史来贺进一步悟出农业的根本出路在哪里。像大寨、刘庄这样的高产队,怎样才能跳出"高产穷队"的困境与怪圈?大寨的短板让人恍然醒悟,农村必须在种植业之外探索新的出路。农业要想大发展,农民要想富起来,不能在种植业一棵树上吊死,不能像大寨那样光种粮食、光刨地,还得发展多种经营,大力发展畜牧业、养殖业、工业和副业。

在这次大会上,有一些与会代表问史来贺:"你们刘庄现在的劳动日值是多少?"

史来贺只微笑,不回答。人家老陈在大会上公开说了,劳动日值超过了1.5元,就要产生资本主义思想。眼下,刘庄一个壮劳力的收入,早已比县以下国家干部的薪水还高。要在会上照实说了,刘庄不就成了"资本主义思想泛滥"了吗?不就成了"走资本主义道路"了吗?弄不好,我史来贺就成了大会批判的对象了。对刘庄社员的高收入,在目前错综复杂的形势下,还是"保密"为妙啊!

刘庄的劳动日值,虽然大大超过了大寨,但史来贺并不满足。在这次大会上的所思所想使他下定决心,会后,刘庄必须在"另寻生路""另找富路"上大做文章,打开多种经营的新局面、新格局。

从大寨回到刘庄,史来贺马上召开党支部会议,传达贯彻北方地区农业会议精神,竟然没有传达陈永贵在大会上的讲话,而是重点谈了自己这次参观大寨和在大会上的一些新的想法、新的谋划。然后,引导大家针对"刘庄今后的发展方向"展开了一场大讨论。由此,让党员干部更加坚定了发展工、商、林、牧、副的决心,不断谋划和探索让刘庄富裕起来的新门道……

"刘庄今后的发展方向"大讨论结束后,史来贺让人在大队会议室里,挂上了一幅醒目的大字标语:

"社会主义不是要大家贫困,而是要消灭贫困,为社会主义成员建立富裕和文明的生活!"

一些来刘庄参观的外地人,看了这幅标语都说:这幅标语写得好!刘庄人有胆量、有气魄!

可上级来人看了,却有了不同意见:"老史,你们写这样一幅标语,是不是有啥针对性?"

"没啥针对性。是鼓励刘庄人大干社会主义的。"

"不如撤下来,换一幅与当前形势相吻合的最好。譬如'以阶级斗争为纲'之类的,就很贴近现实。"

"不换,还是这一幅好!说出了我们刘庄人的心思和愿望。"

"如果不换,上级领导和外边的人看了,会对刘庄有别的看法。"

"这幅标语,写的都是大实话,又能代表刘庄人的愿望,他们能有啥看法?谁有不同看法,说明他不了解老百姓的愿望,也不懂真正的社会主义。"

史来贺几句话,把上级来人说得无言以对。

这幅标语,到底没有撤下来。刘庄党员干部与群众啥时走进会议室,就看着标语念一遍。看了,念了,长精神、鼓斗志,心中充满希望,浑身都是力量。它激励着刘庄人,去谱写新的创业史;它鼓舞着刘庄人冲破多年来的思想禁锢,开辟新的生路,创造新的事业。

对于刘庄的学大寨,史来贺在后来几十年的工作中,曾不止一次地放电影一样在头脑里回忆,每当想起那段往事,依然十分激动,他常对人说:"农业学大寨,对刘庄人来说,是一件难忘的大事。刘庄人正是通过学大寨,才清醒了头脑,重新认识了自己,找到了差距,发现了不足,明确了发展方向。在刘庄的发展史、创业史上,有学大寨的一份功劳。刘庄人必须牢记大寨的经验、大寨的精神、大寨的风格。把大寨好的东西,世世代代传下去。"

第三十二章　创业初奏新乐章

※"有小不愁大"
※驴马轻喜剧
※畜牧祥瑞图
※遴选饲养员

"有小不愁大"

兴修水利，像给土地疏通了血脉，不断地输血，不断地输送营养，彻底改变了刘庄土地的命运，让她变得更加年轻而又美丽，让她变得更加富足而又华贵。刘庄真正实现了高产、高产、再高产的梦想，粮食亩产已超双千斤，皮棉亩产已超双百斤，连年摘取粮棉生产的桂冠，连年夺得农业丰收的金牌。这片神奇的土地上的农民，已成为中国亿万农民羡慕的"富翁"。

可没过几年，刘庄却出现了增产不增收，即粮棉持续高产、经济收入徘徊的局面，有时经济甚至会出现负增长。造成这种怪现象的主要原因在于化肥、农药、电力费用过高，这些生产资料的投入，却出乎意料地高于种植业的收入。年复一年，全村人均分配几乎保持在一个水平线上，劳动力投入得越来越多，社员收入却不见增长。群众心里渐生怨气，史来贺心里揪起个疙瘩——农民种地，天经地义，可光叫农民种地，不叫农民致富，是咱共产党人的失职啊！咋样才能叫农民在这"一亩三分地"上富裕起来呢？总不能让传统的种植业束缚住刘庄人的思想，捆绑住刘庄人的手脚啊！

"粮食没少打，就是没钱花。"

"增产不增收，汗水算白流。"

"种地打粮不值钱，不如赶集溜达着玩。"

每当听到这些怪声怪气的怨言，史来贺的心里就像被针扎了一下，刘庄百姓的忧愁，是他最大的痛苦，最大的忧患。咋样才能摆脱"高产穷队""高产穷家"的窘况呢？

在多年的生产实践中，史来贺深刻认识到，要带领群众共同致富，不仅要有一股子闯劲和干劲，还要勇于从传统习惯中走出来，敢于踏进未知的领域，敢于挺进陌生的新天地。不能光在传统的种植业上费心思、下苦力，还要另寻生路，摸索和寻找别的生财之道,带领群众搞多种经营。

那段日子,史来贺一坐在大队部,就是皱着眉头算细账,跷动手指打算盘,算盘珠子拨得噼里啪啦像放鞭炮。算了小麦算玉米,算了棉花算红薯,连集体喂的猪,养的羊,还有怀着犊子的母牛,怀着驹子的母驴都打了数,可绞尽脑汁算来算去,总也找不出让刘庄农民富裕起来的财富在哪里掖着、藏着。

他算了这样一笔账:从 1960 年到 1964 年,刘庄人均分配收入一直徘徊在 150 元左右,平均每年只增加 1.4 元。这个账告诉史来贺,单靠农业生产,农民收入增加缓慢得很,要发展,要致富,必须另找出路。光在土地上"刨食儿",农民富裕的梦想很难实现。

史来贺心里的疙瘩越揪越大,眉头皱得越来越紧,总是吃不甜、睡不香。夜里,一个人悄悄沿着通向田野的路漫步徘徊,举目遥望满天的星星,一颗一颗,颗颗璀璨,一粒一粒,粒粒闪光。有人说,那是天上的仙女散落的珍珠。可在他看来,它们多像刘庄人扬撒起来的金灿灿的玉米粒儿呀!刘庄人种出的粮食,啥时能像珍珠一样值钱呢?

他在静夜里沉思,他在星光下谋划。他的沉思,在刘庄的土地上留下了一个农民思想家的心迹;他的谋划,在刘庄的土地上留下了一个农民带头人的足印……

刘庄不靠山,不傍水,更没有矿产资源,交通也不便利,不是靠山吃山、靠水吃水的风水宝地,可以说,刘庄就是一个天生的"困难户""贫困村"。没有天然的条件可以依靠,老天爷更不会赐福,那刘庄靠啥走向富裕?史来贺首先选择了与农业相关的畜牧业这个突破口。

要想日子富,工、商、林、牧、副。史来贺为何首先瞄准了畜牧业?因为饲养牲畜,是农民的拿手活儿,谁家没养过牛驴,谁家没喂过猪羊!再说,畜牧业与农业息息相关,草料就地取材,并且畜牧还可反哺农业。要摆脱"高产穷队"的危机,发展畜牧业就是一个很好的突破口,他要率领刘庄人,从这里突围,杀出一条致富路,蹚出一条康庄道。

1964 年,新乡百泉农专的奶牛场处理奶牛,史来贺闻讯后,早饭都没顾得吃,骑上一辆破自行车就旋风一般奔向百泉农专。

百泉农专的奶牛场已聚集了不少人,大都是来买奶牛的,几个看准了要买的人,专挑膘肥体壮的大奶牛买,小奶牛人家连问都不问,甚至连看都不看一眼。史来贺问大奶牛多少钱一头,卖方张嘴一口价:"一头 1200 元。"

史来贺暗暗吃惊："一头牛这么贵啊！都能盖3座大瓦房了。"

一头头大奶牛被牵出了奶牛场，史来贺咂巴着嘴，眼巴巴地望着。他囊中羞涩，只得把目光投向出生不久的小奶牛。

"这小牛犊啥价？"

"小牛犊30元1头。"

他一看奶牛场共有3头小牛犊，便果断地掏出90元钱，往桌子上一拍，爽快地说："这3头小牛犊我全要了。"

卖方抬眼瞅瞅他："牛犊儿价钱虽低，可不好养哟！回去可得细心照料，好好饲养，千万别花了冤枉钱。"

史来贺感激地点点头："这你放心，俺一定会像喂养孩子一样，把这3头小牛犊饲养成大奶牛。"

3头小牛犊像3个听话的孩子，跟在史来贺屁股后面，乖乖地被牵回刘庄。一进村就有人问："哟！这是从哪儿牵来的牛犊啊？"

"从百泉农专买来的。"史来贺头也不抬地回答。

"花了多少钱哪？"

"便宜得很，30块钱一头，总共花了90块钱。你说便宜不便宜？"史来贺好像捡了很大的便宜，满面笑容，喜形于色。

小牛犊还没被牵进牛屋，就有人高喊："史书记花90块钱买了3头牛，都来看呐！"

看稀罕的人一个接一个地围了上来，一位高个子社员看了一眼就笑得前仰后合："我当是多大的牛嘞，信不信，我一手就能把这3个小犊子托起来。这小玩意儿，看着怪稀罕嘞！叫村里的小孩儿们逗着玩吧！"

一个平时爱说笑话的社员指着3个牛犊戏谑道："这是牛啊，还是羊啊？"

另一个社员马上搭腔："夜里可看好喽，别让老鼠拉走了，别让老鹰叼跑了。"说得围观者哄然大笑。

"史支书，你买这小不点干啥嘞？"有社员明知故问。

"买它们不是哄小孩儿玩的，是让大家伙喝奶的！"史来贺想啥说啥。

"哟！指望这3个小怪物，就能喝上奶啦？"

史来贺笑呵呵地回答："有小不愁大，到底有没有指望，得让实际说话。等着看吧！不出几年，就会叫大家伙喝上牛奶！"

说这话的时候，他对刘庄办奶牛场的计划，心里已有了几分把握。

另一位好说顺口溜的社员，围着 3 头小牛犊转了一圈，看它们带着几分憨态、几分可爱，便即兴念道：

> 小奶牛儿，
> 矮个头儿，
> 说它是牛不像牛，
> 看它像猴儿不是猴儿。
> 肥的像绵羊，
> 瘦的像花狗。
> 便宜没好货，
> 图贱买小丑儿。
> 啥时能养大？
> 实在叫人愁。

史来贺哈哈笑着拍一下那人的屁股："好你个溜嘴子，叫你编排我的小牛犊！走着瞧吧！有苗不愁长，没苗愁断肠。有小不愁大，大牛生娃娃。你们就等着看咱刘庄牛马成群的那一天吧！"

他看见人老心红的刘殿钦也站在人群里，就一把拉住他，郑重地说："老刘，你是个细心人，今儿个，我把这 3 个小宝贝交到你的手里。交给你，我放心。你可要精心喂养，像照料孩子一样把它们伺候好，千万不要出现任何差错。这是刘庄党支部交给你的任务，我还指望着这 3 个小犊子将来给咱刘庄办大事嘞！"

刘殿钦高兴地接受了这个意外的任务："放心吧！我一定把它们当宝贝一样供着、护着。从今往后，这 3 个小犊儿，就是俺的孩子了。"

自此，刘殿钦对 3 头牛犊儿悉心照料，百般呵护，就像伺候婴幼儿一样倾注了全部的爱怜。

为了给 3 头小奶牛增加营养，史来贺从家里背来半袋子小米，反复叮嘱刘殿钦："每天给 3 个小宝贝熬点米汤喂喂，熬好了凉凉，不冷不热的，喝到肚里有营养，长得快。"

"史书记，您放心。我知道，这 3 个小家伙是咱村里的宝贝疙瘩，也是你的心头肉，俺不会亏待它们的。"

刘殿钦按照史来贺的吩咐，天天把米汤熬得又香又黏，3 个小家伙喝起来你争我抢，互不相让，他就耐心地说："别争别抢，大家都有份儿。自家兄弟姐妹，争争抢抢，叫人笑话……"他像哄小孩一样哄着，像娇小孩一样娇着，像疼小孩一样疼着。

3头小牛犊一天一个样儿地眼见猛长，个儿高了，膘肥了，毛色也亮了。在牛棚外、麦场上、小路边，蹦蹦跳跳，嬉嬉闹闹。用不了多少时日，就要长成大奶牛喽！

史来贺见状，高兴得眉开眼笑，久久合不拢嘴，情不自禁地自言自语："这都是刘殿钦的功劳啊！这个喜欢牛犊的人，没明没夜的，可没少操心。"

晃眼间，小牛犊长成了大奶牛；又一晃眼，它们都当了牛妈妈。

这对史来贺来说，简直是喜从天降！

"有苗不愁长，有小不愁大，你们就等着看刘庄牛马成群的那一天吧！"史来贺一眼就看到了3头小奶牛会给刘庄带来的美好前景和难以估算的效益。

几年后，3头小奶牛竟奇迹般繁衍成一群牛。后来，又发展成300多头的奶牛群，成为一个产奶的大集体，每天产鲜奶几千斤，年收入50万元。刘庄不仅仅产粮、产棉，而且也产牛奶了。这是刘庄有史以来的一个新产品，一个富贵产品，并且这个产品每天都在高产。

畜牧业的发展，使刘庄终于从传统的种植业跨出了一大步，跨进了一个新领域。这是一个历史性的跨越，一个崭新的突破。刘庄在这次新突破、新跨越中找到了一条发展集体经济的新路子。

这就是不起眼的3头小奶牛的力量，这就是微不足道的3头小奶牛的壮举。小不点儿的它们，却把刘庄拉进了一片新天地。

驴马轻喜剧

1967 年，正值"文化大革命"时期。有一次，史来贺在省里开会，吃住在河南饭店，与他住同一个房间的是泌阳县的一位代表。夜里，两人斜躺在床上抽烟、聊天。因为史来贺没到过泌阳，总想了解一些泌阳的风土、风物与民情。泌阳代表告诉他，泌阳地处伏牛山和桐柏山两大山脉之间，是一块风水宝地，不仅农业生产发达，盛产麦类和各种杂粮，而且畜牧业也很发达……

"泌阳的畜牧业咋样发达？"史来贺想从泌阳的畜牧业中汲取一些发展畜牧业的经验。

"泌阳的畜牧业主要是发展泌阳驴。泌阳驴是泌阳的一大特产，全国驰名，海外知名。"泌阳代表夸耀说。

"过去听说过泌阳驴，但详细情况不了解。"史来贺想让对方提供一些泌阳驴的信息。

"我跟你说，泌阳驴好得很，在很多方面优于其他地方的驴种。"泌阳代表像做广告、做宣传一样，滔滔不绝地说起来。

他告诉史来贺：泌阳驴属于中型驴，体质结实，发育匀称细致，驴身结构紧凑；外形美观，耳目俊秀，性情活泼，头直颈长，眼大饱满，口大方正，两耳耸立，耳内多有一簇白毛；最值得称道的是，泌阳驴背长平直，多呈双脊背，腰短而坚，四肢端正坚韧，能驮重载；蹄小而圆，质坚无比，走千里万里，蹄子都毫不磨损；泌阳驴全身黑色，而眼圈、嘴头和腹下三部都呈粉白色，故又称"三白驴"。老百姓有的还称泌阳驴为"三强驴"：抗灾力强、抗病力强、耐役性强。这种驴食量小，便于饲养，且适用于各种农活，群众最喜欢饲养，全国各地都到泌阳引种。泌阳驴的名声已经远扬国内、海外。

"那泌阳驴是不是给泌阳县带来了很大的经济实惠？"史来贺想知道泌阳驴

究竟能有多大的经济效益。

泌阳代表毫不保留地向史来贺介绍，泌阳驴是泌阳县畜牧业的主打产业，规模大，效益高，对泌阳县的经济发展起到了很大的拉动作用，是全县的一大经济支柱。历届县领导都很重视泌阳驴这一产业的发展，已经形成了一整套成熟的现代化养殖规划和经验。

"那泌阳县的老百姓都是咋饲养泌阳驴的？"史来贺在有意套取泌阳驴具体的饲养方法。

泌阳代表毫不隐讳地告诉史来贺，泌阳老百姓素有养驴的习惯，他们在养驴中得到了很多实惠。可以说，在泌阳农村，养驴能手比比皆是。全县农民为了养好驴，一代一代都沿袭了种豌豆的习惯，驴吃了豌豆劲大力强，耐役性持久。于是，群众常以谷草、豌豆作为喂驴的主要饲料，也利用较多的草山、草坡、河滩，一群一群地放牧……

哦！泌阳驴是当地集体经济的一大来源、一个支柱啊！史来贺听得入了迷，看来，刘庄发展畜牧业，泌阳驴可千万不能缺席啊！

"俺刘庄也在发展畜牧业，引进几头泌阳驴中不中？"史来贺征求泌阳代表的意见。

"咋不中？中，中得很呐！我跟你说，俺县的泌阳驴繁殖力强得很，你引回去几头，不出几年，就是一大群。"泌阳代表鼓励说。

"好！我一定要让泌阳驴在俺刘庄安家落户、生儿育女……"史来贺兴奋得不能自已。

在郑州开完会返回刘庄后，他就立即安排党支部副书记杨森峰去泌阳买驴、买羊，交代得具体而又仔细，认真而又殷切，千叮咛万嘱咐："到泌阳买驴、买羊，掌握两个原则，一是不要价格高的，要省钱，二是要母驴、母羊，买回来能多生驹子、多产羔子。驴到咱刘庄，不是为了叫它上套，而是为了叫它产驹，产的越多越好。所以刘庄买驴不是娶媳妇，不讲究模样俊不俊，只讲究能不能多多益善地产驹子。"

杨森峰对史支书的深谋远虑心领神会，这是要大力发展刘庄的畜牧业啊！鸡生蛋，蛋生鸡；鸡再生蛋，蛋再生鸡……循环往复，无穷无尽。有了母驴、母羊，就会有驴群、羊群，有了驴群、羊群，刘庄的畜牧业就会兴旺发达起来。到了那一天，刘庄就会牛羊肥壮，骡马成群啊！

泌阳驴不比一般驴，价钱高得很。当时，一头好驴，少说也要 2000 元。

杨森峰到了泌阳，直接找县畜牧局联系买驴的事。

畜牧局的人说：现在正大闹"文化大革命"，谁还有心思养驴？县里只大批出售，外地来买驴的，都是大批大量收购。一买就是几十头、上百头，你能买多少？

杨森峰不好意思地说："我们没那么多钱，是来买'残品'、收'破烂'的。"

"那你拿了多少钱？"

"3000多元。俺只要母驴，不要公驴。"

人家一听他只拿了3000多元，上等的好驴根本不让看，因为他买不起，看了也是白看。杨森峰在相驴时，只相母驴，不相公驴。眼前的这些母驴，都是别人不要的"次品""残品"。他左相右相，挑来挑去，最后，花了3000元钱买回来6头大母驴。

6头大母驴被赶到村头时，史来贺正站在路边迎候呢！

"辛苦你了！叫我看看，这泌阳驴长得啥样。"史来贺一头驴一头驴地相看。

"别的不敢说，但绝对可以保证，这6头驴个个都能多生驹子，我是挑了又挑，才选中了这6头驴呢！"

"这就好，咱要的就是这。不图别的，就图它们能多多地生儿育女，繁殖后代。"史来贺拍着驴的脊背喜滋滋地说。说话间，他又上下前后地把6头驴仔仔细细地察看了一遍，抚摸着不住地夸赞，"果然名不虚传，一个个都是好驴啊！你看这脊背，又厚长又平直，怪不得都说泌阳驴是双脊背哩！咋看都是一身的优点。好哇，好哇！咱就等着这6头母驴给咱刘庄生一大群一大群的驴驹子、金骡子吧！"

"这还不是上等的泌阳驴嘞！去时，拿的钱有限，好的咱买不起啊！"杨森峰直话直说。

"就这就中。只要能下驴驹、产骡子就中！咱图的就是这个。"史来贺满脸嬉笑。

说话间，走过来一群看稀罕的社员。一位社员问："这6头驴，花了多少钱呢？"

赶驴回来的杨森峰说："3000元。"

"6头驴，才花了3000元？那这是啥驴呀？听说，一头好驴2000块呢！"

"这是地道的泌阳驴，纯种货。"

"有名的泌阳驴会有这么便宜？你这是图贱买老驴吧？"人群里发出了哈哈

的笑声。

"我咋看着不像泌阳驴啊？你看它这眼，浑不浪苍的，是不是瞎眼哪？你再看这头驴的前蹄子，是不是有点儿崴呀？你买回来的都是残疾驴吧？"人群顿时一阵嘁嘁喳喳……

这时，有人打了两声哈哈，接着，便说起了风凉话：

> 提起泌阳驴，
> 笑破人肚皮。
> 六驴七只眼，
> 还有个前栽蹄。
> 不能驾大车，
> 不能拉耕犁。
> 养它有啥用？
> 不如宰了吃。

人们听了，又是一阵哈哈大笑……

"狗嘴里吐不出象牙。就会胡说瞎编过嘴瘾……"买驴回来的杨森峰气红了脸。

"别在这儿耍嘴皮子了，有这瞎扯的闲工夫，不如干点儿活去。"史来贺严肃地批评。

看驴的人嘻嘻地一哄而散……

在饲养棚安置好买回来的6头泌阳母驴，史来贺特意叮嘱饲养员马新敬："这6头母驴，都是标准的泌阳驴，有名的好品种。记住，一定要好好照料，精心饲养，让它们长得膘肥体壮。这样，它们才会有很强的生育力。等买来雄马给它们配种，让它们产驴驹儿、产骡驹儿。"说着，又爱抚地摸着一头驴，脸上浮现笑眯眯的神采，"看吧，用不了多长时间，刘庄就会驴欢马叫，骡马成群，六畜兴旺，一片欢腾……"

那几个讽刺"六驴七只眼，还有个前栽蹄"的人，怎么也没有想到，那6头母驴，没过多久，就给刘庄的牲口大院下了好几头活蹦乱跳的金骡驹。

史来贺看杨森峰有心计，办法多，又有独自处理问题的能力，外出办事让人放心。隔了两年,便又提出让杨森峰和刘树瑞去新疆伊犁买马。

他早就听说,新疆伊犁马是纯粹的哈萨克马种,有名的草原骏马,历史上被称为"天马""两极马",体格魁伟,一身雄风,神勇无比,奔驰如飞,宜于长途跋涉、山路乘驮和平原役用。同时,伊犁马在内地很不好买,价格又高;而在伊犁买,价格比内地便宜一半。若要买进一批伊犁马,对刘庄的畜牧业发展将会起到快速拉动的作用。到那时,刘庄的畜牧业,就会像骏马一样,在刘庄大地腾飞起来,勃兴起来……

去新疆买马的两个人临行时,史来贺站在村头为他们送行:"记住,买马只要一匹公的,其余全买成母马。新疆路途遥远,赶着马往回返的路上,一定要步步操心,注意安全,把马喂好、照料好,宁可人瘦十斤肉,也不让马掉一分膘。万里征途,各种艰难、各种意外都会出现,你们一定要想法克服。家里人盼着你们早日平安归来。"

杨森峰百分之百地打包票:"放心吧,俺一定能买到漂漂亮亮的伊犁马,一路顺利地把马赶回刘庄。人家唐僧能西天取经,咱刘庄人照样能西天买马。你就准备好一壶好酒,等着给俺接风吧!"

…………

杨森峰、刘树瑞二人按照预先订好的计划,坐车几天几夜才到了新疆伊犁。新疆伊犁离刘庄路途太遥远了,可称得上"万里买马"喽!

他们在伊犁没费多大周折,就买了27匹马,其中26匹母马,1匹公马。27匹马,已经是一个不小的马群了,站那里一大片,走起来一大溜,跑起来一股风,奔起来一阵雷。

要是草原上的牧民,27匹马不够一个人看管的。在大草原上放牧,一个牧马人往往能放几百匹马。

而两个买马人,并不是牧马人,而是内地平原的庄稼汉,使惯了牛和驴,却从来没有摸过马。对马的脾性、习惯还从来没有领教过。这么大一群马,没有汽车运,也不能上火车,只能靠两个庄稼汉往回赶。可要把27匹马从"西域"赶回刘庄,他们心里打怵,两手犯难。两个人赶马都是大闺女坐轿——头一回。他们手拿鞭子,赶着马往回返的时候,心里特别紧张,唯恐出什么意外,更怕马群受了惊吓,一哄而散,东奔西逃。两个对牧马非常陌生,对驯马更一概不知的买马人休想追上它们。到最后,万里之遥来买马,会落得两手空空,无颜见父老乡亲。若出现那样的情景,该多么可怕啊!

于是,他们想出了一个绝招:把27匹马的缰绳全部串联起来,集零为整,变成一体,统一行动,统一步调,要走都走,要停都停。一马想跑,跑不动;一马想溜,溜不走。这样,马群就不至于跑散,更不会走丢。有了这绝妙的一招儿,赶马人只管一前一后挥着鞭子吆喝着往前走就是了。

他们晓行夜宿,历尽艰险,吃尽苦头,过沙漠,走草地,爬火山,越戈壁,几百里不见人烟,不闻鸡鸣。路上饿了,连个讨饭吃的地方都找不到;渴了,连讨口水喝的人家都没有。可他们还得悉心照料27匹马的生活,该喂草的时候,赶紧给它们找草地、草坡;该饮水的时候,赶紧给它们找河流、山泉。宁可让人忍饥忍渴,也不能让马受一点委屈。这一群马是刘庄的宝贵财产,是刘庄百姓的血汗钱换来的,来之不易呀! 马要是掉了膘,或生了病,回去后咋向史支书和父老乡亲交代?

他们跋山涉水,扬鞭催马,风风雨雨,千辛万苦,走了两个多月,终于回到了刘庄。可谓付出了万里辛苦、百倍艰辛啊!

两位买马人把马赶进畜牧场时,史来贺正在这里察看奶牛与驴的饲养情况,并与饲养员说着什么,忽然看见跑进来一大群马,高兴得连连鼓掌:"哎呀呀,可把你们给盼回来了。人和马总算平平安安到家了! 你俩辛苦了,受累了!"

饲养员马新敬对归来的买马人说:"这几天,史支书天天掐着指头算,估摸着你们该回来了,天天早晚两头到村头迎。史支书刚才还念叨你们呢,话音未落,你们就赶着马进来了。"

"真苦你俩了,看晒得、累得又黑又瘦,赶快进牛屋洗把脸,喝碗水,待会儿,我请你俩喝酒、吃饭。"史来贺拍着杨森峰、刘树瑞的肩膀说。

闻讯跑来专门看新疆伊犁马的社员,一见两个买马人黑瘦得都变了模样,几乎有点不敢相认了,便不无心疼地问:"你俩咋弄得像非洲黑人似的? 是从非洲赶马回来的?"

另一个社员紧接着打趣地说:"你们这样可不敢进家门,瘦猴儿一般,黑狗熊似的,老婆还能认得你? 当心拿擀面杖把你们打出来!"

两个赶马人手摸后脑勺,竟嘻嘻地笑起来……

史来贺在人们开玩笑的时候,把27匹马逐个摸了一遍,看了个仔细:个个膘肥体壮,四肢强健,背腰平直,前胸宽广,外形俊秀,毛色鲜亮,一身英气,灵性四溢。他咋看也看不厌,咋摸也摸不够,兴奋得一个劲儿地自言自语:"好马,好马！伊犁马真是名副其实的好马啊！"一会儿，他又站在一匹马的面前，爱怜地抚摸着长颈，似叮嘱，又似寄托："骏马啊！今后，刘庄就是你们的家喽！你们就安心在这里吃饱喝足、高高兴兴地生儿育女过日子吧！刘庄群众还指望你们拉着刘庄这辆大车往前飞奔呐！"

畜牧祥瑞图

有了奶牛、母驴,又有了母马、公马,刘庄的畜牧场喧腾起来。一会儿驴叫,一会儿马嘶,一会儿牛哞,一会儿羊咩,时而独唱,时而合唱,时而牛、马、驴混唱。光唱还不过瘾,还有伴舞的,奶牛唱起浑厚的"女中音"时,小牛犊就会跳起浪漫的"儿童舞蹈";驴唱起粗犷的"通俗歌曲"时,马儿就会跳起欢乐的草原舞蹈;马要唱起马头琴一样欢快的歌声时,驴就会跳起自由奔放的舞蹈。这里,成了它们放任天性的乐园,成了它们开心生活的家园,成了它们无拘无束歌吼狂舞的天地。它们唱出了刘庄畜牧业的蒸蒸日上,它们跳出了刘庄畜牧业的腾飞的气象。

在史来贺的引领下,刘庄人逐渐认识到,畜牧业与种植业并列为农业生产、农业发展的两大支柱。如果说农业发展是农民心目中的一片神圣高远的苍天的话,那么支撑这片青天的,就是种植业和畜牧业两根擎天巨柱。少了哪一根柱子,农业生产、农业发展就会失衡、失调,出现偏差。

史来贺在党支部扩大会议上,让干部专题讨论研究畜牧业发展问题,他对大家说:"种植业和畜牧业是刘庄这辆大车上的两只轮子,缺了哪个轮子都不中,只有两个轮子一起转动,才能让这辆大车飞跑起来。所以,我们要不惜一切代价抓好畜牧业生产,让畜牧业尽快见效益。让畜牧业和种植业一样,连年上升,一年比一年好。要让种植业、畜牧业齐头并进,快速发展起来。那咱刘庄的农民就不仅有饭吃、有衣穿,还会有钱花,有好房子住,过上吃饱穿暖、手上数钱、安居乐业、有滋有味的好日子。那才能证明咱们这些共产党的干部,没有失职,没有辜负刘庄老百姓的希望。"

为此,史来贺一手抓种植业,一手抓畜牧业,特别是畜牧业,他更是日夜操心,殚精竭虑。这不仅是因为那些远道买来的奶牛、泌阳驴、伊犁马是刘庄农民的血汗换来的,更重要的是刚刚起步的畜牧业寄托着刘庄人新的希望、新的憧憬,寄托着刘庄人发展和壮大集体经济的坚定信念和坚强决心,也关系着刘庄农民的切身利益,体现着刘庄人对富裕生活的强烈愿望。所以,刘庄的畜牧业发展,不能马失前蹄,必须稳扎稳打,用畜牧业的兴旺发达,带动集体经济的欣欣向荣。

这时,让他最挂心的事就是畜牧场,他每天至少要到畜牧场去三趟:早晨起来做的第一件事就是去畜牧场察看;中午下工后不吃饭也要先拐进畜牧场去察看;夜里开完干部会,睡觉前做的最后一件事也是去畜牧场去察看。他每次走进畜牧场,都要仔细检验机械化加工粉碎的秸秆是否符合标准,优质牧草加工调制是否采用了新技术、新工艺;细心观察这些加工后的饲草、饲料是否适合牲畜们的胃口,只要一见这些可爱的生灵大口大口地吞食,就满意地点头微笑。同时,他还要手摸牲畜的皮毛,逐一认真地检查它们身上干净不干净,全身的鬃毛梳理得顺不顺、漂亮不漂亮;他还要看看马厩、牛圈的粪草是否该清理了,畜牧场的卫生是否该打扫、灭菌了……每天来到畜牧场,都察看检验得细如毫发,每一头牲畜、每一个角落都不放过。当然,他最关心的是畜群的繁殖问题,一再叮嘱饲养人员要及时给母畜配种,配好种、配良种,采取技术措施,做到科学繁殖、高效繁殖。每年冬春两季,他亲自抓畜牧场防疫卫生工作,消毒灭菌,并派人到公社兽医站请医务人员来给牲畜打防疫针,让瘟疫和病毒远离畜牧场,让每一头牲畜都能健康成长、茁壮成长、快速成长……

让史来贺最开心、最兴奋的事,莫过于奶牛产犊儿、驴马生驹儿。那时,只要一听见饲养员高喊:"生了,生了!"他就会不顾一切,乐颠颠地往畜牧场跑。

群众一见他笑眯眯的样子,一看他跑得精神抖擞的精气神儿,就知道畜牧场里准又有喜事儿啦!不是产牛犊儿,就是下马驹儿、生骡驹儿喽!于是,群众就跟着他一起喜笑颜开,一起抖擞精神。

当史来贺气喘吁吁地一头扎进畜牧场,便一屁股蹲在地上,看着刚从母胎里落地、浑身湿淋淋的"小宝贝",睁开一双胆怯而又稚气的眼睛望着陌生的世界,看着母牛亲昵地舔犊、母马爱怜地舔驹,可见舐犊情深啊!这位遇事沉着、干事老练的村支书,竟兴高采烈地手舞足蹈,哼唱起流行的小曲儿,像个天真烂漫的孩子,像个俏皮活泼的顽童。

"妇女坐月子,要吃鸡蛋、喝米粥,外加红糖水。咱这牛生了犊儿,驴马产了驹儿,也得特殊照顾,享受特殊待遇,让它们补补身子。它们可都是咱刘庄的功臣哪!"史来贺十分关切地嘱咐饲养员马新敬。

"放心吧!都准备好了。它们坐月子,俺一个也亏待不了,一定让它们享受坐月子的特别待遇。"马新敬幽默地说。

…………

昨天产牛犊儿,今天下马驹儿;早晨驴生骡儿,傍晚马生驹儿……几个饲养员总是忙得不亦乐乎。就这样,畜牧场几乎天天报喜讯,日日喜盈门。

眼下畜牧场的牛犊儿、马驹儿、骡驹儿、驴驹儿已是成群结队,是一个热热闹闹、轰轰烈烈的大集体了。它们在偌大的场地上,你追我逐,蹦跳嬉闹,炕蹄撒欢,尽情腾跃……

看着这六畜兴旺的喜人景象,刘庄人无不感到头顶有祥云笼罩,身边是喜气荡漾。人逢喜事精神爽,六畜兴旺,不仅给刘庄人增添了喜气,增添了精气神儿,更增添了发展畜牧业的信心和勇气。

一位青年社员看着幼畜欢蹦乱跳的景象,兴奋的心情难以自已,便随口念诵道:

> 牛犊儿跳,
> 马驹儿跑;
> 驴驹儿在打滚,
> 骡驹儿蹦得高。
> 一群"小顽童",
> 嬉戏真热闹。
> 牧场满喜气,
> 让人乐陶陶。

一位粗通文墨的老农,望着一群可爱的幼畜和场外观看的儿童,仿佛找到了已失的童心,便悠然自得地吟诵起来:

> 村童欢歌来,
> 小驹追着跑;
> 幼犊撵花衣,
> 咩咩学童谣。

一幅祥瑞图，
天有吉星照。
畜兴人更旺，
人勤地不老。

刘庄的畜牧业，规模越来越大，科学化养殖程度越来越高，产生的效益越来越让人震惊。仅产出的骡马、驴驹儿、牛犊儿，多得就能再建一个畜牧场了。因场地所限等原因，畜牧场每年不得不卖出几十匹骡马、几十头驴驹和牛犊。

兴办畜牧业的实践，让史来贺对畜牧业的认识逐步加深。畜牧业是一个承工启农的"中轴产业"，既可促进种植业发展，又能带动加工业和服务业，形成农业内部产业的良性循环，促进农产品的转化增值，是推动农业和农村集体经济发展的重要环节。

从农民增收的角度来看，畜牧业覆盖面广，生产周期短，商品率高，投资少，回报快，受地域气候等自然条件限制小，能有效地吸纳从种植业分离出来的劳动力，是增加农民收入的切实可行的途径。

刘庄的畜牧业，一开始就区别于传统的自给自足的家畜饲养。过去那种一家一户的家畜饲养，是八百个铜钱穿一串——不成调（吊）儿，是一种传统模式的小农经济。刘庄畜牧业的发展，彻底摆脱了小农经济的模式，走集中化、规模化、标准化、规范化发展的路子，特别是把发展规模养殖作为促进畜牧业增长方式转变和提高产业综合生产能力的重点来抓。这样大大推动了农业和集体经济的发展，逐渐实现大农业的发展目标。

他不断把自己的新思想、新观念灌输给党支部成员和大队干部："刘庄发展畜牧业，要站在大农业、站在现代化农业的高度去谋划、去布局，要抓规范、上规模。大规模产出大效益，小规模产出小效益，没规模就没效益……"

他还经常深入畜牧场给饲养员"洗脑"换思想，以拉家常、扯闲篇的形式给他们讲课，重点讲科学养殖、科学管理。"咱刘庄科学种田，获得了稳产高产，科学养殖也会换来畜牧业的大发展。农业科学、养殖科学，是咱农民的最大、最灵验的法宝啊！"

在他的指导督促下，畜牧场的十多位饲养员以科学头脑，不断加强精准饲养、精细管理，在畜牧养殖过程中，采取了很多先进的技术措施，使刘庄畜牧业规模化、科学化饲养程度不断提高，产业化进程大大加快，最终实现了"畜禽良种化、养殖科学化、场地设施化、生产规范化、管理精细化、发展规模化、防疫制度化"的标准化规模养殖。刘庄畜牧场迅速发展成为拥有上千头牲畜的大型畜牧场。

除此之外,他们还因势利导,乘势而上,办起了大型猪场、大型鸡场、大型养羊场……

在20世纪60年代的历史背景下,刘庄集体畜牧业发展的规模,在中原一带是独一无二的,在全国恐怕也是屈指可数的。

为何刘庄会有这样的发展?为何刘庄总是走在全国农村的前列?答案很简单,因为刘庄有史来贺,史来贺有经济头脑、科学眼光、发展观念。

由于种植业、畜牧业两只轮子同时飞速转动,刘庄集体经济这辆大车驶入了快车道,刘庄百姓已于20世纪60年代中期在全国率先实现了温饱生活,家家丰衣足食,再无衣食之忧。而当时全国大多数农村还在贫困中徘徊,广大农民还过着糠菜半年粮、半饥半饱的贫穷日子。

翻开中国的史书,在960万平方公里的多灾多难的土地上,要让种地的农民实现温饱梦,并不是一件容易的事。多少代人的奋力抗争,多少代人的拼死搏斗,都没能彻底改变农民在饥饿线上苦苦挣扎的命运。新中国成立后,共产党励精图治,领导农民走社会主义道路,过富裕生活,但由于天灾人祸,走了不少弯路,让大多数农民依然怀抱温饱梦而翘首企盼。史来贺率领刘庄人捷足先登,率先消灭了贫困,过上了温饱的太平日子,让全国农民心慕眼热,如追星月。

遴选饲养员

畜牧业迅速发展与壮大，仅仅几年间，就成了刘庄的一个大家业、大产业。创业艰难多，而要管好这份大产业也很不容易。特别是偌大一个畜牧场的畜牧饲养，成了发展刘庄畜牧业的关键性问题。

因此，史来贺对遴选饲养员特别重视，他认为，畜牧场的饲养业，跟过去一家一户养头牛、喂头驴大不一样，这是规模化养殖、科学化饲养，是一项具有专业技术性的工作。饲养人员不仅得懂饲养、会饲养，还得有很强的责任心、事业心，更得有集体主义思想。选对了，有助于刘庄畜牧业的发展；选错了，有损于刘庄畜牧业的发展。所以史来贺对饲养员的遴选和培养，有一定的原则和条件。

他首先选拔人老心红、热爱集体、任劳任怨的刘殿钦、马新敬当饲养员，后又选拔了有文化、爱劳动的初中毕业生、又特别喜爱牲畜的刘铭安任饲养组长，继而，又陆续遴选了十几名思想觉悟高、责任心强的社员当饲养员。

遴选这些人时，先后召开三次党支部会议，支委们意见完全一致，三次都顺利通过。

可这些人，过去只是在自己家喂过猪羊、喂过牛驴。一家一户的喂养，也就是喂一头牛，或一头驴，喂一头猪，或两三只羊。单一的喂养，简单又省事。侍弄几十头、上百头牲口，特别是侍弄那一大群奶牛，就不简单了。这些遴选出来的饲养员，谁也没有规模化养殖的经验，更不懂喂养奶牛的专业技术。

有一天，史来贺经过慎重缜密的考虑，在支委会上提出，让社员杨长义当饲养员，专门饲养奶牛。不料遇到了很大麻烦，支委们全票反对。

这是为什么呢？杨长义怎么遭到全体支委的反对呢？

原来，杨长义是个地主兼历史反革命分子。

旧社会,杨长义一家五口人,有 60 多亩耕地,一个人十二三亩,在当地算得上地主了。他的父亲是个能说会道、知书达理的人,为了替亲属打官司,被人谋杀了。为报父仇,长大后,他报考了军阀孙殿英的军官教导团,毕业后留下当了助教。可他是一家之主,家里离不开他,便跑回家乡的伪乡公所当了"治安联防队长"。好多无辜的人或小有过错的人,都被他押着游过街,他背着一支盒子枪,耀武扬威,吓唬和欺压老百姓,有民愤,但无命债。土改时,他被划为"地主兼历史反革命分子"的"双料反革命"。

1950 年 10 月,"镇压反革命"的运动开始了。农历年年底,杨长义到开封市去买牲口,看到当地率先搞起了"镇反运动",一些有历史旧账的人被杀了。他吓得心惊肉跳,腿肚子打战。回家后,他听人说,"镇反运动"在家乡一带也要开始了,心下暗暗思忖,运动一来,自己这个"双料反革命"能逃脱得了干系? 不挨枪崩也得法办! 三十六计走为上,便趁大年三十儿没人注意,畏罪潜逃到西安。在朋友的帮助下,改名换姓,用"王义成"的名字报上了户口,在西安一家私营汽车修配厂跑供销,混得还不错。

1953 年,对私营工商业的社会主义改造开始了。他所在的工厂要公私合营,在业人员要逐个登记,填写籍贯和社会关系。他觉得纸里包不住火,自己这个"双料反革命"一填表,上头再一调查,就露馅了。又赶紧连夜逃到陕西省淳化县,在当年"教导团"一个同学帮助下,落下了脚,靠喂养几头奶牛维持生计。在那里一待就是 15 年,长期放奶羊、喂奶牛,学会并掌握了饲养奶牛和挤牛奶的一套专业技术。

"文革"中的"清理阶级队伍"开始后,摄于政策法律的威力,他坦白交代了自己的罪行,被管制了两年。由于表现好,几个月后解除了管制,仍在当地饲养奶牛。

在外谋生 18 年,过的是熬日月的日子,熬白天,熬夜晚,一天天地熬,一月月地熬,一年年地熬,思乡之情时时煎熬着他的心。他却从来没有跟家乡联系过,唯恐家乡人知道了自己的底细,把自己抓回去挨批斗。直到 1968 年 10 月底,他才试探性地、惴惴不安地回到家乡刘庄。

他一回来,就被管制起来。村里有的人就叫他"管制分子"。

回村后,妻子已改嫁,孩子不认他,坚决与他这个爹划清界限;社员们对他更是冷眼相看,不理不睬,见了面,连个招呼也不给他打。

在"文化大革命"那样的形势下,村里人谁敢和杨长义沾边? 一个个都躲得远远的,甚至觉得"把他打倒在地,再踏上一只脚,叫他永世不得翻身",才显示出"革命派"的气势呢!

遭遇如此的冷遇,杨长义又想外出到没人认识自己的地方,流浪一生,混碗饭吃,直到老死。正当他要离村外逃时,被村干部发现,把他送到大队部。

史来贺狠狠批评他一顿:"你既然回来了,何必又要外出去当流浪汉呢? 这里是你的家乡,终究是你应该回归的地方。不过,你得理解别人对你的态度,你在外18年没有音信,大家谁也不了解你,怎么能一下子原谅你呢? 话又说回来,虽然你在新中国成立前出身不好,干过坏事,如今回来了,就该好好接受劳动改造,悔过自新,重新做人,做一些对集体有利的事,对人民有益的事。你要相信,咱刘庄人都是通情达理的。只要你不干违法的事,谁也不会动你一根汗毛!"

杨长义感动得热泪盈眶:"我听你的,哪儿也不去了,就在刘庄好好接受改造。生是刘庄人,死是刘庄鬼!"

史来贺又苦口婆心做杨长义孩子的工作,让他们认下了父子关系,使杨长义在村中有了一个落脚栖身的家。

有一天,史来贺亲自来到杨长义家,了解他在异乡的劳动和生活情况。当杨长义说在陕西曾在一家奶牛场饲养过奶牛时,史来贺的眼睛唰一下亮了起来:"那好哇! 咱村的奶牛场规模越来越大,正好缺人手,你就去奶牛场干吧! 不过,还得经党支部开会研究一下,你等消息吧!"说着,他一拍大腿,高喊一声,"嗨嗨! 你回来得正是时候啊,就扑下身子、撸起袖子,把你养奶牛的技术贡献出来吧!"史来贺好像遇到了意外的惊喜,喜笑颜开。

杨长义愉快地接受了:"好,好! 这活儿我不生,正合我意。哎呀,刘庄变化真大啊,进了村一下子就叫我开了眼。真没想到咱庄还办着奶牛场,更没想到的是,我一回来,您这位党支书就给我安排了这么称心如意的工作。家乡好,家乡真好啊!"

可这样一个"双料反革命分子",能当饲养员吗? 支委们认为,叫他去喂养奶牛,会有人说刘庄党支部的干部阶级立场不稳,阶级阵线不清,敌我不分,重用坏人;支委们还担心,历史反革命分子在喂奶牛、挤牛奶时如果搞破坏活动,就会给集体造成不应有的损失。

在那个"以阶级斗争为纲""阶级斗争要年年讲、月月讲、天天讲"的年代里,人人头脑里"阶级斗争"的弦都绷得紧紧的,谁敢表态支持一个"双料反革命分子"当饲养员喂集体的奶牛呢?

史来贺把支委们挨个问了一遍:"杨长义当饲养员到底中不中?"

支委们一个个都摇头晃脑,坚决反对。

"你们要知道,杨长义这次回到家乡,是主动回来的。我观察了很久,他回来后对集体的事儿挺热心,愿尽力,这说明他认清了形势,愿意痛改前非,悔过自新。共产党的政策是'惩前毖后,治病救人',哪怕是对人民犯过罪的人,也要给出路。不给出路,一棍子打死,不是共产党的政策。在政治上,我们可以对他实行专政与改造的政策;在阶级路线上,我们跟他一定得划清。但要允许人家立功赎罪,给他提供改造的机会。况且,他有一套饲养奶牛和挤牛奶的经验和技术,咱得发挥他的一技之长啊!眼下,咱又找不到有这些技术和经验的人,你们说不用他用谁?你们说说,除了他,还有谁能挑得起喂奶牛、挤牛奶的这副重担?"

史来贺一席话,讲得条条是道,入情入理,支委们听了,深受启发,终于以"在使用中改造,以观后效"的意见同意了杨长义去饲养奶牛。

之后,史来贺专门找杨长义谈话:"经过村党支部研究,我们准备让你去当饲养员,专门喂奶牛、挤牛奶。你看咋样?愿不愿干呢?"

杨长义受宠若惊,感动至极:"我……我……这是真的?"

史来贺点点头。

"老史,就凭你对我的信任,我一定好好劳动,认真改造,把奶牛喂好养肥,产更多的奶。"杨长义愉快地走上岗位,当上了奶牛场的饲养员。

但是,杨长义一进畜牧场,就遭到了十几名饲养员的强烈反对与排斥,饲养组长刘铭安和另外两名青年饲养员更是激烈反对,他们不愿与这个"双料反革命分子"为伍,怕沾一身臭,怕染一身黑。他们一窝蜂似的找到史来贺,气呼呼地说:

"你如果用杨长义当饲养员,我们就集体辞职!叫我们跟这样的人学技术、学经验,不是往我们头上扣屎盆子吗?"

"扣啥屎盆子?难道杨长义是个屎盆子?你们这样看人家、下断言,不对!他出身不好,干过坏事,也不至于把你们都沾脏、熏臭了呀!"

史来贺说这话时,既没有发火,又没有批评,反倒乐呵呵地笑着,这让青年们一时摸不着头脑。

"咋的啦?杨长义的技术是腥气,还是臭气?技术也有反革命味道?也有阶级性？我叫你们学他的技术、学他的经验，又不是叫你们学别的不好的东西。年轻人艺多不压身。把他的技术学到手，你们不都成了饲养奶牛、挤牛奶的技术能手了？不论对集体，还是对你们个人，这不都是好事嘛！集体经济发展，得调动各方面的力量、各种积极因素。"

几个年轻人听了史来贺的话，再也无话可说。刚才还怒气冲冲的饲养组长刘铭安，顿时消了气，愤愤不平的脸色，换成了憨厚的笑容，嘻嘻地对眼前的史来贺说："嘿嘿嘿！你的意思是，杨长义的技术与经验，是饲养事业与集体经济发展的一种积极因素，需要调动起来。要是这，俺知道该咋做了。"

"走！"刘铭安向身后的几个饲养员招呼一声，转身回到了牲口大院。

饲养组长刘铭安是个事业心很强、对工作极端负责的青年；虽然勉强同意了让杨长义当饲养员，但对这个"双料反革命分子"仍旧不放心，叮嘱其他饲养员："要时刻绷紧阶级斗争这根弦，监督杨长义的一举一动，对他不能放松警惕！"

于是，杨长义劳动时，总有几双眼睛紧紧盯着他。外宾来参观时，怕杨长义乱放毒、说坏话，给刘庄集体抹黑，就悄悄把他"藏起来"，不让他露面。

对此，杨长义心知肚明，但他不在乎这些冷冰冰的脸色。为报共产党用己之长的知遇之恩，他一门心思都用在劳动上，只想着把奶牛喂养好，把自己的技术毫无保留地奉献给刘庄集体。当他看到有人饲养奶牛和挤牛奶不符合技术规范时，他就提、就管，及时指出来，并用规范技术做示范。十几名饲养员反而认为他"不老实""耍花招"，给饲养组长刘铭安一嘀咕，就在牲口大院私自召开批斗会，批斗"双料反革命分子"杨长义。批斗时，有人还带头喊起了"不忘阶级苦，牢记血泪仇""打倒老地主、打倒历史反革命分子杨长义"的口号。

杨长义好心没好报，好意没人领，感到委屈，就找到史来贺说："为了养好奶牛，他们即使斗死我，看到不对的，我还是提意见，不然，对不起集体，对不起全村人啊！他们说我'顽抗到底'也好，说我'死不悔改'也罢，反正，只要对集体有利，我就得说，就得提！"

史来贺当场表扬他："你想的、做的都对！是他们不该那样。"

说罢，史来贺随即来到牲口大院，召集饲养小组开会，首先批评他们不经允许，随便批斗杨长义，是错误的！告诫他们："不能随意批斗人，如果杨长义不接受改造，需要批斗，必须经党支部批准！否则，以违反纪律论处！何况人家又没有啥错误行为，只是给你们提了意见，就开批斗会，这不是堵人家的嘴吗？你们不让杨长义提意见,人家怎么向你们传授技术?"

最后,史来贺当众宣布一条纪律:为了让杨长义一心一意喂养好奶牛,饲养小组不能随便批斗杨长义。

史来贺前脚走出牲口院,后脚就又传出了流言蜚语:"史来贺阶级路线不清,包庇重用坏人杨长义。"

"哟呵!我阶级路线不清?土改时,我斗地主,剿土匪,反恶霸,追逃犯,拼着命上,豁着命来,身家性命都搭上了,我阶级路线怎么不清?杨长义历史上有问题,并不等于他今天说的每句话、做的每件事,都有问题。人家一没搞破坏,二没反党、反社会主义,只是在具体的饲养技术上善意地提点意见,这有什么不好?好心反而被误解,说人家不老实,上纲上线,随意批斗,有这样讲阶级斗争的吗?"史来贺一如既往地支持杨长义发挥自己的专长,让他一心扑在饲养奶牛事业上。

杨长义知恩图报,为养好奶牛尽心尽力。喂牛、铡草、挤奶,整个奶牛场,从早到晚,一直晃动着他忙碌的身影。他每天只睡四五个小时的觉,再困再累,一干起活儿来就不肯歇一会儿。天长日久,挤得胳膊酸疼,吃饭拿筷子都拿不稳,还是照样不停地干。他把史来贺对自己的关心与保护,化为无穷的力量,化为对刘庄奶牛事业奋斗终身的坚强决心!

第三十三章　县委书记挣工分

※"牌子不值钱"

※新"三顾茅庐"

※泥腿子"县官"

※"县官"挣工分

※吃亏的哲学

"牌子不值钱"

在"政治挂帅""以粮为纲"的年代,刘庄农、工、商、林、牧、副的全面发展,在上级有些人的心目中,却成了"路子不正""另搞一套""光顾抓经济,没有政治头脑""与'以粮为纲'对着干"等等。他们认为,史来贺当了全国劳模,就不按常规走路了,上级的指示到他那里也不灵了。在刘庄,胡子眉毛一把抓、啥都搞,他要把刘庄引到哪条路上去?长此下去,会出乱子的,也会丢了刘庄这个先进典型的!

上级为了在刘庄说话灵,扫除在刘庄贯彻上级指令的障碍,就想办法让史来贺离开刘庄。于是,他们派人到刘庄,要把史来贺"调虎离山",还美其名曰"提拔重用"。

上级派人进了刘庄,那人一见到史来贺就虚情假意地说:"恭喜你啊,老史,你要升官了!"

"升官?升啥官?"史来贺无动于衷地问。

"上级要提拔你到外县当县委书记,即日就去上任。"来人笑嘻嘻地说。

史来贺冷然一笑:"我一个农民去当县委书记,那不是开玩笑吗?我没恁大本事,领导不了一个县,只能领导一个刘庄,当一个村支书就够我忙的啦!"

"上级领导认为,你能领导一个县,完全可以胜任县委书记,你自己何必谦虚呢?"传达上级指示的人很想说动史来贺。

可史来贺并不容易说动,他有自己的主意,果断地对来人说:"这不是谦虚不谦虚的问题。我这是从实际出发,干不了就是干不了,不能打肿脸充胖子。咱一个农民,咋能去领导一个县呢?农民就得务农种地,把脚下的地球修理好,这才是俺的本分!再说,我就喜欢跟刘庄的老百姓在一起,跟乡亲们天天在一起,贴心贴肺,泡在田野里有扑腾不完的劲儿。一到了外边,恐怕就没这劲头儿了！"

"这可是上级的决定啊！你一个党员，得服从上级，不能自己说了算。"来人想拿党的纪律逼他就范。

"那上级决定，也得从实际出发呀！这个背离实际的决定，我是不会服从的。要我一个没知识、没理论的农民，去当县委书记，那不得让人笑掉大牙？上级这个决定是错误的，是不符合实际的，应该收回这个决定。"史来贺态度特别坚决，没有半点儿含糊。

"老史啊！你这个人咋跟别人不一样哪？要是别人，做梦都想被提拔，一说要让当县委书记，比兔子跑得都快。可你咋就不动心、不挪窝哪？"上级来人百思不得其解。

"别人是别人，我是我，各人有各人的实际。我给你一句话说了吧，我这个人从来不想当官，只能当最小的、没有级别的村干部，生生死死不离开刘庄！"

上级来人到底没能说服史来贺。在他看来，老史跟普通人就是不一样，不是"官迷"，毫不被官位和权力诱惑，确实是一个"用特殊材料炼成的"共产党员。

…………

事隔不久，上级又派人来到刘庄传达决定：马上调史来贺去城市当一个区的区委书记。

史来贺一听就觉得驴唇不照马嘴，一个农民去领导一个城区，那就成了八仙桌旁的老九——坐不到应有的位置，岂不是出洋相、闹难堪？上级这是咋了？又是县委书记，又是区委书记的，为何非要把一个村支书调离农村？史来贺越想，越觉得这里边有猫腻。

"我在刘庄干得好好的，为啥要叫我去管城市的一个区？农村和城区，风马牛不沾边啊！"史来贺直截了当地提出了疑问。

"不管调你去哪儿，都是上级领导研究决定的，这是对你的提拔重用啊！"上级来人肯定地说。

"这重用让人觉得别扭，我不要啥提拔，只想在刘庄干好我的村支书。一个农村干部，脚踩着刘庄的地，头顶着刘庄的天，心向着刘庄的父老乡亲，这样一辈子心里踏实。"史来贺说的都是心里话。

"你是全国劳模，有名的先进典型，理应受到提拔和重用。职位越高，发挥的作用越大、贡献也越大啊！上级领导是从全局考虑，要把你放到重要领导岗位上,充分发挥一个全国劳模的作用。你还是服从组织决定,痛痛快快地上任吧!"来人有意拔高地说着上级决定的重大意义。

史来贺却无动于衷,掷地有声地对来人说:"甭说区委书记、县委书记了,就是再大的官儿我也不当,一是没那个本事,二是没那个愿望。我就在刘庄当一辈子小小的村支书,这个担子就已经够我挑的了。"

"可这村支书你已经不适合再干下去了。"来人婉言道。

"为啥?"老史疑惑不解。

"老史啊,这农村基层工作又苦又累,你年纪不小了,哪能吃得消啊!跟不上形势、干不动了,下来腾个位置,让年轻人干吧!"来人到底说出了上级的真正意图。

史来贺一听豁然明白,来人到底说出了真话。哦!绕了一大圈儿,原来这才是上级对他"提拔重用"的真实用心。

于是,他将计就计,反问来人:"我才30多岁,咋就年纪大了?我这个岁数不是正当年吗?咋就跟不上形势、干不动村支书了?既然你们觉得我连村支书都干不动了,为啥还硬要我去干县委书记、区委书记?那县委书记、区委书记的工作不比村支书的责任更大、工作更繁重?按照上级领导的说法,那这么重要的领导岗位我就更干不动喽!要是我这个岁数就干不动村支书了,那有很多五十多岁的国家干部,是不是早就该退休下台喽?"

来人被问得倒噎气,干瞪白眼。

软的不行就来硬的,上级来人又使出最后一招儿,声色俱厉地威胁与吓唬:"你是全国著名农业劳模,植棉能手,全国农村都在贯彻'以粮为纲'的方针,你却不把心思和精力用在粮食和棉花的种植上,尽搞些粮、棉以外的东西,你不怕砸了牌子、坏了名声?你要知道,你老史和刘庄已经是全国一个亮闪闪的牌子,名声远扬,你还得在粮食和棉花上大做文章,生法保住咱新乡地区的这个牌子和名声啊!"

史来贺却不以为然地回答:"共产党员要做的是奉献,而不是索取。牌子、名声不值一个钱,一个共产党员能给老百姓谋些利益,办几件好事、实事,让他们过上好日子,比啥都值钱。"

他看了一眼上级来人,又毫无愧色地说:"我们刘庄所做的一切,都是为了给人民群众多谋些利益,为国家多做些贡献,别的啥也不图。一个共产党员如果只顾自己的牌子和名声,而不顾人民群众和国家的利益,那还是个共产党员吗？"

史来贺的话，让上级来人的脸色都变了，他冷冷地盯了史来贺一眼，只管摇了摇头，却连一句话也说不出来！

上级领导拿史来贺一点办法都没有。你有你的千条计，他有他的老主意，史来贺的老主意坚如磐石！无论是谁，都动摇不了他坚定的决心与信念。

…………

村里干部听说后问史来贺："调你当县官儿、当区官儿，为啥不去啊？多好的差事，人家争还争不到手嘞！"

史来贺仰起头笑了起来："当啥也没有当农民舒坦，在刘庄这'一亩三分地儿'上，风里来雨里去，只要和群众在一起，咋扑腾都痛快、都舒心！当啥官也没有在刘庄种地好哇！"

…………

上级三番五次派人都没能说服史来贺离开刘庄，更没能调动得了他的工作，这让他的心情渐渐平静下来。

新"三顾茅庐"

　　20 世纪 50 年代后期,由于"大跃进"和人民公社化运动脱离了当时的农村实际,出现了一些"左"的错误。为了纠正这些错误,中共中央号召大兴调查研究之风,中央领导人在调查研究中发现,相当多的地方刮"共产风""浮夸风"、"放卫星"、搞"瞎指挥",都同干部缺乏基层工作经验,存在严重的主观主义、官僚主义有关。因此,决定从搞过"四清"运动的单位,选拔一些没有"四不清"问题、有基层工作经验并做出突出成绩和贡献的干部,到县级领导岗位上来。

　　1965 年 3 月,河南省委在林县召开四级干部会议,会议号召全省农村掀起"农业学大寨"的高潮,特别强调向本省的先进典型学习。有人提到选拔有基层工作经验、有突出成就的基层干部到县级领导岗位上来的时候,省长文敏生说:"像史来贺这样著名的劳动模范,完全可以到县里当个副书记。"

　　中共新乡地委根据河南省委的意见,决定在新乡县选一名农业劳模进县级领导班子,并提了两个候选人:一个是史来贺,另一个是吕书墨。吕书墨时任七里营大队党支部书记,也是著名的劳动模范。1958 年 8 月初,毛主席视察七里营人民公社时,他是受领袖接见者之一,在河南省,尤其是新乡地区声望很高。但这两个著名农业劳模,究竟选谁进县级领导班子呢?

　　河南省委第一书记刘建勋曾征询七里营公社第一书记王荣森的意见:"你以为史来贺与吕书墨两个人,选谁进县级领导班子合适?"

　　王荣森原来是河南省委秘书处秘书,曾于 1964 年跟随刘建勋在七里营公社搞"四清",运动结束后,留在七里营公社,担任第一书记。刘建勋认为,作为七里营公社第一书记,比起新乡地委的领导,王荣森应该更了解情况,更有发言权。于是,便亲自征求他的意见。

　　"我认为选史来贺进县级领导班子最合适。虽然两个人都是著名劳模,进县级领导班子都符合标准，但吕书墨一是身体有病，县里的工作面大、繁多，体力恐怕难以应付，二是七里营大队近万口人，规模太大，他若调走，没有合适的人能接替他的工作，势必影响该村生产。刘庄基础好，人口少，规模小，史来贺已带出一个过硬的领导班子，调史来贺出来，对刘庄工作的影响不会有多大。特别是史来贺本人年富力强，政绩突出，贡献大、能力强、威望高。选他任县级领导，是最合适的。"王荣森将自己的意见和盘托出。

刘建勋心里有了底，随即向新乡地委第一书记谈了自己的意见。

省委第一书记和省长都表了态，新乡地委便下了红头文件。

三国时期，刘备三顾茅庐的故事，传为千古佳话。20世纪60年代中期，刘庄也发生了一个新版的"三顾茅庐"。

1965年4月的一天，史来贺正在棉田里劳动，中共新乡地委组织部部长胡少华到田间找到他。胡少华与史来贺非常熟悉，他原来担任新乡县委书记时，经常与史来贺来往交谈，对这位全国著名劳模不仅了解，而且非常钦佩。

胡少华握住史来贺的手，一无寒暄，二无客套，开门见山地告诉史来贺："老伙计！到县里报到吧，地委任命你为县委副书记了！"

在此之前，史来贺已有所耳闻，正在为此焦虑不安，坐卧不宁。前两次上级有人是以"不适合在刘庄干下去了"为由，"提拔"自己到外县、到城区当官，那是明显的"调虎离山"。可这次不一样，省委领导都点了名要提拔自己，地委又下了红头文件，这是省委、地委两级组织决定，正经的组织提拔调动啊！服从吧，自己压根不愿当官；不服从吧，违背党的组织原则。这几天，他总想找领导倾诉衷肠。地委组织部部长来了，正好把肚子里的话全都倒出来，让他在地委领导面前给我史来贺"请个愿"。

他皱着眉头说："上级提拔我，是对我的器重，我很感激！但叫我去当县委副书记，实在为难，我当不了那么大的官，没那能力。其实我就是个农民，只适合在农村干，能把刘庄党支部书记干好就不错了。况且这些年为了落实周总理的指示，我一直在棉田搞科学实验，看了一些科学植棉的书，摸索出一些经验。这些探索对刘庄来说很可贵，对下一步种好棉花能起到很大作用。如果半途而废，对科学植棉是个损失。还是让我在刘庄搞科学植棉吧！"

"让你当县委副书记，是省委第一书记点的将，省委常委作出的决定，地委已下了文，你不去咋办？得服从上级决定啊！"胡少华是个组织原则很强的人。

"一个共产党员是得服从上级决定。但我不去,也有不去的理由:一是文化程度低;二是无上层工作经验;三是对刘庄有感情,人亲土也亲,一心想把刘庄搞好,哪儿也不愿去。你回去向地委汇报一下,看是否能同意我的意愿?"史来贺的理由说得很符合实际。

胡少华找不出理由反驳他,无可奈何地走了。

大队干部问他:"上级叫你去当县官儿,你咋不去呢?要叫别人,早都拔腿跑了!"

"那只是上边的任命,并没有征得我的同意,不能算数。咱刘庄的群众认可我,我只干刘庄的村支书。刘庄正在发展中,集体经济还远远没有达到富裕水平,刘庄的现代化建设路子还很长,群众的梦想还没有实现,我这个村支书的任务还没有完成,咋能忍心离开刘庄呢?如果我一拍屁股走了,对不起自己的良心,更对不起刘庄的群众。"史来贺的心里时刻装着刘庄未来的发展。

几天之后,胡少华又奉地委之命,第二次来到刘庄。史来贺正在大队办公室处理日常工作,两个人就在这里谈话。

胡少华说话不绕弯子,直接传达上级指令:"回去向地委汇报了,地委又请示了省委,省委不同意你的意见。已经定过的,不能随意变动。你今年才34岁嘛!出来锻炼几年有好处。省委的决定,地委的正式文件,改变不了,你还是尽快去上任吧!"

史来贺没有吭声,却表现出一脸为难的样子。

自胡少华第一次来刘庄传达了省委、地委的决定后,刘庄的干部群众都不同意史来贺离开刘庄。他们纷纷找到史来贺:"你可不能走啊!你走了,谁当刘庄的主心骨?你领着大伙创业蹚出了一条路,你走了,下边的路谁领着俺往前走?"

史来贺把这些情况讲给了胡少华。

"村干部不同意离开,群众不让走;再说刘庄正处在创业的上坡路上,今后的路还很长、很远,我怎能一甩手走人呢?实在离不开呀!你和领导汇报,不能另找个人选吗?"

"史来贺!你是不是共产党员?"

"是!"

"是党员,就得有党性原则,就得毫无条件地服从组织决定。没啥理由可说的!"

胡少华一脸严肃，把事情提到了党性原则高度。

史来贺一看，老朋友动起真格的了，便严肃地问："咋着？不当这个县委副书记，还能给个处分？"

"不是因为不当官给处分，但你是共产党员，得有党性原则、组织纪律，哪有个人不服从组织的？"

是啊！自己是个共产党员，哪能不讲党性原则呢？他再也拿不出什么理由搪塞这位组织部部长了。

"那好吧！我再做做干部和群众的工作。"

见史来贺迟迟不到县委报到，半个月后，胡少华又肩负"使命"，第三次来到刘庄。

"刘备三顾茅庐，诸葛亮还出山呐！这次你还有啥理由不动窝呀？"

"无论怎么说，我还是不想离开刘庄啊！刘庄水土连着我的心，刘庄群众连着我的肋巴骨嘞！"史来贺说这话时，眼里噙满了泪花。

"我把你的想法向地委作了汇报，地委考虑了一个两全之策，你到县里任职后，仍兼刘庄大队党支部书记，让副书记在家主持工作。这样总可以了吧？"

这回，史来贺却是怎么也拗不过去了。上级为了顾及刘庄干部群众的情绪，还让自己兼着刘庄大队党支部书记，不让自己与刘庄脱钩，地委领导考虑得周全啊！自己还有什么理由拒绝呢？

"组织决定我服从，但我仍保留我的个人意见。"

至此，胡少华"三顾茅庐"，总算完成了"使命"，长长地吁了一口气。

人家地委组织部部长一连来了三趟，就差没有鸣锣开道、八抬大轿来请了！这次，再不去县里上任就实在说不过去了。

泥腿子"县官"

史来贺离开刘庄时,召开了村支委会,部署了农、工、林、牧、副下一步的发展规划,具体安排了下一阶段的生产等工作。安排完后,会议室里不像往常,你一言我一语,争抢着讨论个没完没了;这一次,却一片沉寂,一个个都耷拉着头,谁也不说话、不吭气,这是咋啦?史来贺想打破沉闷,可话刚一出口,副支书李安仁、夏治香竟"呜呜"地哭了起来,接着,与会的支委们都啜泣了起来……

望着朝夕相处的战友,听着战友们依依不舍的哭声,史来贺也忍不住掉下了眼泪,心里难受极了。

他别过脸去,擦了一把泪水,极力劝说大家:"刘庄的工作我还兼管着,人虽走了,心仍和大家在一起。我会时常回来的,请大家不要难过。况且我走得也不远,就去县里,想啥时回来就回来了。不管啥时候,刘庄都是我的家,乡亲们都是我最亲的人,我会日日夜夜牵挂着这片土地,牵挂着每一个父老乡亲。"说到这里,他哽咽了一声,马上转换了话题,"刘庄发展的道路还很长,我们要继续克服困难,自力更生,艰苦创业,把刘庄建设得更好、更富、更美!"

夏治香唏嘘着说:"放心吧!你人走了,你的奋斗精神、工作作风留在了刘庄。我们会继续朝着你给刘庄人规划好的目标,往前奔的!"

"你去上任吧!刘庄过去咋样,今后还咋样,只会先进,不会落后。"李安仁直话直说。

"放心吧!刘庄这面红旗,我们是不会让她褪色的,会让红旗一如既往地高高飘扬!"支委们哭哭啼啼,向史来贺表达了继续建设好刘庄的坚定信念。

按常理,自己村的领头人,提拔当上了县官,同一个班子的人应该高兴,甚至应该庆贺才是。而刘庄的干部在自己的支书到县里上任时,却不约而同地哭了起来。这与常理不合啊!由此可见史来贺在刘庄人心目中的位置有多高,他们对史来贺的感情有多深。

临走，史来贺又叮嘱在座的干部："今后，我不能天天跟你们在一起研究事儿了。遇事，你们要比过去多操些心。我去县里报到的事，先不要告诉乡亲们，免得人心浮动，影响生产。"

史来贺头上裹一条白生生的羊肚子毛巾，挟着一个土织布铺盖卷，怀着无限的眷恋，怀着依依惜别的深情，离开了布满自己脚印的这片热土……

来到城里的当天晚上，他住进县委招待所，躺在软乎乎的棕床上，一软一软的，睡不惯，翻来覆去睡不着。自己在家长年累月睡土炕、睡硬床，一躺下就能睡得呼噜响。可在这儿咋就睡不着呢？看来，自己就是个睡土炕的命，享受不起这客房的"洋铺"。以前，来县里开会，为了给集体省几块差旅费，散会再晚，也要赶回刘庄。此刻，他望着窗外的星空，一直想他的棉花试验田，想刘庄的父老乡亲，想刘庄几个工厂的生产情况……想着想着，晕晕乎乎好歹睡着了。

他恍恍惚惚觉得还是睡在刘庄棉花试验田的小屋里，忽然听见外边刮起了呜呜叫的大风，炸响了轰隆隆的雷声，大雨在一瞬间瓢泼而下，哗啦啦拍打着房顶。这么大的暴风雨，会不会把满地的棉花打坏了、淹没了？他激灵一下下了床，睡眼惺忪中，连衣服都没顾上穿，只穿个小裤头就跑到了外边。睁大眼睛一看，哪里有棉花地，哪里有暴风雨？明净的月亮高高地挂在天上，正微笑着望着他呢！嗨！原来是做了一个梦。

人在县委，心还在刘庄啊！

第二天一大早，他对县委书记王兴云说："你看我，来到县委第一天就寝食难安，当这个官实在不习惯。不劳动吃不下饭，不守着棉田睡不着觉，还是让我回刘庄吧！我真担心，时间长了，会得失眠症，会想棉田想出病来。你还是给地委说说，放我回去吧！在这里是活受罪呀！"

王兴云书记一听，笑着安慰道："组织上做事，啥事都是郑重其事，都得讲个严肃性，哪能忽而决定，忽而撤销？慢慢就习惯了。老史啊！你初来乍到，先熟悉熟悉情况，一介入工作就好了。可不要有其他想法，既来之，则安之，放心大胆地工作吧！"

上任后，县委常委分工，史来贺主管农业。

县委书记王兴云告诉史来贺，县委交给你的主要任务是，以刘庄促全县、带全县，进一步搞好农业生产。

"叫我抓农业,正符合我的心愿。待在机关里,会把我憋闷死,还不如下乡去调查研究哩!"史来贺心中暗暗思忖。

从此,肩上多了一副担子,身上多了一种使命,心头多了一份责任,成了一个从农村到城里,从县委到各公社、各村两头紧跑、两头忙碌的大忙人。有人说:"史来贺是新乡县最忙的一个人。"此话绝无夸张。

一个地道的农民、全国著名劳模,当上了县委副书记,这在全县乃至新乡地区都引起了强烈反响,农村基层干部都希望能经常听到这位农民书记富有经验的指导;农民兄弟也都想见一见这位从农民堆里升上去的泥腿子书记。

史来贺不负众望,一到县里上班,办公室的椅子还没坐热,就迈开双腿下农村去了。县委机关的小车他不坐,成天蹬着一辆旧自行车,到全县的农村、田野去转悠。走了一村又一村,看了一队又一队。调查生产情况,研究集体发展;关注粮食增产,传播多种经营;介绍刘庄经验,教人如何致富。每到一地,必定下田间,扶犁耙;看耕种,问收成;串农户,嘘寒暖;摸粮囤,尝饭菜;关心老人健康,询问儿童成长……

在不到一年的时间里,史来贺就跑遍了全县所有的村庄,深入每一个社队,访问了无数的农户。他的声音传遍了全县每个角落,他的脚印遍布全县田间地头。他要把在刘庄创造的农业生产经验,拿到全县来推广,以促进全县农业的发展。例如,他在全县推广了"起埂摆播"的植棉经验,使所有棉田达到了苗齐、苗旺,减轻了干旱和阴雨等自然灾害的威胁,避免了大面积减产或绝收;与此同时,还推广了与"起埂摆播"相配套的"开沟楼""定点器"等革新生产工具,节省了播种用工,提高了劳动效率,促进了农业生产发展。

凡是见到史来贺这个泥腿子"县官"的农民,都说他当官不像官,倒像个庄稼汉:一身布衣,两脚泥巴,土里土气,连说话都是老农腔、老农味。可他又跟一般的老农不一样,身上仿佛有一团火,时刻都在熊熊燃烧,一走近他,就能感到火的炽热,火的光焰,暖得人热血沸腾,照得人眼睛明亮,满心的精神头,浑身有使不完的劲,所以群众都愿接近他,都愿听他讲话,从他那里能获取无穷的力量。

在史来贺当县委副书记的那段时间,人们很少能在办公室看见他、找到他,因为他大多数时间都下基层、跑农村,很不习惯坐办公室。他曾对人说:"我一进办公室,就如蹲监狱的人进了牢房,既寂寞,又难受,浑身筋骨不舒坦。一到庄稼地,出出力,流流汗,和农民弟兄拉拉呱,浑身的畅快劲没法说。"

史来贺同志在棉田里

有一天，史来贺星期日回到家里，妻子刘树珍跟他提了一个要求："你当了县委副书记，俺想沾沾你的光，领着孩子到新乡去玩玩。到你办公室坐坐公家的椅子，享受享受坐办公室的自在。"

"那里有啥玩的？去那干啥？我要在县里，就是开会，你们去了，也没时间陪你们。不开会我就下乡去农村，你们去了也找不到我。我从来不在办公室闲坐着，待在办公室，能把我憋死。你们还是别去了，老老实实在家干活吧！"他这一拒绝，妻子、儿女在他担任县委副书记的三年里，没到县委去过一次，他的办公室门朝哪儿，家里没一个人知道。

群众都说："史来贺虽然是县官，可他内心还是个老百姓。他当了官，家里人谁也别想沾点光。妻因夫荣，子因父贵，在他家找不到一丝半毫的影子。"

1965年秋天，新乡县在刘庄召开"学刘庄、赶刘庄现场大会"，参加会议的有县直各单位、社直各单位以及全县大小队干部，共一万余人，号称"万人大会"。县委书记王兴云率领县委所有常委坐在主席台上，以示对大会的高度重视。

这次大会,主要听取史来贺系统介绍十几年来刘庄人的创业历程。刘庄人自力更生、艰苦奋斗、勤俭创业的光辉事迹,人们早已通过广播、报纸耳熟能详,与会者大都能说出个八九不离十。但今天他们一听史来贺演讲,却感到耳目一新,一个个听得如饥似渴、如醉如痴。史来贺这个土生土长的农民演说家,演讲本领可以说是实践练就,无师自通。虽然嗓音有些沙哑,但他演讲起来口若悬河、舌如笙簧,俗言俚语,民谚土话,乡情民意,妙语连珠,抑扬顿挫,有张有弛,娓娓道来。介绍刘庄人如何平整土地、兴修水利;介绍刘庄人如何科学植棉、科研攻关;介绍刘庄人如何科技领先、稳产高产;介绍刘庄人如何多种经营、五业兴旺;还讲了刘庄人如何爱集体、爱国家,无私奉献;讲了刘庄人如何自力更生、艰苦奋斗、勤俭创业;讲了刘庄党支部如何带头参加劳动,带头吃亏;讲了刘庄干部群众如何成为鱼水关系、水舟关系……讲到动情处,全场跟着动情;讲到深沉处,全场鸦雀无声;讲到开心处,全场笑声如水波飞扬;讲到鼓舞人心处,全场掌声如暴风骤雨。

史来贺用自己朴实无华却又激动人心的演讲,征服了所有的听众。

县委书记王兴云还是第一次听史来贺的长篇演讲,他对所有与会的常委们说:"哎呀!真没想到史来贺同志有如此高的讲话水平!今天的万人大会,收到了空前未有的效果。他的这个长篇讲话,不仅有丰富的实践经验,还有高度的理论概括,感性认识、理性认识很全面,值得我们学习啊!"

会后,新乡县委专门就这次"学刘庄、赶刘庄现场大会"的情况,向省委写了一份报告。省委领导表扬了新乡县委的做法,大加赞扬史来贺讲得好,经验介绍得好;这个做法,这篇讲话,值得推广!

从此,一个学先进,赶先进,学刘庄,赶刘庄的群众运动,在新乡县再次掀起高潮。

"县官"挣工分

在县委上班不久，他开了当县委副书记后的第一个月的工资，也是他有生以来第一次拿国家工资。捏在手里一点，70多元，哎呀，一个县委副书记一个月开70多元，比刘庄社员的工分值要高啊！自己还兼着刘庄的村支书，却享受这么高的待遇，这不是明显的特殊化吗？他心里很是不安。一个共产党员的待遇比群众高了、特殊了，就是严重脱离群众，那群众该怎么看我？自己应该享受和刘庄社员一样的待遇才对啊！

他骑着自行车回到刘庄后，径直走进大队部。人还没坐下喘口气，就从衣兜里掏出一沓钱，一把交给大队会计刘铭合。

坐在桌前正在算账的刘铭合，莫名其妙地看了他一阵，问："史书记，你这是干啥？咋给我这么多钱？"

史来贺高兴地说："这是我在县里开的头一个月的工资，你点点。"

"你开的工资就是你的，给我干啥？"刘铭合带着疑问的眼光看着他，一脸的不明白。

"因为这工资高出刘庄社员的工值，我不能拿，必须交给大队。我仍然和从前一样，每天与社员一起在刘庄记工分。这一份工资呢，你得入账。"史来贺把交工资的缘由说得明明白白。

会计刘铭合大惑不解："把工资交给大队，仍然享受工分待遇。有你这样当县委书记的吗？那工资是国家发给你的，又不是发给刘庄的。你把它交给大队，不合情理呀！"

"我还兼着刘庄的支书嘞，那我比咱村社员享受高待遇就合乎情理了？"史来贺反问道。

"你现在是国家干部，已经不是刘庄的农民干部，就应该享受国家给你的待遇。"刘铭合说得不无道理。

"你说了不算,我不会比刘庄群众多拿一分钱。你就如数入账,收起来吧!从今往后,我这工资不属于自己,它属于刘庄大队了,我每个月一交。你得给我记清喽!"史来贺的决定,不容置疑,无可变更。

此后,史来贺月月都把工资按时交到大队,从未往自己家拿过一分钱。

刘庄的干部群众听说后,很多人感到不可思议。有社员说:"老史真是个怪人,国家发给他工资却一分不要,全部交到大队里,真没见过这样的怪人。"

"啥怪人?他是个没有私心的人,不爱钱财的人。"有人反驳道。

"个人工资为啥给集体,他这不是把自己应享受的待遇'共产'了吗?"

"咱的史书记,向来是个不爱钱、不自私的人。"

"天底下真没见过老史这样不爱官、不贪财的人!"刘庄人如此感慨地评价他们的老书记。

史来贺的这一举动,让全村人都无法理解。

一天夜晚,大队会计刘铭合和几个社员在一起聊天,一个社员问:"老史当了县委书记,咋还在咱村上挣工分?拿着国家的工资,又在村里拿一份工分,这不是挣双份吗?当官儿就是好,能多挣多占,搞特殊化,比咱社员可强多喽!"

"嗨!你们不知道,史书记从当县委书记开始,月月把工资都交到大队,和从前一样,拿全村劳力的平均工分。他可不是挣双份,是只挣一份工分,还是全村劳力的平均数,一点儿都不特殊。"刘铭合如实告诉大家。

谁知,几个人没一个相信的。

"啥?把工资交到大队?你蒙谁嘞?放着国家发的工资不要,偏拿工分,他傻呀!你就给老史摆好吧!反正我们不信。"一个年轻人说着,把头摇得像拨浪鼓。

"信不信由你,反正史书记每一次把工资交到村上,都是我点的数,我记的账。每一笔都记得很清,很细,笔笔准确,分文不差,有账可查,有人作证。"刘铭合说得不容置疑。

可几个人还是用怀疑的眼光盯着会计:"那他这样做,图啥嘞?嫌钱扎手?还是家里的钱多得花不完了?"

"图啥?他只图和老百姓一个样,不搞特殊化,不占国家和集体的便宜。他说自己的工资高于社员的工分值,拿工资就比社员特殊了,所以要拿社员的平均工分,交了自己的工资。"会计刘铭合向在座的群众解释得很明白。

"你当俺都是傻子啊？糊弄谁呀？"

"多少年来，他明明白白做人，光明正大办事，带头吃苦，带头吃亏，这刘庄人谁不知道？他月月把工资交到队里，大队干部都见过、都知道，有的社员也见过，难道这还用怀疑？你们咋就不相信我说的话嘞？不相信，可以去打听打听。"刘铭合说得有些激动。

第二天，史来贺从县里回来，正欲走出家门到大队部去向大队会计交刚刚领回来的工资。此时，会计刘铭合却找上门来。史来贺二话不说，便掏出工资递给他："你来得正好，我正要去找你，这是刚刚领回来的我这个月的工资，你收好上账吧！"

刘铭合却迟迟疑疑不肯接钱，史来贺感到莫名其妙："你今天这是咋了？魔魔怔怔的。"

"史书记，你这工资就甭交了。"刘铭合一脸为难的样子。

"为啥？出现啥情况了？"史来贺急切地问。

刘铭合把昨晚几个人闲聊的事叙说一遍……

然后，他余怒未消地说："他们根本不相信你把工资都交到村上了。那你又何必舍了钱财不落好呢？"

"他们信不信跟我有啥关系嘞？不能因为他们不相信就不交了，我交工资不是给谁看的，这是一个党员干部应该做的事儿。"一句话说出了史来贺的心声，他认为自己做了应该做的事，并不需要别人的夸赞和肯定。

刘铭合还是站在那里，愣怔着不接钱。

史来贺眼瞅着刘铭合又说："照你这么说，我上交工资是为了落好儿。共产党员做事难道只为落一声好儿吗？要是那样，我们的觉悟就太低了。我这样做，完全是为了对得起共产党员这个称号，对得起国家与集体，对得起老百姓的信任。我作为党员干部，不能占国家一分钱便宜。啥时候也不能比群众特殊，不能比群众高一头。"史来贺一脸严肃，话语铿锵有力，好像大锤锻打铁块。

刘铭合看了史书记一眼，语气坚决地说："反正你当县委书记的工资就该是你自己的，我不能再收你的钱了。"

史来贺一听急眼了，顿时火冒三丈："我为啥把工资交到大队，早就给你说过了，你忘了，还是糊涂了？你扳着手指头算算，我的工资是不是比社员拿的工分高？高了，就得交到大队，和社员拿一样的工分。我这个党员干部，要是比社员拿的待遇高了，就是特殊化，那社员群众该怎样看我这个共产党员？"

史来贺训起干部来毫不留情，雨点冰雹般的话语，劈头盖脸向人打去，让人手足无措，有口难辩。他对党员干部一向要求一丝不苟，批评一针见血，教育立竿见影。

老史当了县委副书记后，一连交了12年的工资，和社员一样拿工分，一直延续到1977年当地委书记。

其实，史来贺从农业合作化以后，一直是在村里按群众平均水平拿工分。上级规定给党支部书记和村干部的补贴工分，他从来一个也不要。

对此，史来贺是这样说的："有人说我史来贺一生都不爱钱，这话不对。你想想啊，发展集体经济，壮大集体经济，让刘庄集体致富，咋能离开钱？没有钱咋能为集体办成事？但共产党员只能为党增光，不能以权沾光。党员干部不怕吃亏，才能说话有人听，号召有人应。作为党员干部得为集体珍惜每一分钱，为集体多积累财富，这样才有利于集体经济发展。"

…………

事情过去好长时间，村里有人仍在私下里议论，说啥的都有。大队会计刘铭合对史来贺说："你把工资交到村上，有的人并不理解。"

史来贺意味深长地说："有人暂时不理解很正常，时间长了就理解了。但作为一个党员，群众理解不理解，我都得这样做。咱们党员干部，大事小事都要给群众做榜样，一身干净，两袖清风。沾光的事往后退，吃亏的事靠前站。不然，群众咋能相信共产党，咋能拥护共产党，咋能永远跟着共产党走呢？"

刘铭合听后，深感老书记考虑得深远，他是在用一件件"带头吃亏"的事给党员干部做榜样，给共产党树威望，让广大群众永远相信和拥护共产党，永远跟着共产党走社会主义道路啊！

后来，他的老邻居、当了大队干部的王云邦曾提及此事，问他为啥当了县委书记，还跟社员一样拿工分。他实实在在地说："你想想，新中国成立前，咱端着饭碗上街里的饭摊儿凑热闹，咱们碗里是野菜叶儿、萝卜丝儿，而地主的小碗里，搁的是一片片牛肉，香油一拌，明晃晃的，香喷喷的。咱们看着啥滋味？心里直怨老天爷不公平，恨地主恨得牙根儿疼。现在咱们当干部了，啥时候都不能搞特殊，一些贫困百姓，也是眼巴巴看着的呀！因此，共产党的干部，到啥时候都得跟群众保持一致，不能有丝毫的特殊啊！"

史来贺就是这样，为了让广大群众永远跟着共产党走，他把自己的一颗心燃亮，当作火炬举起来，照亮众心，大放光芒，在前面为群众引路……

吃亏的哲学

　　史来贺在刘庄立了一个规矩：当干部必须带头吃亏，不吃亏不能当干部。在刘庄，选拔干部时，先考察被选拔对象能不能吃亏，再问愿不愿吃亏。愿者当，不愿则罢。自古以来，"权"与"利"密不可分，"利"与"权"紧紧相连，权利、权利，有"权"必有"利"，有"利"得有"权"。所以才有了"权利"这个热点名词。那些喜欢弄权、贪婪捞利的人，一生一世都会紧紧攥住这两个字，始终不放。

　　可在刘庄，由于史来贺的倡导与影响，则是"权"与"亏"密不可分，"亏"与"权"紧紧相连。"权亏"代替了"权利"。因此，史来贺选拔的干部，个个都能吃亏、当"憨头"。

　　刘庄大队的砖瓦窑场，烧窑时，需一个干部、两个社员一起值夜班。大队规定，值夜班的社员，每人一夜补半斤粮食，而干部却一两也没有。两个社员过意不去，就对干部说："反正是一斤粮食，咱三个吃了算啦！够吃！"干部摇摇头，说："不中！这是补给你们俩的。我可以到家里去拿，饿不着我。"

　　刘庄有个副业队，主要负责磨面、轧花、打油。夜里干活时，干部和社员一同劳动。社员劳动一夜记一夜工分，而干部劳动两夜才记一夜工分。

　　按国家规定，农村干部每年都有一定数量的补贴工。而和全地区、全省乃至全国比较起来，刘庄干部的补贴工最少。1961 年，占总工分的 1.62%；1962年，降到 1.32%；1963 年，又降到 1.26%。而当时在全国一些地区，干部却认为中共中央关于大队和生产队干部的补贴工分不得超过生产队工分总数 2%的规定，根本行不通。可这个规定，在刘庄不仅行得通，而且远远低于 2%的规定。单就补贴工分这一项，逐年累计起来，刘庄干部吃的亏，就是一个无法计量的数字，就是一座难以想象的粮仓。

　　刘庄的社员看到干部操心多，出力多，而报酬低，大家心里很是过意不去，这个议论，那个念叨，一致要求给干部增加补贴工分。这个意见，一反映到史来贺那里，却被死死卡住了。他给党支部一班人定的原则是"干部报酬不得超过一般社员的中等水平"。按这一规定，每个干部全年应补 340~345 个工。而史来贺由于参加会议多，接待外来人员来刘庄参观学习的频率高、任务重，1963 年全年实做农活 216 个工，按规定，应补助 124~129 个工。干部社员紧说慢劝，他才要了 45 个补助工，加上实做的 216 个工，全年仅 261 个工，只取了全体社员的最低工分数，比他自己给党支部一班人规定的还少 85~89 个工。

刘庄很多社员都说，史来贺为了刘庄集体发展，天天熬夜加班，凌晨两点前未睡过觉，经常通宵达旦、夜以继日地工作，有时困得走着路都能睡着了。论创造的价值，论对刘庄的无私奉献，十个、二十个社员也抵不上他一人哪！他的贡献，怎能以工分和金钱来计算呢？用工分和金钱能计算得清吗？做出了最大的贡献，却只拿了最低的报酬。这就是史来贺，独一无二的史来贺！

刘庄干部有一个独特的公章，叫"为人民服务章"。干部正常出勤和社员一样记工分，盖出勤章；社员们放假了，干部不放假，仍然坚持工作，天天加班。加班工作会盖一个"为人民服务章"。但这个章下面的工分不算数，年底结算时，会把这部分工分刨掉。

有社员问："干部加班的工分为啥刨掉？"

史来贺果断回答："为人民服务，只尽义务，不讲价钱！"

对于史来贺这种异乎寻常的做法，许多外地来的参观取经者，既佩服得惊叹，又感到无法理解。史来贺却笑哈哈地回答："这有啥不理解？我们要走出一条农村干部应该走的道路，创造一个干部管理的体制，就是在刘庄当干部只有吃亏的义务，绝没有搞特殊的权利。将来不论谁当干部，都得这样做，不这样做，在社员面前就过不了关。"

史来贺用一生的践行，实实在在地走出了这样一条路，这条路，是用他的吃亏哲学铺出来的；而他的吃亏哲学，正是无私奉献的哲学，克己奉公的哲学，自我牺牲的哲学。

大家都知道，史来贺连续交了 12 年从县里领来的工资，一直到 1977 年任地委书记。

到了 1978 年，刘庄社员的经济收入有了大幅度提高，已经大大超过当了地委书记的史来贺的工资水平。他寻思，自己要再继续交工资，拿村里的平均工分值，那岂不是沾了集体的光？

第二天，史来贺便在党支部和大队干部会上宣布：从 1978 年 1 月开始，我不再拿队里的工分，只拿地委开给我的工资。

大伙一听，都觉得这不合理，没有一人赞成。

"原先，你的工资高，队里的工分低，你交了工资偏拿工分；如今工分值高于你的工资了，你又放弃拿工分，硬要拿工资。啥低拿啥，啥吃亏要啥，你咋专拣吃亏的事干呢？"会计刘铭合很不理解，"叫我说，反正你已经交了 12 年的工资，那就继续交工资吧，还跟社员一起拿工分。这样合理、公平。"

大队干部都赞成会计的意见。

"那不中，过去交工资，有交工资的理由，现在拿工资，有拿工资的理由。哪种理由都是合理的，合一个共产党员的理，也合乎共产党的章程。我必须这样做。"史来贺的语气非常坚定。

"那你要硬坚持拿工资，大队可以适当给你补助。咱村那些在外边工作退休后回到村里的人，大队不是都给他们发有补贴吗？你为刘庄辛辛苦苦，日夜操劳，理所当然地应该享受村里的补贴。"大队干部说。

"我一个拿国家工资的领导干部，再拿村里的补贴，那不成门槛上的公鸡——里外叨食儿了？那是一个共产党员干的事儿吗？一个党员干部咋能吃双份儿呢？那样做，岂不是让群众戳脊梁骨？还有一点儿共产党员的气味吗？你们啊，不要老想着我吃亏，吃亏是咱共产党员的本分，是咱共产党员应该具备的品质，如果连起码的一点吃亏精神都没有，咋能谈得上为党的事业献身，为人民的利益而牺牲个人利益呢？"史来贺说起话来总是丝丝入扣。

"那如果这样，就违背按劳分配、按劳取酬的原则了。你总是超负荷劳动，没明没夜地工作，常年累月地付出，总是拿不到应得的报酬。"大队会计刘铭合想从分配原则上说服史来贺。

可史来贺不容置疑地说："我是共产党员，为人民服务，让大家共同富裕，这是我的本分，付出得再多，也是应该的，而报酬我不能多拿。共产党员应该吃苦在前，享受在后；干工作在前，报酬放在后。共产党员为党、为人民的事业付出再多，也不能讲任何条件，更不能向党、向人民索取。为人民服务，是完全彻底的；为百姓谋利益，是全心全意的，不能带任何私心杂念。"

会计刘铭合看了史来贺一眼，怯怯地说："史书记，我觉得你这样做不值，太吃亏了！"

史来贺两眼直直地盯着会计，反问："不值？吃亏？咋不值？当干部要有不怕吃亏的精神，才能干好工作，才能让群众服你。党员干部要带头劳动、带头吃苦、带头吃亏。古人不是还说，吃亏是福嘛！你得记住，咱干部带头吃亏好啊！"

对吃亏问题史来贺向来有自己的看法，他坦然地对大家说："干部带头吃亏，对自己、对集体、对群众都是好事。但总的来说，当干部又没吃亏。你想啊，你带领全村人共同富裕，当大家都富裕了，日子过好了，干部不也就富裕起来了吗？咋能说不值，咋能说吃亏嘞？"

"一到干活出力的时候，你总是当排头兵，干得比谁都卖劲儿；可一到分配的时候，你总是往后站，全村吃亏的总是你，大家伙心里都过意不去。"党支部副书记夏治香说。

史来贺却得意地说："你们不知道，出力流汗爽快啊！干活时不怕吃苦，分配时不怕吃亏，这才叫干部。干部吃点苦、吃点亏，只要群众得到了、富裕了，我们心里就好受了、就痛快了！"

刘铭合壮了壮胆子说："史书记，有些人说你傻，不爱钱，怕钱扎手。"

"他们说得也对也不对。不该拿的钱你拿了，肯定要扎你的手，并会把你扎得疼一辈子。扎手的钱万万拿不得。但说我傻，说我不爱钱，不是事实。你想想，咱刘庄发展生产、科学种田、搞农业机械化、搞水利化、办村工厂、搞畜牧业和副业，哪一样不需要钱？有时候，上项目，需投资，急得我抓耳挠腮，想钱想得一夜都睡不着觉。刘庄要发展，没钱哪行？为集体经济，为群众利益，我比谁都想钱、爱钱。我领着大伙儿拼死拼活地干这、干那，不就是为了多挣钱，让刘庄群众尽快富裕起来吗？现在，集体的家底还不雄厚，我把工资交到村上，不就是为了给集体添块砖、加块瓦吗？集体多了一块钱，咱们就少作一块钱的难。再想想那些困难群众，家里要是有钱，能住在又破又危险的房子里吗？一场大雨，毁了几家的房子，差一点把人埋在里面，想想都后怕。面对这样的群众，我们党员干部能不带领大家拼命挣钱、拼命发展经济吗？这怎能说我不爱钱呢？只要群众手里有了花不完的钱，我史来贺就会高兴得一蹦三丈高。这，你能说我不爱钱、不喜欢钱？"

一席话，道出了史来贺的金钱观。他的金钱观不是拜金主义，不是一切向钱看。他的金钱观与他的人民观、群众观是紧紧连在一起的，是和他的集体主义观念紧紧连在一起的，这是一个牢不可分的"血肉整体"。

他的金钱观一般人很难理解。特别是那些把为人民服务歪曲为"为人民币服务"的官员，他们与史来贺有着截然相反的金钱观，做着不一样的"金钱梦"：

史来贺时刻梦想着集体富裕,百姓共同致富;而他们却梦想着自己升官发财,一夜暴富,大肆敛钱,坐收不义之财。最终,等待他们的,只有地狱之门！正如刘庄百姓说的:"那些上不想国家、下不想群众,上不着天、下不挨地的官员,心里只有个人利益,只有金钱,他们会不官僚？会不腐败？那是死路一条！"

史来贺的金钱观与他为劳苦大众谋利益、谋幸福的人民观紧紧连在一起。正是这样的人民观,使他的世界观显得那么崇高、那么远大、那么纯粹、那么坚刚;也正是这样的金钱观,使他的人生观显得那么高尚、那么美丽、那么纯洁、那么伟大;也正是这样的人民观、金钱观,燃亮了他的生命,使他成为一个光芒四射的发光体。一束束光辉闪耀在每一个刘庄人心灵的高空,让群众趋光而动,追光而行,并穿越绵延的时空,为刘庄这艘搏击在集体经济海洋上的大船,照亮航道……

这正是一个共产党人的崇高境界和坦荡胸怀:

当官不爱财,
天地大胸怀。
挣钱强集体,
心中系大爱。
常念黎民苦,
创业把路开。
一手携万家,
共同富起来。

就这样,史来贺向大队交回了工分本。虽然每天都还在刘庄工作、劳动,每天都还跟农民一样,粮田里扑腾,棉田里钻研;每天都还跟村办厂里的工人一起,研发新产品,攻坚新技术,却不再拿一分工,不再分一粒粮,不再得刘庄一份补贴,成了一个地地道道的不拿刘庄一分报酬的兼职村支书。

有人给史来贺算了一笔账,1965 年到 1977 年这 12 年间,他与拿工资的同级别干部相比,少收入 31000 余元,按当时的粮食价格计算,等于少收入了 25 万斤小麦。

事过 14 年后,有些人又为史来贺制作了一份从 1977 年至 1990 年史来贺与刘庄同等劳力年收入对照表,从中可以看出,仅这 14 年里,史来贺比刘庄同等劳力少收入25000余元。从1991年至2003年史来贺去世,刘庄人的收入逐年递增,如果算起来,史来贺在这12年间拿的更是一本吃亏账。

两笔账,算的是史来贺26年间在经济上吃了多少亏,少得了多少经济实惠。可算来算去,刘庄人算出了史来贺崇高的思想境界,算出了一个共产党员光辉照人的精神,算出了一个共产党员的高大形象,算出了一个农村基层干部严以律己、清正廉洁的节操,算出了一个农村带头人的高尚品格。

这一切,都是史来贺"吃亏哲学"的映照,是"吃苦哲学"里放射出的思想光华的结晶!

对他的这种"吃亏哲学",连美国人都感到震惊,感到迷惑不解。一位美国记者曾经面对面对史来贺说:"作为刘庄的官员,你在发展刘庄经济上取得了举世瞩目的成绩,但你本人却过着非常艰苦的生活。这在我们西方是不允许的,因为付出是一定要得到回报的。这才符合人性的道理。"

史来贺面对外国记者谈笑风生,轻松而又幽默地回答记者的提问:"你们西方,对我们中国共产党人是有偏见的,不了解中国共产党的真正品质。作为一个共产党员,一个党的干部,无论职位高低,都要把老百姓放在头里,放在第一的位置,决不能把个人的私利、权力,放在头里,这才是一个共产党员的品质。你讲到人性的道理,那我就告诉你,共产党的人性道理,就是一身正气,两袖清风,全心全意为人民服务,永不变心,永不动摇,一直到死。这就是真正的共产党员人性的道理。"

史来贺一字一板的回答,让美国记者对他心生敬畏,投来了钦敬的目光……

第三十四章　著名劳模遭批斗

※"我是红劳模"
※万人批斗会
※连续遭磨难

"我是红劳模"

平地一声惊雷,"文革"狂飙骤起。

自 1966 年 5 月 16 日开始,全国各地铺天盖地掀起了轰轰烈烈的"文化大革命"运动。"破四旧,立四新""造反有理""打倒一切""横扫一切牛鬼蛇神"的浪潮一个接一个,疾风暴雨般席卷着整个中国大地。

新乡地处中原,又坐落在京广线上,每一个浪潮都来得格外早、格外猛。特别是这里离省会郑州比较近,新乡师范学院与郑州各大专院校有着千丝万缕的联系,红卫兵大串联的风潮便风起云涌般铺盖新乡大地。整个新乡城到处是大字报,到处是狂呼乱喊,到处是游行队伍。一时间,一个正在搞社会主义现代化建设的城市,却被他们搅扰得乌烟瘴气,一片混乱。

面对这场突如其来的运动,身为县委副书记的史来贺非常困惑,百思不得其解,心中凝聚了一个个疑团:报纸上说,毛主席发动无产阶级文化大革命,是为了反修防修,防止资本主义复辟。而这些造反派怎么乱揪斗、乱批判呢? 怎么能"打倒一切"呢? 他们要打倒的省、地、县的各级领导,根据自己十几年的交往与工作接触,都是勤勤恳恳为人民服务的好干部,都是一心扑在社会主义建设上的好领导,哪个都是对毛主席无比敬仰,对共产党赤胆忠心。没见哪个地方有资本主义复辟的现象,也没见哪个干部搞资本主义复辟。可为啥一夜间却成了"走资派"、成了"反党反社会主义分子"呢?

乱哄哄的喧嚣中,史来贺怎么也理不清心中的一团乱麻。

但他始终认准了几个理儿:

任你喊,任你乱,再喊再乱也代替不了实实在在的生产;

任你横扫,任你造反,横扫扫不出棉花,造反造不了粮食;

是人都得穿衣吃饭,谁也不能扎住脖子喝西北风;

让造反派扎住脖子喝西北风试试，造反再起劲、闹得再疯狂，也迟早会饿肚子。

土得掉渣的话，往往蕴含着千真万确的真理。

史来贺认清了造反派行为的荒谬，手握自己泥土味的"真理"，远离造反派制造的混乱，骑着那辆破自行车，天天下乡抓生产。一走进广阔天地，就和农民弟兄在一起，进田间，坐地头，传经验，拉家常。空气格外新鲜，心里格外明朗，那些在新乡看到的乱糟糟的现象，早已忘到了九霄云外。

当他走进全县最边远的几个农村的棉花地，检查棉花生长状况时，发现棉花棵上都不同程度地出现了蚜虫和红蜘蛛等虫害，如果不及时采取治虫、灭虫措施，将会大大影响棉花的生长和产量。他立即召集这几个村的大、小队干部，在一块棉田开了一个"治虫灭害临时现场会"，将刘庄最近几年研制的治虫灭害的新技术和有效办法介绍一番，并现场演示给他们，要求这几个村，三天内必须把所有棉田的虫害消灭干净。现场会一直开到太阳落山，人们才四散而去。

史来贺由这几个村的棉田虫害状况，联想到全县的棉田虫害。目前，正是害虫繁殖最厉害的时节，必须在全县农业战线掀起一场棉花治虫大战！于是，他在棉田里摘了几片生满蚜虫、红蜘蛛的棉花叶，准备拿到县里，让县委常委们都看一看，研究一下如何召开全县的棉花治虫会议。

这时，已是暮色四合，鸟雀宿林，牛羊归圈。

他拿着几片生满虫子的棉花叶，夜色沉沉时才回到了县里。他一路走着，一路看着，尽管是晚上了，大街上的游行队伍还是一拨接一拨。

直到夜里 10 点多钟，他才拖着疲惫的身子急匆匆赶回了县委大院。可大院里除了满墙的大字报外，空荡荡一片，连一个人影也没有。他问传达室的人："机关的人都到哪里去了？"

"哎呀！别提啦！今天来了一帮红卫兵，县委领导被抓的抓，跑的跑，其他人员也都不知去向。整个大院就剩我一个看门的了。"说到这里，看门老人哀叹一声，"咳！乱成这样，成了啥世道啦？"

面对急剧变化的形势，史来贺琢磨着该如何召开全县的棉花治虫会议。此时此刻，他满脑子装的都是"治虫，治虫"。正在他为此事发愁时，突然闯进来一群揪斗"走资派"的红卫兵。一个个穿着军绿服，戴着军绿帽，衣袖上有个红袖箍，上印白色的"红卫兵"三个大字。

"你是干什么的？从哪里来？"红卫兵声色俱厉地问。

"县委副书记,刚从乡下回来。"史来贺随口回答。

"你到乡下干什么去了?是不是搞啥阴谋活动去了?你们这些当权派,就是不老实!"

"我去几个村,下到棉田检查棉花虫害问题去了。这难道是阴谋活动?"史来贺直来直去地反问。

"啥虫害不虫害的?你咋对那恁关心呢?你知道不知道,现在全国都在搞文化大革命,全国上下都在关心国家大事,你却事不关己、高高挂起,关心起虫子来了。一个小小的虫子,跟国家大事有何相干?"

"我现在治虫,就是关心国家大事。不把棉花的虫害治理好,棉花就会减产,集体和国家就会遭受损失。难道这不是国家大事?"史来贺反唇相讥。

这时,有个红卫兵看史来贺的穿戴不像县委副书记,倒像个地地道道的农民,认为他是冒充"县官",便追问一句:

"你叫什么名字?到底是不是县委副书记?"

"这县委副书记还能冒充?告诉你们,我叫史来贺!"

"哦!原来你就是和最大的走资派刘少奇握过手的、全国赫赫有名的史劳模呀!"

"啥劳模不劳模,我就是个刨地球的农民。"

"你为啥不在家当农民、刨地球?是谁叫你来这里的?"

"是省委和地委的决定。"

"啥省委、地委的决定?那都是走资派的决定!全省有一大批像你这样的黑劳模,统统都是走资派一手培养、提拔的黑苗子、黑典型,资产阶级黑线人物!"

另一个红卫兵带着宣布的口气说:"史来贺!从现在开始,你已经不是县委副书记了,你是黑劳模、走资派!"

"你说不是就不是了?我这个'官'不是你封的,你说了不算数,省委、地委说了才算数。省委、地委没有免我的职,我就还是县委副书记。"史来贺说这几句话时,不紧不慢、和风细雨,如铁匠拉风箱——以柔克刚。

"省委、地委已经靠边站了。现在是造反派当家,我们说你黑就是黑,说你白就是白;说你是黑劳模,你就是黑劳模;说你是走资派,你就是走资派。"

就这样,史来贺当场被红卫兵、造反派扣押。

第二天,造反派开会,给史来贺定了性:

"史来贺是同最大走资派刘少奇握过手的黑劳模！"

"史来贺是河南省走资派文（文敏生）、杨（杨尉屏）、赵（赵文甫）黑线上的人物。"

一时间，从县委、县政府机关，到新乡各大专院校，从各工厂企业，到大街小巷，"打倒史来贺""炮轰史来贺"的大字报、大标语铺天盖地，处处可见。

史来贺被扣押后，失去了人身自由，更失去了下乡调查研究、指挥生产的权力。可他依然牵挂着全县棉田治虫灭害的大事，如果错过了虫害治理的最佳时期，就会造成全县棉花减产，那是多大的损失啊！想着这些，他心急如焚，恨不得插上翅膀，飞向田野，和全县农民一道，掀起一场治虫灭害的大战！

他向看守他的造反派提出强烈要求："你们给我几天时间，叫我到乡下去，只要把全县棉田的虫害治好了，我马上回来接受批判。"

"想得美！你现在是阶下囚、走资派、黑劳模。还想着指挥全县的生产？痴心妄想啊！你已经没有那个权力、没有那个资格了。"

"我不是走资派，更不是黑劳模。我是红劳模！"

驳斥看守的时候，由于过于愤怒，史来贺眼前一黑，差点晕倒在地。但他咬紧牙关，紧握拳头，绝不倒下，强撑着也要跟这些不三不四的人一见高低。因为他还有许许多多的事要做，全县的农业生产，刘庄的集体经济发展，都等着他去抓、去管。为了正义的事业，为了领导新乡县农业发展，为了给搞农业现代化建设的广大农民加油鼓劲，增添力量，他必须挺直腰杆，打起精神，做一个与邪恶决斗的勇士！

万人批斗会

1966年初冬的一天,新乡师范学院的一部分造反的学生,戴着"红卫兵"袖章,开着大汽车到新乡县农村去造反。当汽车开进一个农村,学生纷纷跳下车来,高呼口号:"造反有理! 造反有理!""把无产阶级文化大革命进行到底!""打倒新乡县的走资派王兴云!""打倒黑劳模史来贺!"

当地农民一见来了一辆大汽车,拉来一车学生,还呼吼喊叫的,不知他们干啥来啦,便呼啦一下围了上来。好多社员异口同声地问:"你们这是干啥嘞?"

"看不出来? 我们是来你们村发动文化大革命的。"

农村人假装迷惑不解:"'文化大革命'是干啥的? 从'文化大革命'的字眼来看,似乎是革文化的命的! 这跟俺农民有啥关系? 农民是种地搞农业的,又不搞文化,轮不着在俺这乡下搞'文化大革命'。哪里搞文化,你们就去哪里革命吧!"

造反的学生一听,这些农民连"文化大革命"都不懂,简直愚不可及。看起来这里还是死水一潭,必须点一把火,让这里的文化大革命的烈火熊熊燃烧起来。

"文化大革命,就是打倒一切走资本主义道路的当权派、横扫一切牛鬼蛇神的。"

其实,这里的农民对"文化大革命"是了解的,他们是故意戏弄这些不知天高地厚的红卫兵的。

"俺这里没有牛鬼蛇神,也没有走资本主义道路的当权派。你们该干啥干啥去吧!"农民显然不欢迎这些红卫兵。

"王兴云就是新乡县最大的走资派! 史来贺也是新乡县的走资派! 他是跟刘少奇握过手、说过话的黑劳模! 你们必须把他们批倒批臭! 掀起文化大革命的高潮!"

"啥? 史劳模是走资派、黑劳模? 放你娘的狗臭屁! 史来贺是革命干部,是俺农民最敬佩的人。谁要想整他,俺打断他的狗腿!不信,你们试试。"

这一下,把这些火气正旺的造反派惹急了:"史来贺早已被定性、被批斗!他是地地道道的走资派、黑劳模。"

农民一听,肺都气炸了:"兔崽子,尽在好人身上泼脏水!老少爷们,抄家伙,咱跟他们拼啦!"

一时间,群情激愤,一哄而上。有的抡起镢头,有的抡起粪叉,有的抡起铁锨,一起一落,向红卫兵的汽车砸去。丁零当啷、咣咣当当,一会儿工夫,汽车被砸得狼狈不堪。

砸了汽车,农民们又举着"武器"向造反的学生拥来,一个领头的红卫兵厉声喝道:"你们要干啥?砸了汽车,还想打人?"

"爷们不打好人,专打坏人!"其实,农民只是拿着"武器"比画比画,吓唬吓唬,并不真的打人。

红卫兵一个个吓得东躲西藏,有的甚至爬到了汽车下面。农民看见后,都忍不住仰天大笑。

"你们这些瞎子坐飞机——不知高低的浑球,不值得我们打,打你们,还怕闪了俺的腰呢!俺要叫你们统统坐着土豆下山——滚蛋!"农民舞动着"武器",向红卫兵示威,发出严厉警告!

新乡师范学院的红卫兵煽风点火遭到惨败,见势不妙,便鸣锣收兵,一个个灰溜溜地打道回府。

红卫兵造反派受了一肚子气,拿农民没办法,咋办?只有把气全发泄在县委当权派身上。他们分头串联新乡市的造反派组织,密谋组织召开"批斗走资派万人大会"。

批斗大会在一天夜里举行,大会会场是一个大操场,聚集了上万人,不明真相的群众都席地而坐,一个会场坐得满当当的,黑压压一片。会场里安着两个高音喇叭,造反派的批斗声随时都能响遍四方,震慑整个城市。

造反派把新乡县委所有的领导,全都五花大绑押到会场,有的戴高帽,有的脖子上挂铁牌子,强迫他们站成一排,"只能低头认罪,不许乱说乱动!"县委书记王兴云站在中间最高的凳子上,副书记和其他常委们站在两旁的低凳子上,史来贺紧挨王兴云站着。

批斗大会从晚上8点钟开始,造反派们轮番上台揭发批判,一个人重点批判一个"走资派"，发言都是又臭又长，空话连篇，大放厥词，无限上纲，不着边际。造反派一个个走马灯似的登台"表演"，照本宣科地念着批判稿，一个比一个声调高，一个比一个情绪狂，有的像大炮，有的像爆破筒，有的像机关枪，乱放一通，乱轰一气。还有一个造反派专门带头喊口号，一会儿喊"打倒走资派王兴云""打倒走资派史来贺"，一会儿喊"王兴云不投降，就叫他灭亡"……口号声与批判声把整个会场闹得地动山摇、狼烟四起。

但不管会场是何等喧嚣，何等声嘶力竭，史来贺却声声不入耳，句句不在意，再大的声浪，再狂的咆哮，也统统当作耳旁风，抑或大风吹散的烟云。他人在大批判会的台上站着，心却早已飞回了刘庄。他满脑子想的都是刘庄如何全面实现机械化，如何提高刘庄的农业现代化水平，机械厂又研制出什么新产品，奶粉厂还需不需要扩建，畜牧业规模需不需要扩大，下一步该上什么村办企业项目，群众的生活水平该怎样再提高一步，等等。一个批判会下来，史来贺并不知道造反派都批判了他什么，都给他捏造了哪些莫须有的罪名，却趁机把刘庄下一步的重大发展问题通通在脑子里谋划了一遍，心里又有了新的发展规划，又绘出了一张新的蓝图……

尽管史来贺跟共和国一样经受着种种磨难，和县委其他领导一样蒙受了难以承受的屈辱，但他对党和人民的耿耿忠心始终不变，对抓好全县农业生产的决心不变，对自己带领刘庄人民所从事的农业现代化建设事业必胜的信念始终不变。这就是一个共产党员至死不变的理想！

几个被批斗的领导，站在高高的凳子上，如立悬崖，每分每秒都是战战兢兢，如履薄冰，一不小心就会跌入"深渊"。时间过去了一个小时，站在凳子上的人，两条腿开始发颤，颤抖着摇晃起来；时间又过去一个小时，史来贺与其他"走资派"都站得大汗淋漓，却谁也不敢擦一把汗；时间又过去两个小时，王兴云、史来贺都站得气喘吁吁，头脑昏胀，几乎有点支撑不住了。可谁也不敢眨一下眼皮打个盹儿，一打盹儿一迷瞪，就会从凳子上摔下来，轻者摔个重伤，重者会一下子摔死。批斗会一直进行到半夜12点多，也没有一个人揭发出实质性的问题。可王兴云、史来贺等"走资派"足足站了五六个小时，全都被整得腿疼脚麻，站立摇摇晃晃，走路成了"瘸子"。

批判会结束后，造反派又将这些"走资派"隔离看管起来，勒令他们"不准"这样、"不准"那样，妄图完全限制他们的人身自由。可所有的"不准"，史来贺却一条也没有记住。

连续遭磨难

1967年，上海掀起了"一月风暴"，开始了疯狂的夺权斗争。之后，全国各地积极响应，夺权浪潮一浪高过一浪，批斗"走资派"的风暴愈刮愈猛，新乡县又连续掀起了批斗县委"走资派"的高潮。

1967年初夏的一天，新乡县的造反派举行"游斗走资派大会"。所谓"游斗"，就是把被斗的"走资派"押着，让他们低着头走在游行队伍前边。有人站在队伍旁不停地喊口号："打倒走资派王兴云！""打倒走资派史来贺！""史来贺是黑劳模！""王兴云不投降，就叫他灭亡！"……沿途群众驻足观看，指指戳戳，低声议论，有的群众不忍目睹这些好干部被侮辱、被欺压的"难堪形象"，就背过脸去，悄悄流下了眼泪。当天游斗的主要对象是县委书记王兴云。只见他脖子上挂着一块用厚厚的铁板做的大牌子，足有七八公斤重。穿铁板的铁丝，把他的脖子勒出了一道深深的血印，他一路咬紧牙关，把嘴唇都咬破了。这还不算，牌子上还写着"走资派王兴云"的字样，并在"王兴云"三个黑字上，用红笔打了一个大大的"×"。这种侮辱人格、剥夺人权的刑罚令人发指。

这一次，史来贺与县委其他常委走在王兴云身后，陪着游斗。

游斗队伍从县委大院游斗到地委大院，又从地委大院游斗到县委礼堂。这一圈走下来，绕来绕去，足有10公里路，折磨得王兴云几近晕厥过去，可他一路总是硬撑着，从不敢放慢脚步。史来贺紧跟在他的身后，时刻关照着这位朝夕相处的县委书记，生怕他有个好歹。谁料，游斗途中王兴云旧病复发，顿时倒在地上。

"别装死狗！快起来，赶紧走！想用装死逃过这一关，没门！"红卫兵一脚踢在王兴云身上，大声吼着，不管他受了受不了，把上气不接下气的王兴云，强硬地从地上拽起来，命令道："你想以死威胁造反派，休想！继续游斗，耽误一分钟,罚你一小时,耽误十分钟,罚你一天!"

史来贺从队伍里忽地一下站了出来,像一堵墙,挡在红卫兵面前:"你们这些没有人性的混球!睁开狗眼看一看,王兴云同志脸都煞白了,汗水把衣服都湿透了,气都喘不过来,这像是装病吗?你们不能迫害人!难道你们非要把人斗死才罢休吗?你们的心是不是肉长的呀?咋这样折磨人啊?"史来贺已忘了自己也是陪着游斗的"走资派",眼睛里冒着怒火,紧握着铁拳,恨不得砸烂这些造反派的脑袋。

"快!赶快找一辆汽车来,把老王拉到医院抢救!不能耽误啦!"史来贺命令似的,大声对围观的群众呼救。

群众中不少人对造反派的蛮横行为,早已看在眼里恨在心头,只是敢怒不敢言,唯恐引火烧身,大祸临头。一听县委副书记史劳模发了话,几个心地善良的工人,扯住手挡在道路中间,眨眼间拦了一辆汽车。史来贺与大家一齐动手,把王兴云抬上汽车,送到医院,及时抢救,才算保住了老书记的一条命。

王兴云被救了,史来贺罪加一等。

史来贺公然在游斗中斥骂造反派,抢救"新乡县头号走资派",真是个逆潮流而动的"顽固走资派""保皇派",造反派恨得咬牙切齿。他们把主要矛头从王兴云身上转移到史来贺身上,决定把史来贺的问题升级,加大批斗力度。

这时,一个富有心计的造反派摇摇头,断然地说:"不要扭转大方向,那样就大错特错了!史来贺该批斗,但你把主要矛头对准史来贺,那是犯糊涂。要知道,史来贺是何等人物?他可是全国著名劳模,毛主席、周总理都不止一次亲自接见他,在全省、全国名气很大,又在群众中深孚众望。要打倒他,比登天都难!你想想啊,史来贺的威望那么高,你这边打倒,全县、全地区、全河南省的农民都会出来保护他,是咱的力量大,还是所有农民的力量大?说不定,毛主席、周总理和其他中央首长还会出面保护他,这样的人物,在全国举足轻重啊!批斗他、打倒他,可得三思而行。"

所有在场的造反派听他这么一说,一个个目瞪口呆。

"那你说咋办?"

"叫我说,我们必须改变策略,打倒史来贺,不如利用史来贺。"

"为了打鬼,借助钟馗!"

"对!就是这个计策。"

"争取了一个史来贺，就等于争取了全县、全地区、全省的农民！这是无法估量的革命力量啊！"

"高！高！高！你不愧为造反司令部的高参啊！"

在这位"黑高参"的出谋划策下，造反派改变了对史来贺的态度，由严厉变得温和，由强硬变得柔滑。他们千方百计劝导史来贺："要和王兴云划清界限，你跟他不一样，他是顽固不化的走资本主义道路的当权派，你是深受广大工农兵群众拥护的革命干部。你不能和他站在一条线上，你要大力支持革命左派，和造反派站在一起。"

史来贺一眼看透。造反派对自己的态度咋来了一个一百八十度的大转弯呢？哼！阎王爷敲门——内中有鬼！他们妄图拉大旗作虎皮，狐假虎威，以壮大自己组织的声势，达到不可告人的目的。

你们这些"鬼精灵"，想利用我史来贺，推波助澜，打倒一大片，那等于豆腐渣糊门——不沾板！

任他们左哄右骗，任他们阎王爷使计谋——诡（鬼）计多端，一计不成，又使一计，史来贺却始终是风雨中的泰山——毫不动摇！

无论哪一派的头头来拉他，他就只用一句话对付他们："我是个刨地球种地的，没有能耐，你们的事我办不了！"

"那你必须得表态支持革命左派！"

"叫我支持你们也容易，那你们得先表态：第一，不再成天喊口号、贴标语、糊大字报；第二，不再搞游行、瞎折腾、乱批斗干部；第三，给老百姓办点实实在在的好事，跟着我到农村去，帮助农民防治棉花虫害。如果你们表态做到以上三条，我史来贺百分之百地支持你们，否则，我是不会支持你们的。"史来贺两眼直勾勾地看着造反派的反应。

"这算什么支持？这不是分明要我们解散革命造反组织，不让我们搞文化大革命了吗？简直是白日做梦！"造反派头头气得扬长而去。

史来贺这面大旗，具有强大的号召力、感召力，造反派头头都想扛过去，为自己所用。可使出浑身解数，却无济于事。于是，他们恼羞成怒，气急败坏，恶毒攻击史来贺是"文化大革命的绊脚石"，是"新乡最大的保皇派"，以"搬倒绊脚石，打倒保皇派"为口号，将史来贺上升为"第一号"批倒批臭的对象，加紧了对他的批判与斗争。

　　…………

在造反派三番五次车轮战式的审讯、批斗、扭打、辱骂面前，史来贺死不低头，绝不认罪，一直高喊："我不是走资派，不是黑劳模！""我是红劳模，我是走社会主义道路的革命干部！"

他暗暗下定决心，一定要挺直腰杆，昂首挺胸，绝不能在歪风邪气面前低头，不能丢了共产党人的气节。战争年代，枪林弹雨中练就了一副铁身板，是响当当的民兵英雄；现在遭批斗吃这点儿苦、受这点儿罪算个啥？想让一个共产党员在丑恶面前屈服低头，没门儿！

鬼才相信他们的"革命行动"呢！妖魔才相信他们是革命派呢！

一次次挨批斗下来之后，史来贺整天蹲在墙根抽闷烟，冥思苦想。是自己的路走错了吗？俺刘庄走的是资本主义道路吗？不是，绝对不是！我领着刘庄百姓大搞社会主义现代化农业，发展集体经济，叫百姓过上好日子，咋就成了资本主义？这不是黑白不分、颠倒是非吗？那光喊口号、光批判斗争就叫社会主义？就叫革命？天天造反，天天打斗，不劳动，不生产，不打粮食，叫老百姓吃啥、穿啥？日子咋过？他白天想，夜里想，对这样的造反与"革命"，总是想不通、弄不明。

是啊！这样不分青红皂白"打倒一切"的革命，让一个农业劳模怎么能想得通呢？闷烟抽了一袋又一袋，墙根一蹲就是一大晌。在县里，天天被造反派监管着，除了挨批挨斗，没有任何事情可做，别人都去游行、造反，他只有蹲在墙根抽闷烟，想心事。

县委大院的人看见后，就指着他说："看，史来贺老是蹲在墙根抽烟，一看就是个厚道的农民！批斗一个农业劳模，真叫人可怜。"

是啊，他虽然进了县委大院，当了县委副书记，可农民的习惯却没有丝毫改变，一言一行都是农民的气味，农民的形象，农民的本色，与这个机关大院格格不入啊！史来贺天天在心里埋怨："我就是个农民，叫我来县委干啥？这县委副书记当得真窝囊、真叫屈，工作刚刚捋顺，还没干出个名堂，就搞起了'文化大革命'，天天不是游街就是挨批斗，真是活受罪啊！这哪是干工作呀？这不是糟蹋社会主义吗？"

还有人说："人家史来贺是人人皆知的好干部，非要把人家打成走资派，还有没有公理了？还讲不讲实事求是了？冤枉好人啊！"

好在历史是人民写的。对这一切，时间已给出了答案。

第三十五章　动乱中刘庄大干

※"还刨地球去"
※"刘庄不能乱"
※干戈化玉帛

"还刨地球去"

一天,造反派组织好了大规模批判队伍,要揪斗和声讨"新乡最大的保皇派"和"走资派"史来贺。可到县委大院他住的房间一看,人去楼空,不知去向,连床上的铺盖卷都收拾得一干二净。造反派搜遍了整个县委大院,都没有见到史来贺的影子。

"莫非史来贺逃跑了?不对呀,他要逃跑,把铺盖卷带走干啥?"

那这是咋回事?史来贺去了哪里?

原来,进城的一位刘庄人,看见率领他们创业走正道的带头人在县里遭受批斗,戴高帽子游街,胸前挂个写有"黑劳模""走资派"字样的大牌子。史来贺被折磨得面黄肌瘦,腰也弯了,腿也瘸了。看到这些惨状,这位刘庄人不由得眼泪唰唰地往下流。哎呀!俺的好书记啊!你可受了大罪了呀!刘庄人怎能忍心看着你受苦遭难呢?

这位老乡立马回到村里,顾不得往家拐,就找了几个老贫农,说了自己的所见所闻。刘庄的干部群众听说史来贺在新乡游街挨斗,一个个坐不住,吃不下,睡不着了。大家伙一合计,决定派饲养员马新敬到新乡县救回史来贺。

马新敬打探到史来贺被看管的地方后,就趁着夜色摸到那里。那是一间不足12平方米的小黑屋,里面只有一张床,一把破椅子,床上铺着史来贺的粗布旧铺盖。他一见到史来贺,就抱头痛哭,泣不成声:"原想你当了县委书记,该享几天福了。谁知你却在这里遭大罪了。走吧!咱刘庄老少爷们知道了你在这里遭罪受难,心里难受极了!吃不下,睡不着,惦记得心里着了火。赶紧回咱庄吧,刘庄也乱了,需要你掌舵啊!"

听了马新敬的话,史来贺心一横,烟锅子一磕,手往大腿上一拍,果断地说:"走就走!做官难为民当家,不如回家种棉花。回刘庄,还刨地球去,不在这儿

267

受这窝囊气啦！看他们能折腾出个啥。"

当天夜晚，他匆匆地卷起铺盖卷往自行车后架上一捆，趁着夜深人静的时机，骑上车子，和来救他的马新敬一起，飞一般离开这座打打闹闹的城市，毅然决然地向日夜牵挂的刘庄奔去。

他一路骑车走着，一路自言自语："你们造你们的反，夺你们的权吧！俺还回村刨俺的地球，农村有汗水、有露水，就是没油水，你们不干这没油水的农活儿，俺来干！"

史来贺脱离了"虎口"，跟着营救他的马新敬，一路悄无声息地疾奔，回到了刘庄。这一天，是 1968 年 9 月 29 日。史来贺把这个日子刻在了心里。

城市，不是他史来贺待的地方，他再也不想重返那座不属于自己的城市了。

史来贺毅然决然离开了闹哄哄的城市，回到刘庄，以此方式抵制"文化大革命"这场动乱！他自始至终没有被派性斗争所左右，坚定立场，始终站在人民大众一边；更没有被"文化大革命"的污泥浊水所污染，落得个洁身自好，一身清白。

"史记记，你去咱的苹果园躲一阵吧！防备新乡造反派追过来再把你抓走。"马新敬说。

"躲啥躲？我一个大活人，怕啥？这世界，到啥时候也是邪不压正。"他抬头看了一下夜空的星光，觉得时间还不是太晚，就马上决定，"走，到大队部去，你通知一下所有大队干部，马上开会研究咱村的农业生产和村办企业下一步如何发展的问题。"

"你看，都把你斗成这样了，你还有心开会研究生产问题？"马新敬说。

"生产是大事，咱刘庄只有抓生产才能求得发展。生产抓好了，经济上去了，刘庄就富了。"史来贺一谈起生产，兴致蛮高，仿佛把挨批斗的事忘得一干二净。

"你看外面乱马交枪，造反的造反，游行的游行，闹腾的闹腾，谁还生产，谁还劳动？都停产闹革命啦！"显然，马新敬在发泄对形势的不满情绪。

"人家造反，刘庄生产；外面闹腾，刘庄扑腾；全国大乱，刘庄大干！他们批判呼喊，刘庄拼命发展。将来的结果是，刘庄人吃粮食，他们吃空气；刘庄人喝鸡蛋面条，他们喝西北风。让人家造反闹腾去吧，咱刘庄不造反，不闹腾，不批斗，只会搞生产，谋发展，坚持社会主义，发展现代化农业，坚持发展集体经济不动摇，一条道路走到底。"史来贺说起这些，一副津津乐道的样子。

大队干部听说史来贺回来了,一个个激动万分,兴奋异常,飞一般跑到大队部。一见史来贺的面,有的抱头哭,有的泪满面,有的说"俺们都想你啊",有的说"咱村人整天盼你回来"……大家的见面,成了一场"哭诉会"。

史来贺赶忙劝说大家:"我这不囫囵个回来了吗?一根汗毛也没掉,放心吧!他们越是整我,我的身子骨越是硬实。"

他让大家都坐下,然后说:"来,咱们开会,研究刘庄的生产与工作,这才是正事。"

干部会一直开到下半夜,研究讨论的都是刘庄的生产与发展问题,并制订了一个三年计划与五年计划:

三年内,全村家家户户进一步提高温饱生活水平,不仅保证有足够的粮食,还要保证有足够的副食和蔬菜瓜果,并且逐年增加群众收入,不仅让群众吃饱吃好、穿好住好,还要有钱花、有存款。

五年内,村办企业、副业要有新突破,人均收入要有新提高,富裕程度要在全国领先。

最后,史来贺又一次叮嘱大家:刘庄要始终坚持一条道路走到底,前进中不管遇到啥风浪都不动摇,不改变!

动乱年代背景下的这样一个夜晚,一帮"泥腿子"干部,竟研究了这样一些与"文化大革命"毫不沾边的问题,制订了两个与"文化大革命"和"以阶级斗争为纲"没有丝毫关联的计划,其胆子之大、主见之坚、方向之明、思想之开放,实属罕见。只有在刘庄这片净土上,才能产生这样的思路、这样的谋划,才能听到这样坚定发展信念与坚持道路自信的声音,才能看到这样特立独行的形象!

回到刘庄的当天,他跟村里的老伙计们说:"这两年,我一进县委大院,浑身就不得劲儿,心里憋闷得慌,哪儿都觉得不自在。一下到农村庄稼地出出力、流流汗,和农民兄弟拉呱拉呱,浑身的痛快劲儿没法说,还是干庄稼活儿痛快,还是老百姓好,老百姓亲啊!"

是啊!过去三年,他的心天天分成两瓣儿,一瓣儿在刘庄,一瓣儿在县委。现在好了,他把整个心都带回了刘庄,可以安下心来,专心致志地抓刘庄的农业生产,抓刘庄的村办企业、副业了。他心里铆足了劲儿,坚定不移地带领干部群众,实施刘庄的三年计划和五年计划。全国轰轰烈烈搞运动,刘庄热火朝天在劳动。干部群众肚子里憋着一股气,决心要用劳动成果和不断强盛的集体经济,充分证明刘庄不是"黑典型",史来贺也不是"黑劳模",充分展现刘庄坚持社会主义道路、坚持集体致富的优越性。

可事情并不像史来贺想的那么简单，要实施刘庄发展的"三年计划""五年计划"，也不会一帆风顺。

等待他的，将会是什么样的风雨，什么样的狂飙，什么样的浪潮呢？来吧！该来的都来吧！不管是什么样的狂风恶浪，不管是什么样的急流险滩，史来贺都不会惧怕，他将以英勇无畏的气魄，以钢铁巨石般的身躯，迎击一切疾风暴雨。

"刘庄不能乱"

在"文化大革命"的滚滚洪流中,全国没有一块安宁的净土;刘庄也并非世外桃源,更不是铁板一块。"文化大革命"的熊熊烈火,已经燃烧到刘庄,这一片本来很安宁、很干净的乐园,也骚乱起来、闹腾起来了。

团结一致、齐心协力谋发展的刘庄人,怎么也乱了阵脚,跟着搞起了"文化大革命"呢?

这里,有外来的因素,也有内在的因素。

首先,"文化大革命"爆发后,凡串联途经新乡的红卫兵团体与个人,都会到声名远播的刘庄参观、串联,人数与日俱增,一天多达几百人、几千人。他们参观的同时,也带来了各地"造反""批斗走资派""停产闹革命"的信息,致使刘庄有人认为,"文化大革命"是毛主席亲自发动的,刘庄人也要紧跟毛主席的伟大战略部署,轰轰烈烈掀起"文化大革命"的高潮。如果刘庄不搞,就落后于全国形势了,刘庄先进典型的红旗就保不住了。于是,刘庄的群众组织便"紧跟"地成立了。

其次,就在刘庄群众还没弄明白"文化大革命"究竟是什么运动的时候,郑州、新乡、焦作等城市的红卫兵相继来到刘庄"破四旧,立四新"、煽风点火,扶植起一伙造反派,在刘庄大批"资本主义""修正主义"和"走资本主义道路的当权派",把矛头直接对准史来贺,对准刘庄党支部,把刘庄搞得乌烟瘴气,乱哄哄一团。刘庄人认为大学生、红卫兵有知识、有文化,看问题肯定比大老粗看得准;搞"文化大革命",人家是"闯将",对于国家大事肯定比农民懂得多,还是听人家的吧!朴实憨厚的刘庄农民,到底还是被这些所谓的"文革闯将"弄晕了头脑。

但绝大多数刘庄干部群众听了"外来的和尚念歪经",气得眼里冒火,俺刘庄人跟共产党走，坚持社会主义道路，发展集体经济不动摇，为何说俺是"走资本主义道路"？史来贺是党的好干部，为何说他是"走资派"？这不明摆着是狐狸滑冰——胡（狐）溜、盲人纺棉线——瞎扯吗！有一点良心的人，也不会往史书记身上泼脏水。身正不怕影子斜，一股歪风邪气，还能吹倒刘庄人心目中的主心骨？白日做梦吧！你们想否定刘庄，想打倒史来贺，除非乾坤颠倒，改朝换代，只要是社会主义江山、共产党领导的天下，俺刘庄就是一面不倒的旗帜，史来贺就是行得正、站得直的掌旗人！

再者，自从史来贺担任县委副书记，把主要精力放到县里的工作上以后，刘庄人犹如"群龙无首"，无人掌旗，压不住阵脚。干部们虽然仍像史来贺在刘庄时那样，没明没夜地工作，但刘庄不是真空的"世外桃源"，不是远离红尘的"空中楼阁"，终究抵挡不住"文化大革命"的猛烈冲击，更不能把外来人的发动与"点火"拒之于千里之外，所以，刘庄人根本无法逃避，无法经营自己的"世外桃源"了。

还有七里营公社的一些造反派经常来刘庄点火发动，个别人抵不住他们的蛊惑，便跟着"运动"起来。他们串联在一起，给刘庄党支部列出了"十大罪状"，写成大字报，到处张贴，还通过高音喇叭连续广播，妄图夺刘庄党支部的权。

特别是在"四清"运动中妄图整倒史来贺的那几个"积极分子"，一看"文化大革命"是一个打倒当权派的绝好机会，猛然间，报复史来贺、打倒史来贺的念头又死灰复燃，便互相串联，纠集村里几个对史来贺有意见的人，组成刘庄的造反派队伍，挖空心思揪史来贺的"辫子"，整史来贺的黑材料。

就这样，他们把一些苍蝇围着厕所转——臭味相投的人拢在一起，美其名曰：造反组织。刘庄干部群众知道后，指桑骂槐咒他们，用唾沫星子啐他们。可那些造反派不管不理，仍一意孤行，天马行空，立起了自己的山头。

刘庄先后有三个造反组织立起山头，竖起大旗，即"刘庄斗私批修战斗队""刘庄农民造反委员会""刘庄愚公移山造反团"。三个组织，各自为政；三足鼎立，各有纲领；三个山头，三分天下。

刘庄还从来没有过这种局面，也从来没有过这种阵势。好多老农不理解："过去，那些称王称霸的土匪才拉山头，坐山为王，横行乡里，欺男霸女。这新社会，社会主义大家庭，怎么也拉起山头来啦？这是要干啥呀？这个拉山头，那个拉山头，那刘庄不就乱套了吗？不能乱哪，一乱，刘庄就弄不成事了！还怎么往前发展？"

对这些造反组织，好多刘庄人竭力反对："自己弄个组织就是搞革命？鬼才信呐！过去，咱们的史书记领着民兵剿土匪、除恶霸，那才真叫革命，那是为了穷人翻身，革敌人的命嘞！眼下，没了土匪，也没了恶霸，这组织，那山头，要革谁的命啊？不好好搞社会主义建设，不好好生产劳动，那叫啥革命？俺就知道，这革命那革命，不吃粮食就没命！这一派那一派，不穿棉衣会冻坏！所以啊，还得种好棉花、多打粮食，这才是正经的大事啊！"

可有的人并不这样想，他们没有老农这样纯朴的心，没有老农这样安分守己、勤劳敬业的思想与品质。他们一门心思要造反，要夺权。造谁的反？当然是造当权派的反！在刘庄，就是要造县委副书记兼刘庄党支部书记史来贺的反！

可造史来贺的反，就那么容易？"四清"运动中，那几个一心要整垮、打倒史来贺的"积极分子"，碰得焦头烂额，刘庄人哪一个不是记忆犹新？连那几个"积极分子"也不敢忘却啊！那是他们最疼的伤疤，最丑陋、最拙劣的表演啊！

这一次，他们要变换手法，绝不再重演"四清"运动的把戏，说啥也得彻底打倒史来贺。可要达到目的，必须找出史来贺的罪状。三个造反组织的头头坐在一起，搜肠刮肚，冥思苦想，密谋了大半夜，终于给史来贺列出了几条"罪状"：

一、同党内最大的走资派刘少奇和二号走资派邓小平见过面、握过手；是中南局第一书记、党内最大的保皇派陶铸，河南省走资派文敏生黑线上的人。

二、对社员要求太严，管得太死，刘庄好像成了劳改队；脾气暴躁，爱批评人。

三、集体积累多，社员分配少，坑害农民。

四、提拔干部不按住房区域平均摊，北街多，南街少。

他们计划把史来贺打倒后，先卖畜牧场的大骡子，给社员分钱，再把集体能变成钱的东西，统统都卖了，分了钱让社员过上好日子。

造反派把这些史来贺的"罪状"写成大字报，贴在大街的墙壁上，又在广播里不停地喊叫，誓把史来贺的"四条罪状"宣传得家喻户晓，人人皆知，企图搞得史来贺在刘庄臭不可闻。

可社员们看了大字报，听了广播，对造反派的行径无不嗤之以鼻，不屑一顾。

有不少不明真相参加造反组织的群众，这时才幡然醒悟：原来，这些头头成立造反组织，是为了借"文化大革命"之机，打倒史书记，这不是别有用心吗？史书记这么一心为公的干部，怎么能打倒呢？刘庄人还指望他带领大伙发展集体、共同富裕嘞！有良心、有正义感的群众纷纷退出了造反组织，几个头头几乎成了孤立无援的"光杆司令"。

对造反派一开始就看不惯的群众，找到史来贺，要求狠狠惩治那几个造反派头头："那几个不知天高地厚的家伙，是刘庄的害群之马，他们都是臭老鼠，坏了一锅汤。'文化大革命'一来，就瞎胡闹，把刘庄搅得成了一盘散沙，还扬言刘庄早该换头了，史来贺早该让位了。你听听，这不是要打倒你吗？你回来了，得好好惩治他们。不然，这些人就不会老实，还得尥蹶子踢人！"

史来贺摆摆手，摇摇头："惩治谁呀？运动来了，不安分的人闹一闹，也很正常，不必大惊小怪。等他们自己运动得没劲了，就自然不闹腾了。"

造反派头头无论怎么闹腾，史来贺始终不理那一茬，任凭风浪起，稳坐钓鱼台。

在得知真相的群众陆续退出他们的"造反组织"后，那几个造反派头头仍在不停地闹腾，总想把刘庄搅成一池浑水，竟煽动群众"停产闹革命"，集中精力批斗"走资派"，挖空心思干扰和破坏村里的正常生产、生活秩序。对此，史来贺决不能视而不见，置之不理。刘庄正处于集体经济发展和农业现代化建设的重要时期，怎么能"停产闹革命"呢？那岂不是要让刘庄的现代化建设停滞不前？岂不是要断送刘庄人民的劳动成果？刘庄人坚决不答应！作为刘庄的领头人更不能答应！在这危急关头，史来贺于激流浊浪中，中流砥柱般挺身而立，扬清激浊，力挽狂澜。

他首先召开党支部扩大会，提醒大家坚持"四个要"：

要擦亮眼睛，站稳立场，分清是非，不能听风就是雨，跟着错误言论瞎跑。

要带头维护刘庄的大局。大局是什么？就是稳定团结，干群一心。确保正常秩序，千万不能乱，如果群众分成这派那派，对立起来，就不得了，那将是刘庄长期的灾难，再想把群众的劲拧在一起，心聚在一起，就相当困难了。

要响应党中央、周总理的号召，"抓革命，促生产"。我们不能光闹革命，不促生产，革命的目的，是为了更好地发展生产。刘庄坚决不能"停产闹革命"，生产一晌也不能耽误，党员干部要带头参加劳动，搞好生产。

要正确对待群众的意见和批评。群众揭发的问题，无论是针对谁的，都要热烈欢迎，虚心接受，"有则改之，无则加勉"。群众即使有点过头行为，我们当干部的,也不要过分计较。不要激化矛盾,要化解矛盾。但是,对那些故意捣乱、蓄意造反、唯恐天下不乱的人,必须采取措施,严厉批评教育。

紧接着,他又在牲口大院召开全村干部群众大会,铿锵有力地宣布:天下大乱,刘庄大干;全国在造反,刘庄创高产!

他亮开粗哑的嗓门儿高声对大家说:"这是刘庄党支部提出的战斗口号,这口号就是命令,只要是刘庄人,必须积极响应,喊着这个口号去生产、去劳动、去工作。"他还苦口婆心地告诉群众:"在这个'天下大乱'的特殊形势下,刘庄人不能听风就是雨,要保持清醒的头脑,认清形势,珍惜我们多年来自力更生、艰苦奋斗、勤俭创业的成果。刘庄不能乱,不能成为一盘散沙,不能搞内讧、搞分裂。干部群众要团结一心,稳定发展,维护刘庄现代化建设的大好局面。刘庄任何人都不能放任自流、违反劳动纪律,不能无故旷工缺勤,耽误了生产可不中。不劳动,不生产,吃啥、穿啥?别怪到年底分红少、分的粮食少。你去造反搞革命,挣不来工分,谁给你分红、分粮食?东跑西颠去造反,那你只能把嘴挂起来。刘庄不心疼懒汉,不奖励空头革命派。今后写大字报的,自己买纸、买笔;外出串联的,生产队不记工分、不给盘缠,一切由串联者自费。集体啥时候也不会有造反这笔开支,集体的钱要花在集体创业上,刘庄人的血汗钱要花在为刘庄百姓造福上,绝不能花在给刘庄闯祸惹乱子上,那样是对人民的极大犯罪,是对百姓的不公平。"

他环视了一下会场,看群众有何反应。忽然听到台下群众交头接耳低语:"史书记讲得太好了!咱不能听那些乌鸦嘴乱叫唤,'停产闹革命',那能行?农民要是光捣乱,不生产,那还不得饿死?"

史来贺听到这里,心放到肚子里了。刘庄的大多数群众是明白事理的。有了这样的群众,党支部就有了最牢靠的靠山;有了这样的靠山,党支部就有了永不会动摇的定力。

这时,史来贺忽然躬下身子,向台下的群众鞠了一躬,然后,虔诚地说:"从合作化到现在,我当了十几年党支部书记,工作中有不少毛病和错误,谁有意见尽管提;我说错的,做错的,可以批判。我一定虚心接受,绝不打击报复。今天,我给大家鞠个躬,算是赔礼道歉啦!今后,不管是对我,还是对其他干部,有意见,都可以当面提。所有干部,都不能拒绝群众意见、群众批评。但有一条,刘庄绝不能乱,谁乱谁负责!"

台下响起热烈的掌声,暴风雨一样,经久不息……

史来贺一席话,让刘庄群众有了定向,有了定心,有了定力:天下大乱,刘庄大干! 全国在造反,刘庄创高产!

在史来贺的引领和严格掌控下,正气压倒了邪气,在社会上打砸抢最厉害的"文革"时期,刘庄始终没有乱起来,班子没瘫痪,村子没动乱,人心没有散,那些造反的人被冷落在一边。不管外边刮起多大的"造反风暴",刘庄广大干部群众就是充耳不闻,仍然一心一意扑在生产上,扑在农、工、林、牧、副业的发展上,在各自的工作岗位上挥汗如雨,埋头苦干。

刘庄人的汗水点石成金,刘庄人的奋斗结出硕果。集体经济的各项指标不断攀升,日新月异。

1968 年,全村群众实现了高水平的温饱,一家不落,一户不漏。在河南,独此一村,比大多数农村实现温饱至少提前了十五六年。

1970 年,刘庄的村办企业全面铺开,有了新突破,有了新发展,集体经济与社员收入都有了大幅度增长。至此,刘庄在"文革"这个特定历史背景下制订的"三年计划"和"五年计划"两个经济发展纲要的目标都得到如期圆满实现。刘庄家家户户经济收入和生活水平是芝麻开花——节节高,人人打心里喜唱"社会主义好""共产党好"……

在"文化大革命"造反的风暴一阵狂似一阵,大批判浪潮一浪高过一浪的令人窒息的阴霾中,刘庄却拨开迷雾,冲破严寒,集体经济节节拔高,多种经营如雨后春笋,现代化农业发展在中原大地一枝独秀,工、商、林、牧、副发展在刘庄大地呈现一派春花烂漫的喜人景象……

十年动乱,刘庄人确实做到了"天下大乱,刘庄大干;全国在造反,刘庄创高产"!

干戈化玉帛

自从史来贺从县里回到刘庄后,造反派闹腾起来的混乱局面,逐渐平静下来。生产、生活恢复了正常的秩序,刘庄人又继续大干苦干,农、工、林、牧、副业发展稳步推进。

但有一个人的心却忐忑不安,翻腾不息。白天吃饭不香,夜里睡觉不稳。他心里只有一个念头:赶快离开刘庄!于是,他悄悄打点行装,准备外出谋生。

这个人是谁?他为何要决意离开刘庄?

此人,就是"刘庄愚公移山造反团"的司令——刘树峰。

刘树峰家里,祖祖辈辈都是刘庄人。他是刘庄水土养大的一个既聪明又机灵的人。小时候,人称"机灵鬼儿",看啥迷啥,一看就懂,见啥学啥,一学就会。上小学时,能说会跳,勤快活泼。课堂上老师提问个问题,谁也没他回答得快;老师布置了课外劳动任务,谁也没他完成得好。老师夸奖他,长大一定有出息!

1952 年小学毕业后,一个 13 岁的孩子,就离开家乡,去河南省武陟县豫剧团当"小演员",不仅经常参加演出,后来还担任了剧团的团支部书记,配合剧团党支部做好青年演员的思想工作。"文化大革命"开始后,剧团分成了两派,整天搞大辩论、大批判,既不排戏,也不演戏了。不演戏了,那还叫演员吗?他们有的造反,有的游行,有的上街贴大字报。刘树峰无所事事,一闲下来,就想起了家里的亲人。老母亲已经去世,父亲年迈体衰,没人照顾;爱人既要参加劳动,还要照顾老人和两岁的女儿。上有老,下有小,一个家庭的重担都落在一个女人肩上,所以他就动了回老家务农的念头。他找到剧团的团长,说明了自己的想法,并补充道:"我们那个村子,远近闻名,是全省最富的一个村,农民的收入,比咱剧团演员的收入还高。我回去后,一能分担家里的重担,二能增加家庭收入,俺刘庄社员的工值高,分红也多,家里的生活肯定要比现在好。"

团长听后,对刘树峰的请求十分理解:"眼下,到处都是一片混乱,剧团也干不成正业。啥时候才能演成戏,谁也说不准。闲着也是闲着,你愿回去就回去吧!谁也演不了一辈子戏,将来年纪大了,在自己家养老多好啊!人最终都得九九归一,叶落归根呐!"

就这样,刘树峰背着行李,回到了刘庄。

"'黑大炮'回来了!"

原来那几个"四清"运动中的"积极分子"喜出望外,格外兴奋,好像迎来了"同盟军",一有了"同盟军",他们的造反似乎就"胜利在望"了!

这几个造反的人,为何称刘树峰"黑大炮"呢?"黑大炮"一回来,他们又为何如此兴奋异常呢?

原来,刘树峰打小就是个直性子,路见不平,爱管闲事;遇到不合理的事,爱说爱放炮。因他本来长得黑,乳名"黑孩儿",长大后刘庄人就送他一个绰号"黑大炮"。

刘树峰在外面唱戏十五六年,经过风雨,见过世面,懂得多,见识广,有了刘树峰这个"黑大炮",刘庄的"文化大革命"就能掀起狂风巨浪,就能置史来贺于死地。造反派咋能不兴高采烈呢?

他们抓紧时机,煽风点火,向"黑大炮"肚子里猛装"火药"和"炮弹",无中生有地捏造史来贺的"罪状",动员他向史来贺开炮!

刘树峰从少年时就离开家,在外唱戏十五六年,对家乡的人越来越陌生,对刘庄的村情根本不了解。别人说啥他就信以为真,觉得史来贺应该打倒,刘庄也该换人坐"江山"了。

成立"刘庄愚公移山造反团"时,造反派蓄意把刘树峰推上了"司令"的宝座。

当上了"司令","黑大炮"的"炮筒子"就轰隆隆响了起来。带头呼喊,带头炮轰,带头批斗;带头贴史来贺的大字报,带头造史来贺的反。一时间,"刘司令"成了刘庄"鹤立鸡群"的"风云人物","造反团"所有的人,都对他鞍前马后,唯命是从。他指向哪里,"造反团"就打向哪里。在他的指挥下,"造反团"的人,重蹈县里造反派的覆辙,污蔑史来贺是"走资派""黑劳模",要批倒批臭,打倒在地。

刘庄绝大部分干部群众对这位"司令",冷眼相看,冷言冷语讽刺,背后用手指头戳他的脊梁骨,让他头皮发麻,很不自在。特别是史来贺回村后,聪明机灵的刘树峰马上觉察到,刘庄的风向一下子变了。史来贺仿佛是一个发光体,刘庄群众都有趋光性,被他紧紧吸引到自己周围。他往大队部一站,人群呼啦啦围了一大堆,听他讲这讲那,简直入了迷,那才真正是一呼百应啊!看来,刘庄人真正敬佩的,还是史来贺啊!在刘庄真正有号召力的,也是史来贺啊!

而他刘树峰的"刘庄愚公移山造反团"刹那间几乎成了空壳,他自己成了孤家寡人。除了那几个"四清"运动中的"积极分子"外,没人再听他指挥了,没人再给他鞍前马后了。

刘树峰一眼就看出:史来贺是打不倒的,是深受刘庄群众拥护的!

他变得六神无主,心中暗暗叫苦:"我领头造史来贺的反,贴史来贺的大字报,扬言要打倒他。而今,那一切梦想都成了竹篮子打水——一场空!可人家史来贺又在刘庄一手全拿、呼风唤雨了,我一个造反未果的光杆司令,如果继续留在刘庄,能有好果子吃?岂不成了人家菜板上的肉,任人宰割呀?三十六计走为上吧!"

离开家乡,到哪儿去谋生呢?思来想去,还想回武陟县剧团重操旧业。于是,断然打起行囊,准备溜之大吉。

史来贺得知刘树峰要离家出走,心情很不平静。一个在外乡混了十几年的人,才返回了家乡,咋又出走呢?是因为造过我史来贺的反,贴过我史来贺的大字报,觉得在刘庄站不住脚了?要是这,得把他阻拦住,留在刘庄。看来,这个刘树峰还不了解我史来贺呀!我是那么小肚鸡肠的人吗?你反对我,我就得打击报复你,那我还是个共产党员、还是个党培养起来的干部吗?你是刘庄人,我就会让你感受到刘庄这个大家庭的温暖。你的心即使是一块冰凉的石头,我也会把它暖热。

史来贺决定把刘树峰留在刘庄。

可大队干部一片反对声:"这种人你也敢把他留在刘庄?他可是造反派头头啊!造你的反造得最凶,喊打倒你喊得最响,你把他留下来,那是留下个祸根、留下一个定时炸弹呐!他一辈子不回村,刘庄人才心静呢!"

史来贺却冷静地说:"他反对史来贺,但不反对共产党,不反对社会主义。反对我史来贺,能算啥罪过呢?一个党员干部,不能光听恭维话,不能老虎屁股摸不得,人家一提意见,一喊打倒,就成了仇人,势不两立,那谁还敢给咱提意见?况且刘树峰反对我,是公开反对,不掖着藏着,不当面一套背后一套,这说明,他不是个心底狡诈、暗地捣鬼的人。像他这种直肠子的人,并不可怕。刘庄需要能干的人，这个人有能力，对刘庄发展生产有利，就把他留下吧！咱们应该善于团结一切可以团结的人，特别是那些反对自己而又被事实证明反对错了的人，更应该团结他们一道工作。这才能显示咱共产党人的胸怀，显示咱共产党人的风格呀！"

在干部群众的一片反对声中，史来贺却亲自登门，到造反派"司令"家里与其促膝长谈："树峰，听说你要打起铺盖卷远走高飞，是不是呀？"

"已经做好了准备，正要走呢！"刘树峰并不隐瞒。

"这刚回来没多长时间，为啥又要走哇？"

"我……"刘树峰低头不语。

"是不是因为造过我的反，喊过打倒我，怕我给你小鞋穿哪？"史来贺直截了当，一句话戳到疼点儿上。

"咳！我在刘庄，已经是放在筐里的葱——难扎根啦！"刘树峰一脸悔恨的样子。

"你生在刘庄，长在刘庄，咋能在刘庄难扎根呢？你放心，不管你这次回到刘庄后，干过啥错事，说过啥错话，我史来贺是不会放在心上的。群众运动嘛，就是叫群众起来运动的。群众运动运动干部，有啥不好的？我史来贺还得感谢大家伙呐！"

"可我担心，自己今后在刘庄不好混呐！"刘树峰终于说出了心里话。

"有啥不好混的？不要外出啦！你在剧团的工作，已经辞掉了，回不去了。眼下，全国到处都乱糟糟的，你到哪里能找着正经事干？哪里是你谋生的地方？别胡思乱想了，留下来吧，同老少爷们一起创业，一起奔好日子！"

"可我总怕……"刘树峰欲语又止。

"树峰，你怕啥呀？你的顾虑完全是多余的。你反对我，打倒我，我是绝对不会计较的，这一点，我可以拿我的党性担保，今后，只要我有一点挟嫌报复的表现，你到哪里告我都中。但你千万不能走哇！"

可刘树峰还是摇摆不定，总想一走了之。

"老叔，我是内心里惭愧，对不住您呀！觉得待在一个村里，低头不见抬头见，我这张脸往哪儿搁啊？无颜面对您哪！"刘树峰道出了心里的愧疚与难堪。

"树峰，这你想得就有点太狭窄了，你老叔不是个斤斤计较的人，从当民兵队长算起，我在刘庄当干部已经 20 年了，能没这点心量？一个共产党员，别人一反对自己，就给人家脸色看，给人家小鞋穿，今天打击这个，明天报复那个，不就把人心整散了、弄凉了？刘庄人咋还能一条心、一股劲？人心散了，劲头没了，咋往前发展？咋叫全村人都过上好日子？老叔心里装的，是刘庄这个大家庭啊！老少爷们、兄弟姐妹，都是这个家里的亲人。我作为这个家的'家长'，要让每一个人都感到这个家庭的温暖，都享受这个家庭的幸福。你刘树峰也不例外，也是这个大家庭的一员啊！"史来贺拍了拍刘树峰的肩膀头，又说，"咱俩好好说说话，拉呱拉呱，对对心思。唠它个三天三夜都没问题，把你心里的那堵墙，从根上彻底推翻，心里不就敞亮啦？"

"老叔，您是'宰相肚里能撑船'，'大人不记小人过'啊！"

两个人面对面坐着，促膝而谈。史来贺跟思绪不定的刘树峰开诚布公、推心置腹地谈心、交心。回忆刘庄的过去，分析刘庄的现状，探讨刘庄的发展，展望刘庄的未来……史来贺恨不得把心掏出来、把肝胆亮出来感化他、温暖他。话说了一火车，情暖了一颗心。

精诚所至，金石为开。

刘树峰终于感动得泪流满面，攥住史来贺的手，呜呜地放声大哭："想一想，真后悔，是我对不住老叔啊！"

…………

第三十六章　任人唯贤重德才

※器重反对者

※不唯成分论

※举荐重表现

器重反对者

不久,上级要求刘庄大队组建"毛泽东思想文艺宣传队"。这是个新生事物,刘庄还从来没有过这样的宣传队,特别是一个农村,种地的人多如牛毛,文艺人才稀如牛角,会吹、拉、弹、唱的人更是奇缺,那么,刘庄谁能领头搞文艺宣传呢?

史来贺自然想到了刘树峰,亲自登门去点将:

"树峰,你在剧团工作恁长时间,吹、拉、弹、唱都会,咱村成立宣传队,你到宣传队去吧!到那儿充分发挥你的特长。"

"这是村里最轻的工作,不干体力活,还照样挣工分,人人羡慕。群众会同意我去吗?"刘树峰心里有顾虑。

"群众对你,一时半会儿可能还有一些看法,但你可以用自己的实际行动,赢得群众的信任呀!"史来贺热情鼓励他。

刘树峰到了宣传队后,轻车熟路,如鱼得水,吹、拉、弹、唱,样样在行。为了不辜负史来贺的期望,他工作非常卖力,想点子,出主意,培养演员,排练节目,一遍一遍地教,一遍一遍地做示范。他既当老师,又当导演,既是琴师,又是鼓手,在这个舞台上,充分施展自己的才能,把一个宣传队搞得有声有色。宣传队不仅在本村演出,还经常到外村和县里演出,在新乡一带的农村深受欢迎,很有名气。

由此,史来贺认定:刘树峰是个能人!

他想进一步锻炼刘树峰,让他干一些切合刘庄实际的工作。干啥呢?

"文化大革命"进行到70年代初,虽然上边大批特批"唯生产力论",有人还批刘庄"生产上先进,政治上落后",但还是有很多人羡慕刘庄,敬仰著名劳模史来贺,他们总感到刘庄是个谜,史来贺是个谜:在全国动乱的特殊时期,史来贺是怎样带领刘庄人稳定形势,夺得粮棉高产的? 是怎样使五业兴旺的? 每天都有熙熙攘攘、络绎不绝的参观队伍,来到刘庄取经、学习。刘庄大队的接待任务十分繁重。史来贺看到刘树峰口齿伶俐,能说会道,说起话来滔滔不绝,谈锋犀利,待人接物也懂得礼节,很适合做接待工作,就让他全面负责刘庄的接待工作。刘树峰非常乐意干这项工作,从1969年至1982年,一干就是13年。他待人热情,工作认真,讲解流畅,给参观者留下了美好的印象,赢得了几百万参观者的好评。

由此,史来贺认定刘树峰是个干才!

刘树峰的确一根肠子通到底——直性子,沉不住气,爱放炮,这是性格使然。虽然有缺点,但他一旦认识到了,就能马上改正,而且从不护短。尤其值得肯定的是,他对待工作一腔热情,吃苦耐劳,积极肯干,又有独当一面的能力,无论是毛泽东思想文艺宣传队的工作,还是外来参观者的接待工作,他干得都很出色。史来贺进一步认识到,刘树峰是一个可造之材,便决定进一步培养他。

他第三次主动找上门:"树峰,你离开刘庄时间太久,对村里情况不熟悉,特别是咱村的千亩棉田如何科学植棉,你更不了解。你要愿意了解刘庄,为科学种田出把力,就和老叔一块住到棉花试验田,中不中?"

刘树峰听人说,史来贺从县里回到刘庄的第二天,就夹着铺盖卷,又住进了棉花试验田,一头钻进植棉研究的科学王国。当时他就想:老叔真是个植棉科技迷,要是能跟他学一手植棉技术,该多好啊!没承想,想啥就来啥,老叔竟然亲自登门要我跟他去棉田小屋住,真乃天遂我愿呐!

"中! 中! 中! 我巴不得呢! 就怕科研小组不要我呀!"刘树峰答应得特别爽快。

"咋会呢! 我叫你去,谁也不会说三道四。放心吧!"

其实,能去棉田小屋住,完全出乎刘树峰的意外,因为他已经了解了:棉花试验田科研小组的人,都是史来贺精挑细选的有经验、有技术的植棉骨干,老支书能把自己这个"炮筒子"弄到试验田,再次说明他不计前嫌,看得起我,对我抱有极大的希望和信任啊! 再说,能和史来贺住在一起,随时聆听他的教诲,学习他的好思想、好作风,这是多么难得的机会,求之不得啊!

刘树峰利利索索、雷厉风行地打起铺盖卷,来到了史来贺已经住了多年的棉田小屋。两人同住在棉田小屋里,无话不说,无事不谈,亲如兄弟;夜里,二人抵足而眠,同卧同宿,情同手足。一年到头,从桃红柳绿,草长莺飞,到秋风萧瑟,寒凝大地,两个人朝夕相处,住在一屋,干在一地,汗流一起,劲使一起,心想一起。夜里,两人一块儿在小屋灯下学习植棉技术,查阅植棉科技资料;史来贺手把手向刘树峰传授植棉经验,介绍科研小组的科研项目、种子培育等情况,让刘树峰受益匪浅,打心眼里爱上了植棉事业,下苦功钻研科学植棉的技术。

史来贺带着刘树峰在棉田小屋苦钻植棉科技,这一住又是10年。经过日夜观察和反复实验,亲自摸索总结出一套新的植棉技术,什么"壮苗稳蕾抓初花,盛花稳促把桃抓(即抓早、抓稳、抓光、抓病)"的经验,什么"早苗早管,壮苗早发,看苗管理,稳蕾搭架,水肥巧管,稳促盛花,一管到底,三桃满挂"的技术措施。他将这一整套经验与技术推广到七里营公社所有的农村,使这一带的棉花产量又有了一个新的飞跃。

为了培养刘树峰,史来贺时常对他抱以极大的信任,甚至和大队干部谈工作、商量事也从不回避他。有时,还特意委派他替干部去做某件事情。这种毫无戒备的信任,深深打动了刘树峰。他工作比以前更加积极、热情、卖力,并能主动提出一些合理化建议和建设性意见,特别是对棉花品种改良出了不少主意,为棉花大面积丰产流了汗水,费了心血,做了贡献。

史来贺看在眼里,喜在心头。自己没有看走眼,刘树峰的确是个人才,完全可以给他压点担子、给个位子,委以重任。

他把自己的想法拿到支委会上:"我看刘树峰表现不错,工作积极,有能力,是个干才。把他选进大队领导班子中来,中不中啊?"

谁知,话一出口,却遭到所有支委的强烈反对。

"刘树峰一回到刘庄,就成立造反组织,跳得那么高,喊得那么凶,造你的反,糊你的大字报,成心要打倒你。你可倒好,不计较也就罢了,却还这么信任他、器重他,真让人难理解。你把一个打倒你的人,当作朋友,还让他跟你搭班子共事,这未免太抬举他了吧!"

"人心隔肚皮。他一回刘庄就组织造反,完全暴露了他的祸心。难道你就不怕今后一遇机会,他又要把你打倒,把刘庄闹个天翻地覆?"

"你们的担心都是多余的。刘树峰出身贫苦,和我们是一根藤上的苦瓜。旧社会,他母亲活活被饿死,姐姐和弟弟都卖给了人家。家里穷得卖儿卖女,这些苦难刘树峰是知道的。是共产党救了他们一家,是新社会给了他一家做人的权利,所以刘树峰热爱共产党、热爱社会主义,对集体有深厚的感情。工作又满腔热情,积极肯干,为啥不能培养使用呢? 不错,刘树峰曾造过我的反,反对过我,但他反对的仅仅是一个史来贺,不是共产党,也不是社会主义,为什么老是抓住这一点不放呢? 况且他已经认识到错误了,也有痛改前非的积极表现,我们不能因一时的错误,就让一个人一辈子抬不起头,就把一个人的一生全部否定了呀!"稍微停顿一会儿,史来贺又接着说,"再说,一个班子里,全是打顺风旗的,你好我好,一团和气,不见得就是好事。有一个'反对派',不是更能提醒我们办事谨慎,有利于党风、作风建设吗?"

由于史来贺一再说服,一再做思想工作,支委们的认识逐渐一致了。

做通了干部们的思想工作,史来贺再次登门找到刘树峰:"党支部经过认真研究,要把你选进大队领导班子。你有啥意见?"

"啥? 叫我进大队领导班子? 不中,不中! 万万不中!"刘树峰坚辞不受,退堂鼓打得通天响。

"咋不中? 说说你的理由。"

"我出去得早,当时,刘庄还很穷。十五六年的时间过去了,刘庄由穷变富,老百姓的日子也好过了。这都是你带领大家伙创业的结果。这其中,我一点儿力也没出,一滴汗也没流,没有丝毫贡献。回到村里,又捅了那么大的娄子,把刘庄搞乱了,干部群众对我有意见、有看法,认为我是个不三不四的人,我咋能有脸当干部呢?"

"刘庄艰苦创业时期,你在外边工作,无法给刘庄做贡献,这一点,你没有任何责任。至于你回到村里造反闹腾的事,也不能全怪你。是因为背后有人挑唆,你受了蒙蔽,听信了谣言。你不在家,不了解情况,你对老叔的那些意见,咋产生的? 不都是别人摇唇鼓舌瞎叨叨的? 你如果了解真实情况,我相信你也不会那样干。这一段,你了解了刘庄,也了解了你老叔究竟是个什么样的人,对自己的偏听偏信、盲从造反有了悔恨,并且工作干得很出色,干部群众逐渐对你就有了好感,咋就不能当干部呢?"

"老叔啊! 我现在努力工作,一是为了报答党的救命之恩,二是为了报答您的知遇之恩,三是想立功赎罪。叫我到大队当干部,我觉得自己没那个资格,也没那个能耐,如果干不好,岂不更对不起刘庄的老少爷们?"刘树峰诚心诚意地袒露自己的内心世界。

"啥叫资格? 刘庄选拔干部,不论资排辈儿。一看人品,二看表现,三看能力。这三方面都具备了,就是有资格。你在这三方面做得都不差,咋能说没有资格呢？老叔看人不会走眼。"说到这里，史来贺吧嗒吧嗒抽起了旱烟。

"老叔，这可不是小事，你得容我考虑考虑，掂量掂量。"

"好！我给你三天时间。"史来贺吧嗒着烟袋走了。

三天后，史来贺又找上门来："树峰，想好了吗？老叔我都等不及喽！"

刘树峰一看见史来贺走进门来，心头禁不住热浪翻滚，眼眶里的泪水硬忍着没有流出来。一个自己竭力反对、誓要打倒的长辈，却三番五次登门，给自己悔过的机会，给自己工作的机会，给自己立功赎罪的机会，甚至给自己担当重任的机会……史来贺的君子之风，让他感动得高山仰止；史来贺的宽怀大度，让他佩服得五体投地。

他还能说什么呢？

"我，我……"他哽咽着，饮泣着，什么话也说不出来。

史来贺极为认真地告诉他："你如果觉得对老叔我还了解不深，还有意见，可以不出来当大队干部；如果内心真看得起你这个老叔，就出来助老叔一臂之力，给刘庄父老乡亲办几件实事，办几件大事，给刘庄发展多做点贡献。这是我殷切的希望，实实在在的心里话。你看着办吧！"

"老叔，您别误会，我对您早就没有意见了。恭敬不如从命，我一切听您的，服从您的调遣就是了！"

就这样，刘树峰当选为刘庄大队革命委员会副主任（相当于副大队长）。除原来负责的接待外来参观和宣传队工作外，又担任了大队农业技术股长，全面负责农业技术。

改革开放以后，刘庄体制进行了全面改革，又是史来贺提议，让刘树峰担任了刘庄农工商联合社副社长兼养鸡场场长。

刘树峰没有辜负史来贺与刘庄干部群众对自己的信任，干一行，爱一行，干一行，钻一行。几年下来，他全面掌握了科学种田的农业技术和养鸡技术。特别是养鸡场的工作，让他废寝忘食，日夜操劳；每年几十万只小鸡的繁殖，更是让他殚精竭虑，费尽心血。在史来贺的培养教育下，刘庄多了一个能人，多了一个技术能手，多了一个集体经济发展的栋梁。

刘树峰一心扑在自己分担的工作上，很少过问与照顾家里的事情，儿子得了肺炎，时常发烧咳嗽，他顾不上照看。每次儿子犯病，都是细心的史来贺请医生诊治，帮助抓药送药，把党的关怀、刘庄大家庭的温暖，如春风化雨一样，"润物细无声"地送到刘树峰一家人的心上。

刘树峰的妻子备受感动，多次对丈夫说："你看老叔对咱一家多好，你一定得搞好工作，对得起党，对得起老叔，对得起刘庄的乡亲。"

"放心吧！这是绝对的。这么大的恩情，我能忘了？八辈子都忘不了啊！"刘树峰是个知恩图报的人，他眼下的表现，就说明了一切。

史来贺以共产党人海纳百川的胸怀，感化了一个极力反对自己的人，赢得了民心；史来贺以共产党人大度容人的优秀品德，化干戈为玉帛，竖起了一面旗。

在这面旗帜的引领下，一位曾一度误入造反歧途的年轻人，成长为刘庄创业征途中的一员猛将。

在这面旗帜的感召下，刘庄人化消极因素为积极因素，让"文革"中一度混乱的刘庄局势，迅速稳定下来，"风雨不动安如山"。

在这面旗帜的映照下，在全国一片浩劫的狂躁中，在各地动荡不安乱糟糟的灾难岁月里，刘庄却别开生面，以创新的思维，开辟和拓宽创业道路，办起了一大串工业、副业，形成农村经济发展的新格局、新阵营，一年一大步，更上一层楼，谱写出刘庄集体经济发展的辉煌篇章。

不唯成分论

　　"文化大革命"时期,全国流行很多奇谈怪论,"血统论""唯成分论"就是其中的一种。主张这种论调的人,把地、富、反、坏、右与牛鬼蛇神列入"黑五类",把他们的后代诬蔑为"狗崽子""小牛鬼蛇神",打入另册;说什么"龙生龙,凤生凤,老鼠的孩子会打洞";说什么"老子英雄儿好汉,老子反动儿混蛋"。这让那些"黑五类"及其"狗崽子"矮人三分,抬不起头来,只得老老实实,不敢乱说乱动,受尽了歧视与压制,蒙受了欺侮和屈辱。

　　而在同时期的刘庄,绝对看不到这种地富分子及其子女受歧视、遭压制的现象。这主要缘于史来贺树立了正确的阶级观,能够不偏不倚地贯彻执行党的阶级路线和政策。他在实际工作中认识到,在农村能否正确执行党的阶级政策,直接影响着集体经济的发展。这个问题,在刘庄显得尤为突出和重要。据新中国成立初期统计,刘庄共有 126 户人家,仅地主、富农就占了 16 户,8 户人家中,就有一户地富,这个比例不算小。如果忽视了这 16 户地富,不注意调动这部分人的积极性,而是采取打击、压制的政策,把他们"打入另册",将会制约集体经济的发展,刘庄的局势也不会稳定。所以,无论在"文化大革命"前,还是在"左倾"错误路线极度泛滥的"文化大革命"中,史来贺都坚持共产党的一贯政策:有成分论,不唯成分论。不管是地富分子,还是其子女,都重在表现,在生产活动中,或在各种分配待遇上,都一视同仁,与社员享受同等待遇。史来贺时刻注意化消极因素为积极因素,调动每个刘庄人的劳动积极性,发挥每个刘庄人的创造能力。无论什么出身的人,只要拥护共产党,干社会主义,他都抱着极大的热忱亲近你,了解你,爱护你;只要爱国家,爱集体,能为集体干实事、干好事、谋利益,他就任人唯贤,唯才是举。

　　刘庄学校有一位教师,叫王照明,出身富农家庭。上初中时,德智体全面发展,成绩优异,连续三年被评为"三好学生",加入了共青团。因为品学兼优,初中毕业时,被保送上了高中。在高中又是一位难得的好学生,三年内,一直担任学校团支部书记。但因出身富农家庭,上大学的希望落空了,成为刘庄第一个高中毕业后回乡务农的知识青年。

王照明一回乡务农,就受到了史来贺的热情欢迎:"照明啊,你可是咱刘庄的大知识分子呀! 我代表大队党支部欢迎你! 把你所学的文化知识都用到生产实践中,用到发展集体经济中,好好发挥你这个知识青年的作用吧!"

由于史来贺的鼓励,王照明一回到家乡,就满腔热情地投入生产劳动中。刚开始,史来贺提名让他担任小队记工员,天天负责给出工的社员记工分,并负责大队的宣传工作。劳动间隙休息时,他给社员读报纸、念文件,或教唱革命歌曲;下工后,他又抽时间在村里写表扬稿,出黑板报。小小的黑板报,成了社员学习时事政治、了解国家大事的一个窗口;也成了一个表扬好人好事,开展向先进学习活动的阵地。

史来贺见王照明工作热情高、劳动干劲大,就经常在社员大会上表扬他,让青年团员、社员群众向他学习。这让王照明激动不已。自己一个富农出身的人,党支部书记不仅不歧视,反而很看重,往往还高看一眼,大胆培养,非常信任。这怎能不令人感动呢?

"文化大革命"期间,刘庄大队准备办一个阶级教育展览馆,谁负责这件大事合适呢? 史来贺想到了王照明。

"大队要办一个阶级教育展览馆,党支部研究,由你负责。"

王照明一听,心里既高兴,又打怵,一个劲地说:"我不中,不中! 怕干不了。"

"谁不知道你是咱村的大秀才,党支部相信你,干吧!"

史来贺话不多,却让王照明心里激起层层波涛,一句"党支部相信你",就把王照明激动得差点流下眼泪。一个富农出身的人,取得党支部的信任,这是多大的荣幸啊!

要知道,在那个把阶级斗争看得高于一切的年代,"黑五类"都是专政对象、斗争对象,一不小心,就会被押上批斗台,充当炮轰的靶子。哪个出身地富家庭的人,不是整天整夜战战兢兢、如履薄冰地过日子? 何况是办阶级教育展览馆,一提阶级教育,必然会牵扯到旧社会地富压迫、剥削穷人的残暴行为。自己这样的出身,干这个工作合适吗? 万一出了差错,那可就得以"阶级斗争新动向"

论处啦！岂不成了"吃不了，兜着走"？多危险哪！

但王照明却被党支部的信任深深打动了。党组织如此信任，史来贺如此看高，自己一个出身不好的子弟，不能不识抬举呀！他二话不说，没明没夜地干了起来。不会就问，不懂就学，经过三个月的努力工作，所有展板、图片、文字、实物，都粘贴、摆放得整整齐齐，解说词也背诵得滚瓜烂熟。开馆了，刘庄所有的人都来参观，受到了一次深刻的阶级教育，提高了阶级觉悟。刘庄阶级教育展览馆得到干部群众的称赞，受到上级部门的肯定与表扬。后来，七里营人民公社办阶级教育展览馆时，向刘庄要人，史来贺又亲自点名："王照明办展览馆已经有经验了，这事非他去干不可。"

王照明不辱使命，在帮助七里营公社办阶级教育展览馆的过程中，充当了骨干、主力，立下了汗马功劳，为刘庄人赢得了好名声。

那年夏天，正是中耕锄草的季节，社员们都在地里忙着锄地除草。忽然，在一个青年农民使用骡子锄地时，不知什么原因，骡子惊了，拉着锄地的农具满地里乱跑。这个青年因胆怯害怕吓得六神无主，面如土色，丢下骡子和手里的农具不管不顾，只顾自己一跑了之。任凭骡子在庄稼地里疯跑乱窜，践踏损坏了大片庄稼。

当天夜里的社员大会上，史来贺对这个青年提出了严厉的批评："一个惊了的骡子，就把你吓成那样，你还配当一个新时代的青年吗？青年人应该是天不怕地不怕，时时刻刻想着保护集体财产、维护群众利益。你却倒好，不顾集体的庄稼受不受损失，不管骡子惊了会不会伤害了别人，只顾自己一个劲地逃跑，典型的自私自利，胆小怕死。这要是在战场上，你就是个逃兵、怕死鬼！你还有没有一点集体主义观念？还有没有一点舍己为人的精神？"

批评了一阵，史来贺环视了一下会场，大声问道："王照明来了没有？"

"来啦！来啦！"会场里"唰"地一下站起一个高挑个子、文质彬彬的人。但王照明不知道史来贺这个时候喊他干啥。不是正批评那个青年吗？怎么连我也要挂上？这事与我毫无瓜葛呀！

正在王照明心里扑扑腾腾乱打鼓的时候，只听史来贺放大嗓门使劲喊道："在同样的事情上，你比王照明差远啦！王照明勇敢无畏，有一种不怕牺牲的精神，宁可伤害自己，也要保护集体的庄稼，保护集体的牲口，保护地里干活的其他社员群众。这是一种什么精神？集体主义精神，大公无私的精神，舍己为人的精神，一不怕苦、二不怕死的精神。你要向王照明学习，大家都要向王照明学习！"

王照明悬在嗓子眼里的心，总算落到了肚子里。史来贺批评了别人，却表扬了我这个出身不好的青年人。他又一次受到了感动，心里禁不住一阵热浪翻滚。

史来贺在大会上表扬的事情，就发生在前几天。那一天，王照明使用牲口锄地时，也发生了骡子惊的意外。正在干活的骡子，不知怎么一下子惊恐万状，慌乱不安，乱窜乱跳起来，如疯了一样，前腿猛跷，后蹄狂尥，恨不得一下飞奔而去。可王照明没有慌乱，没有惧怕，沉着勇敢地紧紧抓住牲口不放。骡子企图拖着他狂奔起来，却被他硬往后死死拽住了。他的举动保护了庄稼，保护了社员，避免了一场事故发生。

每当王照明想起史来贺说的"大家都要向王照明学习"那句话时，心里总是激动不已，感到身上总有用不完的劲。

1975 年，刘庄学校缺额一名教师。好多人都打听这个名额、盯着这个岗位，跃跃欲试。因为那时在农村，教师是个令人羡慕的职业，一些地方请客送礼、走后门还当不上呢！

史来贺知道这个情况后，想都没想，立马推荐了王照明："这个青年，思想觉悟高，人品好，有文化，爱集体，工作积极，任劳任怨。他最适合也最有资格当人民教师了！"

在刘庄，人人都想不到王照明能当上教师，连他自己也想不到，因为刘庄能当教师的青年不乏其人。而史来贺偏偏推荐了他这个"黑五类"子弟，这得顶着多大的社会舆论和政治压力呀！

史来贺虚怀若谷的胸襟、重在表现的阶级观和任人唯贤的政治路线，让一个时常背着家庭出身不好的沉重思想包袱的青年，最终实现了自己的人生理想。

举荐重表现

刘庄有一位长得五大三粗、健壮如牛、脸膛黝黑、声如洪钟的人,他就是村办木器厂厂长刘殿德。

他能当上厂长,也是史来贺慧眼识珠,唯才是举,冒着政治风险、顶着社会压力把他提拔上去的。

刘殿德家庭出身是富农,平时,全家人总是夹着尾巴做人,谨小慎微做事。但这一家子,人人聪明伶俐,个个智慧过人。而且似乎都有艺术天赋,从老人到孩子,吹、拉、弹、唱都能拿得起。尤其是他的父亲,好演戏,会演戏,唱包公是他的拿手戏。只要一上台演出,就唱黑脸、演包公,扮相、唱腔、戏功、一招一式,跟专业演员不相上下。刘庄人都爱看他的"包公戏"。

"文革"初期,村里有的人风声鹤唳、草木皆兵,时刻都在观察和搜集"阶级斗争新动向"。刘殿德的父亲登台唱"铡美案——秦香莲告状",主演包公,而演陈世美这个角色的是一位贫农出身的人。戏演完后,有人向史来贺状告刘殿德的父亲:"他仇恨穷人,用'龙头铡'铡贫下中农,罪该万死!应该把他抓起来批斗!"

史来贺听了,哭笑不得,不屑一顾地回应:"你真无知,那是演戏!"

刘殿德在生产队劳动中,总是吃苦在前,享受在后。每天比别人出工早,收工晚,重活、脏活干在头里,轻活、好活让给别人。他是个木匠,农闲时给农家户打家具,无论做柜子,还是做箱子,都做得漂亮美观,又非常耐用。村里成立木器厂时,史来贺把他从生产队调到了木器厂。在这里,他制作木器认真负责,做工精细,讲求质量,木工技术在厂里出类拔萃,加班加点却从不计报酬。他爱厂如爱家,维护集体利益是他内心神圣的职责。因此他从不占公家一丝一毫的便宜,哪怕一块小木板、一个铁钉子也不往家里拿。

史来贺见他有如此好的人品，有如此高的思想觉悟，有如此认真负责的工作作风，就想提拔重用他。知人善任，唯才是举，是共产党一贯的用人原则。在这一点上，无论出身好坏，都要一视同仁。

1976年初春，史来贺在木器厂找到刘殿德："怎么样，在木器厂干得还顺心吧？有啥愿望和要求啊？"

"干得顺心，没啥要求。"刘殿德回答得很干脆，也很简单，史来贺问啥他答啥，一个字、一句话都不敢多说。

"党支部研究过了，大家认为你表现好，工作出色，准备提拔你当木器厂副厂长，协助厂长做好厂里工作。"史来贺用殷切的眼神看着刘殿德。

谁知，35岁的刘殿德，竟当着史来贺的面，不由自主地孩子般哭了起来，泪水顺着两颊一个劲地往下流。是激动？是委屈？是担心？是感恩？此时此刻的刘殿德，内心五味杂陈，百感交集。多年来，他只希望村干部能把他与社员同等看待，这样就心满意足了，别无他求，更无奢望。让自己当干部去管别人，连做梦都不敢想啊！在农村，都是贫下中农掌权，哪有出身地富的人，被提拔当官的？要知道，当时正是抓阶级斗争最激烈、最紧张的时期，全国都在"批邓反击右倾翻案风"，你史来贺却逆潮流而动，提拔一个地富子弟当工厂里的领导，会不会遭到非议和批判？这得冒多大的政治风险啊！

史来贺看透了刘殿德的心思，竭力劝说道："你不要有啥顾虑，走马上任吧！"

"俺出身不好，怕有人不服。"刘殿德哭哭啼啼地道出了心中的担心。

"有党支部的支持，你怕啥？谁有意见，叫他跟我史来贺当面说。我宁可丢掉这个'乌纱帽'，也要把一个一心为集体的人提拔起来。是人才就得用，是大人才就得重用，只看表现，不问出身。这是共产党的用人原则和政策。"史来贺边说边拍了一下刘殿德的肩头，叮嘱道，"你必须干好，干不好，我随时撤你的职！"

果不出所料，刘殿德当上副厂长的第二天，就招来非议：

"史来贺重用地富子弟，执行的啥干部路线？明显的资产阶级路线。这不中，咱得上告！"

"重用地富子弟这件事，说不定史来贺要犯大错误。等着瞧吧，让他吃不了兜着走！"

"放着那么多贫下中农不提拔，偏偏提拔一个'黑五类'，真不知道史来贺的阶级立场站到哪里去啦？"

　　木器厂有人做工粗枝大叶，影响产品质量，作为副厂长的刘殿德不怕得罪人，敢管敢说，让他返工重做。那人根本不服气、不服从，甚至当面顶撞："你算老几？还想管我们贫下中农？哼！我还看不上你这号的人嘞！"

　　"你看不上我，我也得管！在其位，就得谋其政。"刘殿德果敢地回应，没有一丝一毫的胆怯与惧怕。

　　史来贺知情后，就在社员大会上公开讲："刘殿德为集体能吃苦，有才干，提拔他是党支部的决定，我是党支部书记，出了错，我负责。他当了副厂长后，对工作非常认真、极端负责，对干活不认真的人与事，以及消极现象，敢于管理，敢于批评，这是值得肯定、值得大力表扬的……"

　　有党支部与史来贺撑腰，刘殿德在木器厂没明没夜地拼命干，协助厂长抓生产、抓技术、抓产品质量，使木器厂年年盈利，利润一年一层楼。5 年后，史来贺又提拔刘殿德当了木器厂厂长，让他成为名正言顺的一把手。刘殿德精神抖擞，信心倍增，干劲十足，带领全厂职工让木器厂跨上了新台阶，利润刷了新纪录，发展有了新突破。

第三十七章　"咬定青山不放松"

※身不离劳动

※绝不"转弯子"

※苹果园"密会"

※偏唱"对台戏"

身不离劳动

刘庄人为何能做到"天下大乱,刘庄大干"？毫无疑问,这与史来贺的引领有关,更与他的带头"大干"有关。

他从县委回到刘庄后,就又夹着铺盖卷,住进了棉花试验田的小土屋,一头扎进了棉花地,一如既往地起早贪黑,埋头苦干,带头参加集体劳动。夏天头戴草帽,冬天头扎毛巾,春秋天,干脆顶着一个光头。晴天一身汗,雨天一身泥,在庄稼地里使劲扑腾,天天和社员摸爬滚打在一起,一边干活,一边拉呱。只有这个时候,他才真正体会到生活的乐趣、人生的意义。劳动有无穷的奥妙,也有无穷的快乐,一切创造皆从劳动开始,人类的幸福也从劳动开始。

但他在劳动中发现了一个值得注意的问题:刘庄干部的作风,同他去县委上任之前相比,发生了一些变化。比如:有的干部强调工作忙,任务重,参加劳动的时间相对少了;有的干部满足于浮在上面,忙于应付事务,甚至认为"只要搞好工作,少劳动点没啥"。

这种变化让他忧心忡忡,干部带头参加劳动,是刘庄干部队伍一贯的好作风。正是有了这样一个作风,才激发了广大群众的劳动积极性,也密切了干部与群众的关系,党支部才能做到一呼百应,形成强大的凝聚力。多年来农村工作的实践证明,发展集体经济的关键,在于农村基层干部要有一个良好的思想作风与工作作风,干部带头参加集体生产劳动,就是这种作风的一个体现。

历史的经验证明,很多蜕化变质、腐败堕落的干部,最初都是从好逸恶劳、不劳而获、厌恶参加集体劳动开始的。老百姓有一句俗语:小洞不补,大洞尺五。古人也有明训:千里之堤,溃于蚁穴。干部不参加集体劳动,并非是一件小事,更不是有的人认为的那样,"少劳动点没啥"。这可是一个干部作风建设的大问题,必须引起足够的重视。

在史来贺看来,过去单一农业生产时,干部不参加劳动,就无法领导农业生产,无法和群众打成一片,更谈不上跟群众建立密切的关系。现在,村办工业发展起来了,干部花在企业管理上的脑力劳动时间增多了,但也要挤时间、抽时间,跟班参加农业田间劳动和工厂车间劳动,这样既可以及时解决生产中出现的问题,又可以密切干群关系。无论农村生产模式怎样发展与变化,干部参加劳动的观念、参加劳动的实践,任何时候都不能改变。由此可防止人浮于事、高高在上、脱离群众的现象发生。

为了继续发扬良好的工作作风,史来贺专门召开了一次党支部扩大会,把干部参加集体劳动当作一个重大问题,进行深入讨论。他大声疾呼:"干部要继承和发扬良好的工作作风,必须带头参加集体劳动！这是个硬性要求、硬性制度,必须不折不扣地执行！"他还说:"刘庄好比一辆大车,党支部就是带头拉车的,我这个支部书记是驾辕的,每个支委都是拉帮套的。我们都要齐心协力,埋头拉车,用带头劳动的'牛劲',用拼命劳动的'马力',把这辆大车拉到富路上,拉到正路上,拉到农业现代化的大道上。"

为了落实干部参加劳动的制度,刘庄还建立了监管机制,监管主体就是全体社员。他特意召开了一次社员监督干部大会,向全体社员亮明:"干部参加集体劳动,是刘庄干部管理的一个制度。这个制度要行之有效,必须加强监督,所有社员都是'监督官'。哪个干部不参加集体劳动,或参加集体劳动少于规定的天数,每个社员都可以随时向党支部举报。"他紧急呼吁,"从大队,到每个生产队,一定要加强社员对干部参加集体劳动的监督。"

"身不离劳动,心不离群众",是史来贺坚持了一辈子的工作作风,也是他坚持了一生一世的人生信条。干部只有带头参加集体劳动,才能保证自身不变质,不变色,不腐败,不堕落,才能保证不脱离实际,不脱离群众。因此,他向来把劳动视为最大的快乐、最高级的享受,干部参加集体劳动的制度,他更是带头落实,带头执行。他时时用带头参加劳动的苦干精神,给干部群众做出表率;处处用埋头拉车的拼搏形象,给干部群众做出榜样。他一天不参加劳动,就感到筋骨难受不舒坦,一天不与群众接触,心里就空落落的,憋闷得慌。每次外出开会,都是从地里走,往地里回。哪怕只有一小时、半小时,也要见缝插针,到地里干上一阵子,和群众唠上一席话。村里的工作,听听他们的意见;生产上的事情,让他们出出点子;工副业的发展,请他们拿拿主意。田间地头,车间班组,都有埋头干事的"诸葛亮",和他们边劳动边拉呱,就探讨商量了刘庄发展中急需解决的大事。就这样,在劳动中流一身汗,在群众中吸收最好的营养,身上舒服了,心里敞亮了,脚跟扎稳了。参加劳动,成了史来贺生活与工作的"第一需要",为了确保自己的"第一需要",除了外出开会,他每个月参加集体劳动都不少于26天。

20世纪70年代史来贺同志(居中者)在棉田和村民在一起

在史来贺的带领影响下,全村19名干部,除14人常年在生产队同社员一样劳动外,其余5人平均每人每月要劳动26天。这一天数,是史来贺根据工作实际规定的底线,如果低于这个底线,就要受到应有的处罚。

在他的带领下,自觉参加集体劳动,成了刘庄干部完善自身素质与加强自我修养的一个很重要的途径,也成了干部作风建设的一个"必修课"。仅仅这一点,就表现出刘庄干部的高素质、好修养。

在刘庄选拔干部,除严格按照中央规定的条件外,史来贺又制定了几条土政策：

一、不带头参加集体劳动的，在刘庄不能当干部；

二、不能熬夜的，在刘庄不能当干部；

三、不能带头吃亏的，在刘庄不能当干部；

四、不能带头吃苦的，在刘庄不能当干部；

五、"被男的专政"或"被女的专政"的人，在刘庄不能当干部。

这些土政策，从另一个侧面，充分反映了刘庄干部队伍的精神与风貌。

干部的行动，是无声的号召，无声的引领，大大激发了全村社员无比高昂的生产积极性和创造精神。

1974年12月16日的《河南日报》发表了记者采写的长篇通讯《生气勃勃的社会主义新农村——新乡县刘庄大队的历史性变革》，记者记录了以下感人场景：

> 1974年9月18日，刘庄大队党支部考虑到秋收大忙来到了，上晌时间可以适当提前，规定早上五点钟打钟下地。第二天，党支部书记史来贺和副书记杨森峰四点钟起床了。他俩走在街上，有的社员也出门了。这时，忽然"当……"钟声敲响了。
>
> 他俩严厉批评打钟人："为啥不到五点就打钟？"打钟人说："好多人早就下地了，我再不打，村里就没有人了。"他俩到村北一看，只见遍地都是人，大家正在掰玉米，有说有笑，干得热火朝天。看到这种情况，他俩很受感动，同时也觉得心里很不安。一下晌，他俩马上开了个干部会，当场约法三章：第一，不到五点不打钟，不准下地；第二，下晌钟一响，马上回来；第三，劳动中间要保证有休息时间。
>
> 记者问社员："你们为什么要这样做？"
>
> "在俺庄，群众的干劲和干部带头是分不开的，你们没看见，干部不是也起得很早吗？"

这就是刘庄人，干部带头，群众争先，上下同心，大干苦干，狠抓生产不放松，发展经济不动摇。

当史来贺带领刘庄人掀起一个又一个大干的热潮时，全国城乡在"四人帮"的鼓噪下，却正在大批、特批"唯生产力论"，鼓吹"宁可躺着睡大觉，也不为错误路线生产"。城市里机器不转圈,烟囱不冒烟;农村中"光开会,不劳动;只革命,不生产"。只有刘庄人两耳不闻村外事,一心只图谋发展。他们用自己的汗水,浇灌出动乱造成的荒漠中的一片绿洲。

一些人指责刘庄是"用生产上的成绩掩盖路线上的错误",是一俊遮百丑;史来贺"只管埋头拉车,不顾抬头看路","生产上去了,政治下来了,路线搞没了"。

在这些指责和攻击面前,史来贺哈哈一笑,不屑一顾。

面对这些强势舆论,刘庄党支部没有退缩。帽子再大,也没有动摇抓生产的决心;外面再乱,刘庄农、工、林、牧、副各业生产照样向前推进。在排除各种干扰的情况下,他们下大力进一步搞好农业园田化建设。用5个月时间,出劳动力400多个,拖拉机两台,平车18辆,小推车180多辆,采取"剥皮""抽筋"的办法,投工2万多个,运土25万方,将"文化大革命"前平整土地战役剩下的部分"耷拉头""仄棱坡""蛤蟆洼"赖地,彻底平整改造,使几百年来无法耕种的荒芜的废地,变成300亩平展展的大方田。"文化大革命"期间,好多地方在极左路线的干扰下,土地撂荒了、减产了,社员的收入降低了,生活水平下降了。而刘庄却又把几百年荒芜的废地改造成丰产田,耕地增多了,粮棉高产了,社员收入和生活水平提高了。他们还采用"母鸡下蛋"的办法,大力发展多种经营,用牧业发展,为工副业发展补充资金。1975年,刘庄奶牛产鲜奶18万余斤,骡马发展到近百匹,牧业生产增加了不少收入,成为工副业发展的源头活水。

在"文化大革命"动乱期间,史来贺与刘庄人凭着一股埋头拉车的硬劲和犟劲,凭着一种拉车上坡的冲劲和猛劲,顶住了政治上的冲击波,把刘庄这辆大车,拉上了一座别人无法达到的高峰。

史来贺埋头拉车、驾辕拉车,拉出了一种境界,拉出了一番新天地。不论某些人怎样说长道短,扣这样那样的大帽子,他都一往无前,拉车不止,生命不息,车轮滚滚,大车不倒只管拉。

在史来贺看来,"埋头拉车",不仅是一个共产党员的责任,更是一个共产党员的使命。不"埋头拉车",车咋能往前滚动?咋能往前奔跑?况且我史来贺又是个"驾辕拉大车"的,更得躬身埋头,拼一身牛劲,一门心思往前拱。他深知,刘庄这辆大车,一路走的是上坡道,步步攀登步步高,不埋头不专心能行吗?哪还顾得左顾右盼,看这"路线",瞅那"路线"?刘庄的大车,只走一条路线、一条道路,那就是致富道路、致富路线。在这条道路上,这位驾辕的老黄牛,留下了稳健扎实的脚印,留下了光彩熠熠的脚印,留下了发人深思的脚印……

绝不"转弯子"

　　1969 年,史来贺发现刘庄农业发展中出现了新情况:收入与投入之间出现负增长趋势。他细细算了一笔账,拿 1969 年同 1957 年相比:1957 年集体收入 14 万元,1969 年收入 30 万元,13 年增长一倍多;1957 年投入为 8 万元,1969 年投入为 20 万元,13 年增长两倍半。投入增长的倍数明显大于收入增长的倍数,这是明显的效益负增长。新中国成立 20 年了,只解决了群众的丰衣足食的温饱问题,还远远没有解决致富问题。让农民富起来,过上幸福美好的日子,是史来贺带领大伙创业的最终目标,而现在这个目标还远远没有实现,这不能不让他揪心。

　　　　解放二十年,
　　　　粮棉双高产。
　　　　家家得温饱,
　　　　混个肚儿圆。
　　　　不穷也不富,
　　　　有了零花钱。
　　　　走上富裕路,
　　　　不知有多远。

　　每当听到刘庄人的这首民谣,史来贺的心里总是翻滚起一阵酸楚。百姓温饱了,吃饭穿衣不愁了,只是起码的生活要求,他们盼望致富,盼望过上富裕日子,俺啥时才能把大家真正领到富路上呢?
　　一个个夜晚,他领着党支部一班人反复讨论,决心跳出"高产穷队"的困境,下大力气发展工副业。农民再也不能光靠土里刨食了,单在土地上打转转儿,下一辈子也富裕不起来!这是他多年来根据刘庄农业发展的实际得出的切身感悟。

但刘庄党支部下定这样的决心很不容易,是冒着很大风险的。因为当时正处在"农业学大寨"的高潮,报纸上、广播里天天在宣传大寨经验,抓阶级斗争,抓以粮为纲,不许农村搞工、副业。同时,全国上下已经掀起批判"唯生产力论"的高潮,大报小报连篇累牍地刊发这方面的批判文章。上边有人指责、批判史来贺是"唯生产力论的忠实执行者""只管低头拉车,不会抬头看路",史来贺再次被扣上"走资本主义道路的黑典型"的大帽子。

上有政策,下有对策。刘庄人只得偷偷地干,冒着风险探索,冒着风险试验。工厂大门挂个"农具厂"的牌子,车间里却在生产有销路的工业产品。外面看冷冷清清,里面却干得热火朝天……

在发展村办工业上,史来贺一开始就练就了一身"明修栈道,暗度陈仓"的胆识和勇气。

有一次,上级来人通知,要在刘庄搞"十件新生事物试点",使刘庄变成"小靳庄"(小靳庄是天津宝坻县的一个村庄。"文革"期间,因唱样板戏、搞赛诗会而闻名,成为江青抓的一个"点"后,在全国树立起农村进行"意识形态领域革命"的所谓典型。江青号召全国各地农村学习效仿,还把外宾带到小靳庄去参观)式的能文能武的典型。史来贺对此极为反感,气愤地说:"俺刘庄是搞生产的,是种粮食、种棉花的,不是剧团。搞那些虚头巴脑、花花哨哨的东西,能当饭吃,还是能当衣穿?没用!"硬邦邦两句话,就把那人顶了回去。

上级来人对史来贺很是不满,在一次大会上说:"刘庄生产搞得是好,就是路线不对头!路线错了,一错百错,生产再好也没用。"

史来贺在党支部会议上说:"有些人整天拿着路线吓唬老百姓,他的路线对不对,还要打个问号。咱只要坚持社会主义方向,把集体经济搞上去,管他们的什么路线嘞!让他们吃他们的路线,喝他们的路线,穿他们的路线去吧!"

1976年,是刘庄受到极左思潮冲击最厉害的一年,也是史来贺受批判最严重的一年。上边有人污蔑史来贺"只懂生产,不懂路线","是为错误路线卖命、贴金"。

上边广播,下边吆喝;上边扣大帽,下边穿小鞋。城里的造反派把"刘庄是唯生产力论的黑样板"的大字报贴到了刘庄,高喊着"要拔掉刘庄这面黑旗"

"要批倒批臭走资派史来贺"。随着批判"唯生产力论"高潮的到来，史来贺再一次被推到风口浪尖上。

但史来贺毫不畏惧，他坚信，邪恶永远压不倒正义。

不久，他的第四届全国人大代表资格被取消，国务院召开的棉花生产会议和上边其他会议，也不让他参加了。他再次遭到政治冷遇，头上顶着无形的压力。

可史来贺像没事人一样，该干啥还干啥。工厂里，田野里，村街上的人群里，老弱病残社员家的门户里，到处都能看到他的身影。

而这时的刘庄，已是"山雨欲来风满楼"。刘庄干部群众压抑地感到，有一片凝重的阴云，笼罩在刘庄的上空。大家伙儿都为他们的好支书捏着一把汗。

这年5月的一天，从省里来了一个当时被群众称为"头上长角，身上带刺"的大人物。他以了解青年学习毛主席著作情况为借口，未经刘庄党支部同意，就召开了青年座谈会。他在会上煽风点火，阴阳怪气地说："刘庄是死水一潭，青年人应该有点敏感，你们看看报纸上讲的啥，而你们刘庄干的啥。路线不对头，干得再好也是给资产阶级干的。现在外边都在'批邓反击右倾翻案风'，你们把腿插在地墒沟里，光顾埋头拉车行吗？"

与会的所有青年没一个吭声，会场里一片沉寂。

"带刺"的人继续给青年们训话："你们以后不能光听党支部的，老家伙都是'老右'。报上发表的池恒的文章，你们看了没有？老干部等于民主派，民主派等于走资派，不给老家伙斗，能行吗？刘庄是个典型，在这方面要带个头。"

他见没人搭他的话茬，便从提包里掏出一张报纸，在与会者面前晃了晃，说："这上面刊登了池恒的一篇文章，题目是《从资产阶级民主派到走资派》，我给你们念一段，对你们接受新思想、新观念，大有教益。"

接着，"带刺"的人读了起来：

从资产阶级民主派到走资本主义道路的当权派，从民主革命时期党的同路人到社会主义时期的反对派、复辟派，从思想停止在资产阶级民主革命阶段到搞修正主义，这不正是不肯改悔的走资派所实际走过的道路吗？

读过后，他又煽动说："听见了吧？从民主派到反对派、复辟派，他们都是'老右'，都是修正主义者，我们必须坚定不移地革他们的命！"

青年们一听,这个"带刺"的人含沙射影,将矛头直接指向史来贺与刘庄党支部。岂有此理?刘庄哪有什么"老右"?哪有什么"民主派""走资派"?这不是故意找茬吗?

史来贺一向关心青年人的成长与进步,注意培养教育青年人,大家都有相当高的思想觉悟,也有相当敏感的识别能力。他们愈听愈不对劲,愈听愈反感,座谈会没开完,就一个个借口有事,纷纷溜号了。

出了会场,他们就把"带刺"人说的话,原原本本汇报给了史来贺。

一位青年讽刺那个省里来的"带刺"的人:"这家伙光会坐着飞机讲哲学——高谈阔论,夸夸其谈比谁都能。有本事下到庄稼地里跟老百姓比试比试,一比,那狗熊样儿就露出来了!"

另一位青年告诉史来贺:"哼!'带刺'人来刘庄的阴谋,已经是'司马昭之心——路人皆知'!你得防着他点。"

"放心,他在咱刘庄,翻不了天!"史来贺轻蔑地说。

"带刺"的人被晾在会场,再也没人理他。他觉得刘庄的青年人没把他放在眼里,给了他很大的难堪,让他下不了台,便恼羞成怒,气不打一处来。

无可奈何,他只好带着一肚子气去找史来贺。

一见面,就鼻子不是鼻子、脸不是脸,气恼地说:"老史啊,我得跟你好好谈谈!"

史来贺早有了思想准备,已知道这人的目的,不耐烦地瞅了他一眼,不冷不热地回应道:"我要下地劳动,没有时间。"

"白天劳动,那就晚上谈!晚上总有时间吧?"那人在一个泥腿子干部面前不甘示弱。

"晚上也没时间,党支部要开会研究生产!"史来贺不卑不亢地应付着。

那人气得脸都发紫、嘴都歪了:"你白天下地生产,晚上开会研究生产,那啥时候研究革命?你要知道,现在是什么形势?'批邓反击右倾翻案风'才是头等大事。你们刘庄却把生产放在头等位置,你这是以生产压革命,以生产压批邓。"

"当农民不生产吃啥?喝西北风?我们不能像你,成天提个皮包到处转,到月头去领工资,我们陪不起!"史来贺硬邦邦地顶了他几句。

"成天生产、生产,把方向搞偏了,路线搞错了,那是在为错误路线效力,为资本主义卖命,还不如不生产。"那人的话,带着大批判的腔调。

"我和刘庄党支部天天读毛主席的著作,领会革命的原理:革命就是发展和解放生产力,革命的目的就是让劳苦大众过上好日子。如果天天光喊革命口号,不生产,不劳动,能解放和发展生产力吗? 能让老百姓过上好日子吗?"史来贺寸步不让,说出的话,带着反批判的强烈语气。

"张口生产,闭口生产,我看刘庄是'唯生产力论'的典型,执行错误路线的典型!"

"你看我是错误路线,我看你是蒋介石路线!"史来贺怒目圆睁,大声吼道。

"带刺"人一看来硬的吓唬不住史来贺,那就来个软硬兼施,总能把他制服。于是,变换了又软又温和的口气,劝道:"刘庄是个老典型,工作、生产都抓得不错,就是路线有点错,你和党支部要紧跟形势,思想转弯子,那不就好上加好啦?"

可史来贺软硬不吃,带着未消的余怒驳斥道:"你叫我转弯子,转啥弯子?我们刘庄走的是光明大道,一转弯子,就转到泥坑里去了,那不是把刘庄领到邪路上啦? 这个弯子,我们不能转! 你说俺刘庄路线错了,既然路线错了,还能搞好生产? 还能发展经济? 刘庄之所以集体积累多,社员生活好,是因为刘庄党支部正确掌握与处理了革命与生产二者之间辩证统一的关系,离开生产空谈革命,岂不是无稽之谈?"

那人张口结舌,无言以对,只好夹起皮包,灰溜溜地离开了刘庄。

谁知,"带刺"人刚刚走出刘庄,谣言就随之接二连三地飞了过来。

"史来贺犯错误啦! 犯的是路线错误,大错误啊!"

"刘庄是唯生产力论典型。红旗变黑旗啦!"

"刘庄党支部思想保守,路线觉悟低,跟不上新形势。该换班子啦!"

"史来贺只会低头拉车,不会抬头看路;只会抓生产,不会抓路线。生产再好,也是为资本主义作嫁衣。"

史来贺与刘庄党支部对此只当耳旁风,照样低头拉自己的车,大步走自己的路……

苹果园"密会"

长期以来,史来贺养成了看报纸、听广播的习惯。看报纸、听广播,不仅能了解国内外大事,而且能学到不少知识,增长不少学问,对他领导刘庄人搞好生产、发展经济起到了很大的指导作用。所以他的那台小半导体收音机,总是走到哪里就随身带到哪里。

在"文革"中,一打开他那台爱不释手的小收音机,听到的却是梁效、罗思鼎、池恒批判"唯生产力论""评法批儒"一类的文章,那些文章,老娘儿们的裹脚布——又臭又长,满纸荒谬,说的都是一些歪理,每听一句都扎耳朵、捣心窝。还不如当个聋子,静下心来考虑一下刘庄生产上的事嘞!于是,每听到那些文章,他便"咔嚓"一下,把收音机关闭了。

他又翻开报纸,一看那些文字,如针扎一样,刺得眼疼。一句句,一行行,跟广播里没什么两样。诸如:

"宁要社会主义的草,不要资本主义的苗";

"宁要社会主义的低速度,不要资本主义的高速度";

"宁要社会主义的晚点,不要资本主义的正点";

"宁可不生产,也不为错误路线生产"。

这完全是荒谬绝顶的奇谈怪论!

报纸上还长篇大论什么"民主派就是走资派""走资派不肯改悔"等等,明明在说,参加民主革命的老革命家是民主派,民主派成了今天的"走资派","走资派"就得统统被打倒。这不是要改朝换代,推翻开国领袖们打下的江山吗?他预感到社会主义的中国正处在风口浪尖上,面临生死存亡的考验。

新乡的造反派组织一听说史来贺被革出了第四届全国人大代表之列,便更加得意忘形,在新乡再次掀起批刘庄、批史来贺的狂涛浊浪。他们紧跟上边的极左思潮，鹦鹉学舌般鼓吹"宁要社会主义的草，不要资本主义的苗"的奇谈怪论，大肆污蔑，说"刘庄的粮棉高产，是保了资本主义的苗，铲了社会主义的草"，是"资本主义毒苗"疯长泛滥的结果，刘庄的高产，是"资本主义的高产"，走的是"资本主义道路"。

针对这些蛊惑人心的荒谬论调，史来贺沉着应对。他知道，那些叫得欢的、喊得响的、吹得起劲的，往往都是谬论。叫得再欢、喊得再响，也征服不了群众，征服不了人心。而真理不用喊、不用吹，也能得到群众、得到人心。

1976年初，中国大地冰封雪冻，天气格外寒冷。1月8日，敬爱的周恩来总理不幸逝世，天空飘落着雪花，山河披上了洁白的素装，为这位伟人送行。这时，风云乍起，局势动荡，外界传来不少涣散人心的政治谣言。而此时的史来贺，头上依然顶着"唯生产力论"和"走资派""修正主义"大帽子的政治压力，但为了稳定局势，发展集体经济，他把全村100多名大队、生产队干部和党员、团员集中在村东苹果园的小屋里开了一个秘密会议。在会上，他首先让人念了那篇《从资产阶级民主派到走资派》的文章，然后，逐条批驳，揭穿那些野心家的狼子野心。

继而，他有针对性地说："在国家的重要历史关头，我们要站稳立场，牢记周总理对我们刘庄提出的要求、寄予的希望。遇事要有主心骨，不能听风就是雨。对党、对国家、对集体不利的话，不要听、不要信、不要传。不管外边刮啥风、下啥雨，咱们还是扑下身子一心搞发展，抓经济，脚踏实地搞好刘庄的农业现代化建设。"

他告诫大家："目前有人到处讲，现在革命的对象，就是旧社会吃过糠、抗日战争负过伤、解放战争扛过枪、抗美援朝渡过江的民主派。要'揪出一层人'，这一层人中甚至包括敬爱的周总理这样卓越的老一辈无产阶级革命家。当然他们要打倒的不仅仅是老干部，凡是不跟他们走的，都要统统打倒。他们这样做，不单单是要打倒一批人，而是通过打倒这一批人，来残酷镇压我们党的中坚力量，以达到他们改朝换代的目的。在这个历史关头，我们不能听风就是雨，稀里糊涂的上当受骗，要明辨是非，站稳立场，不能跟着乱起哄。"

这次会议让大家擦亮了眼睛，坚定了信念。在我们党面临严峻考验的关键时刻，刘庄党支部站在了正义一边，抵制了错误潮流。

这座开秘密会议的"苹果园小屋"，是一个有3间房子大的茅草庵子，平时，看管苹果园的老人就住在这里。它坐落在二十几亩果园的深处，在枝繁叶茂的苹果树掩蔽下,从外面根本看不见这座草庵。在政治风云时起时落的岁月,不管遇到什么风浪,史来贺总是召集支部成员和村里党员在草庵聚会,分析形势,交流思想,坐草庵而观风云,聚果园而晓天下,审时度势,因地制宜,共商刘庄大计。

村里的共产党员都记得,每逢史来贺遭受政治挫折时,他总是顶着巨大的政治压力,在草庵召开支委扩大会,教育和引导大家擦亮眼睛,站稳立场,不要被一时的迷雾所迷乱,不要被一些空头口号所左右。在这里,他曾多次告诉大家:

"要让乡亲们从内心感到共产党好、社会主义好,就得让群众真正过上好日子。而实现这一目标,就得毫不动摇地发展生产,发展集体经济。只有这样,才能充分体现社会主义制度的优越性,才能体现共产党是人民的好领导。我是铁了心的,要豁出命来发展刘庄的集体经济,建设刘庄的农业现代化。不让刘庄的老百姓过上幸福的生活,我史来贺死不瞑目!"

苹果园的茅草庵,成了刘庄一个凝聚人心、鼓舞士气、焕发斗志、大展宏图的"圣地"。

20世纪70年代史来贺在刘庄苹果园

今天,在这里召开秘密会议,主要是发动大家展开一场"要苗还是要草""要穷还是要富"的大讨论。会上,史来贺把上边极左思潮和造反派的荒谬绝顶的言论罗列出来,一条条、一句句念给大伙儿听。

未等念完，会场就炸了窝，有人站起来挥着拳头说："这一连串的胡说八道，说的是人话吗？放的都是狗臭屁！"

这句直戳祸心的话，像一颗火种，立刻让会场燃起了熊熊烈火。干部们群情激愤、党团员义愤填膺。这哪里是大讨论，分明是大声讨、大批判。声讨极左路线，批判荒诞无稽的谬论。农民有农民的批判方式，农民有农民声讨的逻辑，他们从不咬文嚼字，也不会文绉绉一大套理论，或拐弯抹角长篇大论，而是打蛇只打七寸处，三言两语直揭"画皮"。话虽土、言虽拙，却能骂他个狗血喷头、遍体鳞伤，揭它个鲜血淋漓、皮开肉绽。也许他们的批判有些污言秽语，但心声是正义的，心底是纯洁的。

党支部副书记杨森峰愤恨地说："他们说这些话，是一堆臭狗屎！咱老百姓不理他们那一套。说这话的人没有一点儿阶级感情，光要草，不要苗，那不是成心叫老百姓饿死呀！"

一位小队干部恼恨地说："宁要草、不要苗那些话，不像人说的话，没有一点儿人味儿。是人，就不会吃草不要苗，四条腿的畜牲才吃草，人，咋会吃草呢？没有庄稼苗，打不了粮食，老百姓咋生活？咋活命？人要光吃草，能干成社会主义？地里光长草不长苗，能实现高产稳产？他们说的净是屁话，老百姓听见就恶心！"

一位老党员接住话茬批判道："说这些屁话的人，是吃饱了撑的没事儿干，一张嘴就瞎咧咧！咱农民是干啥的？就是种庄稼打粮食的。谁家地里不是保苗除草，要是保草除苗，那指望啥打粮食、收棉花？没有粮食，那全国人民吃啥？没有棉花，那全国人民穿啥？全国的土地如果都长草，不要苗，到头来，那就得亡党亡国！所以我说，他们这些屁话，是亡党亡国的祸水。咱老百姓千万不能上他们的当！"

一位女共青团员愤慨地批判："说这些话、放这股祸水的人，完全没有站在劳动人民的立场上，而是站在反人民、反人类的立场上。从来没有听说过，这草哇，苗哇还分什么主义嘞，难道满地的庄稼苗都是资本主义，疯长的野草都是社会主义？这简直是天大的笑话，反动透顶！照他们的逻辑，干社会主义，就只能种草、长草，而如果种了苗、长了苗、保了苗，就是资本主义。天下哪有光要草不要苗的社会主义？那社会主义不就让老百姓成了穷光蛋、饿死鬼了？他们这是故意歪曲社会主义、诬蔑社会主义。我们刘庄人一定要种好庄稼，保好苗，咱刘庄的土地上，长的每一棵庄稼苗、棉花苗，都是社会主义的苗，咱刘庄走的也是社会主义的路,谁要诋毁我们的苗、我们的道路,咱就和他斗争到底!"

一位老干部吧嗒着旱烟袋,听着大家的发言,心里早已忍不住想说几句了,但他没文化、不识字,怕说得不照谱,引人笑话。可不照谱也得说呀,一个受党教育多年的老干部,咋能一到了"火线"上就"哑炮"了呢?他把烟袋锅子在鞋底上磕了磕,"哼哼"两声,然后,慢腾腾地说:"我来说道说道。咱得问问那些个宁要草不要苗的家伙,看他们是吃啥长大的。叫我看,他们不是吃粮食长大的,是吃草长大的。要不然,为啥偏偏要草不要苗呢?看来,他们根本不知道庄稼苗会长粮食,只知道草能吃,吃起来还很香。这种人跟咱农民不是同一类人,咱农民种庄稼、吃粮食,他们只喜欢吃草,不知粮食为何物。所以,他们不会跟咱说一样的话,不会跟咱有一样的思想,一句话,压根儿跟咱劳动人民不是一路人!他们要草、保草、留草,就叫他们天天吃草,一辈子吃草吧!咱劳动人民可是要拔草、除草、保苗打粮食的。囤里有粮,不怕灾荒;家里有粮,遇事不慌啊!"

老干部这段话说得慢条斯理,既风趣,又幽默,极具辛辣讽刺意味,引起会场一阵阵笑声。

这时,会场里站起一位擅长说顺口溜的生产队干部,他打开亮堂的嗓门,说起了一段顺口溜:

> 百姓要吃饱,
> 土地得种苗。
> 苗里长了草,
> 咱得把草薅。
> 除了草,
> 保住苗,
> 粮食大丰收,
> 囤里往外冒。
> 家家有余粮,
> 队队产量高。
> 集体致富路,
> 走的康庄道。
> 如果不保苗,
> 哪来社会主义好?

有人不要苗，

偏偏要留草。

留草有何用？

吃饱唱高调。

高调假大空，

一群乌鸦叫。

没苗咋打粮？

天天吃青草。

吃草的是啥人？

都是大草包！

听着顺口溜，会场里又沸腾起一片大笑……

"要苗还是要草""要穷还是要富"的大讨论进行了三天三夜。通过大讨论，大家统一了思想，提高了认识，辨明了黑白是非，澄清了谬误与真理，同时，坚定了信念，凝聚了力量，进一步增强了发展集体经济、走共同富裕道路的决心和信心。

大家发过言后，史来贺从会场里缓缓站了起来，环视了一下会场，语气凝重地说："咱刘庄这场大讨论搞得好啊！这场讨论，让我再次感到，刘庄的干部队伍好，党团员队伍好，刘庄的百姓好。有了这三个'好'，才有了咱刘庄的大发展。咱刘庄人的思想、立场多鲜明啊！咱们始终站在真理一边，始终站在社会主义一边，站在集体一边。这叫我这个村支书更有自信心了。"

史来贺在这里说的自信是对群众思想觉悟的自信，是对群众辨别是非能力的自信，是对群众理想与信念的自信，是对群众意志和力量的自信。总之，是对群众跟共产党走、自觉坚持社会主义道路的自信！

紧接着，史来贺又对大家说："社会主义不是穷主义，是实实在在的好主义，看得见，摸得着。共产党领导人民革命的目的是解放生产力，发展生产力，改变贫穷面貌，让老百姓过上好日子，而好日子天上掉不下来，别人也送不来，只有靠大家用双手干出来。我们要用更多的物质利益去吸引农民群众，使大家从内心感到社会主义好，有奔头，争着去为社会主义效力，为国家创造更多的财富，建立更加美好的社会。要是咱们不能领着群众过上好日子，那就是咱共产党人没本事，就无颜面对父老乡亲、劳苦大众。"

说到这里,他又清了清嗓子,继续说下去:"'文化大革命'乱腾了这几年,已经把全国人民害得够苦了。可有些人仍不甘心,掀起了批唯生产力论的高潮,胡诌什么'宁要社会主义的草,不要资本主义的苗'。如果在中国的大地上光长草不长苗,怎能实现广大人民美好的愿望,怎能实现老百姓共同的理想?咱农民种地图的是高产、要的是粮棉,土地丰收了,粮棉高产了,才能实现农业现代化,建设好我们的社会主义。地里光长草,建设不了社会主义,那老百姓不还得受穷挨饿吗?这是最实际、最现实的问题,是个人都会明白。可有的人不跟咱老百姓一心,净说些坑国害民的谬论。全国的劳苦大众没苗、没粮咋吃饭?谁要草就叫他吃草好了,咱农民要除草保苗、灭草留苗!到头来,他们吃他们的草,咱们吃咱们的白面馒头。年底分红时,咱们分的是人民币,他们分的是一堆草。要草的人不食人间烟火,就得让他们分草、吃草!"

老史的最后几句话,把在场的人说得一片哄笑……

最后,史来贺握着拳头跺着脚发誓似的大声吼道:"我已铁了心,豁出命来干,他们开除我的党籍,我照样修理地球。难道他们还能开除我刨地球、种田地的农民籍吗?我看他们这些秋后的蚂蚱,还能蹦跶几天?"

几句话,扯起了一面猎猎有声的大旗,这是一面公开与"四人帮"对着干的大旗,这是一面大胆向极左思潮挑战的大旗。有这面大旗的引领,刘庄人昂首阔步、一往无前地走在时代潮流的最前面。

就是在这个秘密会议上,史来贺庄严宣布:刘庄的集体新村,马上动工建设。

"咱现在建集体新村,要是上边知道了能允许吗?况且眼下正是政局动荡时期,万一上边追查下来咋办?"有的干部顾虑重重。

"不怕!难道咱农村建房盖屋还得经过上级批准?解决群众住房问题,再也不能拖延了,这是刘庄积了多年的大事,过去没条件解决,现在条件成熟了,必须着手解决。建集体新村跟上级没有关系,刘庄的事刘庄人自己做主!"史来贺一边说,一边挥动着手,语气果断,声调强硬。

1976年初的这次苹果园秘密会议,不仅统一了刘庄党员干部的思想,而且为冲破乌云、战胜邪恶,积蓄了一股锐不可当的正义力量。刘庄人用拼命干社会主义的精神和劲头,众人一心,抱紧铁拳,摽起膀子发展集体经济,牵动着刘庄这辆大车,在风云滚滚的大地上隆隆滚动,飞驰向前!

偏唱"对台戏"

不知怎么，苹果园秘密会议走漏了风声。上边得知史来贺在刘庄组织了三天三夜的"要苗还是要草""要穷还是要富"的大讨论，就觉得史来贺认不清形势、辨不清路线，太不识时务啦！好哇！你老史竟敢冒天下之大不韪，明目张胆地跟上边唱对台戏，你吃了豹子胆啦！

一天，史来贺肩扛农具，正要领着社员下地劳动，一个有不凡身份的人坐着吉普车来到刘庄，下了车就对史来贺说："老史啊，你这是又要下地呀，不要光顾劳动，不顾革命啊！今天，我来找你，是专门给你谈谈抓革命、抓路线斗争的问题的。"

史来贺肩上的农具也不拿下来，身后跟着一大溜社员，一听要空谈"革命""路线"，他一脸不悦的神色，一点儿接待上级来人的意思都没有，而是冷淡地说："你没看，我要下地劳动，没时间谈那些问题。"

"你再忙，也得谈，你躲是躲不过去的。"来人的意思很明显，今天这"革命"与"路线"问题非谈不可。

"是生产重要，还是座谈重要？我们刘庄就是搞生产的，人误地一晌，地误人一季。这个道理，是个农民都知道。我们耽误不起啊！"史来贺的话冷霜打脸。

"好哇！你总是搞生产，那啥时候搞革命？搞革命的时间哪去了？我看你是以生产压革命，光生产不革命！怪不得革命造反派老批判你'有方向路线错误'，看来，一点儿也不冤枉你。"

史来贺冷笑了一声，说："当农民不搞生产吃啥？天上又掉不来白馒头、热烙饼，要是放弃生产，不打粮食，难道叫老百姓都把嘴挂起来，去喝西北风？"

围在身后的社员们也七嘴八舌地戗戗起来：

"就是啊！俺农民不生产，谁给俺送大米、白面？"

"不劳动，不流汗，那庄稼咋能长粮食，那土地咋能大丰收？俺刘庄的一座座粮食的金山、一座座棉花的银山，不是吹气吹出来的，那都是社员的汗珠子浇出来的，一手一手干起来的！"

"天天坐在会场里，讲革命、论路线、搞批判，能讲出粮食来？能论出高产来？那社会主义靠啥来建设？光耍嘴皮子就能建成社会主义？俺老百姓不信那一套。俺只知道种豆得豆、种瓜得瓜，啥也不种，就啥也不得！"

上级来人手指群众，气急地说："老史，你看看，你把群众都教育成啥样子了？你是把他们往邪路上领啊！这样下去，很危险啊！"

"不对！你说得不对，我是把群众往正路上领，刘庄任何一个群众我都不会让他们走上歪路、邪路的。"史来贺说着，对身后的群众挥挥手，"大伙儿都下地干活吧！干活要紧，别耽误了正事，赶快下地！"

群众都下地走了，路边只站着上级来人和史来贺。上级来人急得在路边走来走去，不耐烦地说："老史啊！群众不懂，难道你也不懂？作为一个党员干部，执行什么路线是最大的政治问题。你组织干部和党团员进行了三天三夜的大讨论，搞的什么名堂？只强调生产，把革命扔在一边，你把方向搞偏了，路线搞错了，还不如不生产。"

史来贺却不急不躁地说："我天天夜里学习毛主席著作，知道革命和生产是辩证统一的。搞社会主义就是发展生产力，多打粮食，多产棉花，让百姓都过上好日子。不生产、不奋斗，咋发展生产力，咋建好社会主义？社会主义不是吹出来的，不是关在屋里空谈出来的，也不是天天开大会批这斗那批斗出来的，而是脚踏实地干出来的，是流汗出力创造出来的。俺刘庄人，就是要靠实干、苦干，干出刘庄的社会主义，干出刘庄的农业现代化！我们除了搞好生产，没有捷径可走。"

"你张口生产，闭口生产，我看你们刘庄就是唯生产力论的黑典型，错误路线的代表！"上级来人火气越来越大。

"你看我是错误路线，我看你那路线才靠不住嘞！我们组织干部群众搞了三天三夜的'要草'还是'要苗'的大讨论，目的就是要大家伙儿明辨是非，站到正确路线一边，进一步搞好农业生产，搞好集体经济发展。这咋能是'唯生产力论'、是'错误路线'呢？你给我们扣的大帽子，我们戴不起，也坚决不戴！"史来贺不愿再毫无意义地争论下去，说着，便扛起农具扭身向田野走去……

就这样，老史顶住了来自各方面的压力，带领群众一心一意搞生产，专心致志搞他们的农、工、林、牧、副，使得五业齐兴旺。

田间劳动休息的时候，老史在地头召开了一个短暂的群众会，他首先问大家："咱刘庄，一年到底苦心巴力搞生产，难道错了吗？咱走错路了吗？"

群众异口同声地回答："没有错！咱刘庄好着嘞！"

"我寻思着也没错！"老史敞开心怀跟大家说，"共产党领导人民干革命、干社会主义，目的是发展生产力，让大家共同富裕，过上美好的日子、幸福的日子。实现不了这个目标，就是俺共产党的干部没尽到责任，就是俺共产党人没本事。现在，咱刘庄党支部就是领着大伙儿在一步步实现这个目标。大家说，俺们这样干对不对？"

"对！对得很！"田野里一片山呼海啸。

老史点点头又接着说："我坚信，咱刘庄走的是社会主义道路，是正确路线，不是资本主义，也不是错误路线。我是铁了心了，他们开除了我的党籍，我照样修理地球，发展生产！"他深吸了几口旱烟，又鼓足浑身的劲儿，说："咱刘庄人不能像墙头草那样，跟风跑、随风倒。在关键时刻，要分清啥是正确的，啥是错误的。不然的话，我们要想把刘庄搞好那是不可能的。处在多变的政治气候中，不管谁说刘庄长短，咱都不理他，只管埋头干，只管搞咱的生产。他们造他们的反，我们生我们的产，到年终分配，咱们分粮食、分红，让说大话的人分路线去吧！"

一句话，说得庄稼地头满地飞起了笑声……

"那路线到底是个啥？广播里成天喊路线，俺咋不知道它是啥样？"一位社员懵懵懂懂地问。

他这一问，把史来贺问笑了："路线啊，它看不见，摸不着。但它能压人，能整人。有人成天拿路线吓唬人，他们自己的路线对不对还得打个问号呢！我坚信一条：只要坚持社会主义方向，把生产搞好，把集体经济发展好，让广大群众过上富裕的日子，就是坚持了正确路线。那些不干实事，不抓生产，成天高喊口号、空谈路线的人，净耍嘴皮子，不讲实际不靠谱。只有实实在在地干，才能真正建设好社会主义。光喊口号，喊不出社会主义；光讲路线，也讲不出社会主义。社会主义是用汗水和心血浇出来的，是靠双手奋斗出来的。"

他的话，像一盏明灯，像一束阳光，把大伙儿眼前的路照得宽敞而明亮。

就这样，"任尔东南西北风，咬定青山不放松"。你批我是"黑典型"，我偏要一条道路走到"黑"。在错误路线重压下,他忍辱负重,一心一意带领群众发展集体经济、搞好生产。虽然老史头上戴着"唯生产力论黑典型"的帽子,但他毫不在乎。只要叫他领着群众发展生产,发展刘庄的农业现代化,他心里比啥都痛快。

令人啼笑皆非的是,那些陆陆续续来刘庄抓"黑典型"、搜集黑材料、批"唯生产力论"的上级干部,来的时候,提包里装的是大批判材料,走的时候,却一个个都偷偷买上一大提包刘庄生产的奶粉带回家。他们私下里悄悄说:"刘庄虽然不会抓革命,但很会抓经济,很会抓生产,他们生产的奶粉比别的地方的都好,货美价实,喝着放心。"

这些人在厚厚的大批判材料中,不知编造了多少假话、空话和大话,而唯有这句私下里的悄悄话,才是千真万确的大实话。

…………

刘庄人在前进的道路上,每经过一次曲折和坎坷,都会更加坚定自信心,更加坚定自己所选择的道路,更加深刻地体会到发展集体、共同致富的优越性。

刘庄在发展的历程中,每遭受一次打击和重创,都仿佛是给刘庄人注射了一次"强壮剂",激发起更强的发展欲望和内在动力,鼓舞起更强的斗志和毅力,把刘庄"更上一层楼"的风采展现在世人面前,把集体经济的蓬勃生机展现得如诗如画。

1976 年,刘庄又一次获得举世瞩目的大丰收。五谷飘香,堆起一座座金山;棉花绽雪,堆起一座座银山。金山、银山交相辉映,在这片土地上耸立起壮美的景观。工、商、林、牧、副各业犹如拔节的春笋,日新月异,展现出青春期勃然旺盛的生命力。

霜染枫叶红,雪打梅花开。刘庄这部正在谱写的创业史,经过这次风雨的洗礼,却又增添了一分新的辉煌,放射出更加夺目的光彩!

也正是在被革除全国人大代表身份、刘庄人深感"黑云压城城欲摧"的艰难时刻,史来贺顶着巨大的政治风险和压力,全盘谋划,果断决策,大手一挥,拉开了刘庄大唱村办企业"重头戏""连台戏"的大幕!

当历史再次从沉思中醒来,当时代再次从迷津中走出,不少人痛惜失去的岁月时,刘庄早已插上了腾飞的翅膀。

第三十八章　喇叭吹响进军号

※农民造喇叭

※"皇帝的女儿"

※比葫芦画瓢

※"滚雪球"发展

农民造喇叭

1975 年冬季的一天,刘庄跑运输的一辆拖拉机上的喇叭坏了,咋按也按不响。拖拉机上不了路,没法搞运输,一天少挣 100 多元,这该咋办呢? 两个司机卸下哑了的喇叭,想买一对新的换上,可在市场上怎么也买不到。新的一时买不上,咋办? 拖拉机总不能憋在家里不上路吧? 不跑公路运输,集体可就受损失啦!

"活人不能叫尿憋死。买不上新的,只有修旧的了。咱试试看能不能把坏喇叭修好。"一位拖拉机手拿起一只坏喇叭对另一位拖拉机手说。

"看能得你,咱要会修喇叭,那造喇叭、卖喇叭的不都饿死了?"另一位拖拉机手幽默地说。

"咱试试吧,干脆死马当成活马医,不试试咋知道能不能修好。"

"就咱这水平? 嘿嘿! 碟子里的水——太浅!"另一位拖拉机手摇着头说。

"你别不相信自己啊! 咱当初也没摸过拖拉机,不是学了几天就会了吗? 我不信修个坏喇叭,比学开拖拉机还难。"这位拖拉机手很有自信,也很有耐心。

于是,两个人埋头修理起来。钳子、螺丝刀、扳手等等,光工具摆了一大片。他们拆了装,装了拆,拆得七零八落,装得张冠李戴,摆弄了一大晌,也没发现症结所在。装在车上,一试,还是个哑喇叭。

他们重新卸下来,继续修。鼓捣了半晌,还是外甥打灯笼——照旧(舅)。其中一位想打退堂鼓:"我看,咱也甭瞎子点灯——白费蜡啦! 一个农民,成不了修理师。没那个金刚钻儿,就别揽这个瓷器活儿啦!"

"咋老说泄气话嘞,甭自己看不起自己。农民咋了? 咱农民不也开起拖拉机了? 咱刘庄农民不也培育出全国出名的棉花良种了? 只要钻研,世界上就没有干不成的事儿。"说这话的拖拉机手仍然埋头鼓捣,另一位拖拉机手也跟着一起鼓捣起来。

俩人鼓捣了半晌，安上一试，喇叭竟然响了！钢梁磨绣针——功到自然成，两个农民拖拉机手修喇叭成功了！

紧接着，两个拖拉机手又把另外两辆拖拉机上早已哑了的喇叭修好了。居然一下修好了三对小喇叭，为村里节约了90元钱。

"我说啥了，不要自己看不起自己，农民也有一个脑袋两只手。毛主席他老人家早就说过，高贵者最愚蠢，卑贱者最聪明。"那位埋头修理喇叭的拖拉机手自豪地说。

"这回可有牛吹了，你就使劲儿吹吧！把牛皮吹破，咱也当不了修喇叭的专家。"另一位撇撇嘴戏谑地说。

旁边观看的人，一见两个拖拉机手修好了喇叭，便伸出拇指夸赞道："你们两个真了不起，驴尾巴上绑扫帚——好伟(尾)大呀！"

两个拖拉机手高兴得你拍我的肩，我捶你的背，还拉起手蹦跳着欢呼起来……

史来贺听说后，竟比两个拖拉机手还兴奋，立马产生了一个大胆的念头——生产拖拉机与汽车喇叭！

他对两个拖拉机手说："既然能修好喇叭省钱，何不造喇叭挣钱？咱刘庄人能修理好喇叭，就能造出来喇叭。拖拉机喇叭、汽车喇叭一齐造，反正都是喇叭，制造原理应该没多大区别。"并将此事告诉自己的大儿子史世领，让他领头造喇叭。

此时，史世领是村里刚成立不久的"铁木业小组"负责技术的组长，草创的"铁木业小组"规模很小，算上头头也只有三个半人。一开始，他们只会做窗户、打桌椅板凳、生产独脚楼。史世领一边工作，一边自修大学理工课程和机械制图等专业知识。可在他自学的课程中没有造汽车喇叭这一专项科目，他只得靠自己钻研和摸索。史来贺父子和工人结合在一起，组成了一个造喇叭攻关组，父亲挂帅，儿子负责设计与技术，真是应了"打虎亲兄弟，上阵父子兵"的古语。

在一无图纸，二无技术，三无设备的条件下，他们依靠自力更生、艰苦奋斗的精神，把一只喇叭大卸八块，仔细解剖，认真梳理，刻苦钻研，反复拆卸琢磨，了解它的构造原理、制造程序、原料配备，理顺每个零件、每条线路之间的衔接与搭配关系。一只喇叭20来个零件，看起来并不复杂，但真要干起来，却需要20多道工序呢！

他们模仿着卸下来的坏喇叭进行设计和制造。经过反复试验，小喇叭的后座、弹簧、响片螺丝等一道道难关都被攻破了，但砸喇叭碗时，却遇到了最大的、难以攻克的"堡垒"。

开始，史来贺与几个年轻人用铁皮剪成扇子面焊接，结果焊接线无法磨平。这一招不行，又采用人工冲压。先用的是木模，铁皮往上一套，再用大锤一砸。谁知造出来的不是喇叭碗，活像个歪嘴包子。一帮人有的哈哈大笑，有的哭丧个脸，有的直叹气！

木模不中，就赶制了钢模，先焊接，后冲压，最后冷轧，还是不成！这咋办？他们急中生智，又由冷轧变热轧，把铁皮烧红，往钢模上一放，大锤一砸成型了！可喇叭碗不是有皱纹，就是有裂缝，尽管砸了许多，却没有一个完美无缺的。

试验进行了两天一夜，有人耐不住劲儿啦，像撒了气的皮球——软包了；有人没了精神头，如霜打的茄子——蔫了，说："拉倒吧！修好了喇叭，不等于能造喇叭。别逞能了，干脆散伙吧！"

史来贺绝不散伙，不达目的，决不罢休！在最艰难的时刻，不能退却，退却就意味着当逃兵，当逃兵就是懦夫，就是无能！他鼓励大家，这个时候，一定得咬紧牙关，冲破难关，成功就在眼前！

就这样，老史带着几个年轻人，三天三夜没有离开过车间，饿了吃个菜窝窝，就一根大葱，渴了，不舍得喝热水，只喝凉水，因为热水还得用煤火烧，多浪费呀！

史来贺心细如丝，又敢想敢闯，正在大家束手无策的时候，他大胆提议："改革模具，颠倒公模与母模位置，改一次冲压为两次冲压，大胆试一试，看咋样。"

年轻人来了个两次冲压，一试，大锤一砸，成功了！

这已经是奋战的第三天夜晚了！

第一对儿喇叭造出来了，装到拖拉机上一按，"滴——滴——"两声震耳欲聋的欢叫。声音虽然有点儿刺耳，但总算造出了能鸣响的喇叭。众人围拢上来，拿起喇叭左看右看，爱不释手，久久沉浸在成功的欢乐之中。

万事开头难。起始，铁木业组一天时间只能造出一对儿喇叭，声音虽不太动听，不太悦耳，但一对儿喇叭卖26元钱也有人要。

史来贺对摆在眼前的产品并不满意，如果不改进、不提高，产品很难找到市场，更不会走俏。那样，就达不到刘庄造喇叭的目的。于是，他提出产品技术要改进，质量要提高，数量要猛增，效益要大翻。

　　为此，"铁木业小组"又是一番刻苦攻关。他们在摸索中不断改进，不断提高，由原来的涂漆改成烤漆，响片由耐酸胶板改为硅钢片，后又改为磷铜片，使得产品质量大为提高，外观也很漂亮，终于造出了音质好、外观美、里里外外都合格的产品。产量也在逐步提升，一天终于能造出5对、10对，慢慢又递增到20对、30对、50对儿，直到一天生产100多对儿……

　　这时，史来贺高兴地对大家说："难嘞不会，会嘞不难。啥都是学来嘞，学会了，啥都有了。咱现在学会了造喇叭，将来咱还要学会造机器，造各种设备。你们信不信，咱的小喇叭，已经吹响了刘庄制造业的冲锋号。不管你们信不信，反正我信。"

　　"俺信，俺信！只要你说的事儿，刘庄人谁能不信？你这一说，俺好像听见刘庄制造业开战的号声啦！"铁木业小组的人几乎要欢呼起来。

　　史来贺眼见小小的"铁木业小组"，已经满足不了目前的生产形势，就见机行事、乘势而上，在"铁木业小组"的基础上，大力扩大规模，轰轰烈烈地办起了刘庄机械厂。这是刘庄历史上建起来的第一座有规模的制造业工厂。从此，刘庄有了第一批甩掉两脚泥巴，走进工厂上班的工人。

　　工厂建成了，规模扩大了，生产能力大大提高了，刘庄机械厂一年竟能生产3万余对喇叭。定型、优质的产品定名为CF-66型双音排气喇叭，经有关部门检测，产品质量过硬、技术优良、工艺先进、外观漂亮，敢与上海生产的汽车喇叭在市场上一争高低。

"皇帝的女儿"

随着生产能力的不断提高和加强,刘庄的拖拉机喇叭、汽车喇叭的产量不断翻番,形成了有规模的大批量生产。广开销路,拓展市场,成为刘庄机械厂迫在眉睫的头等大事。

史来贺与机械厂的领导班子在一个秋天的夜里,坐下来一起研究如何让刘庄的喇叭打向广阔市场、打向全国,并专门组织了一个跑市场、跑销售的营销小组。

第二天,史来贺就派营销小组的人到河南省汽车配件公司洽谈业务、推销产品。营销小组的人进了省公司的大门,找到了有关负责人,首先亮出自己的产品,对方拿起一对儿喇叭左看右瞧,不一会儿,脸上露出了满意的微笑:"不错,不错!这产品从质量到工艺,一看就很棒。"

刘庄人一听自己的产品受到省专业公司的夸赞,顿时便喜形于色,就想恳请省公司给刘庄机械厂多下单、多订货。可还未等到话出口,对方就问道:"这产品是哪个厂家生产的?厂子在哪里?"

诚恳的刘庄人实话实说:"这是俺刘庄机械厂生产的,厂子就设在俺刘庄。"

"刘庄?哪个刘庄?"对方皱起了眉头。

"就是新乡县七里营公社的刘庄啊!嗨!这么给您说吧,就是史来贺那个刘庄,您没听说过?史来贺是全国响当当的劳模,俺刘庄也是全国闻名啊!"刘庄人自豪地说。

"哦!是新乡的刘庄啊!听说过,听说过。刘庄是先进大队,生产棉花很出名啊!不过你们农村生产喇叭,真还没听说过……"对方说着说着打起了秃噜舌。

刘庄人看着对方的表情,一下子愣在了那里:说得好好的,话还没说三句,咋一下子就变脸了？

"同志，你看，这订货的事儿……"刘庄人憨笑着问。

"你们到别处看看吧！我们这里，是省里唯一一家国营汽车配件公司，不与村办厂家签订供货合同。"一句冷冰冰的话仿佛要把刘庄人拒之于千里之外。

"村办厂子咋啦？俺的产品不比国营大厂的差，你刚才不是还说俺的产品很棒吗？既然很棒，您就签一份供货合同呗！"刘庄的推销员用恳求的语气再三央求着。

"不中，不中。农村生产的产品，我们不放心。况且省公司有规定，不能和村办企业有供货往来。走吧，走吧，还是到别的地方试试吧！"省公司的有关负责人往外摆着手，显然有点儿不耐烦了，要立马把刘庄的人打发走。

从一开始热情洋溢的话，到最后冷若冰霜的脸，只是刹那间的工夫，一个村办小厂，在省里的大公司面前，变得一文不值，成了吃闭门羹的"叫花子"。

刘庄人窝了一肚子气："真是有眼无珠，看不起俺刘庄的村办厂子。山窝里能飞出金凤凰，俺刘庄的产品非要长出翅膀飞遍全国不可！到时候，非叫你省公司当比赛场上的运动员——争先恐后跑到俺刘庄去下单订货，不信俺刘庄的产品登不了你省公司的高门槛儿！"

刘庄的推销员愤愤不平，觉得省里的大公司太看不起农民、看不起农村了，明明看到俺的产品很棒，却因为是农民、是农村生产的，就拒之门外，这不是当着俺的面蔑视农民吗？俺刘庄的农民非要争这口气不可，干出你们城市人干不成的大事，造出你们城市人造不好的产品，过上你们城市人过不上的好日子，到时候，非得叫你们城市人对俺农民高看一眼不可。

推销员回到刘庄的时候，史来贺正在机械厂和技术人员一起研制开发新产品。见他们苦楚着脸不悦而归，史来贺就猜出了八九分："没办成事儿吧？是不是叫人家挡在门外边了？"

两位推销员气恼地说："嗨！甭提了！快把俺气死了。明明说咱的产品很棒，却因为是农村生产的，就一口拒绝了。你说浑不浑哪，这不是小看咱农民吗？农民咋啦？没有农民供给他们城市人吃穿，他们一天也活不下去。他们城市人能造的东西，农民照样能造出来，甚至比他们造的还好嘞！小看农民，啥德行！"

"甭急！甭急！消消火，消消火。他们不要，不等于别的地方也不要。我对咱的产品很有自信心，咱刘庄的喇叭是皇帝的女儿——不愁嫁，总会有找上门来的'驸马爷'。放心吧！总有一天，那些相中咱刘庄的'皇帝的女儿'的人，都会争着抢着来当刘庄的'驸马爷'的。"史来贺说着，哈哈笑了起来，推销员们也都笑了起来……

时隔两日，各地区、各县主管生产的领导人在郑州开会，史来贺接到通知就一拍大腿，连说"好！好！好！"，转脸对身边的干部说："我要去郑州开会。"

临出门，别的啥也没带，专门带了两大纸箱刘庄机械厂新出产的 CF-66 型双音排气喇叭。人们不解地问："你去开会，带恁多喇叭干啥？"

"回来你们就知道了。"史来贺神秘地说。

到了郑州，史来贺叫人把随身带去的机动车喇叭摆到了大会会场里。与会人员都是各地、县的头头脑脑，见会场里摆了那么多喇叭，觉得很是新奇。

"这是干啥嘞？会场里咋摆了这么多喇叭？"

一看、一问，才知是史来贺带来的刘庄的产品，专门拿到会场来展销的。这个史来贺，点子就是多，把会场当市场，把开会的干部当采购员、订货员了，这一招儿可真绝，真新鲜，唯有他史来贺才想得出！

休会期间，参加会议的各地县的领导有的在房间休息，有的聚在一起沟通、交流，有的阅读大会文件。史来贺便抓住这个休会的空当，找熟人，会朋友；串了这个房间，又进那个房间，在每个房间出出进进。不管遇到谁，都要费尽口舌，推介刘庄的汽车、拖拉机喇叭。

你别说，这一招儿不仅很鲜、很奇、很绝，还很灵、很火、很爆。会议期间，不少与会人员就当场验货下单，有不少领导人还给下属单位打电话，让他们急速赶到郑州的会场，找史来贺签订供货合同。

那几天，史来贺一头忙开会，一头忙推销，时间安排得比谁都紧，连老朋友找他聊天都找不到机会。

省里的领导见了史来贺，打趣地说："老史你可真行，把会场当市场了、当推销产品的集市了，你真会抓时机啊！"

省政府一位领导握着史来贺的手，夸赞道："有你这么个有经济头脑的领头人，刘庄的集体经济还怕上不去、搞不好？全省农村的党支部书记要都像你老史这样热心抓经济工作，抓村办工业，就好喽！那河南的农村就会大变样喽！"

…………

很快，一些客户反馈了信息：刘庄喇叭，"高低气压灵敏，外观美，内件好，质量一流"。

让史来贺想不到的是，从省会回到刘庄，竟有一批批的采购员纷至沓来，有本地的，有外地的。不到一个月，就有 20 多个省、市的采购员来刘庄订货签单，并且一签就是常年供货、批量供货。产量一增再增，却仍旧供不应求。刘庄喇叭一下子成了"香饽饽"，畅销大江南北，响遍神州大地。

谁说村办小厂没名气？四面八方的采购员千里迢迢慕名而来。谁说农民制造的产品不过硬？凡来刘庄购货订货的外地人都说"刘庄的喇叭数第一"。谁说村办小厂的产品牌子不亮？刘庄机械厂的产品的牌子，已经在中国大地放射出璀璨夺目的光芒！喇叭声声，那是刘庄人的声音在天地间回响；喇叭鸣笛，那是刘庄人对路上行人一声声平安的祝福！

有人写了一首《刘庄小喇叭》的顺口溜张贴在机械厂门口，对机械厂产出的小喇叭溢满赞美之情。顺口溜是这样写的：

小喇叭，像朵花，
开在刘庄人人夸。
也不香，也不艳，
一摁就响顶呱呱。
都说喇叭能唱曲儿，
吹得歌儿飞万家。
吹蓝了天，
吹绿了地，
吹得田野春光美，
吹出秋天丰收画。
喇叭一响天地新，
吹出农业现代化！

河南省汽车配件公司看到刘庄喇叭响遍全国，后悔当初小看了刘庄人，意识到拒绝订刘庄的产品完全是一个错误的决定。而原来的供应厂家的产品不仅质量一直上不去，而且送来的喇叭价格也高，他们决定改换刘庄机械厂为供货厂家，长期签订购货订单。

消息传来，刘庄人备受鼓舞，机械厂的工人干劲倍增，小喇叭产量逐年增高,每年盈利 20 多万元。

　　20 多万元,放在现在的刘庄已不足挂齿,而在当时却是一个惊人的数字。"不积小流,无以成江海。"刘庄如今十几个亿的资产,正是在这十几万、二十几万元的基础上发展起来的。

　　小喇叭响遍全国,奏响了刘庄工业发展的序曲,吹响了刘庄人向工业进军的号角!

比葫芦画瓢

在畜牧场十几名饲养员的精心喂养下，刘庄牲畜饲养业发展很快。没几年的工夫，仅奶牛就繁殖到 100 多头。随着奶牛的逐年繁殖，刘庄奶牛场的规模越来越大，效益越来越好。特别让人惊喜的是，奶牛场每天竟能产出几千斤鲜牛奶。

史来贺看着一桶桶、一罐罐琼浆玉液般的鲜奶，高兴得心花怒放："牛奶可是好东西，比白面馍营养价值高多了。咱刘庄的奶牛产出的鲜奶，就是叫大家伙喝的，这是为了提高咱刘庄人的生活质量。只要是刘庄人，从奶娃到老人，人人都有一份儿。从今往后，各家各户每天都要到牛奶厂来领鲜奶。小孩喝了长得快，老人喝了能长寿，劳力喝了强壮筋骨，干活有力。"

按照史来贺的吩咐，刘庄大队每天早晚两次发鲜奶，人人有份儿，家家都领。每天一早一晚，牛奶厂内都按时排起长龙般的领取鲜奶的队伍，每个人的脸上都挂着幸福的微笑。奶香温馨了刘庄人的新生活，鲜奶滋润了刘庄人的好日子。

每天产的几千斤牛奶，除无偿供给本村人享受外，其余的卖给县食品厂，一年能收入 20 多万元！

周围农村的人见了，羡慕得眼热了、心动了："看人家刘庄，过的那才叫社会主义好时光，跟外国人一样，天天都能喝牛奶。这在咱中国农村，还是头一份哩！刘庄人的日子真美啊！"

"可不是么，刘庄人真享福！好多农民一年到头粮食还不够吃嘞！饭还吃不饱嘞！跟刘庄人一比，天上地下啊！"

看！史来贺花 90 元钱买回的 3 头小奶牛，只用几年发展起来的奶牛场，却给刘庄人带来了实实在在的福祉！这种远见卓识的眼光，让多少人难以望其项背啊！

史来贺看着牛奶厂每天源源不断的鲜奶，萌生了把牛奶这种原料制造成商品的想法，牛奶本来就是贵重的东西，造成商品，不就更贵重了吗？那么，以牛奶为原料，能制作什么商品呢？奶粉、冰糕、乳制品等，不是都需要牛奶这种原料吗？

有了这种想法，他便马上召集支委和大队干部商议："这几天，我一直寻思，现在，咱奶牛场的牛奶产量一天比一天高，群众喝不完，县里的食品厂要的也有限。牛奶这么贵重的东西，千万不能浪费掉。眼下，咱得生法，想想咋样以牛奶为原料，变原料为商品，把咱村喝不完的牛奶转化为更高级的产品，让它产生更高的价值。那样对集体、对群众都有利。我看啊，咱首先应该建一座冰糕厂，生产牛奶冰糕；然后，再建一座奶粉厂、乳制品加工厂，把刘庄人喝不完的鲜奶制成奶粉，往外出售，肯定能卖个好价钱。你们看咋样？这事中不中？"他诚恳地问大家。

"中！中！老书记就是办法多。要是建了这些厂，咱村又多了一个来钱的门路。群众肯定支持！"与会人员兴奋得仿佛看见了未来的奶粉厂。

对于刘庄人来说，这不是不切实际的空想：有了一定规模的奶牛场，有了日产几千斤的鲜牛奶，建与牛奶密切相关的这些加工厂已是势在必行，水到渠成。可建这些厂，在刘庄是大闺女坐轿——头一回，不像养奶牛那么容易。庄稼人能养奶牛，可要建奶粉厂生产奶粉，农民却从来没有干过，甚至这样的工厂连见都没有见过。

"没吃过猪肉，还没见过猪走？"这次，刘庄人还真的没见过"猪走"。奶粉厂，怎样个建法？需要建啥样的厂房？生产奶粉都需要哪些机器和设备？怎样安装和使用？造奶粉需要学哪些技术？这些，刘庄人闻所未闻。从干部到群众，从没文化的到有文化的，从不懂技术的到会些工匠技术的，对建奶粉厂，都像瞎子要饭——摸不着门！

这一系列的问题，也搅扰得史来贺吃不香、睡不宁。

要筹建奶粉厂、乳品厂、冰糕厂，可不像当初花90元钱买来3头小奶牛那么简单。3头小奶牛能衍生3个乳品厂，但3个乳品厂绝不等于3头小奶牛。

不言而喻，要建成牛奶加工一类的工厂，摆在史来贺面前的是一大堆困难，考验着人的意志和勇气，考验着人的胆识与魄力。史来贺一步步艰难地攀登着，一步步勇敢地探索着……

打算盘,算投资;想办法,筹资金。仅这一项,就把史来贺难得抓耳挠腮,整天食不甘味,夜不成眠。人跑瘦了,腿跑细了,眼睛熬红了,头发愁白了。费了很多周折,总算筹齐了启动资金。

接下来的建厂房,史来贺更是夜以继日地全身心投入,和壮劳力一起挖基打夯,垒砖砌墙,累得、困得实在撑不住了,就歪倒在地下,斜靠在刚刚垒起的湿墙上眯盹一会儿。

制造奶粉等产品,需要哪些设备?该怎样安装?这是又具体又实在的大难题。史来贺派党支部副书记王云邦,带领村机械厂的史世领、刘铭海到山西清徐县奶粉厂去考察取经。

王云邦三人到清徐县城后,一打听,奶粉厂不在县城,而在城郊。此时天色已晚,他们只好先住进一个小旅馆。第二天,一人租一辆自行车,一口气骑到城郊外的奶粉厂。

王云邦跟这里的厂长有过一面之交,一见面,他们三人就被当作客人接到会客室。王云邦跟厂长寒暄后,厂长就开始介绍工厂的生产与销售情况。

尽管那位热心的厂长,又领着他们三人在车间里转了一大圈,并简要地介绍了有关的设备,但对机械设备比较熟悉的史世领,也只是了解了一些皮毛,没有达到"满载而归"的目的。

从清徐县回来后,王云邦觉得这次带人出去,没能很好完成考察取经的任务,心里有点过意不去。他对史来贺说:"我知道陕县大营有个小型奶粉厂,我领着人再到那里考察一回吧!"

"那赶紧去吧! 时间不等人!"

史来贺说着,就安排人驾驶村里的解放牌大汽车,拉着人去陕县考察。村机械厂呼呼腾腾一下上去七八个人。正是大冷天,大卡车上,铺了厚厚一层玉米秸,七八个人挤坐在玉米秸上,身上围着大棉被,还一个个冻得瑟瑟发抖。

到了陕县大营奶粉厂,王云邦首先跟这里的厂长见了面。一听说是新乡刘庄来的,厂长非常热情。王云邦与厂长在办公室说着话,机械厂的七八个人呼啦一下进了人家的车间,有的看奶粉机,有的看喷雾罐,有的看真空浓缩罐……这次,他们看得很细致,很认真,还仔细询问了有关的技术工艺、生产流程等问题。

厂长办公室里,王云邦正跟厂长说话,忽然跑进来一个工人向厂长报告:"厂长,不好了! 那伙人把咱的奶粉机拆了。"

　　王云邦立刻接话:"他们是看看奶粉机的'内脏',不是搞破坏。看完了,他们肯定会再组装好。放心吧!"

　　厂长见王云邦一脸诚恳的样子,再说来的都是刘庄人,便对那位工人说:"他们是来学习的,让他们看吧!"

　　陕县奶粉厂厂长的宽怀大度,让刘庄机械厂的工人学到了本领,取到了真经。

　　从陕县回来后,机械厂几个年轻人比葫芦画瓢,鼓捣了几个昼夜,竟设计生产出刘庄第一台小型奶粉机。一试,中了! 紧接着,第二台、第三台……刘庄人自己设计研制的奶粉机开始批量生产了,并且很快打开了市场,销往全国各地。

　　奶粉机制造的一举成功,为刘庄的机械制造业又烧旺了一把火,把一个"土生土长"村办机械厂,冶炼成一个巨型"孵化器",孵化出一个又一个工厂,林立在刘庄这片土地上,使这片土地由古老获得了新生,实现了单纯的农业村向工业村的转变,刘庄人也实现了由农民向工人身份的转变。

　　可以说,刘庄机械厂的制造业,在刘庄的创业史上,写下了浓墨重彩的一笔,描绘出多姿多彩的画卷。

"滚雪球"发展

有了自己研制的奶粉机,生产奶粉岂不成了水到渠成的事?

生产奶粉还需要到外边采购一些重要设备。那段时间里,史来贺和村机械厂的技术员几乎跑遍了大半个中国,进一个厂家又一个厂家,到一家仓库又一家仓库,看设备,谈价格,测品质,验性能,货比三家,优中选优,真可谓绞尽脑汁、费尽口舌、历尽艰辛。一日三餐,坐地摊,喝面条,吃烧饼,饮一毛钱一杯的白开水;夜里,住最简陋的旅店或车马店,一人一夜最多3元钱。

一路上,史来贺告诉大家:刘庄建厂上项目急需用钱,咱出门在外不能铺张浪费,给村里省一分是一分,省一毛是一毛。创业路上,头三脚难踢,最难踢的一脚就是资金,所以刘庄人要勤俭创业,艰苦创业。

在选购设备上,史来贺果断决策、定盘:一般设备采用国内生产的,重点设备引进国外的,以便使整个生产线接近或达到国内外同类企业的加工水平。譬如:牛奶标准化设备,对整个生产至关重要,特别是生产配方奶粉,是必不可少的设备;均质机也是生产高质量产品,特别是配方奶粉的关键设备;还有喷雾干燥塔,是粉类奶产品生产的核心设备。这几样设备关系到乳品企业的前途和命运,决定着企业的兴衰成败、生死存亡,因此,史来贺咬着牙关,攥紧拳头,斩钉截铁地决定:这几样设备要进口的,哪怕多花钱也值! 其他像干混设备、蒸发设备和包装设备等,则都选购了国内生产的。

选购完设备,史来贺对随行人员说了一句发人深省的话:"该省钱的地方不省,是一种浪费和犯罪;不该省钱的地方你省了,会给你埋下无穷的后患,那更是一种浪费和犯罪,甚至是极大的浪费和不可饶恕的犯罪。生活和工作中,处处都有辩证法啊!"

史来贺之所以对什么都看得准、做得对、把握得好、处理得得当,就因为他的头脑里装满了辩证法,决策时遵循辩证法,工作中用活了辩证法。

走遍刘庄,如果留心的话,就会发现,史来贺的辩证法无处不在。

…………

在史来贺的带领下,刘庄人熬过了多少不眠夜,啃掉了多少"硬骨头",战胜了多少严寒,闯过了多少难关,终于用自力更生、艰苦奋斗的精神,用勤劳智慧的双手,在古老的土地上,建造出刘庄第一代奶制品企业。

厂房建好了,设备安装了,机器调试了。万事俱备,东风劲吹。

东风吹得花千树,姹紫嫣红又一春。

不是梦幻,不是童话,奶粉厂、冰糕厂、乳品加工厂在刘庄相继拔地而起,干净整洁的厂房,先进的大型设备,自动化生产线,超高温巴氏瞬间杀菌,全封闭自动包装,就连过去的人工挤奶,也被进口的全封闭式挤奶机所代替。这让刘庄终年累月面朝黄土背朝天的农民,足足过了一把看"洋机器"的瘾;车间里采用先进技术、先进工艺进行流水线生产的整个流程,更让刘庄这些头顶高粱花子的"泥腿子"大开了眼界、大长了见识。

"过去几年,咱刘庄靠粮棉高产在全国出了名,外边的人,只知道咱刘庄人能种出高产粮、高产棉,可他们不会想到,咱刘庄人还能玩转'洋机器'嘞!"

"你说怪不怪,从这头灌进去的是从牛身上挤出来的鲜奶,可在机器里鼓鼓捣捣,转来转去,到了那头,出来的全是包装好的奶粉,跟变戏法一样。真神啊!真神!"

"做梦也没想到,咱农民还能生产这些'洋乳品',这可是城里人享用的东西啊!这回也让咱刘庄赚赚城里人的钱吧!城里那些有钱人,赶快掏腰包哟,好好享用俺刘庄产的奶粉和乳制品吧!"

"咱刘庄的乳产品,没说的,物美价廉,味道新鲜,纯正无比。城里人要是不买呀,非叫他们后悔一辈子。"

看"洋景"的农民,你一言我一语,说起来没完没了。每个人的脸上都挂满了喜气洋洋的神采,每个人的言谈话语都洋溢着强烈的自豪感。

当初那个说风凉话的社员,望着高大的厂房,听着隆隆作响的机器,又想起几年前史来贺牵着3头小奶牛进村后引来村民围观的那一幕,感慨还是史支书有眼光、有远见哪!当年花了90块钱买了3头小奶牛,谁能想到,90块钱"滚雪球",越滚越大,竟给刘庄滚来了今天的3座乳品加工厂。谁能想到,3头小奶牛,竟生出了3座大工厂,真了不起哟!除了史来贺,谁能有这样的眼光?

他朝人群望了一圈，诚恳地说："刚才有人说那洋机器真神，要我说，不是机器神，机器离了人不会转圈不会响。在咱刘庄，真正神的是人，是史来贺！史来贺是个神机妙算的人！跟着他，咱刘庄人不会吃亏，不会受穷。"

当初，那位手指3头小奶牛用顺口溜吹凉风的人，又兴致勃勃地说起了新的顺口溜：

> 三头小奶牛，
> 打滚"滚雪球"。
> 滚了五六年，
> 奶牛几百头；
> 又滚三五载，
> 厂房竖起楼。
> 机器日夜轰轰响，
> 流出奶粉和奶油。
> "泥腿子"也会办工厂，
> 产品销到城里头。
> "滚雪球"滚出来摇钱树，
> 农民花钱不再愁。

史来贺听后连连称赞："说得好，说得好哇！你说咱是用小奶牛'滚雪球'，说得太对了。咱刘庄置家业不容易啊，就得靠'滚雪球'的办法，自力更生，艰苦创业，慢慢发展啊！"

"'滚雪球'，是史支书坚持发展集体经济的一个诀窍。"党支部副书记对大家说。

"啥诀窍？根据咱刘庄的家底、刘庄的实际，发展集体经济就得这么办！"史来贺说话向来不拖泥带水，"不过呀，这'滚雪球'里边有学问、有哲学啊！那并不是说不论谁、不论在啥地方都能滚成大'雪球'的。"

大家不解地看着史来贺，这"滚雪球"咋还能滚出哲学来呢？

史来贺告诉大家，刘庄集体经济的发展是由一片"雪花"到一个大"雪球"的滚动积累过程。这个滚动过程较长，也较慢，最重要的是要选好能滚成"雪球"的"雪地"以及"滚雪球"所需的很长的"坡道"。没有适当的"雪地"滚不成

"雪球",平坦的路、很短的路也滚不成"雪球"。同时,"滚雪球"得有耐心、有恒心、有信心。有了这些条件,日复一日,年复一年,"雪球"就会越滚越大。

谁会想到,"滚雪球"竟有这么大的学问,这么深的哲学。集体经济这个"雪球",要滚得又大又结实,得需要多大个哲学头脑啊!

到20世纪70年代初期,奶粉厂、冰糕厂、乳品加工厂的产量和销量逐年逐月地增高,经济效益好得令人吃惊。

上级有些领导人听说刘庄大办畜牧业、乳制品工业后,认为史来贺走了"邪路",便派"钦差大臣"到刘庄调查此事,督导刘庄扭转方向。

受当时政治气候影响,上级派来的"钦差大臣"是满脑子"以粮为纲"的原则和"防止修正主义、资本主义"的思想。他劝史来贺换思想、扭方向,把全部精力投入"以粮为纲"上,不要搞那些"滋生资本主义"的"歪门邪道"。

史来贺一听火冒三丈:"你叫我扭方向,扭到哪里去? 我们刘庄务的是正业,不是什么'歪门邪道'! 要说'以粮为纲',我们刘庄的1900多亩耕地,都种了棉花与粮食,并且棉花、粮食产量都高过其他村,在全国数得上高产典型,难道这还不是'以粮为纲'? 为了种好棉花,我们都搬到棉花地里住了十几年啦! 难道这还不是落实'以粮为纲'的实际行动? 全县有几个村的干部常年住在农田里? 怎么我们农民办了畜牧场、工厂,就成了'滋生资本主义'了呢? 你想想,不办畜牧场、奶牛场,哪能积那么多的农家肥? 没有那么多的农家肥,粮食怎么会增产? 不养牲畜、不办工厂多挣钱,哪里来钱买农业机械? 没有农业机械化,现代农业怎么大发展?"

一连串的质问,连珠炮一样,让"钦差大臣"无言以对。

其实,"钦差大臣"也只不过是"奉命行事",传达一下上级领导的"旨意",就算完成了任务。见史来贺这么有主见,说得又不无道理,自己一个传令办差的,也只好由他去喽!

奉命来刘庄找茬的"钦差"们,见刘庄人喝牛奶、吃鸡蛋、炒鲜肉,粮食吃不完,钱也花不完,不论是收入,还是生活水平,都比机关干部高,让他们羡慕得不得了。当时,城里人买肉要肉票,买鸡蛋要鸡蛋票,买奶粉要妇女坐月子、老年人生病的证明。没有这些票啊,证明啊,你急需买啥急死你也买不到。所以"钦差"们乘着没人时,悄悄溜进刘庄商店,购买一些刘庄自产自销的奶粉、肉食品等,匆匆塞进提包里,拿回城里的家,给老婆孩子改善生活打牙祭。

　　进刘庄批判人家搞"歪门邪道""资本主义"，批判过后，却又私下偷偷摸摸买"资本主义"生产的不要票、无须开证明的物美价廉的物品。这难道不是那个时代特有的、绝妙的讽刺吗？

第三十九章　以工促农致富路

※惊人的速度
※孝子抱遗憾
※第一小康村

惊人的速度

仅有三个半人的铁木业小组，在不到两年的时间里，迅速发展成为拥有几十台机床的刘庄机械厂，能够自主生产多种机器设备，带来了可喜的经济效益。起初是拖拉机和汽车喇叭的生产和畅销，让集体经济的增长速度直线上升；特别是他们自己设计研发的小型奶粉机，填补了河南省的空白，畅销全国二十几个省、市、自治区；后来，通过扩大产能，又大批量生产大型制药设备，为本村药厂的不断扩建立下了汗马功劳。这真的应验了史来贺当初的预言："小喇叭吹响了刘庄制造业的冲锋号。"

机械厂日夜繁忙，为这片古老的土地鸣奏着农村现代化的乐章。白天，这里轰鸣着春雷般的交响；夜晚，飞溅的电焊火花把夜空辉映得绚丽多彩。这个昔日最穷的小乡村，从来没有听到过如此雄壮强健的歌声：万能外圆磨床、万能升降台铣床、精密滚齿机、插齿机、切割机等等，昼夜不停地上演着欢快激越的大合唱，奏响了刘庄亦工亦农、以工促农、集体致富的梦幻曲……

刘庄的工业产品源源不断地流向市场，流向全国，打开了广阔的销路，拥有了难以估量的市场份额，赢得了可观的经济效益和利润，为集体经济开凿了新的源流。因此，刘庄人自豪地说："史书记有先见之明，带领俺刘庄干部群众，在20世纪70年代初就已经搞起了市场经济。"

可当时在史来贺眼里，刘庄机械厂只是刘庄的一份"小家当"，要振兴刘庄经济，村办企业必须要有大谋划、大规模、大发展、大作为。单靠眼下的几个小厂，恐怕难以实现经济振兴的宏伟目标。只有振兴经济，集体才会有雄厚的实力；只有振兴经济，集体才会有办好一切事业的力量；只有振兴经济，刘庄才能实现共同富裕；也只有振兴经济，刘庄农业、农民、农村才能全面实现现代化。否则，一切美好的梦，都会很难走进理想的境地。正像史来贺经常给刘庄干部讲的那样："集体空，没人听；集体有，跟党走；共同富，走的才是社会主义路。"

眼下，他又在思考和谋划下一步的发展。

一次，他到外地开会，意外地捕捉到一个信息：我国已成为纸张生产、消费大国，特别是纸的消费量居世界第二，仅次于美国。随着纸产品需求的快速增长，国内造纸业的生产和供应却远远满足不了需求，所以，中国也成了纸张进口大国。

这个信息对于史来贺来说，简直价值连城。

他握紧拳头，在空中一挥，好像下定决心要决战似的，刚劲有力地自言自语：好！建造纸厂，刘庄要建造纸厂！国家短缺啥，俺刘庄就生产啥！

可建造纸厂，不像盖一座豆腐坊、建一个畜牧场那么容易，这里边有很多弯弯道道。对于刘庄，这是历史上的第一次，满村的庄稼人，谁懂造纸？

在一没资金，二没技术，三无设备的情况下，史来贺从离刘庄不远的小冀镇造纸厂请来一名技术员教刘庄人学造纸技术。他们夜里听课学技术，白天掂着瓦刀建厂房。厂房自己动手盖，机器自己学着装，既节约了投资，又学习掌握了技能。除了锅炉、烘缸、电器外，其他设备、部件一律都是刘庄机械厂自己制造。

纸厂从筹建到投产，按计划需要半年时间。

"按照这个工期去干，拉的时间太长了，既浪费人力，又浪费物力，会加大建设成本。必须得缩短工期，压缩建设成本，为集体节约资金。"史来贺的头脑中一直盘算着如何节省建厂投资。

这时集体新村建设已经开始，夜以继日地施工，需要大量资金；为了逐年增加社员的收入，年底分配也需要资金；造纸厂建设、其他工厂的扩建，也需要资金。这些都重重地压在了这个硬汉子肩上，他心里急成了一团火，不压缩工期、不节约资金能行吗？他恨不得一夜间把造纸厂建成投产！

为了缩短工期，高速度、高效率地建设造纸厂，史来贺召开全村动员大会，提出一个响亮的口号："党员干部冲在前，青年团员流大汗，男女老少跟着干，五天任务一天完。"

未上阵，就把干部群众的劲头儿鼓得像膨胀的热气球，刹那间向高空冲去。

史来贺把建厂人员分成三班：建房、采购、安装。他自己既当指挥员，又当战斗员，日夜坚守在建设工地。在他的带领下，干部群众没明没夜地大干，每天都是早晚两头见星星，再苦再累不停歇。在党员干部的带领下，工地掀起一个又一个建设高潮，一天到晚都充满了热烈沸腾的气氛。

造纸厂只用了 33 天就利利索索地建成投产,比计划工期缩短了 5 个月。可想而知,这是多么惊人的速度,这是多么惊天地泣鬼神的干劲。这样下来,总投资比同类纸厂降低一半,创下了建厂工期最短、建设成本最低的纪录。这在同类造纸厂的建设中是绝无仅有的。

造纸厂建设的每一个关键阶段,都渗透了史来贺的心血,凝聚着史来贺的智慧。

安装机器设备需要钢板,根据设计方案,这些钢板需要用切割机切断。但当时刘庄没有切割机,周围村庄更找不来切割机。这一下,难坏了施工人员。钢板切不断,施工就难以继续。

"离了金刚钻,咱就不干瓷器活了? 没有切割机,咱就不能想想其他办法?"史来贺边干活儿边果断地说,"施工一刻也不能停止!"

他不知从哪儿找来了几把小钢锯,自己手里握一把,其他的分给各小组施工人员。他首先弯下腰、低着头,用小钢锯锯起了钢板。一位施工员拿着小钢锯怪声怪气地说:"用这么小的锯,锯恁大恁厚的钢板,这不是等于蚂蚁啃骨头吗?"

"蚂蚁能啃动骨头,那困难多大啊! 咱们用钢锯截钢板,比蚂蚁啃骨头容易多啦! 干吧,年轻人! 钢板再刚硬,也没人强壮;你强它就弱,你弱它就强。"史来贺不失时机地鼓励着。

在他的带领下,施工人员用小手钢锯一点一点地拉,锯条磨断了一根又一根,硬是用蚂蚁啃骨头的强力和韧劲儿,用小钢锯把厚厚的钢板切割成一块又一块,啃掉了工地上所有的"硬骨头"!

打浆池建好后,开动机器纸浆却不循环,这是怎么回事? 问题出在哪里? 史来贺围着打浆池一圈一圈地转,一边观察,一边计算,连续转了十几圈,发现打浆机角度垒得有问题,立即让土工程师改变角度,手到病除,再开动机器,纸浆乖乖地循环起来。

安装 3 吨重的烘缸没有吊车,这么个庞然大物怎么弄到车间? 支三角架吧,房子太低支不开,人抬肩扛吧,就是把人压趴也抬不进去。这该咋办? 几个土工程师束手无策,眼巴巴地望着史来贺,相信那颗智慧的脑壳会蹦出一个奇妙的办法来。果不出所料,史来贺是诸葛亮弹琴——计上心来,给身边的人说:"赶紧开拖拉机来!"拖拉机开来了,他大手一挥,众人齐努力,"嗨哟、嗨哟"几声,把烘缸装到了拖拉机车斗上,"嘟嘟嘟"开进车间里,顺利安装了大烘缸。

一个个老大难，在史来贺的亲自指挥下，全都迎刃而解。

刘庄的事，刘庄人自己办、大伙办，男女老少都是主人翁，也都是建设者。人心齐，泰山移。有了这种主人翁意识，刘庄无论搞什么建设，自然而然地就形成了一种"刘庄速度""刘庄特色"。刘庄人为此而自豪，为此而骄傲！

造纸厂刚刚竣工，副县长刘荣海来刘庄检查工作，看到崭新高大的厂房，高兴地说："老史啊！你上造纸厂这个项目上对了，单单造纸资源这一项，可以说是近水楼台，得天独厚啊！这就节约不少成本呢！刘庄造纸厂一旦投产运营，利润可是相当惊人的！"

"我们就是本着这一点，才下决心建这个纸厂的。光本地的麦秸、棉花秸就有取之不尽、用之不竭的造纸原料，确实是资源独享啊！我们建这个厂，不用舍近求远去花钱买资源。"史来贺在新建的厂房里向刘荣海边指画、边介绍，"刘庄每建一个厂子，每办一件事情，都要事先把算盘珠子拨得噼啪乱响，账算得尽尽的，项目谋划得全全的，没利润、不赚钱，甚至利润低、赚钱少的买卖，刘庄是不会干的！"

"谋事在人，成事在天。可在刘庄，谋事在人，成事也在人呐！因为刘庄有你史来贺！谁不知道，你是刘庄的铁算盘、策划师啊！"刘荣海说完，自己便哈哈大笑起来，弄得史来贺也跟着嘿嘿笑了起来……

孝子抱遗憾

　　造纸厂投产的那一天，好多群众都围在厂房内外指指画画、说说笑笑看热闹，史来贺却一头扎进车间寸步不离、专心致志地看门道。从造纸原料的切割、粉碎，到加高浓度碱水进行高温蒸煮，从经过 CX 筛、高频振动筛、洗浆机、压滤机等机械去除原浆中含有的碱水，到对原浆进行漂白，从洗涤加水配成浆液，到造纸烘干等，每一个工艺流程，他都看得分外仔细，观察得格外透彻。一个细节都不放过，一个律动都不忽略。他边看边问身边的技术员，这是怎么回事？那是怎么变成的？有什么原理，有什么规律？看着漂白后的原浆又问，什么状态是正常的，什么状态是反常的？出现了反常怎么处理？每一个工艺流程他都会提出一连串的为什么，技术员对这位只读过两年私塾的村支书，只能做深入浅出、通俗易懂、简明扼要的解说，遇到那些深层次的技术原理，还得绕着圈子打比方、举例子，直到他点头满意弄懂弄通为止。

　　技术员被史来贺善于学习、勤于探索、不耻下问的精神和平易近人、不摆架子、甘当小学生的作风深深感动了。到哪儿去找这样好的带头人？叫别人学会的技术，自己首先要学会；叫别人懂得的知识，自己首先要懂得；要别人由外行变成内行，自己首先要变成内行。刘庄有这样一位虚心求教、苦心求知的带头人，还会有什么障碍能遮住他们充满希望的眼睛？还会有什么艰难能挡住他们探索进取的脚步？

　　然而，由于这段时间大家都在忙碌着建厂，谁也没有觉察史来贺心情的变化，他的眼睛时不时地浮现出一丝丝痛楚的阴云。只有他自己知道，正当他领着大伙争分夺秒、刻不容缓地建造纸厂时，93 岁的母亲突然病重，卧床不起，危在旦夕。他多想日夜守候在母亲床前，一勺一勺地喂水，一口一口地喂饭，替母亲擦擦额头的汗，为母亲将将鬓边的发，让老母亲在生命的最后一段时间静享母子深情、天伦之乐。可建厂忙得实在走不开，他只好托付妻子和姐姐照料沉疴在身的老母。

在刘庄，谁都知道史来贺是个大孝子，他对父母的孝敬，上可感天，下可动地。他曾对人说过："我和俺娘感情最深。俺娘亲我，我也亲俺娘。"冰天雪地的冬夜，他总要用热水袋把被窝暖得热烘烘的才让母亲躺进去；炎热的三伏天，他从地里回到家里，总要拿起芭蕉扇先给母亲扇一阵子。在村里忙碌一天，进了家门，总是先到母亲房间，给母亲聊一聊外面的稀罕事儿，陪母亲说一说家长里短。每天吃饭时，他总要先盛一碗恭恭敬敬地端给母亲，然后自己和妻儿才开始吃。如果家里改善生活，烙了饼、炒了鸡蛋，他拿起烙好的第一张饼卷上葱花鸡蛋，双手递到母亲手里；包了水饺，他把开锅的第一碗饺子亲亲热热地捧到母亲面前。他去北京、郑州开会或到外地出差，总忘不了给老娘买些好吃的带回家。平时，老娘偶有伤风感冒、头疼脑热的，他总是背着老人去村里的卫生所诊断治疗，决不让老人家圪扭着小脚下地走一步……

如今，老人突然病重，他心如刀绞，比谁都着急，比谁都痛苦。可造纸厂的建设和投产是村里的大事，正值关键时刻，如果离开场地回家伺候老母，只怕误了建厂投产，给集体造成损失。在母亲的安危与群众的利益，在家庭私事与集体公事之间，史来贺掂量得出孰重孰轻。他只能忍着万分的痛苦忙工作，忙大事。身在厂房，心中暗暗为母亲祈祷，愿她老人家转危为安，早日康复！

可老人家的病却在一天天加重，一时不如一时。医生把疗效最好的药反复给老人用上，却仍不见好转。在病床前昼夜伺候的妻子刘树珍和两位姐姐都心急如焚，坐卧不宁。大姐含着眼泪说："咱娘都到了这个时候，成天不吃不喝的，兄弟咋还不进家？他到底干啥嘞？啥事儿比咱娘的病还当紧呢？"

树珍带着满心的歉意对两位姐姐说："你们不知道？来贺整天想的、忙的都是村里的工作，在他眼里群众比谁都亲，集体比啥都重要。他这一段儿尽忙造纸厂的大事，实在脱不开身哪！他也不是不结记咱娘，我知道，平时他最心疼咱娘、最孝顺老人家啦！你们不知道，其实他这个时候心里都着成一团火了。"

"还是有名的大孝子呢，这个时候不守在娘身边，却忙集体的事儿去，嗨！真不知道他是咋想的。"两位姐姐无奈地埋怨道。

她们哪里知道，造纸厂正式投产试车的关键时刻，自己的兄弟史来贺昼夜紧盯死守在车间里、机器旁，心里却无时无刻不在挂念着危在旦夕的母亲。由于共产党员的使命在心、责任在肩，他不敢抽身离开半步。

母亲病危那天,大女儿史世容急匆匆跑到车间,对正在指挥试车的史来贺说:"爹,奶奶的病重了,你快回家看看吧!"女儿说着,眼泪便哗哗地流了下来,哽咽着再也说不出话来。

车间里的工人和乡亲竭力劝道:"史书记,快回去吧! 老人家在眼巴巴等着你呢! 这里的事儿有技术员和我们大家哩! 去陪老人家一会儿吧!"

可史来贺担心试车发生意外,一心想着试车成功,赶快出纸,就怀着沉重的心情对女儿说:"你赶紧回去陪奶奶,叫奶奶坚持住,我待会儿就回去。"

老史和自己的母亲,感情可不是一般的深厚,他曾经多次对人说:"我和母亲感情最深,俺娘亲我,我亲俺娘,俺娘受了一辈子苦。在旧社会要饭乞讨时,她常常把要来的一口馍,先喂我吃,而她自己却几次饿晕在讨饭路上。"

每当说起这些,史来贺的眼里总是噙满了泪花。他是娘唯一的儿子,何尝不想守在娘的床头侍奉老人呢!

半夜过去了,史来贺依然在车间里指挥着、调试着,迟迟不肯从车间离开。

此时此刻,躺在病床上的母亲已经昏迷不醒,冥冥中断断续续轻唤着儿子的名字:"张妞,张妞,张……"

凌晨四时许,老人家已到了临终时刻,女儿又一路飞跑着前来告急:"爹,奶奶不中了,就剩一口气了,说不出话了,爹啊,你再不回去可就晚啦!"

正在机器旁查找故障的史来贺一听,立刻泪流满面、欲语无言。但他没有跟着女儿转身回家,而是低着头、流着泪,毅然走向出现问题的关键部位——烘缸。

众人催他赶快回家,同老人家见最后一面。

"试车是最关键的一环,在这个节骨眼上,我能回去吗? 万一试车不成功咋办?"

他忍着巨大的悲痛和技术员一起终于找到了问题所在,排除故障,再次调试。

试车终于成功了! 第一张金黄色的瓦楞纸生产出来了! 史来贺心中的石头总算落了地。

史来贺急忙拿起生产出来的第一张金黄色的瓦楞纸,飞一般冲出车间,连跌带撞地向家里跑去。他想让老母亲睁眼看看刘庄也会生产纸张了,老人家看了,一定会高兴的;即使老人寿终正寝,真的要走了,也要让她含笑而去……

家离造纸厂只有200米的路,他使出全身力气拼命地跑着,恨不得一个箭步飞进家里，一边跑口里一边不住地呼喊着："娘啊！娘啊！"可等他奔跑到母亲的床前，老人家的双眼已经紧紧地闭上，再也睁不开了……

史来贺再也抑制不住内心的痛苦和悲哀，这个未能在母亲临终前尽孝的儿子，趴在母亲的身上，大放悲声，泪水狂流："娘啊，儿子来晚了，您咋不等等儿子啊！儿子不孝啊，您临走，连句话也没给您说成啊！娘，您醒醒吧，给儿子说句话吧……"

母亲入土后，每到母亲的忌日和清明等节日，史来贺从不敢上坟祭祀，因为他觉得自己对不起父母，父母亲去世时，都处在儿子处理村集体大事的节骨眼上，没能在他们临终时侍奉在病床前，尽最后的孝道，这是他揪心的歉疚，更是他终生难以弥补的缺憾。在父母最需要他守护在身边的时候，却看不见他的身影；在父母巴望着能最后给儿子说几句话的时候，儿子却不在他们身边。这是多大的不孝啊！即使到了九泉之下，自己又有何颜再见老人家啊？

史来贺大公无私、公而忘私、先集体、后家事的精神深深感动了刘庄所有人。自古忠孝难两全，而史来贺这个既为党为民尽忠，又为父母双亲尽孝的忠贞男儿，一生一世都做到了忠孝两全，而且做得尽善尽美。而当尽忠与尽孝发生矛盾时，深明大义的他必然会先尽忠后尽孝，国家的事、集体的事，无论什么情况下都是第一位的。这就是他几十年如一日始终坚持的忠孝大道，超越自我，超乎常人。

在史来贺的密切关注、精心组织、现场指挥、科学管理下，造纸厂投产以后，很快走上了正常运转与良性经营的轨道，每天都能完成或超额完成生产计划。刚开始，纸厂只有一台纸车，年产瓦楞纸500吨。后来，纸厂不断"滚雪球"，不断扩大规模，扩大再生产，发展到12台纸车，年产纸张10000吨，产量翻了20倍，效益翻的却不止20倍。并且又根据市场需求、市场导向，将原来的生产瓦楞纸改产为文化用纸。

这样给产品定位，使造纸厂很快就进入了产销俱旺的良性循环，产品畅销无阻，市场不断开拓。同时，不断加大治污力度，使治污真正达到了国家要求与标准。

新生的造纸厂，和"年少"的机械厂一样，仿佛是从刘庄的地平线上喷薄而出的旭日，与生俱来就给这片古老的土地带来一片朝气蓬勃、茁壮旺盛的生机。

第一小康村

在"文化大革命"处于高潮时的 20 世纪 60 年代后期,全国上下都在搞"清理阶级队伍"和"打派仗",广大农民还在贫困中度日月,一年到头填不饱肚子。刘庄人却在埋头苦干,艰苦奋斗,发展集体经济、大搞多种经营,率先成为河南省第一个"温饱村"。在此基础上,刘庄人摽足了劲,挺直了腰,甩开膀子加油干,跟着村党支部和史来贺又开始了新一轮的创业。

在史来贺的率领下,刘庄人开始向"小康村"进军。那时,中国人大都还不知道啥叫"小康",更不懂得"小康村"是啥样。史来贺却在刘庄第一个提出:"刘庄达到温饱是第一步,第二步是实现小康,第三步是把刘庄建成富裕村、幸福村。"这就是他规划的建设社会主义现代化新农村的"三步走战略"。

在"文化大革命"那种特定的历史背景下,史来贺为何能提出这样超凡的设想和发展规划?他的这个远大目标是从哪里萌发的?无疑,这是史来贺根据自己这个共产党员的共产主义理想,在胸中早已画好的蓝图,更是这位农民思想家大胆超前的新农村社会模式构想,也是广大农民共同的追求幸福生活的强烈愿望在他的头脑中形成的一个愿景。可怎样才能让百姓富裕、让农民实现小康呢?这是他日日夜夜苦苦思索的问题。

当时,刘庄的高产、稳产在全省乃至全国是出了名的,不论是千亩棉田,还是 800 多亩粮田,平均亩产和总产居全国领先地位,公共积累不断加码,固定资产年年增多,集体经济进一步得到巩固和壮大。

这时,有的干部开始沾沾自喜:"咱刘庄,到啥时候都是最棒的,咱的粮棉产量哪一年都是领跑全国的!"

"不要盲目乐观,咱刘庄到啥时候都要夹着尾巴做人。得了几个先进就觉得不得了啦?天下大着嘞,不要坐井观天。老人儿好讲一句话,山外有山,天外有天。刘庄不是一切都好，还有很多不足的地方，千万不要盲目骄傲、自高自大，要时刻保持谦虚谨慎的作风。"史来贺告诫所有的党员干部。

他启发大家在顺利和胜利面前，一定要保持冷静头脑，从实际出发，客观分析形势，认识刘庄潜在的危机：高产不一定就是富裕，高产不一定就能增收。

他让会计给大家算了两笔账：一笔是刘庄在生产上的投入；一笔是刘庄在农业上的收入。算来算去，大家发现，生产投入的增长幅度，超过了农业收入增长幅度。

这一下，让干部发热的头脑，一下子冷静下来："真没想到，大丰收、高产量下却潜伏着这样的危机。"

"其实，我去年就发现这个问题了，这个问题，我们必须正视，必须化解。不然的话，会直接影响刘庄集体经济的发展。"史来贺心里早有了谋划，接着对大家说："农业到啥时候都不能忽视，它是国民经济的基础。但是，如果只搞农业，投入再多，产量再高，也富不起来。农村集体要想富，工、商、林、牧、副综合发展一条路。咱们除了办好畜牧业、副业以外，还必须办好工业。常言道：无工不富，无商不活。咱刘庄大集体，今后必须走工业助农、工业富农的道路。"

20世纪60年代初，史来贺就在头脑中筹划如何在搞好种植业的基础上，让刘庄转向有计划、有规模的工、副业发展，形成以工促农，以副促农，形成农、工、林、牧、副全面发展，各行各业齐头并进的农村发展新格局。

他在大胆地尝试着、探索着，"摸着石头过河"，一步一步拓宽和延伸刘庄集体经济的发展道路。

在史来贺的倡导下，刘庄党支部抓住集体经济连年飞跃的大好机遇，乘势而上，又连续办起了好多工厂。各种机器隆隆轰鸣，奏响了刘庄村办工业的凯歌，仿佛是刘庄农民吹响的向工业进军的冲锋号。加上前几年办起的砖瓦场、粉坊、豆腐坊、机械厂等，刘庄的村办工业、副业已经初具规模，形成了不小的气候。在刘庄人看来，史来贺在带领他们开创刘庄有史以来从未经历过、从未见识过的一代新兴产业，这意味着，刘庄要开辟一片新天地！

自此，刘庄的创业，有了一个新的突破，有了一次新的跨越，有了一次新的飞跃！

刘庄的创业史已经掀开新的一页，已经开始书写新的华章，开始描绘新的画图……

可上级有人讽刺说："史来贺办工厂办出了瘾。"

　　刘庄的群众却纠正说:"史书记是抓集体经济抓出了瘾,为民造福造出了瘾。"

　　还是刘庄群众最了解他们的老书记啊!

　　不论是办工业,还是办副业,老书记所做的一切,都是为了发展集体经济,为了造福人民群众啊!

　　他所办的一切,给刘庄集体办出了茂盛的财源,让广大群众从办工厂中尝到了甜头,看到了集体经济兴旺发达的实实在在的现实和共同富裕的美好前景,精神格外振奋,劲头儿一鼓再鼓。大家齐心协力,甩开膀子,撸起袖子,跟着史来贺掀起了大办工厂的热潮。到了 20 世纪 70 年代中期,刘庄的村办企业如雨后春笋,拔地而起。什么面粉加工厂、电瓶厂,什么缝纫厂、化工厂,再加上原有的机械厂、奶粉厂、冰糕厂、乳制品加工厂等,村里已拥有十几个工厂。每个工厂都呈现良好的发展势头,带来了惊人的效益。在畜牧业方面,还兴办了大型养猪场、养羊场、大型养鸡场等。可以说,刘庄的村办企业、村办畜牧业和副业都已形成不小的气候、可观的规模,形成了刘庄大地上一片独特的景观。

　　与此同时,村里还有 4 辆解放牌汽车、2 部三轮摩托车、8 部拖拉机、10 部柴油机、150 部电动机、11 台小麦收割机、1 台小麦播种机等等。刘庄的农业不仅实现了水利化,而且实现了机械化。5 天就可以完成全村的播种与收割任务,5天就可以给庄稼普浇一遍水,不仅节时省工,而且大大解放了生产力,提高了劳动效率。

　　几个工厂建成投产后,大队成立了农业、畜牧业、工副业、运输业 4 个专业队,真正走上了一条农工商一体化的发展之路。到 70 年代中期,粮食亩产已达到 1700 斤,皮棉亩产 220 斤,全村总产值近 300 万元,其中工、林、牧、副业占70%。2/3 以上的劳动力已经转移到了第二、三产业上。这在当时的全国农村是极为罕见的。

　　1980 年,依靠工、农、林、牧、副齐头并进,依靠不断发展壮大的集体经济,刘庄总收入每人平均达到 1102.44 美元(按当时美元价值计算),公共积累已超过500 万元,全村 360 余户人家全部达到小康水平。刘庄成为"中原首富村",也是中原乃至全国"第一个小康村",比全国于 2020 年普遍实现小康提前了整整40 年。

　　刘庄,在实现集体致富的道路上,可以说是率先垂范;而在全面建设小康社会的道路上,则又是捷足先登。由此,刘庄老百姓对共同富裕更加充满信心,对史来贺率领刘庄人所走的发展集体、共同致富的道路更加充满自信。

正是初春季节，几位老人坐在墙根晒太阳，享受晚年的清闲。他们脸上都挂着温润的微笑，在阳光的照耀下，那微笑都开成一朵朵幸福的花。

一位老人高兴地对几位老伙计说："如今，咱刘庄是中原首富村了，你们知道不？"

"知道，知道！外村的人都知道，咱咋能不知道哇？人家外村人都把咱刘庄编成歌儿啦！"

"啥歌儿？"

"你们听啊！'走遍大中原，刘庄富在前；走遍全中国，刘庄是富窝。'你看，人家编得多好听啊！"

"当然好听，叫咱听了心里美滋滋的。"

哼着这首新民谣，几位老人的脸上，笑开了一朵朵菊花……

如今，刘庄成了小康村、富裕村，刘庄人民走上了共同富裕的道路，永远告别了苦难与贫穷。

"想想过去，看看现在，咱刘庄人算是上了天堂了，日子越过越好啊！"

"是啊！刘庄的好日子来之不易啊！全靠党的领导，全靠史来贺这个好领路人啊！"

老人们一说起刘庄的发展便津津乐道。

经过几十年的实践，刘庄人越来越清醒地认识到，"要想共同富裕，就得发展集体经济。"这是老史给他们经常念叨的一句真理。

他们知道，不论在什么情况下，老史都认准了一条："社会主义的本质，是发展生产力；社会主义的方向，是让老百姓走上共同富裕的道路。千变万变，发展集体经济，让老百姓过上好日子，这一条啥时候也不能变。"

经过几十年的历程，刘庄人越来越深刻地感悟到，"要全面实现小康社会，就必须全面繁荣集体经济，坚持真正的社会主义。"这也是老史给他们经常念叨的一句真理。

他们记得，老史大会小会总是讲："建设社会主义，实现共产主义，就要走共同富裕的道路。一个村子里的乡亲，如果有人富得流油，有人吃不饱、穿不暖，那就不是真正意义上的社会主义新农村，就不是合格的社会主义。"

刘庄人坚信：刘庄是真正意义上的社会主义新农村！

第四十章　仁爱之心播温情

※仁爱暖人心
※书记当红娘
※手心与手背
※义救外乡人
※"捡回一条命"

仁爱暖人心

前边的章节里，已经写到"双料反革命"杨长义被选为饲养员的故事，在这里，不得不又要提到他。

杨长义从陕西回到刘庄时，正是"文革"闹得最厉害的时候，到处都在批斗"黑五类"和"牛鬼蛇神"，看到这种形势，杨长义心里七上八下，打起了小鼓：这可怎么好？日思夜盼回到故土，岂不成了自投罗网？不中的话，就还扭头回陕西吧！可自己已经一大把年纪了，再离开故土在外混日子，啥时候是个头啊？老啦老啦，可不能在外地寿终老死，骨埋异乡啊！

在"以阶级斗争为纲""横扫一切牛鬼蛇神"的"文化大革命"中，虽然刘庄党支部对党的政策掌握、执行得比较好，但在那种全国性政治气候下，杨长义表现再好，也难免挨批斗，每天都要像电影《芙蓉镇》里刘晓庆扮演的那个青年寡妇胡玉音一样，弯腰低头，挥着一把大扫帚扫大街。

每次批斗会上，"打倒'双料反革命'分子杨长义！""杨长义不老实，就砸烂他的狗头！"的口号声呼喊得震天响。但不论群众咋喊叫、咋批判，坐在主席台上的史来贺总是默然无语，呆呆地坐着，一脸木然的表情。他作为刘庄党支部书记，深知批判杨长义是大势所趋，不组织批判，群众不愿意，上头也追究。哪怕是应付公事，走走过场，也得组织对一个"双料反革命分子"的批判。但他坚持一条原则，对杨长义的批判，只"触及灵魂"，不得"触及皮肉"。绝不能像有的地方，批斗会上，让人挨批又挨打，打了也是白打，打伤了，白白受疼，打残了，活该倒霉，打死了，没人敢管。刘庄绝不能发生这种无法无天的事件。

批斗会上，当有的人准备动手动脚打杨长义时，史来贺立马护住杨长义，并大声呵斥道：

"我们要批判的，是杨长义的思想，绝不是要损伤他的肉体。随便动手打人，这是野蛮行为，更是违法行为！是法律不允许的。在我们刘庄，绝不允许这种事情发生！"

从此，再也没人敢在批斗会上动手动脚打人了。

"如果不是史来贺护着，我早在一场场批斗中被打死了！是他稳重地掌握了党的政策，'要文斗，不要武斗'，才让我免遭了大难。"杨长义说起这些，非常感动。

有人还跑到公社大批判组去打报告，企图让公社造反派批斗"逃亡地主"杨长义。

史来贺非常清楚，如果把杨长义弄到公社去批斗，那就遭大罪了，所以他坚决制止：

"他是刘庄人，已经在刘庄批斗过，为啥要弄到公社去批斗？刘庄的事情，刘庄自己解决。他在外将近 20 年，能主动回来，说明他还惦记故土，热爱家乡，想念家乡的父老乡亲，他有这种感情就很难得，很可贵，我们就要善待他。人心都是肉长的，我们要让每一个生活在刘庄的人，都感到共产党好、社会主义好，感到刘庄大家庭的温暖。"

由于史来贺的保护，杨长义那颗悬着的心也慢慢安定下来……

杨长义在奶牛场兢兢业业、尽职尽责，拼命为集体效力，报答史来贺的知遇之恩。刘庄社员绝大多数人不会挤奶，刚开始几十头，后来一百多头奶牛，只有杨长义一个人挤奶。一天三晌挤不完，晚上再加班干一晌。虽然又脏又累又苦，但杨长义毫无怨言，始终默默无语地埋头苦干。因为史来贺给了他施展才能的机会，给了他报效集体与国家的舞台。为此，史来贺要在政治上担多大的风险啊！包庇和重用地主，包庇和重用反革命的罪名不知哪一会儿就会加在他的头上，要知道，当时史来贺也处在逆境中，有人时刻准备暗算他。一想到这些，杨长义哪怕累死也心甘啊！

杨长义就这样起早贪黑地挤啊，挤啊！由于不停地用力，不停地使劲，挤奶累得左胳膊上的血脉几乎僵死了，整个胳膊由肿胀变成了紫黑色，但他仍咬着牙挤奶，一会儿也不肯歇。

一天，史来贺到饲养场察看，打老远就望见了杨长义紫黑的胳膊，走近后，看了又看，摸了又摸，甚是心疼："看把你累成啥了！你的胳膊伤到这种程度，为啥不找医生看看？"

"我倒想去看病，又怕人家说我装病，逃避改造。再说了，谁敢给我这个'双料反革命'看病啊?"杨长义说话时眼里淌着泪水。

"不管谁有了病,都得找医生。这事儿,我来管!"

史来贺马上找来村卫生所的医生给杨长义诊治。他吩咐医生:

"每天按时诊治,直到治好为止。他是为集体干活累的,一定要治好!"

医生按照史来贺的吩咐,每天来给杨长义打两次针,一连打了四五个月,才使杨长义胳膊上的血脉又重新活了起来,紫黑色也慢慢褪去了。

"要不是史来贺,我这条胳膊就毁了。是他保住了我的一条胳膊。"杨长义对共产党的感激又增加了一层,对史来贺的感恩又多了一层。

有的社员对史来贺关怀杨长义的做法很不理解:

"一个'双料反革命',还接受着管制劳动,得了点病,用得着那么上心给他治吗?他就是有个三长两短,也不是贫下中农整死的,怕啥?关心这种人不值!"

史来贺马上截住话头:"话不能这样说。每个人活在世上,都有做人的基本权利。即使是有历史罪行的,我们也只能批判他,改造他,让他痛改前非,重新做人,为社会做点有益的事,为集体贡献自己的力量。他只要还是个有生命的人,我们就得按人来对待他。战场上,不是还有'优待俘虏'这一条吗?我们只是把杨长义当常人看待,还说不上'优待',怎么就不中呢?"

杨长义胳膊治好后,干工作更加卖力了,总觉着有使不完的劲、出不尽的力。在劳动中,他忽然感到心里有一种不可名状的诗情在涌动。新中国成立前,他读过不少书,有些古文底子。可后来由于命运坎坷,再加上历次政治运动的批斗,精神受压抑,他的文化才干始终找不到发挥展示的机会,甚至连书本也不愿摸了,总觉得还不如草木一秋,了此残生算啦!是党的好干部史来贺又给了他新生的希望,让他看到了社会主义的光明,感受到了社会主义的优越性。他由衷地感谢共产党,感谢共产党培养的好书记史来贺。他想把心中的感激之情写出来、喊出来,一写一喊就痛快了。

一天夜晚,他躺在床上猛然想起了北京大学教授冯友兰呈给毛主席的一首诗:

　　善用物者无弃物,
　　善用人者无弃人。
　　唯有东风劲戗力,

枯木亦能成绿荫。

冯友兰在这里，用"东风"暗喻毛主席，歌颂毛主席海纳百川、任人唯贤的无产阶级革命家的宽阔胸襟。

杨长义想到，毛主席的好学生、好干部史来贺，不也是一位大度之人吗？一股激情激励他披衣下床，展纸挥毫，边吟边书，满腔的感激之情凝聚笔端，随着墨香流淌出来：

> 刘庄红旗高百仞，
> 枯木朽株皆逢春。
> 若非来贺有海量，
> 纵有千树难成荫。

诗稿写好后，杨长义把它珍藏起来，生怕有人看见。因为正处在"文革"时期，当时的逻辑是："凡是敌人反对的，我们就要拥护；凡是敌人拥护的，我们就要反对。"当时的人们，就这么直观、简单、教条，到处套用毛主席的话，也不管毛主席讲这段话的时间、地点、场合、背景以及针对性。按照当时的逻辑推理，杨长义是革命的敌人，他歌赞史来贺，史来贺就成了"敌人拥护的"，这样史来贺不就倒大霉啦？杨长义绝不能好心办成坏事，将诗稿一直珍藏了十几年。

杨长义在奶牛场一干就是 20 年，因为他有文化、懂知识，对奶牛场的科学化、规范化发展做出了很大贡献。

这时，有人说："多亏当初老史保护了杨长义，发挥了他的专长，你看人家在奶牛场干得多棒啊！"

1979 年 1 月，按中共中央文件规定，杨长义被摘去了"地主兼反革命"的帽子，成了普通社员。杨长义犹如重新活了一回一样，从来没有像这样无忧无虑，自由自在。

由于长期孤身一人生活，日子过得邋邋遢遢。史来贺经常派村里的妇女干部到杨长义家帮他缝缝补补、拆洗被褥，打理家务，让他的家里一年到头都干干净净、整整洁洁，让人看了舒心多了。

每年临近春节，史来贺还派人给杨长义家扫房子、置年货、贴对联、擦灯笼，里里外外装扮一新，打扫得干干净净，庭内庭外都有了浓浓的年味儿。史来贺还带着村干部给他送去过年的新鲜猪肉、食用油、白面、粉条、粉皮、豆腐等。年味儿和年货让年老的杨长义倍感亲切和温暖。

杨长义看着村干部摆在屋地上的一大堆年货和生活用品,激动得热泪狂流:"托共产党的福,托新社会的福,托你们这些好干部的福,我老汉过年,有享用不完的好东西了。"他擦了一把眼泪又说:"看如今这社会,多好啊! 不用出家门儿,你们把过年的东西都给我送齐了。吃水不忘挖井人,我一辈子也不忘共产党的大恩大德。"

史来贺拉住他的手说:"共产党就是给咱老百姓造福的,全心全意为老百姓服务,叫大家过上好日子。"

"共产党对老百姓就是好,在咱刘庄,谁家享的不是共产党带来的福? 我能有幸福的今天,知足了。感谢共产党,感谢新社会啊!"杨老汉非常真诚地说。

由于独身生活,没有规律,饥一顿、饱一顿、冷一顿、热一顿,再加上劳动量大,过度劳累,经年累月,把身体搞坏了。1980 年,杨长义老汉突然胃大出血,呕吐不止,饭吃不下,水喝不进,躺在床上,四肢无力,动弹不得。

史来贺得知后,叫来村卫生所的医生给杨长义治病。村医无奈地摇了摇头:"得赶紧送医院,咱村这医疗条件治不了他的病。"

"中! 那就赶紧送医院。"史来贺立即派人驾着一辆三轮摩托车,把杨长义送到公社医院治疗。公社医院的医生一看流血不止,一下摩托车就断言治不了,得转大医院治疗。正是半夜时分,史来贺又叫医生跟着,把杨长义护送到新乡县人民医院。

住院期间,史来贺派村民王清泉在医院侍候,喂水喂饭,悉心照料;还派毛玉婷专门给做合口的饭菜,确保住院期间的营养。杨长义在医院住了 50 多天,他们二人侍候了 50 多天。对杨长义照顾得无微不至。

出院后,史来贺又叫他们二人照顾了杨长义一年多,以免一个人生活不正常,再犯了病。

杨长义病好出院后,见了史来贺千恩万谢。

史来贺笑容满面地对他说:

"只要把病治好了,我就放心了。谢啥呀,这都是我工作分内的事。"

杨长义逢人就说:"如在旧社会,别说是我这样的小地主,就是比我大的地主,得这样的病,也早魂归西天了! 我感谢共产党,感谢史来贺啊! 是他们给了我第二次生命。"

怀着无限的感激之情,杨长义又一次欣然命笔,写下一首歌颂史来贺与刘庄人的诗:

用尽心血数十年,
与国争光民富强。
再接再厉再继续,
刘庄富强更富强。

书记当红娘

　　杨长义康复后,史来贺心头浮起一个念头:杨长义六十几岁的人了,孤身一人,生活多有不便,身边无人照料咋中!要是有个人能跟他做伴,互相有个照应就好了。看来,得给他找个老伴啊!不久,史来贺便牵线搭桥,促成杨长义上演了一场"黄昏恋",65 岁又当上了新郎官。

　　1981 年,滑县有个叫李知远的农民,在刘庄帮着熟皮料,人称"李皮匠"。皮子熟完后,临离开刘庄时,史来贺对他讲:

　　"老李,我们村的杨长义,60 多岁了,身边缺个伴。你回去后,操点心,帮着给老杨找个老伴吧!"

　　杨长义听到后,只当老史随便说说,不过是个玩笑话而已。自己已经是一个土埋到脖子的人了,哪里还有再当新郎官的奢望?谁知史来贺却动起真格的了。在"李皮匠"返回老家滑县后,史来贺怕他把自己的话当儿戏,便又专门跑到滑县,找到李知远,千叮咛,万嘱咐:

　　"老李,你一定把俺村杨长义的事,当个大事认真办。就算我拜托你啦!你要办不成,也可以再托人帮着办。不论咋样,你得成人之美!"

　　"李皮匠"把史来贺交代的事,当作一件庄严的使命去完成,不仅自己到处打听,还让侄媳妇帮助物色,一再叮嘱侄媳妇:

　　"可要当作一件正经事办,我可是给人家打了包票的。"

　　没多久,"李皮匠"的侄媳妇带着一个 50 来岁、名叫张连梅的女人来到了刘庄。

　　那天,杨长义恰巧不在村里。史来贺就像迎接贵客似的,把她俩安排在刘庄接待站,管吃管住,热情款待。他对张连梅说:

　　"杨长义的情况皮匠老李给你介绍过了,我就不用多说了。总之,一句话,杨长义是个热爱集体的人，为集体做事非常负责。我们欢迎你来刘庄，有啥困难你提出来，我们村里帮助解决。无论有几个小孩，愿意来的都带来，来到这里，该上学的上学，该进工厂的进工厂。这些事刘庄党支部一定能帮你解决好！你尽管放心，会让你没有一点后顾之忧。"

这番话，说得张连梅心里热乎乎的，她一来对刘庄就有了好印象：

"刘庄人真好！"

杨长义外出回来后，跟张连梅一见面，两个人都很愿意。张连梅对杨长义说：

"来之前，听我们那儿的老李介绍过你的情况后，俺还真担心呢！怕你虽然摘帽了，哪能真的和社员一样看待。来了后一看，村里的党总支书记都这么关心你，热情接待俺，待俺亲热得很。耳听为虚，眼见为实，俺放心了。我回去，跟家里人商量通了，就来跟你过。"

张连梅回去跟家里人一商量，两个儿子与两个儿媳坚决反对：

"儿孙一大片了，50岁的老娘再嫁人，做后辈的如何见人？老娘你提啥赡养条件我们都能办到，就是不许老娘改嫁。"

孙子孙女也抱着奶奶的腿，哭叫着不让走：

"奶奶，你不能走，在咱自己家多好啊！你走了。我们去哪儿找奶奶呀？"

可张连梅主意已定，趁儿孙不在家时，把常穿的衣服一收拾，挎着一个小包袱，悄悄来到刘庄。

有人不理解："张连梅图个啥？杨长义已经是65岁的糟老头子了，她才50岁，即使找，至少也该找个比杨长义年轻一点的人为伴啊！"

其实，他们不知，张连梅是被史来贺的热情感动了，被刘庄现代化的新面貌感动了。刘庄有这么好的带头人，眼下的日子比任何村都好，将来的日子一定会过得更好。她改嫁到刘庄来，就是想在晚年，过上社会主义新农村的好光景。

张连梅在杨长义这里住下后，她的两个儿子和儿媳妇来到刘庄，找到杨长义家里，劝她跟他们回去，可怎么也劝不通。他们4人就双膝跪在院子里，不吭声，不抬头，引来无数邻居观看。他们发誓，娘要不跟他们走，即使把地跪个窟窿也不会站起来。杨长义与张连梅被他们跪得六神无主，直在屋里打转转。

史来贺听说后，匆忙赶过来，向他们讲国家的宪法、婚姻法，请他们尊重母亲的意愿。他们一见惊动了大队党总支书记，又觉得理亏，就爬起来悻悻而去。

史来贺了解到，杨长义与张连梅感情上很合得来，虽然没有青年人的花前月下,却也相敬如宾,情真意切。他就找原刘庄党支部副书记、现任七里营乡经济联合社副主任的杨森峰,领着他们到民政部门办了结婚登记手续,并为他俩操办了婚礼,用法律保障了他们的婚姻自由。

"书记当红娘,摘帽的'双料反革命',65岁做新郎。"在刘庄一带,一时传为佳话。

后来,张连梅的儿子、儿媳妇见娘在刘庄生活得很幸福,作为晚辈,也回心转意,承认了两位老人的结合。她在外工作的大儿子,为了排解两位老人身边无儿无女的孤寂,通情达理地把12岁的妹妹送到杨长义家。史来贺立即把她安排到刘庄中学免费读书。高中毕业后,她被分配到刘庄机械厂工作。女儿进了这个家,生活得既幸福又快乐,与两位老人相处得也很融洽。一家3口人,每年最少能分配一万多元现金,这在20世纪80年代初,是一笔不小的收入了。家里的现代化家电、家具,一应俱全。

从此,杨老汉心里再也不觉得孤独了,生活,再也不显得孤单了。家务有人收拾了,院落有人清扫了。干一晌活儿回到家里,有现成的热馍热汤端起来就吃;到了冬天,有做好的新棉衣拿出来就穿。更让他心满意足的,是有了知冷知热的"老来伴儿",可以在床前灯下说说知心话儿啦!

村里好多人都说,杨长义像换了一个人似的,老了老了,却又精神焕发喽!

杨长义老汉越老越发觉得日子的美好,越老越品出了生活的香甜。有一天,他遇到一位过去的老伙计。老伙计上下打量了他一番,笑嘻嘻地说:"哟!你的身板越活越硬朗,气色也越来越滋润啦!"

他实打实地说:"要不是史书记啊,我这把老骨头,早就沤糟了。我这福分,都是他给的啊!"

他的老伙计接住话茬说:"史书记做过的事、走过的路,叫咱光念共产党的好,光记共产党的恩呐!"

"是啊!俺一家的幸福日子是谁给的?是共产党给的,是社会主义给的,是史来贺用他的功德换来的。为了世世代代记住史来贺的恩德,假如不远的将来我们的女儿能生两个孙孙,我已给他们起好了名字:一个叫贺成,一个叫贺功。都用史来贺的'贺'字,祝贺史来贺事业上的成功!"杨长义真是一位有心人。

他看看自己幸福美满的小家,又看看刘庄现代化的大家,兴奋不已,又从心底流出一首诗来:

马达轰隆似雷鸣，
工厂矗立比林丛。
来贺心血绘蓝图，
刘庄伟业代代兴。

一个人赢得别人的赞誉并不难，但赢得曾是自己敌人的人发自内心的赞誉最难，最难。史来贺能让曾是"双料反革命"的人打内心佩服和称赞，太难得了！在中国历史上，这样的政治家能有几何？史来贺这个土生土长、奋战在黄土地上的农民政治家却做到了。好一个了不起的农民政治家！他大地般的厚德，大海般的胸襟，令人高山仰止！

手心与手背

随着刘庄集体工业规模的不断扩大,现代化、高科技生产的水平不断提升,各工厂、各企业需要的工人与日俱增,从事工业生产的人自然也就越来越多,本村劳动力和原来陆续招收的外村 6000 余名工人远远不能满足工业生产的需求。于是,就从外地和附近农村再次招收青年农民 1300 余人进厂当工人,安排农村剩余劳动力来刘庄集体企业上班就业。

人多了,人杂了,人多人杂容易生是非。为了让这些外地、外乡人很快融入刘庄这个大集体,成为思想上、感情上、心灵上的"刘庄人",史来贺开会教育全村干部和各工厂干部一定要对外招的工人一视同仁,将他们当作刘庄的兄弟姐妹,不准另眼看待,要给他们大家庭的温暖和关爱,要让他们感受到刘庄就是他们的家,刘庄处处有亲人。这样,那些外来工就会从感情上主动融入刘庄这个大家庭。

史来贺在会上说:"手心手背都是肉,伤着哪块都心疼。左手掌是刘庄人,右手掌是外乡人。左手右手都是手,跟咱们都是手足情啊!"

在史来贺的影响带动下,刘庄的党员干部不仅为本村群众当好人民公仆,而且也为外招工当好勤务员,当好"一家人",给他们提供工作与生活上的方便,为他们排忧解难,给他们创造一个温馨和暖的工作环境,从而大大激发了他们工作的积极性和创造热忱。

家住东曹村的段振德夫妇都在刘庄企业当工人,家里有两个孩子上小学。为了让他们既安心上班,又不误照管孩子,车间领导亲自为他们调班,让他两口子交替上白班、夜班,家里白天黑夜都有大人照顾,孩子上学有人接送,在家学习、食宿有人做伴。两口子在厂里上班再也没有后顾之忧,再也不用担心孩子的冷暖。小两口对厂里的关心和安排,内心充满了感激,眼含着热泪说:"刘庄的干部群众没有把我们当外人，而是把我们看作兄弟姐妹，事事处处给予无微不至的关怀和照顾。我们在刘庄上班，就像在家里一样，处处感到温暖，天天充满快乐。"

陈庄村农民陈永政，在刘庄企业维修车间当工人。1995年的一天，他正蹲在地上焊接管道，突然感到肚子疼，紧接着一阵呕吐，旁边一位家在刘庄的工人见状急忙上前问道："永政，你这是咋了？"

"肚子疼得厉害，恶心得很！"永政边呕吐边打着战回答。

旁边另一个刘庄人说："是胃有病了吧？得赶紧去看！"他急忙跑去找车间主任。

车间主任闻讯后，飞步跑到陈永政跟前，来不及多问，搀扶起他就往门外走。然后将疼痛难忍的陈永政扶进车里，开起车直奔卫生所。

经医生诊断，陈永政患的是急性肠胃炎，幸亏送来得及时，不然，反复呕吐，会把胆汁吐出来，引起更严重的后果。医生立即给患者打针、用药，车间主任在一旁给他倒水、喂药，使他很快转危为安。

陈永政从衣兜里掏出钱付药费时，车间主任对医生说："你给他开张条子，药费由厂里报销。"

陈永政用疑惑的眼神望着车间主任："我不是刘庄人呐，是在你们这儿打工的！"

"不是刘庄人也报销。凡是在刘庄的工厂里打工的外乡人，跟刘庄人享受同等医疗待遇。你放心，厂里一定会报销的。刘庄党委、村委，还有各工厂领导，不会亏待任何一个外招工，让你们在这里上班，跟在自己家一样。"车间主任拍着陈永政的肩膀，温和地说。

陈永政感动得热泪盈眶："刘庄跟外村、外地就是不一样啊！在外地打工，那些老板谁管你死活！史书记真不愧是一位响当当的好领导、好带头人，对农民工知冷知热，关怀备至，用他高尚的人格教育和影响农民。对外村来的工人，像对待亲人一样，跟刘庄村民同等对待，真让人感动啊！他和他的部下这样热诚地待俺，俺如果不把刘庄的事业当成俺自己的事业，不脚踏实地干好工作，就对不起史书记和刘庄父老乡亲的一片真情。"

刘庄的干部如此真诚、平等地对待外招工，跟史来贺这位老书记的教育、影响不无关系。

　　刘庄人都记得,腿有残疾的村民王伟民,早年从安徽逃荒要饭流落到刘庄村。史来贺与他的父亲童年时都要过饭、逃过荒,深知流落他乡讨饭的滋味,所以一见村里有要饭的就心生怜悯,他把王伟民当自家兄弟看待,没有丝毫外气和冷漠。逢年过节,他总是先到王伟民家慰问,除带去些年货外,还对他有特别的照顾,生怕他产生身在异乡遭冷遇的孤单感。王伟民腿瘸、家里又穷,一直娶不上媳妇,对此,王伟民并不抱任何希望,可这事儿却成了史来贺的一块心病。他十里八村地到处打听,到县里、地委开会时也逢人就问,四方寻觅,看有没有与王伟民般配的女子。在老史的帮助、操持下,王伟民终于在近 50 岁时成了家,找到了自己的终身伴侣,也让史来贺了却了一桩心愿。

　　王伟民娶亲成家后,史来贺对他仍然一如既往地关心和照顾。因为怜贫惜弱、心疼弱势、解困纾难,已形成他的积习,更是他的本性、本能。

　　第一代集体新村建成后,他反复叮嘱负责分房的村干部:"一定要让王伟民家这样的困难户第一批搬进新居。"

　　第二代集体新村入住前,他又特别关照:"让王伟民家首批搬入,并让他住一楼,因为他上楼不方便。"

　　你看他,为一个要饭出身的外乡残疾人想得多细密,安排得多周到。对困难群众,对病残村民,他真正做到了时时牵挂,念念不忘,倾心侍奉,俯首呵护。

　　直到去世前去住院时,他还想去走访村里的困难群众,却被村干部强行劝阻:"你现在连床都不能下,连路都走不了,就不要去走访了。"

　　他试了几试都下不了床,这才催促村干部说:"我想来想去,全村可能数老王(王伟民)家日子最差,你去到他家看看,问问他有啥困难没有。"

　　村干部到老王家里里外外一看,小院干干净净,屋里整整洁洁,床上铺盖全是新的,饭桌上放着早起吃剩的烧饼、油条、鲜奶、鸡蛋,还有一篮水果。老王笑嘻嘻地告诉村干部:"日子过得老美,家里已有几万元存款,啥都不缺,啥都不愁。"村干部回到老史身边,把听到的、看到的如实禀告老书记。

　　老史听后,心里放下了一块石头,嘴角露出轻松舒心的微笑:"只要他还能存几万块钱,村里所有人家的生活就不成问题,这我就放心了……"

义救外乡人

有一年的数九隆冬，天寒地冻，北风刺骨。一个穿着一身破棉衣、戴着一顶辨不清颜色的旧帽子的中年农民来到刘庄。一看他疲累不堪、一身污秽、满脸灰尘的样子，就知道是个外乡人。他从哪里来？来刘庄干啥呢？

他一进村就打听："史来贺在哪里？我要找史来贺！"

"你是谁？找史来贺有啥事？"刘庄人瞪直了眼看着这个陌生人。

"我是从安徽来的，专门来找史来贺的。"

刘庄人一听，这么远的路，来找史来贺一定有要紧事，就领着他见到了正在办公室忙工作的史来贺。

一见史来贺，这位安徽人就自报家门："我叫赵兴才，从安徽农村来，由于家庭生活困难，是慕名来刘庄打工的。"

史来贺问他会啥技术，他说，一没文化，二没技术，光会干活。这让史来贺很为难，来刘庄打工的外村人大都安排在企业，在企业打工，没文化、没技术就找不到好岗位。

可赵兴才一个劲地要求："活儿再苦再累我都能干，只要有碗饭吃就行。"

"你没有文化和技术，就不好办，可大老远来了，说啥也得给你找个合适的工作。"史来贺思来想去，就把他安排在畜牧场干杂活。

赵兴才在畜牧场干活能吃苦，不惜力，脏活累活抢着干。一开始，就给畜牧场的人留下了一个好印象。没过几天，赵兴才干着活，总时不时地抱着肚子蹲在地上，疼得额头直冒汗。畜牧场场长刘树瑞问他："老赵，你这是咋了？是不是生病了？"

副场长李良田赶紧找来村里的医生给他诊治，吃了药，打了针，能稳定一时半刻；见赵兴才吃不下饭，李良田便在自己家做好甜汤或酸汤端来给他喝，交替地给他开胃改口味。

可这位农民工赵兴才,得的是急症,病情越来越重,往往疼得满头流汗,还在床上不停地打滚,不停地喊叫:"哎呀!疼死我了,疼死我了!"

副场长李良田赶紧向史来贺汇报。

此时,史来贺正在工厂车间里巡察,一听说赵兴才得了急病,毫不迟疑地说:"你们赶紧把他送县医院治疗!不能耽误啊!"

"他手里没钱,不去医院看病。叫咱村医生给他看,他都不愿看。怕花钱。"李良田汇报了这几天给赵兴才看病的情况。

"没钱也得治病,救人当紧,你们硬抬也得把他抬到车上去!"史来贺用带有命令式的口气,做出硬性安排,并赶紧跑到畜牧场看望。一看情况危急,事不宜迟,马上安排人、安排车辆。

村里的汽车开到畜牧场后,赵兴才因村里医生刚给他打过针,又觉得不太疼了,说啥也不愿上车。场长刘树瑞、副场长李良田急中生智,把厚厚的铺盖一卷,将赵兴才卷进铺盖卷的中间,然后硬抬到了车上。

车刚上路,史来贺便要一起去,把赵兴才送往新乡县医院。党总支副书记王云邦急忙说:"您就别去了,我跟车去,到医院一切有我嘞!"

"不中!赵兴才得的是急症,家又不在这里,没有家人陪护,我得亲自跟着上医院。"史来贺一脚踏上了汽车。

一路上,他一再催促司机:"开快点!再开快点!救人要紧,千万不能耽误了。"

汽车开进医院,人们七手八脚,急匆匆把赵兴才抬进了急诊室。患者这时疼痛得汗流不止,乱翻乱滚,呻吟着、喊叫着:"疼死我了!疼死我了!医生快救救我呀!"

史来贺找到医院的负责人,叫他们无论花多少钱,都要千方百计把这位农民兄弟的病治好。

医院一看老史出面,对此患者十分重视,成立了专家会诊小组,院长亲自组织医生会诊,很快有了结论:"胆囊严重破裂,必须尽快手术!"

这时,畜牧场副场长李良田为赵兴才捏着一把汗:如果不是老史的口气坚决,再晚送医院一会儿,赵兴才的命也许就保不住了。

史来贺见病情严重,当即决定:党总支抽出副书记王云邦专门守在医院,负责患者的抢救、住院工作,派畜牧场副场长李良田和两个村民组成"三人特护小组"，专门在医院侍候患者，医疗费和其他所有的花费都由村集体负责，另调一辆专车在医院备用。他严肃地对李良田发话："如果救不活赵兴才，要唯你这个副场长是问。"

李良田顿时感到，天大的责任压在了自己肩上，为救一个外乡人，史书记这么上心，自己这个副场长还能不上心？拿出百分之百的努力，也得保住这个外乡人的命啊！

次日凌晨，副书记王云邦受史来贺委托，带着 2000 元手术押金和奶粉、水果、橘子汁等营养品来到医院。

病情危急，赵兴才必须马上手术。

由于病情严重，这次手术由院长亲自主刀。临手术前，院长拿着手术报告走近陪同患者来的一群刘庄人："谁是患者家属？赶快在手术报告单上签字！"

一群刘庄人左看右瞧，对院长说："这里没有赵兴才的家属，他不是刘庄人。"

"不是刘庄人？那你们咋把他送来了？"院长不知是咋回事。

"他是在俺刘庄打工的外地人。"人群中不知是谁说了一句。

"那咋办？没亲属签字，这个手术是不能做的。"院长面带难色，不知如何是好。

王云邦一步跨上前来，拉住院长的手说："这个字，我来签。签了，立即手术，患者一分钟也不能耽误了！"

院长诧异地看着王云邦："什么，你来签？你是他什么人？这可不是儿戏，人命关天啊！况且他患的是胆囊破裂，这个手术做起来风险很大，万一有个闪失，出个意外，你能负得起责任吗？到那时，你该怎样向患者亲属交代？"

在这危急关头，王云邦根本来不及考虑"怎样向患者亲属交代"的问题，脑子里想的只有"一心救人，赶快手术"。他向院长作解释，患者是安徽人，家属一时来不到，他是来刘庄工作的，刘庄就是他的家。既然他在刘庄得了病，理所应当由刘庄负责。就这样，他不顾一切责任与后果，毫不犹豫地在手术报告单上签了字。

手术需要大量输血，而医院血库的血源紧缺，况且新乡县人民医院驻地在小冀镇，这里没有输血队，还得到 20 公里外的新乡市去找。手术的前一天夜晚，刘庄人开着车到新乡市找血源。那些输血队员散落地住在各个旅店里，天黑，路滑，道路又不熟，很难找啊！上楼梯台阶，一不小心跌倒了，裤子磕破了，腿磕青了,根本顾不上摸一下,心里只想着快点找到血,救人要紧。有时找几个旅店全扑空,有时找到两个,血型又不符。来回折腾,火烧眉毛,心急如焚啊!就这样,他们奔忙了大半夜,终于找来了输血队,为抢救患者赢得了时间。

临上手术台前,赵兴才疼痛难忍,黄豆大的汗珠子从额头上直往下流。他知道自己危在旦夕,生怕过不了这一关,便趁着头脑清醒的时刻,对守在病床边的刘庄人断断续续、哽哽咽咽说了一些话,似乎是临终交代:

"感谢刘庄人收留了我,感谢史书记给我……安排了工作,我不是不愿告诉你们……我的家庭地址,人到最危难的时刻……谁不想念自己的亲人?谁不想亲人来到自己身边?我是……没办法啊!家里老娘八十多岁了,还有三个不懂事的孩子,穷得连吃盐的钱都没有,他们到哪儿借盘缠来医院照顾我……但不联系也不行……我如死了,如何埋到老林上去……"

赵兴才话语悲切,泣不成声,再也说不下去了,颤抖着手从上衣口袋里掏出一张揉皱的纸条,递给身边的刘庄人,纸条上写着:安徽省隼南县新村乡陶寨村;妻子罗天荣。

赵兴才被推进手术室,手术开始了!

输血队的血流遍赵兴才的全身……

由于血源提供得及时,手术做得很顺利,也很成功。

赵兴才得救了,一个外乡人转危为安了。

刘庄人按赵兴才提供的纸条上的地址,连续发了两封加急电报,叫赵家人速来医院。可电报发出七八天,仍不见安徽来人。

手术后的赵兴才,天天需要输液,还不时地需要输血;腹下插了一个皮管儿,往外排污液,还要给他端屎端尿,一时半刻都不能离人。刘庄派来的"三人特护小组"日夜守在病房里,穿梭般地忙前忙后。而躺在病床上的赵兴才,有时疼得万箭穿心,就要守护的刘庄人帮他翻身,翻身哪有不疼的?他忍不住疼痛,便一会儿吼,一会儿喊,影响了同病房的患者休息,人家就抱怨守护的刘庄人。刘庄人受着莫大的委屈,却任劳任怨,不曾有任何不愉快的情绪,不曾有一丝一毫的怠慢。因为他们知道,救活这位农民兄弟,是刘庄人义不容辞的责任!

"捡回一条命"

　　手术后第九天,赵兴才的姐夫和大舅子才迟迟从家乡赶到医院,他们一见面,赵兴才就号啕大哭:"要不是刘庄人,要不是史书记,我的尸骨早凉透了! 是刘庄人和史书记又给我捡回来一条命啊! 我们赵家,今后世世代代也忘不了救我的刘庄人,忘不了救我的史书记。"

　　两个安徽来的赵家的亲戚,望着点点血浆输进赵兴才的血管,激动地说:"这给你输的哪是血呀? 是共产党、刘庄人、史书记的恩露啊! 你得这样的病,咱那里离医院80多里,连一辆汽车都找不到,谁送你进医院? 即使离医院近,也没有钱治啊! 在家也许早死过了,你一死,就是家破人亡啊! 刘庄人,史书记,不只救活了你一个人,是救了你一家人呐!"

　　这时,同病房的病号见此情景,也七嘴八舌地议论开了:"老赵啊,除非是在刘庄做工,遇着史来贺这个活菩萨了,要换个地方,别说一个老赵,十个老赵也死过了。前两天,这病房里住进来一个给个体户帮工的小伙子,得的还不是太大的病,就一个盲肠炎,结果,因看得晚了,死了! 老赵得了这么厉害的病,真是遇到活菩萨了!"

　　病号们又问赵家的两个亲戚:"你们接到电报,怎么到现在才来? 老赵全靠刘庄人侍候,要不是他们,一个要死要活的患者,谁管? 见不到你们老家来人,老赵难受,刘庄人焦得慌啊!"

　　"唉! 家里接到电报后,俺也想一步跨到医院,可借不到盘缠,寸步难行啊! 这还是东借西凑、好容易才拼够了路费,路上,俺两个连一杯水都舍不得买。"亲戚说的全是实情。

　　赵兴才将史书记带领刘庄人抢救他的过程叙说一番,两个亲属感动得一边擦泪,一边对陪护的刘庄人说:"他要不是在刘庄打工,这回命就难保了。是恁刘庄救了他,是恁庄的书记救了他,恁庄的人真好,兴才遇到贵人啦!"

"赵家来人了,咱们要不要撤走?畜牧场还有好多活等着咱们干呢!"一个侍候者问。

"没有史书记的话,不能撤。赵兴才啥时出院,咱啥时撤,必须得坚持到底!"李良田说得很坚决。

就这样,赵兴才在医院住了 43 天,李良田 3 个人侍候了 43 天,直到他痊愈出院。

赵兴才手术后不久,就到了春节。

大年三十儿的夜晚,家家都在过除夕、放鞭炮、吃饺子,团团圆圆,欢天喜地。辛苦了一年的刘庄人,人人沉浸在年夜的欢乐中。

"每逢佳节倍思亲",史来贺心里却一直牵挂着住院的赵兴才,像关心刘庄群众一样,关心着这位外乡人:"赵兴才还在医院里住着,咱得去看看他,大过年的,也得叫他吃上过年的饺子。他远离家乡,还做手术住院,不能与家人团圆,心里是啥滋味?咱刘庄人得给他一点儿过年的快乐!"史来贺的话,让身边的副书记王云邦的眼睛立刻湿润起来。

他派王云邦到医院给赵兴才及其亲属送去了水饺、蒸肉、炒菜和白生生的馒头,带来了老史与刘庄干部群众的亲切慰问。

当他打开饭盒,把香喷喷、热腾腾的饺子捧到赵兴才及其亲属面前时,赵兴才先是一惊一愣,霎时间,便热泪盈眶:"王副书记,这大过年的,你不在家过团圆年,却跑这么远来给俺送年夜饺子,这叫我心里不好受啊!"说着"呜呜呜"哭了起来。

"兴才,今天大过年的,不许掉眼泪。老叔我今儿个来这里,是受史书记的委托,来跟你与远道而来的亲戚一起过年的。"王云邦一边说,一边给赵兴才盛了一碗饺子:"快趁热吃!大葱肉馅,香得很,吃饱吃好,过个快乐年!"

赵兴才一边抹眼泪,一边说:"好,好!这是我有生以来过得最高兴、最难忘的一个年,一辈子都不会忘……"

赵兴才的姐夫、大舅子看着眼前堆得小山似的过年食品,激动地说:"在家里过年,从来也没有见过这么好、这么丰盛的年饭呀!刘庄人真实诚,真厚道。"

畜牧场副场长李良田向史来贺汇报,为救治赵兴才,刘庄花了两千多元。

史来贺说:"咱是社会主义国家,不能见死不救。不要说两千多元,钱再多也得花。赵兴才不远千里来刘庄干活,就是咱刘庄的一员,手心手背都是肉,咱理应像对刘庄人一样待他。"

赵兴才出院后，要和两个亲戚一起回老家，史来贺赶忙劝止："你刚刚出院，病还没有好利索，咋能受得了一路的颠簸呢？住下来，好好养一段再说。"

他把赵兴才和两位亲戚接到刘庄接待站住下，安排厨房专门给赵兴才做病号饭，一日三餐，换着花样做，好好给他补养补养。

在接待站住了两天，赵兴才的姐夫产生了疑虑，试探地问接待人员："老史为啥不让兴才走？是不是动手术、住院花了不少钱，要让我们交了钱再走人哪？"

接待人员一听"哈哈"笑出了声："你们想到哪儿去了？老赵看病、住院的钱刘庄集体出了，不用你们拿一分钱。老史不让你们马上走，是担心长途坐车一路颠簸，老赵的身体受不了。史书记吩咐过了，老赵刚出院，得在这里养几天，让我们厨房尽做好的给他吃。"

他姐夫万万没想到，史书记这么关怀一个素不相识的外乡人，这让他好感动，后悔自己不该问这样的话。他扭过脸去的时候，狠狠拧了一下自己的嘴巴，悄声说："叫你多说话！丢死人了！"说着，又偷偷拧了一下自己的嘴巴。

有一天，史来贺抽出时间到接待站看望赵兴才，一走进他的房间，赵兴才便泣不成声地说："史书记，大恩人呐！您和刘庄救了俺一命，您是俺的再生父母啊！您的大恩大德俺一辈子也报答不完呐！"

老史急忙说："兴才，咱们是一家人，你是刘庄人的兄弟，啥报答不报答的。刘庄人对你所做的一切，都是应该的。"

"史书记，我的病好了！是您和刘庄人又给我捡回来一条命啊！我在接待站养得身上也有劲了，现在就叫我到畜牧场去干活吧！三年、四年不要工钱，报答您和刘庄人的救命之恩……"赵兴才说着说着，又一阵泪如雨下。

史来贺掏出手帕给他拭拭泪，不无关切地说："老赵，别哭了！病好了，就是不幸中的万幸！给你治病，是刘庄人应尽的责任，不用报答。我当时留你，是想让你趁冬闲时节，在刘庄挣点工钱，一是解决家庭生活困难，二是为种责任田准备点资金。眼下已经开春了，春耕大忙开始了，你一家几口人的责任田还得靠你去耕种啊！你回去后，多学点科学种田知识，把责任田种好，多打些粮食，解决家庭生活困难问题。到冬天闲了，再出来打工。再说，靠外出做工，也不是长久之计，是养不住家的。还有一条，你现在更应该回去：你大病痊愈，春节又未能和家人团聚，老母和妻子儿女都倚门盼你回去哩！"

赵兴才身体养好了，在姐夫、大舅子的陪护下，要登程回乡了。史来贺带着村干部为他们送行，并让畜牧场两位场长给他送来了一个月的工资，还有 60 多元的盘缠。赵兴才却流着眼泪说啥也不接："我看病住院，已经花了刘庄集体几千块了，咋还能要工钱、盘缠?"

场长着急地说："这是史书记叫送来的，你不要，俺俩没法交代。再说，你这样空着手回去，史书记咋能放心? 畜牧场的人咋能放心? 快拿住! 你要知道，这是史书记和刘庄人的一片心意啊!"

赵兴才的眼泪像断了线的珠子一样，扑簌簌往下落："我一个外地人，刘庄上上下下对我这么亲，这么好，从老书记到普通群众，谁也没有把俺当外人看，都是俺的亲人呐!"

他流着热泪接下了刘庄人滚烫的心意……

临别，赵兴才及其两位亲人望着几位送行的恩人，要下跪谢恩，刘庄人急忙扶住……

回到家乡后，赵兴才来了一封和着泪水写成的信，说他一家人世世代代忘不了共产党、史书记和刘庄人的大恩大德，一定要带着科学种田的果实，去看望刘庄人，看望史书记……

赵兴才走后，史来贺在一次群众大会上故意考验大家，严肃认真地问道："我们给安徽的赵兴才治病花了几千元钱，大家说怎么办?"

会场上喊喊喳喳议论开了："别说赵兴才在咱庄干了 20 多天的活，就是不干活，咱也得给他看病啊! 这有啥说的，咱刘庄人全包了! 要没有这个起码的思想觉悟，咱还能叫刘庄人?"

事后，有记者问畜牧场 80 多岁的马新敬："刘庄人义救外乡人，怎么会有这样宽广的胸襟?"

马新敬自然而然地回答说："无产阶级只有解放全人类，才能最后解放自己。如果连一个农民兄弟都不能救，怎能去谈解放全人类?"

记者听后，甚感惊奇，一个普普通通的 80 多岁的农村饲养员，怎会说出马克思说过的话来? 一个没有文化的老农，怎会有如此高的思想境界?

答案只有一个:这是史来贺长期教育熏陶的结果，他早已把共产主义信仰的丰碑，牢固地竖立在刘庄人心中!

第四十一章　自己动手建新村

※前瞻性谋划
※吃亏解难题
※夜晚盖楼房

前瞻性谋划

依照史来贺"滚雪球"的哲学,经过 20 多年的滚动发展,刘庄的集体经济不断发展壮大,家底厚实了,群众的生活水平今非昔比了,家家户户的日子较之从前富裕多了,不仅吃得好、穿得暖,而且手里有钱花,遇事不再愁,办事不再难。刘庄百姓心里乐开花,梦里笑声甜,正像一位刘庄群众编唱的那样:

> 囤里粮食冒尖,
> 桌上瓜果满篮。
> 吃的白面烙饼,
> 卷着葱花鸡蛋。
> 出门换衣打扮,
> 农民也爱体面。
> 劳动是在创业,
> 年年分红有钱。
> 集体经济兴旺,
> 百姓日子香甜。

"过去的地主也没咱现在的日子好哇!咱刘庄人撞上好运啦!"一位老农逢人就说,见人就乐。

"那还不是多亏了史书记,要不是他办法多、眼光远、领导得好,咱刘庄还不是跟其他村一样?恐怕还陷在穷窝里爬不出来哪!"另一位老农接住话茬说。

"咱能过上好日子,还有啥不满足的?这一辈子算是如愿了,咱不是地主强似地主喽!"

"好日子才刚刚开始,你就满足如愿了?告诉你,比这更好的日子还在后头嘞!你就硬硬朗朗地活着,等着过那'楼上楼下、电灯电话''天天吃白面、家家住洋楼'的美日子吧!"史来贺听见了老农的对话,从一旁赶过来对他们说。

"那样的日子真能有?咱刘庄人能住那'楼上楼下'的洋楼?要是那,就真拽透啦!"老农疑惑地问。

"能,一定能!刘庄家家都能住上楼。"史来贺说。老农们深信不疑,因为他们知道,史来贺从来不说大话,不放"空炮",只要从他嘴里说出的话,都是板上钉钉,一准儿能实现。

"要是那,咱刘庄人就真的有福啦!"老人们笑得一个个合不拢嘴。

作为农民的儿子,史来贺深知,农家日子百事愁,盖房造屋最艰难。可以毫不夸张地说,建房盖屋,是压在广大农民头上的一座看不见的大山!一代代农民被这座大山压得抬不起头、喘不过气。多少农民,一辈儿接一辈儿,劳累一生,省吃俭用,甚至累断了筋骨压弯了腰,唯一的梦想就是能为后代盖一座像样的房子。可多少贫寒之家,经过两三代人的艰苦努力、拼死拼活,盖房子的梦想,最终却都化为泡影。贫苦的百姓啊,谁家住的不是土草屋,谁家住的不是漏雨房?

新中国成立后,农民的生活条件虽然有了改善,但由于农村贫穷落后的面貌没有得到彻底改变,绝大多数农民的安居问题仍然没有解决。许多农民为建一座新房,十几年内都得省吃俭用,节衣缩食;房子建好了,却又负债累累,欠下一大片窟窿。补洞还账又得好几年,从手里抠、从牙缝里挤,始终过着艰难困苦、拮据窘迫的日子。

史来贺从担任村党支部书记那天起,就开始为群众的衣食住行操心焦虑,把改善全村群众的住房条件时刻挂在心头,把为刘庄百姓建造坚固的房屋当作自己这个共产党员义不容辞的责任和义务。

为了建设社会主义新农村,史来贺呕心沥血,从长计议,早已谋划。

20世纪50年代,他就想为全村老百姓掀掉旧屋盖新房,彻底解决农民住房这一最棘手的问题。但那时集体家底薄,还没有雄厚的经济实力,"建设社会主义新农村",只能是一个美丽的梦想。

高级社时期,他带领刘庄人在路边、沟沿、地头、坡岗等耕地以外的废地上,插柳种槐,栽杨植榆,共栽种了一万多棵树苗。当时,村里很多人不理解:"老史叫咱栽这么多树干啥?"群众哪能料到,他们的当家人,前瞻决策,未雨绸缪,在为盖集体新村做"十年长大树,十年成栋梁"的准备呢!

栽了树,他又筹办了大型砖瓦窑场。砖瓦是建设集体新村必备的建筑材料,没有砖瓦不成房嘛!只要办起了砖瓦窑场,还怕缺了砖瓦?史来贺为建集体新村,千方百计创造条件,提前做好了一切物质准备。

"文化大革命"中,中国所有的农村,如一艘艘失舵的小船,不由自主地颠簸在变幻无常的政治风浪中,已经无法把握自己的命运,忽而左碰,忽而右撞,忽而上颠,忽而下跌。风雨飘摇中迷失了方向,雾霾弥漫里找不到航线。可刘庄的土地上,却是一片热气腾腾的景象。工厂里机器轰隆,田野里拖拉机奔忙,砖瓦窑场烧砖制瓦的人群干得热火朝天,那一万多棵树木仿佛置身"风雨飘摇"之外,在风和日丽中茁壮成长,一天天显现出栋梁之材的气势。

史来贺的"新村美梦",该从"海市蜃楼"中走出来了!

史来贺把要给群众盖楼房的构想告诉了党支部和大队的干部,个别干部觉得农民住楼不现实:"人家城市人才住楼房,农村人哪会住上楼啊?"

"城里人住楼房,就不兴俺农民住?咱刘庄就是要带这个头,让农民住上楼房,彻底解决农民盖房难、住房难的老大难问题。一个共产党员活在世上,就得给群众办几件大事、实事。不然,就不是一个真正的共产党员,那算是白活了一世。共产党连群众的住房问题都解决不好,老是让群众在破陋的土草屋里担惊害怕、吃苦受罪,那我们还对得起老百姓吗?不给老百姓解决实实在在的难题,那要我们这些共产党员干什么?"

史来贺横下一条心,坚决要为刘庄农民盖起像模像样的"小洋楼"。

1973 年,史来贺与党支部在征求多数人意见的基础上,决定停止私人盖新房,以免建新村拆迁时,给群众造成人力和物力的浪费。

此时,史来贺的胸中正勾画着集体新村的蓝图。新中国成立这么多年了,农民仍住着破旧的房子,刮风进沙,下雨漏雨,阴暗潮湿,夏热冬寒。刘庄农民不安居,他的心里总是压着一块石头。如今条件好了,集体富了,该给群众建造梦寐以求的新房了。社会主义国家的农民再也不能穿得破烂、住得寒酸了。

1976 年初的苹果园秘密会议上,史来贺当场宣布:集体新村建设破土动工!

建设集体新村,说起来只是一句话,但真正干起来,却是道道难关摆在眼前。

首先,全村 1000 多口人,按每人一间房计算,光砖头就得几千万块,水泥几千吨,木材几千方。

其次，按规划，建集体新村是前边拆后边盖，在旧房基上建新房，建新房绝不能占用耕地。这就出现了一个不容忽视的问题：全村拆迁户的临时住房问题。这是个非常麻烦而又非常具体、非常琐碎的事情，需要动员全村群众携起手来，克服困难，发扬互帮互助、团结友爱的精神，解决好这一问题。

建设一个庞大的集体新村，不是简简单单盖一座房子，几个人就能拿下来，他需要一支很强的技术力量和建筑队伍。可刘庄只有 6 个木工，一个半泥瓦匠。

这一个个难关，该怎么攻破？

有了难题找群众商量，群众是真正的"诸葛亮"，锦囊妙计都在群众心里装着呐！只要相信群众、依靠群众，就没有过不去的坎儿。

为建集体新村，史来贺召开了群众大会，把心里那张早已绘制好的蓝图掏出来，亮在群众面前。有几个遇事冷静、爱动心思的人，对着史来贺唠叨开了：花再大的财力，投再多的人力，咱刘庄人都能撑得住，这方面困难再多，也不在话下！可最让人担心的是，眼下建集体新村不合时宜啊！运动一个接一个，被斗的人一批又一批，说不清哪个运动会把建集体新村的计划冲垮，说不清哪个运动会把你史来贺再整下去，到那时咋办？谁来领头建集体新村？这个问题，你史来贺得有清醒的思想准备啊！

史来贺一听，他们几位把一个严峻的问题想到了前面，并且说得非常在理，便不假思索地对大家说："建设集体新村，工期长，困难多，但不论遇到啥风浪，不论谁被整垮了、打倒了，建设新村都不能停下来，咱要学老愚公，'移山'不止，一茬接一茬地干下去，坚持到底，绝不能打退堂鼓。有没有这个信心呀？"

"有！一定坚持到底！"群众的回应，如平地一声雷鸣。

吃亏解难题

史来贺认定的事,总是趁热打铁,一气呵成,不间断、不停顿、不改变、不动摇。这是他一贯的工作作风和办事风格。

紧接着的好几个夜晚,他连续召开党支部和大队干部会议,专题研究和规划集体新村的建设问题。

他开门见山地对全体干部说:"这几年,上边一直宣传,先治坡,后治窝。咱刘庄早就治好了坡,现在该给群众治治窝了,再也不能让群众住在几十年的老屋破房里了,一下雨,这家房倒,那家屋塌,叫人担心难受啊!作为共产党员,群众不安居,我们心不安哪!"

有的干部皱着眉头说:"建集体新村好是好,可不少费事,不少作难啊!难度大得很!"

史来贺说:"世上没有不费力就能成功的事,只要咱们干部带头克服困难,齐心协力,什么困难也难不倒咱!"

"是该解决群众的住房问题了,这是群众最发愁、最压头的一件大事。解决这件大事,宜早不宜迟,再也不能拖了。不过,集体新村如何规划、如何建设呢?"副支书李安仁首先亮明自己的观点。

"这是咱刘庄的一件大事,也是群众最关心的一件事。如何规划与建设,我想听听大家的意见,有啥好的想法,都说出来,大家集中议一议。"史来贺发动大家广泛讨论,深入研究。

大家你一言我一语,各抒己见,讨论十分活跃。热烈的气氛,把仅有 12 平方米的大队部烘托得热气腾腾。

有的提议集体新村要统一规划、统一设计、统一建设,新村要有新村的样子,方方面面都要体现一个"新"字。

最后，史来贺将大家的意见总结归纳，并形成决议：集体新村由大队出面请有关设计院统一规划、统一设计；建设由大队统一组织、统一指挥、统一施工。360余户的住房，统一造型、统一标准、统一户型、统一结构、统一模式。并规定，一户一院落，一家两层楼。建房资金全部由大队出，群众一分钱也不用拿。一句话说到底，大队出钱建房，分给社员白住。

社员分文不出，白捡一座新家。天下去哪儿找这样的好事？群众听说后议论纷纷，有的摇头，有的怀疑，有的猜测，有的根本不信。一位社员说："这不是做梦娶媳妇——尽想美事儿吗？哪会有天上掉馅饼的好事儿啊？"

几个党员干部告诉这位社员："这事一点儿不假，咱刘庄就是要让群众梦想成真，把'楼上楼下'的美梦变成眼前的现实。"

经干部证实，社员们才知道村里传说的"白住洋楼"的事，不是幻想，不是做梦，是正在规划的现实！他们再次感到共产党好，史来贺领导得好。只有在刘庄这片土地上，才会有如此美好的现实。

有的人暂时弄不明白，哪有公家出钱给社员盖新房建新家的？那咱刘庄不成共产主义了吗？

史来贺慷慨地说："共产党人就是给群众造福的，让群众吃好了、穿好了、住好了，才算咱服务到家了。咱不管是不是共产主义，只要群众得到利益、享受实惠了，就是好主义。"

"要是上边查下来，说咱是破坏集体经济、损公济私，给咱扣上一顶'挖社会主义墙脚'的大帽子咋办？"有干部担心地说。

史来贺毫不含糊地说："上边来查，你们都推到我身上，出天大的事，我一人扛着，你们不用负任何责任。咱集体的钱，都是社员流汗受累挣来的，难道不该花到社员身上？咱不怕别人扣帽子，因为咱手里握着理嘞！怕啥？"稍停片刻，他又给大家鼓气，"从今年开始，咱刘庄人自己动手，一鼓作气，把集体新村建设好，一年不中两年，两年不中三年，总有建好的那一天。建好一批搬进一批，让社员分期分批入住新居。"

史来贺为建集体新村，亲自跑到北京，请北京建筑设计院的设计师给规划、设计，希望短期内拿出设计图。他向设计师提出规划、设计的原则和具体要求：节约土地，不占耕地；拆旧建新，整齐一致；方便群众，一户一院；楼上楼下，向阳通风；美观漂亮，坚固耐用；一样的户型，一样的结构，家家一个样，户户双层楼；采取现代设计模式，凸显现代气息，保证30年不落后。

北京建筑设计院的设计师一听,惊讶得不得了:一个农村干部现代化的思想和眼光太超前、太领先了! 何况正值"文革"这样大闹"革命"的年代!

的确,在这样"狠抓阶级斗争""批邓反击右倾翻案风"的特殊年代和历史背景下,搞这样超前的楼房规划和设计,并且还都是为一家一户的社员设计建设的,这让一般人看来真是不可思议。

根据规划设计,建设集体新村第一代楼房,要把全村200多户的旧房全部拆除,盖上1400多间一家一院的双层向阳楼房,这种构思和决策,在当时,需要多大的气魄,多大的胆量啊!

当史来贺拿到北京建筑设计院设计好的蓝图时,眼前忽然出现一片海市蜃楼般的幻境,那不是梦境,不是虚幻,那是俺刘庄即将到来的明天啊!

一张蓝图好绘制,但要把蓝图变成一片楼房,那难题会一个个接踵而来。

党支部遇到的第一个难题,就是社员原有房屋与树木的折价问题。折价高了,违背现实;折价低了,社员的利益就会受到损失。这个工作如果做不好,将会有失民心,影响新村建设。

如何权衡? 如何把握? 怎样才能让群众心悦诚服,通过折价、拆迁这一关呢?

农村工作的实践,早已让史来贺积累了这方面的经验:在事关群众看得见、摸得着的切身利益面前,群众首先看干部怎样做,干部带头与否,将会大大影响群众的思想与情绪。无论党支部的思想政治工作做得如何深入细致,都不如党支部成员带头吃亏更具有号召力、说服力。所以这次折价拆迁,干部带头吃亏很关键。

党支部副书记杨森峰、李安仁、张秀贞非常了解史来贺,一遇到事关群众利益的事情,他总是带头吃亏。他们见老史低着头在大家面前走来走去,就猜透了他的心思。于是,三位副书记不约而同抱定一个决心:有了难题党支部一班人一起扛,不能撂给老史一个人。大家纷纷表示:"带头吃亏的事我们做,折价就先从我们做起吧! 咱是党的干部,带头吃亏是应该的,决不含糊!"

史来贺非常赞赏三位副书记高尚无私的风格,点点头说:"这个头就让我和森峰、秀贞来带吧! 我们三家有的房子多,有的树木多,这个头好带。如叫安仁带头,他家房子少,树木少,带头吃亏也会吃得少,不如我们三家有说服力。干部带头吃亏,也有个大小轻重问题。吃亏多、吃亏大,说服力、号召力就大;吃亏少、吃亏小,说服力、号召力就小。还是我们三家带头吃亏好。"

史来贺讲这番话是有来由的：他家院子里长着9棵树，其中6棵已长得合抱粗，高大蓬勃，枝繁叶茂，非常喜人。土改那年春天，父亲史传道从集镇上买回来几株幼小的榆树苗，父子二人一锹一锹挖坑，一瓢一瓢浇水，像种植希望一样把几棵树苗栽种到院子里。到如今已经整整28年了，风吹雨打，冰封雪冻，树苗终于长成了大树，长成了栋梁之材。

1974年，小张庄有人来刘庄买树，一眼就相中了这6棵大榆树，一心想买走，张口就给3000元。

可史来贺就是不吐口，不点头。买方以为价钱出低了，就说："嫌价低，我再往上加几百块。咋样？"

史来贺还是不表态。

买方又竭力劝说："卖了大树再栽上小树苗，几年又成了大树，到时不又是一把钱？何苦不卖呢？"

3000元，在眼下算不得大钱，而在当时就是一大捆票子啊！惹眼得很！可史来贺却始终不为所动。你给的钱再多，你出的价再高，这几棵树说啥也不能卖，它们有大用场嘞！新村正在酝酿兴建，如把这些树卖掉，我带头吃亏就没了资本，怎样去说服社员？

小张庄的人怎能猜透史来贺的心思？在心里一个劲地埋怨："老史这人犯糊涂，咋到手的钱就不愿赚呢？难道怕钱扎手？傻得让人无法理解呀！"

树木折价征用，先从党支部书记史来贺家开始，吃亏的事，他必须第一个带头。

按照党支部事先研究作出的规定，各家各户院里的树木折价征用时，每户社员可留下一至两棵大树，做几件家具搬进新房后使用，或嫁闺女与娶媳妇用。妻子刘树珍自然也有这个想法与愿望，毕竟自家的闺女、儿子都已到了谈婚论嫁的年龄，当老人的怎能不为孩子早做准备呢？女儿出嫁做嫁妆，儿子结婚打家具，原打算都要用这几棵树。但史来贺始终没舍得刨，因为他心里早就把这几棵树"许配"给了集体新村。

刨树时，妻子总想留下一棵大榆树，给女儿打嫁妆，老史劝她说："全村恁多户，你也留一棵，他也留一棵，木材就不够了，新村还咋建？现在建设新村急需木材，都折价给集体吧！我是支书，咱不带头谁带头？将来闺女出嫁，有困难咱自己生法克服。你想想，作为党支部书记，我不带头就是失职啊！"

史来贺几句话说服了老伴。

老伴是个善解人意、通情达理的贤内助,对丈夫的工作一向理解和支持。从 1948 年担任民兵队长开始,无论是上前线打国民党、剿匪反霸,还是新中国成立后的几十年间,史来贺一直在外边奔跑忙工作,家里的事没操过心,甚至没挑过一担水,没劈过一堆柴,家里一摊子事,大大小小、里里外外,都是刘树珍一个人操劳,含辛茹苦,任劳任怨。凡是家里的事,她从不让自己的丈夫操一点心,让他把全部心思都扑在工作上,都用在彻底改变刘庄面貌上。

史来贺深深地感叹:"给我史来贺当女人,真不容易啊!几十年来,我有一条深刻体会,凡是在事业上做出成就的人,必定有一个好内助,我老伴就是一个贤内助。"

他在心里暗暗想道:别看老伴是个没文化的妇道人家,但她也懂得建集体新村是关乎广大群众安居的大事,也是刘庄社会主义新农村建设彪炳史册的大事。把这几棵大树用在新村建设上,也算是大材大用,适得其所;同时这些树木也能为最终担当了栋梁之材而感到荣幸。

在给 6 棵大榆树造价的时候,估价小组的几个人犯了难。这是村里长的 6 棵最大、最粗的树,按说值不少钱。前两年,私人来买出价 3000 元,买方那是故意压价,做买卖的贩子谁不是贱买贵卖,从中牟利?几个人觉得如果按木料市场的价,这 6 棵大树少说也值 3500 元至 3800 元,这是个公平合理的价格。

估价小组组长听了,急忙摆手:"这个价确实是个公平价,但到史支书那里肯定通不过。不但通不过,还得挨批评。他说了,这次树木折价,干部带头吃亏,他那个心思,他那个脾气,你们又不是不知道,铁面无私啊!"

"咱没有给史支书家的树作高价呀!买卖公平,一视同仁哪!"另一位估价组的人说。

"史支书处事的原则历来是不叫群众吃亏,干部必须吃亏!你想想,县里开给他的工资,他都按月一分不少地交到了队里,跟社员一样拿工分,分粮食。他说,自己的工资高于社员的工分了,他绝不沾国家这个光。国家给他的工资都交公,难道他还在乎这几棵树钱?"小组长心里咋想就咋说。

估价组的人怕挨批评,只好把这 6 棵大榆树折价 2700 元。史来贺听说后一下急红了眼:"给这么高的价干啥?这 6 棵树是折价给集体新村的,而不是卖高价发财的!"

"按市场价,这 6 棵大榆树,至少能卖 3800 元钱,现在折价 2700 元,就已经算是吃亏了。折价也得公平合理,再少了,说不过去。"估价组的人想不出很好的应对办法，个个都是一脸的难为情。

"有啥不公平？严格按照党支部研究的意见办！干部必须带头吃亏！"就这样，按照史来贺的意见，他家的6棵大榆树折价1000元，廉价归了集体。

可史来贺为收下这1000元钱，心里始终沉甸甸的，几天下来，从早到晚，总是阴沉着一张脸。明明是集体欠了他的账，他却深深感到是自己欠了集体的账……

其他几位副书记和支委，也都带头将自家的树木、房屋折价归了集体。

由于干部以身作则，带头吃亏，社员也都跟着将自家的树木、房屋折价归集体。并且社员们发现，干部家的树木、房屋折价后的价格低于社员家的价格，这又让社员受到一次教育，深为感动。共产党教育出的干部就是好，沾光的事让给社员，吃亏的事留给自己。

第一道难关顺利地闯过来了，第二道难关又摆在了面前：马上解决上百家拆迁户的住房问题。总不能让他们住茅草庵子吧？这是燃眉之急！

这次又是党支部和一些党员干部带头，把自家的大房子腾出来让拆迁户住，小房子留给自己住。一住就是一两年，时间长的甚至住了三年之久。两三家住在一起，虽然拥挤不堪，生活多有不便，但原住户和拆迁户互相体谅、互相谦让、互相帮助、团结友爱，亲近得如一家人一样，从没有闹过别扭，更没有发生过矛盾，反而进一步增强了干群感情，密切了干群关系。

第二道难关，又没能难住刘庄人。

盖楼房，需要一大批泥瓦匠，但刘庄只有一个半掂得起瓦刀的人。怎么办？泥瓦匠不够，难道就不盖楼了？这个技术难题，照样难不倒刘庄人。史来贺派出几个年轻精明的"小能人"到新乡市一家建筑队，用以工换工的办法，请建筑队的师傅手把手的指点，在工地边干边学。刘庄的几个青年学徒在建筑队的施工现场，一个学徒跟一个师傅，徒弟勤学好问，师傅耐心指教，边施工边讲解，边实践边听讲。几天以后，师傅们干脆让几个徒弟单独砌一面墙，没承想，他们砌得又快又利索。工长与监理一验收，合格！当一幢楼房拔地而起时，刘庄的一批学徒出师了！他们不负众望，把精湛的技术带回了刘庄。建设集体新村，再也不发愁建筑技术这一道难关了。

在规划设计集体新村时，就明确了不占耕地、不毁耕地的建设原则。盖楼房需要大量的砖瓦，那么在烧砖瓦时，怎样才能既烧了砖瓦，又保住了良田呢？这个问题至关重要，不能因为烧砖瓦，而捣毁了刘庄人的"粮食囤"呐！史来贺发动所有的党员干部献计献策。他的老伙计、副大队长刘树业献出了一个良策——"扒皮抽筋法",用他的话说就是:"先把上面的活土层堆到一旁,把半尺以下的黏土挖出来烧砖瓦,再把活土层封在上面,这样一沟一沟倒着挖。既有了烧砖瓦的黏土,又保留了原来的良田沃土,不耽误种庄稼。"

史来贺一听,认为这是个两全其美的上策,就号召砖瓦窑的职工,必须不折不扣地按照这一办法取土烧砖瓦。他一再强调,任何人不许扔掉活土层,一定保护好土地资源。

砖瓦窑场的职工严格按照刘树业提出的良策烧制砖瓦,建设集体新村所需的1000多万块砖瓦,源源不断地运到建筑工地。

新村建成后,刘庄的土地面积不仅没有减少,反而因向空中发展,缩小了庄体,腾出了50亩宅基地,变成了良田。

刘庄人每干一件大事,总有一大堆难题摆在面前,让他们去破解,总有数不清的绊脚石,阻挡前进的道路。但这些都难不倒智勇双全的史来贺,难不倒一心跟着共产党走的刘庄人。难题一个个迎刃而解,绊脚石一个个被踩在脚下,他们又精神抖擞、信心百倍地阔步向前了!

夜晚盖楼房

集体新村的建设开工了！这是刘庄有史以来最大，也是最鼓舞人心的一件喜事。

史来贺在全村老少动员大会上宣布：我们的集体新村建设，一不靠外援，二不向社员摊派，不搞大呼隆，不刮"共产风"，依靠集体实力，依靠每个人一双手，自力更生，艰苦奋战。用刘庄人自己的力量，把集体新村建设起来！

最后，他突出强调，在建设新村的过程中，不论发生什么动荡，不管有什么风吹浪打，都要坚持到底，不建设好新村决不罢休！

夜幕降临，群星闪烁，周围的村庄一片沉寂，劳累了一天的农民兄弟慢慢进入了甜蜜的梦乡。

可此时的刘庄新村建设工地上，却是灯火辉煌，人欢马叫，呈现一派大干快上、热火朝天的景象。村支书挂帅、党员干部带头，男女社员齐上阵。刘庄农民为了圆"楼上楼下，电灯电话"的美梦，不辞辛劳、艰苦创业，白天顶着太阳种棉粮，夜晚迎着月光盖楼房。只见运砖的车辆穿梭不停，人们搬砖的身影来来往往，往脚手架上撂砖的手臂挥动如飞，脚手架下更是人影绰绰，每天晚上有800多人加班义务盖房。

脚手架上，那些从新乡建筑队学习回来的年轻人大显身手，弓背猫腰，瞄准引线，掐砖、瓦灰、抹灰、摁砖，一连串的动作，只在几秒钟就完成得十分利索与熟练；拿起砖块，垒砌墙体，速度快得一如流星闪烁，一口气就能垒砌两尺高。

村里瓦工不够用，以史世兰、刘素芬、杨庆梅为首的"铁姑娘"带头掂起瓦刀，登上脚手架，边干边学，带动近百名年富力强的"半边天"，她们都手握瓦刀，登上脚手架垒砖砌墙，当起了刘庄第一代女泥瓦匠。她们一边干活砌墙，一边高呼小叫着，要与男泥瓦匠搞起劳动竞赛和技能比赛，把个建筑工地搞得一片沸腾,好不热闹。

脚手架下,上至70多岁的老人,下至七八岁的少年,也自动来到施工现场,搬砖、和灰、提泥包、抬泥灰,干得挥汗如雨,劲头十足,给建设工地增添了欢乐的气氛。

建筑工地上,咕咕咚咚运砖的车轱辘声,噼噼啪啪砌墙的瓦刀声,和灰拌泥的搅拌声,劳动呼吼的号子声,以及男女老少欢快的说笑声,协奏起一支新村建设的交响乐,烘托着工地壮观的场景和刘庄美丽而又独特的夜色。

没有工程师,没有建筑师,没有专业工程队,整个集体新村建设,从现场指挥到组织施工,从质量监督到技术把关,上上下下,方方面面,都是土生土长的刘庄人。刘庄农民自己动手,建设自己的新家园,甭提多高兴啦!好多人一边干活,一边心里偷偷地乐,悄悄地唱,每个毛孔都悄悄地往外喷发着欢喜与快乐。

就像"愚公移山"故事里的愚公感动了上帝一样,刘庄人"白天种棉粮,夜晚盖楼房"的艰苦创业精神,轰动了四方,感动了"上帝"。这个"上帝",就是部队官兵和工农兄弟。

驻扎新乡的五十四军的首长多次找到史来贺,要派一批工兵来刘庄支援新村建设。一不用刘庄管饭,部队自己做;二不用刘庄管住,部队自己搭帐篷。直到把集体新村建设好,他们才会撤出刘庄。

县委领导给史来贺说,要派县直工厂职工来刘庄工地支援新村建设,不管需要多少人,都能满足工地建设需要。

邻近的陈庄、沟王、柳店等村的领导找到刘庄,说啥也要派泥瓦匠来,并一再说:"刘庄平时支援我们,你们搞建设,俺咋能看着不管呢?村里泥瓦工都是现成的,不用管饭,不要工钱。这点忙帮不上,俺心里过意不去。"

有的单位甚至还提出"缺人来人,缺钱帮钱,绝不能叫刘庄新村建设出现任何困难"。

对要求来支援的每一家单位,史来贺都笑呵呵地婉言谢绝:"你们的深情厚谊我们领了,人员、资金一概不收。在有的人责难刘庄建设集体新村时,你们自动伸出援助的手,这就是对刘庄最大的支援。这个恩情,刘庄人永远记在心里!"

这么大的建设任务,还要生产、建设两头忙,在这种情况下,接受一些外援是在情理之中的。可史来贺为何偏偏不接受这友好的外援呢?

这正是刘庄一贯的自力更生、艰苦创业的精神体现,他自有一番道理:"刘庄是靠自力更生、艰苦奋斗起家的,这种精神,无论何时都要坚持。刘庄人自己干,虽然苦点、累点、慢点,但苦累可以锻炼人,让刘庄人更能经得起艰苦奋斗的考验;并且也可以通过建设新村,锻造出一支建筑队伍,从长远来看,对刘庄大有益处;同时,自己盖房自己住,心里舒坦踏实,住进去也觉得顺气。"

刘庄人没有接受外援,但他们把上级的关怀和兄弟单位无私支援的强烈愿望和友好感情,化为强大的动力,激发更大的干劲,挑灯夜战的工地,呈现出一派万马战犹酣的场面。

大家干得实在撑不住了,史来贺就让大家走进大礼堂观看电影,权当休息。大礼堂里支着一部放映机,一遍一遍地轮番放映《地雷战》《地道战》《南征北战》和《奇袭》《英雄儿女》等电影。刘庄人一看这些鼓舞人、激励人的电影,浑身的劳累与疲倦一扫而光,精神头又马上提了起来。他们对这些电影百看不厌,因为从中获取了强大的战斗力量,汲取了一种战无不胜的精神源泉,得到了艰难困苦中创业的勇气和信念。

在革命战士、战斗英雄"一不怕苦,二不怕死"的精神鼓舞下,刘庄人发扬连续作战的作风,农忙抓农业,农闲建新村,白天抓棉粮,夜晚盖楼房。刘庄坚持不向国家伸手,不靠别人支援,不给社员增加负担,自己烧砖,自己拉料,自己加工门窗檩条,甚至一些技术人才,也自己培养。让大家边干边学,干中培养,在50多天时间内,就培养出了一批木工、泥瓦工、钢筋工。

有人担心建设新村会影响社员收入,史来贺坚定自信地回答:"新村建设不仅不会影响社员收入,反而还会相应增加社员的收入。"

为此,他白天的精力大都用在村里的机械厂里,狠抓这个厂的生产与新产品研发。机械厂发展到1976年,已经设备齐全,实力雄厚,技术力量较强,村里十几个工副业厂子,都是靠这个厂"滚雪球"滚出来的,毫不夸张地说,它是刘庄的"发家厂"。根据市场调查的情况,在建设新村时,机械厂停止生产一些滞销的产品,开始大批量生产双音排气喇叭。由于喇叭高低气压灵敏、外观美、内件好、寿命长,经常供不应求,仅此一项,年利润就20多万元,大大满足了当年新村建设的资金需求。新村建设期间,社员的收入不仅没有降低,反而有了大幅度提高。

集体新村拔地而起,村办工副业也进入大发展阶段,可谓建设、发展两不误。1976年,刘庄先后兴建、扩建机械修配厂、造纸厂、面粉加工厂、冰糕厂、缝纫厂、食品加工厂等企业,有效解决了农业的剩余劳动力就业问题,为集体增添越来越多的财富。这一年,全村总收入达到 70.6 万元。工副业成为集体新村建设所需资金的源头活水。

在那样动乱的年代,史来贺逆风向而行,逆潮流而动,带领刘庄人大力发展生产力,建设社会主义新农村,让老百姓过上衣食无忧、安居乐业的好日子。他忠实践行了中国共产党的宗旨,完全代表了共产党人的正确方向,代表了广大人民的最高利益,是一位值得称颂的时代楷模,是一位值得人们敬仰的人民公仆!

第四十二章 "楼上楼下"梦成真

※盖楼遇风波
※病魔击不倒
※乔迁先群众
※享受总在后

盖楼遇风波

刘庄建设集体新村,不知怎的,竟然惊动了上级。也许是竖起的楼房太惹眼,也许是在那动乱的年代,有的人特别关注刘庄的一举一动,刘庄无论干啥事,都会触动上级非常灵敏的"神经"。

施工正在紧张进行的时候,上级来人干涉了,一进工地,就喝令停工:"谁让你们这么干的? 立即停下来!"

"我让大家这么干的! 咋啦? 这有啥错? 为啥叫停下来?"史来贺从脚手架上走下来,直奔上级来人的跟前,然后,又回头对社员们说,"不要停,继续干,一分钟都不能停,干!"

工地依然是一片忙忙碌碌、热火朝天的气氛。

上级来人气势汹汹,怒目瞪着史来贺:"都说你史来贺胆子大、敢作为,果然不假。上级三令五申,先治坡,后治窝。你咋老跟上边唱反调? 明目张胆地治开窝了? 放着坡不治,先治窝,你执行的这是啥路线? 是修正主义路线,资产阶级路线啊! 危险得很呢!"

史来贺不卑不亢地看了一眼来人,沉稳地说:"毛主席他老人家说,没有调查,就没有发言权。你到刘庄的田地里走一走,看一看,刘庄还有坡,还有沟,还有洼吗? 刘庄平整土地和农田基本建设早在几年前就完成了,现在到处是丰产方、高产田,年年稳产高产。你让刘庄人到哪儿去治坡?"

"你也打听打听,看哪个农村盖楼啦? 广大农民住的都是土坯房,人家住着旧房艰苦奋斗,不是照样走社会主义道路? 就你们刘庄特殊,你们这是资产阶级享乐思想在作怪!"上级来人批判的嗓音几乎能盖过高音喇叭。

"难道让群众一直住茅草屋、土坯房? 我们现在给群众治窝不是早了,而是晚了! 俺作为共产党员,老觉得对不起群众,治好了坡,实现了稳产、高产,依然让社员住着破屋烂房，俺于心不忍哪！刘庄建集体新村，没伸手向国家要一分钱、一块砖，也不因为建集体新村向国家少交一粒粮、一斤棉，给农民盖楼房，犯啥法啦？我就不明白，给群众治窝，让群众安居，让农民住上新房，咋就成了修正主义、资产阶级路线了呢？难道光兴城里人住楼，就不兴农民住楼？难道让群众安居，不是为人民服务？不符合共产党的宗旨？"

史来贺一口气的诉说，一连串的质问，把来人问得一脸窘迫。

"反正不许你们盖这么舒适的安乐窝，农民一富就变修，一安乐就成了资产阶级，那谁还好好生产？怎样发展集体、干社会主义？"

诚如工人做工、农民种地的定式，在上级来人的眼里，城市人住高楼，农村人住土屋草房，也是固定的历史定式，不可更改。住楼房的城市人，住土屋的老农民，好比姊妹找婆家——各得其所，有啥不好？

但史来贺要改变这种僵化的历史定式，要打破这种不合理的现状："就你们城里人能住楼，俺农民就得世世代代住草房？那社会主义的优越性咋体现？农民的生活水平咋提高？共产党难道不让农民过安乐、幸福的生活？农民一住上楼，咋就成了资产阶级？按照你这个逻辑，你早就住上了楼，那你早就是资产阶级、修正主义喽！"

这几句话，给上级来人弄了个倒噎气，眼珠子差点鼓爆出来。

"你们是用集体的钱给各家各户建房，往小里说，这是损公肥私，破坏集体经济，往大里说，这是挖社会主义墙脚，走资本主义道路。"来人满脑子都是主义和路线，一出口就是这些词儿。

这时的史来贺显得十分镇静："集体的也是群众的，没有群众，哪儿来的集体？没有群众流血流汗，哪有集体经济的发展？刘庄集体的每一分钱，每一粒粮，都是群众用汗水、用力气换来的，群众挣来的钱，为啥不能花在群众身上？发展集体经济，就是为了造福人民群众，不为群众谋利，那还叫共产党吗？我们拿群众挣来的集体资金，为群众建新村、盖新家，咋就成了挖社会主义墙脚、走资本主义道路了呢？难道叫群众吃不上饭、穿不上衣、住不上房就是社会主义？吃好、穿好、住好了，就是资本主义？这是啥逻辑？啥道理？你这个帽子我不戴，你这个观点我不接受。共产党打天下、坐江山，不就是为了让老百姓过上好日子吗？俺刘庄党支部就是要给老百姓兑现共产党的宗旨、兑现共产党的诺言。我相信，这一点，到啥时候也不会错。"

来人一看同史来贺来硬的不行，又来了个急转弯，由硬压变软磨："你是全国著名的农业劳模、植棉能手,应当把精力用在种粮、植棉上,盖楼房分散、耗费你多少精力啊！心思用偏了,当心砸了牌子,坏了名声啊！"

史来贺一听来人又搬出老一套糊弄人,便反唇相讥:"牌子、名声不值钱,一个共产党员活在世上,能给群众谋利益、办实事最值钱。我最见不得那种人,为了保官、保牌、保名声,拿着鸡毛当令箭,假话说得满天飞。只看上级的脸色行事,不为下面的老百姓着想。"

"你不务正业,又这样固执,不听人好心相劝,当心犯错误！"

"只要内心没鬼,还怕人吓唬？我一个堂堂正正的共产党员,干的是为老百姓造福的大事,维护的是群众的利益,发展的是集体的事业,怎能叫不务正业呢？有的人整天无所事事,到处找别人的碴儿,整这个,批那个,我看这种人才是真正的不务正业。"

来人领教了史来贺超越常人的演讲口才和雄辩能力,一个农村干部竟把共产党的宗旨悟得这么深、这么透,其水平令人吃惊。那人自愧不如,又理屈词穷,便见机行事,急匆匆一脸沮丧地溜之乎也！

动乱的年代,驱使浮动的人心;荒谬的时代,产生荒谬的逻辑。那些随着"文革"风云青云直上的政治暴发户,总认为:刘庄生产上去了,思想下来了;经济上升了,政治落伍了;跟不上"文革"的形势,总是与"文革"唱反调,是保守势力的典型,史来贺则是保守势力的代表。只要史来贺"把持"着刘庄,刘庄在政治上就不会有起色,就会充当"老右""保守"的急先锋。他们千方百计要把史来贺"拿下来",或者"弄出去"。

一天,一位"文革"红人、县革委领导来到刘庄,甩出一张蓄谋已久的"王牌":"老史啊,你年纪大了,思想观念跟不上形势了,还是见好就收,早早退下来,辞职叫年轻人干吧！"

史来贺霎时把两眼瞪得大大的,理直气壮地回应:"前几年,就有人逼我辞职,今天,你又叫我辞职。真是邪门啦！我才46岁,咋就年纪大了？正是年富力强能干事创业的时候,为啥叫我辞职？你数一数,比一比,全县农村基层干部有几个比我年轻的,又有几个大队能赶上刘庄的？刘庄始终走在全国农村前列,我怎么就跟不上形势了？哪方面跟不上形势了？叫我说,你是说颠倒了,是全国很多农村跟不上俺刘庄的形势了。刘庄正处在现代化建设的关键时期,想叫我辞职,你得先开个党员大会、群众大会,问问刘庄的党员和群众答应不答应。只要党员和群众同意,我这就下台！"

"不答应，不答应！坚决不答应！史书记不能辞职，他是俺刘庄的主心骨，他是俺刘庄群众的好带头人！"正在建楼房的群众蜂拥而起，强烈呼喊。

"文革"红人没想到史来贺这么善于演说，这么善于雄辩，简直称得上农民演说家了，更没想到，史来贺竟如此受到刘庄群众的热烈拥戴，可不敢小看了这位农村干部。

他无言以对，只好悻然而去。

上级个别领导见硬把史来贺"拿下来"这一招行不通，光刘庄人这一关就通不过，便又来了个调虎离山计，千方百计把他"弄出去"：先是调他到辉县当县委书记，他坚决不干；又调他到武陟县当县委书记，他拒绝上任；后来又调他到郑州市郊区当区委书记，他依然不动心、不挪窝，死守刘庄这片热土。他告诉上级个别领导："别再费心思了，我哪儿也不去，再大的官也不当。如果刘庄集体新村建不好，刘庄老百姓过不上富裕幸福的日子，我史来贺死不瞑目。"

这一下又触怒了上级个别人，他们在下边制造流言蜚语，故意败坏史来贺的名声："史来贺骄傲自大，目无上级领导，不服从组织调动。他要在刘庄建立自己的独立王国。"

上级三番五次动员史来贺离开刘庄去当"官"，却都被硬铮铮顶了回去。

"文革"红人走后，有位掂瓦刀砌墙的社员担忧地问："史支书，这事儿会不会给你带来麻烦啊？要是有麻烦，咱这集体新村就缓缓建，中不中？"

"啥麻烦？再大的麻烦咱也不怕。因为咱手里握着理嘞，有理走遍天下，无理寸步难行。不管有啥麻烦，天塌下来我来顶。而咱的集体新村一定要一口气建成，一天也不能缓，这才是咱刘庄天大的事嘞！"

史来贺现在啥都不想，一心只想着集体新村建设，他恨不得大手一挥，一夜间集体新村全部落成，让群众欢天喜地乔迁新居。

夜里，他躺在床上翻来覆去地想："万一上级不让我干这个支部书记了，集体新村的建设谁来领着干？村支书可以不当，但集体新村建设绝不能停下。"想来想去，他终于想到了对策。

第二天一大早，村民们有的还在睡梦中，他就紧急召开党支部会议，研究如何应付不测，他把自己的想法和盘托出。征得大家同意，确定了刘庄集体新村建设一、二、三线责任人，要求每一个负责人都要像传接力棒一样，对集体新村建设一个接一个地往下传，务必负责到底，建设成功。

紧接着，史来贺又召开了全村社员大会，将党支部研究决定的对策公布于众。他以壮士断腕的气概在大会上宣布:集体新村建设,现在我是第一线责任人,如果我干不成了,被免职甚至开除党籍了,第二线责任人接着干,第二线干不成了,第三线责任人接着干。要像愚公移山那样,一个接一个地干下去,坚定不移地把集体新村建起来! 绝不能因为我或者其他干部被免职而把集体新村的建设停下来。今儿个,我在这里告诉大家,谁也没有停建集体新村的权力。这一点,大家千万记住啦! 刘庄党支部一定要让全村老百姓住上楼房,过上"楼上楼下,电灯电话"的好日子!

　　会场里涌起掌声的浪潮,荡起飘洒的泪雨……

病魔击不倒

史来贺长期宵衣旰食，夜以继日地工作，殚精竭虑地操劳，无休无止地超负荷忙碌，不知不觉中，他的身心已经拼搏得透支了，危险的信号正向他暗暗发出警告。可他却仍然如一台机器一样，日夜不停地运转。可谁人不知，机器一旦过度超负荷运转，也有出故障的时候啊！

从1976年夏天开始，史来贺就时常感到胸闷气短，并伴有隐痛，这是心脏病暴发的征兆。可他哪里有暇顾及自己的身体？刘庄工业正在"上坡"，集体新村刚刚兴建，刘庄这辆大车正是拉紧套、上大坡的时候，他得驾好辕，拼命往前赶呐！所以他一如既往，干起活来不惜身，工作起来不要命，白天一身泥、一身汗，夜晚照样研究生产，或在建筑工地和社员一起垒砖砌墙、摺砖和灰。病魔来了，疼得实在受不住时，就用手压住胸口，咬咬牙硬撑着，挺过来了，继续干活。

1976年9月9日上午，史来贺正在地里和社员一起种麦。七里营人民公社办公室主任宋克武骑着自行车来到田头，向史来贺传达上级通知："下午中央人民广播电台有重要新闻，要求务必组织社员收听！"

史来贺不知道国家发生了什么大事，为何要组织全体社员收听？

当令人心碎的哀乐带来了毛泽东主席去世的消息时，9次受过毛主席接见的史来贺顿时感到心头发颤、头脑眩晕，脸色变得煞白，一头栽倒在地，昏厥过去，不省人事……

伟大领袖如巨星陨落，这对中国各族人民是多么大的打击啊！1000多口刘庄人悲痛欲绝，大放悲声，一片哭声撕肝裂肺，撼动天地。

"毛主席啊！您老人家驾鹤而去，中国人该怎么办啊？我们该怎样沿着您指引的社会主义道路继续走下去？"刘庄人反复哭喊着这样的话，怎么也表达不尽对伟大领袖的想念，怎么也表达不尽对毛主席大海般的深情……

史来贺茶饭不思,滴水不进。他痴痴地望着毛主席遗像,心事悠悠,极度悲哀。这一年是怎么了?周总理、朱德委员长去世了,毛主席也去世了!中国向何处去?刘庄今后的路怎么走?他心乱如麻,事事忧心,件件伤神。忧悲中,病魔又乘虚而入,悄悄地向他袭来。

可他又拖着一个病身子来到建筑工地,他要化悲痛为力量,带领刘庄人快马加鞭,早一天建设好集体新村,以告慰毛主席、周总理、朱总司令的在天之灵。

他一会儿站在地上往脚手架上撂砖,一会儿测量墙脚垒得是否在一条垂线上,一会儿检查墙体垒得是否在一个平面上。工地上,他是一个最忙的人、最累的人,也是一个操心最多、最细的人。

这一天,西北风呜呜地叫着,把树梢当哨子吹得满天响,旋起一阵阵黄沙,把天地搅得一片混沌,天上地下到处滚动着灰黄色浑浊的云雾和沙尘。就是在这样恶劣的天气里,刘庄新村建设工地上,依然是一片龙腾虎跃、热气腾腾的景象。搬砖的、抬筐的、和灰的、垒墙的、铲土的,一个个忙得满头大汗。狂风猛吼,扬沙扑面,谁也无暇顾及,只顾埋头干活。

史来贺站在脚手架上,低着头、弓着腰一块接一块地垒砖。和他面对面、肩挨肩干活的党支部副书记张秀贞见他累得满头大汗、气喘不止,便心疼地说:"支书啊!你一直这样干中不中啊?看把你累得脸都变色了,不中就下去歇歇吧!"

"我没事,干这点活儿,累不着我。"史来贺轻松地说。

"你不是有头晕病吗?记得那年平整土地,你累得都晕倒在工地上了。这建集体新村可是个大活儿,经年累月的,你又操心劳神,还扑下身子领头干,千万可别累坏了身子骨儿。我看你还是别干了,坐在土堆上给大家指点指点就中了。"张秀贞为史来贺的身体担忧,唯恐他旧病复发累晕在工地。

"一个大男人、庄稼汉,我没那么娇贵。大家流汗干,叫我坐着看,那我不成了旧社会地主家的监工了?咱共产党人不当官僚,不当甩手掌柜。只有和群众一起劳动、一起流汗,心里才感到舒坦。"史来贺边干边说。

史来贺一看脚手架上的砖垒完了,便立刻下去撂砖,撂满了一个脚手架,又接着给另一个脚手架上撂,一连撂满了三个脚手架所需要的砖,一口气撂了150多块。正是春寒料峭之际,西北风呼呼地刮着,不少人还穿着棉衣。"椿骨朵碗口大,脱掉棉衣不害怕",可这时,椿树还没发芽呢!史来贺穿着一件薄袄,却累得满头大汗。等他又掂起两块砖,准备往上撂的时候,却突然眉头紧蹙,捂住心口，踉跄几步，一头栽倒在地……

站在脚手架上的张秀贞看到后赶紧呼救："快来人啊！史书记晕倒啦！赶快！赶快！"

张秀贞立即从脚手架上下来察看，躺在地上的史来贺，脸色变成了紫铜色，两鬓凸起的青色血管在太阳穴上不停地跳动，黄豆般的汗珠从额头的皱纹内滚出来，沿着两腮不住地往下淌……

正在施工的人们扔下瓦刀、铁锹、抬筐，忽拉一下围在史来贺晕倒的地方。张秀贞狠掐史来贺的人中，并急急地呼叫着，周围的人也都一齐呼叫着。

刘树业吓得面如土色，嘴唇哆嗦，抱着老伙计直哭："老史啊！看你累成啥样啦！这次你必须去看病，你不心疼自己的身体，社员们心疼啊！"

只见躺在地上的史来贺，双眼紧闭，脸色蜡黄，危在旦夕。又急又怕的社员们眼泪都流下来了。几个大队干部立马做出决定：赶紧送医院，一会儿也不能耽误！

张秀贞立刻打电话给新乡县委副书记霍明："霍书记，俺村的老史昏倒在建设工地了，病得严重，很危险！您赶紧派车来送他去医院吧！"

恰在这时，史来贺慢慢睁开了双眼，一看自己躺在地上，周围站满了人，知道自己又犯病了，便示意刘树业帮自己从内衣口袋里掏出他的常备药——速效救心丸，立马压在舌头下几丸。

他抬头看看周围的群众，急躁地问："你们不去盖房，待在这里干啥？都去干活吧！"

刘树业扶他坐在了地上，拍打一下他身上的泥土，说："俺都准备好了，马上送你去医院。"

"去医院干啥？我这不好了吗！只不过头晕了一下，一会儿就过去了，有啥大惊小怪的。大家都继续干活吧！"为了不分散大家的精力，史来贺故意隐瞒了自己的病情——心脏前间壁小面积梗塞。如果劳累过度或工作压力太大就会病发，这个病可是埋在他胸腔的一颗定时炸弹啊！

恰在此时，县委霍明副书记带来一辆吉普车，他一下车，就直奔到史来贺面前："老史啊！不能豁着命干哪！你的身体，真让人担心啊！"他对周围的干部说："赶紧的，把老史抬车上，一分钟也不能耽误了，赶紧去住院！"

史来贺摆了摆手，坚决拒绝去医院。

副支书李安仁难过得哭着说："老史啊，你要是再不去住院，我们就都不干了。咱这集体新村的建设就扔这儿吧!"

"是啊!老书记,你都病成这样了,还一个劲地硬撑着,还是去医院吧!你再这样硬熬硬撑,大家伙儿心里难受哇!"几个社员含着眼泪一再劝说着。

老史却坦然一笑:"这点小毛病算个啥?看把你们吓的,想把我这100多斤撂倒,没恁容易。"

县委副书记霍明坚定地说:"老史,你的身体都成这样了,还要继续干活,要命不要了?你的命不是你自己的,是全体刘庄人民的,也是整个新乡县人民的。我现在代表县委命令你,必须马上去住院!"

史来贺无奈,只好听从县委的安排。

吉普车一路风驰电掣,把史来贺送进了位于郑州西郊的河南省军区一五三医院。

医生检查了病情后,告诉刘庄的干部:"老史患的是心肌梗死,比较严重,必须马上住院治疗。至少要治疗五个疗程。"

"危险吗?啥时能治好?"副大队长刘树业急切地问。

"这是个有生命危险的病,必须及时治疗,长期吃药,不然,随时都有危险。"医生严肃地说。

刘树业对气喘不止、脸色蜡黄的史来贺说:"咱进了医院,就得听医生的。安心住院治疗,家里的事,有俺几个呢,放心吧!"

…………

史来贺住院的消息传出后,河南省委第一书记刘建勋等党政领导匆匆赶到医院探望。刘建勋安慰他:"既来之,则安之,专心养病,不要心挂家里的生产和工作。有什么困难,给我说,我来解决。"

史来贺想要给省委书记刘建勋汇报一下刘庄建设集体新村的事,刘建勋摆摆手说:"现在专心养病,不谈工作,等病好了以后再说。"

"咳!我这一病,耽误工作了。村里那么多事,大家都在新村建设工地忙着,我却躺在这里,心里难受啊!"史来贺惦记着集体新村建设,怎么也躺不住。

"不要想村里的工作了,治病是你最紧急的任务!"刘建勋书记用十分关切的口气叮嘱道。

接着,刘建勋书记又向医院的领导与主治医生详细了解史来贺的病情,并一再叮嘱:"一定要把史来贺同志的病治好,用最好的药,做最好的护理,想尽一切办法减少史来贺同志的痛苦。"

临走时，刘建勋书记力劝史来贺："一定要静心养病，家里生产、工作上的事尽管放心，不是还有其他同志嘛！"

史来贺点点头答应道："好！我记住刘书记的话了！"

可他人在医院，却依然心系刘庄。每逢刘庄有人来探望，他总是强忍着痛苦与难受，问工厂、农场、畜牧场的生产情况，问集体新村建设进展情况，问村里几家困难户又出现啥困难没有……

主治医生看到这种情况，竭力阻止："史书记啊！你不能多说话、多费心，要静躺、静养，你的病不允许操心劳神啊！"

"没事，我就跟他们说几句话，不会出现啥问题。"史来贺对医生的提醒置之不理，照样与来医院探望的干部研究生产。

医生怎么也阻止不了，只好抱怨说："看你，竟然把医院当成刘庄的生产指挥部了！"

来医院探望的人临走时，史来贺一再嘱咐："如果家里的各项工作进展顺利，你们就不要来了，不要因为来看我耽误工作。如工作中出现了问题，你们可以来两个人，咱们研究解决的具体办法。"

尽管刘庄不断有人来医院探望，但史来贺对刘庄的生产与新村建设还是放心不下，时刻惦记着刘庄群众，一再向医生提出要求，希望能回刘庄看看。可医生根据史来贺的病情，没有批准他三番五次的要求。

打从史来贺住院后，村里的群众日夜惦记着。村里几位老人，天天吃过饭后，就拄着拐棍，搬个小板凳，坐在村口，直朝郑州的方向望去，盼着史书记早一天康复，早一天出院，回到刘庄……

史来贺生病住院期间，正值粉碎"四人帮"不久，其帮派分子还没有完全肃清。他们在"文革"中整史来贺整了10年，尽管费尽心机，也没有整倒这位钢铁汉子。这次他们想趁史来贺病情严重之际，落井下石，搞垮史来贺与刘庄。他们躲在阴暗的角落里，制造谣言，恶意诽谤，恶狠狠地诅咒："史来贺已经死了，上边不敢告诉他家里和刘庄干部群众，史来贺死后也得打倒，刘庄很快就要垮了！"

这些帮派分子故意把谣言散布到刘庄，蓄意制造混乱。刘庄人听到谣言，信以为真，一下子炸锅了！男女老少哭天喊地："史书记啊！你真的走了吗？你不能扔下刘庄人走哇！大家伙还等着您给俺领路呀！"

一时间，刘庄混乱成一团，农场的人不下地了，工厂的人不上班了，集体新村也停止建设了。这就是帮派分子们要达到的目的、要看到的结果。

坏人的挑衅和造谣生事,让刘庄的形势变得非常严峻。

大队党支部副书记李安仁、张秀贞立刻给中共新乡县委打电话,将这一情况做了详细汇报。县委尚书记接到电话后,立即驱车赶往河南省军区一五三医院,要让史来贺回一趟刘庄,见一见刘庄的群众,安抚一下刘庄的人心。

当史来贺的车子出现在村口时,早已站在这里等待的几百名干部群众,忽的一下,里三层外三层地围了过来,争抢着去拉史来贺的手,踮着脚尖去看史来贺的脸色。一个月不见,老书记瘦多了,脸色依然黄巴巴的,看来,病还是没有全好啊!可他依然还是那一副和蔼可亲的笑脸,向大家一个劲地微笑着。

老贫农刘明香、刘俊青、马新政看着史来贺一脸病容,眼珠子都掉坑里了,心头的痛楚一涌而上,化作刷刷的泪雨,"哇哇"地大声哭了起来。顿时,几百人都眼泪汪汪,"呜呜"地哭成一片……

"你的病到底啥样?俺都不得底呀!"

"乡亲们,我这不是很好吗!请大家不要听信谣言,我不在家,咱村的生产和新村建设靠你们出力啊!你们不要惦记我,用不了几天,我就回来啦!"

"你一定要把病看好,看不好就别回来!放心吧,家里有大家伙嘞!"

"好好治病,咱村就靠你呀!"

这时,刘树业附在史来贺的耳旁关心地说:"那天,我送你到医院,人家吴大夫说,幸亏你们这会儿送来了,要是等到下午就晚了!这个病,耽误不得呀!你看多危险啊!以后你得多注意身体啦!该休息就得休息,千万甭累着了!"

史来贺摆摆手,不以为意地说:"没事儿,活着干,死了算!咱共产党员就是为老百姓活,为老百姓干的。"

史来贺住院后,坏人的谣言传到整日在村口等他的一位老人的耳朵里:"老史回不了刘庄了,病死在医院啦!"

闻听此言,老人一下子病倒了,躺在床上整日里喊叫"史书记",泪流满面地对家人说:"史书记不能死,不能死啊!我看见史书记回来了,回来了!"

史来贺回到村里听说后,立即登门去看望这位老人。

他坐在老人的身边,拉住老人的手嘘寒问暖,还给老人从郑州带回来几瓶麦乳精等营养品。老人激动得热泪狂流,用一双颤抖的手在他的脸上、肩上上上下下摸了个遍:"真的是你吗?史书记,你真的回来了!我躺在这床上,睁眼闭眼都是你,总怕见不到你啊!"说着,老人竟泣不成声,掩面哽咽,"可得爱惜自己身子骨啊，全村人靠你掌旗哩！你要倒下了，咱刘庄咋办，指望谁？"

老人的话，引起史来贺的深思，他心里久久难以平静。

一人掌旗，众人跟旗。可一个人一生能走多远，掌旗又能掌多久？到最后总得有接旗人啊！刘庄的大业，要薪火相传，有人接力，一代又一代地传下去。这样，才能千秋万代不变色啊！

如此看来，自己这个掌旗人不仅要为刘庄创下大业，还得为刘庄培育一代新人，有了"长江后浪推前浪"的人才，刘庄的百年基业才能稳如泰山，刘庄的子孙后代才能把刘庄的事业、刘庄的精神一代一代传下去，永不断接，永不失传。那样，刘庄的未来才会一代比一代美好、一代比一代强盛啊！

乔迁先群众

刘庄干部群众披星戴月,栉风沐雨,男女老少同甘共苦,义务劳动,一直坚持"白天种棉粮,夜晚盖楼房"。就这样,干了整整6年,烧砖瓦1000多万块,自筹木材2400方,投资150万元,投工30多万个,崭新壮观的集体新村,终于整整齐齐、漂漂亮亮地站立在刘庄的大地上。

这53幢200多套1400间赭红色单面楼,双层、向阳、美观、别致,都是一模一样的房屋,一模一样的院落,都是一模一样的结构,一模一样的户型。一排排新房之间,是硬化的道路,又宽敞又光滑。远观,这是一片亮丽的风景,如诗如画;近看,这是一幢幢雅致精美的红楼房,如梦似幻,仿佛是一群初嫁的新娘,披着红盖头、流光溢彩、一身华丽地站在世人面前,给这片古老的土地带来了有史以来的崭新气象、崭新面貌。

与集体新村遥遥相对的,是高高耸起的自来水塔;把触角伸向天空的,是电视天线;整个集体新村,柏油马路纵横交错,贯穿东西南北。站在中央的小广场,迎面拔地而起的是宽敞的大礼堂;广场两侧,对称地坐落着两座样式别致气势壮观的三层楼,这里是信用社、会计室、图书室、接待站所在。如果沿着宽阔平坦的柏油马路南北东西地纵横穿去,便是一幢幢鳞次栉比的红墙红瓦美丽壮观的两层单面向阳楼。到了夜晚,一盏盏水银灯把美丽的刘庄照得如同仙境,群众不由得发出由衷的赞叹:"啊!刘庄真是太美了!"

这不是梦幻,更不是蜃景,这是刘庄农民用双手创造的比蜃景更美的真实。

53幢单面向阳楼,在刘庄集体新村的建设史上,是第一代新村。后面还有第二代、第三代。这后续的两代,将会随着刘庄与时俱进的发展历程,在某一适时的时代节点上,于充满希望的土地上脱颖而出。

第一代新村全部利用农闲和夜晚的时间建设,分批分期建成,群众也分期分批入住，建成一批，入住一批。

第一代新居，楼上楼下，独门独院，红墙红瓦，通风向阳，比城市的楼房更让人羡慕、眼馋。作为刘庄人，谁不想尽早享受乔迁的喜悦？

新房怎样分配？这是党支部面临的一个新问题。分得不公，就会影响社员的思想情绪，为了避免分房出现矛盾，村党支部成立了由几方代表组成的分房小组，分配方案由分房小组研究决定。

史来贺一向对困难户格外关心，特别是孤儿寡母以及残疾人的生活与住房，他时时挂在心上，一有福利，首先想到他们。因此，史来贺对乔迁新居定下了原则：首批入住的是困难户；接着的顺序是先群众，后干部；而后是党员干部，最后是村支书。

可是，史来贺的这个原则，在分房小组通不过，群众大会上也通不过。为啥？因为群众心里实在过意不去啊！一遇到利益方面的事，干部总是吃亏，把沾光的事全都让给群众。大家说，在利益面前应该人人平等，干部群众应一样看待，谁家住房困难谁家先入住。群众特别提出，史来贺家应当第一批搬进新居。这不仅因为他是建设新村的决策人、指挥者，操心最多、出力最大，还因为他家的住房确实有实际困难。20多年来，他一心扑在刘庄集体的创业上，从来顾不上自己家修房盖屋，一直住在新中国成立初期盖的旧房子里。他家人多，几间草房土屋本来住得就拥挤，因大队没有仓库，又腾出三间给大队用，一用就是几十年，一分钱房租也没收过。剩下的几间，大儿子夫妻住一间；他和老伴、二儿子、两个女儿里外间隔着合住三间，既不方便，又很拥挤；剩下一小间当厨房。房子简陋得不能再简陋了，甚至门棚全是用棉柴杆搭的。院墙已经被雨水冲刷得剩了半截，豁口用半截砖头垒堵着，简直不堪入目。

根据史来贺家的住房现状，干部群众都强烈要求让老史一家先搬入新居，但他坚决拒绝："群众都还没搬，叫我这个支书先搬，像什么话？那我不就带了个坏头？一个共产党员能带这样的头吗？要是带了这个头，我这个共产党员在群众面前还能站住脚？还能挺直腰杆说话？只要咱村还有一户没搬进新房，我心里就不踏实。"几句硬铮铮的话，含着硬铮铮的理，大家还能说什么？

恰巧，这时接到上级通知，要史来贺到北京开会。分房小组根据群众意见，就趁史来贺外出开会的机会，制订了调房方案：分给史家第三排楼正中间楼上楼下8间房。

史来贺从北京开会回来后，发现给他家分了新房，就问："这是谁干的，谁做的主? 趁我去北京开会,你们就破坏了刘庄的规矩,我制定的分房入住原则咋能随便更改呢?"

分房小组长赶忙走上前来,怯怯地说:"这都是大家伙儿商量着办的。你看你,啥事老是吃亏,大家心里过意不去。你看你家那破房子,根本不够住;要是下大雨,住在里边很危险。光叫群众先搬,你不搬,谁看了心里不难受?"

"中啦,中啦! 别叨叨了。咋分给我的,再咋退回去。一个党员干部,咋能先于群众入住新房呢? 那我不成了国民党了? 你们给我记住,只要咱庄还有一户没搬进新房,我就坚决不搬家! 把这套新房让给困难户,先让困难群众搬进去。"

史来贺心里明白,老百姓经常念叨:"村看村,户看户,群众看干部,干部看支书。"他这样做,就是要让刘庄的干部知道,在利益和享受面前,必须把群众摆在前边,放在第一位;党员干部,无论啥时候,都得吃苦在前,享受在后。

在首批入住的困难户里,史来贺第一个就点到了余德洋一家。他家在刘庄单门独姓。老余是个聋哑人,儿子却又因病在不久前去世,儿媳韩玉琴有些痴呆,见人连个招呼都不会打,小孙子余荣海刚满三岁。一家三口,两个残疾,一个弱小的幼童。不言而喻,这个家庭是个典型的困难户。史来贺点到余德洋的名字时,还特意安排人帮助老余搬家:"不是搭把手,而是全力以赴,一帮到底,让余德洋一家三口住安顿了为止。"

余德洋不会说话,但他是个重情重义的有心人,见村支书派人给他搬家,感动得热泪狂流,嘴里呜哩哇啦,泣不成声,两手不停地比比画画。也许他想起了史支书逢年过节领着干部给他家送救济、送年货;也许他想起了史支书派妇女干部刘桂英经常到他家帮忙拆洗被褥、缝制衣衫、打扫院落;也许他想起了史支书每年冬天都要到他家三番五次地察看,看取暖的火炉旺不旺,屋里冷不冷,看房子有没有透风的地方,看过冬的生活还缺啥不缺,亲手摸一摸他身上的棉袄厚不厚,夜里盖的棉被薄不薄,关心得可周到、可体贴啦……想到这些,他竟当着众人的面两手捂脸,蹲在地上呜呜哭了起来……

接着,史来贺又点了杨金苹一家。放羊老汉刘荣正病故后,她领着几个孩子艰难度日,老史想起来就心疼……

还有老村医刘明书一家,他重病卧床时,史来贺一直守在床前,端水喂药,日夜伺候,直到他咽下最后一口气。他生前治病救人,为父老乡亲立下令人难忘的功德。去世后,家里少了顶梁柱,像塌了天……

像以上这些困难家庭，首先入住新居，在刘庄合天理、顺民意，干部群众没有不赞成的。

困难群众搬入新居后，是一般群众搬家。一批群众搬进了新居，老史一家仍住在破旧的老房里……

第二次正式分房时，分房小组依据分房原则和条件，又把一套新房分给了史来贺一家。可他依然坚持先群众后干部，最后才是他一家，谁劝也没用，硬是不要房、不搬家。一家人依旧住在拥挤不堪的破房里。

分房小组的人说："史书记，搬了吧！要真来一场大雨，你家那老房子恐怕撑不住。你搬进新房，大家伙就放心了。"

"老房子我住了几十年啦！只是漏点雨，不碍事。我对那老房子有很深的感情，要在里边多住些日子。只要不到搬家的时候，谁动员我搬也没用，我有我的原则。"

群众陆陆续续都入住新村，而干部们还在自家的陈年老土屋里住着。一边是簇新的红色楼房，一边是长了厚厚苔藓的黄褐色土屋，新楼里住着普通群众，土屋里住着党员干部，形成了鲜明的对照，鲜明的"两极分化"。这让广大群众想起了旧社会，那时穷人住茅草屋，地主住楼堂，也是明显的"两极分化"，地主在天堂，穷人在火坑。如今，有了福地，党支书首先想到的是群众，让群众先入住新房。他让刘庄的群众看到的都是共产党的好，享受的都是共产党的福，让老百姓做梦都喊"共产党万岁"。

史来贺看着一家家一户户的百姓都入住福地，脸上比谁都高兴，心里比谁都幸福。

这期间，有不少来刘庄参观的队伍，他们看到刘庄群众住进了楼上楼下的新居，而他们的带头人却住在低矮阴暗的茅草房里，这一强烈反差，让一个个参观者发出由衷的感慨：

"甭说别的，史来贺这一条，就够我们学的了！"

"史来贺先人后己，只想群众，就这一条，一般人学一辈子也学不好。"

"学刘庄，学史来贺，就这一条，也学不了啊！"

"要是能把这一条学到心里，用到实际中，就会深得民心啊！"

享受总在后

听说史来贺这次又让了新房,分到新房的群众心里非常难受,老史为大家伙忙前忙后,总是吃苦在前、吃亏在前,轮到分房了,他又一次次让给群众,真叫人过意不去啊!大家纷纷找到史来贺"说理":

"史书记,你如果这次不搬家,我们也都不搬。让房子在那里空着吧!看你费心巴力盖新村还有啥用!"

群众这回摽在一起,说不搬,都不搬。

史来贺没了办法,只好召开群众大会,做搬家动员工作,他劝大家抓紧时间入住新居,新村盖起来,就是给父老乡亲住的,而不是摆在那里叫人看的。最后,他掏心掏肺地给大家说:

"共产党是干啥的?就是为人民谋利益的,就是要吃苦在前,享受在后。现在你们分到了新房,是因你们住房的确困难。咱们的新村,是建好一批,入住一批,分期分批建设,分期分批入住,最后大家都会住进新房。可眼下还有一批群众没有搬,只要刘庄有一户群众不住进新房,我史来贺就不会搬。这是我的决定和原则,这个原则不会变!作为一个党员,这是我应该做的;作为党支部书记,这是工作的需要。现在,未分到房子的群众都还在看着我嘞!我不搬能稳定这部分群众的情绪,也利于以后分房工作的顺利进行。请大家支持我的工作。"

群众终于理解了史来贺的一片苦心。分到新房的人,马上搬了进去,用实际行动支持老书记的工作,回报老书记的良苦用心。

全村群众入住双层向阳的小红楼以后,总觉得是进入了梦境。这真的是咱农民盼望的"楼上楼下"吗?宽宽敞敞,明明亮亮,人均住房面积达到了23.5平方米。这在20世纪70年代,简直阔绰极了,即便城市的那些领导干部,也住不上这么漂亮、这么宽敞的楼房啊！刘庄的农民超前享受、超前安居了。

当村委副主任夏治香一家准备搬入新居时，70多岁的老母亲问她：

"老史家搬了没有？为建新村，他把心都操碎了，让他先搬才顺理。"

夏治香告诉老母亲："老史没有搬，他说要最后才搬。只要村里有一户群众不搬进去，他就不搬。"

老母亲咂吧着嘴赞叹道："没见过他这样的好干部。刘庄人有福啊！"

等全村其他干部也都最后一批搬入新村红楼，老宅里就只剩下史来贺一家了。群众望着史家残破简陋的老宅，眼含着热泪说："有了好事、有了福利，老史尽让群众优先，自己却总是排后、总是吃亏，叫人不落忍啊！"

这时，群众找到分房小组，提出合理化建议：

"史来贺来往客人多，到他家谈工作的多，至少得给他多分两间房当办公室与会客室。"

老史听到后，一摆手，一摇头，坚决制止："党员干部咋能搞特殊？要是日后我不当干部了，多分的两间房咋退？退给谁？"

第一代集体新村规定每人一间房，史来贺家里八口人，按规定得分给他家八间房。可史来贺只要了六间房，比一般群众家里少要了两间。

不少干部群众心里又是一阵难过："史书记这次又吃了大亏，付出的多，得到的少啊！"

而史来贺却对党员干部说："当干部是为群众谋利益的，不光劳动要带头，吃亏也要带头。只要把群众安置好了，心里比啥都幸福！

六年后，刘庄第一代新村全部建齐，刘庄人除了史来贺一家，全都搬了进去。史来贺把入居新村的干部群众安顿妥善后，心里觉得轻松踏实了，才收拾了老宅里的穷家当，最后一家搬入了新村红楼。

新村入居安定后，新闻记者来采访，问老史入住新居的原则为何是"先群众，后干部，最后是支书"。

老史直截了当地说："搬迁新楼房，先群众，后干部，最后是支书。这是要让党员干部们懂得一个真正的共产党人办事的先后顺序。凡是牵涉到利益方面的事，都得把群众放在第一位。群众是根，群众是本，共产党人办事不能本末倒置。丢了根，忘了本，共产党就会失去群众，失去了群众，共产党就失去了生命力，将一事无成。"

史来贺也许没有读过范仲淹的《岳阳楼记》，但他却有"先天下之忧而忧，后天下之乐而乐"的高尚情怀。如果没有共产党人坦荡无私的品质,没有忘我的共产主义思想境界,能做到这些吗?

刘庄的党员干部,从史来贺的办事风格中,深深悟到这个立党为公、立党为民的道理。

刘庄集体新村,既现代又超前,在河南甚至全国独一无二,一下子闻名遐迩,轰动全国。此时,在广大人民心目中,双层向阳小红楼的集体新村,成了刘庄的象征和标志。

为了让党员干部真正做到立党为公、立党为民,史来贺对党员干部约法三章:一不准搞特殊;二不准谋私利;三不准脱离群众。

在刘庄,凡是遇到利益、福利方面的事,都是先群众,后干部,最后是支书。这已经成了一种约法、一种惯例、一种风气。约法三章,让刘庄风清气正,让全村党员干部两袖清风,让刘庄上下政通人和,水乳交融。史来贺带出了刘庄的好党风、好作风、好民风。

他怀着一颗全心全意为人民服务的赤诚之心,始终把代表广大人民群众的最高利益作为工作的出发点和落脚点,扎扎实实为群众办好事、办实事、办大事,千方百计为群众谋利益、谋幸福。在思想感情上钟情于群众,在工作作风上置身于群众,在切身利益上心系于群众,在奋斗目标上谋虑于群众,在创业成果上奉献于群众。他用诚心诚意和毕生精力,脚踏实地地践行党的群众路线、践行党的宗旨。

你看,住上新楼房的刘庄群众,多么荣幸,多么自豪,不知是谁还兴高采烈地唱起了刘庄特有的新民谣:

> 农民住上楼,
> 吃穿不用愁。
> 领米又领面,
> 发奶又发肉;
> 种地机械化,
> 点灯不用油。
> 生活甜如蜜,
> 多亏好领头。

第四十三章　地委书记"刨地球"

※"州官"仍务农
※劳模见劳模
※农民的本色
※心不离群众

"州官"仍务农

新中国社会主义的航船,尽管在前进的航程中走过一些弯路,遇到过一些挫折,并且挫伤过广大农民建设社会主义的积极性和创造力。但在刘庄,史来贺和广大干部群众从来没有动摇过走社会主义道路的信念与决心,对社会主义的优越性也从来没有怀疑过。面对一次次政治风浪的考验,经过一场场革命暴雨的洗礼,他们的头脑更加清醒,旗帜更加鲜明,信念和意志更加坚定。

"文革"十年浩劫过后,政治经济,社会文化,处处废墟,满目疮痍;思想意识,世道人心,则是严重扭曲,道德沦丧。而刘庄却抖落尘埃,展现出党风纯正,民风淳朴,政通人和,经济发达,五业兴旺,欣欣向荣的社会主义新农村的喜人风貌。这不能不说是一个人间奇迹。

"文革"中,全国各地都在造反夺权,史来贺却埋下头来,集中精力,把科学社会主义理论与刘庄实际相结合,在 1.5 平方公里的土地上,思考什么才是真正的社会主义,怎样干好社会主义,什么是社会主义道路,怎样走好社会主义道路的重大政治性、方向性问题,为全国农村的发展提供了宝贵经验。这是多么伟大的探索,多么了不起的贡献啊!

人们把注意的焦点再次投向了刘庄,投向了史来贺。

1977 年,史来贺又一次被评为全国特等劳模,并光荣出席了国务院在北京人民大会堂举行的表彰大会,受到了党和国家领导人的亲切接见。

就在这一年,中共河南省委下达红头文件,任命史来贺为新乡地委书记。上面有第一书记、第二书记,他是排序第三的地委书记,主管农业和新乡地委机关工作。

省委文件下达后,史来贺却迟迟不到任。

省委第一书记刘建勋曾两次动员史来贺:"史来贺同志啊,任命你当地委书记,是省委的决定,也是新乡地委的提议,更是党的工作需要。你不去任职说不过去,你得服从组织决定,赶快把家搬到新乡市,把老婆孩子的户口转了,安心到地委工作,为党的事业做更多的贡献。总不能刨一辈子地球啊! 光刨地球就把你这个人才浪费了。"

面对省委第一书记,史来贺还是那句话:"我是个农业劳模,叫我离开农村,那还叫啥劳模? 叫我离开农田,那还咋劳动? 不劳动,还能算劳模吗?"

他还是那个老主意,刘庄建设不好,自己哪儿也不去。

刘建勋让新乡地委的一把手亲自动员史来贺去上任。

1977年年底的一天,中共新乡地委第一书记王九书奉省委第一书记之命,驱车来到刘庄,一见史来贺就开门见山:

"老史,组织上任命你当地委书记,咋不去上任呢? 你看我把省委的任职通知都拿来啦! 赶快收拾收拾去地委上班吧!"

一听地委书记催他去上任,史来贺开门见山第一句话就是:"我是个农民,当不了地委书记。搁过去,这也算得上个州官、府官啦! 我一个刨地球的庄稼人,咋能当得了这么大的官儿啊?"

"省委刘建勋书记,对你的任职特别重视,他亲自主持常委会重点研究。省委说你当得了,你就当得了! 你要知道,这是省委几经考察,慎重研究,作出的决定。这一次是在全省范围内选拔懂生产、懂技术、有经验的基层干部、优秀人才到重要领导岗位上来,人尽其才嘛。老史啊! 你可不能辜负省委领导对你的期望啊! 收拾收拾赶快上任吧!"地委第一书记王九书说。

"我觉得自己能力有限,担当不了这个重任,我就是个修理地球的农民。我常说,每个共产党员把脚下这块地球刨好了、修好了,全国就能富裕起来。我要带领刘庄人刨一辈子地球,拔掉穷根,让刘庄的老百姓过上好日子。"史来贺向地委领导恳切地表明自己的心迹。

"你当了地委书记,不照样领导着刘庄吗?"地委第一书记王九书说。

"那不一样,当支书是直接的,天天和群众在一起;到了地委,是间接的,离群众、离刘庄就远了。"史来贺说来绕去,就是不愿离开群众,不愿离开刘庄。

王九书告诉史来贺:"省委第一书记刘建勋要求地委,把你的家搬到新乡市,把老伴和孩子的户口都办成城市户口,取消你的后顾之忧,让你安心到地委工作。"

史来贺一五一十地告诉王九书:"我的后顾之忧不在家庭,而在刘庄。刘庄的发展正处在关键时期,畜牧业、副业要上新台阶;刚刚起步的工业,正处于巩固提高和扩大再生产的阶段,缺资金、缺人才、缺技术;集体新村建设才开了个头,全部完成建设任务得几年。刘庄的事业发展任重道远呐!我一走,势必会引起人心浮动,刘庄的经济发展和新村建设也会受到影响。我也曾在县委当过三年专职副书记,那大院的滋味不好受,怎么也不如在刘庄和老少爷们一起干农活,出大力,流大汗,那个痛快劲,真叫人过瘾。再说,我是农业劳模,离开群众、离开土地还算啥农业劳模?"

"你是千里马,咋能老圈在刘庄这块小天地里呢? 你要走向更广阔的天地,充分发挥你的大才干。"王九书极力劝说着。

"对于我来说,刘庄就是一片广阔的天地。我离不开刘庄,离不开生我、养我的这片土地,也离不开刘庄的父老乡亲。"

按说,地委书记这个官,相当于过去封建王朝的州官,是威震一方的"大官"。一些蝇营狗苟之辈,恐怕往上爬一辈子,也很难爬到这个位置;那些"官迷心窍"、野心勃勃的政客,却把这个官位当作青云直上的跳板,再往上跳一步,就成了梦寐以求的高官啦!

可史来贺却把官位看得淡如流云、轻如草芥。他看重的是一个共产党员的人生价值,是如何更好地践行党的宗旨,为人民办更多的实事、好事。

接着,史来贺对王九书说出了一番掏心窝子的话:

"搞政治我没经验。你看,一个地委书记的位子空出来,不知有多少想当官的人两眼直勾勾地盯着哩。在农村刨地球,出的是苦力,淌的是汗水,又脏又累,谁和你争? 如果叫我到哪个山区,担任大队党支部书记,我敢立军令状,三年之内改变面貌! 农业劳动模范离开土地,到高楼深院里去当官,还叫啥劳模? 不把刘庄的'穷'字抠掉,换上'富'字,在上面跑来跑去,为个人争官位有啥意思? 当官,能为民造福,固然好。但要搞不好,不仅自己会坍台,也会给党的事业带来损失。"

仅此一番粗浅的话语,我们就可以断定,史来贺是一位了不起的农民思想家、民间哲人。

一番掏心掏肺的话,打动了地委第一书记的心。他认为史来贺讲得不仅有道理,而且讲出了对"农业劳模"这几个字的深厚情感,作为地委领导,他深有同感。但他还得代表组织劝说史来贺:

"老伙计,我倒了,还是老干部;你要倒了,可能连劳模也不是了。你还是服从省委决定,走马上任好,不然,组织还会找你谈的。"

"所以啊,我还是当我的农业劳模,安心刨地球吧! 这才是我这个农民的本行、正业哩! 离开了乡村,离开了田间地头,哪里也不是俺农业劳模的天地呀!"

史来贺的这几句话,虽然没有在自己身上应验,却在中国的政坛上应验了。几年后,一批在"文革"中离开老本行而去从政当官的劳动模范,又纷纷从政坛高处坠落到原来的地面。有的跌了一个跟头,有的摔了一跤,有的栽得鼻青脸肿,有的甚至锒铛入狱。为什么落得如此下场? 道理很简单,因为他们离开了本来属于自己又能使自己充分施展才能的那个舞台! 离开了自己的舞台,自己就不是自己了! 虽然"文革"结束后,有的又回到了原来的地方,却再也找不到原来的自己了! 这岂不是人生的悲剧?

王九书没能说服史来贺,只好让这位农业劳模保留自己的意见,自己打道回府了。

中共新乡地委第一书记没能拉着史来贺去上任,没隔几天,第二书记侯树堂又来到刘庄做史来贺的工作:

"老史啊! 省委任命文件下达后,地委做了具体安排,你的办公室、秘书、司机、专车都已配备。另外,还有一套住房,也已安排妥当,就等你这个大菩萨了! 你不能老叫它空着啊! 这次你去上任,可带家属一起去,一律转为城市户口,地委已给你的妻子安排了工作。她一到新乡,就可以去上班。"

史来贺听了,摇摇头,淡淡一笑,话到了嘴边他又咽了回去,只在心中暗语:这是让我去工作呀,还是让我高高在上去享受啊? 怪不得好多人都挤扁头想着去当官嘞!

"那你另请高明去住吧! 反正我是不去住,我就住在刘庄的破房子里。"史来贺回答得很爽快。

"老史,你有啥要求尽管提出来,组织上一定满足你的条件。"侯树堂以为史来贺还有别的要求,不好意思开口。

"我啥要求也没有,就是当不了那么大的官,没那个能力,只能当农村党支部书记,这就够我忙的了。"

时隔不久,新乡地委副书记刘复瑞来刘庄找史来贺谈话,传达地委的意见:

"老史,地委一、二把手都来过了,搬不动你,没法儿,地委常委又做了研究,定了个折中方案:地委书记你还得干,但可以不离开刘庄。"

"不离开刘庄,中! 但这样会影响地委的正常工作,你还是请省委下个通知,把这个官帽摘了吧!"

"你不要再坚持了。地委的文件送来你审阅,常委会你去参加,组织上再给你配个秘书。"

"配秘书? 算啦,算啦! 给配个秘书我还不知道咋用哩! 人家在机关里工作惯了,跟着我在刘庄,那人家家庭生活中的困难咋解决? 坚决不要秘书!"

"地委给你配一辆小轿车,'新上海'牌的。你住在家,出外开会,指导整个新乡地区的生产方便。"

"公家的车有来就有走,牌子有挂就有摘。车来了,脸上光彩;车走了,心里扫兴。开来不走我收下,那不等于把公车变成私车了? 这车我不能要,坐着心里不踏实,还是不要配。"

"你这个老史啊! 真拿你没办法!"刘复瑞怎么也说不动史来贺。

从此,史来贺当上了挂个名、不坐班的地委书记。

他这个地委书记,人不离刘庄,手不离劳动,心不离群众。

机遇一次次选择了史来贺,而史来贺却一次次选择了刘庄,选择了群众。扎根土地、扎根刘庄、扎根群众之中,是他一生不变的选择,是他一生不改的挚爱,更是他一生不动摇的信念。

劳模见劳模

　　史来贺虽是挂名地委书记,却起到了别人不可替代的作用。只要是农业生产、科学植棉等农业技术方面的问题,他都先在刘庄努力试验、总结经验,然后拿到全地区推广。什么麦棉套种、棉花密植,什么"小麦足墒下种,欠墒不种,力保一次全苗",什么"麦子未收,先种玉米"等刘庄经验,都在整个新乡地区进行了全面推广,提高了新乡地区粮棉单位面积产量,促进了农业生产的发展。他指导农业生产有板有眼,头头是道,新乡地区的农民称赞他"不愧为农业专家"。还有人说,史来贺最了解农民,农民想干啥,有哪些忧愁烦恼,有哪些愿望要求,他一说一个准,摸透了农民的心思,吃透了农家的各种情况。他不愧是农民的代言人、知心人。

　　不论到了哪个县、哪个村,农民们只要跟史来贺一接触,一交谈,一到田间地头讨论科学种田、研究植棉技术,就觉得史来贺没有一点儿官架子,也没有一点儿官腔,浑身上下全是农民本色、农民气息,说的都是乡土话,拉的都是民间事。他和农民最亲热,最贴近,农民有啥话、有啥心思,都愿跟他说道说道。农民们都说,史劳模跟农民最贴心啊!

　　1979年,新乡地委第二书记侯树堂和河南省委常委文兰香,同时在中央党校学习。史来贺趁到北京开会的机会,顺便去看望他们。20世纪50年代,文兰香与史来贺同是全国著名劳动模范,他们两个经常在一起开会,因为都是农业战线的劳模,说起话来有很多共同语言。这次,两人一见面仍有说不完的话。

　　文兰香早就听说"文革"十年刘庄大干的很多故事,觉得史来贺这个人很不简单,便既惊奇又佩服地问史来贺:

　　"你在'文革'中,为啥能敢于抵制那些'左倾'错误的东西?外边是10年浩劫、10年破坏,你们刘庄却是10年积聚、10年发展。你们咋干的?为啥有如

当了地委书记后的史来贺在田间参加劳动

此眼光和魄力?"

史来贺诚实地回答:

"我们以不变应万变,无论你上边风云如何变,口号如何喊,我们始终坚持实事求是、一切从实际出发的工作方针不变,始终坚持把科学社会主义理论和刘庄实际相结合的指导思想不变。不符合刘庄实际的,不利于刘庄发展的,无论极左路线如何压,如何批,我是坚决不干!"

文兰香又问:

"你为啥一直不愿离开刘庄,出去当领导干部?"

"咱农业劳模的责任,就是跟群众一起劳动,带领群众把脚下的那块地球修理好。我作为刘庄党支部书记,把刘庄建设好了,自然也是对党和人民的贡献。谁不知道,隔行如隔山。刨地球是咱的拿手戏,当官就不一定能当好。劳动模范,不一定当官也是模范。这是我经常思索的问题,得出的结论是:当好劳模,比当官好!"

在史来贺看来,农业劳模,尤其是文化程度低的劳模,修地球有经验,领导农民有经验,指挥农业生产是行家,但从政当官就不一定有经验。干农业,获取的是百分之百的成功;去从政,恐怕是百分之百的失败。人,还是要各展其长、各避其短的好!

文兰香从史来贺的话中,大彻大悟,说:

"我怎么榆木脑袋,没想到这些? 要是想到这些,也就不出来当这个官了。"

史来贺所走的道路，让文兰香既羡慕又佩服，史来贺就是跟别人不一样啊！

还有一位全国著名劳动模范吴吉昌，也很赞同史来贺"不图当大官，只求多贡献"的志向与胸襟。

与史来贺一样，吴吉昌也是一位全国著名的植棉专家、劳动模范。1957年，他与史来贺一起在北京参加了全国棉花工作会议，同时受到周总理亲切接见。周总理嘱托史来贺力争棉花"高产再高产""给全国树立一个榜样"的话，对吴吉昌也说过。这次会议后，吴吉昌和史来贺一样，牢记周总理的嘱托，整天扑身于棉田里，刻苦钻研、深入研究植棉技术，使本村连年夺取棉花高产。后来，新华社原社长穆青，写过一篇著名通讯《为了周总理的嘱托》，就是写的吴吉昌的先进事迹，通讯在《人民日报》发表后，引起很大轰动，吴吉昌的光辉事迹感动了亿万人。

史来贺与吴吉昌就是在1957年的那次会议上结识的，从此，两个人不断联系，互相拜访，只要一见面，就切磋植棉技术，探讨科学种田的问题，几乎每句话都离不开种棉花。他们互相传经送宝，取长补短，谁有了新发现、新经验，就毫不保留地与对方分享。就这样，两个人在科学种田、植棉技术上成了无话不谈的至交。"文革"10年，两个人遭受同样的厄运，"红劳模"被批成"黑劳模"，埋头钻研植棉技术，大搞科学种田，却被污蔑为"唯生产力论的黑典型"。在极"左"路线的干扰下，两个人虽然无法见面，却心有灵犀，息息相通，同时顶着逆境，埋头拉车，苦钻植棉新技术，分别获取一个又一个重大成就。

1977年年底，在第五届全国人民代表大会上，被选为大会主席团成员的史来贺，又与老朋友劫后重逢，两双带茧的大手紧紧地握在一起，互致问候，久久地不松开。

史来贺笑着说："吉昌啊，听说你的棉花又种出了新道道，产量又提高了，值得庆贺啊！"

吴吉昌实实在在地回答："来贺，咱们都是听过周总理嘱托的人，如今，周总理不在了，可他嘱咐咱的话还在耳边呐！他要咱们'高产再高产'的期望不能忘。这辈子，咱哥俩还得在棉花上种出新名堂来，以告慰周总理的英灵！"

"我不断梦见周总理握着我的手，那几句嘱咐的话语，老是响在耳边。每当想起周总理的嘱托，我就抱定决心，这辈子哪儿也不去，啥大官也不当，就在农村刨地球，当个第一流的农民，创造第一流的粮棉产量、第一流的农业成就，做一个名副其实的农业劳动模范,就对得起党,对得起人民,也对得起自己的一生了!"

"听说你什么'县官''州官'都不稀罕,一心扎根刘庄刨地球,我打心里佩服。你真了不起,不为官位所动,不为权力迷惑,一心一意带领刘庄人共同致富,你是个真正的农民英雄。我也要跟你一样,这辈子,就在农村流汗出力,给全国的农民做出个样子。哪怕苦死累死,也心甘呀!"

"吉昌,你说得对,说到我心里去啦!"

共同的志向、共同的理想,把两个农业劳模的心紧紧地连在一起,他们誓死要刨一辈子地球。

新乡市委党校的一位教授曾在刘庄住过两年队,专门跟踪研究刘庄集体致富的经验和其中蕴含的社会主义发展的理论体系。他曾问史来贺:为何一次次拒绝"高升"?为什么一次次不愿离开刘庄?

史来贺坦诚相告:"我是个农民,在农村如鱼得水,想咋扑腾就咋扑腾。我啥都不看重,就看重'劳模'这俩字儿,真不愿出来当领导。"

他还告诉教授:"我和不少农业劳模在一起开会时谈过心,我跟他们也是这样讲的,咱农业劳模如果离开了农业、离开了农村、离开了农民,咱就不是劳模了。劳模、劳模,你是劳动模范,不劳动了、不务农了,你还算啥劳模?说实在的,我宁愿当一辈子的农业劳模,也不愿出去当一天的官儿。农业劳模,就得脚踏实地、扑下身子,和群众一起种好脚下的土地,专心农业、研究农业,种出一个农业现代化来。这样,才尽到了一个农业劳模的责任。"

他的话意味深长,寓意深刻,让这位教授反复琢磨,反复研究,从中悟到了很多可贵的有价值的东西。

地委书记刨地球,刨出了"金",刨出了"银"。这"金"与"银",就是那些"官迷心窍"的人,看不明、弄不懂的奥秘;就是史来贺对"官本位"思想最绝妙的讽刺;就是史来贺对党的宗旨,对共产党人初心、使命最好的诠释。

农民的本色

秋日的一天，家住毛滩的外甥来刘庄看望舅舅史来贺。吃饭时，他见舅舅仍然保持着多年前的老习惯：吃的是热馍蘸辣椒，喝的是白开水。

外甥一边吃着香喷喷的热馍与炒菜，一边问："舅舅啊，你现在都当了地委书记了，咋还吃馍蘸辣椒？该提高点儿档次啦！"

史来贺却不以为然地说："馍配辣椒咋了？你老舅就好这一口。啥好吃啥不好吃？想吃啥啥就好。你老舅从小到大啥没吃过？野菜、树皮、谷糠、干菜，还有北京的山珍海味，啥都吃过，可吃来吃去，那些大鱼大肉的洋荤都不合我的胃口。还是白开水、热馍就辣椒吃起来最舒服、最痛快。你没听老百姓说吗？'论吃还是家常饭，论穿还是粗布衣，论亲还是从小儿的妻'。"

"可你现在是地委书记了，不能老坚持土里土气的老习惯。"外甥看着舅舅的脸色说。

"地委书记只是个名儿，你老舅骨子里仍然是个农民。劳动人民的本色一辈子也丢不掉，老习惯啊，改不了啦！江山易改，本性难移啊！"史来贺说着，又掰了一块馍，狠狠蘸了一撮辣椒，往嘴里一塞，香香地嚼了起来，"你看，吃馍就辣椒多过瘾、多刺激，大开胃口，大开胃口啊！"

当了地委书记的史来贺，依然保持俭朴的生活习惯，平时最喜欢吃的，是玉米糁儿粥、绿豆面疙瘩条、高粱面红馍、榆钱菜馍。他总是对妻子说，吃白面、大米生脚气，不如这些下得顺当，这比旧社会吃糠咽菜强多了。

有人问他："为啥有大鱼大肉不吃，偏偏老吃这些又穷气又寒酸的农家饭？"

史来贺微微一笑，说："农家饭好啊！论吃还是家常饭嘛！家常饭养人，不仅养身体，还养精神，养一个好的思想、好的作风。家常饭的好处多了去了！'酒肉穿肠过'，比不上五谷杂粮、粗茶淡饭。光吃大米、白面生脚气，光吃鸡鸭鱼肉会拉稀!"

这些话,不胫而走,传到百姓中间,成了当地人对那些贪吃海喝的贪官污吏发泄愤懑、仇恨的名言警句。

也许史来贺生来就是吃苦的命,不会享受,也不想享受。他把享受都让给了别人,让给了刘庄群众。

妻子刘树珍对人说:"他穷日子过惯了,从不讲究吃穿,也不乱花一分钱。都是穿家里人做的布鞋,从前是我做,现在我眼花了,都是俺大妮儿纳鞋底,大儿媳做鞋帮,俩人给包了。"

史来贺的床下,放着一双双旧布鞋,有的鞋底磨透了,有的鞋帮绷裂了,可他仍不舍得扔掉。

看看他的床上用品吧!一项 20 世纪 60 年代做的旧白纱布蚊帐,枕头是用旧布条缝的,一条用了二十几年的夹被,里子是旧被单改的。

他的卧室里摆着的唯一的一件家具是一个小橱子,上面摆满了药瓶子,那都是他的救心丸、安眠药;室内从南到北拉着一条长绳子,旧衣服一件一件搭在绳子上。可见,他家里连一个放衣服的柜子都没有。可这时的刘庄人,家家户户都已经用上了现代化的组合家具、现代化的家用电器。当了地委书记的老史,为啥不赶赶时髦,也在家里摆上新潮家具?为啥不改改行头,搞一身西装革履?

时髦那一套,他学不会,他只想保持农民的本色!

因为怕脱离群众,史来贺一生一世都保持着农民本色,穿着朴素无华,生活克勤克俭,言语粗俗土气,办事实在可靠。不论走到哪里,他都不改草野里的农民形象,土地般纯朴,又土地般宽厚,一向布衣布鞋,剃光头,粗嗓门,一手老茧,两脚泥巴,终生俭朴,一世清廉。一生快意之事有二:光着脊梁在雨地里扑腾;热馒头蘸辣椒喝白开水。即使到北京和省会开会,也是一身农家衣,一双农家鞋。早年是妻子树珍做的,后来妻子眼花了,做不动了,他穿的布衣和尖口布鞋,都是闺女和儿媳一针针缝、一线线纳的。虽然土里土气,却也干净整洁、贴身利索,不失一位农民代表的形象。

有一次在北京人民大会堂开会,住在京西宾馆,夜晚无事,他与同屋的一位代表聊天,那位代表说:"来贺同志,咱们每年在北京见面,你都是这一身打扮,几十年没变过。你看,改革开放都多少年了,天变地变啥都变样了,你也该变变样,改改行头喽!要跟上时代嘛!"

史来贺笑嘻嘻地对朋友说："我这一身行头哇，恐怕变不了啦！俺是农民，就得有个农民的样子。俺要是化装一番来开会，那中央领导和代表们还不说俺是'假洋鬼子'？特别是村里的老百姓该咋看俺？那还不把俺孤立起来？俺最怕的就是在群众中受到孤立，那是最让俺伤心、最让俺难受的事。况且，俺这样穿着随身衣裳进北京，身上觉得格外舒坦，心里觉得格外爽快，轻轻松松来开会多好哇！要是换了一身城里人的打扮，穿西装、皮鞋，那还不得把俺别扭死啊！俺岂不成了怕见公婆的'丑媳妇'？这一双'三寸金莲'呀，恐怕连路都走不成、连步都迈不动喽！"

几句风趣话，令那位朋友捧腹大笑。

不一会儿，他又对那位朋友说："你别看俺外表还是老一套，其实，俺也随着时代无时无刻不在变呐！"他手指点着脑门儿，"这里变化大着呢！时代变，社会变，脑筋也得变呐！不变，就得落伍，就得掉队；不变，就得被时代淘汰，就对不起群众，就辜负了党和人民的希望！"

"你说得太对了！你的刘庄日新月异，一年一片新面貌，就充分证明了这一点：你在与时俱进，你的变，让刘庄也在与时俱进。"

老史即使当了地委书记，带头参加集体劳动的作风仍一如既往，一下到田里，连鞋都不穿，光脚踩泥土，光头戴草帽，裤腿一卷，袖子一撸，晴天一身汗，雨天一身泥。无论干啥，仍是当年的那个好把式，活脱脱一个行家里手庄稼汉。谁能看得出，他竟是个省委下红头文件任命的地委书记！

在地里干着农活儿有人问他："老史啊，你这当地委书记的，咋还一身农民打扮？咋还和俺农民一样下地干活儿？坐在大机关里当你的官儿多好哇！"

"坐大机关浑身不自在、不舒坦，还是下地干活儿畅快。到啥时候，我史来贺也是个农民，农民就得有个农民的样子。下地干活儿是咱的'拿手戏'，要是打两天不劳动、不干活，浑身肉皮痒痒、骨头节憋屈、胳膊腿儿抽筋。"老史说的是自己的切身体验。

"叫我说呀，老史你也该享受享受了。你领着咱庄群众都苦干了几十年了，平整土地，孬地都变成了丰产方，兴修水利，粮田、棉田都旱涝保收，又办畜牧业、办工厂、办副业，还建设集体新村，刘庄一年一个样，一年比一年富。哪一样不是你领着头儿干的？如果不是你，刘庄啥也干不成。刘庄由穷变富，你的功劳比谁都大。不该享受享受？"那人说起来一大串，历数老史的功劳。

可老史从不居功自傲，说起刘庄的巨变，说起刘庄走过的道路，他总是把群

20世纪70年代史来贺同志在生产劳动第一线

众放在第一位,是刘庄的群众,改变了刘庄的面貌,创造了刘庄的历史。他告诉大家,共产党员只讲奋斗,不讲享受,只讲奉献,不讲索取。要说对刘庄贡献最多、功劳最大的那是广大群众。没有群众,一个干部啥也干不成。平整土地,是群众一块一块整的;农田水利基本建设,是群众一锹一锹干的;新村楼房,是群众一砖一瓦盖的;村办工厂,是群众一座一座建的;工厂的产品,都是工人们日日夜夜用双手创造的。一切功劳都应该记在群众身上,没有广大群众的积极性和创造力,刘庄将一事无成。个人的力量是有限的,群众的力量才是巨大的。刘庄的群众,是创业的功臣。在刘庄发展的道路上,人人都流下了汗水,人人都付出了艰辛的劳动。这一点,刘庄的后辈子孙是不应该忘记的。

老史说的话,让大家再次感到,这位刘庄的带头人,像天空一样无私,像大地一样宽厚。宽厚的胸怀里,装的都是人民群众。智慧的头脑里,日夜谋虑的也是人民群众。

有一位老朋友问史来贺："你既然当了地委书记，咋还扎根刘庄当农民呢？"

史来贺幽默地回答："当农民好哇！上能看天，下能着地，脚跟儿扎着地，脚丫子蹚着土，多舒坦呐！一辈子活得踏实。你看我是当官坐衙门的料儿吗？我这个'史'啊，是'吏'字头上少一横——不当官儿啊！"

老朋友说："像你这样不迷官儿、不爱官儿、不愿当官儿的人，真是少见。"

"一个人一辈子当多大的官儿并不重要，也不是衡量一个人价值的唯一标准。而为老百姓谋多少利益，办多少实事、好事，为群众创造多少幸福，为集体、为社会创造多少业绩，才是最重要的，也是最有价值的。"

老朋友很赞同史来贺的处世观点。

心不离群众

打天下,坐江山,
一心为了老百姓的苦乐酸甜。
谋幸福,送温暖,
日夜不忘老百姓康宁团圆。
老百姓是地,
老百姓是天,
老百姓是共产党永远的挂念。
老百姓是山,
老百姓是海,
老百姓是共产党生命的源泉。
…………

这是电视连续剧《江山》的主题歌,那贴切的歌词,那优美的旋律,一节一拍,一字一律,完全唱出了史来贺的心声。

是啊!老百姓就是天,就是地;老百姓就是山,就是海!

对此,史来贺感触颇深。

当他是一棵迎击狂风暴雨的大树时,老百姓是大地;当他是一只让梦想腾飞的雄鹰时,老百姓是蓝天;当他驾着刘庄这艘巨轮乘风破浪时,老百姓是浩瀚的海;当他要做一只勇闯艰难困厄的猛虎时,老百姓是巍峨的山!

在刘庄,谁也不能怠慢了群众,谁也不能冷落了群众,更不能损害群众的利益、违背群众的意愿。不然,就彻底失去了党心、民心,就彻底失去了共产党人的根基。

因为史来贺与群众时时肝胆相照，为群众总是赴汤蹈火，帮群众向来掏心掏肺，对群众始终抱一颗赤子之心。其他干部，谁还能不这样对待群众？

史来贺曾说："当干部，只要为人民服务，走到哪儿，哪儿就是办公室，走到哪儿，都能为老百姓办事。"

20世纪50年代至60年代，史来贺最熟悉的是老贫农的茅屋，老党员的炕头。作为村支书，他经常深入群众家里，访贫问苦，嘘寒问暖，谈农事、说收成、话大计、谋良策，共商科学种田，共画刘庄蓝图，听取群众呼声，广纳百姓意见。

当了县委副书记和地委书记后，他依然扎根基层，置身群众，把自己完全彻底地放在老百姓中间。职位越高，与群众的联系越密切；官当得越大，和群众的心贴得越近；时刻与群众零距离，天天和群众同呼吸。刘庄的大事小事他都要先走访群众，先听听群众的意见，在老百姓中获取决策的智慧，得到解决问题的法宝，寻找谋划未来的思路，汲取坚持道路自信的恒力，夯实坚持共同致富的定力。因此，史来贺对群众情有独钟，对坚持群众路线坚定不移。他平时对干部们说得最多的一句话就是："咱刘庄的老百姓真好！"谁要在他面前反复念叨咱干部如何如何，他就会冷不丁迸出一句："离了群众，干部能干成啥？"

20世纪70年代史来贺(坐者右二)和村民在一起交流

　　他对群众深怀感恩之情，对人民深怀敬畏之心。他一生不唯官，不唯上，唯独怕群众。怕群众什么？怕群众不把他当自己人，怕群众与他疏远生分，怕群众跟他有隔膜、有距离。他总是把自己与群众比作鱼和水的关系，和群众在一起，如鱼得水。他虽然当了地委书记，却始终不在群众面前摆架子，而是更加平易近人，和蔼可亲，与群众更亲和了，与百姓更贴近了。每天下班收工后，脱了鞋往屁股底下一垫，蹲下身往路边一坐，村里的男女老少围过来，有说有笑一片融洽，亲热得就像一家人。这种干群和谐、水乳交融、心灵共鸣的情景，令他陶醉，让他笑得比阳光还灿烂。因为这才是他最踏实、最甜蜜、最幸福的时光！

　　他喜欢和群众肩并肩一起劳动、一起干活儿，心往一处想，劲儿往一处使，汗往一处流，一块儿分享劳动的快乐，一块儿分享丰收的喜悦。

　　他喜欢劳动间歇时，和群众一起坐在田间地头，拉拉家常、说个笑话、逗个乐子，让大家畅怀一笑，消除心头的烦恼，驱赶身上的疲劳。大家开心了，他也开心了，干起活儿来劲头儿更足了。

　　他喜欢一日三餐端着饭碗和群众一起蹲在村街的饭摊儿，边吃饭边聊天儿，聊国家大事、聊民间趣闻、聊农业发展、聊生产形势。吃饭间，大家心直口快，聊得云天雾地。说者无意，听者有心。老史从中听到不少对刘庄发展有益的信息、经验、建议和意见。饭场成了他听取民意、捕捉信息的一个重要场所。

　　他还喜欢每天晚饭后走街串户，去看望老年人，去访问老党员。坐在他们的床边、炕头，拉住老年人的手，扶住老党员的肩，问他们的生活，看他们的身板，给老年人送温暖，向老党员问计策。姜还是老的辣，发展农业生产，巩固农业基础地位，得常听听这些刘庄"元老"的意见和计谋，让他们为刘庄的发展谈高见、献良策。

　　老史当了几十年的刘庄掌旗人，唯恐在干部群众中形成"个人迷信""个人威望"而导致"一言堂"。所以，他在工作中特别注重发扬民主，时时事事相信群众、依靠群众，集中大家的智慧，大搞"群言堂"和群策群力。特别是对重大问题和牵涉到群众利益的大事，不仅党支部、村委会充分讨论与研究，而且还提交全村群众大会讨论，广泛听取群众意见，真正让人民当家作主，让百姓参政议政。村里的大事公开到每家每户、每个村民，一户也不落下，一人也不缺席。在社会主义新刘庄，群众就是主人，群众就是"上帝"，谁冷落了群众，就是冷落了刘庄的"上帝"，就伤透了老史的心。他曾经对村里的干部说："我们的工作就是为群众谋利益，让群众得实惠、得好处，有什么不能对群众讲的？又怎么能不听群众意见、不依靠群众呢？群众是神仙、是勇士，那些八仙过海的能人都在群众里头呢！当干部，只有吃透村情民意，干事才有办法，才有底气，才有主心骨。如果忘记了群众，脱离了群众，那就是丢了根本，将一事无成。"

20世纪70年代，有一次史来贺从北京开会回来带回一张奖状、一面锦旗，他一下子得了两个大奖，看到后，很为他高兴。家里人就把奖状贴到墙上，将锦旗挂到堂屋正中的墙上。史来贺看见后，马上命令家人拿下来："那都是个虚名，挂它干啥？统统取下来！甭拿这吓唬老百姓，还是多干些实事好。"

"爹，这是您得的奖，为啥不能挂？您不叫挂那些您与中央领导合影的照片，咋这奖状、锦旗也不能挂？这是您用实实在在的工作业绩换来的啊！"孩子很感疑惑。

"我说不能挂就不能挂。你挂到墙上，群众到咱家来串门，一眼就能看到。那给群众个啥印象？哦，史来贺好谝功、好夸耀！那我在群众心目中，成了啥人了？群众谁还看得起我，谁还信任我？你这一挂，把我和群众的距离一下子拉开了，拉得有十万八千里。那今后，群众谁还会跟我心贴心，说真话，有真情？"史来贺一急，眼睛瞪得就特别震人。

孩子小心地说："爹，这件小得不能再小的事，你何必上纲上线，说得这么严重呢！"

"小事？小事不小，小事会造成大错。凡是与群众有关联的事，凡是牵扯到干群关系的事，就没有小事。你挂上这些夸功的东西，无意中就伤害了群众，会严重影响干群关系，让群众跟干部产生隔膜，心与心之间就打了一道冰硬的墙。你知道不知道？"

谁伤害了群众，就伤透了他的心；谁刺激了群众，就刺痛了他的肝肠；谁冷落了群众，就是冷落了他的生命——史来贺对此深有感触。

孩子见父亲几近到了伤心的程度，便乖乖地把奖状和锦旗从墙上取下来。

史来贺每遇一件事，心里首先想到的是群众，看这件事是否违背群众的利益，是否影响群众的情绪，是否影响干群关系。

几十年如一日，心里唯有群众，心里时刻想着群众，他与群众血肉相连、根脉相牵、呼吸相通。正是他对群众的深厚感情，他对人民的大爱，正是他与人民大众感情交融、血肉凝集，坚定了他的信念，坚定了他对群众智慧、群众力量的信任，从而一生一世坚持群众路线不动摇，焕发出一种不可战胜的精神、不可估量的力量，使他不怕苦，不怕累，不怕艰难，敢于向天地挑战，敢于向大自然挑战,敢于向一切不可知的领域挑战。并且一次次挑战,都让他赢得了胜利,赢得了辉煌。可他始终认为,是群众的智慧,给刘庄的经济发展插上了腾飞的翅膀;是群众的力量,驱动刘庄这辆快速列车实现了一次次新的跨越!

20 世纪 70 年代史来贺观看丰收的棉花

　　当有人问他"农村党员干部怎样才能更好地为农民服务"时,他不假思索地一口气说了长长的七八条,犹如在发表一篇激情洋溢的演说。

　　他说,农村党员干部必须与农民群众贴心、掏心、连心、凝心、知心,才能真正了解群众,更好地服务群众。

　　为了和群众做到"五心",史来贺一年四季带头参加集体劳动,与农民群众活干在一起,汗流在一起,话说在一起。他切身感受到,只有身不离劳动,才能心不离群众。不参加劳动,同农民兄弟就没有感情,没有共同语言,话也说不投机,感情也不贴近,怎能做到为群众服务?他一有时间,就到地里劳动,不论啥活都干,群众干啥他干啥,而且脏活苦活累活带头干、抢着干。这样,他真正和群众打成一片,成为群众中的一员。

　　为了和群众做到"五心",他从来没有干部架子,也不在群众面前摆架子。他认为,干部越摆架子,越以为自己了不起,群众就离你越远。他经常骑着车子外出开会,回来时,一进村口,就自动下来,推着走;见了群众,和群众边走边聊,很有亲切感,就觉得跟群众很亲近。他曾对大队干部说:你要是骑一辆车子,见了群众不下车,飞一般从他身边骑过去,连一句话也没有,群众就觉得你这个干部架子大,够不着和你说话,那群众跟你会有感情？慢慢地,群众就把你架空了,叫你上不着天,下不连地。你摆大架子,脱离群众,群众也会疏远你。

为了和群众做到"五心",史来贺始终如一地带头吃亏。在他看来,战争年代考验干部,是在炮火连天的战场上,看你能不能敢于牺牲,冲锋陷阵。和平年代,就要看你在利益面前能不能带头吃亏,能不能为了国家、集体的利益,牺牲个人利益。这也是一种敢于牺牲的精神。农民是现实主义者,你敢于牺牲个人利益,他就佩服你,服从你,你说话就有号召力。群众最鄙视的是说得漂亮、做得龌龊,最厌恶的是好占便宜的"油水干部"。

为了和群众做到"五心",他教育村干部要对群众说实话,不说假话、大话、空话。说实话才能和群众以心换心。群众才愿对你说心里话,把你当成知心人,和你无话不谈,无事不商量,你才能知道群众有啥愿望,有啥想法,按照群众的愿望去安排工作,发展生产,你也才能摸清群众的思想脉搏,对症下药,做好群众的思想工作。

为了和群众做到"五心",史来贺带领干部想群众之所想,急群众之所急,解群众之所难,帮群众之所需。谁家有了病人,他会很快出现在病人面前;谁家有了困难,他会慷慨解囊帮助渡过难关;谁家过日子遇到了坎儿,他会伸出手来拉一把。20世纪五六十年代,群众住的都是土房子、茅草棚,一遇下雨下雪天,他就带领干部到房屋差的群众家里去察看,看有没有危险。如果出现险情,他们就及时帮助社员转移到安全的地方。雨过天晴,再帮助塌了房子的社员重新把房屋修好、建好,替群众排解了后顾之忧。

为了和群众做到"五心",他从不摆花架子,不搞形式主义,扎扎实实为群众办实事、办好事。这样,群众才信赖和拥戴党员干部。过去,刘庄群众吃水难,全靠井提肩挑。他们从群众的切身利益出发,在村里建了水塔,建了自来水管道。群众告别了几百年担水吃的历史,吃上了方便、干净、卫生的自来水。夏天,为了解决群众被酷暑煎熬的难题,村里每人每天发七块冰糕,有奶油的,有赤豆的;冬天,为了解除群众被寒冷围困的窘迫,他们派人提前拉来烤火煤,分到各家各户。一到冬春,群众每家每户都爱做一些小菜,但缺少黄豆,少了点滋味,群众还要外出赶集去买。史来贺发现这一问题后,就派人去购买黄豆,买回来后,挨家挨户分给群众。逢年过节,他们及早备好肉、油、白面、各种蔬菜以及多种糕点等年货,挨家挨户送到群众手里。这些事情虽然都是小事,但也都是群众生活中的大事。干部替群众办好了,群众心里就踏实了。他们就觉得,村党支部是实心实意为群众服务的。

为了和群众做到"五心",刘庄党支部在群众面前,始终保持谦虚谨慎的态度,虚心听取群众意见,诚意接受群众批评,"有则改之,无则加勉"。他们采取多种形式听取群众意见。如直接与群众交谈;经常开座谈会;村里还分别挂了24个"民主意见箱"。党总支副书记张秀贞每隔10天挨个开一次,收集群众意见。有一次,张秀贞在打开"民主意见箱"后,发现一张纸条上写着这样一条意见:农业队晚上加班割麦子,干部用杀猪锅给割麦子的社员煮面条,让人吃了觉得腥气、恶心。张秀贞把这张纸条交给史来贺。史来贺一看,当下就发火了:"这事非同小可,关系到社员的身心健康。社员辛辛苦苦加班割麦子,干部却这样对待社员,这还了得?不管是有意识的,还是无意识的,都是错误的。我们必须向社员作检讨!"

史来贺拿着这张纸条,在社员大会上说:"这件事是极其错误的,我诚恳地向农业队的同志作检讨,我对不起你们!是我失职,对后勤工作监督不严,造成了严重失误。我虚心接受大家的批评。我感谢这个没写名字提意见的村民,这个意见提得好!党的十一届三中全会以来,我只顾抓商品生产,重视工业,对从事农业的同志关心不够,这个失误和教训,我会牢牢记取的……"

多年来,史来贺养成了一个习惯,有几天听不到群众的意见、群众的想法,就觉得工作无从抓起。群众是他的智囊团、谋策班。

在虚心听取群众意见方面,还要注意农民的特点,这是史来贺的切身感受。他说,多数农民都是直性子,一根肠,直筒子,心里有气,是非要倒出来不可,提意见的方式,往往都是"放大炮"。你不能要求他讲什么方式方法,这不现实。你理解他这点,他就容易理解你。对此想不通、做不到,很难当好基层干部。

为了和群众做到"五心",史来贺要求干部家属子女,不搞特殊化,时时刻刻和群众一样,不能有优越感,不能高人一头。家属子女也要带头吃亏,而不能带头沾光。

群众,是他工作的全部,群众利益,是他人生的至高、至上、至大、至纯。他的一生,无时无刻不在为之奋斗拼搏,无时无刻不在为之无私奉献,无时无刻不在为之深谋远虑。

　　现在,好多当权者往台上一坐,开口一讲,就是"为民造福"啊,"无私奉献"啊,高调唱得非常响亮。可他们知道什么是"奉献"吗?

　　还是听听史来贺怎么说吧!

　　"讲'奉献'两个字容易,但做起来最难。奉献是无私的,是没有杂念的,是割自己身上的肉,掏出自己的心、自己的肺,献给人民,捧给公众。这种思想觉悟装不成,也装不像,装的经不起历史的检验,一遇到个人利益,一遇到公与私的矛盾,就露馅了。像过去许许多多的烈士,他们不是把热血、把生命都献给了人民、献给了党的事业了吗?那种忘我牺牲的气魄,那种无私奉献的精神,是怎么也伪装不成的。那是真的感天动地啊!一到和平年代,这种精神咋就丢掉了呢?我们现在的共产党员,都要诚恳地用一颗真心去学一学先烈那种忘我牺牲、无私奉献的精神。"

　　这一段发自内心、朴实无华的言语,不仅是史来贺内心世界的剖白,也是他充满哲理的政治见解。让我们从这浅显易懂的话语中,认真理解"奉献"二字的含义吧!

第四十四章　人民忠实代言人

※国家的主人
※给劳模伸冤
※为民讨公道
※替农民代言

国家的主人

熟悉史来贺人生经历的人都知道，他的一生，有两个闪光发亮的头衔：一个是全国著名劳模，另一个是全国人大代表和全国人大常委会委员。从1964年第三届全国人民代表大会起，直至他2003年谢世，这中间，除了"文革"中被批为"黑劳模"而没有被选为第四届全国人大代表外，将近40年里，他一直是全国人大代表，还连续当了四届共20年的全国人大常委会委员。

几十年的全国人大代表和全国人大常委会委员，是史来贺生命旅途中非常重要的身份。在这漫长的旅程中，他尽职尽责履行人大代表的职责，完成了人大代表的神圣使命，在参政议政中做出了卓越贡献。

粉碎"四人帮"后，史来贺结束了坎坷不平、身心受辱的苦难历程，迎来了阳光灿烂、鲜花盛开、焕然一新的人生天地。1977年年底，史来贺光荣地当选为全国人大代表，重新进入中华人民共和国参政议政的最高殿堂。由史来贺这样真正的人民公仆代表人民参政议政，则是国运使然，民心使然。

又要进京登上共和国参政议政的庄严殿堂了。临走，父老乡亲都来送别，里三层外三层地簇拥着他。

这个说："到了北京大会上，说说咱老百姓的心愿。"

那个说："放心开会去吧！咱的集体新村建设不会停下来，只会一天比一天干得快！"

他向大家挥挥手说："回去吧乡亲们，我开完会就回来了，一定把大会的精神一句不落地带给大家。"

"把你的急救药带上，可别忘了按时吃！"一位老年人心疼地叮嘱道。

"带着哩，放心吧！"

让史来贺意想不到的是，大会开幕前，他已经被选为第五届全国人民代表大会主席团成员。随着雄壮的乐曲，他和党和国家领导人一起，稳健地登上人民大会堂的大会主席台，踏上了人民共和国的国家级政坛，代表8亿农民参政议政。

他端坐在大会主席台上，刘庄人民为之骄傲，新乡人民为之骄傲，中原人民为之骄傲，全国8亿农民为之骄傲！

此时此刻，庄重地坐在主席台上的史来贺心潮起伏，久久难以平静。大江东去，浪淘尽，千古风流人物。在那等级森严、尊卑贵贱分明的历朝历代，包括现在的资本主义国家，一个满头高粱花子、浑身沾满泥土、两手散发着牛粪味的农民，哪能和朝廷或国家最高领导集团坐在一起，讨论和制定国家大政方针？在那样的朝代、那样的国家，一个农民，恐怕连一点发言权都不会有，做梦都别想登上国家政坛的最高殿堂。只有中国共产党，只有共产党领导的社会主义制度，才给了农民如此高的社会和政治地位，包括农民在内的广大人民才真正成为国家的主人。

史来贺在这次大会上，荣幸地当选为全国人大常委会委员，后来的全国人大会议上，又连选连任这一职务。在全国人大常委会所有的委员中，像史来贺这样的农民委员，恐怕是屈指可数，寥若晨星。史来贺感到肩上的担子更重了，国家和人民给予自己"全国人大常委会委员"的名分，不只是一个光荣的头衔，那是赋予自己的一种神圣的权力、崇高的使命，以及义不容辞的责任和义务。他抱定决心，绝不辜负广大人民的期望，身负人民重托，参政议政，关心国是，维护国家和人民的最高利益，当好人民的代言人，更好地为人民服务。

怎样才能当好人民的代言人？怎样才能代表人民行使好参政议政的权力？这是史来贺深思的问题。

为此，史来贺给自己规定了两条：一是敢于代表人民讲实话，说真理。实话、真理都在人民中，只有时刻深入群众，扎根群众，充分关心群众切身利益，了解群众的意见和愿望，才能通过各种渠道，及时把群众意见反映到国家决策机关。二是努力帮助人民排忧解难。协助各级政府帮助人民解决经济发展、社会发展和生活中遇到的各种困难和问题。

他说，人大代表，就是人民群众的代言人，如果不能及时地把老百姓的心声带到北京，带到全国人大会议上，就愧对"代表"二字，更对不起广大人民。所以每年春天全国人大会议召开前夕，是他最忙的一段日子。他四处奔波，深入农村，下田间，进农户，蹲街头，入场院，问民计民生，摸民情民意，探农业发展，察基层建设。调查研究中的所见所闻、大事小情，他都一一记在本儿上、装进心里、刻在脑海。每次去北京开人大会议，他都带着满脑子的民情民意。他曾就农业基础建设、农产品价格、农业生产投入、农民负担、农产品结构调整等问题，多次向全国人大会议提交议案。即使在去世前的两个月内，他还冒着料峭的春寒，深入走访了原阳、获嘉、新乡三个县 60 多个村庄，详细了解村民直选和村级组织建设以及民主化管理进程等状况。

20 世纪 80 年代中期，农业生产发展连年徘徊不前，物资流通领域的"肠梗阻"严重，农村所需物资得不到有力保证，严重影响了农业发展，影响了广大农民的生产积极性。与此同时，农村乱收费、乱摊派、打白条现象，更是随处可见，直接损害了广大农民的切身利益。农民议论纷纷，怨声载道。

1987 年 3 月，第六届全国人大五次会议要在北京召开。出发之前，史来贺就此问题，深入附近许多村庄，走访了广大干部群众，做了专题调查研究，认真听取了农民群众的心声，搜集了对当时"三农"存在的一些实质性问题的反映。他把群众的意见和呼声，带到了北京人民大会堂，在大会上大声疾呼：

"目前，地方有些部门随便摊派、任意收费、乱打白条的状况，相当严重，他们不惜在瘦鹌鹑腿上剔肉，总是在农民身上刮油水，搞一些坑农、害农的行为。农业急需化肥、电力、钢材、木材、燃料油，农村多种经营也需要打开生产流通渠道。一些中间管理环节，就借机向农民索、卡、要。社会上一些皮包公司也从中钻空子，从农民身上发横财，使得国家紧缺物资很难到农民手里。结果是农民口袋里的钱虽然流出去了，但并没有进入国库，而是落到一些中间环节，尤其是皮包公司的手里。这种现象是不正常的，农民意见很大，反应很强烈。这既加重了农民的负担，挫伤了农民的积极性，也阻碍着农村经济政策的逐步实施，影响农业生产以至整个国家经济的稳定发展。这些情况在有的地方，已经惹恼了农民，老百姓不仅有怨气，还有怒气，甚至骂娘。因为广大农民的切身利益受到了严重损害，能不让他们出气骂娘吗？这些严重制约农业生产以及经济发展的问题，应当引起国家有关部门的高度重视。"

史来贺的大声疾呼，引起了一些农业战线人大代表的共鸣："老史讲得好，说出了广大农民的心声！我们完全赞同。"

也许是史来贺的发言引起了国家的重视，在修改后的政府工作报告中，特别强调了稳定农村政策，加强流通领域的管理等内容。史来贺听后特别高兴，中央媒体记者采访他时，他兴奋地说：

"政府工作报告增加并强调了国家对农业、农村、农民发展支持的力度，政府对影响'三农'的问题真正重视起来了。我高兴，全国农民也会高兴。中央有决心，农民更有信心、有盼头。两头热起来，上下稳住劲，少数中间环节出了问题和毛病，就不愁得不到治理。"

记者问他："你为何对'三农'发展的中间环节的问题这么重视，在大会上直言不讳地揭露出来？"

"人民利益高于一切！只要是损害人民利益的问题，我都要管，都要提，要知无不言，言无不尽。这是一个人民代表的义务！"史来贺对记者道出自己责无旁贷的责任与义务。

他说到做到，无一虚言，并且敢于犯颜直谏，提意见、摆问题、说看法，大胆直言，中肯尖锐，言言中的，从不"犹抱琵琶半遮面"。

在一次全国人大常委会上，分析物价上涨原因时，一位领导同志说，农产品提价，是物价上涨的主要原因。

史来贺听后马上觉得不对味，就直言不讳地反驳道：

"这不符合事实，希望你就这一问题再调查一下。我的观点是，不能把物价上涨的原因，归结到农产品提价上。物价上涨的原因，不在农民身上，不在农产品上。依我看，问题主要出在流通领域。这个问题，我曾经做过调查，听取了很多农民的看法和意见。"

会后，有人私下提醒史来贺："你不赞成领导的观点，可以私下跟他交换意见。怎么在会上接住话茬，当面鼓对面锣地敲开了？弄得人家多没面子啊！"

"咱农民代表，就是代表农民来开会的，有话说在会上，有不同看法摆在会上，有啥不可？要是把物价上涨的根本原因，归罪于农产品涨价，这一点既不符合事实，也没说到问题的要害。按照他说的逻辑推断，说不定哪一天，又会把农产品价格降下来，那不就坑了农民啦？农民的利益不就受损失啦？我是人大常委会委员中的农民代表，得实事求是，坚持真理，凡是牵涉到'三农'问题，我必须得给农民说公道话，办公道事。"

你看，农民代表史来贺，时时刻刻心系农民，千方百计维护农民的切身利益。

一个"农"字刻心头，"三农"问题连筋骨。农业的发展、农村的建设、农民的利益，他时时都在密切关注着。他多次和其他代表联名，就加强农田基本建设、提高农产品价格、加强对农业的投入等问题，写成议案，提交全国人大会议，行使管理国家的权力,尽到一个农民代表的责任和义务。

只要对农民有利的事,对农业发展有利的事,不管问题出在哪里,他都会为民请命,直言进谏。

在 1990 年 3 月召开的七届全国人大三次会议上,史来贺和豫北一些代表议论红旗渠维修工程迫在眉睫的问题,大家形成了共识。于是,由他牵头,联合安阳、新乡的代表,向全国人大递交了由他起草的《林县红旗渠灌区亟待进行工程技术改造》的议案。

红旗渠是 20 世纪 60 年代初期,在当时的县委书记杨贵带领下,林县人民克服人们难以想象的艰难困苦,"劈开太行山,漳河穿山来",在半山腰修建的一条"人工天河",成为了世界第八大奇迹,轰动了整个世界。红旗渠建成后的几十年里,世界五大洲的 120 多个国家和地区的几万名知名人士,包括一些国家元首,曾专程到林县参观,盛赞红旗渠是"人间天河""水的长城""人类勇敢与智慧的纪念品"。红旗渠的建设成功,改变了林县人民的命运,结束了"水贵如油"的苦难历史,从根本上改变了农业生产条件和贫穷落后的面貌。全县有 60 多万亩农田得到了灌溉,广大农村解决了人畜吃水问题。可是史来贺在搞社会调查时了解到,由于当年修建红旗渠条件所限,渠道是民工们使用石灰砂浆在悬崖峭壁上垒砌而成的。几十年过去,风雨剥蚀,水流冲击,工程老化严重,部分渠段时常渗漏,塌方倒岸也时有发生。若仅靠现有的人力物力,凭手工修补,显然不能解决根本问题。若要新加固整个渠道,又需要大量资金,因此,史来贺和其他代表提出议案,建议政府重视红旗渠的改造工作,采取妥善的改造措施,确保林县农业发展和人民生活不受影响。

史来贺与其他代表的这一议案,受到政府的高度重视,国家水利部以正式文件形式,答复了史来贺等代表的这一议案。原文如下:

　　史来贺代表:

　　您提出的《林县红旗渠灌区亟待进行工程技术改造》的建议收悉,现答复如下:

　　红旗渠是林县人民六十年代修建的大型引水灌溉工程,对改善林县人民生产、生活条件,发挥了重要作用。但经多年运用,工程老化失修,效益逐年降低。为了满足工农业生产的发展和改善人民生活,进行工程技术改造是必要的。由于现行的中央、地方"两级财政分灶吃饭"的体制,红旗渠是省内部分地区受益工程,因此该工程的技术改造投资应由地方根据财力情况逐年安排解决。

感谢您对水利事业的关心和支持。

中华人民共和国水利部(章)

1990 年 6 月 19 日

史来贺等代表的建议,受到各级政府高度重视。河南省政府以及林县政府责成有关部门,组成红旗渠工程技术改造领导小组,省水利厅和林县水利局技术人员迅速拟订了一系列工程技术改造方案,并进行了专家论证。方案定下来后,在驻安阳部队官兵的大力支援下,摆开了"军民再战红旗渠"的战场。成千上万的解放军和民工,在工程技术人员的指导下,清淤、疏浚、补岸、固堤,使一度流水不畅的红旗渠,重新奔腾不息,使一渠清流碧水滔滔不绝地流进林县四面八方的农田,流到林县每一个山乡农村。

红旗渠重新焕发了当年的青春风韵,当年修建红旗渠的老民工喜泪狂流,红旗渠人的后辈儿女更是欢欣鼓舞。

"农民代表史来贺,为红旗渠人民做了一件大好事,红旗渠感谢他,红旗渠人民永远不忘他。"

"多亏史来贺为民请命,救了红旗渠,让它有了更加旺盛的生命。"

"史来贺坐在北京人民大会堂主席台上,可心里想的都是咱农民啊!"

林县人民纷纷称道,不住地夸赞。

有一次,当年的林县县委书记、红旗渠旗手杨贵在北京见到史来贺,无比感激地握着他的手说:"史来贺同志啊!你为林县人民办了一件别人办不到的大事。林县人民感谢你啊!红旗渠多年来发生渗漏、断流、堤岸坍塌,我四处奔走呼吁,由于各种原因,不得下文。为此,我整夜整夜地睡不着,你要知道,红旗渠连着我的心啊!"说着,杨贵的眼里噙满了泪花。

杨贵与史来贺是老朋友了,他在洛阳地委任职时,曾从洛阳派人,帮助刘庄解决过村办企业机械设备安装、维修的困难。杨贵被提拔到河南省委工作后,曾多次到刘庄检查指导农业和工副业生产,对刘庄的发展给予诚挚的肯定和赞赏,对史来贺的工作非常支持。两个人无论在工作上,还是在思想上,以及在对形势的看法上,都有共同语言和心灵的共鸣,因此,建立了深厚的友谊。

史来贺也像杨贵一样,对红旗渠有着深厚的感情,因为它是林县人民的一条生命渠啊！所以，作为全国人大常委会委员的农民代表，史来贺对红旗渠格外关注。

"我只是做了一点自己应该做的事。我是一个农民代表，就得当好农民的代言人，替农民说话，为农民办事。我不能眼看着红旗渠毁了啊！那是你当年率领十万大军，忍饥挨饿、艰苦奋斗修建起来的宏伟工程，功在当代，利在千秋。红旗渠就是林县人民的命根子，我一个农民代表，就应该站出来，维护林县人民的生命渠！"史来贺握着杨贵的手久久不松开。

"史来贺同志，你说得太好了！你当选全国人大常委会委员，是全国8亿农民的福气。因为你能替他们说话，为他们办事，维护他们的利益。他们会打心眼里感激你。叫我说，你史来贺就是8亿农民的福星啊！"杨贵面对这位老朋友，大发感慨。

是啊！史来贺这位"农民代表"，完全当得起"农民的福星"这一称谓啊！

给劳模伸冤

作为人民代表，史来贺始终遵从一个办事准则：在上为民鼓与呼，在下为民主公道！

在当选全国人大代表、全国人大常委会委员的几十年中，史来贺时常为替老百姓伸张正义、昭雪冤案而奔走呼号，被人们称为"史青天""活包公"。

知情的人都知道，史来贺为民伸冤的事迹，大大小小，多如繁星，三天三夜也说不完道不尽。其中为劳模伸冤的事，已在中原大地传得有口皆碑。

1985 年 3 月初的一天，史来贺正在刘庄大队部的办公室里忙工作，突然听到门外传来急促的脚步声。他开门一看，一个衣衫褴褛、满面污垢，如同叫花子般的中年汉子，带着一副疲惫不堪的样子，正向这里东倒西歪地蹒跚走来，好像随时都会摔倒在地。

"这是个要饭的？这年头咋会还有人要饭？"史来贺暗暗思忖。

那人走到门口，像看到了救星，张口就问："我找史来贺，想必你就是吧？我在报纸上看到过你的照片。"

"我是史来贺！你找我有啥事？"史来贺望着陌生的来人，把他迎进了办公室。

陌生人坐下后，让烟不抽，倒茶不喝，却把头一埋，呜呜地哭了起来。史来贺不明白其中的缘由，只是安慰道："同志，你有啥事说出来，别一直哭啊！"

来人哭够了，擦了一把泪水，从身上抖抖嗦嗦地掏出一个证件，递给史来贺。哦！原来是一个河南省人民政府颁发的"林业劳动模范证书"，上写着"周铁"的名字。

"你叫周铁？"史来贺拿着证书问。

陌生人点点头，哭诉起来："我叫周铁。我有冤情啊！多少年了，冤枉死了！

我是来请您给我伸冤告状的。"

"你有啥冤情？先喝口水，然后慢慢说。"

那人一口气咕咕噜噜喝了一大杯水，从头诉说起自己蒙受的不白之冤。

周铁是河南省平顶山市宝丰县李庄乡姬家村一个憨厚的农民，河南省著名的"林业劳动模范"。

多年来，周铁顶风冒寒，披星戴月，为集体在山上植树护林。山上的每一棵树，都是他用汗水和心血浇灌的。每天望着一眼望不到边的树林，他无比高兴，深深陶醉。虽然都是集体的，但他总是把这些树木当作自己的孩子一样看待，用一腔热烈无私的爱亲它们、护它们。谁要动这里的一枝一杈，他能急红眼；谁要偷偷砍伐一棵，他会拿着大斧头跟他拼个你死我活。可树木长成了材，有些自私自利的不法分子时常窥视着，瞅准机会就偷偷砍伐。周铁如他的名字一样，保护山林，无论对谁都是一副铁面孔、铁手腕、铁心肠，护林铁面无私，六亲不认。他不管是本村的，还是外村的，见一个罚一个，见两个罚一双，惩罚了不少人，也得罪了不少人。

被罚的人怀恨在心，蓄谋报复。他们合起伙来，躲在暗处，密谋报复的计策。不久，一个恶毒的阴谋策划成了，就在周铁护卫的树林里上演。

这天，附近村里一个妇女以"拾柴火"为名，来到周铁看护的山林。她要把小树砍了，扛回家当柴烧。正当她举起斧头砍伐时，周铁突然出现了，严厉制止，并说要罚款。一男一女就在树林里大吵大闹起来。

这时，早已埋伏在周围的几个曾经多次偷盗树木并被处罚的不法分子，突然冲了出来。这伙人一上来就大呼小叫："孤男寡女，在山林里吵吵嚷嚷，拉拉扯扯，肯定做了见不得人的丑事！究竟干了什么，如实招来！"

他们给那位妇女暗暗使眼色说："你是不是受了什么委屈？不要害怕，大着胆子说出来，我们哥几个给你撑腰做主！"

此时的周铁，并不知道这伙人是与面前的这位妇女暗地里串通好的。

那位妇女假装害羞，掩面啼哭："天啊！俺受了天大的屈辱，说出来丢人呀！"她边说边指着周铁，"这个人趁着山林里没人，硬按着强奸了我，他是个大流氓！我得告他！"

这时，周铁才知道自己被蒙骗了，这些人是一伙的，密谋好的要陷害他。不用质疑，主谋肯定是那些被处罚过的偷盗树木的不法分子。

"光天化日之下，强奸妇女，简直无法无天，这还了得！"说着，一伙人就操起枯树棒子，朝周铁噼里啪啦打来，并一直往要害处打，猛击他的头部，直打得周铁鲜血直流，昏死过去。

周铁无辜被打成了脑震荡，不仅医疗费没人出，还被诬陷为强奸犯、大流氓。

那伙人打了人还不算，还唆使那个女人来了个恶人先告状，让公安局以强奸罪把周铁抓进了监狱。

在监狱里，周铁一个劲地喊冤叫屈："冤枉啊！我不是强奸犯，不是大流氓！"

看守大声呵斥："你有啥冤的？被你强奸的妇女，人家说得有鼻子有眼儿的，细节说得活灵活现的，难道人家会冤枉你？你就好好认罪吧！如果认罪态度不好，不接受改造，罪加一等！"

被冤枉判刑后，周铁在监狱受尽了凌辱与折磨，但他有冤无处诉，有恨无法解，只能忍气吞声，忍辱负重。坐监的日子真难熬哇！周铁在铁窗里尝到了度日如年的滋味。

周铁刑满出狱后，四处伸冤，递交诉状。可他喊天天不应，呼地地不灵。结果是到处伸冤，到处碰壁，没一个人理睬他的冤情，不但没人理睬，他反倒屡遭恐吓：

"你的案子，是早已定了的铁案，甭想翻过来。你如果要翻案，就把你再关进监狱去！让你在里边住到老死！"

一个被冤枉的案件，本属无中生有，咋就成了"铁案"呢？这到底是咋回事？其中有啥诡秘？

一个常年在大山里植树护林的老实巴交的农民，哪能承受得了这样天大的冤枉？如果得不到平反昭雪，那么，一辈子都得背着一个"强奸犯"的黑锅啊！"强奸犯"的罪名，在社会上、老百姓眼里，是最耻辱的、最丢人的，八辈子都抬不起头来。一个劳动模范，咋能受得了这种羞辱？周铁的人生信念到了崩溃的边缘，满眼都是绝望，眼前只有死路一条。

他准备用一根绳子，了却残生，以死鸣冤！

当他把上吊的绳索往脖子上套时，脑子里突然灵光一闪，想起一个人来。他曾在报纸上看到过，这个人总是为老百姓仗义执言，讨回公道。冥冥之中，这个人，给了他活下去的勇气。随灵感而来的这个人，就是全国人大常委会委员、著名特等劳模史来贺。

于是,周铁随即把轻生的念头抛到了九霄云外,怀着满心的希望,从他的姬家村出发,迈着沉重的脚步,跋山涉水,走了几百里,来到了刘庄。

"我真冤枉死了!要不是为了集体,我也落不了一个'强奸犯'的罪名和住了几年监狱的下场。我为集体的山林出尽了力,操碎了心,可好人为啥不得好报呢?"周铁心中纠结着怅叹不已。

史来贺听了周铁的诉说后,追问了一句:"你说的话,都是真的?有没有虚假的成分?"

"要是没有冤枉,我哪会跑几百里路来找您?如有一句假话,不得好死!"

"要真是这样,把一个一心为了集体,任劳任怨植树造林,尽职尽责护林的劳模,平白无故地打入牢房,一住就是几年;出狱后还不准申诉,不准翻案,让一个劳模受一辈子冤枉,背一辈子黑锅,老百姓冤死,也不许告状,这还有没有王法啦?"史来贺说着,拍起了桌子,"中华人民共和国的法律,绝不能被无视法律的人当成一张废纸,肆意践踏!"

为民伸冤,维护法制,是一个人大代表义不容辞的责任,也是一个全国人大常委会委员的权力。史来贺要坚决过问这个案子,为一个劳模讨回公道。

"申诉是一个公民的权利,谁也不能剥夺你这个权利。案情我已经了解了,我给你弄点饭,吃饱了,你先回去吧!我一定把你这个案子向有关机关反映。你要相信,法律是公正的。只要你说的属实,会还你一个清白,放心吧!"

送走周铁,史来贺奋笔疾书,给河南省人大常委会写了一封信,如实反映了周铁冤案的来龙去脉和申诉请求,建议河南省人大常委会责成有关部门复查此案。

信发出后,史来贺一直牵挂着这件事,不知有关部门对周铁的案子复查了没有?复查的结果是啥?一旦工作忙完,有那么一点闲暇,他就会想起远方的周铁,想起他那一脸无奈的纠结与痛苦。

不料,时间过去一个月,周铁又哭哭啼啼来到刘庄。史来贺一看就觉得事情不妙,便把他安排到刘庄接待站住下来。接着,史来贺就在周铁住的房间里,详细地问案子复查的经过与结果。

周铁一五一十地诉说起来。

原来,河南省人大常委会接到史来贺的信后,对周铁的案子非常重视,及时责令有关部门进行复查。但谁也没想到,复查案子的人,竟然还是原来参与办案的那帮人。那些人原来在办案过程中,就偏听偏信,不做认真调查和取证,只听原告一面之词，就草率结了案，来了个"葫芦僧乱断葫芦案"。现在让他们复查自己办的案子，他们哪肯把案子翻过来？如果翻了案，那不等于打他们自己的耳光吗？办错了案子，那是要负法律责任的，办案人员谁那么傻呀？即使办成了冤案，也不能说是冤案，更不能翻案。所以他们复查的结论是：这不是一件冤案，而是铁证如山的铁案！维持原判！

把冤案说成铁案，这不是瞎子纺棉线——瞎扯吗？

史来贺敏锐地感到，解决冤案的阻力很大，非常棘手。很明显，这是执法人员在渎职犯罪。办案人员在渎职，一般人是无能为力的，老百姓更拿他们没办法。所以这个案子要想翻案，非同小可啊！但自己是全国人大代表，是人民的公仆，如果连一个为集体做出过很大贡献的劳动模范的冤案都不能昭雪，还算什么人民代表？人民还怎样信任你？一个周铁的冤案，直接影响着人民对党的信任和党本身的威望，也影响着老百姓对法律公正度的信任。所以，这个冤案不翻过来，是对共和国法律的亵渎，是给共产党的形象抹黑。

"怎样才能把所谓的'铁案'攻破、掀翻？怎样才能尽快洗刷周铁的不白之冤，还他一个清白？"史来贺在房间里来回踱步，心中翻江倒海，脑子不停地旋转。

突然，他的眼前一亮，想起了新闻战线的朋友。"对！就找他们。谁不知道，新闻记者是神通广大，路通八方的'无冕之王'啊！记者们敢于坚持正义，为民仗义执言，又是党和人民之间沟通的桥梁，找到他们，周铁的案子就有转机的希望。"

他毫不迟疑地提起笔来，给新华社河南分社社长刘葵华写信，详细陈述了周铁的案情，并附上周铁的申诉书，一并寄给了刘葵华，希望刘葵华社长伸出援助之手，为一个山区农民、林业劳模洗雪沉冤。

刘葵华曾多次到刘庄采访，与史来贺有过深入交谈。史来贺了解这位老记者，他是一位值得信赖而又负责任的"无冕之王"，见不得龌龊事，容不下卑鄙人，为人民敢于承担一切风险。史来贺非常信任这位朋友。

1985 年 4 月的一天，刘葵华接到了史来贺的来信。打开一看，他怔住了。原来史来贺的信是让他帮助洗雪一个冤案，信的后面，附了一个林业劳模申诉的材料。刘葵华仔细看了周铁的申诉材料后，觉得好人遭诬陷，冤案应昭雪。作为新华社记者，他甘愿冒着风险，为劳模洗刷不白之冤，随即把史来贺的信和周铁的申诉材料，通过组织转交给了省信访办，请求尽快解决。

　　可不久,省信访办工作人员告诉刘葵华,原案判决无错,无法更正。刘葵华觉得蹊跷,看周铁的申诉材料,明明是一桩冤案,怎么能说"判决无错"呢?

　　刘葵华发挥记者的工作优势,深入进行了解,才知道省信访办也是经过组织一级催一级办理的。省里转到地委,地委转到县委,县里派人到公安局把原档案抄一份,报上来就算交差,对此案并未重新审理。

　　他们为何如此应付公事呢?因为这对原承办单位——县公安局来说,既不是锦上添花,也不是雪里送炭,而是来找碴儿挑刺的。这个刺挑出来就不得了,那是要治他们渎职罪、执法犯法罪的呀!作为司法人员,谁愿背负这样的罪名呢?执法犯法、法律渎职的现象,乃冰冻三尺非一日之寒,积重难返、坚冰难消啊!如果不重新采取措施,找另外的门道,周铁的案子是很难平反昭雪的。

　　恰在此时,中央整党工作指导小组进驻河南省,刘葵华利用到省委参加整党会议的机会,把史来贺转给他的周铁案件的材料,向中央整党工作指导小组作了详细汇报,并提出建议:组成专门班子,不带任何框框,重新审理此案。

　　中央整党工作指导小组采纳了刘葵华的建议,立即打电话给平顶山市委主要领导,责成市里成立专案组,重新调查审理此案。审查结果,直接向中央整党工作指导小组汇报;若要再敷衍塞责,不公正审理,一旦查明,必须追究市里主要领导的责任。

　　专案组迅即成立,没有一个原办案人员。他们既不看原来的卷宗,也不询问当时参与办案的人员,而是直接来到案发的地点,找到当年参与殴打周铁的几个人。经过反复做工作,那几个良心未泯的打手,终于说出了事情的真相:当年,他们几个不断到山林里偷伐集体的树木,几次都被护林员周铁逮住罚了款,他们怀恨在心,寻机报复。接下来,他们把在什么地方、怎样密谋策划、采取什么形式对周铁进行报复,又怎样用多少钱买通了那个女人,以及怎样在山野里"捉奸"、殴打周铁,又怎样诬告、把周铁扭送到公安局等,一个个细节都交代得非常详细。

　　专案组又找到当年那个瞎说自己被"强奸"的女人。开始,她不肯说出实情,怕那几个阴谋陷害周铁的人,因她提供了真实情况而报复她,甚至杀人灭口。专案组给她讲有关法律知识,讲做人的良心,讲诬陷好人将要承担的责任等。她听着听着哭了起来,终于说出了事情的真相,事实与那伙人说的完全一致。

　　周铁一案,终于水落石出,水清鱼靓。

平顶山市的专案组组长、市公安局副局长向中央整党工作指导小组详细汇报了案件复查经过，得出了确凿无疑的结论：周铁一案，实属冤假错案。平顶山市政法部门正式宣布：为周铁彻底平反昭雪！恢复其劳模荣誉，赔偿一切损失。

周铁被平反后，于 1986 年 1 月 20 日，含着滚烫的泪水给史来贺写了一封信：

我的冤案平反昭雪了！首先感谢的就是您这位全国人大代表，您是我的恩人。我从监狱里出来想要自杀前，如果不是鬼使神差地突然想到了您，我恐怕尸骨早已沤烂了。如果不是您敢于为民请命，坚持正义，也许我现在即使没有死，也还背着"强奸犯"的枷锁，在苦难中痛苦生活。因为您的仗义执言，我才重新有了人的尊严、人的生活。我今生只要有一口气，就忘不了您！

周铁在信上还说：我的劳模称号又恢复了。平反后，我日夜想着，要像您那样，在村里建个工厂，带头勤劳致富。只种那几亩责任田，给国家做不出什么贡献，实在对不起党和人民对一个劳模的敬重和期望。请您给我指导为盼！

史来贺立即回信，对周铁要办工厂的打算，表示肯定与支持，并给予具体指导。

从此，一个全国人大常委会委员和一个山区农民，不！是一个特等劳模与一个林业劳模，鸿雁传书，来往不断，结下了深厚情谊……

从周铁被平反昭雪一事缘起，老百姓又听说了不少史来贺为民伸冤的故事。从此，史来贺"史青天"的美誉传遍了中原大地。

为民讨公道

"老史真是包拯再世啊!"这句话是河南省原阳县黑羊山乡东李寨村农民李怀战说的。他为何说出这样一句话呢?这句话高度概括了一个史来贺"为民讨公道"的故事。

1990年7月24日夜里11点多,眼看就到半夜了,刘庄党委办公室依然灯火通明,党委一班人正在开会,研究刘庄村办企业的重要问题。主持会议的党委书记史来贺正讲得兴致勃勃,突然闯进来三个陌生人。一屋子人都愣怔怔看着,会议戛然而止。

史来贺问:"你们是哪里的?有啥事?找谁呀?"

陌生人中为首的一个回答:"我们是原阳县黑羊山乡东李寨村的。我叫李志平,是村里的党支部书记。今天半夜来这里,是来找史代表的。我们有大事求您帮助。"

"啥大事?"

"从监狱救人!"

史来贺一听,非同小可,便立即宣布会议停止!腾出手来专门接待原阳县来的客人。

坐下后,才知道来人除了党支部书记外,其他两位也都是村委干部。史来贺看着他们惶惶不定的神色,心想:三个村干部,从外县大半夜来刘庄找我这个人大代表,肯定是遇到大麻烦了。

"深更半夜来刘庄,打扰您了!但我们不敢白天来,怕上边有人知道了,又找我们的事,老百姓受了冤枉,告状无门哪!"李志平战战兢兢地说。

"啥事这么严重啊?说说,看我能不能帮上忙。"史来贺预感到,又是一桩老百姓受了天大冤屈的案子。

果不出所料,史来贺从东李寨村党支部书记的陈述中,由根到梢了解了一桩冤案的原委。

20世纪80年代初,东李寨村第六生产队办了一个小化工厂。1985年8月1日,经本村人李某作为中间人介绍,承包给毛解放、李进城二人。在六队队长李怀战的主持下签订了承包合同,由原阳县公证处进行了公证,使该合同具有了法律效力。不久,承包主又征得六队和李某双方同意,将化工厂转让给了李某。这样,承包合同仍具有同样的法律效力。合同规定,承包期为一年,到期向六队交承包费25000元;到期不交钱,用承包人的财产作抵押;所欠办厂贷款的利息,也由承包人支付。

谁料,化工厂承包出去后却出了岔子。接手承包的李某,不专心搞生产经营,却非法倒卖工业用盐,牟取暴利,被税务局和盐业专卖稽查部门联合查处。李某被拘留审查。谁知李某是个"滑泥鳅",在拘留审查中,趁看守不注意,溜之乎也,不知潜逃到哪里去了。

跑了和尚,跑不了庙。原阳县检察院与税务局,开着大车来到六队,要拉李某生产的碱面去卖了顶税款。六队的人拦住不让拉,因为李某承包的化工厂,一年的承包期已经到了。而承包款只交了8500元,还欠16500元。六队要按承包合同,用这些碱面来抵押李某所欠的承包款。再说了,李某承包的化工厂,财产所有权仍属集体所有。因此六队队员不同意税务局拉走碱面。一方要拉碱面,一方不让拉,双方发生了争执。为了保护化工厂集体财产,六队干部群众和李某的家属,对厂内货物、财产进行了清理登记。

过了几个月,李某仍外逃未归。六队队长李怀战问其家属李某的下落,家属一概不知。

六队原负责签订合同的队长李怀战等人到县执法部门要承包合同,并要求执法部门协助六队追回承包人的欠款。这本来是维护集体利益的合法要求,但执法部门不仅不追查承包人,反而扣住承包合同不给。李怀战等人无奈,又来到县公证处,要求公证处解决承包人的承包欠款。公证处的人讲:"我们没有赔偿能力,你们执行承包合同,可以用承包人的财产和产品作为抵押,只能这样解决了。"而这时厂内货物由于日晒雨淋和被盗,损失严重。并且队里建厂时的3万多元贷款一直还不上,利息逐日递增,李怀战等干部非常着急。

回村后,经六队村民大会集体研究决定,执行合同,处理李某的货物,用处理货物的钱归还国家贷款。这样,从1986年11月至1987年底,共得货款

16000 元,归还了国家银行贷款。按合同规定,李某还欠集体承包款 500 元。

"先欠着吧,等你们家有了钱,这 500 元,一定得交到队里。"李怀战对李某的家人说。

谁知没过几天,在承包方的家人与亲戚多方活动下,县法院来人了,要叫集体交出处理的承包人的 16000 元货款。1990 年 7 月 20 日,原阳县人民法院执行庭以追回承包人货款为由,没有任何手续,就将六队队长李怀战抓捕,戴上手铐,送进法院看守所关押起来。

第三天,法院的人又来查李怀战的所谓"贪污"问题。查了好几天,却查不出任何问题。

李怀战一家塌了天,一家老小放声大哭:"俺犯啥法了? 为啥平白无故抓人?"70 多岁的老母亲老泪纵横,饭不吃,觉不睡,从天明哭到天黑,说什么儿子要是回不来,她也不活了。

"按合同规定讨回欠集体的承包款,咋就犯法啦? 这是哪家的王法? 不履行合同,欠了集体的款就是不给,怎么倒还有理啦? 这是什么狗屁歪理? 俺老百姓就是不服! 执法部门的屁股坐到哪边去了? 难道共产党的执法机关不该维护集体利益,去追究违法者的责任? 这法院到底还是不是共产党的法院?"全村干部群众气得眼睛冒火,都为李怀战鸣不平!

村党支部书记李志平看到这种情景,百感交集,心想:党的一级组织和自己这个支部书记,却不能保护一个维护集体利益的队长,以后集体的利益谁还敢维护? 谁还敢当队长? 如果这样下去,我们的党还咋取得民心?

他下决心要尽最大努力保护李怀战,只有把李怀战保出来,才能安抚人心。于是他不顾一切,跑到县司法部门为李怀战申辩,强烈要求他们放人。

可县法院却散布谣言说:"李志平要组织群众围攻法院,这是妄图造国家专政机关的反,搞破坏活动。他要来了,立即把他关起来!"

听到谣言,李志平对我们的社会与国家有一种心灰意冷的感觉,朗朗乾坤,堂堂国家,竟没有一个说理的地方。公民的权利,集体的利益,法律的尊严,都被某些人践踏成了齑粉。李志平气得愤愤不平,面对苍天,大声呼喊:"天理不公啊! 老百姓到哪儿去说理呀?"

正当他喊天不应、呼地无门时,忽然想起了一个人——人大代表、全国人大常委会委员史来贺。

李志平早就听人说过,人民代表史来贺曾为不少老百姓伸冤上诉鸣不平,平反了一桩桩冤假错案，老百姓对他感激涕零，称他为"史青天"。

"咱村的冤枉事，本县没人管，咱何不南海拜观音——远方求菩萨？咱去新乡刘庄，拜史来贺这位有名的活菩萨吧！"

"对！就去找史来贺，他是人民的代言人，一定能为咱讨回公道，还李怀战一个清白。"村长李修廷很赞成支书李志平的意见。

两个人又叫上村干部李怀启，星夜马不停蹄急赶路，于深更半夜才赶到刘庄。

李志平从头到尾、一五一十地陈述了六队队长李怀战被冤枉关进监牢的详细经过。

听完后，史来贺就已气得脸色骤变，嘴唇紧闭，咬牙切齿。他怎么也压不住满腔的怒火，待情绪稍微稳定时，才掷地有声地说：

"法律，法律！我们的人民，到何时才知道用法律保护自己？悲剧就出在这里。法律不是某些人手中的面团，是长是方，想怎么捏就怎么捏；老百姓也不是软柿子，是圆是扁，想捏成个啥就捏成个啥！法律是保护人民利益的武器，绝不是个别人用来营私舞弊的道具。查封集体财产，收缴承包合同和公证书，这本身就是违法行为，再为了一点蝇头小利，就帮助承包人追索货款，无故抓人、扣人、关押人，就更是大错特错了！我就不相信，天上有刮不散的浓云，地上有拨不开的迷雾，邪恶会压倒正义！法院是共产党的法院，法律是保护人民的法律，那些营私舞弊的人，还会翻了天？你们要学法用法，要用法律来保护自己的合法权益。"

说完，史来贺立即伏案展纸，挥笔走龙，给原阳县委书记张兴顺、县人大主任李绍卿写了一封信：

> 张书记、李主任：
> 首先声明，我给你们去信，不是熟人开后门。而是我作为一个人大代表，有权利和义务向原阳县党政部门反映情况。请你们在繁忙中，把黑羊山乡李寨村李怀战的案子复查一下。并把复查情况，打电话告诉我，以便能知道这个农民的最后处境……

拿着史来贺的信，李志平等人连夜赶回原阳。

第二天一大早，李志平就跑到县委，把史来贺的信当面呈交到县委书记张兴顺手里。

张书记看完信后,立即拿起电话,拨通了县法院,法院院长不在。他又立即找来了县政法委书记李春明,递上史来贺的信,说:"你作为县政法委书记,一定要亲自过问这个案子。要实事求是,绝不能再制造冤假错案。查实后,将处理意见反馈给老史。"

当天上午,县政法委书记李春明,亲自带人调查李怀战一案。

此案是非分明,没有什么盘根错节、错综复杂的案情。是非曲直,那是秃子头上的虱子——明摆着的。只调查了一天,就搞了个泾渭分明,水落石出。当天下午6点钟,李怀战就被放了出来。

县法院执行庭的庭长在释放李怀战时,还一个劲地追问:"你与史来贺有亲戚吗? 是啥亲戚?"

"跟史来贺有亲戚? 简直莫名其妙! 我与他咋会有亲戚? 我从来都没见过他,只知道他是个全国著名劳模,是个为民作主的人民代表!"

"一不沾亲,二不带故,那他为啥为你这个外县的农民卖力呀? 哼! 哄鬼去吧!"执行庭庭长怎么也想不通。

以小人之心,度君子之腹,李怀战被捕的内幕不言自明,一目了然。

村支书李志平见到放出来的李怀战,两人抱头痛哭,哭得身边的群众都抹起了眼泪。

李志平边哭边对李怀战说:"我没本事救你,是新乡县刘庄的史来贺救了你。共产党还是伟大的,英明的。从史来贺身上,我看到了党的希望! 史来贺真不愧为人民的代表,敢于为老百姓做主。"这话一下子安抚了所有人的心。

待了片刻,他又说:"原先,我看到法院有些人无法无天,肆意妄为,认为共产党没希望了,对党失去了信心。看来我是以偏概全了,那种看法是不对的。大家要相信我们的党,要像史来贺那样,一心跟党走,永远跟党走!"

李怀战知道了史来贺救他的经过后,动情地说:

"如果没有史来贺站出来为我鸣不平,我恐怕要把牢底坐穿了! 你们想想,承包人硬说被队里处理的存货,至少要值8万元。法院就按承包人的一面之词,非逼我交出8万元,才能放人。我一个没有一点外来收入的农民,光靠种地一辈子也挣不了那么多钱啊! 我不干队长四五年了,为啥把我抓起来? 他们一点理都不讲,把我抓起来,只逼着我交钱,就不听我摆理。哪有只要钱不讲理的法院? 这能是共产党的王法? 这一回,要不是远路的'史青天',我74岁的老母亲非气死不可。老婆带着两个孩子咋过？我也许就家破人亡了。老史真是包拯再世啊！"

时隔两天，李怀战的老母亲和妻子含着感激的泪水，给李志平送来一篮子鸡蛋。老人颤巍巍地说："人家新乡刘庄的老史救了怀战，这大恩大德，俺得报答呀！听说史来贺没日没夜地忙，为庄稼人操碎了心。俺也拿不出多厚的礼，你就提着这一篮子鸡蛋，替俺去瞧瞧老史，给他补补身子，也算是俺全家的一点心意。"

李志平不能凉了老人的一片心，但他知道史来贺是不会收礼的，就对老人说："你们一家的心意，我一定写信告诉老史，你说的话，我会全都写在信里。老史看了，一准会高兴。可我知道老史的为人，他绝对不会收任何人的礼品。他如果收你的鸡蛋，就不会问怀战的案子了。这方圆百里的人都知道，他是个清清白白给老百姓办事的人。"

老人听了，不住地念叨："俺家怀战算是遇到活菩萨了，活菩萨救了他啊！老天爷呀，你一定要保佑老史这个活菩萨多福多寿啊！"

史来贺究竟帮助多少人洗雪过冤情，究竟为多少定了案、判了刑的冤假错案平反昭雪，谁也说不清。人们只知道，附近一带，哪儿有不平，哪儿就有史来贺的身影；哪儿有不公，哪儿就有史来贺为民讨公道的炸雷般的声音。

史来贺帮助老百姓洗雪冤案的事迹，在民间广为流传。虽没有任何文字报道，但老百姓的口头传播，却成了最好的历史记载。为老百姓伸张正义、雪辱洗冤的人，人民已在心中为他竖起一座大恩大德的功德碑、感恩碑！

替农民代言

中国广大农民，提起史来贺无人不知。但真正听到他的声音、一睹他的风采，还是在 1979 年。

1979 年 12 月 28 日下午，北京人民大会堂内，庄严肃穆，布置一新，张灯结彩，富丽堂皇。华丽的水晶灯，将如水如月的光线洒满每一个角落；会议大厅内四周和主席台上摆满了五彩缤纷的鲜花，让鲜亮的灯光映照着整个会场。

国务院嘉奖农业、财贸、教育、卫生、科研战线全国先进单位和全国劳动模范的授奖仪式正在这里举行。

华国锋、叶剑英、邓小平、李先念等党和国家领导人出席大会。出席大会的还有全国各界代表 8000 余人。

当史来贺与全国先进单位以及劳动模范代表，胸戴大红花，在热烈的掌声和欢快的乐曲声中，登上主席台领奖时，全场掌声如潮，一片欢腾！

李先念代表中共中央、国务院发表重要讲话，向获奖单位与个人表示热烈祝贺！他在讲话中对劳动模范在社会经济活动中的地位予以肯定，对劳动模范的带头与骨干作用大加赞赏：

"在实现四个现代化这个宏伟的事业中，先进单位、劳动模范将充分发挥带头作用、骨干作用和桥梁作用，推动社会的发展。在社会经济活动中，总是一部分单位、一部分个人，走到前边去了，他们在不同的方面突破了原有的水平，创造了新的水平。他们成为先进单位、劳动模范。在他们的示范和带动下，原来落在后面的单位和人们跟上来了，整个生产提高到一个新的水平，于是又会出现一批新的先进单位和先进个人。这样的循环往复，不断推动社会经济的发展。这是一种合乎规律的现象。我们认为，正是因为各条战线的先进单位和劳动模范，在客观上起着如此重要的作用，所以理所当然地受到全国人民的尊重。"

李先念副主席、副总理的讲话，热情地表达了全国人民对先进单位和劳动模范的尊重与敬仰。

新中国成立以来，中共中央和国务院对评选先进单位和劳动模范的工作高度重视。全国性的评选共进行了四次：第一次是国庆十周年大庆的 1959 年；第二次就是这次，国庆三十周年的 1979 年；第三次是国庆四十周年大庆的 1989 年；第四次是国庆五十周年大庆的 1999 年。这四次大庆之年的全国性评选活动，史来贺都由于工作成绩卓著，对社会主义现代化事业做出了重要贡献，被评为全国劳动模范。史来贺生前遇到四次全国性评选活动，并连续四次被评为全国劳动模范，这在几亿农民中，恐怕是唯一的一个了！

李先念致词后，史来贺代表全国农业战线先进单位和劳动模范，向亿万农民宣读倡议书。

只见他庄重地站在主席台上，对着麦克风，操着纯正的豫北方言，字字铿锵、句句动情地宣读起来：

"党中央发出号召，要在本世纪内把我国建设成现代化的社会主义强国，使我国农村逐步变为农工商综合经营的富强的新农村。这代表了我们农民的心愿。农业是国民经济的基础，搞好这个基础，促进整个国民经济的迅速发展，这是历史赋予我们的光荣使命。要实现这个宏伟目标，还要做巨大的努力。当前我们要在调整国民经济、打好四个现代化的第一个战役中，争取做出更大的成绩。为此，我们倡议：

"一、认真学习、宣传和贯彻执行中共中央关于发展农业的两个文件。这两个纲领性文件，说出了我们农民的心里话，真是好得很！我们干社会主义农业的劲头更大了。我们要用这两个文件统一思想认识，继续批判林彪、'四人帮'的极'左'路线，迅速地把农业搞上去。我们要做维护党的四项基本原则的模范，要做执行党的方针政策的模范。

"二、努力搞好农、林、牧、副、渔各项生产，以主人翁的态度，为调整好农业布局献计献策。粮食和棉花生产必须抓紧。同时要因地制宜，根据当前的实际情况，做好规划，宜农则农，宜林则林，宜牧则牧，宜渔则渔。使每一块田地，每一个山头，每一片草场，每一片水面，都能得到充分利用，使祖国山河尽快改变面貌。要积极办好社队企业，搞好农工商联合企业的试点工作，改革一切不利于国家经济发展的制度和办法，广开门路，发展多种经营，扩大商品生产，千方百计增加社会财富,使农村尽快富裕起来。

"三、在农业基本建设和科学种田上大显身手。继续发扬自力更生、艰苦奋斗的精神,兴修水利,改良土壤,培养地力,植树种田,搞好水土保持,合理利用和保护自然资源,不断改善农业生产条件。要因地制宜地发展农业机械化,兴办小水电,推广沼气。在生产中广泛运用农业科学技术,搞好良种选育和病虫防治。大力开展群众性的科学研究和科学实验活动,积极培养农业、林业、畜牧、水利、农机、渔业和气象等各方面的专业技术人才,在建设农业现代化中有所发明,有所创造,多做贡献……"

史来贺几乎是不停顿地宣读完了这份倡议书,不等他离开主席台,台下便响起雷鸣般的掌声,这发自内心的掌声,如暴风骤雨的呼啸,如大海浪潮的沸腾,让整个会场都笼罩在热烈欢腾的气氛中。

史来贺的声音,随着无线电波,飞到大江南北,引起亿万农民心灵的共鸣;史来贺的风采,也随着各种媒体,展现在报端和电视屏幕上,让亿万农民为之骄傲和自豪。

史来贺宣读的倡议书,如吹拂大地的春风,带来了现代农业的春天!

作为全国农业战线的排头兵,作为刘庄这辆特别快车的火车头,史来贺代表了新时代中国农民的形象,昂首阔步地领跑在时代的前列,引起了全国人民的瞩目。

一个土生土长的农民,一个一生都离不开土地的农民,史来贺对自己的农民身份,始终不离不弃。他以农民身份进入全国人大代表的行列,又以农民身份进入全国人大常委会。社会地位虽然高了,但他的农民身份没有变,更不变的是他的农民本色。他几十年如一日,心里想着农民,时刻不忘农民,一切为了农民,做到为农民着想,给农民办事,替农民代言。即使在全国性的会议与活动中,也总是三句话不离本行,张口闭口全是农民。

光阴荏苒,斗转星移。当中国的社会主义现代化建设的列车,又飞驰了10个年头之后,史来贺作为新时期农民的代言人,再次屹立在北京人民大会堂的主席台上。

1990年3月27日下午,七届全国人大三次会议和全国政协七届三次会议新闻中心,在人民大会堂举行中外记者招待会。由全国人大常委会委员史来贺与两位人大代表、三位政协委员,就参政议政问题,回答中外记者的提问。

首先站起来提问的是《人民日报》的记者，他提出了如下问题：

"如何使农民有更多参政议政的机会？"

"这个问题，我来回答。"

身着整齐的中山装、面带微笑的史来贺，从座位上站起来，彬彬有礼地回答记者的提问：

"目前，中国有 8 亿农民。现在全国人大代表中，农民所占的比例还是小了一些。希望下一届人代会，能增加一些农民代表，这有利于农民参政议政。农民的文化程度虽然比较低，尤其是 50 岁以上的农民，都是从旧社会过来的人，小时候上不起学，文化普遍不高。拿我来说，今年 59 岁了，一些文化知识，是新中国成立后才学的。但农民是农村生产第一线的实践者，有丰富的实践经验。一方面，实践是理论、政策的发源地；另一方面，任何政策、法律都要通过实践检验、发展和完善，多吸收农民参政议政，对整个国家有好处，可减少失误，尤其是农业政策方面的失误。"

在史来贺回答时，各种肤色的记者，一边静心听，一边低头写，手中那支记录的笔，哗哗地响个不停，唯恐漏记了一个字、一句话。他的随口应答中严密的语言逻辑、清晰的说理层次，深深打动和吸引了各位记者。雪亮的镁光灯对准这位既憨厚忠诚，又睿智聪慧的农民，频频闪烁。他们不时地向这位名扬四海的农民代表投去一束束敬佩而又惊奇的目光，低声用不同的语言神秘地交谈着，并对这位农民代表恰到好处的回答频频额首。

在记者招待会结束时，受中外记者恳请，史来贺与出席记者招待会的中外记者合影留念。

当晚，中央电视台《新闻联播》节目播放了这次答中外记者问的实况，再次把史来贺这位新时期中国农民代表的形象，推到了全国人民面前，使亿万双眼睛，目睹了他的智慧与风采。

3 月 28 日，《光明日报》在第一版突出位置登载了史来贺和记者们的大幅合影照片，并配发了文字说明，赞扬这位农民代表的"漂亮的回答"。照片的文字说明是这样写的：

> 3 月 27 日下午，六位来自基层的全国人大代表和政协委员，在人民大会堂举行了中外记者招待会。五十九岁的河南省新乡县七里营乡刘庄村党总支书记、全国人大代表史来贺（中），就中国农民如何参政议政问题，详

细地回答了记者的提问。散会后,一些记者和工作人员围住他,祝贺他的漂亮回答。有人提议大家合个影,史来贺笑吟吟地答应了。

史来贺,8亿农民祝贺你,新中国历史祝贺你! 祝贺你代表8亿农民说出了心里话!

你作为人民代表、农民代言人,参政议政,管理国家,为民作主,尽职尽责,功不可没!

第四十五章　心中只有老百姓

※民生无小事
※百姓是苍天
※坚定的信念

民生无小事

　　史来贺多年来养成一个雷打不动的习惯,灯下苦读,静夜沉思。他只上过两年私塾,新中国成立后参加过扫盲班的文化学习,不过他真正的文化底蕴、理论功底、知识水准都是自己熬夜"熬出来"的。他破旧的办公桌上总是摆放着《毛泽东选集》《领导科学》《群众工作》《思想政治工作研究》《企业管理》《理论指导》《植棉技术》《农业科学》等书籍与杂志。入夜,劳累了一天的刘庄人都睡了,各家各户的灯光都熄了,村内村外一片寂静,只有史来贺还在灯下翻着书本,俯身苦读,学习新知识,钻研新科技,思考着怎样做好群众工作,怎样办好农村企业,怎样当好农村干部,怎样维护群众利益等重大政治理论问题和管理科学问题,参悟着那些文化精髓、科学奥妙、理论真谛、至深大道。

　　除了灯下苦读,就是静夜沉思。一个农民,在一间狭小简陋的农舍,能成夜成夜地亮着灯,一孔昏黄的灯窗,夜夜映现一个踱步晃动的身影,他在思索"三农"的现实,他在谋划刘庄的未来,他在忧虑如何打破制约"三农"发展的瓶颈,如何减轻农民的负担,让老百姓获得更多的利益,他在探究如何让刘庄与时俱进,始终走在全国前列,如何让刘庄这面旗帜飘扬得更高,永不褪色……这是他反复思索、反复探索的关乎刘庄现实与未来的重大问题,也是关乎全国"三农"的发展与广大农民的命运问题。处农舍而想民生,踞一村之土而怀天下之忧。长期的熬夜用脑,导致他习惯性失眠,每天都要靠安眠药催眠,可一次服四五片都不管用。不少村民担忧地说,老史一年到头总是没明没夜地熬,熬坏了身子骨咋办?白天跟俺们一起干活儿,夜里又为俺们操心劳神。他就像屋里那盏夜夜独明的灯,总有照不尽的明亮,放不完的光辉啊!

　　正如刘庄村民说的那样:

　　"在俺村,是集体致富,不漏一家。村里谁家日子不能过了,老史都过去拉一把。"

特别是困难户,他看得格外重,总是格外照顾,不让他们作难,让他们过上跟全村百姓一样的日子。所有村民过得舒心,他才过得安心;所有群众过得开心,他才过得放心;所有刘庄人都能吃好睡好,他才能吃好睡好。如有一户一人有了这样那样的困难,他就会卧不安寝,食不甘味。

20 世纪 70 年代,史来贺同志和村民们在一起

就这样,一年 365 个夜晚,他的大脑一年要过 365 次电影。每次"过电影",他都把所有的镜头组合起来,构成刘庄一部前后连贯、首尾相接、画面完整的电影片。一年到头,镜头与画面可能不断变幻,但影片表现的主题却只有一个,那就是:老百姓是地,老百姓是天,老百姓是共产党永远的挂念!

这就是史来贺的人民观!正是有了这种至坚、至纯的人民观,他的每一次"过电影"才总是接地气,接乡土,才总是近民情,贴民心。

静夜里"过电影",无声无息。可这无声无息却能孕育出雷霆万钧的力量,孕育出排山倒海的雄壮步伐! 这种不可阻挡的气势撼天动地,在历史的花开花谢、潮起潮落中,却始终轰响时代的最强音——于无声处,惊雷滚滚!

他一向怜弱惜贫,对病人、老人、孤儿寡母、残疾人,时常牵肠挂肚,不仅关心他们的衣食住行,还特别关心他们的身体健康、四季冷暖,经常带着村医登门给这些人检查身体,治疗疾病,还给他们反复讲解一些自我护理和保健的知识,让老人不感到老、孤寡不觉得孤,病人如坐春风,残疾人满目希望。

刘庄人都知道,每年大年三十儿夜,家家户户都在吃团圆饺子,过团圆年。可这个一年到头最喜庆、最隆重的夜晚,老史一准儿不在家,一不去办公室,二不去走亲串友。他唯一要去的地方就是村里的饲养室。除夕之夜,他要让饲养员回去与家人团聚,自己在这里"顶岗"值夜班。饲养员日夜忙,一年到头难得清闲,在这个万家团圆的年夜,他不能让饲养员在饲养室里一个人受冷清,总是一年不落地把饲养员劝回家与家人团圆,自己当一夜饲养员。

2002年除夕夜,他又去饲养室"顶岗",可深受感动的饲养员马新敬说啥也不回家。他流着泪水对史来贺说:"你们干部也有一家老小,也要过个团圆年。可你不顾自己的家,年年大年下都让俺回家过年团聚。俺咋能忍心老叫您替俺呢? 这里是俺的岗位,大年三十儿俺也得尽职尽责。俺知您的一片心意,俺领下党支部的这份情意。您回家过年吧,俺说啥也不离开。"

可老史并没有走,他与饲养员马新敬并身躺在草铺上,在热烈欢快的鞭炮声和人们欢天喜地的祝福声中,两个人高高兴兴地说了一夜心里话……

饲养员马新敬心想:"50年了,老史年年春节都来替俺顶岗,多好的支书,对群众关心体贴得真周到啊!"可老饲养员马新敬万万没有想到,这竟是老书记有生之年的最后一个春节啊!

集体新村建成后,天气入晚秋,冬天还未到,老史就派人提前拉来烤火煤,买来火炉子,挨家挨户送进门。老史打开广播机,对着麦克风哑着嗓子高声通知:各家各户打开大门,村干部马上去送烤火煤和火炉了,家家户户都有,保证每家不受冻!

下雪了,刺骨的西北风刮过来了,他就抱着对讲机不停地下达防寒御雪的通知:通知农场场长让上夜晚班的职工早下班,路上小心别摔倒;通知各工厂车间主任提醒青年工人穿棉袄,千万别受了风寒;通知畜牧场场长,风雪天要确保饲草不受损失,确保牲畜御寒过冬……通知下达完了,他又跑到病人、孤寡老人、残疾人家里，看他们有没有棉衣，缺不缺棉被；问了，看了，还要亲手摸一摸棉衣够不够厚，棉被够不够暖……看到村干部把这些老弱病残的过冬生活安排得妥妥帖帖，他脸上露出满意的微笑：

"只要你们一冬天能暖暖和和不受寒、不挨冻，我就放心了！"

夏天来了，他又派人把西瓜、冰糕等降温食品送到群众手中。西瓜是刘庄自种的，冰糕是刘庄自产的。他要让所有刘庄人凉凉爽爽度过酷热的三伏天。

家用空调上市后，老史与村干部研究决定，给集体新村家家户户都装上空调，使每家每户实现冬暖夏凉，让老百姓不受老天爷一点儿罪。那一年刚刚立夏，他就提前联系"宝花"厂家，村集体出钱，把一大批统一规格的空调运到刘庄，给360余户进行了统一安装、统一调试。在20世纪80年代初，大部分城市居民还在用着电风扇，有的甚至连电风扇都用不起，刘庄农民却已经在炎炎酷暑中享受到空调的凉爽惬意了，并在凉爽的惬意中品味着"小康"的幸福，刘庄人的日子越过越美！十里八村的亲戚听说刘庄普遍安了空调，一到伏天都来刘庄纳凉避暑，刘庄简直成了家家户户亲戚们的"避暑山庄"。

下午开干部会时，全村老百姓都和亲戚在家"避暑"，村里的大街小巷瞅不见一个人，老史指着空荡荡的村街对干部们说："你们看，群众这会儿都在家凉快哩，该睡的睡了，该上班的上班了，多美啊！"

说这话的时候，他满脸的笑容显得很甜美、很幸福。刘庄农民的日子过得甜美了，他心里比谁都甜美，老百姓的日子过得幸福了，他心里比谁都幸福……

百姓是苍天

史来贺是一个彻底的唯物主义者,一生什么都不怕。不怕神,不怕鬼,更不怕邪恶;不怕上级,不怕权势,更不怕官僚;不怕丢官,不怕没钱,更不怕失去个人利益;不怕吃苦,不怕受累,更不怕吃亏。

但他也有一怕,那就是怕脱离群众。

因为群众对于他就是大地,生命的根深深扎在群众这片温厚的土地上,他从大地获取成长的力量,获取灵魂的营养和前进的动力。

因为群众对于他就是苍天,给他阳光,给他空气,给他朗朗乾坤。天高任鸟飞,只有在群众这片苍天,才能翱翔他一生不变的信仰。

因为群众对于他就是高山。当他站在困难与艰险面前时,群众是他倚重可靠的大山;当他遭受挫折、冷遇,风刀雨剑向他袭来时,群众又是为他阻挡"刀""剑"的大山。

因为群众对于他就是大海。水能载舟,亦能覆舟。他领航刘庄这艘航船,凭借的是人民群众的汪洋大海,大海的力量汹涌澎湃,惊天撼地,个人只是大海之一粟。离开大海,航船将寸步难行;离开大海,他也不再是风浪中的一条蛟龙。

在史来贺看来,离开群众那是最要命的事,像割肉剜心般的疼痛。1964 年的"四清"运动中,他曾因为被禁止接触群众而泪流满面,痛苦得彻夜难眠。于是,他率直坦言:"啥事叫人最难受?离开群众最难受。"

对于史来贺来说,离开群众,就等于万物失去了大地,就等于大树没有了根基,就等于雄鹰失去了蓝天,就等于猛虎离开了大山,就等于蛟龙脱离了大海……

因此,他最怕脱离群众,最怕失去群众。在很多干部高喊"始终要和上级保持一致"的时候,史来贺却执着地说"时刻要和百姓保持一致";在很多干部两眼关注着上级的脸色,两耳倾听上级的评价时,史来贺却笃定地认为"不要光看上级的、一时的评价,要看群众的、历史的评价"。

史来贺一生都和群众共忧愁、同欢乐、心连心,刘庄的党员干部说:"他对群众非常痴情,他眼里全是集体和群众。"

人民是口碑,民心是杆秤。党员干部的分量最终都是由人民来衡量的,党员干部的功过,最终都是由人民的口碑来记录流传的。

为了贴近群众,与群众心相连,情相牵,血相融,史来贺始终与群众"零距离",交心面对面,干活肩并肩,抗灾手挽手,拉犁拉车争当牛。他把自己完全放在老百姓中间,让自己彻底成为老百姓的一员,说农事,情投意合,拉家常,无话不谈,谈发展,不谋而合,扯闲篇儿,其乐融融。他与百姓的血肉深情完全达到了汗水相映、血脉相通、肝胆相照、魂魄相依的那种精神信仰的境界。

为了更好地接地气、民众化,他多年养成了爱步行、爱骑车的习惯。外出开会或办事,能步行的绝不骑车,能骑车的绝不坐车。外出步行,如果能与乡亲搭伴同行,那是最好不过了。一路上海阔天空,谈笑风生,亲密无间,犹如兄弟,胜似手足。如果骑车外出,路遇乡亲,打老远就下了车子打招呼,问安好;假如有步行的乡亲向同一方向前行,他就下来车子,让乡亲坐在自行车的后架上带他一程;办完事、开完会骑着车往村里返,遇到赶集上会的,买了大包小包的东西,他就让乡亲把东西往自行车的后货架上一刹,替乡亲带回家里……

他还经常给大队干部讲,骑自行车外出开会、办事,必须推着车出村,出了村才能骑,不要让老人孩子看着畏惧,也不要让群众看着干部高高在上;推着车出村,见了乡亲必须主动打招呼、问好,如果反过来让群众向干部先问好,就说明干部摆架子,看不起群众,就要在党员、干部大会上受到批评和警告。骑车在路上遇见乡亲,必须下了车先跟乡亲说话打招呼,必要时要让乡亲坐在后货架上带上一程……

后来,有了村办企业,为了便于工作和联系业务,村里有了小轿车。但史来贺很少坐村里的小轿车。若必须坐轿车外出时,路遇步行的刘庄群众,他总要让司机停下车来,他走下车亲手把群众扶到车里,捎上一程,或直接送到目的地。

他要求村里的干部和村办企业的领导也必须这样做,如果发现坐轿车外出办事,路遇乡亲不管不理的,就会受到严厉批评或处分。在刘庄,凡是党员、干部,谁也不能冷淡群众,谁也不能为难群众,谁也不能蔑视群众。冷淡群众,就是冷淡他史来贺;为难群众,就是为难他史来贺;蔑视群众,就是蔑视他史来贺。

有一次,史来贺坐车路遇有些痴呆的村民韩玉琴,她是哑巴余德洋的儿媳,早年死了丈夫,在史来贺的关照下,她和儿子余荣海以及公爹一家三口最先入住集体新村。今天,她身穿新衣,手提一个大提包,这是要干啥去？史来贺从车上走下来,问她:"哟,你这是去哪儿呀？"

韩玉琴连个问好的话都不会说,直眉瞪眼地站在那里,木呆呆地看了史来贺半天,才冷不丁撂出一句:"回娘家八柳树村。"

史来贺微笑着上下打量了她一番,见她脚穿新皮棉鞋,身穿新棉袄,外披波司登大衣,便满意地点点头。她这一身打扮,娘家人见了一定很高兴。史来贺把目光移到她手里的提包上:"你去瞧娘亲,拿的什么礼呀？用不用我再给你买点啥？"

韩玉琴摇摇头,刺啦一声拉开了提包拉链:"你看看,一大提包哩！啥也不用添了。"

史来贺低头一看,一个大提包装得满满的,有烧鸡,有鲜肉,有罐头,有糕点……

"这些礼品都是你自己买的?"史来贺亲切地问。

韩玉琴又摇摇头,憨笑了一声,说:"是村干部帮俺准备的,俺没花钱。"

史来贺一听,脸上露出满意的微笑:"好! 这我就放心了。"

…………

不久,韩玉琴的儿子余荣海要结婚了! 史来贺闻讯后,比自己的儿子结婚还高兴,还快活。要知道,余荣海结婚,在他们余家,是天大的喜事,难得的喜结良缘! 这个残疾家庭,盼一回喜气盈门,那可真是望穿秋水啊!

在余荣海举行婚礼的前两天,史来贺第一个来到余家,向哑巴余德洋和他的儿媳韩玉琴道喜! 问他们还缺啥少啥,烟酒都准备齐了没有,喜宴定好了没有,要来的宾客下请帖了没有,等等,问得很细很周到,并亲自为他们在村里安排了娶亲的车辆,感动得余德洋不住地流泪。嘴里呜哩哇啦说着别人都听不懂的感激的话。这个虽然不会说话、心地却十分善良、常年默不作声为村邻做好事和善事的老人,只要老史一来他们家,就得激动老半天。在他眼里,老史是个难得的贵人,是他们一家的恩人,也是刘庄老百姓的恩人。

余荣海举行婚礼的那一天,偏巧上级通知老史去开会。一边是上级的会议,一边是刘庄后生的婚礼,又是一场特殊的婚礼——残疾人后代的婚礼。老史沉下心来暗暗思忖,如果这场婚礼不参加,就会让全刘庄的老百姓寒心,更会让刘庄的老弱病残等弱势群体失望。于是,老史毅然决然地放弃了外出开会,率领党支部一班人和村委全体干部,喜气洋洋地出席余荣海的婚庆典礼。余德洋一见老史和村干部前来贺喜,心花怒放,喜笑颜开,一会儿倒茶,一会儿递烟,嘴里不住地"啊,啊"着,把心里的喜悦说给每个人听,并比比画画,把老史和村干部们指给前来贺喜的乡亲们看——他心里在说:"我孙子结婚,连史书记都来贺喜了,还带来了全村的干部给俺贺喜,俺余家可有面子了!"

余德洋早些年给队里看管梨树园,那时,史来贺经常到果园看望他、关心他、照顾他。余德洋把史书记的关怀时时记在心里,有时还比画着跟孙子余荣海唠叨唠叨。

喜宴开席后,余德洋领着孙子和刚娶进家门的孙媳妇首先来给史书记敬酒。老史喝了一杯喜酒后,大声提起早年发生在梨树园的那些趣事,高兴得余德洋满脸堆笑,那些逗人的趣事,一桩桩、一件件他都记得,两手不停地比画着给喝喜酒的众乡亲看,让喜宴席上喜上加喜,笑中添笑……把孙子的婚事办得喜庆、体面、光彩,更可贵的是史书记的到来,让他余家门第增辉、喜事放彩、锦上添花、脸上荣光……

这之后的日子里,余德洋从外边回到家里,经常给孙子余荣海比画着说这说那。多数时候都比画举大喇叭,孙子明白爷爷又遇见史书记了,他还比画史书记紧紧拉住他的手,上上下下摸遍他的棉袄棉裤,问他穿得够暖不够暖,身板硬朗不硬朗,嘱咐他要多注意身体,活个一百岁,当个老寿星,高兴得他给孙子比画起来没完没了。连孙子余荣海都感动得掉泪了……

坚定的信念

在刘庄村接待室的墙壁上，挂着一幅"只有社会主义才能救中国"的条幅。条幅上的字，风骨遒劲，雄健有力。这是史来贺专门请人写的，在这里已经挂了几十年，一直是刘庄党组织和刘庄干部群众的座右铭。也正是这颠扑不破的真理，激励和指引他们在建设社会主义现代化新农村的实践中站得稳、行得正、方向明。

条幅上这句毛主席的话，是史来贺认定的一个信仰，坚守的一个信念，从他入党那天起，已在他的头脑中深深扎根，并坚如磐石，巍然矗立。他说："作为一名共产党员，要有坚定不移的共产主义信仰，到什么时候都不能动摇；跟共产党走，到什么时候都不回头！"

有了这样的信仰和信念，在历次运动和农村变革中，史来贺带领刘庄人从来不跟风，也不刮风，一直以经济建设为中心，坚持发展不动摇。他认为："共产党是为着解放和发展生产力，让人民都过上好日子而奋斗的。做不到这一点，就没有尽到职责。"所以他的一切谋划、一切决策、一切操劳都是为着发展刘庄的生产力，发展刘庄的经济。

他带领刘庄人民，用脚踏实地的实践证明了"只有社会主义才能救中国"，"只有社会主义才能发展中国"这一颠扑不破的真理。

一个人，只有对自己所从事的事业满怀信心、充满自信，才能够坚贞不渝地为之奋斗、为之牺牲，这就是信念的力量。史来贺用不懈的追求、毕生精力践行共产党人的崇高信仰，用实实在在的行动，用一步一个脚印的建设与发展，把社会主义的优越性在刘庄大地上变为看得见、摸得着、享受得到的美好现实。

为此，他不断地巩固和壮大集体经济，只有集体经济与日俱增、与时俱进地发展壮大，才能建好社会主义的大厦，充分显示社会主义制度的优越与美好。

史来贺经常对村干部讲："集体空，没人听；集体有，跟党走；群众富，走的才是社会主义路。"

那么，怎样才能让"集体有"、让"群众富"呢？

20多年的刘庄现代农业发展的实践和几年来对村办企业、副业的探索，让史来贺深刻认识到，农民只局限于土里刨食，只默守传统的生产模式，"集体有""群众富"是很难实现的。要发展大农业，要实现农业现代化，必须与传统农业经济意识彻底决裂，告别传统生产方式，放弃旧有的发展模式，坚定不移地走新型农业经济发展道路。

这个新型的发展道路，就是以工促农，以工带农，以工养农，以副补农，以副贴农，以牧兴农，以牧保农，形成农、工、商、林、牧、副全面发展、五业兴旺的新格局。

过去没想过的，要敢想；过去没干过的，要敢干；过去没做过的梦，如今，要让它梦想成真。史来贺要在刘庄这片土地上，挥动大手笔，描画出一幅崭新而又奇特的梦境。

自从"文革"中被批斗，他硬是顶着"唯生产力论代表"的高帽子拉开了刘庄集体工业的序幕，从此一发而不可收，并且越办胆子越大，越办眼界越宽，越办步子越快，越办路子越明。慢慢地，村办工业由"地下"转到了"地上"，由"偷偷摸摸"变成了"大张旗鼓"，由"摸着石头过河"，到跃身为"到中流击水"。

为了开创"五业兴旺"的新格局，他运筹帷幄，调兵遣将，把刘庄的劳动力分为几路大军，部署之周，分工之细，好像不是在安排农村工作，而是在排兵布阵。这样的战术布局，是刘庄发展史上从来没有过的。大部分劳动力从土地上解放出来，去从事新的产业，人员大分流，各奔新战场。有专事农业的农场员工，有专事畜牧业的畜牧场员工，有专事工业生产的企业员工，有专事奶业的牛奶厂员工，有专事磨豆腐、做粉条、弹棉花的副业队员工，还有专事园林管理的园林员工，但绝大多数的劳动力都被调往村办工厂，成为刘庄第一代产业工人。

农民在自己的土地上当工人，在自己的家门口当工人，工厂还是自己村里办的，刘庄开了转变中国农民身份的先河。史来贺彻底改变了刘庄农民的命运与身份，使他们成为社会主义新农村的工人，即使专事农业的十几名刘庄人，也都是新型农场的职工。史来贺成了传统意义上农民身份和农民命运的彻底颠覆者，也是改写刘庄历史的第一人。

千军易得，一将难求。三军出征，不可一日无将。

他对党委成员、大队干部重新进行了分工，一人把一个口，一人带一路兵，每个干部都是一路大军的"将领"，对所负责的产业大军、产业发展全方位指挥和管理，并向党委立下军令状。史来贺自然是统领各路"将军"的"大帅"，他要求大家只能向前跑，不能掉链子；只能大踏步飞跃发展，不能瞻前顾后做"小脚女人"。

这时，原先建起的机械厂、奶粉厂、乳品厂、面粉厂、造纸厂都已大见效益，几乎每天都有订单向刘庄飞来，每天都有销售资金细水长流般流入刘庄的"金库"。刘庄又用这些赚来的钱，办起了木器厂、缝纫厂、电瓶厂、淀粉厂、化肥厂、食品厂等，又扩建了砖瓦场、造纸厂，最多的时候，村里的大小企业有20多家。该办的厂、能办的厂，几乎都办起来了，而且这些工厂投产后都能立竿见影、马上见效，成为集体经济的摇钱树。刘庄人将此称为"金鸡下蛋，越下越多""长藤结瓜，越结越大"。这成了刘庄人茶余饭后、街议巷论的美谈。每当说到这个话题，总会有人说："刘庄要抱金蛋喽！社员要摘金瓜喽！"

刘庄人又用养奶牛、养骡马赚来的钱，大力兴办养殖业，建起了大型养猪场、养鸡场、养羊场，还建起了养鱼塘。养猪猪肥、养羊羊壮、养鸡下蛋多、养鱼繁殖快。牛哞马叫，羊欢驴跳，鸡鸣鱼跃，好一幅六畜欢乐闹春图！老人见了乐滋滋，儿童见了笑嘻嘻。

六畜兴旺，成为刘庄的一景；规模化养殖也给刘庄带来了实实在在的经济效益。

搞工业成功，搞副业获利，搞畜牧业赚钱，搞养殖业见效，刘庄的家底日渐厚实，集体经济日益壮大。刘庄用这些日积月累的财富，又反过来以工补农、以工建农、以工促农，大批量地购置农业机械，下大本儿培养农业机械师，在短时间内迅速实现了农业机械化。

以村办工业反哺农业，在中国农村，刘庄又是第一个。

实事求是地说，在发展工业的道路上，刘庄并不是一帆风顺的。办大型养鸡场、大型养猪场，办食品厂、建材厂、卫生纸厂……史来贺和大家进行过多次考察、试产，备尝艰辛，吃尽苦头。有时，还要付出"学费"，白搭"血本"。但他们失败了不服输，再从头来，总结教训，深刻思索，继续摸索、探索、求索，直至成功。刘庄人在史来贺的带领和影响下，都有一股韧劲儿，都有一股耐劲儿，都有一股冲劲儿，都有一股拼劲儿，干不成、拼不就，死不瞑目。有了这股劲头儿，才换来了刘庄的五业发达、六畜兴旺，田园一派生机盎然，厂区像火红的朝晖蒸蒸日上……

　　这时,有的社员认为刘庄是一块福地,一块宝地,洋洋得意地说:"刘庄这片地儿风水好,办啥成啥,干啥都赚钱,干啥都红火,这可真是老天降福啊!"

　　史来贺听后,立即反驳:"啥风水?啥老天降福?那是共产党领导得好,社会主义制度好。旧社会,也是这片地儿,刘庄人不是逃荒要饭,就是活活饿死,那咋不干啥成啥呢?那时候的好风水跑哪儿去了?那老天咋不给咱赐福呢?不要信那些东西,那都是封建迷信的腐朽思想与观念。要相信共产党,相信科学,相信群众的力量。在共产党的领导下,是群众用汗水、用艰辛的劳动换来了这一切的成功,是刘庄群众的力量改变了旧面貌,换来了新面貌,让这片土地出现了美好、出现了奇迹。"

　　那群众虽然是随便一说,他也是赶巧了偶然听到。在常人看来,也只是话一出口,随风而去的小事一桩,但在史来贺心目中,这可不是可以忽略的小事,这是农民的思想意识问题、文化素质问题,必须引导群众洗脑子、换思想,不能让陈旧的封建迷信观念占据农民的思想阵地,更不能让农民日子过富了,精神却过穷了。

　　于是,他召集全村干部群众展开了一场大讨论,讨论的主题就是:刘庄的奇迹是从哪里来的?新社会刘庄为何能产生奇迹?而旧社会为何不能?天上会不会掉下来幸福?刘庄人的好日子从哪儿来?

　　讨论中,他引导大家进行了新旧社会对比、封建迷信与科学进步对比、传统农业生产方式与新型农业发展模式对比。讨论中大家忆过去、看现在;摆事实、说发展;讲科学、论变化。通过三个对比,民众充分认识到,没有共产党的领导,没有社会主义制度,就没有刘庄翻天覆地的变化;刘庄一切成绩的取得,一切奇迹的诞生,靠的是刘庄群众勤劳的双手、智慧的头脑;更重要的是,刘庄人的头脑是用现代科学武装起来的头脑,刘庄人的双手是掌握了现代科学技术的双手。离开了先进思想、科学头脑、技术进步,刘庄的发展将无从谈起。天上人间,从来就没有神仙、没有救世主,要开创大业、创造奇迹、创造美好的生活,全靠党的领导和人民群众的力量。

　　表面看起来是一场大讨论,实际上是一场别开生面的信仰、信念教育和科学文明的进步思想教育,而且是史来贺发动起来的群众的自我教育。没有过多的说教,没有过多的演讲,群众在畅所欲言的讨论中,就互相感化、互相渗透,潜移默化地进行了深刻的自我教育。

史来贺教育群众的方式，也往往标新立异、不落俗套。

他对大家说："信仰、信念是个大问题。信仰、信念搞不清楚，就像人走路没有目标和方向。共产主义不是空想的，要靠我们的两只手，把它变成看得见、摸得着的现实。"

这次大讨论后，刘庄干部群众在史来贺的带领下，进一步放开眼界，不断学习，不断创新，大刀阔斧，多方开拓，彻底打破了农业生产的旧模式，开辟了农、工、商、林、牧、副、渔齐头并进、全面开花、广结硕果、共同发展的现代农业发展的新局面。他所带领的刘庄一代新型农民，已经完全从旧有的小农经济、传统农业经济的藩篱中挣脱出来，步入了社会主义现代农业的新天地。

无论面对风雨，还是身处逆水，无论关山驾车，还是险滩渡船，史来贺率领刘庄都没有迷失过奋斗的目标，更没有偏离过发展的方向。

刘庄人从身份到思想、从外表到灵魂、从生产到生活，都获得了脱胎换骨的新生，刘庄更有了浴火重生的蝶变。这些变化，都得益于史来贺这个领路人。

在刘庄人的心目中，史来贺是一个普通的农民，是一个朴实的庄稼人，但更是一个有着卓越智慧、有着独特眼光、有着超脱思想的带头人。他强烈的发展意识、锐意的创新观念以及每次超前的准确判断、适时的准确决策与谋划，都为刘庄经济带来一次次更高层次的跨越，都把刘庄的发展推向更广阔的领域、更高远的空间。

这正映照了史来贺那句变与不变的名言："千变万变，发展经济、让老百姓过上好日子，到啥时候都不能变；形势变、任务变，相信群众、依靠群众搞发展的原则不能变。"

史来贺"变"与"不变"的辩证法，正是撬动刘庄经济发展的得力杠杆。

史来贺：永不褪色的旗帜

史来贺创业史

（第三卷）

关劲潮　著

河南人民出版社

·郑州·

目　　录

第四十六章　改革不打顺风旗 ………………………………………… 1

　分，还是不分 ……………………………………………………… 3

　该向何处去 ………………………………………………………… 8

　不走回头路 ………………………………………………………… 13

　集体不能分 ………………………………………………………… 18

第四十七章　"还是咱村集体好" ……………………………………… 23

　民心不可违 ………………………………………………………… 25

　家庭起"战争" ……………………………………………………… 30

　"搞单干真难" ……………………………………………………… 36

　"小能人"悔悟 ……………………………………………………… 39

第四十八章　独辟蹊径获赞赏 ………………………………………… 45

　又唱"独角戏" ……………………………………………………… 47

　罢官也不分 ………………………………………………………… 52

　总书记赞赏 ………………………………………………………… 58

　独创性模式 ………………………………………………………… 64

　灵验的法宝 ………………………………………………………… 68

第四十九章　副总理指点迷津 ………………………………………… 71

　副总理来信 ………………………………………………………… 73

　"突围"的苦恼 ……………………………………………………… 77

　一语破迷雾 ………………………………………………………… 82

　谋划高科技 ………………………………………………………… 86

第五十章　走科技致富之路 ················· 89
　　慕名请专家 ·························· 91
　　历练"子弟兵" ······················· 96
　　自己搞设计 ·························· 101

第五十一章　农民创业百事艰 ·············· 107
　　靠"众人拾柴" ······················· 109
　　"干就干大的" ······················· 113
　　创业百事难 ·························· 119

第五十二章　愈挫愈勇兴大业 ·············· 123
　　遇挫不言败 ·························· 125
　　挫折中崛起 ·························· 130
　　"不平等合同" ······················· 137
　　高科技园区 ·························· 141

第五十三章　创业成果惠民生 ·············· 145
　　第二代新村 ·························· 147
　　不变中求变 ·························· 151
　　新村升级版 ·························· 156
　　幸福的家园 ·························· 163

第五十四章　带动万家共致富 ·············· 169
　　富村帮穷村 ·························· 171
　　送个好"饭碗" ······················· 175
　　近邻的蝶变 ·························· 178
　　"远亲"的起飞 ······················· 182

第五十五章　取经者络绎不绝 ·············· 187
　　八方来取经 ·························· 189
　　自发求索者 ·························· 192
　　老人信服了 ·························· 197

第五十六章　世界宾朋来参观 ·············· 203
　　金发女开心 ·························· 205
　　外来的"女儿" ······················· 209
　　洋记者采访 ·························· 214

　　贵宾们惊叹 ……………………………………………… 219

第五十七章　百姓疾苦挂心头 ………………………………… 223
　　关爱胜阳光 ……………………………………………… 225
　　枝叶总关情 ……………………………………………… 231
　　产妇大营救 ……………………………………………… 236
　　陶醉的时刻 ……………………………………………… 239

第五十八章　清正廉明树正气 ………………………………… 243
　　远离特殊化 ……………………………………………… 245
　　从不谋私利 ……………………………………………… 251
　　利诱永不惑 ……………………………………………… 258
　　树红色家风 ……………………………………………… 264

第五十九章　把人带到正路上 ………………………………… 271
　　给灵魂"洗澡" …………………………………………… 273
　　信党不信邪 ……………………………………………… 278
　　宝贵的经验 ……………………………………………… 282
　　农民知识化 ……………………………………………… 286
　　培育高素质 ……………………………………………… 290

第六十章　永不褪色的旗帜 …………………………………… 297
　　老史是个"谜" …………………………………………… 299
　　善用辩证法 ……………………………………………… 311
　　群众是靠山 ……………………………………………… 316
　　敢为天下先 ……………………………………………… 318
　　红旗永不倒 ……………………………………………… 322

第六十一章　生命的最后时刻 ………………………………… 335
　　最后的牵挂 ……………………………………………… 337
　　将军来探望 ……………………………………………… 342
　　病房里"讲课" …………………………………………… 348
　　虔诚的祈愿 ……………………………………………… 354

第六十二章　眼含悲泪长追思 ………………………………… 357
　　悲哭悼英灵 ……………………………………………… 359
　　"老书记甭走" …………………………………………… 364

　　　永远的怀念 ·· 369

第六十三章　沐浴永恒的光芒 ·································· 375

　　　刘庄"富二代" ··· 377

　　　永恒的光芒 ·· 380

附录一　史来贺名言摘录 ·· 385

附录二　史来贺光荣榜 ·· 389

附录三　刘庄村光荣榜 ·· 390

第四十六章　改革不打顺风旗

※分,还是不分
※该向何处去
※不走回头路
※集体不能分

分,还是不分

1978 年的冬天,对于中国几亿农民来说,是一个温暖的冬天。正值隆冬季节,党的十一届三中全会在北京召开,大会公报为长城内外、大江南北的大地早早地吹来了春风。

就在这一年,安徽省凤阳县小岗村 18 个农民,以"托孤"的方式,冒着坐大牢的风险,立下"生死状",在承包土地的承包书上按下红手印,将集体的耕地承包到户,搞起了"大包干",从而引发了中国农村一场轰轰烈烈的大革命。原有的农业体制解体,所有制形式变更;挂了整整 20 年的人民公社的牌子,至此,悄然退出时代的视线;唱了整整 20 年的"人民公社好"的歌声,至此,默然地淡出了历史舞台;生产队大集体解散,家庭联产承包责任制取代了公社"大锅饭",作为农村改革的一种新模式,在中国大地迅速兴起。广大农民分田分地的热情势若烈焰,"大包干"的积极性空前高涨。农村生产力得到极大解放,从大集体、"大锅饭"的限制与束缚中挣脱出来的农民热血奔放、舒心展眉,浑身的劲头像"井喷"一样爆发出来。他们要让脚下的土地变个样子,让农民的日子变个样子。中国农村呈现一派精神焕发、生机勃勃的景象。

从小岗村爆响了惊天动地的春雷之后,作为农民政治家的史来贺,就特别关注这场伟大的历史变革。

1980 年,安徽一些实行包产到户的农村的实践,证明了这一变革深受当地群众拥护。舆论一下子一边倒了,农民无比兴奋地说:

"人努力,天帮忙,包产到户多打粮。"

"一年有饭吃,二年有钱花,三年成个小康家。"

"'包'字万能,一'包'就灵。包产到户,不再受穷。"

"大搞包产到户的大增产，小搞包产到户的小增产，不搞包产到户的就减产。"

一时间，"大包干"的赞歌响遍全国农村。

不管是高产地区，还是低产地区，不论原来集体经济发展得是兴盛还是衰落，生产形势是好还是坏，全都推行"包产到户"一个模式。

更为离奇的是，有些地区竟提出，包产到户，就是贯彻执行党的十一届三中全会精神；不搞包产到户，就是违背或反对三中全会精神。这些人在反"左"倾模式之后，又企图用另一种模式去套一切地方，把包产到户这种责任制形式绝对化。似乎除了包产到户这一种模式，中国农村就没有别的致富门路、没有别的道路可走了。

于是乎，中国大地上，时隔30年之后，又出现了"分田分地真忙"的土地改革时的景象。

周边的几个县的土地分了，集体分了；刘庄周围的村庄也全分了！

刘庄没有分，连一丝分的动静都没有。

"看刘庄的集体还能撑几天？看史来贺的红旗还能打多久？"千万双眼睛盯着刘庄，盯着史来贺！

"大包干"的改革浪潮，再一次将刘庄推到了历史关头，推到了风口浪尖。

史来贺密切注视着农村改革的风云变幻，深沉地思索着：

刘庄是不是也要和全国农村一样，实行"大包干"？刘庄的土地、刘庄的产业是分还是不分？刘庄这个大集体是散还是不散？至此历史的转折关头，刘庄究竟该向何处去？未来的路在哪里？是集体奔小康，还是单干去发家？

刘庄站在十字路口，面临着痛苦的抉择。

周围的村子都分了，是不是非要分了集体、分了地，才能富啊？才算是改革啊？

刘庄人坐不住了，睡不着了，就连一向沉默寡言的老农也沉不住气、稳不住神了。当初费了好大的劲，才连通到一起的土地、由单干合并到一起的集体，都已经几十年了，咋说分就分了呢？这不是又要走回头路吗？他们抓耳挠腮，怎么也想不通啊！

打麦场、村街的饭摊儿、街头巷尾、田间地头、工厂的车间，到处都是刘庄人议论的"自发会场"。

已是初夏时节，街坊邻居们都端着饭碗在村街饭摊儿的凉荫处吃饭，大家你一言我一语议论起党的新政策、中央的新精神。

"听说了吧？上边又叫分田到户嘞，叫啥'家庭联产承包责任制'，是个新词儿，从来都没听说过。大家伙儿在集体都干了几十年了，这咋又要散伙呢？分了地可咋办呢？"一位社员很不理解地说。

"不光分地，啥都得分，把集体全部分完、分光，今后就没有大队、小队了！"一位消息灵通的年轻人说。

"昨天我遇到外村的几个人，他们说，分田分地，家庭承包，就是'大包干'，是党的新政策，全国都在搞，恁刘庄也躲不过去。你看，咱刘庄集体化道路发展得好好的，也得把集体、把土地分了。那要是分了，不又都成单干了？家家户户不都成单干户、各家顾各家了？这可咋弄啊！"一位壮年汉子咋想咋觉得不是回事。

一位上了点儿年纪的社员说："这形势咋会说变就变呢？都集体化几十年了，社会主义建设搞了几十年了，咋又搞起分田分地分集体了？这到底是咋回事哩？那要是把集体、把土地分了，那还算社会主义吗？想不通啊，真想不通啊！"

这时，一位生产队干部也端着饭碗蹲在村街饭摊儿，社员们都把目光投向他，有人抢先问道："你是队里的干部，你说说，这猛不丁叫分田、分集体，到底是咋回事？为啥叫分开？"

生产队干部抬头看看大家，不紧不慢地说："这是中央的新政策，我也不知道咋回事。不过，中央制定的政策，那肯定是好政策，中央咋规定，咱就咋执行呗！"

"那照你这么说，咱刘庄也得分！"

"中央说叫分，你说分不分？咱能不按中央的政策办事？"生产队干部满有把握地说。

"那咱刘庄一分不就散摊子了？这些年，咱跟着史书记办工厂，办畜牧场、奶牛场，光工厂都一二十个，还大搞副业，咱村农、工、商、林、牧、副全面发展，要是分，咋个分法？那工厂恁多厂房、恁多机器都拆成零件分给各户？那奶牛、骡马也都分给各户去养？"

"要是把集体分了，谁还给发牛奶？谁还给发大米、白面，发鸡蛋、鲜肉？谁还能保证现在的好生活、好日子？"

"分田地、分集体，这分明是走回头路，闹单干，这分来分去不是要搞垮集体,搞垮社会主义吗?"

社员们七嘴八舌,议论起来没完没了。

生产队干部制止道:"你们不要乱说一通好不好?分田地、搞承包是党中央的红头文件,咱老百姓瞎议论,还能挡住中央政策的贯彻落实?史书记到地委开会去了,等他回来,党支部一研究,就知道咱刘庄咋个分法了。"

"那咱就等史书记回来,史书记说咋办咱就咋办。我相信史书记的眼光,他说往北我不往南,他说往前我不后退。"一位有主见的社员说。

这时,饭场里走来一位年迈的老人,有喊伯的,有喊叔的,有喊爷的,他在村里资格老,有威望,有人问他:"您老说说,是分田分地单干好呢,还是大集体好嘞?"

老人坐在地上,顺碗边喝了一口饭,慢腾腾地说:"叫我说呀,这是转圈哩呀!三十年河东,三十年河西,转来转去,又转回去了。1948年闹翻身搞土改,分田分地斗财主;这后呢嘞,搞互助组,合作化;1958年又成立了人民公社,走的都是集体化道路。想不到,几十年了,这到了如今,又要分田分地分集体,整整30年,转了一圈,又转回去了。唉!又转回去了!"

老人说着,眯缝着眼沉思起来,显然是在回忆土改时分田分地的喜庆画面……

一晃30年了!如今又要分地,可现在要分的地,不是地主老财的地,而是社会主义农村集体的地呀!土改分地主的地,那是多美多开心的事啊!而如今要分集体的地,一分了地,分了牲口、农具,那刘庄的大集体不就该解散了吗?当初从单干到互助组,再到初级社、高级社,最后成立人民公社,发展到社会主义大集体,那是一步一步走过来的,现在为啥要解散这个大集体啊?真是让人想不明白呀!

正想着,猛然听见生产队干部向他发问:"那您老说,这地、这集体是分好,还是不分好?"

"全国都分了,咱能不分?咱得替来贺想想,不能让他这个刘庄当家人作难呢!"老人无可奈何地说。

"你们看,老人家都说分,咱能不分?叫我说呀,老人家说的对,咱刘庄啊,分!"

"我说啊,咱刘庄不分!"

"中央叫分,咱为啥不分?"

"刘庄大集体搞得越来越好,为啥要分?不分,就是不分!老天爷下令,咱也不分!"

"你说了不算,上级说了算。上级一来人落实中央政策,咱就得分。不信咱试试看。"

"上级来了也是白来,刘庄人不答应分,他就分不成!"

是分,还是不分?饭场里两种意见,针锋相对,谁也说服不了谁。

恰在此时,史来贺从地委开会回来了。

该向何处去

地委的干部会开了整整三天，主题只有一个：传达贯彻中央十一届三中全会精神，推行农村和农业改革，全面落实"家庭联产承包责任制"新政策和一系列规定。

这三天会议，史来贺坐在会场里心绪不宁、脑海翻腾。全国农村都要解散集体，分田到户，刘庄怎么办？是一分了之，还是依然坚持集体创业、共同富裕的道路？他深知，刘庄这面红旗是集体主义的红旗，是坚持社会主义道路的红旗，是刘庄干部群众坚持自力更生、艰苦奋斗、集体创业、共同富裕得来的红旗。这面红旗，凝结着刘庄人的心血和汗水，飘扬着刘庄人的信仰和希望。如果解散了集体，变成了一家一户的单干，这面红旗还能迎风前进吗？还能在阳光下高高飘扬吗？他暗暗提醒自己：我史来贺是刘庄的掌旗人，只要有我在，刘庄这面红旗就只能迎风前进，不能向后倒退；只能高高飘扬，不能红旗落地！

其实，党的十一届三中全会文件下发后，史来贺逐字逐句地学习，一段段、一句句，掰开了、揉碎了分析，又上下连贯起来融会贯通。唯恐学不精、吃不透、领会错，唯恐在这样一场农村大变革面前，把刘庄的路领偏了、引错了。所以他学了几十年的中央文件，对于十一届三中全会的精神，学得最仔细、最刻苦、最深入、最精辟。

通过学习，史来贺认为，中央决定在农村实行"家庭联产承包责任制"，这一决策是符合目前中国农村实际的，是符合大多数农民心愿的，对于中国农村经济的发展、广大农民生活水平的提高，有无比深远的意义。特别是那些偏远山区和贫穷落后的地区，长期"吃粮靠返销，生产靠贷款，生活靠救济"，这样的生产队大集体，已经没能力带领大伙儿致富，群众对集体经济发展丧失信心，强烈要求包产到户。在这种情况下，上边应该大力支持群众的要求，一包到底。不这样做,那些地区的贫困面貌就难以改变。共产党取胜的一个重要原因,就是按照群众观点、群众意愿办事,凡符合实际、符合民意的选择,我们都应当支持。

但他又不赞成"一阵风""一刀切""绝对化"的做法,把"包产到户"当作中国农业发展的唯一选择、唯一道路的观点,是非常错误的。共产党的干部,在贯彻执行党的方针政策时,绝不能用一种倾向掩盖另一种倾向。贯彻党的十一届三中全会精神,不能笼统地认为,分了就是好,不分就是不好。分与不分,要从实际出发,因地制宜,根据群众的意愿与村情、队情,再决定分与不分。

特别是当干部的,要带领群众把路走正,最根本的一条,就是坚持实事求是,认清本村、本地的实际,不能只打顺风旗,随风倒,跟风转,上边咋说你咋干,人家咋吹你咋干。学习、贯彻党中央的大政方针,就像人吃饭吸收营养一样,干部要起到一个胃的作用,一是吃透上面的精神实质,二是真正弄清自己的实际情况,然后搓揉消化,分析研究,决定自己怎么办。这样才能结合实际,创造性地贯彻执行党的方针政策,把道路走正,把事情办好,把群众利益维护好。总之,在历史的关键时刻,党的干部要把握好方向,选准道路,必须坚持"实事求是,一切从实际出发"的思想路线。

国有国情,省有省情,县有县情,乡有乡情,村有村情。要把一个村搞好,必须从村情出发,把中央的方针政策、科学社会主义的理论与本村的村情相结合,找到一条适合自己的发展道路。远的不说,别的地方也不说,就说刘庄吧!新中国成立后的30年来,刘庄的发展一直稳步推进,一步一个台阶,步步向上,没走太多的弯路。最根本的一条,就是无论什么时期,也无论上边风向怎样变化,我们总是在吃透中央精神、弄清本村的实际情况上下深功夫,把上边的精神与本村的实际相结合,再制定出符合刘庄村情的"政策"与举措,走出了一条适合刘庄发展的道路。这是刘庄经济能稳定快速发展的关键。把握了这一条,不管你上边咋吆喝,刘庄是一边听,一边思考,一边分析。你刮风,我不跟风;你搞"一刀切",我顶住你的刀把子,或者机敏地闪开,不让你对着刘庄乱切乱砍。1956年的"并社风",1958年的"共产风","文化大革命"前期的"造反风""夺权风",中期的"批唯生产力论风",后期的"割资本主义尾巴"等歪风,每次"强台风"刮来,刘庄的脚跟都站得坚定不移,坚决不跟风,任你瞎折腾;不打顺风旗,心有定盘星。虽然当时都曾受到指责、批判,但干部群众没有屈服,没有妥协,更没有盲从,一次次风雨盖头,都顶住了,都闯过来了,坚定地走出了一条有刘庄特色的发展之路。

让史来贺困惑不解的是，中国农村，八亿农民，广阔的区域，不同的村情民情，自然条件、社会条件千差万别，经济发展更是不平衡，怎么能搞"一刀切"呢？"一刀切"，对干部来说最省力，也最省心，啥风来了跟着啥风跑，只能起个传声筒的作用。但这样危害极大，把只适合一部分地区的政策，毫无区分地照抄、照搬到另一些地区，能不出问题吗？教条主义害死人啊！

史来贺有深刻体验，领导农村工作，必须尊重农民的自主权，真正按照农民的意志和愿望办事。农民最了解农村实际，最懂得本村的村情。干部要是违背了实际，违背和损害了群众利益，他们就会强烈反对或积极抵制。

为了不偏不倚地贯彻执行十一届三中全会精神，史来贺反复召开党员干部大会、群众大会，把中央精神传达给全体干部群众，让大家充分酝酿讨论，发表意见。他绝不事先"一锤定音"，堵塞言路。因为他相信，在这个历史关键时刻，广大干部群众是会选择好刘庄的发展道路的。

在学习讨论十一届三中全会精神的全体社员大会上，史来贺亮开嗓门，大声对大家说：

"十一届三中全会的政策，可以概括成四个字：富民政策！过去想富，捂着，盖着，偷偷摸摸地富；如今，有三中全会精神给老百姓撑腰了，我们可以放开手脚、放心大胆地致富啦！

"那么，按照三中全会精神，我们该怎样去富呢？走一条什么样的致富路呢？是分了集体、分了地富得快，还是不分富得快？刘庄该走哪条路？大家都要动脑筋想一想，不要看别的村，也不要看别的县，只看三中全会精神和刘庄的村情，然后，得出自己的结论，拿出自己的意见。"

像这样的大会，党支部开了一次又一次，村里一户不漏，一人不落。目的就是为了在这场大变革面前，真正统一思想，统一认识，统一信念，干群一心，树立发展自信，树立道路自信，树立信仰自信。

在分还是不分的问题上，史来贺与刘庄人面临着痛苦的抉择。从1979年至1981年，党支部组织全村人开展大学习、大讨论、大分析，整整搞了三年，阵痛了三年！

他号召大家学习好、领会透文件，然后才能讨论好、分析好、贯彻好、执行好。他自己就是大家学习文件的"教员"，文件上的每一句话，他不知看了多少遍，诵读了多少遍，直至能完全一字不错地背诵下来。

　　"我国地域辽阔，经济落后，发展又很不平衡，加上农业生产又不同于手工业生产，一般是手工操作为主，劳动分散，生产周期较长，多方面受着自然条件的制约。这就要求生产关系必须适应不同地区的生产力水平，要求农业生产的管理有更大的适应性和更多的灵活性。在不同的地方、不同的社队，以至在同一个生产队，都应从实际需要和实际情况出发，允许有多种经营形式、多种劳动组织、多种计酬办法同时存在。随着生产力水平的提高，这些办法和形式，不同时期又会有相应的发展变化。因此，凡有利于鼓励生产者，有利于增加生产，增加收入，增加商品的责任制形式，都是好的和可行的，都应加以支持，而不可拘泥于一种模式，搞一刀切。"

　　就这段话，史来贺学习时，一个字一个字地抠着学，一句话一句话地反复念诵，从而得出结论：这段话，是中央总结历史上"左"倾、右倾错误的教训，得出的正确结论。这段话的基本精神，就是要求我们在实行责任制的问题上，要一切从实际出发，根据本地实际，来确定本单位的责任制形式。

　　那么，刘庄目前的实际是什么呢？

　　史来贺不急于发表自己的看法，而是广泛发动群众讨论。因为他知道，刘庄的实际情况，天天都摆在那里，老少爷们儿看得见、摸得着，每个人都已经烂熟于心。把这个问题交给大家分析讨论，比他这个书记一条一条说出来效果要好得多。

　　群众的眼睛是明亮的，对刘庄的实际看得一清二楚。通过热烈讨论，大家总结出以下几条"刘庄实际"：

　　第一，刘庄的经济发展，已经突破了单一的农业生产布局，奠定了农、工、商、林、牧、副全面发展的基础。

　　第二，刘庄村的集体已具备一定的科学技术力量和进行大面积科学种田的经验与物质基础。

　　第三，集体物资力量雄厚。全村公共积累已达500多万元，有充足的资金发展农业机械化，扩大再生产，确保农民收入稳步增加。集体福利事业办得好，农民无后顾之忧。集体经济具有强大的吸引力，村民对集体经济有着普遍的"依赖性"。

　　第四，有一支高素质的管理队伍。全村的大小队干部都是在实践中经过长期锻炼、考验，经过群众民主选举产生的，有魄力，有能力，懂管理，懂技术，并且作风正派,办事公道,深得群众信赖。由这支高素质的干部队伍管理和指挥刘庄集体经济发展,群众信得过,很放心。

第五,群众从集体经济中获得了很大实惠,相信集体,依靠集体,热爱集体。1980年,全村所有人家都达到了小康水平。"大河有水小河满",水涨船高,群众对集体经济的前景充满信心。

第六,一些管理方式还有待调整、完善。如原来劳动管理中实行的"超产评奖"制度,在某些方面有平均主义倾向,在分配上也存在着"大锅饭"现象,一定程度上影响了群众的生产积极性。只要加以改进,克服这些弊端,就能促进生产力的发展。

总结出了这六条,史来贺对大家说:"这就是我们的村情,刘庄最大的实际。我们看问题、想办法,基本的出发点,就是这六条。离开了这个出发点,方向就会看偏,道路就会走歪。那么,刘庄该怎样贯彻执行十一届三中全会精神?我认为,既不搞包产到户,又得克服原来的某些'大呼隆',彻底清掉残存的一些'大锅饭';既要保持集体经济的优越性,又要充实完善责任制,以便调动刘庄每个人的生产劳动积极性、创造性。我觉得,这是刘庄这次改革的前提。但究竟该走哪条路?刘庄的责任制怎么搞?是分,还是不分?请大家伙儿拿主意。"

史来贺引而不发,把这些原原本本地交给群众,让群众在讨论中充分发表意见。每个人心里有啥话,有啥主意,统统来个竹筒倒豆子——"哗啦"一下全都倒出来,一粒不剩,一粒不藏。

在刘庄,每个人都可以参政议政,大家伙儿一起决定全村的大事。这是刘庄坚持了几十年的民主之风:民主议政,民主参政,民主决策,民主管理,民主监督。在中国广大农村,能几十年如一日,一以贯之地坚持和发扬这样的民主作风的,刘庄独此一家。

不走回头路

在刘庄干部群众讨论得最激烈的时候，上边来人了，来了一拨又一拨，都是催着刘庄带头贯彻执行十一届三中全会精神的，简而言之，是催着刘庄分田、分地、搞"大包干"的。

有位社员问上边来人："你给俺说说，这上边到底是咋回事？为啥要分田到户？"

上边来人一本正经地对大家说："乡亲们，中央出台了新政策，是非常稳妥的。这是一场农村的大改革，力度空前，势不可挡。大家都还不知道吧，安徽小岗村的农民为了争取分田包产，他们联名签订土地承包责任书，还按了红指头印哩！党中央顺应民意，颁发新政策，就是为了让广大农民放开手脚自己干，积极种田，过上富裕的日子。"说到这里，他又环视了一下众人，继续说："我这次来呢，主要是来听听大伙儿的意见，希望刘庄大队做个示范，在全公社、全县第一个完成分田分地。先进大队嘛，就得先行一步，给全县树个标杆，做个榜样，让所有大队都学习刘庄分田分地的先进经验。"

"你这不是来催俺、逼俺刘庄分田分地分集体吗？"一位年轻社员直来直去地逼问。

"话不能这么说，中央的新政策，必须抓紧贯彻执行，刘庄在这次改革中要带个好头哇！你们知道，全县所有村庄都在盯着刘庄呢！刘庄如果不先行一步，不带个好头，全县的'家庭联产承包责任制'没法推开啊！"来人耐心地说。

"让说实话不？"

"我来，就是要听真话。"来人笑嘻嘻地说。

"说真话，俺不同意分！"

"不同意分，为啥？"来人拧紧了眉头。

"俺刘庄集体化道路走得平平展展、顺顺当当，集体经济不断壮大，稳步提升；俺刘庄百姓日子过得越来越好，越来越富。这都是集体创业、共同富裕带来的实惠，俺为啥要分？分了，成了单干户，哪有集体创业、集体致富好啊！分了，弄不好，又得过穷日子。俺图啥嘞？俺坚决不分！"这位社员态度坚决，立场鲜明。

又一位不同意分的社员接着说："俺刘庄有养殖场，养着奶牛、骡马，养着猪、鸡、羊，你说那咋分？还有机械厂、奶粉厂、造纸厂等一大堆企业，反正啥厂都有，光村办企业就有20多个呢！你说这咋分？总不能一家抬走一台机器、拆走几个机器零件吧？俺刘庄这个大集体是个好集体，就像一台大机器，一拆一分就散架了，啥也不是了。所以，我不赞成分，土地不分，牲畜不分，工厂不分，啥也不分，还是集体干！"

一位持不同意见的年轻人快嘴快舌地说："我同意分，分了谁想干啥就干啥，比在集体挣钱又多又快。"

"挣钱多，挣钱快，那得看挣的是啥钱，挣那来路不明的钱，挣得越多越倒霉。在集体大家一块儿劳动，一块儿挣钱，月月有工资、有奖励，到年底还分红，多好哇！咱刘庄集体致富，没一家受穷的，要富，大家都富。刘庄的集体创业，共同富裕，哪个村能比得了？年轻人，你就知足点吧，别这山望着那山高。"一位中年人反驳那位年轻人。

年轻人不以为然地说："个人有个人的想法，反正我脱离了集体，肯定能挣大钱。你看了没有，这年头，是叫比着挣钱、比着发家致富嘞！谁英雄，谁好汉，挣钱多少比比看。"

在场的社员听见这年轻人的话，一个个不是摇头，就是撇嘴。

"谁想分就把谁分出去，反正俺不分，俺永远不离开集体！集体就是俺的家。"几个社员不约而同地说。

来人听了大家的意见，一时难以明确表态，看看天色已经不早，便对社员们说："大家的意见我都听到了，也记在心里了，回头我和老史再商量一下，看刘庄究竟该怎么办？今天先到这里，大家吃过饭都快去忙地里、厂里的工作吧！"

社员们纷纷离去后，来人走近闷着头、抽着烟蹲在一旁的史来贺，心急地问道："老史啊，群众议论纷纷，你听着耳根子不痒？你咋闷着头不说话哩？"

"今天是你来刘庄摸底调研，收集群众意见，我咋好插言嘞？"史来贺为难地说。

来人担忧地说："老史啊,你平时工作劲头儿蛮大,热情蛮高,可这次贯彻中央文件精神,我咋觉得你有点儿不对劲,是不是对中央的新政策有看法?"

"中央的政策是好政策、富民政策,有利于发展和解放农村生产力。我举双手赞成。但具体到刘庄,你得让我好好考虑考虑,我现在意见还不成熟。"史来贺实事求是地说。

来人紧追不舍："老史啊,不管你有啥想法,行动上都得与党中央保持一致。你作为刘庄的一把手,要抓紧做好群众的思想工作,坚定不移地落实'家庭联产承包责任制'。这可是一场改革、一场革命啊,你可别扯了全县的后腿。面对农村的这场史无前例的改革,是考验我们每个党员干部的关键时刻。你要不折不扣地执行好、落实好中央的政策,严格遵守党的纪律,个人服从集体,下级服从上级,党员服从全党。这次不同以往,你可千万不能再唱反调了,千万别再犯错误、栽跟头啊!"

来人说完,看了一眼不言不语的史来贺,便抽身而去……

这之后,县委、地委领导一拨一拨、陆陆续续来到刘庄,他们只为一件事:督促刘庄抓紧分田、分地、分集体,不折不扣落实"家庭联产承包责任制"。

可不管哪拨儿领导来,哪拨儿领导去,刘庄却一直按兵不动,秩序井然,依然如故地经营着他们的大集体,没有丝毫要分、要散的迹象。

史来贺非常明白,推行"家庭联产承包责任制"是改革,是革命,大势所趋,形势逼人。按照当时的政治气候、改革力度和思维定式,谁不分田分地,谁不解散集体,就是对抗中央、反对改革。要硬顶着不分,依然坚持大集体,那是要冒天大的风险的。

刘庄按兵不动,却招来"山雨欲来风满楼"。一时间,有人摇唇鼓舌,谣言四起:"史来贺被中央点名了、挨批评了""史来贺要被罢官了""刘庄要换一把手了""史来贺要调出刘庄了""刘庄的红旗该被拔掉了""史来贺的劳模也当到头了"……

在中原大地,甚至在全国的广大农村,多少人都在探听刘庄的动静,探听刘庄何去何从,又有多少目光盯着史来贺。

此时此刻,如果史来贺跟风赶浪,打顺风旗,将刘庄集体一分了之,那是再容易不过的事了。只需说一声"分了吧",大家各自散去,既省心,又省事,还不担风险,自己落得一身轻松,两手一甩,回地委当他的地委书记就是了。按当时的思维定式，他就应该这么顺风顺水赶潮流。但他并没有这样做，因为他是史来贺。史来贺从来不跟风、不赶浪、不盲从。此时的他，头脑比谁都冷静，思想比谁都清醒，心里比谁都有主见，脚跟比谁扎得都稳。

他把中央关于推行"家庭联产承包责任制"的文件反复阅读，再三思考，来回琢磨，认为党中央做出的决定非常英明，深受全国农民的拥护。在担任县委副书记和地委书记以后，他也曾多次下农村进行调查研究，对广大农民贫困艰难的情况了如指掌。十几年来，由于农村干部跟风顺水，大搞政治运动，折腾来折腾去，把集体和农民折腾得越来越穷。由于"大呼隆""大锅饭"和平均主义，农民的积极性难以调动，出勤不出力，生产上不去，粮食产量低，集体账上空。到年底分红，好多家庭却分了个两手空空。长此下去，农民的日子不堪设想。全国农村改革势在必行，不改革广大农民就难以摆脱贫穷的困境，不改革就难以看到农村新面貌，不改革农民就难以过上富裕的日子。新政策能调动广大农民的积极性、创造性，能让农民尽快走上致富路。

但经过反复思考，史来贺觉得，这"家庭联产承包责任制"在刘庄不宜实行，因为刘庄在历次政治运动、大批大斗中从不跟风、也不盲从，始终咬定发展不放松，逐年滚动，集体经济实力雄厚；农业已实现机械化、水利化；村办工业也有了相当大的规模；从村庄到田野，到处机声隆隆，一派现代化农业的美景。与此同时，群众收入逐年增长，吃、穿、住条件大为改善，集体新村正在热火朝天地兴建，一部分村民已经入住新居，一个社会主义新农村就展现在眼前。刘庄如果照搬中央文件精神，分田、分地、分厂、分集体，就会把人心分散，把集体分垮，把群众的社会主义信念分得化为云烟，把刘庄人辛辛苦苦奋斗几十年积累的集体财产分得支离破碎，这将是刘庄人不愿看到的悲剧！

作为刘庄的当家人，在这次农村改革的大潮中，必须脑中有主见，心中有定向，身上有定力，站稳脚跟，挺直脊梁，从刘庄发展的实际出发，以维护和发展刘庄群众的利益为着眼点。既要实事求是，又要与时俱进，把稳刘庄前进的方向盘。

这时，村里几家困难户仿佛是约好了似的，都陆陆续续来大队部找史来贺。那些老人、病人见面就着急地问："听说农村又都分田分地嘞，大集体也要解散了，是真的吗？"

"中央是有这个文件，叫实行'家庭联产承包责任制'。"史来贺简单地回答。

"那要是真分了,像俺这困难户离开了集体该咋办哩?老的老,小的小,病的病,家里连个能拉犁拉耙的人都没有,分了地没人种,还不得撂荒?种不了地,打不了粮食,俺一家人吃啥?再说了,咱村都实现农业机械化了,要是分了地,一条条一溜溜的,那机器咋在上面耕地播种?地块小了使不开机器啊!"老人愁得眉头皱成一个疙瘩。

"这样搞,俺怕再回到从前啊!穷的穷,富的富,那种时光俺是过够了。想起来都害怕呀!"

没等大家说完,史来贺就肯定地说:"大家放心吧!不管外村咋分,咱刘庄不分!还要继续走集体创业、共同致富的路子。集体就是社员们的家,吃、穿、住一管到底,有灾有难集体兜底!大家不用担心。"几句话,安定了所有困难户的心。

可一位困难户还是不放心,疑惑地问:"你说的是真的?"

"我啥时说过假话?大家伙儿放心吧!刘庄集体不会散。只要有我史来贺在,刘庄就不会走回头路;只要我活着,就会领着大家伙儿发展集体经济,走共同富裕的社会主义道路。"史来贺说着,做了一个大手指向远方的动作,说到这里,他又补充了一句,"大家不用害怕,只要我史来贺当着刘庄的'当家人',刘庄的道路就不会变!"

几家困难户听了,无不满含热泪、激动万分:"老史,你的话俺信,俺信。只要咱刘庄集体散不了,俺就一百个放心了!"

集体不能分

有主见的史来贺虽然心里有了底，但并不急于向全村广大干部群众表态。他经过几番思想斗争，深思熟虑后有了定见，有了主意，但并不等于广大干部群众都有了成熟的意见。"家庭联产承包责任制"毕竟是一个新事物，是一次重大的变革，农民对此还要有个认识过程。目前，大家都还在争论中，还在思索中，怎样统一大家的认识，统一大家的愿望？这是几天来史来贺一直在考虑的问题。

他首先组织党支部成员和村干部进一步深入学习党的十一届三中全会公报和有关文件。灯光下，他戴着老花镜和大家一起学文件，一个字一个字地抠，一句话一句话地学，逐字逐句地理解，一段一段地分析。他们边学习边回顾刘庄的发展历程，边学习边对照刘庄的实际，边学习边分析"分与不分"的利弊。

一开始党支部成员和村干部认识并不一致，有的人坚持与上边保持一致，主张把刘庄土地分了，工厂分了，集体散了。"现在的政策，上边咋说，下边咋干，一准儿错不了！"

可史来贺考虑的是，面对这场农村大改革，刘庄何去何从？咋样才能保证刘庄的经济发展得更快？咋样才能更好地维护刘庄群众的利益？怎样做才能让刘庄人尽快富起来？这也是每个党员干部眼下应该思考的重大问题啊！这场改革是对每个党员干部的考验！刘庄的每个党员干部都要坚定不移地站在群众一边，维护好、发展好刘庄的集体经济，维护好、发展好刘庄群众的切身利益，绝不能打着改革的旗号，搞垮刘庄集体经济。

主张要分的干部从史来贺的态度中明白了什么，便严肃地对史来贺说："老史啊，咱跟党跟了几十年了，可不能犯错误啊！在改革面前要和党中央保持一致啊！"

个别干部也附和道："对啊！这是党中央的决定，咱刘庄党支部总不能反对吧？跟党走，听中央的，服从命令听指挥，一点错儿都没有。"

老史忽腾一下从座位上站起来，严肃地说："党叫咱当干部，不是光叫咱唱高调，盲目服从嘞！要实事求是，替党负责任。作为一个村干部，心里要有一杆秤，这杆秤上的定盘星是啥？就是党和国家；秤砣是啥？就是老百姓！遇到大事小事，都要用这两样儿称重量。对群众有没有利，对国家有没有损失？不要听风就是雨，不跟风，不盲从，不照搬照抄，不能搞'一刀切'。要结合刘庄实际，坚定信念，看准目标不动摇地走下去。这才是一个共产党员应该做到的。"

"咱要硬顶着不按中央指示办，那就是反对改革、反对中央的新政策，上边追究下来，谁敢承担这个罪名？不中咱也分吧！如果不分，这一关咱不好过。外村人、咱村人，都在等着看老史你咋过这道关，有的甚至在等着看你的笑话、出你的洋相嘞！"主张分集体的干部为老史担心。

"他们愿咋看咋看，我老史啥时候闹过笑话、出过洋相？刘庄，啥时候也不会像他们外村，老当跟屁虫，跟来跟去一场空，越跟越穷，越跟越落后，那才叫出洋相嘞！刘庄从不跟风，每回不跟风，最后都证明咱刘庄做得对！这说明什么？说明咱刘庄掌握了实事求是这个法宝：一切从刘庄的实际出发，一切从维护和发展老百姓的利益出发。面对这场农村的大改革，我们也必须用好这个法宝，千万不能盲目跟风。"史来贺的话不容置疑。

"老史，这可是一场改革啊！你可千万不要犯错误啊！"坚持要分的干部说。

"犯啥错误？中央推行的这场大改革，目的无非就是解放和发展生产力，解决广大农民的温饱问题，让农民逐渐过上好日子。我老史带领刘庄人发展和壮大集体经济，走共同富裕的道路，大力发展生产力，不断提高群众的收入，让刘庄人提前进入小康，我们这样搞会犯啥错误？"史来贺非常自信地说。

"中央提倡'让一部分人先富起来'呀！咱党员干部得响应中央号召，带头致富啊！"

史来贺站起来说："不错！中央是提倡'让一部分人先富起来'。可我们理解这句话，不能片面理解。今天，在座的都是党员，是党员就得有党员的觉悟、有严格的党性。在农村改革的关键时刻，我们可不能光顾自己的小家，忘了集体这个'大家'，小家的利益要服从'大家'的利益，个人的利益要服从集体的利益、服从群众的利益。作为党员，在这场农村大改革面前，我们应当带头致富这没有什么不对，但这个带头致富，必须明确，是要带领群众共同致富，把群众带到富路上,让群众先致富,而不是让我们党员干部先发家致富。如果先富了党员干部,却穷了广大群众,那我们还算是真正的共产党员吗?那我们不就成了旧社会的地主老财了吗?我们一定要正确、全面、科学地理解中央'让一部分人先富起来'的政策,绝不能在这方面光打自己的小算盘。我们更不能拿中央的政策为己所用,片面理解、错误理解,为个人的自私自利找借口、找理由,甚至把中央的政策当作自己谋私利的保护伞。那就不仅丧失了党性,也丧失了人格,就更不像一个共产党员了。"

有人担心地说:"要是硬顶着不分,这可是抵触改革、反对中央的大事!出了事谁负责?"

"天大的事我来承担,跟刘庄其他人没有任何关系,我再说明一下,我们这么做,一不是抵触改革,二不是对抗中央。这次改革,中央的政策是富民政策,只要咱们实事求是,结合刘庄的实际情况,继续走集体创业、共同富裕的道路,就完全符合中央的精神,符合中央的富民政策。大家放心,刘庄不会走错道路,刘庄党支部不会在改革面前犯错误。"史来贺的话如惊雷滚地,似霹雳裂空。

…………

就这样,党支部和村干部学习讨论了整整 7 个夜晚,把党的十一届三中全会的文件细嚼烂咽,把每一句话都融化到头脑里。最后形成共识,得出结论:分则不利,合则有力,刘庄集体不能分!

他们这是根据中央文件精神,紧密结合刘庄的实际得出的结论。

此时的刘庄,已完全实现农业机械化、水利化,全村 1900 余亩土地都实施了现代化农场式操作与管理,农场只有十几个人,有 2/3 以上的劳动力都转移到了二、三产业上。产业布局早已打破了单一的农业格局,已由传统的自然经济转入了商品经济生产,五业兴旺,六畜繁盛,工、商、林、牧、副、渔占总收入的 70% 以上。集体经济实力雄厚,机械化程度高,农业现代化管理能力和科技能力较强。已拥有拖拉机、播种机、联合收割机、汽车等大型机械近百台,新式喷雾器 100 多部,使耕地、播种、脱粒、运输、治水、浇水、收获等全部实现了机械化、电气化。同时,村里兴办的 20 多个企业,一派红火旺盛,生机蓬勃,为刘庄广开财源,形成了以工促农、以工带农的兴旺发展势头。广大群众收入稳步增长,家家户户都过上了富足的小康日子。

三中全会的精神实质是在农村解放生产力,发展生产力,让广大农民都过上好日子。根据刘庄的实际,如果一分了之,必然会阻碍生产力发展,降低生产力水平,而且集体经济将走向崩溃,毁于一旦。刘庄人已于 20 世纪 60 年代后期过上了温饱、自足的日子,到 70 年代末至 80 年代初,已经步入了小康,成了中原乃至中国第一个小康村。所以,刘庄不适合分田分地分集体,"大包干"在刘庄行不通。

刘庄党支部,这次又没有赶潮流、赶浪头,也没有随大流、随风倒,更没有打顺风旗、开顺水船,而是与全国农村的这场大变革没演同一台戏,没唱同一首歌,没奏同一支曲。

第四十七章 "还是咱村集体好"

※民心不可违
※家庭起"战争"
※"搞单干真难"
※"小能人"悔悟

民心不可违

刘庄集体到底分还是不分,不能党支部几个人说了算,还得看看刘庄的民意,让刘庄的群众"定盘子"。

史来贺先后几次召开全村群众大会,反复学习党的十一届三中全会精神,然后,把"刘庄是分还是不分"的问题交给大家讨论。

群众大讨论时,他故意用激将法激发群众发表意见:"我看咱刘庄这回打顺风旗,把土地、把集体干脆分了吧!分了多自由哇,自己想干啥干啥,干好了,还能发大财。"

谁知,一石激起千层浪。他这么一说,会场里腾一下掀起一阵乱哄哄的声音。

仔细听去,乱糟糟的声音分三派。

一是"坚决不分派",又称"大多数派"。

听听他们不分的理由:

"那不中,刘庄不能分,俺要集体,不要单干!"

"刘庄不能闹单干啊!把啥都分了,集体不就垮啦?集体一垮,刘庄的好日子就算到头了。千万不能分哪!"

"刘庄这个大集体发展得这么好、这么富,群众好不容易都过上了好日子,为啥要分哪?集体一散架,个人顾个人,谁还会管老百姓啊?"

"咱刘庄老百姓才刚进入小康,才刚有奔头、有盼头了,集体新村也开建两三年了,要是分了,群众的好日子算是没指望了。刘庄千万不能分哪,老百姓爱的是集体,想的是集体,依靠的也是集体,一分就苦了社员群众了!"

"咱村有农场、畜牧场、养殖场、奶牛场、奶粉厂、冰糕厂、机械厂、造纸厂,这厂那厂算起来20多个,你说咋分哪?总不能把奶牛分给各家,把机器抬到各家吧？如果分了，啥厂都得零散。当初，咱全村干部群众拧成一股绳，办个厂子多不容易啊！都办了几年、十几年了，咱咋能忍心分了、散了呢？不分，坚决不分，刘庄的集体发展得红红火火，说啥也不能分，天王老子逼着咱分，咱也不分！"

"是啊！咱们的村办企业已经形成了规模，有了很大的利润，给群众带来了实惠。要是分，你家分一台机器，我家分一台机器，一个厂房，还得划给几家分占。一户分一台机器，怎么运用？好多人连操作都不会。一个厂子，你占一块，我占一角，怎么搞生产？即使把一个个厂子作价处理，每一个工厂少说也值几百万，哪个村民能买得起？这些工厂，都是咱刘庄人辛辛苦苦多少年，好不容易从木匠铺、打铁炉、铁木业组起家，滚雪球似的，慢慢滚起来的挣大钱的企业，要是分了，一个村的企业全都被糟蹋得鸡零狗碎、垮台散架。就这么毁了，谁不心疼？"

又有人对分田分地持反对意见："咱们村的1900亩耕地，那都是全村人在老史的带领下，起五更搭黄昏，把零零散散的赖地，平整修理成了大方田。如果分了，像切西瓜一样，给你切一块，给他切一块，切来切去，大方田就七零八碎了。现在，咱们的大田，耕地、播种、除虫、锄草、收割，全是机械化。如果分成一小块一小块的，拖拉机、收割机、播种机就跑不开了，怎么施行农业机械作业？那不又得倒退到面朝黄土背朝天的手工种田了？再说，大田里全部修建了水泥暗渠，集体的地旱了，水龙头一开，五天就可以全灌溉一遍。要是分了，你种这，我种那，你的地里需要水，我的地里怕有水，这地该咋浇？对于农作物来说，水，早浇一天，晚浇一天，收成就不一样。如果都想早浇，都在暗渠上打主意、动心眼儿，那还不经常为浇地闹翻天呀？集体的地，只一个农业队经营，占的劳力，只有十几个人，其他人都成了村办企业的'农民工人'。要分了，每家都有地，每家当了'农民工人'的，就又得从厂里退到地里去，重新当地地道道的农民。好多人当'农民工人'当惯了，已经不习惯种地了，更不懂科学种田，那么，刘庄的年年大丰收，年年夺高产，还能保得住？分田分地，对咱刘庄，百害无益！"

有人从共同富裕的角度对分集体提出了不同意见：

"刘庄的集体经济发展快，效益好，农民的生活已经到了富裕的程度。说句良心话，是沾了集体经济的光，托了集体道路的福。如果没有集体，咱刘庄世世代代住的破草房，能这么快就变成了两层向阳楼房？如今的刘庄，没有一家贫困户，就是劳力少的人家，也比外村富的人家过得好。难道是刘庄个顶个的都比外村人强？难道是财神爷特别关照咱刘庄的农民？啥都不是，就是因为刘庄集体化道路走得好,走得正。'共同富裕'的理想,扎根于刘庄每个人的心里。如果分了,'共同富裕'的梦就破灭了。过个三五年,村里有本事的人兴许成了大老板、大财主,先富起来了;可一定会有相当多的人家从'共同富裕'的队伍里拉下来,时光可能还不如现在。到那时,就会出现富的富、穷的穷,刘庄集体发展、共同富裕的道路只走了半截就断了。我们不愿看到那种情景啊!俺坚决反对分田、分地、分集体,继续走发展集体、共同富裕的道路,要学老牛拉犁,一条犁沟走到底——死不回头!"

刘庄人特别信赖自己选出的领导集体,这支干部队伍,个顶个的都是各有所长的能人。他们在刘庄事业的方方面面,分兵把口,各尽其能,才把农、工、商、林、牧、副各业都搞得红红火火。如果分了,集体的各业都散了摊子,这些宝贵的管理人才也就各自为政,在自己的地盘上出力流汗了,而他们真正的才干就无法发挥了。就拿咱们的好领班史来贺来说吧,他有能力,有魄力,有大公无私的好思想。全村人打心眼儿里佩服他,敬重他。有他领着大家走集体化道路,人人心里踏实,家家觉得有依靠。但刘庄只有一个史来贺,如果分了,各家各户自顾自地种地干活谋日子,老史就是有三头六臂,也顾不过来呀!大家想托史来贺的福,也托不上了。如果不分,有老史领着班子,班子带着大伙儿,齐心协力,摞成一股劲,一直往前奔,绝对能把刘庄建成世界一流的新农村!

群众坚持不分的呼声一浪高过一浪,坚持集体发展的愿望如春潮激荡,坚持走共同富裕道路的激情似江河澎湃。

这种声音,是刘庄面对这场大变革,形成的主声道、主旋律,充分表达了刘庄群众是铁了心地拥护集体,拥护共同富裕,拥护社会主义道路啊!

这时,史来贺从台上站起来,竟然把中央文件中的有关内容、几百字的整整一大段话,滚瓜烂熟地一口气背了出来:"……应从实际需要和实际情况出发,允许有多种经营形式,多种劳动组织,多种计酬办法同时存在""不可拘泥于一种模式,搞一刀切……"

群众听了,更是激情飞扬,拍手欢呼:"既然中央允许多种经营形式,那咱刘庄还分啥?不分!坚决不分!"

刘庄老百姓说的这些掏心窝子的话,完全符合刘庄的实际,也符合全村绝大多数人的心愿。史来贺听着直点头:刘庄的老百姓真不简单!想大事,论大政,谋未来,都学会了不跟风、不赶浪、不盲从,一切从实际出发,用实事求是的思想谋划一切。有这样心地清明的群众,刘庄在未来的发展中,将永不会迷失方向。

二是"摇摆不定派"，又称"两可派"。

这部分人明知道分了集体，刘庄的发展肯定受损失，但全国都在搞"大包干"，别村都分了，刘庄顶不住。就是现在不分，拖到最后还得分。早分、晚分都得分，长痛不如短痛，干脆闭着眼、咬着牙、狠狠心，分了算了！但如果能顶住不分，就不分，这样最好。他们仿佛在风浪中行船——摇摆不定！这一种声音，表达着模棱两可的意愿，只代表少数人。

三是"杀鸡取卵派"，或称"极少数想分派"。

他们认为，贯彻落实十一届三中全会精神，是发家的天赐良机，得赶紧趁此机会，把村里几十年的积累分光分净，竭泽而渔，杀鸡取卵，让自家的腰包鼓起来。所以他们竭力散布"全国都分了，刘庄不分违背中央精神啊！同样是农村，都是在泥土里扑腾的庄稼人，人家分了，咱硬顶着干吗！不是自找难堪吗？"他们私下算了一笔账，刘庄的所有资产和公共积累加起来，少说也有几千万元，甚至上亿元。全村360户人家，每户最少能分30万元。这年头，一个"万元户"就叫一般乡村人羡慕得红了眼，刘庄要是分了，家家都得让外村人馋死。别说用这些钱做生意"生金蛋银蛋"，即使存到银行吃利息，也比外村人强到天上去了。这极少数人，只顾"杀鸡取卵"，一时"饱囊阔绰"，却不管天长地久，子孙后代。目光何其短浅，思想何其狭隘，小农意识何其根深蒂固耶！

一心想分派，虽是极少数，只有七八户，但史来贺对这几家非常重视："我是刘庄的村支书，当家人，对'家'里的每一户、每个人，都得负责。我得摸清他们的思想脉搏，知道他们心里是咋想的。"

要在其他村里，一个"少数服从多数"的原则，就把极少数打发了，谁还搭理他们？

可这是刘庄，绝不会像其他村那样。群众讨论大会结束后，为了不让群众反悔、为难，不让想分出去的群众吃亏、担风险，史来贺便到这几户想分的群众家里走访摸底，做思想工作，一家一家地串，一户一户地谈，直到摸清他们内心的动向。老史帮助和启发这些群众把分出去单干后的各种难以预料的情况、各种难以预测的风险都想透彻、弄清楚，又和他们一起回顾刘庄发展集体经济、共同致富的历程，拿眼前的现实证明刘庄集体致富的优越性，拿刘庄的发展与周边村庄，甚至与全国的农村相比，证明刘庄坚持的发展道路无比正确。让他们明白，这样一条发展道路，是最符合刘庄的实际，是最符合群众的切身利益的！

不比不知道，一比才明了。那些想分的群众大多回心转意，纷纷表示：还是集体致富好，不分，不分！

而仍然有两户决意脱离集体，分出去单干。

两户想分的人家态度坚决，一心要分出去单干，认为凭自己的本事和才智，离开集体搞单干，说不定会很快致富，他们心想，到城市当专业户，一年下来就能成为"富翁"，甚至一夜间就能成为暴发户。

对于这两户执意要当单干户的群众，史来贺绝不搞"少数服从多数"，尊重他们的选择。人各有志，都有自己的梦想，你得让人家干一干、试一试。不中了，干不下去了，再回头找集体，不也很好吗？到那时，他们就能从思想深处真正认识到集体发展、集体致富是刘庄人的金光大道，是唯一一条符合刘庄实际的发展道路。

让事实教育人，用实践教育人，比任何说教效果都好。实践是检验真理的唯一标准嘛！

家庭起"战争"

　　1981年2月10日（农历正月初六）的夜晚，天寒地冻，北风劲吹，天空忽忽悠悠地飘起了棉絮般的雪花。刘庄群众都在家里围着村里配发的火炉取暖，享受着冬天里春天般的暖和。村东头大队办公室的土墙屋里，灯火通明，气氛热烈。大队党支部成员正围坐在灯下，研究部署新一年的工作规划。刘庄有个不成文的规定：每年正月初六，要开社员大会，布置全年工作。今天夜里党支部研究的工作规划，明天要向全体社员传达，并交给大家讨论通过。

　　突然，两个年轻人闯进了土墙屋，打断了党支部的会议。他们是刘庄的两名司机，一个叫王连昌，老实憨厚，不善言辞，素来木讷，干起活来像头牤牛，浑身有用不完的劲；另一个叫李向东，机灵活泛，聪明能干，办事利索，性格耿直，炮筒子脾气，说话直来直去。

　　进到门里，两人把正在开会的人看了一圈，最后，目光落在史来贺身上。

　　"老史，俺俩有事找你。"

　　"啥事？说吧！"

　　"俺想跟你商量一下，想从集体出来自己干。"年轻人说着，两眼直直瞅着史来贺的反应。

　　"自己干？想好了？就是想出去，是不是？"

　　"是的，想好了。"王连昌直来直去地回答。

　　"中啊！家庭承包，是三中全会精神，符合中央政策。你们要出去自己干，我支持，党支部也应该支持。"史来贺表态很果断。

　　"老史啊！俺出去单干，并不是反对集体，也不是反对您啊！绝不是和您对着干哪！"李向东鼓起勇气说。

　　史来贺笑了笑，说："看你俩想到哪儿去了？分出去单干，上边有文件，是受中央政策保护的。只要你们认准了决意要分,我同意,刘庄任何人也绝不会拦着你们。"

"俺就觉得你能理解俺,咱村群众都不理解,还讽刺俺!"李向东低着头说。

"这不怕,只要走正道,你们可以干出个样子给大伙儿看看。到那时,他们就不会说讽刺人的话了,而是会伸出大拇指佩服、夸赞你们了。"史来贺笑着说,"我从心底里希望你俩能干好,挣大钱,快致富。"

"那俺从今往后就算彻底脱离刘庄了!"两个年轻人眼里放射出少有的光芒。

"对你们俩年轻人来说,离开集体干事业是件好事。但是这辈子要彻底脱离刘庄,恐怕不现实。你们就是走出千里万里,走到天南海北,能忘了刘庄这片土地?能忘了自己的祖宗?能忘了这儿的父老乡亲?你说是脱离刘庄,咋能脱离嘞?这儿是生你养你的故土啊!"史来贺拍了拍年轻人的肩膀,接着道,"年轻人啊,你们若能干出一片红彤彤的事业,成功啦,我为你们高兴!若干不好,干得不得意,咋弄?我还得把你们接住,让你们回来,刘庄这个大集体永远是你们的家!记住,九九归一,你们的归宿,只有刘庄!"

史来贺的话,说得两个年轻人心里热乎乎的,眼睛都湿润了……

"我们有个要求,出来后,俺得独立自主,不受任何约束。"

"你们说的这一条,有中的,也有不中的。你们自个儿干,想干哪行干哪行,想怎么干就怎么干,当然是独立自主。这一点,中!村里干部,包括我,没有任何人去约束你们。但是你这里头也有不中的,不管是在集体干,还是自个儿干,想不受任何约束,不可能。自个儿干了,还得遵纪守法,受国家法律和村规民约的约束,这一点必须做到。再一点,社会主义思想不能变,资本主义思想不能要。最主要的是,必须牢记,合法经营,靠劳动致富,不能投机取巧,巧取豪夺,走歪道要受到法律制裁。年轻人,我说的对吧?"

"你说得对,老史。有些事俺不放心,还想听你亲口说说。俺要分出去自个儿干,大队是真支持,还是假支持?"李向东心眼儿多,分明是在套史来贺的话。

"当然是真支持了!眼下你们要走,大队不阻拦;出去干,遇到啥困难,我们还会帮助你们。"史来贺的话,是诚心诚意的。

"既然真支持、帮助俺,那就让大队借给俺30万元钱吧!"史来贺没想到这两个年轻人是在绕弯子,绕来绕去,却把他这个支书绕进去了。

"一下借30万,干啥?"

"你刚才不是说，同意我们出来后独立自主吗？干啥，现在还不能给你说。"年轻人在故意打埋伏。

史来贺坚持原则，毫不马虎地说："集体的钱，不是我个人的，借给你们，需要集体研究，哪个人也不能私自当家。你们不讲出来干啥，借的钱咋用，大队怎么研究？如果不干正事，大队不支持。"

"那，我就直说了吧！俺们想办个电石厂。"

"办在哪里？"

"就办在咱庄！"

"你们要办，可以，我不干涉。但是有几个具体问题，我得给你们讲清楚。一不能占集体耕地，二不能污染环境，三不能跟大队的企业争电力。现在电力紧张，大队原准备办电石厂，都论证好了，因办厂过程中需用的电力不足，不得不停下来。用电问题，你们给电业局请示了没有？"

"没有。咱庄的电，让俺用点儿吧！"

"我说了，不能跟公家争电力。把电给了你们，集体的厂不够用咋办？眼下，因为大队办的工厂多，刘庄的电力远远不够用。你们得找电业局想办法。"史来贺又问，"你们要出来自己干，和家里人商量了没有？出来单干，牵涉到一家人未来的生计。家庭不能一个人说了算，也要发扬民主。"

这两个年轻人想离开集体搞单干，主要是觉得自己是司机，有技术，趁着改革开放，能成一番大业，弄好了，比村里其他人家都挣钱多、富得快。可他俩只是私下秘密商量，还没敢与家里人通气。谁知，出来单干的事，八字还没一撇，就在村里张扬开了。

"听说没有？王连昌与李向东俩人，坚决要分，离开集体搞单干。"

"他俩搞单干？嘿嘿！年轻人啊，戏台上拜天地——快活一时。有他们后悔的那一天，早晚还得回到集体来。"

"回来？恐怕是好出不好回啊！既然闹单干了，再回头，脸朝哪儿搁？"

"走着瞧，有他们难堪的时候，等着吃后悔药吧！"

外边的人都对他俩冷嘲热讽，家里人还被蒙在鼓里，见他俩成天私下里交头接耳，嘀嘀咕咕，问谈的啥事，他俩谁也不肯说。史来贺的问话，倒给他们提了一个醒，便各自回家，搞起了"家庭民主"，把离开集体搞单干的事跟家里人摊了牌。

王连昌同家里人一商量，一场家庭战争开始了！

其实,从这一年的腊月二十三开始,王连昌的妻子刘秀荣就发现丈夫整日和李向东在一块儿,嘀嘀咕咕,神神秘秘,整天有说不完的悄悄话,不知道他俩在搞啥秘密。开始,刘秀荣并没有在意。后来,发现他俩行动诡秘,还总是背着人,便起了疑心。可问他俩在谈啥事,却问不出来,平时就沉默寡言的王连昌,一回到家里,就闭口不言,成了一个闷葫芦。

过了春节,他俩还是形影不离,天天泡在一起。刘秀荣预感到他俩有啥秘密事,在故意隐瞒,追问王连昌,依然是徐庶进曹营——一言不发。

正月初六那天晚上,王连昌很晚才回家。妻子刘秀荣见丈夫连续瞅了她几眼,像是有啥话要说,嘴巴张了几张,却又闭上了。

妻子总觉着他有事,便主动问道:"连昌,出啥事啦?"

"没出啥事。"王连昌淡淡地回应。

"不对!你有事瞒着我。你那俩心眼儿,有事能瞒得住?一看就能看出来。说吧,到底啥事?"妻子一眼就看到了丈夫的内心。

王连昌一看瞒不住了,才吞吞吐吐地说:"我和李向东想分出去单干,已经给老史谈过了。"

"啥?分出去单干?"妻子白了一眼王连昌,又问,"老史咋说?"

"他同意,支持俺俩。"王连昌实话实说。

"支持?支持你个鬼!我叫你闹单干!你个没良心的!"刘秀荣说着,顺手拿起一个手电筒,就朝王连昌的头上砸去,气得眼睛里连冒火带流泪,哭着说着,一串话语犹如连珠炮,不停地向王连昌"哒哒哒"射去:

"你手拍胸膛想一想,老史和集体哪一点对不住咱?你的良心是喂了狗啦,还是喂了狼啦?几十年来,人家老史领着全村人,没明没夜地干,图个啥?不就是要全村富起来,过上好日子吗?他事事处处为集体想,为大家伙儿想,为了壮大集体力量,他吃了多少苦,费了多少心血,你是睁着俩眼看不见啊!要想个人发家致富,你20个、30个王连昌,也比不上老史一个人。他本领强,门路多,关系广,在社会上影响大;两个儿子又有文化,聪明能干,给他当左膀右臂,一年挣个几十万、几百万都不止。可人家老史想自己出去挣大钱吗?他从来没想过自己发家致富,而是让全村人共同致富。就在这分还是不分的十字路口,你却净想自己,拉出去单干,这事你也做得出来,就不怕全村人骂你?和人家老史比一比,你不嫌丢人,我还嫌丢人哩!"

王连昌蹲在地上,低着头,一句话也不说,任妻子朝他发脾气。

"咱庄工厂这么多，哪村能比得上？哪村有咱村富？可富了不能忘记咱是咋富起来的，没有老史，刘庄能富起来？外村都穷，就是因为穷，大家不愿在一棵穷树上吊死，才分地、分田、分集体哩。这一点都看不出来，白长两只眼，干脆把你那两个眼珠子抠出来，叫孩子当摔炮玩去算了。哼！亏你还是个五尺高的男子汉，脸红不红？"

妻子一口气说了这么多，王连昌有点倒噎气，试了几试，话到嘴边，又咽了回去。还是让妻子说吧，谁让自己事先不跟她商量呢？自己这个输了理的丈夫，只有洗耳恭听喽！

"现在，你以为自己会舞扎两下方向盘，翅膀就硬了，自己可以飞上天了。也不想想，自己那点本事是哪来的？要不是集体免费送你到外地培训，你啥球也不会。有了点鸡刨食儿的小本事，就觉得自己了不起了，刘庄盛不下你了。集体培养了你，你却不跟集体一心，不为集体服务，这叫忘恩负义，没良心！

"你以为，就你那点小本事，分出来后，就能挣大钱，当富翁，做梦吧！你那点三脚猫的本事，唬别人中，你能唬了我？我敢打赌，你分出去后，要不了两三年，一准混得人不人狗不狗的。我是铁了心，要跟着全村人，在老史的带领下，把集体这条路坚决走到底的。你要出去，不要拽着我，我不会跟着你搞单干。我走我的集体，你干你的个体，咱俩井水不犯河水。丑话说在前头，你出去后，混不出个人样来，没饭吃、没钱花了，别回来找我，我不会可怜没良心的人。"

王连昌被妻子刘秀荣数落得六神无主，惶惑不定，站也不是，蹲也不是，一句话也不敢说。他后悔极了，悔不该轻率地做出"分出去单干"的决定，更不该拿着这个幼稚的决定，去请求史来贺支持。

"泼出去的水，还能收回来？话都说出去了，老史也同意了，那你说，现在该咋办？"王连昌低着头小声说，一脸无奈的神色。

"咋办？浪子回头还金不换哪！何况你还没挪窝，还在集体这个大门里头，腿没迈出去哪！把你说出去的话收回来，赶快去向老史作检讨，承认自己做出了错误的决定。"

第二天一大早，刘秀荣拉着丈夫去找史来贺，一见面就开门见山："老史，我这个不争气的男人犯糊涂，昨天给你说了一些不靠谱的胡话，今天找你承认错误，作检讨来了。"

"承认错误？连昌有啥错误？国家实行承包责任制，允许多种经济形式并存。连昌要出来自个儿干，上不违政策，下不违心愿，咋说犯错误呢？别说来检讨,我还要表扬他、鼓励他呢!"看得出,史来贺说的是真心话,很实在,很诚挚。

刘秀荣一时不解,觉得有点怪:"啥?你还要表扬他、鼓励他,这是啥好事?"

史来贺不紧不慢地说:"他有话敢直说,不闷在心里,不跟干部打肚皮官司,就该表扬。现在,村里还没一个敢出头愿意出来自个儿干的。连昌要真出来自个儿干,并能干出名堂来,干得比在集体的人富多了,就给其他人闯出了一条路,积累了经验,这是多好的事啊!如果出来单干真比集体富得快,我咋不高兴?咋能不鼓励呢?集体干也好,单干也罢,只是个组织形式,绝不是目的。怎样使咱刘庄人更快富起来,一家家都过上好日子,这才是真正的目的。所以呀,连昌要出来自己干,我支持!村里其他人,如果有本事,也愿出来单干,我照样支持。"

刘秀荣对丈夫不放心,更不支持:"那,要是他干砸了呢?"

"干砸了,说明出来单干不容易,在刘庄,还是集体拧在一起富得快。村民们共同认识到这一点,就会更加铁心铁骨地抱成一团,一块儿致富,共同富裕。这不也是好事吗?连昌如果自己干不下去了,可以再回到集体嘛!"

"俺家跟着你走集体致富这条路,铁了心了。绝不单个干,也坚决不让连昌当这个试验品!"刘秀荣说得毫不犹豫。

"先回家吧!回到家里不要闹气,好好商量。刘庄是一个人一个人、一个家一个家地组成的。这是一个大家庭,大家都是这个大家庭的成员,哪家的事、哪个人的事,我都得管好,不能出乱子。这样吧,有了空,我到你家去参加家庭民主会。放心吧,这个事一定会处理好,不能让你家闹矛盾。"史来贺好不容易才把小两口劝走。

不久,史来贺果真来到王连昌家,参加王家的家庭民主会。在这里,史来贺一再重申,村里支持愿意出来单干的人。可王连昌这时却改口说:"不出来单干了,我那是胡思乱想。"

王连昌说罢,一家人纷纷表态,始终认准一个理,一直到死不动摇:"我们家坚决不同意出来自个儿干,永远把一家几口人的命运,跟你老史捆在一起,跟刘庄的集体经济捆在一起!永不变心,永不改道!"

王连昌把自己咋受妻子的数落,家里怎么做出的决定,一五一十地告诉了李向东,引起李向东的深思与警醒。结果,李向东一家也没有出来单干。因为他们家也和王连昌一家一样,充分认识到,刘庄集体富裕好,单干致富难啊!

"搞单干真难"

在这个"分，还是不分"的十字路口，刘庄并不是百分之百的人家都没有从集体出来。有，一户，这一户的当家人名叫刘华斌。

其实，当家人刘华斌年龄并不大，只有 26 岁，正值血气方刚、精力旺盛、敢打敢冲的好年华；还是一个技术人才，在刘庄造纸厂负责设备维修。在村里，刘华斌算得上一个"小能人"。

改革开放后，刘华斌听别人说，外村跟自己一块儿上中学的同学，某某某在外边经商跑生意赚了大把大把的钞票，某某某跑运输发了大财，等等。他一听到这些消息，心里直咕涌，汗毛眼直发痒。心中暗想："十一届三中全会后，政策放宽了，挣钱的门路也多了。自己何不趁年轻，抓住机会大大赚一把，过了这个村，就没这个店了！"

思考了好几夜，拿定了主意，刘华斌找到了史来贺，张口就说："这几天，我翻来覆去想好了，主意已定，要从刘庄集体分出来，出去自己干！"

"好哇！既然想好了，就出去自己干吧！年轻人嘛，想多挣点钱，尽快富起来，是好事啊！比懒懒散散、过一天少三晌、得过且过混日子的人强。自己干也是一种创业形式，国家现在提倡，我坚决支持！在法律许可的情况下，你出去大胆闯吧！闯成功了，就给有胆量、有能力的年轻人蹚出了一条路，能发动更多的年轻人去单独创业，走出一条致富路。万一闯不成功，可以再回到集体，也不会有人说三道四、另眼看你。"史来贺抱着诚挚的态度，满腔热情地支持年轻人。

刘华斌离开了刘庄集体，到外边闯世界去了。他看到满世界攘来熙往的人都在挣钱，干啥的都有，令他目不暇接、眼花缭乱。可自己干啥好呢？思来想去，还是干自己熟悉的行当，才能干出个顺风顺水。他会开车，也会修车，于是想干脆买一辆中巴搞运输，跑新乡至郑州这条路线，天天都会有大把大把的钞票流进自己的腰包。想到此,仿佛有一条金钱的河流,在他的眼前哗哗流淌……

可是买中巴车自己手里的钱不够,就到处找亲戚、朋友借。但找了几圈,都没有借到一分钱。有的亲戚、朋友确实没有钱,有的明明有钱,却说啥也不肯借,唯恐肉包子打狗——有去无回。

一些好心人劝他:"买车跑运输有风险,不如出去打工挣钱稳当、准头,又不用下本钱,挣多挣少,都不会亏本。"

刘华斌听了直摇头:"要是为了外出打工离开集体,那就太不划算了。咱刘庄的企业,还招了上千打工仔呢!外村人给咱刘庄打工,我却出去给别人打工,那不是明找着让人笑话吗?况且外出打工挣的工钱,比在刘庄干活挣的差远了,舍近求远,丢了西瓜捡芝麻,我何苦哪?人家不说我傻瓜,也会说我缺心眼儿。"

他又开始了第二轮借钱,东借西凑,好容易弄到一笔钱,却只够买一辆拖拉机。事到如今,也只有骑着驴找马,买一辆拖拉机跑短途运输吧!可跑短途运输,首先得找货主、有货源,常常是今儿个有货拉,明儿个就得歇车;冷不丁哪一天有货主找来,可时常是十天半月找不到货主,只好游荡在街头、集市,无所事事,愁肠百结。这时他才真正体会到钱难挣、业难创,单干的日子不好过。

就这样,刘华斌干了一年,钱没挣到手,管理费倒交了不少。吃苦不说,一年的大好时光,也白白浪费了,闹得两手空空,囊中羞涩,成了王小二敲锣——穷得叮当响!

到头来,没法子,只好把拖拉机作价卖了。贵买贱卖,他不得不又赔了本。

这一年,刘庄家家户户比往年收入还高,都分了大把大把的钞票。大家不出村、不愁挣钱的门道,轻轻松松就把钱挣到手了。可刘华斌苦没少吃,路没少跑,罪没少受,心没少操,到头来,却落了个竹篮打水——一场空!

这时,他才醒悟,自己作为刘庄的后生,身在福中不知福,蜜喝多了不觉甜,这山望着那山高,好高骛远黄粱梦。如今,才知道锅是铁铸的,金子是烈火冶炼的,沙子堆不成宝塔,泥巴捏不成金刚钻。这年头,自己出来搞单干真难啊!

有人看见刘华斌的困顿窘迫,便说开了风凉话:"外边有的是金山银山哪,可那钱那么好挣?是个人不是个人就能搬动金山银山了?也不想想,老鼠咬旗杆上的食儿——够不着、吃不到啊!"

正当他一筹莫展、走投无路时,史来贺出现在他的面前:"华斌啊,这一年来，我时时都在关注你在外边闯荡的境况。外边的钱不好挣，锅外的饭不好吃。实在不好混，还回来吧！刘庄集体是你的家啊！"史来贺的话，情真意切，语重心长。

年轻人都有虚荣心，刘华斌听了史来贺的话，摇摇头，"唉"的一声长叹，却一句话也说不出来。就怕自己干不出啥名堂，又蔫儿了吧唧地回来了，村里人看自己的笑话，脸上挂不住，所以宁愿在外边当流浪汉，也决不回头。现如今，拖拉机也卖了，别的又干不成，该去哪里躲村里人的闲言碎语呢？左思右想，最后决定：干脆住到离刘庄五六千米的姐姐家里。在这里，刘庄人看不见他，他们即使说一些讽刺挖苦的话，也进不了自己的耳朵。爱操闲心的人尽管说去，反正自己看不见心不烦，听不见心不乱。

他的爱人结婚前上过卫校，结婚后当过乡村"赤脚医生"，经过考察，两人发现当地卫生纸匮乏，就决定办一个小型卫生纸加工厂。厂子办起来后，生产、经营、管理、销售等一系列问题，两个人照顾不过来，不是这儿不转圈，就是那儿推不动，几乎天天都得捂窟窿、补漏洞，忙得两个人团团转。就像老百姓说的那样，"懒驴拉磨，实在难缠。不是驴不走，就是磨不转；驴也走了，磨也转了，套又断了"。刘华斌觉得自己缺乏管理才能、经营头脑，不是办厂子的料。况且他的厂子，是黄鼠狼娶媳妇——小打小闹，终究成不了大气候，虽说能紧紧巴巴地顾住生活，可一年到头，手里所剩无几。离开集体两年了，他仔细一盘算，两个人在外边闯荡这两年的收入，还不到在村集体上班所得的一半。

他和妻子白天吃不香，夜晚睡不宁，总觉得从集体出来是选错了路，太不划算了。妻子劝丈夫："华斌，咱别硬撑了，还是回刘庄跟着老史走集体化道路吧！搞单干不是法子，更不是长久之计。"

"唉！全怪我呀！我是个糊涂虫，真混啊！"

刘华斌捶胸顿足，眼泪吧嗒吧嗒地往下落。一阵后悔，一阵自责，一阵怨恨，一阵羞愧，折磨着他的心灵，让他思前想后，追悔莫及的情绪，如一股股热浪，冲撞着他的胸膛。

"小能人"悔悟

"要不是史来贺,我刘华斌早不在人世了!我对不起史来贺,无颜见他呀!"这是刘华斌当着妻子的面、流着悔恨的泪水说出的一句心里话。

史来贺的大恩大德,他怎能忘得了呢?他两三岁时,患了重病,家里穷,没钱医。父母该想的办法都想了,却总也凑不够给他治病的钱。多亏史来贺从自己家里拿出多年积攒的钱,送到刘家,父母才把小华斌送进医院救治。这孩子打小就身子虚弱,不断犯病,家里得经常给他花钱买药。可家里哪有那么多钱呢?史来贺与村干部研究后,决定这孩子的医药费由村里的财务支付,这才解决了小华斌常年治病吃药的困难。后来,华斌的病情逐渐加重,多处治疗,总不见好,脸色蜡黄,骨瘦如柴。村里别的孩子活蹦乱跳,他却站着弱不禁风,坐下一摊软泥;走路慢慢腾腾,说话有气无力。父母见给孩子医治无望,便灰心丧气地说:"这孩子成了一个药罐子,家里的钱、公家的钱,扔出去一大堆,全都白搭了。反正是治不好,干脆不治了!死也好,活也罢,听天由命吧!"

正当小华斌命悬一线的时候,史来贺又出现在刘家门口:"咋能不治了?他可是一条人命啊!这孩子只要还有一口气,就得把他的命救过来!花再多的钱也要治,你家不够,我来凑!"

史来贺接二连三送来了自家的钱,又送来了村里的钱。小华斌的病终于彻底治好了,一个幼小的生命开始苗壮成长,逐年进入了生机勃勃、风华正茂的年龄。又是在史来贺的热情关怀与精心培养下,成年的刘华斌逐渐成长为村里的"小能人"。

可谁能想到,在"分,还是不分"的岔路口,刘华斌却走上了一条让自己骑虎难下、进退两难的坎坷之路。

刘华斌"骑虎难下"的窘迫,史来贺早已看在眼里,牵挂于心。

一天，刘华斌回村里看望娘亲。老娘拍着他的胸口，好一顿数落：

"你呀，不见棺材不落泪——死心眼儿！你也拍拍胸口想一想，你的命是谁救的，你治病的钱是从哪来的？要不是史书记，哪有你的今天？别说做梦挣大钱了，你的骨头早就喂狗、喂狼了！大家伙儿都跟着史书记走集体道路，咋就你'能豆'呢？你有多大能耐？难道比人家史书记的能耐还大？告诉你吧！把你一百个刘华斌捆在一起，也顶不过一个史来贺！全村就你一个离开了集体，离开了史书记。就你一个背叛了恩人，你这叫啥？吃粮不记种田人——忘本！没良心，忘恩负义！"

"娘，你别说了，儿子知道错了！"

刘华斌的泪水禁不住刷刷地往下淌。

史来贺得知刘华斌回来探母的消息，就把他请到自己家里"做客"。刘华斌心里像揣了一只兔子，"怦怦怦"乱跳，一脸的羞愧，浑身不自在，站也不是，坐也不是，欲语又咽，如鲠在喉。

史来贺一眼看透了刘华斌的窘态，用几句玩笑话打消了他的顾虑和心里的压力："华斌啊，在外边创业，如果发了财，腰包鼓起来了，可不能忘了叫我喝几杯庆功酒啊！我在外边碰见你，你得认我这个老乡啊！老乡见老乡，两眼泪汪汪嘛！"

"唉！在家千日好，出门一日难哪！"刘华斌显得很不好意思。

"咋啦？遇到沟沟坎坎了？华斌啊，人生路上，不全是艳阳天，有阴有晴，有风有雨；也不全是平坦大道，有坎坎坷坷，有崎岖不平。得意时，不要头脑膨胀；失意时，不要灰心丧气。遇到顺境，不要忘乎所以；遇到逆境，要不离不弃。有志者事竟成嘛！"史来贺一番鼓励的话，充满了创业大道、人生哲理。

刘华斌却是满心悔恨，一脸难堪："唉！在外边不好混哪！这两年到处碰壁，干得很不顺呀！还是咱村集体好，我还想回到刘庄，可又没脸回……"

"咋没脸回？你是刘庄人，回自己村，到啥时候都是理所当然的事。这有啥顾虑？想回就回，谁也不能阻拦。"史来贺说得很干脆。

"回来还想跟着你干集体，就怕你不肯收……"刘华斌吞吞吐吐地说。

史来贺马上答复，一口应承："谁说不肯收？你要真想回来，我欢迎！今天回来，明天就能上班。你和你媳妇，还在老岗位干老本行，中不中？"

"史书记，我……对不起您……"刘华斌哽咽着，抹起了眼泪。

"有啥对不起的？你想多了。放下包袱，轻装上阵。从明天开始，高高兴兴地上班吧!"

"俺现在才真正认识到,老书记您给刘庄选定的道路是对的,集体创业、共同致富,对刘庄群众来说,是最好不过了。今后,俺一定跟大伙儿一起,在这条路上一走到底。"刘华斌说出了心里话。

看着他感动的样子,史来贺鼓励道:"回到集体了,就要和从前一样,跟大伙儿同心同德,埋头创业,发展集体经济。但从今往后要懂得、要牢记,集体经济得有集体主义,共同富裕得有共同理想。刘庄这个大集体,不能离心离德,你想这,我想那,大家要心往一处想、劲往一处使,这样,刘庄人才能一起走到富路上。"

刘华斌洗耳恭听,不住地点头。

第二天,刘华斌和妻子回到了刘庄集体。他仍然干他的机械维修,并负责村里农机具改造与革新。妻子到造纸厂上班,干她的老本行。

可谁知,他一回到集体的工厂上班,便有人冷嘲热讽,说起了风凉话:"哟,真稀罕!这单干户不在外边发财,咋又回来了?"

"人家搞单干已经发家致富了,挣得腰缠万贯了,又回来享受集体的福利喽!这叫公鸡站在门槛上——里外叨食儿啊!"

这个讥笑,那个讽刺,说得刘华斌面红耳赤,恨不得找个地缝一头钻进去。

赶巧,史来贺来到厂里,听到有人刮风带蒺藜——讽(风)刺人,便停下脚步,严肃地训道:"这是干啥嘞?都是自家乡亲,说话咋一点儿情面都不讲?华斌回到集体是好事,大家要持热情欢迎、诚心帮助的态度。乡里乡亲的,都在一个厂里工作,在一个村里住着,说话、办事要将心比心,不要看别人的笑话,不要拿别人的短处取笑。要互相帮衬,互相体谅,互相理解,团结一致,同心同德,共同创造刘庄和睦相处的局面。"

几句话,说得平平淡淡,却感动了人、教育了人,拉近了人心,加深了乡情。从此,村里挖苦人、歧视人的现象再也没有发生过。

别看是件言谈话语的小事,在史来贺眼里,它非同小可,这关乎刘庄的民风、社风问题,关乎村民的修养和素质问题,更关乎刘庄人的团结与和谐问题。在农村,有时一句话,能引起一场风波;一件处理不当的小事,能导致家族与家族之间几代的冤仇。所以,当农村干部,千万不能忽视群众之间的言行举止,要及时引导他们树正气、树新风。这样,刘庄上下才能同心同德把劲儿都用在创业上,把心思都用在集体发展上。

他看大家不再吭声,一个个埋头工作,就提高嗓门警示大家:"我还是那句话,集体经济要有集体主义,共同富裕要有共同理想。大家的一言一行,都要为集体着想,为大家着想,不要伤了别人的心,不要有损于集体、不要有损于团结。没有集体主义和共同理想的群体,那不叫集体,那叫一盘散沙。刘庄要是一盘散沙,咋发展集体经济,咋建设社会主义?所以,要走好刘庄的社会主义道路,人人都得有集体主义思想,人人都得有共产主义理想。"

在一心一意、聚精会神发展集体经济的同时,史来贺时刻不忘把对人的教育当作头等大事来抓,因为发展经济就得提高生产力水平,而人是生产力中最活跃的因素,不抓好对人的教育,不提高人的素质,提高生产力和发展经济都将是一句空话。

当年,刘华斌小两口就在集体分红中拿到 4 万元。比在外边单干翻了几倍。刘华斌打内心里感激史来贺,这位恩人,又一次给了他大地般深厚的恩泽,让他一家人永世不忘。

刘华斌反悔的事实,让刘庄人进一步认清了一个道理:自己单干"闯世界",还是不如集体致富牢靠。从此,村里几百户、1000 多口人,更加坚定了走集体发展、共同富裕之路的决心和信念。

刘华斌夫妇重返集体这件事,引发了刘庄干部群众的深思。在全国农村普遍推行"家庭联产承包责任制"以后,刘庄实行的依然是集体创业、共同致富,坚持的依然是集体经济;刘庄人的幸福生活和高福利待遇,依靠的就是发达坚固的集体经济。要长久保持刘庄人的富裕和幸福,就得让刘庄的集体经济不停地发展,永远保持旺盛的势头。并且凡是刘庄人,人人都得维护集体经济,为集体经济做贡献,而不能有损于集体经济。

于是,经干部群众讨论,刘庄制定了这样一个规矩:在刘庄,一个家庭不能存在两种经营形式,既参加刘庄的集体经济,又在外面谋利发财,这是不允许的。

一个人外出找个工作挣工资可以,但谁要在外面开公司、办企业、做生意,那么,一家人的福利都得被取消。

也就是说,你可以在外工作,反正在哪里工作都是给国家做贡献。像这样一个人在外工作,并不影响家庭其他成员在刘庄的收入与福利。但是不能私自出去做生意、办企业,如果家里有一个人出去开公司、办企业,那么全家人便不再享受刘庄集体的所有福利,包括住房。

刘庄为何要制定这样一条规矩?

听听刘庄群众怎么说:

"刘庄是集体经济,只有你给集体做贡献了,才有资格享受集体福利。不然,如果人人都想出去做生意发大财,集体的活儿谁干?都留下老弱病残,那还得了?那集体经济还不得垮了?那刘庄人的幸福生活和福利待遇还有啥保证?一个人不能脚踏两只船,只有两只脚踏踏实实、一心一意地踩在集体这条船上,才能和大家一起走向富裕路、奔上小康路。"

这就是刘庄人朴素的集体主义观念。正是靠这样一个朴素的观念,刘庄人才凝成了钢铸铁打般的集体主义;也正是靠这种大公无私的集体主义,才催生壮大了蒸蒸日上的集体经济。同时,也正是依靠兴旺发达的集体经济,才换来了刘庄人的共同富裕,走出了一条属于刘庄人的独特的道路。

正当全国农村都在分田、分地、分集体,兴高采烈搞"大包干"的时候,刘庄却沿着这条"独特的道路",依靠集体经济,让全村人实现了小康,成为河南省乃至全国"第一个小康村",较国家规划于2020年全面建成小康社会,提前了整整40年。

第四十八章　独辟蹊径获赞赏

※又唱"独角戏"

※罢官也不分

※总书记赞赏

※独创性模式

※灵验的法宝

又唱"独角戏"

　　一场"分,还是不分"的风波,由风生水起,到烟消云散,史来贺做了很多思想工作,也参加了十几个"家庭民主会",使得一场分与不分的纷争,化解为刘庄大地和煦的春风、暖心的艳阳。

　　但史来贺贯彻党的十一届三中全会精神的政治思想工作,并没有到此止步,他还要继续深入,把思想工作细化到每一个家庭、每一个人心,把党的"富民政策"和本村的实际相结合的决策,变为每一个村民的真实觉悟和自觉行动。

　　他和党支部研究制定了一张问卷,发到每个社员、家庭,让每一户都召开"家庭民主会",围绕问卷上提出的几个问题展开讨论,并填写意见。问卷提出了这样几个问题:一、咱村的家庭承包不封口,何时出来都行,你目前愿意出来吗? 二、你认为刘庄应采取哪些责任制形式? 三、你认为刘庄今后应如何发展?有哪些建议?

　　三天之后,答卷收齐,主张"分"的一户也没有,360多户意见完全一致:强化责任制,搞专业承包,走农工商综合经营、全面发展、稳步前进、共同致富的道路。

　　史来贺这样做,不仅统一了思想认识和自觉行动,而且进一步增强了群众对发展集体经济的责任感和事业心以及主人翁意识。

　　这个做法,引起很多外地农村的关注,有不少人觉得,史来贺在十一届三中全会后,能把全村人拢在一起,仍然坚持走集体化道路,是常人难以解开的谜。10年后,湖北省洪湖市峰口镇组织的参观团,来刘庄参观学习时,史来贺曾感慨地对他们说:

　　"如果用行政手段,把群众往集体上捆,捆不住,即使捆住人,也捆不住心。干集体,关键不仅是靠人心齐,还要靠众人的心力、智力、聪明才智。群策群力,集体经济就能迅速发展。集体经济愈发展,对群众愈有凝聚力和吸引力。从搞包产到户到现在,已经10年了,刘庄对愿搞家庭承包的一直未封口,愿出来的,可随时出来。可再也没有一户口头或书面提出来搞家庭承包,更没有一户真的出来,而是和集体靠得更紧了;走集体化道路的信念,更加坚定不移了。"

刘庄坚决不分田、分地、分集体,干部群众走集体致富之路的思想和行动已成了铁板一块,谁也无法打碎和分割,但却承受着外来的压力和挑战。

外村人来刘庄串亲戚,看到刘庄人依然如故地干集体,便不无讽刺地说:"俺那里,地分了,俺是符合三中全会精神,走的是三中全会路子。你们刘庄不分,你们不是。刘庄跟俺走的不是一条路。"

刘庄人理直气壮地回应:"谁说俺刘庄不是三中全会精神?谁说俺刘庄走的不是三中全会的路子?你村有你村的实际,俺刘庄有刘庄的实际,各村实际情况不同,就得有不同的办法。你们没看中央文件吗?文件上说,要因地制宜,允许多种形式的责任制,不搞一刀切嘛!你们那儿分,是三中全会精神,俺刘庄不分,同样是三中全会精神。不要把三中全会精神理解偏、理解歪了呀!回去再好好看看文件吧!俺刘庄人算是理解透了,不管是啥样的责任制,都得贯彻党的富民政策。只要叫老百姓致富、过上好日子,就是好责任制,就是三中全会精神。"

刘庄人把外来的压力,自觉化为搞好集体经济的强大动力。

地委开过推行"家庭联产承包责任制"的干部大会之后,新乡县委紧接着又连续开了三天三夜的三级干部大会,号召各公社、各大队实行"大包干",分田到户,包产到户,动员大家立即行动起来,紧跟中央的部署,掀起一场轰轰烈烈的农村大改革运动。

由此可见,这场农村大改革非同寻常,从中央到地方,层层发动,层层号召,声势浩大,波澜壮阔。沉寂的大地,骤然滚动起轰鸣的改革风雷。

县委要求,贯彻三中全会精神,推行"大包干",要一竿子插到底,每个大队、每个生产队都要分,不留死角,不留余地,没有商量,没有协调。

全县经济发展比较落后的社队,坚决拥护,行动迅速,谁也没有异议。"分!坚决分。分得越快越好,分得越干净越痛快!"

可还有一部分积累了一些集体经济家底的社队却犹豫不决,是分好,还是不分好?左思右想拿不定主意,都把眼睛盯住了刘庄,盯住了史来贺。

"刘庄不分,老史不分,我们也不分;刘庄分,老史分,我们也分!"

县委书记刘荣海知道这句话的分量。刘庄是个先进典型,老史是一面旗帜,在全县有很强的影响力。无论推行啥新政策,所有大队都在看着刘庄,看着史来贺。只要史来贺这面旗帜一挥动,就能带动全县所有农村的这场大变革。如果攻破了老史这个"堡垒",其他还持观望态度的"堡垒",必会不攻自破。

可刘庄仍一如既往、按部就班,没有一点儿分田、分地、分集体的气息和动静。

得知史来贺领导下的刘庄纹风不动,刘荣海在脑子里打了个大大的问号:"这个老史,是不是又要唱'独角戏'、开'顶风船'了?"

刚散会的刘荣海,亲自出马,急匆匆来到了刘庄。

刘荣海与史来贺可谓"老朋友""老相知"了。刘荣海在新乡县当副县长时,史来贺任县委副书记,两人都分管农业,经常一起深入基层调查研究,工作配合默契,见面无话不谈。史来贺有啥大事,也总爱找刘荣海商量。

刘荣海进了刘庄,史来贺一见便热情地打招呼:"老伙计,你咋一散会就跑到刘庄来啦? 有啥紧急事啊?"

"我是来专程革你的'命'嘞!"刘荣海一见史来贺就开玩笑似的直言相告。

"革我的'命'? 为啥? 啥事这么严重?"史来贺假装糊涂,明知故问。

刘荣海大倒苦水:"啥事? 火烧眉毛的事! 老伙计,全国都在分田到户,你咋恁沉得住气呢? 刘庄咋至今一点动静也没有哇?"

"刘庄不分了,仍然坚持大集体。"史来贺对老朋友毫无遮掩。

"为啥? 这可不是小事啊! 是中央定的盘子,你刘庄咋又要唱'独角戏'? 这可与中央精神不一致啊!"县委书记刘荣海心里急成了一团火。

"刘庄唱'独角戏',也不是一回两回了,可每一回都有充足的理由,这一次也不例外。理由就是:刘庄的实际,刘庄群众的利益,不容许我们分。我们反复学习、反复讨论,支部会、干部会、党团员会、群众会,召开了好多次,大家从刘庄的实际出发,从维护群众的利益出发,坚持不分。如果跟风、盲从,把土地和集体分了,就不仅违背了刘庄集体经济发展的实际,也损害了刘庄百姓的切身利益。我们从这两点出发,实事求是,因地制宜,仍然坚持集体经济、共同富裕。"史来贺不紧不慢,说得简洁干脆。

"老伙计,我也知道刘庄的实际情况。可你不带头分地,我可没法儿工作了,外村都看着刘庄、看着你老史嘞! 他们说:'刘庄不分俺也不分,史来贺咋办俺咋办，俺得向史来贺学习。'你看看，你要不带个头，全县'家庭联产承包责任制'就没法推行、没法落实啊！"刘书记说的倒是实实在在的情况。

史来贺仰脸哈哈笑起来："他们要跟我学，那我大力发展集体经济的劲头他们咋都不学？那刘庄坚持集体致富的道路，他们咋都不学？刘庄不分有不分的理由，他们有这样的理由吗？你跟外村干部说，只要他们集体经济的发展水平能跟刘庄一个样，只要他们不分地能让群众尽快富起来，只要外村的群众不愿分，就可以跟刘庄比，坚持不分。"

"咱要当人家的面说，这不是揭人家的短，打人家的脸吗？你说说，咱县哪个大队、哪个村敢跟你们刘庄比？别说一个县啦，就是全省、全国有几个史来贺领导的刘庄啊？独此一家啊！可这次分田、分地、大包干，全县农村硬是把目光都盯住你刘庄了，你说咋办？就冲这一点，你能不分？"县委书记刘荣海显得很无奈。

史来贺把如何召开支部会、干部会，如何召集全村干部群众进行大讨论的情况叙说一遍，又将刘庄坚持不分的几条原因详述一番，最后说："我们刘庄在分与不分的问题上，360多户人家，每家每户都举过手，都投过票，大家不赞成分，认定集体发展、集体致富有很多优越性，所以上下一致，干群同心，我分不动啊！即使分了，他们也不会要。要分，你这个县太爷来分吧！试试，看分动分不动。分好了，是你的功劳；分不好，闹腾起来，是你的责任！"

刘荣海听过史来贺一番实事求是的叙说，觉得很有道理，也很符合刘庄的实际，与中央文件有关"应从实际需要和实际情况出发，允许有多种经营形式、多种劳动组织、多种计酬办法同时存在""不可拘泥于一种模式，搞一刀切"的规定也相吻合，自然就放弃了自己原来的意见，尊重刘庄的选择，尊重史来贺的选择。他这位县委书记，就放手让刘庄继续唱"独角戏"吧！

临走，刘荣海又给史来贺开了一句玩笑："你这家伙真顽固！哈哈哈……"

然而，并不是所有的上级领导都像刘荣海这样见解通达，实事求是，也并不都像他那样注重实际，尊重群众的意愿，尊重群众的选择。

有人说，史来贺胆大包天，竟敢对抗中央，与农村改革唱反调，很明显他是反对改革开放的，应该查办他！

有人说，史来贺死抱住集体不放，就是要把刘庄搞成他的独立王国，针插不进、水泼不进，不听上级的，谁也领导不了他。

还有人说，史来贺长了一身反骨，狂妄自大，目无组织，抵制改革，反对党中央,是与中央、与上级唱对台戏,是改革开放的绊脚石、反动派。

⋯⋯⋯⋯⋯

一顶顶高帽子和罪名扣在史来贺的头上,他又身负泰山般的压力。

但再大的压力也压不弯他的腰杆,也摧不垮他的志向。就像他天天吃辣椒,吃惯了辣椒,还怕辣吗? 就像他爱在风雨里扑腾,经的风雨多了,还怕风吹雨打吗?

1980 年史来贺在田间查看小麦生长情况

面对来自方方面面的威胁、攻击与打压,史来贺面不改色心不跳。他想,一个人只要没有私心,只要没有官心,一心想的是群众的利益、集体的发展,就什么也不用怕。心底无私天地宽,心底无欲坦荡荡。不论上边来了啥官,他都不怕,不论大官小官,他都坦然面对。不怕扣帽子,不怕打棍子,不怕揪辫子,不怕摘官帽,这样,就敢坚持实事求是,就敢讲实际,说真话,始终站在广大人民一边。

"给我处分也不怕,你顶多把我的支部书记抹了就算完了。但一个共产党员发展集体经济、维护与发展刘庄群众利益的立场啥时候也不会变。"

史来贺要把"独角戏"一唱到底!

罢官也不分

恰在此时,省里派来了工作组,来督促刘庄落实"家庭联产承包责任制",要求他们迅速分田、分地、分集体,实行"大包干"。起初,河南省进行农村"家庭联产承包责任制"的推广,把刘庄列为先行一步的重点,用先进经验推动全省的"大包干"。可万万没想到刘庄却成了钉子户,老先进成了"老大难"。

工作组的人在刘庄到处活动,广泛宣讲实行"家庭联产承包责任制"、把集体企业和土地平分到户的好处。但村民们不是给他们白眼,就是装作听不见,跟他们打哑谜。白天,工作组的人挨家挨户地做工作,搞发动。晚上,村民们却自发地组织起来,商量着怎么扛过这场逼上门来的风暴。大伙儿秘密达成"协议",如果工作组硬要进行投票分地,大家一定要抱成团儿,投一样的票:反对分田、分地、分集体!

由于工作组反复做工作,有人动摇了。

村里一位姓张的村民想要单干发家,大早起见到史来贺,直来直去地说:"我觉得还是中央的政策好,把地分给我吧,我搞家庭承包。"

史来贺毫不含糊地回答:"我不反对,那你就单干'大包干'吧!"

可到了晚上,他又回过头来找史来贺:"我又不愿意搞家庭承包了,大早起说的话,算我没说,没说。"说罢,扭头而回,也不等史来贺问个一二三。

原来,他老婆听说他要分地单干,顿时火冒三丈,指着他的鼻子破口大骂:"老书记领着咱走到今天这么艰难,如今的好日子来得容易吗?你个没良心的,就这么背叛史书记,这么背叛集体,你还要不要脸?大家伙儿都拧成一股绳,拼着劲儿走集体创业、共同致富的路,你倒先泄气,听外人的。你不要搞木偶表演——随着人家的指头转,5尺的汉子,白长个脑袋瓜子!你要离集体,我离家,跟你离婚!"

他一看老婆动真格的，就赶紧求饶："这原本不是我的主意，没有这种打算，可人家工作组一而再、再而三地给做工作，我才动了心。那我从今往后不听工作组的了，也不离开集体了，啥时也不离开了，永远跟着史书记，一块儿创业，一块儿建设集体！"

"你这不是叫人家把你当猴儿耍啦？工作组能管你吃喝？工作组能让你发家致富？听歪嘴和尚念经有啥用？"

"我再也不听他们的了。"他说着，就给老婆摆摆手，"你等着，我这就去找史书记，给他说，咱不单干了，不单干了！"

于是，便慌慌张张趁着夜色向史书记家跑去……

工作组的宣讲、游说，始终也没有得到村民的响应和支持，等于白费了唾沫星子。

这时，工作组又生一计：组织村民搞选举，把史来贺选掉，搬掉绊脚石！

可就在此时，中央调查组也来到刘庄。原来，"新乡刘庄不分地，不搞'家庭联产承包责任制'，仍坚持搞集体"的事，如同20年前的体制改革一样，又一次惊动了中央。

中央调查组一进刘庄，就调查刘庄迟迟不推行"大包干"的原因，并强硬督促该村党组织把土地、把集体分了，迅速推行"家庭联产承包责任制"。

先后两个工作组声势浩大地开进了刘庄，远近村庄的人都在等着看史来贺的笑话，周围农民都在说：史来贺硬顶着不分地、不分集体，这回彻底完了！木匠戴枷——自作自受啊！省里、中央都在查他的事儿，胳膊拧不过大腿，他有天大的本事也难躲过这一关啊！要把地顺顺当当分了，哪会有这种事？

史来贺心里也很明白，上级和工作组已把他视为刘庄抵制"大包干"的总后台，省里和中央都派来了工作组，这不明摆着是针对他史来贺来的吗？他做好了被批判、被罢官的思想准备。但他问心无愧、毫不惧怕。为了刘庄集体的发展，为了刘庄群众的切身利益，这次，即使罢他的官，也不分地、分集体！

那一段日子，每到夜晚史来贺都要围着村庄转圈，在畜牧场徘徊，在机械厂观望，在奶粉厂转悠，在造纸厂听机器的隆隆声……这些工厂来之不易，都是刘庄父老乡亲的血汗换来的啊！大家付出了多少艰辛，付出了多少劳累，付出了多少牺牲，又承担了多大责任，承担了多大风险啊！如果把这些工厂一分了之，怎能对得起刘庄的父老乡亲？怎能对得起刘庄的子孙后代？又怎能对得起党和国家呢？不能分，坚决不能分！如果不顾广大群众的利益，盲目跟风赶浪，把集体的产业分了，上背党心，下违民意，那岂不要落个千载骂名？

可工作组天天对他施加压力，说他死抱着集体不分，就是反对改革，对抗中央。

他站在星空下，对天袒露心胸："我老史没一点儿私心，完全出于公心，一心为了刘庄集体免受折腾，为了刘庄的老百姓快致富。谁错谁对，谁公谁私，苍天可鉴，日月可鉴！我问心无愧，大不了你撤了我的职，我不当这个书记就是了。即使撤了我的职、罢了我的官，我也不会答应分了工厂、分了地，不会答应解散集体搞单干。"

他对天立誓：只要我史来贺在位一天，就要为维护刘庄的集体经济和群众的最高利益站直腰杆、尽职尽责，不低头，不屈服，更不能委曲求全，这是一个共产党员最起码的品格；只要我这个共产党员不被开除党籍，就得保护好刘庄百姓创业的成果，保护好刘庄的集体产业，更得当好老百姓的代言人。

当工作组问他为何迟迟不推行"家庭联产承包责任制"时，他据理力争，毫无惧色地与工作组争辩：中央要求从实际出发，不搞"一刀切"，以"家庭联产承包责任制"为主，并没有排斥其他责任制和经营方式。中央的文件，不仅我们刘庄党员干部反复学，全体群众也反复学了，文件精神我们吃得很透，原则性问题我们把握得很准，我们是结合刘庄的实际，落实党的十一届三中全会精神的。难道这有错吗？刘庄的实际你们也看到了，分则失利，合则有利。我们坚持实事求是，从刘庄的实际出发，从维护和发展群众的利益出发，刘庄适合发展集体经济，走共同富裕的道路，不宜搞"家庭联产承包责任制"。

史来贺的话说得坚定有力，一字一句都是板上钉钉。

工作组无法反驳史来贺的理由，他们只好组织村民进行投票选举，把史来贺"拿掉"。可先后组织了三次全村民主投票，村民们要么把选票投给史来贺，要么弃权。三次投票都没有出现工作组想要的结果。

他们不得不跟史来贺做最后交涉：村办工厂不分了，把土地分了总可以吧！

工作组在无奈中做出了让步。

可史来贺对他们的让步并不买账，他干脆地回答道："分不分，我说了不算，还是让干部群众投票吧！"

投票就投票。

投票结果是百分之百地反对分地，这一下，更让工作组骑虎难下，十分尴尬。

中央调查组暗暗进行私访,在村头见到一个村民,握住他的手问:"你们村为什么不分地呀?"

"群众不同意分!"

"为啥不同意分?"

"分了地,村办企业就散了,俺就当不成工人了,还得回到庄稼地里当农民。长年累月在土里刨食儿,很难富起来,更挣不了现在这么多的钱。"

"你家去年分了多少钱?"

"3000多元!"

"这个数,比起周围村子,是多是少啊?"

"多,多多了!附近好些村子,几家人一年也挣不了这么多钱。俺刘庄比任何一个村挣钱都多,还发不少福利。算上福利,俺家一年少说也有四千多。要是分了地、分了集体,到哪儿去挣这么多呀?"

中央调查组的工作人员又在村里拽住第二个村民温和地问:

"这里没有人看见,你放心地说个大实话,你们村把地分了中不中?"

"不中,不中!"

"咋不中?"

"硬要叫俺分,俺也不分!你想想,村里的汽车咋分,拖拉机咋分,工厂咋分?俺村那么多企业、机械,要是分,这家一个轱辘,那家一堆零件,能成啥用?那不全白瞎了吗?俺村的机械化、水利化、电气化,已经达到很高的程度,分了,就是倒退。俺的新村已经建设了一大半,有的村民已经入住,要是分了集体,新村咋建?不能剩半拉丢那儿吧?叫我说,在俺刘庄,谁主张分,谁就是败家子!就是过街老鼠——人人喊打!中央不是讲'允许不同形式''不搞一刀切'吗?难道又变了?这政策,咋老是变来变去呀?"

"没变,没变!你走吧!不问了。"

调查人员又找到第三个村民,慎重地问道:

"你说说,在你们刘庄,分了地,对你是好,还是不好?有什么不好?"

"分了,当然是不好!有很多不好,却没有一样好。分了,等于把好多人从工厂撵回了田间地头,从工人返回了农民,由本村企业的主人,成了流浪外地的打工者。你说,惨不惨?真到了那一步,刘庄人算是走了回头路,悲惨啊!"

"那你对刘庄不分地,搞共同富裕,有多少信心?"

"百倍信心!"

"为什么有这么大信心？"

"因为我们村有史来贺，他是一个好带头人！几十年来，刘庄人跟着他共同奋斗，把集体搞强了，让村民富裕了。全村人都心知肚明，听他的，跟他走，没错！不光我有这样的信心，全村人都是信心百倍。"

中央调查组田间问，家里访，问壮汉，访老人，几乎把村里的人问了个遍，没有一个说愿意分的，千人千口，众口一词："坚决不愿分。"有人甚至强烈表态，如果上头非要强迫俺分，俺就到中央去找，直找到中央出文件的地方，也要坚持搞集体经济，搞共同富裕。

通过深入调查，调查组终于号准了刘庄的脉搏，摸透了刘庄的心率，看清了刘庄的志向：不分，不是史来贺的个人决断，也不是党总支的强迫命令，而是广大群众自觉自愿的选择。他们选择的道路，无可非议，没有错误。

可是，外村有些无事生非的人又借机放出不伦不类的种种谣言：

"史来贺抵制三中全会路线！"

"刘庄还在顽固不化地执行极左路线，搞集体经济那老一套。"

"刘庄是个独立王国！谁的也不听，连中央调查组的话也置之不理。"

"刘庄的经验过时了！今后，没有人再学刘庄了！"

"史来贺目无上级，谁也管不了他。"

"省委要把史来贺调走了，他一调走，刘庄还得分地分集体。想跟中央唱对台戏，没门！"

"这一回，刘庄的红旗彻底落地了！"

一人一张嘴，喊喊喳喳，说啥的都有，却没有一句照谱的话。这就是有些人的陋习，有人生就一颗邪心。心邪，嘴必歪；邪心不养善，歪嘴不积德。造谣、诽谤，无中生有，惹是生非，盖滋生于邪心，出于歪嘴。这些人唯恐天下不乱、世道太平。

可史来贺充耳不闻，概不理睬：

"嘴巴长在人家身上，上下两张唇，爱咋说咋说，管他干啥？咱走自己的路，看谁富得快，看谁走得正，实践是检验真理的唯一标准。今后的实践和事实会证明一切的。"

史来贺铁了心，憋足劲，攥紧拳，埋下头，在自己认准的道路上，策马扬鞭，奋力驰骋，开始了他艰辛的改革历程。

就这样，刘庄经过近3年的分还是不分的激烈论争，史来贺成功地把科学社会主义理论、十一届三中全会精神,与本村实际相结合,创造了刘庄特色的理论共识,统一了群众的思想认识;从而教育了群众,锻炼了群众,提高了群众执行党的方针政策的能动性和自觉性,把群众的觉悟和行动,真正统一到贯彻落实党的富民政策上来;在农村大变革的十字路口,在生产关系、经济体制急剧变革的关键时刻,创造性地做出了符合刘庄实际的抉择,再次避免了农村分分合合、合合分分的折腾所带来的损失,从根本上维护了集体和群众利益。

史来贺自1956年"小社并大社"之风时,就萌生了这样的思想:农业、农村必须稳定发展,不能乱刮风,不能乱折腾,稳定才能向前发展,稳定才能扎实发展;发展才能产生兴旺,发展才能得到富裕。他的这一发展思路,至此,已趋于成熟。几十年来刘庄发展的实践已经证明,他的这一发展农业的思路是非常正确的,是完全符合农村发展实际的。可以毫不夸张地说,他的这一思路,是中国农业、农村发展的一条颠扑不破的真理!

史来贺在几十年的光辉实践中,正是以这个真理作指南针的。每前进一步,都靠这个真理引路,都靠这个真理导航。拥抱着这个真理,他带领刘庄人民一往无前,无往而不胜!这个真理拥抱着他,让他的每一步都走出了特色,走出了经验,走出了灿烂,走出了一片又一片新天地!

总书记赞赏

这场让刘庄人多年后仍津津乐道的胜利，在当时并没有给刘庄带来祥和与安宁，村民们日夜心存忐忑，生怕哪一天上级又派来工作组给刘庄出难题。

直到 1981 年 8 月 8 日，刘庄人忐忑不安的心情才平静下来。

这一天，碧空万里，阳光灿烂，几辆小轿车穿过金谷飘香、棉桃耀银的原野，沿着浓密的林荫大道，向着刘庄奔驰而来，行驶到林荫大道的尽头，戛然停泊在刘庄新村的中心广场上。轿车内走下来前不久新当选的中共中央总书记胡耀邦，这是他当选为中共中央总书记后首次视察农村，第一站便来到了刘庄。

胡耀邦下车后，等候在这里的史来贺等人迎上前去，胡耀邦握住史来贺的手喜笑颜开地说：

"我来看看刘庄的乡亲们！"

说着，向周围矗立的幢幢楼房望去，在阳光的照耀下，一排排红色向阳楼房格外美观，总书记凝目望着，发出了朗朗笑声。

"这是刘庄新建的农民新村！"一位陪同的当地领导对总书记说。

"农民新村，很漂亮嘛！"总书记满面笑容。

在史来贺等人的陪同下，胡耀邦漫步在刘庄楼房林立的宽敞街道上，笑语声声，不停地夸赞。

"走！先到社员家里看看！"胡耀邦边走边提议。

总书记走在最前边，随意选择了住在红色向阳楼房的一家，这家的主人叫刘殿秀。宽敞明亮的楼房里，不论是客厅还是卧室、厨房，都非常干净、整洁，室内摆放着大立柜、大挂钟和电视机、电风扇、收音机等各种电器；卧室里的钢丝床、缎子被、白蚊帐，显示出刘庄农民对生活条件的讲究。胡耀邦看着刘庄的农民住上新式楼房了，家里的设施比城里人还阔绰，让他有说不出的高兴，脸上总是挂着阳光般的微笑。

"你们家存有多少钱?"胡耀邦亲切地问。

"俺净存着3500元哩!"刘殿秀的爱人李兰芝笑着回答。

"在俺村,他家只是个中等户。"史来贺在一旁插话。

"吃得好吗?"胡耀邦又问。

"好,好,可是好!"女主人李兰芝很激动,"这都是托共产党的福啊!过去,俺做梦也不敢想有今天,吃的净是白面、大米,还天天有鸡蛋、有肉!"

史来贺补充道:"全大队,每人每年,至少能吃上15公斤肉。"

"好!就是要吃好一点。农村劳动强度大,不吃好怎么行?"胡耀邦又强调说,"你这里,农民吃的肉还不算多。广东中山县每人每年平均能吃上60公斤肉。改变生产条件的时候,要提倡艰苦奋斗;但条件改变了,生产发展了,就要吃好点,多吃点肉,营养丰富些。"胡耀邦非常关心农民的生产与生活。

史来贺接上话茬说:"俺村也做了规划,1985年以前,实现每人每年吃上35公斤肉,还得增加鸡蛋和奶类食品,逐步改变农民的食物结构。"

"农民家中,安装暖气没有?"胡耀邦紧接着问。

"1985年以前,准备家家都安上暖气。这个,都在村里的规划范围内。"史来贺实实在在地回答。

来到大队接待室,史来贺向胡耀邦汇报了上一年(1980年)的收益分配情况:

全村总收入250万元,平均每人收入2050元人民币。每个劳动日值3.6元,相当于一个行政十六级国家干部的收入。社员户户都有存款,总额50多万元。全村每年为国家提供商品粮32500公斤,皮棉54500公斤。现有公共积累300万元,平均每人接近2500元。

"刘庄社员干得好!"胡耀邦听后,点头称赞,并指出,单靠抓粮食,让农民富起来,再有100年也不行。农业的战略方针搞对了,本世纪末,就可以搞上去了。

胡耀邦对坐在身边的时任河南省委书记刘杰说:

"河南省现在有6000多万农村人口。如果在10年内,全省农村人均产值都能达到刘庄的一半,就是600多亿元产值。"

总书记和蔼可亲,平易近人,在听汇报时,边听、边记、边问话,接待室的气氛热烈而又和谐。

　　让总书记特别感兴趣的，是史来贺谈了刘庄不分地、不分厂、不推行"家庭联产承包责任制"的原因。最后，史来贺对总书记说，刘庄干部群众几十年来一直抱定建设社会主义现代化农业的坚定信念，自力更生，艰苦创业，大力发展和不断壮大集体经济，让刘庄人民过上了小康日子。我们就是沿着发展集体、共同富裕这条道路走过来的。这次改革，我们更得从刘庄实际出发，从维护和发展广大群众的利益出发，从建设社会主义现代化农业出发，因地制宜，坚持集体创业，共同致富，实行集体专业承包制。根据刘庄的实际和广大群众的意愿，刘庄不适宜搞"家庭联产承包责任制"。

　　胡耀邦总书记听后，面带微笑地夸赞道："你们刘庄搞得好，搞得好！方向明，路子对！"最后又肯定地说，"就是要因地制宜，要实事求是嘛！你们从实际出发，尊重群众的意愿，做法对头，我赞成这个！"

　　史来贺3年来一直悬着的心，听到总书记这几句话，终于落到肚里了。刘庄的选择，得到了总书记的赞成，史来贺的眼里噙满了泪花……

　　胡耀邦顿了片刻，又大声说道：

　　"不能随风跑！正确的风可以跟着跑，错误的风，谁跑得快，谁犯的错误大。三中全会后的农业政策，强调不同形式，不是搞'一刀切'嘛！"

　　胡耀邦又向史来贺询问了刘庄党支部建设情况，史来贺手头并没有汇报提纲，而是随口道来，却一条一条汇报得条理清楚，有根有据，十分得体。

　　总书记一边听，一边点头，等史来贺汇报完了，他热情地赞扬道：

　　"刘庄如果没有一个好的班子，能搞成这个样子吗？搞好一个村，班子是关键。中央有个好政策，村上有个好班子，富起来就快了。看来得长期抓班子建设，刘庄党支部在这方面积累了经验。"

　　最后，胡耀邦对史来贺说："年底，要向中央汇报一下，对多种形式的责任制，大家都在探索，你们可以搞这样的责任制。"

　　胡耀邦参观了刘庄的工厂、畜牧场、农场和副业生产情况，实地察看并感受了刘庄的农、工、商、林、牧、副一体化全面发展以及群众集体创业、共同致富的喜人局面，高兴地对史来贺说："单靠抓农业，一百年也富不起来。你带领刘庄群众找到了一种好形式。你们先进单位，就要先走一步，刘庄不愧为全国农村的榜样。"

　　临离开刘庄时，胡耀邦总书记紧紧握着史来贺的手，鼓励他"要大胆探索、大胆尝试，带领刘庄走出一条让农民共同富裕的有特色的社会主义道路"。

听着党中央总书记的肯定和勉励,史来贺不住地点头微笑,心情无比激动,眼泪差一点流了出来。还是中央领导理解和支持刘庄的选择、刘庄的做法、刘庄的道路啊!

周围的群众听了胡耀邦总书记的话,热烈鼓掌,无比激动:俺刘庄没有错,土地不分没有错,集体不分没有错! 史书记又领着俺走对啦!

胡耀邦离开刘庄后,全村干部群众立即欢呼雀跃、手舞足蹈,他们一边挥泪,一边欢呼:"总书记赞成咱刘庄的做法了,这回可算把心放肚里了,刘庄的集体不用分了!"

"总书记都肯定了咱的道路,刘庄选定的道路是一条光明大道!"

"老史看准的事、认准的路,符合中央政策,总书记都夸奖哩!"

那一天,整个刘庄比过年还热闹,比过年还喜庆,比过年还欢腾。

史来贺趁热打铁,信心百倍地对大家说:"胡耀邦总书记来到咱刘庄,是给咱送东风嘞! 他肯定了咱刘庄的做法符合中央精神,是完全正确的,还鼓励咱继续走集体创业、共同致富的社会主义道路。总书记这次来视察,给了我们极大的鼓舞,我们要增强自信,加倍努力,把集体创业、共同致富的道路走得更好,走得更快,走得更宽,走得更扎实。"

他还告诉大家:"我根据胡耀邦总书记来刘庄视察的情况,已经向县委、地委都打了报告,明确而又全面地说明刘庄不适合推行家庭联产承包责任制,而适合集体专业联产承包责任制。"

"好! 这个报告打得好! 有总书记的讲话,县委、地委会支持我们刘庄的。"大家纷纷鼓掌说道。

"那咱的集体专业联产承包责任制,是啥意思? 它跟家庭联产承包责任制有啥不同?"有人不解地问。

史来贺简要地回答:"家庭联产承包责任制,是把土地等生产资料分给一家一户,进行包干生产,简单说,就是单干,各干各的,谁也不管谁,集体所有制就不存在了。而我们刘庄不适合这样做,只适合集体专业联产承包责任制,仍然实行集体所有制。刘庄决不搞私有制,无论现在和将来,刘庄都坚持公有制。集体创业,集体生产,集体致富。但也要搞承包,是集体性质的承包。全村实行综合经营、专业生产、分工协作、奖罚联产。这就是咱刘庄的集体专业联产承包责任制。"

"好得很! 这种集体承包责任制,坚持的还是大集体,咱刘庄就应该继续走这样的路子,坚决不能单干。那样把集体创业、集体致富的优越性一下子就毁灭了。刘庄的大集体啥时候也不能分了、散了,这样做,保证了群众的利益不受损害,群众拥护啊!"

"集体专业联产承包责任制,是咱刘庄的发明,是咱刘庄的独创,非常符合咱刘庄的实际,啥叫实事求是,这就是实事求是。"

在史来贺的倡导下,村里成立了"刘庄农工商联合社"(后发展为刘庄农工商总公司),制定了集体经营、集体专业承包,继续发展集体经济、共同富裕、继续前进的工作方针,创造了具有刘庄特色的"集体专业联产承包责任制",实行"集体综合经营,专业分工生产,分级承包管理,奖罚联责联产"的联产承包责任制。

半个月后,地委、县委批复了刘庄党支部所打的报告,同意刘庄村不搞家庭联产承包责任制,实行集体专业联产承包责任制。

史来贺拿到批复文件后,从内心感激地委、县委的领导对刘庄的大力支持。这充分说明,上级领导对刘庄党支部坚持实事求是的思想路线,从刘庄实际出发所选择的道路和经营模式,是理解的;对刘庄的发展,对刘庄群众的切身利益也是非常关切的。同时,这也说明,在这次农村改革的大潮中,刘庄的选择是正确的,刘庄坚持的道路自信是不容置疑的。

他顾不得想太多,只想让刘庄上下尽早知道这一消息。于是,他立即召开干部群众大会,向全村男女老少宣布这一振奋人心的喜讯。

批复文件一经宣布,全场立刻响起一片热烈的掌声,叫好声此起彼伏。尤其是那些困难群众,激动得热泪湿面,却一句话也说不出来,只顾一个劲儿地拍手鼓掌。多少天来,压在他们心头的那块石头终于落了地,他们用心血浇灌的刘庄大集体总算保住了,可该长长地舒一口气了……

胡耀邦视察刘庄不久,又对刘庄当年的情况报告做了批示。批示全文如下:

请研究室将河南七里营刘庄大队的这个情况汇报刊登《情况通报》。这个大队是闻名全国的老先进队,这几年,生产又年年大幅度地增长,去年,我走马观花地去看了一下。这个材料之所以值得一看,是因为从中可以看出:只要我们的政策对头,只要我们基层有一个好的领导班子,真正能够坚持因地制宜实行生产责任制,真正能够一步一个脚印地抓好生产规划,我们的农业确确实实是方兴未艾,前途非常光明。

在这个批示里,胡耀邦总书记再次肯定了刘庄"政策对头""真正能够坚持因地制宜实行生产责任制"。这是对刘庄坚持走集体致富道路的赞成与支持!

党中央总书记一个批示,又给刘庄人添了喜、鼓了劲,增加了信心。

刘庄人从内心里感激刘庄的掌旗人史来贺,如果没有他,刘庄的大集体难保啊!那还不得跟外村一样,分田分地,解散集体?是他稳掌船舵,把握方向,让刘庄这艘社会主义新农村的航船,在激流中避开了分崩离析的风险,避开了在险滩中触礁的危险,仍然沿着看准的航道乘风破浪,勇往直前。刘庄这面全国农村先进典型的红旗,高高地挂在船头,在劈波斩浪的航行中迎风不倒,高高飘扬。

独创性模式

农村"大包干"这场非同寻常的大改革,让史来贺日夜沉思。他敏感地认识到,这场改革,是国家政治与经济的转型期,即国家发展进入了新时期。刘庄也必须随着时代的变化,在不变中有变,新时期要有新目标、新作为,与时俱进地推动集体经济发展,刘庄方方面面的事业都要有一个新飞跃、新突破。党员干部要带领广大群众更加坚定走社会主义道路的信念和决心,探索和开拓出一条更加宽广的符合刘庄实际、具有刘庄特色的发展道路。

于是,他以高度的政治智慧审时度势,把中央的精神与刘庄的实际紧密结合起来,把坚持实事求是的思想路线与坚持从群众中来到群众中去的群众路线紧密结合起来,把对上级负责与对群众负责紧密结合起来。不唯书,不唯上,只唯实,从刘庄的生产力状况出发,从广大群众的根本利益出发,在坚持集体经济优势的基础上,革除了生产关系方面某些平均主义现象,吸取了"家庭联产承包责任制"的优点,不失时机地调整了生产关系和产业布局,果断地对刘庄的经济体制进行改革,由原来的大队集体管理的"大锅饭",改为集体承包责任制,简称为集体专业承包。

不久后,刘庄又在集体专业承包的基础上,成立了农工商联合社,分为农业、园林、畜牧、工副、商业、农机、建筑7个专业、36个承包单位,实行了"综合经营、专业生产、分工协作、奖罚联产"的集体承包责任制。其具体内容如下:

综合经营:农工商联合社是一个经济实体,在统一领导,统一计划,统一支配人力、物力、财力,统一核算,统一分配的原则下,对各业进行系统管理,综合经营。农、林、牧、副、渔、工、商、运、建、服,"十个轮子"一起转,协调发展,互相驱动。这个经济实体内部的各企业,在发展中携手并进,互助互补;在企业遇到困难时,共渡难关。譬如,有段时间造纸行业竞争激烈,村办造纸厂效益不好,周边的小纸厂纷纷倒闭,刘庄的造纸厂却依然是马达声声、机器轰隆,生产与营销从没有停止。因为联合社中的其他工厂纷纷挖潜,支援造纸厂流动资金,使造纸厂底气更旺,本钱更足,敢于把纸赊出去,避免了产品滞销。对食品厂、冰糕厂等季节性较强的企业,也可在联合社内部灵活经营。淡季,把人员调出去,投入其他企业进行生产;旺季,则把其他企业的人调过去,突击生产,实现产销两旺,促进了企业的发展。这样,以集体经营优势,促使刘庄各企业在商品经济的汪洋大海中游刃有余,快速发展。面对激烈竞争的市场经济大潮,史来贺为刘庄经济集团提出的奋斗口号是:"以科技求发展,以质量求生存,以管理求效益。"

20 世纪 80 年代刘庄村班子成员在一起研究工作

专业生产:各专业单位实行专业化生产,按专业建立不同形式的责任制。每年初,农工商联合社和各专业的生产经营单位签订承包合同,根据各单位的特点与具体情况,定出年度承包指标,实行不同形式的承包责任制。例如,工业方面,联合社承包到厂,再由厂承包到车间、班组、个人,实行层层承包。农业方面,联合社承包到农场,少数手工操作的农活,如棉花的整枝打杈、收摘等零星农活,承包到户。

分工协作：各专业人员基本固定，但在联合社内部可相互调动，相互有偿协作，做到定而不死，活而不乱。如农业与建筑业，农忙时，建筑业支援农业；农闲时，农业支援建筑业。又如工业上，奶粉机和造纸设备，就是由机械厂和木器厂共同协作生产的。

奖罚联产：各专业按承包合同规定，超额完成各项指标的，到年终拿出超额部分的30%进行奖励；若完不成任务，则按完不成部分的20%进行处罚。

史来贺带领刘庄人成立的以农工商联合社为主体的经济体制，是在中国农村大变革中产生的极具独创性、独特性的经济管理和责任制体制，既符合刘庄的实际，又符合新时期经济发展规律，随着时间的推移，已愈来愈显示出它的优越性。

首先，进一步稳定了集体经济的主体地位，充分发挥了集体经济的优势，有利于农业水利化、机械化、电气化、科学化水平的进一步提高，有利于调整产业结构，全面发展，综合经营，加速生产专业化、社会化的进程，有利于集中人力、物力、财力，扩大再生产，办好公益事业。

其次，过去在"集体致富"形式掩盖下的某些"大呼隆""大锅饭"的弊端，被彻底克服了、打破了。承包责任落实到厂（场）、队、班、组、户、人，责任清晰，功过分明，充分体现了按劳分配、奖罚分明的原则，承包单位和个人的生产劳动积极性得以充分发挥，促进了生产力的飞跃发展。

再者，有利于专业技能的培养与专业人才的成长。原有的"小发明""技术迷""土专家"，在实行专业承包之后，又一批批涌现出来，成为刘庄现代科学技术的生力军。

刘庄农工商联合社在中国农村大变革中脱颖而出，之后，又在探索中不断完善、健全，进入正规化运作，是独树一帜的新型农村经济管理体制，代表了中国农业发展的先进生产力，成为全国农村农工商联合企业试点工作的一面旗帜。

在农工商联合社成立后的1983年，刘庄集体总收入达到411万元，比前一年增长30.5%。全村每人平均占有收入3240元，比前一年增加了720元。农业收入只占16%，84%的收入来自工、副、畜牧业和少量的商业、林业。从这个比例可以看出，刘庄的工副业和畜牧业发展速度是何等的快、何等的迅猛啊！

农业生产持续增长，集体经济不断壮大。粮食亩产达到855斤，皮棉亩产超过"双百斤"。全村公共积累达到663万元。

年终,村里拿出总收入的23%,进行村民分配,每个劳动日值达5.4元,强劳力月收入175元,大大超过城镇干部、工人的工薪收入。村民累计存款达130万元。

自1980年全村人均收入达到小康水平之后,3年时间,又翻了一番。

事实证明,刘庄党支部带领群众大力发展商品经济,走出了一条农、工、商、林、牧、副全面发展,综合经营、专业承包的新兴致富之路。

当时,全国农村正开始搞农工商联合企业改革试点,还没有一个成型的经验。刘庄这方面的经验,却已经在中原大地开放出惊艳全国的鲜红而又盛大的花朵。

生产关系和产业布局的变化,说明刘庄已经进入了一个新时代。新时代催生新面貌、新精神,刘庄人焕发了空前的生产积极性和创造力,集体创业搞得红红火火,集体经济更加兴旺发达。刘庄人把集体致富的优越性展示得淋漓尽致,刘庄特色的发展道路在新时代的潮头上独树一帜,绽放异彩。

灵验的法宝

在新时期农村改革的大趋势面前,很多人不理解史来贺,也看不透史来贺,觉得他就是一个别人猜不透的"谜"。刘庄不打顺风旗,靠的是一股什么力量?不少人、包括一些相当级别的干部都在私下里议论:史来贺咋有那么大胆量、那么大气魄、那么大本事? 在全国农村都在分田分地、解散集体的改革风暴中,他仍坚持走集体化道路,领着刘庄唱"独角戏",并在新形势下,创造了适合刘庄集体经济发展的新模式,得到了中央总书记的肯定与赞赏。他是怎样练就的一身特立独行的硬功?

说来简单,史来贺仅靠一把"尺子",就在重大历史关头看准航向、把稳船舵、驶正航道,使刘庄这艘航船始终行驶在起初设定的航线上,在每个关键节点,在每个历史拐点,都不会偏了航向,错了航道,误入歧途。

这把帮他测准航向、预见未来的"尺子",就是实事求是、一切从实际出发。他常对干部说,咱刘庄无论啥时候,都要靠实事求是吃饭,靠实事求是创业。只要时刻握紧实事求是、一切从实际出发这把"尺子",咱们就可以大胆地试,大胆地闯,大胆地开辟,大胆地创造。

一把光芒四射的"尺子",让他坚定了刘庄的方向自信,道路自信,发展自信,目标自信。不管遇到什么风浪,他都能顶风而行,逆水行舟。

实事求是,一切从实际出发,是共产党人开展一切工作和取得一切胜利的重要法宝。这个法宝,成了史来贺测试方向正不正、路线偏不偏的一把金尺子。在50多年的动荡岁月中,他靠这个法宝、这把尺子,练就了与众不同的睿智与洞见。每当到了社会变革和政治动荡的节骨眼儿上,他都拿出"实事求是"这把尺子,去测量、去权衡;在依靠群众、相信群众中"求是""求真""求实";在发展集体经济、维护群众利益中坚守信仰、信念,坚持道路自信。所以,不管遇到多么大的政治风浪,不管处于多么复杂的局面和多么严峻的时代变革之中,他都能做到头脑清醒、站稳脚跟,有主见,有风骨,有眼光,有智谋,立场不动摇,道路更自信。由于他的不盲从,使刘庄避开了一次次的乱折腾、穷折腾;由于他的不跟风,使刘庄的集体经济未抽底气、未伤元气;由于他的有主见,使刘庄的集体发展免受挫折、群众利益免受损失。

因此,有人说史来贺是"农民政治家",有人说史来贺是"农民思想家"。

他听说后,则不以为然地摇摇头:"啥这家那家,一个农民啥家也不是,我向来是以集体为家,以国家为家!"

第四十九章　副总理指点迷津

※副总理来信
※"突围"的苦恼
※一语破迷雾
※谋划高科技

副总理来信

　　1983 年，是刘庄经济连续腾飞的第四个年头。这一年，比前几年完成的各项经济指标都有飞跃式攀升。

　　按中央有关部门的通知，刘庄党支部于 1983 年 12 月 20 日，以《进入小康不停步，收入三年翻一番——刘庄 1983 年经济发展情况的报告》为题，致函当时主管共和国农业的中共中央政治局委员、国务院副总理万里，详细汇报了刘庄 1983 年的经济发展状况和 1984 年的打算。信中首先汇报了这一年所取得的成绩：

　　1983 年，全村集体总收入达到 411 万元，比去年增加 96 万元，增长 30.5%。每人平均收入 3240 元，比去年增加 720 元。其中商品收入占 90%。各业收入占总收入的比例是：农业，占 16%；工副业，占 73.8%；商业，占 1%；畜牧业，占 7.6%；林业，占 1.4%；其他，占 0.2%。

　　农业生产持续增产，对国家贡献越来越多，集体经济不断壮大。粮食亩产达到 855 公斤，皮棉亩产达到"双百斤"。向国家交售商品粮 60000 公斤，皮棉 102500 公斤，油 5000 多公斤，都超额完成了征购任务；还为国家提供了肉、奶、蛋等副食品。全村公共积累今年增加了 71 万元，累计达到 663 万元。集体储备粮已达 32.5 万公斤。

　　年终，我们拿出总收入的 26.3%，计 107.95 万元进行分配，人均集体分配 920 元，比去年增加 130 元，加上社员家庭副业，人均实际收入 1000 多元，每个劳动日值 5.4 元，强劳力月收入达到 175 元。

　　随着生产的发展，社员生活又有新的提高。家庭高档商品不断增多：全村家家有电视机、洗衣机、收音机和缝纫机；平均每户有电风扇 3 台、自行车 4 辆、大立柜 5 个，部分户还添置了电冰箱和摩托车。在食物构成上，肉类、奶类、蛋类、油类、瓜果、食糖都有所增加。家家有存款。今年社员存款累计达 130 万元，户均 6000 元，人均 1000 元。

1980 年，我们村的人均收入已达到了小康水平，三年来又翻了一番。最根本的一条原因，就是坚定不移地贯彻执行了党的路线、方针、政策。带领群众大力发展商品经济，走出了一条农、林、牧、工、副、商全面发展、综合经营的致富之路。

…………

实践使我们认识到，无农不稳，无工不富，无商不活；事在人为，路在人走，业在人创。在党中央正确领导下，只要我们解放思想，脚踏实地，兢兢业业，艰苦奋斗，满腔热情地去带领农民发展商品生产，就能走向富裕，为全国本世纪末达到小康水平，建设社会主义现代化强国做出新贡献。

…………

年终分配时，我们总结了经验，找出了差距，制定了 1984 年发展规划：计划总收入突破 500 万元，人均占有收入达到 4000 元，人均实际收入 1200 元，劳动日值 6 元。

决心在新的一年里，自力更生，奋发图强，在建设具有中国特色的社会主义道路上，加快翻番步伐，以实际行动迎接建国 35 周年，为我们的伟大事业增添新光彩。

刘庄党支部
1983 年 12 月 20 日

从这一情况汇报中可以看出，刘庄经济发展迅猛，三年时间，又翻了一番。社员的收入与生活水平，大大超过了当时城镇干部、工人的工薪收入。这是多么令人羡慕的事情啊！

史来贺带领刘庄干部群众发展商品经济所取得的骄人成就，创造的独具一格的改革业绩，给处于改革热潮中的共和国增添了光彩，也给广大的农村改革提供了宝贵的经验。

国务院副总理万里，看到刘庄党支部这份散发着泥土芬芳、萦绕着农民先行者声音的报告，心潮起伏，激动不已，仿佛又看到了史来贺那张淳朴的笑脸，

又听到了史来贺那带有泥土味而又充满乐观情怀的话语。于是,欣然命笔,给史来贺回了一封热情洋溢的信:

史来贺同志:

　　信早收到了,迟复为歉!

　　刘庄在达到小康水平的基础上,1983 年又迈出新步伐,取得新胜利,实现人均收入 1000 元。这是你们贯彻执行十一届三中全会以来党的路线、方针、政策的结果,特别是落实 1983 年中央一号文件精神,大力发展商品生产,农、林、牧、工、副、商全面发展的结果。希望你们再接再厉,继续前进,为发展农村已经开创的新局面,实现党的十二大提出的目标,建设社会主义新农村,做出更大的贡献。

　　你们现在公共积累比较雄厚,又重视掌握各种商品信息,财大路宽好办事,应当进一步向生产的广度与深度进军,不断开拓新的生产领域。要充分发挥你们的优势,立足本地资源、劳力和技术条件,发展适销对路的工副业产品,并大力抓好流通环节,重视技术培训,使农村经济发展更有后劲,持续增长。刘庄农民尽快地富裕起来,对广大农民是个有力的鼓舞。

　　预祝你们在新的一年里取得更大的胜利!

　　此致

　　　敬礼

万里

1984 年 1 月 30 日

国务院副总理的来信,对史来贺来说,既是莫大的欣慰,也是有力的鞭策。

万里副总理给史来贺回信的第五天,也就是 1984 年 2 月 4 日,《人民日报》以《万里副总理写信给史来贺,祝贺刘庄实现人均收入一千元》为题,报道了刘庄党支部给万里副总理写信汇报的主要情况,以及万里致函史来贺的全部内容。

这一下,刘庄名气更大了,史来贺的名气也更大了!

史来贺与刘庄人读着万里的来信,既无比激动,喜上眉梢,又感受到中央领导殷切期望中的鞭策和激励。刘庄面临着既喜人又逼人的形势,任务更艰巨,道路更曲折。怎样才能在新形势下,依然保持迅猛的发展势头,领跑全国农村经济发展？史来贺陷入了深思……

在经济发展的跑道上，原来落后的一些地方，正在迎头赶上来，他们在急起直追。刘庄怎么办？千万不能徘徊不前、吃老本啊！得更加鼓足干劲往前跑，不能轻易让别人追上来，更不能让别人超过去。他坚信，刘庄人有志气、有勇气、有浩气、有正气，一定能在新形势下，依然保持农村发展的领先地位！

"突围"的苦恼

十一届六中全会为刘庄的新一轮大发展送来了东风。史来贺决定抓住机遇,乘势而上,冲破小农经济和传统农业的藩篱,向社会主义大农业进军,向现代科学技术进军。他对干部群众说:"刘庄要搞经济翻番,要步入集体经济发展的快车道,必须指望科学技术,指望知识、人才。要打破老框框,冲破老模式,发展现代化大农业。"他又说:"新时期,党对咱提出了新要求,咱农民必须打破旧观念,树立新思想、新观念,学习新知识,掌握新本领,增长新才干,适应新形势。"

20 世纪 80 年代以来,全国各地乡镇企业异军突起,迅猛发展。河南省各地区的乡镇企业,也纷纷"升帐举旗",拉开了"中原逐鹿"的战场。各地先后派人"南下取经",一时成了河南乡镇企业的热门话题。外地经验在中原大地扎根,一座座乡镇工厂如雨后春笋拔地而起,如烂漫的山花,到处开放。

一个典型的农业大国,短短几年间,在城乡互动下,乡镇工业产值就占全国工业产值的半壁江山,这在全世界任何国家都是非常罕见的。

尤其值得一提的是,很多乡镇企业的规模和现代化程度,从它诞生之日起,就令人震惊,有的甚至敢与国营大企业攀比、抗衡。

面对全国乡镇企业宏大的规模、强盛的发展势头和日新月异的跨越腾飞,刘庄的种种骄人业绩,却都显得有点儿"貌不惊人",成长于这片 1.5 平方千米的土地上的各类企业,却通通成了"小打小闹"。

这时,刘庄虽然已经实现了小康,但史来贺却乐观不起来。如果说,几年前,刘庄的村办企业还是独树一帜、遥遥领先的话,而如今,各地、各县的乡镇企业,已经掀起大潮,滚滚如雷,有的地方大有赶超刘庄之势。刘庄作为一个老先进,如果不抓住新的历史契机,顺势而上,立于潮头,就有可能被甩在历史大潮的后面。这不是危言耸听,更不是杞人忧天,严峻的现实就摆在面前,逼着刘庄人居安思危、心怀忧患。

与此同时,随着形势的发展,史来贺发现了刘庄前所未有的突出问题、新的矛盾:一是全村企业虽不少,但规模小,大都是20世纪60年代末、70年代初建设投产的,赶不上新兴的一些乡镇企业的水准与规模;同时产品与周边的乡镇企业雷同,互争原料,争抢市场,缺乏后劲,难以持续发展、快速发展。二是资金和技术实力积累到了一个新高度,同企业规模小、品种单一发生矛盾。有了矛盾,就产生了爆发力,刘庄再次到了转折关头。面对这些实际,刘庄必须有新的突破,才能与时俱进,跃上新台阶。

那么,该如何围绕"新的腾飞",制定刘庄经济发展的新战略呢?

史来贺与党支部一班人一遍遍读着国务院副总理万里的来信,整天想的、议的,都是一个主题:刘庄经济发展新的突破口在哪里?腾飞的踏板与跑道在哪里?

"路漫漫其修远兮,吾将上下而求索。"

史来贺带领刘庄人,在经济大潮的汪洋大海中,奋不顾身地在商品经济的浪潮里遨游。这些黄土地上的"旱鸭子",要决心锻炼成在商品经济的大海里冲浪的健儿!

在周边的乡镇企业都一窝蜂似的争抢着抓机遇、上项目的热潮中,刘庄人像一群要冲出重围的猛士,闯出一片新天地,创造刘庄新奇迹。

可每次上新项目,总是不能把梦想变为美好的现实,等待他们的往往是令人沮丧的挫败。

开始,他们想从发展食品工业上求得大突破,扩大原来的食品加工业,便到北京食品研究所请来了两位总工程师、一位工程师,到郑州食品厂请来了一位技术员做顾问,一些需要增加的设备也已运进了村里。

可这些请来的顾问在一起一研究、一论证,觉得造高级的糖类、冰激凌等食品,在农村销不出去;造低级的,又赚不了钱,甚至赔钱赚吆喝,图啥哩?刘庄人一听这,只好作罢。

食品工业难以突破,刘庄人又把目光转向建材工业。当时,有这样一条信息:用棉材加工纤维板,不仅原料来源不用愁,而且利润还挺丰厚。这一信息,如一针强心剂,让刘庄人的经济神经活跃了起来。在国家林业部一位副部长的热心帮助下,主机买回来了,配套设备由村机械厂制造出来了,原材料——棉材也备足了,只等试车生产了。可派人到较早生产棉材纤维板的新乡县李台村、郎公庙村去考察,一看便目瞪口呆,去的人全成了洋鬼子看戏——傻了眼!这两家厂里的纤维板一垛一垛的,堆积成山,价廉利薄不说,堆积了两年的产品根本卖不出去,厂领导一筹莫展。刘庄人一看,连说:"罢罢罢!"买来的制造纤维板的机器,没等安装,便成了一堆无人问津的废铁。

纤维板厂项目告吹,他们又准备上大型啤酒厂,并且工艺已经设计好。可派人一了解,啤酒花,全国只有新疆生产,很难保证随时供应到位。史来贺亲自到中原小有名气的开封啤酒厂去考察。酒厂的负责人告诉他,开封啤酒厂生产的汴京啤酒,利润低,赚钱少,厂里赚的钱,主要靠白酒。你们刘庄要办啤酒厂,就是有"酒神"助阵,产品质量也很难超过"修炼"了几十年的"青岛""五星""汴京"等名牌啤酒,很难抢占市场。史来贺一看办啤酒厂前景无望,只能唉声叹气地自我否决。原来的设计也只好停了下来。

见附近村镇的腐竹厂产销两旺,就又动了上腐竹厂的念头,可实地考察研究后,发现腐竹确实是深受欢迎的好产品,但生产方式落后,劳动力投入过多,效率偏低,更没什么科技含量,不会有太高的经济效益。刘庄人办厂子不能光图忙活赚吆喝,搭了气力不得利,那怎么向群众交代?不言而喻,腐竹厂也成了肥皂泡似的影子。

化工产品似乎很热门,那就干脆上化工厂吧!专门生产锅炉防垢、除垢剂。厂子投产后轰轰烈烈,热气腾腾。可谁知好景不长,终因技术不过关,生产出的化工产品都成了一堆不管用、没人要的废物。不得已,只好关门停产,以失败而告终。

办大型养鸡场,倒是红火了一阵子。谁料鸡群太庞大,鸡的种类多了,有的合群,有的不合群。不合群的鸡子吃饱了撑的,便天天斗起架来:公鸡叨母鸡,母鸡叨公鸡,几只鸡子斗架,就会引起大群鸡子斗架。鸡斗鸡,鸡叨鸡,互不相让,叨得公鸡成了秃头光脖儿,叨得母鸡成了没毛的光肚儿。鸡场的场长无奈之下,把鸡嘴钩儿一个个都剪了,还不敢声张。怕老史批评,怕群众责怪。

不久,来了一场鸡瘟,虽然打过预防针,可还是天天出现死鸡,咋办?从职工到场长,大眼瞪小眼,谁都束手无策。怕老史知道了挨训,就只好死一只往大烟囱里扔一只,不几日,便扔了满满一烟囱。一场鸡瘟,让偌大的养鸡场大伤元气,一蹶不振。

这时,国家轻工业部与河南省外贸局给刘庄造纸厂提供了一条信息:生产高级卫生纸有市场、行情好；原料只是短绒棉和麦秸。这些原料刘庄有的是，可以就地取材。省外贸局的人还专门来刘庄两趟，给出了他们负责培训技术人员和产品外贸出口的保证。既然有国家和省里的主管部门"保驾护航"，那就放心大胆地干吧！刘庄投资40多万元，先把厂房建了起来，命名为"刘庄第三造纸厂"。而后，以最快的速度安装造纸机器和有关设备。试车、投产，夜以继日，没有间歇。很快，高级卫生纸和普通卫生纸都造出来了，单等外贸出口挣外汇了。可天有不测风云，国际市场的行情瞬息万变，就像六月的天，一会儿风，一会儿雨，一会儿浓云密布，一会儿万里晴空。总是打你个措手不及，毫无防备。高级卫生纸出口困难了，靠它挣外汇无望了。咋办？总不能把一大仓库高级卫生纸一把火焚烧了吧？派出推销队伍，分头拿到旅馆、饭店去推销，也是光跑冤枉路，连个饭钱都挣不回来。万般无奈，只好把卫生纸分给村民，家家户户都分，只分纸，不收钱。这倒好，各家各户的卫生纸用了六七年也没用完，算是给村民多发了一项福利。在这种情况下，造卫生纸的厂子只好转产，生产包装纸。这种纸价格低廉，赚钱不多，总还可以多多少少收回点建厂成本。

刘庄人在经济腾飞的历程中走了许多弯路，"摸着石头过河"的求索路上，不是被石头绊一跤，磕个鼻青脸肿，就是被猛然间冲过来的汹涌的波涛呛了一口水；不是陷进了泥潭难以拔脚，就是被突然升腾的云雾迷住了双眼，辨不清前进的道路。

可刘庄人不认输、不气馁，因为他们前边站着史来贺。只要有史来贺在前边开路引导，他们就认定，胜利往往诞生在许多失败之后，奇迹往往建立在无数的挫折之上。

在刘庄这片土地上，史来贺被公认为"样样通，事事精"，是刘庄人的一部"百科全书"。啥不会了，"去问老史"；啥看不透了，"老史一眼就能看透"；啥干不成了，"老史伸手一干，就竖起一个标杆"！从摇耧耩麦，到收割扬场；从兴修水利，到科学种棉；从选种育种，到稳产高产；从使牲口驾大车，到犁地耙地；从办丰产田，到办现代化农场；从建工厂办企业，到集体新村的规划建设……桩桩件件，每一样活儿都能给大家做出完美无缺、无可挑剔的示范。老史领着大伙儿干了几十年，几十年的足迹，几十年的道路，让刘庄人认定了一个死理儿：老史说啥都灵验，老史干啥准能成；老史说啥、干啥情跟着走了，一准没错儿。

可这时，群众中起了怨言："咱村这是咋了？形势变了，老史的方向盘咋磨不准了？今儿搞搞这，明儿搞搞那，弄弄停停，试来试去，光工夫都搭不起，这不是拿钱往火坑里扔嘞？"

　　史来贺心里比谁都难过,那扔出去的一沓沓的票子,可都是刘庄群众的血汗钱哪！咋会不心疼呢？他的心仿佛被刀绞碎了,被大火烧成灰了！

　　"都怨我呀！是我信息不灵,决策失误,造成了这么大的损失。一切罪过由我一个人承担。这是天大的教训,心急吃不了热豆腐啊！"

　　史来贺在沉痛的反思中,苦苦思索,不停探索,上下求索。

　　他感到眼下的形势变幻莫测,过去一眼看透的事,现在看不透了；过去一手搞定的事,现在拿不准了；过去在刘庄这片沃土上,播下希望就有喜人的收获,种下梦想就能长出茂盛的风景。可现在,他和刘庄人新的希望、新的憧憬为啥总是难以变成美好的现实呢？

　　他亲自走出去,到外地几家有起色的乡镇企业去考察,不看不知道,一看豁然明白了。这几家乡镇企业之所以办得有声有色,是因为人家一开始就起点高,科技含量高,现代化水平高。这引起了史来贺的深思：刘庄要有新作为,必须要有新思路,换个新脑筋。用科学头脑打破老八板儿思维,走出传统疆域,开拓新的领域。

　　刘庄经济腾飞的踏板与跑道仿佛就在眼前,又似乎在云里雾里。是雾里看花,还是云里望月？他一时捉摸不定……

一语破迷雾

就在这时，中共中央政治局委员、国务院副总理姚依林到刘庄视察工作。

听了史来贺简短的汇报，看了农场的庄稼，看了畜牧场的奶牛，进了刘庄的农民新居，参观了村办企业，面对面询问了村民的收入与生活。姚依林看得兴致勃勃，兴趣盎然。

在参观农场与村办企业时，他说："刘庄人的艰苦创业有气魄！"

在听了、检验了刘庄的新型生产责任制后，他夸赞道："刘庄的生产责任制形式有自己的特色，有独到的特点，值得广大农村学习。"

在看到新村里一幢幢两层向阳楼房时，他肯定地说："刘庄的新村建设，是为农民办了一件大好事！让刘庄农民彻底告别了住破屋烂房的历史。"

临离开刘庄，他语重心长地撂下一句话，为史来贺解了惑，也为刘庄的发展指明了方向："老史啊，刘庄的经济实体实力雄厚，要办，就办大企业，不要办小企业。小企业哩，让给周边的村庄去办。"迟了一会儿，姚依林鼓励史来贺："要把发展前景往高处想，往远处想，往大处想！这才符合你的宏图大志，也符合刘庄目前经济发展所具备的坚实基础。"

副总理几句话，如醍醐灌顶，雾里亮月。

老史心中豁然开朗，眼前天宽地阔。

是啊！刘庄在以工促农的村办企业中摸爬滚打了十几年，但始终没有突围出小打小闹的圈子，老踩着别人的脚印走，哪能跨出自己的大踏步？看到别人的产品能赚钱，也跟着上一个同类企业，拿着不是独具特色的产品去和别人竞争，要么被别人挤垮，要么侥幸争得一角市场，却也赚不来大钱，没有长远的发展前途。刘庄村办企业不少，却没有一个龙头企业；小企业，往往经不起市场竞争的风浪，一遇大风大浪的颠簸，就有葬身海底的风险。而龙头企业就不一样了,它有自主创新的能力与动力,能在众多企业中形成龙头引领、梯队协同、优势互补的集群。对内不怕竞争,对外合作提升,形成持续的竞争优势。在产业集群中,中小企业的创新活跃度、转型升级能力往往较为薄弱。如果把刘庄整个村办企业比作一个木桶,龙头企业就是这个木桶的"长板",它不只是自己拔尖,还要帮助别的桶板"补短板",时时刻刻提携"短板",做到同步前行。这样就能增强"木桶"的"蓄水"能力,共同把市场做大,也为自身长远发展拓宽空间。

刘庄就应该办这样一个大型骨干企业,作为刘庄经济发展的龙头和突破口,龙头昂首吞云吐雾,龙身、龙尾就会腾飞起来。可龙头在哪里?找不到龙头,摸不着龙身,何谈腾飞?

史来贺用发展的眼光,用与时俱进的思维,重新为刘庄的经济腾飞定盘子、磨方向、掌舵轮、开新路。

正当史来贺"踏破铁鞋无觅处",为刘庄寻找"龙头"的时候,谁也没想到机遇竟不期而至。

刘庄北边不远有个魏庄,当时,该村与新乡县第二制药厂联合办了一个化工厂。开工剪彩那天,魏庄的村支书和第二制药厂的李厂长特邀史来贺这个"名人"前去参加剪彩仪式。剪彩完毕,史来贺问"二药厂"的李厂长:"魏庄与你们联合办化工厂,准备生产啥产品?"

"这个化工厂主要为第二制药厂生产药品的半成品——'中间体'。"李厂长毫不隐瞒地回答。

"中间体,中间体……"史来贺似懂非懂地将这个新名词连着念叨了两遍,一下子来了兴趣,试探着向李厂长问这问那。一番打探后,了解到加工医药中间体,工艺不复杂,却产值高,利润也高。

这个轻易得来的信息,一下子抓住了史来贺的心:"俺刘庄为何不把目光盯向药品工业?魏庄能办的事,刘庄办的一定能超过他们。"

机敏的史来贺立刻有了主意,于是就在剪彩现场拉住"二药厂"李厂长的手,诚心诚意地提出:"我们刘庄也给你们加工'中间体'中不中?"

"咋不中?大力支持!我们'二药厂'需要大量的'中间体',这种半成品,对于我们厂来说,是多多益善,目前还'吃不饱'哩!"李厂长满口答应。

吃一堑长一智,摔几次跟头,就学会了走路。以前在摸索中交了不少学费,这次学聪明了,再也不能一听说啥赚钱,就马上跟在别人后面当"跟屁虫"了。

史来贺回村后，并没有召集党支部会议通报决定加工"中间体"的事，而是抓紧全方位搜集信息，找有关人士进行论证。

这一搜集、论证，潜在的问题暴露了，新路子也摆在眼前了。费尽一番苦心，才真正了解到，生产"中间体"，并不是理想的选择，原料受成品限制，成品一停，半成品自然也得停。论证的结论是：加工"中间体"，不如上淀粉酶。淀粉酶用途广泛，染料、医药、食品等工业都得用，离了它不行。市场风波虽然难以预测，但总不会纺织、医药、食品等行业，全都在同一时间疲软瘫痪吧？即使纺织行业疲软了，还有医药、食品呢！东方不亮西方亮，总有用得着淀粉酶的行业在不停地运转。好！就上淀粉酶，不仅用途广、利润高，保险系数也大啊！

史来贺专程找到"二药厂"的李厂长，诚恳地告诉他："老李啊，我们经过研究，刘庄不想上'中间体'了。"

"不是说好了吗，咋又变卦了呢？"李厂长不知其中原因。

"我们决定改上淀粉酶，想建淀粉酶厂。"

史来贺话音没落，李厂长就回应道："我们也正准备建淀粉酶厂。"

史来贺恳求道："你就让给我们刘庄建吧！"

"中啊，中啊！那你们就建吧！"李厂长让利农民，对刘庄大力支持。

"可我们刘庄对生产淀粉酶，一窍不通啊！特别是技术上，两眼一抹黑，啥都不懂，一个个都是瞪眼儿瞎呀！"史来贺说出了最大的难题。

"世界上还有啥事能难倒你老史？再硬的骨头，到了你手里，也能把它捏碎。"

说笑归说笑，热心的李厂长却对史来贺非常支持。

他对老史说："您要对生物医药感兴趣，想上生物医药工程这方面的项目，我可以向您推荐一位微生物专家，他叫钱铭镛，是江苏省无锡市微生物研究所的高级工程师。我们制药厂跟他打过交道，得到了他的很多帮助。这位钱工不仅是有名的专家，还是一位热心人，敬业精神很强，值得信赖。"

说着，当即写了一封信，让史来贺派人拿着他写的这封信，到无锡市微生物研究所去聘请钱铭镛。

老史问钱工的住址，李厂长摸摸后脑勺回答："只记得是无锡市钱塘大街，门口有根电线杆。"

"门牌号是多少？"老史问。

"这个不记得了，反正门口有根电线杆，这就是个记号。"李厂长肯定地说。

史来贺感激地说："好啊！李厂长,你给我提供的信息太重要、太好啦！等于给刘庄下了一场及时雨啊！刘庄正发愁找不来转型升级的好项目呢！如饥似渴啊！这么先进的医药项目,要是刘庄人拿到手,那就是久旱逢甘霖哪！"

谋划高科技

回来的路上，史来贺一直在想：魏庄和"二药厂"搞的是医药科技项目，很对头，很符合时代潮流！过去，刘庄走的是勤劳致富路，靠的是艰苦奋斗的精神、拼搏开拓的精神。现在时代变了，光靠艰苦奋斗是不行的。时代在前进、在变化，已由过去艰苦奋斗的创业时代变为现在的科技大发展时代、知识爆炸时代。时代变了，人的头脑也要跟着变。新时代、新时期必须靠知识致富，靠科学技术致富。刘庄也得改变思路，由勤劳致富变为科技致富，艰苦奋斗精神和科学发展观念结合起来，刘庄的发展便会如虎添翼。他的目光盯向了生物工程，再次给刘庄制定新战略：刘庄农民要搞生物工程，并且必须搞成生物工程！

他的这一集体经济发展新战略，标志着刘庄企业从劳动密集型向技术密集型的转变，标志着产品由低技术粗加工向高技术精加工的转变。对于刘庄人来说，这种转变是史无前例的，祖宗几十代没搞过，甚至连听说都没听说过，如今，史来贺却要在这片土地上创造新奇迹，开创农民大搞高新技术产业的新纪元。

一回到刘庄，老史就对党支部一班人说："今儿个，我算是想好了，咱要上大项目，上生物医药这个高科技项目。"

"高科技项目？那咱农民能干成？咱对高科技可是瞎子摸象啊！"支部成员一个个吃惊发愣，都觉得老史的想法离谱，担心干不好生物药厂，反把刘庄的集体经济搞垮了。

"事在人为，路在人走，业在人创。别人能干成，咱刘庄人为啥干不成？咱不比别人少胳膊少腿儿，更不比别人的脑袋瓜差。别的地方能干成的事，咱刘庄也一定能干成，并且会比他们干得更好！"老史坚信不疑地说。

刘庄有人一听说搞高科技生物制药，便无比担忧，认为老史是想致富想昏了头，村办的工厂已经不少了，办成功的都是头些年办的，进入 80 年代以后，村里上这项目,上那项目,吹灯的吹灯,拔蜡的拔蜡,哪个办成了? 不能再瞎胡折腾了。想要办大厂,谋划高科技,这也没错,与时俱进嘛! 可也要从实际出发,咱刘庄的农民有那个头脑、有那个本事吗? 别说高科技了,就是现代的普通科技,也能难倒咱泥腿子。再说,办厂的资金从哪儿来? 这可不像当年,老史 90块钱买回来 3 头小牛犊。建个生物医药厂少说也得上千万元,咱刘庄就是卖房子卖地,也卖不了这么多钱啊! 刘庄想办生物医药厂,简直就是异想天开,大白天做梦!

"谁要说我是做梦,那这个梦我非叫它变成现实不可! 这个厂,我办定了!"史来贺的话语掷地有声。

这时,已到新乡县担任县长的刘源,又来到刘庄。他是了解到刘庄目前工业发展急需"突围"的窘境,专程给老朋友出谋划策来了。两个人坐在村里的办公室里,在昏黄的灯光下,抽着旱烟,吐着满脑子的思绪,想了大半夜,谈了大半夜;对目前的经济形势、市场变化进行了切入实际的分析,将对刘庄有利与不利的因素都进行了正确的评判。最后,刘源给刘庄谋划了一个经济腾飞的"计谋":"把村办企业办成现代化大型骨干企业,并要有一个龙头企业;把靠勤劳致富转为靠科技致富,用高科技产品抢占市场,发展刘庄的经济。这样,刘庄的企业发展就能实现重大'突围'!"

刘源的这个"谋划",跟姚依林"要办,就办大企业"的主张不谋而合,他们站得高,看得远,有全局眼光,对商品经济市场信息掌握得多,无疑,他们的决策是完全正确的,前景是无限光明的。

次日,史来贺就给在郑州工学院电机系上学的大儿子史世领打了一个长途电话,让他马上请假回家,有要事相商。

史世领不知家里发生了什么事,听电话里父亲的语气,电话那头的父亲肯定是早已火烧眉毛了,不然,父亲不会给他打这个紧急长途电话。

史世领正在上大学二年级,学的是工程设计。记得刚去上大学时,父亲对他千叮咛万嘱咐:你去上大学不容易,一定要珍惜这次机会,好好学习,刻苦钻研,长知识,长见识,毕业后要有一身过硬的本事,为建设家乡尽力,为国家多做贡献。此时,父亲急着召自己回去到底是为何事呢?

世领急急忙忙从郑州赶回刘庄。一进家门,父亲就开门见山:"有件急事必须由你去办。"

"啥事?"世领皱着眉头问。

　　"村里准备上个生物医药的大项目,你与村里两个干部到江苏无锡市去请一位这方面的专家。给你们 3 天时间,一定要把这位专家请到咱刘庄来。记住,你是代表我去的,一定要把我的诚心诚意带给无锡的这位专家。"

　　"哎呀! 我当啥事嘞,这事也得让我去? 这不耽误我学习吗? 我正在准备考研呢! 这一回来,要耽误我多少课程啊,需要准备和复习的资料一大堆呢!"世领显然有些不愉快、不理解。

　　"让你去,是为了让你跟专家接触接触,长长见识。你学了书本知识,再跟专家多聊聊,专家有丰富的实践经验,你跟他接触多了,就等于知识与经验相结合了,等于理论与实践相结合了。对你来说,这是两全其美的好事啊! 同时,这也给你提供了一个为刘庄出力效劳的机会。"史来贺对儿子循循善诱。

　　世领一听,总算理解了父亲的良苦用心:"好,我听你的,到无锡去见见这位专家,跟他好好学习,并且一定把他请到刘庄来。"

　　事不宜迟,史来贺当即委派党支部副书记王云邦,带领机械厂厂长刘铭海以及史世领,前往无锡市请专家。

　　老史把"二药厂"李厂长给钱铭镛写的信和一张写有钱铭镛住址的纸条,一并交到王云邦手中。

　　三个人像受命的全权大使,带着老史的嘱托,带着刘庄父老乡亲的希望,肩负刘庄发展高科技项目的伟大使命,满怀信心地踏上南下的列车,向江苏无锡市进发了。

第五十章　走科技致富之路

※慕名请专家

※历练"子弟兵"

※自己搞设计

慕名请专家

　　钱塘大街是无锡市一条著名而古老的大街,也是一条很长很长的街道,并且这条老街上的住家户都是一些老户,房子很老,院落房屋很不规律,凌乱分散,找个人并不容易。王云邦三人按照史来贺提供的地址,在大街上找了一下午,也没找到钱铭镛的家。因为这条几里长的大街,电话线杆、供电线杆有很多,他们沿着电线杆挨门打听,从街这头走到街那头,打听了一晌,竟没有找到高级工程师钱铭镛的家门。

　　刘铭海说:"这纸条上是不是写错了,钱工程师是不是住在别的街道上啊?要不,咱到其他街上去打听打听吧?"

　　王云邦毫不含糊地说:"不会写错。就是钱塘大街一根电线杆下,一点儿也不错。"

　　"那这么多电线杆咱都打听、都找了,咋没有哇? 会不会人家从这条街搬走了?"刘铭海皱着眉头说。

　　"不怕,明天咱再接着找,就是找遍无锡市,也要见到钱工程师,不达目的,绝不回返。既然来到了无锡,咱不能无功而返。"王云邦坚定地说。

　　第二天,他们继续在钱塘大街打听与寻找。上午 10 点多钟,终于在一根电线杆旁找到了临街单扇门里的钱家。昨天找时,他们偏偏忽略了这个不起眼的单扇门,认为有名的微生物专家咋会住在这破陋的单扇门里? 想不到,那么有知识、有技能的专家,偏偏就住得这么破陋。这让三个乡下人既万分惊异,又有些不理解。

　　走进钱工家里,有一位老人接待了他们三个。老人告诉说,他的儿子钱铭镛不在家,去一家药厂搞实验去了。

　　三个人按照老人说的地方,很快在药厂里找到了高级工程师钱铭镛。

望着面前这位一身书卷气的大知识分子，三个刘庄人肃然起敬。这位有名的钱工，四十五六岁年纪，瘦高个儿透出他的精明干练，清癯的面容显得精神焕发；那副深度近视镜片后，闪亮着炯炯有神的眼睛；一身整洁干净的深灰色中山装，以及淡泊的神色、坦然的谈吐，都洋溢着一个知识分子儒雅的风度和温文尔雅的气质。

三个土里土气、一身农民打扮的豫北人，操着一口豫北口音，进行了一番自我介绍后，直截了当地向钱工程师说明了来意，恭恭敬敬地说："俺村的书记史来贺特意让我们专程来请您的。"并向钱工简要介绍了目前刘庄村办企业的情况。

钱铭镛一听史来贺这个名字，霎时间脸上露出惊喜的神色："什么？你们是史来贺派来的？史来贺是个全国赫赫有名的人物。无人不知啊！你们就是那个村的？"

三个人同时点点头。

可钱铭镛摇摇头说："这事儿农村干不了。微生物工程属于高科技啊！农村真的干不成，你们还是请回吧！"

"我们能干成，不会让您失望的，您就跟我们去一趟吧！"

"我的话是有根据的，农村干生物工程的，失败的很多。我不愿看到一个全国农村的先进典型，在生物工程上栽跟头。我也是为刘庄这个先进典型着想啊！"钱铭镛的话让人无可厚非。

三个人只好失望地打道回府。

回到刘庄一汇报，更加坚定了史来贺大干微生物工程的决心："生物工程干定了！外地人、城市人能干成的事，刘庄人也一定能干成！"他又给三个人下了命令："回去再请，拿出'三请诸葛亮'的诚意与耐心，哪怕用'八抬大轿'，也要把这位有名的专家抬到刘庄来。完不成任务，你们干脆就不要回刘庄了。"

这是死命令，三个人心里有了一种担当"伟大使命"的感觉，肩上仿佛压上了一副沉重的担子。就这样，他们没来得及休息一下，又立即返回了无锡。

钱铭镛一看，刘庄三名"使者"又回来请自己，心里很过意不去，一连说了"好、好、好"三个字后，便大手一挥，爽快地说："走！我跟你们去刘庄！"

其实，钱工在这方面的新研究成果，正需要一个厂家把它变成产品，况且又是全国著名的劳动模范史来贺请他去，便愉快地上路了。

…………

　　跨长江,越黄河,千里迢迢,一路劳顿,钱工却显得格外振奋,喜出望外。他来到刘庄,打眼一望,漂亮整齐的集体新村,林立气派的工厂厂房,笔直宽敞的林荫大道,优美的村街花圃,如诗如画,如梦似幻,让他耳目一新,惊叹不已:"真没想到,中原还有一个比苏南的好多先进村还漂亮的新农村。刘庄,了不起!真的了不起! 让人一看就开眼,仿佛走进了画中……"

　　史来贺满面笑容,喜迎贵客,用两只厚厚的大手紧紧握住钱工的手,激动地说:"钱工千里迢迢来到俺刘庄,辛苦了! 你是刘庄的贵客,我代表刘庄干部群众表示热烈欢迎!"

　　钱工笑盈盈地说:"不客气! 我是第一次来到黄河之滨,第一次来到刘庄。我一来,就被刘庄迷住了,您是怎样带领全村百姓,把一个黄河岸边的农村建设得这样美、这样迷人的呢? 无须打听,我在这里打眼一观,就知道您是一个了不起的带头人。过去只在报纸上看到过你的事迹,今天亲眼一见,果然名不虚传啊!"

　　"钱工,您过奖了。我个人没啥了不起,刘庄的美,都是刘庄百姓靠一双手、一砖一瓦建设起来的。您是不知道哇,刘庄过去穷得很,几十里黄河滩人家谁不知道,刘庄长工最多、逃荒要饭的最多。刘庄能建设成今天这个样子,刘庄人能有今天这样丰衣足食的生活,实在是不容易啊!"

　　史来贺说到这里,两眼满含着希望,望望远方,又看看钱工,说:"可俺刘庄人并不满足现状,还渴望有更大的发展,渴望过上更富有、更幸福的日子。钱工,您来到刘庄,就是刘庄百姓的福星啊!"

　　钱工连忙摆摆手:"史书记,把我说成刘庄的'福星',实在不敢当啊! 如果能为刘庄的建设与发展尽一点儿绵薄之力,那也是我的荣幸!"

　　史来贺跟钱铭镛一照面,就看出他是一个事业心极强的专家。

　　仿佛生来有缘,两人一见如故,倾心畅谈,话说得投机,心碰得热乎。当晚,两个人一个操着苏南口音,一个说着豫北土话,谈得非常合拍、投缘,一直谈到下半夜,仍谈兴未泯,睡意全无。

　　在刘庄住下来的日子里,钱工与老史朝夕相处,互相交流,互相沟通,久而久之,两人便成了志同道合的知交。特别是老史一心为民、廉洁奉公,带领群众共同致富的精神深深打动了钱铭镛。这位微生物专家,决心用自己所掌握的科学技术助老史一臂之力,要把自己脑海里的知识化为刘庄群众的财富。

　　听说刘庄人从无锡请来了专家,县长刘源抑制不住心头的喜悦,第二天就赶到了刘庄。

握手、寒暄，表示欢迎过后，刘源就用关切与鼓励的口气说："钱工，刘庄是全国的老先进，每年都有国际友人来这里参观，是咱中国农村的门面，拜托你一定努力帮助他们，把用高科技制造淀粉酶这件事，尽快办成功！"

钱工点点头，如实回应："淀粉酶、蛋白酶、糖化酶，我都会，建一个厂，这些都可以生产。可我只懂工艺，不懂机械设计和土建工程。"

刘源立即表示："建厂子，我也帮着想办法。"说着，就立即打电话给县里的第二制药厂，让他们派一位副厂长带着技术人员，来刘庄帮助建厂子。

这时，史来贺说："土建人员咱有，建新村练出了一批队伍，这个不用作难。关键是请设计人员。"

机械设计是一个很大的难题，方圆几百里很难找到这方面的专家。经人推荐，老史又不远千里，从外省请来一位机械设计工程师。为了表示盛情和诚意，老史在自己家里盛宴招待，请妻子树珍炒了几样拿手菜，还特意拿出了珍藏多年的在北京开会时买的国酒——茅台。老史满脸诚恳，把盏敬宾，将外来的工程师视为最尊贵的客人。酒过三巡，工程师喝得脸红耳热，毫不掩饰地向老史提出为刘庄效力的条件：他家新居装修急需 5 万元，这笔钱让刘庄给他支付；工厂投产后，他个人要抽取前 3 年毛利的 10%……

史来贺心里暗暗一算，不得了！这样，他接连提取 3 年，就能从刘庄集体提走 40 万元啊！这一算，心里腾一下燃起一股火，但又当着客人的面不好发作，只好暂时强压心头的怒火。

"哼！你这人，还不如个农民觉悟高。作为拿国家薪水的工程师、技术干部，不诚心诚意地支援农民，反而卡农民的脖子，想趁着刘庄有求于你，乘机捞一把，真是墙上贴狗皮——不像话(画)！"

可又转念一想，人家提出这样苛刻的条件情有可原。报纸上不是讲了嘛，允许科技人员搞有偿服务，也允许一部分人先富起来。人家手里握着科技这个金刚钻，想一下子富起来，又不是当强盗到刘庄拦路抢劫，并不犯法，无可厚非呀！

但对于这种见利忘义、巧取豪夺的人，史来贺坚决不用。

好聚好散，生意不成仁义在。

"以后再谈吧。"史来贺借故客客气气打发走这位一门心思"向钱看"的机械设计工程师。

他拿这位两眼紧盯钱财的工程师与钱铭镛相比,禁不住慨叹一声:"钱工是个实在人啊!他是刘庄人的知心朋友,值得尊敬,值得信赖啊!"

回到村委办公室,他钢铁般的拳头"咚"的一下砸在办公桌上,吓得坐在这里的几位村干部都以惊异的目光瞪着他:"老史这是咋啦?在跟谁生气?"

"真是岂有此理!项目八字还没一撇,他一张口就要 5 万元,还要连续 3 年抽取 10%的毛利。他一来就没安正心,把刘庄当作他发财的'钱庄'了!我一听肺都气炸了。"史来贺气得两眼冒火。

这时,大家才明白他为啥发这么大火了。

"他真是狮子大张口哇!猴子吃大象——亏他张得开嘴!光长了个'钱(前)心',后心叫狼扒着吃了。这样的人,再有能耐,咱也不能用。他这是借机敲诈咱刘庄,刘庄乡亲辛辛苦苦挣来的钱,不能变成他嘴里的一块肥肉!"副书记李安仁气愤地说。

副书记王云邦也表示出极大的愤慨:"这样一个两眼盯着钱的人,趁早把他撵得远远的,从哪儿来,回哪儿去,咱用不起!想在刘庄捞一把,发横财,刘庄的老百姓坚决不答应!嗑瓜子儿嗑出个臭虫——啥仁(人)啊?"

"咳!我呀,冲着盲人问路——找错了人啊!"此时此刻,史来贺多想有一位无私奉献的设计专家从天而降啊!

历练"子弟兵"

　　站在村委门口，史来贺望着远方，不住地叹气，仿佛是自言自语，又像是对屋子里的干部叙说自己的想法："农民创业百事难哪！你不懂技术，不掌握科学，人家就会要挟你，卡你的脖子，牵你的鼻子。要想干大事、创大业，咱自己就得身怀大本事、手握大本钱。这本钱，就是科学技术。"

　　停了一会儿，他转换了语气，坚定地说："我就不信，咱自己干不成！离了猪八戒，唐僧还取不来经了？地球离了谁都照样转圈。咱自己干，刘庄有的是人！"他的铁拳又一次砸在办公桌上，庄重地向大家宣布："咱刘庄要培养自己的科技'子弟兵'！把发展的主动权牢牢掌握在自己手里。"

　　"是啊！咱要是有自己的技术人员该多好哇！一分钱都不用花，就设计出来了。"副书记王云邦附和道。

　　这时，史来贺想到了自己的大儿子史世领："有一个人不要一分钱，就能把厂子、机械设备设计出来。"

　　"谁呀？"副书记李安仁问。

　　"世领。你们说中不中？"

　　副书记王云邦说："中是中，可他不是在大学里上着学吗？他能力没问题，可让他回来搞设计，不就误了他的学业了吗？那对他一辈子都会有影响啊！这个事儿，你得考虑好哇！可不能耽误了孩子的前程啊！"

　　史世领是村办机械厂技术厂长，眼下正随着刘庄派出的 7 名青年人在郑州工学院攻读本科。他深知学习机会来之不易，所以学习非常刻苦，并准备读完本科，再考研究生。

　　"影响他一个人的学业重要，还是影响刘庄的大事业和 1000 多口人致富重要？你也不算算账，哪头沉、哪头轻？刘庄的后生，就得为开创刘庄的事业服务。通知村里派出的在郑州工学院进修的 7 名学生,统统暂时休学回来,参与村里的药厂设计。等厂子建好了,再回去学习!"史来贺心里早把这事考虑好了。

大家一致同意:"对!今后再也不找讹人的专家了。咱自力更生,叫世领带着几个青年技术员干吧!"

养兵千日,用兵一时。现在该是让这些"子弟兵"上战场,为刘庄的新发展杀出一条血路的时候啦!

是骡子是马,拉出来遛遛。不遛,咋能跑出千里马呀?刘庄,急需历练自己的千里马啊!

第二天清早,史来贺就打电话,通知在郑州工学院学习的 7 个刘庄学子,马上回村完成一项紧急任务。

7 名学子接到通知,上午就回到了村里。

史世领被父亲急电召回刘庄,却不明白让他们 7 个正在进修的学子回来干啥。一进家门,他就迫不及待地问:"爹,又急着叫俺回来干啥?"

"叫你们回来干大事嘞!我万般无奈,心里着急得像着了火,这才把你们召回来。你得帮助爹一把啊!帮我就是帮刘庄。"史来贺火急火燎地告诉世领。

接着他把请外地工程师搞机械设计而被要挟的事说了一番,并气愤地说:"他这是漫天要价,揩刘庄的油,这不是要咱农民的命吗?"

儿子听后,气得拳头握得咔吧响:"他这是乘人之危,想趁机大发横财啊!"

"谁说不是啊!这种人白给咱也不用了,没品质。我想好了,咱刘庄要用自己的人。叫你回来,就是想让你领着在大学进修的几个人把机械设计给我攻下来、拿下来。你们边干边学,边学边干,在实践中成长,咱刘庄要培养自己的科技人才,要拉起一帮咱农民的科技'子弟兵'!"史来贺把自己的打算全部告诉世领。

"可我现在学习到了关键时期,忙得很,正准备考研嘞!"世领想求得父亲的理解。

"这我知道,可你是刘庄走出去的大学生,学了知识就应为刘庄服务。你权衡一下,是你考研重要,还是刘庄的发展重要?你是刘庄的儿子,可不能忘了生你、养你的这片土地啊!"史来贺语重心长地说。

听着父亲的话,史世领默默地低着头,不言语,也不表态。

父亲看着他的样子,有点儿慌神,便退一步对儿子说:"这也是没有办法的办法，赶鸭子上架嘞！等把药厂建成了、投产了，你再继续念大学，中不中？"

世领紧皱着眉头，木呆呆地坐着，半晌也不吱声。父亲盯了儿子一眼，又问："你觉得中还是不中？表个态呀！"

世领左右为难地说："爹！你让我休学，那就等于退学。这不是半途而废吗？你是知道的，从初中到高中，这几年我为了上大学，吃了多少苦，遭了多少罪，整天整夜地趴在桌子上，磨烂了多少衣裳？饥一顿饱一顿的，连个囫囵觉都没有睡过。如果大学上个半截子，我心不甘、情不愿，一百个不同意！"

"孩子啊！你爹是刘庄的带头人，咱村的老百姓，都看着你爹嘞！刘庄经济要上新台阶，我都给大家伙儿放出去话儿啦！你是史来贺的儿子，你生在刘庄就是刘庄的子孙，难道刘庄的建设、刘庄的经济发展能少了你？刘庄发展就缺你这样的人才，难道在这关键时刻，你能袖手旁观？能不伸手出一把力？"史来贺说得句句恳切，字字千斤。

史世领把自己的打算告诉父亲："爹！儿子一心想为刘庄争光，一心想干大事。总盼着梦想成真，一旦我学业有成，事业发展，再回刘庄向父老乡亲报喜。你叫我这个时候回到村里，学业半途而废，我跟村里人说啥呀？"

"有啥说啥！他们一听说你是为刘庄办药厂、为刘庄经济发展，暂且牺牲了自己的学业，相信他们会为你鼓掌叫好的！"史来贺笑着鼓励儿子。

"您把话都说到这份儿上了，我只好听您的，回刘庄，把药厂建起来，把考研的事往后放一放。我是刘庄的子孙，一定为刘庄效力。"世领终于理解了父亲的一片苦心。

老史动员世领休了学，回了村。可他心里也很难过。儿子可是大学里的高材生啊！要不是为了刘庄办药厂，他咋能忍心让儿子休学呢！刘庄人都知道，老史是个铁打的硬汉子，很少见他掉眼泪。这次，他把儿子愣拽回刘庄，心疼得偷偷掉下了歉疚、心酸的眼泪……

还没等7个学子喘口气，党支部就召集他们开会。史来贺首先向学子们介绍了情况和任务，钱工给几位学生娃简单介绍了这项高科技生物医药工程的概况，又具体讲了此项机械设计的要求与技术标准。

老史问站在面前的世领："根据钱工的介绍，你们说说能干不能干？有多大把握？"

听了介绍，7个人谁也不吭声，都知道任务艰巨，这根"骨头"很难啃动。

"咋都不说话啊？读书读成哑巴啦？"史来贺催促道。

"你得让孩子们考虑考虑,考虑清楚了再说也不晚。"副书记李安仁在一旁为学子们缓和气氛。

几个年轻人都把目光转向史世领,他是机械厂的技术厂长,技术上"一把拿",得让他带头表态呀!

"能干咱就干,试试吧!这是头一回,没干过,兴许差不多。"史世领终于说出一句话。

老史立即大吼一声:"你甭差不多,要干,只许干好,不许干坏。只能成功,不许失败!这个厂,要投资400多万元,如果搞不好,刘庄就砸了,至少3年缓不过劲儿来!干不成,早说话,咋能说试试呢?咱不能让刘庄的父老乡亲寒心、失望啊!"

"这事你得容世领他们掂量掂量,这不是一句话就能定了的事。年轻人初上阵,心里也没个定谱。"副书记王云邦设身处地地替孩子们着想。

稍等片刻,史世领表态了:"我琢磨着能干成。"但他还是不敢把话说得太满。

"世领,你千万想好、拿准,不能含糊。你是我的儿子,万一失败了,咱父子俩咋向刘庄群众交代?到那时,群众就会说,史来贺是拿着村里的几百万元,叫自己的孩子瞎胡摆弄呢!这不是糟蹋老百姓的血汗钱吗?所以你得拿准,千万不能'试试看'呀!"史来贺千叮咛万嘱咐,唯恐自己的儿子搞砸了。

20世纪90年代史来贺同志和青年们在一起亲切交谈

"别让年轻人背着包袱上阵！"为了给年轻人"减压"卸包袱，党总支一班人一致表示，"这是党总支决议的事，集体负责。年轻人轻装上阵，放心大胆地干吧！党总支给你们撑腰、当后盾。"

初生牛犊不怕虎。这几个青年人像初上战场的士兵，满怀必胜的信心。他们心中萌生同一个信念：打好第一仗，为刘庄争光，让父老乡亲满意！

可是，要真正打好这"头一仗"，对于这7名学子来说，谈何容易？

史来贺向他们发出了不容商量、不容犹豫的"死命令"：刘庄这回二次创业，能不能成功，经济能不能跃上新台阶，就看你们的了。开弓没有回头箭，只能一个劲儿地往前跑，不许有半步退缩！

最后，他还用毛主席的话激励和鼓舞这些风华正茂的年轻人："世界是你们的，也是我们的，但是归根结底是你们的。你们青年人朝气蓬勃，正在兴旺时期，就像早晨八九点钟的太阳，希望寄托在你身上。"

"这几个孩子就交给你了，由你全权指挥他们干吧！你就是他们的老师与领导。"史来贺把这个特殊的指挥权，放心地交给了钱工。

钱工点点头，但又不无担心，捏着一把汗。要知道，这可是一项高科技生物医药工程啊，让几个未出茅庐的学生娃搞设计真还没见过。

钱铭镛建议7个青年学子先到山西一家淀粉酶厂参观学习，并给他们写了一封介绍信。这家淀粉酶厂，是在钱工的帮助下建起来的。他们到了山西的淀粉酶厂，主要参观学习了该厂机械设备的设计、安装以及厂房建设，增强了感性认识，也获取了该厂一些成功的经验。

可钱工心里还是发怵，因为山西那个厂，是花高价请专家设计的，刘庄这个厂，光靠这几个土生土长的年轻人能行吗？他实在不放心。

这时，钱工用温和的目光看着史世领说："你刚从学校出来，搞机械设计恐怕还有一定难度。我给你们推荐一个机械设计方面的高级工程师，他叫王崇伦，工作单位和家都在哈尔滨，在机械设计绘图方面，他是专家。我给你们写一封介绍信，到那里去找他，请他给一些机械设计的图纸，这样，我们就会省很多事，免受挫折。"

说着，钱工便俯身认真地写了一封热情洋溢的介绍信。

他写毕叠好装进信封，郑重地交给史世领："这位王崇伦高工平易近人，见了我的信，他会鼎力相助的。"

史世领接住信后，像接住一件宝贝似的，把它紧紧地装进了棉衣口袋……

自己搞设计

副书记王云邦与史世领背负着刘庄创业者殷切的希望,急匆匆踏上了北去的列车。

一老一少,怀里揣着钱工写的介绍信,冒着三九严寒和纷纷扬扬的大雪,来到滴水成冰的哈尔滨。下车时已到黄昏,站台上亮着昏黄的灯光,映着纷乱的雪花,下车的人行色匆匆,谁也不愿在大雪里停留。火车踏板上都积了厚厚的冰雪,脚一踏上去,呲溜一下,就容易滑倒。王云邦两个人下了火车,赶紧戴上皮帽和皮手套,就这样,还冻得瑟瑟发抖,牙关哆嗦。

眼下的哈尔滨,甚至整个大东北都是一个冰天雪地的世界。路上的行人,都身穿大皮袄,头戴大皮帽,脚蹬大头鞋,浑身上下捂得严严实实的,只露出两只眼睛,每个人的眉毛上都挂满了霜雪,那真是呵气成冰啊……

二人都是第一次来哈尔滨,第一次领略这个严酷的冰封雪冻的世界。到了这里,才真的领略了"北国风光,千里冰封,万里雪飘"的壮观风景啊!刺骨的寒气,凛冽的北风,冻得他们鼻尖生疼,脸颊麻木,脚像猫咬一般。

"不到哈尔滨,不知道严寒的厉害。这回,咱算是真正体会到东北的寒冷究竟是啥滋味了。咱要是在这儿待上半月二十天的,不冻成僵尸也能冻个半死。"史世领冻得发紫的嘴唇打着哆嗦,连话音也颤抖着。

"你没听人说,东北人撒出的尿不等落到地上就冻成冰棍儿了,手一握铁管就冻在了铁管上。看来,这话一点儿也不夸张。"王云邦打着吸溜说。

他们怕冻坏身子,不敢在外边长时间逗留,便就近找了一家旅馆住了下来。

第二天,二人买了一包糖块、一条烟,还买了两瓶酒,提着去找设计专家王崇伦,算是一点薄薄的见面礼吧!

他们踏着厚厚的积雪,一路急行,打听了好多人,才按照钱工提供的具体地址，找到了住在一条小街上的机械设计高级工程师王崇伦的家。

外面天寒地冻，王工的家里却温暖如春。王工和妻子把两位客人迎进屋里，笑脸让座，热情款待，又倒茶又递烟，又嘘寒又问暖。

王工一看钱工写的介绍信，不禁哑然失笑："河南刘庄，我早就听说过，那里有个史来贺，是全国响当当的劳模。不过，这搞生物医药的机械设计，农村人可干不了哇！它的专业性很强，属于高科技啊！"

史世领谦虚而又恭敬地说："农村人干这事确实有难度，不过俺村里几个年轻人都是学机械设计的，千里迢迢到这里来，就是向您求教，向您学习取经的。恳请能得到您的支持与帮助。"

王云邦接着说："村里把机械设计这么重的担子交给几位年轻人，一来是为了给村里省一些费用，二来是为了历练他们，让年轻人在实践中学才干、长本事，为农村的现代化建设出一份力量。王工，您在这方面是专家，俺非常崇拜您，很渴望能得到您的帮助与支持！"

王工见远道而来的刘庄人一片诚心，笃志不移，暗暗为他们叫好："刘庄人精神可嘉啊！你们那里能有这样的年轻人，农业现代化建设一定会有大成功，大成就！青年人在刘庄，也一定会大有作为！"

接着，王工给他们细致入微地讲了机械设计应注意的几个关键性技术问题。王云邦与史世领专注地听着，认真地记着。

最后，王工将自己设计的图纸交到史世领手里。并说："这些图纸，拿回去只能做个参考，不能比葫芦画瓢。必须根据你们的生产实际重新设计。不然会坏了大事。"

史世领点点头，毕恭毕敬地说："我们一定牢记您的嘱咐，以这几张图纸为参考，搞出自己的设计，制作出自己的图纸。"

外边是一个冰雪世界，但王云邦、史世领的心里，却感到格外温暖，他们对王崇伦千恩万谢，感激不尽。告别王工时，双方握着的手久久不放，竟有点儿依依不舍。

热情好客的王工及其温和贤惠的妻子，给王云邦、史世领留下了非常友好的印象。

几天来，老史带领刘庄人夜以继日、宵衣旰食，热火朝天地投入淀粉酶厂的创建施工。刘庄人像建集体新村时那样，男女老少齐出动，加班加点，废寝忘食,披星戴月,挑灯夜战,工地的灯火总是通宵达旦,与星月一起明灭……

淀粉酶厂的创建,最短缺的是技术人才。钱工对老史说:"史书记,你看我一个人,即使浑身是铁,也打不了几颗钉啊!医药厂,最关键的是技术,需要方方面面的技术人才啊!"

"这个,我心里有数,也早有安排。"淀粉酶厂一开始筹建,老史就在村里物色了几名有文化、懂技术、有朝气的青年尖子,对他们进行专业技术培训。

恰好附近的小冀镇有新乡"二药"一个肌苷车间,生产程序、技术要求、工艺流程跟生产淀粉酶大同小异,老史就派这几名技术骨干去那里学习、培训。要求他们短期内务必把生产淀粉酶的技术拿回刘庄。

与此同时,老史又派人兵分几路,南下的南下,北上的北上,到无锡、南京、天津去取经,学的依然是淀粉酶菌种的筛选、培养基的制作及优化、发酵工艺控制参数、每道工序的化验与检测,酶产物的提取、精制以及分离制备等技术。

老史在培养刘庄的科技人才方面,真是煞费苦心,不惜血本。

拿到了图纸,史世领满心欢喜,一身轻松,一下有了乘风欲飞的感觉,一路哼唱着小曲儿,兴冲冲回到刘庄。

史来贺一看王云邦和世领满脸的兴奋和激情,就知道他们此行有了不小的收获。

之后,史世领把自己关在一个小屋里,埋头搞设计。这期间,他两耳不闻窗外事,一心只想设计图,不看钟表,不望门外,废寝忘食,夜以继日,不知天明,不知地黑,忘了冷暖,忘了疲倦。手冻红了,脚冻麻了,他却浑然不觉,只管埋头伏案,心无旁骛,把全部的精力和心血都泼洒在图纸上。饿得饥肠辘辘,便趴在桌子上,一边画图纸,一边啃起冷馒头;困得上下眼皮不住打架,不断张嘴打哈欠,就躺在办公室的连椅上眯一会儿。

老史夜里来给儿子送饭、送水,发现他躺在连椅上睡着了,便蹑手蹑脚将饭放下,又把身上的棉衣脱下来,轻轻地盖在儿子身上。看着儿子消瘦、困倦的样子,望一眼桌上吃剩下的半拉凉馒头,史来贺觉得实在对不起这个大学高材生儿子,让他休了学,受了这么大的委屈,是他这个当爹的欠了他啊!想到这里,霎时间感到一阵心酸,眼睛忽一下热乎乎湿淋淋的……

就这样,史世领怀着"明知征途有艰险,越是艰险越向前"的忠心赤胆与满腔热忱,日夜埋头思索、伏案设计,大脑和手中的笔一刻也不肯停歇。他把在大学里学到的机械设计的专业知识，与看到、接触到的机械设备的实际结构、性能相结合，与生物医药工程原理相结合，并参考从哈尔滨拿来的部分图纸，经过一个月的艰苦奋战，终于绘制出了全部的机械设备的图纸。

钱工拿起图纸打眼观一遍，又仔细看一遍，再重复看一遍，高兴得满脸堆笑，肯定地说："好，好，好！不比花高价钱聘请的专业人员设计得差。没想到，刘庄土生土长的年轻人，能干成难度这么大的高科技设计项目。刘庄有了这样学以致用的人才，还怕生物医药工程搞不起来？大有希望啊！刘庄真是人杰地灵，人杰地灵啊！"

史来贺听着钱工的夸赞，站在一旁也乐得合不拢嘴。

这时，派往外地学习和在小冀镇"二药厂"培训的年轻人，也都陆陆续续学成归来，成为刘庄搞生物医药工程第一批宝贵的人才和技术尖子。

农村搞高科技，什么最缺？人才！什么最难？技术！史来贺以战略家的眼光，解决了农村发展高科技经济"最难""最缺"的问题。人才和技术都是农村的稀有资源，一直制约着农村的经济发展。史来贺高瞻远瞩，站在农村经济发展的制高点，大力开发和培育刘庄知识型、技术型、管理型人才，他要让刘庄将发展高科技经济的稀有资源牢牢握在刘庄人自己手里。只有这样，才能时时把握经济发展的主动权。

如果说史来贺是刘庄进军高科技的开拓者、领路人，那么，他亲手培育、寄予厚望的第一批技术尖子和管理人才，便成了刘庄向高科技进军的先锋队。

这支先锋队为刘庄生物医药工程的建设与发展立下了汗马功劳。特别是以史世领为首的技术尖子，全部揽下了药厂工程设计、机械设备设计的老大难事项。仅一期工程，从发酵到提取的 180 多个巨型罐和一些采购不到的机械设备，都是刘庄人自行设计、自行制造出来的。要知道，那 180 多个巨型罐，直径都是 2.2 米，高度均达 10 米，这些庞然大物，都是用知识、用技术武装起来的"泥腿子"干出来的。谁能想到，这些投入高科技生产流程的现代化巨型设备，竟出自新型农民之手。仅此一项，就为刘庄节省资金 100 多万元。

"咱村的年轻人真了不起啊！一个个都成了搞现代化的能人。"

"那还不是咱史书记下大劲儿培养的？没有史书记，这些年轻人上哪儿去学技术？"

"史书记看得远啊！他这是在培养刘庄的子孙后代，让刘庄的百年基业一代代传下去，一代更比一代强啊！"

"这些技术尖子,可是咱刘庄的无价之宝哟! 是史书记历练出来的咱村进行现代化建设的'子弟兵'啊!"

村里的老人,都在纷纷夸赞这支向高科技进军的先锋队!

第五十一章　农民创业百事艰

※靠"众人拾柴"
※"干就干大的"
※创业百事难

靠"众人拾柴"

根据图纸一核算,生物医药一期工程建设,除了180多个发酵罐、提取罐等巨型设备是自己设计、自己制造外,其他基础设施设备还需投资460万元,这只是设备购置费,不包括刘庄自己解决的原材料、土建工程、机械加工、安装等费用。可村集体从长期积累中只能拿得出200万元,还有260万元的资金缺口。怎么办?从哪里弄这260万元的巨款呢?要知道,260万元,对当时的一个小村来说,可是一个巨额数字啊!

史来贺搞村办企业、村办副业,历来坚持自力更生、艰苦奋斗谋发展的方针,从不向国家伸手,也不向银行贷款,"既无内债,又无外债"。靠借贷发展,等于给自己身上背上了一个大山一样沉重的包袱,那多累人啊!那样的发展,自己往前走着脚步该有多沉重啊!

"要差个三万五万的也好说,这家伙,一下差260万,咱上哪儿弄这么多钱呀!村集体砸锅卖铁也一下弄不来恁多钱呢!这该咋办哩?"

干部会上,大家无不愁眉紧锁,焦急得一筹莫展、抓耳挠腮,一个个都把目光投向他们的主心骨老书记。

史来贺不紧不慢撂下几句掷地有声的话:"咋办?开弓没有回头箭,这事儿再难也得办。但不管咋办,反正不能向国家伸手。刘庄的事儿还得刘庄人自己解决。"

"看来还得自力更生啊!"副书记李安仁马上迎合。

"自力更生向来是刘庄搞经济建设的立足点,这回也不例外。集体的积累虽然用尽了,但别忘了,咱还有广大村民的力量啊!"史来贺进一步提醒大家。

"你是说,让群众给药厂筹钱?"副书记王云邦问。

"对!咱们党员、干部带头,发动群众集资。大家的事情大家办,集体的厂子集体建。这个办法,你们觉得咋样?"史来贺征询大家的意见。

一位干部把头摇得像拨浪鼓:"这个法儿万万行不通,叫群众集资,要是厂办砸了,群众的钱谁来还? 他们手里攒几个钱,那都是拼命干出来的血汗钱,一旦打了水漂儿,那不把群众坑害了? 要让他们把手里的血汗钱拿出来办厂,他们会一百个不同意!"

"还没发动群众,你咋知道他们一百个不同意?"王云邦质问道。

"这不明摆的事儿吗? 谁愿意拿自己的钱去干那没影儿、没着落的事儿? 咱当干部的要设身处地地为群众着想。"

村委副主任刘树业反驳道:"我觉得,咱庄的群众是通情达理的,更是热爱集体的。只要咱把道理和建厂的构想给大家摊开说明了,群众肯定会支持、会响应。因为咱办厂是为集体、为群众谋福利,让大家共同富裕嘞! 谁会反对? 我看搞群众集资这个办法行得通,我举双手赞成。"

"事情恐怕也没你想得那么简单,那么顺利,但关键是我们干部如何去做好群众的思想工作,让群众自觉自愿,不能勉强,更不能发号施令。只要群众想通了,看到建厂后的希望了,他们会热烈拥护和响应的。"史来贺对大家说。

干部们正在研究讨论,突然,史来贺上气不接下气,脸色骤变,几乎要晕倒。会议马上停止,叫来村卫生所的医生一检查,血压高达180。支委们建议休会,改日再议。史来贺一摇手,吼着嗓子说,休啥会呀? 继续研究,我的身体没事。就这样,办公室里,史来贺边打吊针,边开会研究问题,他从不因自己的身体耽误集体的大事。

果然没出史来贺所料,群众集资办厂这一方案在群众大会上一公布,会场里顿时炸了锅。

一个快人快语的中年妇女反应最灵敏,第一个一蹦三跳地说:"啥? 叫村民把兜里的钱都掏出来去办厂? 俺说啥也不愿意。谁家攒个钱容易啊! 那可是流汗出力的辛苦钱,一分一分、一毛一毛、一块一块积攒起来的,是过日子的家底儿,家家户户把家底儿抖搂出来,那以后过日子咋办? 要是厂子办不好,谁还俺钱,俺指望啥?"

"是啊! 到时候厂子办砸了,社员投进去的钱,那不等于投进了火坑,化成烟灰了吗? 这事儿俺不干!"一位中年汉子附和着。

快人快语的中年妇女带了个头儿,引得会场议论纷纷,一片嘈杂。

拿不定主意的群众都把目光投向史来贺。此时此刻,他们只听史书记的,不听乱言乱语。因为他们打心里敬佩史书记，相信他不会把群众往坑里领。

　　站立在土台上的史来贺，不急不躁，冷静沉稳，面对激情昂奋的群众，听着沸沸扬扬的议论声，他是非常理解的。过去群众过穷日子、苦日子过怕了，如今过上了小康的日子，也才几年的光景。大家跟着他这个村支书，风雨里拼搏，冰雪中奋斗，走上了共同富裕的道路。他们手里的每一分钱，那都是用苦力换来的，用汗水凝聚的。如果药厂办不好，把群众的钱糟蹋了，那就太对不起群众了；损害了群众的利益，就会落个千古骂名，那岂不成了刘庄的罪人了？作为一个共产党员，一定要用自己的党性和人格确保群众的利益不受丝毫损害。

　　他向眼前的人群做了一个手掌朝下的动作，意在让大家安静下来。然后，目光扫视了一下会场，郑重其事地向大家承诺："办药厂是我们反复考察、反复论证过的项目，一定会办成功，而且会越办越好，越办规模越大，这一点，不容怀疑。大家要打消一切顾虑，踊跃投资。将来厂子投产后走上正轨了，每年都要按投资份额分红，谁投资的多，分红就多；谁投资的少，分红就少；谁不投资，就不分红。这一点，我史来贺说到做到。"

　　"要是这样，那不是天大的好事吗？咱干吗要反对集资办厂啊？投的越多，分红越多，那咱就多投点儿。咱不能有头发装秃子啊！钱放在家里反正也没大用，还不如投在厂里等着分红嘞！"

　　"是啊！是啊！老书记都说了，保证能把药厂办好，办好了就能分红。这是多好的事儿啊！听老书记的话准没错儿，咱们给集体集资把药厂办起来。"

　　支持办厂的群众纷纷表示自己的态度。

　　有人却还在摇头，犹豫不定，他们要再听听史来贺还有没有下文。

　　史来贺望着大声表态、踊跃投资的群众，笑了笑，抬起手，比画着说："咱刘庄创业 30 年，过上了小康生活，但咱不能满足于眼下的日子，党组织要让大家过上更加富裕的日子，更加幸福的日子。要实现这个目标，就得干大事、创大业。办药厂，就是咱刘庄创大业的一个良好开端，也是一个创大业的良机。如果失去这次机会，那么，对刘庄集体和群众都是一个损失。我们必须抓牢这个机遇，齐心协力，大干快上。俗话说，一根木棍容易折，拧成的麻绳拉不断。众人拾柴火焰高啊！大家要万众一心，合力办厂，人人凑份子，家家来集资，咱刘庄的药厂一定会办得红红火火。"

　　通过史来贺苦口婆心的宣讲和动员，群众看到了药厂的美好前景，看到了共同富裕的绚丽彩虹。本来就支持办药厂的干部群众，此时，热情更加高涨，争先恐后地解囊集资；那些原来持反对意见的人，也都改变了主意，拿出家里所有的积蓄，放心地投入到药厂的建设中。

就这样，260万元的资金缺口，终于靠"众人拾柴"的力量堵上了。

史来贺再次坚信，群众的力量是最伟大的力量，只要相信群众，依靠群众，世界上就没有办不成的事……

"干就干大的"

在淀粉酶厂正要按计划生产的时候,刘庄来了一位贵人,也是刘庄人永远都不会忘记的一位热心人,他就是鼎力帮助刘庄发展经济的新乡县第二制药厂的穆来安。他此行一是来看望老史,他们是多年的老朋友啦!二是来看看刘庄药厂的淀粉酶生产进行得咋样了。因为刘庄有几个年轻技术人员,正是在二药厂学的菌种、化验、发酵、提取、精制等技术,他们回到刘庄,这些技术在他们手上应用发挥得怎么样?他们带回刘庄的技术,千万不能有"夹生饭",千万不能误传误用啊!如果二药厂有误传误导,岂不误人子弟?那样就太对不起老史,对不起刘庄的父老乡亲啦!

当穆来安问"我们二药厂给你们培训的技术人员怎么样"时,史来贺说,他们在正式生产之前,就已经做了战前演练。在钱工的指导、监督下,每个岗位的技术人员都操作娴熟、稳重,对所学的技术应用得当、精准到位。

穆来安一听,便放心地点头笑了:"看来我的担心是多余的。刘庄培养的这批年轻技术人员,将会成为咱们新乡生物医药生产的后起之秀啊!"

"这不都是在你们二药厂学来的技术嘛!二药厂给刘庄培养了技术人才,刘庄人是不会忘记的。"史来贺深情地说。

"二药厂传授点儿技术不算啥。关键是刘庄有了你这么一个有眼光的领头人,如果没有眼光,刘庄就不会产生这么多技术骨干。刘庄自发培育自己土生土长的技术人才是对的,是个了不起的举措。没有发展眼光,没有科学头脑,是不会想到这一点的。老史啊,你的眼光能往前看一万里,千里眼哪!有了生龙活虎的技术力量,刘庄向高科技发展还怕啥?"穆来安说。

"老伙计,你说我千里眼,我可不敢当。但你说刘庄有了自己的技术力量,能发展高科技,这一点,你算说到我心里去了。"史来贺嘻嘻笑着。

史来贺询问了二药厂的生产经营情况后，接着又问：

"你们二药厂既生产淀粉酶，又生产肌苷，淀粉酶与肌苷，哪个项目利润高、前景好？"

"当然是肌苷利润高，比淀粉酶高好几倍呢！"穆来安不假思索地回答。

"那肌苷的生产流程和技术工艺，是不是比淀粉酶复杂得多？"史来贺进一步发问。

穆来安回答得更直截了当："咳！其实肌苷生产的工艺流程与生产淀粉酶很相似，大同小异，没啥复杂的。"

史来贺听朋友这么一说，眼前豁地闪亮起来。"肌苷"两个字，蓦然间变成两个活蹦乱跳的音符，在他的头脑里跳起欢乐的舞蹈。

肌苷！肌苷！满脑子都是肌苷！甚至在家里吃饭时、在夜晚的睡梦中，还不停地念叨"肌苷，肌苷"。妻子刘树珍听见，便不理解地问："咋了，你想吃鸡肝？我上小冀镇给你买去。"

"哎呀！你打岔打到哪儿去了。我说的不是你说的那个鸡肝，是一种药叫肌苷。"史来贺简短地解释。

"你又咋啦？哪儿不舒服？为啥要吃肌苷这种药？"不理解的妻子瞪着疑惑的眼睛。

"不是我要吃这种药，而是药厂要生产这种药！"史来贺有点不耐烦了。

妻子释然地叹了口气，不再说话。

可她并不知道，老史的头脑中，正在形成一个刘庄高科技发展的重大战略决策：上肌苷生产项目！让肌苷成为刘庄药厂的支柱产品，让肌苷生产和经营成为刘庄经济发展的支柱产业！

经穆来安介绍史来贺才知道，肌苷是一种贵重药品，为白色结晶性粉末，无臭，味微苦；在水中略溶，在乙醇中不溶。肌苷能直接透过细胞膜进入人体细胞，使处于低能缺氧状态下的细胞，能继续顺利地进行代谢，并能活化丙酮酸氧化酶类，参与人体蛋白质的合成，适用于各种原因引起的白细胞减少症、血小板减少症；能够治疗急性和慢性肝炎、肝硬化及肝性脑病；适用于冠状动脉粥样硬化性心脏病（冠心病）、心肌梗死、风湿性心脏病、肺源性心脏病。此外，还可治疗中心视网膜炎、视神经萎缩等。在临床上，肌苷是一种用途广泛的重要药物。同时它还是一种疗养性的药，有病可治病，无病可防病，随着人们生活水平的提高，市场需求量愈来愈大。以前，我们国家主要靠从日本进口，一年要花出几千万美元,中国老百姓的钱,都让日本人赚走了。

穆来安又说:"由于技术、设备等诸方面的原因,当下国内专门生产肌苷这类药物的厂家少而又少,还都是小批量生产。国内医疗机构对这类药物的临床使用,主要依靠外汇进口。可外汇进口有时却远水解不了近渴。肌苷每公斤价值 500 多元,很贵重啊!但生产难度要大一些,在生产淀粉酶的工序上再加一道工序,就可以生产。不知你敢干不敢干?如果上一个能大批量生产肌苷的项目,它在国内的广阔市场,将是无法估量的。"

史来贺马上回应:"咋不敢干?干,坚决干!干就干大的!"

史来贺又找人仔细计算了一下,用这套设备生产淀粉酶,每年产值 450 万元,如果生产肌苷,年产值 2000 多万元。他这一算,更坚定了上肌苷项目的决心。这不正是刘庄经济发展的突破口吗?不正是刘庄村办企业发展的龙头吗?

他首先把这个想法告诉了钱工,郑重地征求他的意见:"你觉得上这个项目咋样?能不能上?"

钱工思索片刻,由于感到突然,一时拿不定主意:"生产肌苷无疑是一个好项目,产品市场也很大,关键是它的生产工艺要比淀粉酶难度大一些,能不能上这个项目,我心里没底,有点儿担心。"

"是不是技术上的问题?你觉得这个难度咱能不能攻克?"史来贺有点儿迫不及待。

"要是大家齐心协力,再大的难度也能攻下来,我是担心生产过程、特别是生产工艺会发生意想不到的情况。"钱工心里怎么想就怎么说。

"不怕,走一步说一步。兵来将挡,水来土掩,只要你钱工在技术上大力支持,咱就没有克服不了的困难!"史来贺话音铿锵有力,果断干脆。

史来贺把自己的想法,拿到党总支会上集体研究,再经过一番市场调查与科学论证,他和党总支一班人上肌苷的决心下定了!

为了保险起见,党总支还是做了两手准备,万一肌苷攻关不成,还得搞淀粉酶,反正厂子不能白建。

刘庄派出 30 多人,分赴天津等地学习肌苷生产技术和工艺。

这时,刘庄个别干部和技术人员不理解:"原来定好的生产淀粉酶,咋又转产肌苷呀?这不是瞎折腾吗?搞不好淀粉酶、肌苷两耽搁,落得个鸡飞蛋打。"

苗头不对!必须说服这些人,思想不通,会产生消极情绪,而消极情绪,会严重影响整个药厂的正常运转。一向重视做思想工作的老史在车间召集全体干部和技术人员开大会，向大家交底交心：

"转产肌苷，是形势的需要，是市场的需要，更是刘庄经济发展的需要。我已经做过市场调查，肌苷的利润比淀粉酶高出好几倍，生产一吨肌苷，就等于生产六七吨淀粉酶。我打个不恰当的比方吧，如果肌苷的利润是一个大西瓜，淀粉酶的利润只是一把小芝麻。你们说说，咱是抱那个大西瓜呢，还是捏那小芝麻呢？咱是宁可捏着芝麻丢了西瓜呢，还是紧抱西瓜丢了芝麻呢？从北京到南京，傻子也知道，西瓜比芝麻大得多，谁会丢了西瓜要芝麻呢？我想，咱刘庄人没一个傻子，谁也不会不愿去抱大西瓜吧？"

史来贺做人的思想工作，转变人的思想观念，向来不摆架子、拿官腔、说大话、撂空话，话说得很朴实、很通俗，也很具体，并且说的都是老俗理、大白话、乡土语，很家常，很亲切，句句贴人心、字字暖肺腑，大俗中蕴涵着大雅，浅白中包孕着深刻，让人一听就能叩开心门、豁亮眼睛，明白大道理。

原来想不通的人，终于懂得了老书记的这个重大决策：老书记深思熟虑，肌苷取代淀粉酶是为了争取更大的利润，占领更大的市场；是为了让刘庄的经济发展迈上新台阶，再上一层楼，有个新的飞跃。说到底，是为了让刘庄老百姓早一天过上更加富裕的日子。

20 世纪 90 年代史来贺同志在制药厂指导工作

　　为了让群众彻底定心、完全放心，他又粗喉大嗓地向大家宣布："谁家的钱都不是大风刮来的树叶子，都不是去打水漂儿的烂瓦片儿。我史来贺保证，凡是在药厂投资的，都让大家获得加倍的收益。刘庄办工厂为的啥？为了赚钱，为了致富！放心吧，赚了，都是大家伙儿的，赔了，是我史来贺的。"台下一片掌声。

　　史来贺清了一下嗓子，声调更高了："有人说，我们刘庄的农民搞生物制药，纯属空想。我就要告诉那些胡说八道的人，俺刘庄人从来没有空想过。共产党领导下的刘庄人，不怕苦，不怕难，不认输，不服输，靠团结，靠拼搏，战胜了一个又一个困难。我横下了一条心，让说我们刘庄农民空想的人，睁大眼睛看一看，俺刘庄的农民是咋把肌苷造出来嘞！俺刘庄的农民是咋玩转高科技嘞！"

　　就这样，从干部到群众，没有一个人对转产肌苷想不通了。思想通了，一通百通；情绪稳了，一稳百稳。

　　说干就干，只争朝夕。时间就是金钱，时间就是效益。实现刘庄人共同富裕、更加富裕的梦想，不能松松垮垮、有丝毫懈怠，必须抓紧、抓紧、再抓紧，抓而不紧，等于不抓。

　　这时的刘庄集体，每年产值上千万元，可史来贺仍然艰苦奋斗，勤俭创业，处处收紧开支。肌苷生产线的提取车间需要增加 24 个提取罐，村里派人到外地购买，一个提取罐就要 38000 元。当史来贺从电话里得知价格后，马上说："太贵了，不买了，回来吧！"

　　他当即决定，24 个提取罐由本村机械厂加工制造。史世领带领机械厂技术人员和全体工人废寝忘食，日夜加班，在较短的时间内圆满完成了任务。结果24 个提取罐总共用了 15 万元，为集体节省 70 多万元。这就是自力更生、艰苦奋斗、勤俭创业给刘庄带来的收益。

　　史来贺勤俭创业是一贯的，村上建集体新村，建厂房，建礼堂，建宾馆，都是自己建房，自己进原料。既保证了工程质量，又节省了资金……刘庄人的勤俭创业，总是从一点一滴做起。夏天昼长，天黑得迟，村里的路灯却亮得早。村干部发现后觉得太浪费电，就及时调整推迟了亮灯时间。在史来贺的影响下，村干部时刻不忘艰苦奋斗，勤俭创业，每个人都想着为集体节约一度电、一滴水、一张纸、一支笔……

　　从很大程度上说，今天刘庄的伟业，正是来自史来贺艰苦奋斗、勤俭创业的优良传统。

试车投产了！史来贺亲临第一线指挥，各路关键性人马都站在生产最前沿：钱铭镛高级工程师来了，新乡县第二制药厂小冀分厂派的指导人员来了，刘庄派出去培训的技术人员也都回来了，精兵强将，阵容整齐，勇气十足，抱定一举成功的信心。

史来贺对钱工寄予厚望："肌苷的生产能不能一举成功，就看你的了！"

"我过去只搞过淀粉酶，肌苷还从来没搞过。可我一定尽最大努力，和大伙儿一起，力争试产一次成功！"钱工的话不敢说得太绝对。

在钱工的安排和指导下，刘庄培育的技术尖子全部被安排在药厂生产第一线的相应岗位上，充分发挥他们的技术能力和骨干作用。

史来贺从不敢离开药厂一步，一日三餐都叫家人把饭送到车间里，伴着机器的轰鸣声草草地吃上几口，夜里实在困得支撑不住了，就搬把破椅子，坐在生产线旁歪一会儿、打个盹儿。当他看到经过自己精心选拔，派到外地学习、培训而又学成归来的"子弟兵"，分别在菌种、化验、发酵、提取、精制等不同的技术岗位上一丝不苟地工作着，一个个都像老练的技术能手一样，干得那么熟练，那么精细，那么专注，他禁不住咧嘴笑了，笑得那么甜蜜，笑得那么舒心，笑得那么沉醉……

创业百事难

天有不测风云,世有难料之事。

肌苷生产线一投产,意想不到的事情发生了。难关像一只拦路的斑斓猛虎,横亘在刘庄人面前,着实给大家来了个下马威!

这只拦路的猛虎,就是"染菌倒灌"。

正常情况下,10 吨水解糖装入大罐提炼,一罐该提取 30 多公斤白色结晶粉末,那就是真正的肌苷产品。可第一罐提炼过程进行完提取产品时,却发现罐里尽是黑糊糊的臭水,没有一粒白色肌苷粉末。

守在大罐前的钱工,顿时一怔,久久地呆在那里:不对呀! 这第一罐提炼出来咋会是黑糊糊的臭水呢? 咋不是白色结晶粉末的肌苷呢? 真是出师不利啊! 到底哪里出了问题? 他一时慌乱得手足无措。

史来贺一看,万分惊愕,但他却不露半点异常情绪,而是镇定地对钱工说:"出了反常的问题,也很正常,第一次试产嘛,没有经验。不要大惊小怪,要冷静沉稳,抓紧查找原因,看看根源在哪里,争取短时间内排除事故,让生产走向正常。"转脸又对药厂的干部说:"千万要稳住局面,不能让药厂出现混乱! 不要怕失败,失败了从头再来,失败是成功之母,一切艰难都会被克服。"

钱工没有答话,而在默默深思:是不是因为细菌没能有效杀灭,才造成了染菌倒灌?

他心无旁骛,只顾领着技术人员紧张地查找染菌原因,而查找原因,必须一边试验一边查找。结果,试验生产提取,还是一罐黑糊糊的臭水,原因却仍然查不出,只能眼睁睁看着把一罐黑水倒进沟里;再试验生产,倒掉的又是一罐黑水。反复试验,倒一罐就是两万多块钱哪! 就这样,倒了一罐又一罐,接连倒了十来罐都是如此,10 罐就是 20 多万元哪! 等于白白扔掉了 20 多万元哪! 望着一罐罐黑色的臭水顺沟流走,钱工的脸色都变了,这岂不等于20多万块钱付诸东流,化为乌有?

这时,史来贺鼓励钱工说:"别泄气,继续试验,我就不信,生产不出肌苷来!"

钱工又做了很多努力,费了好大劲儿,肌苷终于生产出来了。正常情况下,一罐本来可提取30多公斤肌苷,可这一罐只提取了4两肌苷。4两,与30多公斤,这差得也太远了! 这是咋回事,问题出在哪里?

"这可咋办呀?"药厂干部工人急得直掉眼泪。

史来贺心里像猫抓一样,疼得心头滴血,疼得脸上流汗。

厂领导看着倒在地上的一片黑水,眼在流泪,手在颤抖,心在疼痛……

年轻的技术员们不忍目睹这一切,这个喊天,那个呼地,拼命发泄着内心的痛苦……

一群职工围在一片黑水前痛哭流涕,指日问天:"苍天啊,你为啥把不祥降临到俺刘庄呢? 你知道,那一罐又一罐倒在地上流进土里的是什么吗? 全是俺刘庄人的血汗、刘庄人的希望、刘庄人的命啊! 俺农民干事创业咋就这么难呢? 保佑俺吧,叫俺的药厂转危为安,一顺百顺吧!"

这时,原来对建药厂就有意见、持怀疑态度的个别人,开始冷嘲热讽:"等着瞧吧,刘庄要砸锅就砸在药厂上,砸在生产肌苷上。"

"农民哪,还是本分点好! 别这山望着那山高。没有金刚钻,就别揽瓷器活。搞生物医药产品,那是人家城市的大工厂、大工程师干的,人家有知识、有技术,咱土包子瞎鼓捣啥?"

"这一回,史来贺骑虎难下喽! 看他咋收场,真是乞丐捡黄连充饥——自找苦吃!"

村里有名的"老别筋"马学义一听这些风凉话,气就不打一处来,当场反驳道:"你们尽说些昧良心的话,瞪着俩眼说瞎话。多年来,老史带领咱干事创业,由穷变富,哪件事没有办成? 你们不睁眼看看,刘庄哪个厂子,不是史来贺经过九九八十一难,建成后交给村里的? 我可以肯定地说,只要史来贺不死,药厂就不会砸! 不仅办不砸,而且会越办越兴旺! 不信,咱就打个赌。"

在场的大多数人赞成马学义的说法:

"是啊,只要有老史当咱的主心骨,没有办不成的事。"

风言风语霎时间哑然失声。

…………

就在这个危难时刻,作为全国人大常委会委员的史来贺,接到了参加第六届全国人大常委会第十七次会议的通知。他心里着急万分,又不得不去北京开会。

临走,他接连主持召开了三个会议,一是党总支扩大会,二是村民大会,三是药厂干部职工大会。中心议题,就是鼓舞士气,反败为胜。

他给大家加油鼓劲,反复强调,肌苷不仅要搞,而且一定要搞成功!他做好了预想,拟定了三招棋:第一招,维持现在的棋局,自力更生继续干;如实在干不成,就走第二招棋,一个车间高价聘请一个工程师;如果还是走不通,再走第三招棋,面向全国,招标承包,等本厂的工人培训好了,再自己干。

史来贺在北京开了 10 天会,坐在人民大会堂的会议大厅,心里却牵挂着远在千里之外的药厂的生产,肌苷生产顺利不顺利?倒灌的问题解决了没有?正常的产品出来了没有?药厂干部职工的思想情绪稳定不稳定?

他天天晚上给村里打电话,问肌苷的生产情况,问工厂职工的思想情绪。村里接电话的干部对他说实话:

倒灌问题还没找到原因;

罐还在照样往外倒;

药厂职工的情绪很不稳定;

钱工也很为难,要是再弄不成,他就要走了……

一听这,史来贺赶紧给电话那头的干部发话:"无论如何要留住钱工,他是咱的军师。军师一走,军心就乱了。"

一天晚上,村干部刘树业接住了史来贺从北京打来的电话,他汇报说:"药厂工人要求改善生活,厂里一位领导非常生气,大声嚷嚷道,钱都倒光了,还改善什么生活?"

史来贺斩钉截铁地给刘树业下了命令:"明天,一定要给工人改善生活,而且要美美地吃一顿。按我说的办,不需要研究讨论,要稳住军心!"

放下电话后,老史焦急得火烧眉毛,恨不得插翅飞回刘庄,飞回药厂,看看那一罐罐黑臭水究竟是怎么产生的?为啥肌苷生产线一投产,就给了俺刘庄人一个下马威?难道这是在暗示:农村人生产不了高科技的生物医药?我就不信那个邪,你越硬,我越碰;你越难,我越缠。俺刘庄人非要转败为胜,不生产出优质肌苷,不把肌苷产品推向全国,那俺就不叫刘庄人。

　　大会休会期间，老史找到一位出席会议的人大代表。他是北京某大学的教授，生物医药专家，由于年年出席全国人大会议，跟老史也很熟。老史谦恭地向他请教，叙说了一遍药厂出现的反常现象。教授听过后毫无疑问地说："提炼肌苷，正常情况下，提取的应该是白色结晶的粉末，而且无味。一罐可提取 30 多公斤。你那里提取出现的是黑糊糊的臭水，那肯定是不正常，肯定是提炼时出现了染菌问题。你回去后认真查一查原因吧！"

　　史来贺疑惑不解："你说该是白色的粉末晶体，它却是黑色的液体；你说该是无味的，它却是臭烘烘的，臭气熏天。这究竟是啥造成的？"

　　教授略皱眉头，咂了一下嘴："如果是臭烘烘的话，根据我的经验，可能是你们的设备在净流和真空上有问题。"

　　史来贺把教授的推断，电话告诉给厂里的钱工。

　　钱工在电话里说："我从来就没有遇到过这种现象。真对不起您，也对不起刘庄的干部群众。我想，您还是放我走吧，这事儿一出，我已无颜面对刘庄的父老乡亲啦！"

　　史来贺耐心地说服钱工："你千万不能走，你一走，刘庄人心就乱了。钱工，你是一位老工程师了，咱干事创业，哪能不出现一点挫折、一点失败呢？一遇到不顺，就打退堂鼓，那不是一个高级知识分子的风格。我是百分之百地相信你、依靠你，不要灰心，鼓起劲儿来，等我回去，咱们一起探索研究，一定能把问题解决好。我就不信，咱生产不出合格的肌苷来！"

　　这时，药厂的技术人员急得烈火燎心、寝食不安，很多群众每天到村头张望，盼老史早日从北京回来，赶快解决药厂的燃眉之急……

第五十二章　愈挫愈勇兴大业

※遇挫不言败
※挫折中崛起
※"不平等合同"
※高科技园区

遇挫不言败

几天后，终于把老史盼回来了。

"史书记回来了！"药厂职工的目光都不约而同地投向药厂门口。

不等那一声呼喊落音，老史就已经急匆匆地走进了车间。

老史还没站定，一大群职工和技术人员便刷一下围了上来，几个女职工像见到久别重逢的亲人一样，泪水扑簌簌往下落，啜泣着说："史书记，坏事了，车间里……坏事了！"

厂领导王智义大哭，史世会带头哭，几个副厂长和车间主任见了史书记一句话未说，竟张着大嘴嚎啕大哭。有人还边哭边诉：

"完了！这回算是全完了呀！"

"看着一罐一罐地往外倒，那扔的都是刘庄人的血汗钱，几万几万地都白白扔掉了。我们心里像刀割一样疼，我们对不住刘庄的父老乡亲啊……"

整个车间里都是一片哭声，空气仿佛都被哭得凝固了，天地仿佛都被哭得动摇了！

眼前这些土生土长的年轻人，为了刘庄的集体发展、经济腾飞，为了让村民过上富裕的好日子，都曾跟着史来贺在一路拼杀中闯关夺隘，逢山开路，遇河架桥，立下了汗马功劳。过去看到的都是他们不畏艰难、乐观进取的拼搏以及成功后的喜悦，何曾见过他们如此的痛哭？这是刘庄发展史上从未见过的悲痛场面！

触景生情，史来贺的眼里似乎也有泪珠在滚动，但他硬是挺住了。他明白，成功不同情眼泪，眼泪换不来任何有价值的东西。在这种场合，自己作为"三军"主帅，给将士们的，不应是同情怜悯和软弱无能的泪水，而应当是刚毅的力量、坚强的信心、一往无前的勇气！

老史一脸严肃，大手一摆，粗声吼道：

"别哭了！哭什么哭？几个大老爷们儿遇事大哭大叫，像啥样子？是天塌了，还是地陷了？哭能解决啥问题？哭能哭出肌苷来，男子汉大丈夫咋就沉不住气、拿不住一点儿事儿嘞？"

他深谙"气可鼓而不可泄"的道理，站在生产线旁环视了一下围聚在一起的干部职工，用坚强有力的话语给大家鼓气壮胆，给大家增强自信和决心：

"咱们刘庄创业，要经得起失败，经得起挫折，创业哪有一帆风顺的？没个七灾八难，咋能一举成功？创业哪有不作难的？不作难就不叫创业了，创大业，作大难；创小业，作小难；不创业，穷作难！一遇挫折，就哭喊，一见困难，就退缩，而不是积极去想办法解决，那就啥也干不成。挫折和失败，都不是坏事，挫折后面是奋起，失败后面是成功。有许多很难攻破的事，往往是到了最困难的时候，再坚持一下，就会迎来胜利！"

史来贺同志在华星药厂指导工作

这一讲，哭声渐渐小了，情绪渐渐平静了。

他在这里讲的每一句话，几乎都是哲言，而这些蕴含深刻哲理的话语，却都讲得简洁、干脆、通俗，有很多是土话俗语。可这些土话俗语，却都成了他的经典名言。当下，就在社会广为流传。我们坚信，他的这些名言，将会流传百世。

1998年8月史来贺同志在华星药厂粉针车间了解生产情况

　　史来贺稳定了一下自己的内心，又心平气和地对技术人员和工人们说："上学得交学费，倒罐的损失，就当咱交了学费。"说到这里，他又面带微笑激励大家："快把眼泪擦干！哭能解决问题吗？只有研究探索才是解决问题的唯一办法。只要咱们下功夫找出问题的原因，问题就能迎刃而解。我就不信，咱刘庄人生产不出合格的肌苷来。请大家放心，刘庄人一定能成功！只要能提取4两，今后就会有4斤、40斤、40吨！"

　　听到这里，大家都擦干了眼泪，望着史书记刚毅的目光，从那目光里，大家看到了自信，看到了坚强，看到了希望的光芒。他们听见史书记最后说："只要大家坚定创业信念，增强克服困难的决心，多大的失败也打不垮我们刘庄人，多大的困难也难不倒刘庄的英雄汉。不渡过倒灌这一难关，就不能成功。再给你们100万元，也非要倒出个药厂来不可！相信我们能排除万难，走出困境，生产出优质的肌苷来！"

　　"中！我们懂了。老史，再难，我们也跟着你干！"大伙儿不哭了，纷纷用袖口擦干了眼泪。

　　史来贺又找到钱工，安慰他说："工程师也不是万能的，况且你是搞淀粉酶的，没搞过肌苷。万一失败了，刘庄发展史上也要给你写上一页，刘庄人忘不了你！"

安顿好前方军心，史来贺又来到作为药厂生产后方的村子里，安抚人心。

因为后方吵闹得也是满城风雨了。

"这回有好戏看喽！看老史咋收摊子吧！"

"村里老老少少，跟着老史苦心巴力地干了这么多年，积累了几百万，要是办药厂糟蹋了，还不如给社员分了呢！分光了，吃净了，也比用罐子倒掉强。啥肌苷呀？那是要把刘庄集体和百姓的钱'挤干'，最后都挤成穷光蛋！"

"过去，刘庄办了那么多厂子，眼看着富起来了，在咱河南省数着第一了，有名的'中原首富村'嘛！这还不满足，搞起了农民干不了的高科技，今儿讲要干大的，明儿讲经济腾飞，贪大求洋啊！这下好了，别说腾飞了，连地儿都没离开，就死球了！为啥要在肌苷这棵树上吊死呢？刘庄人的钱财，刘庄人的福气，全被那个肌苷给祸害了！"

讲这些话的，虽是极少数人，但在这个节骨眼儿上，既是幸灾乐祸看笑话，又是动摇人心，扰乱军心，等于在人的心灵上散布瘟疫病毒，危害极大！

"当前，刘庄的形势，到了关键时刻，稳定人心是当务之急。绝不允许个别人把刘庄的人心搞乱，把刘庄团结稳定上高科技的局势，搞成一摊烂泥。"史来贺跟党总支成员商量后，第二天，就召开了群众大会。

这次大会，同以往的任何一次大会都不一样，史来贺从来没有这样动过感情、动过怒，感情一暴，肝火一旺，把个群众会，开成了"训话会"：

"几十年来，刘庄一到关键时刻，就有人蹦出来踢摊子，踢得怎样？刘庄不是每次都挺过来了，越来越好吗？谁踢摊子都不怕，刘庄群众的思想觉悟是高的，眼睛是雪亮的，每一次有人踢摊子，广大群众都是站在正义一边，最后孤立的，就是极个别踢摊子的人。我告诉极个别踢摊子的人，正义的事业，不是你能踢得了的，也是永远踢不翻的。人，分成三种：一种是干社会主义的，一种是吃社会主义的，一种是踢社会主义的。哪一种人光荣，哪一种人可恶，哪一种人可恨，大家心里都明白。后两种人，虽然是极少数，但我们要警惕，以免上当！"

在这次大会上，史来贺大力表扬了马学义，在药厂最困难、最危急的关头，马学义勇敢地站出来，义正词严地批评了那些对发展生产不利的言论，指出了错误，稳定了人心，也稳住了药厂的大局。

这时，史来贺用最洪亮的声音说："我们都要向马学义同志学习！敢于坚持正义，批评错误，随时制止不尊重客观实际、不负责任的乱发议论；随时稳定刘庄安定团结的局面,维护刘庄集体利益和发展经济的良好愿望。"

最后,史来贺又以缓和而坚毅的口气说:

"我们刘庄人从来不相信'摇钱树''聚宝盆''头枕金山,脚踩银海'之类的神话,从来就反对好逸恶劳的懒汉思想。幸福生活,等不来,靠不来,天上掉不来,别人送不来。只能靠我们用双手去拼搏、去创造。我在这里,重复一下马学义说的一句话,只要史来贺不死,药厂就不会砸! 借他这句话,我给大家交个底:我活着,药厂就必须活着;我死了,药厂也不会死! 大家该有信心了吧? 只要咱把肌苷搞成功了,刘庄的经济就如一艘巨轮驶入了公海,可以自由游弋了……"

挫折面前,群众看到了光明,看到了希望,坚定了信心,增强了力量。人心稳定了,军心坚如磐石了!

接下来,史来贺目光如炬,锁定目标,运筹帷幄,他要开始指挥"三军"将士,打一场攻坚克难的大决战了!

挫折中崛起

在大家眼里，史来贺胆子大，不怕难，无论在什么时候、什么情况下，都是一个充满自信、百折不挠的人。他常说，要彻底挖掉穷根儿，摘掉穷帽儿，就得有一股敢创新业、敢创大业、敢担风险的拼劲。

其实，老史也很清楚，生产肌苷属于高科技领域的微生物工程，它涵盖的知识与科学技术极其繁复与浩瀚，而且它的整个庞大的知识结构和科技框架都属于现代知识和科技领域的尖端。如果把现代科技的发展比作一座宝塔的话，那么，这微生物工程，就是宝塔尖上的一颗璀璨夺目的明珠。而正是这颗明珠紧紧吸引着史来贺，吸引着他的眼球，吸引着他的心灵，吸引着他高瞻远瞩的战略思维。

如何摘下这颗宝塔上的明珠？这对于史来贺这个年过花甲、只读过两年私塾，还是在新中国成立后的扫盲班完成开蒙的农民来说，无疑比摘下皇冠上的明珠要难上几百倍、上千倍。攀登现代知识和科技高峰，不亚于登山运动员攀登世界最高峰——珠穆朗玛峰！来不得半点盲目与妄想，它不是想象，更不是梦幻。

为了摘下这颗明珠，村书记、村主任、农工商联合社总经理"一肩挑"的史来贺，白天和钱工以及年轻的技术员们俯身车间，埋头查找染菌原因，对整个生产流程进行梳篦式的检查。每一个生产环节都认认真真地查找，每一道工艺都仔仔细细地研究，对每一罐的提炼过程和技术操作更是做出入丝入扣的剖析……

到了夜晚，老史在办公室一坐就是大半夜。他戴上老花镜，借着15瓦的昏黄灯光，捧起厚厚的书本，探索微生物工程的奥秘，学习微生物医药方面的知识，钻研肌苷生产的技术与工艺。毫无疑问，他在这种陌生而又艰深的知识结构中涉足、攀援，下的可是"蚂蚁啃骨头""蚯蚓拱磐石"的硬功。

在刘庄,谁都知道,史书记尽管文化水平不高,但他始终是一个善于学习、肯于钻研的人,更是一个求知欲相当强烈的人。新中国成立后的20世纪50年代,从研究植棉技术开始,他的学习与研究就从来没有间断过。村干部们都清楚地记得,老史曾长时间迷恋过哲学。夜晚,在哲学的海域里遨游,白天工作时,时常把"唯物论""辩证法"等哲学概念挂在嘴上。仅一部《哲学辞典》,他就如啃骨嚼筋一样,翻来覆去、细嚼烂咽,啃了整整两年。有时,一条哲学原理,一句辩证法观点,就要和干部讨论研究好几个夜晚。

那时,不管是学习哲学,还是学习土壤学、栽培学、气象学、养殖学、遗传学等专业技术书籍,都能一学一悟就通,不懂的、不明了的,一查字典,一结合植棉实际,马上就开了窍。而如今,在高科技的微生物工程的知识结构中探索,他这个刘庄有名的"老学究",却深深感到力不从心了。那些艰深玄奥的知识,成了他摘取高科技塔尖上的明珠的拦路虎。而过去学的那些土壤学、栽培学什么的,都与之风马牛不相及,统统用不上了。

可老史不甘落伍,他也不能落伍! 共产党员年纪再老,思想不能老啊! 刘庄的领路人,不能停步不前,应与时俱进啊!

史来贺同志在认真学习

自己学不懂,就向钱工请教;自己不知怎么学才对路,就让大儿子世领陪着自己学,指导着自己学。车间里那些年轻的技术员,一个个也都是他的老师。这个戴着老花镜的"小学生",经常提着经营管理、生物工程、微生物学的书籍向人讨教。为了刘庄的发展,为了刘庄的未来,年过花甲的老史啊,日夜跋涉、天天攀登在通向微生物科学高峰的大道上……

爱学习、爱思考、勤探索、常求索，使史来贺把握刘庄发展方向的功力日深。

史来贺的最大特点是坚持：始终把发展生产、发展经济放在首位，这是坚持；始终把集体利益与老百姓的利益放在前头，这是坚持；无论地位、名气如何上升，始终本色如一，这是坚持；爱学习、爱思考、爱钻研、爱探索，这也是一种坚持。坚持，让史来贺的行迹超越常人；坚持，让史来贺的作为震惊世界；坚持，让史来贺的创业蒸蒸日上；坚持，让史来贺的人生熠熠生辉。

科技创新的时代，让他对自己有了新认识：劳动模范、先进典型不可能一劳永逸，谁不学习谁落后；新时期要学新本领，树立新观念，增长新才干。

他的这种与时俱进、不懈探索、不断进取的精神，让他这个聪慧、朴实的农民带头人，总是走在时代最前列。

从北京回来的几天里，他一直捧着微生物医药工程方面的书籍读来读去，反复琢磨。学习书里的有关理论知识，再结合车间里倒灌的实际，半夜三更还在苦苦思索，不懈探究。一本微生物科学方面的书，不知看到哪一页，他仿佛忽然来了灵感，一下子做出判断：问题可能出在真空设备漏气和净化器、滤化器上，提取罐内混进了微量杂质。不然，怎么会倒出来黑水、臭水，而不是白色粉末呢？

他兴冲冲找到钱工，拍了一下他的肩膀，问道："你说大罐里染菌是不是因为空气导致的？"

他这一问，让正在深思的钱工惊诧不已："哎呀！真是不谋而合。我这几天，也正朝这方面琢磨，刚刚想到真空设备漏气问题，看来，咱俩在同一时间想到一块儿了。你这个棉花专家，有了高科技头脑，又成微生物工程专家了！功夫不负有心人，你能攻下微生物工程，真不愧宝刀不老、壮志不已啊！"

事故的症结、倒灌的原因终于找到了。

接着，史来贺与钱工跟技术人员一道，蹲在蒸人的车间里，一个部件一个部件地查找，哪怕一个极细小的部件也不放过。查来查去，果然是这些小环节上出现漏洞，多处存在轻微的跑、冒、滴、漏现象；再者，因为技术不过关，操作不严谨，混进了少量的细微杂质。经过一番查找，终于发现真空设备多处漏气的地方。这就是引起染菌倒灌的根本原因。另外，钱工通过仔细检查，还发现菌种的培育和选择，也存在一定问题。

症结找到后，史来贺、钱工和技术人员一起，集中优势兵力打歼灭战，如打仗炸碉堡一样,一个一个地攻破,一个一个地"拔钉子"。首先是杜绝漏气,改进生产工艺,然后是提高操作技术,同时选育高产菌种。

经过日夜奋战,倒灌难关终于攻破了!

重振旗鼓大开张!肌苷生产线轰轰烈烈地生产起来。提炼后的第一罐该提取了,车间里所有的人员都围拢过来,眼睛都睁得大大的,单等着打开巨型罐提取的那一刻。罐被打开,几十双眼睛齐刷刷投向罐内,啊!一罐冰雪一样晶莹洁白的粉末放射出耀眼的光芒,肌苷!白色的肌苷成功了!我们成功了!一片欢呼声在车间里回荡,一片雷鸣般的掌声飘向药厂上空。人们在欢声笑语中流下了滂沱的泪雨……

钱工和几个技术员簇拥着史来贺:"老书记,老书记,咱们成功了!成——功——了!"

老史看见一罐白花花的粉末结晶体,是它,正是它!它就是刘庄人日夜企盼的肌苷啊!他兴高采烈地带头鼓掌欢呼:"成功了!咱们成功了!"

车间里像庆祝盛大的节日一样,所有的技术员与职工不约而同地欢呼、歌唱起来,整个车间一片欢腾,欢声笑语经久不息……

这提取的第一罐白色结晶,上秤一称,整整 35 公斤。之后,每罐的肌苷产量,最高时达到了 40 公斤,打破了正常纪录;平均 35 公斤左右,处于国内领先水平。

趁此机会,史来贺快步跑进广播室,拿起话筒向村民报告:"我向大家报告一个好消息,我们刘庄药厂,今天终于生产出了高科技的肌苷来啦!并且创造了全国的一流。它开创了农民高科技生物制药新的历史,我们刘庄农民的创业史又掀开了新的篇章!这是一个喜人的……消息……振奋人心的……消息!"

老史再也说不下去了,一激动,心脏病又犯了。脸色蜡黄,大口喘气。他马上从上衣兜里掏出药,压在了舌根下。

心悸稍微缓解后,他又返回了车间。

接下来,第二罐、第三罐、第四罐,乃至第十罐……提取物都达到了 35 公斤,最高数值一直保持在 40 公斤,打破了同类产品的世界纪录。

望着白花花的优质肌苷,史来贺激动万分、喜笑颜开,自豪地向大家宣告:"刘庄人一旦大踏步跨入生物工程,刘庄经济这艘巨轮就开入了公海!"

刘庄肌苷生产获得了巨大的成功,水平达到国内一流。这消息震动了中原，震动了全国的药品行业！

> 刘庄人，真提气，
> 泥腿子搞成高科技。
> 不迷权威不信邪，
> 敢想敢干闯禁区。
> 多亏撑旗人腰杆硬，
> 肌苷产量夺第一。
> 农民不再当大老粗，
> 科技致富创奇迹。

不知是谁，在厂区外高声亮嗓地唱起这首自编的快板诗。

当老史看到一批批肌苷产品流水般运出药厂，销往外地的时候，当他看到药厂的产品呈现产销两旺的时候，他竟高兴得手舞足蹈，像个天真烂漫、欢乐无比的老顽童似的。

那天晚上，他拉住钱工的手，把他从车间里拽出来，兴奋地说："走，到我家去，今天我请你喝酒，咱们庆祝庆祝！"

钱工有点儿不好意思，想推辞："为何请我喝酒？还是免了罢！"

"今天这个酒必须得喝，高兴啊！"史来贺喜颜悦色。

钱工进到老史的家里，一看，老史的老伴儿早已把备好的酒菜摆满了饭桌，满屋里都飘着菜香。

老史拿出珍藏的好酒，先给钱工斟了满满一杯，然后给自己倒了满杯。两人碰杯时，老史爽声朗气地说："酒逢知己千杯少。钱工，你是我老史难得的知己。今儿个，咱要喝个痛快，庆祝咱们的肌苷生产成功！"

"庆祝，庆祝！这可真是值得高兴的事！排除故障已经几天了，车间里一切运转正常，这说明所有的硬件设计都是符合标准的，产品质量也是达标的。刘庄自己培育的技术人员真棒！"钱工连喝了两杯酒，顿时兴奋起来。

"钱工，这可都是你的功劳啊！你是刘庄的大功臣、大恩人！"老史说着，跷起了大拇指，"为此，我得敬你一杯！"

老史举起酒杯，先干为敬。

"老书记，这我可不敢当。一切都是在您的运筹指挥下进行的，您是刘庄现代化建设的统帅啊！我只不过是在技术上指导一下而已，只尽了一点绵薄之力。"钱工谦恭地说，"要说，该我敬您，您给我提供了一个'战场'，让我在这次倒灌事件中，学到了新知识，获得了新的实践经验。教训中得到的经验格外宝贵，我一辈子都不会忘记！"

说着，也来了个先干为敬。

酒过三巡，两人的脸颊上都浮现出微微的红润。

老史的确感到今日是酒逢知己，趁着酒兴，情不自禁地打开了话匣子："'文革'时，有人说知识分子是'臭老九'，叫我说，知识分子是香老大。知识，知识，有知才有识。没有知识，哪来的科学技术？没有科学技术，怎么搞'四化'建设？没有知识分子，怎么向高科技发展？所以我说，知识分子是国家的宝贵财富，是老百姓心目中最值得尊敬的人。这几年，我交了不少知识分子朋友，从你们这些知识分子身上，我学到了很多宝贵的东西，也给了我很多启发，让我在领着刘庄人搞现代化农业建设中，少走了许多弯路。钱工，你就是我最敬重的知识分子之一啊！"

钱工十分感动地表示："我知道，您和刘庄的老百姓都很看重我，我从刘庄的百姓身上也学到了在城市学不到的东西。刘庄人的质朴、实在、诚恳、厚道，给我留下了深刻的印象。老书记，您放心，我一定会像刘庄百姓对土地那么忠诚、对集体那么热爱一样，把自己的汗水洒进这片土地，把自己所学的知识奉献给这片土地……"

"说得好！我没有看错人，钱工，你和刘庄百姓的心是相通的……"史来贺拍着钱工的肩膀，显得语重心长，情深意厚。

肌苷生产成功后的1986年，由史来贺提议，刘庄的药厂正式命名为"河南新乡华星药厂"，生产的肌苷命名为"华星牌肌苷"。名字中的"华星"二字，意即创明星企业，创明星产品，使企业与产品如璀璨的明星在中华大地崛起。

经过一番艰苦卓绝的拼搏，刘庄人变村办企业为大型现代化企业，变中小企业为龙头企业，用高科技产品替代科技含量较低的产品，从而占领大市场的愿望终于实现了！

华星牌肌苷在河南省医药行业同产品评比中，获得第一名，并被河南省人民政府评为"省优质产品"。经河南省和国家药检部门化验，此产品不仅完全符合国家标准，而且达到了日本"味之素"厂生产肌苷的A级标准。刘庄药厂企业管理获省"星火示范企业奖"、国家科委"星火企业奖"。

刘庄药厂生产的优质肌苷，不仅畅销中州大地，而且远销东南沿海地区，产品经常供不应求。外地采购员来到新乡，住在旅馆，得按先来后到排队，耐心等待多日，方能拿到货。刘庄肌苷，越来越火爆市场，每年产值达3000多万元，可谓财源茂盛，如江河滚滚。

药厂的生产进入良好的循环态势，从菌种培育到发酵提取，再到最后的精制包装，从生产到运销，每一个环节、每一个关口都畅若流水，顺达无阻。

老书记悬着的一颗心放下了，刘庄百姓热切的愿望实现了。到了年底，药厂大大盈利，刘庄男女老少无不喜笑颜开。

史来贺站在厂房，大手一挥说："分红，分红！要给群众兑现我们的承诺，共产党的干部，说话要算数，不能放空炮。"

过年了，刘庄凡是参与药厂投资的，家家户户都拿到了红利。投资多的多拿，投资少的少拿，不投资的不拿。这可不像过去在生产队挣工分那样，多劳多得，少劳少得，不劳不得，这是用钱挣钱呀！

史来贺的集资办厂，让刘庄老百姓长了见识：过去挣工分是体力投入，现在集资办厂是资本投资，过去，谁能想到，资本投资也能挣钱呢！看来，劳动和投资同样都能增加收入，同样都能致富啊！老书记又给俺们开辟了一条共同致富的新门路啊！

"咱们的老书记说话、办事实实在在，看准的事，说办成就能办成，从不糊弄老百姓，许了的愿，一定会兑现，不叫老百姓吃亏啊！"

拿到红利的群众赞不绝口。

这一年的春节，刘庄家家户户喜气盈门，欢乐无比，鞭炮放得格外多，红灯笼挂得格外高，喝酒划拳格外热闹。刘庄上下一派吉祥和美、其乐融融的气象。

"不平等合同"

华星药厂的发展进入了快车道。生产越来越规范,效益越来越好,质量越来越优,科技水平越来越高。厂内不分昼夜,机器隆隆,人影绰绰,一片繁忙,到处都是喜人的景象。

经全厂上下一致推举,史世领担任第一任厂长。

上任的头一天夜里,老史与世领父子二人促膝交谈。

"厂长的担子从今天起,压在了你的肩上,重任在肩啊!这是刘庄干部群众对你的信任,怎么干好这个厂长,你心里得有个数。"父亲意味深长地说。

"我怕干不好,辜负了大家的希望。"世领有些担心。

父亲朝儿子瞪一眼,厉声道:"既然当了这个厂长,就只能干好,不能干坏。全厂上下、全村上下都瞪大了眼睛看着嘞!你千万不能让大伙儿失望。"

响鼓不用重槌敲。世领诚恳地点着头:"我一定努力,一定,一定!"

"咱们药厂不能满足于现有的规模和水平,得有一个长远发展规划,要往大里发展,往高处发展。规模和产值、利润都要翻番。你当厂长的要有这个雄心,要有这个眼光。当厂长不光是抓生产、抓营销,还得有发展的战略眼光,有与时俱进的思维,有超前意识。"史来贺说到这里,仿佛想起了遥远的事情,两眼看着远方,意味深长地说,"过去,蒋介石有 800 万美国装备的机械化部队,而共产党才有多少部队?比国民党的少多了,并且装备也很落后。可为什么能以少胜多?最后打败了蒋介石?最重要的一点,就是毛主席高瞻远瞩,有英明的战略思想,有奇妙的战略部署,战术超人,用兵如神。办工厂跟打仗一样,要研究战略战术,当然不是战场上的战略战术,而是工厂发展、经济发展的战略战术。你想想,同样的改革开放,同样的方针政策,为啥有的工厂越办越红火,有的工厂却办不了几年就垮掉了呢?关键在于一把手,一把手的发展意识、战略谋划、经营战术起到了决定性的作用。华星药厂能不能与时俱进、能不能有广阔的前景，就看你这个厂长的了……"

老史给儿子讲了很多很多，让世领感触颇深，受益匪浅，仿佛用耀眼的星光，点亮了儿子心灵中的万盏灯火。

世领感慨地说："老爹呀！要论技术，我比您学得快，也比你掌握得多。但您的思想，您的眼光，可够儿子下苦功学一阵子的。放心吧，我一定活学活用您的战略思想和发展意识，用超前的眼光经营好药厂，发展好药厂……"

父子俩一直交谈到深夜，刘庄各家各户的灯光都熄了，只有老史办公室的窗口还依然灯火通明……

华星药厂在史来贺的运筹指挥下，逐年上台阶，年年换新貌。生产、管理、技术不断出新，很快实现了产值翻番、效益翻番。水涨船高，村民的分红多了，职工的福利多了，向国家上缴的税金也多了。

这时，史来贺的思想更开放了，视野更开阔了，胆子也更大了，他带领刘庄人创大业、创新业的勇气更足了，步伐迈得更快、更雄壮了。

建厂4年后，即1990年，老史又有了新的设想：抓住机遇，乘势而上，投建华星药厂二期工程，他找人预算了一下，二期工程需要投资1700万元。

搞预算的人说："这个数目可不算小啊！你上哪儿一下子弄1700万呢？"

老史毫不迟疑地说："投资再大也得干！"

"投资大，风险就大呀！"

"风险大，利润才高呢！天下没有白手拿鱼儿的事。"老史决心已定，成竹在胸。再投资1700万元上二期工程，刘庄药厂年产值就会超过5000万元。

他召开全村干部、群众大会，将这一设想开门见山、公之于众。大家一听上二期工程得投资1700万元，本来非常安静的会场，顿起波澜，喧声如潮。

"咱这药厂形势一天比一天好，效益一年比一年高，干啥又要上二期啊？"

"一个劲儿地往高处发展，到哪一天是个头呢？还是见好就收吧！"

"天哪！上二期得投进去恁多钱，1700万哪！那就得扎扎实实1700捆啊！摞起来比墙头还高嘞，这得冒多大风险哪！"

"我的老天爷，俺从来就没有听说过恁多钱，甭说见了。咱一个刘庄能值多少钱呢？这要是干砸了，咱小小的刘庄不就天塌地陷了？"

老史马上接腔："天塌不了，地陷不了！咱的二期工程也干砸不了！我说乡亲们，你们想想，我领着大家伙儿干，这都四五十年了，凡是说要干的事儿，哪一样没干成、没干好？我是领着大伙儿一步一步往高处走嘞,往富路上、正路上走嘞！我走的每一步,都是经过反复考虑的,考虑不成熟决不干;我走的每一步,也都是符合刘庄实际的,不符合实际的,也决不干。但只要是我认准的事,就坚决一干到底,不干成功、不干漂亮誓不罢休！你们也知道,这是我一贯的作风,也是我至死不变的风格,谁也动摇不了。咱每往前走一步,刘庄百姓的日子就往高处提一步。集体经济就往上跨一步,登上一个新高度。二期工程也同样能让群众享受到更大的成果,得到更多的富足。"

有群众高声发问:"那恁多资金从哪儿弄啊？"

史来贺响亮亮地回答:"还是老办法,村集体投资和村民自愿投资相结合。谁投资谁受益,投的多,得的多,投的少,得的少。"

可群众心里还是打鼓,这二期工程比一期工程规模大得多,万一搞砸了,投进去的钱可就打水漂儿了。同时,在他们看来,刘庄已经有了十几个工厂,还生产着高科技的肌苷,这都中了！集体富了,村民也富了,老百姓的日子已经富得流油了,吃的、穿的、住的、花的,比城市人都好,早该满足了……

由于村民普遍存在这种对风险的担心和小富即安的思想,要上二期工程阻力大得很,一时很难做通工作。可时间不等人,机遇不等人,刘庄高科技发展、现代化经济发展,不能坐失良机啊！

怎么办？老史思来想去,唯一快速而高效的办法,就是给村民一颗"定心丸",这颗"定心丸"还必须由他史来贺来配方、来炮制,然后,把它安放到每一个村民的心里。

为此,他竟果断、慷慨地与全村360多户每家都签订了一份极为罕见的"不平等合同","合同"白纸黑字,清清楚楚地写道:史来贺以个人对集体、对农户,通过向集体贷款、向农户借款的融资方式,筹资上肌苷生产项目二期工程,赚了全归集体、归农户,赔了史来贺个人承担……

史来贺在合同上签字画押,使合同具有了法律效力。

失败了,亏损了,承包者搭上身家性命也得赔损失;成功了,盈利了,承包者半点利益也不得。市场经济下的承包责任制,责、权、利,三者合一,才是公平合理的。而这份合同,只有承包人的责权,而没有承包人的利益。显然,这是一份罕见的"不平等合同"。

"合同"签订完,村民们捧着这只有薄薄一张纸的"定心丸",却感到沉甸甸的。因为这颗"定心丸"是用老史一心为民的思想、慷慨无私的精神、甘愿吃亏的心灵配置的。啊！原来他交给村民的"定心丸"，是一个共产党员的赤子之心哪！有了这颗"定心丸"，村民们倒是一万个放心，一万个宽心。可要真的干砸了，那就把史来贺一家坑苦了呀！

毫无疑问，这一"定心丸"，对每一个刘庄村民都是公平的，唯独对史来贺不公平；这一"不平等合同"，对刘庄父老乡亲谁也没有亏，唯独亏了史来贺！

一位年过花甲的老太太，两手颤巍巍地捧着那一张薄薄的纸，仿佛捧着无法称量的沉重，眼含热泪激动地说："这大事、难事，老史都替咱在肩膀头上担着、扛着，为了把咱领到富路上，他把心都掏给咱了呀！"

"为了咱刘庄更富裕，为了咱刘庄人过上更富有、更幸福的日子，史书记这一回，可是把身家性命都押上了！咱要不豁出命跟着史书记死心塌地地干，那就是没良心，不是人！"一位有文化、有知识、懂技术的年轻人挥着拳头，说得慷慨激昂。

…………

史来贺千方百计筹款，马不停蹄地跑建筑材料，昼夜不停地组织施工，药厂二期工程顺利竣工。厂房扩建了，规模扩大了，生产线延伸了，操作流程全部电脑化了。

刘庄村民对投资建设华星药厂第二期(二分厂)工程焕发出高涨的热情，药厂的全体职工和技术人员更激发出空前的积极性和创造力。这让史来贺再一次看到，在刘庄，最活跃的生产力，最具创造能力的生产力，就是刘庄的老百姓。有了他们，刘庄的现代化建设，遇到再大的困难也不怕，遇到再大的风险也不怕。

史来贺由衷地发出一声内心的感叹："多好的老百姓，多么可亲可敬的父老乡亲啊！"

有了老百姓的大力支持做基础，有了广大群众高涨的积极性和无限的创造力做坚强的柱石，华星药厂第二分厂工程乘势而上，生产试验，马到成功。这一年，华星药厂的效益直线上升，每一天都在打破新的纪录，年产值超过了5000万元。

华星药厂如一辆加速度列车，飞奔在刘庄高科技发展的大道上。这条大道，一直向远方延伸着，延伸着……

高科技园区

随着药厂二期(二分厂)工程的正常运营,广大村民和全厂职工看到了刘庄发展高科技强盛的势头,这势头如地平线上喷薄而升的红日,放射出万道光芒。那不正是刘庄焕发出的青春之光吗?青春的光辉里,蕴含着刘庄人强烈的发展愿望,闪耀着刘庄人自强不息的创业精神。

他们跟随老书记的脚步,一步一层楼,一步一层天,眼光放得更远,视野望得更阔,思想解放了,胆子也大了,心也更齐了。只要老书记敢想,他们就敢干;只要老书记巧谋划,他们就能将这谋划变为刘庄大地上美丽的现实。

史来贺一诺千金,再次用自己的实际行动,兑现了他当初与全村 360 余户村民签订的"不平等合同"里的承诺:将扩建后的新厂,连同每年几百万元的盈利,全部交给了集体。群众得到了大大的实惠,他自己却连一分钱的报酬都没拿。

心底无一缕私念,胸中无一己私利,一颗赤胆照亮人心。这是何等的气魄和胸怀啊!

刘庄的发展从不停步,刘庄的发展又在策马扬鞭,骏马奋蹄。

华星药厂只几年间便跨出惊人的几大步:1992 年上青霉素工业盐产品;又于 1993 年上溶剂车间;1994 年上粉针车间;1995 年上无菌粉车间;1997 年开始生产红霉素;1998 年氨苄青霉素、卡那霉素投入生产;1999 年,上四期工程,技术含量更高的生物发酵分厂破土动工……这几大步的发展,可以说是一年一层楼,一年一跨越,一年一飞跃,一年一重天。

为了确保药厂等新兴工业的用电,1996 年还建起与之配套的 4.8 万千瓦电气热电厂。接着 2000 年、2002 年、2003 年,连续 3 年,每年都有新的工程相继兴建投产。刘庄的创业"大戏",真可谓紧锣密鼓,管弦齐鸣,风雷滚滚,马蹄疾奔!

从这时开始,村办企业已向多元化发展,刘庄迎来了集体经济发展的黄金时期。

此时,刘庄的大地上,已巍然崛起 900 亩工业园区。鳞次栉比的厂房,春雷般轰鸣的机器,高高矗立的发酵罐,庞大巍峨的冷却塔,穿梭般来往的运输车,还有横空排列的钢铁管道,像一支列队整齐的钢铁劲旅,像一片用钢筋铁骨武装起来的雄狮方阵,正踏响惊雷般雄壮的步伐,雄赳赳气昂昂挺进在高科技发展的大道上。

谁能相信,一个小村庄的现代化工业园区,竟如此气势恢弘,蔚然壮观!

这时的老史,多像一位运筹帷幄的老帅,时而临阵指挥,时而遥控指挥;时而挥动大手,仰脸调度着吊装的几十吨重的巨型罐;时而俯身车间的生产线,检测产品质量,细查工艺流程。即使有事或因开会离开车间、离开刘庄,对讲机也时刻握在手里,一开机,就是与药厂对接,问菌种、问化验、问精制、问包装、问运销……即使人在百里之外,一颗心也始终在药厂、在车间百转萦绕。

夜晚躺在床上,他总是把对讲机放在枕边,不论是半夜还是三更,只要一醒,拿起对讲机就向药厂当班的人问话。刚开始,妻子刘树珍以为他在说梦话,开了灯一看,他手里正握着对讲机,便生怨道:"你这一睁眼就说药厂,一闭眼做梦还是药厂。药厂,药厂,药厂比老婆孩子都亲,你干脆把药厂当成家算了。从今往后,你甭回这个家了!"

谁知,老史放下对讲机嘿嘿一笑:"你真说到我心里头了,还是你最懂我。"

错把气话当真言,老史一番得意。妻子却一气之下跟他赌了 3 天气,板着脸,绷着嘴,任他问啥说啥就是不搭腔、不理睬……

每天一大早,老史再忙,也得先到村里的工业园区转一转,看一看。当他听见从一座座工厂传出的隆隆的机器声、叮叮当当的金属声,清脆的汽车喇叭声,还有人们喜悦的欢声笑语时,就好似喝了美酒一样,兴奋得喜笑颜开。在他听来,这一切是刘庄大地上最动听的音乐,最优美的歌唱。他时时陶醉在这一部刘庄人自己奏响的雄浑壮美的交响乐中……

过去,每天傍晚,干部和群众都会到村委会门前,集合记工,大家分别递上工分册,记工员一个又一个地在册子上记工分。全村 1000 多个劳力和工人,光记工都得好半天。如今,农业实现了机械化、水利化,企业实现了现代化、电子化,干部职工统统由原来落后的记工制,一律改为指纹式打卡上班,比某些城市的企业都先进。刘庄处处体现着现代化模式、现代化气象。

正是夜班与白班交接班的时段,上下班的人流潮水般在厂区涌进涌出。老史分得很清,步行的,都是刘庄的职工;骑自行车、摩托车、电动车的,大都是周围十几个村的合同工。人们各行其右,秩序井然,像两条波涛汹涌的江河,在厂区门口交汇、分流。每一张笑脸,都是这江流里的一朵甜美的浪花;每一声欢歌,都是这江流的一串动人的音符。望着这近万人的工人队伍,老史深沉地感叹着:现代高科技有很强的凝聚力、感召力,这是刘庄的现代工业、现代科技凝成的一支产业大军啊!他们是创造社会财富、推动社会发展、推进改革开放的主力军;他们是一代新型农民,一代产业型、知识型、技术型农民。实现工业富农、科技兴农、共同富裕、创造幸福的目标,无疑要靠他们的双手,更伟大、更神圣的使命,就落在他们的肩上啦!

发展靠人民,创造靠人民,人民永远是推动历史前进的巨大动力。

离开了百姓,离开了人民大众,刘庄的发展从何谈起?刘庄的科技兴业、科技强村从何谈起?

史来贺对眼前的这支新型农民队伍、刘庄的产业大军,时刻心存深厚的感激之情、敬畏之情。

刘庄集体正是依靠这支生力军,在刘庄这片土地上创造了一个又一个奇迹。史来贺去世的前一年,即 2002 年,华星药厂年产肌苷 500 吨,是全国最大的生产厂家之一,成为赫赫有名的生物医药企业;年产青霉素原料约 5000 吨,产量居全国第三,出口创汇居全国第一;进入全国医药销售排行榜前百名,年产值占全村总产值 80% 以上。更惊人的是,华星药厂在产品的出口创汇方面,在全国同类行业中遥遥领先,创造了乡镇企业走出国门、打入世界、与国际接轨的神话。

这正应验了史来贺早就预言的那句话:一旦引入生物工程,刘庄经济的巨轮就驶入了公海!

刘庄这艘承载着农民梦想的远洋巨轮,在舵手史来贺的引领下,直挂云帆,劈波斩浪,快速驶向知识与高科技领地的海洋,驶入国际市场经济的远洋……

刘庄高科技产业的巨大成功,的确创造了一个中国农民进军高科技的神话。这个神话的主人公,就是新时代神话英雄史来贺。

提起这位神话英雄,许多前来考察刘庄经济迅猛发展“秘诀”的专家、学者,无不触景生情,大发感慨:刘庄经济迅猛发展的首要“秘诀”,就是有一个能够运筹帷幄、决胜千里的“大帅”。凡是他看准了的目标,该上必上,该攻必攻,该占领的高地,不惜一切代价必占领!拼了命也得拿下来,不能有半点优柔寡断;坚持到最后一分钟,就是胜利!这就是史来贺办企业的风格与做派。假如史来贺在药厂开初生产肌苷因染菌而倒灌的关键时刻,犹豫不决,徘徊不前,必将使肌苷生产功亏一篑,半途而废!那么,后果可想而知,哪里还会有刘庄的经济腾飞?哪里还会有一年5000多万元的产值?更不会出现出口创汇居全国第一的奇迹!

专家学者们称道史来贺不仅是一位农民思想家,也是一位新时期的"四有"企业家:即有经济学家的头脑,有战略家的眼光,有哲学家的睿智,有军事家的果断。

史来贺这位昔日的农民,成了新时期了不起的企业家,他率领刘庄人创造的业绩,闻名全国,震惊世界。1987年年初,由国家农业部组织,中国乡镇企业报、中央人民广播电台、中央电视台三家负责具体工作,费孝通、何康、袁宝华、张根生等任顾问,在全国开展评选优秀农民企业家活动。各省、市、自治区从全国1000多万个乡镇企业经营者中,推选出140名候选人。8月底,评选揭晓,共评出优秀农民企业家100名。9月2日上午,"中国百名优秀农民企业家"表彰大会,在人民大会堂举行。中共中央、国务院以及各方面领导同志出席大会,并为优秀农民企业家颁奖。史来贺是站在百名优秀企业家前列的人。表彰大会上,成立了"中国农民企业家联谊会",史来贺被选为副会长。

昔日的农民,今天成了著名企业家;昔日带领着农民在田野里扑腾,今天却率领着新一代农民,在商品经济的大海里闯荡;昔日埋头拉车,带领一帮"泥腿子"土里刨食夺取粮棉高产,今天,却率领知识型、科技型、产业型的农民产业大军,努力攀登高科技的宝塔,去摘取那宝塔上光辉璀璨的明珠。这就是创业不止的史来贺,这就是奋斗不息的史来贺,这就是与时俱进的史来贺!

第五十三章　创业成果惠民生

※第二代新村
※不变中求变
※新村升级版
※幸福的家园

第二代新村

1987 年 11 月 5 日,史来贺作为党代会代表,参加完党的十三大后,满载党的新理论、新政策、新方针、新路线,喜形于色地自京归来。

刘庄早有规定:不论是谁,赴京开会,不搞"热烈欢送"仪式;开完会回来,不搞"夹道欢迎"的迎接。刘庄人都是土生土长的老百姓,不搞那种兴师动众的迎送仪式。怎么简单怎么来,怎么朴实怎么办。但听说史来贺从北京人民大会堂开会回来了,干部群众、老人孩子,还是挤满了村办公室。

这次,河南省出席党的十三大的 60 多名代表中,史来贺是唯一的一位农业战线的劳模与代表。

在这间简陋的 20 平方米的办公室里,身着灰色衣服、脚蹬尖口黑布鞋的史来贺,首先问了村上的近日情况,各个厂子生产经营得怎么样?群众有啥困难没有?村干部回答:一切正常!

这时,他才放心地点点头,在地上来回走着,有力地挥动着右臂对大家说:"党的十三大开得很成功,很圆满,振奋人心啊!大会提出了党的新理论,特别是社会主义初级阶段的提出,使我们更能大胆地发展生产力,狠抓商品经济了。建设有中国特色的社会主义,要以经济建设为中心,坚持改革开放。开放了,才能互通信息,互通有无。这说明,刘庄过去以经济建设为中心,大力发展集体经济是对的,方向是正确的。咱刘庄也要开放,企业要勇敢地面对国内外竞争。这样开放了,我们的发展就有活力,就能不断超越。让群众在发展中得到实惠,过上更好的日子……"

乘着党的十三大的东风,刘庄的创业进程呈现出快速发展、突飞猛进的势头。那么,群众的生活、群众的衣食住行,也应该与时俱进,有所变化,有所提高,让老百姓的生活水平、生活质量赶上城市人。所以老史响亮地提出:刘庄要在不变中求变,求大变,求突变。不仅创业要现代化,老百姓的日子也要现代化、城市化。这是我们下一步求变的重点,也是我们工作的重心。

他把目光盯向第一代集体新村。那还是 18 年前兴建的 53 栋 200 多套 1400 多间的双层向阳住宅楼,当时是非常先进、非常超前的高标准、高质量的优美高雅的住宅,一下轰动四方,让城市人羡慕不已。可随着时代的发展,人民的住宅,特别是城市人的住宅也发生了很大变化,大部分人住上了高楼。比起城市的高楼,刘庄的双层向阳住宅楼显得有些矮小,不够宽敞,没有大气度、大气派。

"刘庄也要建高楼,让农民充分享受现代化,住宅赶上城市人!"史来贺暗暗拿定主意。

"肥水不流外人田",刘庄的高楼自己设计自己建!第一代新村、那么多厂房都是刘庄人自己建的,难道建高楼还会难住咱刘庄人?他把村里几个瓦工派到新乡建筑公司的建筑工地去学习建筑高楼,要求他们将高楼建设的整体技术完完整整地带回刘庄。

瓦工们不负重托,很快就取回真经。

1994 年,刘庄第二代集体新村开始兴建。

仍和 1976 年第一代集体新村建设时一样,一不向国家伸手,二不要外部支援,三不向群众摊派。全村上下大力发扬自力更生、艰苦奋斗的精神,男女老少齐上阵,老干部在前带头。自己的车队运料,自己的职工烧砖;从挖地基、垒砖墙,到捆扎钢筋、搅拌水泥;从预制楼板,到加工门窗,全部都是刘庄人自己动手、自己施工。建设工地上,上上下下,日日夜夜,一片繁忙。史来贺站在脚手架上,挥动着瓦刀,像个八级老瓦工似的,和村民一起,熟练地垒砖砌墙,吊线测量。忙起来忘记了腰酸腿疼,忘记了心慌气喘,干活是他最大的快乐,劳动是他最美的享受,和群众在一起出力流汗,让他里里外外都感到无比惬意和痛快。

和他紧挨着砌墙的村委副主任刘树业看着老史干得满头大汗,就劝他放下瓦刀,下到地下喝碗水、吸袋烟、歇口气,老史看了一眼刘树业说:"大家都在干,叫我下去歇,那我还算个干部、还算个党员吗?当干部,只能干在前,不能歇在前。只能比群众多干,不能比群众少干!"

"你总是带头啊、吃亏啊,就没见你有闲下来的时候。"刘树业说。

"咱不带头谁带头?咱不吃亏谁吃亏?带头是责任,吃亏是福气。当干部不能图清闲,再苦再累也得往前冲,带头吃苦带头干。光图清闲、图舒坦,那叫啥干部？那是官老爷！"史来贺一说起干部作风和责任，就非常严肃。

"一遇困难你就带头上，一见劳动你就带头干，可一到分这分那，你总是落后，远远地'靠边站'，叫群众心里过意不去呀！就拿第一代新村来说吧，你家是最后一个搬进去的。群众看了，心里都很难受。这次盖新楼群众都说了，说啥也得叫你家第一个搬进去，还说要给你分最大的一套。"副书记张秀贞向老史反映群众的真实意见。

史来贺即刻拒绝："这绝对不中！谁敢这样做，我处分谁！当干部只有带头劳动、带头吃苦的义务，没有丝毫特殊的权利，不这样，在群众面前就过不了关。你只要搞特殊，哪怕是一点点特殊，就是严重脱离群众，老百姓会用唾沫星子砸你！你说说，我一个老党员、老干部咋能搞特殊化嘞？"

说到这里，他弯腰眯眼仔细瞅了一下墙体，然后，又一边垒墙，一边说："新楼盖好后，分房搬家还是先群众、后干部，困难户优先。记住，大套紧着群众人口多的家庭，我只要小套，够住就中了，要恁大楼房干啥？给你广厦千间，夜里睡觉也只能占一张床的地方。你没听老人说吗？良田千顷，日食一升；广厦万间，夜眠五尺。咱当干部的，可不能有半点私念、半点贪心啊！"

…………

经过夜以继日的奋战，第二代集体新村——14幢5层单元式住宅楼落成了！比起第一代集体新村的双层向阳住宅楼更气派、更现代、更巍峨、更洋气，不仅面积大（平均每户150平方米），而且通风好、采光好，跟城市的单元式住宅楼一模一样，所有配套设施、生活设施一应俱全，全是村里出钱建设安装，村民一分钱不用出，就高高兴兴、轻轻松松地搬进了新楼房。

入住高楼的村民，高兴得大呼小叫，手舞足蹈。有人站在阳台，大声喊道："我看到天边了，住高楼真美啊！"

还有人打开阳台的窗户，向着远方欢呼："俺刘庄的农民住上高楼了，住上高楼了！苍天啊，大地啊，祝福俺刘庄人吧！"

"咱刘庄老百姓的生活又上了一层楼。"一位中年妇女喜不自禁，站在楼上对自己的男人说。

"不是上了一层楼，而是又上了大高楼。"男人纠正说，然后，又一本正经地告诉妻子，"今天，我算明白了一个道理：电灯电话，楼上楼下，是咱刘庄人用双手干出来的，社会主义新农村是咱刘庄人用汗水描画出来的！"

这时，史来贺正带领几个村干部上楼来，挨家挨户检查村民的入住情况，并要征求大伙儿的意见，恰巧听见夫妻二人的对话，史来贺一进门就搭上了腔：

"你说的一点儿没错，社会主义的优越与美好，还有咱老百姓的幸福生活，天上不会掉下来，地下不会冒上来，空想不会想出来。幸福和美好都是奋斗出来的，得靠咱们一把汗水一脚泥地实干、苦干；不干，啥也得不到。干，就是创业。创大业有大成果，创小业有小成果，不创业没成果。咱刘庄人要把眼光放远，创大业、走大路，发展大经济，夯实大集体。目前，咱刘庄人能住上高楼，享受富裕美满的生活，都得益于刘庄集体经济的巩固与发展啊！所以，我还是那句话，无论啥时候，无论遇到什么样的形势和风向，咱刘庄发展集体经济、走共同富裕的道路这一点，要坚定不移、毫不动摇，千变万变，这一根本，这个大方向，永远不变！"

在场的人纷纷点头："老书记说得太对了，您带领俺所走的路，啥时候也不会走歪，也不会走错，俺要世世代代走下去！"

18 年的时间，刘庄建设了两代集体新村，村民们由双层向阳单面楼，又住上了崭新的大高楼，这不正是集体经济繁荣发展、走共同富裕道路的结果吗！这不正是党的富民政策对刘庄人的泽惠吗！

不变中求变

刘庄的快速发展,充分证明了刘庄特色经济发展模式的正确性,再次验证了刘庄所坚持的方向与道路的正确性。1986年4月2日,中共中央书记处对《来自刘庄的新消息》一文做出批示:这个村"堪称依靠集体,全面发展,共同富裕的典型。"

这一高度概括、言简意赅的批示,是党中央对刘庄道路的肯定,对刘庄坚持集体经济发展的肯定,也是对史来贺与刘庄党组织的激励和鞭策,更是对刘庄干部群众的极大鼓舞和促进。

刘庄村委会办公室原貌。史来贺同志在此工作30多年

刘庄集体经济的发展,走过了漫长的50余年的历程。这一历程的逐步升级,不断提高,充分体现了与时俱进、开拓创新的精神。头15年单一耕地种田,是稳步向前;后15年,大力创办小型工副业,是小步快跑;再往后20年,大胆发

展高新技术产业，是阔步飞奔。50多年的发展。一步步加快，一层层提升，一级级跨越。刘庄人是在与时间赛跑，与时代同进，可以说是时时在变，年年在变。

但熟悉史来贺的人都知道，老史却又是一个不喜欢变动的人，凡是看准的道路、认准的事，始终如一，从不改变；坚持走社会主义道路，从不改变；坚定共产主义信仰，从不动摇；坚持发展集体经济、走共同富裕的集体化道路，从不改变；践行共产党人的根本宗旨，牢记共产党人的历史使命，全心全意为人民服务，脚踏实地为老百姓办实事、做好事，始终不变；建设现代化新农村，让老百姓过上富足、幸福日子的奋斗目标始终不变……

由此可见，老史的确是一个不喜欢变、不善于变、不跟风变的人！

他曾在不同场合多次强调：

"社会主义的本质，是让广大群众走上共同富裕的道路，所以，千变万变，发展经济，让老百姓过上好日子这一条啥时候也不能变！"

"形势变，任务变，依靠群众、相信群众的原则不能变！"

"在中国，只有坚定地走社会主义道路，才会长盛不衰。这一点永远不会变。"

"我认为，这个世界上有共产主义，这是我们共产党人坚定不移的信仰，共产主义这个梦一定会实现，这是全人类幸福的梦！这一点不容怀疑，共产党人的信仰啥时候也不会动摇，也不会改变。"

…………

不言而喻，在史来贺心中，坚贞的信仰如高山般巍峨，忠贞的信念如磐石般坚定，任何力量都改变不了、动摇不了它在一个共产党员心中的地位。

大自然中有一种植物叫向日葵，人们说它时时向日，天天向日，是太阳忠实的儿女。很多画家浓墨重彩地画它，很多诗人倾情倾心地歌颂它，正是由于它对太阳、对大地的一片忠诚。史来贺不正是这忠贞不渝的向日葵吗？牢牢地扎根大地，一颗丹心却永远向着太阳，向着崇高的信仰。尽管日月更迭，风雨交替，环境变化，但也永远改变不了他那矢志不渝的信仰。

但从根本上全面了解史来贺的人都清楚，他一生都在求变。在不变中求变，在坚持中求变。

——将一个"方圆十里乡，最穷数刘庄"的破烂不堪的村子，变成了连城市人、外国人都羡慕的现代化新农村；将刘庄千疮百孔的土地，变成了美丽富饶的现代化田园；将刘庄人的苦日子变成了富日子，变成了甜蜜的日子、幸福的日子;将全村传统的旧农民,变成了有觉悟、有道德、有文化、有知识、有技术、讲文明、讲正气、讲团结、讲友好的社会主义新型农民;将刘庄的传统农业发展模式,逐步变成了农工商联合发展的现代化发展模式……

这又充分说明,史来贺是一个从不墨守陈规、时时探索求变的人。他不喜欢的、不追求的只是那种脱离实际的变,那种损害人民利益的变,他更不赞成那种"一刀切"的变、盲目的变、照搬照抄的教条主义的变。

不变中求变,变中有不变,这就是史来贺的辩证法。

而变与不变,发展集体经济是关键;变与不变,让老百姓过上好日子是关键。是否坚持了正确的变与不变,要让集体经济发展的状况来检验,要让老百姓的日子来检验,要让老百姓的富裕程度、幸福指数来检验。因此,他在"不变"的执着里,时时都有与时俱进的突变和奋发。

刘庄群众住进了第二代新村,可党总支和村委会仍然在破旧的瓦房里办公。这是 20 世纪 50 年代末盖的 3 间狭小简陋的砖土平房,20 多平方米,砖墙已被碱化,墙灰也已脱落;室内放了 6 张供人们开会学习时坐的小木床,几把破椅子、小板凳,还有一张供会计算账的 3 个抽屉的办公桌,桌面与桌腿都已陈旧不堪。房内的顶棚,已因冬天开会用干柴烤火取暖熏得黑黢黢的。春夏秋冬,白天黑夜,干部们学习、开会都在这里。大冬天,外面刮大风、下大雪,他们就挤坐在床铺和小板凳上;酷暑盛夏,小屋子热得像热锅上的蒸笼,他们就把床席揭下来拉出去,坐在树荫下办公开会。

老史每天夜里就喜欢坐在这旧瓦房里看书学习、钻研科学知识,探讨发展方略。小床上、办公桌上摆满了他读过的各类书籍,还有新近的党报、党刊。入夜,雪白的日光灯将办公室照得通明,除了红、黄、白、黑四部电话机显示出一些现代气息外,整个房间闪烁发光的,是强烈的艰苦奋斗、朴实俭约精神的光芒。

几个干部早就私下议论,群众已住上现代化楼房,咱"两委"是否也该建新的办公用房了?

其实,早在 1991 年,就有人对老史说,咱刘庄的年产值已从 50 年代初的几万元,增长到 5000 多万元,公共积累已达到 8000 万元,群众也都住上了小洋楼,咱何必还要在这破烂的瓦房里开会呢? 咱有条件建一座新办公房呀!

史来贺一听,两眼一瞪,呵斥道:"破房子就不能办公了? 我看,挺好! 咱们在这里开会办公几十年了,风刮不着,雨淋不着,舒坦得很,为啥要盖新的? 不能盖,不能搬! 在这座破房子里办公,对我们党员干部大有益处!"

春夏秋冬,风霜雨雪,朝朝暮暮,年复一年,老史跟这座破房子结下了深厚的感情,他说啥也不愿离开这座为他遮风挡雨,伴他熬夜学习文化知识、探索科学奥秘的破屋啊!

一座破瓦房,紧紧连着他的心,连着刘庄的一家一户,连着刘庄的每一个百姓啊! 它见证了刘庄几十年的变迁,见证了刘庄几十年的风雨,刘庄发展的所有决策、所有战略部署,都是在这里形成,并付诸实践的;它与刘庄老百姓的命运息息相通,它与刘庄的经济发展有着千丝万缕的联系啊! 它更是刘庄党组织艰苦奋斗、勤俭创业的一个缩影和象征,看见它,刘庄的干部群众就会牢记艰苦创业的年代,不忘过去,不失本色,不会丢掉自力更生、艰苦奋斗的光荣传统。一想起这些,他怎会忍心把它舍弃,把它拆掉?

村民们住上高楼后,有的村干部又提议:"咱该改变一下办公环境了,十几幢楼房咱都建起来了,还建不了一座现代化的办公房?"

"不是建不了,而是不能建! 刘庄的发展,是为老百姓造福嘞,可不是让咱当干部的享受嘞! 办个公、开个会、研究个事儿、讨论个问题,要那么好的办公室干啥? 刘庄眼下条件是好了,但干部不能讲排场、摆阔气,更不能忘记艰苦的年代,不能丢掉艰苦奋斗、勤俭节约的作风。"

老史铿锵有力的拒绝,让大家的头脑冷静了下来,从此,谁也不敢再提建新办公室的事了。

村干部们由两代集体新村和刘庄翻天覆地的变化,联想到史来贺带领刘庄人所走过的道路,在每个历史关头,老书记都把握住了正确方向,让刘庄少走了弯路,避免了折腾,坚持了发展。历史验证,老书记坚守的"变"与"不变",都是对的;"变"与"不变"的出发点,只有一个,那就是集体的发展、群众的利益。

这次,让群众住上高楼,干部仍在旧瓦房办公,其中"变"与"不变"的出发点,不也是为了集体的发展、群众的利益吗?

大到国家的政治风云,小到刘庄百姓的衣食住行,老史都在巧妙运用"变"与"不变"的辩证法。

1956 年,上级要求"小社并大社",史来贺则坚持"一村一社",尽管受到政治冷遇,却保存了羽翼未丰的集体经济。

1958 年,到处刮"共产风",搞"卫星田"。史来贺却用超人的智慧抵制了"共产风""卫星田",保全了集体,维护了群众利益。

1961年整社时,全国推行"三级所有,队为基础"的体制,由公社、大队核算,退到由生产队核算。史来贺却从刘庄的实际出发,仍然坚持大队核算,使集体经济免受了一次折腾。

"文化大革命"中,全国到处大鸣大放、造反、夺权、搞运动,史来贺却禁止贴大字报和大串联;把"文革"十年浩劫,变成了刘庄的十年发展。

党的十一届三中全会后,全国农村推行"家庭联产承包责任制",史来贺却仍坚持大集体,发明了一个"集体联产承包责任制",继续走共同富裕的道路。

史来贺正是用"不变"保证了"变",用"变"稳固了"不变"。尽管在一些重大历史关头,"不变"要比"变"困难得多,风险大得多,需要付出很大的政治代价。"不变"都是险棋,都是绝招,但老史宁愿一人担风险,也不动摇他"不变"的信心,以此来确保刘庄的"巨变"和"飞跃之变"。老史无论在什么境况下,都始终胸有主心骨,在与时俱进、稳步发展上功力日深。

村干部们终于在实践中弄懂、学会了老史"不变中求变,变中有不变"的辩证法与政治经济学。村官虽小,但要当好就得像史书记那样,有清醒的政治头脑和哲学思维啊!

新村升级版

改革开放以后，史来贺曾受全国人大常委会委派，带队到国外考察学习，先后到过美国、日本、德国等发达资本主义国家。美国医药企业的先进化水平、日本中小企业的高科技程度，以及他们的管理模式、经营方式，让他大开眼界，见识了不少新型企业和领先科技，学到了不少新知识、新经验。但他绝不迷信外国的发达，也不照搬他们的做法。对在摩天大楼和迷离的霓虹灯影里看到的一切，他有他的思考，有他的分析，有他的见解，有他的质疑。在惊叹这些发达国家的诸多现代文明成就时，他也发现了这些国家共有的不可忽视而又不堪入目的"黑洞"和"疮疤"——不可一世、盛气凌人的摩天大楼，遮挡着衣衫褴褛、穷困潦倒的贫民区；富丽豪华、金碧辉煌的别墅区的周围，流浪着蓬头垢面、两眼迷惘的失业者、乞讨者。资本主义发达国家的贫富悬殊、两极分化大大刺激了史来贺的神经，让他更加坚定了走集体创业、共同富裕之路的信念，更加坚定了走中国特色社会主义道路的决心与恒心。

外国的富人住别墅，中国的富人也住别墅。显然，住别墅是富裕的象征，是生活幸福的标志。但它也是很多普通人梦寐以求、高不可攀的梦想。

那么，刘庄人能不能像那些外国的、中国的富人那样，住上别墅？能！一定能，绝对能！

"我要让全世界都看一看，俺刘庄的农民也能扬眉吐气地住别墅！但刘庄百姓住别墅，恰恰证明了刘庄集体经济发展的成果，恰恰是刘庄共同富裕的象征，而不是像外国那种贫富悬殊、两极分化的例证。"史来贺早已心存定谱，手握蓝图，胸有成竹！

他决定要打造刘庄集体新村的升级版——建设一大片现代化、智能化的别墅，让刘庄所有百姓一家家都住进别墅里。这是刘庄的第三代集体新村，它不仅要开创刘庄崭新的住宅史,也将开创中国农民几千年来史无前例、别开生面的住宅新纪元。

第三代集体新村于 2001 年春天破土动工。

奠基那一天,刘庄群众听说要建别墅群,很多人还是第一次听说"别墅"这个词,都好奇地你问我,我问你:"啥叫别墅?别墅盖出来是啥样?别墅比咱眼下住的两层向阳楼美呀,还是比咱住的大楼高呀?"

"咱这双层向阳楼和高楼住得好好的,咋又要建别墅啊?"

"听说别墅比高楼还好,比双层向阳楼还美,那俺啥时候能住上啊?"

"啥时候住上说不准。那别墅肯定比高楼好,比两层向阳楼美,这是不会错的。要不,咱的老书记也不会有了高楼,再给群众盖别墅。他是让咱的住房一茬比一茬好,像外国的富人、中国城市的富人一样,住上洋房,享受美好生活……"

刘庄新村别墅由我国著名的南京市东南大学建筑设计研究院总体规划和设计,是集农村特色与城市人优越生活为一体的现代化"洋房"建筑,是集楼宇、办公、消防、通信、保安自动化系统为一体的全方位现代化、智能化农民公寓。全区别墅建设呈组团式、全框架排列,共分 A、B、C、D、E、F 六个区。每个区都有2 至 4 个绿化休闲广场,其间道路纵横交错,美丽宽广,绿化面积达 15%,环境优美、舒适、怡人。单户住房面积达 472 平方米,人均达 120 平方米,既宽敞又明亮,既气派又优雅,并配备有中央空调、宽带网、现代化家具、闭路电视、轻音乐音响、电话、车库等。集中供水、供电、供暖、供气等设施设备齐全,还有生活废水集中处理系统。每户造价近 60 万元,抗震设防裂度 10 度的全钢架结构,能抗 8.5—9.5 级强烈地震。既豪华又不失民族风格,既富丽又显现传统特色,美观大方,舒适方便,坚固耐用。另外,别墅小区成立了专门的物业管理机构——刘庄新村别墅管理办公室。先进的管理设备,一流的服务水平,现代化的管理方法和手段,维护和造就了刘庄新村别墅安全、优美、静雅、温馨的现代化气氛与环境。

史来贺对第三代新村别墅的设计与建设,操碎了心,耗尽了精力和心血。那时他的心脏经常犯病,而且愈犯愈厉害,犯一回就加重一回。他天天带着病看图纸、看方案。按照他的要求和提议,设计方将图纸先后修改了多次。设计院的设计师非常尊重这位为刘庄集体、为人民群众鞠躬尽瘁的老书记,只要他提的要求和意见,他们都恭敬聆听、虚心采纳,直到把方案修改得尽善尽美。史来贺说，之所以将方案修来改去，是因为考虑到刘庄的实际，最后定下来的方案，一定要方便群众，让群众喜欢，让群众满意。

他还反复交代设计师与建筑师以及村干部，这次建别墅是刘庄的百年大计，是我们这代人留给后辈子孙的遗产，咱要把问题想得细了又细，不能有一丝一毫的疏漏。要为群众负责，为子孙后代负责。必须能抗住最强、最严重的地震，确保一百年、几百年不动、不裂、不变、不废、不塌。我们不怕花钱，不怕成本高，建筑材料一定要用最好的，建筑施工技术与工艺一定要用一流的，施工队伍要用最棒的。

刘庄新村航拍

根据老书记的要求，为了能够让别墅抗御 9.5 级地震，每户建筑耗用钢材竟达 40 吨。

为了集思广益，广泛征求群众意见，史来贺让建筑单位先盖了一座"样板别墅"。里里外外建设好、装修好后，专供广大村民参观、审视、检验，找缺陷，提意见。

"样板别墅"落成那一天，他到广播室，对着广播大声号召全村干部群众都得来参观，各家各户都得来，一家最少也要来一个代表。

群众听说要参观别墅，一个个喜形于色，好似要去看下凡的天仙、美丽的神女。群众来了一拨又一拨，都睁大了眼睛，看着富丽堂皇的别墅，仿佛走进了天堂，瞅哪儿哪儿漂亮，摸哪儿哪儿新鲜。他们上上下下一数，别墅共4层，地下1层，地上3层，共有8室4厅2厨3卫。好大好宽敞啊！当村干部向他们介绍说，每户面积472平方米、人均120平方米时，参观者无不诧异、惊叹：哇——这么大，这么漂亮啊！这就是让咱刘庄农民住的别墅？不是在做梦吧？

"是梦，也不是梦。说是梦，是因为我们曾经有过这样的梦想；说不是梦，是因为我们已经把梦想变成了眼前的现实。告诉大家，咱刘庄人就要实实在在地住上自己的别墅啦！"史来贺望着满脸带笑的群众，兴奋不已。

老书记话音一落，人群中就不约而同地发出一阵欢呼……

史来贺察看后，放了头炮，提出了第一条意见。他说，还应在别墅门台两旁铺设坡道，不能太陡，也不能太滑，以供老人和残疾人便利出入。他最后又加了一句："我这条意见必须尽快落实！"

即将检查完毕的时候，史来贺向一起来的村干部郑重交代："咱们建这第三代别墅，要多为老年人、残疾人和小孩子想一想，让他们住进去，不光是高兴，还要安全，不安全就谈不上幸福。"

村干部点点头："老书记，您说的是。我一定给监理说一下，让他们加强安全防范措施。"

史来贺又说："我想啊，每家每户的老年人住的那个阳光房，地板瓷砖就不要再铺了，目前市面上用的建筑瓷砖太光、太滑，不适合老年人用。老年人腿脚不灵便，骨质疏松，要是脚下一滑摔着了，就出大事了。咱建别墅，本来是给群众造福，要是摔着人了，摔骨折了，那岂不成了让老百姓遭灾了吗？"

村干部猛一下警醒："老书记，您提醒得太好了，太及时了。我这就找监理去，给他说，把老年人住的阳光房的地板砖改进一下。"

史来贺又把手摇了摇，干脆地说："甭改进了，换上有花纹的地板就中了，带麻面的、不滑溜的那种地板。"

"老书记，还是您想得周到，我咋没想到呢？"村干部面呈羞色。

可见他点点滴滴的细致，丝丝毫毫的细密；细致是为了方便群众，细密是为了关爱群众。大到生老病死，小到生活细节，大到刘庄建设，小到日常枝节，他心心念念、深深牵挂的，无一不是便利群众，爱护群众……

这时，群众多次找村干部提建议，说意愿：老书记把咱的新村别墅规划好了，样板房也建好了，咱得生法动员老书记先住进去啊！老书记这一辈子，给全庄人带来的都是福，可他自己没享过一天福。他已是 70 多岁的人了，给刘庄操心费神，把身子骨都累坏了，拖着病体还一个劲儿地工作，谁看了不心疼？赶紧叫老书记住进别墅吧！哪怕住上一年半载，住上仨月俩月，让老书记在别墅里享几天清福，咱全庄人心里边也会好受些。

群众在为老书记的病身子担忧，生怕他住不上自己亲手规划的别墅，给人们留下太大、太重的遗憾。

村干部将群众的意见说给史来贺，他马上瞪起了眼、拉下了脸："啥？叫我去住样板别墅？八字还没一撇，大批的别墅还没开建，就让我住进去，让我优先享受？告诉群众，我没那个特权；我史来贺啥时候也不会搞特殊，啥时候也不会享受在前。我把搬房原则撂这儿，谁也不许违反：还是老规矩，首先尽着困难户，然后是先群众，后干部，最后一家是书记。"

老书记板上钉钉的规矩，总是方便了群众，优惠了大家，苛刻了自己。

2002 年 12 月下旬，第一批别墅即将建好时，史来贺领着一些群众代表，在负责新村建设的村干部的陪同下，检查建成的第一批别墅的收尾工作。

看了一座又一座，检查了一层又一层，不放过一道墙，也不放过一扇门窗，从卧室到阳台，从厨房到卫生间，从客厅到餐厅，查看得那么细致、那么周密。不停地上上下下，累得他气喘吁吁、心悸不止。刘庄人谁都知道，老书记这时候已经是沉疴在身，每日每夜都在以透支身体的代价为刘庄操劳工作，为刘庄老百姓殚精竭虑，鞠躬尽瘁。

身边的村干部见老书记不时地摇晃着身子，上下楼都要扶着墙壁、扶着楼梯，禁不住一阵心酸，眼含热泪劝道："老书记，咱已经看了好几座了，这就中啦！咱不再看了，剩下的，由我跟监理再细细地检查一遍。你就放心吧！该回去休息了。"

史来贺一摇手，说："不能回去，一定要一座不落地检查完。干啥事也不能干半截子扔在那里，要干就得干完、干好。放心吧，我没事，能坚持住。"

不管大事小事，要干就要认认真真干彻底、干漂亮，从不留尾巴，更不留死角。这向来是史来贺的干事风格、工作作风。

最后，走出别墅楼时，史来贺又对村干部一再强调："建别墅用的原材料千万不能出现一件次品、一根次料，还有供暖、供气、供水、供电、管材、装饰材料，以及家电、家具，都要购置那些高质量、大品牌，经得起时间考验的产品，让群众用起来放心、满意。"

刘庄新村一角

"老书记,您把啥都想到了,俺一定做细、做好,不负您和乡亲们的重托。"村干部打心眼儿里敬佩老书记,他之所以想得这么周到,布置得这么细致,不仅是因为他有一贯的好作风,更因为他有一颗爱民心啊!

别墅新村在一天天崛起,一天天亮丽,新起色、新姿容、新面貌,魔术般展现在人们面前。而老书记的身体却一天不如一天,病魔无情地袭击和折磨着这个已见衰老的硬汉子。即使这样,他依然天天到建房工地走一走、看一看、问一问,到村里的各个工厂巡查巡查,到村里的老弱病残家里走访走访,看望看望……

2004 年年末,第三代别墅新村全面落成。400 套别墅鳞次栉比、整齐划一地排列着,像一卷充满了现代气息的立体巨幅油画,壮观地矗立在刘庄大地上。

从 20 世纪 70 年代的双层向阳楼房,到 90 年代的 5 层单元楼房,到现在的新型智能化、花园式别墅住宅,刘庄集体新村实现了完美、圆满的"三级跳"。每跳一级,都是对刘庄人"楼上楼下,电灯电话"的梦想的超越,都是刘庄人美好日子的跨越。

村民们乔迁别墅新居的那几天,刘庄像迎来了自己盛大的节日,彩旗招展,锣鼓喧天,鞭炮齐鸣,到处都是一片喜气洋洋的欢乐景象。人们欢舞高歌,把喜悦送上天,把欢乐送上天,把甜蜜的笑声送上天,把美好的歌声送上天——

> 敲起锣来打起鼓,
> 又扭秧歌又跳舞。
> 问俺狂欢为个啥?
> 农民住上了"洋别墅"。
> 开天辟地头一回,
> 多亏集体创业共同富。
> 吃水不忘掘井人,
> 老书记给咱谋幸福。

可谁能想到,就是这漂亮、雅致的别墅,却成了刘庄人心里永远的痛!永远的遗憾!老书记最终没能住进去,哪怕一天一夜,也没住啊!村民们住进这宽敞明亮、美观幽雅的新居时,老书记已经踏上走向天国的路。村民们哭着喊着恳求:让老书记的灵柩在别墅里放一放、停一停吧!可老书记到底也没有踏进别墅的门。这怎能不让敬他、爱他、想念他的刘庄人心痛啊!

幸福的家园

"给群众造福,是我的最大乐趣,也是一个共产党员的天职。"这是史来贺常说的一句话。

"如何为刘庄百姓创造一片幸福的天地,让大家的日子越过越好、越过越美、越过越富足?"这个问题在史来贺的头脑中盘旋了 50 多年,自打上任村党支部书记那年开始,这个问题就在他心中扎下了根。他 50 年的操劳,50 年的呕心沥血,50 年的鞠躬尽瘁,都是为了落实这个目标,都是为了实现这个梦想。

"他每天一睁眼,就是集体,就是群众。"刘庄村现任党委书记刘名宣说。

"夜里说梦话,说的也都是集体、群众的事。在他心里,从来不装私事;从他嘴里,从来不谈私事。张嘴一说,就是大家的事、集体的事。"史来贺的妻子刘树珍说。

史来贺爱民如子,他这种爱是仁爱、是大爱、是博爱,是"官"对民的爱,是共产党对老百姓的爱。他的这种爱放射着人性的光芒,彰显着共产党人"天下为公"的大美。

他用一颗爱心,滋润百姓生活的点点滴滴、方方面面;他把一腔热血泼洒在改天换地的漫漫创业路上;他用共产党人灵魂的光芒,照亮刘庄的新天新地新面貌;他用自己的丹心赤胆,为老百姓浇灌一片万紫千红的幸福家园。

2001 年,刘庄各业产值 4.6 亿元,比 1949 年增长 11790 多倍,比 1978 年增长 360 多倍,集体积累资产 6.1 亿元,人均净收入 7000 余元,家家户户在银行都有存款,村民从老人到孩子,都享受着看病、上学、住房、生活等多项福利。

2002 年 12 月,这是史来贺去世前捧出的最后一本年终账:

355 户 1616 人的刘庄,固定资产近 10 亿元,总产值 8.8 亿元,上缴税金

4529 万元，人均纳税 2.8 万元，人均收入 7500 元，加上 20 多项福利，实际人均收入 1 万余元，户均存款 20 多万元。

村民享受 20 多项公共福利，入托、上学、医疗、养老、用水、用电等费用全部由集体承担，就连洗澡、理发、看戏、看电影的这些小事，也不用个人掏腰包。

农业早已实现机械化、水利化，粮食亩产稳居 1700 斤以上。除 19 名劳力在农场经营 1050 亩耕地外，其余劳力早在 20 年前就从大田工作中解放出来，全部从事二、三产业。

村里每天早晚两次供给鲜牛奶；5 天发一次鲜肉，农忙时一天发一次，全部免费；社员吃菜每人每年 600 多斤，集体免费供应；瓜果每人每年免费供应 100 至 150 斤；夏季每人每天免费发冰糕 4 至 6 块；还定时分配面粉、大米、食用油、鸡蛋、豆腐、粉条等。

刘庄人每天喝牛奶

刘庄村给村民们分肉

老人每月按时发放 350 元退休金,未到学龄的孩子每月还补贴 20 元的生活费。

刘庄已经初步实现了农村工业化、农业现代化、农民知识化、经济市场化、管理民主化、生活城市化的全新发展模式。

2003 年,刘庄工、农、林、牧、副、渔各业总产值达到 9 亿元,固定资产 10 亿元,出口创汇 3478 万美元,上缴国家税金 5546 万元,人均纳税 3.4 万元。

从以上 3 年的数字可以看出,这些数字是一年一层楼地往上递增。刘庄发展,年年出新,年年拔高,一年一层天。

数字往往是抽象的、枯燥的,但如同一滴水能够折射太阳的光辉一样,这些数字折射出的是一个社会主义新农村的崭新面貌,折射出的是刘庄村集体发展的澎湃动力,更折射出刘庄共同富裕的幸福荣光。

——刘庄的每一个数字都是发光体,每一个数字都是刘庄人汗水的结晶;每一组数字都是日月光华的组合,每一组数字都是党心民愿的交融!

刘庄成了远近闻名的富裕村、美丽村、幸福村!

随着老龄化社会的到来,刘庄村早就成立了"老龄委员会"。由集体出资,村"老龄委"每年都组织全村退休人员外出旅游,大江南北、长城内外几乎都跑遍了。游江南的青山绿水,看大海的波涛连天,观泰山的壮丽日出,瞻南京的中山陵园。北京皇宫的富丽,上海都市的繁华,济南的趵突泉,西安的古城墙,都让这些老年人长了见识,开了眼界。1991年,他们游览北京时,登上了天安门城楼,喜悦之情溢于言表。一位老党员深情地说:"毛主席他老人家,过去曾多次登上天安门城楼,向天安门广场的群众招手微笑,还高喊'人民万岁'。没想到,咱农民今天也登上了天安门。这不是做梦吧?多神圣、多庄严的地方啊!连做梦都不敢想,咱这一辈子也能登上天安门!"

有位外地游客看见这一支老农民的旅游队伍,排着长龙阵似的,浩浩荡荡登上天安门城楼,便好奇地拉住其中一位老大娘问:"你们是哪个地方的?咋这么多人一块儿来登天安门?"这位70多岁的老大娘咧嘴笑了笑,机巧而又自豪地说:"俺是史来贺那个庄的!"她知道,天下刘庄多的是,要跟人家说"俺是刘庄的",人家咋能知道俺是哪个刘庄的。可史来贺的名字,天下人哪个不知,一说史来贺,人家一下就明白了:原来是赫赫有名的新乡刘庄的!

…………

一谈起刘庄惊人的变化,刘庄的父老乡亲都会异口同声地把"头功"记在史来贺名下。而史来贺却说,没有群众,就没有刘庄的今天;离开群众,共产党人将一事无成,群众是真正的创业者、创造者,群众是开创刘庄新天地的真正的英雄!

尽管史来贺虚怀若谷,把一切功劳都记在群众头上,但他的确用实实在在的卓越功绩,用刘庄大地上日新月异、翻天覆地的变化,证明了共产党人的"本事",更证明了他50余年持之以恒所坚持的道路的正确性,也充分验证了他所坚信的共产主义信仰并不是海市蜃楼,更不是虚无缥缈、子虚乌有,它已在刘庄这片土地上生根、开花、结果,繁茂出一派社会主义信念的繁花锦绣、共产主义信仰的亮丽盛景,这些美丽富足的现实,实实在在、明明朗朗地摆在世界面前。

这正如史来贺自己所说:"共产主义不是空想,咱们要靠两只手,一定能把它变成看得见、摸得着、享受得到的美好现实。"

他在会见一位美国记者时也说："……我认为，这个世界上有共产主义，共产主义这个梦一定会实现，它是全人类幸福的梦。"

如今，共产主义这个"幸福的梦"已经在刘庄这片土地上变成了美好的现实。它就在刘庄人的眼前，就在刘庄人的手上，就在刘庄人的日常生活里……

国内很多专家、学者来到刘庄，探索"刘庄道路"，研讨"刘庄发展"，座谈"刘庄现象"，无不惊叹：刘庄村民从住宅、收入，到点点滴滴的日常生活，都彰显着"共产主义特质"；刘庄各业的社会分工、生产方式、经营管理，也体现着"共产主义各尽所能的性质"；村民物资分配和所享各种福利中，更显示了诸多的"共产主义因素"。正是这些，让很多人认为，在刘庄已看到"共产主义萌芽""共产主义的曙光已照耀刘庄大地"；还有人干脆说："刘庄已成为人类共产主义的发源地。"有的来刘庄参观的外国人甚至说："刘庄，是地地道道的共产主义新村、共产主义社区。"

刘庄坐落于中原腹地，出名早，知名度高。早在 20 世纪 50 年代，毛主席、周总理都对刘庄给予特别关注，希望刘庄给全国树立榜样，走在前列。刘庄不负党和国家的厚望，几乎年年丰产、年年先进，成为全国农村翘首仰望的"老先进""老大哥"。改革开放后，党中央对刘庄的发展与改革进程格外关切，年年都有专门的有关人员到这里搞调查研究，写调查报告，每年的报告都留下了中央领导人批示的墨迹。中共中央书记处批示：刘庄"堪称依靠集体、全面发展、共同致富的典型"……刘庄，这片仅有 1.5 平方千米的土地，成了中国农村现代化发展和改革开放的"里程碑""试验田"。历届党和国家领导人陆陆续续视察刘庄，上至国家下到地市的政研部门、党建部门、宣传部门，频繁地调研刘庄。170 多个外国的政要和专家、记者慕名访问刘庄，国内外的参观者、旅游者络绎不绝地走进刘庄，国内外重量级媒体连续不断地报道刘庄，国家以及地方著名的文艺团体用不同形式演唱刘庄、歌颂刘庄……

为什么全世界有那么多神往的人心朝着刘庄，有那么多惊羡的目光投向刘庄，有那么多趋之若鹜的身影走进刘庄？毫无疑问，因为刘庄是一个人心向往的地方；刘庄是一个有至高信仰而让众多的信奉者"朝圣"的地方；还有就是因为刘庄有史来贺，这是一个让世人如雷贯耳的名字，这是一个闪烁着人格魅力之光的名字，这更是一个大地丰碑般的名字！

让刘庄这个村子放射光芒的就是他，让刘庄这片土地充满灵气的就是他！

刘庄的每一寸土地、每一个工厂，刘庄的一草一木、一砖一石，刘庄的每一座楼房、每一条道路，都凝聚着他的心血和汗水，都灵动着他的思想和智慧。

刘庄人说："如果没有史来贺，就没有刘庄现在的一切。"这句话一点儿也不过分，一点儿也不夸张。

是的，刘庄因史来贺，闻名世界；刘庄因史来贺，50年红旗不倒！

使人惊叹不已的是，刘庄这个小小的村子，仅有1.5平方千米的黄土地，却留下了来自长城内外、大江南北、东海之滨、天山之麓的参观学习者的足迹，留下了来自世界各地的无数国际友人的足迹。这些来到这里的黄种人、白种人、黑种人，尽管面孔不一，却都在这片土地上留下了同样大的惊叹号！惊叹号中都同样含着一种惊喜，含着一种羡慕，含着一种崇敬，含着一种向往。同时，也都含着同一声欢呼："哇塞！多么美好幸福的刘庄啊！"

其中，一些参观者触景生情、情不自禁地振臂高呼："共产党万岁，向刘庄学习！""向史来贺学习，坚持社会主义道路！""共产主义一定能实现！"

第五十四章　带动万家共致富

※富村帮穷村

※送个好"饭碗"

※近邻的蝶变

※"远亲"的起飞

富村帮穷村

作为全国人大代表、全国人大常委会委员的史来贺,每年都要到周围几个县的农村去调查研究,广泛征求群众意见,倾听民意民声。在调查中,他发现新乡市辖区内还有一些村子经济发展相当落后,老百姓的生活水平仍居于贫困线以下。这让他心里非常震动,也非常难受。不论从自己的哪个身份出发,去设身处地为那些贫困线以下的老百姓想一想,他都无法压抑自己内心的痛苦:再也不能让这些老百姓继续贫困下去了! 自己要担当起一个共产党员的责任和义务!

他统计了一下,修武县的万箱铺,原阳县的东李寨、八里庄,新乡县的东石碑、东王庄、东杨兴、豆腐村、西街、陈庄、小张庄、府庄、沟王、杨庄,这 3 个县的13 个村,地处刘庄周围百里之内,土地、雨水、环境、气候等自然条件、生产条件都与刘庄差不离,但经济发展却非常落后,集体经济几近空白,农民生活极其贫困。每次他看到这些农民捉襟见肘的生活状况,往往于心不忍。

刘庄经济发达了,百姓家家富裕了,生活幸福了,并不能说我史来贺已经尽到一个共产党员全部的责任了。只要全国的农民还没有全部达到富裕,共产党员"为人民服务"就没有做到"完全彻底",肩上的使命还远远没有完成。我史来贺一定要帮助这 13 个村脱贫致富,让这 13 个村的老百姓都过上好日子、富日子。

于是,他对村两委干部说:"一村富,不算富,村村富,农民才是真正富。咱刘庄先富起来了,有责任带动和帮助周边农村也富起来。这样,咱看着他们富了,心里也舒服。不然,光咱富了,周围十里八村的眼巴巴地瞅着,仍然过着穷日子,咱心里啥滋味? 也不好受啊!"

干部们很赞同史来贺的提议,老书记心里想着所有的农民啊!

但村里有一些社员不理解："咱刘庄是富起来了，老百姓的日子也过好了。可咱创业吃了多少苦、受了多少罪、作了多少难呀！他们外村谁知道？咱也很不容易呀！何必去管那些穷村，咱去帮他们，把咱拖穷了咋办？"

史来贺开始做群众的思想工作，讲集体主义思想，讲社会主义共同理想，讲共产主义风格。最后他意味深长地说："饱汉子不知饿汉子饥。咱吃饱了，不能忘了饥荒年代挨饿的滋味；自家富裕了，周围的农民兄弟还吃不好穿不好，你看了心里好受？他们自己使把劲，我们再拉一把，这方土地上的农民都富起来了，那多好啊！咱每个人看了都高兴。"

从此，在史来贺的带领下，刘庄与这13个村结成了"帮带对子"，肩上又多担起一个使命。

刘庄党员干部与一些技术人员，积极主动地帮扶周围13个贫困村共同发展，共同富裕。

怎样帮扶这些穷村呢？史来贺说，必须从根上帮！就如医生给人治病，必须找到"病根"，从根上治，才能达到标本兼治的疗效。而他们这些村的"病根"在哪里呢？

为了弄清这个问题，史来贺一个村一个村地跑，深入调查，"把脉问诊"，找准了13个村共同的"病根"：干部思想保守，观念陈旧，缺乏商品经济意识；班子软弱瘫痪，占着位置不正干；带头人想干好，却没本事没能力，群众不服；有的是"穷庙富方丈"，凭着手中的权力，只顾自己发家致富，把群众扔在一边。

中央领导人在视察刘庄时，都曾讲过一句话："村一级要发展集体经济，必须有个好的带头人，好的班子。"而这13个村，正是缺少这样一个"好的带头人""好的班子"。这是个致命的"病根"啊！

为了帮助13个村根除"病根"，拔掉"穷根"，史来贺操起了"手术刀"，一个一个地给他们"做手术"。

浇树浇根，帮人帮心。

首先，史来贺帮这些村剜掉了旧脑瓜，换上了新脑瓜。13个穷村的干部大都缺乏商品经济意识，更没有带领群众搞商品经济的胆识与才能。要帮他们挖掉经济上的"穷根"，必须先挖掉思想上的"穷根"，给这些干部的思想上移植一个"致富根"。史来贺经常到这些村或把这些村的干部请到刘庄，向他们讲刘庄的发展史、创业史，讲新形势下发展商品经济的重要性，讲自己带领群众走共同富裕道路的实践与体会，请他们参观刘庄的工副业生产，参观刘庄的农民新村和村民的家庭生活,引导和鼓励他们树立发展商品经济的信心。

在史来贺的倡导下,13个穷村,加上刘庄这个富村,14个村成立了一个"十四村联席会",由史来贺任"联席会"主席。每年召开4次工作座谈会,一个季度召开1次。主题是:你们那个村最近想干什么?有什么困难?需要刘庄帮助做点什么?在会上,大家交流经验,互通信息,互相学习,互相帮助,共同解决发展中的困难与问题。特别是有史来贺出谋划策,为13个村鼓劲打气,加油助威,树立了发展商品经济的信念,增强了各村办企业的信心。原阳县八里庄的一位干部既高兴又诙谐地说:"俺的旧脑瓜子算叫史来贺给换掉了,今后要下劲跟刘庄学习,好好发展商品经济了。俺农民不能光种地了,也要端起商品经济的'金饭碗'喽!"

在村干部思想上扎下了"致富根",下一步就要医治穷村的"致命病根"——建设一个强班子,选好一个带头人。要帮助这些贫穷落后的村发展集体经济,走共同富裕道路,领导班子是关键,带头人至关重要。史来贺虽然不是13个村的顶头上司,对这个没有红头文件的"联席会主席"的"口头官",却干得非常认真、负责。他废寝忘食,不辞辛劳,跑遍了13个村,对这些村领导班子的状况逐一进行调查,找每一个村干部谈心、聊天、摸底,了解班子每个成员的思想、工作、与群众的关系等情况,通过做耐心细致的思想政治工作,使不稳定的班子稳定下来,建议不称职、不作为的班子调换了"一把手",选出了群众满意的带头人。原来萎靡涣散的班子,挺直了腰杆,精神振作地开展工作;原来疲软瘫痪的班子,坚强地站立起来,对村里的各项工作负起责任。13个村新改组的班子,有文化,有朝气,年轻力壮,敢想敢干,开拓性强,有带领群众发展商品经济生产的能力与才干,受到群众的信任与拥护。

在史来贺与刘庄的帮扶下,13个村的工副业生产起步了。可建厂初期,最挠头、最棘手的问题出来了:资金短缺!每个村集体积累几乎是一张白纸,启动资金都无力解决;老百姓手中有几个从嘴头上省下来的钱,也是杯水车薪。头三脚难踢,起步难啊!

史来贺出马了,斗起胆子替他们担风险:"刘庄的钱都是工副业扩大再生产的流动资金,没法拿出来借给你们办企业,但我们可以帮助你们跑贷款。"

1988年,原阳县八里庄建造纸厂,缺启动资金,村集体跑银行贷款,银行怕这个穷村无力偿还,说啥也不肯贷款,难为得八里庄的支书、村长一筹莫展。

"银行怕你们无力偿还,我们刘庄替你们担保。这个款一定能贷出来。"史来贺出面，找银行交涉。

由刘庄担保，银行还有啥怕的？

"史来贺往这儿一站，就是亮闪闪的品牌，银行还有啥不放心的？刘庄财力雄厚，又向来讲信用。由你们替人担保贷款，我们马上办！"

就这样，刘庄解决了八里庄的燃眉之急，25万元的启动资金顺利拿到了手，确保了八里庄村的造纸厂的建设，使造纸厂按时投产运营。

1988年6月，新乡县的东王庄与北京矿产品进出口公司洽谈并达成协议，计划联合投资300万元引进赤霉素生产线，各自分担150万元。洽谈期间，对方对这份巨额投资有些担心；在协议上签字时，对方提出了质疑：东王庄没多大经济实力，这么大的投资，能撑起来吗？可不能叫我们公司替他们背包袱、担债务啊！

史来贺知道后，把双方代表都请到刘庄，向北京矿产品进出口公司拍着胸膛表示："你们大胆干吧，如果将来厂子干赔了，你们投进去的150万元俺刘庄负责赔偿。"

"口说无凭啊！"对方还是不放心。

"来！白纸黑字，签字画押，足以为凭吧？"史来贺在两家的协议书上签了字、画了押。

"中原首富村刘庄，固定资产有好几个亿，即使将来咱们的厂办砸了，区区150万元，在刘庄集体的金库里算个啥？九牛一毛哇！还怕人家赔不起？犹豫个啥？干！"

史来贺一句话、一挥笔，促成了协议的签订。

300万元的生产线引进来了！投产后，东王庄仅此一个项目，年产值就高达800万元。

据不完全统计，刘庄在帮扶这些村上企业的过程中，共帮助、担保贷款650万元，借出资金和无代价支援资金38万元，重点扶植13个兄弟村建工厂38个。

慷慨的支援，无私的帮扶，凝聚了万民意志，赢得了万民赞扬，看见了万民乐，听见了万民笑……

送个好"饭碗"

史来贺深知，扶贫送金钱，不如送个"好饭碗"。

啥是"好饭碗"？科学技术！

端住这个"好饭碗"，就有了脱贫最可靠的资本，就有了致富取之不尽、用之不竭的本钱。

史来贺对刘庄干部说："帮兄弟村建工厂，刘庄出点资金没有啥，应该的。但我们帮助外村致富，重点不要放在钱和物上，而应当放在技术上，技术帮扶，是最好的帮扶。搞技术扶贫，教会他们技术，比给他们一座金山要宝贵得多。要知道，科学技术是第一生产力，科学技术是贫困乡村最好、最长远的致富源泉……"

史来贺的眼光总是比别人高远，思虑总是比别人深远，谋划和打算总是比别人久远。

这13个村，过去多数没办过企业，既无经验，又无技术。对此，史来贺除帮助他们搞项目论证与设备购买外，还一再交代刘庄有关人员，凡是这些村在技术上求援，要有求必应，不讲价钱，派精干的技术人员去支援。

新乡县东杨兴村在建淀粉厂时，刘庄派去了一批技术骨干，从设备的购买、安装到试车，没明没夜地加班干，一直负责到底。

刘庄在帮带13个村的过程中，重点是提供先进的科学技术，派出经验丰富的科技人员，到这些村为他们办技术培训班、办科技夜校，或在他们建厂初期，在生产一线手把手地搞技术传帮带，仅两年内就先后为他们培训技术人员370多名，帮助购买设备150台件，加工设备306台件，提供产品项目12种。在他们遇到难以攻克的技术、工艺难点时，刘庄又反复提供技术援助950人次，大大带动和促进了这13个村的工业、副业的生产运营和经营管理，工副业产值呈直线上升趋势,经济发展一个台阶接一个台阶地向上攀登。

13个村的企业投产后,因为业务关系、销售网络还不健全,产品销售比较难。而刘庄企业多,摊子大,业务关系广,流通渠道多,刘庄的销售人员就帮助这些村新建的企业打开销路,并果断地对他们讲:"你们只管生产,我们来帮你们销售。"特别是东杨兴村的淀粉厂投产后,刘庄与该村达成协议:东杨兴淀粉厂产品畅销、价格高时,就直销外地;销路不畅、价格不稳时,由刘庄按价格高时收购,运费还照付。不管市场风云如何变幻,都不让东杨兴村有亏损的担心与忧虑。刘庄对13个村产品的"包揽性销售"举措,让这些村的企业放开胆子生产,迈开大步发展,再无产品积压、销路不畅的危机感。

村办企业的管理是一篇大文章,尤其是被帮扶的13个村,过去没办过企业,对企业管理等于盲人摸路——瞎碰瞎撞,不懂管理,不会管理,不善管理,直接影响了企业的生产和经济效益。小张庄在刘庄的帮助下建了一个造纸厂,由于不会管理,生产操作不规范,各项制度不健全,财务上乱开乱支,致使该厂经济效益低下。史来贺闻讯后,立即派人帮助该厂建立了一整套经营管理制度:自上而下实行生产责任制,按件计酬,建立健全了财务制度、劳动制度、奖惩制度等,很快扭转了混乱的局面,企业管理水平得到很大提高,生产经营井然有序,经济效益扭亏为盈,集体有了厚实的积累,群众有了可观的收入,家家都过上了好日子,并逐渐走向了富裕道路。

刘庄早在20世纪60年代末就开始发展养殖业,办了养猪场、养羊场、养鸡场、畜牧场,而且他们的养殖业水平高,规模大,积累了一整套科学养殖的经验。当周围20多个村的农民纷纷准备搞家庭养殖的时候,刘庄又伸出扶持之手,搞技术帮扶,出人、出技术,帮助周围20多个村的养殖专业户学养殖技术,发展科学养殖和小型规模化养殖,杜绝一家一户的传统小农模式养殖,用现代科技手段,扶植了一大批个体养殖户、运输专业户,还有村办商业、副业等。刘庄与养殖专业户订立长年合同:由专业户养的奶牛、奶羊、猪和鸡,市场好、价格高时,产品自己卖;产品卖不出去时,刘庄全部收购。由此打消了养殖专业户的后顾之忧,使得家家有盈利,户户有钱赚。周围这20多个村的养殖专业户,用科技养殖的方式,逐渐走上了致富路。

刘庄每上一个新项目,企业每扩建一次,都要向外村发布一次招工通告,给外村村民提供就近就业的机会。所以,外村青壮年时常盯着刘庄药厂门口那块发布招工通告的大黑板。一有招工的消息,他们便争先恐后地来报名。在刘庄就业,是"近水楼台",更主要的是,他们佩服刘庄,向往刘庄,敬仰史来贺一心为民的高尚品格。到刘庄上班,不会遭人白眼,不会受气吃亏,更不会像其他在外地打工的农民工那样遭受大老板的无端盘剥,或无限期拖欠工资。刘庄一向公平、公正地对待外招工,他们与刘庄的工人享受同等待遇,所以他们都乐意在刘庄打工。

1988 年至 1990 年,刘庄企业就招收 13 个村的农民工 2000 余人,解决了这些村的剩余劳动力的就业,并尽量安排这些务工人员到技术岗位上,学操作,学技术,练本领,长才干。学成熟了,史来贺又把他们派回自己村里,当科学"酵母"、技术"种子",对本村的企业职工进行传帮带,提高了这 13 个村企业生产的科技与管理水平。

2003 年,刘庄农工商总公司共吸纳外来务工人员 6000 余人,基本解决了周边十几个乡村富余劳动力就业难的问题,帮助这些务工人员增加了收入,改变了家庭困境。有好多务工人员还在刘庄学到了专门技术,成为刘庄企业的技术骨干。刘庄为周边乡村培养了一大批青年才俊、技术尖子。于是,周边农村的许多家长设法将高中毕业而未考上大学的子女送到刘庄上班,他们认定,史来贺会培养人、会教育人,自己的孩子在他手下肯定能成为一个有出息、有本事的优秀人才。

这些村的干部和群众,对刘庄感激不尽,对史来贺更是怀有永远的感恩。他们说:"是史来贺和刘庄人的奉献精神,把我们带上了富裕道路。他们是我们永远不会忘记的恩人!"

还有人说:"史来贺虽然不是俺村人,但他是俺村的领路人,是俺村最好的带头人!"

近邻的蝶变

在陈庄群众中流传着这样一句话："史来贺是俺村的领路人！"

这话从何说起？史来贺是大家公认的"刘庄的领路人"，咋又成了"陈庄的领路人"了？

陈庄与刘庄，同属新乡县七里营镇管辖，两村仅一河之隔。新中国成立之初，两个村是一个行政村，互相知根知底。因为过去人们一直认为"方圆十里乡，最穷数刘庄"，陈庄比刘庄基础要好得多。"文革"前，两村集体发展差距不大。自从 20 世纪 60 年代初，上级党组织提出学刘庄后，陈庄人根本不服气："刘庄的根底，咱还不清楚？历来不如咱陈庄好。谁不知道，过去数他们刘庄穷，现在也富不到哪里去！叫咱学刘庄，为啥？是他刘庄尿得高，还是刘庄有越天的本事？"心里不服气，就明里暗里跟刘庄摽着干。

陈庄人不服气，也有他们的理由：一是因为刘庄从根上就穷，历来被外村看不起；二是当时两个村的经济发展相差无几，几乎旗鼓相当。所以外村学刘庄，学得轰轰烈烈，陈庄却无声无息，根本没把刘庄放在眼里。

可"文革"一闹，陈庄乱了，闹开了派性，走起了歪路，你斗我，我批你，生产停滞不前，积累分光吃净，创业精神也折腾光了，集体主义也"吃掉"了。当时，方圆几里流传了一句话："要吃啥到陈庄，想出力去刘庄。"

为啥"想出力去刘庄"？因为在史来贺的带领下，刘庄人不跟"文革"之风，不乱不闹，正埋头创业，出大力流大汗呢！"文革"10 年，陈庄大乱，刘庄大干，前者被远远地甩在后边，经济发展状况一年不如一年，老百姓日子过得也一年不如一年。想想陈庄走的路，心灰意冷；看看刘庄过的桥，心生羡慕。

陈庄落后了，史来贺心里很不是滋味，因为陈庄与刘庄历史上是"孪生兄弟"，到啥时候也有手足之情，打断骨头连着筋啊！他多么希望陈庄重整旗鼓，一鼓作气,赶上刘庄,同他们并肩战斗,走共同富裕的道路。

陈庄纳入刘庄的帮带圈子后,史来贺发现陈庄还残留着一些"文革"遗风,支书、村长互不服气,闹不团结,各拉一帮群众,开车上访告状,把一个村搞得鸡犬不宁,民怨沸腾。

这怎么能搞好工作?啥年代了,还折腾来折腾去,不折腾穷不死心!史来贺一急之下,来到陈庄,登门找干部谈,进家找群众聊,深入调查研究,摸清了问题的根源,找到了矛盾的来龙去脉。然后,召开村干部会,让闹矛盾的双方检讨自己,各自多做自我批评。最后,他毫不客气地对干部讲:

"一个村子要想发展快,干部必须一条心,一个劲,拧成一股绳,同拉一辆车。要是你东我西,各吹各的号,各唱各的调,各拉一帮人,各拽各的套,那不把一辆大车拉偏了,拉散了,拉到邪路上去了?干部闹矛盾,个别投机分子、落后分子就会乘虚而入,推波助澜,问题会越闹越大,最后闹得不可收拾,甚至两败俱伤。鹬蚌相争,渔翁得利。那些投机分子可有了投机取巧、瞎胡捣乱的机会啦!大家都是共产党员,共产党员是干啥的?是为老百姓办实事、办好事、谋利益、谋幸福的。党把一个村子交给我们,是叫我们领着群众干事创业、发展集体,走好社会主义道路的。我们坐在这个位置上,不能闹个人主义、小团体主义,要时时刻刻想着集体,想着群众。想一想,是党的利益、集体的利益重要,是全村老百姓的吃饭穿衣重要,还是个人那一点私人恩怨重要?"

史来贺的话,让在座的所有干部心灵震撼,深受教育。他让每个人都回答他提出的问题,在回答中反省自己,使其充分认识到干部闹矛盾对党的事业、对群众的利益造成的巨大损害。

几天后,史来贺和刘庄的副支书杨森峰一同来到陈庄。他叫杨森峰来干啥?哦!是来对陈庄的干部搞现身说法教育的。史来贺积累了丰富的农村工作经验,他知道该怎样教育好陈庄的干部,现身说法最管用。今天,就用他和杨森峰的实际事例,来搞个现身说法教育。

史来贺与杨森峰在刘庄的经济发展战略上,曾产生过分歧,发生过矛盾,影响了工作。史来贺主动找杨森峰坐下来促膝谈心,把自己对集体经济发展的思路一条一条摆出来,并说明这样制定发展规划的长远利益,让杨森峰充分认识到自己认识形势、看问题的偏狭,从思想上与史来贺形成了共识,从而解决了矛盾,增强了团结。两个人面对陈庄的干部,襟怀坦白,诚恳直率,像作自我批评一样,检讨了当初两人矛盾产生的思想根源,又详细说明了矛盾解决与和好如初的经过。

这个现身说法，果然奏效，感动、启发了陈庄的干部，大家争相发言，表明态度。闹矛盾的两位主要领导红了脸，低了头，主动检讨自己，承担责任，各自作了自我批评，消除了长期形成的隔阂。

史来贺还先后四次把陈庄的主要干部与群众代表请到刘庄，进行面对面交谈，查找不团结的根源，分析不团结的危害，帮助他们看清陈庄村经济发展落后的现状，以及群众的强烈愿望、迫切要求。陈庄的干部伤心极了，一再表示要痛改前非，团结一心，甩开膀子拼命干，带领群众艰苦创业，坚定不移地走共同富裕的道路。

陈庄领导班子有了新思想、新作为，村里马上有了新气象、新面貌，工业生产很快有了突飞猛进的势头，当年产值就达到 300 万元。全村的整体经济发展，打了一个漂漂亮亮的翻身仗。

从此，陈庄人把史来贺看作"俺村的领路人"，史来贺更是心心念念牵挂着陈庄人。

陈庄有了生产与经济发展的困难，就直接找史来贺；陈庄前进道路上出现了三岔口，该往哪里去，该选择哪条路，也直接去问史来贺；甚至制定下一年的发展规划，也要找史来贺，让这位"领路人"出谋划策，研究发展战略，商讨致富良策，制定远景规划……史来贺无论再忙，都会停下手头的工作，热情帮助陈庄人，把陈庄发展的大事与刘庄发展的大事看得同等重要，都是他理所应当放在肩上的担子。

陈庄经济发展的大事，他要负责任地管；而陈庄那些平常琐事，甚至老百姓生活中那些鸡毛蒜皮的小事，他也要认真地管。在他看来，老百姓的生活里没小事，件件桩桩都是大事！

陈庄学校条件差，学生上学难。史来贺就把陈庄村从小学到高中的学生全部接到刘庄学校，除一同接来了两名教师外，其他一切费用都由刘庄包了下来。

"自己村里出钱，把外村的后代教育全包下来，这种事，只有史来贺领导的刘庄才干得出来。"好多人既感慨，又不理解。

"不这样咋办？总不能看着上学难的孩子们不管吧？孩子上不了学，学不好文化知识，那不害了他们一辈子吗？那样下去，不是这代人苦，下代人愚吗？教育好后代，是百年大计，更是我们先富起来的刘庄人义不容辞的责任！"史来贺用铿锵有力的话语，打消了一些人的不理解。

有一天,陈庄的打草机坏了,100多头牲口断了"口粮",等着"吃饭"。陈庄的支部书记去找史来贺帮忙想办法,以解燃眉之急。史来贺领着陈庄支书来畜牧场借打草机。不巧,刘庄畜牧场的打草机也正忙碌着,给几百头牲口加工"饭菜"。

"赶快停下,先让陈庄抬走,他们的牲口断顿了!"史来贺给本村畜牧场下达命令。

"咱正用着呢!打好的草也快吃完了。"畜牧场的人左右为难,打心里不愿往外借。

"先让陈庄用,咱再想办法。"史来贺一句话,硬是将正在使用的打草机,让陈庄人抬走了。

遇到这样的事,史来贺总是先人后己,把方便让给别人。

陈庄没有条件建澡堂,村民洗澡很难。刘庄的澡堂建成后,史来贺宣布:陈庄人洗澡优先!

"咱建的澡堂,为啥陈庄人优先?"有人不愿意。

"先人后己,把方便先让给别人,这是咱刘庄人一贯的风格。大事讲风格,小事也得讲风格。事儿虽小,往往见人心。这个风格,正体现了咱刘庄人的心灵美啊!"史来贺几句话,说得刘庄人的心里喜滋滋的。

刘庄是全国闻名的先进典型,上级经常派电影队来放电影,或派文艺团体来慰问演出。不论是放电影,还是文艺演出,史来贺都派人先通知陈庄,让他们及时赶来看戏、看电影,并总是划出一块最好的场地,留给陈庄人。

一次,河南省豫剧二团来刘庄慰问演出,唱的是老百姓喜欢看的传统剧目。史来贺让陈庄人坐在前几排,让刘庄人坐后边。观众多,座位少,没有排上座位的刘庄人,只好站在后边看。陈庄全村的男女老少都来了,却没有一个人站着看,都纹丝不动地坐在前几排,看得聚精会神,津津有味。

事儿不大,风格高。陈庄人深深感动:"史来贺啥事儿都高看咱陈庄人啊!陈庄跟刘庄当邻居,是上辈子修来的福啊!"

"远亲"的起飞

如果说刘庄与陈庄是近邻的话，那么，刘庄与东李寨村就是"远亲"了。

东李寨村隶属原阳县，与新乡县刘庄相隔几十里。刘庄帮带 13 个村，东李寨村是其中一个。有这么一层关系，东李寨村的确可以称得上刘庄的"远亲"喽！

读者也许会记得，笔者曾在前面写到东李寨村。那是 1985 年，史来贺为东李寨村第六生产队队长李怀战的冤情伸张正义，使冤案得到平反昭雪的事。那一次，史来贺就认识了该村的党支部书记李志平。也许是李志平与史来贺有缘，也许是东李寨村与刘庄有缘，刘庄帮带 13 个村，东李寨村竟也在此列。

该村学刘庄，刘庄帮该村，前后经历了两个阶段。

第一个阶段，1975 年至 1984 年，是暗中学，悄悄地学。

1975 年，李志平当选为东李寨村党支部书记。为了改变贫穷落后的面貌，他上任后的第二天，就步行几十里，悄悄来到新乡县刘庄，先到地里参观了农业生产的发展，站在田头打眼一观，惊呆了！地块整齐划一，平平展展，耕种精益求精，到处是从未见过的科学种田的热烈画面；参观工副业生产，又是一派热气腾腾的繁荣景象。刘庄人热火朝天、艰苦创业的精神深深打动了李志平。他当场下定决心学刘庄，带着群众艰苦创业，把东李寨村变个样。

回到村里，他就组织干部到刘庄参观学习。召开全村干部群众大会，动员大家学习刘庄自力更生、艰苦创业的精神，大干快上，彻底改变东李寨村的面貌，并对社员说："刘庄能做到，东李寨村也一定能做到。只要下苦力，拼命干，没有干不成的事。"

李志平动员群众讲出的话，实际上是自己上任的表白与宣誓。动员令与誓词发出后，他死心塌地带领大家真心实意学刘庄，不仅学艰苦奋斗的创业精神，还学刘庄先进的管理经验。农村推行"家庭联产承包责任制"时,他们也学刘庄,不搞家庭承包,只搞专业承包,依然坚持集体化道路。在党支部带领下,大搞多种经营、科学种田,集体经济发展很快。到1984年,粮食亩产由几百公斤上升到1000公斤,实现了吨粮田,总产由25万公斤上升到90万公斤。农田耕作基本实现了机械化,并建起来两个村办工厂,效益也很可观。集体经济、公共积累有了新的源头活水。

这一阶段的学习刘庄,没有大张旗鼓,没有对外宣传,也没有与史来贺接触过。而史来贺的楷模形象,却始终在李志平的心中站立着。

谁知,正在东李寨村准备打响向现代工业化进军的战役时,村里却出了岔子,村支书李志平撂下挑子、躺倒不干了!

这是咋回事?东李寨村发生了什么意外?

1985年农历正月十六,元宵节接近尾声的时候,史来贺以全国人大常委会委员身份,就近视察,调查研究,了解民情,来到了东李寨村。当他走进村头时,碰见了一位老农,就和他拉呱聊天,说农事,问村情,谈民愿。

说这问那,聊了一会儿,他弓下身又问老农:"你们村春耕生产准备得怎么样了?"

"咳!甭提啦!村干部都在闹思想情绪,撂挑子不干了!谁还过问春耕生产呀?"老农毫不忌讳地告诉史来贺。

"为啥呀?"

"干部的事,老百姓弄不清。"

"你村的支书是谁?"

"李志平。"

"你带我去找他。"

老农把史来贺领到了李志平的家里。

李志平一见史来贺来了,非常感动,这个大名人,他从小就敬仰得不得了。今天,这个全国农民的榜样竟站在了自己面前,要与他亲切交谈,让他万分激动。

"听说你要撂挑子,为啥?说说吧!"史来贺一开口就直奔主题。

"咳!在俺村当干部难哪!老公公背着儿媳妇跑——搭了气力不落好!这些年,为搞'吨粮田'、办工厂,发展集体经济,腿跑断了,腰累折了,差点累死、累趴下,落了个啥?不但不说好,反而说三道四,老找碴子,散布谣言告黑状。真是好心被当成了驴肝肺，狗咬吕洞宾——不识好人心哪！整天受这窝囊气，图啥哩？不干了！坚决不干了！"李志平说着，肚子气得一鼓一鼓的。

史来贺听了，摇摇手说："哟嗬！就这呀！我以为啥大不了的事嘞！不就是有人瞎叨叨吗，这就受不了啦？共产党员为集体、为人民做事，遇到一些麻烦事，甚至遇到个别人谩骂、攻击、暗里使坏、踢摊子，这都不奇怪。林子大了，啥鸟都有；人上一百，形形色色。当干部你不能堵住人家的嘴，他们想说啥就让他们说去，说得累了、烦了就不说了。在农村当干部，得有点肚量，有点胸怀。脚正不怕鞋歪，不做亏心事，不怕半夜鬼叫门。只要你站得直、行得正，干的是正事，群众会明辨是非的。要相信大多数群众，他们是支持正义的事业的，是支持干正义事业的人的。这么多年，我有一个体会，当干部的，遇到压力不能怕，遇到阻力不能怯，遇到困难不能退。一退，事业就半途而废，集体损失就大了，群众可就吃大亏了。"

史来贺循循善诱的开导，让李志平胸怀坦荡起来，精神振作起来，心里明朗起来，眼前开阔起来。当即表示，放下包袱，踢开阻力，继续带领群众往前冲！

东李寨村被列入"刘庄帮带村"的圈子后，李志平带着村干部经常到刘庄找史来贺谋划东李寨村发展集体经济、村民共同致富的大计。有一次，史来贺跟他们长长地谈了大半夜，回忆了刘庄创业的历程和艰难曲折的发展道路。最后，意味深长地告诉他们："从刘庄的发展道路看，单啃那点地皮是不行的。农村经济，必须走以农促工、以工养农的路子。"

李志平从与史来贺的谈话中，进一步得到启示，"以农促工、以工养农"是史来贺在创业的道路上探索了几十年积累的发展农业的宝贵经验，这是他送给东李寨村的无价之宝啊！

这次交流之后，李志平决定在东李寨村建一个造纸厂。

可纸厂怎么建，怎么经营？李志平心里一点谱都没有，其他干部更是一无所知。

史来贺早就把东李寨村的这件大事记在心上了。

1985 年秋后，为建造纸厂的事，老史专程来到东李寨村，亲自考察，选定厂址，计划规模，设定目标，询问资金，所有建厂牵涉到的问题，甚至一个个、一环环的细节，他都替东李寨村人想到了，而且设想得非常细致，运筹得非常周到。

几天后，史来贺又派来了几名工程技术人员，从工程设计到机械安装，刘庄都是无代价支援。安装那天，史来贺从刘庄带来了 5 吨重的大吊车，在现场亲自指挥,一口气也不歇,直到安装程序"尘埃落定"。

刘庄的技术人员,不仅技术过硬,思想品德更过硬,每天早晨五点钟,就到工地干起来了,而东李寨村的人都还没有起床。每天只有中午在当地吃一顿饭,从不搞特殊,连1.2元一斤的白酒也不喝。就这样,史来贺还两次派人了解这几位工程技术人员在东李寨村是否搞特殊化了,让这里的干部群众感动得都掉下了眼泪,大家说,刘庄不仅帮了我们技术,还给东李寨村带来了好思想、好作风。

经过3个月没日没夜的忙碌,纸厂该试车了。当天一大早,史来贺就带着人赶来了。由他坐镇指挥,一次试车成功!东李寨村的父老乡亲高兴得欢呼雀跃,激动得喜泪狂流……

试车胜利的狂喜中,史来贺却冷静地提醒东李寨村的干部,要做好克服困难的准备,他说:"农民办企业,是从农业向工业化过渡,这个过程困难重重,要有思想准备,有准备与没准备大不一样。不要打无准备之仗,那样是打不赢的。"

史来贺把东李寨村办企业前前后后的事情与困难,都替他们考虑到了。

工厂办起来后,村里个别对干部不服气、有怨气的人,挖空心思搞破坏,不放明枪,专射暗箭。他们给史来贺这位全国人大常委会委员写信,诬告村干部作风不正,欺压百姓,还说:"你是全国人大代表,要为我们老百姓做主。"

史来贺接到告状信后,深入东李寨村认真调查,并召开干部群众座谈会,仔细了解告状信上说的情况。结果,查来查去,根本不是那回事,全是无中生有的捏造。他对干部说:"到哪儿都有不干事、踢摊子的人,别理他,该干啥干啥!"

不久,原来诬告的人,又给史来贺写信,这回不仅仅是告他们的村干部了,连老史也捎带上了,大骂史来贺"官官相护,跟东李寨的干部穿一条连裆裤,不肯为小老百姓撑腰"。

东李寨村的干部气得又要撂挑子:"干事的出憨力,坏事的放臭屁。没本事,不干事,光挑事。尽干些鼠盗狗窃、不见天日的坏事,一个老鼠坏一锅汤。不把这老鼠抓起来,东李寨就没有安生的日子。"

史来贺把东李寨村的大小队干部全部请到刘庄,开了一个"树正气、压邪气、要鼓气、不泄气"的座谈会,为东李寨村干部大唱"正气歌""鼓气歌"。他还结合自己的亲身经历,教育鼓励东李寨村的朋友:

"过去有人污蔑我是'黑劳模',说我手里有多少条人命,逼死了刘庄多少多少人，都告到中央去了，我都没有怕，照样领着刘庄人发展经济。怕啥？你自己心里没鬼，谁都不用怕。狼一吓，你就怕，正合狼的心意。要是那时我怕了，退缩了，刘庄还能发展这么好？横下一条心，凡是歪的、邪的、鬼怪的，我一概不信。你们哪，也不要信。要干事业，创大业，哪里还顾得上怕那些鬼怪邪说？一门心思扑在事业上，扑在集体经济发展上，就得不怕鬼、不信邪、不怕恶。只要把脚下的路走好、走正、走直，就什么都不用怕。大胆地往前走吧！你们背后，站着支持你们的广大群众，千万不能辜负他们的希望啊！"史来贺一番话，让东李寨村的干部全都铆足了劲儿，鼓起了精神头儿。

投产之初，缺周转资金，没等李志平开口，史来贺就派人送来了 5 万元，一下子解决了刚一上马就"缺水"的"干渴"。

此后，刘庄又不断在技术、原料、销售等方面大力支持东李寨村，克服了重重困难，使该村农业、工业齐发展。

在史来贺与刘庄人的帮扶下，东李寨村很快实现了经济起飞……

第五十五章　取经者络绎不绝

※八方来取经

※自发求索者

※老人信服了

八方来取经

一个昔日的"长工村",变成了"小康村""中原首富村""美丽幸福村",刘庄创造的举世闻名的奇迹,震动了共和国 8 亿农民。刘庄经验,给渴望致富的广大农民带来了新的希望,他们把关注的焦点不约而同地投向刘庄。"刘庄热",在神州大地掀起涌荡不息的浪潮。

"走!到刘庄去取经,看看人家搞那么好,到底有啥诀窍?"

日复一日,年复一年,祖国各地的"取经者",汇成一股股人流、车流,从大江南北、长城内外向位于中原腹地的刘庄涌来。在通往这里的四通八达的公路上,大轿车、面包车、吉普车、小轿车等各色各样的车辆,络绎不绝、源源不断地飞奔而来……

一队队、一群群的参观访问者,带着一连串的问号,来此寻觅答案,来此索求谜底:

为什么在共和国几十年风雨沧桑的道路上,多少风流一时的人物,来也匆匆,去也匆匆;多少炙手可热的"明星",上也匆匆,下也匆匆,宛若苍穹夜晚的流星,在一瞬间的闪光之后,便消逝在无底的黑暗中。而史来贺与他领导的刘庄,这颗一跃升起在中国高空的明星,却能够在亿万目光的仰望中,愈闪愈亮,愈跃愈明,永葆璀璨的光芒?如北斗星一样,在各个历史时期,在复杂多变的政治风云中,都始终给 8 亿农民以光辉的昭示和明亮的启迪?

为什么在各个风云突变的历史节点上,史来贺都能明辨是非,不被各种风向所左右、所迷惑,始终坚持从实际出发、发展集体经济不动摇?

为什么其他地方和农村的经济发展,总是被政治风浪冲击得不知所向,折腾得越来越穷,而刘庄却能顶住冲击,抗拒折腾,稳步向前,壮大集体,富了群众?

…………

许许多多的"为什么"，不知在这些寻访者的头脑里，盘旋了多少时日、多少岁月。

这些问号与谜面，一走进刘庄，就能迎刃而解。问号变成惊叹号，谜面化为谜底。

你看，那不是天津市武清县的县委书记吗？他带着县委常委和20多名村党支部书记来了！他们要在刘庄寻找解决困扰农村发展难题的办法。史来贺丢下手头的工作，急忙出面接待，并结合自己的工作实践，满腔热情地解答了他们提出的农村基层工作的一道道难题，为武清县县委和基层党支部提供了宝贵的经验。从此，武清县从县直各单位，到各乡党委、各村两委的干部，来刘庄参观学习的，一拨又一拨，一批又一批。学习刘庄赶刘庄，成了武清县上上下下的热门话题，更成为他们运用刘庄经验，改变当地农村贫穷落后面貌的不间断的有效实践。

你看，那不是江苏省丰县县委书记朱继荣吗？他带着县委常委和各乡党委书记来了！他们在刘庄一住就是几天，现场参观，现场讨论，现场找差距，现场定规划。史来贺详细介绍刘庄的实际情况，和他们一起座谈，并结合江南的地区特点，对他们的农村工作提出了一些建议。之后，丰县县委副书记李玉玲、副县长刘勇又带着分管农业的各乡、镇干部来了！丰县欢口镇党委书记带着各村党支部书记也来了！

你看，那不是湖北省洪湖市峰口镇党委书记吗？他带着各村党支部书记日夜兼程，行程1600里，坐汽车两天一夜，才风尘仆仆地赶到了刘庄。一听说是从贺龙元帅创建的洪湖革命根据地老区来的，史来贺对他们特别热情、特别关切，详细介绍了刘庄的创业史、发展史，掏心掏肺地把积累的农村工作经验向来自革命老区的基层干部逐条进行介绍与阐释。他用一个共产党员百倍的热诚与挚爱，帮助老区人民做好农村基层工作，让刘庄的先进经验，在革命老区开花结果。

你看，那不是辽宁省沈阳市于洪区造化乡党委书记徐正本吗？他带领各村党支部书记来了！他们通过实地参观考察，当即提出了奋斗目标：以刘庄为榜样，坚定不移走社会主义共同富裕道路；以史来贺为楷模，带头吃苦，带头吃亏，无私奉献；以刘庄党支部为示范，两个文明一齐抓，把各自的农村建设成像新乡刘庄一样的富裕村、文明村！

…………

这些来刘庄参观学习的团体,有的来自塞北,有的来自江南,有的来自东海之滨,有的来自天山之麓。不同的地域,不同的风俗,不同的口音,但都是带着问号来,带着答案去;带着迷惑来,带着方向去;带着疑虑来,带着信心去!答案,必将为他们的事业注入强劲的动力;信心,必将为他们鼓起前进的风帆;方向,必将给他们前进的道路竖起一座航标。

自发求索者

在千千万万的参观取经者中，除了无数由公家组织的团体外，还有许多自发、自费的求索者、探求者，几百里、几千里来刘庄学习史来贺，研究史来贺，其精神更可贵，其追求更令人感佩！

1990 年 7 月 27 日晚 9 点多钟，刘庄接待站门前来了一位 20 多岁的青年农民，接待站的人上下打量他一番，问道："你是干啥的？"

"俺是来刘庄参观学习的！"

"你看，你这个时候才来，来得太晚了，接待站已经住满了人，没有床位了。"接待站负责登记的人告诉这位青年农民。

"没床位不要紧，走廊里也能睡，俺是一个农民，咋着都能迁就。"朴实的青年人说话很谦卑。

恰在此时，接待站站长刘荣田走了出来，负责登记的人对他说："站长，你看又来了一位，实在没床位了，咋办？"

未等站长答话，青年农民就在一旁干脆地说："站长，不用作难，你借给俺一张席子就中了！"

刘荣田站长马上拿出了一张苇席，青年农民把苇席往走廊的地下一铺，便睡在了上面。

第二天一大早，接待站还没到开饭时间，睡在走廊的青年农民没顾上吃饭，就到刘庄畜牧场参观去了。

接待站的人都觉得这个青年农民是个不简单的人。睡走廊，不吃饭，一大早起来就去参观，他赶那么急干啥？他从哪里来呀？

这个夜睡走廊的青年，名叫曹彦顺，是河南省长垣县满村乡曹吕村新上任的村长。他一上任就琢磨："怎样才能当好村长？""怎样才能带领群众把经济搞上去？怎样才能叫曹吕村变个样,叫群众都富起来?"

曹彦顺原来是个民办教师,刚被选为曹吕村村长,既没当干部这方面的实践,更没这方面的经验,心里一点底都没有,总不能一上台就给群众来个哑巴唱戏——没腔没调吧? 既然村里人把自己这个有高中文化的人扶上了台,就得让曹吕村好戏连台。那怎样才能唱好一出出大戏呢?

在这方面,新乡刘庄早已闻名全国,是现成的榜样。干脆,到刘庄学习、取经去!

怕因公自己破费去刘庄参观,家里人不同意;又怕自己刚上任,就外出参观考察,招来闲言碎语,"好像真成了个多大人物似的",落下笑柄。不便公开来刘庄参观的曹彦顺,只好偷偷摸摸来取经。

来到刘庄他也不敢大张旗鼓,而是要了个小心眼儿,背着刘庄干部悄悄来到畜牧场。怕有干部在场,了解不到真实情况。农民最直率,有一说一,有二说二,从不拐弯抹角,只要单独和农民交谈,就能听到实话,就能取得"真经"。

曹彦顺和刘庄畜牧场的饲养员聊刘庄干部作风,聊村支书史来贺怎样当支书、怎样为群众服务,聊刘庄经济发展的来龙去脉、群众收入的真实情况等,一口气聊了一大晌。不知不觉日当头顶,饲养员要回家吃午饭了,才不得不中断话题。他在畜牧场了解到的情况,跟在报纸上看到的完全一致,说明刘庄名不虚传。

从畜牧场出来,他找到了史来贺家,很想见一见这位世界"明星"。但很不凑巧,史来贺外出开会了,他感到非常遗憾,依依不舍地离开了刘庄。

过了一个多月,曹彦顺又一次来到刘庄。这一次,他要弥补上次的遗憾,直接找刘庄的村干部交谈取经。偏偏史来贺又不在家,他就与村里其他几位干部聊了半天。从言谈话语中,他悟出了刘庄的"真经",千条经,万条经,可以概括为一个字,那就是"实"! 实事求是,一切从实际出发,是刘庄经验的核心。党支部决策的所有事情,都是服从刘庄的实际;干部对群众,说实话,办实事,办好事,从不说大话、空话,不搞花架子;干部都是实干家,带领群众实实在在地干,不喊空口号,不当甩手掌柜,自然形成了埋头实干、艰苦创业的好风气。刘庄这个"乡村里的都市",就是这样奋斗出来、创造出来的!

后来,这位新上任的曹吕村村长,给刘庄写了一封很长的信,内容是长达10页的学习刘庄的体会。信的最后说:"我现在正在学着史来贺的样子做,坚持共产党全心全意为人民服务的宗旨,为集体、为群众无私奉献,多干实事、好事,赢得群众的信任；然后，一切从我们村的实际出发，发动群众，依靠群众，干一番事业，彻底改变曹吕村的面貌！"

1990年4月的一天，史来贺到造纸厂检查工作，看到厂内有一个三十来岁的工人，自己从来没有见过，就走到跟前问：

"你叫啥名字？我咋没有见过你？"

"我叫梁华炜，新来不久。"

"你是哪里人？"

"广西壮族自治区都安县地苏乡石江甜村人。"

"哪族人？"

"壮族。"

"广西离这儿少说也有五六千里，咋跑这么远来打工？"

"我不是专门来打工的。"

"不是打工的？那你到这儿干啥来了？"

"我是来取经的。"

"取经？取啥经？"

"我高中毕业后就在家务农。从今年2月27日的《人民日报》上，看到了你们村史来贺的先进事迹，感动得直掉泪。新中国成立几十年了，我们那里也是共产党领导，刘庄也是共产党领导，为什么我们那里还那么穷，刘庄却如此富？心里揣着疑问，就扛起行李来了。一是想研究刘庄共同致富的经验，二是想学致富的本领，回去也领着乡亲们干。"说着，这位年轻人从口袋里掏出一张《人民日报》，上面载有《走在社会主义大道上——记河南省新乡县刘庄党总支书记史来贺》的长篇通讯。

未等史来贺搭话，年轻人指着报纸上的通讯又说："这篇长文章，我一连读了三四遍，感动得夜里睡不着觉，恨不得一眨眼飞到刘庄，见一见史来贺，好好向他学习。"

"我没有报纸上说的那么好。你看我就是个一身布衣，一双粗手，两脚泥土的普通农民。有啥学的？我还得好好向你们少数民族学习呢！"

梁华炜这时才知道，站在自己面前的，就是大名鼎鼎的史来贺！他以无比敬佩的目光，向眼前的这位人民公仆行注目礼，并深情地握住了他的手。

"我跨越千山万水，既然来到了刘庄，就一定要把你们的先进经验带回去，让我的家乡尽快富起来。"梁华炜向史来贺表达自己的决心。

"你既然有这么大的决心来学习，以后，就不要只在造纸厂干活儿，多到其他厂看看。村里还有一个食品加工厂，你更应该去看看。因为你们南方出产的水果多，可以办果品加工厂和罐头厂。"

史来贺说到这里，忽地又想起了什么，便问梁华炜："你的吃住都解决了吗？有没有被子、蚊帐？日常生活用品还缺啥？"

一位工人插话说："小梁在接待站的楼梯间铺了一张竹席，盖一条薄被子，夜里就睡在那儿。"

"那是我来时从家里带来的小行李。"小梁说。

"住楼梯间？那怎么行啊？"史来贺显出十分担心的样子。

恰巧，造纸厂厂长就在身边，史来贺吩咐他："小梁是来学习的，是广西的少数民族兄弟，不能当打工人员对待。尽快安排好他的食宿。南方人到咱这儿，生活习惯不一样，也有水土不服的可能，所以要多关心，多照顾。"

厂里给梁华炜安排了一间单人宿舍，干净整洁的床铺，窗明几净的室内环境，让他感到特别舒心。每月工资、奖金、福利费、医药费、加班费等，都同厂里其他工人一样，每天8小时工作制，中间厂里免费供应一顿加班饭，五一节职工还会餐喝酒，热热闹闹。远离家乡的壮族青年从不感到孤独，就像在自己家一样，享受到了社会主义大家庭的温暖。在刘庄的每一天，他都如梦如幻地走进了共产主义……

几天后，河南省委书记侯宗宾来刘庄视察工作，史来贺陪着省委书记来到梁华炜工作的车间。

史来贺心里一直想着从偏远的少数民族地区来的这位壮族青年，一见面就问："小梁，活儿累不累？在这儿上班、生活习惯不习惯？"

"史书记，我在这里一切都很好！"小梁如实回答。

史来贺又向侯宗宾介绍说："小梁是从广西来的壮族人，来刘庄，是想学俺村的办厂经验，回去后也办厂。"

一听说小梁是壮族人，出于对少数民族的尊重，省委书记侯宗宾走上前去，热情地握住了小梁的手，问道："小梁，广西离这儿那么远，你是怎么来的？"

"我看了《人民日报》介绍的史来贺的模范事迹后，特来向他学习，同时也学习刘庄人发展村办企业的经验。"

侯宗宾一听，高兴极了："那好哇！过几年，你也许就成为广西的史来贺了！"

"侯书记，你这句话分量很重，对我鼓励特别大。无论做到做不到，我都要努力去争取，争做广西的史来贺，就是我这辈子的奋斗目标了！"梁华炜非常激动地表白。

此后的日子里，小梁白天上班，埋头苦干，任劳任怨，全厂上下无不夸他聪明能干。到了夜晚，他刻苦学习，研究经验，钻研技术。特别是《共产党员的榜样——史来贺》与《今日刘庄》两本书，他反复阅读，反复研究，凡是富有经验性的精彩句子与段落，都被他画上了各种各样的记号。刘庄每个企业兴办中的艰难困苦，以及克服困难的办法，他了解得一清二楚。回去后，厂子咋办，他心里有了谱，眼前有了路。

"小梁啊，回去后，你有啥打算？还需要我们提供啥帮助？"刘庄的干部问他。

"你们已经帮了我很多，我现在满脑子都是刘庄的经验与史来贺精神，回去后，我要把这些宝贵的'法宝'，都播种在我们壮族人的心里，播种在壮乡的土地上。我老家那个村子，是个5000多人的大村，却连一个村办企业都没有。祖祖辈辈，年复一年，都靠土里刨食为生。我学成回去后，就是要在我们村建村办企业，带领村民共同致富。学习史来贺，就要走刘庄的道路，发展集体经济，让村民过上共同富裕的好日子。无论遇到多大的困难，也绝不回头！不实现这个目标，誓不罢休！"

梁华炜学成后，满载而归。他马不停蹄，立即行动起来，组织起村里的党员干部，沿着史来贺走过的艰苦创业的道路，朝着共同富裕的目标，带领村民艰难拼搏起来了，打响了脱贫致富的攻坚战……

老人信服了

1990年8月10日8点多钟，一位白发苍苍的老人，推着一辆自行车，满脸淌着汗水，来到刘庄接待站。

扎住自行车后，他问一位工作人员："同志，请问这里谁负责接待？"

工作人员回答说："接待站有三位领导，你有啥事找我就行。"

老人自我介绍："我今年69岁，退休快10年了。"紧接着，他又说明来意："从报纸上，我早就知道史来贺领导得好，刘庄搞得好。看了报纸后，我常给群众介绍报纸上报道的事迹，宣传史来贺与刘庄，目的是要鼓励家乡农民向刘庄学习，尽快富起来。大部分人听了，很感动，也深受启发。但也有个别人说，甭信报纸上那一套，那都是记者瞎胡吹的。同是在河南这块地皮上，同是一个政策，他们刘庄咋能搞得那么好？全是记者添油加醋糊弄人的！再说，他史来贺是人不是神，没长三头六臂，顶多比咱村的干部好一点点，也不会像报纸上说的，那么吃亏傻干、无私奉献，光为集体、为群众，从来不为自己，天下哪有这样的傻瓜？听了这些议论，我想，耳听为虚，眼见为实，是不是报纸上瞎吹的，实地考察一下，不就全明了了吗？这不，我骑上自行车就来了！"

老人边说边向工作人员递上一个小证件。工作人员打开一看，是一个"中华人民共和国干部退休证"，只见上面写着：

赵如增，河南省南阳地区镇平县侯集乡赵营大队人，1950年参加工作，1981年退休。

"啊！你是一位退休老干部哇！从南阳到这里，800多里地，你骑着自行车跑这么远来参观考察呀？"接待站的工作人员非常惊讶。

"不远，不远！比起唐僧西天取经近多了！"老人诙谐地说。

镇平县来的老人退休前是国家正式教师，他对学校最有兴趣，所以他参观考察的第一站，是刘庄学校。进到校园，他与学校的公办教师李良启拉呱儿起来。

李良启告诉他："我不是刘庄人，家离这儿十几里地。打小就知道，'方圆几里乡，最穷数刘庄'，旧社会，这个村穷得很，是有名的'长工村''佃户村'。你看看村里还保留的用来搞村史教育的老房子就知道了。人家刘庄确实是苦干实干发展起来的。现在的刘庄富得很，一个全劳力的收入，比那些县太爷的薪水还高。俺这个学校里村里民办教师的月工资，是我们公办教师的两倍。"

站在一旁的民办教师刘树国插话说："呵！我们也想当享受国家干部待遇的公办教师，那名声多好听啊！一辈子端着国家的'铁饭碗''金饭碗'，多招人羡慕啊！"

"说得好听！那去年叫你转为公办教师，你为啥不去转？你还开玩笑说，刘庄社员与民办教师气死国家干部！这是你说的吧？"

刘树国被李良启说得低下头"嘿嘿"一笑，再也搭不上话来。

从镇平县来的赵如增对此感到很惊讶，也很不理解："我们那里，有个民办教师转公办教师的名额，你争我抢，能撕破脸、争破头。你们刘庄，民办教师还不肯转成公办教师，真是天下奇闻，人间怪事。"

"可不是嘛！去年，刘庄学校分了两个民办教师转公办教师的名额，可谁想到，刘庄所有的民办教师死活都不肯转。最后，只好把指标让给了外村学校。"

"多可惜啊！为啥不肯转呀？"赵如增还是不理解。

"经济基础决定上层建筑呗！你想吧，当民办教师，按村里社员的收入水平拿钱，一转公办，就得拿国家教师统一标准工资，每月的钱，就少拿一半多，家庭收入马上降下来。换了你我，也不会那么傻吧？别村的学校，一到有教师'民转公'的名额，有人就去找领导开后门，给领导说，'一定先把我转了'。刘庄呢，民办教师也都去找领导，却说'千万别把我转了！'刘庄学校还流传着一句笑话：'谁不好好教学，就把他转成公办教师！'你看，这就说明一个大问题，刘庄社员的分配与收入，可不是一般的高哇！"

"从学校看全村，从民办教师看社员，可见，报纸上宣传的全是真的，没有一点虚假。"退休老教师赵如增信服了。

可只看一隅，不见全貌，这位远道而来的客人心里还是有点儿不踏实。"刘庄人收入这么高，村里那么多钱，都是靠啥挣来的？集体经济是咋发展起来的？"他得解开这个谜。

他在村里到处转悠,农场、果园、畜牧场、养鸡场、奶牛场、面粉厂、机械厂、造纸厂、药厂等,几乎转遍了刘庄 1.5 平方千米的版图。逢人就拉呱儿,见人就问话,拉的、问的都是事关刘庄经济发展的大问题。

"今年 6 月份,李鹏总理来你们刘庄视察,给你们村拨了多少钱呢?"他问一个社员。

"李鹏总理来俺庄,没有拨钱呀! 拨钱干啥?"这位社员让这位客人问得懵懵懂懂。

"你们刘庄这样的先进典型,国家该有扶持政策呀! 哪一年不拨给你们一些扶持款呢?"赵如增试探地问。

"老同志,你误会了。我们刘庄从来不向国家伸手,也不靠银行贷款;从县里到地区,从省里到中央,哪个领导来,也从没给刘庄带来过一分钱。刘庄能有今天,都是在老史领导下,全凭自力更生、艰苦奋斗干出来的。"这位社员实实在在地解释道。

都说刘庄走的是共同富裕的道路,难道 300 多户人家,就没有一个贫困户? 史来贺是怎样帮助一些贫困户摆脱贫困、走向富裕的? 如果这个问题解决得好,那可是解决了老百姓一个最难解决的问题。赵如增下决心要细细地访问一下。

他首先了解了哑巴村民余德洋的家庭是怎样由贫困走向富裕的。余德洋天生哑巴,儿子死了,孙子还小,儿媳常年患精神病。这样一个家庭,放在别的村,日子能过好吗? 可在刘庄,老余家的日子,却过得天天无忧无虑,年年吉庆有余。每年由集体分配的粮食,光白面就吃不完,还有鸡蛋、肉、牛奶、食用油、粉条、水果等,全是村里按人头免费供应的。再说挣工分、挣钱,余德洋因残疾,无法干技术活,史来贺就安排他在村办工厂看大门、打杂,收入跟其他人有一定差距,但差别不大。由于他家的特殊情况,余德洋在村里挣的钱,需要有人替他妥善保管。1980 年夏天,史来贺找到农业银行刘庄营业所的刘树军说:"余德洋家的情况,你也知道。从今年开始,大队每年分给余德洋家的钱,你们农行都要专门给他存起来,存折写余德洋的名字,把存折交给村里一个干部,专门为他家保管。每天得多少利息,每月得多少利息,每年得多少利息,你们都要写清楚。看存什么期限最合适,就存什么期限。"就这样,连续 10 多年,按照史书记的要求,在农行办理了余德洋的存款。等到他的孙子长大了,史来贺领着农行的刘树军等人,将 73200 元钱一分不少地交给了他孙子。余德洋一家一分钱不用花,最先住上了村里建的两层向阳红楼,家里现代化电器、新式家具,应有尽有,家里还有十几万元存款。就这样一个残疾家庭,生活却过得幸福甜蜜。

赵如增了解了余德洋一家的情况后,大发感慨:"这家人要不是生在刘庄、住在刘庄,早就穷得没法过了!他们托生在刘庄,命好啊!"

接着他又调查了两户特殊家庭:

40多岁的村民李良智,因小儿麻痹后遗症,落了个偏瘫半残疾。他的妻子,脑子也不正常。干不了正常劳力与工厂职工的差事,村里就安排他们两口子在面粉厂看大门。每年,一家收入3万多元。月月剩余,年年积累,家里也有不少存款。

村民刘明星,智力差,人称"半傻子",学啥啥不会,干啥啥不中。村里只好安排他在机械厂看大门,加上在农场干活儿的妻子,一家每年收入也在3万元以上。他家的存款少说也有十几万元了。

村里这几户人家,是史来贺最关心、最牵挂的。家里有没有困难?生活得究竟咋样?一家人是不是和睦?隔个三五天,史来贺总要到这几家看一看,把想到的问题都要问一遍。一家家没啥忧愁,和和美美,他才放下心来。史来贺常对干部说:"咱村,只要这几个残疾人家庭日子过得没问题,干部就放心了;也只有这几户人家富裕了,刘庄才算真正达到共同富裕。"

赵如增老人到这几户人家逐一看过、问过后,被深深打动了:"刘庄这几户残疾人家庭,日子都过得这么好,其他家庭就更不用说了!看来'共同富裕'四个字,在刘庄已经不是口号,而成为实实在在的美好现实了。'中原首富村''第一小康村',名不虚传啊!刘庄人真幸福,实在令人羡慕啊!"

赵如增老人在刘庄的几天考察中,思考与考察的最多的问题是,刘庄为什么发展得这么快?所有的观看、访问、聊天、调查,统统围绕这个核心问题进行,最后得出了结论:刘庄之所以发展这么快,主要是因为有史来贺这样一个好带头人,他堪称治村富民的绝顶高手,是所有共产党员、农村干部的楷模。好的带头人,带出了一个坚强有力的好班子,又带出了全村干部群众的好风气。再加上刘庄有一套严密的规章制度,从干部到群众,人人自觉遵守,严格要求。好班长,好班子,好风气,才带来了刘庄百姓的好运气、好福气!

赵如增回想起自己村里也办过药厂,可干部管理不善,垮了;也办过砖瓦窑场,可干部吃喝成风,塌了。办啥啥不成,责任全在干部身上。村里没有一个像史来贺这样的带头人,咋能搞好?老百姓常说,村看村,户看户,群众看干部;干部看支部,支部看支书。一个坚强有力的党支部,一个好带头人,对于一个村的发展来说,至关重要啊!

临走,赵如增感慨万端,对送行的刘庄人说:"我自费跑这 800 多里,这一趟太值了! 亲眼看到了刘庄发展的事实,在某些方面,比报纸上介绍的还要好。我回去向干部群众宣传,心里更有底了。自己身临其境看了个遍,讲起来更具体,更生动。干部群众听起来,就会更相信,更有效果。谁要再不信,我就带他来看看。唉! 可惜我老了,是快跨越古稀大坎的人了。如果年轻 20 岁,我非要学着史来贺的样子,带领群众大干一场不可! 动手不中了,动动嘴没问题。当个义务宣传员,把刘庄的事迹、刘庄人的精神带回去,天天讲给干部群众听,让刘庄的经验在俺那里开花结果。"

这位退休老教师,人老心红,壮志未酬,甘把夕阳的余晖洒向家乡的田野,洒进可爱的乡亲们的心田,让史来贺精神,让刘庄的党风、民风,滋润故乡的土地,照亮乡亲的灵魂。

第五十六章　世界宾朋来参观

※金发女开心
※外来的"女儿"
※洋记者采访
※贵宾们惊叹

金发女开心

　　刘庄犹如一颗耀眼的明星,吸引着不同肤色、不同眼睛、不同毛发,甚至不同信仰、不同宗教的四大洋、五大洲170多个国家和地区的外宾和友好人士都诚恳地来到刘庄参观学习。

　　这里农庄富足,厂房矗立;这里生活沸腾,牛马欢叫;这里花映荷塘,鱼翔浅底;这里绿草如毯,鸟语花香。这里的一切让外国宾朋沉醉迷恋,乐而忘返。

　　美国女高级记者戴碧铎,曾5次来刘庄考察采访,两次住在村民刘树军家。她是一位会讲汉语的美国记者,所以走到哪里,不用带翻译,跟所有的中国人都能交流。

　　1987年6月的一天,一辆轿车驶进刘庄。从车上走下一位金发碧眼、打扮时髦、光彩照人的外国女士,她就是戴碧铎。她初来乍到,对这里的一切还很陌生,看啥都特别新奇。只是刘庄人看到她却并不新奇,因为平时来刘庄的外国客人太多太多了,外国漂亮时髦的女士也屡见不鲜。所以刘庄人见了这位美丽的美国女记者,并无什么奇特的感受,更无人大呼小叫。

　　负责接待工作的党总支副书记张秀贞走上前去,握住这位女士的手,表示热烈的欢迎、诚挚的问候。

　　张秀贞要把这位美国女记者安排到刘庄接待站下榻,没想到这位女洋记者却一口回绝,诚恳地要求:"不住接待站,我要住农家。"

　　张秀贞非常尊重这位外宾的要求,只好把她安排到村民家里食宿。在张副书记的引领下,戴碧铎住进了刘树军家。张秀贞叮嘱刘树军一家,一定要把外宾照顾好,把生活起居安排周到。戴碧铎首先彬彬有礼地向主人问好,道声"对不起,打扰了",就把行李往房间一放,又向全家人微微一笑,显得十分谦和恭敬。没说几句话,没坐下歇一会儿,没端起茶杯喝一口水,就走出了刘家的大门。

戴碧铎来到田野，看到田野是一片绿色的海洋，绿油油的玉米已吐穗，穗头上长出了粉红的缨子，煞是好看；墨绿色的棉花，长势喜人，一棵棵苗壮的棉株，都开出了红色的、白色的花朵，有的已经结出了小小的棉桃。望着这绿色的田野，她伸长臂膀，长长地吸了一口气，啊！这里的空气多么新鲜，多么芳馨；这里的田园，近2000亩，分成了4大块，平展整齐，一眼望去，好不气派，令人陶醉！

她来到畜牧场，几百头骡马、奶牛膘肥体壮，小牛犊、小马驹，欢蹦乱跳，似乎是在游戏，又似乎是在用欢乐的舞蹈，对她这位外来的美女表示欢迎。看着这些可爱的生灵，她禁不住笑出了声。看到饲养员、挤奶人都在各忙各的活儿，她便蹲下身来，与他们亲切交谈起来。他们劳动的愉悦溢于言表，对职业的热爱，流露于工作中的每一个细节和熟练的操作。她从中看出了刘庄人对于劳动的自觉性、愉悦性，看出了刘庄人热爱集体、维护集体的高素质。

她来到机械厂、食品厂、奶粉厂、造纸厂、华星药厂等企业，但见所有的职工都忙碌在生产线上，有的在认真地操作仪表，有的在看电脑的显示屏，用高科技的技能，进行现代化生产与创造。机器在隆隆地轰鸣，产品在源源不断地产出。看到新型的农民，变成了高科技产业大军，戴碧铎禁不住大发感慨："啊！这就是中国农村的现代化工厂，谁能想到，这些昨天的'泥腿子'，竟成了从事高科技产业的智能化农民产业大军！"

戴碧铎在刘庄到处转，到处看，到处采访，逢人就问这问那。这也许是她的职业习惯所致，也许是美国人喜欢独往独来、自由浪漫的天性使然。

晚上吃饭时，史来贺下了班，来刘树军家看望这位美国的女记者。两人一照面，还没等人介绍，戴碧铎就倏忽一下站了起来，用流利的汉语说："你就是史来贺！我一眼就认出来了。在中国的报纸、杂志上，我不断看到你的照片。在来刘庄之前，我就搜集研究了你和刘庄的好多资料，我的包里还放着有你照片的杂志呢！"她边说边竖起大拇指，"你是个了不起的英雄，农民英雄。我希望，中国所有的农村干部都像你一样，为群众办好事，带领群众致富，带着老百姓过上好日子。你不愧是共产党的好干部，刘庄人享共产党的福了，享你的福了！我这次来刘庄，一是奔着这个好村庄来的，二是奔着你这个农民的好带头人、著名劳模来的。"

"哎呀！感谢你对我的鼓励。刘庄的建设与创造，还很不够，与世界高标准的发达农村还有距离；刘庄人的生活水平，还达不到高标准的富裕程度。我们刘庄党支部,正在进一步带领群众致富,把刘庄建设得更好、更美。"史来贺微笑着谦虚地说。

"刘庄人选你当书记选对了,我看过中国的几个农村,和你这个村相比,差得太远了!"戴碧铎说着,两臂向外伸展,拉开好远的距离,用以象征村与村的差距。

史来贺告诉戴碧铎:"刘庄正帮助别村建造纸厂,也想法带动周围村庄一起富。"

"你这样做很好,确实是共同富裕,你能把全中国的农村都带起来就好了。"戴碧铎是一个非常直爽的人,说话快言快语。

史来贺实实在在地说:"我也很想全中国的农村都早点富起来,可我一个人能有多大力量,哪有把全国都带起来的本事啊?我常想,每个村的人,都把自己脚下的地球刨好了,全国农村不就都富起来了吗?"

"你说得太对了!可惜,中国的农民不一定都有这样的思想觉悟。"

说到这里,戴碧铎又问:"经过'文化大革命',有些农村党支部书记不愿干了,你为什么还这样拼命地干呢?"

"我过去是受苦人,旧社会吃苦遭罪受折磨,那种日子过怕了。我一当上村支书,就发誓不让全村人吃苦受穷,要带领群众尽快脱贫致富,过上好日子。全村人都过上好日子,都富裕幸福了,我心里比谁都高兴。"史来贺对美国记者说出自己的心里话。

"你这个人,就是一心为大家。我看了许多报道你的文章,都说你大公无私,一心为民,是党员干部的楷模。"

"嘿嘿!那些报道啊,文章啊,把我夸得过头了。其实,我就是一个普普通通的党员干部。"史来贺从不高调说自己。

"我知道,你这是谦虚。在我的心目中,在你们中国8亿农民的印象里,你就是一个伟大的农民英雄。我计划每年利用休假时间,到刘庄来一次,刘庄太有魅力了。我要尽最大努力,用我掌握的6种语言,向全世界宣传刘庄的发展经验,特别是向美国等资本主义国家宣传。不但社会主义国家要学刘庄的共同富裕,资本主义国家更需要学刘庄的共同富裕!全世界的人都共同富裕起来,实现世界大同,多好多美啊!"

戴碧铎的观点让刘庄人感到很新鲜,资本主义国家的社会制度能学刘庄的共同富裕吗?

史来贺对这位美国女记者刮目相看："我代表刘庄人感谢你，欢迎你经常来刘庄做客！"

史来贺走后，刘树军的妻子问戴碧铎："你对我们史书记的印象怎么样啊？"

"棒！棒得很！"

戴碧铎竖起大拇指，继续说："原来以为，农民领导人，赫赫有名的劳模、创业者，肯定有大气魄，挺威严，见了外人威风凛凛，不可一世。可没想到史来贺却这么平易近人，谈话幽默风趣。"

在刘树军家住的那段日子里，戴碧铎给刘家人说："我看，你们的史书记，不是一般人。凭他那聪明能干、有事业心、能吃苦的精神，这样的人才，即使在美国也能干成个百万富翁、千万富翁。有他在，你们刘庄人真是有福气！"

戴碧铎白天找人座谈，青壮劳力、家庭妇女、老头、老太太，甚至中小学生她都找。

戴碧铎每找到一个人就谈好长时间，问得很细，问得很多，夜里再用打字机把白天采访的资料整理出来，经常工作到凌晨一两点钟。

戴碧铎很关心刘庄的教育事业，关心刘庄下一代的成长。她在刘庄住的日子里，不断到刘庄的学校里，跟少年学生谈心交朋友。临离开刘庄时，她特意送给刘庄中学图书馆一部《辞源》，并在《辞源》的扉页上用端正的中文写下几行字：

　　祝愿青年人学习勤奋，掌握科学技术，使刘庄在社会主义现代化的康庄大道上，百尺竿头，再进一步，取得更大胜利！

戴碧铎

1987 年 6 月 19 日

第一次来，这位美国记者戴碧铎在刘庄住了 15 天。

外来的"女儿"

时过一年后的秋天,即 1988 年 9 月,戴碧铎第二次来到刘庄,仍住在刘树军家,住的还是她上次来时住的双层向阳楼上边的那间房。刚来,她就对刘家人说:"去年来这里,住的时间有点儿短,这次要多住些日子,最少住 20 天。你们的向阳小楼太现代了,我怎么也住不够。"

"住吧!只要你不嫌弃,愿住多长时间就住多长时间,你是我们最尊贵的客人,我们巴不得你常年住我们家呢!"刘树军的家人对戴碧铎表现出强烈的热情。

一回生,二回熟。这次,史来贺抽时间来看她,已经成了熟人相见,所以显得特别亲热,两人很快就拉起了家常话。

戴碧铎对史来贺与刘树军一家人毫不隐瞒,慢慢说出了自己苦难的身世:"我今年 48 岁了,按中国人的说法,快到'知天命'的年龄喽!别看我在美国算个学者,来中国是高级雇员,其实,过去我也是受苦的人,在美国是底层阶级,受歧视。8 岁那年,爸爸和妈妈离了婚,爸爸又娶了一个爱人,算是我的继母,她对我不好。我想离开那个家,就发奋读书,发誓要靠自己的能力过上好日子。大学毕业后,教中学;我一边教学,一边刻苦学习,考上了研究生,后被一所大学聘为教授。"

"那你怎么来到中国了?"史来贺问她。

"我从一些报刊上认识了中国,了解了中国,慢慢喜欢上了中国,佩服中国共产党传奇式的经历,就刻苦学习中文。当《中国建设》杂志社在美国招考职员时,我就考来了。我一边编杂志,一边著书立说,向世界介绍我亲眼看到的中国的伟大与辉煌。"

"哦!是这么回事。没想到你也是苦出身。"

史来贺也向戴碧铎叙说了自己苦难的家史,叙说了刘庄苦难的村史。说起过去的苦难,两人有很多共同语言,谈得很融洽。谈来谈去,最后,两个人说出了一个共同的认识:即不同的国家,都有苦出身的人。资本主义国家并不都是有钱人,也有很多穷苦人。

作为共产党员,史来贺时刻不忘自己的使命与责任,针对当时资产阶级自由化思潮泛滥和个别人有崇洋媚外的思想苗头,他想请戴碧铎给刘庄的群众讲讲美国的资本主义制度,让刘庄人真正地了解一下美国。

戴碧铎答应得非常干脆爽快:"这没问题,我一定把自己知道的一切都讲给大家听,美国并不是像有些人说的那么好,我给大家一讲,那些崇洋媚外的中国人就知道是咋回事了。"

史来贺一离开刘树军家,戴碧铎就忙开了,不下楼,不出门,也不出去采访了,准备演讲材料就整整准备了 3 天,每天都准备到下半夜。她对刘树军家里人说:"我长这么大,除了给中学生、大学生讲课,还从来没在这么多男女老少面前讲过话。能在老史领导的刘庄人面前作报告,我感到很自豪,很荣幸!"

一听说要在大礼堂听美国记者戴碧铎作报告,刘庄人无不兴奋异常,要知道,他们还从来没有听过洋人作报告,况且又是一位女高级记者作报告,谁都想来听个新鲜,听一些美国的奇闻。大礼堂里男女老少挤得满满当当,连过道上都坐满了人。

戴碧铎坐在讲台上,开始时讲得斯斯文文,慢条斯理。可她越讲越激动,越讲声音越高,越讲情绪越激昂。所有的内容都讲得绘声绘色,引人入胜。她结合自己的身世,讲祖父如何给富人当用人,受尽了欺压和凌辱;讲祖父与父亲如何想发财,一心想跻身上流社会。但在那种不合理的社会制度下,社会底层的穷苦人,是发不了财的,所以她的祖父与父亲发财的梦想,最终破灭了。美国有人在天堂,也有人在地狱。并不是像有些人想象的那样,在美国就吃得好、穿得好、住得好,一切都非常美好,人人都是富翁。资本家为多赚钱尔虞我诈,一般人却为生活苦苦挣扎,疲于奔命。她讲资本家如何剥削工人,工人劳动强度如何大;她讲美国社会贫富悬殊、两极分化特别大,一边是百丈高的摩天大楼,一边是大楼墙根下躺的无家可归的穷人;一边是挥金如土的富人,一边是食不果腹的乞丐;她讲美国黑社会如何猖獗,绑架凶杀案件时有发生,社会不安定,人权无保证,就连富人也感到人身安全没保障。讲到这里,她大声告诉大家,美国不是一个共同富裕的国家,也不是一个人人平等的国家。

　　她拿美国与中国相比，拿美国的农村与眼前的刘庄相比，拿在美国耳闻目睹的社会现象，与在刘庄采访的实际感受相比，最后连声称赞："还是刘庄好，还是社会主义好！"

　　戴碧铎讲到激动处，往往身不由己地站起来，比画着各种手势。这时，礼堂内就会爆发出一阵阵热烈的掌声，久久回荡不息。

　　台上台下，中国人民和美国人民的心灵在共鸣，友好的感情在交融，在汇流……

　　戴碧铎一个报告，讲得刘庄人心明眼亮，对美国有了一个清醒的了解、明确的认识。在此基础上，史来贺组织全村人针对戴碧铎的报告，展开了大讨论，题目是：究竟是社会主义好，还是资本主义好？通过讨论，刘庄人由衷地信服，社会主义制度比资本主义制度优越，资本主义社会无法实现共同富裕、人人平等。一听一比，再次坚定了刘庄人走共同富裕的社会主义道路的信念。

　　戴碧铎在刘树军家里生活得很快乐，也很随便，就如这个家庭的一员一样。她喜欢吃水饺，刘树军的母亲就给她包水饺，她自己也学着包，说要把包水饺的技术带回美国去，叫亲朋好友尝一尝中国的美食。她喜欢吃甜食，刘树军的母亲就给她摊甜煎饼，她吃得津津有味，高兴得一个劲儿地说："好吃，好吃，在美国从来没吃过这么好吃的美食！"

　　一天，戴碧铎郑重地对刘树军全家人说："中国是我的第二个家，刘庄是我的第三个家，你们对我不要客气、外道。从今往后，我就是这个家的人了！"

　　从此，她经常搂住刘树军母亲的脖子亲热，撒娇似的说："妈妈，我的老妈妈，我的亲妈妈！我也是你的女儿，您愿意收下我这个洋女儿吗？"

　　"愿意，愿意！收下，收下！这么乖的洋妞，咋能不收下呢？我这个老婆子，巴不得有你这个洋闺女呢！往后，你就是我的亲闺女喽！你得常回家来看看啊！你要不回来，妈妈该天天想你啦！"刘树军的母亲打内心喜欢这个"洋女儿"。

　　"我一定常回来看妈妈！女儿是妈妈的连心肉，妈妈想女儿，女儿想妈妈，不回来怎能行呢？"戴碧铎说得非常诚恳。

　　这次来刘庄，原定住20天。到临走的那一天，戴碧铎却恋恋不舍，说啥也不想离开，便又多住了3天。

　　可这3天，一晃就过去了。临走前一天，戴碧铎给自己的"中国妈妈"开玩笑说："妈妈，我这次住了23天，可还是不愿离开您！这20多天，您把我养得又胖起来了,不好不好! 一胖就找不到女婿啦!"戴碧铎的诙谐幽默,逗得刘树军的母亲与全家都哄然大笑了。

离别的时间到了,刘树军的母亲和全家一齐出动,把戴碧铎这位尊贵的客人送出好远好远,似乎是为自己亲爱的"女儿"出远门送行。戴碧铎难舍难分,难过得流下了满脸泪水。她边哭边说:"我就是回到美国,也会常来看望您,我的中国妈妈!"

说着,她紧紧拉住亲爱的"中国妈妈"的手,泣不成声地告别:"妈妈,再见了!"

"中国妈妈"拉着"洋女儿"的手,流下了两行热泪,两双紧紧拉着的手久久不肯松开……

戴碧铎走后,刘大妈很想念这位"洋女儿",经常跟家里人念叨她。

…………

春去春又归,雁来雁又去。花开花落、冬春交替四轮回。戴碧铎这位刘大妈的"洋女儿"、刘庄人的"洋朋友",如一只南来北往的燕子,在刘庄"筑巢"5次。

戴碧铎写了好多文章,介绍中国的社会主义新农村——刘庄日新月异的发展变化和现代化建设的崭新面貌。

可很多美国读者看了她的文章后,根本不相信是真的,都以为她是胡编乱造:

"中国的农村、农业那么落后,哪里会有这么美好的村庄? 纯粹是天方夜谭!"

"共产党的干部,哪里会有史来贺这样大公无私、甘愿奉献的人? 那不是傻瓜吗? 这全是无中生有、编造出来的神话人物!"

戴碧铎听到这些议论,非常气愤,美国人太不了解社会主义中国了,对中国的成见太深了。一气之下,她带来了美国电视台的摄制组,在刘庄实地实景、真人真事、就地拍摄她的"第三故乡",拍摄"第三故乡"的领头人——史来贺。她将拍摄完成的纪录片带回美国,在电视台播放。

"你们不信文字记录,实况录像总不会有假吧? 你们该相信了吧?"戴碧铎和那些对中国刘庄持怀疑态度的人一起观看电视上播出的录像。

纪录片在美国电视台一播放,原来对中国农村有怀疑、有偏见的美国人服气了,一个个发出异常的惊叹:

"想不到,中国还真有这么好的村庄! 中国的社会主义好,改革开放好!"

"共产党在中国农村的带头人,起到了了不起的作用,把一个饥寒交迫的穷村,变成了共同富裕、美丽幸福的村。共产党真伟大!"

1990 年 9 月,戴碧铎第五次来到刘庄。

她与史来贺一见面,就紧紧握着他的手说:"过去,我最佩服的是你不离开这块土地,非把这块土地建设好的决心,扎扎实实创实业、创新业的精神。我来这里几次后,如今,也天天想这块土地,想这块土地上生活的人了。我终于明白了你为什么几十年一直不愿离开刘庄这块土地了。你的心、你的情感,已经完全融入这块土地,永远和它分不开了。所以,在你的领导下,刘庄是一年一个样,几年大变样。你看,我一年没来,你又矗起了一座现代化的大工厂。"她边说边用手指着厂房全部镶着马赛克的华星药厂第二分厂:"想象不到,想象不到啊! 刘庄人搞现代化建设的速度令人震惊啊!"

史来贺笑着说:"看来,你也是一个事业心很强的人,一进刘庄,见了面就说刘庄的发展。非常感谢你对刘庄的热爱与关心。刘庄的发展不能停步啊! 就得一年一个样,几年大变样。为了社会主义现代化建设,为了刘庄老百姓的福祉,刘庄到啥时候也不会一劳永逸。邓小平同志不是说,发展才是硬道理嘛!"

"对,对! 发展才是硬道理!"戴碧铎高兴地接上话茬儿,"现在,有相当多的美国人,想了解改革开放以来中国农村的变化,因为有 8 亿人居住在中国的农村哪! 看清了这 8 亿人的生活状况,就看到了中国的真面貌。但除我之外,几乎还没人写过这方面的书。我来刘庄 5 次,张三李四、挨门逐户,一家一家地访问,一个人一个人地调查了解,写他们一生的经历,前后对照,一目了然。使美国人民看后,知道社会主义、改革开放给中国人民,特别是给中国农民带来的到底是什么。这本书的书名叫《刘庄的变迁》,有不少出版商争着出版,书中的一些内容已在美国《时代周刊》杂志上发表,引起不小的轰动。我这次来,还想再补充一些内容。"

对此,史来贺十分满意,感激地说:"你真是一个热心肠,为刘庄人,也为中国人以及美国人,办了一件非常有意义的事。我代表刘庄人,感谢你对中国人民的友好态度,感谢你对刘庄人真挚的感情!"

戴碧铎接连 5 次来到刘庄,带来了美国人民对中国人民的友好感情,带来了美国人民对刘庄的美丽富饶的向往、对刘庄的共同富裕人人平等的向往,带来了对中国社会主义的向往!

洋记者采访

　　史来贺带领刘庄人几十年来所走过的"饥寒—温饱—小康—腾飞"的奋斗之路,对许多外国人来说,都是一个谜。为了破解这个谜,许许多多的外国宾朋,不远万里,来到刘庄参观访问。他们望着一排排整齐壮观的楼房、美丽漂亮的别墅,听着几十座现代化工厂里机器的轰鸣,看着这片土地上成长起来的知识型、技术型、文明型的新时代农民,用他们来自故乡信浓川畔的日语、泰晤士河畔的英语、莱茵河畔的德语、伏尔加河畔的俄语,盛赞刘庄的奋斗历程以及取得的辉煌成就。

　　1984年4月28日,春风和煦,阳光明媚,鸟语花香,草长莺飞。刘庄1.5平方千米的土地上,春意盎然,人欢马叫。就在这一派祥和的气氛中,来自5个国家的6名外国专家,在《中国建设》杂志社的组织下,来到刘庄采访。他们分别是美国籍的克艾文、比斯多夫,法国籍的西蒙娜女士,巴勒斯坦籍的艾布·加拉德,葡萄牙籍的巴洛苏,西德籍的乌拉女士。

　　这6名外籍专家,都是以"城乡建设"为研究课题,探索、挖掘当今中国城乡建设领域深层次的问题、规律、模式、经验以及奥秘的。在不同语种的中国翻译的陪同、引导下,他们饶有兴趣地参观了刘庄的两层红色向阳楼农民新居,参观了由刘庄人自己设计、自己施工建设的一座座工厂,又兴致勃勃地参观了刘庄的农场、果园、畜牧场;采访了农场的职工、工厂的工人、畜牧场的饲养员、奶牛场的挤奶人,还采访了退休的农民老大爷、老太太。最后,他们又在会议室听了史来贺关于"刘庄发展之路、创业之路"的详细介绍。史来贺每介绍几句,陪坐在外籍记者身旁的不同语种的翻译就翻译几句。对于史来贺来说,这是一次非常特殊的介绍;对于6名外籍记者来说,这是一次别开生面的采访。

　　6名外籍记者与6名不同语种的翻译,坐在刘庄宽敞明亮的会议室里,边听边记录,还不时地品着中原特产、中国名茶"信阳毛尖"烹制的香茗。

听完了史来贺的介绍,6 名外籍记者早已憋不住自己的观感与体会,如开闸的水流,一个个打开了话匣子。

巴勒斯坦专家艾布·加拉德说:

"我非常佩服史来贺先生,他这个人的顽强毅力,最使我钦佩。刘庄之所以这样好,是因为史来贺这个人。他在任何情况下,大山压顶不弯腰,天塌地陷不动摇!是个人人敬佩的钢铁汉子!"

加拉德说着,怀着万分激动的心情,把阿拉伯人、特别是阿拉法特最喜欢的一种头巾,慷慨地送给了史来贺。他说:"这是我随身带的仅有的一件最珍贵的东西。今天要送给我最钦佩的人!请史来贺先生做个永久的纪念!"

他的这一馈赠,让史来贺与在场的中国人都备受感动。

葡萄牙专家巴洛苏如是讲:

"在刘庄转了转,看了看,又听了史来贺先生热情的介绍,深受感动。看到了刘庄的农民在愉快地为他们自己劳动,看到了他们漂亮壮观的新村,宽敞的住房里,摆着现代化的家用电器,集体满仓的粮食,家家积满了余粮,说明他们早已解决了温饱,实现了小康,说明他们如今生活得相当幸福,这也证明了中国农村政策的正确性。我对中国的农村政策抱有积极的看法和良好的印象。如果照这样下去,或者政策再有所改进,可以预见,在不久的将来,中国一定会出现更多的像刘庄这样的富裕村庄。"

西德专家乌拉女士说了下面一段话:

"从刘庄,我看到了中国农村的巨大变化。从 1965 年以来,我先后 4 次来到中国,去过 70 多个村庄。我有一个比较,刘庄走的这条共同富裕的道路,是非常正确的,是值得全世界的农村、农民学习借鉴的。这里的发展实践证明,中国共产党领导得好,社会主义制度好,刘庄的发展集体经济、走共同富裕的道路特别好。"

…………

6 名记者在刘庄,不论走到哪里,都会受到热烈欢迎与热情接待,不用言语,不用沟通,他们都有了一个共同的印象:刘庄人待客真诚、热情、实在、周到,这里的文明程度,赛过西方所谓的"现代文明"。

参加这次采访活动的外国专家们,对刘庄之行非常重视,有的人带了打字机,白天进行紧张的采访,夜晚就将白天看到、问到、采访搜集到的内容与资料,进行整理打印,撰写文章,投向他们国家的报纸杂志,让全世界的人都了解中国的刘庄。他们撰写的稿件,有一个共同的主题:即"刘庄,一个中国新农村的建设"。

他们的文章,他们的声音,乘着无线电波,穿透五洲风云,飞向世界各地,飞向"地球村"的每一个"村落",引起不同肤色、不同眼球、不同语言的人们的嗟乎惊叹:

> 刘庄,中国当代了不起的新农村!
>
> 史来贺,中国了不起的共产党人!
>
> 史来贺,中国新时代农民的福星!

以上来刘庄采访的 6 名外籍记者中,那位名叫比斯多夫的美国女记者,对刘庄非常热爱,非常眷恋,特别是由于受当时团体采访时间的限制,她有很多想采访的内容,没来得及采访,有很多需要访问的对象没能访问,留下了许多遗憾。为了弥补那些遗憾,也为了满足对刘庄的思念之情,这位美国女记者,于 1987 年又重来刘庄回访。

这次回访,比斯多夫在刘庄一住就是 18 天,每天都忙于采访,忙于调查研究。有时去农场,有时去工厂;有时去畜牧场,有时去果园;有时进到村民家里,有时进到饲养棚里。凡是有刘庄人的地方,她都能走到,都能问到。凡是需要采访的对象,她都要采访一遍,有的甚至采访多次。忽而录音采访,忽而笔写采访。临走时,她带走了 120 盘录音带,访问了 200 多位刘庄老百姓。回国后,她在《纽约新报》发表了一篇很长的文章,被《人民日报·海外版》转载。

文章开头说:"美国朋友说,史来贺是一个谜,和他同时代的劳模,在政治舞台上已经所剩无几了,他为什么能待得住?刘庄人说,俺老史书记,上边几次让他去当大官,他都不去。要留在刘庄和我们一起啃坷垃头。史来贺说,他是一个劳动模范,劳动模范离开了劳动,还叫什么模范呢?他们刘庄穷,作为一个共产党员,就是要想着把刘庄这个'穷'字抠掉,换上'富'字。整天跑来跑去争官位有啥意思?"

文章最后讲:"在美国,摩天高楼下依然有衣不蔽体的穷人。可是我在刘庄看到了另一个世界,这里人人平等,友爱团结,各尽所能,共同富裕。我在刘庄看到了在资本主义社会看不到的现象。很感慨,很感动,才写出这样的文章。"

一位巴西记者在刘庄采访了两天，越看越感动，越采访越感到有采访不完的东西。他很想留下来在刘庄多待一段时间，但受各方面条件的限制，他不得不离开。

临走，这位巴西朋友高兴地告诉随行的中国同行："刘庄要是我的家乡就好了，那么，它的胜利就是我的胜利，也是世界社会主义的胜利。我认为，世界上所有的农村，都应该像刘庄一样，发展集体，共同富裕，永远坚持社会主义道路。世界人民都要向刘庄学习！向史来贺这位共产党人学习！"

转而，他又告诉为他送行的刘庄朋友："如果有机会，我一定还来刘庄！刘庄是我永远眷恋的地方，也是巴西人民永远向往的地方！回到自己的国家，我一定把刘庄的美丽富饶、刘庄人民的幸福生活，用文字的形式，向巴西人民广泛宣传。让刘庄这个社会主义新农村，在巴西家喻户晓，人人皆知。"

美国一位资深记者多次来到刘庄采访，他对史来贺是由衷地钦佩。有一次，他对史来贺说："史先生，如果不是亲眼看到你本人，看到刘庄这个地方，我们很难相信，你对社会主义竟然有如此坚定的信念，我们对此表示非常钦佩。"

史来贺高兴地回答他："我认为，在中国，只有坚定地走社会主义道路，才会长盛不衰。我家祖祖辈辈都是农民，旧社会，我受尽了苦难和压迫，没有毛主席，没有共产党，就没有新中国，也就没有我史来贺的今天，没有刘庄的今天。我爱着这片土地，爱我们的国家，爱刘庄的老百姓。我坚定不移地跟党走，带领群众搞社会主义，发展集体经济，实现共同致富，这也是所有刘庄人的坚定信念。我认为，在农村当干部，有汗水、有露水，就是没有油水，但只要老百姓过得好，过得幸福，我就乐在其中。我一直认为，这个世界上，有共产主义，共产主义这个梦一定会实现，它是全人类幸福的梦！"

史来贺向美国记者毫不隐瞒地袒露了自己的内心世界。共产主义是他神圣的信仰、崇高的理想，也是他一生不懈追求、为之奋斗的美丽梦想。对此，他从来没有怀疑过，没有动摇过，没有彷徨过，一直率领群众，坚定不移地朝着这个伟大目标前行，生命不息，战斗不止，终于把刘庄村建设成了"有诸多共产主义因素"的美丽幸福村。

2000年，美国记者杰克森不远万里来到新乡刘庄，他是慕名而来，专程来采访史来贺与刘庄的。他一开始就问史来贺："史先生，在你们中国农村当干部，能享受到哪些福利？"

史来贺摇摇头，郑重其事地回答："我们共产党人，当干部是为群众谋利益的，不是给自己搞特殊的。共产党员的称号，是奉献，而不是索取。"

杰克森又问："史先生，我们都知道，在中国还有很多贫富差距很大的地方，那您觉得是什么样的原因造成的？"

史来贺不假思索地说："一个国家，一个民族，一个企业，一个农村，之所以落后，那就是人的落后。把人教育好嘞，那一切就中啦！我作为一个农村的党支部书记，一要给后人留下好的思想，二要给老百姓留下好的品格。把这两点做好，那一切就中了。"

史来贺正是靠"好的思想""好的品格"，创造了刘庄的现代化，引领了刘庄独具特色的思想潮流，点燃了刘庄走向光明彼岸的精神灯塔。

刘庄这颗中国农业战线的明星，经一些洋记者的文字与声音，远播重洋，名震世界。刘庄经久不衰的熠熠光芒，吸引着"地球村"无数的目光，以敬慕的情感，欣赏着这颗明星的光辉与风采！

贵宾们惊叹

刘庄的崛起与腾飞,轰动了整个世界,不仅有成千上万的外国专家、学者、教授、商人来刘庄参观,也有很多外国政要来刘庄访问。他们将刘庄视为社会主义的"圣地",共产主义的"发源地"。不管是什么身份的外国人,不管是多远的路,来到中国,进了刘庄,一个个都怀着满腔敬仰与崇拜,向刘庄投以惊奇、赞叹的目光。据不完全统计,几十年来,已有170多个国家和地区的外宾,在刘庄这1.5平方千米的土地上,留下了一串串"洋足迹"。

1987年11月22日,天高云淡,晴空万里。虽然已经进入寒冬季节,但灿烂的阳光,却把刘庄这片土地普照得温暖如春,处处散发着和煦祥瑞的气息。

由威廉·康特议长率领的塞拉利昂议会代表团以及塞拉利昂驻华大使,一行7人,来到刘庄参观访问。在村干部的引领下,塞拉利昂客人参观了刘庄的村办企业、农民新村,走进了畜牧场、奶牛场,访问了农家户,了解了农民的生活、收入以及文化娱乐活动。刘庄的方方面面,都让这些贵客感到新鲜、震惊,一路走,一路赞叹;一路看,一路惊奇。

参观完后,塞拉利昂客人走进刘庄会议室。

党总支副书记张秀贞向外宾介绍了刘庄的发展历程、创业成就、产业布局、现代化程度以及村民的生产、生活、收入等情况。现场参观、就地访问、又听了介绍,外宾对刘庄基本上有了一个全面了解。接着,远方的客人又询问了以下4个问题:

你们是用什么方法建设成这样好的农村的?

建设如此好的农村,资金从哪里来?

史来贺是村里的领头人,收入为什么少于农民?

村民如今的生活水平,是否高于城市居民?

就以上几个问题，张秀贞分别做了如实回答：

刘庄人靠自力更生、艰苦奋斗的精神，靠我们自己的一双手，建成了一个现代化新农村。

建设如此好的新村，资金由刘庄人自筹，一不向银行贷款，二不向国家伸手。主要靠集体积累，还有村民集资。如今的刘庄，一无内债，二无外债。

史来贺在村里收入最低，他一再强调，当干部要带头吃苦，带头吃亏。他把国家开给他的工资，全部交到集体，而拿村里最低的工资，并且村里的各项补贴与福利，他一项也不要。

刘庄村民的生活水平，在 1980 年就已经达到小康了，明显高于城市居民，不仅收入高于城镇干部和城市居民，而且还享受十几项城市人根本享受不到的福利。这些福利，都是刘庄集体为村民无偿供应的，人人平等，人人都有。

7 位外宾听了，无不感动惊讶："这不是共产主义吗？世界上哪个国家都没有这样的农村啊！刘庄真是超前先进呀！"

外宾们一边品着香茗，一边发表着此次刘庄之行的感受。

议长威廉·康特首先谈了自己的观感：

"看到你们这个村的新房、工厂、农场那么好，真是目不暇接，像是做梦一样。真想不到，中国有这么好的农村。我们那儿的农村还很落后，不如你们刘庄的十分之一。你们的工作，你们的成就，使第三世界的人们看到了农村的希望。只要努力，农村人也能过和城市人一样美好的生活。在座的议员都来自农村，大家都想把在刘庄学到的东西带回去，在自己的区里建一两个这样的村子。希望能拿到刘庄介绍材料的英文译稿，作为回国后向国民和议会的报告。"

谢库·巴达拉·巴斯特鲁·郭布亚大使说道：

"中国的改革开放真了不起，刘庄的成就真了不起。到刘庄参观访问，是议会代表团访华的高潮。我们要把在刘庄见到的东西，回去后告诉我国国民，激励他们向遥远的中国刘庄学习，使我们那儿的农村，将来也建成你们刘庄这个样子。"

亚历克斯·克蒂文斯议员说：

"我们那儿的自然条件，与你们刘庄差不多。但我们目前跟你们没法比，太落后，还很贫穷。建设具有中国特色的新农村，这条路子，很符合塞拉利昂的国情。我们那儿的农村，得努力向你们刘庄学习！"

巴什·塔基议员参观并听了介绍后，抑制不住激动的心情，望着刘庄的陪同人员说：

"刘庄人,你们应该为自己的工作而骄傲,为自己的成功而自豪! 今天,我们不远万里来这里参观,是来取经的。时间虽然不长,但我们学到了很多宝贵的经验。同时,我们也是来'朝圣'的,刘庄是社会主义新农村的'圣地',我们在这里看到了共产主义的影子。看了刘庄新农村,心里就升起了共产主义的希望。我们真诚地向你们学习。我在听你们介绍刘庄情况的同时,心里就想象着,将来我们国家的农村,如果能建成和你们的新村一样的时候,会是一种什么样的情况。是不是也会有许许多多的外宾去参观学习,也会成为人们敬仰的'圣地'? 那就太棒了! 到那时候,就会证明,我们这次议会代表团来刘庄,没有白来,我们取回了真经!"

代表团还当场提出了两个要求:

第一,刘庄是个很好的新农村,令人羡慕和向往。这样的农村,在世界范围内很稀有。希望中国能帮助塞拉利昂也建设一两个这样的模范村,给我们的国民做个示范。因为我们不可能组织自己国家的许多农民,来这里实地考察,现场取经。

第二,希望刘庄与塞拉利昂的一两个农村,结成姊妹村。

这两个要求,让在场的刘庄党总支副书记张秀贞与其他村干部都很为难,也无法答复。因为外宾提出的要求,属于外交范畴的事情,只有国家才能决定。不过,从外宾提出的要求来看,他们已经把刘庄视为世界范围内"美丽村庄""幸福村庄"的典范,认为刘庄值得全世界的农村学习与效仿。

还有很多外国贵宾来刘庄参观后,抑制不住内心的激动,当场就抒发了自己的观感。

塞舌尔国民议会国防委员会主席参观了刘庄后,激情饱满地说:看了刘庄人民的住房,看了刘庄人民享受到的各项福利,看到中国共产党是一个为民造福的政党,我激动万分,禁不住振臂高呼:中国共产党万岁!

美国加州大学一位教授参观过刘庄后,深有感触地对中国记者说:史来贺一辈子给刘庄人民造福,而他自己从不索取,刘庄人民太幸福了,史来贺真棒!

德国一位贵宾在刘庄大地看了一天,惊叹道:一位朴实的中国农民,创造了世界奇迹! 他太了不起了!

法国一位商人看到史来贺用毕生精力"富了乡亲,穷了书记",深为感动,竖起大拇指说:"史来贺是世界上最富有的人!"

第五十七章　百姓疾苦挂心头

※关爱胜阳光

※枝叶总关情

※产妇大营救

※陶醉的时刻

关爱胜阳光

在刘庄，有一种力量在群众心中分量很重，那就是史来贺的感召力、影响力。

村里的许多党员、群众告诉笔者："在俺村，大事、小事、难事、苦事、吃亏的事，老史都管，都问。谁要有个病啊灾啊，他日夜挂在心上，为啥？他爱俺们，他亲俺们，他疼俺们。整天整夜、一年到头为大家操心。大伙儿都敬他、服他，他是俺全村百姓的主心骨、顶梁柱。"

那年冬天，西北风刮得嗖嗖直响，地冻裂了，河结冰了，人冻得两手不敢伸出来，一天到晚抄在袖筒里。就在这寒冷的冬天，村民赵普勤的丈夫患了肝癌，在郑州住院。

史来贺听说后，买了一大兜水果，买了几听罐头，还有蛋糕、奶粉，提着这些沉甸甸的礼品，跑到郑州的医院去看望。他坐在病床前，详细询问治疗情况，每天吃饭情况，病情是否有所好转；叮嘱赵普勤一定要把病人侍候好，治疗方面要用最好的药，并一再说："治病甭心疼钱，咱刘庄集体有钱，花多少，报多少。"

他就像侍候自己的兄弟姐妹一样，坐在床边给病人擦手洗脸，端水喂饭，直到病人吃饱喝好，服下药丸，安然躺下。他拉住病人的手安慰道："好好配合医生治疗，安心住院，省城的大医院会治好你的病的，你要相信大夫，相信发达的医疗技术。"

这时，他又捏捏被角，拽拽被头，问："这被子薄不薄、冷不冷？"

他执意要将自己身上穿的棉大衣脱下来，给病人盖上，赵普勤赶忙制止："不中，不中！你恁大岁数了，千万不能冻着。俺这里还有被子，是从家里带来的。"说着，她特意把从家里带来的棉被抱给老书记看，老书记这才放心地点点头。

病人出院的头一天，史来贺亲自安排村里的车辆到省城医院去接，并再三叮嘱："天气预报说，明天有雾，路上一定要小心。病人出院，体力还没恢复好，上下车时一定要搀扶着，照顾好。"

看，接病人出院这样一件普普通通的小事，他都安排得如此周到，想得如此周密，叮嘱得如此周全。这种关爱，胜过冬天里的炭火；这种温暖，胜过春天的阳光！

1986年春节前夕，因为早已进入小康，刘庄的年节气氛格外浓厚，格外热烈。家家户户都在忙着扫房子、挂彩灯、贴窗花、写春联、备年礼，准备欢欢喜喜过大年。史来贺带领村两委干部挨家挨户慰问，送年货，拜老人，忙得脚后跟连打后脑勺。

前几天，村里26岁的车把式刘树广因赶马车轧伤了腿，正躺在距刘庄25千米的新乡市中心医院的病房里接受治疗。史来贺头脑里始终想着这件事。刘树广被轧伤那天，他亲自派车、派人万分火急地将伤员送到医院。几次想去看他，都没能抽出身来。

腊月三十儿上午，终于把全村360多户人家慰问完毕，下午又召开了年前最后一次干部会。会议结束时，已经到了傍晚，他急忙喊住正要走出会议室的党委副书记张秀贞和村委会副主任刘树业："你们两个不要急着回家，马上跟我一起去新乡医院看望刘树广。"并吩咐二人赶快准备罐头、糕点和奶粉。

张秀贞见老史一脸倦色、十分疲劳，就说："老书记，你就别去了，在家歇歇吧！从年头忙到年尾，你就没个歇息的工夫，今天过大年了，你说啥也得在家休息。这事儿就交给俺俩去办就中了，保证办得妥妥帖帖！"

刘树业也说："就是，你就甭去了，俺俩就代表你了！"

史来贺执意不肯，手一摇，说："那不中。树广是为集体受的伤，住院好几天了，都没抽出空儿去看他，我心里一直不安。明天就是大年初一了，病人在医院里想家闷得慌，咱更得抓紧时间去看他、安慰他，把组织的关怀送到他心里。今天再不去看望，我这个年就过不好。"

刘树业、张秀贞只好让老书记遂愿。

3位刘庄的领导驱车来到新乡市中心医院，天色已晚，满大街的路灯都亮了。来到医院，进到病房，见刘树广正在发高烧，史来贺走到病床前，紧紧握住刘树广的手，看伤情，问疗情，嘘寒问暖，十分关怀，百般安慰。又找到主治医生,再三请求:"树广是俺刘庄的好青年,因公负伤,一定要把他的伤治好,甭留啥后遗症。我代表刘庄干部群众,对你们表示深深的谢意!"

"放心吧,史书记! 我们一定会尽心尽力,把刘树广的伤治好,绝不会留下后遗症。"主治医生一再表示。

临别,史来贺对刘树广说:"树广,你是因公负伤,放心治疗,啥也不用想,有啥困难及时告诉村干部,全由村集体解决。"转脸又对树广的父母、妻子说:"今天是大年三十儿,我一定派人把过年的团圆饺子给你们送到医院来,让你们在医院过个快乐年!"

刘树广感动得热泪盈眶,握着老书记的手,嘴唇哆嗦着,一句话也说不出来……

探望归来的路上,史来贺又叮嘱张秀贞:"别忘记做好饺子,给树广送到医院,让他欢欢喜喜过个年,树广烧得厉害,再到食品厂拿一些冰块一同送去,帮他降降温,减少点痛苦。"

张秀贞不住地点头,心想,老书记想得真周到啊!

大年初一早晨,年轻的党总支副书记马玉学受史来贺的委托,带着饺子、冰块,烹调好的肉、菜和救济款,带着党总支一班人和刘庄群众的一片心意和热情慰问,又驱车来到医院。

刘树广和护理他的家人吃着香喷喷的肉配韭黄馅饺子,心里热乎乎的,感动地说:"这是党组织的关怀,俺一辈子也忘不了。"

这位受伤时未掉一滴眼泪的硬汉子,这时,眼泪却扑簌簌地流了下来……

2001 年的一天,从外地来了一位小脚老太太,白发苍苍,满脸皱纹,看上去至少有 80 岁。刘庄很多年轻人不认识这位陌生老人。她从何处来,到刘庄干啥? 是来串亲,还是游览? 而上了年纪的人经过一番盘问,仔细辨认,终于认出了她——刘庄的老闺女! 旧社会她被父母当作童养媳卖到了异地远乡,是个苦命女人哪! 这次回刘庄,是走娘家,看家乡,探亲人,寻根脉。

史来贺知情后,对这位老婆婆回娘家一事非常重视。她在旧社会吃尽了苦,受尽了罪,小小年纪就被卖到他乡,她是多么思念自己的亲人,思念自己的故土啊! 为此,她一生不知流了多少眼泪,不知做了多少想念故乡的梦,不知站在家门口朝着刘庄的方向呼唤过多少次爹娘。年年岁岁,岁岁年年,思念亲人,心牵故土,遥望故乡,一次次望穿秋水,一次次一片渺茫,只落得两眼泪汪汪……

史来贺也是穷人出身，苦大仇深，吃尽了旧社会的苦，所以，他有穷人的切身体会，与穷人命运相连，息息相通，对穷人设身处地地怜悯与疼爱。他将这位"走娘家"的老太太奉为座上宾，把她安排在刘庄华美的大酒店休息，跟她一同回忆刘庄的过去，回忆刘庄百姓那些苦难的岁月，又拿新中国成立前的刘庄与现在的刘庄相比，拿新中国成立前民不聊生的苦日子与现在的幸福日子相比，让老太太深切感受到共产党好，社会主义好，共产党为老百姓谋幸福，共产党为老百姓谋利益。史来贺像拉家常一样与老太太聊得贴心贴肺，并不断给她倒茶，给她剥橘子，让她感到无比亲切和温馨，禁不住热泪盈眶。

待老太太休息好后，史来贺又将她扶上村里的奔驰轿车，亲自陪她参观一个个工厂，参观农场、畜牧场、果园，看刘庄的集体新村，看草木葱茏的休闲广场，把村里村外游览了个遍。

老太太让老史陪得过意不去，就说："你恁忙，还陪我，甭误了你的大事。"

史来贺笑笑说："你回到咱刘庄，是刘庄的贵客，这两天陪着你，就是我的大事。"

回到大酒店后，他又意味深长地对老太太说："旧社会，咱刘庄穷，把你卖出去，那也是家里万般无奈。如今，刘庄富了，大家都过上好日子了，你在刘庄多住些日子，也享享家乡的福吧！"

几句话，说得老太太乐呵呵的，满脸的笑容像绽放的菊花……

老史啊！这位刘庄的当家人，只怕委屈了群众，只怕亏待了群众；只怕对群众关心得不周，体贴得不够；只怕对群众照顾得不到，慰勉得不细。群众的日常生活、柴米油盐，他都装在心里；群众的衣食冷暖、病残虚弱，他都时时牵挂。炎热酷暑的夏天，他给群众送去凉爽；数九严寒的冬天，他给村民送去温暖。下雪了、刮风了，他提醒青年工人穿棉袄、戴帽子，通知农场职工早下班，别冻着；天气预报说明天要下雨，他立即打开广播，通知大家出门带雨伞，上班穿雨鞋。谁家的孩子考上了大学，他亲自登门，问缺啥少啥，叮嘱一番，送上一程；谁家有了困难遭了灾，他就伸出手来，拉一把，助一臂，帮扶其从"难窝"里走出来，挺起来；谁家的老人患有和他同样的病，便常常掏出口袋里的救心丸送到患者手里，放到患者床头，并亲切告知："这救心丸有效着嘞！你时时带在身上，啥时心脏难受了，往舌头底下含两三丸，一会儿就好了。"

刘庄盖了几幢5层单元楼,是供临时搬迁的腾房者居住的。那时还没来得及安装暖气设备,为了防止烟熏火燎熏黑墙壁,村里规定:冬天不准在新楼房里生炉子。

一天夜里,史来贺见天空中突然刮起了刺骨的大北风,下起了鹅毛般的大雪,转瞬间气温骤降。

他马上想到搬进新楼房的临时住户:"这么冷的天,不生炉子,咋能受得了?墙壁熏黑了,可以再刷白嘛!房子咋能比人重要哇?冻得睡不着觉咋办?冻病了人那还得了?"

正当新楼里的住户担心"夜里冻得睡不着咋熬"时,大喇叭里响起了史来贺的声音:"新盖楼房里不准生炉子的规定,今晚就废除。村里干部,马上把煤球、炉具,送到各家各户,保证每一家今晚就生上炉子!"

当晚,史来贺就走进5层单元楼,一家一家地看,一个炉子一个炉子地检查,直到亲眼见到每户人家的炉子都生好了,室内都暖融融的了,才披着午夜的漫天飞雪,蹒跚地向自己家走去……

一桩桩,一件件,多少关怀,多少怜爱,多少温暖,多少体贴,给村民留下的尽是震撼魂魄的感动……

史来贺同志到村民家里看望刘庄村老人

在史来贺眼里,群众的利益大于天,群众的事儿重于山。凡是牵涉到群众利益和群众居家过日子的事,无论大小,他都要一管到底,不让群众受丁点儿委屈。他对群众知冷知暖,贴心关爱,对老人,他像侍奉的儿子;对孩子,他像慈爱的长辈。他对刘庄群众怀着火一般赤热的情感,这是一个人民公仆的情和爱,这是一个共产党人的诚心和厚意。他对刘庄人民和这片土地的热爱,已经化作一种永恒的力量,化作一种永恒的光芒。这种光芒,像一盏明灯一样,永远在刘庄人民心中闪亮。

而他对群众的关心和牵挂,没有理由,没有原因,因为对于他来说,这不需要什么理由,也不需要什么原因。老人们是他的兄弟姐妹,年轻人是他的后辈子孙,这个村庄、这片土地,就是他的家。这里是他的心灵所系、情感所系,也是他生命的全部……

像这样的事情,史来贺做了不止百件千件,做了不止十年二十年。他重重复复、掏心掏肺地做了半个多世纪啊!人们见惯不惊,有多少震撼也变得平静如水了,有多少感动也变得习以为常了。直到他年逾古稀,老人们还是唤着他的小名"张妮"亲近他、依靠他。其实,他自己也已经是个老人了,一生的光辉撒遍了这片土地,一生的温暖给了刘庄每一个人。他自己走进了夕阳西下的意境,成了一片红了满天的晚霞。

枝叶总关情

那还是史来贺买回来的 3 头小奶牛长成大牛,并生了牛犊的时候,他高高兴兴地到牲口棚去看望奶牛和刚刚生出来的小牛犊,打眼一看,3 头小奶牛如今都长成了大奶牛,个子高了,毛色漂亮了,膘肥了,体壮了;再看看那喜人的小牛犊,身上还湿漉漉的,老牛不住地舔着小牛的身子,把老牛舔犊的母爱一点点一滴滴施给自己的孩子。史来贺被这种母子相亲相爱的情景感染了,高兴得几乎要跳起来。

"好哇!殿钦呀,你可立了大功了!看把这 3 头小奶牛喂成了大奶牛,还生了犊子,这真是大喜事啊!看看这一头头奶牛,养得又肥又漂亮,长得多快啊!你可操了不少心啊!"史来贺喜气洋洋地夸奖着刘殿钦。

刘殿钦嘿嘿地笑着:"这些奶牛哇,是你的宝贝,也是我的宝贝,我喂养它们,比喂养自己的孩子都上心。我还指望着它们多多地给咱刘庄生儿育女呢!"

"你说到我心里去了,我也有这个愿望啊!咱们盼着吧!这小牛犊,一定要好好照料,让它长大也要为咱刘庄生儿育女。"史来贺满脸都是阳光般的笑容。

"一定,一定!这没说的。"刘殿钦守护着小牛犊,喜得合不拢嘴。

史来贺从牛场一回到家里,就对妻子树珍说:"喜事,喜事啊!我去小冀镇割块肉,今儿个咱包饺子。"

树珍莫名其妙:"啥喜事啊?我可没觉得有啥喜事,这不年不节的,包饺子干啥?"

"叫你包你就包,不年不节的,就不兴吃顿饺子?我馋了,想吃饺子了。"史来贺随口诌了一句。

"那好,你去割肉吧!我这就准备和面。不管你想吃啥,我都给你做。"妻子树珍是一位难得的贤妻良母。

…………

不大会儿，史来贺割回来一块又肥又鲜的大肉。

母亲剁馅儿，妻子和面，两人忙活了半天，热腾腾、香喷喷的肉饺子下出来了，满屋子飘着饺子香。

史来贺找出过年调菜时才用的两只最大的碗，摆在锅台上，对妻子说："把这两只大碗盛满。"

树珍又一阵莫名其妙："你能吃两大碗？不信！从来没见你吃过那么多。"

"叫你盛你就盛，甭问那么多。"史来贺一本正经地说。

两只大碗盛满了，史来贺把它们放进篮子里，用馏布盖了，又对妻子说："去，把这两碗饺子给刘殿钦送去。"

刘树珍这时才恍然大悟：原来今儿这饺子是为刘殿钦包的！

"干吗给他送啊？你说，今儿这饺子是不是专门给他做的？为啥呀？"树珍有点儿不解。

"他是个有功的人，为那3头小奶牛，没少操心劳神。你看，那3头牛犊叫他喂养得长成了大奶牛，还生了小牛犊！我这个当支书的，得有所表示吧！"史来贺生怕妻子埋怨，话里特别突出刘殿钦的功劳。

"哎呀！就为这呀！你不早说明白，也让我多包点儿，好好表示一下咱的心意。"树珍是个明白人，遇到这样的事非常通情达理。她把两只大碗盛得满满的，放进篮子里拎起来向牛屋走去。

树珍把刚出锅的饺子摆到饲养员刘殿钦的面前，刘殿钦一脸愕然，又变得一脸惊喜："你这是干啥？不年不节的，你给我送两大碗饺子，这是为了哪般？"

"是来贺特意让我给你做的，说你养小奶牛操心大，还生了小牛犊，有功劳，给你补补身子。"树珍把碗筷往刘殿钦跟前推了推，"快趁热吃吧！"

刘殿钦看着冒着热气的饺子，两眼噙满了泪花，拿筷子的手也颤抖起来："史支书真好，老想着关心群众。俺喂养几头牲口，还想着给俺补补身子。可他一年到头没日没夜地为刘庄百姓操碎了心，咋不想着给自己补补身子呢？他呀，只关心群众，不关心自己啊！"

…………

有年过春节，史来贺因病正在卫生所打吊针，有人告诉他，村民刘某家因给母亲办丧事，产生家庭纠纷，闹得数日不能出殡，在村里造成很大影响。史来贺先派两名干部前往调解，给双方都做了耐心的工作，但问题并没有得到解决，双方依然吵闹不休。死者却被冷僵地停放在灵棚,不能入土为安。

"刘家的母亲死了,家里却因殡葬纠纷吵闹得鸡犬不宁,这让死者的灵魂咋能安宁,咋能清静？得让死者赶快入土为安哪！"史来贺决定亲自去刘家调解。

"你还病着,咋能去他们家,外边天寒地冻的,再受了风寒,不是更加重了病情？"妻子刘树珍非常关心他的身体,一再劝阻。

"群众家里有了事,我这个当头儿的不能不管。"史来贺气喘吁吁地说。

"那是人家的家务事,碍你啥事？你管村里的事,集体的事,咋还管人家的家务事？"刘树珍不理解。

"家务事也是事,村里群众所有的事,不管大事、小事、喜事、悲事,我都得管。谁叫我是咱刘庄这个大家庭的'家长'呢？家里出了事,'家长'能不管吗？"几句话说得妻子再不搭腔。

正月初四晚上,史来贺亲自主持召开刘姓家族有关人员会议,先让双方各自诉说闹丧事纠纷的缘由,然后听取他们各自对殡葬处理的愿望和意见。听完后,他不偏袒任何一方,而是根据农村安葬的传统与风俗,从刘某母亲生前的实际情况出发,合情合理地讲了三条意见:一是刘某的母亲,生前与刘父离婚后没有改嫁,离婚不离家,死后理应埋在刘家坟地,任何人不得干涉,不得阻拦;二是按照农村风俗,刘母不能与刘父合葬,可在刘家坟地另外筑墓;三是刘姓村民要主动帮助安排丧事,尽快让死者入土为安。

一席话讲得极具人性化,既符合人伦常理,又不失人道主义的关怀,让原先阻止下葬的刘姓村民心服口服,决心按照史书记的意见办事,第二天就按照常俗安葬了刘母。

刘姓家庭的一场丧事风波终于平息了。

"还是史书记有办法,要不是他,这刘姓家族说不定闹腾到哪一天呢！史书记给他们一开会,快刀斩乱麻,让他们一个个服服帖帖。"

"咱庄的大事、小事、村事、家事、杂事、琐碎事,只要到了史书记的手里,都梳理得顺顺溜溜,妥妥当当,没有一件掉地下的。"

"那你说是因为啥？一句话说到底,是史书记心里有杆秤,断事理事都要先用这杆秤称称,看符合不符合群众的利益,符合不符合群众的心愿。他是完全按照群众的利益和心愿来处理村里的大事、小事的。"

群众的议论无一句虚言。

笔者在与刘庄老人座谈时,村委会原副主任刘树峰说,处理家庭纠纷,老史比谁的办法都多。20世纪70年代，有兄弟俩闹分家，老史去调停，提出了"家庭再分配原则"，孩子多没分家的家庭，子女的收入交给上一辈儿，上一辈儿的人再进行家庭二次分配。家庭留多少，给儿子儿媳妇分多少，要按照一定的比例。具体到各家，要根据自家的情况，可以三七分、四六分、五五分。有了这样一个"家庭再分配原则"，全村所有的家庭都稳定了、和睦了，出现了团结一心搞生产的良好局面。

刘树峰还告诉笔者："村里的红白喜事、生儿育女等大小事，大家都喜欢跟老史说，谁家吵架了，闹矛盾了，他到那儿一说、一调解，矛盾马上就化解了，没事了。你说史来贺在群众的心目中分量有多重？"

史来贺智慧广、办法多、有善心、肯助人是远近闻名的，所以周围十里八村的，一遇到绊住脚的难事、解不开疙瘩的棘手的难题和不好调解的矛盾，也都求助于史来贺，因为在众乡邻的心目中，千难万难也难不住史来贺，别人办不成的事，他能办成，别人解决不了的矛盾，他能解决，他是攻坚克难、办大事、解疙瘩、消矛盾的高手。

有一年天大旱，各个村都在没日没夜地从井里抽水浇庄稼。刘店村村民的三四台泵在一眼机井里争水，互不相让，最终引起斗殴，打起水仗。本村干部费了很多口舌，想了很多办法，却怎么也调解不下，解决不了。双方村民都来找史来贺评理求公道。

"史书记，你给评评理，俺先占的机井，先下的水泵，他们却硬要先浇，俺凭啥让给他们？"

"谁见你先下水泵了？有证人没有？这是大家伙儿的机井，凭啥你先浇？俺的庄稼都快旱死了，就该俺先浇！"

"俺先浇！"

"俺先浇！"

"别吵了！都先消消气。你们要吵，回你们村吵去！"史来贺一声断喝，双方才"停战熄火"。

史来贺问了一下事情的原委后，劝解道："都是乡亲，一个村里住着，一块田里干活儿，要和睦相处，互帮互助才对。为一眼井的水，争来争去，伤了和气，制造了矛盾，还影响了生产，多不划算。双方都风格高一点，你让我，我让你，事情不就好办了。人家做生意的，还知道和气生财嘞，咱们做乡亲的更要讲和气、讲团结、讲友好、讲风格。大家团结一心，和睦相处，你帮我衬，助人为乐，就没有解决不了的难题,更不会产生矛盾。"

说着,他又看了刘店村的人一眼,叹了一声道:"天大旱,你们各家都急需浇地,我看还是救急当紧。这样吧,你们也不要争了,更不能打架斗殴了,为了救你们的急,刘庄让出一眼机井来,供你们浇地。抓紧把地浇了,庄稼苗急等着喝水嘞!"

史来贺的一席话,既调解了他们的矛盾,平息了争水事件,又给他们上了一堂"团结和谐"课,更帮他们解决了浇地的实际困难。刘店村民打心眼儿里更加佩服敬重史书记了。

像这一类事,史来贺一年到头不知要帮助周围村庄的乡民解决多少桩、多少件呢!刘庄人说:"俺史书记帮其他村解决的难题,多得就像天上的星星。这些事儿,十里八村的谁不知道?那些得到过帮助的人家,人人心里都有一本账啊!那账本上,记的都是俺史书记的功德啊!"

产妇大营救

村民马玉峰的妻子、华星药厂职工食堂伙房组长杨丽,曾经有过一次死而复生的惊险经历。

1999年农历九月初四,她要临产了,疼痛难忍,村里派车风驰电掣般把她送往县医院。在妇产科做过全面检查后,医生发现她怀的是双胞胎,很难顺产。

这时的杨丽,疼得直喊直叫,汗流不止,满脸的汗水混着泪水,把乌黑的头发浸得湿淋淋的,把枕头也浸湿了两大片。她咬着牙,手抓着被褥,把全身的力气都拼完了、用尽了,却仍不见孩子出生。

时不宜迟,刻不容缓,再不采取果断措施,后果不堪设想。于是,主治医生当机立断:马上施行剖腹产!

剖腹产可以说是顺利的,并且产下了一对龙凤胎,连做剖腹产手术的主刀医生都欣喜得不得了。但婴儿出生了,母亲却昏迷了,产后大出血!

产后大出血!对已经昏迷不醒的杨丽来说,这是致命的浩劫!

医生立即采取紧急预案,面对产妇不断涌出的血流,展开了一场紧张而又有序的大抢救。

杨丽失血过多,急需输A型血,但医院血库告罄,此时,到其他地方找血,又难解燃眉之急。

产房外,杨丽的丈夫、婆婆和娘家人都急得团团转,这该咋办? 这该咋办? 猛不丁进去或出来个医生、护士,他们就拉着人家泪水涟涟地乞求:"救救她啊! 一定要救救她啊! 刚生下的一对奶娃儿不能没有娘啊! 他娘还没看他们一眼哪! 好可怜啊!"

医院向四方求援,千方百计联系血源,但希望都变成了泡影。

坐镇刘庄的史来贺闻讯后,立即投入到紧张的组织和指挥中,俨然在指挥一场特殊战斗。他抱着对讲机，呼叫这个，调遣那个，打开村里的广播喇叭，用不容迟缓的口气，命令全村民兵、团员、青壮劳力马上到村广场集合，准备去医院献血。村民们听到广播，不管是不是民兵、团员，是不是青壮劳力，比部队的紧急集合都迅速，呼啦一下，来了几百号人马，在广场整整齐齐排好了长队。单等史书记的一声令下，他们就奋不顾身地奔赴"前线"。

为了抢救一位普通村民的性命，为了一位农民产妇能从血泊中转危为安，史来贺调动了一切可以调动的力量，那阵势，那场面，真可谓庞大、雄壮，让人既感动又激昂。

史世领带领淀粉厂、机械厂和运输队的一群壮汉，用闪电般的速度连夜赶到新乡献血站，他第一个跑到采血护士面前，刷一下撸起袖子让抽血。他的身后，又是一长队人撸起了衣袖……

汽车把刘庄人一车车拉到献血站，大家争先恐后地验血、献血，终于从几人身上发现了与杨丽同样血型的 A 型血。

"杨丽有救了，有救了！有了这同型的血，一定能把杨丽救活！"

一群献血的刘庄人，从那汩汩抽动的血管中，仿佛看到了一道希望的彩虹，一颗颗忐忑不安的心，终于平静下来。

鲜红的 A 型血缓缓输入杨丽的血管，输入她的全身。躺在病床上的她如梦如幻，觉得有一股温泉在身上汩汩流动，总想用手抚摸一下身子，看究竟是什么在涌、在流、在淌，可她的手动不得、抬不起，整个身子都是软绵绵的，连睁眼的力气都没有。

这时，史来贺正在新乡市的各医院奔走，火烧眉毛地寻找 A 型血。刘庄的献血队伍一离开刘庄，他就驱车急奔新乡。他在各个医院找来寻去，终于托人在一家医院的血库买到了几袋 A 型血。他又飞速赶往县医院，将几袋 A 型血交到杨丽公公的手里："赶紧给杨丽输上，救人要紧，一分钟也不能耽搁。快！快！"

杨丽公公两手捧着几袋血，连慌乱带激动，语不成声地对儿子说："这是……史书记托人……找……找来的。快给她……输上吧！"

这一回，杨丽输血 4000 cc，体内流的全是刘庄人的血和史书记千辛万苦找来的血。她终于苏醒过来，脸上也慢慢有了霞彩般的红晕。

当她得知刘庄人为她输血、史书记为她托人找血的经过时，感动得泪如雨下，一句话也说不出来……

目睹如此激动人心的场面，耳闻如此感人肺腑的经过，从老杨庄赶来准备献血的杨丽娘家人，也感动得泪流不止，千恩万谢："俺杨丽亏得嫁到了刘庄，要是在别村，这回命都难保。刘庄有个好书记，把刘庄人领导教育得多好哇！"

见到刘庄人排着长龙般的队伍献血，见到史来贺拿着找来的 A 型血奔进医院，医生、护士无不感奋："真没想到，在我们找不到血源而束手无策的时候，是史书记、是刘庄人帮我们救的急。不然，后果难料。刘庄人个个都是无私奉献的模范，刘庄真是个好集体，是一个温暖的大家庭啊！"

同室的病友对杨丽羡慕极了，后悔自己没有眼光，没有嫁到刘庄："你做了刘庄的媳妇，是上辈子修来的福啊！一人有难，几百人豁上命来帮，这只有刘庄人能做到。刘庄大集体多好、多美啊！有史来贺这样的好书记，刘庄人遇到啥难事都不会怕。刘庄人，幸福啊！"

陶醉的时刻

　　光阴转瞬间过去了一年多,史来贺在新村花园偶然遇见了杨丽家的那对龙凤胎,杨丽领着他们,一对小儿女长得乖巧漂亮,非常可爱。杨丽向史书记打过招呼后,蹲下身指着史书记微笑着向一对乖孩子说:"乖乖,你们认识这是谁吗?"

　　乖儿女摇摇头,睁大眼睛怯怯地望着史爷爷。杨丽告诉他们:"这是史爷爷,快叫!"

　　孩子奶声奶气地叫道:"史爷爷!史爷爷!"

　　史来贺甜蜜地笑着,一手抚摸一个孩子的脸蛋,亲了一下这个,又亲了一下那个,亲昵地说:"好!好!乖!乖!多好的小花朵呀!快快长吧,这是咱刘庄的未来,祖国的未来。"说罢,一串朗朗的笑声,绽开了朵朵幸福的心花……

　　和孩子在一起逗逗乐乐,和老人在一起说说笑笑,和男女群众在一起聊聊拉拉,那是史来贺最快乐、最满足、最幸福的时刻。特别是傍晚下了班,这种感觉特别强烈。这时,他的心思静了下来,感到一身轻松。夕阳西下,晚霞满天,把刘庄的厂房映得一片金红,把集体新村映得一片金红,把田野映得一片金红,刘庄真美啊!叫人亲不够、爱不够啊!他深深地陶醉在这如诗如画的田园牧歌中,陶醉在社会主义新农村现代化气息的意境中。他要好好欣赏一下刘庄这美丽的家园,好好享受一下这花园般优美的环境。啊!刘庄的美丽和幸福来之不易,值得后辈子孙珍惜啊!

　　看着,想着,他低头随便找了个马路牙子,将布鞋往下一脱,朝马路牙子上一垫,屁股便稳稳地坐在上面,然后情不自禁地感叹了一声:"哎呀呀,坐马路牙子真好哇!"

　　刘庄人都知道,脱了鞋朝屁股底下一垫,席地而坐,这是老书记一辈子养成的习惯。

过去，在大田里干活儿，休息时，史来贺脱了鞋朝屁股底下一垫，往地头一坐，群众围了一大片，抽袋烟，拉个呱儿，说说笑笑，既解乏，又欢心。群众跟他无话不谈，他对群众掏心掏肺。地头上歇个十分钟、八分钟的，时间虽短，却让史来贺收获了与群众水乳交融的无穷欢乐。

在工厂的车间里，他也喜欢一屁股坐在自己的鞋上，让大家就地围成一圈，研究生产技术，探索改进工艺，讨论如何提高生产效率。

过去，村里的路都是黄土路，从地里收了工，他总是坐在路边抽烟说笑，群众一见，马上就围拢一片，大家有议论不完的农事，拉不尽的家常，说不完的体己话。

现在村里尽是又宽又直的柏油路，路变了，村变了，但老书记的习惯却丝毫未变。每天下了班，总要坐在马路牙子上休闲休闲，他只要往马路牙子上一坐，男女老少不管辈儿大辈儿小，刹那间就聚集一大群，有说的，有笑的，一个个无所顾忌，开怀大笑。史来贺仿佛被这其乐融融的气氛融化了，脸上呈现出晚霞般灿烂的笑容。

跟村里老人们在一起聊天，他都严格遵循礼数，按街坊辈分，该叫叔叔的叫叔，该叫婶婶的叫婶，该叫大伯大娘的，就叫大伯大娘，绝不在长辈面前摆"村官"的架子。

有一次，他和几位白发苍苍的老太太在马路边唠家常，问其中一位："婶，您今年多大年纪了？我记得您已经81岁了！"

"82啦！"老太太笑着回答。

"82啦，不显老，扎实着哩！一定能活到100岁，要树立这个信心！"史来贺笑眯眯地鼓励说。此时的他，也已经进入古稀之年了。

"这都多亏你了，叫俺过上了好日子。"老太太抓着史来贺的手无比亲热。

周围几个老太太也说："是你领导得好，计划得好啊！你更得保重身体，永远健康，活100岁！"

史来贺高兴地说："咱庄人都是享的共产党的福啊！婶子，咱都是跟着共产党走的人啊！"

"是啊！没有共产党，哪有咱的好日子，哪有咱的幸福啊！"

老人们一跟史来贺唠家常，便高兴得心花怒放，格外开心。

古希腊神话中有一个巨人，叫安泰俄斯，他是大地女神盖亚的儿子。安泰俄斯力大无穷,而且只要他保持与大地的接触,就可以从大地母亲那里持续获取无穷的力量,这样,他就是不可战胜的。但他一旦离开大地,就失去了力量,从而导致失败。安泰俄斯离不开大地,史来贺离不开群众,人民群众就是大地;安泰俄斯只有站在大地上,才力大无穷,史来贺只有置于群众中,才能获取改天换地、呼风唤雨的动力。

因此,史来贺始终与群众零距离,始终与群众血脉相连,水乳交融。

从担任村支书那天起,到平静谢世,史来贺带领刘庄村民轰轰烈烈艰苦创业整整50年。50年,身不离农村,心不离群众,手不离劳动;50年,一身正气,两袖清风,清正廉明;50年,他用大爱撑起来一把闪着红光的大伞,为老百姓遮风挡雨;50年,他用一颗丹心点亮一盏明亮的灯,把老百姓引到一条富路上。挺起胸,他是一个铮铮铁汉,把一切重担、一切苦难压在自己肩上,为人民分忧解难;躬下身,他是一头拓荒的耕牛,为人民拉犁耕耘,鞠躬尽瘁。他铸就了一座高耸的爱民丰碑,铸就了一座巍峨的清正廉明的丰碑。他不仅在刘庄老百姓中有口皆碑,他的名字,在广大农民中,在全社会,也是家喻户晓,人人皆知。他以他大爱无私、一心为民、务实奉公的精神赢得了全社会的敬仰!

第五十八章　清正廉明树正气

※远离特殊化
※从不谋私利
※利诱永不惑
※树红色家风

远离特殊化

人们都记得，1977年史来贺被任命为地委书记，到了地委上任后，史来贺首先退掉了地委分配给他的一套宽敞、明亮、洁净的家属住房，然后，又退掉了家属转城市户口的名额和家属被招为国营企业正式员工的指标。

地委机关的工作人员听说后，都觉得这是地委的头号新闻，三三两两地聚在一起交头接耳，纷纷议论：

"这位史书记咋跟别人不一样啊？别人做梦都想要的东西，他却一律退掉，真不可思议。你当了官儿，老婆孩子跟着进了城，有了工作，多好哇！可他偏偏不要这样的美事儿，真是个怪人！"

"我看史书记不是个怪人，而是个好官。他这是不搞特殊化，不以权谋私。"

"听说，他在刘庄就是这样，一向清正廉洁，从不脱离群众，从不高高在上。在刘庄群众中享有崇高的威望。"

"人家史书记是全国劳模，进了城，当了官，也会保持劳动人民本色的。人家不会搞特殊化，不会搞特权的。"

…………

地委机关的人，对史来贺清正廉洁的为官为人风范早有耳闻，但这次却是亲眼看见，社会上所传的史来贺的佳话，看来确实是真真切切，不掺半点虚假。像他这样的领导干部，真是百里挑一啊！史来贺一进地委机关，就让大家对他更加佩服、更加敬仰了。

在地委开了会，史来贺又立马回到刘庄。虽然当了地委书记，但他依然坚持日常办公在刘庄，劳动工作在刘庄，坚持做到"身不离土地，手不离劳动，心不离群众"。

当他骑着自行车走到村口时，遇见两名小队干部。小队干部一见他推着自行车便惊异地问："史书记，你咋骑着车回来了？"

"不骑车回来，还能咋着回来？"史来贺推着车子，和他们一起向村里走去。

"地委不是给你配的有专车吗？司机开车把你送回来不比骑车子快？"小队干部有点儿不理解。

"我坐辆小轿车回刘庄，摆威风嘞？吓唬老百姓嘞？官做得再大，我也不会把专车开到刘庄来。群众看了不舒服，心里怵得慌，慢慢离你就远了，群众就不再把我当刘庄人看了。那多可怕啊！我现在骑辆自行车，还不算脱离群众，群众也骑自行车嘛！如果群众骑不上自行车，那我也得和群众一样坚持步行。无论到啥时候，咱当干部的，时刻都要跟群众保持一致，打成一片。不然，群众就不认咱了。"史来贺推着车子边走边说。

…………

史来贺言行一致，表里如一。在任地委书记和地委人大常委会主任的20多年里，他的专车、秘书从未带回过刘庄，刘庄人压根儿就没见过他的秘书和司机。从新乡到刘庄，从刘庄到新乡，年年岁岁，往往返返，他都始终骑着那辆老牌的自行车。

这辆自行车，一直骑成了破车，他仍然坚持骑着，甚至后来村里有条件了，集体与各家各户都有了小轿车、大摩托车，这辆自行车却依旧是史家日常的交通工具，天天放在院子里，家里谁外出谁骑。

外人到史家参观、串门，问到这辆自行车时，刘树珍曾自豪地对外人说："这是我外出的腿呀！"

外人不解地问她："刘庄不是有好多辆轿车吗？你咋不坐？"

"那是办公事用的，俺咋能坐？他（指老史）也不让俺坐，俺也不愿坐，里头闷气，不舒坦，那汽油味俺也受不了。"

"你会骑自行车？"

"不会。都是俺大儿骑车带着我，俺大儿子个儿高腿长，车子骑得稳当，摔不着。别人骑，我还不敢坐哩！"

你看，这辆普普通通的自行车，还有许多不为人知的故事呢！

刘树珍家里家外，给孩子们做出了榜样，从不搞特殊化，公家的便宜一点也不占。史来贺从内心深处感激妻子，他相信有了这样一位贤妻良母，一定能带出好家风，好门风。他要求孩子们，都要向他们的母亲学习，不搞特殊化，远离特殊化，不占公家一点便宜。

党的十一届三中全会之后的第一次全国人大会议，是拉开中国改革开放序幕的最隆重的一次人大会议。史来贺作为全国人大代表、常务委员会委员，出席了这次具有划时代意义的大会。会议闭幕后，每位代表自京归来，当地都要组织干部群众敲锣打鼓、夹道欢迎，以示这次全国人大会议的不同寻常。

史来贺听说后，在电话里断然拒绝这种华而不实的形式，他说："我最不喜欢这样的场面，开完会回家去，多简单的事，却非要兴师动众，搞那些花里胡哨的热闹，劳民伤财，是明显的特殊化，群众反感啊！咱坚决不提倡这种陋俗，农民就讲个实在，咱不能做那些群众看不惯的事。不要硬把一个代表置于群众之上，那样，群众会怎么看这个人民代表？"于是，他一个人下了火车，不动声色地回到了刘庄。

这是史来贺一贯坚持的简朴作风的表现。他向来不搞花架子，不搞兴师动众的热烈场面，就喜欢农民的实实在在，喜欢农民的朴朴实实。不讲实话，再漂亮的言辞也是哗众取宠；不干实事，再隆重的场面也是画饼充饥。

史来贺连续担任全国人大代表30多年，并连续几届担任全国人大常委会委员，直至平静谢世。30多年的全国人大代表，这在全国农村基层组织中是非常罕见的。在这30多年的时间里，作为全国人大代表、人大常委会委员，他严格履行代表义务，尽职尽责，为民服务，为民代言，为民效力，直到生命的最后时刻。

但是，全国人大每年组织的北戴河等地的疗养，他每一次都婉言谢绝。有一次，全国人大要他到北戴河疗养的通知书下到村里，一位村干部接到后交到他手里，并问他："你啥时候起程？用不用派车送一程？"

史来贺嘿嘿一笑："起程？往哪里起程？"

"去北戴河疗养啊！这是国家安排的。"

"疗什么养？家里这么忙，花着国家的钱去疗养，咋能安心？一个共产党员，拿着国家的钱去享受，那不是搞特殊化吗？国家的钱也不是大风刮来的，都是老百姓辛苦劳动换来的。我咋能拿着公款到千里之外去逍遥自在？还是在刘庄踏踏实实干好工作，心里边才踏实舒坦。我老史不能搞这个特殊啊！"史来贺一边说着，一边把通知书撕得粉碎……

有一年，刘庄村委会发现村里给群众发的蔬菜和瓜果满足不了各家各户的需求，经研究决定，按人口给村民发放菜金补贴。总会计师王义峰在造表时，觉得史来贺虽然当了地委书记，但依然兼任着刘庄的书记，日夜为刘庄群众操劳，完全应该享受菜金补贴。于是，就将史书记的菜金与他家人的算在了一块儿，叫刘树珍一把领走了。可刘树珍拿回家一点，不对，咋多出一个人的菜金？恰在此时，老史推门回到家里，她就向老史如实说了。老史一点，就是多了一份，立马意识到，是会计把他也算上了。这人真糊涂，我拿着国家的工资，咋还给我补贴呢？这账是咋算的？他认真地对妻子说："会计肯定算错了，把我的也算上了。赶紧退回去，公家的便宜咱不能占。"

"都领回来了，咋退呀？钱并不多，你这不是叫人家会计难堪吗？"妻子树珍为难地说。

"钱再少也是公家的，我拿着国家的工资还在村里领补贴，这不是以权谋私、多吃多占吗？群众最恨那些利用权力谋取私利的干部了，咱啥时候也不做那样的人。"史来贺态度坚决，语气强硬，他一生一世也不会贪占集体一分钱的便宜。

妻子树珍拿着多出的那份菜金回到领取的地方，对王义峰说："俺家的菜金咋多出一份，你是不是给多发了？"

总会计师王义峰看了一下账，很认真地说："没多发，一人一份，里边有史书记的一份。"

树珍把钱放在账桌上，和气地说："那你还是给俺多发了。老史说，他既然领着国家的工资，村里的菜金补贴就不能要，得退回集体，他绝不搞这个特殊。"

"这咋能叫搞特殊呢？他是刘庄的书记，就该享受这份补贴。"总会计师王义峰拿起钱让刘树珍拿回去。

刘树珍摆摆手，扭身就走，边走边回头对王义峰说："今后村里不管发啥补贴和福利，你可千万不要再给老史发了，他是不会要的。"

王义峰望着刘树珍的背影，摇摇头，咂咂嘴，说："天下难找的老史啊，只愿吃亏，不愿沾光。有这样的好书记，群众会不服？刘庄能不富？"

第二天，王义峰见到老史，不假思考地张嘴就说："昨天村里发的那份菜金，你咋叫嫂子退回来了？恁多人都在场，弄得我这脸上都挂不住了！"

"我还没找你算账哩！这事办得不合章法、不靠谱，所以你脸上挂不住。我问你，不该我得的，为啥发给我？"史来贺一提这事儿心里就来气，话也不好听。

"咋不该你得？这是该你得的呀！咱村凡是在外工作退休回来的都享受这项福利啊！何况你还是刘庄的书记，发给你一份，合情合理啊！"王义峰据理分辩,其实,他说的也是实情,也有道理。

可史来贺不认这份情理:"退休回村的享受福利那是应该的,因为他们的退休金太低,我是领导干部,咋能沾这个光呢?这种事,我跟你们说过多少遍了,嘴都磨出茧子了,咋都记不住?"

"俺总是觉得你啥事儿都吃亏,心里过意不去,群众心里也过意不去。"王义峰说着,眼里含满了泪花。

史来贺温和地说:"我不是老说那句话吗?咱当农村干部的,要有三不怕:不怕吃苦,不怕吃亏,不怕得罪人。遇到钱财的事,遇到利益的事儿,遇到福利的事儿,就得要吃亏,就得往后站,离远点儿。一个党员干部,离钱远了,离老百姓就更近了;离享受远了,跟老百姓就更亲了。如果跟老百姓争利益,跟老百姓离心离德,他们怎么能信任你?怎么能亲近你?怎么跟你掏心窝子说话?咱当农村干部,做农村工作,天天跟老百姓打交道,天天牵扯到吃亏、沾光的事儿,就得练好这个基本功,没有这个基本功,是当不好农村干部的。"

史来贺的这段话,像一串洪亮的钟鸣,震撼了每一个在场的党员干部的心灵,激荡着每一个人的胸怀,回响在每一个人的灵魂深处。

从1989年刘庄分配结算表上可以清楚地看到,在村办机械厂看大门的残疾人刘长功每月工资是235.34元,年收入2822.29元;蔬菜队半劳动力王字贤已85岁,月工资235.27元,年收入2823.23元。而史来贺月工资只有150元,年收入1800元,大大低于刘庄残疾人和85岁老农的收入。

在史来贺的带领下,刘庄党员干部不拿补贴,分配水平与同等劳力相同,甚至低于同等劳力。他们为什么这样做呢?史来贺做出简洁的回答:

"当干部只有吃亏的义务,而没有丝毫特殊的权利。"

史来贺正是靠这种无私奉献的精神,才在群众中享有崇高威望,从而指挥若定,一呼百应。

1975年,大儿子史世领花了100多元钱买了一块上海牌手表,金黄色的表壳,明晃晃的表链,戴在手腕上闪闪发光,漂亮而时髦。

史来贺发现世领手腕上明晃晃的,仔细一瞅是块手表,顿时变得一脸惊诧,厉声问道:"你戴的手表是哪来的?"

"我自己买的。"世领随口回答。

"花恁多钱买块手表干啥嘞?你看咱庄有几个戴手表的?你非要出这个

头、搞这个特殊干啥？这不是明显脱离群众吗？你让群众怎么看你，怎样想你？你让群众背后怎么议论你？"史来贺越说越气愤。

"买表时没想这么多。"世领吞吞吐吐地说。

"现在想也不晚。无论干啥事，都要拿群众这把尺子量一量，看是不是跟群众保持一致了，要想想群众怎么想，群众怎么看。凡是群众拥护的，我们要努力去做；凡是群众反对的、看不惯的，不能与群众保持一致的，我们坚决不做。"史来贺狠狠地批评着，"现在农村很少有人戴手表，你戴着，群众就看不惯，就会脱离群众。赶快把它摘掉！"话说到最后，几乎是在命令。

世领觉得父亲说得有理，便马上把手表从腕子上摘了下来，并且从此以后努力学习父亲俭朴的生活作风，从衣着穿戴，到言谈举止，都严格要求自己做一个实实在在的农民的儿子。

从不谋私利

史来贺曾经多次对村干部讲："农村工作,说难也不难,说复杂也不复杂,一个公,一个严,事情就好办。"

他说的"公",是对集体公,对群众公;他说的"严",是对干部严,对自己严。只有对集体"公",你才能大公无私,心向集体;只有对群众"公",你才能念念不忘群众,点点滴滴都想着群众。只有对干部严、对自己严,才能严于律己,大公无私,才能不搞特殊,不徇私情,一心一意为集体,完全彻底为人民。

他经常教育家人,要事事处处想着群众,不要总是想着自己,维护集体和群众的利益,要从点滴做起,从小事做起,水滴映日辉,小事见人心。好事儿都要让给群众,难事儿留给自己;享受荣誉的事儿让给群众,勇挑重担的事儿留给自己。

史来贺的两个儿子世领和世会,高中毕业后,第二天就回到刘庄下田出苦力、修地球。村里有轻活儿、干净活儿,当父亲的偏让他们干累活儿、干脏活儿。他对儿子们说:"出得一身汗,能洗一身懒;经得日头晒,能炼一身铁;经得风和雨,能长一身胆!"两个儿子只好听命于父亲,埋头田间,默默苦干。

当父亲的他,是全国人大代表、全国著名劳模,又在县里任有职务,熟人多,朋友多,门路广,人脉稠,但他从不利用这些拉关系、走后门、谋私利,为自己的孩子谋前程。

当时,国家时兴推荐上大学。刘庄的干部群众认为,世领和世会是老史教育培养出的好孩子,在学校是品学兼优的好学生,在村里劳动积极,热爱集体,钻研技术,处处严格要求自己,堪称全村青年的榜样。但如果一辈子待在刘庄,不是埋没了优秀人才?于是大家一有机会,就劝说老史托托关系、到上面活动活动,把两个孩子推荐到大学去,让刘庄也出两个大学生。

可老史却心不在焉地说："活动个啥？我老史一辈子也不会托关系、找门路。当农民照样给国家做贡献，照样为人民服务。只要有个高尚的人生观，干农业也会有出息。"

村干部刘树业说："这样就把世领、世会耽搁了，他们上了大学，肯定能有个好前程。老在农村待着，多屈材料啊！"

"是金子放到哪里都闪光，关键是看他们是不是一块真金子。还是在农村多磨炼磨炼好哇！

史来贺一心要让孩子们在农村学点儿实干的本事，为儿子上大学找门子、托关系，那是走后门、搞不正之风，岂不败坏了党的形象？群众会看在眼里，恨在心上，那不是自找在群众中受孤立吗？这种事儿，别说做了，他老史连想都不敢想。

他把两个儿子留在刘庄安心务农，让他们向刘庄农民学习，学习如何当一个合格的劳动者，如何把自己所学的知识运用到农业生产中，希望儿子成为建设农业现代化的有用人才。他首先要求两个儿子做一个正直的人，做一个品行端正的人，做一个有理想、有道德、有追求的人，为集体、为刘庄的农业现代化建设贡献自己的力量。

两个儿子遵照父亲的教诲，安心务农，处处严格要求自己，生产劳动、各项工作总是干在前边，成了村里的模范青年。

史世领在村办企业工作突出，村里推荐他出席全国新长征突击手表彰大会。史来贺硬是不同意："这事儿，他去参加不合适，还是让别人去吧！"

村干部不理解："这个新长征突击手就该世领当，他的工作最突出，贡献最大，为啥不让他去，偏让别人去！"

"我是书记，这样获取荣誉的好事儿，咋能先叫我的儿子占了呢？不中，不中，一定得换人！"史来贺态度坚决，谁也说服不了他。

结果，这个"新长征突击手"的荣誉，还是让给了村里另外的青年。

事后，史来贺对世领说："把荣誉让给别人，是一件光荣的事，你要想得开。"

世领说："爹，你放心，我很想得通，也很理解你。让别人、让普通群众去得这个荣誉，能大大激发全村群众的积极性，咱当干部的何乐而不为呢？"

世领一番话，说得父亲开怀大笑："还是你理解老父的一片苦心。严于律己，宽以待人，把困难留给自己，把荣誉让给别人，这是咱共产党员应有的品质和风格啊！"

　　1976 年，大儿子史世领结婚的那一天，村里的年轻人和部分群众为了表达自己"恭贺新婚之喜"的心意，给新郎送去了贺礼，有的送脸盆，有的送毛巾，有的送被面，有的送暖瓶……一个婚礼下来，人们共送来几十份礼品。婚礼上，家里人也不好当场拒绝。婚礼过后，史来贺对全家人说："咱可不能借结婚收别人送的东西，不管是谁送的，咱都要一份一份给人家退回去。在刘庄，咱史家，不能以任何理由收受别人的钱财与礼物。"史世领遵照父亲的意愿，向送礼品的人家挨家道谢，并逐一退还了礼品。

　　刘庄人都知道，老书记怕老伴儿、怯老伴儿，其实，那不是怕，不是怯，那是心疼，那是歉疚。刘树珍从八柳树村嫁到刘庄后，在旧社会没过过一天好日子。史来贺当了村干部后，一心扑在工作上，家里家外都由树珍一个人操劳，几十年如一日，树珍无怨无悔、生死不移地跟史来贺过日子，吃尽了苦，受尽了累，没有享过一天清福。可心疼归心疼，歉疚归歉疚，一遇到集体的事儿、群众福利的事儿，史来贺对自己吃苦耐劳的妻子总是严格要求，温和地劝诫她"千万不能搞特殊，不能高人一头，只能吃亏，不能沾光"。村里几乎每年都要组织老年人外出旅游，南京、北京、苏州、杭州，凡是中国有名的地方，他们都去旅游过，甚至登过长城，上过天安门城楼。每次旅游回来，老人们一个个美得不得了，心里甜得仿佛含了冰糖喝了蜜，脸上笑得比花都美。可刘树珍什么南京、北京，什么苏州、杭州都没有去过，只跟着村里的老年旅游团去了一次开封与洛阳。

　　刘树珍有时觉得心里委屈，但她却无一声怨言，她理解来贺，理解他所做的一切：自己少出去旅游一次，群众不就多出去一次吗？来贺这是让我把方便让给群众，把享乐让给群众，把利益让给群众。让就让吧，谁叫俺是书记的家属呢！让也是福，让也是光荣啊！

　　还有一次，妻子刘树珍患了眼疾，急需治疗，就与老史商量，能不能让村里的车送她到医院治疗，老史一听坚决地说：

　　"不中！村里的车是为集体办事儿用的，咱不能因为自家的事儿，就用车搞特殊，一个党支部书记怎能这样做呢？咱还是想想其他办法吧！"

　　刘树珍对老史这样做非常理解，几十年里，从来没有因为自家的事儿坐过一次公家的车。

　　刘庄村原党委副书记王云邦曾告诉记者，老史虽不管家里事儿，不干家务活儿，但他对家里有粗也有细，只要见家里多一样东西，必问个来龙去脉，唯恐是别人送来的，或者是揩了集体的油。有一次，二儿子史世会买了一个太阳能洗澡器，老史开会回来见家里多了这样一个先进玩意儿，就问："这是哪儿来的？"

史世会回答："我花钱买来的。"

老史又指着太阳能洗澡器的几根铁管问："那几根铁管是哪儿来的？是不是从集体的厂子里拿回来的？"

史世会幽默地回答："我的老爹，没有调查，就没有发言权。你儿子哪敢揩集体的油哇？咱有家规家法啊，违反了，你不得打我屁股吗？"几句俏皮话，说得老爹扑哧一声也笑了。

史世会这才告诉老爹："那几根铁管是买太阳能配套带来的，跟刘庄集体没有丝毫关系。"

史来贺这才放心地点了点头。

1986 年的春天，史来贺带着村里的一位年轻人到南方某市去开会。会议进行了 3 天，即将结束时，会务组发给每人一只价值 100 多元的密码箱，说是发，实际上是要交现钱，再开发票回原单位报销。年轻人看着密码箱既时髦又气派，就跟会务组要了两只密码箱，高高兴兴拎回房间。

史来贺看见后问道："这是咋回事？从哪儿弄来两只箱子？"

"会务组发的。一人一只，所有参会人员都有。"

"是免费发，还是交钱发？"史来贺外出开会多，这种事见得自然就多。好多会议上打着发纪念品的名义，实际上是卖"纪念品"。

年轻人爽快地说："交钱发放，不过，会务组给开了发票，回村里报销。"

史来贺一听大发脾气："你办事咋这么毛糙啊？就不想想，拎个箱子回村里报销，那不是占集体的便宜吗？你要是自己出钱，就拎回家，要想回村里报销，就趁早退了。"

"史书记，发票都开好了，甭退了。再说，你经常外出开会，不正需要一只好箱子吗？装衣服、装文件、装记录本，正适合。"年轻人想替书记留住这只漂亮的箱子，让他外出开会、出差用着方便。

"我需要我自己掏钱买，绝不占公家的便宜。我老史向来公私分明，这谁不知道？你还年轻，在咱刘庄，只能多给集体创造财富，不能光想着占集体的便宜。集体的钱财，那都是群众用血汗和苦力换来的，当干部的一分一厘都不能占为己有。"史来贺对年轻人循循善诱。

"史书记,你要在外边掏钱买,肯定比会议上发的这只贵,这才 100 多元钱,不算贵,就要了吧! 也算做个纪念。"年轻人还是想把箱子留下来。

"又不是参加开国大典,一个普普通通的会,有啥纪念头儿? 100 多元,你知道那得用多少人的劳动才能换来? 你知道那得用多少斤麦子才能换来? 叫刘庄群众知道了,就心疼死了! 真是不当家不知道柴米贵啊! 马上退掉,不然,我回去处分你!"史来贺一脸严厉的神色。

年轻人只好将两只密码箱退回会务组。当会务组的人了解了退回的原因时,无不肃然起敬:"史来贺果然名不虚传,真的两袖清风、一尘不染啊! 公家的便宜一点儿也不占。这样的人,这样的党员干部,现在社会上太少了。咱们国家,要能多一些史来贺这样的干部该多好啊!"

从会务组回到房间,年轻人一夜都似睡非睡,这件事对他触动很深、很大。过去,他曾听人说史书记多么大公无私,从不沾公家一分钱的光,那时,自己还半信半疑。是人,都有私心;是人,都想占便宜。当个地委书记,真的就那么清廉自律? 看来,是自己错了。

今天的事实,再次说明史书记确实是一位清正廉洁、大公无私的真正的共产党人! 是一位全心全意为人民服务的楷模!

一个干部,要想不脱离群众,不在群众中受到孤立,就应该了解和懂得群众的好恶、群众的爱憎。

对于干部,群众喜爱的是什么? 是廉洁奉公。

对于干部,群众憎恨的是什么? 是以权谋私。

史来贺深知群众的好恶与爱憎,因为群众的喜爱就是他的喜爱,群众的憎恨就是他的憎恨。他与群众的眼光和心灵始终是相通的。

作为刘庄的书记,刘庄集体给的各项补助,他分文不取;村里发的二十几种公共福利,他一项不要。

不仅村里的福利一文不取,从不享受,就连每年七里营镇表彰先进劳模时发给他的奖金,他也如数上交给村里,他说为集体多积累一点是一点,我个人要这钱没啥意义。

他不仅自己从来不以权谋私,不占公家一点儿便宜,而且严格要求自己家里的人,也不能谋私占便宜。

一天,儿子在村办厂子里下班回家时,看见厂路边扔着两根一米多长的废旧铁管，就随手拾了起来：这两根报废的铁管，能不能废物再利用啊？恰巧当时孩子的童车坏了，琢磨了一会儿，觉得这两根废铁管修童车能用上，就把它捎回了家。

劳累忙碌了一天的史来贺，回家后发现了这两根不起眼的铁管，顿时，脑子里就打了一个大大的问号："这铁管是哪儿来的？是不是……"

他把儿子叫到跟前，问铁管是哪儿来的，儿子如实相告："是从村机械厂废料堆里捡的。"

他顿时严厉起来："这是集体的东西，咋能随便拿到家里来？即使是报废的铁管，那也是集体财物。怎么能拿到自己家里用呢？你是厂里的骨干，带的啥头啊？公私不分，叫群众咋看你？想要用，必须照价交钱。咱不是有约法三章嘛，不能占集体便宜。"

他又叫人专门把厂长也喊了过来，批评两人说："废料堆里的东西也是集体的，今天你能从废料堆里拿，明天就敢从仓库里拿！当干部绝不能损公利己，一分钱的光也不能私自占有，要警钟长鸣、防微杜渐啊！"

老书记的批评让儿子触动很大，他回厂后，严遵父亲指教，到财务室按购买价格交了钱。

两根报废的铁管，在别人看来，只不过是微不足道的小事一桩，在史来贺眼里却是公私不分的大事，因为这他给儿子上了一堂集体主义和严以律己的课，这堂课，让儿子受用一生。从此，他牢牢记住了父亲的话，党员干部不能占集体一丝一毫的便宜，不能有星星点点的损公利己的行为……

爱尔兰剧作家萧伯纳曾说："一个人的风格有多大力量，就看他的主张有多强烈，他的信念有多坚定。"

几十年如一日，史来贺就是凭借自己超人的胆识、卓越的才能、清廉的作风、高尚的情操与人格，赢得了广大村民的认同与遵从，使刘庄人始终坚定地跟着共产党走，自觉地服从和维护集体利益，走出一条具有刘庄特色的、巩固集体共同致富的道路。史来贺依靠道德的力量、人格的魅力，凝聚了人心，凝聚了意志和力量。道德榜样、品质魅力、人格形象，具有强大无比的影响力、凝聚力、感染力、号召力，让刘庄人形成了共同的理想，共同的信念，进而激励和焕发出惊天动地的战斗力！所以群众始终跟在他的后面，坚定不移地跟定共产党，不偏不斜地走在社会主义集体化道路上。

这就是道德的榜样、人格的魅力、信念的感召、信仰的凝聚产生的无形而又巨大无比的力量,最终,把群众带到了富路上,带到了正路上……

　　史来贺用几十年如一日的光辉实践,淋漓尽致而又炉火纯青地印证了这一点!

利诱永不惑

史来贺的名声越来越大，威望越来越高，他既是全国人大常委会委员、著名劳模，又兼着省委委员、地委书记，还有一连串这样那样的名誉头衔。在有些人眼里，史来贺浑身都是金光闪闪的"政治资本""名望资本"。他们想利用史来贺的"资本"，这"资本"到了他们手里，就是一杆大旗，可以招摇四方。

1984 年寒冬的一天，某县糖烟酒公司领导专程来刘庄拜见史来贺，自报家门之后，史来贺问来客："找我有啥事儿？"

"想请你出任我们公司的名誉经理，既不要刘庄出钱，也不要刘庄出人，还可以得到……"

不等来客把话说完，史来贺就断然拒绝："不中！你们还是另请高明吧！我史来贺向来不干这种事儿。"

这种事儿史来贺遇见的多了，不管谁聘请，一概谢绝！你们经商的，与我何干？为啥请我这个农民做你们的名誉领导？醉翁之意不在酒啊！无非是想借我所谓的"名望"，为你们自己和单位捞取更多的好处。嗨嗨！你们认错人了，在我史来贺面前盘算"小九九"的人，休想噼噼啪啪打响你的"如意算盘"。

糖烟酒公司的领导不甘心一走了之，暗暗谋划，还以为是油瓶打鼓——空对空，没鼓动起人家的兴头，狗掀门帘子——全凭一张嘴，能办成事儿？你请人家不得"烟酒（研究）烟酒（研究）"？不"意思意思"，用啥打动人家的心？

于是，他们变换了手法，再进刘庄。

春节前夕的一天，一辆小汽车驶入刘庄后一拐，便停在史来贺家门口。一不敲门，二不喊人，只见从车上急急忙忙下来几个人，迅速卸下来几纸箱东西，有的搬，有的抬，眨眼间放进史家院里。搬进来的东西，几乎占了半个院子。

家里只有刘树珍一人，听见杂乱的脚步声，她赶紧走出房门。一看情况不对,就大声呵斥:"这是干啥咧? 不中,不中! 赶快抬出去! 你们不弄走这些东西,我喊管治安的人啦!"

"嫂子,甭喊甭喊,一点小意思。"几个人边说边走,一眨眼就上了车,"呜"的一声,一溜烟儿不见了。

待在院子里的刘树珍,急得眼里冒火,转来转去:"这咋弄? 这不难为人吗? 哪儿来的人呀?"

史来贺下班后,见院子里摆满了一箱箱东西,眉头拧成了一个疙瘩:"这是啥东西,谁弄来的?"

刘树珍一无所知:"我不认识那些人,都是啥东西,我也不知道。你打开看看吧!"

史来贺一箱箱打开,有鲜肉、鲜菜、鲜鸡蛋,还有名烟、名酒,全是年货,样样俱全。不用赶集花钱,足以过个肥年。

看过这些年货后,史来贺明白了,一计不成,又来一计! 嗨! 来吧! 不怕你使诡计,你有你的千条计,我有我的老主意。

"这礼都送进家门里啦,为啥不拦住他们呢? 你可知道,这是一堆糖衣炮弹哪!"史来贺有些生气。

"拦不住啊! 我叫搬走,他们根本不理。没法呀!"刘树珍一肚子委屈。

史来贺立即叫来两个人,把那些东西装到汽车上,拉到糖烟酒公司如数奉还,物归原主,并对两个人交代说:

"转告他们:第一,我不会当他们的名誉经理,给一万块钱也不当;第二,请客、送礼,刘庄不兴这一套。让他们休想在我身上打主意。"

糖烟酒公司的领导,怎么也没想到史来贺油盐不进,一尘不染。他们太低估一个共产党员,太小看一个农民劳模了。

这件事儿,让史来贺思索了几天几夜,这是新形势下出现的新情况,共产党员一定要认清形势,警钟长鸣啊! 改革开放以来,有些人的思想意识被商品经济扭曲了,被社会上的龌龊之风污染了,不正之风到处蔓延,炮弹打身体,糖弹打灵魂哪! 要顶住这股歪风,还得从自身做起,从自己家做起啊!

于是,他立即召开了家庭会。其实,史家的家庭会经常开,但哪一次也没有这一次开得严肃认真,也没有这一次开得深入人心。

在会上,他提出了严格的家规:第一,不准收礼、送礼;第二,不准占集体便宜;第三,不准比群众特殊。这三条家规,得到了全家人的响应,他们一坚持,就是几十年、一辈子，始终不渝，无一人违反。

大学毕业后的史世领，在刘庄的机械厂、药厂经过长时间实践，成为一名有知识、懂专业、会技术、能设计、勤探索、善管理的难得的优秀人才。他领导的村办机械厂，早已成了刘庄的"发家厂"；他领导的华星药厂，成为河南省的"明星企业"，更是刘庄的经济支柱。他的科技水平与企业管理才能，在新乡一带名声大振。新乡县、新乡市，还有外地一些大企业，看重了他的才干，求贤若渴，纷纷登门出高薪聘请他到自己那里"出任要职，共同发展"。有的聘他当厂长，有的聘他当老总，出高薪聘请他的单位来人，一再劝导、引诱说：

"你们的华星药厂，是刘庄的龙头企业，产值效益大得惊人，年创利税几千万元。你身为厂长，做出了特大贡献。可你的工资收入，却与普通工人一样，吃多大亏呀！现在中国地面上所有的企业，当厂长的哪个不是先富起来的大富翁？一个大企业厂长的收入，顶几百个、上千个工人的收入也不止。可你在刘庄的企业太亏了！干脆辞掉这里的厂长，到我们那儿去当老总，不光是吃香的、喝辣的，住的是豪华别墅，坐的是豪华轿车，而且一年的经济收入，工资加奖金，顶你在这儿干好几年，甚至一年顶十年！咋样，这待遇算是优厚的吧？这么优越的条件，在你刘庄，打着灯笼也找不到啊！"

这条件，确实够刺激、够诱人的。可史世领听了，只抿嘴一笑，却不为所动，淡然地对来人说：

"我父亲在刘庄干了几十年，比我吃的亏更大、更多，那是一笔无法计算的吃亏账啊！可他老人家无怨无悔，从来不觉得自己吃亏。他把这一辈子都交给了刘庄这片土地，交给了刘庄的父老乡亲，能把这片土地改造好、建设好，能完全彻底地为刘庄百姓服务，他认为这是自己最大的福分！我要是向往高薪，向往豪华别墅、豪华轿车，不为刘庄创大业，而为个人挣大钱，为个人发家致富，那我还像我父亲的儿子吗？即使应你们所聘，当了大富翁，那我爹还会认我这个儿子吗？我是刘庄的子孙，就得把脚跟扎在刘庄！"

父亲史来贺闻知了此事，专门找世领谈话："听说外面有企业聘任你？是真是假？"

"是真的。"世领实话实说。

"你是咋想的？"

"不用想，全都回绝了！"

"好！你做得对！就应该回绝！是我史来贺的儿子啊！刘庄是生你养你的地方,你的根,在刘庄扎着,你的血脉,与刘庄连着。如今,你有了些本事,要多为刘庄百姓办好事、办实事,要为刘庄的发展多出力。把你所学的知识和技术都用在刘庄的发展上,都用在刘庄百姓共同致富的事业上,比啥都强。到啥时候都要记住,刘庄需要你这样的有知识、懂技术的人,刘庄的百姓更需要你用自己所学的知识去改变他们的命运。你上了大学,有了知识,这是党和国家培养教育的结果,绝不能用这些知识与学问去为自己谋私利啊！外边给你再高的待遇,也不要动心,利益诱惑往往会把一个人引上歧途。要时刻警惕这种诱惑,远离这种诱惑。你这次顶住了,将来再有了类似情况,我相信你也会这样做的。我对自己的儿子放心了。"

不久,上级觉得史世领是个"将才""帅才",窝在刘庄,等于拿梁檩做锄杖——大材小用,委屈、埋没了这个难得的"大材",作为上级党组织,应唯才是举,知人善任,量才而用,于是决定让他出任副县长,主管全县的科技事业与工业发展。上级派人到刘庄征求他本人和其父史来贺的意见。

史来贺并不事先发表意见,而要有意考一考儿子:"世领,这是事关你自己前途的大事,你自己怎么想的呀？这个县官,是当还是不当？你自己拿主意吧！"

"这还用想吗？您这个榜样就站在我的面前,老子咋做,儿子咋学。您是县官、州官都不愿当,心甘情愿在刘庄刨一辈子地球。前边有车,后边有辙,我要跟着您的车辙走,再大的官儿也不当,就在刘庄干一辈子！"

"到县上当领导,管工业,管科技,管的事儿多了、面广了,舞台更大了,不是更能发挥你的作用、施展你的才干吗？"史来贺进一步试探。

"每个共产党员,都把自己脚下的地球修理好,都把自己身边的群众带富,我们的国家不就兴旺了吗？这是您经常说的一句话。我坚决执行您的这句话,扎根脚下这一片地球,让刘庄所有人都富起来,过上幸福美满的日子。这样的选择,不照样是为党和国家做贡献吗？"史世领回答得毫不含糊。

听了儿子的回答,史来贺非常满意,微微地点点头,无声地笑了。

"革命自有后来人",就这样,史世领不违父望,子承父业,成为史来贺创业的后继之人！

史来贺经常对村干部说:"只要群众找干部办事儿,我们都要全力去办,全心全意去办。要记住，群众的事儿，没有小事儿。"他还说："群众的事，哪怕是芝麻粒大点儿的事儿，也不是小事儿，也不能忽视。因为群众的事儿一桩桩、一件件，都牵涉到群众的切身利益，牵涉到群众的家庭生活，甚至牵涉到邻里关系、村民和谐以及集体发展。所以我们当干部的，关心群众，为群众办事儿，就要从点滴做起。"

他给村干部定下了制度：给群众办事儿，一不准收礼，二不准吃请，三不准怠慢拖延。

他给全村群众也定了规矩：求村干部办事儿，一不准送礼，二不准请客。

1989 年年初，农业队女职工郭素梅害了一场大病，医治了 4 个月，也没有恢复好。医生叮嘱她，千万不能再干重活儿了，否则，病情还会进一步加重。郭素梅心里暗暗嘀咕：眼看要收麦子了，农业队的大忙季节开始了，自己却还在家里歇病假，这算哪回事儿？不中！得赶紧生法参加劳动。不能干重活儿，干点轻活儿总可以吧！于是，她就去找史来贺，看能否给调换一个自己力所能及的工作。

在刘庄，谁都了解老史，群众有困难、有问题去找他，只要合情合理，他一准帮助解决。但郭素梅动起了心思：能空着两手去吗？去求人办事，不拿点东西，心里实在过意不去。她从橱柜里顺手拿出了六瓶罐头，提着来到了老史家。

老史的老伴儿刘树珍听见有人敲门，便急忙迎了出来。可她一看郭素梅手里掂有东西，热情的面孔迅即阴沉下来，并严肃地说："素梅，你这是干啥？来俺家不许拿东西，这是你叔定下的规矩。有啥困难说一声，应该给你办的，不拿东西你叔也给你办；不该办的，拿东西也不会办。难道你不知道你叔的脾气？东西得拿走，有啥事儿给我说，等你叔回来后，我一定告诉他。"

说罢，不由分说，硬把郭素梅推出门外，惹得她心里直埋怨："这老婶子做事儿不近情理！"

看巧，出了史家门碰见了村干部刘桂英，郭素梅就向她说明了情况。刘桂英向她做了一番解释："你不要错怪刘树珍，这是老史家的一条家规，他给家里人定的规矩，严得很，一分钱的东西都不许收。如果刘树珍收了你的东西，老史会严厉批评她的。"

郭素梅回到家里，心里惴惴不安，觉得这次调换工作没指望了。

谁知，过了几天，史来贺找到郭素梅的丈夫张贵峰，直截了当地对他说："你媳妇身体不适应干重活儿，要求调工作，何必上门送礼？你叔能收你家的东西吗？有啥困难直说，咱刘庄不兴吃请送礼那一套，可不能把叔当外人。这次要不是你婶儿挡得好，你叔就犯错误了。"

接着，史来贺递给张贵峰一支烟，两人抽着烟，史来贺详细询问了郭素梅的病情与她目前的身体状况，张贵峰一五一十地说了4个月来治疗的结果和医生的意见。史来贺深吸了一口烟说："情况我知道了。让她先好好休息，等集体研究后再给你通知。"

张贵峰没想到史来贺在百忙中专门来问情况，看来妻子郭素梅的事已引起他的重视。

过了几天，村干部马玉学找到郭素梅，口头通知她："村里对你的具体困难进行了研究，决定调你去面粉厂上班，不用再去农业队了！"

郭素梅接到通知，激动得差点掉下眼泪。第二天，她就去面粉厂上班了……

后来有人问起郭素梅送礼调工作的事，刘树珍毫不掩饰地说："收礼那事儿不沾，俺家从来不收礼，老史对这一点管得很严。俺家啥都不缺，送礼对人家也是浪费，主要是有损党的形象，影响干群关系，这个风气要刹！"

看！一个没文化的农村妇女，一个村支书的家属，都懂得收礼"有损党的形象""影响干群关系"，比那些腐败的贪官都懂得"拒腐蚀，永不沾"的道理，这都是史来贺教育影响的结果啊！

树红色家风

　　古语有云："天下之本在家。"家庭是社会的细胞，如果每一个家庭都非常美好，那么整个社会就是一个非常美好的社会。家风是社风的重要组成部分，所以家风对社会的发展与前进起着十分重要的作用，特别是领导干部的家风，影响着千家万户，也影响着整个社会。习近平总书记多次强调："领导干部的家风，不仅关系自己的家庭，而且关系党风政风。"他大力倡导"继承和弘扬革命前辈的红色家风"。

　　史来贺可以说是"继承和弘扬革命前辈的红色家风"的楷模。史家有严明的"约法三章"和铁律般的"家规"，每一个家庭成员都不得违反。如有违反，不论是谁，都要受到党纪处分或"家法"制裁。

　　刘庄的妇女都知道，刘树珍向来把自己当作一名普通村民看待，从不以刘庄"第一夫人"自居，也从未有过一丝一毫的特殊。平时劳动积极肯干，泼泼辣辣，对干部派的活儿从不挑肥拣瘦，苦活儿累活儿总是抢在前边。上工走在前，下工走在后，劳动中吃苦耐劳，任劳任怨，不声不响地起带头作用，既保证劳动数量，又保证干活儿质量。干部检查时，找不出一点不合格的地方。她心地善，人缘好，群众都愿意跟她一块儿劳动、搭班干活儿，有心里话愿意向她讲。集体每次分东西、发福利，她同村民一样排队领取，从不多要多占，也从不挑挑拣拣。她虽然不是村里的干部，却时时处处都在用自己的实际行动，密切与群众的关系，融洽与邻里的关系，也算帮助自己的丈夫做了一点群众工作。

　　毫无疑问，刘树珍是史来贺的一个贤内助。

　　几十年来，史来贺几乎忘记了自己还有一个家，心里装的全是集体、全是群众。每天清早他随便吃点东西，抬脚就走，工作紧张起来竟一连几天不归家门，有时学习到深夜干脆睡在办公室，有时在工厂忙得累了，就靠在值班室的椅子上迷糊一会儿,有时通宵达旦地工作。他常常深夜拖着疲惫的身子回到家里,也从来不问家事儿,只是歪在床头读书看报写笔记,那 15 瓦昏暗的灯泡,伴他度过了一个个不眠之夜。他的精力与心血,全部凝聚在集体的事业上;他的目光,全部聚焦于群众的冷暖和利益上。而刘树珍心甘情愿地当他事业发展、人生道路上默默无闻的铺路石子。

啥时有人跟他提起老伴儿,他总是感慨万千,言谈之间,充满了感激和赞扬。

1990 年 4 月 28 日,《河南日报》的两位记者采访史来贺,让他谈谈夫妻关系问题,下面是他们的对话实录:

问:你家有几口人? 谁是家里的"一把手"?

答:我家 3 代 9 口人,已和两个儿子分了家,原来没分开住之前,家庭组长是俺老伴儿。我们刘庄各家都选有家庭组长。

问:许多男人现在是"妻管严",你呢?

答:我只有气管炎,没有"妻管严"(笑)。几十年来我和老伴儿都是平等的关系,我既不专她的政,她也不专我的政。

问:你老伴儿支持你的工作吗?

答:自 1948 年年初,我当民兵队长,参加打国民党反动派到如今,我老伴儿都全心全意支持我的工作,几十年如一日啊! 她在家里教育下一代,管理家务,把什么活儿都包了。我深深体会到,要干好工作,有个"贤内助"太重要了。

问:你和老伴儿吵过嘴吗?

答:记得好像磨过两次嘴,但始终没有太大的矛盾。我们几十年都是友好的。

问:你老伴儿跟邻居吵过架吗? 你是怎样解决的?

答:俺老伴儿从来没有跟邻居吵过架。因为她这个人待人忠厚,私心不重,又能严格要求自己,遵守各种规章制度,四邻八舍都说她是个好人。不信,你到俺家里吃饭,把我家里的好东西都吃完,她也不会吭一声的。既然她和邻居处得很好,那就根本无需我出面去解决矛盾了。

红花虽美,但必然会有绿叶的陪衬;少了绿叶,红花的美就逊色了一半。

一个事业成功的男人身后,总会站着一个不平凡的女人;一个伟大的男人身后,总会有一个了不起的女人在为他无私奉献、默默牺牲。

军功章里,有你的一半,也有她的一半!

新乡县委有一次召开"学史来贺学刘庄"现场大会，把"如何当好农村党支部书记"作为大会的主题。在介绍这方面的经验时，史来贺着重强调"农村党支部书记必须做到'三个管好'：即管好自己，管好家属，管好子女。其中，管好子女最重要"。

这是他几十年的经验总结，也是他在家庭里坚持了半个多世纪的日常工作。

史来贺有3个女儿，两个儿子。对这5个孩子，史来贺经常进行"三个教育"，即革命传统教育、集体主义教育、爱国主义教育，让他们从小就树立爱党、爱国、爱集体、爱社会主义的思想。

史来贺跟大多数中国农民一样，特别疼爱儿子，但从不娇惯儿子。他要求儿子做一个正直的人，做一个有益于国家、有益于人民的人，并给他们规定了三个"特殊"：劳动、吃苦抢在前边，要"特殊"；名誉、享受不伸手，要"特殊"；思想改造时刻不能放松，要"特殊"。依照这三把"特殊"的尺子，他经常检查儿子的思想、劳动、工作，严格要求他们的一言一行。

麦收季节到了，"抢收，抢打，抢种"，既紧张又劳累，既艰苦又受罪，这是最能考验人的激战麦收的战场。史来贺让别的厂长留在厂里抓维修，却让两个儿子到火烧火燎般的麦田里出大力，流大汗，炼筋骨。

春节到了，家家户户都在准备过年的事儿，史来贺却交给两个儿子一项义务劳动的任务：给新建的群众住宅楼焊楼梯栏杆。为了抢时间，两个人中午不休息，换班吃饭，焊接工作一分钟也没停。

有一次，史来贺到机械厂检查工作，发现史世领没穿工作服，随即发火，当着众人的面，毫不留情地批评了他。儿子既感到委屈，又觉得失了脸面，实事求是地争辩道："我从市里进料刚刚回来，衣服还没来得及换。"

史来贺却不依不饶："进城也应该穿工作服，用不着换一套干净衣服。要记住自己是劳动人民，应时时刻刻保持劳动人民的本色。穿戴美，不能说明心灵美；衣服上沾点油污没有关系，思想上有了污点，就会出大岔子！"

一件很平常的小事儿，史来贺却对儿子进行了深刻的教育。

1990年2月，连续运转了3年的华星药厂忽然停产检修。停产一天，就是十几万元的损失，刘庄人心疼得很哪！史来贺给二儿子史世会下了一道硬命令：限期5天查明症结所在，否则，就撤你这个技术厂长的职务！

史世会接受任务后，带领检修小组，冒着40多摄氏度的高温钻进发酵罐里,在里边检查好长时间,每次出来都是大汗淋漓,衣服全湿个水透,整个人如水洗一般。而外边却又冷得哈气凝霜、滴水成冰,每个人都经受着火热与冰冷交替的考验。就这样,连续干了 3 天,还是查不出病根。大伙儿心急火燎,世会更是火烧眉毛。这时,他冷静下来,突然想到了过滤器,是不是它出了问题?拿着吸水球往过滤器上一试,果然,过滤器上起了水泡,于是断定:"就是这里漏气!"史世会孩子般蹦了起来,竟激动得流出了眼泪……

任务完成后,他兴冲冲地去向父亲汇报,满以为会受到表扬,谁知父亲却冷冰冰地说:"你管厂里生产的工艺技术,关键时刻,就是要你拿出真本事!今后,不能再出现这样的问题,给我记住喽!"

不仅没有表扬,反而对儿子提出了更高的要求。

史来贺对孩子的教育,大处着眼,小处着手,处处从严,时时把关,点点滴滴都不放过。尤其是对他们的人生道路,政治进步,倍加关注,严格要求,耐心教诲,把他们一个个引上正路,告诫他们,要做一个正直的人,高尚的人,无私奉献的人,做一个对人民、对社会、对国家有益的人。

刘庄许多群众反映,史来贺爷儿三个,要本事有本事,要技术有技术,要门路有门路,要捆在一起自家办工厂,早就成了富甲一方的千万富翁甚至亿万富翁了。可人家爷儿三个不搞自己发家致富那一套,不搞"少数人先富起来"那一套,想的是刘庄群众,刘庄集体,一心搞刘庄人共同致富、集体致富,把全部身心都献给了刘庄人民、刘庄集体,献给了脚下这片黄土地。

史世领很有技术才能,不仅车、磨、刨、铣等技术样样精湛,而且对于电器、内燃机械、材料力学、机械加工、机械设计、生产工艺等,项项精通。在药厂扩建中,他把提取车间改造成自动化控制,使生产人员由原来的 70 多人减少到 24人,大大提高了经济效益。他还搞了很多设计与发明,在刘庄企业发展史上,立下了汗马功劳,建树了不可磨灭的功勋。因此,好多干部群众提议史世领进村领导班子,支委们也多次提出:

"药厂是骨干厂、龙头企业,世领又有管理能力,让他当联合社副社长吧!"

可史来贺说啥也不同意。

支委们又提出:"进联合社不中,那就进总支,当个总支委员吧!"

史来贺还是不同意:"如果你们叫世领进班子,那我就退出来。"

支委们问:"恁俩为啥不能在一个班子里?"

史来贺不容置疑地说:"哪有父子二人在一个领导班子里的呢?共产党不

兴这一套。史家没有这个特权，那样就坏了我史来贺的家风，也不能立这个社风。如果父子二人共在一个领导班子，那岂不成了我在培养接班人？叫外人怎么看？我是共产党员，不能搞世袭制，那是封建主义那一套、封建帝王那一套。"

他不赞成儿子进领导班子"当官"，但对儿子的政治思想教育却时刻不放松，唯恐出了名的"技术迷"的儿子，在技术上领先，却在政治思想上落伍，所以他经常"敲打"埋头技术的儿子。他深知，儿子史世领在研究科学技术方面，有一种特殊的灵感和才能，越是这样，越得对他抓紧政治思想方面的培养与教育，既要让他技术上冒尖，又要让他政治上过硬，绝不能掌握了科技，而丢失了信仰。这可是事关一个人一辈子的人生观、世界观的大问题啊！

其实，史世领很不愿"当官"，而愿意一门心思搞技术。他一开始就不愿当药厂的厂长，总想找个机会让给别人。史来贺了解了他的思想动态后，不留情面地批评道："你是一个共产党员，就得服从党组织的安排。你当药厂厂长，是党总支集体研究决定的，我无权改变。大家觉得你有技术，能把一个厂领导好，给刘庄集体带来很好的经济效益，所以党总支把这副担子压在了你的肩上。你绝不能辜负了党组织的殷切希望，要趁着年轻，又有技术，对集体做更多贡献，把你学的知识、掌握的技术，都变成刘庄百姓的物质财富，这就等于为人民服务，为百姓造福啊！党总支让你干啥，你就干啥，而且必须干好。这才是一个共产党员应该做的。哪有一个党员，给组织讲条件的？组织的决定，必须无条件服从。这就是党性原则！"

看！史来贺一有机会，就给儿子上"党课"。从此，史世领再也不提把药厂厂长让给别人的事了。

在一次很随意的谈话中，史来贺发现世领一说起刘庄的科学技术发展，不自觉地流露出骄傲自满情绪，他就当着别人的面狠狠批评了他一顿："有了一些技术，不能当夸耀的资本，更不是骄傲的本钱。你不想想，你的技术是哪里来的？还不是共产党给你的？没有共产党，没有社会主义，别说上大学、学知识、学科学技术，就连饭你都吃不饱，连衣裳都穿不上。你不还得跟我一样，在旧社会四处流浪，逃荒要饭，饿死、冻死，没人问、没人管哪！所以现在你有了天大的本事，也不能忘了共产党。我们的一切都是共产党给的。吃水不忘挖井人，啥时候都不能忘了共产党的恩情，不能忘了共产党领导得好哇！"

看！史来贺又给儿子上了一堂"党课"。两个儿子正是在一次次的"党课"中，接受了父亲"红色家风"的教育与熏陶，让思想一次次获得了"大丰收"。

3个姑娘出嫁时,他告诉女儿:父亲没有值钱的嫁妆送给你们,只送给你们两样东西,一是咱刘庄自力更生、艰苦奋斗、勤俭创业的精神和光荣传统;二是咱们家不特殊、不谋私、不贪不占、勤俭持家的好家风。你们只要把这两样东西记牢了,用好了,就会靠自己的真才实学,去奋斗,去努力,赢得未来的人生……3个姑娘没有辜负父亲的希望,都在各自的岗位上勤奋地工作,默默地奉献,入了党,当了干部,有的还当了领导干部。

大女儿史世荣,也和两个弟弟一样,靠自己的勤奋与拼搏,靠自己的大有作为,出任小冀镇党委书记。在此期间,她大胆改革,锐意创新,干得非常出色,让小冀镇的工业、农业变了样,翻了番,到处一片红火,呈现一派蒸蒸日上的景象。"腾飞的小冀镇",一下子闻名中原;"敢闯敢干的女书记",也声名远播,赢得了广大群众的拥护与爱戴。后来,史世荣被提拔到县里任职,又使一个县的工农业生产打开了新局面,出现了新飞跃。她无论走到哪里,都能为党和人民勤勤恳恳工作,扑下身子苦干,干出了卓越的政绩,做出了不凡的贡献,直到担任新乡县人大常委会主任,依然巾帼不减当年勇,一如既往地保持着"敢闯敢干的女书记"那般英姿飒爽的风采。

"史来贺家教好啊!看他的儿女,个顶个的都是好样的,一心为人民,一心为国家,只讲奉献,不为索取。史来贺精神后继有人啊!"

第五十九章　把人带到正路上

※给灵魂"洗澡"

※信党不信邪

※宝贵的经验

※农民知识化

※培育高素质

给灵魂"洗澡"

"集体经济得有集体主义,共同富裕得有共同理想。"这是史来贺跟干部群众经常念叨的一句话。他把"经济"和"主义"、"富裕"和"理想"这两对本来内容对立的概念——一个物质、一个精神,却连成一个统一的整体,这其中蕴藉了多深的哲学意味?

是啊,没有集体主义,哪会产生繁荣昌盛的集体经济? 没有共同理想,哪会有刘庄百姓的共同富裕?

毫无疑问,史来贺抓刘庄的经济建设,始终是"任尔东西南北风""咬定青山不放松",但他并不是单纯地抓经济、单一地抓经济,向来是一手抓经济,一手抓政治;两手一齐抓,两手一样硬。他把思想政治工作看得很重要,几乎每次在部署经济工作时,他都对党委一班人强调政治思想工作的重要性:"经济搞上去,思想政治工作也要跟上去。既要把群众带到富路上,又要把群众带到正路上;既要把群众带富,又要把群众带好。把人教育好,比啥都重要。"

这一段话,已经成了史来贺的经典语言,充满了哲理,充满了智慧,充满了辩证法。所以不少研究史来贺的学者说,史来贺不仅是一位优秀的共产党员和农民带头人,还是一位杰出的农民思想家、哲学家。这话说得一点都不过分。

史来贺和村党支部(后来成立了党总支、党委)一班人,几十年如一日,把对人的教育当作头等大事来抓。常言道,十年树木,百年树人,教育人,把人带到正路上,是刘庄的百年大计,更是村党组织的百年大计。刘庄村党委有15名成员,其中有6名党委成员分管思想政治工作。村党委建立了党委联系支部、支部联系党员、党员联系农户、党员干部人人有任务的思想政治工作网络。

全村360多户人家,家家选举了家庭组长,让会当家理财的人负责一家人的生产、生活安排和思想政治工作。这样,在刘庄,思想政治工作村上管、农场管、工厂管、副业队管、家庭也管，真正实现了对党员干部和广大群众的"齐抓共管"。各级、各层都把思想政治工作当作政治任务和工作任务去完成，务实不务虚，实实在在地把思想政治工作落到实处，落到人心里，落到工作中；把思想政治工作做到车间里、做到田间地头，做到班组、做到家庭，甚至做到饭桌上，做到行走间。

与此同时，村党组织常年坚持对村民的经常性教育，结合农民、农村的特点，结合刘庄现代化建设的实际，经常引导群众进行"五对比"：新旧社会对比，改革开放前后对比，现代农业与传统农业对比，自己与革命先烈对比，待遇与贡献对比。启发群众自己教育自己、自己认识自己、自己鞭策自己。通过对比，通过自我教育，找到差距，比出干劲，比出精神，比出团结，比出勇气，激发出积极性和创造性，激发出热爱集体，维护集体的大公无私的奉献精神。

在刘庄，党的建设和思想政治工作不是空头口号，不是大话空话，而是一整套完善的制度和一次次的实际行动。"多下及时雨，少放马后炮"，是刘庄党委对党员干部做好思想政治工作的基本要求。

史来贺劳动之余做思想政治工作

刘庄村党委和各级党组织深谙"集体主义精神,是集体经济的灵魂"这一道理,所以,他们在村民中持续地开展爱国主义教育、社会主义教育、集体主义教育、先进文化教育、党的光荣传统教育等,源源不断地向村民灌输和传播正能量,塑造村民积极向上的精神风貌。这也正是刘庄"半个多世纪红旗不倒"的思想基因和群众基础。

改革开放后,社会上各种思潮泛滥起来,直接影响着人们的世界观、价值观,很多人丧失了信仰、丢掉了灵魂,有的甚至为了金钱、地位和权力,连人格都不顾了,连起码的良心、人性都泯灭了。史来贺一眼就看穿了这些污泥浊流,他向刘庄的党员干部敲警钟,他给刘庄的村民注射"清心剂",大会小会,反反复复地讲:"搞社会主义,搞改革开放,光是经济富了还不全面,还应该让农民精神上富有。农村改革以来,我们有些干部看到农民手中的钱多了,觉得富起来了,光顾了高兴,却忘记了毛主席关于'严重的问题是教育农民'的教导,使得农村中的社会主义信念动摇了,集体主义观念淡薄了,好像除了钱就没别的了,有了钱就有一切,有钱能使鬼推磨。于是,封建迷信、聚众赌博等陈规陋习泛滥成灾。这是相当危险的,会严重危害社会、危害国家。"

他郑重地告诉干部:"我们要一手抓经济,一手抓政治;一手抓物质,一手抓精神。决不能让刘庄人在精神上成为'叫花子'。"

史来贺认为,富裕是一个完整的概念,经济搞上去了,思想境界也要提高。经济富裕了,思想也得富裕;物质富裕了,精神也得富裕,这才是真正的富裕。改革开放后,拜金主义流行,一切向"钱"看,认为拥有金钱就拥有了一切,不少人成了金钱上的富翁,却成了精神上的乞丐。他们没有了信仰,没有了道德,变得思想苍白,精神空虚,百无聊赖,最后"穷得只剩下钱了"。你说,这些人到底是富了,还是穷了？钱再多,也买不来精神上的富有。

老史有时整夜整夜地不睡,忧虑最多的就是,把群众带富后,如何把群众带好、带正,刘庄不能让一个人掉队落伍,不准有一个人出现思想上的贫穷。

他对党委一班人说:"抓人的思想,抓思想政治建设,什么时候都不能放松。刘庄干事创业,大伙儿必须齐心协力,怎么才能做到齐心协力？那就得有集体主义精神,有共同理想,要步调一致,团结一心,还得有良好的风气、严明的纪律……把群众带富还不够,还要把群众带好、带正!"

史来贺同志在给村民做思想工作

于是，刘庄党委在抓"两个文明"建设时，物质与精神、经济与政治，两手伸得一样齐，握得一样紧，抓得一样硬。两手抓，关键是抓人，抓人的思想与头脑，用科学思想教育武装农民。路是人走的，业是人创的，事是人干的，财富是人挣的，人是大脑支配的，把人引向正路，把人的头脑引向光明的正道，这是关键的关键。所以他们对党员干部、对全体村民经常敲警钟、吹清风、洗脑子、清思想，给其灵魂"洗澡"——做到去伪存真，去污存净，去粗存精，去邪存正！

在抓思想政治工作方面，刘庄党委突出抓信仰问题，抓世界观、人生观、价值观的问题，做到根本性的问题经常抓，规律性的思想提前抓，新出现的苗头思想及时抓，多下"及时雨"，多建无产阶级世界观这个"加工厂"。而在抓这些教育时，他们紧密结合刘庄的实际，针对农民、农村特点，不讲大话，不讲虚话，不讲高深的理论，把政治"乡土化"，把理论"浅显化"，把思想"形象化"，把大道理"口语化"。不管啥事啥道理，他们都接近实际地讲，贴近人心地讲，讲起来生动感人，扣人心弦，让群众就像听说书、看电影。就这样，一堂堂思想政治教育课，像春风化雨般潜移默化，浇灌着群众的心田。

在刘庄定期召开的党员"三会一课"和村民大会、职工大会上，科学理论和国家的法律、法规是必不可少的教育内容。史来贺亲自给党员上党课，亲自给村民和职工上法律课、理论课。按常理，对农民和农民出身的职工来说，谁愿听当官的整堂整堂地讲那些上不够天、下不着地的大道理、深理论？可在刘庄不同,同样的大道理、深理论,让史来贺一讲,却别样的新鲜、有味、生动、感人,一句句、一段段,让听众品嚼起来,就像吃着五月的仙桃、八月的香梨,又脆又甜,鲜美可口,那种别具风味的新鲜感、亲切感沁人肺腑。那些有知识、有文化的年轻人,听着老史书记的演说,总是纳闷:一个几乎是文盲出身的老农,他老人家是怎样把信仰、理想这些看不见、摸不着的东西变成阳光,变成甘霖,一滴滴、一丝丝洒到俺的心里了呢?

大凡在别的村庄,只要通知开会,好多村民都借故外溜,不溜的,也是散散漫漫,稀稀拉拉,吊儿郎当,扭着身子不愿进会场。即使在城镇机关,通知开会时,那些干部职工也是"八点开会九点到,十点不误听报告"。

而在刘庄,开会比赶集、看戏都积极、都热闹。一通知开会,老人、孩子、媳妇、小伙,争着抢着往前跑,扛着挤着坐前排,眨眼工夫就把能坐1000多人的大礼堂坐得满满当当。

他们说:"几天不听老史书记讲话,心里就痒痒,脑子里总像缺点啥。一听他讲话,就像看电影、听唱戏、唱歌一样开心快乐……"

史来贺的一场场春风化雨,在刘庄群众的心头播下了爱党、爱国、爱集体、爱社会主义的种子。

在刘庄,人人遵守《村规民约》《厂规厂纪》,任凭社会上各种思潮泛滥,刘庄人却始终凝聚一个信念:不信歪风不信邪,一心信仰共产主义,一心建设社会主义!

刘庄的事业,是刘庄人共同的事业,党员无私奉献,群众一心为公。在工厂,每一个工人都热爱自己的岗位,自愿加班加点,搞技术攻关;在农场,现代化的机械奔驰在田间,收获成熟的庄稼,耕耘肥沃的土地,播种金色的希望。那些退休的老人主动把烧好的茶水、绿豆汤送到田间地头,慰劳辛苦的农场工人。

信念坚定,意气风发;开拓进取,艰苦创业;忘我工作,无私奉献,这便是以史来贺为代表的刘庄人的精神风貌!

常抓不懈的思想政治工作,在每个刘庄人的心中,点亮了一盏希望的明灯、理想的明灯,这盏明灯把前方的道路照亮,把刘庄的未来照亮,让刘庄人步调一致、步伐整齐、步履矫健地走在社会主义大道上,走在人间正道上……

信党不信邪

在刘庄，村民们、特别是那些上了年纪的村民，也许对这主义、那主义懂不了多少，但他们头脑都非常清醒，都认同一个死理儿：老史书记走哪儿，俺跟哪儿，因为他走的路没错，是一条富路，是一条正路。

如果走街串户，走访那些留在家里帮助儿辈们带小娃娃的老妇、老太，她们说不出太深、太长的大道理，但她们总是由衷地反复念叨这样几句话："俺刘庄人，就知道共产党好，毛主席好，社会主义好！共产党的好干部史来贺领导得好！他是俺刘庄的好带头人，他的话俺全信，他做的事俺都赞成。"

史来贺年轻时，是唱着《东方红》这首歌加入中国共产党的，让他刻骨铭心的两句歌词是："共产党像太阳，照到哪里哪里亮。"

他说过："《东方红》里唱，'共产党像太阳，照到哪里哪里亮'。共产党的光芒，就像太阳的光芒，普照大地，普照全国的劳苦大众。而这万道光芒，是每个党员、每个党员干部发出的光的总和。党员都是发光体，群众都有趋光性。"这又是一段充满了哲理的史来贺语录。

史来贺是个农民，一辈子跟诗与诗人不沾边儿，可他说的这段话，却是用自己切身的体验，铸就的一首发自心灵的美好诗篇，铸就的一首闪烁着党性光辉和人生光芒的诗篇！史来贺不是哲人，但他说的这段话却充满了哲理韵味。

他对刘庄的每一个党员、每一个党员干部说，我们共产党员都要当好这个"发光体"，时时发光，处处发光，让共产党的光芒普照刘庄大地，普照刘庄每一个群众的心灵，让群众天天看到共产党的光芒，日夜感受到共产党的温暖，永远跟党走，干好社会主义。

他坚定地认为，在农村要想凝聚共产党员发光体的光芒，关键是要有一个好的带头人，有一个好领班、好支部，以及一支好的党员队伍。因此，他抓班子、带队伍,一生致力于加强农村党员队伍建设,致力于加强农村基层党组织建设,要求党员、党员干部要保持共产党员的先进性,发挥先锋模范作用,时刻不忘以党章、党性规范自己的行为,忠诚于党的事业,提出农村党员干部要做到"四不怕":不怕吃亏,不怕吃苦,不怕作难,不怕得罪人。要求党员事事处处以身作则,冲锋在前,做群众的表率,通过示范带动,带出好的党风、村风和民风。

"农村要致富,必须建设好支部。"

对此,史来贺有自己的切身体会:党支部是农民群众的领路人、主心骨,支部怎么领,群众就会怎么干。

他根据自己长期的工作实践,总结出做好农村党支部建设工作必须处理好的四个关系:一、书记与委员的关系,书记要发扬民主,不搞家长制,不搞一言堂;二、干部与群众的关系,干部不能高于群众,要让群众参与决策,并监督干部;三、下级与上级的关系,下级要多请示、多汇报,结合实际落实好上级精神;四、干部与同自己有矛盾的人的关系,干部要主动、及时地化解矛盾,团结大多数人。同时在党支部(党委)内建立了"四不准"制度:不准以权谋私,不准搞宗派,不准弄虚作假,不准打击报复。违者免职!

刘庄的党建工作既靠言传,更靠身教。史来贺在谈到怎样当好农村党支部书记时曾说:"一个农村党支部书记,应具备两种基本素质:一是好人,用农村的话来说,就是要公道正派,不捣鬼;二是有能力,现在搞社会主义商品经济,没有能力不行。当一个支部书记,不仅要学会做思想政治工作,还得学会做经济工作,会做组织工作,会解决群众当中的具体问题……"

史来贺在刘庄村党支部(党委)书记的岗位上干了51年,他从当干部那天起,就立下了"要让大家都过上好日子"的誓言。为了实现这一目标,他几十年如一日,以身作则地演绎着"党员干部就是要不怕吃苦、不怕吃亏"的无私奉献精神。在他的带领下,刘庄涌现出一批河南省和全国的先进人物。比如,被刘庄人亲切地称为"老黄牛"的李安仁,曾被河南省人民政府授予"劳动模范"称号;曾任刘庄党支部(总支)副书记的夏治香,曾获全国"三八红旗手"称号;主管农业的刘庄村党委副书记张贵龙,曾获全国"学科学、用科学标兵"称号……刘庄农工商总公司现在所有的管理人员,都是刘庄村村民,用史来贺的话说,他们是"刘庄党委培养起来的管理大军"。

在史来贺的带领下,村党支部(党委)形成了坚强的战斗堡垒,每个党员都在各自的岗位上发光发热,像明亮的星星一样,闪烁着璀璨的光芒。群众的目光投向这些"星光"，群众的心灵趋向于这些"星光"。

1985年春节期间，许多家庭小组长反映，一些外村人来刘庄串亲戚拜年时，传播封建迷信思想，宣扬外边的一些封建迷信活动搞得如何热闹、神秘，逼着人信他们那一套，甚至要拉刘庄人参加那些封建迷信活动。

史来贺敏锐、警觉地意识到，这是封建迷信观念的死灰复燃，共产党是无神论者，早在解放初期就号召全国人民"破除迷信，相信科学"，眼下都改革开放了，咋还有人搞封建迷信那一套？不刹住这股歪风，不把神魔鬼怪那一套迷惑人的邪气从刘庄驱除，就会动摇刘庄人对党、对社会主义的信仰，就会干扰和破坏刘庄的现代化工农业生产和良好生活秩序。

在史来贺的大力倡导下，刘庄上下开展了一场反对封建迷信的大讨论。男男女女、老老少少、农场职工、企业工人，甚至学校的教职工和学生都参加了这场大讨论。老史规定，全村一人不落，小学一年级的学生也得参加讨论，让他们从小就认识到封建迷信的危害，就懂得爱党、爱国、爱集体。

大讨论的题目是史来贺亲自拟定的：信党，还是信神；信科学，还是信迷信？

讨论会上，发言最热烈的是那些老年人、老婆婆，他们用自己的亲身经历，向年轻一代现身说法：旧社会，俺们信神、敬神，整天搞封建迷信那一套，那时，吃了上顿没下顿，饿得皮包骨头，就那，还要生法买些香、箔，烧香磕头，祭拜神灵。可到头来，神灵并不保佑穷人，磕了不少头，烧了不少香，穷人还是穷。穷人也从来没见过神、没见过鬼。其实，这个世界上没有神，也没有鬼。到了新社会，共产党给俺们带来了福，共产党才是咱老百姓的"神"！共产党叫咱相信科学，那科学就是好，封建迷信能搞点儿啥？尽会欺骗人。从咱老史书记当了村支书，领着咱科学种田、科学植棉，那粮棉不是年年大丰收？他又领咱科学办厂，恁多厂，哪个厂不是年年赚钱？咱刘庄人还是得相信科学，科学技术能让刘庄发展，能让老百姓致富。

大讨论让刘庄人学了科学、长了见识、自觉抵制了歪风邪气，让封建迷信在刘庄这块净土上，根本找不到立足之地、藏身之处。

1998年，法轮功邪教组织在中原大地到处迷惑人心、网罗人员，他们把黑手也伸向了刘庄。史来贺闻知后，带领党委一班人挨家挨户地做工作、打预防针，并召开全村家庭组长会、党团员会、干部会，让大家认清法轮功邪教组织的危害和本质。因此尽管法轮功的黑手在刘庄伸来伸去，却没有一个人对它瞥一眼、动一丝念头，全村没有一个沾了法轮功邪教组织的边儿，法轮功邪教组织在刘庄壁垒森严的共产主义信仰面前，在刘庄人铜墙铁壁般的社会主义信念面前，碰得头破血流，最终只能逃之夭夭。

刘庄人明心见性，清水洗尘，见不得任何邪恶，容不下半点污秽。他们目光如钉，用信仰的刀锋，思想的利剑，直刺邪恶的丑魂。

你能相信吗？史来贺掌旗的50多年来，刘庄不但从来没有封建迷信、没有家族派性，甚至从来没有发生过一起经济犯罪和刑事犯罪，甚至连打架斗殴都没有发生过。村里没人搞歪门邪道，没人说污言秽语，这是一片文明的净土，这是一个洁美的家园。

有人说，这是史来贺"以德治村""以德育民"的效果。

道德的榜样，"德政"的力量，可以转变为强大的凝聚力，也可以转变为强大的现代化建设和科学发展的力量，这是建设"共产主义新村"的另一个根本性条件。史来贺就是用自己的才干、品德和人格魅力，用自己毫不动摇的信仰，赢得民心、凝聚民心，让刘庄人以共产主义信仰、社会主义信念为圆心，以集体主义思想为半径画圆，形成了刘庄坚如磐石的大集体，有效地构建着由集体主义、社会主义的思想文化建设的大厦。毫无疑问，这对于集体经济的巩固和发展具有重要意义。

这是史来贺在刘庄的创业史上，给后人留下的又一个哲学命题。

宝贵的经验

在农村，尤其是改革开放后的农村，如何开展思想政治工作？农村需要不需要做思想政治工作？这在很多农村基层干部心中，是一个很难解决的问题，更是一个被忽略的问题。

而在刘庄，思想政治工作常年风生水起，形成一道亮丽的风景线。那么，他们是如何开展思想政治工作的呢？

多年来，在刘庄的党员干部中，已经形成一种风气：实实在在、满腔热情地为群众办实事、做好事，就是最有效、最扎实的思想政治工作。

史来贺常对人说："干部既是带头人，又是服务员。带头人就是要带领大家苦干实干，脱贫致富，要无私奉献，不谋私利；服务员就是为群众搞好服务，办实事、办好事，解决实际问题。这是最直接的思想政治工作，做好了，群众就没有后顾之忧，就会一门心思搞集体经济，为刘庄的发展出力流汗。同时，集体富裕了，群众富裕了，群众才会打心眼儿里说共产党好，社会主义好。"

群众的急事立即办、难事抓紧办、大事重点办，已成为刘庄开展思想政治工作的一条经验。

几十年来，史来贺正是怀着一颗全心全意为人民服务的赤诚之心，扎扎实实为群众办好事、办实事，为民造福、为民谋利。

1994年4月21日，时任中宣部副部长的刘云山同志，前来刘庄调研。他这是第二次来刘庄了。1974年，刘云山任新华社记者时，曾经来到刘庄采访，受到过史来贺的热情接待。这次重逢，老友相见，格外亲切。史来贺陪同刘云山察看了刘庄的企业、农场、畜牧场、养殖场和村民家庭，还察看了村容村貌。每到一处，史来贺都做了一番简要介绍。

在华星药厂会议室，史来贺向刘云山汇报了刘庄近年来的发展情况。谈及农、工、商、林、牧、副时,史来贺如数家珍,没有稿子,没有思考,不打艮儿,不停顿,一气呵成。因为这些情况,都在他心里装着,几乎天天过目,天天经手,能不烂熟于心吗?在谈到药厂的生产与营销情况时,他说:"我们的原料药厂,年产肌苷500吨,产量占全国60%;青霉素生产,河南独此一家,年产700吨,每吨出厂价为26.5万元,年产值为1.8亿元。去年(1993年)全村总产值2.3亿元,农林牧只占300多万元。今年,总产值预计能达到3亿元。我们的成品药厂,搞的是无机化学,属于高新技术,占地250亩,从事产品深加工,整合提炼,生产粉针、片剂和胶囊,有三条生产线,年产粉针4.5亿支,有全国第二大的车间……"

听完经济发展情况汇报后,刘云山问:"当前的农村思想政治工作应该怎么做?刘庄都有哪些好的做法?"

史来贺首先说,这个问题,对农村来说很重要,尤其是改革开放后,经济发展了,思想政治工作也要跟上去。有些农村,忽视思想政治工作,甚至根本不抓思想政治工作,只抓金钱,只抓物质,认为农民只要能挣到钱,就啥都有了。这种认识,这种做法,长此以往,对农村基层党组织建设,对广大农民的思想教育,是相当危险的。

紧接着,他将刘庄几十年来,尤其是改革开放后,一手抓经济发展,一手抓思想政治工作的具体做法,有条有理地详细介绍了一番。他讲到,刘庄的思想政治工作基本经验有3条:一是根本性的问题经常抓。如社会主义、共产主义教育,理想信念教育,艰苦奋斗、爱党爱国、集体主义、共同富裕等思想教育要经常抓,做到常抓不懈,永不放松。二是规律性的思想提前抓。如针对取得成绩时容易自满,提前抓谦虚谨慎教育;针对形势变化,提前进行形势教育,进行坚定信念、坚定立场教育。三是新发现的思想苗头及时抓。一旦发现新的错误思想苗头、错误行为苗头,就抓住不放,做好思想教育。同时,注重榜样的力量和示范效应,常年持续开展先进党员、劳动模范、"好媳妇"、"好婆婆"、"五好家庭"等评优、学先进活动,营造"人人当优秀,人人学先进"的氛围,从而树立良好的村风、民风、家风、社风。

史来贺还向刘云山汇报说:"刘庄思想政治工作的落脚点,是人的思想观念和世界观的转变,这是刘庄几十年的发展得出的结论。其实,刘庄经济发展创造的成就,实质上是刘庄人崭新的思想观念创造的奇迹。没有世界观的根本转变,集体经济就很难上去。而这个根本转变,不是单靠说教,而是靠'五力'。哪'五力'呢?一是党组织的凝聚力,二是集体经济吸引力,三是思想工作激发力，四是党员干部带动力，五是科学技术生产力。这'五力'形成刘庄发展的合力，把现代化农业做强、做大，把现代化工业、副业做强、做大。刘庄人憋着一股气，要为共产党和社会主义争口气，争取赶超西方发达国家富裕农村的水平。"

他的汇报既内容丰富又符合实际，既有理论高度又有实践经验，既有事实依据又有思想深度，接地气，合民情，实实在在，朴实无华。

刘云山一边听，一边记，在小本子上写个不停。听史来贺汇报完后，他脸上露出满意的微笑："讲得好！这都是实践的总结，理论上也很有见地。许多事物，都要经过实践检验，坐在屋子里，是想不出来的。你们的经验，值得总结，应该推广……"

刘庄党委下有9个支部，200多名党员，人人都铭记着老书记给刘庄党组织和党员干部立下的规矩、定下的制度。"党员联系农户"制度坚持了数十年，至今不改不变，每个党员联系2至4户村民，听民声，问民意，看民生，摸民情，及时反映和解决老百姓的急事、难事、大事。

为了加强村两委班子建设，村党委提出了领导班子成员实行"五免职"制度：违反各种制度和村规民约者免；搞派性不团结者免；弄虚作假者免；对批评打击报复者免；对工作敷衍马虎者免。村党委书记的手机就是意见箱、检举箱，村民随时可拨通、可发短信，干部的行为，干部的作风，时时刻刻置于群众监督之下。党员警钟长鸣，干部头脑清醒，谁都知道，在刘庄风清气正的净土上，任何歪门邪道都站不住脚，他们就像老书记那样，廉洁自律，克己奉公，一心为民。

刘庄党委，坚持执行两个制度：一是学习制度。村两委成员每周一次集中学习，党员干部，每两个月上一次党课。二是经常面向全村群众宣讲政策理论。安排专人认真编写教材，通过会议和村里的夜校，向村民和企业职工宣讲。同时，还号召引领村民通过阅读报纸、收看电视和浏览网站等渠道，让党和国家的科学理论、法律法规入眼、入脑、入心，并指导自己的工作和行为。

党组织定期召开生活会，党委成员4个月1次，支部成员3个月1次，普通党员每月3日召开1次，风雨无阻，雷打不动。由此，不仅对党员的工作、学习、行为等及时总结，而且找出差距，弥补过错，时刻保持自知之明。同时，实现了信息的双向及时流通，激发了大家干事创业、无私奉献的热情。广大党员做到了"生产经营当骨干，本职岗位当模范，日常行为当表率"，充分发挥了先锋模范的带头作用。这样，无形中换来了群众的信任，密切了干群关系、党群关系。干部群众水乳交融,党员群众和谐共济,全村上下其乐融融,呈现一派祥和吉瑞、政通人和的景象。

农民知识化

几十年来，不管工作多忙，劳动多累，史来贺总是发扬"钉子精神"，挤时间看书学习。仅上过两年私塾的他，对学习党的理论和科学知识有着热烈浓厚的兴趣，有着心灵依恋的感情。他家藏书上千册，只要一有空，就拿起书来翻阅、研读。即使出门开会，他也常常带三样东西：书籍、笔记本、收音机。休会期间，不是读书，就是整理笔记。夜晚，是他看书学习的最佳时间。只要不开会，他就啃书本。老伴儿说他是"啃书虫儿"，孩子们说他是"老书迷"。几十年如一日，日日坚持，夜夜坚持，史来贺终于由一个没有多少文化的普通农民，成长为一个掌握先进科学技术，带领干部群众引进生物工程，进行微生物生产的专家和全国劳模、全国先进科技工作者。

他深刻地认识到："农村现代化，需要农民知识化。没有农民的知识化，农村现代化的基础就不牢靠。经济要振兴，农民要富裕，必须依靠科技进步，向科学技术要发展、要效益。"

随着农村集体经济的不断发展和社会进步，他逐渐感受到"知识改变农民的命运"，农民要想进步，要想富裕，首先得学习知识、掌握知识、运用知识，这样才能适应现代化的发展，才能把命运牢牢掌握在自己手中，彻底改变愚昧落后的状态和一穷二白的面貌。

进入新时期以后，史来贺坚信"知识就是力量""科技是第一生产力"。他对大家说："新时期，党对咱提出了新要求，咱必须树立新观念，学习新本领，增长新才干。"

于是，每天夜里，他坐在办公室或靠在自己家的床头上，手捧《微生物工程》、医药生产技术以及相关科技一类的杂志书籍，一字一句、一章一节地咀嚼着、消化着、吸收着。多少深奥，多少疑惑，在他的头脑中渐渐化解；多少玄妙，多少机巧,在他的头脑中慢慢消融;多少精华,多少真谛,在他的头脑中一一冰释,化为一股股叮咚甜蜜的泉流……这时,他是多么快乐、多么振奋啊!可这种夜读的快乐和振奋,却给他带来了长期的失眠,一次服四片安眠药都不起作用。而他宁可失眠,宁可少睡,也要为刘庄的发展、为转变农民的命运多学习、多读书、多思索、多操劳……

高深的文化与理论,现代的知识与科学,使他能够从容地面对这个日新月异的时代,使他能够与时俱进地融入这个科技领先、信息发达的时代,使他能够轻车熟路般领导结构复杂、技术先进的现代化企业,使他能够用现代化的管理模式、管理手段,统筹谋划、全盘指挥刘庄各项现代化事业的发展与进步。

为了适应发展高新技术产业的需要,史来贺又带领全体村民实施"换脑工程"。全村上下掀起了学文化、学知识、学科学、学技术的高潮,刘庄人的整体素质得到全面提高。刘庄投巨资建起了高标准的学校,使村里的娃娃不出村就可以受到从幼儿园到高中的系统教育。在选拔有培养前途的优秀青年到高等院校、科研单位进修的同时,刘庄又邀请大专院校到村里办夜校辅导班。通过进修和在辅导班学习,大大改善和提高了全村青年的知识结构和科技水平。

为了丰富刘庄人的知识,开阔刘庄人的视野,加强刘庄人的文化素养,全面提高刘庄人的素质,让刘庄人与时俱进,村里建起了科技大楼、卫星地面接收站和电视差转台,开办了图书馆、阅览室和青年民兵之家,每年都订阅500多份各类报纸杂志,为村民学习科学文化知识创造条件。

在刘庄,还有几项不成文的规定:高中不毕业者不安排工作;没有高中以上文化程度的姑娘没资格嫁到刘庄来;新嫁到刘庄来的媳妇,必须到科研队接受几个月的科技培训,经考试合格后才能安排工作。

通过多种学习和培训方式,刘庄培养了一大批高素质人才,已有300多人拥有了中级以上技术职称。有的是工程师,有的是农艺师,有的是会计师,还有技师和一级、二级技术员。15名党委委员中,有多名获得高级技术职称,还有多人获得中级技术职称。一大批土生土长、具有现代工业生产和管理才能的优秀人才,在各个岗位上发挥着骨干作用,支撑起刘庄经济发展和现代化建设的大厦。

走进刘庄的企业,你可以看到刘庄自己培养的年轻技术人员都在运用世界上最先进的科学技术进行生产和操作、管理和经营;技术工人使用电脑检测每一道工艺流程;信息收集人员通过互联网获取世界最新的医药信息;经营人员不仅懂得英文，还能用英文写出自己的产品说明书，直接用英语和外商畅若流水、口若悬河地交流与沟通……

他们已不是当年由于消毒不严、工艺操作不当、导致染菌只得倒罐的刘庄人了，更不是当年在扫盲班里，一笔一画描摹方块字的刘庄人了。

知识和科学，使刘庄人变得思维敏捷，聪颖伶俐，观念更新，朝气蓬勃。村民自觉以老书记史来贺为榜样，不断武装自己，提高素质，勤奋学习，刻苦钻研，勇攀科技高峰；在创业道路上，同心同德，团结拼搏，无私奉献，全村呈现出"群星灿烂"的新局面。

史世领，曾任村机械厂第一任厂长，华星药厂厂长。建厂初期，主持华星药厂总体设计，以及后来的扩建工程也在他手中圆满完成。他把自己学的机械设计与生物工程原理有机结合起来，先后建起华星药厂的 8 个分厂，设计图纸无一不是出自史世领之手，为集体节省上千万元的资金。而他的报酬，仅是从药厂领到的基本工资。他由机械内行，逐渐成长为生物工程、基因工程专家和企业管理专家。

刘名海，刘庄村党委委员，淀粉分厂厂长。当年，淀粉分厂刚刚投产，生产的玉米浆、玉米油等四项主要产品竟然都不合格。刘名海受命于危难之际，担任分厂厂长后，他首先组织有关人员查找产品不合格、不达标的原因；然后，不辞辛劳，聘请并带领技术人员刻苦攻关，努力提高生产的工艺水平和产品的科技含量，严把质量关，终于使淀粉厂打了翻身仗，上了新水平，登上新台阶。如今，这个厂的产品各项指标均已达到或超过国家标准。

王智义，作为河南绿园药业有限公司的董事长，刘庄村党委副书记，大家都说他是个"操碎心、跑断腿"的董事长。有人问他："你这个董事长是不是光管大事儿？"他笑着说："公司里、车间里没有小事儿，都是大事儿，啥事儿都要管，都要操心。"每天上了班，王智义很少待在自己的办公室里，总是到一个个车间里去巡视，每天的巡视雷打不动，却并不是走马观花转一圈，而是细心查找问题，认真观察每一道工序，睁大眼睛盯着每一个工艺流程，大到机器运转、生产程序、技术操作，小到暖气管道的改装，甚至车间的气温、卫生等，他都要一一检查。如果遇到厂里进行工艺改进，设备进行升级改造，他会没日没夜地蹲在现场，和技术人员一起研究、一起改进，现场指挥，亲手劳作，千方百计加快技改进度，随时操心试验的效果。技改人员不离开，他决不挪窝。王智义严谨、细致、认真的工作作风和一丝不苟的科学态度，让"绿园药业"上上下下无不佩服。

在某种程度上,市场决定企业的命运,所以"绿园药业"必须以高质量产品、高精尖工艺赢得市场,占领市场,这样才能永葆旺盛的生机,才能保证长盛不衰。王智义整天为此呕心沥血,深谋远虑,整天为此居安思危,寝食不安……几十年来,他的青春、他的精力都奉献给了村里的药品企业。几十年的摸爬滚打,他已经成了一个地地道道的"药业通",大到经营管理,小到机器上的一个螺钉、螺帽,他都了然于胸,成了车间里的"百事通"。在刘庄,王智义也算是一方"诸侯"了,统辖"绿园药业",也算"重权"在握了。可他却从来不像个"官",好穿工作服,好一头扎进车间,好与员工在一起,好泡在生产第一线。"工作抢着干,吃苦跑在前,吃亏一包揽。"这是他一贯的风格。他说:"既然当了领导,就要像史来贺老书记那样,不怕吃苦、不怕吃亏、不怕劳累、不怕付出。啥难干的事儿都要抢在别人前头去干,啥吃亏受累的事儿也要抢在别人头里去承担。做的一定要比别人多,上班时间也要比别人长,付出的代价更要比别人重,这样,群众才能服你。只有自己吃亏多了,吃亏惯了,才能充分调动员工的积极性。"

还有马学勤、史世会、王连太……这是一个多么富有献身精神的知识、技术群体啊!他们用知识和科技,为刘庄1.5平方千米的土地带来的正气、正能量,像这块土地上的绿树一样,茁壮成长,葱郁葱茏,四季长青!

知识和科技,赋予刘庄人无穷的智慧和力量,也给刘庄带来了富裕和兴旺;知识和科技,引领他们走进高科技产业领域,摘取高科技尖端产品的桂冠;知识和科技,让刘庄集体经济发展达到全国农村最高水平;知识和科技,让刘庄走在全国农村现代化建设前列。刘庄人,为中国五千年的历史,树起了一座农民创业的丰碑,树起了一座亘古未有的农民从事高科技产业的丰碑!

有了知识和科技,史来贺对刘庄的未来更加充满自信,对刘庄所走的道路更加充满自信,对刘庄人所持的信仰更加充满自信。

他说:"我出国考察,看到资本主义搞了四五百年,才搞成了那个样子。我们中国搞了几十年就搞成了这个样子。就拿俺刘庄来说吧,40年来,经济增加了1000多倍,特别是党的十一届三中全会以来的10年,经济就增加了36倍多。我们的发展速度比他们要快得多。用到60年的时间,就可以赶上和超过世界上发达国家的富裕农村的水平了。"

他坚信:刘庄赶超世界发达国家富裕农村的目标,一定能早日实现!

刘庄人说,老书记的预见一定会实现,一定能实现! 也必然要实现!

培育高素质

华星药厂正式投产不久,发生过这样一件事:发酵车间的两名工人,把发酵罐皮管的一端放在排水沟口,开始按要求对发酵罐进行清洗和消毒。而他们由于疏忽大意和急着下班,毛手毛脚,敷衍了事,干完活儿后,没有把皮管插入罐内,就反身而去。结果造成了下一班工人向罐内输入的培养基,被排入了排水沟。不知不觉,悄无声息,培养基白白流入沟内,等于半小时流失了 1000 多元钱。

虽然不是故意的,但仍属于人为的事故。车间领导很是恼火,也深感惋惜——水泼在地上,再也无法收复。1000 多元的损失,已无可挽回。

按照常规,出了这样的事情,对违反操作规程、马虎敷衍的工人进行批评教育,给予适当处分或处罚,让大家引以为戒就罢了。

史来贺得知这件事后,却并不打算简单处理了事,他想得更深更远:从这件事上,反映出农民工的思想理念、文化素质、工作作风,还没有跟上由农业向现代工业转变的步伐,没有跟上向高科技迈进的步伐,还不适应农村已进入工业化生产的新形势。高科技生产上去了,但职工的思想和素质还没有提升上去,必须全面提高刘庄人的整体素质,这比建设十个华星药厂更为重要。从事高科技事业,高素质人才是关键。哪怕是一个普通工人,综合素质跟不上去,也会坏大事。

他对党员干部和车间领导说:"要迅速组织全体职工进行深入学习、全面学习,学理论、学文化、学知识、学技术、学业务、学工艺,但最关键的,是要学出好思想、好作风,转变思想观念,提高整体素质,跟上改革步伐。经济上去了,科技水平上去了,人的思想境界也要提高,工作作风也要端正。人的思想建设、作风建设,必须适应新形势下的经济建设。不然,经济建设就会滑坡,集体发展就会受损。"

组织职工学习时,史来贺亲自授课,对重要问题反复宣讲,反复强调。每一句都是一声警钟,每一次演讲都是洒向人们心田的一场透雨。他苦口婆心地对大伙儿说:"干一项事业,尤其是高科技事业,大伙儿必须齐心协力。靠什么齐心协力? 靠共同的理想,靠革命的热忱,靠严格的纪律,靠严谨的作风,还要靠整体的素质。"

为了培育刘庄村民和职工的整体素质,老史还组织党员干部、科技人员深入车间、深入各个基层,对年轻职工、初上岗的职工进行传帮带,传思想、传作风、传技术;帮实习、帮操作、帮提高。从而,将年轻一代带得思想正、观念新、作风硬、技术强、素质高,成为刘庄风华正茂的后起之秀。

提高刘庄人的素质,必须从娃娃抓起,这是史来贺的深谋远虑,也是他的人才战略愿景。

有一次,村干部会上有人谈起了如何培养孩子的问题。老史问大家:"你们想给孩子置下点啥、留下点啥?"

村干部你一句我一句,有的说置房子,有的说置汽车,有的说置电器,有的说置家产……

史来贺却一句话把大家说醒了:"我看,置这置那,不如给孩子置个好思想。"

为了从娃娃抓起,让所有的孩子免费入托上学,免费读书学习,村里投资2600万元建起了一个集幼儿园、小学、初中、高中(七里营中学整体迁入)为一体的现代化教育园区,内有壮观的教学大楼、漂亮的试验大楼,还有宽敞明亮的教师办公室。村里的娃娃,不出村就可以接受到从幼儿园到高中的系统教育。

其实,早在1980年,伴着刘庄村成为全国第一个小康村,刘庄也随之普及了高中义务教育。而到目前为止,全国各地还没有实现高中义务教育。仅仅义务教育这一项,刘庄就比全国义务教育先行了几十年。

为了稳定刘庄教育园区的教师队伍、提高教育质量,刘庄村每年都给教师上浮工资。刘庄教师的工资,比城镇学校的公办老师的工资高出四级。

为了提高刘庄青年一代的文化科技水平和整体素质,刘庄将高中毕业而没有考上大学的学生,分批送到大专院校学习深造,村里负责全部学费和生活费。村里还办有免费的远程教育大专班、中专班和专业培训班。从1980年到2002年,刘庄已亲自培育了200余名大中专毕业生,为刘庄的工农业发展、高科技发展输入了新鲜血液。

无论干什么事业，无论创什么大业，无论成就什么伟业，人的素质是最重要的因素。素质决定成败，素质决定盛衰。人才兴，事业旺，有了高素质的人才，刘庄的事业能不繁荣昌盛？能不蒸蒸日上？

在刘庄，人人都向史来贺老书记学习，人人想集体，人人为集体，他们似乎都是为集体而生，为集体而活，他们觉得这样生存才有意义，这样活着才有滋味。

村里号召义务劳动，上至80岁的老人，下至七八岁的孩子，凡是能拿动工具的人，齐刷刷都来到了田间地头，1000多亩麦田，一下午就施肥完毕。刘庄人说："在俺村，干活儿要是给报酬，有的人不一定参加，若是赶任务，尽义务，只要通知一声，人人都会争先恐后，挤扁了头也要往前赶，谁也不甘落后。"

刘庄人都记得，在艰苦创业的年代，需要义务劳动，史来贺总是甩开膀子干在前面，和群众一起挥汗如雨，一起吃苦大干。在他的带领下，干部群众踊跃参加义务劳动，仅此一项，每年可为集体节省150万元。

在刘庄，劳动报酬多少无人计较，但要说谁思想落后、素质不高，谁就会当成一个天大的事来对待。因为在刘庄落个这名声，那是很不体面的事，会叫全村人看不起。可见，刘庄人把思想觉悟、整体素质看得比啥都重要。这在按劳分配的背后，分明存在着一种更深层次、更持久、更强大的精神力量和精神追求。

全民素质高了，整个村的文明程度也相应地提高了。在刘庄，看不到一切传统的陈规陋习，看不见一个带有封建迷信色彩的旧风俗。他们独创了一套新民俗、新风尚：婚丧嫁娶这些红白大事，个人不用操办，不用劳神，统统由集体出面办理，村民不兴送礼金，严禁铺张浪费、大操大办。

办丧事，从老史的父亲史传道去世那年开始，史来贺带头免去一切陈旧习俗，不穿孝服，不戴孝帽，只戴袖箍；不扎纸马纸楼，不吹响器，不烧纸钱；村里举行追悼会，追思死者一生的德行善举，以安慰后人，教育后人。

办婚礼喜事，村里一律派出6辆婚车，包括一辆大巴；别墅里面拜天地；本村大酒店里摆婚宴，村里按照宴席桌数给予补助。家家的婚礼都办得欢天喜地，整个村子都荡漾着甜蜜幸福的喜气……

刘庄这片热土上，活跃着300余名共青团员，他们都是刘庄培育的新秀，思想好、作风正、有知识、懂技术、素质强、风格高。他们是刘庄的明天，刘庄的希望，正是早晨八九点钟的太阳，朝气蓬勃，风华正茂，肩上担负着老一辈交给他们的使命。他们90%以上有车，心态阳光，思想活跃，工作和生活都富有现代气息。上班努力工作，下班休闲上网，有时唱歌跳舞、运动健身，有时也谈美食、衣服、化妆。偶尔也到远近城市和旅游景点购物观光，却从不沾染打架斗殴、吵架骂人、玩牌赌博等坏习气。他们是刘庄培育出的新一代文明人、创业人，都牢记使命和责任，牢记作为和担当。他们创新业，创伟业，勇于担重任；建设美丽刘庄、幸福刘庄，敢于挑大梁。新一代创业人，正在刘庄茁壮成长，阔步向前。史来贺开辟的刘庄道路，正在他们脚下步步延伸；史来贺开创的刘庄大业，正在他们手中节节拔高；史来贺树起的信仰丰碑，正在他们的遥望中闪闪发光。

为了刘庄集体百年不变，为了刘庄的基业牢稳得像铁打钢铸一般，史来贺不仅披荆斩棘，开辟了一条"刘庄道路"，创下了一片伟业，积累了雄厚的财富，而且培育了一代新人，留下了宝贵的人才，这才是刘庄这块土地上最可靠、最富有的财富，也是他创下的最灿烂、最辉煌、最有希望的业绩。

财富再多，坐吃山空；人才兴旺，才能长治久安。这正是史来贺的深谋远虑，远见卓识。

刘庄村的中心广场上，有一根高大挺拔的标志柱，上面环绕着14只手臂、14个圆环，初来乍到，你也许并不懂得这根标志柱的含蕴和象征意义。但当你了解到刘庄有14个姓氏时，便一下子就明白了：那14只手臂，象征着全村14个姓氏手拉手；那14个圆环，象征着全村14个姓氏心连心。它寓意深长，寄托着14个姓氏的刘庄人的核心意识：手拉手才能移山填海，沧海桑田；心连心才有共同理想，富裕安康……

中原"首富村"、全国"小康村"的刘庄人，在史来贺精神的熏陶下，得富裕不失礼节，拥幸福更知荣辱，信党不信邪，信科学不信迷信，齐心协力，同创大业，共同致富。他们牢固树立社会主义荣辱观，坚持"以热爱祖国为荣，以危害祖国为耻；以服务人民为荣，以背离人民为耻；以崇尚科学为荣，以愚昧无知为耻；以辛勤劳动为荣，以好逸恶劳为耻；以团结互助为荣，以损人利己为耻；以诚实守信为荣，以见利忘义为耻；以遵纪守法为荣，以违法乱纪为耻；以艰苦奋斗为荣，以骄奢淫逸为耻"。刘庄到处洋溢着一派政通人和的正气，洋溢着一派和谐幸福的瑞气，成为风清弊绝的一方净土。

　　就连村里的幼儿园和小学的孩子们也唱起荣辱"拍手歌"。你听，他们边拍手边欢唱，一阵阵童声多么优美动听啊！

> 你拍一，我拍一，
> 八荣八耻要牢记；
> 你拍二，我拍二，
> 为了祖国出大力；
> 你拍三，我拍三，
> 铺张浪费要揭穿；
> 你拍四，我拍四，
> 做人不能自顾自；
> 你拍五，我拍五，
> 好逸恶劳真耻辱；
> 你拍六，我拍六，
> 我们尊老也爱幼；
> 你拍七，我拍七，
> 见利忘义要抛弃；
> 你拍八，我拍八，
> 诚实守信人人夸；
> 你拍九，我拍九，
> 法律法规要遵守；
> 你拍十，我拍十，
> 争做文明小天使。

　　那些高年级的学生，爽声朗朗地念起荣辱七字歌谣：

> 八荣八耻要牢记，
> 知耻知荣要明晰。
> 爱国爱校爱集体，
> 为了祖国齐努力。
> 做人不能顾自己，

服务他人记心里。
好逸恶劳是耻辱，
参加劳动要积极。
勤俭节约不能忘，
铺张浪费要摒弃。
尊老爱幼是美德，
团结友善创美誉。
诚实守信最重要，
做人诚信要牢记。
克服困难争上游，
崇尚科学数第一。
自觉遵纪又守法，
不要违规又违纪。
知晓荣辱会做事，
争当文明小卫士。

刘庄村儿童游乐场

　　刘庄人，已经自觉形成了一种独具刘庄特色的价值观、道德观和荣辱观，这也是刘庄这个大家庭清澈明净的"家风"。

　　这是史来贺创造的无形资产，更是他留下的宝贵遗产。

　　这种独具特色的"家风"，将在刘庄这片热土上绵延不断，世代相传，源远流长……

第六十章　永不褪色的旗帜

※老史是个"谜"

※善用辩证法

※群众是靠山

※敢为天下先

※红旗永不倒

老史是个"谜"

　　20 世纪 80 年代,在珠海召开的一次企业家会议上,大家在谈到史来贺和刘庄的村办企业和集体经济发展时,一致认为,史来贺和刘庄这面先进典型的旗帜,30 多年不倒,在全国称得上罕见的传奇。从那时一直延续到史来贺平静谢世,又是 20 年,整整 50 年过去了,半个世纪的风云变幻,半个世纪的潮起潮落,这面红旗不仅不倒、不褪色,而且更加鲜艳夺目、光彩照世,这更是一个绝无仅有的奇迹,不得不让世人惊叹!

　　史来贺自 1952 年担任村支书,后改任为村党总支书记、党委书记,一直到 2003 年去世,当了 51 年刘庄村的书记。在这 51 年的书记生涯中,他 16 次进京参加国庆观礼,受到毛泽东、周恩来、朱德、刘少奇、邓小平、江泽民、胡锦涛等党和国家领导人的接见。毛泽东主席曾先后于 1952 年、1959 年、1960 年、1961 年、1962 年、1963 年、1965 年、1970 年、1975 年,接见他 9 次;周恩来先后接见他 10 多次;邓小平与他坐在一起深入交谈 5 次;江泽民接见他 11 次;胡锦涛接见他 13 次,并合影留念。他曾当选中国共产党十三、十四、十五、十六大代表;当选第三、四、五、六、七、八、九、十届全国人大代表,其中第五、六、七、八届担任全国人大常委会委员。他还被评为全国民兵英雄、全国植棉能手、全国优秀共产党员、全国优秀领导干部、全国劳动模范、全国先进科技工作者、全国有重大贡献专家、全国乡镇企业十大功勋人物之一等。即使在他去世 6 年后的 2009 年即新中国成立 60 周年时,他仍被评为 100 位新中国成立以来感动中国人物之一。这在中共基层组织发展史上是绝无仅有的。

　　2009 年 4 月 3 日,时任中共中央政治局常委、中央书记处书记、国家副主席的习近平视察刘庄,他握着刘庄村党委书记的史世领的手说:"你父亲的名字,我很熟悉,他的事迹,我也很熟悉。一个 50 年代的老典型,不断地与时俱进,使我产生了很浓厚的兴趣，要研究他怎么做到的与时俱进。这次来看一看，我也是慕名已久，了却心愿啊！"

他在视察中又说："榜样的作用，影响下一代。在壮大集体经济上，企业不断地发展，走的这条路很好。先进典型的成功，跟这个都有关系。再有就是政治、经济、物质、文化、精神文明、党的建设，又有一个好的班子、好的带头人，各方面都不错，都是优化的，所以这个经验要研究。结合我们下一步的党建工作，特别是农村基层党建、新农村建设、三级联创，我们要好好关注（刘庄）这个点。"

2013年，在全国开展的群众路线教育实践活动中，中共中央总书记、国家主席、中央军委主席习近平又做出重要批示："史来贺的事迹和精神很感人。在这次教育实践活动中，可集中宣传一批各类党员干部正面典型，使大家学有榜样，行有示范。"

一个20世纪50年代的老典型、老劳模，随着共和国前进的步伐，经历了半个多世纪的时代递进，风云跌宕，依然光华万丈，毫不逊色，这的确是一个罕见的奇迹。

他的名字，家喻户晓，响遍大江南北、长城内外，而又穿跨生死，超越时空。至今，仍像天上的明星一样，璀璨夺目，熠熠生辉。

他的故事，如怒放的鲜花，姹紫嫣红，永不凋零，而且历久弥新，经久愈香，开遍中原沃土，开遍中国大地。

他的业绩，书写在大地，是一部卷帙浩繁的创业史；矗立于天地，是一座巍峨的丰碑。史诗永存，丰碑不朽！

他至高的荣耀，光环未淡，华彩依旧，不仅光耀史册，而且辉映人心，流芳于百姓的口碑。

人的生命是有限的，短暂的，但他的泽惠却无限地绵延，他的英名却永久地流传。他，永不会过时，永不会远逝，犹如星光月华，在人们的眼前，在人们的心里，恒久地放射着光芒……

史来贺为何能与时俱进，怎么做到的与时俱进？在人们的心目中，这成了一个难解难悟的谜！

其实，揭开这个谜并不难，从史来贺半个多世纪的创业历程和对党的宗旨、党的群众路线的光辉实践，就可以悟出这个"谜底"。说来并不复杂，他就是坚持了"四个自信"。

坚持信仰自信。

共产党人的信仰,从他站在党旗下进行入党宣誓那天,就在他心里深深扎下了根,而且从未动摇,从不放弃。因为对崇高信仰的自信,才使他终生坚定一个目标:建设社会主义,实现共产主义!

他曾坚信不移地对来访的外国记者说:"共产主义不是幻想,也不是空想,它是全人类共同的梦想,这个美好的梦想一定会变成人类社会的现实。"

为了把共产主义理想变为美好的现实,他带领刘庄人不懈奋斗,不停拼搏,一步一个脚印向着这个崇高的目标举步踏地,奋力前行。他对广大群众说:共产主义不是说大话说出来的,不是喊口号喊出来的,它是靠我们的双手,一砖一瓦建起来的,它是用我们的心血和汗水,一点一滴浇灌出来的,它是用我们的千辛万苦、勤劳勇敢奋斗出来的、创造出来的。

作为一名共产党员,他时刻不忘自己这个光荣的称号,事事处处珍重这个称号,爱惜这个称号。从入党那天起,他就把党的宗旨、党的信仰铭刻心头,并坚定了一个信念:为信仰而生,为信仰而活,为信仰而奋斗,为信仰而拼搏,为信仰而奉献,为信仰而牺牲。为了信仰,哪怕上刀山下火海,哪怕闯激流涉险滩,也在所不辞。如果没有了信仰,就没有了灵魂,没有了精神,生命就失去了光彩,失去了活力。信仰,让他活得有奔头、有希望、有意义,就像每天早晨都能看到火红的日出,眼前,总是一片灿烂,远方,总是一片辉煌,那就是他心中的信仰之光!

为了奔向信仰的太阳,他率领刘庄人奏响了一部又一部创业交响曲:

20 世纪 50 年代,平整土地,改造农田,将 700 多块碎片似的盐碱洼、蛤蟆窝,平整改造成了 4 大块方方正正、平平展展、一望无际的丰产田,实现了粮棉双丰收;

20 世纪 60 年代,挖渠修河打机井,在 1900 多亩土地上织成了河渠纵横的水利网,实现农田水利化,继而又实现了农业机械化,粮棉高产又高产,成为全国最早解决温饱的先进村;

20 世纪 70 年代,高奏村办企业的乐章,每一支乐曲都演奏得雄壮激越,鸣响了农村发展最强音,激活并催开了农、工、商、林、牧、副鲜花齐放的烂漫春色;

20 世纪 80 年代,农、工、商、林、牧、副又上新台阶,向高科技进军,集体经济攀上新高峰,刘庄成为"中原首富村",率先进入小康;

20 世纪 90 年代到 21 世纪初,以生物医药企业为龙头,带动刘庄农、工、商、林、牧、副全面发展,奏响了刘庄经济腾飞最精彩、最辉煌的华章……

有人高度概括说,刘庄奏响了创业发展的三部曲:

20 世纪 60 年代末,成为全国最早一批解决温饱的先进村;

1980 年,成为"中原首富村",率先成为"小康村";

进入 21 世纪,稳居全国农村前列,成为少有的"幸福村"。

有信仰,有难不知难,有苦也觉甜;有信仰,明知山有虎,偏向虎山行;有信仰,明知激流暗滩有艰险,越是艰险越向前!

可以说,史来贺的每一滴汗水,都是为信仰而流,每一滴心血,都是为了浇灌火红的信仰之花;他每踏出一步,都是向着信仰迈进;他每探索一次,都是为了踏平通向信仰的坎坷,铺平通向信仰的道路。刘庄群众跟着他,在这条路上走得平顺,走得放心,走得有信心、有希望。于是,刘庄一年年的发展,刘庄一次次的跨越,始终朝着信仰的太阳升起的地方。

史来贺一生笃信崇高的信仰,一生敬仰崇高的信仰,一生迈向崇高的信仰,一生献身于崇高的信仰。

信仰的红日,永远照亮镰刀铁锤的旗帜。那红日之光,那旗帜之光,永远映红史来贺的身影,映红史来贺的灵魂……

坚持道路自信。

刘庄 50 年的发展,50 年的变迁,日新月异,天翻地覆,创造了农村变革的奇迹,老百姓过上了富裕的日子、幸福的生活。站在今天,回望刘庄一路走来的历史,刘庄人可以自豪地说,他们选择了一位好带头人、好领路人,领路人又为刘庄选择了一条光明正确的道路!

史来贺一开始就对刘庄选择的道路充满了自信,充满了必胜的信念。在他看来,社会主义道路,是让广大农民脱贫致富的必由之路,是实现社会主义现代化的必由之路,是创造人民美好生活的必由之路。要想让刘庄人走向共同富裕,必须选择这条道路,而且要善始善终地坚持这条道路,并在这条道路上不断创新发展。因此,50 年如一日,他的两只脚始终踏在这条道路上,拼命往前奔,从未犹豫过、怀疑过,也从未摇摆过、偏离过。他的道路自信坚定不移,一以贯之,一坚持就是一生一世。

有了这种道路自信,史来贺就有了对刘庄发展方向和未来命运及前途展望的自信;就有了对刘庄村情、民情的准确把握和深刻分析;就有了对刘庄实际和群众愿望的理性思考；就有了对刘庄百姓福祉的责任担当。

然而，社会主义道路并不是笔直的，也不是一帆风顺的。在这条道路上，布满了荆棘，布满了崎岖，有激流险滩，有雄关漫道，还有突来的风云变幻，冷雨冰霜……

但这一切，都无法扰乱、无法动摇、无法打散他坚如磐石的道路自信。他有恒力，有恒心，有恒志，用磐石般坚定的信念坚持了半个多世纪的道路自信，做到了生命不止，自信不灭。

面对变幻的风云，他有主见；面对压顶的巨浪，他有风骨；面对忽左忽右的风向，他有定力。在众人迷失方向的时候，他的自信就是指南针；在天下大乱的时候，他的自信就是定海神针；在重大历史关头，一般人容易偏离航向时，他的自信就是方向盘！

这样，在每一个关键的历史节点，他都能稳掌船舵，把稳航向，使刘庄这艘巨轮始终飞驶在一条金波闪光的航线上，让盲动的"一风吹"总在刘庄碰壁，吹不进去；让任意的"一刀切"总在刘庄受挫，切不下去。因此，刘庄集体经济发展持续保持旺气，社会综合发展到处弘扬正气，人的全面发展逐渐彰显浩气。

他把社会主义的本质参悟得明亮又透彻：贫穷不是社会主义，吃"大锅饭"也不是社会主义。"集体空，没人听；集体有，跟党走；群众富，走的才是社会主义路。"大力解放和发展生产力，大力发展和巩固集体经济，让群众实现共同富裕，过上幸福美好的日子，才是真正的社会主义。

于是，史来贺历尽千辛万苦，率领刘庄人，开创和发展了刘庄特色的创业道路，这条道路就是中国特色的社会主义道路。就是因为坚持了这条道路，才从根本上改变了刘庄百姓的命运和前途，不可逆转地开启了集体经济发展壮大、走向繁荣昌盛、生机勃勃的历史进程；并将刘庄人民全部引领到共同富裕、和谐美丽、吉祥幸福的光明天地。

由此，他有了切身的感悟：道路问题，关乎刘庄人的命运与前途，关乎刘庄人的幸福与美好。再由刘庄这个原点想开去，道路问题，更关乎党的命脉，关乎国家前途、民族命运和人民福祉。总之，一句话，道路问题是关系党的事业兴衰成败的第一位的问题，道路就是党的生命，当然，也是老百姓的生命。史来贺坚定地认为，只有中国特色社会主义道路，才能引领中国的现代化建设，实现人民安康幸福，而没有别的第二条道路可走。所以，作为一个农村基层干部、农民带头人，首先要把道路选对、走正，并一气走到底！无论遇到什么样的风浪、什么样的险滩，都不能动摇、不能回头。

史来贺正是一条道路走到底，把刘庄的老百姓引上了一条康庄大道。正如他所说："我这一辈子，做了两件事：一是把群众带到了富路上；二是把群众带到了正路上。"

如何"走正""走稳"这条道路，史来贺颇下了一番功夫。他立足基本村情、民情，从刘庄的实际出发，始终如一地坚持以经济建设为中心；坚持改革开放，解放和发展生产力；坚持以人为本，科学发展，努力建设和谐村庄、美丽村庄，促进人的全面发展；实现共同富裕，人人幸福，建设富裕、民主、文明、和谐的社会主义现代化农村。

在长期的探索和实践中，史来贺在正确把握发展方向，走正、走稳中国特色社会主义道路上修炼出超凡的功力，不断推进实践创新、制度创新、发展理念创新、科技创新；在经济发展、思想政治、文化娱乐、综合治理等各个领域，形成了一整套相互衔接、相互联系的制度体系；不断完善事业发展、经济发展、新村建设的总体布局，把刘庄的全面发展引领得风起云涌、异彩纷呈。

史来贺去世后，村里的老党员们自发地聚在一起追忆老书记的功德，他们流着泪水自问自答："50多年了，老史咋总是既能跟中央保持一致，又能跟刘庄群众保持一致呢？对照对照，他做的都符合刘庄的实际，都符合人民的利益啊！"

50多年的发展实践验证了，刘庄特色的道路，是给刘庄人福祉的一条道路，是让刘庄人充满自信、充满希望、充满豪情的一条道路。

这条道路真正让刘庄人站了起来、富了起来、强了起来、幸福美满起来！

坚持党性力量的自信。

史来贺在定期召开的党员会议上，反复强调，党员要有党员形象，要有党性原则，要时常保持党的先进性，事事处处起先锋模范作用。是党员，就坚决不能混同于一般老百姓，要是只有一般群众的思想觉悟、政治水平、素质修养，那还能叫党员吗？

在他看来，党性是一种无形的力量，它在群众中不仅会产生巨大的影响力、感召力、号召力，而且会产生不可名状的导向力、向心力、凝聚力。

在史来贺身上，党性不是个抽象模糊的事物，不是空洞无物的口号，而是化为具体的行动，化为劳动中的滴滴汗水，化为带头吃苦、带头吃亏、无私奉献的身影,化为深夜为百姓呕心沥血的灯光,化为工作和生活中的点点滴滴。他的党性,刘庄的群众看得见,摸得着,感受得到;他走到哪里,就把党性的光辉散发到哪里;他干到哪里,就把党性的火种传播到哪里。所以,刘庄的百姓服他、信他、敬他、爱他,啥事都指望他,一天也离不开他。

党性成了一条血脉,一头连着老史,一头连着群众;党性成了史来贺的灵魂,他的心跳连着老百姓的心跳。

在他的心里,党性的核心是全心全意为人民服务,完全彻底为老百姓奉献。一切为了人民的利益,一切为了百姓的福祉,这是他坚持了一辈子的人生信条。他事事处处自觉践行党的宗旨,把为人民服务化为自己的灵魂,作为自己一切行动的出发点和归宿。

他经常对村里的党员干部讲:"形势变,任务变,全心全意为人民服务的宗旨不能变,相信和依靠群众的原则不能变,真心实意为人民办实事的作风不能变。"

他自觉融入群众中,一朝一夕都离不开群众,日日夜夜都念念不忘群众,深怀爱民之心,恪守为民之责,善谋富民之策,多办利民之事,真正做到了"权为民所用,情为民所系,利为民所谋",以实际行动密切党和人民群众的血肉联系,以50年的发展成果及时广泛地惠及人民群众。

在刘庄,处处闪耀着共产党的光芒,闪耀着共产党人党性的光芒,这万丈光芒是最美丽的春光,是最和暖的春阳,温暖百姓的心田,福泽百姓的生计,滋润百姓的幸福。

在刘庄人的记忆中,史来贺身上写满了"公"字,没有一个"私"字。他从来不谋私利,不想自己,无论在工作中还是在日常生活中,他根本就不想、也没有一己之利,一家之私。刘庄村党委书记刘名宣说:"他每天一睁眼说的就是群众,就是工作,从来不说家庭,不说自己。"

史来贺为人民服务,为百姓奉献,达到了无我、忘我的境界,达到了公而忘私的境界。

他为百姓而生,为百姓而死;他为百姓谋利,为百姓造福。刘庄人说:俺的老书记从来不跟"私"字沾边,好像生来就与"私"字无缘。史来贺真正做到了心底无私无染,无私才无畏,无染才清明。

这种境界,对于普通的党员干部来说是很难做到、很难达到的。而那些贪官污吏更是与史来贺相反,他们的贪心里装的只有金钱、美女、权力、地位,为了这些，头脑里根本没有"人民"二字，早已把国家利益、群众利益和党纪国法抛到了九霄云外。这些官员彻底背叛了党的宗旨、背叛了党的信仰，践踏了党性，践踏了党章，败坏了党的形象，将永远被人民所唾弃！

其实，党性不是与生俱来，不是头脑中固有，党性修养，是党员的自我教育，自我改造，自我锤炼，自我完善，是党员在改造客观世界的过程中，自觉运用党性原则规范自己的行为，保持共产党员的先进性，使自己真正成为一个高尚的人，一个纯粹的人，一个有道德的人，一个脱离了低级趣味的人，一个有益于人民的人。

史来贺把共产党员的思想道德修养、品格情操修养看得非常重要。道德和人格，是一个人灵魂的力量，是一个人生命中最具光华的组成部分。共产党人必须用高尚的人格魅力赢得广大群众的赞赏与尊重，赢得大家的信赖和拥护。因此，他要求广大党员和干部要自重、自省、自警、自励，切实开展批评与自我批评，勇于揭露和改正工作中的缺点和错误，坚决同消极现象作斗争。

他自己更是带头以学修德、以俭养德、以廉守德，自觉把提高道德修养作为一种追求。任何时候、任何情况下，他都做到慎独、慎初、慎微、拒腐蚀、永不沾，带头吃亏，带头吃苦，带头奉献，而把一切利益、一切福祉都奉献给群众，让老百姓真正看到共产党人的廉洁无私，克己奉公；真正体会到共产党对老百姓好，为劳苦大众谋幸福。老百姓把共产党的好看在眼里，记在心里，哪还会不相信共产党，哪还会不跟共产党走呢？

山自重，不失之威峻；海自重，不失之雄浑；人自重，不失之尊严。

刘庄群众诚心拥护党，铁了心地跟党走，不是因为党掌权有势，而是因为他们从史来贺身上看到党全心全意为人民服务，看到党完全彻底为百姓谋利益、谋幸福。

史来贺用坚定的党性基石，树起了一座克己奉公、一心为民的精神丰碑、道德丰碑！

大地无言，丰碑不朽。立党为公的人，党会记住他；执政为民的人，人民会感念他。

改革开放后，许多农村出现了"穷庙富和尚"的现象，村支书富得流油，集体却穷得一文不名。而在刘庄却恰恰相反，刘庄是"富村穷书记""民富支书穷"。

史来贺去世后，他的遗物又简单又陈旧，只有戴旧了的一顶草帽，用了多年的老花镜、放大镜，还有老掉牙的手表、小收音机，那布满了手印和汗渍的对讲机、计算机要算他留下的"新式武器"了。这些遗物,在有些人眼里,也许一文不值。

替他的家人整理他的遗物的女干部,一走进史家门,就不住地掉眼泪,因为她们看到,老书记的家是全村最简陋、最清苦的一个家,最值钱的就是新飞冰箱、18英寸彩电和一对老式沙发,剩下的是几件老古董:老柳木圈椅、老方桌、长板凳。谁能想到,卧室里连个衣柜都没有,木板床上铺着旧被褥,房间里从南到北扯了两根长铁丝,上面搭满了他和老伴儿一年四季来回换穿的旧衣服……那旧衣服上,仿佛还留存着老书记的汗腥味,还留存着老书记的体温。她们看到这些,触摸这些,怎能不伤心落泪? 刘庄富了,群众幸福了,可老书记生前却依然过着清淡如水的生活,穿旧衣,坐板凳,吃高粱馍蘸辣椒,喝凉白开。他让所有刘庄人都享福,可他自己却没有享一天清福啊!

"咱刘庄1000多口人,谁都没有亏,只亏了一个人,史来贺呀!"想起老书记,刘庄人众口一词,自然而然就会说出这句话。人活着,望着他的背影念叨;人死后,想着他的音容流泪……

一位从外地来刘庄的参观者,在纪念馆看过史来贺的事迹展览后,感动得热泪挂腮,感慨万端:"人活在世上,哪天都会遇到牵扯个人利益的事,谁能真正像史来贺这样清廉无私,对自己刻薄到几乎不近人情的地步? 对史来贺,学习容易做到难啊!"

德高望自重,青史留美名!

从史来贺身上,我们可以看到,一个共产党人的品德修养、人格魅力是多么的重要。品行、人格是做人的根本,是领导干部为官行政的"命门"。品德不好的人,灵魂阴暗的人,当了"官"也难以服众,迟早要栽跟头。他们一踏进"官"的门槛,就忘了誓词,忘了党性,宗旨只挂在嘴上,并不付诸行动,心里只有个人得失,从来不考虑群众利益,事事处处为自己打算,挖空心思谋虑如何飞黄腾达。为人民服务,变成了为"人民币"服务;人民的利益轻于鸿毛,个人的利益重于泰山;党的事业漠然置之,个人升迁处心积虑。升官就是为了发财,就是为了狠狠捞一把;滥用职权,权钱交易,贪得无厌,欲壑难填。极力崇尚拜金主义、享乐主义、极端个人主义,把爱国主义、社会主义、集体主义早就抛到了地球之外。"这种上不沾天、下不挨地的官员,能不官僚? 能不腐败? 能不落马栽跟头?"这是刘庄人给那些贪官污吏下的断语。

史来贺心里装着人民的利益,所以他始终跟人民站在一起;他一生都在践行党性,所以他时刻跟党站在一起。史来贺始终两脚踏地,头顶蓝天,站得直、行得正、走得稳,任何恶浪都推不倒他,任何邪风都吹不倒他,任何大山都压不垮他。这正是他顶天立地,昂首挺胸,50年不倒不歪的秘诀。

坚持民主力量的自信。

民主集中制是党的根本组织制度,也是党的领导制度。为了加强刘庄的党组织建设,史来贺始终坚持贯彻执行民主集中制,建立民主和谐的基层党组织战斗堡垒。

在加强农村基层党组织建设的探索实践中,史来贺逐步认识到,一个领导班子,犹如一部机器,班子里的每个成员都是这部机器的零件,各司其职,各尽所能,各守其位。这样,才能保证这部机器运转自如,发挥良好的性能,产生高超的效率。班子成员要互补互助,协调一致,和谐相处,"讲团结,讲奉献,顾大局,识大体",才能发挥好班子的核心作用,产生向心力、凝聚力,提高战斗力、先锋力。

刘庄党组织也不是铁板一块,有时也会产生矛盾和分歧,产生争论和隔阂。怎么办?遇见矛盾不能绕着走,不能视而不见,更不能把矛盾积累起来,结成解不开的死疙瘩。史来贺从《毛泽东选集》里找出了解决问题的办法,毛泽东在《党委会的工作方法》中说得很具体:"要把问题摆到桌面上来。不仅'班长'要这样做,委员也要这样做。不要在背后议论。有了问题就开会,摆到桌面上来讨论,规定它几条,问题就解决了。"

毛主席说得多么通俗易懂,这不就是解决矛盾与分歧的灵丹妙药吗?史来贺用这种办法,正确处理工作中的意见和分歧,从工作大局、党性高度和团结一致的愿望出发,班子成员互相坦诚相见,把问题摆到桌面上,剖析衡量矛盾与分歧的根源所在。通过互相交流,互相交心,及时化解矛盾、消除分歧,统一认识,统一思想,统一意志,统一步调,促进班子成员之间思想上合心,组织上合力,工作上合拍。

作为"一把手",史来贺在班子内时时与委员们平起平坐,平等相处,从不高人一头,居高临下。他只当好"班长",而决不当"家长"。不管是学习会,还是讨论会、研究会、决策会,他都先让委员们发表意见,广开言路,集思广益。尊重班子里的每一个成员,发挥他们的主动性、积极性;注重决策的民主性、科学性、群众性,决不搞"一言堂""家长制"。

特别是有关村里的经济发展、体制改革、企业管理等重大事项,决不一人说了算,更不搞"一锤定音"、武断拍板,而是建立完善的民主决策机制:坚定执行"集体领导,民主集中,个别酝酿,会议决定"的民主集中制,集中大家的意见,集中集体的智慧,保障党章规定的党员的民主参与、民主选举、民主决策、民主监督等民主权利得到正确而充分的行使。

晚年的史来贺,在刘庄形成了当之无愧的个人威望。刘庄的干部,人人敬佩他、人人尊重他;刘庄的百姓,人人信服他、人人指望他;就连刘庄的孩子,也都人人敬仰他、人人爱戴他。而这时的史来贺却有了一种恐惧感,觉得所有的人都在抬高他,这是一个危险的信号!他吸取了一些农村典型变成乡绅、村霸、黑社会的教训,严防个人威望形成"一言堂""一把抓"。他时常警惕自己、提醒自己:"千万不能树立个人威望,要树立党的威望;千万不能一人独断,要党委集体决断。"他由衷地对村干部说:"刘庄不是哪个人的刘庄,是所有刘庄人的刘庄。刘庄要始终实行民主管理、集体决策、群众监督,绝不能搞专制、搞'一言堂'。"

对刘庄未来接班人的问题,他早有谋略,早有筹策。他曾多次立场鲜明、态度明确、语气果断地告诫党员、干部:"刘庄产生干部,不能个人指定,要集体培养,大家推荐,民主选举。谁能让群众生活富裕,谁能让集体经济壮大,谁能让群众信服,就选举谁。"

史来贺生前曾多次说过,谁最有能力坚持好、实现好、维护好、发展好刘庄的集体经济和共同富裕事业以及刘庄人民的根本利益,谁就可以成为刘庄村新的带头人。

> 干部是面镜,
> 群众是杆秤。
> 要想打好铁,
> 必须自身硬。
> 硬得像"铁牛",
> 百姓人人敬。
> 处处当模范,
> 群众才呼应。

　　这是史来贺经常给村干部念叨的几句顺口溜，他说，村干部就像那打铁匠、炼钢工，要打出好铁，炼出好钢，先得把自己炼成一副钢铁骨架、钢铁身板！

　　史来贺当了50多年的"班长"，得到广大党员敬佩、公认的一个重要原因，就是他带头发扬民主，善于总揽全局，协调各方，对集体研究讨论的问题善于把关定向，善于集中集体智慧，靠大家群策群力，齐心合力。但他总揽不包揽，果断不武断，合唱不独唱，补台不拆台。所以，整个班子拧成一股绳，心往一处想，劲往一处使，脚往一处迈，牢固树立以人民群众为中心的发展思想，以百姓忧乐为忧乐，以百姓甘苦为甘苦，不讲空话，不做虚功，不计较个人得失，扎下身子，真抓实干，敢闯敢试，敢打硬仗，敢打恶仗，干出了刘庄一枝独秀的特色。

善用辩证法

史来贺很爱学哲学,很爱读哲学类的书籍,也经常和干部们一起探讨哲学方面的理论问题。在他眼里,工作处处有哲学,生活无处不辩证。他把哲学理论、尤其是辩证法,灵活地运用到刘庄经济社会的发展中,巧妙地运用到社会主义新农村的建设中,有效地指导了刘庄的创业实践。所以很多专家认为,史来贺领导刘庄人民进行艰苦创业,取得成功的一个重要原因,就是按照辩证法办事,善于用辩证法指导刘庄的经济和社会发展。

在建设社会主义新农村的长期探索中,史来贺始终引导刘庄干部群众处理好物质文明和精神文明的辩证关系,他经常向干部群众讲物质和精神的辩证法。

"既要走富路,又要走正路",这是史来贺关于两个文明建设辩证关系的通俗概括。建设社会主义新农村,必须照辩证法办事,既要引导农民走富路,还要引导农民走正路。"走富路",即实现物质文明,"走正路",即实现精神文明。而社会现实中并不是所有走上富路的人,都能"走正路",很多人靠歪门邪道快速致富,甚至一夜暴富。在他们心目中,只有拥有了金钱,拥有了财富,才是富裕,才是称霸一方的富翁、财主。史来贺并不认为这些人富裕和幸福,他说:"富裕是一个完整的概念,经济上去了,人们的思想境界也要提高,这才是真正的富裕。"又说:"如果是富了口袋,坏了脑袋,那就失去了致富的意义。"物质上的富,只能满足物质生活的需求,是低级的富;精神上的富,才能让生命感到充实丰富,是高级的富。如果只有物质富有而精神贫乏的人,会使他的人生"两极分化",穷得只剩下金钱了,他永远享受不到精神上富有的人所能享受到的快乐、充实和振奋。物质上富是有限的,精神上富才是无限的。

从物质上来讲,史来贺并不是最富有的人,他还没有刘庄的大多数村民富。

但是他把所有的刘庄人带富了，把周边 13 个村的老百姓帮富了，并且都把人们带到了正路上。党和国家给予了他很高的荣誉，他不仅受到了刘庄人的敬重和爱戴，也受到了全国人民和世界友好人士的敬仰。他和刘庄人得到的精神享受和心灵快乐，是那些物质富有、精神贫困的人所无法拥有的。

刘庄的创业实践告诉我们，广大农民只有获得物质文明和精神文明的双丰收，才是真正达到了富有和幸福。

反之，如果像那些贪官污吏和黑恶势力那样，用不正当手段发家致富，不走正道走歪道，不走白道走黑道，长期发展，积重难返，那将会给社会造成什么样的恶果呢？历史告诉我们，一个贪贿成风、权钱交易、官商勾结、黑恶横行的社会，最后必然导致民怨沸腾，天下大乱，不惩治，不足以平民愤、安民心；不惩治，就很难从严治党，安邦治国。

所以，要想让百姓致富，并且永远富下去、一直富下去，必须学习史来贺的经验，物质文明、精神文明一起抓，让富起来的百姓永远走正路——自力更生，艰苦奋斗，勤俭创业，劳动致富，这样才能富得扎实、富得安心舒心，富得天长地久。而走歪路致富，钱来得又快又容易，但这些钱是黑钱、是祸端，会使人挥霍无度、骄奢淫逸、坐吃山空，必然害人害己，殃及子孙。

正如史来贺所说："凡事都得有个好思路、正主意，在任何情况下，都不能走邪路、贪便宜、发横财。搞歪门邪道，不会增加社会财富，只是富了这家穷那家，肥了自家坑公家。"

改革开放初期，许多人只注重经济发展，不注重思想教育，认为只要物质文明上去了，精神文明自然也就上去了。实践证明，这种认识是极端错误的。物质文明和精神文明相辅相成，但绝不能相互替代。物质文明上去了，精神文明也可能上去，也可能下降，关键看你抓不抓，怎么抓。对此，史来贺始终保持清醒的头脑："精神生活不丰富不行，经济上不去也不行。这是不能相互替代的。但是，单纯的金钱刺激，越抓问题越多，抓来抓去，就没有积极性了，还得物质加精神。所以，思想政治工作做好了，一切工作也就好做了。"这是因为，"人是最活跃的生产力，事是人做的，业是人创的，人是脑袋瓜指挥的。只要抓住人，抓住思想，一切都好办了。世界观的转变才是根本的转变。"

"共同富裕，要有共同理想"，也是史来贺善用辩证法的结晶。他说："要干好一项事业，大伙儿必须齐心协力，靠什么齐心协力？靠共同的理想，靠革命的热忱，靠严格的纪律。信仰是目标，信仰是动力。没有信仰，就失去了前进的方向和动力。归根结底,只有为理想而献身的精神,才是成就事业的根本性因素。"

现在社会上出现的种种问题,比如腐败问题,黑社会问题,社风、民风问题,单靠法律是不能彻底解决的。要从根本上解决问题,就像浇树要浇根一样,还得靠教育,把人的思想教育好,正像史来贺所说:"把人教育好,比啥都重要。"这就是说,物质文明需要精神文明作支撑。

用辩证的观点反过来说,物质文明又是精神文明建设最为牢固、坚实的基础。史来贺从根本上看清了这一点:"集体空,没人听;群众富,走的才是社会主义路。"他对此分析得特别透彻:"经济物质搞不上去,人民群众得不到实惠,得不到利益,你咋能体现社会主义、党的领导好呢? 社会主义老是穷的,就站不住脚。你穷得叮当响,经济上不能帮助群众,再讲道理也是空的。经济搞上去,说起话来、办起事来,腰板才硬,群众才能跟你,才能代表先进的生产力。"

他没有说很深奥的理论,但却说到了本源,说到了根子上。要老百姓相信共产党、拥护和热爱社会主义,必须把经济搞上去,把物质文明搞上去。这样,才能让群众实现共同富裕,才能真正体现社会主义的本质和优越性。

"集体经济要有集体主义",这是史来贺通过几十年的实践,总结出的一条发展集体经济的真知灼见。一句很浅显、很直白、很普通的话,却蕴含着很深的辩证法。

集体经济与集体主义,二者是相辅相成、互为支撑、密切联系在一起的辩证关系。发展集体经济,必须有集体主义,这也是史来贺根据经验提炼出的富有哲思的一句箴言。集体经济要有集体主义思想作支撑,而这恰恰是农村、农民普遍缺失的。特别是实行"家庭联产承包责任制"后,在农村就很少看到集体主义的影子了,大家都在从事个体化的生产劳动,一盘散沙各顾各,集体主义思想也逐渐淡化。可刘庄到处都可以看到集体主义思想的光辉。刘庄集体经济,是建立在全体村民共同占有生产资料基础上的公有制经济。这种经济模式的最大优势是能把全村资源集聚起来加快发展,最大难点是要求全体村民去关心它、维护它,甚至为了集体经济的发展而去牺牲个人的利益。刘庄人在史来贺的教育影响下,做到了人人想着集体,人人热爱集体,人人维护集体,人人为了集体。他们把集体利益、集体财产、集体发展看得很重很重,甚至超过自己的生命。为了集体财产、集体利益,危难时刻,刘庄人都是不要命地往前冲。正如刘庄人所说的那样:"在我们这里,要是给报酬,有的人不一定参加,若是说赶任务、尽义务，只要通知一声，人们都会争先恐后。"可见，刘庄群众的集体主义思想是多么强烈、多么自觉、多么牢固。刘庄集体经济历经风云变幻和风吹雨打，之所以生机勃勃，始终保持旺盛势头，是因为刘庄人的集体主义思想在其中起到了强大的支撑作用、保障作用。

刘庄人能做到的，为何其他农村做不到呢？因为刘庄有史来贺，有史来贺的引领和教育。几十年来，他从未忘记"严重的问题在于教育农民"的使命，他时常教育农民树立集体主义思想、坚定社会主义信念，让这些光明的思想占领农民的"思想阵地"，在农民头脑里深深扎根。所以刘庄人也跟史来贺一样，始终和集体血脉相连，命运相通，时刻对集体念念不忘，不论遇到啥事，都先想集体，都把集体放在前边，关心集体比关心个人更重要，维护集体比维护个人更重要，把集体看得大于天、重于山。

再反过来说"集体主义要有集体经济"。史来贺深明集体主义和集体经济的辩证关系，要让农民树立集体主义思想，除了教育，最根本、最扎实的还是要发展集体经济。如果集体经济是穷的、是空的，甚至是一张白纸，一穷二白，拿不出实力、实惠去帮助群众，解决不了群众的任何困难，你要群众树立集体主义思想，那岂不是空想、空谈？

史来贺曾说过："社员进了集体的门，把一切希望都寄托在集体上，集体应该积极主动地去解决群众生产、生活中的问题，尤其是吃、穿、用、住这些最基本的东西。群众看到了集体的优越性，集体主义也就慢慢形成了。所以，我们必须充分认识发展集体经济的重大意义。"

史来贺从一开始就认识到，社会主义新农村的建设是与集体经济紧密联系在一起的，建设社会主义新农村，实现共同富裕目标，离开了集体经济，就很难实现。

他说："在农村建设社会主义，一是要发展集体经济，二是要艰苦奋斗。"无论到什么时候，集体经济都是集体主义的坚实基础。不过，我们说物质文明是精神文明建设的基础，并不意味着等到物质文明发展到一定程度才去抓精神文明，我们说精神文明为物质文明建设提供支撑，也绝不是说单靠空口说空话，就能发展出物质文明，而是要两者齐头并进，两手一齐抓，两手都要硬，相互促进，相互推动，相互因果，这样才能真正建设成社会主义新农村，才能让老百姓过上富裕幸福的日子。

可以毫不夸张地说，史来贺一生的创业实践，无处不渗透着他的哲学思维，无处不显示着他善用辩证法、巧用辩证法的政治智慧,尤其是他在对刘庄道路、集体经济的长期探索中,始终处理好几个关系:中央路线、方针、政策与刘庄实际的关系;对上级负责和对群众负责的关系;稳定发展与不断创新的关系;坚持基本路线和与时俱进的关系;国家利益与群众利益的关系等。这些事关大局,事关刘庄生死存亡的关系,在他手上都处理得恰到好处,滴水不漏,并让刘庄不管在什么风头上、不管在什么激流中,都能举着先进典型的红旗,永立在时代前进的潮头之上。

群众是靠山

习近平总书记说："江山就是人民，人民就是江山。"

人民群众就是史来贺坚强的靠山，他就是凭借这座靠山，在创业的道路上，克服了一个个困难，闯过了一个个险关，战胜了一个个艰危，取得了一个个成功，赢得了一个个胜利。因此，他深有感悟地说："千座山，万座山，都高不过群众这座大靠山！"

他时时植根于群众之中，一切为了群众，一切依靠群众，问政于民，问策于民，问计于民，问需于民，问求于民，从群众中来，到群众中去。他工作的一切力量都来源于群众，他创业的一切自信都来源于群众，甚至连他生命的血脉都来源于群众。因为他的根基扎在群众的大地上，从那里吸取无穷的营养、吸取无尽的力量。

不论在什么情况下，史来贺总是敞开胸怀倾听群众的意见、群众的建议，凡是对刘庄经济发展、政治工作、思想建设有益的意见，他都不打折扣地采纳，以群策群力推动刘庄事业的发展。

1998 年收完麦子后，好多群众提议说，"五黄六月争回楼"，为了争时间抢季节早播秋，如今外村农户收完麦子不犁地，直接耩玉米，而且长势也很好，咱刘庄农场也可以省去中间的浇、犁、耙工序，直接在麦茬地里播玉米，省事省工，又赶了季节。当时，史来贺听了有点想不通，自己是个种庄稼的老把式，种秋苗还从来没这么懒省事过。怎么，现在时代不同了，种庄稼也可以省功夫偷懒了？尽管一时想不通，但他还是听从群众意见，先做大田试验。果然，按照外村农户的做法，减了浇、犁、耙工序，但秋季玉米产量仍然保持在往年水平。于是，刘庄农场在秋播上改了一贯的"老皇历"，念起了"新农经"。

从 51 年的村书记生涯中，他有了深深的感悟：共产党人只有一切依靠群众、一切信任群众、一切为了群众,党的生命之泉才会源远流长,党的事业才会兴旺发达。能否保持党同人民群众的血肉联系,决定着党的事业的成败兴衰。

他无时无刻不扎根群众,无时无刻不依靠群众,特别是有关刘庄经济发展、有关群众利益的重大问题的决策,不仅党支部(党委)、村委会充分酝酿讨论,而且召集全村群众大会,广泛听取群众意见。村里的每一件大事,都要公开到每家每户、每个村民,让大家表意愿、说想法、提思路、献计策,最后民主集中,形成决议。可以说,刘庄每做成一件大事,每完成一项大业,都闪烁着群众的智慧之光,都挺拔着群众力量的钢筋铁骨。平整田地、兴修水利,他靠的是群众;科学种田,保持稳产高产,他靠的是群众;科学植棉,培育棉花良种,他靠的是群众;发展副业,壮大畜牧业,大力兴办工业,他靠的是群众;创建高科技生物医药产业、建设三代集体新村,他靠的是群众……实事求是地说,没有群众,就没有今天幸福美丽的刘庄;没有群众,就没有刘庄兴旺发达的伟大业绩;没有群众,就谱写不出刘庄博大厚重的创业史诗;没有群众,刘庄党支部(党委)将一事无成。所以,史来贺得出结论:"人民群众,是党的一切工作的坚强靠山,是永远不倒的靠山!"

他常对广大党员干部说:"我们的工作,就是为群众谋利益,有什么不能对群众讲的? 又怎么能不听群众意见、不依靠群众呢? 群众是神仙、是勇士、是先生,能人、聪明人都在群众里边呢! 只有吃透村情民意,干事才有办法,才有底气,才有主心骨。如果忘记了群众,脱离了群众,那就是丢了根本,将一事无成。"

他教育大家,要常修为民之德,常怀为民之心,常做利民之事,只有做到亲民、爱民、为民、敬民、利民,才能在群众中有威信、有号召力,说话才有人听从,干事才有人拥护。

史来贺不论干什么事,都要用刘庄实际这把尺子量一量,用群众利益这杆秤称一称,符合的就干,不符合的坚决不干,始终以人民群众赞成不赞成、拥护不拥护、支持不支持、满意不满意,作为一切工作的出发点和落脚点,真正做到了"以百姓之心为心,以百姓之愿为愿,以百姓之盼为盼",时刻站稳一切为了群众、一切依靠群众的立场,所以,他拥有了永远不倒的靠山,永远不败的事业。

敢为天下先

半个多世纪以来,刘庄经济发展,走过了三个阶段:通过科学种田解决温饱阶段;农、林、牧、副、渔全面发展实现小康阶段;依靠高科技大力建设社会主义新农村,达到共同富裕阶段。

刘庄为何能不停地与时俱进,一步步向高端发展? 其中一个秘诀,就是史来贺"敢为天下先"。

翻开刘庄的发展史、创业史,有三段曾经轰动全国的"插曲",被刘庄人称为"三个第一家"。

其一,全国第一家农民买飞机。

20 世纪 80 年代初,史来贺在电视上看到农用飞机播种、洒农药,以及抢救伤病员的画面,兴奋得一个劲儿鼓掌。他联想到,刘庄要是有架小飞机该多好啊! 既可以为本村和附近村庄的棉田洒农药,还可以在村民患了急病时,及时将其送到城市的医院抢救。于是,他四方打听,找有关人士询问哪儿有卖农用小飞机的。

1983 年 12 月,他在北京参加第六届全国人大常委会第三次会议期间,听说北京航空学院出售这种小型农用飞机,就同该学院签订了购机合同。价值19500 元,先付定金 8000 元。

消息灵通的《河南日报》记者,以《我省农村一大喜讯——刘庄订购一架超轻型多用途飞机》为题,将这一震动人心的消息传播了出去。

1984 年 5 月 21 日,史来贺在北京参加第六届全国人大二次会议期间,相约河南省参加此次会议的几位全国人大代表,驱车来到北京市顺义县木林乡,观看超轻型多用途飞机——"蜜蜂三号"的飞行表演。《河南日报》记者又作了如

下报道:

　　"蜜蜂三号"像一只蜜蜂那样轻盈地飞翔着,它做完喷洒农药的动作之后,又进行了超低空飞行,小半径盘旋,然后轻松地降落在简易跑道上。飞机停放后,史来贺握着驾驶员的手说:"飞机好,你飞行得也好。以后还靠你们给我们刘庄农民带徒弟呢!"

　　看完飞行表演,史来贺兴致勃勃地坐进驾驶舱,逐一向技术人员询问了操纵装置的用途。当他按动喷洒农药的按钮时,机身下的药泵和两翼上的喷头立即向后喷洒出雾状的农药,史来贺和在现场观看的几位代表都开心地笑了。

　　史来贺买这架飞机,主要是想用来喷洒农药,消灭虫害,也可用于播种、急救等。这种飞机能乘坐两人,旅游、航空拍照都很方便,在空中发生故障时,可以滑翔,只要周围有五十米空地,就可以起飞和降落。

　　…………

　　小飞机载到村里,村民们惊奇得不得了:"哎呀! 咱刘庄买飞机啦! 今后,洒农药就靠它了,咱再也不用背着喷雾器打农药啦!"

　　外来参观的人一见刘庄地面上还停有飞机,便问:"你们这里怎么还有飞机? 是你们刘庄的吗?"

　　刘庄人自豪地回答:"当然是刘庄的了。这架飞机是往田地里喷洒农药用的。咱国家农民第一家买飞机的就是俺刘庄!"

　　"啊! 真了不起,刘庄不仅全面实现了农业机械化,而且还买得起飞机,真让人开眼啊!"

　　飞机"蜜蜂三号"在刘庄安家落户,标志着刘庄人美好梦想的腾飞,标志着刘庄集体经济的腾飞,也标志着刘庄人思想观念的飞跃。

　　农民买飞机,这是祖祖辈辈从来没有过的事。这件事的政治意义,远远超过飞机本身的使用价值,象征着新时期中国的农业、农村发展正在起飞,象征着中国农民的新发展理念、新思维模式和新生活方式正在腾飞。

　　刘庄农民买飞机,轰动了全国,轰动了世界。

　　其二,全国第一家农民办电视台。

　　1984 年,刘庄村党支部为丰富社员文化生活,帮助青年学文化,学知识,学科学技术，在中央电视台、河南省广播电视部门的支持与帮助下，集体投资5万元，自办电视台、电视中转站。刘庄电视发射台覆盖直径为1千米，建起后，刘庄社员可自选节目，也可自办节目，还可以召开全村电视广播大会，利用电视指挥生产。

刘庄办起全国第一家农民电视台，这在当时，也成了全国一大新闻。

其三，全国第一家农民用电脑。

1985年年底，史来贺从电视上看到，有的国家机关、大型企业，用电子计算机算账、记账，比使用了几百年的算盘快多了，而且想要查账非常方便，一敲键盘，数字就出来了，再也不用到库房里一页一页翻账本了。计算机真是个神奇的东西，高科技就是好！农民要掌握了它，就等于换了个头脑啊！多先进啊！

"这玩意儿比人的大脑来得快。刘庄这么多企业，这么多账，要是有了它，能顶多少个会计啊！既省人力，又省工夫，还学习了先进科学技术。这是个万能的好玩意儿呀！"

于是，他果断决定为村里购置一台电脑。这在当时的全国农村，人们还不知道电脑为何物呢！

史来贺坐在刘庄首台电脑前查阅资料

可那时，一台电脑几万元，还买不到。他派人跑遍了省会郑州，也没买着。最后还是托熟人在北京买到了一台。刚开始，村里没有一个人会用电脑，这个

"怪物"该如何打开、如何操作使用呢？史来贺又从北京请来了一位"老师"，只用了一天，就教会了刘庄的年轻人。

年轻人学会后，开始只用电脑来记账、算账，后来又用它管理工厂、控制操作生产，村里几个主要企业，全用上了电脑来控制、操作。假若你走进偌大的华星药厂参观，只听到机器轰鸣，却根本看不到车间里有工人干活儿、走动，那是因为工人们都在微机室里操纵电脑呢！

用电脑算账，用电脑指挥、控制、操纵生产，在今天看来，已经不足为奇。但在 40 多年前，刘庄农民就将电脑应用到生产中了。不论啥新鲜事物和高科技应用，刘庄人总是捷足先登啊！

农民买飞机，农民建电视台、电视中转站，农民用电脑，是刘庄人"敢为天下先"的精神体现，也是刘庄发展成富裕村、幸福村的先决条件。正可谓：敢为天下先，才有首富村。这也是刘庄经济腾飞的"秘诀"之一啊！

红旗永不倒

从 20 世纪 50 年代至今，刘庄一直是全国农村的一面旗帜。经历半个多世纪的风雨沧桑，这面旗帜不仅不褪色，反而愈飘愈艳、愈飘愈红，在每个历史时期，都能高高飘扬在中国的上空，飘扬在全国农民仰望的目光中。这让很多人心里产生了疑问：刘庄为何 50 年红旗不倒？怎么做到的红旗不倒？刘庄这个仅有 1000 多口人的中原大地上的小村庄，为何能在全国农村发展中一直领跑、一直扛旗？为何刘庄的"三农"发展能一枝独秀，长盛不衰，享誉中外？

纵观刘庄的发展道路、创业史册，沿着他们在创业道路上留下的足迹细细观察，循着他们创业的履历一页页翻看，这些疑问就会迎刃而解，让人豁然明了。

党的领导，无所不在。

毛主席说："领导我们事业的核心力量是中国共产党，指导我们思想的理论基础是马克思列宁主义。"毫无疑问，没有中国共产党，就没有社会主义明朗的天地，就没有中国的昌盛和强大，就没有人民的幸福和安康。

刘庄的发展之路、创新之路、成功之路，有着难能可贵的思想根基，那就是永远跟党走的坚定信念。在刘庄，坚定不移地跟党走，坚定不移地建设中国特色社会主义，是全体党员干部的共同信念，也是广大群众的共同追求。刘庄党组织始终把"带领群众跟党走"作为必须忠实履行的政治责任，坚持听党的话不动摇，不迟疑，不犹豫，始终做到"党有号召，我有行动"。无论什么时期，都严格按照党的要求，快步前进，先行实践，创造经验，总结推广，为中国的农业、农村发展，提供了很多符合农村实际的宝贵经验。

半个多世纪的奋斗历程，不管形势如何变化，发展道路如何曲折，史来贺领导刘庄人始终不渝地跟着共产党走,在中国特色社会主义道路上从不停步,带领群众共同致富的信念从不动摇。

毫不夸张地说,刘庄的一步步发展、一次次创业、一程程前进,都是在党的领导下进行的,以坚强的组织保证,统率刘庄一切事业的发展。在刘庄,党的领导无时不在,无所不在。7家村办企业都有党委成员担任专职书记,保证了党对刘庄经济社会发展的坚强领导。党组织带领广大村办企业职工开展各类积极有效的活动,确保党组织的凝聚力、战斗力不断增强,很好地发挥了党组织的战斗堡垒作用。刘庄人深有体会地说,如果没有党的坚强领导,何谈刘庄的沧桑巨变?何谈刘庄的共同富裕?如果没有党的领导,哪来刘庄的美丽乡村、田园都市?哪来刘庄百姓的安居乐业、美好生活?"跟党走,听党话,党领路,群众跟,才有了刘庄人的好日子,有了社会主义新刘庄。"这是刘庄人发自内心的表白。

从20世纪50年代初期的"先进互助组",到后来的"模范合作化";从"全国棉花高产村",到"全国粮棉丰收村";从农、林、牧、副先进集体,到乡镇企业先进典型;从率先实现小康村,到社会主义现代化新农村,无一不是在党的领导下推进的,党的领导是刘庄一切事业发展的"核心力量"。在刘庄党组织的领导下,刘庄人民以强大的精神动力,以感天动地的改天换地的气魄,不断推动集体经济又好又快发展,成为践行科学发展观和社会主义新农村建设的优秀代表。

为了探寻刘庄的创业之路、发展之路、成功之路,史来贺首先考虑的是党的核心地位、党的统帅作用,因此,他不断加强农村基层党组织建设,把刘庄党支部(党委)建设成一个坚强的战斗堡垒。在刘庄,党的领导不是空架子、虚摆设,史来贺带领支部(党委)一班人做了实实在在、掷地有声的工作。

加强党的领导,他们首先用事实说话、用发展验证,让广大群众信共产党,跟共产党走;信社会主义,干社会主义。他们把党的方针、政策、路线,落实到具体工作中,落实到发展的实践中,把党的基本路线变为共产党员和广大群众的自觉行动,让群众亲眼看到、切身感受到社会主义的优越性。史来贺深有感触地说:"光讲大道理,空口白牙,没人听你的。经济搞上去,让群众越来越富、越过越好,才能真正代表先进生产力,群众才会说,共产党就是好,社会主义就是好。这样,说起话来,群众才听;办起事来腰板才硬,群众才会跟着你,齐心协力干事创业。"

抓人的思想政治教育,尤其抓好信仰教育,把广大群众带到正路上,是加强党的领导不可忽视的问题。史来贺深深懂得："生产力中最基本、最活跃的因素是人。社会财富是人创造的，创造的过程也是培养人的过程。把人教育好了，精神的力量就可转化为强大的物质力量。"每个人的头脑都不是一片真空，天天都往里面装东西，不是装好的，就是装坏的，很繁杂，就看你让他装什么、学什么了。为了经济发展上个项目，有时候筹点资、贷点款就能建起来，但要建无产阶级世界观这个"加工厂"，难度就大了，那不是一朝一夕、半月二十天就能完成的任务，需要耐心、长期反反复复做工作，这是事关一个人的思想观念和意识形态的系统工程，要下大劲、下深功夫去抓。因此，刘庄党支部（党委）对思想工作常抓不懈，在村民们的头脑里、心灵上常刮和风、常下细雨。今天讲理想信念，明天讲社会主义、集体主义；白天讲爱党、爱国、爱集体，夜晚讲艰苦奋斗、勤俭创业，还有无私奉献、大公无私等。把信仰问题，人生观、世界观问题，贯穿到工作中，贯穿到实践中，从而达到工作、思想"双丰收"的优质高效的目的。

在加强党的领导方面，刘庄党组织尤其注重抓好党员队伍的党性、先进性教育，用党员的先进性，体现党的领导与先锋模范作用，引导党员既在组织上入党，又在思想上入党、进行自我党性教育、先进性学习，年轻党员见缝插针，有空就学；上年纪的党员更是活到老，学到老。刘庄人都还记得，已经不能直立走路、靠扶着小孩手推车慢慢移动的80多岁的老党员张克成，到老也不放松学习，仍然每天下午两点按时来到村办公室，读《人民日报》、《求是》杂志、《河南日报》等党报党刊，一坐就是一下午，一学就是几小时。学得认真、读得专心，任何动静都打扰不了他。背累酸了，他就在手推车上靠一会儿；眼看乏了，字迹模糊了，也舍不得停一下，揉揉眼，把报纸贴在脸上，继续一篇一段地看，一字一句地啃。只见他有时眉头紧锁，深沉静思，有时绽开了开心的笑容，有时还指着报纸，打着手势，向过往行人讲上几句。

像他这样时刻不忘以学习修养党性、提高党性的老党员，在刘庄比比皆是。

要体现党的领导无处不在，共产党员必须事事处处发挥先锋模范作用，党组织必须时时刻刻发挥战斗堡垒作用。在刘庄，发挥"两个作用"不是空洞的口号，不是夸夸其谈的表白，而是活跃在群众面前的感人形象，是拼搏在生产第一线的动人画面。

党总支副书记史世兰，仿佛生来就有一个倔强性格，遇到再大的艰难困苦也不怕，干事创业总是风风火火，冲锋在前。她小学一毕业，就担任了村里的红姑娘组的组长，带领姑娘们夺得亩产皮棉127公斤的大丰收！担任生产队长时,她的小队粮棉产量年年提高,成为全大队的模范小队。凭着敢打敢冲的勇敢精神,她还担任了民兵营长,姑娘当民兵营长,成为刘庄的"花木兰"。在她的严格训练下,民兵营中涌现出许多神枪手和五好民兵。她负责刘庄妇女工作时,用她泼泼辣辣、红红火火的性格,染红了刘庄"半边天"。史来贺对于这位"特殊材料制成的"女共产党员,总是派给她"特殊的任务":冰糕厂初建,产品质量上不去,派去了史世兰;机械厂有的产品不过关,又派去了史世兰……哪里出现了问题,哪里就会出现史世兰;哪里有解决不了的困难,哪里就会出现史世兰。史世兰到哪里,哪里就会旧貌换新颜。她也因此被选为中共新乡县委委员、河南省妇联委员、全国"三八"红旗手。

党总支委员刘铭海,打小就心灵手巧,16岁就学会了木工活,1974年任铁木组组长时,带领组员发明了播幅宽、下种均匀、有利于高产的独腿耧,参观者争相购买,供不应求。刘庄机械厂、造纸厂建立后,他又刻苦钻研车、刨、钻、锤、焊、油漆、造纸等技术与工艺,带领技术人员对造纸厂进行了成功改造,提高了生产效率和产品质量。他在机械制造方面有特殊才能,再难的技术活一看就会,一琢磨就能独立完成。担任机械厂厂长后,他更是处处领先带头,学习新知识,钻研新技术,不断增加新本领,把学到的新知识、新技术运用到生产实践中去。他和史世领一起带领工人成功研制了小型奶粉机,填补了河南省空白,产品畅销全国20多个省、市、自治区。在建华星药厂第二分厂时,他又承担了多数部件的制造和安装任务,没日没夜地带头干在第一线。为了提前完成任务,埋头苦干,废寝忘食,在广大群众中树立了共产党员的光辉形象和苦干实干的榜样。

还有党总支委员、村委会副主任刘树业,他是20世纪50年代的老党员、老干部,在刘庄德高望重。可他从来不卖老资格,不吃老本,工作踏实,作风严谨,肯于吃苦,乐于吃亏,为群众干实事、办好事总是走在前边,把刘庄的"后院"管理得井井有条,在很多事情上,为史来贺与党总支分忧解难。

…………

党员带头奉献、带头吃苦、带头吃亏,已在这方圆1.5平方千米的土地上蔚然成风。吃苦在前,享受在后;吃亏在前,沾光不干;见困难就上,见荣誉就让,见急情就帮,已成为刘庄党员和干部的一种作风习惯、生活习性,是一种自然而然的自觉行为。

党员干部的模范带头作用,是何等重要!在史来贺的榜样作用下,广大党员干部带头讲正气、讲廉明、讲党性、讲清正，在群众中有了威望和号召力，领导班子有了凝聚力和战斗力。

实事求是，注重实际。

纵观刘庄50多年的发展历史、创业历程，实际是一部实事求是思想路线的发展史。

新中国成立后的几十年间，各种政治运动潮起潮落，风云变幻，可刘庄却不受运动干扰，不受这风那风的左右，一直发展集体经济不停步。全国大乱，他们大干；别人吹牛，他们埋头做牛；别人跟风跑，他们扎根刘庄大地不动摇。运动过后，不少农村先进红旗纷纷倒地，而刘庄这面红旗却经受住了考验，经受住了风雨的洗礼，依然高高飘扬。

有人不解，直面询问史来贺："别的农村典型，红旗飘不了三五年，一遇运动都倒了，刘庄为啥能保持50年红旗不倒呢？"

史来贺毫不避讳地回答："俺刘庄也不是世外桃源，哪次风风雨雨不吹到刘庄？只是风来了，我们不跟着跑；雨来了，我们不会吓一跳。我们的办法是遇事要有主心骨，不能听风就是雨。只有实事求是，从自己的实际出发，才能收到好效果。"

他一语道破了刘庄50年红旗不倒的奥秘。

众所周知，史来贺向来不打顺风旗、一边倒，从来不见风使舵、顺风漂。实事求是，注重实际，让他牵住了刘庄发展的"牛鼻子"，让他稳掌了刘庄发展的方向盘。而那些墙头草、顺风跑的村子，最后都是穷了百姓，垮了集体，散了人心，到头来一事无成。

毛泽东主席在延安时，就告诫全党："共产党员应是实事求是的模范。""因为只有实事求是，才能完成确定的任务。"实事求是，是毛泽东思想的精髓和基本点；实事求是，是改造主观世界和客观世界的有力思想武器，是中国共产党的行动指南。

在史来贺身上，体现着共产党人的许多优秀品质，而最明显、最深刻的是敢于坚持解放思想、实事求是。这是他的党性和政治品质、思想作风和工作作风的体现。他是个农民，从小生活在刘庄，对刘庄的实际情况、风土民情了如指掌、烂熟于心。刘庄"身上"掉一根"毫毛"，他都能把脉把出来；刘庄360多户人家，家家的"明细账""难念的经"，都在他心里装着。

"谁能吃透俺刘庄的实际？谁能摸准刘庄老百姓的心？那是史来贺啊!"刘庄群众的评价最真实、最准确。

他在半个多世纪的基层工作中，始终立足农村实际，立足刘庄村情民意，一切从实际出发，从集体发展的利弊出发，从群众利益、群众愿望出发，理论联系实际，书本联系实际，上级精神联系实际，领导讲话联系实际，红头文件联系实际，一切脱离实际的条条框框、本本主义、死板教条一概不听，一概不从，一概不采纳，始终坚持在实践中检验真理、发展真理。不论是平时工作，还是社会动荡和历史关键时期，他都靠实事求是的指南针，牢牢把握刘庄前进的正确航向，把发展集体经济的主动权始终掌控在自己手里，使刘庄少走了许多弯路，少受了很多折腾，从而大力解放和发展了生产力，带领群众走上了共同富裕的康庄大道。

老史说："贯彻上级精神为啥要跟基层实际相结合？因为中央、省、市的决策不可能针对一个村的情况来制定，上面讲的是宏观指导，如何把上级精神贯彻好，关键是靠我们用实事求是的态度去结合，去紧密联系实际。"

他经常对党员干部讲，我们基层干部要发挥"针鼻儿"的功能，起到接线头的作用，既要对上头负责，又要对下头负责。上边来了文件，有了号召，咱要吃透上边的精神实质，弄清自己村里的实际情况，在分析研究的基础上，结合实际，抓好落实。不能照搬照抄，不能死板教条，不能轻信，不能盲从，不随社会的风向转，要随群众的心愿转。思想作风建设的核心是实事求是，注重实际，啥时候不坚持这一点，思想就会动摇，事情就可能办歪。

就这样，史来贺带领刘庄人一步一个脚印发展生产，发展和巩固集体经济，一直以发展生产力和经济建设为中心，让刘庄实现了经济腾飞、共同富裕。实事求是的思想路线，转化为刘庄大地繁荣昌盛的现代化巨幅画卷。

史来贺不愧为实事求是的光辉典范，他用毕生精力践行共产党人的这一思想路线，为我国的社会主义新农村建设积累了丰富的经验。

与时俱进，开拓创新。

史来贺担任刘庄村党支部（党委）书记的50多年，是刘庄党员干部和广大群众与时俱进、开拓创新的50多年。

一个农村典型，出现一时的红火，容易做到，但随着时代的发展，一直红红火火，并且发展势头愈来愈旺、愈来愈强，这就需要与时俱进、开拓创新。史来贺率领刘庄干部群众，是怎样做到的与时俱进？是怎样一路走下来，不停地开拓创新？

与时俱进，必须准确把握时代特征、时代变化，紧跟时代步伐，使思想观念和实际行动与时代一起进步，始终站在时代前列和实践前沿，始终保持解放思想、开拓进取，在大胆探索中，得到大力发展。毋庸置疑，史来贺正是做到了这些，才使刘庄始终勇立时代潮头。

随着时代的递进、社会的发展，经济、政治、文化和社会生活的各方面，都不断出现许多新情况、新问题，国际形势复杂多变，国内发展日新月异。史来贺用深邃的历史眼光和更加宽广的世界视野，洞幽烛微，审时度势，深刻认识和把握时代的发展要求和根本趋势，不断研究新情况，分析新形势，解决新问题，形成新认识，开辟新境界，把刘庄的发展，同党在各个历史时期承担的历史任务联系起来，同中华民族要实现社会主义现代化的奋斗目标联系起来，与时代脉搏紧紧相扣，与时代发展息息相通。他所做的这一切，都是为了与时俱进、开拓创新，都是为了让刘庄始终走在全国前列。

然而，做到与时俱进、开拓创新，谈何容易？要知道，这是一种艰苦的创造性劳动，不仅要具有强烈的创新意识，还要具有不畏艰险、不怕困难的创新勇气。为蹚出一条创新的路，为开辟一条与时俱进的路，刘庄人把汗水淌尽、把心血熬干，多少艰辛，被他们踩在脚下；多少困苦，被他们嚼成甘甜；多少风险，被他们闯得化为乌有；多少坎坷，被他们踏成了一路平坦……他们经历的艰难曲折，他们吞咽的酸辛苦辣，是一般人难以想象、难以承受的。

为了与时俱进，史来贺在每个历史时期，都有一种时不我待、不进则退的紧迫感，都有一种深切的历史忧患意识。为了消除这种紧迫感和忧患意识，他时刻保持一种昂扬向上、奋发有为的精神状态，保持一种不懈的、探索进取的实践作风，在与时代同步、与时代共进的情况下，用农民政治家的战略眼光，前瞻性地谋划刘庄的发展，确保集体经济的快车时时行驶在科学性和预见性的轨道上。

1985 年，眼光超前的史来贺，决定向高科技领域要发展、要效益，投资兴建了一座全国最大的生产生物医药产品的制药厂。当时，不少村民抱有小富即安、停步不前的思想。有人担心"打不到狐狸惹一身臊""这高、精、尖项目，咱'泥腿子，能搞成？"史来贺敏锐地意识到，小富即安，就是不思进取，就是倒退落后，会被时代抛在后边，这是非常危险的。刘庄必须向前进，而不能后退半步。

史来贺反复给大家念叨这几句话："事在人为,路在人走,业在人创。咱不比别人少胳膊少腿儿,人家能干成的事业,咱们为啥干不成?刘庄人要有自信,要有勇气,只要走正道,鼓干劲,咱啥都能干成!"他说服了群众,并与全村每户村民都签订了一份"不平等合同":厂子如果办不成,他一人承担全部损失;如果办成功了,工厂和利润全部归集体、归全体村民。就这样,华星药厂顺利建成,于1986年正式投产,产生了惊人的效益。

史来贺仍然不停步地与时俱进,逐步建成了华星药厂二期、三期、四期工程项目,使华星药厂发展成为能生产十几种原料药和成品药的外向型企业,出口创汇居全国榜首。

刘庄50多年的发展,每一步发展都是靠改革探索、靠开拓创新。可以毫不夸张地说,史来贺坚持了一生的创业,就是坚持了一生的改革,坚持了一生的创新。他带领刘庄干部群众一年年与时俱进,一步步开拓进取,哪一步不是靠大胆的改革呢?20世纪50年代中期,他带领群众科学植棉,大胆培育良种,靠的就是一种改革创新的科学态度和聪明才智。60年代到70年代,刘庄大搞畜牧业、副业,兴办企业,调整农村产业结构,走上了农、工、牧、副一体化发展的道路,这在大批特批"资本主义"和"唯生产力论"的年代,更是一种"冒天下之大不韪"的改革与探索。他说:"仅靠农业,是不足以显著发展集体、增加农民收入和改善农民生活的。要与时俱进,必须大胆改革,有一股天不怕、地不怕的闯劲儿。而要改革,首先要解放思想,实事求是,勇于从传统习惯中走出来。"一语道出了他强烈的创新意识、改革意识。

党的十一届三中全会后,史来贺带领干部群众对刘庄的经济体制又进行了大刀阔斧的改革创新,大规模调整产业结构,从过去的小规模、粗加工,发展到大规模、产业化生产和以科技领先的精细加工,形成了规模效益和规模化竞争力。刘庄以农业为基础,以生物制药高新技术为龙头,带动机械、食品、造纸、运输、淀粉、商业及宾馆等工商业、服务业的全面发展,形成了以农促工,以工建农,农、牧、工、商、副并举的商品经济的新格局。

正是有了史来贺这种与时俱进、改革创新的精神,有了刘庄干部群众不懈的艰苦创业、顽强拼搏的精神,刘庄这面全国农村社会主义现代化建设的旗帜,才能保持50多年永不褪色,高高飘扬,始终站在时代前列,感召一方,引领一方,让望到这面旗帜的人都会深思:一面农村先进典型的旗帜,率时代之先半个多世纪,领新农村发展之航半个多世纪,是多么不容易,多么不简单!

发展集体，共同富裕。

史来贺连续担任村书记51年来，始终不渝地带领刘庄干部群众发展集体经济、壮大集体力量，坚定地走全村致富、共同富裕的道路，把一个曾经满目疮痍、贫穷落后的刘庄，建设成一个民主、文明、和谐、富裕的社会主义现代化新农村。

正是由于他们选准并走对了发展集体、共同富裕这条道路，才使刘庄这面旗帜永远光彩夺目、屹立天地。

史来贺说得好："千变万变，发展经济，让农民过上好日子啥时候都不能变，这就是我们刘庄长盛不衰的秘诀。"

天无私覆，地无私载，同样拥有一片蓝天、一方水土，有的地方天空缺少亮点，生活泛不起激情；有的地方也出过经验，有过典型，也轰动一时，但墙内开花墙外香，新星变流星。

相反，老先进与时俱进，光亮如初，生机勃发，不断焕发新的亮点，究其原因，就是因为他们紧跟时代步伐，勇于抛弃陈旧落后思想，勇于吸取新养分，树立新观念，所以刘庄人才能一直勇立时代潮头，把自己的声音融入时代发展的主旋律中。

经过实践检验，史来贺充分认定，农村集体所有制，完全适应市场经济发展的规律，特别是能够应对自然灾害和适应国际、国内市场经济的变化。刘庄集体在十一届三中全会后的发展就是一个很好的例证。刘庄半个多世纪发展集体经济、走社会主义道路不动摇，实行"按劳取酬，合理差别，共同富裕"的分配方式，全村360多户，家家户户都由20世纪60年代的温饱，走向80年代初的小康；又由小康，走向90年代的富裕；又由富裕，走进了21世纪的幸福。刘庄做到了对国家的贡献逐年增大，集体积累逐年增多，村民收入逐年增加，人均消费逐年提高，生活水平逐年改善，百姓日子逐年幸福。刘庄人亲身体会到集体经济带来的种种好处，享受到共同富裕带来的福祉，品尝到社会主义赋予的甜美，因而他们更加热爱集体，更加赞美共同富裕。

刘庄集体经济公有制的体制和分配制度，明显地彰显着他们走的是共同富裕的社会主义道路。刘庄农工商总公司是刘庄的集体经济组织，村里的集体资产都属于总公司所有，刘庄村委代表全体村民拥有刘庄农工商总公司的所有权，对所属农业、工业、商业、副业、畜牧业各企业实行"集体综合经营，专业分工生产，分级承包管理，奖罚联责联产。"

20 世纪八九十年代,面对汹涌而来的农业和村企改革潮流,刘庄仍然坚持走集体统一经营的道路,实现村级集体经济持续发展。

与此同时,刘庄还坚持以共同富裕为目标的分配制度。

刘庄一贯坚持共同富裕的原则,实行按劳分配制度。随着刘庄集体经济 60 多年的发展历程,其按劳分配制度大体经历了三个阶段:工分制(1954 年—1984 年),工资制(1985 年),按劳分配、奖罚联产的形式(1985 年至今)。同时,在发展村级集体经济的过程中,他们创造出了一系列符合刘庄实际情况的方法和措施,来确保按劳分配制度的实现,确保村民共同富裕目标的实现。

刘庄的分配制度通过基本工资、奖金和年终再分配来实现,此外,还有退休制度、集体福利事业等内容。按照刘庄人自己的话说,这是两种渠道的分配,一个是按劳分配,体现多劳多得,合理差别;另一个是社会福利的分配,是按人头分配,凡是刘庄村民都一样,这体现的是人人平等和共同富裕。

基本工资是对职工付出的劳动的基本报酬。刘庄分配制度中最鲜明的一个特色,就是由 20 世纪 50 年代至 60 年代的工分制,演变为后来的工资制,工资分配分 20 个级别,第 20 级为最高工资等级,每级工资差是 9 元。工资并不是每月发放,而是到年底同年终分配一起兑现。在刘庄,人人都工作,智障和残疾的村民也不例外,村里会根据他们的实际情况安排适当的工作。因此,年终每个劳动力都能领到工资。在刘庄,人人有活干,人人挣工资,人人都有勤奋劳动做贡献的自觉性。

奖金是促使职工更好地完成任务的一种奖励手段,奖金的多少取决于各生产单位完成任务和创造效益的情况。刘庄农工商总公司根据下属各企业完成任务的情况、创造效益情况定出该企业所得奖金数额;企业又会根据各车间完成任务的情况定出该车间所得奖金数额;接下来车间会根据班组完成任务情况,定出各班组该得的奖金。奖金是每月一发,现金结算。由于奖金和生产效益挂钩,生产一线的职工、干部的奖金要高于非一线的职工、干部。

年终再分配是刘庄村民生活水平的反映。年终再分配的总额,是年度总分配额与基本工资的分配总额加奖金的分配总额二者之和的差值。而个人年终再分配所得的数额则与年终再分配系数、个人工资分配总额密不可分。年终再分配比例系数是年终再分配总额与个人基本工资分配总额的比值,它直接反映着个人年终再分配的水平。每年的年终再分配系数都会调整。由于个人年终再分配额直接以个人基本工资分配额为基数,所以,没有工资的人,即不参加集体生产劳动的人，不参加年终再分配。

福利制度为刘庄村民的幸福生活提供更加坚实的保障。刘庄党委对改革发展成果由人民共享提出了新的要求，就是"既要把群众带富、带正，还要不断提高群众的幸福生活指数，提高群众的幸福感和满意度，让群众真正达到既富裕又幸福"。刘庄建立了完善的退休、医疗等社会保障体系，福利分配的内容由过去的20多项，发展到后来的40多项，继而又发展到现在的50多项，几乎包括吃、穿、住、用、行的各个方面。各项福利，都是按人头平均分配，公平分配，凡是刘庄人，大家都一样，没有高低之分，没有多少之分。这充分体现了"改革发展成果由人民共享"的政策。

实践证明，刘庄的集体责任制形式，不仅适合，而且有利于刘庄生产力的发展，有利于为广大群众创造更多更丰富的财富与福利，充分发挥了集体经济的优越性。

史来贺在改革开放后，经常告诫村两委领导班子和广大群众："刘庄不论何时，都要坚持一个方向，就是坚持中国特色社会主义方向；坚持一个路子，就是发展集体经济，走'按劳取酬，合理差别，共同富裕'之路；坚持一个制度，就是坚持以集体经济为主体的经济发展制度。"

他为何总是三番五次、反反复复地向大家提这"三个坚持"呢？因为这是他一生的经验总结，一生的实践验证，但也是他晚年最深的忧患、最重的担心。

在他生命的最后一年里，他把一份5000余字的《史来贺书记对刘庄调查研讨的谈话》（以下简称《谈话》）发给了全体村民，人手一份，不漏家户，发动大家针对这份《谈话》展开全民讨论。在这份《谈话》中，他回忆刘庄走过的道路，展望刘庄未来的发展，把刘庄明天的蓝图摆在干部群众面前，也把一颗赤子之心捧给了群众。他痴情如火地讲，谆谆叮咛地说，畅谈社会主义道路、集体经济的优越性，设想假如变成非集体经济将会出现的弊端和危害。一再叮嘱妇孺乡亲，刘庄永远要坚持走发展集体、共同致富的道路，千万不能出现贫富悬殊、两极分化的局面，并就如何发展生产力，如何缩小贫富差距，如何选好接班人，如何搞好内部机制改革、竞争上岗，如何抓好科技创新、拓展企业规模，甚至连如何制定家庭再分配政策等方面，都做出了深思熟虑的谋略，还提出了一套"按劳按效取酬、合理差别、共同富裕"的发展方案……

谁能料到，这是老史书记生前留给刘庄人的最后一张发展蓝图，一字一句都饱含着他的心血，都饱含着他的期望；一字一句都蕴藉着他的忧虑，蕴藉着他对刘庄长治久安的企盼。

　　史来贺带领刘庄干部群众发展集体经济、走共同富裕道路的成功实践,诠释了社会主义本质理论,印证了只有社会主义才能救中国,只有中国特色社会主义才能发展中国的颠扑不破的真理。他关于发展集体经济、走共同富裕道路的思想和实践,留给人们多少深刻的思考和启迪,更是我们党建设社会主义现代化新农村的典型经验和宝贵财富。

第六十一章　生命的最后时刻

※最后的牵挂
※将军来探望
※病房里"讲课"
※虔诚的祈愿

最后的牵挂

史来贺用一生的榜样力量，用一生的勇敢领航，塑造了立党为公、执政为民的不朽丰碑！

他被人们称为"新时代农民的先驱，中国乡村的灵魂人物"！

他带领刘庄人奋斗了50多年，拼搏了50多年，集体的家产越来越厚实了，集体的财富一天比一天充裕了，老百姓的日子一年比一年幸福、一天比一天美好了！可是他一年比一年见老了，脸上的皱纹多了、深了，头顶的头发白了、稀了。尤其是一年到头，天天夜以继日地连轴转，他的身体严重透支，明显消瘦、虚弱了。村干部劝他多休息、少工作，他却没事儿人似的："好好的人，休息啥？村里、厂里这么多事，咋能安心休息？我只要有一口气儿，一天也离不开工作，一天也离不开群众。"

愈是到了晚年，他对刘庄的一切愈是放不下，他每天夜里躺在床上，照样"过电影"，想农场，想工厂，想畜牧场，想果园，想干部，想群众，把各个单位、各家各户都在脑子里映现一遍，把每一个老人、每一个娃娃、每一个残疾人都映现一遍，甚至村里村外的一草一木、一沟一渠都会在他的眼前一一映现。

2002年12月，刘庄干部群众发现老书记脚步迟缓了，走路晃悠了，气喘咳嗽得更厉害了。在工厂巡察时，有时得用手扶着墙、扶着机器，头晕时就倚着东西靠一会儿，咳嗽得止不住时，就捂住心口站一会儿……大家伙儿知道，这是明显的操劳过度症状、身体虚弱症状。

村党委及家人几次劝他到北京的大医院去检查身体，住院治病，他都说"工作要紧，身体没事"，坚决拒绝住院，一如既往地全身心扑在繁忙的工作中。

一天夜晚，他和党委几个干部在村委办公室听一家企业的工作汇报，一边听一边在本上记，一直熬到半夜。大家见他脸色苍白，喘气急促，甚至手在颤抖,笔都握不住了,端起的喝水的杯子一直在摇晃。党委几个干部马上宣布停止汇报,让老史躺下休息,并叫来了卫生所医生,采取了紧急医治。当夜,大家都劝他马上去住院,他却急得直瞪眼、直摇头……

这时,药厂正在大规模改建、扩建,第三代新村的第一批别墅正在抓紧最后的施工,史来贺整天忙得连轴转,哪会有时间去住院?可正是这样透支体力的忙碌,使他的身体一日不如一日,一直咳嗽不止,还发低烧。为了工作,他总是硬撑着,苦熬着,病痛的折磨,好像不是发生在他身上一样。

时间一天天过去,病魔日日夜夜缠身,史来贺一挨又挨过了大年。谁能料到,这是老史书记和刘庄老百姓一起过的最后一个年。

春节刚过,他就忙着召集全村干部群众开大会,全面总结刘庄 2002 年的工作,颁布 2004 年至 2006 年"三年规划"。他铆足了劲,讲得有条不紊,话语干脆,声音高亢,一点儿都不拖泥带水。讲到兴奋时,还时不时地来两句幽默,说几句笑话,引得会场一片欢笑。可坐在台下的群众,谁也不知道,这是老书记为了安定大家的情绪,在用"障眼法"故意隐忍自己的病痛。

讲着讲着,老书记突然剧烈咳嗽起来,身上烧得像火炭似的,手脚不自主地颤抖起来……他再也支撑不住了,话语顿时卡在了那里,村党委的干部立即把他扶下台去。会场一时间泛起一片喧哗:

"老书记这是咋了? 看来病得不轻啊!"

"老书记千万不要有啥事儿,好人一生平安啊!"

大家谁也不愿看到老书记身体出啥事儿,可这次,老书记却真的"出事儿"了。

在几个干部和家人的强烈催迫下,史来贺才勉强同意去住院治疗。临去医院前,他把村党委副书记刘名宣叫到跟前忧虑地吩咐道:"最近几天,我想来想去,比较了一遍,目前,在咱村,数王伟民家最困难。我老想去他家看看,可最近忙药厂扩建,抓第三代新村建设,一直抽不出时间。你代表我到老王家去看看,问问他家有啥困难没有,然后告诉我,不然,我去住院也不放心哪!"

"好,这个事儿我马上去办!"刘名宣大步流星地走进王伟民家。

老王家是刘庄最特殊的一个家庭。新中国成立前,王伟民的父母带着他和一个妹妹,从安徽逃荒路过刘庄,父母风烛残年,骨瘦如柴,再也走不动了。好心的刘庄人收留了这一逃难要饭的家庭,帮他们搭了一个茅草屋算是落了户。住在了刘庄,可家里穷得连饭都吃不上,王伟民与妹妹,依然四处讨饭。再加上王伟民腿有残疾,走路一拐一颠的,始终找不到一个媳妇。土改时,分了地,他不再要饭,但因残疾,土地老是种不好,庄稼长不出成色,所以日子总比不上其他人家过得好。新中国成立后,他结了三次婚,前两任妻子,都因生活艰难过不下去走了。最后的这个妻子,给他生了个儿子,取名王长春。谁知,儿子长大后,是个驼背,又有些智障,和他年轻时一样,找媳妇很困难,好容易才从外地找了一个带着儿子改嫁的媳妇,总算组成了一个家。这位媳妇见刘庄粮棉丰收,社员收入高,住房好,生活好,人更好,就把自己守寡多年的母亲,介绍给了公公王伟民做老伴儿。儿媳带来的儿子,就成了王伟民的孙子。一对父子,一对母女,再加一个外来的孙子,5口人4个姓的三代人,就这么拼凑成了一个家庭。

王伟民本来就残疾,三次结婚花去不少钱,前两任妻子又带走了一些钱,给儿子王长春娶这个带着儿子的媳妇,也花了不少钱,当时花得家里都亏空了。这么一家人,没有一个顶梁柱,日子难免有些艰辛。史来贺总是额外地对老王家加以照顾,不管是物质上还是精神上,都给予特殊的关怀,并经常派妇女干部帮助老王家收拾打理家庭生活。这一家要是在外村,怎么过日子?早就过不下去了。是史来贺带领刘庄人创造的业绩、创造的幸福生活,让这个家没有散,没有垮,也保住了这个家庭的圆满与幸福。

刘名宣到王伟民家里一看,眼前一亮,心里也马上亮堂起来。院里、屋里,都收拾得干干净净,连厨房里也整理得利利落落。柜子、桌子都抹得明亮亮的,一尘不染;茶几上,茶杯、茶壶摆得规规矩矩的;床上铺的、盖的,都是崭新的。比起从前,王伟民的家,简直是焕然一新啊!

刘名宣开口就问王伟民:"日子过得咋样?"

"好着哩!俺跟村里其他户差不多,日子过得香甜着呢!"王伟民微笑着甜蜜蜜地回答。

"家里有存款没有?"

"有,有!在银行已经存了好几万啦!都是村里给发的工资。平时花不完,存起来了。"

"家里有啥困难没有?遇到难事没有?"

"没困难,村里照顾我,让我在食品厂看大门,一年给我发一万多块钱工资,儿子、儿媳妇也在村里的厂子里上班,一年也挣不少钱,比我挣得还多哩!再加上村里发的二三十项福利,家里人人有份儿,吃得好,穿得好,生活上好多项不用自己花钱,日子蛮好啊!哪里去找这样的日子?要不是住在刘庄,我这一家子,日子就不好过喽！这得感恩史书记啊!"王伟民说着,眼睛湿润润的,泪水差点儿流下来。

"老嫂子对你好吗?"

"老伴儿还真不错,知道心疼人,对我可好、可体贴了!"

"老史临住院,特意嘱咐我,叫我来你家看看。他对你一家特别关心,心里天天牵挂着。你家里还有啥事,需要我转告老史吗?"刘名宣关切地问。

"没有啥事。"王伟民转念一想,又说,"有,有。史书记得了病,那是累的呀！他成天关心这家、关心那家,从来不关心自己。你替俺给他说,这次住院一定要把病治好了再回来,千万不要记挂着村里的事,治个半拉子又跑回来了。俺盼着他健健康康的,身强力壮地领着大伙儿往前奔哪!"王伟民说到这里,再也说不下去了,泪水扑簌簌流了下来……

刘名宣把在王伟民家看到、听到的情况,一五一十地向住院的史来贺叙述了一遍,最后说:

"王伟民的老伴儿可体贴,可心疼人了。还会收拾家,里里外外干干净净。日子过得老美！家里有好几万存款哩!"

"只要老王家有好几万存款,富裕了,日子过得好,那我就放心了。只要他家没有困难,全村其他人家也不会有啥困难了。"史来贺心里如卸下一块石头,轻松地舒了一口气。

史来贺在新乡市中心医院住了几天后,病情一直不见好转;由新乡市的领导出面,请来了省医院的专家,会诊后得出结论:史来贺肺部出了大问题,新乡市治不了,建议到北京大医院去治疗。

新乡市领导当即决定:立即送史来贺到北京治病！但这不能对史来贺明说,而只能说,中央通知,让你马上到北京参加全国人大会议。

一听说让他去参加全国人大会议,史来贺刹那间来了精神,仿佛所有的病痛都没有了。

"既然去北京开会,一去就是半个来月,家里的工作,我还得回去安排一下。"史来贺执意要回一趟村里。

"自己的身体都已经成了这样,还想着村里的工作,并要亲自回去安排妥当。老史,你可真是一个为了工作不要命的人啊!"新乡市委主要领导在心里暗自感动,到口的话却始终没敢说出来。

史来贺不顾医务人员劝阻,还是强硬地从医院回到了村里。这天是2003

年 3 月 10 日。

　　晚上,史来贺在村办公室召开干部会议。他铆着劲、耐着力,长话短说,精简内容,着重讲了三件事:一是新村的建设要抓紧,不能拖,一拖,整个工程就不能如期完成;二是药厂的改扩建工程要抓紧,如果不抓紧,推迟十天半月投入生产,会给村集体带来不小损失;三是村里像王伟民、余德洋等几户残疾人家庭,要经常派干部去他们家里看一看,有什么困难,及时帮助解决。

　　村里几位领导看着老史蜡黄的脸,他说话不像从前那样利落了,气喘得厉害了,讲几句话,就要咳嗽一阵,大家的心颤抖着,都为老史捏着一把汗,暗暗祈祷:上天啊! 你可保佑老史平平安安哪!

　　谁知,他们正在暗暗祈祷,老史却讲着讲着,又一次歪倒在地,晕了过去。大家一阵手忙脚乱,把老史抬到了床上……

将军来探望

趁史来贺病得浑然不觉的时候，家里人好不容易将他送进北京协和医院。

醒来时，他问，这是哪儿？刘名宣和史世领如实告诉他。

他一听，气得一拳砸在病床上："啥？你们把我送到了北京的医院？我还以为是新乡呢！这是谁的主意？不是通知我来北京参加人大会吗？咋把我送进了医院？"

"你病得没法参加人大会了，不住院咋办？"史世领与刘名宣齐声告诉他。

"家里生产不让我管，把我弄到这么远的地方干啥？连回家看一眼都很难，住到这儿，我不成了聋子、瞎子啦？既然人大会没法参加，那你们还是把我弄回新乡吧！"

他都病成这样了，家人哪能答应？他气得不准大儿子世领进病房：

"你赶紧回去抓好你的药厂，不要因为我耽误了厂里的大事！"

又对刘名宣说："你们两个，身上的担子都不轻，回去抓工作吧！你们又不是医生，老守着我干啥？医院看病有医生，打针吃药有护士，这里，用不着你们俩，都回去吧，抓好工作是大事。"

刘名宣一再给他解释：

"医院说了，刘庄必须留两个人在这里陪着，有什么医疗上的事，便于随时找我们商量。我们走了，人家医院有事找谁商量？再说，你身边也不能没有联络员，你有啥吩咐，我们可以随时转告家里干部；村里有啥事，我们及时了解了，马上向您汇报，同您商量。医院和村里，我们得两头联络，不能断了线哪！我们在这既照顾了您，又利于医院和村里的工作，一举两得呀！"

刘名宣这么一解释，史来贺只好同意他们二人留下来。

史来贺去北京治病走了以后，老伴儿刘树珍放心不下，很是担忧，整夜整夜地睡不着,翻来覆去地想:到北京确诊了没有？到底是啥病？治得咋样了？啥时候能治好出院？她叫二儿子史世会到北京去看望父亲。

史世会一走进北京协和医院的病房,父亲睁开眼,便劈头一句喝问:

"你怎么也跑来了？我不是打电话给村里,任何人不准来医院看望吗？尽耽误生产！"

"俺娘不放心,非叫我来看看你,我也很想看看你。你住院了,家里怎能放心哪？"

史世会说得鼻子酸溜溜的,眼里噙满了泪水。

看见儿子流泪,史来贺以为药厂的改扩建工程出了问题,急得火气攻心,上气不接下气地问:

"怎么了？药厂改造遇到难关了？还是出啥岔子了？"

"没有。药厂改造很顺利,您就不要操心了。我日夜盯在现场,啥岔子也不会出,放心吧！我是担心您的病啊！您一定安心治病,吃好、睡好、配合治疗,一定会很快好起来的。全村人都盼着您早日康复,出院回村哪！"

"这些我知道,住院治疗的事,有医生哪！你们在家的人不用担心,把工作搞好就中了。你给我说说,药厂技术改造进展得怎样了？"这是史来贺最关心的问题,很想听听这方面的情况。

史世会简明扼要地汇报了药厂技改的情况,父亲听后,脸上浮现了住院以来第一次开心的微笑。

"我在这里的情况,你也看到了,回去给你娘说,让她放心。药厂技术改造,一刻也离不开你这个技术厂长,你给我立即回村里,抓好药厂的技改工程,不要在这里浪费宝贵时间。快走吧！"

史世会只在医院待了半晌,就被父亲撵了出来。回刘庄的路上,想着父亲面容憔悴、气喘吁吁、骨瘦如柴的样子,心里难受极了,恨不得找个没人的地方,痛哭一场。

经北京协和医院的医生会诊,史来贺心脏与肺部的顽疾,难以医治,而令人震撼的是,因积劳成疾,长期昼夜不停地超负荷运转,殚精竭虑过度操劳,已造成其身体严重透支,生命极度虚弱,血脉几近枯竭,体力已经耗空,再也无法根治和手术治疗……

正值第十届全国人大会议在京隆重开幕,作为全国人大常委会委员的史来贺,躺在医院的病床上,他多想走进人民大会堂,聆听总理的《政府工作报告》,

见见国家领导人，见见参加大会的各位老朋友。可他被病魔捆绑在病床上，动弹不得，迫不得已，只好向大会请了假。

国家的两会召开后，中央电视台每天跟踪报道，亿万观众都很关注两会的消息，都按时按点地收看有关"两会"的电视画面。时任武警总部副政委的刘源中将（后晋升为上将），知道史来贺是人大主席团成员，可在电视上的现场直播中，却没有看见他出席会议。这是怎么回事？一打听，才知道他因病住进了北京的协和医院。他丢下手头的事，急忙到医院去看望这位忘年交的老朋友。

"老史啊！你来京住进了医院，怎么不告诉我？多见外呀！够朋友吗？"刘源一见面就有点"埋怨"的意思。

史来贺拉住刘源的手，实诚地说：

"你工作那么忙，给你说了，不得让你成天记挂？怕耽误你的工作啊！"喘了一口气，又说，"再说了，我这又不是啥大病，人吃五谷杂粮，一辈子哪能没个病呀灾呀的，如果人都不会生病，所有的医院不都得关门，医生、护士不都得失业？正常现象，不用记挂，没事儿。"

"那你安心静养，配合治疗，早点康复。有啥想法，有啥愿望，尽管给我说，我一定替你办好！"刘源安慰着老朋友。

刘源对史来贺咋这么亲热？他二人到底有什么交情？

这还得从 20 年前说起。

1982 年春节期间，刘庄人正沉浸在传统节日欢乐的气氛中，家家户户的孩子，都在街头巷尾和路边玩耍、嬉戏、放鞭炮。

这时，一个陌生的青年人，从村子北边骑着一辆自行车来到刘庄。青年人长得非常帅气，一身英姿勃发的青春朝气。他一进刘庄，就向人打听："你们村的史来贺书记住在什么地方？"

一位热心的村民，将这位青年领到了史来贺家的门口："这就是你要找的老史家。"

青年人打眼一观，眼前房屋的大小、院落宽窄、门庭新旧，和相邻的村民家没什么两样，这怎么可能是一个"州官"、一个全国人大常委会委员的家呢？青年人有些疑惑，他在西北农村插队七八年，知道一个农村的书记、村长家，在村里是何等气派。走进一个村，一看哪家的大门宏伟，院落最大，房子高大宽敞，住宅里的一切都鹤立鸡群，不用打听，这一准就是支书或者村长家。村里再穷，支书和村长都富甲一方。"穷庙富方丈"嘛！可一看史来贺的家，岂不成了"富庙穷方丈"了？真让人不可理解。

"难道这真的是全国著名劳模、全国人大常委会委员、富裕刘庄的书记史来贺家？"

青年人怀着疑虑进了史家门。史来贺迎出门来，但不知这位一表人才的青年从哪里来，是来参观，还是来访问？

青年人彬彬有礼地自报家门："史书记，您好！我叫刘源，是刚来报到的七里营公社副主任，还是咱夏庄这一片管理区的区长。我从学校毕了业在山西插队时，就从报纸上反复学习过您的模范事迹，知道您是全国著名劳模。来到河南，到处听到人们在传说刘庄集体经济的发展，听到您如何带领群众走上了共同富裕的道路，大家都说得神乎其神，非常感人啊！我今天专门来，一是拜年，二是拜师。今后，您就是我的老师了，我要好好向您学习农业知识和农村工作经验。"

史来贺前几天就听说已故国家主席刘少奇的孩子要来七里营公社工作，看来，人们的传言是真的。

他看着刘源青春的面庞，热情地让座："快坐下说话！你来七里营工作，我代表刘庄人民热烈欢迎你！"

看着眼前的青年刘源，史来贺浮想联翩，脑海中浮现出自己当年作为民兵英雄，在北京受到毛泽东、刘少奇、周恩来、朱德等党和国家领导人亲切接见时的情景，特别是想到了1961年那场"三级所有，队为基础"的"退，还是不退"的大争论，刘庄坚持"不退"，仍以"大队为核算单位"，谭震林副总理将刘庄的特殊情况向国家主席刘少奇如实汇报，刘少奇一锤定音，肯定了刘庄的意见，保留了刘庄"以大队为核算单位"的体制，使刘庄集体经济免受了"合合分分、分分合合"的瞎折腾。这是一个多么英明的决策、多么坚定的支持啊！刘庄人民永远忘不了刘少奇主席的这一决策给刘庄集体经济和群众利益带来的伟大的现实意义与深远的历史意义。

史来贺握住刘源的手，无比亲切地说："看见你，让我想起了敬爱的刘主席，他是一位老革命家呀！为党和国家立下了丰功伟绩。刘庄人民永远怀念他啊！现在，党把你派到这里工作了，七里营是你的家，刘庄也是你的家。你年轻有为，前途无量，在基层多学习，多锻炼，将来一定能为国家挑大梁。刘庄的工作，还靠你大力支持啊！"

两人一见面，史来贺就掏心掏肺地说了这么多亲热的话，让刘源十分感动：

"我初来乍到，对七里营一带还不熟悉，工作上还没摸出路子。史书记，今后还得仰仗您多多帮助，多多指教呀！"

"放心吧！有啥事儿咱们多见面，多沟通，多商量。你有知识、有文化，在实践中勤思索、多磨炼，在农村这个广阔天地里，不愁找不到自己的用武之地。特别是改革开放，给你们年轻人的成长，提供了多么好、多么广阔的舞台呀！"史来贺对刘源是一眼看好，大加鼓励。

初次见面，两个人就有说不完的话。

从此，刘源成了刘庄的常客。无论是盛夏酷暑还是三九严寒，无论是阴天下雨还是刮风飘雪，只要一有空，刘源就骑着一辆旧自行车来到刘庄，与老史一见面，就谈工作、说农事，分析当前形势，探讨经济发展。天长日久，两个人亲密无间，无话不谈，成了推心置腹的知心朋友。

隆冬的夜晚，两人偎着一个煤火炉子，一人坐一个小板凳，一边烤火，一边聊天，一聊就是大半夜。饿了，就着火炉子，一人烤一块红薯吃；困了，一人卷一支纸卷喇叭筒的旱烟，呲呲地吸起来。

盛夏之夜，扯两片凉席，躺在当院，望着天上的星星，听着墙外蛐蛐的弹唱，惬意得很哪！二人一边乘凉，一边拉呱。一拉拉到鸡叫，困倦了，说着说着，就不自主地在凉席上呼呼地睡着了……

给刘源留下最深印象的一次，是有一年夏天，史来贺去天津大邱庄参观回来的当晚，二人在院子里乘凉。抽了一支烟后，刘源问老史："您这次去大邱庄参观，有何感受？"

他这一问，史来贺便打开了话匣子："人家大邱庄，近年来发展很快。通过参观、对比，我觉得刘庄还要坚持发展高科技产业，扩大企业规模，加快发展。不过我在参观过程中也发现了一个问题，特别是和禹作敏交谈时，他的问题暴露得非常明显：头脑发胀，骄傲自满，自高自大，脱离群众，对待人民群众总是一种居高临下的态势，根本不把群众放在眼里。说话很不讲原则，没有分寸。他竟说什么，全国上下没有一个全心全意为人民服务的。看问题片面、偏激，我看他世界观有问题。他这样下去，迟早会出事的。"

史来贺一眼看透，一言中的。后来，禹作敏果然锒铛入狱。

史来贺与刘源谈论最多的，是刘庄的集体经济发展。他们结合市场形势，结合党的十一届三中全会精神，分析刘庄的实际情况，谋划刘庄的经济发展，做出了刘庄实行经济体制改革的决断：成立刘庄农工商联合社。

这之后,刘源对刘庄的经济发展时时关注,与史来贺一起,与时俱进,不断谋划刘庄集体经济发展的新战略、新规划。

与此同时,史来贺对刘源的成长与进步也非常关心,特别是在政治上、思想上,经常用自己的经验,指导这位青年人的成长。后来,史来贺还当了刘源的入党介绍人。

如此密切的关系,如此的君子之交,让两个人的心贴得越来越近。所以,一听说老史患病住院,刘源惦记得坐卧不宁,火急火燎地赶到了协和医院。

"你忙工作去吧! 也不用再来看我了,我这不好好的吗!"史来贺露出宽慰的笑意。

刘源握别躺在病床上的史来贺,走到门外,问送行的史世领:

"你父亲病了,他不告诉我,你咋也不告诉我呀?"

"我要是告诉你了,你和老太太肯定都要来医院看望。一见你们,我父亲就会怀疑自己病得不轻,思想上就会产生负担与压力,影响治疗。所以没有告诉你,不光你,北京的所有朋友都没有告诉。这一点,还请你谅解!"

"你父亲到底得的什么病?"

"肺部有问题! 没有告诉他,瞒一天是一天吧!"

"啊! 这……"刘源大吃一惊。

此后,每隔一天,刘源总要来医院看望一次重疴在身的史来贺。

听到史来贺住院的消息,刘源的母亲,已故共和国主席刘少奇的夫人王光美,执意要到医院看望。王光美对史来贺那是再熟悉不过了,几十年来,史来贺到北京开会,王光美多次到会上看望这位中国农民的优秀代表,并与他进行亲切交谈。

史来贺一听说年逾八旬的王光美老人要来医院看望自己,赶忙婉言谢绝:

"你母亲年龄这么大了,80多岁的老人了,身体也不是太好,千万不能让她来医院看我。来了,我的心会很不安。等我身体好些了,能走动了,我去看她。"

史来贺从不愿给任何人添麻烦,自己有了再大的事,也从来不惊动朋友。

病房里"讲课"

在北京协和医院的病房里，老史的病情很不稳定，时好时坏，时轻时重，时清醒、时昏沉。每当轻松一点，每当清醒时刻，他就招呼史世领、刘名宣两个人坐到病床前，开始给他们"讲课"。讲着讲着，累了，或气喘得厉害了，就停下来；缓过劲儿来，再接着讲。就这样时讲时停，断断续续，史来贺在病床上"讲课"不止，讲的中心议题只有一个：刘庄的经验与未来的发展。

虽然他的"讲课"断了续，续了断，无法一气呵成，却给两位刘庄的接班人留下了极为深刻的印象。至今，老史讲的那些至关重要的话，一言一语仍在他们的耳边回响：

"刘庄走到今天，50多年来，经历了许多不平凡的岁月，走过了许多崎岖不平的道路，每一段岁月里都有风风雨雨，每一处道路上都布满了荆棘。可刘庄人都依靠自己的力量，攻坚克难，走好了脚下的每一步路，拼搏出了一片新天地。在今后的征途上，必然还会遇到这样那样的问题，甚至是从来没有遇见过的惊涛骇浪，狂风暴雨。刘庄人怎么闯过去？怎么争取更大的胜利？我想，只要始终抓住以下四条不放，就栽不了跟头，翻不了船。

"一是要始终抓住发展壮大刘庄集体经济不放。要真正让农民共同富裕起来，离不开强大的集体经济。不管别人怎么喊，体制怎么变，刘庄发展集体经济的心不能散，步子不能乱。只要集体经济保住了，发展了，壮大了，为国家多做贡献，让老百姓都过上好日子，就有坚固的基础了。咱们刘庄，一年向国家纳税5000多万元，人均纳税28000元。一个村，人口只占七里营镇总人口的2%，纳税额却占全镇的一半还要多。对国家这样大的贡献，没有刘庄的集体经济哪能行？去年，全村人均纯收入加福利，已经超过1万元，户均存款20多万元，没那么多村办企业盈利，农民哪会有这样的好时光？要想让刘庄对国家由小贡献到大贡献,让农民从小康到大康,还得大抓集体经济。

"二是始终抓住不断改善老百姓的生活不放。集体经济发展了,村里农民的生活也要同步发展。让农民得到巨大的实惠,他们才能打内心里说社会主义好,才能真心拥护共产党,跟着共产党干社会主义。

"三是始终抓住一切从刘庄的实际出发的办事原则不放。遇事要有主心骨,不能听风就是雨。要把党的方针、政策与刘庄实际、群众利益结合起来,在结合点上下功夫,才能把事情办好。只要我们坚持一切从刘庄的实际出发,一切从维护和发展老百姓的利益出发,就能任凭风浪起,稳坐钓鱼船。

"四是始终抓住党员干部的公仆精神不放。要牢记'两个务必'和党的宗旨,立党为公,执政为民,权为民所用,情为民所系,利为民所谋。要事事处处彰显党员的先进性,发扬先锋模范作用,无私奉献,清正廉明,公道正派。"

这四个"抓住不放",既是史来贺一生的经验总结,也是他践行了一辈子的初心印迹的真实袒露,更是他对刘庄党员干部的殷切希望。

史来贺还给他俩讲了当好农村基层干部的经验,深有体会地说:

"我在刘庄担任党组织书记50多年,之所以在风云变幻中能扎稳脚跟,立于不败之地,主要是坚持了'六个不变'。那就是:坚信共产主义信仰和理想不变,坚持全心全意为人民服务的宗旨不变,坚持走中国特色社会主义道路不变,坚持两袖清风、一身正气、一心为公的公仆精神不变,坚持合理差别、共同富裕、创业成果共享不变,保持劳动人民的本色不变。"

天天输液、打针、吃药,不能下床,不能走出病房门,史来贺望着病房的天花板,心里空落落的,备尝孤单、寂寞的滋味。离开了刘庄,离开了群众,离开了生产第一线,让他异常痛苦。再加上病魔的无情煎熬,让他一天天难以支撑。不能吃喝,不能活动,甚至无法下床走一走,每天靠喝几口甜面汤、吃一点炒胡萝卜丝维持着生命,他显得更加消瘦,更加虚弱。但他依然强撑着病体,每天都要用电话向村里各个企业的"一把手"询问生产、销售、难题解决等情况。同时,他一天两次给村里主持工作的干部打电话,嘶哑着嗓子问:

"生产正常不正常?经营情况怎么样?有没有啥问题?群众的生活安排得都好吧?"

电话那头的村干部哽咽着回答:"老书记,您就放心吧!村里一切正常,不用惦记。"

放下电话的村干部,再也抑制不住内心的忧伤,霎时间泪水滂沱,泣不成声……

夜晚，为了让他休息好，医务人员按时关了灯，可他躺在被窝里，仍然给刘庄干部打电话，问情况，谈想法，说发展……

一天，他给身边的刘名宣说："名宣啊，这会儿身上觉得好一点了，我想再给村里打个电话。"

电话拨通了，可他说话的声音很微弱，低得电话的另一端根本听不清他说的话。没办法，只好由他说一句，刘名宣再转达一句。问企业的生产，问群众的情绪，问残疾家庭的生活，问老年人的身体……问完后，史来贺说了一个"好"字，就再也说不出话来，仰躺着大口大口地直喘粗气。

看着他羸弱的身体，在场的人心如刀割，实在不忍心让他再为村里的事情耗费精力与心神。一直在他身边工作的村党委副书记刘名宣目睹老书记这种情状，再也抑制不住自己的情感，跑到病房外，蹲在门口的花坛旁，捂着脸"呜呜"地哭起来，边哭，边低声嘟哝着：

"老书记啊！你图的啥呀？你咋就不知道心疼心疼自己呢？为了集体，为了群众，你咋连命都不顾了呀？"

他又哭着跑到值班主任那里，苦苦央求道："医生，我求求你，请你把他的病治好吧！俺刘庄人民离不开他，离不开他呀！"

生命已经到了垂危的关头，可史来贺依旧每天往村里打电话，询问生产情况，询问群众生活。大家心里明白，没有谁能阻挡得了他对集体的满腔痴迷、对群众的满腔关爱。

为他诊治的医生，被他这种坚韧不拔、不屈不挠的无产阶级革命战士的精神深深打动了。他们带着无比敬重的心情站在病床前诊察，最后却流着泪水而去。"春蚕到死丝方尽，蜡炬成灰泪始干。"老书记是在吐尽最后一根丝、燃尽最后一滴油啊！为了集体，为了群众，他已经把自己的生命耗干了呀！

在北京协和医院已经无法手术，四月初，史来贺被转回新乡市中心医院。

干部群众闻讯后，一拨一拨地到医院去看望。他对先来的几个干部群众说："赶紧回村忙工作，我这儿有医生嘞，不用担心。"张着大口喘了几口气，又嘱咐他们："不要让其他干部群众再来看我，净耽误生产。只要你们把工作干好了，让我放心了，让群众满意了，就是对我最大的安慰。"

他在新乡市中心医院又住了10多天。在这10多天里，每天都有络绎不绝的人前来医院探望。有的是老同事、老朋友、老熟人，有的是通过刘庄帮扶已经致富的外村老百姓,还有一些是与老史素昧平生的人,由于到刘庄参观过,对史来贺无比敬佩、心仪已久,听说史来贺危在旦夕,特意跑来看望。

在生命最危急的时刻,他仍然惦记着群众,牵挂着那些老弱病残。他对来看望的干部殷殷嘱咐:

"我躺在这里,想来想去,全村还有几户劳动能力较差的,他们的收入比不上那些强壮职工。我想去看看,可现在去不成。你一定去那几户家里看一看,落实清楚,看有啥困难没有,有困难要及时给予解决,千万不要拖。"

村干部听后,眼睛潮湿地说:"放心吧,我这一回去马上就落实,不会让低收入家庭有任何困难。"

史来贺这才放下心来,如释久积的重负……

在生命的最后时刻,他依然惦念着刘庄的发展、刘庄的未来,只要一清醒,就给村干部打电话,只要有村干部来看望,他就在病房里布置工作、规划未来。他反复讲刘庄近期的三件大事:一是 2005 年,扩大生产的华星药厂青霉素原料药实现万吨产量;刘庄综合年产值达 10 亿元,上缴税金达 1 亿元。二是分期建设好 400 套村民别墅,美化好第三代别墅新村,让村民享受现代化住宅,永远安居乐业。三是刘庄要永远走集体经济发展道路,走中国特色社会主义道路,让群众共同富裕,共福共乐;按照已经规划好的刘庄现代化景区蓝图,加快建设现代化农村……对家庭和个人私事却只字未提,他心里只有刘庄的发展,只有百姓的安乐。刘庄早已是他生命的全部,百姓早已是他灵魂的依附。

二儿子世会来医院探望,并坚持要在病床前侍候,他催促儿子赶紧回村:"有你娘在我身边都中了。你回去把厂里工作搞好,比啥都重要。"

世会说:"我怕把俺娘累着了,叫她歇两天,我替她在这儿。"

"不中,不中!厂里工作是大事儿,赶紧走,赶紧走!这儿有医生嘞!你再不走,老爹可生气啦!"

母亲给世会使了个眼色,示意他别惹爹生气,赶快回村去。

儿子世会真想在父亲病床前尽尽孝心,好好侍候年老病重的父亲,可被心里只有工作、只有集体的父亲严厉拒绝了。他是一路难过、一路哭泣着回到刘庄的。

几天后,老史体力衰竭到极点,连说话的力气也没有了,声音微弱得连站在病床前的人都听不见。他身边的村党委副书记刘名宣,把耳朵贴在他的唇边才听得清他要表达的意思,然后,向大家一句一句转述。他断断续续、模模糊糊要说的，还是刘庄的"三件大事"。

那天，病房里只有他们一家人，没有一个村里人，史来贺问老伴儿刘树珍：

"你跟了我一辈子，吃了不少苦，受了不少罪。我在村里当干部几十年，你却什么光也没沾到，什么福也没有享受到。过的日子，还不如村里其他家庭好。村里好多老年人天南海北地公费出去旅游，你是干部家属，为了带头吃亏，却连北京都没有去，连大海都没有见过。你后悔不？"

"我从来都不后悔。因为我这辈子嫁的男人，是个出名的劳模，是刘庄的好带头人，大家都夸你，我脸上也有光。我和儿女们，从来都不图沾集体的光，只一心为集体做贡献。这不都是你教育我们的吗？咱全家人都是集体的人，都是干社会主义的人哪！"刘树珍老实人说老实话。

史来贺听了老伴儿的话，感激地笑了笑。此时，两位老人的手紧紧地抓在了一起。几十年的风雨冰霜，几十年的携手相伴，心心相印，千言万语，全都汇聚凝结在这亲密的双手之间。

老史转而对儿女们说："我这辈子，没给你们留什么家产。"

大女儿史世荣泪水涟涟地说："不！爸，你给我们留下的好思想、好精神，是世界上最宝贵的财富，比什么样的家产都珍贵啊！"

史来贺又说："我对家里关心得太少，你母亲里里外外操心多、操劳多，她这一辈子不容易啊！几十年如一日，一直支持我的工作，承担了所有的家务，照顾了3位老人，养育了你们5个，含辛茹苦啊！你母亲有眼疾，有脑血管病，多次住院，我却因工作忙，一次也没有去医院看她。想一想，我欠她的太多了！她身体不好，你们一定要照顾好她呀！"

话未说完，他呼哧呼哧直喘粗气。护士与家人为他轻轻拍背，抚慰前胸，好一阵，才平静下来。

儿女们眼含热泪，点着头说："爸，别说话了。您老放心吧！俺一定照顾好母亲！"

在这种境况下，哪怕有一刻的稳定和清醒，他还要与村委会副主任通电话，问村里生产、经营是否正常，有啥困难没有，并让他一定要安定好大家的思想和情绪："你告诉群众，过两天，我就回村了，病就好了。不用惦记，安心搞好生产，村里、厂里生产是大事……"

话未说完，对讲机就掉落在床上，史来贺两手颤抖了一下，便昏迷过去。昏迷状态一直持续了一天一夜。一醒过来，他就抬手指指窗外，两眼直望着窗外，却一句话也说不出来了。守在床边的史世领,知道父亲在想刘庄,渴望回刘庄。

4月14日下午,史来贺突然休克,医生、护士马上抢救。按常规,对休克病人抢救半小时,最多40分钟,就能见效。可他们对史来贺该使用的抢救措施都使用了,抢救了一个多小时,却仍没有使他转危为安。

守在身边的老伴儿凄厉地呼唤:"来贺,你醒醒啊!"

紧紧握着父亲手的儿子急切地呼唤:"父亲,你睁开眼啊!"

村干部热泪盈眶地呼唤:"老书记,老书记啊! 你给俺说句话啊!"

千声呼万声唤,却没有把老书记唤醒……

"该让来贺回家了……"老伴儿树珍流着眼泪说。

"是该让父亲回家了……"儿子泣不成声地说。

"老书记,俺接你回村……"村干部呜呜地哭着说。

虔诚的祈愿

从新乡回家的路上，老史一直昏迷着。可救护车刚从国道上拐个弯，一进入刘庄地界，奇迹出现了：躺在救护车里的史来贺，突然睁开了眼睛，在医院骤停的心脏重新跳动起来，意识似乎也清醒了许多。是他听见了刘庄大地对他的呼唤，是他感应到了这片生他养他的大地对他的亲吻和抚爱！啊！一生接地气的大地之骄子，灵敏地呼应刘庄大地对他的拥抱，对他的亲热，对他的贴心！

"这真是医疗史上的奇迹！从来没有见过。"医生们感到非常惊奇。

快到家门口时，他的心跳不再紊乱，呼吸和脉搏趋向正常。他感受到了刘庄大地温馨的泥土气息，心安了；他看见刘庄群众亲切的面孔，听到群众熟悉的声音，心安了；他看到刘庄的绿树，听见刘庄树上的鸟叫，心安了……

史来贺于弥留之际，在刘庄度过了一生的最后10天。最后昏迷的时刻，他把呼吸机的金属插管咬得咯吱咯吱响，直至咬扁，留下深深的牙印，这是他这一生留下的最后的声音。他把这硬硬的声音用牙齿刻在了金属插管上，谁能翻译得出这牙印中的每一字、每一句？他是想再交代一遍刘庄的"三件大事"？还是对刘庄的党员干部有别的什么嘱托？他是在最后一次"过电影"，把群众平生所吃的苦都吞咽到自己肚里吗？还是在"梦中"召开村民大会，向大家发表最后的演讲？

从新乡市中心医院回到家里后，老书记史来贺一直昏迷了9天。这9天，是刘庄最难熬的日子，全村男女老少彻夜痴立在他家门口，忘记了冷热，忘记了饥饱，忘记了疲倦，忘记了白天与黑夜，默默祈祷他们的好书记转危为安……

在这些日子里，干部群众络绎不绝地到史家探望、问安，来时满心祝愿，走时泪水涟涟；来时一路祈祷，走时一路悲戚。这是刘庄人最感压抑的日子，泪水几乎成了刘庄无声的共同语，哭声几乎成了刘庄的主旋律。

"老书记现在究竟咋样了？让俺进家里看看他吧！"

"老书记住院一个多月,俺很想见他一面,跟他说句话。"

"俺想老书记想得夜里睡不着啊！叫俺进去看他一眼吧！"

史家门外,一片嚷嚷声。更有几位行动不便、坐在轮椅上的老人,让家里人推着,来到史家门外,想再看老史一眼。看不到老史的活人面目,他们说啥也不离开……但穿着白大褂的医护人员,都把善良的村民挡在了门外。这是为了老书记的安宁、清静与更好的医护。

这时,村民们多么盼着老书记能从家里走出来,还和从前一样,坐在马路牙子上,和大家说说笑笑,忆刘庄的过去,谈刘庄的未来,一片深情的交融,一片幸福的和乐。可他们怎么也盼不来老书记走出家门的身影……

几位村民找到村干部,巴望地说:"群众有个重要提议,请一定采纳！"

"啥提议?"

"老书记的病让群众难受啊！赶紧把老书记抬到别墅样板房里,哪怕住上三五天,我们心里也会好受一点。老书记是为刘庄人操劳累病的,他要不在别墅里住几天,刘庄群众一辈子心不安哪！"几位村民几乎是央求的口气,噗嗒嗒流着泪水,再也说不下去了。

村干部把村民的建议告诉医疗组,医疗组没有同意。都到了这个时候,再把老书记搬来搬去,搁不住折腾,不利于减少痛苦、延长生命啊！

史来贺病重惊动了中央和省委的领导,市、县各级领导也在关心史来贺的安危。中央领导从北京给河南省委打电话询问史来贺的病情,并嘱咐一定想尽办法医治好老史的病,减少痛苦,延长生命;河南省委副书记陈全国代表省委亲自到史家看望,带来了省领导的关怀和问候。省里派出的专家医疗小组采取一切能够采取的救治措施,日夜救护……

史来贺病危之际,刘源从北京专程驱车来到刘庄看望。自从老史从北京协和医院转到新乡后,刘源的心情一直非常沉重,天天打电话询问情况。一听说老书记病危,他急忙从北京赶来。还未进史家门,见那么多穿白大褂的医护人员出出进进,人人都是一脸的严肃与忧伤,刘源就觉得老朋友病情严峻,心中不由得一阵发紧。走到病床前,只见老朋友比在北京协和医院时更瘦了,脸上也不见神采了,眼睛半闭着,一副有气无力的样子,躺在床上,连一句话也说不出来。蒙眬中,史来贺看见了刘源的身影,便艰难地伸出了手,和刘源的手无力地握在了一起。

"老史,我是刘源。我来看望你了! 我代表我的母亲来看望你了!"刘源握着这双不再摇动的手,看着一双无神无采的眼睛,一阵悲哀的辛酸袭上心头。

史来贺听见了,但却说不出话来,只是眨了眨眼睛,仿佛在表示:"我知道了,谢谢你,谢谢你的母亲!"

老朋友的这般情景,让刘源无比难过,无比悲伤,除了问候,除了向史来贺的老伴儿及其子女表示安慰,伤痛得什么也说不出来,只是默默地流泪。他抓住史来贺的手,越握越紧,总也不肯松开。如果自己的这只手,能妙手回春该多好啊! 那么,就一直握下去,让老朋友起死回生,重新站立在自己面前,站立在刘庄的大地上……

4月23日晚7时,长时间昏迷的老书记,仿佛突然有了清醒的意识,头左右动了动,竭尽全力想睁眼最后一次看看这世界,想张嘴最后一次说几句话,但他把最后一丝气力拼完,也没能如愿。

大儿子世领双手捧着他的头,贴着他的脸,泣下如雨,声音哽咽:"爸,您要交代的事我知道了,我一件一件对您说,说对了,您就动动手指头……"

他附在父亲的耳边,一字一句重述了一遍刘庄的"三件大事",每叙述一件大事,老书记的指头就微微地动一动。

老书记用毕生最后的力气,听完了世领的叙述,长长地吐了一口气,仿佛一下子轻松了许多,完全放下心来,几分钟后,便沉入了平生最长的一次梦境,再也没有醒来……

老书记最后一次用痴爱的目光,回眸刘庄这片自己一生也没有爱够、亲够的土地,乘着金灿灿的晚霞,驾鹤西去……

第六十二章　眼含悲泪长追思

※悲哭悼英灵

※"老书记甬走"

※永远的怀念

悲哭悼英灵

老书记与世长辞的噩耗传出，刘庄的上空仿佛压了一层厚厚的阴云，大地骤起呜咽悲哀的风声。

然而，起初刘庄人根本不相信那噩耗是真的。"老书记这么好的人，天下难找，怎么会离开我们呢？好人有好报，长寿一百年。""老书记是为大家伙儿操劳得太累了，歇几天就好了。"每个人的心里都这么认为。他们盼望老书记从睡梦中醒来后，依然和往常一样，领着大伙儿创大业、创新业，不停地在刘庄这片土地上热烈地扑腾……

可是，噩耗是无情的。半天后，有消息证实了老书记确确实实已经去世了，永远地离开了他心心念念的刘庄百姓。这时，在刘庄人眼里，在刘庄人心里，一下子塌了天！

整个刘庄，从南到北，从东到西，从村里到厂里，从农场到畜牧场，顿时哭声一片，男女老少都沉浸在无限的悲哀之中。

本村人在哭，在刘庄打工的外村、外地工人哭，周围几个村的人听到噩耗后也哭。

村民余荣海流着眼泪，告诉他的哑巴爷爷余德洋："老书记去世了！"80 多岁的余德洋拉着孙子，磕磕绊绊直往老史家跑。到了史家门口，扶住门框，手拍大门哭得老泪纵横。这时，史家院里正站满了群众，一个个都是泪水洗面，悲痛欲绝。

刘庄很多人哭起来都不要命了，哭的时间长了，哭着哭着就晕倒了。刘庄卫生所的医护人员，个个哭得撕心裂肺，哪还有干工作的心思？可根据刘庄党委的要求，他们又不得不背起出诊的药箱，在村里四处奔忙，去抢救那些因过度悲伤、耗力哭泣，而身体出现不良症状的人。刚在街头抢救完两个哭得背过了气去的群众,就又有人哭着跑来报告,村广场有两个老人哭得昏过去了……

悲哀,笼罩着整个刘庄;哭声,淹没了整个刘庄。

白天,没有一家开灶做饭,听不见一家刷锅刷碗;夜里,没有一家打开电视机收看电视节目。大家都静静地坐在灯下,流着眼泪沉痛哀悼老书记,追思老书记的功德,思忆老书记给一家一户带来的幸福,给予每个群众的恩情。越想越悲伤,越想越哀痛,止不住的泪水,一直在流,一直在淌。刘庄的夜晚,除了哀哀的哭声,就是静静的泪水。

此时的刘庄,时间凝固了,生活凝固了,所有的响动凝固了。

第二天村党委召开了一次特别的"紧急会议",研究部署眼下的几项特殊的"紧急工作"。除了老书记的丧葬事宜,最紧迫的工作有三项:

一是安抚人心。要劝人们一定要吃饭,要休息,不能饿坏了肚子,不能因悲伤搞垮了身体。实在无心做饭、不愿吃饭的,要安排党员干部帮助买、帮助做,直到看着大家把饭吃下去。要劝大家节哀保重,刘庄不能出现一个人因悲痛而影响了身心健康。告诉大家,哭坏了身子,就不能继续干事创业,不能实现老书记的遗愿了。

二是稳定人心。向村民讲明老书记虽然走了,但他留下了许多宝贵的精神财富,培养了一大批高素质的党员、干部和"四有"新人。老书记的好思想、好作风、创业精神、创业经验没有带走,都给我们留了下来。刘庄党委有决心、有信心、有能力带领刘庄群众,继续发展刘庄集体经济,继续建设更加文明富裕的新农村,让大家过上更加幸福的日子。

三是稳定生产。不能因为老书记的去世过度悲伤,而影响各企业工人的生产情绪。要教育大家化悲痛为力量,用发奋生产的实际行动,用生产的崭新成果,为英灵不远的老书记送行。

然而,要落实做好这三项"紧急工作",却既费劲又费心,相当艰难。

村干部首先来到已经一天一夜不吃饭、不休息,只顾悲伤流泪的杨长义家,劝他们按时吃饭,按时休息。

杨长义的老伴儿一把鼻涕一把泪地说开了老头子:

"打从知道老书记患病住了院,这40来天里,他吃饭越来越少。听到老书记去世了,一天多来,他就再也不吃饭了,连口水都还没有喝过。其实,我也吃不下饭,老书记这样好的干部,上哪儿找去? 老天爷,咋叫好人得这样的病啊? 真叫百姓难受啊!"

村干部开导劝说杨长义：

"老杨啊，你都这么大年纪了，老不吃不喝，身子骨怎么受得了？老书记去世了，悲痛归悲痛，饭还得吃，觉还得睡呀！你这样，老书记看见，他心里也会难受的，会走得不安呀！为了让老书记一路走好，你要振作起来，该吃吃，该喝喝。刘庄人都好，都过得幸福，老书记才会放心，才会安宁啊！"

"可恨老天不公啊！该死的没死，不该死的死了！怎不叫人心里难受啊？"杨长义流出一脸老泪。

"那你说谁该死啊？"老伴儿问他。

"我杨长义该死呀！咳！要不是史来贺，我这双料反革命分子的骨头早就化成灰了，哪还能活到现在，还能过上这么美好的晚年生活？为什么我这个没有什么大用的人，倒还活着，史来贺这么大功德、这么大能耐、这么高威望的人却先走了？我想不通啊！都说'好人一生平安'，咋想都觉得不对。史来贺可真正是天下少有的好人呀，可他为啥不能长寿百年、无疾而终呢？所以我说老天不公啊！'好人不长寿，祸害活千年'，真应了这句话。"

"老杨啊，你也别想那么多了，保重自己的身体，好好生活，这也是老书记希望看到的。"村干部又安慰道。

"这两天，我在想为什么不出个大闹天宫的孙大圣，去大闹一场阎王殿，改了生死簿，把史来贺的寿命延长一百岁、两百岁，或者用我这个该死几回的人，顶替史来贺去死，那该多好啊！人死无法死而复生，不过，老书记是个灵魂纯洁得能够进入天国的人。时下，他也许已经位列仙班了！"

杨长义这两天，不吃不喝，躺在床上，一边落泪，一边幻想，忽而大闹阎王殿，改生死簿；忽而顶替老书记去死；忽而祝愿老书记位列仙班。可见，他对老书记史来贺的感情是多么深厚，爱戴是多么真诚！

"老杨，不管多悲痛，老书记已经走了，怎么也回不来了，活着的人还得好好活下去。你一定要吃饭、要休息，不能再这么水米不沾地哭下去了！"

"嗯，我知道，老史刚走，村里事多，你们干部很忙，不要为我这个糟老头子操心了，我听你们的，好好活着，叫老书记放心、安心！"

村干部又来到王伟民家。

王伟民是一位残疾老人，史来贺的去世，对他的打击如万箭穿心，使他悲痛至极。他的哭声撕肝裂肺，比儿女在老人灵前哭得还要凄切。刚开始是呼天抢地，仰天嚎啕，后来是长时间不停呜咽，悲伤得背过气去。当天深夜，邻里还听见他的哭声从他家里传出来，在夜空中传得很远很远。村干部到了他家，只见他的眼睛已经哭得红肿起来，嗓子也哭得嘶哑了，可抽泣声还是不停。

"老王啊，你可不能老这样哭下去了，会把身子骨哭坏的。邻居说，你都哭了一天一夜了，再这么哭下去，啥时候是个头哇？不哭了，不哭了！你再哭，老书记也回不来了。"村干部极力劝导着。

"老书记是俺家的大恩人啊！还没等到我们报答他，他却先走了。俺们家的好日子谁给的？是老书记啊！从土改以来他就照顾我，帮我种地，帮我克服困难，给我安排合适的工作，一年不少挣钱。我家三代人，两代残疾，要是在别村，没法过啊！可在刘庄，吃、穿、住，样样不愁，还让我家第一批住上了两层向阳楼。这都是老书记领着大伙儿创造的幸福啊！外村人见了我都说，别看王伟民腿不好，可命好啊！在刘庄这个福窝里，遇到了史来贺这样的好书记。如今，大恩人走了，怎不叫人痛心哪？老书记健在时，三天两头往我家里跑，关心照顾得要多体贴有多体贴。他住院前，还特意派干部到我家里看看，问还有啥困难没有。他一直到死，都没有忘记关心我们一家啊！老书记这一走，就再也见不到他了，从此，他再也不会来我家了。"

"呜……呜……呜……"说到这里，王伟民大放悲声。

"老王啊，老书记走了，你不用担心自家的日子。老书记临终前，最牵挂的还是你们这几户'特殊家庭'，一再交代，要关心村里的弱势群体，要把几户'特殊家庭'照顾好，刘庄共同富裕、共同幸福，不能落下一家一户。我们党委下了决心，老书记走后，我们一定要千方百计把你们这几户家庭关心照顾好。让老书记地下有知，也放心了！"

王伟民抹了一把眼泪说："老书记生前，对我们几家已经照顾得非常周到了，要离开这个世界了，心里还牵挂着我们弱势人，老书记真比家人还亲，比救苦救难的观世音菩萨还慈善啊！"

村干部还去了不少家庭，他们忍着泪水劝导村民，含着悲伤请求大家节哀，可一出村民的家门，一个个都捂着脸"呜呜呜"地哭了起来。

去刘庄看望老史回到北京的第二天，刘源就听到了史来贺与世长辞的噩耗，再也控制不住极度的悲伤，泪水伴着"呜呜"的哭声，不住地流淌。他年迈的母亲王光美老人也哭了……老友远去了，啥时候到刘庄去，却再也见不到他了，再也不能与他促膝交谈了，再也不能与他共商发展经济的大计了。刘源及其一家人,痛失良友,怎不伤心悲痛? 他提笔写下"良友乘风去,今夜宿何方"的悼诗,以寄托无尽的哀思,寄托心中的茫茫惆怅。

"老书记甭走"

　　这个时节,正是"非典"疫情泛滥猖獗之时,为防止疫情扩散,各地都在封闭道路村口,防止外人乱进乱出。上级有关部门规定,在此特殊时期,禁止一切群众聚会等大型活动。因此,4月30日在刘庄大礼堂门前举行的史来贺追悼会和遗体告别仪式,严格控制在500人以内。谁知,竟来了6000余人。一些周围村庄的干部群众也自发地来参加追悼会,他们也要为这位德高望重、感召一方的老书记、老劳模送行……

　　举行追悼会这天,全国人大、中共中央组织部、国家农业部发来了唁电。

　　中共中央总书记、国家主席、中央军委主席胡锦涛,从北京打来电话,对史来贺同志的逝世表示沉痛哀悼,对亲属表示诚挚慰问。

　　党和国家领导人李鹏、吴邦国、乔石、万里、曾庆红、李长春、罗干、薄一波、宋任穷、贺国强分别发来唁电、送了花圈;时任河南省委书记李克强、省长李成玉送了花圈;已故共和国主席刘少奇同志的夫人王光美同其长子刘源,代表一家人,送了花圈。

　　省、市、县、镇各级领导以及各级党组织、人大,也都送来了花圈。从中央到地方的各级领导,分别以不同方式吊唁这位"小地方的大人物"。

　　800多个花圈,依次摆放,层层叠叠,摆满了刘庄大礼堂门前的几十个台阶。这些白色浪潮一样的花圈,簇拥着新时代农民的先驱之魂,环抱着伟大、高尚的刘庄村魂、中国大地上的民族魂,向他致以肃穆的敬礼,致以沉痛的哀悼! 这些祭奠亡魂的花圈,犹如悲伤的浪潮,淹没了礼堂门前的广场,漫过了刘庄哀痛的土地……

　　那些在花圈上的一副副挽联,表达出人们对史来贺的无限崇敬和深切哀悼：

> 江河大地存忠魂；
> 哀泪悲歌悼英灵。

> 良操美德千秋在；
> 亮节高风万古存。

> 美德常与乾坤在；
> 英名永同天地存。

> 生前亮节似松凌霜雪；
> 死后高风如水照青天。

> 奇迹奇事，功在家国有巨勋；
> 硕德硕望，泽留乡里仰遗风。

> 烟雨凄迷，中原春花洒血泪；
> 音容寂寞，黄河流水放悲声。

> 规律难违，自古谁能千年寿；
> 高风永继，而今人仰一世功。

还有一位老师送的花圈上，写着这样一副挽联：

> 带党员率群众呕心沥血五十载为民树楷模；
> 系民生谋幸福昔日穷村变首富留一世英名。

这些挽联，字字含悲，句句凝哀，联联沉痛，副副泣血。全是血泪写成，实乃万众心声。

追悼会由新乡市人大常委会主任主持，新乡市委书记致悼词。追悼会现场一片抽泣声，人人都极度哀伤，都在不由自主地唰唰地流眼泪。就连致悼词的市委书记，也一边念悼词，一边不停地擦眼泪。

遗体告别仪式之后，村民们哭着强烈要求：让老书记的遗体在那幢样板别墅里停留停留吧，这是他费尽心血，给刘庄群众留下的遗产啊！咋能不让他临走在里边睡一会儿呢？

老书记的家人都不同意这么做，史世领满面泪水地告诉大家："老书记绝不会同意他自己第一个进别墅！他的一生，只为大家谋利益，从不给群众添麻烦。如果我们违背他的遗愿，让他在别墅停留，他会走得不安的。咱最后还是让他如愿吧！"

听了史世领的话，乡亲们哭得更悲，呼唤老书记的声音撼天动地……

覆盖着中国共产党党旗的灵车缓缓开动，老史书记要走了！让他再看看刘庄的村容村貌吧，让他再看看刘庄的高科技工业园区吧，让他再听听畜牧场的牛哞马叫吧，让他再听听刘庄工厂的机器轰鸣声吧！灵车在刘庄徐徐转了一圈，很慢，很慢，就像老史绕着情有独钟的刘庄，在慢悠悠做最后一次散步；又像老史踏着刘庄的每一条村巷、每一寸土地，在做最后一次巡察；更像他向着刘庄365户人家的家门口，向着每一个亲爱的乡亲，最后一次深切地回望，最终一次永远地告别……

家家户户、条条村街都空了，村民们密密麻麻地站在马路边凄怆悲哀，失声恸哭，一个个泪雨掩面，长呼悲歌：

"老书记，您慢些走！"

"老书记啊！你甭走，俺有好多话要跟你说呀！"

"老书记，你走了俺啥时才能见到你呀？"

"老书记，刘庄不能没有你啊！俺都舍不得你走啊！"

"老书记，我们永远怀念你！"

哭声、呼声响彻云霄，撼动大地！

正在药厂和其他工厂上班的职工，趴在车间窗口，站在工厂门口，一个个泪眼模糊，悲泣哽咽，向缓缓而行的灵车挥手："老书记，一路走好！俺会日夜想念您……"

"老书记，刘庄人永远想念您！子子孙孙都会记着您！"

灵车即将驶离村街的时候，杨丽70多岁的婆婆突然站在路中间拦住了灵车，扶着灵车大声哭喊："老书记，俺们不让你走啊！你对俺一家的大恩大德，俺还没来得及报啊！"

紧接着，80多岁的哑巴余德洋也走到灵车跟前，仰面长哭，肝肠寸断，他只能用滂沱的泪雨表达内心的哀伤。

这时，马路边的群众也都拥向灵车，哭声更悲，呼声更高："老书记，你甭走，你再睁开眼看看俺们吧！再看看刘庄吧！"

一位老太太哭喊得嗓音都变了："老书记，刘庄需要您呀！咱刘庄百姓舍不得您呀！"

灵车再次缓缓启动，村民们扶老携幼，一齐拥向村口，声嘶力竭地追着灵柩，凄泣悲号，声声呼唤：

"老书记，您是为咱刘庄累死的呀！您可为俺们操碎了心哪！"

"老书记，安息吧！别再牵挂着我们了！您好好歇歇吧！"

"老书记，您对刘庄的无量功德，都在俺们心里记着呢！"

"老书记，您可走好哇！子孙后代会永远想念您……"

从礼堂广场到村口，仅有20多米的路，灵车却走了4个多小时，乡亲们簇拥着灵车，手拦着灵车，舍不得这样的好书记走啊！

这撕心裂肺的场面，让灵车司机泪流满面，两只手颤抖着，怎么也不听使唤，转方向盘时仿佛是在转动一座大山……

灵车慢慢驶出了村子。道路两旁的绿树上系满了素白的纸花，像一夜间绽放的白菊，又像忽然间天降的皑皑白雪。树为老书记送行，花向老书记致哀！

在驶向新乡市殡仪馆的途中，道路两旁站着成千上万的送老史最后一程的干部群众，他们来自七里营、小冀镇、翟坡和新乡市郊的20多个村庄，有的泪流满面，有的低声默哀，有的挥手呼唤：

"史书记，一路走好……"

"史书记，您这一走，咱新乡的农民都想您啊！"

按照史来贺的遗嘱，亲属和乡亲们将他的骨灰一部分撒在刘庄绿浪翻滚的麦田里，一部分埋入了刘庄小柳树旁的黄土地。他要让自己不灭的精气神儿和麦子一起抽穗、拔节、成熟，他要让他自己不死的灵魂化入泥土，长出绿色的风景。

生前他痴迷地爱着这片土地，死后依然魂牵梦萦地眷恋着这片土地。大地的骄子，生生死死，永恒地与大地融为一体……

大地赤子，属于大地；生命，在大地里万年长青；一颗赤子之心，在大地上闪耀着永恒的金子般的光芒……

啊！大地的骄子，
一生一世都不曾离开大地。
在大地栉风沐雨，
在大地奋斗不息。
他像一头拓荒的黄牛，
埋头躬身在大地上拉犁；
用汗水描绘时代画卷，
用心血谱写创业史诗。
创业的足迹像一行行文字，
恒久地刻印在大地。

生命因大地而长青，
思想因大地而厚重；
业绩因大地而丰碑不朽，
功德因大地而永载青史。
大地属于他，
他更属于大地。
大地是他的衣食父母，
大地是他最尊崇的上帝；
大地是他最温暖的怀抱，
大地是他灵魂的归依。
大地永远是他的化身，
他永远是大地的儿子！

永远的怀念

老书记真的走了！十天半月后，乡亲们才如梦初醒。但那一颗颗盛满悲痛的心，依然被吞咽的泪水浸泡着。在刘庄，他们觉得老书记无处不在：早晨，他仿佛走进了麦田，笑看麦穗扬花；上午，他仿佛走进了药厂、奶粉厂，和职工一起扑身生产第一线；傍晚，他仿佛依然坐在马路牙子上，和老人、孩子说说笑笑。他的音容笑貌，还是那样亲切，那样平易，那样和蔼慈祥……

有的村民夜里做梦，看见老书记在礼堂召开群众大会，坐在台上给大家描述刘庄的发展前景；有的村民梦见老书记端着饭碗，蹲在村街的饭场和大家说笑话，拉家常；有的老人在村街上走着走着，仿佛看见了老书记的背影，就高呼一声"史书记"，喊声一落，那幻影就忽地不见了……老书记没有走，在刘庄，到处都能看见他的身影，到处都能听到他的声音，他仍然和刘庄群众在一起啊！

连周边村庄的干部群众都对史来贺的逝世深感痛惜。一位外村人对刘庄人说："老头儿老（去世）了，不是光刘庄的事，对咱这一片儿都不利呀！"

还有一位外村的干部痛心地回忆道："老史书记，这么多年可没少帮助咱这一片儿，周围这十几个村的群众日子好了，手里有钱了，不都是老史帮着带的！他这一走，谁不想念他？一想起他，心里就难受啊！"

史来贺去世后的第一个春节，小柳树旁的墓地人来人往，有的提着供品，有的燃起香烛，有的端着刚出锅的饺子，有的鞠躬，有的下跪，无不流着长泪祭奠他，为他祈祷，为他祝福：

"老书记，过年了，俺来看看你，给你拜个年。"

"老书记，俺这是刚下出来的过年饺子，热腾腾的，你吃一碗吧！还是咱村里发的鲜肉、发的白面。"

"老书记，过年了，刘庄百姓都想你啊！你在那边还好吗？你不要再劳累了,过年了,该歇歇了。"

一连三个春节,小柳树旁的墓地都聚满了刘庄的干部群众,没有人号召,没有人召集,村民们都是来这里诉说心中的思念、心中的牵挂,都是来这里跟老书记说几句心里话,说几句家常话。这一幕幕来自一颗颗心灵的诚挚的祭奠,这一幕幕流自肺腑的深情的诉说,感天动地,催人泪下……

也是一连三个春节,刘庄许多人家的别墅门窗上都不贴红对联,不贴红窗花。村民们以这种传统旧俗,表示对老书记绵长的哀悼与思念。

每年清明节和他的忌日,村民们纷纷来到他的坟前,放一束鲜花,摆几个供品,祭奠他,追念他,犹如盘坐在老书记面前,脸对脸,心贴心地叙家事、唠家常:

"老书记,我今年退休了,咱村的退休金又涨了,老年人的福利又高了,你就甭挂心了。"

"老书记,你看着长大的俺家那孩儿,去年考上大学了,还是个好大学,俺来跟你说说,好叫你放心!"

"老书记,你过去总是为俺家操心,有了困难你就拉俺一把。现如今,日子富了、好了,啥困难也没有了,你就甭牵挂了!"

连在刘庄企业打工的外地人、在附近卖烧饼的外村人都来墓前祭拜他、追思他。

那一年,村民刘树军的女儿考上了大学,接到录取通知书后,全家人高兴得像过年一样。

刘树军看着通知书,马上对妻子和女儿说:"走,咱得向老书记报告这个喜讯,让他老人家也高兴高兴。"

于是,一家三口兴冲冲地赶到史来贺生前的办公室,对着他的遗像庄重地说:"老书记,俺闺女今年考上大学了! 今儿个接到的录取通知书,您看,这通知书印得多清楚!"说着,把手里的通知书展现于老书记的遗像前。

刘树军的妻子接着说:"老书记,您就别记挂俺了,闺女考上了大学,也是您关心的结果。她上中学那会儿,您总是鼓励她好好学习……"妻子说着说着,流出了眼泪,再也说不下去。

女儿也流下了思念的眼泪,说:"史爷爷,我一定记住您嘱咐过的话,到了大学好好学习,刻苦钻研,当一个优秀的大学生,毕业后,为国家做贡献,为刘庄争光。"

刘庄原党委副书记、现已退休的张秀贞,在老书记去世后,眼前总是映现老书记工作、生活的一幕幕画面，尤其是他那一生俭朴、一生艰苦、从不改变农民本色的形象，始终打动着她。她嫁到刘庄，第一次参加村里的群众大会，第一眼看到的给刘庄群众讲话的史来贺，就是普通的农民打扮，一直到去世，他仍然是一身农装，一身素朴。刘庄人都说：在俺庄，是富了百姓，穷了书记，这话一点儿也不假。老史书记家里的一些设施，还不如咱一般村民哩。村民们搬到第二代集体新村以后，家里都置了些高档时兴的家具，老史家却没有这些东西。他去世后，俺们去他家打扫卫生，整理遗物，一看，他家里连个放衣服的柜子、箱子都没有，用一根长长的铁丝在屋里扯着，他老两口的衣服都搭在铁丝上面。让人看了，禁不住伤心难过，流下心酸的眼泪。

原党总支副书记夏治香一说起老史书记就掉眼泪，边哭边说："老书记活着时，见了小孩儿就亲，见了老人就心疼。谁家有病人，他往谁家跑得最勤。俺有心脏病，他经常掏出自己的速效救心丸，给俺吃，还教给俺咋个吃法。他关心人啊，细心得很。他给俺刘庄操了一辈子心，费了一辈子神，都是为了老百姓把他生生累死了……"

提起史来贺的事迹，村民刘青俊说："老书记为俺刘庄做了一辈子好事、实事，几天几夜也说不完。老史书记去世时，俺村里大人孩子没有不掉眼泪、不痛哭的。到现在，村上乡亲们还经常念叨着老书记的好。"

刘庄学校校长梁翠民含着泪水说："老史书记活着时，对教育不是一般的重视，他说，刘庄的未来，要从教育抓起，要从培育后代抓起。在新校区建成以后，他亲自提出办学宗旨：求知，求学，求新，求真。这是他为我们立下的校训，我们要牢记老书记的遗愿，始终如一地秉承这个校训，把学校办好、管好，为刘庄、为国家培育出更多的优秀人才。"

当初在规划刘庄集体新村的高级别墅群在规划时，要将第一代集体新村的老房全部拆除。而史来贺去世后，他生前住的刘庄第一代两层向阳小楼，却在村民们的强烈要求中保留了下来。为的是保存老书记的旧居，给村民留下永恒的纪念。每到清明节和忌日，村民们都会自发地到这座旧居里来祭奠他、追忆他。至今，许多村民的家里，都挂有史来贺的大幅照片，为的是每天都能看见老书记，也让老书记时时刻刻都能看见自家的幸福生活。

出身地主的村民杨长义，曾多次得到史来贺书记的特别关照，老史去世后，一想起老书记就感激涕零，无限哀思，他饱含深情地朗诵自己曾经写过的一首诗歌，来追念刘庄人民的好书记：

刘庄红旗高百仞，

百姓富足天地新。

若非来贺尽责力，

纵有森林难成荫。

村民路喜凤对老史书记的智慧多谋、领导有方非常敬佩，她仰面"天堂"，对老书记说：

"老书记，您让我印象最深的是，您很会想办法。在1958年刮'共产风'时，村里的东西、社员的东西可以随便被（工作组）拿走'共产'。当时，不管哪个工作组来刘庄拿东西，您都让打个条。那时，您的说法是：'东西去哪儿了，我得给村民一个交代，不能让别人以为是我贪污了。'没办法，对方只好打一条子。但没过多久，上面就出台了纠正措施，要求退还东西（或照价赔偿）。别的村没有让工作组打条子，找不到证据，东西都被白白拿走了。而刘庄却因条子在手，上边照价退回了7万多元，当时可是一大笔钱啊！那时候，我们就对您的有远见深感佩服。这么多年，我们的日子越过越好。比起邻村，我们已经非常幸运了。这都是因为刘庄有了您这位好的带头人啊！"

老史去世后不久，村委副主任刘俊荣一直负责刘庄村史来贺纪念馆的讲解工作，每次向参观学习的客人讲解史来贺的先进事迹时，都是话语未出泪先流。纪念馆里展出的老书记的事迹，都是刘庄人经历过的，亲眼看见过的，一桩桩、一件件，早就铭刻在她的记忆中。所以她向客人介绍时，根本不用看讲稿。而她不加任何修饰、不做任何润色的讲解，却打动了所有来参观的中外客人。

她怀着缅怀老书记的深情对参观者慢慢叙说起来：

史来贺老书记自1952年担任刘庄党支部书记，就有一个"梦"：让刘庄人跟共产党走，过上好日子。他带领全村人自力更生，艰苦奋斗，把昔日人穷、地穷、村子穷的穷刘庄，变成了一个美丽富饶的社会主义新农村。

老书记当干部50多年，担任过县委副书记、地委书记、新乡市人大常委会副主任等职务。无论职务、地位怎样变化，他都坚持身不离劳动、心不离群众、人不离刘庄。

老书记去了，我们在整理他的遗物时才发现，他的家异常俭朴和简陋。房间里扯的一根铁丝上挂满了他和老伴儿的四季衣物，一张破木床上摆满了他生前读过的许多书，他这一生给刘庄留下了许多资产，自己穷得却连一个普通的衣柜和书架都没有。

"50多年的日子像星星一样稠，老书记做的好事闪闪烁烁，布满了刘庄的天空，他完全彻底地践行了一个宗旨、"两个务必"和"三个代表"以及"科学发展观"。在刘庄，在牧野大地，在全中国，史来贺就是文明富裕、智慧力量的象征，是实事求是、干事创业的化身，是与时俱进、开拓创新的旗帜，是我们刘庄科学发展、努力进取的不懈动力。

"在这里我想对老书记说几句话：老书记，您常说，您是一个农民，深深地爱着每一寸土地，您把全村人都装在心里，唯独没有您自己。咱全村人忘不了您的音容笑貌，忘不了您的谆谆教导，忘不了您的大恩大德。我们敬您、爱您、想您啊！老书记，千言万语，万语千言汇成一句话：共产党最好，老书记最亲！"

史来贺逝世百日时，刘庄村民自发写下了厚厚一本怀念追思的文章，凡是识文断字的都来写，老年人不会写字的，就口授，由家里的年轻人代写。参差不齐的笔迹，长短不一的篇幅，却回响着同样的心声——老书记给俺留下了无尽的思念，俺们会永远记着您的好，世世代代传扬您的美德……真是人人口碑、家家悼念！

时任村党委副书记的刘名宣，一提起老书记就落下思念的泪水："老书记走了整整一百天了，在这段悲伤的日子里，我们每天都能看到老书记的身影，每天都能听到老书记的声音。老书记的一生，对工作忘我，对群众痴情……"

是啊！忘我一生永载地，痴情一片可对天！

史来贺老书记去世二十几年后的今天，刘庄人还经常到村头小柳树旁的墓地旁，一遍遍与他唠家常、谈生活，说说心里话。就连村里幼儿园的小朋友，刚学会走路、刚学会说话的小娃娃，都记得照片里拿草帽的"老史爷爷"，知道"老史爷爷是个好爷爷"……

这不禁让人想起臧克家的一句诗："有的人死了，他还活着……"这是一个人来到这个世界上，能够达到的人生境界的最高峰。

新中国农民的优秀代表、共产党员的楷模、农村基层干部的光辉榜样史来贺去世后，全国人大常委会做出决定，号召全国人大代表向史来贺学习，并向中组部、中宣部建议，在全国范围内再一次大规模地宣传史来贺。

2003年9月中旬，中央各新闻媒体集中3天时间，大张旗鼓地宣传了史来贺光辉的一生，歌颂了他的优秀品质，大力弘扬"史来贺精神"。

《人民日报》在头版头条位置发表长篇通讯《共产党人的楷模——史来贺》，并配发评论，称史来贺的名字和雷锋、焦裕禄、王进喜、钱学森等在群众中享有崇高威望的共产党员的优秀代表一样，被世人永远铭记，史来贺永远是中国共产党人学习的榜样。

《光明日报》发表长篇通讯《人民心中的旗帜——回眸史来贺》，并配发评论《史来贺的道路》，称史来贺"是一位传奇人物"，他"五十年红旗不倒"，走过的是一条代表广大人民群众意愿的康庄大道。

农村党支部书记的榜样——史来贺

新华社播发长篇通讯《农村党支部书记的榜样——史来贺》，全国各省、市、自治区报刊纷纷刊载。全国上下，一个"学习共产党人的榜样史来贺"的热潮，在中国 960 万平方千米的大地上再次掀起巨大的波澜。

史来贺在出色完成历史赋予他的神圣使命之后，平静谢世，悄然离去，但他的光辉形象，却永远屹立在黄河岸边，屹立在中原大地；他闪亮的精神，将永远在中华大地放射万道光芒。

红旗不倒，丰碑不朽，史来贺将永垂青史！

第六十三章　沐浴永恒的光芒

※刘庄"富二代"

※永恒的光芒

刘庄"富二代"

史来贺去世后,刘庄家家户户的"孩子娃",现在已成长为刘庄的一代新人,在外人看来,他们统统是刘庄的"富二代"。这些"富二代",工作、生活得怎样?很多人在担心:刘庄这面旗帜,可别在"富二代"的手里倒下啊!史来贺开创的基业,可别毁在"富二代"的手里啊!

刘庄的"富二代"们,生在蜜罐里,坐在福窝里,在富足的生活中长大,在幸福的氛围中成长,坐享爷辈、父辈艰苦创业的成果,无忧无虑、快快乐乐地沉浸在前辈创造的甜蜜美好的生活中,他们能举起史来贺精神的"接力棒"吗?能担当刘庄未来发展的重担吗?能将刘庄这面鲜艳的旗帜插到新的高峰吗?

刘庄这些令人羡慕的"富二代",都是"80后""90后"的时尚青年,有些已经是共产党员,大部分是共青团员,有的担任了村党委、村委干部,有的担任村团委书记、副书记,有的在村妇联任职,还有在机械厂当技术骨干、当团支部书记的,在华星药厂当车间主任的,在车间任技术员的……每人都有一份称心如意的工作,在各自的岗位上散发着青春的光和热。

他们大多是大学毕业生,有在外省上大学的,也有在本省上大学的,也有就近在新乡上大学的。个别的高中毕业生,也都通过自学或在职进修,拿到了大专或本科文凭。刘庄为他们提供了就业机会,提供了把学到的书本知识应用于实践的用武之地。所以他们大学毕业后不愁就业难,不愁找不到"饭碗"。走出校门,回到家门,刘庄村党委、村委就给他们安排了工作,让他们学有所用,安心在刘庄发展。

这些在家门口创业发展的年轻人,大部分年薪在5万元以上,最低的也能拿到4万多元。截至目前,刘庄人,不论干什么工作,统统实行工分年薪制,一个工作日最高有20分。另外还有月奖金、职务承包任务奖金和公共福利。刘庄人上班记工分，月头不发钱，实行年薪一次性发放。每逢农历腊月二十一，财务开条，银行结算，由全村 365 户的户主统一领取，领回家后，再按每个人的年总工分进行细分配，家家都会挣得盆满钵满，人人都会挣得心满意足。

其实，刘庄人对金钱没有过高的追求，特别是这些年轻人，他们生活在刘庄，除了个人买轿车，送孩子到镇上、县上、市里上个辅导班，别的日常生活，几乎没有花钱的地方。住房、医疗、上学不花钱，鲜奶、鲜肉、鸡蛋和面粉、大米、食用油、蔬菜、水果、豆腐、粉条等日常生活用品，全是村里统一发，即便是理发、洗澡、看电影也都是村里的福利，你说干啥能花着钱？正常消费不用个人掏腰包，所以他们上班挣的钱，只有存到银行里。

一位外地人来到刘庄参观，感慨地说："刘庄人的日子越富有，越不用花钱；城市人的日子越紧巴，花钱的地方越多。在刘庄，不花钱，日子照样幸福；在城市，离了钱，寸步难行。刘庄人的幸福，天下难找、无人可比啊！"

刘庄这一代新人，显然跟老一辈不一样，他们不可能再重复"史来贺时代"的生活。他们十有八九都有私家车，并且档次不低，一般价值都在十五六万元，有的甚至超过 20 万元。每到休息日，他们或自驾尼桑轩逸、大众朗逸，或自驾北京现代、长安福特，或自驾吉利、福克斯，和家人一起去新乡市购物、餐饮、游玩、唱 KTV；工作之余，他们玩手机、看电脑，与外面的世界交流、沟通，在电脑上周游五洲四海，在手机上阅读流行书刊。不出刘庄，全知天下事。

他们既会工作，也会娱乐。下了班，或下棋，或打牌，或钓鱼，或打球，玩这些，只图健身修性，毫无功利之心。让人最开心的是村团委每周一、三、五晚上举办的广场卡拉 OK，年轻人握着麦克风，随着音乐，缓缓踏着舞步，扭动着身子，放开嗓门，吼唱流行的通俗歌曲，既模仿刘欢、韦唯、毛阿敏这些大腕儿，也模仿那些崭露头角的小歌星……他们的业余生活丰富多彩，不比城市里的年轻人逊色，倒是比城市里的年轻人唱得更欢心，玩得更轻松，因为他们没有城市同龄人买房的苦恼、就业的压力、养儿育女的艰难、交际升职的焦虑和生活在社会底层的压抑。因此，他们从来不羡慕、不向往大城市。在刘庄，日子舒坦，生活幸福，无忧无虑，心情舒畅，头顶洁净的蓝天，脚踏环境优美的土地，身置田园牧歌的温馨，享受着城市人享受不到的"福利"生活，他们幽默而自豪地说："这是俺刘庄人的专利！"这样的优美环境，这样的优越条件，这样的幸福生活，让他们怎能不开怀舒心？

而几十年前的爷爷奶奶、爸爸妈妈，和他们今天的年龄一样，却正跟着支书史来贺,在没日没夜地艰苦创业:用脚踏实地的足迹,用殚精竭虑的心血,用筋疲力尽的奋斗,用雨水般淋漓的汗水,在荒凉的土地上,一笔笔、一画画地书写刘庄的创业史——迎着风沙平整土地、改造农田;冒着大雨排涝救灾、挖渠治水;顶着骄阳趴卧棉田、钻研植棉技术;跋山涉水、不远万里,新疆买马兴办畜牧场;披星戴月,义务出工,男女老少建新村;苦心孤诣,自力更生,创办副业和工业……

　　当年那一部艰苦卓绝而又辉煌灿烂的创业史,刘庄的"富二代"们,只能从村里传统教育的必修课上听到老一辈人的口头描述,只能从爷爷奶奶夜晚讲的故事中聆听片段,也只能从村展览馆的黑白照片上窥见一斑。而这些老照片的背景,这些真实故事的画面,正是刘庄新一代生命的源头,正是刘庄新一代成长的摇篮,也是整个刘庄辉煌"大厦"的根基,也是当今所有刘庄人幸福的源头。

　　饮水思源,含饴忆苦。正是看到了这一些,感知了这一些,悟透了这一些,刘庄的年轻一代,才领会了刘庄创业史诗的博大精深,领会了史来贺精神真谛的深奥。他们将这一精神的金色种子,埋进了骨子里,种在了血液中。他们把刘庄创业史的画面,视为前辈用心灵、用精神映红的一面旗帜,时时挂在自己灵魂的高空……

　　今天的刘庄儿女,依然走在由史来贺引领的富路上、正路上,朝着前辈信仰的目标,义无反顾地向前奔,满怀自信地望未来。

　　辛勤工作,无私奉献,努力进取,争当先进,这成了刘庄新一代的一种风尚;入团、入党,为建设新刘庄做更大贡献,这成了刘庄新一代的一种追求。他们不愧是刘庄的好儿女,不愧是史来贺精神的传人!

　　他们走在史来贺精神的光芒里,走在祖辈、父辈的光芒里,走在刘庄创业史诗的光芒里。他们踌躇满志,信心百倍,非常自信这光芒会在刘庄的土地上一代代延伸,一代代扩散,一代代光大!

永恒的光芒

漫步在全天候安保的刘庄新村,花园里花卉缤纷,绿地上草木葱茏,广场上设满了健身器材,水系景观中红鱼在水中游弋追逐,别墅区的道路两旁,也都植满了绿意盎然的冬青等常绿植物,一年四季春色不褪。这哪里是田园牧歌的农村,分明是幽雅美丽的"袖珍都市"。

住进别墅的村民,家家户户窗明几净,漂亮宽敞,都置买了时尚的新家具;有的家里还在客厅摆放着明净发亮的钢琴;最时尚的是家家都有一个书房,里面摆着高大的书架,书架上摆满了各类书籍。在老书记的影响下,刘庄人早已形成了读书学习的良好风气。每天早晨或者夜晚,新村里不时传出优美的钢琴声、欢乐的歌唱声和朗朗的读书声……

每当夜幕降临,华灯初上,就是村里的文化广场最活跃、最热闹的时候。男女老少喜气洋洋地走出别墅,向各自喜爱的文化活动场所走去。姑娘和小伙儿放起音响唱起歌,中老年人唱戏、听曲儿、跳广场舞,小孩子玩耍、做游戏、荡秋千、捉迷藏,那些中青年妇女则走进大礼堂前的文化广场,随着欢快的音乐,跳起柔美的健身操。每天晚上,来这里跳健身操的,至少有 200 人。还有下棋、打牌、进行篮球比赛的,欢声笑语一片沸腾……

村党委非常重视农村文化建设,制定了具体的文化活动方案,每月一、四、七,是以唱歌为主的青年活动日;二、五、八,是以唱戏、听曲为主的中老年人活动日;三、六、九,是以跳舞为主的妇女健身活动日。每逢元旦、五一、七一、十一,村里统一组织 4 场文艺演出,参演村民从 3 岁娃娃,到 80 岁的老人,多达 200 人,各自都拿出自己最得意的节目,向村民展示亮彩。

每年春节还邀请国家、省、市级文艺团体来村里演出,豫剧、曲剧甚至首都的京剧都登上过刘庄的大舞台,把全国京剧当红名角于魁智、李胜素请来演《春草闯堂》《失空斩》。一台台大戏，让刘庄的戏迷们看得如痴如醉，整个春节都沉浸在喜忧跌宕的剧情之中……

村妇联的一位负责人告诉笔者，村里每年都要拿出 200 多万元，用于资助健康向上的文化娱乐活动。

怪不得刘庄人的文化生活，搞得如此热烈红火呢！

来刘庄参观的外地人，对刘庄人的幸福生活、美丽家园羡慕得不得了，一位城市退休老人说："生活在刘庄的人，多幸福，多美好啊！这里简直进入了共产主义。"

参观过集体新村第三代别墅的人们，不停地赞叹："真优美，真漂亮！城市里到哪儿找这么宽敞美丽的别墅？来到刘庄，真像走进了鸟语花香的世外桃源。真想长住刘庄不走啊！"

刘庄原来有一座村史展览馆，两间左右，面积不大，也很简陋。

史来贺逝世后，村民们纷纷要求，希望能建一座像样的展览馆，能经常瞻仰老书记的音容笑貌，能面对面跟老书记说说话，忆忆过去，唠唠家常，还可以让外来的客人看看老书记的一生，看看刘庄的创业史。于是村里便建了这样一座具有深远意义的纪念馆。纪念馆上下 3 层，建筑面积 4000 多平方米，12 个展厅，布展照片 300 多幅，各类展品 100 多件。这里是集体主义、社会主义、爱国主义教育的生动教材，这里是群众路线教育实践活动的静穆课堂，这里是闪耀着史来贺精神的瑰宝富矿。

纪念馆门前有一个小广场，这里的水系景观，流水潺潺，群鱼游动，自由自在，好不惬意。仰脸观望，"刘庄展览馆·史来贺同志纪念馆" 13 个放射金光的大字映入眼帘，耀眼夺目。走进展厅，一座汉白玉雕像安坐在一楼大厅中央，这就是人人追思的史来贺。看到老书记的雕像，禁不住让人顿生景仰之情。他慈祥地坐在椅子上，一双炯炯有神的大眼睛，好像在展望刘庄的明天，流露着对刘庄人民美好生活的新期待……

走进纪念馆，仿佛走进了一部史书，走进了一个精神高地，走进了一片崇高境界！

多年来，国内外有千万余人次到刘庄参观考察，人数最多时一天要接待 38 批次。有了这座纪念馆后，凡来刘庄参观学习的人，都要走进这里，认真地浏览，仔细地阅读。他们像在观看一部大型电影纪录片，又像在观看一部内容丰富的电视连续剧，更像在阅读一部人生大书、创业史诗。

　　纪念馆图片繁多、内容丰厚，要想一字不落地全部记在脑子里，是很难办到的。但你只要细心，就会发现贯穿整个纪念馆的，是一条灵动的生命线、一条像血脉一样充满活力的红线，这条线就是史来贺精神！

　　你只要读懂了史来贺精神，就读懂了展览馆和纪念馆里的一切。

　　斯人已去，而灵魂的光芒永照，思想的光华永亮。他给刘庄留下了人间异常宝贵的遗产——史来贺精神！

　　而今，在刘庄，史来贺精神薪火相传，接力有人。

　　而今，在刘庄，史来贺精神遍地开花，史来贺作风随处可见。

　　史来贺还留下了一部奇书，一部厚重的书——刘庄创业史。他既是这部书的主笔，又是这部书的主编。

　　为了让这部书永续华章、永著传奇，史来贺传人开启了刘庄新时代，踏上了创业新征程。他们是新一代创业史的主人公，要在刘庄这片热土上描绘新画卷，书写新故事，创作新史诗。

　　这部新创业史的主人公是这样一群人——他们与史来贺有一样的性格：硬朗、淳朴、坚韧、顽强、执着、开放；他们与史来贺有一样的做派：根植大地、心贴群众、求真务实、开拓进取。

　　他们普普通通，平平实实，却是挥动如椽大笔，书写刘庄新的创业史诗的大手笔。

　　他们本土本色，朴拙无华，却是凭着灵动的智慧，在泥土之上创造人间奇迹的铁脊梁……

　　从全国各地，从世界五大洲、四大洋来刘庄参观学习的游人，一走进刘庄，恍然间，就像走进了一个美丽的童话世界，走进了一个梦幻般的世外桃源，走进了另一个范本的都市繁华。

　　一踏上刘庄绿树成荫的街道，就看到碧蓝的天空下，一排排清一色红砖蓝瓦的乡村别墅整齐划一地排列着，显得格外漂亮，格外醒目，格外壮观。清澈的小溪，缓缓流动，蜿蜒地通向小林深处，色彩斑斓的锦鲤遨游浅底，追逐嬉戏；绿草如茵，鲜花缤纷，悠闲的老人，在草地上、林荫下闲谈忆旧，享受着晚年的清福；调皮的孩子，在花丛中捕捉彩蝶，追赶蜻蜓，嬉笑欢乐，逗人喜爱，欢声笑语给这个村庄洒满了和乐与吉祥……

　　柏油大道和绿化廊道旁，直立着成排的路灯，隔不远就放着一只擦洗一新的垃圾桶,穿着工作服的环卫工缓慢地走动着,时刻关注着村街、道路的环境卫生……这里的现代化设施让人惊叹,村民的幸福生活、福利待遇让人羡慕。特别是住房、医疗、教育这压在老百姓头顶的"三座大山",早已被刘庄人踩在了脚下;他们守着家门就能挣钱,白天在工厂守机器,晚上在小洋楼守家人,日子优越,其乐融融。

这一切,让外来的游人和参观者赞叹不已:"这不就是共产主义嘛!都各尽所能,按需分配了,不是共产主义是什么?这里人人平等,看不到贫富差距,看不到你高我低。"

有人说:"这里是一个别样的天地人和的小世界、大繁华!"

也有人说:"这里是一片现代化的世外桃源!"

外地的参观者问刘庄人:"你们靠什么路子,打造了一个共产主义新村?"

刘庄人的回答简洁而又响亮:"集体经济,共同富裕。"

是啊!"集体经济,共同富裕",为了这八个字,刘庄人在自己的土地上,谱写了一部皇皇巨著的创业史。大地般雄浑、大地般厚重的创业史,是刘庄人跟着史来贺用一滴滴汗水与心血,撰写与绘就的撼天动地、震古烁今的创业史诗啊!

经过岁月的沉淀和历史的验证,创业史诗中的每一字句,每一章节,都像金子一样熠熠闪光,都像朝晖一样,放射出鲜艳夺目而又灿烂无比的光华。

刘庄人用"集体经济,共同富裕"这八个字,织就了一面鲜艳的旗帜。火红的旗帜,织进了心血与汗水,织进了艰辛与危难,织进了苦乐与悲欢,织进了忠魂与赤胆!经过半个多世纪风风雨雨的洗礼,旗帜更鲜艳,更火红,更壮丽!而今,这旗帜依然高高飘扬在中原大地,飘扬在中国上空,飘扬在亿万人民瞻仰的目光中。旗帜猎猎飘响,是赤胆在嘹亮歌唱;旗帜飘扬丽彩,是忠魂在放射红光。那是刘庄的忠魂,中原的忠魂,那是中国农民的灵魂,华夏的民族魂!

啊!永远的刘庄!永远的旗帜!

啊!永远的史来贺精神,永远的民族魂!

附录一

史来贺名言摘录

1. 党领导人民走社会主义道路,就是让大家都过上好日子。如果群众过不上好日子,那就是咱共产党人没本事。

2. 事在人为,路在人走,业在人创。人家能干成的东西,咱也干得成。

3. 遇事要有主心骨,不能听风就是雨。只有实事求是,从自己的实际情况出发,才能收到好的效果。

4. 社会主义的本质是发展生产力,让广大群众走上共同富裕的道路。所以,千变万变,发展经济、让老百姓过上好日子这一条啥时候也不能变。

5. 集体经济得有集体主义,共同富裕得有共同理想。

6. 经济搞上去,思想政治工作也要跟上去。既要把群众带到富路上,又要把群众带到正路上。把人教育好,比啥都重要。

7. 农业现代化需要农民知识化,没有农民的知识化,农业现代化的基础不牢靠。

8. 当干部就得"干"字当头,真心实意给群众造福,这样才会说话有人听,办事有人跟。不这样,在群众面前就过不了关。

9. 共产党员的称号是奉献,不是索取。当干部不仅要带头苦干,还要带头吃亏,过好名利这一关。

10. 我平生有三件痛快事:一是下着雨,光着脊梁淋着雨在地里干活儿最痛快;二是为刘庄、为集体干成一件事最痛快;三是看刘庄富了,全国的农民都富起来,我心里最痛快。

11. 牌子、名声不值一个钱,能给群众办几件好事,比啥都值钱。

12. 群众的事没小事。要时时处处想着群众,工作上细心细心再细心,把群众的事办实、办好。

13. 共产党是为着解放和发展生产力,让人民过上好日子而奋斗的,做不到这一点就没有尽到职责。

14. 共产党是为让人民都过上好日子而奋斗的,因此共产党就是要带领群众走共同富裕的道路。

15. 当干部要为群众着想,不能怕吃亏,不能怕出力,不能怕得罪人,共产党员的称号,不是索取,而是奉献。

16. 当干部只有带头吃亏的义务,没有丝毫特殊的权利。

17. 干部的权力,无论大小,都是群众给的。我们只能用它来为人民群众造福,绝对不能用它来谋取私利。不然的话,你在群众面前就过不了关。

18. 社会主义不是穷主义,就是要发展生产力。社会主义优越性是看得着的、摸得着的,是实实在在的东西。得让大伙儿从内心感到社会主义好、社会主义有奔头才行。要是咱们不能领着群众过上好日子,那就是我们共产党员没本事。

19. 干部既是带头人,又是服务员。带头人就是要带领大家苦干实干,不谋私利;服务员就是要为群众搞好服务,办实事,解决实际问题。群众富裕了,才会打心眼儿里说共产党好、社会主义好。

20. 当干部不在职务大小,关键在于能不能为民造福。

21. 咱们是党员,可不能顾了自己的小家,而忘了集体这个大家。小家的利益,要服从大家的利益,服从群众的利益。

22. 劳动模范、先进典型不可能一劳永逸,谁不学习谁落后;新时期要学新本领,树立新观念,增长新才干。

23. 搞歪门邪道,社会财富不会增加,只是富了这家,穷了那家;肥了自己,坑了国家。不走正道富了,不文明,也不光彩。

24. 当干部是为群众谋利益的,不光劳动要带头,吃亏也要带头。

25. 当干部要有不怕吃亏的精神,带头吃亏,对自己、对集体、对群众都是好事。但是总的来说,当干部又没吃亏。你想啊,你带领全村人共同富裕,当大家都富裕了,干部不也就富裕起来了吗?

26. 共产主义不是空想,咱们要靠两只手,一定能把它变成看得见、摸得着、享受得到的美好现实。

27. 全国的所有共产党员,如果每个人都把自己脚下的那块地球修理好了,中国就发展好了,就兴旺发达了。

28. 个人富了,大多数人还穷,吃饭不香,躺在床上也睡不好觉呀！集体搞好了,群众富了,个人也就富在其中了。

29. 只要思想不滑坡,办法总比困难多。

30. 不仅要把群众带富,还要把群众带好。

31. 有人说我史来贺一生不爱钱,这话不对,你想啊,发展集体经济,壮大集体经济,让刘庄集体致富,咋能离开钱? 没有钱咋能为集体办成事? 但共产党员只能为党增光,不能以权沾光。党员干部不怕吃亏,才能说话有人听,号召有人应。

32. 刘庄干部有个习惯,无论啥事,都爱用"刘庄实际"这把尺子量一量,看与这把尺子符不符,符了,我们就干,就照办;不符,会给刘庄造成损失,我们就不会随大流,而是坚持我们自己的做法。一切从刘庄的实际出发,一切从维护和发展百姓的利益出发。

33. 集体空,没人听;集体有,跟党走;群众富,走的才是社会主义路。

34. 创业哪有不作难的? 不作难就不叫创业了。创大业,作大难;创小业,作小难;不创业,穷作难!

35. 《东方红》里唱:"共产党像太阳,照到哪里哪里亮。"共产党的光芒,实际上是每个党员、每个党员干部发出的光的总和。党员都是发光体,群众都有趋光性。

36. 我一生干了两件事:把群众带到了富路上,把群众带到了正路上。

37. 咱共产党员就得有这种精神,为了一个目标,坚持、坚持、再坚持,一辈子不回头、不动摇、不改变,不达目的,决不罢休!

38. 群众有了危难时,党员干部就得及时出现在群众面前,不然,那还称得上共产党员吗?

39. 党支部是一块吸铁石,群众是一块块铁,我们要把群众紧紧地吸到党支部周围,形成一股铁打的力量。

40. 咱党员干部只有对群众亲,把老百姓当亲人对待,老百姓才会把党员干部当亲人对待啊! 这就叫将心比心,以心换心。

41. 咱们党员干部,大事小事都要给群众做榜样,一身干净,两袖清风。沾光的事往后退,吃亏的事靠前站。不然,群众咋能相信共产党,咋能拥护共产党,咋能永远跟着共产党走呢?

42. 共产党员应该吃苦在前,享受在后;干工作在前,报酬放在后。共产党员为党、为人民的事业付出再多,也不能讲任何条件,更不能向党、向人民索取。

为人民服务，是完全彻底的；为百姓谋利益，是全心全意的，不能带任何私心杂念。

43. 作为一个共产党员，一个党的干部，无论职位高低，都要把老百姓放在头里，放在第一的位置，决不能把个人的私利、权力，放在头里，这才是一个共产党员的品质。

44. 不要只看上级的、一时的评价，要看历史的、群众的评价。

45. 共产党人就是给群众造福的，让群众吃好了、穿好了、住好了，才算咱服务到家了。

46. 咱农业劳模的责任，就是跟群众一起劳动，带领群众把脚下的那块地球修理好。

47. 一个人一辈子当多大的官儿并不重要，也不是衡量一个人价值的唯一标准。而为老百姓谋多少利益，办多少实事、好事，为群众创造多少幸福，为社会、为集体创造多少业绩，才是最重要的，也是最有价值的。

48. 我们的工作就是为群众谋利益，让群众得实惠、得好处，有什么不能对群众讲的？又怎么能不听群众意见、不依靠群众呢？群众是神仙、是勇士，那些八仙过海的能人都在群众里头呢！当干部，只有吃透村情民意，干事才有办法，才有底气，才有主心骨。如果忘记了群众，脱离了群众，那就是丢了根本，将一事无成。

49. 讲"奉献"两个字容易，但做起来最难。奉献是无私的，是没有杂念的，是割自己身上的肉，掏出自己的心、自己的肺，献给人民，捧给大众。这种思想觉悟装不成，也装不像，经不起历史的检验，一遇到个人利益，一遇到公与私的矛盾，就露馅了。像过去许许多多的烈士，他们不是把热血、把生命都献给了人民，献给了党的事业了吗？那种忘我牺牲的气魄，那种无私奉献的精神，那是真的感天动地啊！

50. 作为一个共产党员，要有坚定不移的共产主义信仰，到什么时候都不能动摇；跟共产党走，到什么时候都不回头！

51. 农村工作，说难也不难，说复杂也不复杂，一个公，一个严，事情就好办。

52. 形势变，任务变，依靠群众、相信群众的原则不能变！

53. 我认为，共产主义这个梦一定会实现，它是全人类幸福的梦！这一点不容怀疑，共产党人的信仰啥时候也不会动摇，也不会改变。

54. 给群众造福，是我的最大乐趣，也是一个共产党员的天职。

附录二

史来贺光荣榜

1959 年 4 月,被国务院授予"全国劳动模范"称号;

1960 年 4 月,被中央军委授予"全国民兵英雄"称号;

1964 年 3 月,被国务院授予"全国植棉能手"称号;

1978 年 3 月,被全国科学大会授予"全国科技先进工作者"称号;

1979 年 4 月,被国务院授予"全国劳动模范"称号;

1984 年 7 月,被中共中央组织部授予"全国优秀共产党员"称号;

1987 年 8 月,被解放军总参谋部、总政治部、总后勤部授予"全军英模"称号;

1989 年 7 月,被中共中央组织部授予"全国优秀党务工作者"称号;

1989 年 7 月,被中共中央组织部授予"解放 40 年来在群众中享有崇高威望的优秀共产党员代表"称号;

1989 年 9 月,被国务院授予"全国劳动模范"称号;

1991 年 7 月,被中共中央组织部授予"全国优秀领导干部"称号;

1991 年 12 月,被国家农业部乡镇企业局授予"全国优秀乡镇企业家"称号;

1995 年 4 月,被国务院授予"全国劳动模范"称号;

1996 年 7 月,被中共中央组织部授予"全国优秀共产党员"称号;

2001 年 7 月,被中共中央组织部授予"全国优秀共产党员"称号;

2009 年 9 月,被评为"100 位新中国成立以来感动中国人物";

2019 年 9 月,被评为"最美奋斗者"。

附录三

刘庄村光荣榜

1979 年 9 月,被中华全国妇女联合会授予"全国三八红旗集体"称号;

1983 年 9 月,被中华全国妇女联合会授予"全国三八红旗集体"称号;

1986 年 12 月,被中共中央组织部授予"全国先进党支部"称号;

1989 年 9 月,被中共中央组织部授予"全国先进基层党组织"称号;

1990 年 12 月,被中共中央宣传部、国家文化部授予"全国乡镇企业思想政治工作先进单位"称号;

1995 年 11 月,被民政部授予"全国模范村民委员会"称号;

1996 年 7 月,被中共中央组织部授予"全国先进基层党组织"称号;

1997 年 8 月,被国家农业部授予"全国文明乡镇企业"称号;

1999 年 9 月,被中央精神文明建设指导委员会授予"全国创建文明村镇工作先进单位"称号;

2005 年 10 月,被中央精神文明建设指导委员会授予"全国文明村镇"称号。